國家社科基金
GUOJIA SHEKE JIJIN HOUQI ZIZHU XIANGMU
後期資助項目

文彦博集校注

Collation and Annotation of *Wen Yanbo's Collected Works*

上 册

申利 校注

中華書局
ZHONGHUA BOOK COMPANY

圖書在版編目（CIP）數據

文彥博集校注/申利校注. —北京：中華書局，2016.2
（國家社科基金後期資助項目）
ISBN 978-7-101-10928-3

Ⅰ.文⋯ Ⅱ.申⋯ Ⅲ.中國文學－古典文學－作品綜合集－
北宋 Ⅳ.I214.412

中國版本圖書館 CIP 數據核字（2015）第 111212 號

書　　　名	文彥博集校注（全二册）
校 注 者	申　利
叢 書 名	國家社科基金後期資助項目
責任編輯	張玉亮
出版發行	中華書局
	（北京市豐臺區太平橋西里 38 號　100073）
	http://www.zhbc.com.cn
	E-mail:zhbc@zhbc.com.cn
印　　　刷	北京天來印務有限公司
版　　　次	2016 年 2 月北京第 1 版
	2016 年 2 月北京第 1 次印刷
規　　　格	開本/700×1000 毫米　1/16
	印張 73　插頁 8　字數 980 千字
印　　　數	1-2000 册
國際書號	ISBN 978-7-101-10928-3
定　　　價	196.00 元

文彦博像

古賦

聖駕幸太學賦 并序

國家以寰宇昭泰仍歲登平務恢儒風以章示黎獻

皇帝乃備法駕幸于太學詔諸儒博士講論前典親

臨聽焉臣獲逢休旦之期恭聞偉盛之事舞蹈不足

形於賦詠誠不能述宣上德褒讚形容姑第椎夫之

談以愜擊轅之韻爾詞曰

炎宋受命之四葉皇上御極之三年九有咸若六合

吴然黎庶蹈于壽域文教燭乎永天朝無關政野無

明刻本《文潞公文集》

古賦

聖駕幸太學賦 並序

國家以蒙宇昭泰仍歲登平務恢儒風以章示黎獻皇帝乃儒
法駕幸于大學詔諸儒博士講論前典親臨聽爲臣獲逢休吉
之期恭聞儒逢之事舞蹈不足形於賦詠誠不能述宣上德復
讚形容佑第樵夫之誠以暢擊壤之韻尔詞曰
炎宋受命之四葉皇上御極之三年九有咸若六合晏然黎庶
濟于壽域文教燭于水天朝無闕政野無遺賢九敍可歌而不
秦百官承式以惟威刑罰義稀符謝不愆荒怵清夷而假辛但
儦儦普而恭鑴軼漢諭沙迤棠街者有萬交纓諸史伏蛻觀者

得報帖

王拱辰墓志篆蓋

題畫詩

跋魏徵墨迹

左藏帖

文潞公詩

留題
濟瀆廟
丁東郎度使司徒勤特進判河陽軍州事潞國文彥博

導沈靈源祀典尊湛然疑碧沒雲
根遠朝滄海殊無礙橫貫洪河自
不渾一派平流滋稼穡曲時精享
薦蘋蘩未嘗輕作汲畫臨唯有溢
濡及物恩

留題濟瀆廟拓片

《三希堂續刻法帖》中所收文氏手迹

國家社科基金後期資助項目
出版説明

　　後期資助項目是國家社科基金設立的一類重要項目,旨在鼓勵廣大社科研究者潛心治學,支持基礎研究多出優秀成果。它是經過嚴格評審,從接近完成的科研成果中遴選立項的。爲擴大後期資助項目的影響,更好地推動學術發展,促進成果轉化,全國哲學社會科學規劃辦公室按照"統一設計、統一標識、統一版式、形成系列"的總體要求,組織出版國家社科基金後期資助項目成果。

全國哲學社會科學規劃辦公室

目　録

文彦博集卷二

文彦博集卷三

文彦博集卷四

文彦博集卷五

文彦博集卷六

文彦博集卷七

文彥博集卷八

文彥博集卷九

文彥博集卷一〇

文彦博集卷一一

文彦博集卷一二

文彦博集卷一三

文彦博集卷一四

文彥博集卷一五

文彥博集卷一六

文彥博集卷一七

文彦博集卷一八

文彦博集卷一九

文彦博集卷二二

文彦博集卷二三

文彦博集卷二四

文彦博集卷二五

文彦博集卷二六

文彦博集卷三三

文彦博集卷三四

文彦博集卷三五

文彥博集卷三六

文彦博集卷三七

文彦博集卷三八

文彦博集卷三九

文彦博集卷四〇

集外佚詩、佚詞

集外佚文

序　言

　　申利是我指導的最後一名博士生,她在文彥博及其作品集
《文潞公集》的研究、整理方面用力甚勤,持續了好幾年的時間。
印象最深刻的是她在報考我的博士時,曾和我談到她在 2007 年
和 2008 年寒假兩次專程跑到北京國家圖書館查閱相關資料,利
用國家圖書館收藏的相關版本爲《文潞公集》做校勘。她這種肯
下苦功夫,克服困難做學問,確定目標後能堅持下去的精神很得
我賞識。"十年磨一劍"正是古人著書的光榮傳統,這種精神也
是做學問的必備素質。於是,我欣然録取她做我的關門弟子。她
來武漢大學讀博後,我建議她在《文潞公集》的整理上再下功夫,
鼓勵她一鼓作氣完成《文彥博集校注》的收尾工作,争取早日付
梓刊行。

　　我曾和中華書局的傅璇琮先生有過學術上的交流,向他請教
過很多問題。傅先生是唐宋文學、古典文獻學的學術帶頭人,我
鼓勵申利把書稿寄給傅先生審閱,看看有没有正式出版的可能。
没想到此書竟真的得到了傅先生的青睞,把書稿推薦給了中華書
局。申利和中華書局溝通之後,最後終於敲定了出版事宜。我很
替她高興,多年的辛勤努力終於結出了碩果。在中華書局編輯張
玉亮的支持下,申利又以此書申報了國家社科基金後期資助項

目,也立項成功,説明此書還算有一點價值,得到了學術界同行的認可。

文彦博(1006—1097)是北宋政治家、文學家和書法家,歷仕仁宗、英宗、神宗、哲宗四朝,是北宋名相之一。《文潞公集》傳世版本均爲四十卷本系統。我曾讓申利對該書的編撰體例及作品類別作過統計分析,結果如下:該書賦作 19 篇,其中律賦 17 篇;詩歌約有 455 首,其中律詩就有 433 首,占絶大多數;卷九至卷四十爲文,計 340 篇,其中奏議、劄子 314 篇,占了絶大多數。可見文彦博作品在文學上的價值主要體現在律賦和律詩創作上,當前,文彦博被認爲是後期西崑派代表作家,他的律賦被譽爲宋賦之正則。集中奏議、劄子涉及北宋政治、軍事、經濟、外交等各方面的豐富資料,可與正史相參,史料價值極高。對《文潞公集》的系統深入整理,有較高的文學價值和文獻價值。

該書在整理上用功扎實,資料全面,亮點頗多,主要特點有:

第一,系統考證版本。申利認真研究各種版本,發表了《文潞公集》版本源流考證的論文,保證了《文潞公集》整理底本和對校本選擇的精當。並於假期自費專程到北京國家圖書館參校最好的版本,從根本上保證了此書整理的品質。

第二,方法科學。申利采用化整爲零、各個擊破的方法整理《文潞公集》,由淺入深,認真研究了宋代的歷史背景、文彦博的生平行實和宋代文學、歷史研究的前沿成果,撰寫了《文彦博年譜》等多篇論著,做了大量細緻、扎實的工作,對文集中所涉人物、事件、典故等做了嚴密考證。在此基礎上,她還對文彦博詩文的創作時間進行了繫年先後的編排,令人信服。

第三,資料全面。申利充分利用了所能找到的版本,並大量收集歷代收錄有文彦博詩文的總集、史書、類書、地方志、傳世書法作品和金石資料等,他校資料頗全。輯佚成果就目前學界而言最爲豐富。

　　第四，糾正了已有成果的不少失誤。前此《文潞公集》已有標點本問世，《全宋文》和《全宋詩》中又收録了校勘本，但或因版本問題，或因見聞所限，或因整理不慎等原因，還有較大的完善空間。《文彦博集校注》力圖提供一個更可信賴、更加完善的版本。

　　申利的《文彦博集校注》用了幾年之力，整理得較爲扎實。但是，由於學力有限，此書仍難免存在諸種遺漏、不足之處，還要請各位方家批評指正，以促進申利在學術上的進步。

曹　之

前　言

一、文彦博的生平

文彦博（1006—1097），字寬夫，汾州介休（今屬山西）人，與春秋時介子推、漢郭林宗並稱"介休三賢"。歷事仁宗、英宗、神宗、哲宗四朝，兩次拜相，一拜樞密使，八十一歲高齡又以平章軍國重事之職復出，出將入相五十餘年。親歷了宋夏戰爭、慶曆新政、王則之亂、熙寧變法、元祐更化、紹聖紹述等北宋歷史上的重大事件。蘇軾稱譽他"其綜理庶務，雖精練少年有不如；其貫穿古今，雖專門名家有不逮"①，契丹使見而譽之爲"天下異人"。《宋史》本傳評其"公忠直亮，臨事果斷，皆有大臣之風"②。有《文潞公集》四十卷傳世。

宋真宗景德三年（1006）九月底，文彦博生。自幼已顯不凡，史料記載有文彦博數黑豆及以水灌樹穴浮球的故事。天聖四年（1026）參加鄉試。九月放榜，中舉人。

（一）拜相前：春風得意馬蹄疾———一帆風順的仕宦生涯

宋仁宗天聖五年（1027），文彦博中王堯臣榜進士甲等，得大理評事、

---

① 《蘇軾文集》卷一九《德威堂銘》，孔凡禮點校，中華書局 2004 年版，第 2 册，第 572—573 頁。

② （元）脱脱等：《宋史·文彦博傳》，中華書局 1977 年版，第 10265 頁。

知絳州翼城縣（今屬山西）。天聖八年（1030）九月七日，遷殿中丞、知榆次縣（今屬山西），夙夜在公，勤於政事。明道二年（1033）夏，權通判汾州。景祐元年（1034）遷太常博士、通判兗州（今屬山東）。景祐四年（1037）以張觀薦，遷監察御史。後以呂夷簡薦，轉殿中侍御史。是年九月，父文洎卒於主客郎中、河東轉運使任上，丁父憂。康定元年（1040）服除，還任殿中侍御史。三月癸未，請戰時專將權，嚴軍法。三月戊寅，命文彥博於河中府置獄，審訊黃德和誣劉平、石元孫投敵事。四月乙巳，結河中府獄，誅黃德和，賞恤劉平、石元孫。康定元年夏，遷河東轉運副使（治所在并州，今山西太原）。復麟州唐時故道，益其儲粟。康定二年，元昊來寇，知城中有備，解去。慶曆二年（1042）六月乙未，遷天章閣待制、吏部員外郎、河東路都轉運使。十一月辛巳，改以龍圖閣直學士、吏部員外郎、秦鳳路都部署、經略安撫招討使、知秦州（今甘肅天水）。守邊有威名，敵不敢犯。

慶曆四年（1044）十二月甲辰，以樞密直學士、戶部郎中、知益州（今四川成都）。在蜀日有治聲。益州歲饑，米價騰貴，諭富戶出米二萬斛，活飢民無數①。文彥博又減價賣米，且不限其數，智降米價②。嘗宴鈐轄廨舍，夜久不罷。從卒輒拆馬廄薪，不可禁遏，軍校白之，彥博曰：“天實寒，可拆與之。”神色自若，宴飲如故，卒氣沮，無以爲變③。又嘗擊球鈐轄廨，聞外喧鬧，呼入問狀，乃卒長杖一卒，不伏。令引出與杖，又不受。復呼入斬之，竟球始歸④。其臨變之從容氣度，實非一般。知益州日，爲燈籠錦以獻張貴妃。或曰乃潞公夫人遺張貴妃，潞公不知也。張、文二家爲世交，貴妃父張堯封嘗爲文彥博父文洎門客，張貴妃認文彥博爲伯父。

（二）兩起兩落——宦海起伏的宰相生涯

慶曆七年（1047）三月乙未，文彥博拜右諫議大夫、樞密副使。三月丁

① （明）李賢等：《明一統志》卷六七，四庫全書本，第 473 册。
② （宋）范鎮：《東齋記事》卷四，汝沛點校，中華書局 1980 年版，第 35 頁。
③ （宋）江少虞：《宋朝事實類苑》上，上海古籍出版社 1981 年版，第 165 頁。
④ 《宋史》，第 30 册，第 10439—10441 頁。

酉,改參知政事。是年十一月戊戌,貝州宣毅卒王則據城反。文彥博乞親平貝州(今河北清河)。慶曆八年(1048)正月丁丑,任文彥博爲河北宣撫使,明鎬副之。彥博既受命,因言軍事中覆不及,願得專行。詔許彥博便宜從事。臨行,仁宗曰:"貝"字加"文"爲敗,卿必擒則矣①。是年閏正月辛丑,告貝州平。羅貫中《三遂平妖傳》即以文彥博平貝州爲故事原型。閏正月戊申,以平貝州拜相,除禮部侍郎、同平章事、集賢殿大學士。皇祐元年(1049)八月壬戌,遷吏部侍郎、昭文館大學士、監修國史。文彥博與樞密使龐籍主省冗兵之議,並擔保"萬一果聚爲盜賊,二臣請死之"②。皇祐元年十二月壬戌,詔裁陝西保捷兵。陝西保捷兵放歸者三萬五千餘人,省養兵之費二百四十五萬,陝西之民力稍蘇。皇祐二年(1050)二月始議饗明堂之制。九月二十七日大饗明堂。十月丙辰,加禮部尚書。皇祐三年(1051)二月丙戌,文彥博等上《明堂大饗記》二十卷、《紀要》二卷。自是,宋饗明堂之禮明矣。

皇祐三年十月,唐介彈劾文彥博。言其顯用張堯佐,陰結張貴妃,自爲謀身之計。唐介貶英州(今廣東英德)別駕,自是直聲聞天下。文彥博請退。罷爲吏部尚書、觀文殿大學士、知許州(今河南許昌)。十月辛丑,吳奎出知密州(今山東諸城)。包拯奏乞留吳奎,仁宗曰:"介言吳奎、包拯陰結彥博,今覽此奏,介非誣也。"③梅堯臣作《書竄詩》,以彥博爲大奸。或以此詩出自魏泰《碧雲騢》,僞以梅堯臣之名,乃詆毀時賢也。許州任上,賞識黃庶,文、黃二人締交。皇祐四年(1052)九月,徙爲吏部尚書、觀文殿大學士、知青州(今屬山東)。皇祐五年(1053)閏七月辛未,徙爲觀文殿大學士、吏部尚書、知秦州。實未赴。八月戊申,徙爲忠武軍節度使、判永興軍(今陝西西安)兼秦鳳路兵馬事。時鄉人聞陝西鐵錢將廢,爭以鐵錢買物,市肆多閉。彥博召絲絹行人,賣自家縑帛,且只收鐵錢,不收銅錢,以示

---

① (宋)王闢之:《澠水燕談録》卷八《事志》,呂友仁點校,中華書局1981年版,第99頁。

② 《續資治通鑒長編》(以下簡稱《長編》)卷一六七,皇祐元年十二月壬戌條,中華書局1986年版,第12冊,第4023—4024頁。

③ (宋)徐自明:《宋宰輔編年録校補》卷五,王瑞來校補,北京:中華書局1986年版,第1冊,第288—289頁。

鐵錢不廢①,巧妙平息了陝西鐵錢風波。

至和二年(1055)六月戊戌,拜文彥博忠武節度使、吏部尚書、平章事、昭文館大學士兼譯經潤文使。富弼拜集賢相。仁宗問二相於歐陽修,修答以"朝士相賀"。至和三年(1056)春正月戊午,宴契丹使者時,仁宗暴得疾,彥博從容應對契丹使者。仁宗病中,文彥博等問上起居狀,內侍以禁中事嚴密,不敢泄。彥博斥之曰:"主上暴得疾,繫宗社安危,惟君輩得出入禁闥,豈可不令宰相知天子起居,欲何爲耶? 自今疾勢小有增損,必一一見白。"仍命引至中書取軍令狀。春正月辛酉,設醮祈福於大慶殿。以使兩府能留宿禁中,以防有變。史志聰等白:"故事,兩府無留宿殿中者。"彥博斷然曰:"今日何論故事時也!"春正月壬申,知開封府王素夜叩宮門求見執政,未開。及明,王素稟有禁卒告都虞候欲爲變。殿前都指揮使許懷德保此都虞候最爲良謹,彥博果斷斬告反禁卒以靖衆②。在仁宗暴病的危急之時,文彥博與富弼威坐安宮禁,保證了朝局的穩定。仁宗病情穩定後,文彥博、富弼、劉沆、王堯臣等建言建儲,乞立宗實(英宗之名)爲嗣。十二月己未,加監修國史。

嘉祐三年(1058)郭申錫訟李參結托宰相文彥博。是年六月七日,彥博請罷爲河陽三城節度使、同平章事、判河南府。嘉祐四年(1059)十月戊寅,封潞國公。秋,家廟建成。嘉祐五年(1060)二月十五日,充保平軍節度使、判大名府(今河北大名)。嘉祐七年(1062)改鎮成德,遷尚書左僕射、判太原府。不久,復保平軍節度使、判河南府(今河南洛陽)。嘉祐八年(1063)繼母申氏卒,彥博丁母憂。

(三)樞相九年——針鋒相對的文王(王安石)之争

治平二年(1065)服闋,復判河南府。四月,除侍中,徙淮南節度使、判永興軍。七月庚辰,除樞密使兼群牧制置使。治平四年(1067),條奏薛向奏疏《西陲利害》,對薛向所言"取橫山如反掌,捕西賊若設置掩兔"之言加

---

① 嘉慶《介休縣志》卷一四《雜志》,第 13 頁。
② 《長編》卷一八二,仁宗嘉祐元年正月條,第 13 冊,第 4395—4396 頁。

以駁斥。以爲其言輕率，兵者大事，不可輕言，須慎重。九月壬寅，加拜司空。神宗熙寧元年（1068），支持減河北營兵。以“自古募營兵，遇事息輒罷”。又奏減廣南東西路戍兵。熙寧二年十月丙申，富弼罷判亳州（今屬安徽）。離任前，薦文彦博爲相。而神宗終以陳升之爲相，但令其班於文彦博下，彦博堅拒之。熙寧三年，慶州帥李復圭以陣圖方略授鈐轄李信等，趣使出戰。及敗，乃妄奏信罪。八月己卯，斬環慶路鈐轄李信、慶州東路都巡檢劉甫。文彦博暴其非，以爲夏人初不犯漢地，“復圭徼倖邊功，且授信等陣圖方略，致信等敗衄”①。熙寧四年（1071）三月丁亥，夏人陷撫寧諸城。慶州（今甘肅慶陽）軍亂，神宗深以用兵爲憂。文彦博曰：“朝廷施爲，務合人心；以靖重爲先。凡事當采衆論，不宜有所偏聽。陛下即位以來，屬精求治，而人情未安，蓋更張祖宗法之過也。”②又言行交子不便，言保甲擾民，“祖宗法制具在，不須更張以失人心”③。王安石主張開邊，文彦博主張儘一切可能避免邊界衝突。三月甲午，文彦博上疏强調要重視邊備：“内壯根本，外護邊陲，去冗留精，適用省費，蒐補訓練，皆有條理。……有未至而廢墜者，彌縫振舉之可也。”④不應輕改兵制，以張威武：“竊謂兵民猶水，水能載舟，亦能覆舟。禁暴戢兵，武之七德，不戢自焚，自古所戒。凡更制維御之方，深願謹之重之。”⑤又論用人之道：勸上以唐天寶、建中之難爲鑒，不可輕用兵，信小人。須慎擇邊帥，爲經久之制，不用生事之人守邊。提出了用人貴平淡之道的觀點：“是以觀人察質，必先察其平淡而後求其聰明。至於人主任材，亦貴平淡。若道不平淡，與一才同好，則一才處權，衆才失任。”⑥又言市易與下民爭利，損國體，斂民怨，請罷之。熙寧五年（1072）五月丙戌，以國馬不可少，反對保甲養馬。論馬監不可廢。廢之甚易，興之甚難。後終如文彦博言。神宗歎曰：“朕於是乎愧於文彦博矣。”⑦十月丁亥，

---

① 《長編》卷二一四，神宗熙寧三年八月己卯條，第 16 册，第 5218 頁。
② 《長編》卷二二一，熙寧四年三月戊子條，第 16 册，第 5369 頁。
③ 《長編》卷二二一，熙寧四年三月戊子條，第 16 册，第 5370 頁。
④ 《長編》卷二二一，熙寧四年三月甲午條，第 16 册，第 5376 頁。
⑤ 《長編》卷二二一，熙寧四年三月甲午條，第 16 册，第 5376 頁。
⑥ 文彦博：《潞公文集》（以下簡稱《文集》）卷一九《論用人》，四庫全書本，第 699—700 頁。
⑦ （宋）邵博：《邵氏聞見後錄》卷二四，劉德權、李劍雄點校，中華書局 1983 年版，第 190 頁。

奏市易司與下民争利,致華州山崩。熙寧六年(1073)春正月辛亥,再言市易司遣官監賣果實,有損國體,斂民怨,乞寢罷。四月二十六日,文彦博罷樞密使,守司徒兼侍中、河東節度使、判河陽(今河南孟州)。赴河陽陛辭日面奏,請神宗廣開言路、收攬權綱、任官令久於任、用人兼取群材、不要輕易變更祖宗之業,勿妄有更作。

　　熙寧七年(1074)四月丙戌,文彦博移判大名府。沮李稷,以其陵慢韓魏公。沮汪輔之,以其新除運判,爲人褊急。智沮新進李察。以上三人,皆爲變法之新進人士也。怒斬狂悖禁兵,劉安世以文彦博爲"異禀雄豪,奸惡不容"①。熙寧八年(1075)三月,答神宗諮訪北事詔。以爲中國禦戎,守信爲上。用兵之道,兵應者勝。重視邊備,"嚴於預備之要,足食足兵,堅完城壁,保全人民,以戰則勝,以守則固"②。秋七月戊子,詔文彦博加太保再任。彦博辭太保,止受所加封邑。十月,言范子淵浚川杷無益於河事,實爲欺罔。取黄河水入御河無益於河事,衛州開運河通江淮之運有害無利。熙寧十年(1077)五月,范子淵言熊本、陳祐甫附會結托彦博。八月六日,文彦博請浚河案所涉人吏就地取勘,不赴京。且以事皆在己,請獨罪己。元豐元年(1078)正月,熊本、陳祐甫、陳知儉等各降職有差,文彦博特放。

(四)了却歸洛願,適性作閑人——歸洛陽後的逸老生活

　　元豐三年(1080)九月丙戌,文彦博守太尉、開府儀同三司、河東節度使、判河南府。神宗問彦博王堯臣之子王同老所言至和三年建儲事。文彦博奏其本末,與同老所言合,被神宗譽爲定策社稷之臣,有"蓄德深厚,身之功善不自矜伐"③之語。歸洛陽日,於瓊林苑賜筵,中書樞密院臣僚同赴。神宗親爲詩送文彦博:"四紀忠勞著,三朝聞望隆。享兹難老祉,報在不言

① 《邵氏聞見後録》卷二〇,第155頁。
② 《文集》卷二二《答奏》,第714—715頁。
③ 《長編》卷三〇九,元豐三年閏九月乙卯條,第21册,第7502頁。

功。富矣勳彌大，居焉貌甚沖。西都舊士女，白首佇瞻公。"①在洛陽，與范鎮、張宗益、張問、史炤爲"五老會"。宋神宗元豐四年（1081）洛人於資聖殿爲彦博建生祠，名曰"佇瞻"堂，源自神宗賜詩。並請司馬光爲文以記之。元豐五年（1082）正月，慕白樂天九老會發起洛陽耆英會。與會者有富弼、文彦博、席汝言、王尚恭、趙丙、劉几、馮行己、楚建中、王慎言②、張問、張燾、司馬光共十二人。王拱辰時判大名府，來書要求入會。司馬光爲作《洛陽耆英會序》。元豐六年（1083），又與程珦、司馬旦、席汝言爲同甲會，時四人年皆七十八。是年十一月十三日，守太師、河東節度使、開府儀同三司致仕。

元豐七年（1084）二月五日，入覲，置酒垂拱殿，神宗賜御樽酒親勸之。上問養生之道，答以"任意自適，不以外物傷和氣，不敢做過當事，酌中恰好即止"③。清明日，錫宴玉津園，執政官皆赴。文彦博即宴賦詩，王珪、蔡確、劉摯等執政皆有和詩。神宗用彦博韻爲和詩以賜。三月辛丑，賜燕瓊林苑，命三省以上赴宴。神宗製御詩贈之，有"嘉言時幸寄東車"之語。文彦博和聖詩以謝恩。元豐八年（1085）三月戊戌，上崩，皇太子即位，尊皇太后爲太皇太后，權同處分軍國事。

（五）五年平章軍國重事及暮年身後事

哲宗趙煦元祐元年（1086）閏二月庚寅，司馬光拜左僕射兼門下侍郎。薦文彦博，以其爲老成之人，"沉敏有謀略，知國家治體，能斷大事"④。三月庚辰，朝廷欲從司馬光奏，除文彦博太師兼侍中、行右僕射事。司馬光又上奏，堅拒位文彦博上，乞文彦博行左僕射事，己佐之。四月己丑，詔文彦博赴闕。御史中丞劉摯譽彦博"忠厚惇大，足以慰士大夫之心，其氣略足以

---

① 宋神宗：《賜太師文彦博》，見《全宋詩·宋神宗詩》，第 18 册，第 11958 頁，轉録自顧炎武《求古録》。
② 王慎言（1011—1087），生平見范純仁：《范忠宣公集》卷一四《王公墓志銘》。南宋時因避宋孝宗趙昚之諱而被改稱王謹言。
③ （宋）葉夢得：《石林燕語》，宇文紹奕考異，侯忠義點校，中華書局 1984 年版，第 41 頁。
④ 《長編》卷三六八，元祐元年閏二月庚寅條，第 25 册，第 8854 頁。

彈壓强悍,其威望足以鎮服蠻夷"①。乞文彦博"以本官朝朔望,遇有軍國
大事,特賜宣召,詢以籌策"。五月丁巳,特授太師、平章軍國重事。一月兩
赴經筵,六日一入朝,遇軍國機要事,入預參決。俸賜依宰臣例。獨班起
居,位在宰臣之上。六月壬寅,西夏求蘭州、米脂等五砦,司馬光欲與之,彦
博論與光合,終以穆衍奏而未與之。九月初一,司馬光卒,贈太師、溫國公,
謚文正。文彦博贈挽詞四首,表達深切的悼念痛惜之情:"莫逆論交司馬
丈,君心知我我知君。同謀同道疏無間,一死一生今遂分。"②十二月,契丹
使來聘,見文彦博,譽之爲天下異人③。

　　自元祐二年(1087)始,文彦博乞再致仕。蘇軾制詔曰:"昔西伯善養
老而太公自至,魯穆公無人子思之側而長者去之。卿自爲謀則善矣,獨不
爲朝廷惜乎?"④彦博不復敢言去。元祐五年(1090)正月庚寅,撰《文潞公
私記》,復言建儲事,以應韓忠彦及其門人之一再爭立嗣之事。《私記》當
爲彦博之門生故吏托其名而作。二月庚戌,守太師、開府儀同三司、河中興
元尹、護國軍、山南西道節度使致仕。三月二日,詔麻制內不用守字,以彦
博曾正任太師。

　　元祐六年(1091)六月丙辰,溫錫沁獻馬與文彦博。元祐七年(1092)
二月,赴河陽探子——時知河陽文及甫。文及甫新葺彦博舊廬,治榜曰"太
師堂"。又特爲彦博建"德威堂"。紹聖四年(1097)二月甲申,降授太子少
保致仕。閏二月一日,令文彦博諸子解官侍養。五月丁巳,薨。元符三年
(1100)正月哲宗崩,徽宗即位。復彦博河東節度管內觀察處置等使、太
師、開府儀同三司、太原尹、潞國公。宋徽宗崇寧元年(1102)五月庚午,追
降太子太保。九月己亥,彦博名字被刻入"元祐黨人碑"。崇寧五年
(1106)春正月,毀"元祐黨人碑"。政和四年(1114)四月,除罪籍,復舊官
與所得恩澤,追贈太子少保。五月,又追復太師。政和五年(1115)七月,
特賜謚恭烈。政和八年(1118)正月,改謚忠烈。

---

① 《長編》卷三七四,哲宗元祐元年四月己丑條,第25冊,第9055頁。下同。
② 《文集》卷八《司馬溫公挽詞》,第644頁。
③ 《蘇軾文集》卷一九《德威堂銘》,第2冊,第572頁。
④ 《蘇軾文集》卷四三《賜太師文彦博乞致仕不許批答》,第3冊,第1238頁。

二、文彦博的思想

（一）政治思想——以儒治世

"達則兼濟天下，窮則獨善其身"，儒家積極入世的政治思想是文彦博實踐一生的信條，出將入相五十餘年。文彦博很推崇《中庸》裏的中和思想："中者存乎性，性者命於天。爲萬化所宗之本，乃七情未發之前。"①中和政治論體現在文彦博不偏不倚、持中不黨、立朝端正的爲政作風，被有些人評爲明哲保身、竭盡觀望之能事，但是，他確能爲國守正，堅持自己的政治信仰。王夫之把他和吕夷簡相提並論："夷簡固以訕之不怒、逐之不恥、爲上下交順之術，而其心之不可問者多矣。其繼起者當國能守正而無傾險者，文彦博也，而亦利用夷簡之術，以自挫其剛方之氣。"②

（二）三教融合思想

在北宋時期，多數皇帝對儒、釋、道三家采取相容並持的態度，使得儒、釋、道三家思想都得到了發揚和傳播。宋太祖以武立國，深諱武將，故有宋一世抑武揚文。崇儒尚學是北宋統治者的治國策略。以佛治心，以道治身，以儒治世，"三教融合"是北宋文人安身立命的思想武器。人生失意時，文彦博以道家因任自然和佛家追求自我解脱的思想泰然面對人生的得失榮辱。他的文集中有很多與佛門禪師唱和往來的詩篇："以幻能除幻，居塵不染塵。略於歌舞地，聊現宰官身。有法猶爲滯，無心乃是真。還將所得趣，試問悟空人。"③這首詩可以説是文彦博人生失意時以佛性自遣的寫照。離開權力中心判河陽日，寫下《月泉》："繁花低蔭泉聲潺，綠竹瑶池映碧瀾。蒼木翠松遮宿鶴，一輪秋月落林間。"④詩中的泉、竹、松、鶴意象無

① 《文集》卷一《中者天下之大本賦》，第 580 頁。
② （清）王夫之：《宋論》卷四《仁宗》，中華書局 2008 年版，第 87 頁。
③ 《文集》卷六《昨夜飲散未眠偶成拙頌録呈武功寺丞若猶未棄無惜開示》，第 624 頁。
④ 申利：《〈全宋詩·文彦博詩〉輯補》，《古籍整理研究學刊》2009 年第 3 期，第 57 頁。

不體現出適意自然的道家情懷。

（三）用人思想

文彦博很重視人才的作用。爲帝師日，向宋哲宗進《舜典》典義劄子，強調了"治天下者，必先任人"①的觀點。他對治國的最高境界"無爲而治"的理解也是以其用人思想爲出發點的，"帝王莫不勞於求賢而逸於致治，勞於求賢則先有爲也，逸於致治則後無爲也"②。文彦博認爲選拔人才，應注重中和、平淡的本質。他引劉劭《人物志·序》云："人之品質，中和最貴。中和之質，必平淡無味，故能調成五材，變化應節。"用人兼取群材，不專任一才。人各有其所長，各有其所短，對各種人材要兼蓄並用，同濟時務。若"與一才同好，則一才處權，衆才失任。夫一才處權，則憸邪之人枉道附離而希進，朋比之風戾矣。衆才失任，則端方之士守分卷懷而思退，忠正之路梗矣"③。在人才管理上，文彦博提倡官員久任。官吏升遷過快，且沒有考核標準的話，就會不以本職工作爲重，而只人人"傾耳而聽，企踵而望，爭求冒進，不顧廉恥，亦何暇爲陛下宣風布化永瘼恤人哉"。官吏不以職責爲重，則整個官員體系就無法發揮其職能，整個社會都會陷入一種惡性循環，"禮儀未能興行，風俗未能齊一，户口所以流散，倉庫所以虚空，百姓凋敝日更滋甚"④。官員職務升遷要依制度而行。他認爲官員的職務升遷不應過快，而應該根據其在職期間的政行優劣來確定是否遷除。

（四）軍事思想

仁宗朝，西夏李元昊崛起並立國，宋夏邊事連連。文彦博仁宗朝曾知秦州，又曾平貝州王則起義，有知邊郡、掌軍政的經歷；神宗朝文彦博任樞相九年，掌國之軍權。他的軍事思想是他政治思想的重要組成部分。文彦博認爲要專將權，去掣肘。"慎擇將帥，稍假威權，撫馭士卒，不務姑息，勿

---

① 《文集》卷三一《舜典》，第 757 頁。
② 《文集》卷九《進無爲而治論》，第 653 頁。
③ 《文集》卷一九《論用人》，第 700 頁。
④ 《文集》卷二八《進漢唐故事·十一》，第 742 頁。

使貴臣驍將撓於其間,則軍政自肅而有經制矣。"①宋代對擁有重兵的武將採取極其嚴密的防範措施,致使將權不專,不能對下形成威懾,導致令出不行,貽誤戰機。"古時用兵,對敵而伍中不進者,伍長斬之,伍長不進,什長斬之。以什伍之長,尚得專殺,統帥之重,乃不能誅一小校,則軍中之令,可謂隳矣。……國朝著令,禁軍將校之有過而從中覆,當施之於平居無事之時。"②文彥博認爲軍法須嚴,"《兵法》曰:'畏我者不畏敵,畏敵者不畏我。'使之畏我,非嚴刑何以濟乎?"③軍法不嚴,則士兵在戰鬥中會"臨陣先退,望敵不前",戰鬥力大大削弱,故軍法不可不峻。慎擇將帥,專將權,嚴軍法,這樣纔能提高軍隊戰鬥力,在作戰中取勝。

文彥博重視邊備。在《論本朝兵政》中,文彥博闡明了他的重視邊備的思想:"內壯根本,外護邊陲,去冗留精,適用省費,蒐補訓練,皆有條理。又以三路鄰於羌胡,即有屬戶、蕃兵、弓箭手之類,以至次邊州軍盡置義勇,緩急調發以應徵防。"④在邊事上,文彥博主張睦鄰安邊,反對輕舉妄動。熙寧變法期間,新進人士爭以拓邊爲功。文彥博認爲如此太不謹慎,非萬全之舉。他在奏議中寫道:"或曰先發制人,意在輕動;或曰乘其未備,襲取燕薊。事不審處,恐將噬臍,非王師萬全之舉也。"⑤又曰:"臣以謂朝廷嚴戒邊臣不得貪功輕舉,致有引惹。若邊鄙別無事宜,人情自然安貼。"⑥反對用冒進生事之人守邊,"若一用輕險躁妄之人,使之守邊,爲國生事,以規身利,則邊無寧謐之歲,兵無休偃之時,中外擾然,民不聊生矣"⑦。

熙豐變法中,文彥博堅決反對變更祖宗法度,認爲"祖宗法制具在,不須更張以失人心"⑧,故被列於保守派。而換個角度來看,文彥博不是反對革除時弊,而是反對激進、不穩妥。文彥博所推崇的行政風格是穩健,他對

---

① 《文集》卷一六《答御札手詔》,第 683 頁。
② 《長編》卷一二六,康定元年三月癸未,第 2993 頁。
③ 《長編》卷一二六,康定元年三月癸未,第 2993 頁。
④ 《文集》卷二〇《論本朝兵政》,第 704 頁。
⑤ 《文集》卷二二《答奏》,第 715 頁。
⑥ 《文集》卷三五《乞免移判永興軍》,第 775 頁。
⑦ 《文集》卷一九《論用人》,第 699 頁。
⑧ 《長編》卷二二一,熙寧四年三月戊子,第 5370 頁。

變法的快速推行持反對態度,認爲當以靜重爲先,力求穩健,從熙豐變法的推行過程及結果來看,這種觀點是頗有可取之處的。他曾上言論馬監不可輕廢,希望神宗委馬政於詳練典故素知馬政的臣僚,博求利害而審處之。元豐末不得已創爲户馬之説,神宗感歎説:"朕於是乎愧於文彦博矣。"① 文彦博還上言兵政不可輕改,希望神宗謹慎而行。元祐年間,司馬光執政,一切變法措施不論利弊盡皆推翻。文彦博雖是保守派的柱石,但多年的爲政生涯,他瞭解到有些變法措施確是有益於民的。因此,他建議從民便利議定後再決定是否免除。如對差役法,文彦博以爲"差役之法,逐州縣各有不同,若自朝廷降一切指揮,即逐處難以一切奉行。今來詳定役法,所見可據逐處申陳看詳定奪"② 。主張視役法成效而更張,顯出其老成與穩健。

三、文彦博的創作

文彦博傳世作品集爲《文潞公集》四十卷。又有《大饗明堂記》二十卷、《紀要》二卷、《藥準》一卷、《文潞公奏議》(此書載於尤袤《遂初堂書目》③)、《文潞公私記》一卷、《顯忠集》二卷(此書或即爲《文潞公私記》),除《文潞公私記》有部分存世外,其他都已失傳。

皇祐三年(1051),文彦博爲宰相日,與宋庠、高若訥等編修《大饗明堂記》二十卷,記皇祐二年大饗明堂之事。文彦博以簡牘繁多,別爲《紀要》二卷。《文獻通考·經籍考》卷一八七:《大饗明堂記》二十卷,《紀要》二卷。陳氏曰:"宰相河汾文彦博寬夫等撰。國朝開創以來,三歲親郊,未嘗躬行大享之禮。皇祐二年,詔以季秋擇日有事於明堂,而罷冬至郊祀。直龍圖王洙言,國家每歲大享止於南郊寓祭,不合典禮,古者明堂、宗廟、路寢同制,今大慶殿即路寢也。九月,親祀,當於大慶殿行禮,詔用其言。禮成,命彦博及次相宋庠、參政高若訥編修爲記,上親製序文。已而彦博以簡牘

---

① (宋)王珪:《華陽集·附録》卷五,引《邵氏聞見後録》,四庫全書本。
② 《文集》卷二六《論役法》其二,第 732 頁。
③ (宋)尤袤《遂初堂書目》,中華書局編輯部:《宋元明清書目題跋叢刊·宋代卷》,中華書局 2006 年版,第 1 册,第 499 頁。

繁多,別爲《紀要》,首載聖訓,欲以大慶爲明堂禮官之議,適與聖意合云。"①《長編》卷一六九載:"(皇祐二年,1050)十月辛未,詔宰臣文彦博、宋庠、參知政事高若訥、史館檢討王洙編修《大饗明堂記》。"②《長編》卷一七○:"(皇祐三年,1051)二月丙戌,文彦博等上《明堂大饗記》二十卷、《紀要》二卷,上爲之序,鏤版以賜近臣。"③

　　熙寧八年(1075)左右,文彦博判大名府日,作《藥準》一卷,所收方計四十首,采自仲景和《外臺》、《千金》等諸家經驗方,以其依《本草》立方,故爲處方用藥之準。《藥準》今已亡佚,但宋以來很多醫書中仍有引用。《通考》卷二二三:《藥準》一卷。陳氏曰:"潞公文彦博寬夫撰。所集方才四十首,以爲依《本草》而用藥則有準,故以此四十方爲處方用藥之準也。"《文潞公集》卷一一有《藥準序》:"予嘉龔醫之方專用《本草》之意,因采仲景并《外臺》、《千金》及諸家經驗方共若干,輒加注傳於門内,以備處療,謂之《藥準》。以其依《本草》立方則用之有準云。"④

　　《文潞公私記》一卷。大約作於元祐五年(1090)文彦博罷平章軍國重事致仕後。但據《長編》著者李燾推斷,《文潞公私記》當不是文彦博所作,而是其子孫或門生故吏輩爲之。此推斷頗有可信度,該文語多激訐,與文彦博平素文風不合,且所述中多有與史實不合之處,以文彦博一代政壇耆宿而論,如此訛誤百出、言辭激烈之作,當不是文彦博所作。晁公武《郡齋讀書志》⑤載:"元豐初,王堯臣之子同老以其父至和中所撰立英宗爲皇子詔草上之,且曰時宰相文彦博、富弼知狀。神宗以問彦博,彦博具以實對。至元祐中,賈易爲言官,因爲韓忠彦争辯其事。彦博乃著此。其後云:'自古唯霍禹云縣官非我家將軍不得立此。楊復恭自稱定策國老,謂昭宗爲門生,天子皆鞅鞅不道之言,卒被夷滅。'"

　　宋人師法唐人以形成自己的風格,在學習杜甫、韓愈、白居易、李商隱

①　(元)馬端臨:《文獻通考·經籍考》卷一八七,四庫全書本。
②　《長編》,第4063頁。
③　《長編》,第4079頁。
④　《文集》,第661頁。
⑤　(宋)晁公武:《郡齋讀書志》,涵芬樓叢刊本。

的社會大環境下,文彥博的詩歌創作也是一個"轉益多師是吾師"的動態變化、兼容並蓄的過程。社會風尚及由之引起的創作者的心態變化在文學創作中具有關鍵的意義,文彥博兼政治家、學者、詩人於一身,政局變化、社會文化環境、個人遭際都是影響其創作心態的因素,在外因的影響下,文彥博的人生旨趣、創作主題、審美情趣都會與時與世而變。文彥博詩歌體裁多樣,有古體詩、律詩、絕句、樂府。從詩歌風格來説,有西崑體之作,創作時間集中於天聖五年前後十年間,體裁主要是近體詩,詩歌題材主要是詠物,詠史,即景、物、事述懷,言情(愛情、友情)之作。文彥博習舉子業時,楊億、劉筠倡導的西崑體爲當時時文,文彥博天聖五年參加省試時的主考官就是劉筠,故當時士子創作並擅長西崑體詩文實屬正常。而文彥博又是其中的佼佼者,其早期詩作多爲近體詩,文辭雕琢,對仗工整,用典繁縟,被列爲後期西崑派代表詩人。樂府詩的創作當也在早期。詩文革新運動的領軍人物歐陽修、梅堯臣師承韓愈,反對西崑體穠艷詩風,提倡平淡詩風,這種審美趣味對文彥博的詩歌創作也有影響。其中後期詩風趨於平淡流暢,又多以散文句法入詩,淡而有致。詩歌題材主要有記遊寫景詩、宴飲唱和詩、抒懷詩、送別詩、宗教詩、挽詩等。後期居於洛陽後的詩歌,完全承襲白居易的閑適詩風,被稱爲耆英體,呈現出老熟之美。

　　總之,在文彥博的詩歌中有展示學養功力、作詩技巧,"用典贍博、屬對精工、音韻和諧、辭藻富麗"①,以"懿、雅、精、博"爲特徵的西崑體詩;有類於崑體雅麗風格的樂府;有清新如畫的寫景詩;有以文爲戲,將日常生活詩意化、閑適化的唱和詩。不同的寫作環境、目的、題材,決定了詩歌的風格。當然年輕時的追求絢爛,至老而絢爛之極歸於平淡;由展示學養才力爲目的,到超脱於才力展示之外的信筆而寫,也是詩人創作的一般規律:從刻意去追求爲詩而詩,到淡淡從容爲詩,而不再關注刻意的才能流露,詩者,抒情、敘事、言志、寫景、唱和,心之所至則筆隨之。

　　從思想内容而言,北宋儒釋道三教合一的社會風尚,兼以宦海起伏五十餘年,政治失意時,文彥博的詩歌往往流露出佛情禪意,以超脱於現實之

---

① 曾棗莊:《〈西崑酬唱集〉及其版本和校注》,《長江學術》2012 年第 1 期,第 130 頁。

外，得到心靈的平静。辭樞密使之位，九年判大名府期間，政治的失意，機緣的巧合，文彦博開始篤信佛教净土宗，成爲虔誠的净土宗居士，此期創作具有濃重的佛家色彩。無力改變政局，年事已長，心萌退意，此期詩作不時流露出思念洛陽、退隱丘園之意。離開大名府，改判河南府后，退則爲隱的士大夫情懷及所處洛陽白居易中隱流風的雙重影響，他發起了一系列追慕白居易九老會的集會，和閑居洛陽的保守派大臣們縱情於詩酒唱和，自逸於洛陽山水，此期的創作心態自然傾向於白居易中隱於洛陽後的閑適平淡詩風。承平之世太平宰相的閑雅心態，使其交遊唱和之作往往呈現雅正平和之態。總的來説，各種詩歌潮流、社會風尚的交融碰撞，人生經歷的豐富多姿在其詩歌創作中均有展現。雖然不是歐陽修、蘇軾一流開創一代詩風的詩人，他的詩歌創作也是詩歌史不可或缺的一環。詩風的變化演進是一個漸進的過程，不是一蹴而就的，關注此演進過程中其他詩人的研究，纔能更好地展現宋詩變遷的歷程。

文彦博今存賦二十篇，其中律賦十八篇，屬律賦創作大家。律賦實爲對人寫作水平的一大考驗，宋孫何《論詩賦取士》云：“詩賦之制，非學優才高不能當也。破巨題期於百中，壓强韻示有餘地。驅駕典故，混然無跡，引用經籍，若己有之。……窮體物之妙，極緣情之旨，識《春秋》之富贍，洞詩人之麗則，能從事於斯者，始可言賦家者流。”①文彦博律賦步武前賢，以唐賦爲則。清李調元《賦話》對其賦作多有稱譽。宋文是中國古代文章學發展的高峰。宋代崇文尚學的社會環境，以詩賦、策論取士的科舉制度，加以宋代承唐而下的行卷制度，使天下士子對文章的創作極爲關注。宋文可謂諸體皆備，且又多有創新。文彦博存世文章可謂諸體皆有，但除應用公文外，其他散文之作不算多，既非以文名者，兼以身在高位，政事繁忙。文彦博文章也頗受稱道，葉夢得稱其文：“公未嘗有意於爲文，而因事輒見，操筆立成，簡質重厚，經緯錯出。”②“其文章不事雕飾而議論通達，卓然經濟之

① （宋）沈作喆：《寓簡》卷五，知不足齋叢書本。
② （宋）葉夢得：《序略》，見文彦博：《文潞公文集》，吕柟校，明嘉靖五年（1526）平陽王溱刻本。

言。"①有宋一朝,文彦博兩任宰相,任樞密使九年,又任平章軍國重事五年,對宋朝的政治、軍事、文化等都産生了舉足輕重的影響,其奏議往往可與正史相參,可補正史之闕,有較高的史料價值。總之,文彦博是研究北宋政治、歷史、文學繞不過的人物,故而對其文集的系統深入整理,爲閲讀、利用《文彦博集》掃清了障礙,對文學、歷史研究均有價值。

四、文彦博作品集的校勘、編年、注釋、輯佚

已有校勘成果的得失詳見《〈文彦博集〉版本源流考述》。

(一)已有編年成果的得失及編年依據

申利《文彦博年譜》(巴蜀書社,2011)在詩文繫年方面較爲系統、細緻。但由於學力及資料所限,仍有部分詩文未能編年。編年依據如下:詩文題下或文後標注的創作日期;《續資治通鑒長編》、《皇宋通鑒長編紀事本末》、《宋會要輯稿》、《宋史》等史料中對文彦博政治活動、奏議的記載;交遊者文集中的相關詩文,如唱和詩、書信往來、針對同一事的奏議標有日期者;根據詩文中所涉人物、事件,與史相參,以推斷其創作年代;《宋朝諸臣奏議》中收録的文彦博奏議標注有日期者;據傳世金石資料和傳世書法作品上標注的詩文的日期編年。還可以根據詩歌特色進行編年。文彦博早期詩風屬西崑體,中後期詩風趨於平實。判大名府日,歸信佛教净土宗,與佛門禪師唱和往來的詩作和充滿佛理禪意的詩篇漸多。退居洛陽後,詩歌一變而爲閑適平淡詩風。據以編年的因素很多,具體情況具體分析,以上不一而足。

(二)已有注釋成果的得失

至今爲文彦博詩作注的是侯小寶碩士論文《文潞公詩校注》。侯注以

_____

① 文彦博:《潞公文集·提要》,第 574 頁。

碩士論文而論,頗下功力,參考了大量資料,注釋不乏精彩之處。但限於作者對文彦博把握的深度和系統性,侯小寶對文彦博詩歌的注釋則存在兩點不足:注釋以釋詞、釋典爲主,未能充分結合詩歌創作的時代背景及創作本事箋釋詩中所涉時人、時事,缺乏對詩歌主旨的總體把握。存在不少誤注、漏注之處。誤注如對《拔劍泉》一詩的解題,乾隆《濟源縣志》卷二:"拔劍泉,在濟瀆池東北,世傳仙人王喬拔劍於此,故名。"而侯小寶的解題則是:"拔劍泉,泉名,位於江蘇徐州西南漢王鎮丁塘山下,相傳劉邦被封爲漢王後,乘虚佔領西楚國都彭城,項羽聞訊,親率精兵奪回彭城,劉邦率隊退到丁塘山下,人睏馬乏,久尋山泉不得,遂怒抽寶劍奮力穿石,劍拔泉湧,故名。拔劍泉爲一菱形泉眼,猶如寶劍插地時遺留的痕跡,泉深十米,蓄水五米,清澈透底,四季噴湧不息,是雲龍湖和奎河的源頭。"文彦博從未到過徐州,而濟源(即北宋時的河陽)則是文彦博曾任職之地。故侯小寶之注實爲誤注。漏注如《文集》卷三《讀〈漢史〉二首》其二:"區區隗囂輩,猶不悟天時。"隗囂:指隗囂,少時跛足,故稱蹇囂。東漢初期隴西地區的割據者。字季孟,天水成紀人。更始初曾徵爲右將軍,後亡歸天水,聚衆自稱西州上將軍。東漢興後,光武帝命爲西州大將軍,專制涼州、朔方事。公孫述在蜀稱帝,隗囂稱臣,述以爲朔寧主。光武帝劉秀親征,隗囂奔西域,恚憤而卒。"見《後漢書·隗囂傳》。後因以"隗囂"代指叛亂者。此條漏注。

(三)已有輯佚成果的得失

　　《全宋詩·文彦博詩》集外輯得佚詩八首,但其中二首不是文彦博的作品。吳宗海、葉石健《全宋詩訂補》①考辨《宿獨樂園詰朝將歸》是司馬光的作品;張如安《〈全宋詩〉訂補稿》②考辨《汶陽館》是文天祥的作品。故實爲六首。申利《〈全宋詩·文彦博詩〉輯補》③對文彦博詩歌進行了輯佚補正,輯錄《全宋詩》失收佚詩三十五首又二句,刊正四處訛誤。但其中二十一首詩實爲文彦博采選,而非其所作。此二十一首詩見於《宋史·樂

---

①　吳宗海、陳新、張如安、葉石健:《全宋詩訂補》,大象出版社 2005 年版,第 74 頁。
②　張如安:《〈全宋詩〉訂補稿》,群言出版社 2005 年版,第 243 頁。
③　申利:《〈全宋詩·文彦博詩〉輯補》,《古籍整理研究學刊》2009 年第 3 期,第 56—59 頁。

志·樂章》。其中一首又一句不是詩。故當爲十三首又一句。吳宗海、葉石健等《全宋詩訂補》輯補佚詩一首。申利集外又輯得佚詩三首。當前輯録的文彦博集外佚詩總計二十三首又一句。

　　《全宋文·文彦博文》集外輯得佚文五十篇又一句,完全吸收了王智勇《〈文潞公文集〉初探》①的輯佚成果。但存在將幾篇文章合爲一篇之失。申利根據清吳元嘉抄,吳允嘉校《宋人小集》考證《全宋文》卷六五七《與韓公帖一》當爲三帖;同卷《與韓公帖五》當爲三帖;據文彦博傳世書法作品《三札卷》考證《全宋文》卷六五六《浚河牒》當爲二帖又一句。實當爲五十五篇又三句(其中一句爲申利輯得佚文之一句)。申利《文彦博作品綜考》②輯得《全宋文》“文彦博”條失收之佚文二篇又二句。另外又輯得佚文二篇又二句。當前輯録的文彦博集外佚文總計五十九篇又六句。

①　王智勇:《〈文潞公文集〉初探》,《古籍整理研究學刊》1993 年第 2 期。
②　申利:《文彦博作品綜考》,《古籍整理研究學刊》2012 年第 4 期。

凡　例

一、標點

（一）題目一般不加標點。個別長達兩行以上者，爲了題意的明瞭，則加標點。

（二）爲閱讀便利起見，根據文意對集中之文進行了分段。

二、校勘

（一）本書以傅校本爲底本，以四庫本、季校本對校。以歷代收録有文彦博詩文的總集、合集參校，包括：《兩宋名賢小集》①、《宋百家詩存》②、

---

① （元）陳思編，陳世隆補：《兩宋名賢小集》，四庫全書本，第 1362—1364 册。

② （清）曹庭棟輯：《宋百家詩存》，上海：上海古籍出版社 1993 年影印嘉善曹氏二六書堂乾隆五年（1740）刻本。

《御選宋詩》①、《宋詩紀事》②、《永樂大典》③;《宋朝諸臣奏議》④、《歷代名臣奏議》⑤;《宋人小集·文潞公集鈔》⑥、《聖宋五百家播芳大全文粹》⑦;《國朝二百家名賢文粹》⑧。以收録有文彦博奏議的史書《續資治通鑒長編》、《宋會要輯稿》,以及文彦博存世書法作品和存世金石資料作他校。

（二）異文處理原則如下:校勘記單立一項;底本訛、脱、衍、倒有充足根據加以校正者,在文本中改正,並寫出校記;别本或他書義可兩通、有參考價值的異文,出校記説明;疑底本有誤,但訂正根據尚欠充足,不改動底本,出校記説明;底本不誤而他本有誤者,一般不出校記;顯著的版刻錯誤,根據上下文可以斷定是非者,如"己""已""巳"的混同之類,徑改而不出校記;文字略有差異而無妨原意者不改,原文列入校記。

（三）集中出現的異體字,一般改爲通行正字,並在校勘記中予以説明。

（四）傅校本是傅增湘在明刻基礎上的校勘,若校勘記中云明刻本,則整理者以爲明刻本正確或有參校價值,以别於傅校本。

三、注釋

（一）一題數首者,按其一、其二等分首重排序號。一組詩前之小序的注釋合入第一首詩。

---

① （清）張豫章等編:《御選宋詩》,四庫全書本,第1337—1444册。
② （清）厲鶚編:《宋詩紀事》,上海古籍出版社1983年版。
③ 楊家駱:《影印永樂大典存本并前編附編》,台北:世界書局1977年版。
④ （宋）趙汝愚編:《宋朝諸臣奏議》,北京大學中國中古史研究中心校點,上海古籍出版社1999年版。
⑤ （明）黄淮、楊士奇等編:《歷代名臣奏議》,台北:學生書局1964年影印明永樂十四年（1416）本。
⑥ （清）吳元嘉抄,吳允嘉校:《宋人小集·文潞公集鈔》（現藏國家圖書館）。
⑦ （宋）魏齊賢、葉棻同編《五百家播芳大全文粹》,清抄本,傅增湘校補並跋。
⑧ （宋）《新刊國朝二百家名賢文粹》,《中華再造善本》,北京圖書館出版社2006年據宋慶元三年（1197）書隱齋刻本影印本。

（二）注釋力求詳明，舉凡人物、地名、史實、本事、名物等，均加以箋釋，字義、詞義、句義、典故、讀音等亦有注釋。對疑難字詞句，作必要的注音、辨字、釋詞，及串講疏通。注解典故側重徵引原始文獻，並進一步找出所用之典與時事之間的聯繫，闡明作者用典的用意。在時代背景、人物事件、典章文物等方面徵引有關資料，並點明所徵引資料與題旨的關係。名物典章制度的注釋方面，注重對文集中所涉官制、科舉的注釋。力求釐清職、官、差遣並存，又以元豐改制爲界，前後不同的紛繁蕪雜的北宋官制。對宋時市井習語、賦稅用語及公文習語等也納入注釋範疇。

（三）注釋中《文彥博集》簡稱《文集》，《續資治通鑒長編》簡稱《長編》，《宋會要輯稿》簡稱《會要》。

（四）對詩文中宋時地名的注釋，多出於《宋史·地理志》和《元豐九域志》兩書。

四、編年

（一）編年標明年號甲子，括注所對應的公元紀年，並標明文彥博時任官職。

（二）闡明編年理由。若前見詩文中已闡明理由，則該處不再贅述。

（三）爲了方便讀者研究文彥博作品的思想內容和藝術成就的演變軌跡，對難以斷以年限而可以斷以時段者，則以時段編年。對作時不明者，存疑以待考。

（四）對已編年的作品，按年作一編年目錄作爲附錄，以呈現文彥博的創作軌跡。

五、輯佚

（一）集外佚詩詞和佚文，各單列一卷。並在佚作下標明輯佚來源。

（二）對存在爭議的佚詩、佚文也列出並注釋，以備方家續考。

文彦博集卷一

古賦

聖駕幸太學賦並序

國家以寰宇昭泰①，仍歲登平②，務恢儒風，以章示黎獻③。皇帝乃備法駕④，幸於太學，詔諸儒博士⑤，講論前典，親臨聽焉。臣獲逢休吉之期⑥，恭聞偉盛之事，舞蹈不足⑦，形於賦詠，誠不能述宣上德，褒贊形容。姑第樵夫之談，以協擊轅之韻爾⑧。詞曰：

炎宋受命之四葉⑨，皇上御極之三年⑩，九有咸若⑪，六合晏然⑫。黎庶躋於壽域⑬，文教燭乎冰天⑭。朝無闕政，野無遺賢。九敘可歌而不紊⑮，百官承式以惟虔⑯。刑罰幾措⑰，宿澍不愆⑱。荒憬清夷而偃革⑲，狙獷慄聾而慕羶⑳。軼漠逾沙，趨槀街者有萬㉑；受纓請吏㉒，伏魏觀者且千㉓。碧荅文鈇之琛，充牣乎儲邸㉔；黑章肉角之獸，馴擾乎郊阡㉕。嘉祥臝集，異瑞蟬聯㉖。天降甘露，地出醴泉㉗。語鴻烈則超圖而溢牒㉘，較盛時則絕後而光前。宜乎優遊當宁，拱默承乾㉙。尚乃惕嚴衷而馭朽㉚，思嘉謨而涉淵。以爲治國之道，校學爲先〔一〕。故周氏東膠，往誥之所顯㉛；

商人右學^㉜，來葉之以傳。上既行則民胥效也^㉝，君所令則臣必從焉。雖平昔之已務，在於今之益宣。於是命有司^㉞，涓良日^㉟，祲儀盛蕆^㊱，法駕乃出。天威穆穆，國容皇皇^㊲。采章煥爛^㊳，和鸞鏗鏘^㊴。太史協樂以前導^㊵，大丙弭節而徐翔^㊶。嚴羽衛^㊷，歷康莊^㊸，在浚之都^㊹，於國之陽^㊺，神移斗運，乃至於上庠^㊻。宸心虔鞏^㊼，天步高驤^㊽。歷階逾閾^㊾，睹奧窺堂。晞將聖兮有穆，如悉數兮相當。然後趣講室，明典章。纓綏匝序^㊿，巾卷充廊。巨儒碩生，奉帙而在列^㊶；禮官博士，掌姻而詔王。展東面之殊禮，法西周之舊章。禹聽彌審，堯聰益詳。夫子善言，由茲而不昧；虞舜好問，於是乎有光。時宣諸直講，臣講《魯論》。於時間閻相歡^㊷，民靈胥喜，扶老攜弱，自邇及邐，莫不連踵而懬集^㊸，駕肩而戾止^㊹。悉雲委於橋門，盡堵觀於璧水^{〔二〕}。粵有華顛胡老，童牙胄子^㊺，含經味道之流^㊻，方領高冠之士^㊼，咸相與而言曰："赫胥遠而大庭尚矣^㊽。無得稱焉，不可詳已。"

【編年】

天聖三年（1025）。由文中"炎宋受命之四葉，皇上御極之三年"句推知。

【校勘】

〔一〕校學：四庫本作"學校"。漢揚雄《法言·孝至》："辟廱以本之，校學以教之，禮樂以容之，輿服以表之。"

〔二〕堵：四庫本作"睹"。"堵觀"與上句之"雲委"相對爲文。堵觀：即"觀者如堵"。堵，牆壁。觀看的人如圍牆一樣，形容觀看的人衆多。璧：原作"壁"，誤。據四庫本改。璧水：辟雍是周天子爲貴族子弟設立的大學，校址圓形，四面環水如璧，前門外有通行的橋。

【箋注】

①寰宇：天下；指國家全境。唐駱賓王《帝京篇》："聲名冠寰宇，文物象昭回。"昭泰：清明安泰。南朝齊王融《三月三日曲水詩序》："宮鄰昭泰，荒憬清夷。"

②仍歲：連年；多年。《南史·齊豫章文獻王嶷傳》：“舊楚蕭條，仍歲多故。”登平：謂穀熟年豐。指升平，太平。

③章示：明示；詔告。《後漢書·王望傳》：“帝以望不先表請，章示百官，詳議其罪。”黎獻：黎民中的賢者。《書·益稷》：“萬邦黎獻，共惟帝臣。”

④法駕：天子車駕的一種。天子的鹵簿分大駕、法駕、小駕三種，其儀衛之繁簡各有不同。《史記·呂太后本紀》：“乃奉天子法駕，迎代王於邸。”

⑤博士：官名。秦及漢初，博士的職責主要是掌管圖書，通古今，以備顧問。自漢武帝後，博士專掌經學傳授。唐置國子、太學、四門等博士。另有律學博士、書學博士、算學博士，府學、州學、縣學博士之稱，均爲教授官，而非中央官學傳授儒經學官的專稱。

⑥休：指吉慶；美善；福禄。《詩·商頌·長發》：“何天之休。”鄭箋：“休，美也。”

⑦舞蹈：臣下朝見皇帝的禮儀。唐制，凡群臣朝見皇帝，典儀官即呼百官舞蹈，群臣即依典儀官之言做出有節奏的動作，司樂官以樂伴之。若遇齋戒、喪葬、祭祀等事則勿舞蹈。

⑧第：編次；編排。《隋書·經籍志一》：“至劉向考校經籍，檢得一百三十篇，向因第而敘之。”擊轅：謂敲打車轅中樂成聲。三國魏曹植《與楊德祖書》：“擊轅之歌，有應《風》《雅》，匹夫之思，未易輕棄也。”

⑨炎宋：趙宋自稱以火德王，故稱。《宋史·樂志十》：“於赫炎宋，十葉華耀。”受命：謂受天之命。古代帝王托神權以自重之辭。《書·召誥》：“惟王受命，無疆惟休。”四葉：即四世。指仁宗朝。宋自太祖、太宗、真宗而仁宗。

⑩御極：登極；即位。唐皮日休《霍山賦》：“岳之尊，端然御極，聳然正位。”

⑪九有：指九州。《詩·商頌·玄鳥》：“方命厥后，奄有九有。”一說，猶九圍。“有”通“圍”。京都爲中圍，八輔爲八圍，合爲九圍。咸若：稱頌帝王之教化。謂萬物皆能順其性，應其時，得其宜。《書·皋陶謨》：“皋陶曰：‘都！在知人，在安民。’禹曰：‘吁！咸若時，惟帝其難之。’”

⑫六合：指天地四方。泛指天下。《莊子·齊物論》：“六合之外，聖人存而不論。”成玄英疏：“六合者，謂天地四方也。”晏然：安定貌，安寧貌。唐王昌

齡《風涼原上作》:"海內方晏然,廟堂有奇策。"

⑬黎庶:黎民;百姓。唐岑參《送顏平原》:"天子念黎庶,詔書換諸侯。"躋於壽域:躋:進入;登上。壽域:喻太平盛世。《漢書·禮樂志》:"驅一世之民,躋之仁壽之域。"

⑭冰天:指極北苦寒之地或極高甚寒之處。《文選·江淹〈雜體詩·效袁淑從駕〉》:"文軫薄桂海,聲教燭冰天。"李善注:"《淮南子》曰:'八紘,北方曰積冰。'高誘曰:北方寒冰所積,因以爲名積冰也。"

⑮"九敘"句:謂九功各順其理,皆有次序。泛指德政。古謂六府三事爲九功。《左傳·文公七年》:"六府、三事,謂之九功。水、火、金、木、土、穀,謂之六府。正德、利用、厚生,謂之三事。"《書·大禹謨》:"九功惟敘,九敘惟歌。"

⑯承式:繼承;效法。

⑰措:棄置。唐柳宗元《斷刑論》:"此刑之所以不措也。"

⑱宿:來年的。澍(shù):時雨。《論衡·雷虛》:"天施氣,氣渥爲雨,故雨潤萬物,名曰澍。"愆:耽誤。

⑲荒憬清夷:荒遠之國感盛德而清平。《文選·王融〈三月三日曲水詩序〉》:"宮鄰昭泰,荒憬清夷。"偃革:指停止戰爭。《樂府詩集·鼓吹曲辭五·君臣同慶樂》:"君看偃革後,便是太平秋。"

⑳狙獷(jū guǎng):驚去的樣子。漢揚雄《劇秦美新》:"來儀之鳥,肉角之獸,狙獷而不臻。"膻(shān):此指膻行,即使人仰慕的德行。《莊子·徐無鬼》:"舜有膻行,百姓悅之。"慄(lì):戰慄;發抖。讋(zhé):懼怕。漢班固《東都賦》:"殊方別區,界絕而不鄰。自孝武之所不征,孝宣之所未臣,莫不陸讋水慄,奔走而來賓。"

㉑橐(gǎo)街:漢代長安街名,少數民族聚居的地方。《漢書·陳湯傳》:"斬郅支首及名王以下,宜縣頭橐街蠻邸間。"後因用以指外國使節所住之處。

㉒受纓:漢代終翁聚(今濟南仲宮鎮)人終軍,十八歲到長安上書言事,很受漢武帝賞識。漢武帝欲派人去說服南越王歸附。終軍請命前往,說"願受長纓,必羈南越王而致闕下"。意爲此行必竭盡全力,定使南越王朝拜臣服。終軍至南越後,果不負使命。越王聽從終軍規勸,舉國歸屬漢朝。後人遂以"請纓"代稱投軍報國,請負重任。

㉓魏觀:也稱"魏闕"。宮庭門外懸法昭民之兩觀。此以借指天子。《莊子·讓王》:"身在江海之上,心居乎魏闕之下。"王先謙集解:"魏闕,象魏,觀闕,人君門也,許慎云,天子兩觀也。"

㉔碧砮(nú):可製箭頭的碧玉。文鉞(yuè):刻有畫紋的鉞。鉞,古代兵器,亦用作禮器。青銅製,像斧,比斧大,圓刃可砍劈,中國商及西周盛行。琛(chēn):珍寶。南朝齊王融《三月三日曲水詩序》:"文鉞碧砮之琛,奇幹善芳之賦。"充仞:充滿。儲邸:貯藏財物的府庫。《文選·王融〈三月三日曲水詩序〉》:"紈牛露犬之玩,乘黃兹白之駟,盈衍儲邸,充仞郊虞。"

㉕黑章:黑色花紋。漢司馬相如《封禪文》:"白質黑章,其儀可嘉。"肉角:古代傳說中的麒麟頭生肉角,因亦用爲麒麟的代稱。《文選·揚雄〈劇秦美新〉》:"來儀之鳥,肉角之獸,狙獷而不臻。"馴擾:馴服柔順。

㉖麤集:麤通"群"。指物類相聚。蟬聯:連續不斷獲得。

㉗醴(lǐ)泉:甘甜的泉水。

㉘鴻烈:偉大的功業。《後漢書·馮衍傳》:"著盛德於前,垂鴻烈於後。"此句謂在偉大的功業方面爲有文字記載以來所未見。

㉙拱默:指垂拱無爲。承乾:承天命。乾命,即天命。

㉚惕:畏懼;戒懼。《左傳·襄公二十二年》:"無日不惕,豈敢忘職。"

㉛東膠:《禮記·王制》:"周人養國老於東膠,養庶老於虞庠。虞庠在國之西郊。"鄭玄注:"東序、東膠亦大學,在國中王宮之東。"東膠本爲夏周大學,後用以泛指興教化、養耆老的場所。《陳書·徐陵傳》:"巡省方化,咸問高年,東序西膠,皆尊耆耋。"

㉜右:崇尚。

㉝胥:通"與"。相與;皆。《詩·小雅·角弓》:"兄弟婚姻,無胥遠矣;爾之遠矣,民胥然矣。"

㉞有司:官吏。古代設官分職,各有專司,故稱。《書·大禹謨》:"好生之德,洽于民心,兹用不犯于有司。"

㉟涓:選擇。《文選·左思〈魏都賦〉》:"涓吉日,陟中壇。"

㊱祲儀:盛大的儀式。祲,盛。《文選·班固〈東都賦〉》:"天官景從,祲威盛容。"蔵(chǎn):完成。《左傳·文公十七年》:"十四年七月,寡君又朝,以蔵

陳事。”

⑰穆穆:端莊恭敬。皇皇:莊肅貌。《禮記·曲禮下》:“天子穆穆,諸侯皇皇。”

⑱采章:指有彩紋的旌旗、車輿、服飾等。唐元稹《鎮圭賦》:“備采章以盡飾,瑑崇高而定位。”焕爛:光輝燦爛。唐司空曙《和李員外與舍人詠玫瑰花》:“蒙蘢珠樹合,焕爛錦屏張。”

⑲和鸞:古代車上的鈴鐺。掛在車前橫木上稱“和”,掛在軛首或車架上稱“鸞”。《詩·小雅·蓼蕭》:“和鸞雝雝,萬福攸同。”鏗鏘:形容聲音響亮,音節和諧。

⑳太史:官名。西周、春秋時太史掌記載史事、編寫史書、起草文書,兼管國家典籍和天文曆法等。

㉑大丙:傳説中仙人名。《淮南子·原道訓》:“昔者馮夷、大丙之御也,乘雲車,入雲蜺,遊微霧,騖恍忽。”《文選·張衡〈東京賦〉》:“大丙弭節,風后陪乘。”薛綜注引高誘曰:“二人,太乙之御也。”太乙,六壬十二神之一。

㉒羽衛:帝王的衛隊和儀仗。南朝梁江淹《雜體詩·效袁淑〈從駕〉》:“羽衛藹流景,彩吹震沈淵。”

㉓康莊:寬闊平坦、四通八達的道路。《史記·孟子荀卿列傳》:“自如淳于髡以下,皆命曰列大夫,爲開第康莊之衢。”

㉔浚(xùn):古邑名。春秋衛地,在今河南濮陽南。《詩·鄘風·子衿》:“在浚之郊”;“在浚之都”;“在浚之城”。即此。

㉕國之陽:都城南郊。漢李尤《辟雍賦》:“太室宗祀,布政國陽。”

㉖上庠(xiáng):古代的大學。《禮記·王制》:“有虞氏養國老於上庠,養庶老於下庠。”

㉗宸:帝王的代稱。虔翹:虔誠勤勞。《文選·班固〈典引〉》:“榮鏡宇宙,尊亡與亢,乃始虔翹勞謙,兢兢業業。”

㉘驤(xiāng):舉。漢班固《西都賦》:“列棼橑(lǎo)以布翼,荷棟浮而高驤。”

㉙閫(kǔn):門限;門檻。《南史·沈凱傳》:“凱送迎不越閫。”

㉚纓綏:冠帶與冠飾。借指官位或有聲望的士大夫。唐李益《秋晚溪中寄

懷大理齊司直》：“明質鶩高景，飄飄服纓綏。”匝：環繞。唐元結《招陶別駕家陽華作》：“清渠匝庭堂。”序：古代學校。起源於夏，有東序、西序之分。《禮記·王制》：“夏后氏養國老於東序，養庶老於西序。”

○51　奉：捧。《韓非子·和氏》：“楚人和氏得玉璞楚山中，奉而獻之厲王。”帙(zhì)：包書的套子，用布帛製成。因即謂書一套爲一帙。

○52　閭閈：閭，民户聚居處；里巷。《周禮·地官·閭胥》：“閭胥各掌其閭之徵令。”鄭玄注引鄭司農曰：“二十五家爲閭。”閈，巷門。《左傳·襄公三十一年》：“高其閈閎，厚其牆垣。”也指鄉里。

○53　憬集：遠道來集。南朝宋顔延之《皇太子釋奠會作》：“懷仁憬集，抱智麕至。”

○54　駕肩：比肩；並肩。形容人多擁擠。南朝宋鮑照《蕪城賦》：“當昔全盛之時，車掛轊，人駕肩，廛閈撲地，歌吹沸天。”戾止：來到。唐任華《寄李白》：“及余戾止，君已江東訪元丹，邂逅不得見君面。”

○55　華顛胡老：白頭老人。顛，頭頂。《詩·秦風·車鄰》：“有馬白顛。”胄子：稚子。

○56　含經：心懷常道。《東觀漢記·郭丹傳》：“功曹稽古含經，可謂至德。”味道：體味道的哲理；體察道理。漢蔡邕《被州辟辭讓申屠蟠》：“安貧樂潛，味道守真。”

○57　方領高冠：指儒生的裝束。亦用爲儒生的代稱。方領，直衣領。高冠，高高的帽子，古代儒者的裝扮。

○58　赫胥：上古帝號。即炎帝。漢崔駰《達旨》：“昔大庭尚矣，赫胥罔識。”大庭：傳説中上古帝王名。《莊子·胠篋》：“昔者容成氏、大庭氏……神農氏，當是時也，民結繩而用之。”尚：久遠。

　　自夫五帝而降①，三王之始②，書契可以傳聞③，憲章可以追擬④，悉皆恢雍泮之基⑤，盛膠庠之址⑥。四術四教因是而興⑦，三行三德所由而起⑧。是故醇化丕隆⑨，至德逾美，爲萬世之所宗，彌億載而罕比。卯金之後⑩，蓋不足紀。當途窘蹙⑪，典午淪弛⑫，南取島夷之譏，北貽索虜之恥⑬。干戈於是日尋，俎豆以之中圯[14]。咸不永於卜世[15],但胥循於覆軌[16]。逮乎有唐[17],皇維誕張[18],五室之儀兮絕而復嗣[19],四郊之制兮抑而復揚[20]。置序於術[21],建塾於鄉[22]。家知禮讓,民用和康。所以卜年久而享國長,號治古而振懿綱[23]。朱石之際[24],黿聲閏位[25],覆亡則曾不暇給,學校則誠非擬議。

噫!大道不可以終否,斯文不可以久墜。於是天命方有特眷之隆,世運遂有日新之意。維我太祖[一],掃除僭偽[26],俾萬方無墜炭之勞[二],百姓有息肩之地[27]。三后繼明[28],百祥遝至[29]。展雲岱之鴻儀,紹元封之故事[30]。盛德大業,固無與二。今我皇上克奉先烈,奫紹慶基[31]。體元則大,累洽重熙[32]。將使儒風寖盛,文教日滋。故乘輿親視於學,俾億醜預覘其儀。足鄙元鼎之間,屢有甘泉之幸[33];堪譏延熹之際,惟尚濯龍之祠[34]。夫然,則三代之風必能緩步而越矣[35],兩漢之盛豈可並日而論之[36]。偉乎!軌跡夷易[37],文物葳蕤[38],信千載而一時[39]。

【校勘】

〔一〕於是天命方有特眷之隆世運遂有日新之意維我太祖:原作"故昊天命我太祖",據四庫本改。

〔二〕墜:四庫本作"塗"。意皆可通。塗炭:比喻處在極端困苦的境地。《秦併六國平話》卷上:"生靈免塗炭之災,兵師有息肩之日。"墜炭:當爲"民墜塗炭"的縮寫。《書·仲虺之誥》:"有夏昏德,民墜塗炭。"

【箋注】

①五帝:傳說中的上古帝王。說法不一,以五帝爲"伏羲、神農、黃帝、堯、舜"一說爲多。

②三王:指夏、商、周三代之君。說法不一。一般指夏禹、商湯、周文王。

③書契:指文字。《易·繫辭下》:"上古結繩而治,後世聖人易之以書契。"

④憲章:典章制度。

⑤雍泮(pàn)：辟雍與泮宮。泛指古代天子或諸侯所設立的大學。《後漢書·崔駰傳》：“臨雍泮以恢儒，疏軒冕以崇賢。”李賢注：“天子辟雍，諸侯頖宮。璧雍者，環之以水，圓而如璧也。頖，半也。諸侯半天子之宫，皆所以立學垂教也。”

⑥膠庠：周代學校名。周時膠爲大學，庠爲小學。後世通稱學校爲“膠庠”。語出《禮記·王制》：“周人養國老於東膠，養庶老於虞庠。”

⑦四術：詩、書、禮、樂四種經術。四教：舊時的四項教育科目。孔子以文、行、忠、信爲教人的四要目。《禮記·王制》：“樂正崇四術，立四教，順先王詩、書、禮、樂以造士，春秋教以禮、樂，冬夏教以詩、書。”

⑧三行：三種德行。《周禮·地官·師氏》：“(師氏)教三行：一曰孝行，以親父母；二曰友行，以尊賢良；三曰順行，以事師長。”三德：三種品德。《周禮·地官·師氏》：“以三德教國子，一曰至德，以爲道本；二曰敏德，以爲行本；三曰孝德，以知逆惡。”

⑨淳化丕隆：教化淳厚。淳化：敦厚的教化。《舊五代史·唐書·明宗紀四》：“陛下自膺人望，歲時豐稔，亦淳化所致也。”丕隆：謂極其淳厚。

⑩卯金：謂劉姓所建之漢代。《後漢書·光武帝紀上》：“讖記曰：‘劉秀發兵捕不道，卯金修德爲天子。’”李賢注：“卯金，‘劉’字也。”

⑪當途：即“當塗”，漢代讖書中之隱語。《後漢書·袁術傳》李賢注：“當塗高者，魏也。”指代三國魏。窘蹙：困迫；局促。

⑫典午淪弛：晋朝易主。典午：“司馬”的隱語。明胡應麟《少室山房筆叢·史書占畢四》：“當塗爲魏，典午爲晋，世率知之，而意義出處，或未明瞭。案……典，司也；午，馬也。”晋帝姓司馬氏，後因以“典午”指晋朝。淪，没落。弛，改易，更換。

⑬索虜：對北方少數民族的蔑稱。南北朝時，封建統治階級各以正統自居，北朝詆毀南朝爲“島夷”，南朝蔑稱北朝爲“索虜”。《北史·序傳》：“大師少有著述之志，常以宋、齊、梁、陳、魏、齊、周、隋南北分隔，南書謂北爲‘索虜’，北書指南爲‘島夷’。”

⑭俎豆中圮：祖廟祭祀中斷。俎(zǔ)豆：祭祀。俎和豆，古代祭祀、宴饗時盛食物用的兩種禮器。亦泛指各種禮器。《後漢書·祭遵傳》：“雖在軍旅，不

忘俎豆。"圮(pǐ):毁;絶。漢張衡《東京賦》:"漢初弗之宅,故宗緒中圮。"

⑮卜世:占卜預測傳國的世數。亦泛指國運。《南史·宋武帝紀》:"晋以卜世告終,曆數有歸,欽若景運,以命於裕。"

⑯覆軌:即覆車之軌。翻車的轍跡。後以喻指失敗的教訓。

⑰有唐:朝代名。即李世民所建之唐。有,詞頭。

⑱皇維:朝廷的綱紀、王法。晋陸云《晋故散騎常侍陸府君誄》:"仰耀皇維,俯映明堂。"誕,本義爲大言,引申爲大,廣闊。《書·湯誥》:"王歸自克夏,至于亳,誕告萬方。"張:壯大;盛大。《詩·大雅·韓奕》:"四牡奕奕,孔修且張。"

⑲五室:古人明堂内設置的木室、火室、金室、水室、土室。《舊唐書·禮儀志二》:"太常博士柳宣依鄭玄義,以爲明堂之制,當爲五室。"嗣:繼承;接續。《書·洪範》:"禹乃嗣興。"

⑳四郊:都城外四面的郊區。《禮記·曲禮上》:"四郊多壘。"孔穎達疏:"四郊者,王城四面並有郊,近郊五十里,遠郊百里,諸侯亦各有四面之郊,里數隨地廣狹,故云四郊也。"

㉑術:古代行政區劃。《管子·度地》:"故百家爲里,里十爲術,術十爲州,州十爲都。"《禮記·學記》:"古之教者,家有塾,黨有庠,術有序,國有學。"鄭玄注:"術當爲遂,聲之誤也……遂在遠郊之外。"

㉒鄉:基層行政區劃名。後指縣以下的農村基層行政單位。周制,一萬二千五百家爲鄉。《周禮·地官·大司徒》:"令五家爲比,使之相保;五比爲閭,使之相受;四閭爲族,使之相葬;五族爲黨,使之相救;五黨爲州,使之相賙;五州爲鄉,使之相賓。"

㉓治古:指古代升平社會,古之治世。《荀子·正論》:"世俗之爲説者曰:'治古無肉刑,而有象刑。'"懿綱:指德政。

㉔朱石之際:指五代十國時期。朱:指朱温。朱温原是黄巢部將,叛歸唐朝,賜名全忠。朱温推翻唐朝,建立後梁。唐朝至此滅亡,五代十國開始。石:指後晋高祖石敬瑭。山西太原人氏,沙陀族。後唐時爲河東節度使,鎮守太原。娶後唐明宗女爲妻。爲奪得帝位,以割讓燕云十六州、歲貢綿帛三十萬匹及認契丹主耶律德光爲父皇的條件,勾結契丹貴族。清泰三年(936)滅唐。並

受契丹册封爲帝,建都汴(今河南開封),國號晉,史稱"後晉"。

㉕電聲閏位:謂以僞亂真。《漢書·王莽傳論》:"紫色電聲,餘分閏位。"閏位:非正統的帝位。

㉖"維我"二句:宋太祖趙匡胤,廢後周恭帝柴宗訓,自立爲帝,建都汴梁(今河南開封),國號宋,史稱"北宋"。他用"先南後北"各個擊破的戰略,先後攻滅荆南、湖南、後蜀、南漢、南唐諸國,結束五代的分裂局面。

㉗息肩:謂休養生息。《秦併六國平話》卷上:"生靈免塗炭之災,兵師有息肩之日。"

㉘三后:指宋太祖、宋太宗、宋真宗。

㉙遝至:連續不斷地來,紛紛到來。

㉚元封:漢武帝年號(前110—前105)。元封元年春正月,武帝"親登嵩高,御史乘屬,在廟旁吏卒咸聞呼萬歲者三"。後因稱嵩山爲"萬歲山"。唐杜牧《洛陽長句二首》之一:"君王謙讓泥金事,蒼翠空高萬歲山。"

㉛夤紹慶基:敬承祖宗基業。夤(yín):嚴肅,莊敬。南朝齊王融《永明九年策秀才文》:"朕夤奉天命,恭維永圖。"紹:繼承。慶基:幸福的根基。《後漢書·荀淑韓韶等傳贊》:"慶基既啓,有蔚潁濱。"

㉜"體元"二句:謂以天地之元氣爲本,累世升平。體元:謂以天地之元氣爲本。漢班固《東都賦》:"體元立制,繼天而作。"累洽重熙:謂前後功績相繼,累世升平。《文選·班固〈東都賦〉》:"至於永平之際,重熙而累洽。"

㉝元鼎:漢武帝年號(前116—前110)。甘泉:宮名。故址在今陝西淳化西北甘泉山。本秦宮。漢武帝增築擴建,在此朝諸侯王,饗外國客;夏日亦作避暑之處。《三輔黄圖·甘泉宮》:"一曰云陽宮……始皇二十七年作甘泉宮及前殿,築甬道自咸陽屬之。漢武帝建元中增廣之。周回一十九里,中有牛首山,望見長安城。"

㉞延熹:漢桓帝年號(158—167)。濯龍:漢代宮苑名。在洛陽西南角。延熹八年(165)始,漢桓帝出於長生目的而祭祀老子,在老子家鄉修築廟宇。還派人到蒙縣(今河南商丘)祭祀傳説中的仙人王子喬,並樹碑ван頌。延熹九年(166)七月,"祠黄老於濯龍宮"(《後漢書·孝桓帝紀》),他親自進行祭祀,以求福祥。還把佛祖與黄老並列,同在宮中供奉。

㉟三代:三代指中國古代歷史上夏、商、周三個王朝統治的時期,由於歷代儒家學者的美化與宣揚,遂使三代成爲理想社會的代表。

㊱並日而論:猶言同日而論、同日而語。《史記·蘇秦列傳》:“夫破人之與破於人也,臣人之與臣於人也,豈可同日而論哉!”

㊲軌跡夷易:途徑平正。漢司馬相如《封禪文》:“故軌跡夷易,易遵也。”

㊳文物葳蕤:禮樂興盛。文物:指禮樂制度。《左傳·桓公二年》:“夫德,儉而有度,登降有數,文物以紀之,聲明以發之,以臨百官。”葳蕤:盛多貌。漢張衡《東京賦》:“羽蓋葳蕤。”

㊴“千載”句:喻機會難得。唐韓愈《潮州刺史謝上表》:“當此之際,所謂千載一時不可逢之嘉會。”

金苔賦並序①

王嘉《拾遺記》曰:“晉惠帝初,有祖梁國獻金苔,其色如金,聚之如卵,投水中則蔓延於波上,光生照日。上於宮中,鑿池以置之,常觀焉。外人莫得見也,惟進御嬪彩②,多被其賜與。置於盤中,則照耀滿室,故宮中亦呼爲夜明苔。”僕頗異之③,因爲斯賦追其美。詞曰:

伊兩儀之高厚④,育萬彙兮紛紜⑤。嘉金苔之有異,窮古史而未聞。出於祖梁之國,獻諸典午之君⑥。其爲狀也,色掩涓山⑦,光分化鵲⑧。非沃壤之可植,向華池而自托。精氣所爲,衆口難鑠。色焜朝日,寧同沈郎之錢⑨;根覆輕漪,豈羨陳王之閣⑩?如賜郭釜⑪,難藏陸橐⑫。縈流荇而細細,繚舒荷而漠漠⑬。爤堂上之江蘺⑭,沮洲中之杜若⑮。風團而或謂能鑄,浪颺而多虞自躍⑯。洊雷臨睍⑰〔一〕,疑抵燕池之蛙;出震誤觀,常歌漢液之鶴⑱。所謂麗水⑲,非云滿堂⑳。東籬之菊兮㉑,瞻我而失色;北堂之萱兮㉒,對吾而不芳〔二〕。葳蕤頗盛㉓,蔓延彌長。緝作水衣,海上濯吉光之服㉔;梳爲石髮㉕,舟中見黄頭之郎㉖。伊詭異之餘狀,非名言之罄量。宜乎首出庶彙,超蘭掩蕙。將藥友以荃交〔三〕,使蘋輿而藻隸。雖薙氏之務去兮㉗,不我芟夷;縱騷人之善詠兮,莫吾擬議。

噫!昔產遐陬㉘,常依異類,既作貢於大國,遂見珍於中地。唯皇居之必蓄,依圓海而是置。自遠成美,以少爲貴。非世俗之或睹,豈凡品之能譬。其或長樂清閒,承光秘邃,翠華黄屋,宵遊夕憩。春霄宫之鳳腦㉙,曷騁輝光;咸陽庫之螭鱗㉚,皆從擯棄。置吾於隆棟之下,則午夜而昕㉛;升我於文石之前,則重昏而燧㉜。

偉乎哉!苔之爲狀也亦以異,苔之爲用也亦以至。然不能方屈軼㉝,效靈蓍㉞,指邪斥佞兮清君之側〔四〕,鉤深索隱兮決人之疑〔五〕。此無所取,又將焉爲?徒能隨波瀾而上下,與蒲稗而因依㉟。輝煌禁御,賜錫壼閫㊱。悦目兮媪宦,侈心兮嬪妃。南風之蕩兮㊲,豈率循於四德㊳;正度之荒兮㊴,遂曠弛於萬機。是致永熙、永嘉之蕩析,劉曜、劉聰之傾逼㊵〔六〕。玉輦播遷㊶,金行否塞㊷。蟠龍踞虎,雖别王於偏方㊸;封豕長蛇,恣吞噬於中國㊹。萬户蒿榛,千門荆棘,金苔亦陷於羯胡㊺,深可爲之太息。

【校勘】

〔一〕洊:原作"遊",據四庫本改。洊(jiàn):通"薦"。再;一次又一次。《易·坎》:"水洊至。"王弼注:"相仍而至。"

〔二〕吾:四庫本作"我"。下同。

〔三〕將:四庫本作"持"。

〔四〕斥:四庫本作"觸"。

〔五〕鉤:原作"釣",據四庫本改。

〔六〕曜:原作"耀",據《晉書》卷一〇三《劉曜載記》改。

【箋注】

①金苔:傳説中的一種苔蘚。亦稱蔓金苔、夜明苔。色如黄金,可用以照明。事見晉王嘉《拾遺記·晉時事》:"祖梁國獻蔓金苔,色如黄金,若螢火之

聚,大如雞卵,投於水中,蔓延於波瀾之上,光出照日,皆如火生水上也……宮人有幸者,以金苔賜之,置漆盤中,照耀滿室,名曰'夜明苔';著衣襟則如火光。"王嘉,字子年,東晉時人,籍貫隴西安陽(今甘肅渭源)。著有《拾遺記》十卷,已佚,今所存《拾遺記》爲蕭綺所録本。

②嬪(pín):古代宮廷女官名。《左傳·昭公三年》:"以備嬪嬙。"也指帝王之妾。彩:此指彩女。即宮女。《後漢書·吕强傳》:"臣又聞後宮彩女數千餘人,衣食之費,日數百金。"

③僕:謙稱"我"。

④兩儀:指天地。《易·繫辭上》:"是故易有太極,是生兩儀。"孔穎達疏:"不言天地而言兩儀者,指其物體;下與四象(金、木、水、火)相對,故曰兩儀,謂兩體容儀也。"

⑤萬彙:萬物。五代歐陽炯《春光好》之一:"萬彙此時皆得意,競芬芳。"

⑥典午:"司馬"的隱語。晋帝姓司馬氏,因以"典午"指晋朝。

⑦掩:蓋過。《國語·晋語五》:"爾童子,而三掩人於朝。"捐山,此指金。漢班固《東都賦》:"賤奇麗而弗珍,捐金於山,沈珠於淵。"

⑧化鵲:喻鏡子。《太平御覽》卷七一一引《神異經》:"昔有夫婦將別,破鏡,人執半以爲信。其妻與人通,其鏡化鵲,飛至夫前,其夫乃知之。後人因鑄鏡爲鵲安背上,自此始也。"

⑨焜(hǔn):明亮,光耀。沈郎之錢:錢幣名。晋沈充所鑄。《晋書·食貨志》:"吴興沈充又鑄小錢,謂之沈郎錢。"

⑩陳王:指三國魏曹植。曹植字子建,爲曹操第三子,封陳王,死後謚"思",故亦稱"陳思王"。曹植有文采,能詩善賦,然不爲兄魏文帝曹丕所容,常自憤怨,自認爲抱利器而無所施,終於抑鬱而死。後因以"陳王"或"陳思"稱美才士。亦用以指有才而不得任用。

⑪郭釜:用晋郭巨埋兒得金之典。晋隆慮(今河南林州)人,一説河内温(今河南温縣)人。夫妻備賃以養。妻生男,巨以老人得食,喜分兒孫必減饌,乃掘地欲埋兒,得黄金一釜,中有丹書曰:"孝子郭巨,黄金一釜以用賜汝。"於是名振天下。見干寶《搜神記》,爲二十四孝之一。

⑫陸槖:指珠寶財物。《舊五代史·周書·裴羽傳》:"正使陸崇卒於道,

載其喪還,歸其橐裝,時人義之。"

⑬漠漠:茂盛、濃鬱貌。

⑭江蘺:香草名。李善注:"張揖曰:'江蘺,香草也。'郭璞曰:'江蘺,似水薺。'"

⑮杜若:香草名。又作杜蘅、杜蓮。葉廣披作針形,味辛香。《楚辭·九歌·湘君》:"采芳洲兮杜若,將以遺兮下女。"

⑯風團:謂風卷物成團狀。颭(zhǎn):風吹物使顫動。唐柳宗元《登柳州城樓寄漳汀封連四州》:"驚風亂颭芙蓉水,密雨斜侵薜荔牆。"

⑰臨睨:顧視;俯視。《楚辭·離騷》:"陟陞皇之赫戲兮,忽臨睨夫舊鄉。"

⑱出震:八卦中的"震"卦位應東方。出震,即出於東方。《易·説卦》:"帝出乎震。"漢液之鶴:漢昭帝始元元年(前86),漢宫太液池有黄鵠飛來。昭帝劉弗陵以爲祥瑞,故作歌以詠之。後用爲詠宫庭祥瑞之典。唐李商隱《寄令狐學士》:"賡歌太液翻黄鵠,從獵陳倉獲碧雞。"

⑲麗水:古水名。《韓非子·内儲説上》:"荆南之地,麗水之中生金。"

⑳滿堂:代指金玉。語出《老子》:"金玉滿堂,莫之能守。"南朝梁任昉《天監三年策秀才文》之一:"今欲使朕無滿堂之念,民有家給之饒。"

㉑東籬:指代菊花。語出晋陶潛《飲酒詩》之五:"采菊東籬下,悠然見南山。"

㉒北堂:詠萱草。《詩·衛風·伯兮》:"焉得諼草,言樹之背。"毛傳:"背,北堂也。"

㉓葳蕤:草木茂盛枝葉下垂貌。漢東方朔《七諫·初放》:"便娟之修竹兮,寄生乎江潭。上葳蕤而防露兮,下冷冷而來風。"

㉔吉光之服:此指吉光裘,以吉光毛所製之裘。吉光爲傳説中神馬,其毛黄色,用以製裘,入水不濕,入火不燃。《西京雜記》卷一:"武帝時西域獻吉光裘,入水不濡。上時服此裘以聽朝。"

㉕石髮:苔藻類植物。生水邊石上。《初學記》卷二七晋周處《風土記》:"石髮,水苔也,青緑色,皆生於石也。"唐韋應物《慈恩精舍南池作》:"石髮散清淺,林光動漣漪。"

㉖黄頭之郎:漢代掌管船舶行駛的吏員。《史記·佞幸列傳》:"鄧通,蜀

郡南安人也,以(濯)〔櫂〕船爲黄頭郎。”

㉗薙(tì)氏:官名。《周禮·秋官·薙氏》:“薙氏掌殺草,春始生而萌之,夏日至而夷之,秋繩而芟之,冬日至而耜之。”

㉘遐陬:邊遠一隅。《宋書·謝靈運傳》:“内匡寰表,外清遐陬。”

㉙春霄宮:吳王夫差在姑蘇臺上所建,專供歡飲行樂用。鳳腦:燈油的美稱。唐王勃《守歲序》:“魚鱗布葉,爛五色而翻光;鳳腦吐花,燦百枝而引照。”

㉚咸陽庫:咸陽宮是秦孝公時所築的宮殿。泛指帝王宮殿。《西京雜記》卷三:“(漢高祖)初入咸陽宮,周行庫府,金玉珍寶不可稱言。”螭(chī):古代傳說中無角的龍。《楚辭·九歌·河伯》:“乘水車兮荷蓋,駕兩龍兮驂螭。”王逸注:“驂駕螭龍。”

㉛隆棟:高大的梁棟。《北史·宇文愷傳》:“或以綺井爲重屋,或以圓楣爲隆棟。”昕:明亮。唐劉禹錫《有僧言羅浮事》:“咿喔天雞鳴,扶桑色昕昕。”

㉜文石:宮室名。《文選·左思〈魏都賦〉》:“於後則椒鶴文石,永巷壺術,楸梓木蘭。”張載注:“聽政殿後有鳴鶴堂、楸梓坊、木蘭坊、文石室,後宮所止也。”重昏:十分昏暗。《文選·王巾〈頭陀寺碑文〉》:“曜慧日於康衢,則重昏夜曉。”

㉝屈軼:亦稱“屈草”、“屈佚草”。晉張華《博物志》卷三:“堯時有屈佚草,生於庭,佞人入朝,則屈而指之。”

㉞靈蓍:占卜用的蓍草。漢王充《論衡·狀留》:“賢儒之在世也,猶靈蓍神龜也。”

㉟因依:倚傍;依託。晉阮籍《詠懷詩》:“回風吹四壁,寒鳥相因依。”

㊱壺闈(kǔn wéi):内宮,帝王后妃居住的地方。《漢書·敍傳下》:“壺闈恣趙,朝政在王。”

㊲南風:指靡弱之音。《左傳·襄公十八年》:“南風不競,多死聲。”

㊳四德:封建禮教指婦女應有的四種德行。《周禮·天官·九嬪》:“掌婦學之法,以教九御婦德、婦言、婦容、婦功。”鄭玄注:“婦德謂貞順,婦言謂辭令,婦容謂婉娩,婦功謂絲枲。”

㊴正度:晉惠帝字。孝惠皇帝,晉武帝第二子。

㊵永熙:晉惠帝年號(290)。永嘉:晉懷帝年號(307—313)。永嘉六年,

匈奴貴族劉聰攻陷京都洛陽,俘獲懷帝,士族百官紛紛渡江南逃。後因以"永嘉"指喪亂之時。劉曜字永明,劉淵侄。匈奴族。初從劉淵反晉,屢建戰功。劉聰時,先後受命攻破晉都洛陽、長安,俘晉懷帝、晉湣帝,滅西晉。

㉛玉輦:帝后所乘的車。播遷:流離遷徙。晉盧諶《贈劉琨》:"王室喪師,私門播遷。"

㉜金行否塞:晉朝困厄。金行:指晉朝。古代哲學家在五行學説中用五行相勝來比附王朝的興替。認爲每一個朝代都代表五行中的一德,迴還往復,終而復始。因晉王朝以金德王,乃以之代指。否塞(pǐ sè):困厄。《亢倉子·政道》:"赦不欲數,赦數則惡者得計,平人生心,而賢良否塞矣。"

㉝"蟠龍"二句:指司馬睿(晉元帝)在南方重建晉朝,建都建康(今南京市),史稱"東晉"。蟠龍踞虎:盤繞着蛟龍,蹲卧着猛虎。形容地勢雄偉險要。偏方:僻遠地方。宋陳亮《上孝宗皇帝第一書》:"隋唐以來,遂爲偏方下州。"

㉞"封豕"二句:言匈奴貴族建立的漢國滅掉晉朝事。封豕長蛇:亦作"封豨修蛇"。大猪與長蛇。喻貪暴者。《梁書·元帝紀》:"自無妄興暴,皇祚寖微,封豨修蛇,行災中國。"中國:猶國家,朝廷。《禮記·檀弓》:"今之大夫交政於中國,雖欲勿哭,焉得而弗哭。"

㉟羯(jié)胡:此指匈奴。《魏書·石勒傳》:"其先匈奴別部,分散居於上黨武鄉羯室,因號羯胡。"

律賦

省試諸侯春入貢賦①

天下侯國　春入方物②

聖啓洪緒③,君臨溥天④。侯國之辨方有要,王春之入貢昭宣。列爵正儀⑤,謹奉藩而立制;建宣協序,致任土以居先⑥。

稽芳載於《禮經》⑦,仰徽名於帝者。諸侯述職以無曠⑧,太史奉時而可假⑨。以謂惟王建國，我則敘五等於域中⑩；與物爲春，我則任九貢於天下⑪。

徒觀夫爵分顯父⑫，位列元侯⑬。當是時，緹管順煦和之美，皇祇布發生之休⑭。震方之善氣潛達〔一〕，長樂之洪儀聿修⑮。帝容執瑁以端拱⑯，臣節奉璋而告猷⑰。旅幣群方⑱，咸奉舜班之瑞⑲；充庭萬品，皆分禹別之州⑳。

但見雲布封疆，綺分邦域㉑。故我當歲首以入用，致坤珍而罔忒㉒。巽風和令㉓，導傳臚之九賓㉔；遲日當陽㉕，麗執玉之萬國。

豈不以辨九土者當貢㉖，首四序者上春㉗。蓋將備物宜於時育㉘，助邦光之日新㉙。龜納江沱之錫㉚，磬浮泗水之濱㉛。齒、革、羽毛以偕至，球、琳、琅玕而畢陳㉜。三品良金㉝，于以向履端而執贄㉞；五都奇貨㉟，于以當獻歲而效珍㊱。

莫不名物森羅㊲，衣纓雜襲。雖厚篚以斯備㊳，在庶邦而允集㊴。此春色需於皇澤㊵〔二〕，當鄒律之均溫㊶；彼貢也錯於地財㊷，異楚茅之不入㊸。

彼來宗者夏之禮制㊹，獻功者秋之典章㊺。曷若謹歲貢以備物，慶春祺之載陽㊻。諒修時而貢職㊼，乃辨物以居方㊽。備于蕃于宣之儀㊾，皇皇輯瑞㊿；當載生載育之候，濟濟來王(51)。

故聖人灼敘聲明(52)，光昭文物(53)。懿公侯之隆盛，克貢賦之繁蔚(54)。屬后王布和之辰(55)，獻國珍而罔咈(56)。

【編年】

天聖五年(1027)春參加省試日作。

【校勘】

〔一〕達：原作“道”，據四庫本改。意勝。

〔二〕色：原作“也”。據四庫本改。

【箋注】

①諸侯春入貢:語本《周禮·秋官·小行人》:"令諸侯春入貢,秋獻功,王親受之,各以籍禮之。"入貢,向朝廷進獻財物土産。省試:由尚書省禮部主持舉行的考試。又稱禮部試,後稱會試。唐姚合《寄楊茂卿校書》:"到京就省試,落籍先有名。"

②方物:本地産物;土産。《書·旅獒》:"無有遠邇,畢獻方物。"

③洪緒,世代相傳的大業。指帝業。《三國志·魏志·管寧傳》:"横蒙陛下纂承洪緒,德侔三皇,化溢有唐。"

④溥(pǔ)天:遍天下。《詩·小雅·北山》:"溥天之下,莫非王土。"

⑤列爵:分頒爵位。《書·武成》:"列爵惟五,分土惟三。"孔傳:"爵五等,公、侯、伯、子、男。"

⑥任土:即任土作貢。依據土地的具體情況,制定貢賦的品種和數量。晉左思《三都賦序》:"且夫任土作貢,《虞書》所著;辨物居方,《周易》所慎。"

⑦《禮經》:古代講禮節的經典。一般指《儀禮》而言。《漢書·藝文志》:"《禮古經》五十六卷,《經》(七十)〔十七〕篇。"按,所云《禮》、《禮經》、《禮古經》,即謂《儀禮》。

⑧曠:指失職。漢劉向《説苑·正諫》:"趙簡子曰:'今吾伐國失國,是吾曠也。'於是罷師而歸。"

⑨太史:官名。掌曆法。假:憑藉。《淮南子·主術訓》:"故假輿馬者足不勞而致千里。"

⑩五等:爵位的五個等級。《禮記·王制》:"王者之制禄爵,公、侯、伯、子、男五等。"《孟子·萬章下》:"天子一位、公一位、侯一位、伯一位、子男同一位,凡五等也。"孫奭疏:"《孟子》所言周制,《王制》所言夏商之制也。"域中:宇内;天下。《老子》:"域中有四大,而王居其一焉。"

⑪九貢:周代徵收貢物的九種類別。亦泛指進貢。《周禮·天官·大宰》:"以九貢致邦國之用,一曰祀貢,二曰嬪貢,三曰器貢,四曰幣貢,五曰材貢,六曰貨貢,七曰服貢,八曰斿貢,九曰物貢。"

⑫顯父:周之卿士。《詩·大雅·韓奕》三章:"顯父餞之,清酒百壺。"鄭箋:"顯父,周之公卿也,餞送之,故有酒。"

⑬元侯:諸侯之長。後指重臣大吏。《左傳·襄公四年》:"三《夏》,天子所以享元侯也,使臣弗敢與聞。"

⑭祇(qí):神靈。休:吉慶;美善;福禄。《詩·商頌·長發》:"何天之休。"

⑮震方:指東方。《易·説卦》:"萬物出乎震。震,東方也。"聿修:謂繼承發揚先人的德業。《詩·大雅·文王》:"無念爾祖,聿修厥德,永言配命,自求多福。"毛傳:"聿,述。"聿本助詞,多訓爲"述"。

⑯瑁:古代天子所執的瑞玉,用以合諸侯之圭者。因冒其上,故名瑁。《書·顧命》:"太保承介圭,上宗奉同瑁,由阼階隮。"《説文·玉部》:"瑁,諸侯執圭朝天子,天子執玉以冒之,似犁冠。"

⑰璋:玉器名,狀如半圭,古代朝聘、祭祀、喪葬、治軍時用作禮器或信玉。《書·顧命》:"秉璋以酢。"孔傳:"半圭曰璋。"唐段成式《酉陽雜俎·禮異》:"古者安平用璧,興事用圭,成功用璋。"猷:功業;功績。《三國志·吴志·陸遜傳》:"聖化所綏,萬里草偃,方蕩平華夏,總一大猷。"

⑱旅幣:謂四方進貢的物品。《禮記·郊特牲》:"旅幣無方,所以别土地之宜而節遠邇之期也。"

⑲舜班之瑞:舜頒還的瑞信。《書·舜典》:"輯五瑞,既月乃日,覲四岳群牧,班瑞于群后。"蔡沈集傳:"頒還其瑞,以與天下正始也。"《史記·五帝本紀》引此文,裴駰集解引馬融曰:"五瑞,公侯伯子男所執,以爲瑞信也。堯將禪舜,使群牧斂之,使舜親往班之。"

⑳禹别之州:相傳大禹治水成功後,始劃定九州。《書古文序》:"禹别九州,隨山浚川,任土作貢。"州名典籍所載有異,《書·禹貢》爲冀、兖、青、徐、揚、荆、豫、梁、雍。

㉑封疆:疆域;疆土。此句謂疆土如雲般廣大。綺(qǐ):有花紋的絲織品。此句謂疆土如花紋一般布列貌。《後漢書》班固《西都賦》:"堤封五萬,疆場綺分。"

㉒坤珍:指大地呈現出的符瑞。《後漢書·班固傳下》:"於是聖皇乃握乾符,闡坤珍,披皇圖,稽帝文。"忒(tè):差錯。《易·豫》:"故日月不過,而四時不忒。"

㉓巽(xùn)風:東南風。巽,東南方。《易·説卦》:"巽,東南也。"

㉔傳臚:在科舉殿試之後由皇帝宣佈登第進士名次的典禮。古代以上傳語於下爲臚,依次唱名宣佈名次,所以名傳臚。九賓:指九位禮賓人員。《漢書·叔孫通傳》:"大行設九賓,臚句傳。"

㉕遲日:春日。《詩·豳風·七月》:"春日遲遲。"執玉:執玉圭。古以不同形制之玉圭區別爵位,因以指稱仕宦。《孔子家語·三恕》:"國無道,隱之可也;國有道,則袞冕而執玉。"

㉖九土:九州的土地。《國語·魯語上》:"共工氏之伯九有也,其子曰后土,能平九土。"韋昭注:"九土,九州之土也。"晋潘岳《籍田賦》:"夫九土之宜弗任,四人之務不一。"

㉗四序:四季。序,季節;時節。南朝梁江淹《雜體詩·張黃門協》:"有弇興春節,愁霖貫秋序。"上春:孟春。指農曆正月。唐楊師道《奉和正日臨朝應詔》:"九重麗天邑,千門臨上春。"

㉘時育:謂按季節而育養。《文選·張衡〈東京賦〉》:"於是陰陽交和,庶物時育。"

㉙邦光:指君子。邦,泛指國家。光,明也。《詩·小雅·南山有台》:"樂只君子,邦家之光。"

㉚江沱(tuó):亦作"江沲"。長江和沱江。亦指長江流域和沱江流域。南朝梁元帝《玄覽賦》:"張素蓋而縈州嶼,馳白馬而越江沲。"

㉛泗水:古河名。在山東省西南部。源出山東泗水縣東蒙山南麓,四源並發,故名。

㉜球、琳、琅玕(láng gān):球:美玉。琳:美玉;青碧色的玉。琅玕:似珠玉的美石。《書·禹貢》:"厥貢惟球、琳、琅玕。"

㉝三品:金、銀、銅。《書·禹貢》:"厥貢,惟金三品。"

㉞履端:正月初一。年曆的推算始於正月初一,故稱。《左傳·文公元年》:"先王之正時也,履端於始,舉正於中,歸餘於終。"執贄:臣下向君主朝賀或賓主相見的禮節之一。周制,侯、伯執圭,子、男執璧,孤執皮帛,卿執羔,士執雉。以後各朝皆有此制,但所執之物不同,且依官位高低而定。漢張衡《東京賦》:"具惟帝臣,獻琛執贄。"

㉟五都：五方都會。泛指繁盛的都市。《文選·宋玉〈登徒子好色賦〉》：“臣少曾遠遊，周覽九土，足歷五都。”

㊱效：獻。《史記·蘇秦列傳》：“使臣效愚計。”

㊲名物：指名號和物色。《周禮·天官·庖人》：“掌共六畜、六獸、六禽，辨其名物。”森羅：紛然羅列。唐孫揆《靈應傳》：“輕裘大帶、白玉橫腰而森羅於階下者，其數甚多。”

㊳篚（fěi）：盛物的竹器。《書·禹貢》：“厥篚織文。”孔傳：“織文，錦綺之屬，盛之筐篚而貢焉。”

㊴庶邦：諸侯眾國。《周書·蘇綽傳》：“庶邦百辟，咸會於王庭。”允集：聚集；會合。《後漢書·孝順帝紀贊》：“孝順初立，時髦允集。”

㊵霑：謂賜予恩澤。宋蘇舜欽《杜公求退第二表》：“垂閔螻蟻之誠，下霑雲霓之澤。”

㊶鄒律：相傳戰國齊人鄒衍精於音律，吹律能使地暖而禾黍滋生。喻帶來溫暖與生機的事物。《列子·湯問》：“微矣子之彈也！雖師曠之清角，鄒衍之吹律，亡以加之。”張湛注：“北方有地，美而寒，不生五穀。鄒子吹律煖之，而禾黍滋也。”

㊷錯：通“措”。放置；安置。《易·繫辭上》：“藉用白茅，無咎。子曰：‘苟錯諸地而可矣，藉之用茅，何咎之有。’”地財：大地的財富。主要指穀物等。

㊸楚茅之不入：《左傳·僖公四年》載：齊桓公伐楚，責之曰：“爾貢包茅不入，王祭不共，無以縮酒。”

㊹夏之禮制：《周禮·春官·大宗伯》：“春見曰朝，夏見曰宗，秋見曰覲，冬見曰遇，時見曰會，殷見曰同。”

㊺獻功：獻上功績；報功。《詩·魯頌·泮水》：“不告于訩，在泮獻功。”

㊻祺：幸福；吉祥。《漢書·禮樂志》：“眾庶熙熙，施及夭胎，群生啿啿，惟春之祺。”載陽：開始和暖。《詩·豳風·七月》：“春日載陽，有鳴倉庚。”

㊼諒：確實；委實。漢鄭玄《〈詩譜〉序》：“詩之興也，諒不於上皇之世。”貢職：貢賦；貢品。《穀梁傳·莊公三十年》：“貢職不至，山戎爲之伐矣。”

㊽辨物居方：辨別眾物的性質、條件等因素，使之各得其所。漢徐幹《中論·智行》：“夫明哲之士者，威而不懾，困而能通，決嫌定疑，辨物居方。”

㊾于蕃于宣：比喻衛國重臣。語出《詩·大雅·崧高》："四國于蕃，四方于宣。"

(50)皇皇：美盛貌；莊肅貌。《禮記·曲禮下》："天子穆穆，諸侯皇皇。"輯瑞：會見屬下的典禮。《書·舜典》："輯五瑞，既月乃日，覲四岳群牧，班瑞于群后。"

(51)濟濟：衆多貌。《詩·大雅·旱麓》："瞻彼旱麓，榛楛濟濟。"

(52)灼敘：燒；炙。《書·洛誥》："無若火始焰焰，厥攸灼敘，弗其絶。"聲明：原謂聲音與光彩，後以喻聲教文明。《左傳·桓公二年》："錫鸞和鈴，昭其聲也；三辰旂旗，昭其明也。夫德，儉而有度，登降有數，文物以紀之，聲明以發之，以臨照百官。"

(53)光昭文物：發揚光大禮樂制度。《左傳·隱公三年》："光昭先君之令德，可不務乎？"文物：指禮樂制度。

(54)繁蔚：繁多茂盛貌。《文選·郭璞〈江賦〉》："繁蔚芳蘺，隱藹水松。"

(55)后王：君主；天子。《書·説命》："樹后王君公，承以大夫師長。"

(56)咈(fú)：乖戾；違逆。《書·堯典》："吁！咈哉！"

【附載】

文彦博律賦乃宋賦之正則，嚴格按照唐人的規矩來創作。李調元《賦話》卷五《新話》："宋朝律賦當以表聖（田錫）、寬夫（文彦博）爲正則，元之（王禹偁）、希文（范仲淹）次之，永叔（歐陽修）而降皆横鶩别趨，而偭（違反）唐人之規矩者矣。"①

一般來説，律賦是按韻來分層次的，共分爲八個層次。唐抄本《賦譜》云："近來官韻多勒八字，而賦體八段，宜乎一韻管一段，則轉韻必待發語，遞相牽綴，實得其便。"②也就是説，每一韻構成一個意義上的小段落。宋代官方規定的律賦押韻規則比唐代更爲嚴整，必須嚴格遵循四平四仄的規範。宋王楙《燕翼詒謀録》："國初進士辭賦押韻不拘平仄次第，太平興國三年九月，始詔進士

---

① （清）李調元：《賦話》卷五，《賦話廣聚》本，北京：北京圖書館出版社 2006 年版，第 3 册，第 97 頁。

② 詹杭倫等校注：《歷代律賦校注》佚詩、佚詞《〈賦譜〉校注》，武漢：武漢大學出版社 2009 年版，第 523 頁。

律賦平仄次第用韻;而考官所出,官韻必用四平四仄。”

　　律賦的篇章結構從内容上看,可以分爲四個部分:頭、項、腹、尾,這是當時唐人所用的術語。大約作於唐代的《賦譜》中說:“至今新體,分爲四段:初三、四對,約三十字爲頭;次三對,約四十字爲項;次二百餘字爲腹;最末約四十字爲尾。”一篇律賦約三百六十字以上。律賦的“頭”一般是破題並承接敷演。律賦的“項”一般是推原題意,即追溯題意之所從來。律賦的“腹”一般是對所賦的物件作更深入的體寫。腹從篇幅上看,是全文的主體。按《賦譜》的安排,頭、項、尾各約四十字,而腹則需要二百字左右,而且還要細分爲胸、上腹、中腹、下腹和腰五段。腹需要五韻,每一韻從文意上看,基本上都可以成爲一個小層次。律賦的“尾”,收束在内容上是對前面描寫的總結:在前面描寫的基礎上,或是進一步升華,或是引申出新的意義,表達被識用的願望。宋李廌《師友談記》記秦觀平日論賦之語最集中又系統:“凡小賦,如人之元首,而破題二句乃其眉。惟貴氣貌有以動人,故先擇事之至精至當者先用之,使觀之便知妙用。然後第二韻探原題意之所從來,須便用議論。第三韻方立議論,明其旨趣。第四韻結斷其說以明題,意思全備。第五韻或引事,或反說。第七韻反說,或要終立意。第八韻卒章,尤要好意思爾。”①

省試青圭禮東方賦①

修舉春祀　　崇尚圭薦

　　青惟五色之首②,圭乃六器之儔③。朝日之郊是薦④,迎春之禮聿修⑤。結緑鴻輝⑥,既肅陳於震位⑦;出藍美質⑧,將仰奉於神休⑨。

　　原夫穀旦前諏⑩,禋威具舉⑪。太史先春而必告,宗伯庀職而攸敘⑫。青圭之秘寶爰資,蒼帝之明靈可佇⑬。謂物生有象⑭,我則鋭其質以協宜;謂歲起於東,我則傃其方而得所⑮。

---

①　(宋)李廌撰,孔凡禮點校:《師友談記》,中華書局 2002 年版,第 18 頁。

無瑕可貴，有美惟珍。配其色，表盛德之在木[16]；正其位，彰與物以爲春。異雕楮之奇文[17]，琢工奚取；侔剪桐之秀彩[18]，寅位斯陳[19]。

詎止溫其[20]？寧專瑟彼[21]？成形自表於瑰器[22]，致用必先於禋祀[23]。色斯舉矣，俯玉按以相宣[24][一]；禮以行之，背金方而致美[25]。

豈不以標十德者圭爲貴[26]，列四序者春是崇[27]。將順時而展禮，故辨方而在東。蔥蒨呈姿[28]，稟粹自輝山之石[29]；虔恭致薦，逆釐從解凍之風[30]。

然則爲器之用不同，禮神之功可尚。名參有邸之義[31]，色異因方之狀。標華中秘[32]，生成之氣候斯迎；紺彩外融[33]，溫厚之方隅相向。

懿哉！享茲生物之主，異彼迎秋於西。神感而登禮必答，時和而迓衡不迷[34]。用可重焉，且異舜班之瑞；文爲貴也，還殊禹錫之圭。

故得鴻覆降康[35]，大庭錫羨[36][二]。祈民福以昭格，授人時而於變。蓋由以方圭總翠之美，款青郊而可薦[37]。

【編年】

天聖五年（1027）春參加省試日作。

【校勘】

〔一〕宣：原作“鮮”，據四庫本改。

〔二〕大：原作“太”，據文意改。大庭：指朝廷。《逸周書·大匡》：“王乃召冢卿、三老、三吏、大夫百執事之人，朝于大庭。”

【箋注】

①青圭禮東方：語出《周禮·春官·大宗伯》：“以玉作六器，以禮天地四方：以蒼璧禮天，以黃琮禮地，以青圭禮東方，以赤璋禮南方，以白琥禮西方，以玄璜禮北方。”青圭：亦作“青珪”。以青色玉製作的圭，上尖下方。是禮神“六器”之一，用以祭祀東方之神。按五行説，東方色青，其神爲龍，圭身細長如龍，

並用青玉雕成，代表青龍。青，藍緑色。

②五色：青、赤、黄、白、黑五種顔色。古代以此五者爲正色，其他爲間色。《禮記·禮運》："五色，六章，十二衣，還相爲質也。"

③六器：古代帝王祭享天地四方的六種玉器，即蒼璧、黄琮、青圭、赤璋、白琥、玄璜。

④朝日：春分拜日於東門之外。《周禮·天官·掌次》："朝日，祀五帝，則張大次小次，設重帟重案。"郊：祭祀。《漢書·郊祀志上》："古者天子夏親郊祀上帝於郊，故曰郊。"

⑤聿（yù）修：完成。

⑥結緑：美玉名。《戰國策·秦策三》："臣聞周有砥厄，宋有結緑，梁有懸黎，楚有和璞。"晋左思《吴都賦》："隋侯於是鄙其夜光，宋王於是陋其結緑。"

⑦震位：指東方。

⑧出藍："青出於藍"的省語。謂出類拔萃。

⑨神休：神明賜予的祥瑞。《文選·揚雄〈甘泉賦〉》："定泰畤，擁神休，尊明號。"

⑩穀旦：良辰吉日。《詩·陳風·東門之枌》："穀旦于差，南方之原。"諏（zōu）：諮詢；詢問。《詩·小雅·皇皇者華》："載馳載驅，周爰咨諏。"

⑪祲（jìn）威：盛大的聲威。《文選·左思〈魏都賦〉》："雲撤叛换，席捲虔劉，祲威八紘，荒阻率由。"

⑫宗伯：官名。周代六卿之一。掌宗廟祭祀等事，即後世禮部之職。《周禮·春官宗伯》："乃立春官宗伯，使帥其屬而掌邦禮，以佐王和邦國。"《書·周官》："宗伯掌邦禮，治神人，和上下。"庀（pǐ）職：治理職事。攸敘：有次序，有條理。

⑬蒼帝：傳説中主東方之神。《史記·天官書》："蒼帝行德，天門爲之開。"明靈：聖明神靈。《文選·揚雄〈趙充國頌〉》："明靈惟宣，戎有先零。"

⑭象：形象；現象。唐韓愈《爲宰相賀白龜狀》："伏以禎祥之見，必有從來，物象既呈，可以推究。"

⑮傃：趨嚮；嚮着。《文選·顔延之〈陶徵士誄〉》："傃幽告終，懷和長畢。"

⑯木：五行之一。表東方。《南齊書·五行志》："木者，春生氣之始，農之

本也。"《隋書·五行志上》:"木者東方,威儀容貌也。"

⑰楮(chǔ):落葉喬木。皮可製紙。也稱"構"或"穀"。《山海經·西山經》:"鳥危之山其陽多磐石,其陰多檀楮。"

⑱侔:等同。剪桐:《吕氏春秋·重言》:"成王與唐叔虞燕居,援梧葉以爲珪,而授唐叔虞曰:'余以此封女。'叔虞喜,以告周公。周公以請曰:'天子其封虞邪?'成王曰:'余一人與虞戲也。'周公對曰:'臣聞之,天子無戲言。天子言則史書之,工誦之,士稱之。'於是遂封叔虞於晋。"後因以"剪桐"爲分封的典實。唐王勃《常州刺史平原郡開國公行狀》:"剪桐疏爵,分茅建社。"

⑲寅位:農曆正月的時候,北斗星的斗柄指在寅位。正月爲建寅之月。

⑳温其:"温其如玉"的省語。温:温良;如玉:比喻君子之美德如玉的性質温良。《詩·秦風·小戎》:"言念君子,温其如玉。"

㉑寧:豈;難道。瑟彼:潔淨鮮明貌。《詩·大雅·旱麓》:"瑟彼玉瓚,黄流在中。"

㉒瑰器:奇偉;珍貴之器。

㉓毖祀:謹慎祭祀。南朝梁劉勰《文心雕龍·祝盟》:"毖祀欽明,祝史惟談。"

㉔按:通"案"。几案。晋葛洪《神仙傳·沈羲》:"須臾,教玉女持金按玉盃來賜羲。"

㉕金方:西方。唐王勃《晚秋遊武擔山寺序》:"於時金方啓序,玉律驚秋。"

㉖十德:仁、知、義、禮、樂、忠、信、天、地、德。儒家所稱君子的十種美德。古稱玉有十種特質,儒家由此來比喻君子的此十種美德。

㉗四序:春夏秋冬四季。

㉘蔥蒨(cōng qiàn):華美;豔麗。《樂府詩集·燕射歌辭三·隋宴群臣登歌》:"車旗煜爚,衣纓蔥蒨。"

㉙粹:美。《後漢書·張衡傳》:"欻神化而蟬蜕兮,朋精粹而爲徒。"輝山:寶山。

㉚逆釐:迎福;受福。《文選·揚雄〈甘泉賦〉》:"感動天地,逆釐三神。"

㉛有邸:《周禮·春官·典瑞》:"四圭有邸,以祀天,旅上帝。"以圓璧爲本

體,四邊各連一圭,長尺有二寸,一玉而成。用以祀天,旅上帝。《爾雅》:"邸,本也。圭本著於璧,故四圭有邸,圭末四出故也。或說四圭有邸,有四角也。"

㉜縹:淡青色;青白色。

㉝紺:天青色。

㉞迓衡:謂迎太平之政。《書·洛誥》:"惟公明德,光于上下,勤施于四方,旁作穆穆迓衡,不迷文武勤教。"

㉟鴻覆:指帝王的恩澤。唐常袞《潮州刺史謝上表》:"敬勵丹誠,庶答鴻覆。"

㊱錫羨:謂神明多多賜福。唐李白《明堂賦》:"高宗紹興,佑統錫羨。"

㊲青郊:即祭祀東方之神。

焚雉頭裘賦①

珍異之服　焚去無取

晉武帝以德繼惟睿,功齊乃神。焚雉裘而崇儉,負鳳扆以臨民②。化彼元元③〔一〕,必被先王之服;燔茲楚楚④,蓋除希世之珍。

原夫聖澤遐敷,皇風廣被。當百度之攸敘⑤,見萬邦之從乂⑥。諸侯述職⑦,既悉貢於瑰奇;獷俗賓王⑧,亦咸輸於珍異。

伊彼程據,當茲盛時,庶為臣之美矣,必竭節以事之⑨。由是製此雉裘,將充乎任土之貢⑩;獻諸龍陛,爰陳乎執帛之儀⑪。

徒觀其麗彩鮮明,爛光彬郁⑫。彌縫皆自於藻翰⑬,製作遂成於珍服。異王恭之鶴氅⑭,但取清奇;殊李兌之貂裘⑮,惟彰溫燠⑯。

帝乃念茲至巧,命以俱焚。慮淫靡之下漓薄俗⑰,恐奢華之上惑明君。俄委燎原之勢,遂同有齒之文。紅焰初騰,漠漠而漸成餘燼⑱;青煙欲斷,依依而尚靄微芬⑲。

然後珍怪罔求,奸邪悉去。六合咸歸於儉德,萬化永安於鴻緒⑳。雖斯裘之甚美，焉能衣之以奉天；且厥用之至繁，豈可被之而當宁。

若然，則聖政敷於九有㉑，帝德合於三無㉒。闡易俗移風之道，遵還淳返樸之途。雖文帝之罷露臺㉓，尤難並矣；縱武皇之焚甲帳㉔，未可同乎。

則知德不廣無以化蚩蚩之氓㉕，儉不崇無以成蕩蕩之主㉖。故焚裘之可美，在去奢而有取。既著美於一時，遂流芳於千古者也。

【校勘】

〔一〕彼：原作“被”，據四庫本及文意改。“彼”與下句之“兹”相對爲文。

【箋注】

①焚雉頭裘：事見《晉書·武帝紀》：“（咸寧四年）十一月辛巳，太醫司馬程據獻雉頭裘，帝以奇技異服典禮所禁，焚之於殿前。”晉武帝：司馬炎，字安世，晉文帝長子。

②負鳳扆：指皇帝臨朝聽政。扆：户牖之間的屏風。天子見諸侯時，背扆而坐。《淮南子·齊俗訓》：“周公攝天子之位，負扆而朝諸侯。”

③化彼元元：教化百姓。元元：百姓；庶民。《戰國策·秦策一》：“制海内，子元元，臣諸侯，非兵不可！”

④燔兹楚楚：指燒掉雉頭裘。楚楚，指漂亮的雉頭裘。

⑤百度：百事；各種制度。《書·旅獒》：“不役耳目，百度惟貞。”

⑥從乂：治理。《書·堯典》：“浩浩滔天，下民其咨，有能俾乂。”

⑦述職：諸侯向天子陳述職守。漢司馬相如《上林賦》：“夫使諸侯納貢者，非爲財幣，所以述職也。”

⑧獷（guǎng）俗：獷悍的習俗。指獷俗之地的民衆。《後漢書·祭肜傳論》：“肜臨守偏海，政移獷俗。”

⑨竭節：盡忠；堅持操守。《新唐書·程異傳》：“能厲己竭節，悉矯革徵利舊弊。”

⑩任土之貢：依據土地的具體情況，制定的貢賦的品種和數量。晉左思

《三都賦序》:"且夫任土作貢,《虞書》所著;辨物居方,《周易》所慎。"

⑪執帛:楚官名。亦爲孤卿(少師、少傅、少保三孤)的別稱。《史記·曹相國世家》:"楚懷王以沛公爲碭郡長,將碭郡兵,於是乃封參爲執帛,號曰建成君。"

⑫彬郁:美盛貌。

⑬藻翰:美麗的羽毛。晋潘岳《射雉賦》:"摛朱冠之赩赫,敷藻翰之陪鰓。"

⑭王恭之鶴氅:《晋書·王恭傳》:"恭美姿儀,人多愛悦,或目之云:‘濯濯如春月柳。’嘗被鶴氅裘,涉雪而行。孟昶窺見之,歎曰:‘此真神仙中人也!’"

⑮李兑之貂裘:《戰國策·趙策一》:"李兑送蘇秦明月之珠,和氏之璧,黑貂之裘,黄金百鎰。蘇秦得以爲用,西入於秦。"

⑯温燠(yù):温暖。唐薛能《贈歌人》:"温燠坐相侵,羅襦一水沉。"

⑰漓:淺薄。薄俗:輕薄的習俗;壞風氣。《漢書·元帝紀》:"民漸薄俗,去禮義,觸刑法,豈不哀哉!"

⑱漠漠:瀰漫狀。唐杜甫《喜雨》:"入空纔漠漠,灑迥已紛紛。"

⑲依依:隱約可辨貌。晋陶潛《歸園田居》:"曖曖遠人村,依依墟裏煙。"靄:籠罩貌。唐陳標《秦王卷衣》:"秦王宫闕靄春煙,珠樹瓊枝近碧天。"

⑳萬化:萬事萬物;大自然。唐柳宗元《始得西山宴遊記》:"心凝形釋,與萬化冥合。"鴻緒:猶大統。《周書·宣帝紀》:"朕以寡薄,祗承鴻緒。"

㉑敷:布;施。《書·大禹謨》:"文命敷于四海。"九有:九州。《詩·商頌·玄鳥》:"方命厥后,奄有九有。"

㉒三無:《禮記·孔子閒居》:"孔子曰:‘無聲之樂,無體之禮,無服之喪,此之謂三無。’"孔穎達疏:"此三者,皆謂行之在心,外無形狀,故稱無也。"

㉓文帝之罷露臺:言帝王節儉。《史記·孝文本紀》:"孝文帝從代來,即位二十三年,宫室苑囿狗馬服御無所增益,有不便,輒弛以利民。嘗欲作露臺,召匠計之,直百金。上曰:‘百金中民十家之產,吾奉先帝宫室,常恐羞之,何以臺爲!’"

㉔武皇之甲帳:《北堂書鈔》卷一三二引《漢武帝故事》:"上以琉璃珠玉,明月夜光雜錯天下珍寶爲甲帳,次爲乙帳。甲以居神,乙以自居。"

㉕蚩蚩之氓：蚩蚩，敦厚貌。氓，百姓。《詩・衛風・氓》：“氓之蚩蚩，抱布貿絲。”

㉖蕩蕩之主：《論語・泰伯》：“大哉堯之爲君也！……蕩蕩乎，民無能名焉。”蕩蕩，廣大貌；博大貌。

汾陰出寶鼎賦①

皇漢之道　神鼎斯出

至德昭彰，炎靈道昌②。當汾陰而展禮，見寶鼎以呈祥。有感則通，表承乾之穆穆；爲時而出，彰負扆之皇皇。

昔孝武以運繼東周③，位崇西漢，居尊克務於兢業④，臨下彌勤於宵旰⑤。崇諸厚德，俾遠邇之悅隨；祀彼方丘⑥，冀人神之幽贊⑦。

禮斯盛矣，神惟享之。允降穰穰之福⑧，靡愆抑抑之儀⑨。由是脽丘之畔〔一〕，汾水之湄。仰窺乎天，見黃雲之繚繞；俯察於地，得寶鼎以瑰奇。

莫不煥金景之榮光，蔚龍文之麗藻。非惟啓於至聖⑩，抑亦見乎有道⑪。寧虞覆餗⑫，實天地之殊祥；不假銘功⑬，乃邦家之盛寶。

偉夫！萬方悉慶，百辟咸欣⑭。非鑄鼎以象物，蓋至誠之感神。瑞啓明時，豈類宗周之寶；天祚皇德⑮，實爲巨漢之珍。

是何澤及坤靈⑯，祥昭金鼎。固莫量於輕重，又難偕乎奇挺⑰。載於瑞典，非遷洛以堪同⑱；獲彼靈祠，豈于湯之足並⑲？

不然，則又安得並芝房而薦廟⑳，配白雉以陳詩㉑？于以顯皇化之廣運㉒，于以昭聖政之無私。岳修貢而川效珍㉓，徒虛語爾；鼎取新而革去故，何莫由斯？

美夫！祀事聿修，休祥有秩㉔。非勞九牧之貢㉕，自顯三材之質㉖。所以標瑞諜而紀祥經㉗,彌萬代而首出。

【校勘】

〔一〕脽:原作"睢",誤。脽丘指汾陰脽。漢代汾陰縣的一個土丘。在今山西省萬榮縣境内。漢武帝時曾於此得寶鼎。

【箋注】

①汾陰出寶鼎:事見《漢書·禮樂志》:"汾脽出鼎,皇祐元始。"《漢書·武帝紀》:"(元鼎四年)立后土祠於汾陰脽上。"

②炎靈:指以火德而王的漢朝。《文選·謝朓〈和伏武昌登孫權故城〉》:"炎靈遺劍璽,當塗駭龍戰。"

③孝武:即漢武帝劉徹,謚孝武。十六歲即位,承文景基業,采納董仲舒"罷黜百家,獨尊儒術"的建議,建太學,崇儒術,從思想上鞏固中央集權。他頒佈《推恩令》,使諸侯王分封子弟爲侯,削弱王國割據勢力。在他統治下,先後消滅南越割據政權,在雲南、貴州設置郡縣,還派遣張騫等出使西域,加强和大月氏、烏孫、安息等地的聯繫;任用衛青、霍去病爲將,連續發動對匈奴的攻擊,解除匈奴對邊境的威脅。使漢朝國勢隆盛,版圖益廓。雄才大略,文功武治,允稱英主。

④兢業:"兢兢業業"的省語。謹慎戒懼。《陳書·宣帝紀》:"今便肅奉天策,欽承介圭。若據滄溟,逾增兢業。"

⑤宵旰:"宵衣旰食"的省語。天不亮就穿衣起身,天黑了纔吃飯。用以稱頌帝王勤於政事。唐羅隱《淮南送李司空朝覲》:"聖君宵旰望時雍,丹詔西來雨露濃。"

⑥方丘:古祭地祇之壇。《晋書·武帝紀》:"并圜丘、方丘於南、北郊,二至之祀合於二郊。"

⑦幽贊:謂暗中受神明佐助。語出《易·説卦》:"昔者聖人之作《易》也,幽贊於神明而生蓍。"

⑧穰穰之福:《詩·周頌·執競》:"降福穰穰,降福簡簡。"穰穰:衆多。

⑨抑抑:美好貌。抑通"懿"。《詩·小雅·賓之初筵》:"其未醉止,威儀抑抑。"

⑩至聖:最高的聖人;大聖。一般指孔子。《史記·孔子世家》太史公曰:

"孔子布衣,傳十餘世,學者宗之。自天子王侯,中國言六藝者,折中於夫子,可謂至聖矣!"

⑪有道:稱國家政治清明。《論語·公冶長》:"子曰:甯武子,邦有道則知,邦無道則愚。"

⑫覆餗:謂傾覆鼎中的珍饌。喻力不勝任而敗事。《易·鼎》:"鼎折足,覆公餗。"餗,鼎中的食物。

⑬銘功:在金石上刻寫文辭,記述功績。南朝梁劉勰《文心雕龍·銘箴》:"吕望銘功於昆吾,仲仙鏤績於庸器。"

⑭百辟:諸侯。《書·洛誥》:"汝其敬識百辟享,亦識其有不享。"

⑮天祚:天賜福佑。《左傳·宣公三年》:"天祚明德,有所底止。"

⑯坤靈:對大地的美稱。漢揚雄《司空箴》:"普彼坤靈,侔天作則。分制五服,劃爲萬國。"

⑰奇挺:奇異挺拔;奇異超群。晋孫綽《遊天台山賦》:"嗟台岳之所奇挺,寔神明之所扶持。"

⑱遷洛:指周平王遷洛。周幽王四年,廢皇后申氏和太子宜臼,立寵姬褒姒爲后,立褒姒子爲太子。七年後,即前771年,申后的父親,以給申后和太子伸冤爲名,勾結犬戎、吕、鄫等國攻周。幽王舉烽火,諸侯不信,救兵不至,犬戎破鎬京,幽王倉皇逃跑,被犬戎追殺於驪山之下。太子宜臼即位,是爲平王。由於鎬京殘破,又處於犬戎威脅之下,前770年,在晋文侯、秦襄公、鄭武公、衛武公等諸侯衛護下,東遷洛邑,是爲東周。

⑲"于湯"句:言武王伐紂,比商湯滅夏桀更爲光彩。湯:商湯。《書·泰誓》:"我武惟揚,侵于之疆,取彼凶殘,我伐用張,于湯有光。"

⑳芝房:成叢的靈芝。《漢書·武帝紀》:"(元封二年)六月,詔曰:'甘泉宫内中産芝,九莖連葉。上帝博臨,不異下房,賜朕弘休……作《芝房之歌》'。"

㉑白雉:白色羽毛的野雞。古時以爲瑞鳥,是王者有德的徵兆。《書大傳》卷四:"周公居攝六年,制禮作樂,天下和平。越裳以三象重譯而獻白雉。"

㉒皇化:皇帝的德政和教化。《南史·何尚之傳》:"屢誅大臣,有虧皇化。"廣運:猶廣遠。《書·大禹謨》:"帝德廣運,乃聖乃神,乃武乃文。"

㉓修貢:獻納貢品。《新五代史·南唐世家·李煜》:"遣中書侍郎馮延魯修貢於朝廷。"效靈:顯靈。南朝宋顔延之《三月三日曲水詩序》:"晷緯昭應,山瀆效靈。"

㉔休祥:吉祥。《書·泰誓》:"朕夢協朕卜,襲于休祥,戎商必克。"

㉕九牧:即九州。《史記·孝武本紀》:"禹收九牧之金,鑄九鼎。"

㉖三材:指天、地、人。《易·繫辭下》:"有天道焉,有人道焉,有地道焉,兼三材而兩之。故六六者非它也,三材之道也。"

㉗瑞諜:祥瑞的譜録。諜:通"牒"。譜録。《漢書·禮樂志》:"宮童效異,披圖案諜。"

鴻漸于陸賦①

鴻在于陸　　爲世儀表

觀乎《大易》,嘉此冥鴻②。因漸陸以斯顯,遂爲儀而可崇。欲潔於身,克務乎升高自下;不濡其翼,寧煩乎激水搏風③。

原夫居賢之象載觀,設卦之由斯在。體于鴻則蓋取進動,漸于陸則爰求爽塏④。寧同越鳥⑤,依棲永戀於南枝;有異莊鵬⑥,運轉常歸於北海。

徒觀其載飛載止,匪疾匪徐。矧徊翔而翽若⑦,必高潔以依於⑧。翻迅羽以噰噰⑨,弋人何慕⑩;仰層峰而岌岌,陽鳥攸居⑪。

高遂雲飛,長辭水宿。別海上之鷗鷺,鄙波中之鳧鶩。蕭蕭隨陽⑫,翩翩遵陸⑬。見可而進,同鳳鳴於高岡;靡常厥居,類鶯遷於喬木。

豈不以陸者地鎮之峻極⑭,鴻者羽族之珍奇。翼若詎童於軒翥⑮,屹然迥出於喧卑⑯。非來者之漸矣,安跂予而及之。鷺遊而蓋不足取⑰,隼擊則又何能爲⑱。將候雁以同賓,羽翮既就⑲;與時龍而共起,燕雀焉知⑳?

不雜塵遊，寧隨波逝〔一〕。固殊遵渚之列㉑，自有鳴山之勢。類彼勤行之士㉒，卓爾離群；同乎高蹈之人㉓，飄然出世。

且夫棲陵木者甫濱於山足，集磐干者尚邇於水湄㉔。苟人言之有屬㉕，則世綱以見縻㉖。曷若我將翱將翔，首據高明之地；爰居爰處，俯爲衆庶之儀。

孰謂乎無所取才，不離飛鳥。或俯集於雞樹，或下臨於鳳沼㉗。宜其羽翼清虚，可以爲天下表。

【校勘】

〔一〕隨：四庫本作“同”。

【箋注】

①鴻漸于陸：語出《易·漸》：“鴻漸于陸，其羽可用爲儀也。”鴻：大雁。漸：進。孔穎達疏：“處高而能不以位自累，則其羽可用爲物之儀表，可貴可法也。”

②《大易》：即《周易》。晋左思《魏都賦》：“覽《大易》與《春秋》，判殊隱而一致。”

③搏：鳥類向高空盤旋飛翔。《莊子·逍遥遊》：“搏扶摇而上者九萬里。”

④爽塏：高爽乾燥。南朝梁江淹《哀千里賦》：“雖河北之爽塏，猶橘柚之不遷。”

⑤越鳥：南方的鳥。《文選·古詩〈行行重行行〉》：“胡馬依北風，越鳥巢南枝。”

⑥“莊鵬”句：《莊子·逍遥遊》：“北冥有魚，其名爲鯤。鯤之大，不知其幾千里也。化而爲鳥，其名爲鵬。鵬之背，不知其幾千里也；怒而飛，其翼若垂天之雲。是鳥也，海運則將徙於南冥。”

⑦剞：亦。《書·君奭》：“小臣屏侯甸，矧咸奔走。”翩若：翩，鳥飛輕快的樣子。

⑧依於：相依。

⑨噰噰（yōng）：鳥類和鳴聲。《文選·孫綽〈遊天台山賦〉》：“覲翔鸞之裔裔，聽鳴鳳之噰噰。”

⑩弋人何慕:唐張九齡《感詩》:"今我遊冥冥,弋者何所慕!"義同"弋人何篡"。漢揚雄《法言·問明》:"治則見,亂則隱。鴻飛冥冥,弋人何篡焉!"鴻雁飛向遠空,獵人無由獲得。比喻隱者遠走高飛,全身避害。

⑪陽鳥:鴻雁一類的候鳥。《書·禹貢》:"彭蠡既猪,陽鳥攸居。"

⑫肅肅:象聲詞。鳥羽的振動聲。《詩·小雅·鴻雁》:"鴻雁于飛,肅肅其羽。"

⑬翩翩:飛行輕快貌。《詩·小雅·四牡》:"翩翩者雕,載飛載下,集于苞栩。"

⑭鎮:古代稱一地區内最大最重要的名山,主山。《書·舜典》:"封十有二山。"孔傳:"每州之名山殊大者,以爲其州之鎮。"峻極:謂極高。《禮記·中庸》:"發育萬物,峻極于天。"孔穎達疏:"言聖人之道高大,與山相似,上極於天。"

⑮軒翥:高飛。屈原《遠遊》:"雌蜺便娟以增撓兮,鸞鳥軒翥而翔飛。"

⑯喧卑:喧鬧低下。南朝宋鮑照《舞鶴賦》:"去帝鄉之岑寂,歸人寰之喧卑。"

⑰鸞:傳說中鳳凰一類的鳥。形似雞,身有五彩,鳴中五音,善舞。《漢書·息夫躬傳》:"鷹隼橫厲,鸞俳佪兮!"顏師古注:"鸞,神鳥也。"

⑱隼(sǔn)擊:比喻疾速而猛烈地攻擊。唐黃滔《狎鷗賦》:"曾無隼擊之患,忘到鳩居之所。"隼:鳥名。又名鶻。鷹類中最小者,飛速善襲。獵者多飼之,使助捕鳥兔。

⑲羽翮(hé)既就:比喻輔佐的力量已備,勢力步步壯大。羽翮,鳥的羽翼。《史記·留侯世家》:"歌曰:'鴻鵠高飛,一舉千里。羽翮已就,橫絶四海。'"

⑳"與時龍"二句:《史記·陳涉世家》:"陳涉少時,嘗與人傭耕,輟耕之壟上,悵恨久之,曰:'苟富貴,無相忘。'庸者笑而應曰:'若爲庸耕,何富貴也?'陳涉太息曰:'嗟乎,燕雀安知鴻鵠之志哉!'"

㉑遵渚之列:指鳧鷖之屬。此句謂鴻與鳧鷖之屬本自不同,自有飛鳴於山的氣勢。《詩·豳風·九罭》:"鴻飛遵渚,公歸無所,於女信處。"以"鴻飛遵渚"喻指周公應在鎬京輔佐周天子,不宜到洛陽居住。

㉒勤行之士:指道德高尚的人。《老子》:"上士聞道,勤而行之。"卓爾離

群:謂超出常人。《漢書·景十三王傳贊》:"夫唯大雅,卓爾不群,河間獻王近之矣。"

㉓高蹈之人:指隱士。唐皮日休《移元徵君書》:"如遯世不見知而不悔,則舜不爲高蹈也,舜不爲真隱也。"

㉔磐:紆回層疊的山石;大石。《易·漸》:"鴻漸于磐。"干:水邊。《詩·魏風·伐檀》:"置之河之干兮。"

㉕厲:指諷勸。《文選·張華〈女史箴〉》:"衛女矯桓,耳忘和音。"李善注引漢班昭曰:"衛國作淫泆之音,衛姬嫉桓公之好,是故不聽,以厲桓公也。"

㉖綱:提網的總繩。引申爲約束、治理。《書·盤庚》:"若網在綱,有條而不紊。"《韓非子·八經》:"設諫以綱獨爲,舉錯以觀奸動。"

㉗鳳沼:指超凡的境地。唐高適《鶻賦》:"望鳳沼而輕舉,紛羽族以驚猜。"

孝者善繼人之志賦①

人子行孝　能繼先志

稽《禮經》之垂訓②,見孝子之奉親。俾繼襲於先志,蓋博諭於後人。必學爲箕③,既顯奉親之要;無改於父,克彰務本之因④。

得不載考斯文,深窮秘旨。非徒樹彼教本,蓋以勗於人子。欲令不悖於親,固在必從於始。克纘丕緒,始則揚武王之休⑤;追祀先公,次則顯周旦之美⑥。

徒觀其孝道斯盛,國家遂行。悉務無違之教,或敦不匱之誠。其父析薪⑦,孰云負之靡克;若考作室,但見構之方成。

斯蓋君令臣從,上行下效。俾百姓以從化,則一國而興孝。用勞用力⑧,率從安義之文;學禮學詩,敢悖過庭之教⑨?

罔墜先德[一],彌增懿稱。於顛沛而克肖⑩,實前後以相承。子路之貧屢傷,斯爲直養⑪;孟莊之臣不改,是謂難能⑫。

所謂乎君子能勞,後代有繼。遵地義以寧失,守天經而罔替。

克紹前烈⑬,我則益務於矜莊⑭;無廢舊勳,我則彌懷於遜悌。

是曰有後,無聞辱先。非惟世濟其美,抑亦代不乏賢。史談著書,遷繼而立言垂世⑮;夏鯀治水,禹紹而隨山浚川⑯。

懿哉!念《凱風》之言⑰,遵《白華》之義⑱。蓋將無忝爾祖,是用不違其志。夫然,則上自君而下達民,固宜守茲而勿墜。

【校勘】

〔一〕墜:四庫本作「恣」。

【箋注】

①孝者善繼人之志:語出《中庸》:「夫孝者,善繼人之志,善述人之事者也。」

②《禮經》:古代講禮節的經典,一般指《儀禮》而言。《漢書·藝文志》:「《禮古經》五十六卷,《經》七十(按當作「十七」)篇。」按,所云《禮》、《禮經》、《禮古經》,即謂《儀禮》。垂訓:垂示教訓。三國魏嵇康《答釋難宅無吉凶攝生論》:「夫先王垂訓,開端中人。」

③必學爲箕:「良弓之子,必學爲箕」的省語。善於製弓的工匠的兒子,見其父輩彎竹木爲弓,就根據這個道理學會彎柳枝做簸箕。比喻子弟能承家業。《禮記·學記》:「良冶之子,必學爲裘;良弓之子,必學爲箕。」

④無改於父:《論語·學而》:「父在,觀其志;父没,觀其行,三年無改於父之道,可謂孝矣。」

⑤「克纘」二句:繼承國家大業,發揚廣大武王之美業。纘:繼承。《禮記·中庸》:「武王纘大王、王季、文王之緒,壹戎衣而有天下。」丕緒:指國家大業。《陳書·世祖紀》:「朕以寡昧,嗣膺丕緒,永言勳烈,思弘典訓。」武王:周王朝的建立者。姓姬名發。周文王和太姒的次子。文王死後,繼承其父之遺志,聯合庸、蜀、羌等少數民族,東征討伐殷紂王。牧野一戰,取得勝利,滅商而建立西周王朝。《詩·大雅·文王有聲》七章:「維龜正之,武王成之,武王烝哉。」休:吉慶、美善、福禄。《詩·商頌·長發》:「何天之休。」

⑥周旦:西周初期政治家。姓姬名旦。周文王子,武王弟,周成王之叔。周公輔武王滅商,武王崩,成王即位。因年幼無理政之能,由周公「履天子之

籍,聽天下之斷",代其行政。平武庚、管叔、蔡叔之亂,營洛邑爲東都,使天下臻於大治。相傳他制定周禮,建立各種典章制度。周公後歸政於成王,並作《多士》、《無逸》,以訓誡成王。事見《史記·魯周公世家》。後以周公爲聖賢的典範。

⑦其父析薪:比喻繼承父業。原謂父親劈柴,兒子不能承受擔當。《左傳·昭公七年》:"古人有言曰:其父析薪,其子弗克負荷。"

⑧用勞用力:語出《孟子·滕文公上》:"或勞心,或勞力;勞心者治人,勞力者治於人;治於人者食人,治人者食於人。天下之通義也。"

⑨過庭之教:指父訓或承受父訓。《論語·季氏》:"嘗獨立,鯉趨而過庭,曰:'學《詩》乎?'對曰:'未也。''不學《詩》,無以言。'鯉退而學《詩》。他日又獨立,鯉趨而過庭,曰:'學《禮》乎?'對曰:'未也。''不學《禮》,無以立。'鯉退而學《禮》。"

⑩顛沛:困頓挫折。《論語·里仁》:"君子無終食之間違仁,造次必於是,顛沛必於是。"克肖:能繼承前人。

⑪"子路"句:《孔子家語·致思》:"子路見於孔子,曰:'……昔者由也事二親之時,常食藜藿之實,爲親負米百里之外。親歿之後,南遊於楚,後車百乘,積粟萬鍾,累茵而坐,列鼎而食,願欲食藜藿爲親負米者,不可復得也。'孔子曰:'由也事親,可謂生事盡力,死事盡思者也。'"直養:依據自然法則來頤養。

⑫"孟莊"句:孟莊子,春秋末魯國人,名速,又稱孺子速,孟獻子之子。《論語·子張》:"曾子曰:'吾聞諸夫子,孟莊子之孝也,其他可能也,其不改父之臣與父之政,是難能也。'"

⑬紹:承繼。《漢書·敘傳下》:"漢紹堯運,以建帝業。"前烈:祖先;前輩。漢班固《幽通賦》:"懿前烈之純淑兮,窮與達其必濟。"

⑭矜莊:嚴肅莊敬。《荀子·非相》:"談說之術:矜莊以蒞之,端誠以處之。"

⑮"史談"句:史談:漢司馬遷之司馬父談的別稱。談官太史令,故稱。司馬談臨終囑咐司馬遷:"無忘吾所欲論著矣。""汝其念哉!"司馬遷也立下誓言:"小子不敏,請悉論先人所次舊聞,弗敢闕。"元封三年司馬遷被任命爲太史

令,他認真整理閱讀"石室金匱之書","天下遺文古事,靡不畢集太史公",開始了《史記》的寫作。後因爲李陵辯護,觸怒了武帝,身受腐刑。受刑後更加忍辱發憤,經過十多年的勤奮努力,終於寫成了《史記》。

⑯"夏鯀"句:謂夏禹承父夏鯀之業治水。鯀(gǔn):傳說中原始時代部落首領。顓頊子,禹之父,建國於崇,號崇伯。由四岳推舉,奉堯命治水。他用築堤防水的方法,九年未治平,被舜殺死在羽山。神話謂神化爲黃熊。禹,古代部落聯盟的領袖。姒姓,名文命,鯀之子。原爲夏后氏部落領袖,奉舜命治理洪水,疏通江河,興修溝渠,發展農業。後被選爲舜的繼承人,舜死後即位,建立夏代。後世視爲聖王。

⑰凱風:南風。《詩》篇名。詩序:"《凱風》,美孝子也。"常以指代感念母恩的孝心。《詩·邶風·凱風》:"凱風自南,吹彼棘心。棘心夭夭,母氏劬勞。凱風自南,吹彼棘薪。母氏聖善,我無令人。爰有寒泉,在浚之下。有子七人,母氏勞苦。睍(xiàn)睆(huǎn)黃鳥,載好其音。有子七人,莫慰母心。"

⑱白華:《詩·小雅》佚詩篇名。詩序:"《白華》,孝子之潔白也……有其言義而亡其辭。"詠孝子奉親。唐杜甫《送李校書二十六韻》:"南登吟白華,已見楚山碧。"

中者天下之大本賦①

天下之教　由此而出

中者存乎性②,性者命於天。爲萬化所宗之本,乃七情未發之前③。澹乎自持④,政教自兹而出矣;感而後動⑤,吉凶由是以生焉。

原夫賾禮典之淵微,得中和之用捨⑥。聖人極之以育物,君子循之而化下。人生而靜,故能用其中焉;教所由興,是以謂之本也。

始其惟寂惟寞,何慮何思。道所從而隆矣,人可得而由之。喜怒不形,守爲樸素之本;嗜欲將至,散成禮樂之基⑦。

外物未牽，中扃是敦⑧。苟能發以中節，是致廣而成教。始惟所稟金則義，而木則仁；終乃有遷父爲慈，而子爲孝。

是知言其中者哀樂之未發，謂乎本者教化之必由⑨。蘊之則五常盡在⑩，散之則百禮交修⑪。何異夫大樸將分⑫，上者道而下者器⑬；洪鈞欲播⑭，達乎萌而出乎勾⑮。

得不載考斯言，詳觀至理。雖化育之甚大⑯，亦權輿而自此⑰。誠明內著，兩儀蟠極之宗⑱；和順外融，萬物經綸之始⑲。

有如此者，不其偉而？爲最靈而可美，著達道以攸宜。若然，則天下之精無能及此⑳，縱域中之大何莫由斯？

故知道不自於天生，禮非從於地出。起於人性之靜，肇彼民心之質㉑。所以王者之致中和，雖百慮而同歸於一。

【箋注】

①中者天下之大本：語出《中庸》：“喜怒哀樂之未發，謂之中，發而皆中節，謂之和。中也者，天下之大本也；和也者，天下之達道也。”

②性：《禮記·中庸》說：“天命之謂性。”《莊子·庚桑楚》：“性者，生之質也。”《易·繫辭上》：“一陰一陽之謂道。繼之者善也，成之者性也。”

③七情：《禮記·禮運》：“何謂七情？喜、怒、哀、懼、愛、惡、欲，七者弗學而能。”

④澹乎自持：指保持寧靜的心情。澹，安然；澹泊。司馬相如《子虛賦》：“泊乎無爲，澹乎自持。”

⑤感而後動：《淮南子·原道訓》：“人生而靜，天之性也；感而後動，性之害也。”

⑥中和：《禮記·中庸》：“喜怒哀樂之未發，謂之中；發而皆中節，謂之和。中也者，天下之大本也；和也者，天下之達道也。致中和，天地位焉，萬物育焉。”

⑦禮樂之基：古代帝王常用興禮樂爲手段以求達到尊卑有序遠近和合的統治目的。《禮記·樂記》：“樂也者，情之不可變者也；禮也者，理之不可易者也。樂統同，禮辨異。禮樂之說，管乎人情矣。”孔穎達疏：“樂主和同，則遠近

皆合;禮主恭敬,則貴賤有序。"

　　⑧中扃:謂閉鎖内心,慾望不生。《淮南子·主術訓》:"中慾不出謂之扃,外邪不入謂之塞。中扃外閉,何事之不節;外閉中扃,何事之不成。"敩(xiào):教導,使覺悟。《書·盤庚》:"盤庚敩于民。"

　　⑨教化:政教風化。《詩·周南·關雎序》:"美教化,移風俗。"

　　⑩五常:《漢書·禮樂志》:"五常,仁、義、禮、智、信,人性所常行之也。"

　　⑪百禮:各種禮儀。《詩·小雅·賓之初筵》:"籥舞笙鼓,樂既和奏。烝衎烈祖,以洽百禮。百禮既至,有壬有林。"

　　⑫大樸:謂原始質樸的大道。三國魏嵇康《難自然好學論》:"昔鴻荒之世,大樸未虧,君無文於上,民無競於下,物全理順,莫不自得。"

　　⑬道、器:器指有形象的具體事物或名物制度,與無形象的含有規律和準則意義的道相對指稱。《老子》:"樸散則爲器。"《易·繫辭上》:"形而上者謂之道,形而下者謂之器。"

　　⑭洪鈞:指天。《文選·張華〈答何劭〉詩之二》:"洪鈞陶萬類,大塊稟群生。"

　　⑮達乎萌而出乎勾:芒而直曰萌。《禮記·月令》:"是月也,生氣方盛,陽氣發洩,勾者畢出,萌者盡達,不可以内。"鄭玄注:"勾,屈生者,芒而直曰萌。"勾萌:草木的嫩芽。《隋書·音樂志下》:"勾萌既申,芟柞伊始。"

　　⑯化育:自然生成和培育萬物。《禮記·中庸》:"能盡物之性則可以贊天地之化育,可以贊天地之化育則可以與天地參矣。"

　　⑰權輿:起始。《詩·秦風·權輿》:"今也每食無餘,於嗟乎! 不承權輿。"

　　⑱兩儀:指天地。《易·繫辭上》:"是故易有太極,是生兩儀。"蟠極:指禮樂。《禮記·樂記》:"及夫禮樂之極乎天而蟠乎地。"

　　⑲經綸:整理絲縷。引申爲籌畫治理國家大事。《禮記·中庸》:"唯天下至誠,爲能經綸天下之大經,立天下之大本,知天地之化育。"

　　⑳精:精粹;精華。《易·乾》:"大哉乾乎! 剛健中正,純粹精也。"

　　㉑肇:始。《詩·周頌·小毖》:"肇允彼桃蟲,拚飛維鳥。"質:誠;真實。

能自得師者王賦①

能得師者　王道成矣

王者求賢仄席②，聞善伏膺③。克隆於大寶曰位④，用臻乎庶績其凝⑤。得士者昌，懋顯日新之德⑥；好問則裕，弼成天縱之能⑦。

豈不以訪道者非師而弗克，治國者非王而不得。苟能擇賢師而訪道，是以爲聖王而治國。勿謂乎介在人上⑧，我則接下而思恭；勿謂乎富有域中⑨，我則尊道而貴德。

所以保傅是重⑩，模範攸資⑪。克永持盈之業⑫，彌隆卜世之基⑬。周道方融⑭，呂尚處三公之首⑮；漢業將盛，子房爲萬乘之師⑯。

樂育賢材，旁求儒雅。諮詢而學在中矣，體貌而禮無違者。誠由勤以行之，用致勃焉興也。心惟主善，既光闡於鴻猷⑰；道在經邦，遂尊臨於函夏⑱。

若夫雲師紀運⑲，天統興王⑳，無爲之德斯盛㉑，可大之功已彰㉒。問道猶深於虔鞏㉓，拜言尚極於齋莊㉔。行之非艱，既美乎後從則聖㉕；繼者爲善，是宜乎邦乃其昌。

永孚於休㉖，必由斯道。師事之禮無忒，眾正之言可考。固異夫五帝之佐㉗，德弗及以非功㉘；三王之臣㉙，志同憂而可保。

曷若我博采俊彥，周爰老成㉚？始摳衣而翼翼㉛，終負扆以明明㉜。前有疑而後有丞㉝，嘉謀未盡；帝與師而王與友，至教方行。

偉乎！稽仲虺作誥之由㉞，見成湯革命之美㉟。非徒下順於人欲，不獨仰符於天理。蓋由在上而不驕，得師臣之道矣㊱。

【箋注】

①能自得師者王：語出《書·仲虺之誥》：“能自得師者王，謂人莫己若者亡。”

②仄席：不正坐。謂側坐以待賢良。古時形容帝王禮賢下士。《漢書·陳湯傳》：“湯曰：‘臣聞楚有子玉得臣，文公爲之仄席而坐。’”

③伏膺：伏通“服”。牢記在心。唐駱賓王《和閨情詩啓》：“跪發珠韜，伏膺玉札。”

④大寶：指帝位。《易·繫辭下》：“聖人之大寶曰位。”

⑤庶績其凝：《書·皋陶謨》：“撫于五辰，庶績其凝。”孔傳：“言百官皆撫順五行之時，衆功皆成。”

⑥懋：盛大；大。《書·大禹謨》：“予懋乃德，嘉乃丕績。”日新之德：《易·繫辭上》：“日新之謂盛德。”《易·大畜》：“日新其德。”

⑦弼：矯正弓弩的器具。引申爲輔佐。天縱之能：意謂上天賦予的能力。常用以諛美帝王。

⑧介：間隔；隔開。《漢書·翼奉傳》：“臣願陛下徙都於成周……前鄉嵩高，後介大河。”

⑨域中：宇内；天下。《老子》：“域中有四大，而王居其一焉。”

⑩保傅：古代輔弼天子和諸侯子弟之官。《大戴禮記·保傅》：“保，保其身體；傅，傅其德義。”《南史·諸炤傳》：“炤少有高節，王儉嘗稱才堪保傅。”

⑪模範攸資：即資模範。憑藉老師。模範：此指老師。《法言·學行》：“師者，人之模範也。”

⑫持盈之業：守住已成之業。語出《老子》：“持而盈之，不如其已。”

⑬卜世：國運。《左傳·宣公三年》：“成王定鼎于郟鄏，卜世三十，卜年七百，天所命也。”

⑭周道：指周代所推行的政令。融：昌盛。晋陶潛《命子》：“在我中晋，業融長沙。”

⑮吕尚：西周齊國國君。東海人，姜姓，名尚，字子牙。家貧，釣於渭濱，文王遇之，與語，大悦曰：“吾太公望子久矣。”故稱太公望，俗稱姜太公。佐文王、武王爲計滅商，有大功。武王時尊爲師尚父。封於齊，都營丘，爲齊之始祖。

爲周太師。有征伐五侯九伯之權。兵書《六韜》傳爲所作。見《史記·齊太公世家》。三公：周朝爲最高輔政大臣的合稱。指太師、太傅、太保。吕尚爲太師，故曰三公之首。

⑯子房：漢代謀臣張良，字子房。幼時，過下邳圯橋，遇一老叟，墜履於橋下，叫子房替他拾取，並爲他穿上，子房無倦色，且神意愈恭。老叟認爲"孺子可教"，約子房明晨來橋上。子房昧爽至，叟已在，説："約好而遲到，未可傳道。"如是者三，子房先至，老叟喜，授以《太公兵法》，説："讀此當爲帝王師，吾乃穀城山下黄石。"子房讀其書，佐漢高祖定天下，封留侯，爲大司徒。事見《史記·留侯世家》。萬乘之師：即天子之師。萬乘(shèng)：車輛叫乘。古時戰車一輛，配甲士三人，步卒七十二人。周制，天子地方千里，出兵車萬乘，諸侯地方百里，出兵車千乘，故以萬乘稱天子。

⑰鴻猷：鴻業；大業。唐肅宗《命有司舉行郊廟大禮詔》："朕獲嗣鴻猷，敢志虔敬。"

⑱函夏：全中國。《漢書·揚雄傳》："以函夏之大漢兮，彼曾何足與比功？"

⑲雲師紀運：雲師是黄帝時的官名。黄帝以雲紀事，百官師長皆以雲爲名號。《左傳·昭公十七年》："昔者黄帝氏以雲紀，故爲雲師而雲名。"

⑳天統：天之統緒；天之正統。《漢書·高帝紀贊》："漢承堯運，德祚已盛，斷蛇著符，旗幟上赤，協於火德，自然之應，得天統矣。"

㉑無爲之德：儒家主張無爲，認爲統治者若主以德政，任賢使能，則垂衣裳恭己無所作爲而天下治。《論語·衛靈公》："無爲而治者，其舜也與！夫何爲哉，恭己正南面而已矣。"

㉒可大之功：《易·繫辭上》："可久則賢人之德，可大則賢人之業。"

㉓虔鞏：誠敬勤勞。《文選·班固〈典引〉》："榮鏡宇宙，尊亡與亢，乃始虔鞏勞謙，兢兢業業。"

㉔齋莊：嚴肅誠敬。《史記·秦始皇本紀》："遂登會稽宣省習俗，黔首齋莊，群臣誦功。"

㉕後從則聖：《書·説命》："惟木從繩則正，後從諫則聖。"

㉖孚：通"付"。付與。《書·高宗肜日》："天既孚命，正厥德。"休：美善。

㉗五帝：傳説中的上古帝王。説法不一，以五帝爲"伏羲、神農、黄帝、堯、舜"一説爲多。

㉘非功：無功。《管子·明法》："是以忠臣死於非罪，而邪臣起於非功。"

㉙三王：指夏、商、周三代之君。説法不一。一般指夏禹、商湯、周文王。

㉚周爰老成：周：忠信。引申爲親密。《國語·晋語五》："吾聞事君者，比而不黨。夫周以舉義，比也；舉以其私，黨也。"老成：指年高有德的人。

㉛摳（kōu）衣：提起衣服前襟。古人迎趨時的動作，表示恭敬。《管子·弟子職》："已食者作，摳衣而降，旋而鄉席，各徹其饋，如於賓客。"翼翼：恭敬勤謹貌。《詩·大雅·文王》："世之不顯，厥猶翼翼。"

㉜負扆：背靠屏風。指皇帝臨朝聽政。

㉝疑、丞：古官名。《書大傳》卷二："古者天子必有四鄰：前曰疑，後曰丞，左曰輔，右曰弼。天子有問無以對，責之疑；可志而不志，責之丞。"

㉞仲虺（huǐ）作誥：仲虺，殷商王朝大臣。奚仲之後，居於薛。成湯任以爲左相。湯滅夏歸來，至大坰，作誥以告湯。《僞古文書》有《仲虺之誥》一篇。《春秋傳》曰："仲虺居薛，爲湯左相。"

㉟成湯革命：成湯，亦稱"武湯"，商開國之君，契的後代，子姓、名履。夏桀荒淫無道，成湯發兵征討。

㊱師臣：對居師保之位或加有太師官號的執政大臣的尊稱。唐顏真卿《廣平文貞公宋公神道碑銘》："方崇乞言之典，以極師臣之敬。"

文彦博集卷二

律賦

多文爲富賦①

儒者崇學　多以爲富

稽先王之訓,見君子之儒②。取多文以爲美,體至富以寧殊。蘊之則獨善於身③,不失其所;施之則兼濟於物④,無得而逾。

魯哀公道在崇儒⑤,孔宣父心存化下⑥。將令德之廣矣,必使道之行也。以謂勤諸博學,式彰乎善莫大焉⑦;類彼多藏,自取乎文爲貴者。

由是篤行無倦⑧,修辭罔窮。所謂學成而上〔一〕,抑亦禄在其中〔二〕。韞玉俟時⑨,我則非道而弗處。懷珠待價⑩,我則惟德而是崇。

豈假狗財⑪,爰因嗜學。雖云既富而且庶,實在懷忠而抱樸。博文者自顯豐盈,昧道者堪譏齷齪。抱義而處⑫,寧須陸海之珍;藏器於身⑬,便是荆山之璞⑭。

盈非損志,用本患多。匪予求而予取⑮,假如切以如瑳⑯。修身踐言，信滿堂而可守⑰；浸仁沐義，諒潤屋以難過⑱。

則知富於文者，其富爲美；富於財者，其富可鄙。故往籍之攸載，俾來者之所履。發諭甚嘉，垂謨有以⑲。進德修業，諒多積以攸同；温故知新，豈厚亡之足比⑳？

莫不郁郁斯盛㉑，彬彬有爲㉒。且常同於富贍，又曷見於盈虧？雅符懷寶之人㉓，惟遵於道；豈類窮奢之士，必速於危㉔。

懿夫！學海騰芳，儒林挺秀。彰聖教之不墜，見文風之是茂。寧虞喪寶㉕，罔同於無德而貪；詎比浮雲，實異乎不義而富。

【校勘】

〔一〕《禮記·樂記》：“是故德成而上，藝成而下，行成而光，事成而後。”

〔二〕《論語·衛靈公》：“學也，禄在其中矣。”

【箋注】

①多文爲富：語出《禮記·儒行》：“儒有不寶金玉，而忠信以爲寶，不祈土地，立義以爲土地，不祈多積，多文以爲富。”多文：學問淵博。

②君子之儒：德才兼備的學者。《論語·雍也》：“女爲君子儒，無爲小人儒。”劉寶楠《正義》：“君子儒能識大而可大受，小人儒則但務卑近而已。君子小人以廣狹異，不以邪正分。”

③獨善於身：《孟子·盡心上》：“窮則獨善其身，達則兼善天下。”趙岐注：“獨治其身以立於世間，不失其操也。”

④兼濟於物：謂使天下民衆、萬物咸受惠益。晋傅玄《傅子·正心》：“達則兼濟天下，物無不得其所。”

⑤魯哀公道在崇儒：魯哀公，春秋時魯國國君，姬姓，名將（一作蔣），魯定公之子，謚哀。周敬王二十六年（前494）即位。魯哀公在位期間，三桓專權。哀公曾多次向孔子及其弟子問禮問政，載於《禮記》《論語》。

⑥孔宣父：舊時對孔子的尊稱。唐貞觀十一年，尊孔子爲宣父。

⑦善莫大焉：語出《左傳·宣公二年》：“人誰無過？過而能改，善莫大焉。”

⑧篤行無倦：確實實行不知疲倦。《禮記·儒行》：“儒有博學而不窮，篤行而不倦。”修辭：作文。唐白居易《得乙與丁俱應拔萃互有相非未知孰是》：

“勤苦修辭,乙不能也,吹噓附勢,丁亦恥之。”

⑨韞(yùn)玉俟時:比喻懷藏才德等待時機。晋陸機《文賦》:“石韞玉而山輝,水懷珠而川媚。”

⑩懷珠待價:意同注⑨。

⑪狥財:捨身求財。《鶡冠子·世兵》:“列士狥名,貪夫狥財。”

⑫抱義而處:語出《禮記·儒行》:“戴仁而行,抱義而處。”

⑬藏器於身:《易·繫辭下》:“君子藏器於身,待時而動,何不利之有?”器:才能,能力。

⑭荆山之璞:未經雕琢的美玉。比喻美質。相傳卞和在荆山發現了一塊璞玉,先後獻給楚厲王、楚武王,都被認爲欺詐,被砍去雙脚。楚文王即位,卞和又抱璞哭於荆山之下,楚王使人剖璞加工,果得寶玉,稱爲和氏璧。見《韓非子·和氏》。

⑮予求而予取:指任意索取。《左傳·僖公七年》:“唯我知女,女專利而不厭,予取予求,不女疵瑕也。”

⑯如切以如磋:比喻互相商討砥礪。《詩·衛風·淇奥》:“有匪君子,如切如磋,如琢如磨。”

⑰滿堂而可守:滿堂代指金玉。語出《老子》:“金玉滿堂,莫之能守。”

⑱潤屋:使居室華麗生輝。《禮記·大學》:“富潤屋,德潤身。”

⑲垂謨有以:當作“有以垂謨”解。能留傳其謀略。垂:流傳。《書·微子之命》:“功加于時,德垂後裔。”謨:計謀;謀略。《書·君牙》:“嗚呼,丕顯哉,文王謨。”

⑳厚亡:亡失很多。《老子》:“知盈而持,知銳而揣,已爲不善,況盈不持而金玉滿堂者乎? 將多藏厚亡,莫之能守矣!”

㉑郁郁:文采盛貌。《論語·八佾》:“周監於二代,郁郁乎文哉! 吾從周。”

㉒彬彬:文質兼備貌。《論語·雍也》:“質勝文則野,文勝質則史,文質彬彬,然後君子。”

㉓懷寶:喻自藏其才;懷才。漢王褒《四子講德論》:“幸遭聖主平世而久懷寶,是伯牙去鍾期,而舜禹遁帝堯也。”

㉔速:招致。《詩·召南·行露》:“誰謂女無家,何以速我獄?”

㉕寧虞：猶豈慮。

主善爲師賦①

能主其善　成彼師道

德由善立，學以師興。苟見善而可采，則爲師而足稱。抱義戴仁，既崇乎顯顯令德②；摳衣函丈③，尤務乎拳拳服膺④。故克己而復禮⑤，在推賢而讓能者也⑥。

稽古典之立言，見先賢之遺矩。謂道也有益於攸往，謂學也無常於所主。遵乎主善，則非禮而勿言⑦；務彼求師，乃惟德而是輔⑧。

由是尊賢勿怠，服義忘疲⑨。苟積慶之美者⑩，在修業以宜。其順彼如流，必展趨隅之禮⑪；崇諸若水，須陳擁篲之儀⑫。

令譽爰彰，嘉猷遂闡。蓋千里之所應，故五常之是顯。片言可法，我則捨短以從長；一行堪宗，我則遏惡而揚善。

則知人非善而不主，善非師而靡成。故君子就義以如渴，聖人聞善而若驚。翼翼彌恭⑬，允盡持謙之志；孜孜罔倦，爰傾景行之誠⑭。

所以見賢思齊，聞義能徙⑮。豈宜乎以貴而格物⑯，必在乎去此而取彼。雖周公之聖，下白屋以成能⑰；縱夏禹之尊，拜昌言而擅美⑱。

是故德無常主，學無常師，所謂乎見而遷也，誠宜乎擇以從之。近取斯文，同以賢而爲寶；旁探厥喻，類立德以成基。

異哉！嘉善之言足稱，容衆之文可考⑲。實遠邇之咸仰，亦邦家之所寶。夫然，則上自君而下達民，何莫由於斯道。

【箋注】

①主善爲師：語出《書·咸有一德》：“德無常師，主善爲師。善之所在，師之所在也。”

②顯顯令德：盛大光明的美德。《詩·大雅·假樂》：“假樂君子，顯顯令德。”

③摳衣：“摳衣趨隅”的省語。即提起衣服前襟，小步走到席角的適當位置坐下來。這是古人在尊長面前應有的禮貌。後用來表示以恭敬的態度謁見尊長。語出《禮記·曲禮上》：“毋踐屨，勿踖席，摳衣趨隅，必慎唯諾。”函丈：舊時在書函中常用作對師或前輩長者的敬稱，猶言講席。《禮記·曲禮上》：“若非飲食之客，則布席，席間函丈。”鄭玄注：“謂講問之客也。函，猶容也，講問宜相對容丈，足以指畫也。”

④拳拳：牢握不捨之意。《禮記·中庸》：“得一善，則拳拳服膺而弗失之矣。”服膺：謂牢記心中，衷心信服。

⑤克己而復禮：約束自我，使言行合乎先王之禮。《論語·顏淵》：“克己復禮爲仁。”

⑥推賢而讓能：推舉賢德的人，讓位給有才能的人。《書·周官》：“推賢讓能，庶官乃和。”

⑦非禮而勿言：《論語·顏淵》：“非禮勿視，非禮勿聽，非禮勿言，非禮勿動。”

⑧惟德而是輔：《書·蔡仲之命》：“皇天無親，惟德是輔。”

⑨服義：服膺正義。《楚辭·招魂》：“朕幼清以廉潔兮，身服義而未沫。”

⑩積慶：謂行善積福。唐錢起《陪郭常侍令公東亭宴集》：“不悲歡樂盡，積慶在和羹。”

⑪趨隅：“摳衣趨隅”的省語。見注③“摳衣”條。

⑫擁篲：喻禮賢。篲：掃帚。燕昭王築黃金臺延攬賢士。鄒衍到來時，昭王很敬重他，爲之“擁篲先驅”，即爲之掃地，又以衣袂擁篲而却行，生怕灰塵沾上他。《史記·孟子荀卿列傳》：“（鄒衍）如燕，昭王擁彗先驅。”

⑬翼翼：恭敬謹慎貌。《漢書·禮樂志》：“王侯秉德，其鄰翼翼。”持謙：持謙讓的態度。

⑭景行:高尚的德行。《詩·小雅·車舝》:"高山仰止,景行行止。"

⑮聞義能徙:《論語·述而》:"聞義不能徙,不善不能改,是吾憂也。"

⑯格物:推究事物之理。《禮記·大學》:"致知在格物,物格而後知至。"

⑰"雖周公"二句:漢王充《論衡·語增》:"周公執贄下白屋之士。"白屋:指平民或寒士。

⑱"縱夏禹"二句:《書·皋陶謨》:"禹拜昌言曰:'俞!'"昌言:善言;正當的言論。

⑲容眾:容納眾人。《論語·子張》:"君子尊賢而容眾,嘉善而矜不能。"

祭法天道賦①

君子之祭　能合天道

　　稽立言於往典,考至德於明君②。承大祭以無忒,法高穹而有聞。礿祀爲儀〔一〕③,隨時之義寧爽④;蘋蘩致潔⑤,用天之道爰分。

　　昔者明王,古之君子,著誠將格於祖考⑥,昭孝遂嚴於禋祀⑦。必防黷祭之失,乃協奉先之美⑧。所以法乾造以無違,順天時而有紀。外盡物而內盡志,既表優然⑨;春曰禘而秋曰嘗⑩,皆符倬彼⑪。

　　禮無違者,神其饗之。順寒暑往來之節,感陰陽代謝之宜。簠簋斯陳⑫,怵惕於履霜之候⑬;黍稷是薦,齋莊於濡露之時。

　　然則域中四大⑭,實本於天;禮有五經⑮,莫崇乎祭。伊祭典之克舉,與天道而相契。不疏不數⑯,爰遵奉若之規⑰;是享是宜⑱,蓋得欽崇之制。

　　是知威儀抑抑⑲,夙夜兢兢⑳。將惟馨而是薦,在無變以爲能。感於神明,舉十倫而寅奉㉑;行其典禮,循四序以欽承。

　　故得愉愉之忠是伸㉒,穰穰之福可納。或宗祀之怠棄,則禍淫而暗合。不然,則何以歲祈百穀,涓辰日以郊耕㉓;君主五行㉔,體盛衰而祖臘㉕。

則知將制其祭,必本於天。于以表乎思孝,于以示乎承乾。率神而從,固未彰於純嘏㉖;被衮以象㉗,可同致於吉蠲㉘。

偉乎! 潔彼踐籩㉙,具其蘋藻㉚。欲恭致於薦享㉛,皆冥符於穹昊。是則葛伯之爲仇㉜,焉知天道。

【校勘】

〔一〕礿:原作"初",據四庫本改。礿祀與蘋蘩相對爲文。

【箋注】

①祭法天道:語本《禮記·祭義》:"君子合諸天道,春禘秋嘗。秋,霜露既降,君子履之,必有悽愴之心,非其寒之謂也。春,雨露既濡,君子履之,必有怵惕之心,如將見之。"

②至德:盛德。《易·繫辭上》:"陰陽之義配日月,易簡之善配至德。"

③礿(yuè)祀:古代宗廟時祭名。在夏商時爲春祭,在周代則爲夏祭。唐元稹《唐故河陰留後河南文君墓志銘》:"然奉顏色,潔礿祀,備吉凶,來賓客,無遺焉。"

④寧爽:豈能違背。

⑤蘋蘩:兩種可供食用的水草,古代常用於祭祀。《左傳·隱公三年》:"蘋蘩蘊藻之菜……可薦於鬼神,可羞於王公。"

⑥格於祖考:至於祖宗。祖考:指祖宗。格:至;降臨。《書·益稷》:"夔擊鳴球,搏拊琴瑟以詠,祖考來格。"

⑦禋(yīn)祀:泛指祭祀。《左傳·桓公六年》:"故務其三時,修其五教,親其九族,以致其禋祀。"禋,升煙祭天。

⑧奉先:祭祀祖先。《書·太甲》:"奉先思孝,接下思恭。"

⑨僾(ài)然:仿佛,隱約貌。《禮記·祭義》:"祭之日,入室,僾然必有見乎其位。"

⑩禘:指大禘。古代帝王既立始祖之廟,然仍感未盡其追遠尊先之意。故又推尋始祖所自出之帝而追祭之,並以其祖配祭。因古人相信,王者之先祖皆

感太微五帝之精而生,故以正歲正月郊祭之,以示特尊。嘗:古代秋祭名。《詩·小雅·天保》:"禴祠烝嘗,于公先王。"《爾雅·釋天》:"秋祭曰嘗。"

⑪倬(zhuō)彼:光明廣大的樣子。《詩·小雅·甫田》:"倬彼甫田,歲取十千。"

⑫簠簋(fǔ guǐ):兩種盛黍稷稻粱之禮器。《禮記·樂記》:"簠簋俎豆,制度文章,禮之器也。"

⑬怵惕:戒懼,驚懼。《漢書·淮南厲王傳》:"日夜怵惕,修身正行。"履霜:謂霜降時節懷念親人。《禮記·祭義》:"霜露既降,君子履之,必有悽愴之心,非其寒之謂也。"

⑭四大:《老子》第二十五章云:"道大,天大,地大,王亦大,域中有四大,而王居其一焉。"

⑮禮有五經:《禮記·祭統》:"禮有五經,莫重於祭。"鄭玄注:"禮有五經,謂吉禮、凶禮、賓禮、軍禮、嘉禮也。"

⑯疏數:指親疏。《禮記·哀公問》:"非禮無以別男女父子兄弟之親,昏姻疏數之交也。"

⑰奉若:信奉;尊敬。

⑱宜:古代祀典的一種。謂列俎几陳牲以祭。《禮記·王制》:"天子將出,類乎上帝,宜乎社,造乎禰。"社,古指土地神。

⑲抑抑:美好貌。《詩·大雅·抑》:"抑抑威儀,維德之隅。"

⑳夙夜兢兢:日日夜夜小心謹慎。《漢書·宣帝紀》:"夙夜兢兢,靡有驕色。"

㉑十倫:祭祀的十項道理。《禮記·祭統》:"夫祭有十倫焉:見事鬼神之道焉,見君臣之義焉,見父子之倫焉,見貴賤之等焉,見親疏之殺焉,見爵賞之施焉,見夫婦之別焉,見政事之均焉,見長幼之序焉,見上下之際焉。此之謂十倫。"寅:恭敬。

㉒愉愉:和順貌;和悅貌。《禮記·祭義》:"齊齊乎其敬也,愉愉乎其忠也。"

㉓涓辰日以郊耕:指藉田。即帝王勸課農事之禮儀。周制,天子於孟春之月擇良辰載耒耜率公卿諸侯大夫於南郊,親耕農田。以宣導天下,使民務耕

農田。

㉔五行：五種德行。即仁、義、禮、智、信。

㉕祖臘：祭名。祖，祭祀路神；臘，年終大祭。

㉖純嘏（gǔ）：大福。《詩·小雅·賓之初筵》："錫爾純嘏，子孫其湛。"

㉗被衮以象：《禮記·郊特牲》："祭之日，王被衮以象天，戴冠，璪十有二旒，則天數也。"衮：古代帝王及上公穿的繪有卷龍的禮服。《周禮·春官·司服》："享先王則衮冕。"象，即象天。人的服飾應當象天獸的配置，具有天的威容。董仲舒《春秋繁露·服制象》云："天地之生萬物也以養人，故其可食者以養身體，其可威者以爲容服，禮之所爲興也。"

㉘吉蠲（juān）：亦作"吉圭"。謂齋戒沐浴，選擇吉日。《詩·小雅·天保》："吉蠲爲饎。"《毛傳》："蠲，絜也。"朱熹集傳："吉，言諏日擇士之善；蠲，言齋戒滌濯之潔。"

㉙踐：排列整齊的樣子。《詩·小雅·伐木》："籩豆有踐，兄弟無遠。"籩（biān）：古代祭祀或宴會時盛食品的竹器。

㉚薀（wēn）藻：聚集之藻草。《左傳·隱公三年》："苟有明信，澗溪沼沚之毛，蘋蘩薀藻之菜……可薦於鬼神，可羞於王公。"

㉛享：供祭品奉祀祖先。《書·盤庚》："兹予大享于先王。"孔穎達疏："《周禮·大宗伯》祭祀之名：天神曰祀，地祇曰祭，人鬼曰享。此大享于先王，謂天子祭宗廟也。"

㉜葛伯：夏朝時葛國國君。葛國與商國爲鄰。時商國國君湯爲方伯。湯以他不祭祀爲名，進行討伐。《孟子·萬章》："湯居亳，與葛爲鄰，葛伯放而不祀。湯使人問之曰：'何爲不祀？'曰：'無以供犧牲也。'湯使遺之牛羊。葛伯食之，又不以祀。湯又使人問之曰：'何爲不祀？'曰：'無以供粢盛也。'湯使亳衆往爲之耕，老弱饋食。葛伯率其民，要其有酒食黍稻者奪之，不授者殺之。有童子以黍肉餉，殺而奪之。"《書·仲虺之誥》："乃葛伯仇餉，初征自葛。"

一生二賦①

元氣之用　生是天地②

一者本乎妙道，二者資乎混元③。道生一而既顯，一生二以斯存④。通幽洞冥⑤,作三才之肇祖⑥;從無入有,爲萬化之本原。

昔老氏以識鑒道樞⑦,心存義緯。和光允執於衆妙,施教遂熙於庶彙。以謂一之所起,蓋兆自於真宗⑧;二者何先,必生因於沖氣⑨。

察其所以,因而陳之。本無象而生有象,自無爲而成有爲⑩。旁考斯文,類黄鍾之生六律⑪;近探厥義,同太極之分兩儀⑫。

得不遠賾真筌⑬,深窮妙用。當始在於沖漠⑭,固未分於錯綜。無名漸散,惟道也寂爾而日彰;有物將形,惟一也淵兮而景從。

是故一由道以昭著,二因一以潛生。清濁本兹而遂判,剛柔自是以方成。爲品物之宗⑮,我則觸類而長⑯;作聖人之式,我則與時偕行。

若然,則大道俄分,澆風漸靡⑰。既成形以成象,則有非而有是。茫茫兮仗我生成,浩浩兮因吾繼始。狀轔轔之華轂,起自椎輪⑱;同皎皎之層冰,生於積水。

則知一者生乎立極⑲,二者兆乎先天⑳。見相生之道備,得下濟之功全。當有儀未象之時㉑,包藏莫顯;及自寡成多之際,孕育無邊。

懿哉!事體無形,功符不器。始則混而爲一,終乃分而爲二。故侯王得之以大寧㉒,可以經天而緯地㉓。

【箋注】

①一生二:語出《老子》:"道生一,一生二,二生三,三生萬物。"

②元氣:指天地未分前的混沌之氣。《漢書·律曆志上》:"太極元氣,函三爲一。"

③混元:指天地元氣。亦指天地。三國魏阮籍《詠懷》之六九:"混元生兩儀,四象運衡璣。"

④"道生一"二句:見注①。

⑤通幽洞冥：即通曉、洞察幽冥之事。《雲笈七籤》卷五三：“通幽洞冥，吞咽九靈。”

⑥三才：天、地、人。《易·説卦》：“是以立天之道曰陰與陽，立地之道曰柔與剛，立人之道曰仁與義。兼三才而兩之，故《易》六畫而成卦。”肇祖：始祖。

⑦老氏：指老子。老子姓李，名耳，又稱老聃，字伯陽。楚國苦縣（今河南鹿邑）厲鄉曲仁里人。曾任周代管理藏書的史官。周衰，退隱。道家學派創始人。著作有《老子》（漢以後稱《道德經》）。道樞：謂道的樞紐、關鍵。《莊子·齊物論》：“彼是莫得其偶，謂之道樞。”

⑧真宗：道教謂所持的真正宗旨。唐張九齡《敕歲初處分》：“我玄元皇帝著《道德經》五千文，明乎真宗，致於妙用。”

⑨沖氣：指陰陽兩氣互相激蕩。《老子》：“萬物負陰而抱陽，沖氣以爲和。”

⑩自無爲而成有爲：《老子》：“道常無爲而無不爲，侯王若能守之，萬物將自化。”意謂道順應自然，遂萬物之性，雖然沒有自覺意識支配下的運作舉措，却無所不爲，萬物各得其所、各適其性。

⑪黄鍾：古十二音律中的陽律第一律的名稱。《禮記·月令》：“（仲冬之月）其日壬癸……其音羽，律中黄鍾。”鄭玄注：“黄鍾者，律之始也。”六律：一般是指包舉陰陽各六的十二律。十二律各有固定的音高和特定的名稱，從低到高排列起來，依次爲：黄鍾、大吕、太簇、夾鍾、姑洗（xiǎn）、中吕、蕤賓、林鍾、夷則、南吕、無射（yì）、應鍾。十二律分爲陰陽兩類：奇數六律爲陽律，叫做六律；偶數六律爲陰律，叫做六吕。

⑫太極之分兩儀：太極指最原始的混沌之氣，太極運動而分化出陰陽。《易·繫辭上》：“易有太極，是生兩儀，兩儀生四象，四象生八卦。”

⑬遠賾真筌：探求真諦。賾：探測；探求。唐蔣防《至人無夢》：“已賾希微理，知將静默鄰。”真筌：猶真諦。

⑭沖漠：虚寂恬静。晉張協《七命》：“沖漠公子，含華隱曜。”

⑮品物：萬物。《易·乾》：“雲行雨施，品物流形。”

⑯觸類而長：接觸某一類事物，就能增長與此同類的其他事物。《易·繫

辭上》：“引而伸之，觸類而長之。”

⑰澆風：浮薄的社會風氣。漸靡：浸潤感化。漢董仲舒《春秋繁露·天道施》：“外物之動性，若神之不守也，積習漸靡，物之微者也。”

⑱轔轔：象聲詞。車行聲。華轂（gǔ）：飾有文采的車轂。常用以指華美的車。椎（chuí）輪：原始的無輻車輪。

⑲立極：古代神話以爲天的四方盡頭有支撑的柱子，是爲四極。傳説共工與顓頊鬥争，以頭觸不周山，柱折天傾，“女媧煉五色石以補蒼天，斷鼇足以立四極”。見《淮南子·天文訓》。

⑳先天：指宇宙的本體，萬物的本原。

㉑有儀未象：太極運動而分化出陰陽。《易·繫辭上》：“太極生兩儀，兩儀生四象，四象生八卦。”虞翻注：“四象，四時也。”高亨注：“四象，四時也。四時各有其象，故謂之四象，天地生四時，故曰：‘兩儀生四象。’”四象，指春、夏、秋、冬四時。體現於卦上，則指少陽、老陽、少陰、老陰四種爻象。

㉒大寧：天下安定。漢王延壽《魯靈光殿賦》：“敷皇極以創業，協神道而大寧。”

㉓經天而緯地：規劃天下事。《周書·静帝紀》：“經天緯地，四海晏如。”

雁字賦①

雲净天遠　騰翥成字②

草木落兮雁來賓③，揚清音兮凌紫氛④。迤邐而齊舒勁羽，聯翩而宛類崩雲⑤。幾陣斜飛，認初成於鳥跡；數行高翥，疑上雜於天文。

時也秋風高，秋氣净。嘒嘒而奮翮彌遠⑥，肅肅而排空逾勁⑦。初同灑翰⑧，如絲之密雨輕籠；幾訝書紳⑨，似練之澄江下映⑩。

莫不魚貫星聯，疏而復連。極望而回鸞宛若，仰觀而返鵠依然。常因避繳以橫飛⑪，畫開飛霧；幾爲隨陽而上擊，點破青天。

理翰方通〔一〕⑫，傳書更遠⑬。銜蘆而倒薤宜並⑭，遵渚而偃波相混⑮。暮穿霞綺，依稀而竇氏迴紋⑯；曉拂雲羅，仿佛而仲尼華袞⑰。

徒觀其一一成列，翩翩上騰。自得羽書之妙，固非蟲篆之能。拂巖岫以徊翔，宜刊翠琰⑱；觸網羅之縈絆，可代結繩⑲。

寧假染濡，自隨騰翥。精研靡在於彤管⑳，凌屬皆侔於玉箸㉑。水宿近兼葭露下㉒，垂露勢全；雲飛經蟛蜞橋邊㉓，題橋象著。

堪銘鴛序㉔，可志鵬程㉕。比人文而雖異，紀鳥道以惟明。不識不知，皆類效奎而制㉖；自南自北，悉同取史而成。

是何羽族之中，斯禽有異。違朔塞而整翩㉗，颺秋天而成字。彼範冠之與蟬緌㉘，非吾族類。

【校勘】

〔一〕通：明本、四庫本皆作“道”。

【箋注】

①雁字：成列而飛的雁群。群雁飛行時常排成“一”或“人”字，故稱。衛恒《書勢》：“黃帝之史沮誦、倉頡，視彼鳥跡，始作書契，紀綱萬事，垂法立則。”

②翥（zhù）：飛舉。《楚辭·遠遊》：“雌蜺便娟以增撓兮，鸞鳥軒翥而翔飛。”

③來賓：來作賓客。《逸周書·時訓》：“寒露之日，鴻雁來賓。”

④紫氛：紫氣，天極高處的雲氣。此指天空。漢劉楨《贈從弟》詩之三：“於心有不厭，奮翅凌紫氛。”

⑤聯翩：鳥飛貌。唐皇甫冉《送處州裴使君赴京》：“唯有聯翩翼，翻隨南雁翔。”崩雲：碎裂的雲彩。形容雁飛翔的輕捷之態。《文選·木華〈海賦〉》：“崩雲屑雨，浤浤汩汩。”

⑥噰噰：鳥類和鳴聲。《文選·孫綽〈遊天台山賦〉》：“覿翔鸞之裔裔，聽鳴鳳之噰噰。”奮翮（hé）：展翅，振羽。北魏酈道元《水經注·河水二》：“飛禽

奮翮於霄中者,無不墜於淵波矣。”

⑦蕭蕭:疾速貌。排空,凌空。南朝梁何遜《贈韋記室黯別》:“無因生羽翰,千里暫排空。”

⑧灑翰:指揮灑筆墨。《舊唐書・德宗紀論》:“加以天才秀茂,文思雕華。灑翰金鑾,無愧淮南之作。”

⑨書紳:把要牢記的話寫在紳帶上。語出《論語・衛靈公》:“子張書諸紳。”邢昺疏:“紳,大帶也。子張以孔子之言書之紳帶,意其佩服無忽忘也。”

⑩似練之澄江下映:化自南朝齊謝朓《晚登三山還望京邑詩》:“餘霞散成綺,澄江静如練。”

⑪繳(zhuó):繫在箭上的生絲繩,射鳥用。亦指繫着絲繩的箭。晋葛洪《抱朴子・崇教》:“飛高繳以下輕鴻,引沈綸以拔潛鱗。”

⑫理翰:整刷羽毛。隋盧思道《孤鴻賦》:“彭蠡方春,洞庭初緑,理翮整翰,群浮侶浴。”

⑬傳書:《漢書・蘇武傳》:“昭帝即位。數年,匈奴與漢和親。漢求武等,匈奴詭言武死。後漢使復至匈奴,常惠請其守者與俱,得夜見漢使,具自陳道。教使者謂單于,言天子射上林中,得雁,足有繫帛書,言武等在某澤中。使者大喜,如惠語以讓單于。單于視左右而驚,謝漢使曰:‘武等實在。’”

⑭倒薤(xiè):倒薤書的省稱。一種篆書書體名。筆劃細長,好像薤葉倒垂。唐韓愈《調張籍》:“平生千萬篇,金薤垂琳琅。”唐封演《封氏聞見記・文字》:“南奇蕭子良撰古文之書五十二种,鵠頭、蚊脚、懸針、垂露、龍爪、仙人、芝英、倒薤、蛇書、蟲書、偃波、飛白之屬,皆狀其体勢而爲之名,雖義涉浮淺,亦書家之前流也。”

⑮遵渚:謂鴻雁循著水中小洲飛翔。用以形容鴻飛。《詩・豳風・九罭》:“鴻飛遵渚,公歸無所,於女信處。”偃波,書體名。即版書,狀如連文,故稱。爲頒發詔命所用。《初學記》卷二一引漢摯虞《決疑要注》:“書台召人用虎爪書,告下用偃波書,皆不可卒學,以防矯詐。”

⑯竇氏迴紋:迴紋,原指以一定形式排列、迴環往復均可誦讀之詩。此指迴紋詩排列的形狀。十六國時前秦竇滔久戍不歸,其妻蘇蕙思念心切,織錦爲《迴文旋圖詩》以贈。凡八百四十字,縱橫反復皆成章句,詞甚哀惋。見《晋

書·列女傳·竇滔妻蘇氏》。

⑰仲尼華袞：東晋范寧説孔子《春秋》的用字：“一字之褒，寵逾華袞之贈；片言之貶，辱過市朝之撻。”見《春秋穀梁傳序》。

⑱翠琰：碑石的美稱。隋江總《攝山棲霞寺碑》：“辭題翠琰，字勒銀鈎。”

⑲結繩：上古無文字，結繩以記事。《易·繫辭下》：“上古結繩而治，後世聖人易之以書契。”

⑳彤管：杆身漆朱的筆。古代女史記事用。《詩·邶風·静女》：“静女其孌，貽我彤管。”

㉑玉箸：“玉箸篆”的省稱。也即“小篆”。秦代釐定的小篆，筆劃比大篆細，細如玉箸故名。字形呈長方形，結構比大篆要穩定，趨於規範。筆劃肥瘦勻稱，頭尾藏鋒，風格典雅端正。

㉒蒹葭露下：《詩·秦風·蒹葭》：“蒹葭蒼蒼，白露爲霜。所謂伊人，在水一方。”

㉓蝃蝀（dì dōng）：虹的別稱。借指橋。前蜀貫休《夜對雪寄杜使君》：“橋高銀蝃蝀，峰峻玉浮圖。”

㉔鵷序：猶鵷鷺行。鷺、鵷群飛時，排列有序。指朝官井然有序的行列。

㉕鵬程：鵬鳥的飛程。語出《莊子·逍遥遊》：“鵬之徙於南冥也，水擊三千里，摶扶摇而上者九萬里。”

㉖效奎：《孝經·援神契》曰：“奎主文章，蒼頡效象；洛龜曜書丹青，垂萌畫字。”宋均注曰：“奎星屈曲相鈎，似文字之畫。”

㉗朔塞：朔北塞外。指北方邊境地區。唐李嶠《旌》：“影麗天山雪，光摇朔塞風。”

㉘範冠之與蟬綏：比喻名是實非，兩不相干。範，指蜂。冠：帽。蟬綏，蟬腹下的針喙，形狀似帶。語出《禮記·檀弓下》：“‘成人有其兄死而不爲衰者，聞子皋將爲成宰，遂爲衰。’成人曰：‘蠶則績而蟹有匡，範則冠而蟬有綏；兄則死而子皋爲之衰。’”

經神賦①

明識經旨　能若神矣

昔鄭康成，英聰挺生②，擅窮經之妙譽，著饗德之嘉名。識洞精微,我則惟變所適;學臻幾奥③,我則用晦而明④。

　　豈不以温故知新,博聞强識⑤,明先典之奥義,曉聖人之遺則。足以道並無方,功侔不測。下帷靡怠,莫窮乎變化云爲⑥;開卷自精,可驗乎聰明正直。

　　豈止夫遊心萬仞,皓首一經⑦。爰因學以知道,遂表人之最靈。闡揚乎黄卷青箱⑧,難迷禍福;講貫乎三墳五典⑨,可洞幽冥。

　　岳岳騰芳⑩,孜孜擅美。允符得一之義⑪,克配害盈之理⑫。敦《詩》罔倦,應遵岳降之言⑬;學《易》彌勤,自合蓍圓之旨⑭。

　　若夫彼之神兮,於冥漠而足稱;此之神兮,在探討以爲能。諒咸因於廣博,固靡自於依憑。皇士安之書淫⑮,豈能方軌⑯;杜元凱之《傳》僻⑰,誠宜服膺。

　　厥號堪嘉,斯言可度。蓋經明之是務,豈石言之有托⑱。多文爲美,知福善以攸同;非聖不談,信依然而宛若。偉哉斯人,揚名立學。

　　以學優而既顯,將誠感以斯親。有同乎周季劉臻,皆稱"漢聖"⑲;且異夫隋初楊素,止號"江神"⑳。

　　是何盛德昭然,遺芬若此。當一時之攸仰,俾千載而可躆㉑。神兮神兮! 與百神而有殊,吾亦禱之久矣。

【箋注】

　　①經神:稱東漢鄭玄。晋王嘉《拾遺記·前漢下》載:鄭玄爲當時經學大師,求學者不遠千里而來,"京師謂康成爲'經神'"。鄭玄字康成,北海高密(今屬山東)人。東漢末年經學大師,博通今、古文經學、精於天文曆算。曾從東漢經學家馬融學古文經。鄭玄所注群經,有《周易》、《毛詩》、《儀禮》、《周禮》、《禮記》、《論語》、《孝經》。鄭玄注經,皆兼采今古文,集漢代經學之大成。鄭玄經注又詳於典章制度,名物訓詁,統一了今古文之争,對後世經學的發展有深遠的影響。

　　②挺生:傑出。唐杜甫《秋日荆南述懷》:"昔承推獎分,愧匪挺生才。"

③幾奧：隱微。《易·繫辭下》：“幾者，動之微，吉之先見者也。”

④用晦而明：謂隱藏才能，不使外露。《易·明夷》：“君子以莅衆，用晦而明。”王弼注：“藏明於内，乃得明也；顯明於外，巧所辟也。”

⑤博聞强識（zhì）：見多識廣，記憶力强。《禮記·曲禮上》：“博聞强識而讓，敦善行而不怠，謂之君子。”

⑥云爲：言論和行事。《易·繫辭下》：“變化云爲，吉事有祥。”孔穎達疏：“或口之所云，或身之所爲也。”

⑦皓首一經：鑽研一部經典一直到老。形容勤奮苦學一生。經生博士，往往抱一經以干利禄，皓首窮經，解説蔓衍。

⑧黄卷：因古時用黄蘗染紙以防蠹，故稱用黄蘗所染的紙印刷而成的書籍爲黄卷。據《抱朴子·疾謬》載：“蓋是窮經諸生、章句之士，詠詩而向枯簡，匍匐以守黄卷者所宜識。”後人以黄卷稱謂書籍。青箱：舊指世代相傳的家學。《宋書·王准之傳》：“家世相傳，並諳江左舊事，緘之青箱，世人謂之王氏青箱學。”此指書籍。北周庾信《謝滕王集序啓》：“至如殘編落簡，併入塵埃；赤軸青箱，多從灰燼。”

⑨三墳五典：古代文化典籍。《左傳·昭公十二年》：“左史倚相趨過，王曰‘是良史也，子善視之。是能讀《三墳》、《五典》、《八索》、《九丘》。’”《文選·張衡〈東京賦〉》：“昔常恨三墳五典既泯，仰不睹炎帝帝魁之美。”薛綜注：“三墳，三皇之書也；五典，五帝之書也。”

⑩岳岳：喻人位尊氣盛，鋒芒畢露。《漢書·朱云傳》：“五鹿岳岳，朱云折其角。”

⑪得一：得道。《老子》：“昔之得一者：天得一以清，地得一以寧，神得一以靈，谷得一以盈，萬物得一以生，侯王得一以爲天下貞。”王弼注：“一，數之始而物之極也，各是一物之生，所以爲主也。物皆各得此一以成。”

⑫害盈：謂使驕傲自滿者受禍害。《易·謙》：“鬼神害盈而福謙，人道惡盈而好謙。”

⑬岳降：稱美輔弼賢臣。《詩·大雅·崧高》：“崧高維岳，駿極於天。維岳降神，生甫及申。維申及甫，維周之翰。四國于蕃，四方于宣。”詩義謂四岳有神下降，生下甫侯和申侯以輔佐周王。

⑭蓍圓:古人以爲蓍千歲生三百莖,有圓而神的美德。《易・繫辭上》:"蓍之德,圓而神。"圓:謂運轉無礙。

⑮皇士安:即皇甫謐,字士安,自號玄晏先生。西晉文學家。今僅存其《高士傳》。博通典籍百家之言。好學不仕。得風痹後,仍手不輟卷,披閱不怠,時稱"書淫"。

⑯方軌:比肩。《宋書・謝靈運傳論》:"靈運之興會標舉,延年之體裁明密,並方軌前秀,垂範後昆。"

⑰杜元凱:杜預,字元凱,京兆杜陵(今陝西西安)人。西晉儒家學者,經學家。杜預博學多通,頗能銳意典籍研究,自謂有"《左傳》癖"。杜預專取《左氏傳》來闡釋孔子《春秋》經,錯綜微言,著《春秋左氏經傳集解》。

⑱石言:石發聲。古人附會爲神憑石而言。《左傳・昭公八年》:"石言于晉魏榆。晉侯問於師曠曰:'石何故言?'對曰:'石不能言,或馮焉……今宮室崇侈,民力雕盡,怨讟並作,莫保其性,石言,不亦宜乎?'"

⑲劉臻:字宣摯。沛國(今江蘇沛縣)人。歷仕梁、後梁、北周。入隋,位儀同三司,留心經史,精於《兩漢書》,時人稱爲"漢聖"。

⑳楊素:字處道。弘農華陰(今屬陝西)人。北周武帝時爲父爭贈典,得帝賞識。曾言己不求富貴,而富貴將逼己。以軍功遷上開府。附隋文帝,隋初封郡公。平陳之役,造大艦自四川東下,陳軍稱爲"江神"。率軍平定江南反隋武裝;又屢敗突厥。治軍嚴酷,但有功必賞,能得部屬效力。位至書左僕射,參掌朝政。文帝稍奪其權,與太子廣共謀殺文帝。煬帝初,率兵平定漢王諒。拜爲司徒,封楚公國。

㉑韙(wěi):同意;讚賞。《左傳・昭公二十年》:"仲尼曰:'守道不如守官,君子韙之。'"

土牛賦①

春祀牛設　農作無忒②

國家以上遵古典,下示蒸民③,出土牛而應候,俾農事以知春。塊然不群④,自取授時之制⑤;卓爾可象,殊無引重之因。

　　原夫欲示農時，爰陳春祀。命圬人以備物⑥，俾司存而謀始⑦。遂合土以爲牛，非任重而服軌。有典有則，成形而既取坤爲⑧；不攲不傾，尚象而爰因脈起⑨。

　　徒觀夫寂然不動，莫與之儔。雖顯逸風之狀，實非喘月之流⑩。在泥蟠而著美，豈肉視以包羞⑪。俯以觀之，異伯陽之芻狗⑫；逼而察也，殊葛亮之木牛⑬。

　　於是當解凍之嘉辰，乃立春之令節。睹其儀之攸序，見斯牛之遂設。禮無違者，俾三務之罔愆⑭；人必知之，得四時之有別。

　　美哉！土者五行之本⑮，牛者六畜之宗⑯。何瑩蹄之成象⑰，假聚壤以爲容。爰殊木偶，匪類泥龍⑱。用還非於薦廟，義實本於勸農。庖刀如投，破塊之虞是切⑲；寧歌或叩，擊壤之名可從⑳。

　　五色爰資㉑，一毛靡落。其用也待時而動，其制也因人而作。規模乍設，想覆簀以無虧㉒；丹臆俄施㉓，諒衣繪而有若㉔。

　　是何觀形象以雖著，考動靜而則無。耕耘自我以無爽，先後因茲而不逾。候日土圭㉕，信方斯而異類；翔風石燕㉖，實並此以殊途。

　　盛矣哉！標祀典而聿修，稽舊章而罔忒。觀其形，雖類於角立㉗；賾其本，爰符於土德㉘。所以示諸溥率之民㉙，俾常勤於力穡者也。

【箋注】

　　①土牛：土製的牛，即春牛。古代於十二月“出土牛以送寒氣”。後於立春造土牛，以勸農耕。象徵春耕開始。《禮記·月令》：“（季冬之月）命有司大難，旁磔，出土牛，以送寒氣。”

　　②忒（tè）：差失，過錯。《詩·大雅·抑》：“取譬不遠，昊天不忒。”

　　③蒸民：衆民；百姓。《詩·大雅·烝民》：“天生烝民，有物有則。”

　　④塊然：孤獨貌；獨處貌。《荀子·君道》：“塊然獨坐而天下從之如一體。”

⑤授時：謂記録天時以告民。後以稱頒行曆書。《書·堯典》：“曆象日月星辰，敬授人時。”

⑥圬（wū）人：泥瓦匠人。《左傳·襄公三十一年》：“司空以時平易道路，圬人以時塓館宫室。”

⑦司存：執掌；職掌。《論語·泰伯》：“籩豆之事，則有司存。”

⑧成形而既取坤爲：坤爲牛，《説卦傳》言坤有牛象。坤是順，在動物中牛最有順的特點，故坤可以取牛象。

⑨脈起：脈發。《文選·張衡〈東京賦〉》：“及至農祥晨正，土膏脈起。”張銑注：“房屋正月中晨見南方，農之祥候也。是時土脈潤起，可以耕也。”

⑩喘月之流：指牛。用“喘月吴牛”之典。相傳吴地之牛畏熱，見月亦疑爲日，喘息不已。見南朝宋劉義慶《世説新語·言語》。

⑪包羞：忍受羞辱。《易·否》：“六三，包羞。《象》曰：‘包羞，位不當也。’”

⑫伯陽：道家始祖老子的字。芻狗：用草紮成的狗，古人祭祀時使用。《老子》：“天地不仁，以萬物爲芻狗。”

⑬木牛：古代一種運載工具。《三國志·蜀書·諸葛亮傳》：“亮復出祁山，以木牛運。”

⑭三務：指春、夏、秋三季的農務。《管子·君臣下》：“民有三務，不布，其民非民也。”罔愆（qiān）：無過失。

⑮土者五行之本：《國語·鄭語》：“故先王以土與金木水火雜，以成百物。”《孔子家語·五帝》：“天有五行，水、火、金、木、土，分時化育，以成萬物。”牛，土畜。古以五行配五畜，牛配土，故名。

⑯六畜：指馬、牛、羊、雞、犬、豕。

⑰瑩蹄：指牛。《世説新語·汰侈》：“王君夫（愷）有牛，名‘八百里駁’，常瑩其蹄角。”

⑱泥龍：泥塑龍像。古人用以祈雨。

⑲破塊：敲碎土塊。

⑳擊壤：古代的一種遊戲。把一塊鞋子狀的木片側放地上，在三四十步處用另一塊木片去投擲它，擊中的就算得勝。後用爲謂歌頌太平之辭。《藝文類

聚》卷一一引晉皇甫謐《帝王世紀》：“（帝堯之世）天下大和，百姓無事，有五十老人擊壤於道。”

㉑五色：青、赤、黄、白、黑五種顔色。古代以此五者爲正色，其他爲間色。

㉒覆簣：倒一筐土。謂積小成大，積少成多。語出《論語・子罕》：“譬如平地，雖覆一簣，進，吾往也。”

㉓丹雘（huò）：可供塗飾的紅色顔料。《書・梓材》：“若作梓材，既勤樸斲，惟其塗丹雘。”

㉔繒（zēng）：古代絲織品的總稱。《漢書・灌嬰傳》：“灌嬰，睢陽販繒者也。”

㉕土圭：古代量度日影長度的儀器。以玉爲之，長一尺五寸，用以正四時及測量土地之方位。古代在夏至日中午置土圭，審其南北，另立八尺之表，視其日影，表北得影若爲一尺五寸，與土圭相等，則爲“地中”，可以建都。《周禮・地官・大司徒》：“以土圭之法，測土深，正日景，以求地中。”

㉖石燕：似燕之石。南朝陳徐陵《移齊文》：“長沙鵩鳥，靡復爲妖。湘川石燕，自然還儷。”

㉗角立：卓然特立。《後漢書・徐穉傳》：“至於穉者，爰自江南卑薄之域，而角立傑出，宜當爲先。”李賢注：“如角之特立也。”

㉘土德：五德之一。古以五行相生相剋附會王朝命運，謂土勝者爲得土德。《史記・五帝本紀》：“軒轅有土德之瑞，故號黄帝。”

㉙溥率：“溥天之下，率土之濱”的省語，指全中國，遍天下。《詩・小雅・北山》：“溥天之下，莫非王土。率土之濱，莫非王臣。”

天衢賦①

亨達之路　無復凝滯②

否窮必泰③，畜極當亨④。取天衢而垂諭，在《易》象以著明。孰謂乎險不可升，半途則廢；誠因乎利有攸往，直道而行。

原夫乾以剛升⑤，艮能柔遏⑥。卦成《大畜》之象⑦，亨在六爻之末⑧。言其天者，示吾道之高明；譬彼衢焉，表時途之洞達。

徒觀其蕩蕩罔極，平平甚夷，在與其進也，方可跂而及之。將列曜以同遊⑨，曾無險阻；與群龍而共躍，迥出喧卑。

廣矣亨途，坦然大路，人寸進以無便，君子階升而有素。遠者近者，已當開泰之時；何斯違斯，詎見艱難之步？

豈不以屈伸道異，窮達路殊。困躓率由於邪徑⑩，超騰宛在於康衢⑪。瑣瑣管窺⑫，固上行而莫有；區區跛履，信高蹈以應無⑬。

蓋以本乎天者悠而不窮，況於衢者遵行而惟速。既亨達之有遂，則制畜而無復。初惟藏密，同鶴鳴之在陰⑭；終乃升高，類鴻漸而及陸⑮。

偉乎！高連雲漢，直比絲繩，將何人之率履⑯，欲誰氏之先登？上士行之而克勤⑰，大勳必集；王者蹈之而不返，庶績咸凝⑱。

若然，則道遂坦夷，往無凝滯。豈惟推四達之廣⑲，蓋將及九重之際⑳。何當履此高衢，振芳蹤而出世。

【箋注】

①天衢：天路。《易·大畜》：“上九，何天之衢，亨。”天路暢通而道亦大亨。

②亨達：通達順利。亨，通達。《易·坤》：“坤厚載物，德合無疆，含弘光大，品物咸亨。”

③否窮必泰：原指事物發展到一定程度，就要轉化到它的對立面。常以此形容情況從壞變好。《易·泰》：“天地交，泰。”《易·否》：“天地不交，否；君子以儉德辟難，不可榮以禄。”

④畜（xù）：畜聚。

⑤乾：八卦之一。象徵陽性或剛健。

⑥艮：八卦之一。艮下艮上。《易·艮》：“象曰：艮，止也。”

⑦《大畜》：六十四卦之一，乾下艮上。象徵“大爲畜聚”。此卦下體是乾，象徵剛健，上體是艮，象徵畜止。《周易正義》：“乾健在下，艮止在上，止而畜之。能畜止剛健，故曰大畜。”

⑧六爻:《易》卦之畫曰爻。爻分陰陽,"-"爲陽爻,稱九;"--"爲陰爻,稱六。六爻之題按自下而上的位次,分別標以"初"、"二"、"三"、"四"、"五"及"上"。陽爻稱初九、九二、九三、九四、九五、上九;陰爻稱初六、六二、六三、六四、六五、上六。六爻之中,上兩爻象天道之陰陽,下兩爻象地道之柔剛,中兩爻象人道之仁義。六爻的變動則象徵着天道、地道、人道的變化。

⑨列曜:群星;星宿。

⑩困躓:顛沛窘迫。晋鍾會《檄蜀文》:"困躓冀徐之郊,制命紹布之手。"

⑪康衢:四通八達的大路。《晋書·潘岳傳》:"動容發音,而觀者莫不抃舞乎康衢,謳吟乎聖世。"

⑫瑣瑣管窺:所見者小。瑣瑣:形容事情細小。管窺:從管中看物。比喻所見者小。晋葛洪《抱朴子·明本》:"而管窺諸生,臆斷瞽説。"

⑬高蹈:遠行。《左傳·哀公二十一年》:"使我高蹈。"

⑭鶴鳴之在陰:《易·中孚》:"鶴鳴在陰,其子和之;我有好爵,吾與爾靡之。"王弼注:"處内而居重陰之下,而履不失中,不徇於外,任其真者,立誠篤至,雖在闇昧,物亦應焉。"又《繫辭上》:"君子居其室,出其言善,則千里之外應之。"

⑮鴻漸而及陸:《易·漸》:"九三,鴻漸于陸"。鴻漸:謂鴻鵠飛翔從低到高,循序漸進。此句言九三居《漸》卦下艮之上,以陽處陽,剛健能進,有鴻飛漸至小山頂之象。

⑯率履:遵循禮法。履:禮。《詩·周頌·長發》:"率履不越,遂視既發。"

⑰上士:古代官階之一。《周禮·天官·序官》:"宰夫下大夫四人,上士八人,中士十有六人,旅下士三十有二人。"

⑱庶績咸凝:各種事功皆成。漢崔駰《達旨》:"群生得理,庶績其凝。"

⑲四達:通往四方的道路。《爾雅·釋宫》:"一達謂之道路,二達謂之歧旁,三達謂之劇旁,四達謂之衢。"

⑳九重:指天。古代傳説天有九重。屈原《天問》:"圜則九重,孰營度之?"

玉雞賦①

祥瑞之氣　因孝而至

　　王者尊臨四海,孝治萬方。握金鑒以御衆②,感玉雞而降祥。將韞櫝以强名③,實資光潤;假棲塒而賦象④,用表飛颺。

　　原夫翼翼奉先⑤,孜孜繼志,允彰恭己之道⑥,克協因心之義⑦。精誠能格於上天,和氣遂鍾於下地。非煙非霧,侔攻石以騰輝⑧;將翱將翔,狀銜珠而爲瑞。

　　油然生也,仰以觀之,或縹緲以瑜潤,或氤氳而翼垂。籠漢室之飛鳧⑨,高呈蔥郁;映周行之振鷺⑩,俯煥羽儀。

　　奕奕堪嘉⑪,溶溶可貴⑫。混銅龍於博望⑬,蒙金雀於象魏⑭。有道則見⑮,寧同野馬之光⑯;爲時而生,宛類白虹之氣⑰。

　　來豈無爲,至實有因。且非求於照廩,亦無假於司晨⑱。雖名符於五德⑲,蓋瑞應於一人。將紫氣以俱浮,度關寧辨⑳;與青雲而共散,舐鼎相倫㉑。

　　旌此至誠,表乎篤孝。標名且異於石燕㉒,窮理亦殊於霧豹㉓。輪囷乍布㉔,輝山之美應同;蟣蠓暫收㉕,斂翼之儀是效。

　　能致此者,夫何偉而。誠日烏之可遂㉖,諒天駟以難追。湛露宵零㉗,已類記流之際㉘〔一〕;長霞曉映,還符繫火之時㉙。

　　偉乎!呈瑞不群,凌空有異。非醇化而不顯㉚,故曠代而罕至。吾皇以孝德升聞,兹玉雞兮來萃。

【校勘】

〔一〕記:四庫本、明刻本作“寄”。

【箋注】

①玉雞:祥瑞玉器名。天人感應論認爲,王者十分孝敬父母與老人,玉雞

則至。《宋書·符瑞志》云：“玉雞，王者至孝則至。”

②金鑒：金鏡。喻明道也。《書緯考靈曜》：“秦失金鏡，魚目入珠。”

③韞櫝：此指美玉。韞，藏；櫝，櫃子，木匣。《論語·子罕》：“有美玉於斯，韞櫝而藏諸？ 求善賈而沽諸？”

④棲塒：雞棲於塒，此指玉雞。塒指在牆上鑿的雞窩。《詩·王風·君子于役》：“雞棲於塒，日之夕矣，羊牛下來。”象：形象；象徵。《易·繫辭上》：“見乃謂之象。”

⑤翼翼奉先：恭恭敬敬地祭祀祖先。《書·太甲》：“奉先思孝，接下思恭。”

⑥恭己之道：謂帝王任官得其人，故無爲而治，惟恭謹克己以臨朝。恭己：謂端莊容貌，克己飭身。《論語·衛靈公》：“無爲而治者，其舜也與？ 夫何爲哉？ 恭己正南面而已矣。”

⑦因心之義：謂以仁心治世。因心：謂親善仁愛之心。《詩·大雅·皇矣》：“維此王季，因心則友。”

⑧攻石：攻玉以石的省語。此指玉。語出《詩·小雅·鶴鳴》：“它山之石，可以攻玉”。

⑨飛鳧：《後漢書·王喬列傳》：“王喬者，河東人也。顯宗世，爲叶令。喬有神術，每月朔望，常自縣詣台朝。帝怪其來數，而不見車騎，密令太史伺望之。言其臨至，輒有雙鳧從東南飛來。於是候鳧至，舉羅張之，但得一隻舄焉。乃詔書外視，則四年中所賜書官屬履也。”

⑩振鷺：《詩·周頌·振鷺》：“振鷺于飛，于彼西雝。”孔穎達疏：“言有振振然絜白之鷺鳥往飛也……美威儀之人臣而助祭王廟亦得其宜也。”

⑪奕奕：精神焕發貌。《詩·小雅·車攻》：“駕彼四牡，四牡奕奕。”

⑫溶溶：形容玉雞明净潔白的樣子。宋晏殊《寓意》：“梨花院落溶溶月，柳絮池塘淡淡風。”

⑬銅龍：銅製的龍形器物。《漢書·成帝紀》：“太子出龍樓門”顏師古注引三國魏張晏曰：“門樓上有銅龍，若白鶴、飛廉之爲名也。”博望：古山名。即今安徽當塗西南東梁山，與和縣南西梁山隔江相對如門，故又稱天門山。此指漢武帝在博望所建的宮闕。《文選·陸倕〈石闕銘〉》：“乃假天闕於牛頭，托遠

圖於博望。”李善注：“孝武大明七年博望梁山立雙闕。”

⑭金雀：指銅雀臺。故址在今河北臨漳縣西南。曹操於建安十五年冬築建。臺高十丈，殿宇百餘間。後趙建武帝石虎，築五層樓於臺上，並置銅雀於樓頂，高五米，舒翼若飛。象魏：古代天子、諸侯宮門外的一對高建築，亦叫“闕”或“觀”，爲懸示教令的地方。借指宮室，朝廷。

⑮有道則見：《論語·泰伯》：“危邦不入，亂邦不居。天下有道則見，無道則隱。”

⑯野馬：指浮遊的雲氣。《莊子·逍遥遊》“野馬也，塵埃也”成玄英疏：“青春之時，陽氣發動，遥望藪澤之中，猶如奔馬，故謂之野馬也。”

⑰白虹之氣：語出《戰國策·魏策四》：“聶政之刺韓傀也，白虹貫日。”

⑱司晨：謂雄雞報曉。《尸子》卷下：“使星司夜，月司時，猶使雞司晨也。”

⑲五德：《韓詩外傳》卷二：“君獨不見夫雞乎？首戴冠者，文也；足傅距者，武也；敵在前敢鬥，勇也；得食相告，仁也；守夜不失時，信也。雞有此五德，君猶日瀹而食之者，何也！”

⑳“將紫氣”二句：《史記·老子韓非列傳》：“老子修道，其學以自隱無名爲務。居周久之，見周之衰，乃遂去。至關，關令尹喜曰：‘子將隱矣，强爲我著書。’於是老子乃著書上、下篇，言道德之意五千餘言而去，莫知其所終。”《索隱》引《列仙傳》：“老子西遊，關令尹喜望見有紫氣浮關，而老子果乘青牛而過也。”

㉑舐鼎相倫：《太平廣記》卷八引晉葛洪《神仙傳·劉安》：“八公使安登山大祭，埋金地中，即白日昇天……時人傳八公、安臨去時，餘藥器置在中庭。雞犬舐啄之，盡得昇天。”

㉒石燕：古傳零陵（今屬湖南）石燕岡有石燕。其石倒懸，色紺如燕。遇風雨則飛翔，直如真燕。雨止，還爲石。南朝陳徐陵《移齊文》：“長沙鵩鳥，靡復爲妖；湘川石燕，自然還僞。”

㉓霧豹：漢劉向《列女傳》載，陶答子在陶任職三年，名譽不高却家富三倍，其妻非常擔憂，勸說陶答子歸隱山林，遠避禍災，云：“妾聞南山有玄豹，霧雨七日而不食者，何也？欲以澤其毛而成文章也，故藏而遠害。”可是陶答子並没有聽他妻子的話，終於被害。

㉔輪囷：光輝環繞。宋牟巘《水調歌頭·壽福王》：“傳宣來自條闕，瑞采蔚輪囷。”

㉕蠛蠓：指風雲霧氣等浮遊輕颺之物。《文選·揚雄〈甘泉賦〉》：“歷倒景而絕飛梁兮，浮蠛蠓而撇天。”

㉖日烏之可遂：用“夸父追日”之典。古代神話，夸父追日，道渴而死，棄其杖，化爲鄧林。日烏：太陽。古代傳説日中有三足烏，故稱。

㉗湛露：濃重的露水。《楚辭·九章·悲回風》：“吸湛露之浮涼兮，漱凝霜之雰雰。”

㉘記流：用東漢高鳳驅雞流麥之典。《後漢書·逸民傳·高鳳》：“高鳳字文通，南陽葉人也。少爲書生，家以農畝爲業，而專精誦讀，晝夜不息。妻嘗之田，曝麥於庭，令鳳護雞。時天暴雨，而鳳持竿誦經，不覺潦水流麥。妻還怪問，鳳方悟之。其後遂爲名儒，乃教授業於西唐山中。”

㉙繫火：用東江逌繫雞破敵之典。《晋書·江逌傳》：“江逌字道載，陳留圉人也。……中軍將軍殷浩將謀北伐，請爲諮議參軍。浩甚重之，遷長史。……時羌及丁零叛，浩軍震懼。姚襄去浩十里結營以逼浩，浩令逌擊之。逌進兵至襄營，謂將校曰：‘今兵非不精，而衆少於羌，且其塹栅甚固，難與校力，吾當以計破之。’乃取數百雞以長繩連之，繫火於足。群雞駭散，飛集襄營。襄營火發，因其亂，隨而擊之，襄遂小敗。”

㉚醇化：醇厚的教化。《晋書·樂志上》：“醇化既穆，王道協隆。”

頌

德號繼明頌並序①

臣聞圓象高明②，運四時而不言所利；方祇博厚③，載萬物而罔矜厥功。然則藏用顯仁④，其來尚矣；仰觀俯察，無能名焉。及乎太古造書⑤，先王畫卦⑥，鉤賾崇卑之理，範圍清濁之原，必也正名⑦。況以乾坤之象，所以昭德，配於易簡之功。圓璧方琮⑧，欽崇之禮遂廣;往圖先諜,擬議之文益多。歎鳳著隤確之言〔一〕⑨,猶龍有清寧之説⑩。斯豈陋神明以永稱謂,發施祇以佇推崇者哉?誠以資始之道隆⑪,則非常之名自顯⑫;成物之功博,則溢美之號攸歸。至若厥初生人,樹以司牧⑬,雖越繩契之上⑭,固有筌宰之殊⑮。必立之名,用紀於德,則大庭、柏皇之氏,栗陸、驪連之君⑯。赫胥、昊英⑰,聯車而繼起;尊盧、渾沌⑱,接武而互興⑲。申史闕之寡聞,尚概舉而疏略。春皇啓運⑳,帝魁在辰㉑。雲師土德之精㉒,鳳紀金天之曆㉓。參於天地㉔,炳若丹青㉕,莫不本嘉瑞以建官,因盛德以著號。彌上世而复出,亘來籍而罕儔㉖。顓頊、高辛、陶堯、虞舜㉗,揖讓而治㉘,具存傳聖之稱;損益可知,兼襲建邦之號。

【編年】

宋仁宗天聖元年(1023)作。文末云:“四葉重光,三后貽翼。”四葉,即四世,由太祖、太宗、真宗而至仁宗。又“繼明”指新皇繼位。

【校勘】

〔一〕隤確:原作“隤碻”,據四庫本改。隤確之言:指孔子著《易傳》。《易傳》共有十篇,即《彖》上、下,《象》上、下,《文言》,《繫辭》上、下,《説卦》和《序卦》。《易·繫辭下》:“夫乾,確然示人易矣,夫坤,隤然示人簡矣。”確然,剛強;堅定。隤然,柔順隨和貌。

【箋注】

①繼明:持續散發光明。指新皇繼位。唐劉禹錫《武陵書懷五十韻》:“繼明懸日月,出震統乾坤。”

②圓:指天。古人認爲天圓地方。《淮南子·本經訓》:“戴圓履方,抱表懷繩。”象:上天之象。如日月星辰的運行等。古人常用以占吉凶。《易·繫辭上》:“天垂象,見吉凶,聖人象之。”

③祇:通“振”。顯揚。《楚辭·離騷》:“既干進而務入兮,又何若之能祇。”

④藏用顯仁:《易·繫辭上》:“顯諸仁,藏諸用,鼓萬物而不與聖人同憂。”

　　⑤太古:遠古。造書:創造文字。《法苑珠林》:"造書凡三人。長曰梵,其書右行;次曰佉盧,其書左行;少曰蒼頡,其書下行。"

　　⑥先王畫卦:先王指伏羲,古代傳説中的三皇之一,風姓。相傳其始畫八卦,又教民漁獵,取犧牲以供庖廚,因稱庖犧。鉤隤:探求隱微。亦謂探索。

　　⑦正名:辨正名稱與名分,以使名實相符。《論語·子路》:"必也正名乎!"春秋末年,禮壞樂崩,"君不君,臣不臣,父不父,子不子",孔子主張"正名"。他認爲:"名不正,則言不順;言不順,則事不成;事不成,則禮樂不興;禮樂不興,則刑罰不中;刑罰不中,則民無所措手足。"他主張"君君,臣臣,父父,子子",各自遵守名分。

　　⑧圓璧方琮:璧,圓玉,外圓象天,内方象地。琮,方柱形,中有圓孔。《周禮·春官·大宗伯》:"以玉作六器,以禮天地四方,以蒼璧禮天,以黄琮禮地。"

　　⑨鳳:指孔子。《論語·微子》:"鳳兮鳳兮,何德之衰也。"邢昺疏:"知孔子有聖德,故比孔子於鳳。"

　　⑩龍:指老子。《史記·老子韓非列傳》:"孔子去,謂弟子曰:'……至於龍吾不能知,其乘風雲而上天。吾今日見老子,其猶龍邪!'"清寧之説:指老子著《道德經》五千言。《老子》:"昔之得一者,天得一以清,地得一以寧。"

　　⑪資始:藉以發生、開始。《易·乾》:"大哉乾元,萬物資始,乃統天。"

　　⑫非常:不同尋常。《史記·司馬相如列傳》:"蓋世必有非常之人,然後有非常之事;有非常之事,然後有非常之功。非常者,固常之所異也。"

　　⑬牧:管理,統治。《左傳·襄公十四年》:"天生民而立之君,使司牧之,勿使失性。"

　　⑭越繩契之上:謂有文字之前。繩、契指結繩、書契。《後漢書·班固傳下》:"踰繩越契,寂寥而亡詔者,《系》不得而綴也。"李賢注:"《易·繫辭》曰:'上古結繩而化,後代聖人易之以書契。'踰、越,並過也。詔,誥也。言過繩契以上既無文字,故寂寥而無文誥。"

　　⑮筌宰:管理的人。筌,捕魚器。喻羈絆、管理。宰,中國古代奴隸主家中掌管家務的奴隸或奴隸總管。引申爲古代官吏的通稱。

　　⑯"大庭"二句:傳説中上古帝王名。《莊子·胠篋》:"昔者容成氏、大庭

氏、柏皇氏、中央氏、栗陸氏、驪連氏、軒轅氏、赫胥氏、尊盧氏、祝融氏、伏羲氏、神農氏，當是時也，民結繩而用之。”

⑰赫胥：傳説中的古帝名。昊英：傳説中的古帝名。《商君書·畫策》：“昔者，昊英之世，以伐木殺獸，人民少而木獸多。”

⑱尊盧、渾沌：傳説中的古帝名。《莊子·應帝王》：“南海之帝爲儵，北海之帝爲忽，中央之帝爲渾沌。”

⑲接武：步履相接。前後相接；繼承。南朝梁劉勰《文心雕龍·物色》：“古來辭人，異代接武，莫不參伍以相變，因革以爲功。”

⑳春皇：傳説中古帝庖犧（伏羲）的別號。晉王嘉《拾遺記·春皇庖犧》：“春皇者，庖犧別號……以木德稱王，故曰春皇。”

㉑帝魁：傳説中古帝神農的別號。漢張衡《東京賦》：“仰不睹炎帝帝魁之美。”

㉒雲師：黃帝時的官名。黃帝以雲紀事，百官師長皆以雲爲名號。《左傳·昭公十七年》：“昔者黃帝氏以雲紀，故爲雲師而雲名。”土德：指黃帝。《史記·五帝本紀》：“軒轅有土德之瑞，故號黃帝。”

㉓鳳紀：猶鳳曆。南朝梁簡文帝《大愛敬寺刹下銘》：“功昭鳳紀，德契雲名。”金天：古帝少昊的稱號。

㉔參於天地：與天地相提並論。參，羅列；並立。《書·西伯戡黎》：“乃罪多參在上，乃能責命于天。”孔傳：“言汝罪惡衆多，參列於上天。”

㉕炳若丹青：比喻彰明昭著。丹青，丹砂和青䨎，繪畫用的顏色，丹青色澤鮮明。《後漢書·公孫述傳》：“帝乃與述書，陳言禍福，以明丹青之信。”李賢注引揚雄《法言》曰：“王者之信，炳若丹青。”

㉖“彌上世”二句：高出整個上世，整個後世少有比得上的。夐（xiòng），高。高超。亘（gèn），貫穿，竟。儔，同類。

㉗顓頊：上古帝王名。號高陽氏。相傳爲黃帝之孫、昌意之子，生於若水，居於帝丘。十歲佐少昊，十二歲而冠，二十登帝位。在位七十八年。《史記·五帝本紀》：“帝顓頊高陽者，黃帝之孫而昌意之子也。”高辛：即帝嚳（kù）。初受封於辛，後即帝位，號高辛氏。陶堯：號陶唐氏。《易·繫辭下》：“神農氏没，黃帝、堯、舜氏作。”虞舜：姓姚，名重華，因其先國於虞，故稱虞舜。爲古代

傳説中的聖君。

㉘揖讓而治：指禮樂文德。《漢書·禮樂志》：“揖讓而天下治者，禮樂之謂也。”

三王而下[①]，兩漢已還，雖積德以成王，率因土而命氏。祖功宗德，觀七廟以僅存[②]；茂實英聲，去二《典》而逾遠[③]。是知德號地號，皇哉唐哉[④]！非炎宋之嗣興，信兼之者鮮矣。洪惟太祖皇帝[⑤]，禀天皇之精氣[⑥]，基唐侯之創封[⑦]。静淵有謀[⑧]，爰膺五勝之籙[⑨]；神武不殺[⑩]，詎煩三戰之師。獄訟攸歸[⑪]，民靈允屬。五讓難推於天曆[⑫]，六飛肇正於宸居[⑬]。丹魚之祥[⑭]，罄鱗宗而淵躍；朱草之瑞[⑮]，旅莢物以海漘[⑯]。皆所以協火德之景光[⑰]，表炎靈之丕運。太宗皇帝嗣顯離照[⑱]，紹熙寶圖[⑲]。徂征不庭[⑳]，削諸侯之巀嶭[㉑]；高拱無事[㉒]，坐合宫之蟺蜎[㉓]。虎包不試於五兵[㉔]，魚夢薦登於四輔[㉕]〔一〕。廣詳延之路[㉖]，焕乎有文；闢箴誦之塗[㉗]，變而至道。真宗皇帝握元樞而觀妙[㉘]，執大象以司民[㉙]。文物葳蕤[㉚]，逾武宣制作之盛[㉛]；軌跡夷易[㉜]，軼成康勤儉之風[㉝]。象譯遝臻[㉞]，邊鄙不聳[㉟]。於是博采處士之議，曲詢樵夫之談。刻石紀功，輾無懷之遠跡[㊱]；奉符行事，邁元封之上儀[㊲]。是故得萬國之歡心，盡百王之能事者矣。

【校勘】

〔一〕輔：原作“鞴”，據四庫本改。四輔：商、周君王四位輔佐大臣合稱。《禮記·文王世子》：“設四輔及三公。”孔穎達疏引《書大傳》：“古者天子必有四鄰，前曰疑，後曰丞，左曰輔，右曰弼。”

【箋注】

①三王：指夏、商、周三代之君。説法不一。一般指夏禹、商湯、周文王。

②七廟：《禮記·王制》：“天子七廟，三昭三穆，與太祖之廟而七。”此指四親廟（父、祖、曾祖、高祖）、二祧（遠祖）和始祖廟。後以“七廟”泛指帝王供奉祖先的宗廟。

③二《典》：《書》中《堯典》、《舜典》的合稱。

④皇：大。《詩·大雅·皇矣》：“皇矣上帝。”唐：廣大的樣子。漢蔡邕《述行賦》：“雲鬱術而四塞兮，雨濛濛而漸唐。”

⑤太祖皇帝：宋代開國皇帝趙匡胤。960—976年在位。年號先後爲建隆、乾德、開寶。涿郡(今河北涿縣)人。後周時因戰功升任殿前都點檢，統率禁軍。959年，後周世宗柴榮病逝，繼位的恭帝柴宗訓只有七歲。960年正月，趙匡胤通過陳橋兵變奪取後周政權，建國號宋，仍都開封。

⑥天皇：指神農氏。古帝三皇之一，姓姜。始製耒耜，教民務農，故號神農氏；以火德王，又稱炎帝；起於烈山，又稱烈山氏。

⑦唐侯：指堯。堯初封唐侯。唐堯亦爲火德。

⑧静淵有謀：寧靜淵博有謀略。《史記·五帝本紀》：“帝顓頊高陽者。黃帝之孫，而昌意之子也。静淵有謀，疏通而知事。養才以任地，載時以象天，依鬼神以制義。”

⑨五勝：指五行相克、相勝。《史記·曆書》：“而亦頗推五勝，而自以爲獲水德之瑞。”裴駰《集解》引《漢書音義》曰：“五行相勝，秦以周爲火，用水勝之也。”陰陽五行家認爲，水勝火，火勝金，金勝木，木勝土，土勝水，以此來解釋宇宙萬物的變化。

⑩神武不殺：原謂以吉凶禍福威服天下而不用刑殺。後以稱頌帝王將相英明威武。《易·繫辭上》：“古之聰明叡知，神武而不殺者夫。”孔穎達疏：“夫《易》道深遠，以吉凶禍福威服萬物，故古之聰明叡知神武之君，謂伏犧等用此《易》道能威服天下，而不用刑殺而畏服之也。”宋太祖繼位後，先平定李筠和李重進叛亂，穩定内部統治之後，繼續進行周世宗開始的統一事業。他遵循先南後北、先易後難、各個擊破的方針，於乾德元年(963)滅荆南和湖南，乾德三年滅後蜀，開寶四年(971)平南漢，開寶八年滅南唐。至此，除吳越、北漢和漳、泉二州外，五代十國時的各個割據政權全被消滅。基本上結束了唐安史之亂以來持續兩百年的藩鎮割據局面，鞏固了趙宋王朝的統治。

⑪獄訟攸歸：訴訟者思其聖德而歸附。用於稱頌帝王。《史記·五帝本紀》：“諸侯朝覲者不之丹朱而之舜，獄訟者不之丹朱而之舜，謳歌者不謳歌丹朱而謳歌舜。”

⑫五讓：五次讓位。《史記·楚世家》："昭王病甚，乃召諸公子大夫曰：'孤不佞，再辱楚國之師，今乃得以天壽終，孤之幸也。'讓其弟公子申爲王，不可。又讓次弟公子結，亦不可。乃又讓次弟公子閭，五讓，乃後許爲王。"

⑬六飛：古代皇帝的車駕六馬，疾行如飛，故名。後因以指稱皇帝。南朝梁任昉《爲蕭揚州作薦士表》："伏惟陛下道隱旒纊，信充符璽，六飛同塵，五讓高世。"

⑭丹魚：傳說中丹水所出的赤色魚。北魏酈道元《水經注·丹水》："水出丹魚。先夏至十日，夜伺之，魚浮水側，赤光上照如火，網而取之。割其血以塗足，可以步行水上，長居淵中。"晋左思《魏都賦》："皓獸爲之育藪，丹魚爲之生沼。"

⑮朱草：傳說中的瑞草名。古代象占者認爲朱草生出是王者德至草木的徵兆。晋葛洪《抱朴子·金丹》："又和以朱草，一服之能乘虛而行雲。朱草狀似小棗，栽長三四尺，枝葉皆赤，莖如珊瑚。"

⑯渟（tíng）：水積聚不流。《史記·李斯列傳》："決渟水致之海。"

⑰火德：五行有五德，帝王受命正值五行的火運，稱爲"火德"。相傳上古時炎帝神農氏以火德王，唐堯亦爲火德。自神農、黄帝下歷唐虞三代而漢得火德。趙宋自稱以火德王。炎靈：指以火德而王的宋王朝。丕運，大好運會。丕，大。《書·大禹謨》："嘉乃丕績。"

⑱太宗皇帝：北宋第二代皇帝。976—997年在位。宋太祖趙匡胤同母弟，初名匡義，太祖時改名光義，稱帝後又改名炅。離照：比喻帝王的明察。《易·説卦》："離，爲火，爲日。"因以"離"指太陽。

⑲紹熙寶圖：繼承皇位。紹熙：繼承前業，發揚光大。《文選·盧諶〈贈劉琨〉》："浚哲惟皇，紹熙有晋。"寶圖：皇位、帝業。《周書·武帝紀上》："朕祗承寶圖，宜遵故實。"

⑳不庭：不朝於王庭者。《左傳·隱公十年》："以王命討不庭。"

㉑髖髀：比喻互相勾結、勢力强大的諸侯王。語出《漢書·賈誼傳》："今諸侯王皆衆髖髀也，釋斤斧之用，而欲嬰以芒刃，臣以爲不缺則折。"宋太宗即位後使用政治壓力，迫使吴越王錢俶和割據漳、泉二州的陳洪進於太平興國三年（978）納土歸附。次年親征太原，滅北漢，結束了五代十國的分裂割據局面。

㉒高拱：兩手相抱，高抬於胸前。安坐時的姿勢。《墨子·非儒下》：“君若言而未有利焉，則高拱下視，會噎爲深。”

㉓合宫：相傳爲黄帝的明堂。《尸子·君治》：“夫黄帝曰合宫，有虞氏曰總章，殷人曰陽館，周人曰明堂，皆所以名休其善也。”蟺蜎（dàn yuān）：宫觀深邃貌。

㉔虎包：當指虎符。古代帝王授予臣下兵權和調發軍隊的信物，爲虎形。初時以玉爲之，後改用銅。背有銘文，剖爲兩半，右半留中央，左半給予地方官吏或統兵的將帥。調發軍隊時，朝廷使臣須持符驗對，符合，始能發兵。此制盛行於戰國、秦、漢，直至隋代。到了唐代始改用魚符。五兵：泛指軍隊。《舊唐書·太宗紀上》：“若軒轅善用五兵，即能北逐獯鬻。”

㉕魚夢：《三秦記·漢武帝》：“昆明池，漢武帝鑿之……池通白鹿原。人釣魚於原，綸絶而去。魚夢於武帝，求去其鈎。明日，帝遊戲於池，見大魚銜索，曰：‘豈非昨所夢乎？’取魚去鈎而放之。帝後得明珠。”後以“恩魚”爲稱頌聖德之詞。

㉖詳延之路：盡數延攬人才之路。《漢書·武帝紀》：“故詳延天下方聞之士，咸薦諸朝。”

㉗箴誦之塗：謂進箴戒規勸之言的途徑。漢揚雄《劇秦美新》：“恢崇祇庸燦德懿和之風，廣彼搢紳講習言諫箴誦之塗。”

㉘真宗皇帝：宋太宗第三子趙恒。即位初期，用李沆等爲相，政治尚安定，亦能注意節儉。景德元年（1004）用寇準爲相。是年契丹來犯，他親征至澶州（今河南濮陽），訂“澶淵之盟”，開以歲幣求和之先例。之後，用王欽若、丁謂爲相，政治腐敗，僞造“天書”、封禪泰山，提倡佛、道、儒，廣建宫觀，勞民傷財。握元樞：喻執掌國家的中央政權。北周庾信《賀平鄴都表》：“伏惟皇帝陛下，握天樞，秉地軸。”元，天。《廣雅·釋言》：“元，天也。”妙：精微；奥妙。《老子》：“故常無欲，以觀其妙。”

㉙大象：大道；常理。《老子》：“執大象，天下往。”河上公注：“象，道也。聖人守大道，則天下萬民移心歸往之。”司民：管理百姓萬民。《書·酒誥》：“勿辯乃司民湎于酒。”

㉚文物葳蕤：禮樂興盛。文物：指禮樂制度。古代用文物明貴賤，制等級，

故云。《左傳·桓公二年》載："夫德，儉而有度，登降有數，文物以紀之，聲明以發之，以臨百官。"葳蕤：盛多貌。漢張衡《東京賦》："羽蓋葳蕤。"

㉛武宣：周之世武功最著者二：曰周武王，曰周宣王。周武王姬發，周朝的創建者，周文王之子。討紂滅商，經牧野之戰，克商建立周朝。周宣王姬静，周厲王之子。周厲王三十七年（前841），國人發難，攻襲厲王，厲王出奔於彘。召伯虎匿太子静於其家。十四年後（前828）厲王死，即位，爲宣王。在位46年。任用賢能，勤於修政，使國勢一度中興。曾多次對玁狁、淮夷、姜戎、條戎、奔戎、申戎等用兵。

㉜軌跡夷易：途徑平正。漢司馬相如《封禪文》："故軌跡夷易，易遵也。"

㉝成康：指西周初年周成王、周康王。周武王滅紂，立大周，武王死，其太子姬誦繼位，即周成王。他在周公和召公的輔助下，平定了由管叔、蔡叔和殷的後代武庚相勾結而發動的叛亂，進一步鞏固了周的政權。周成王死後，太子姬創立，爲周康王。他們强調繼承文王、武王的功業，務從節儉，繼續推行周公的政策。史稱其時天下安寧，刑措不用。後世美政治之盛，每比跡成康。

㉞象譯：南方曰象，北方曰譯。《禮·王制》："五方之民，言語不通，嗜欲不同，達其志，通其欲。東方曰寄，南方曰象，西方曰狄鞮，北方曰譯。"遝臻：頻至。遝，用於動詞前，表示動作行爲多而重複。義即"頻頻"、"雜遝地"。

㉟邊鄙：邊境。聳：恐懼；驚動。《左傳·襄公四年》："邊鄙不聳，民狎其野。"

㊱"刻石"二句：宋真宗大中祥符元年，以天書見，改元大中祥符。十月辛卯，車駕發京師，泰山封禪。無懷：傳説中的上古帝王。《管子·封禪》："昔無懷氏封泰山。"

㊲"奉符"句：宋真宗大中祥符元年（1008），以天書見，改元大中祥符。元封：漢武帝年號（前110—前105）。漢武帝元封元年四月，武帝封禪泰山，並改元爲元封。

　　皇上天資敦敏，日慎温恭，靈承三后之基①，紹繹九功之敘②。順稽古道，惠綏庶氓〔一〕。孝愛盡於堯門③，節儉刑於禹室④。始謀於廟，宮鄰咸慶於乃諲；其智如神，荒憬具瞻於惟睿⑤。風行桂海⑥，化漸冰天⑦。鯨津底貢以率賓⑧，月窟奉琛而來享⑨。書文車軌⑩,遐邇以混同;乾符坤珍⑪,升降而沕潏⑫。於時股肱三事⑬,岳牧庶邦⑭,越雍泮之諸生⑮,迄膠庠之群老⑯。紺宇丹房之士⑰,文身辮髮之酋⑱,累伏當途⑲,願上徽號⑳。上猶懍然馭朽㉑,惕若乘奔,堅持德柄之謙㉒,俾斷公車之奏㉓。群心益固,得請爲期。日簜南端之前㉔,罔虞北壘之繫㉕。皇上以重煩台弼㉖,俯狥黔黎㉗,尚依違而積時㉘,方黽俛而從欲〔二〕。

【校勘】

〔一〕氓:四庫本作“民”。意皆可通。

〔二〕俛俛:四庫本作“黽勉”。意皆可通。《文選·陸機〈文賦〉》:“在有無而俛俛,當淺深而不讓。”唐吳兢《貞觀政要·納諫》:“雖黽勉聽受,而意終不平。”

【箋注】

①三后:指三王。宋太祖、宋太宗、宋真宗。

②九功:指六府(水、火、金、木、土、穀)三事(正身、利用、厚生)之功。《書·大禹謨》:“九功惟敘。”疏:“善民者,金、木、水、火、土、穀六事惟當修治之,謂正身之德,利民之用,厚民之生,此三事惟當諧和之。”

③孝愛盡於堯門:舜父瞽叟失明,其母早死。瞽叟娶後妻,生象。三人常欲殺舜而舜益加孝順。堯聞其德,封舜於虞,並將女兒娥皇、女英婚配與他,讓天下於舜。

④節儉刑於禹室:《論語·泰伯》:“禹,吾無間然矣。菲飲食而致孝乎鬼神,惡衣服而致美乎黻冕,卑宮室而盡力乎溝洫。”

⑤荒憬:荒遠之國。《文選·王融〈三月三日曲水詩序〉》:“宮鄰昭泰,荒憬清夷。”

⑥桂海:古代指南方邊遠地區。

⑦冰天:指極北苦寒之地。《文選·江淹〈雜體詩·效袁淑“從駕”〉》:“文軫薄桂海,聲教燭冰天。”

⑧鯨津:指東方海濱之地。底貢:進貢。《書·禹貢》:“惟箘、簵、楛,三邦底貢,厥名。”率賓,猶來賓。前來賓服。古代指藩屬朝貢天子。

⑨月竁(cuì)，月窟。指極西之地。《文選·顏延之〈宋郊祀歌〉之一》："月竁來賓，日際奉土。"琛，珍寶。常作貢物。《詩·魯頌·泮水》："憬彼淮夷，來獻其琛。"來享，謂遠方諸侯前來進獻貢物。《詩·商頌·殷武》："莫不敢來享，莫不敢來王。"

⑩書文車軌：《禮記·中庸》："今天下車同軌，書同文。"謂車軌相同，文字相同。形容天下統一。軌：車左右兩輪間的距離。《史記·秦始皇本紀》："一法度衡石丈尺，車同軌，書同文字。"

⑪乾符坤珍：天地的符瑞。《後漢書·班固傳下》："於是聖皇乃握乾符，闡坤珍，披皇圖，稽帝文。"

⑫沕潏(mì yù)：泉流貌。《文選·司馬相如〈封禪文〉》："大漢之德，逢湧原泉，沕潏曼羨。"沕，潛藏。潏，水湧貌。

⑬股肱：輔佐。《左傳·僖公二十六年》："昔周公、大公股肱周室，夾輔成王。"三事：指倡德、和亂、終齊。《逸周書·武穆》："敬惟三事，永有休哉。三事：一倡德，二和亂，三終齊。"

⑭岳牧：《周書·周官》："唐虞稽古，建官唯百，內有百揆四岳，外有州牧侯伯。"舊時有四岳十二牧，分管內政與諸侯國。此指治理。庶邦：諸侯衆國。《書·酒誥》："厥誥毖庶邦庶士越少正御事朝夕曰：祀茲酒。"

⑮雍泮：辟雍與泮宮。泛指古代天子或諸侯所設立的大學。《後漢書·崔駰傳》："臨雍泮以恢儒，疏軒冕以崇賢。"李賢注："天子辟雍，諸侯頖宮。璧雍者，環之以水，圓而如璧也。頖，半也。諸侯半天子之宮，皆所以立學垂教也。"

⑯膠庠：周代學校名。周時膠爲大學，庠爲小學。《禮記·王制》："周人養國老於東膠，養庶老於虞庠。"

⑰紺宇：即紺園。佛寺之別稱。丹房：道教煉丹的地方。亦指道觀。

⑱文身：古代民俗，在身體上刺畫有色的圖案或花紋。《禮記·王制》："東方曰夷，被髮文身，有不火食者矣。"辮髮：古時漢族男女多束髮於頂，少數民族則多編髮披於背後。

⑲當途：指居要職、掌大權的人。《北史·劉仁之傳》："善候當塗，能爲詭激。"

⑳徽號：褒揚讚美的稱號。舊時專指加給帝王及皇后的尊號。每逢慶典，可以屢次加上，每次通常加兩個字，儘是歌功頌德之詞。

㉑懍然馭朽：比喻帝王治國，艱險不易。語出《書·五子之歌》："予臨兆民，懍乎若朽索之馭六馬。"孔穎達疏："我臨兆民之上，常畏人怨，懍懍乎危懼，若腐索之馭六馬。索絶則馬逸，言危懼之甚。"

㉒德柄之謙：《易·繫辭下》："履，德之基也；謙，德之柄也。"柄：根本。

㉓公車：漢代官署名。爲衛尉的下屬機構，設公車令，掌管宫殿司馬門的警衛。天下上事及徵召等事宜，經由此處受理。後以指此類官署。《史記·滑稽列傳》："朔初入長安，至公車上書，凡用三千奏牘。"

㉔簉（zào）：聚集、雜。南端：宫殿南邊的正門。端，端門，宫殿的正門。漢張衡《東京賦》："啓南端之特闈，立應門之將將。"

㉕壘：指軍營。晉陸機《辯亡論上》："劉備結壘千里，志報關羽之敗，圖收湘西之地。"

㉖台弼：即台輔。宰相、三公等最高級官員的尊稱。

㉗狥：順從，曲從。黔黎：黔首、黎民的合稱。指百姓。

㉘依違：遲疑。漢劉向《九歎·離世》："余思舊邦，心依違兮。"

先是，禮官錯事[1]，將陳報本之儀[2]；委粟增壇，肇舉因高之典。會兹勤請，頗邇嚴禋[3]。俾竣事於圜丘[4]〔一〕，甫受册於路寢[5]。仲冬初吉，太宰前諏[6]。祲儀象物而陳[7]，舊禮不戒而具。天子乃凝慮蠖濩[8]，逆釐神明[9]。一之日祗見於琳宫[10]，二之日昭告於祖廟，三之日乃備法駕，將臻夫泰壇。攝提運衡[11]，風后參乘[12]。招摇煒爗[13]，上紀於旌常[14]；堪輿奮撝[15]，中静於關軸。及夫郊之夕也，歌《大吕》[16]，舞《雲門》[17]。百神受職以降康，四圭有邸而登薦。惟聖饗帝，稽《戴禮》而有光[18]；惟辟奉天，鑒《周書》而無愧[19]。瘞祀云畢，乘輿乃旋。御員闕之嶕嶢[20]，發大號以涣汗[21]。纆校悉原於滯繫[22]，粲薪咸釋於弛刑[23]。曾未逾時，協氣充於上下；固不旋踵，歡聲動於華夷。既而回六尺之斗車[24]，正九筵之斧座[25]。百僚師師以就列[26]，多士濟濟以盈庭。臚傳甫終[27]，寶册遂上。未央前殿，方葳於鴻儀；興慶内朝，先崇於大號。

【校勘】

〔一〕竣：原和"踆"，據四庫本改。

【箋注】

①錯事：處理事務。錯，通"措"。《史記·司馬相如列傳》："使獲耀日月之末光絶炎，以展采錯事。"

②報本："報本反始"的省語。受恩思報，不忘本源。《禮記·郊特牲》："唯社，丘乘共粢盛，所以報本反始也。"

③嚴禋：莊重地祭祀。唐李紓《登歌奠幣》："尊祖奉宗，嚴禋大帝。"

④圜丘：歷代帝王祭天之壇。也稱圓丘、天壇。天圓地方，圜以象天。《周禮·春官·大司樂》："冬日至，於地上之圜丘奏之。"

⑤路寢：古代君王處理政事的宮室。《詩·魯頌·閟宮》："松桷有舄，路寢孔碩。"

⑥太宰：周代名塚宰，亦稱太宰，居六卿之首，輔佐帝王治理國政。諏：諮詢；詢問。《詩·小雅·皇皇者華》："載馳載驅，周爰咨諏。"

⑦裖（jīn）儀：盛儀。裖，盛。《文選·班固〈東都賦〉》："天官景從，裖威盛容。"象物：指麟、鳳、龜、龍四靈。《周禮·春官·大司樂》："六變而致象物及天神。"鄭玄注："象物，有象在天，所謂四靈者。天地之神，四靈之知，非德至和則不至。《禮運》曰：'何謂四靈？麟、鳳、龜、龍，謂之四靈。'"

⑧蠖濩（huò huò）：宮室深廣。此指思慮深廣。

⑨逆：迎受。《周禮·天官·小宰》："掌邦之六典八法八則之貳，以逆邦國都鄙官府之治。"釐：治理。《書·堯典》："允釐百工。"

⑩琳宮：形容富麗堂皇的建築。此指宮殿。泰壇：古代祭天之壇。在都城南郊。《禮記·祭法》："燔柴於泰壇，祭天也。"

⑪攝提：星名。屬亢宿，共六星。位於大角星兩側，左三星曰左攝提，右三星曰右攝提。《史記·天官書》："大角者，天王帝廷，其兩旁各有三星，鼎足句之，曰攝提。"運衡：駕車。衡，車轅頭上的橫木。《論語·衛靈公》："在輿則見其倚於衡也。"

⑫風后：相傳爲黃帝臣之一。《史記·五帝本紀》："黃帝舉風后、力牧、常

先、大鴻以治民。"參乘:陪乘人。古代乘車,尊者在左,御者在中,一人在右陪坐,稱"參乘"或"車右"。

⑬煒燁:光耀;光明。唐李嶠《夏晚九成宮呈同僚》:"英藩信煒燁,勝地本從容。"

⑭旌常:即旌旗。

⑮堪輿:天地。《漢書》揚雄《甘泉賦》:"屬堪輿以壁壘兮,捎夔魖而扶猵狂。"顏師古注引張晏曰:"堪輿,天地總名也。"古代的五行家稱天道爲堪,地道爲輿。撝(huī),揮動。

⑯大呂:古代樂律名。古樂分十二律,陰陽各六,六陰皆稱呂,其四爲大呂。

⑰雲門:周代六樂舞之一。相傳爲黃帝所作,用以祭祀天神。《周禮·春官·大司樂》:"乃奏黃鐘,歌大呂,舞雲門,以祀天神。"

⑱戴禮:漢戴德、戴聖皆治《禮記》,戴德所傳爲《大戴禮》,戴聖所傳爲《小戴禮》,即今傳《禮記》。鄭玄曾爲《小戴禮》作注。

⑲周書:古史書。又稱《逸周書》、《汲冢周書》、《汲冢書》。《漢書·藝文志》書家類著録《周書》七十一篇,自注:"周史記"。顏師古注引劉向云:"周時誥誓號令也,蓋孔子所論百篇之餘也。"東漢末有所散佚,晋初孔晁作注時僅四十五篇。晋太康中,盜發汲郡魏襄王墓,所得竹書中有《周書》。晋人有《逸周書》之稱。按所記事之時代早晚編次,歷記周文王、周武王、周公、成王、康王、穆王、厲王及景王時事。

⑳譙嶢(jiāo yáo):漢建章宮闕名。漢武帝時建。《長安志》卷三引《廟記》注:"建章宮有譙嶢闕。"薛綜注:"次門,女闕也,在圓闕門内二百步。"

㉑渙汗:《易·渙》:"九五,渙汗其大號。"本謂帝王發佈號令,如人之汗,一出而不能復收。後因以"渙汗"喻帝王的聖旨、號令。

㉒縲校:又作"縲紲"。繩索。《莊子·天地》:"内支盈於柴栅,外重縲紲,睆睆然在縲紲之中而自以爲得。"

㉓粲薪:秦漢時期的徒刑,男罰鬼薪,女罰白粲。粲,即白粲。令罪人選精米以供祭祀。薪,即鬼薪。男犯取薪以給宗廟。《漢書·刑法志》:"罪人獄已決,完爲城旦春,滿三歲爲鬼薪白粲。"《後漢書·章帝紀》:"繫囚鬼薪、白粲已

上,皆減本罪各一等。"

㉔六尺之斗車:帝王所乘的車。漢賈誼《新書·禮》:"六尺之輿,無左右之義,則君臣不明。"

㉕九筵之斧座:九筵,《周禮·考工記·匠人》:"周人明堂,度九尺之筵、東西九筵、南北七筵。"筵,竹席,長九尺。九筵,即八十一尺。後因以"九筵"借指明堂。斧座,指帝王的座位。古代帝王座後有屏風,上有斧形花紋。《周禮·春官·司几筵》:"凡封國命諸侯,王位設黼依。"

㉖師師:衆多貌。章炳麟《蕭政箴》:"師師群吏,布在九共。"

㉗臚傳:指傳告皇帝的詔旨。《新唐書·齊映傳》:"映爲人白皙長大,言音鴻爽,故帝嘗令侍左右,或前馬臚傳詔旨。"

大哉! 事地之禮著矣,承乾之道光矣。恢三雍之上儀①,監二代以增郁②,聖文也;兼七德以禁暴③,馨八荒而畏威④,睿武也;御衆以寬,臨下有赫⑤,仁明也;繼志於外,承顏於中⑥,孝德也。宜乎紹列聖之丕休,舉遼古之墜典,躡八九之遐武⑦,兼三五之懿稱者爾⑧! 臣跂仰德輝,親逢聖旦。濡化偶從於學版,載途竊效於嵩歌⑨。穆如清風⑩,敢冀先臣之式;歎之不足,願續遊童之謠。謹上頌曰:

厥初生民,樹以司牧。三皇繼軫,五帝聯轂⑪。民淳世質,仁洽道豐。馨地作主,與天比崇。德號地號,大道常道。騰茂飛英,綿穹浹昊厥。三王而後,兩漢已還。繼之者鮮,行之惟艱。皇矣帝宋,紹天闡繹。德焕往圖,道光前辟。赫赫太祖,巍巍聖功。龍興雷澤⑫,鳳起豐宮⑬。拓世貽統,圖大宅中⑭。萬邦作乂⑮,四海會同。於穆太宗⑯,嗣興舜麓⑰。紹堯之緒,纂禹之服。大明繼照,時文載郁。俗阜刑清⑱,遠安邇肅。真皇撫運,大葉重熙〔一〕。禮樂備具,文物葳蕤。東封岱岳⑲,西祀汾脽⑳。鴻勳顯號,紀石銘彝。皇上握樞,體元立極㉑。四葉重光,三后貽翼。居域中大,爲天下式。聖文睿武,仁明孝德。軒崇附寶〔二〕,唐奉慶都㉒。內熙坤則,外贊寶圖㉓。慈教廣被,仁風誕敷。化億兆兮歸厚,與三五兮同途。

【校勘】

〔一〕葉:四庫本作“業”。

〔二〕附寶:原作“寶附”。《太平御覽》卷七九引《帝王世紀》:“黃帝……母曰附寶。”據乙。軒崇附寶:軒,指黃帝。號軒轅氏。黃帝全名“軒轅黃帝”。

【箋注】

①三雍:亦稱“三雍宮”。漢時對辟雍、明堂、靈臺的總稱。漢班固《東都賦》:“至乎永平之際,重熙而累洽,盛三雍之上儀。”

②監二代以增郁:語出《論語·八佾》:“周監於二代,郁郁乎文哉!”周朝的禮儀制度是以夏商兩代爲根據制定發展而來的,多麼豐富多彩呀!

③七德:指武功的七種德行。《左傳·宣公十二年》:“夫武,禁暴、戢兵、保大、定功、安民、和衆、豐財者也。故使子孫無忘其章……武有七德,我無一焉,何以示子孫?”

④八荒:八方荒遠的地方。借指天下。漢揚雄《甘泉賦》:“天閬決兮地垠開,八荒協兮萬國諧。”

⑤臨下有赫:《詩·大雅·皇矣》“皇矣上帝,臨下有赫”唐孔穎達疏:“此在上之天,能照臨於下,無幽不燭,有赫然而善惡分明也。”赫,威嚴明察。

⑥承顏於中:順承尊長的顏色,謂侍奉尊長。《晉書·孝友傳序》:“柔色承顏,怡怡盡樂。”

⑦八九:傳説中的七十二個朝代。《文選·王融〈三月三日曲水詩序〉》:“越八九於往素,躡帝王之靈矩。”遐武:前人之足迹。《文選·張衡〈東京賦〉》:“軼五帝之長驅,躡二皇之遐武。”

⑧三五:指三皇五帝。《楚辭·劉向〈九歎·思古〉》:“背三五之典刑兮,絕《洪範》之辟紀。”

⑨髫歌:指兒歌。髫,古時兒童頭上下垂的頭髮。晉張協《七命》:“玄齠巷歌,黃髮擊壤。”

⑩穆如清風:意謂和美如清風化養萬物。也用於形容人的氣度柔和清朗。

語出《詩·大雅·烝民》:"吉甫作誦,穆如清風。"穆:美。

⑪五帝:傳説中的上古帝王,説法不一,以五帝爲"伏羲、神農、黄帝、堯、舜"一説爲多。

⑫雷澤:古澤名。本名雷夏澤。在河南省范縣東南接山東省菏澤市界。傳説舜帝曾在此捕魚。龍興雷澤,指舜起於雷澤。《史記·五帝本紀》:"舜耕歷山,漁雷澤。"

⑬豐宫:西周都城豐京的王宫。周文王營建豐京時所建,故又稱文王宫。鳳指周文王。

⑭圖大宅中:居於中心,謀劃四方。謂得地勢之利。明陶宗儀《輟耕録·檄》:"其文曰:宅中圖大,天開一統之期;自北而南,雷動六師之衆。"《文選·張衡〈東京賦〉》:"彼偏居而規小,豈如宅中而圖大。"

⑮萬邦作乂:猶言天下大治。萬邦,指各族人民。乂,治理。《書·益稷》:"烝民乃粒,萬邦作乂。"

⑯於(wū)穆:對美好的讚歎。《詩·周頌·清廟》:"於穆清廟,肅雍顯相。"

⑰舜麓:舜於大麓,以總領天下事爲任。《書·舜典》:"納于大麓,烈風雷雨弗迷。"孔傳:"麓,録也。納舜使大録萬機之政,陰陽和,風雨時,各以其節,不有迷錯愆伏。"

⑱俗阜:謂民衆富庶。唐崔鉉《進宣宗收復河湟》:"共遇聖明千載運,更觀俗阜與時和。"刑清:刑罰公正清明。《易·豫》:"聖人以順動,則刑罰清而民服。"

⑲東封岱岳:岱岳,泰山。宋真宗大中祥符元年,以天書見,改元大中祥符。十月辛卯,車駕發京師,泰山封禪。

⑳西祀汾脽:汾脽,即汾陰脽。漢武帝祭祀地神的地方。漢武帝時曾於此得寶鼎。《漢書·禮樂志》:"汾脽出鼎,皇祐元始。"《漢書·武帝紀》:"(元鼎四年)立后土祠於汾陰脽上。"宋真宗大中祥符元年十一月,祀汾陰后土祠。

㉑體元立極:指帝王即位。唐張九齡《籍田赦書》:"昔者受命爲君,體元立極,未有不謹於禮而能見教於人。"

㉒唐奉慶都:唐指唐堯。堯名放勳。原封於唐,故稱陶唐氏,史稱唐堯。

慶都：傳説中遠古時帝嚳之第三妃，陳鋒氏之女，堯之母。

㉓坤則：古指以柔順爲原則的婦女規範。寶圖：皇位；帝業。《周書·武帝紀上》：“朕祇承寶圖，宜遵故實。”

文彦博集卷三

古詩

遊紫雲洞①

同登青雲梯②,遠訪紫雲洞。黃冠既前導③,絳幃布後從④〔一〕。幽奇素所希,險絕曾無恐。況此岩谷遊,不知雙舄重⑤。攝衣叩洞户,蕭若心神悚。兩崖勢相嵌⑥,左右如抱擁。萬木傍森羅,一水中洶湧。信哉天下奇,豈適俗間用。賞景未盡興,向夕遽旋踵⑦。飄然御風行,恍若遊仙夢。異日期再來,退閒心更勇。

【編年】

嘉祐三年(1058)至嘉祐五年(1060)二月判河南府日作。

【校勘】

〔一〕布:四庫本、明刻本作“亦”。

【箋注】

①紫雲洞:唐術士邢和璞著書處,在潁陽(今河南登封市西南、潁水之北)石堂山。宋趙山林《遊嵩山寄梅殿丞書》:“出潁陽北門,訪石堂山紫雲洞,即邢和璞著書之所。”邢和璞,唐開元間奇異之士,喜黃老,隱潁陽石堂山,作《潁

陽書》。據傳善知人夭壽善惡。潁陽在洛陽南，文彦博在潁陽有別墅，且和紫雲洞相鄰。《文集》卷三《遊潁陽山墅作》：“賴此營山墅，頻年至潁陽。相鄰紫雲洞，不羨白蓮莊。”

②青雲梯：攀上雲霄的梯子。喻指高峻入雲的山路。

③黃冠：道士所戴束髮之冠。用金屬或木類製成，其色尚黃，故曰黃冠。因以爲道士的別稱。

④絳韝（gōu）：此當指獵人。韝，古代一種革製的袖套。東漢時，桓虞曾以韝革製臂衣，打獵時用以停立獵鷹。

⑤舄（xì）：複底而著木的鞋爲舄。《詩·小雅·車攻》：“赤芾金舄，會同有繹。”

⑥嶔（qīn）：高峻貌。

⑦向夕：傍晚；薄暮。晋陶潜《歲暮和張常侍》：“向夕長風起，寒雲没西山。”旋踵：旋轉脚跟，往回走。

寄贈華清觀主大師

五城三洞朝真客①，紫房名隷神仙籍②。玉案晨飡沆瀣精③，椒庭夜飲流霞液④。姑山綽約冰雪容⑤，亭亭霞外脱塵蹤。飆馭狂遊紫貝闕⑥〔一〕，雲裝醉入白銀宮。想陪桂父與金母⑦，昆蓬春賞蟠桃紅⑧。愚亦放懷隨淡泊⑨〔二〕，采芝茹术希彭朔⑩。常秘六泥東灶丹⑪，每求五色西山藥⑫。紫臺久判浮丘袂⑬，錦川繡嶺三千里。羽駕鸞驂未載逢⑭，經年望斷函關氣⑮。

【校勘】

〔一〕闕：四庫本、明刻本作“閣”。紫貝闕，以紫貝爲飾的宮闕。本指河伯所居的龍宮水府，後用以形容壯麗的宮室。《楚辭·九歌·河伯》：“魚鱗屋兮龍堂，紫貝闕兮朱宮。”

〔二〕淡：宋百家詩存本、季校本作“澹”。

【箋注】

①五城:神仙的居所。三洞:道教經典分洞真、洞玄、洞神三部,合稱"三洞"。言通玄達妙,其統有三,故云"三洞"。此借指道家的名山洞府。朝真客:指道士。朝真,道家修煉養性之術,猶佛家之坐禪。

②紫房:指道家煉丹房。南朝宋鮑照《代淮南王》詩之一:"合神丹,戲紫房,紫房彩女弄明璫。"

③湌(cān):同"餐"。吃。沆瀣:夜間的水氣;露水。舊謂仙人所飲。屈原《遠遊》:"湌六氣而飲沆瀣兮,漱正陽而含朝霞。"

④椒庭:指宫内。隋薛道衡《昭君辭》:"我本良家子,充選入椒庭。"流霞:傳説中天上神仙的飲料。漢王充《論衡·道虚》:"口飢欲食,仙人輒飲我以流霞一杯,每飲一杯,數月不飢。"

⑤姑山:指姑射山。《莊子·逍遥遊》:"藐姑射之山,有神人居焉,肌膚若冰雪,綽約若處子。"後詩文中以"姑射"爲神仙或美人代稱。

⑥飆馭:迅疾地駕車。

⑦桂父:古代傳説中的仙人。漢劉向《列仙傳·桂父》:"桂父者象林人也,色黑而時白時黄時赤。南海人見而尊事之。常服桂及葵。"金母:即西王母。唐末五代杜光庭《墉城集仙録》卷一:"金母元君者,九靈太妙龜山金母也……一號曰'西王母'。"中國古代神話中的女仙人,住在昆侖山上。相傳西王母所種蟠桃,食之可使人長生不老。《大荒西經》:"昆侖之丘,有人戴勝,虎齒,有豹尾,穴處,名曰西王母。"

⑧昆蓬:即昆侖山和蓬萊山。

⑨放懷:開懷;放寬心懷。

⑩芝,芝草。菌類植物,生枯木上,有青、赤、黄、白、黑、紫等色。古以爲瑞草,服之可以成仙,故又名靈芝。术(zhú),指白术。彭朔:指彭祖和東方朔。民間傳説中謂東方朔、彭祖爲壽星。東方朔壽八百,彭祖壽七百餘歲。

⑪東灶丹:一種道家服食的丹藥。

⑫五色西山藥:三國魏曹丕《折楊柳行》:"西山亦何高,高高殊無極。上有兩仙童,不飲亦不食。與我一丸藥,光耀有五色。服藥四五日,胸臆生羽翼。輕舉乘浮雲,倏忽行萬億。流覽觀四海,茫茫非所識。"後因稱仙藥爲"西山

藥”。

⑬紫臺：道家稱神仙所居。《漢武帝內傳》：“上元夫人語帝曰：‘阿母今以瓊笈妙蘊，發紫臺之文，賜汝八會之書。五岳真形，可謂至珍且貴。’”浮丘：即浮丘公。古代傳說中的仙人。唐劉禹錫《酬令狐相公見寄》：“何時得把浮丘袖，白日將升第九天。”

⑭羽駕鸞驂：傳說以鸞鶴爲駛的坐車。亦借指神仙。鸞，傳說中鳳凰一類的鳥。驂：駕車時位於兩邊的馬，這裏是駕御的意思。

⑮經年：年復一年；多年。函關氣：老子歸隱過函谷關，紫氣浮關。後指有道之人降臨。《史記·老子韓非列傳》：“老子修道，其學以自隱無名爲務。居周久之，見周之衰，乃遂去。至關，關令尹喜曰：‘子將隱矣，强爲我著書。’於是老子乃著書上、下篇，言道德之意五千餘言而去，莫知其所終。”《索隱》引《列仙傳》：“老子西遊，關令尹喜望見有紫氣浮關，而老子果乘青牛而過也。”

彭門賢守器之度支趙鼎記余生日過形善祝
並惠黄石茶甌懷素千字文一軸
輒成拙詩仰答來意①

使從徐方來②，執訊如雙魚③。遺我黄石器，副之懷素書。素書與黄石，得之宜在徐。或在圯橋下④，或在留城墟⑤。因物以達意，思賢而警愚。愚今所叨竊，何止承明廬⑥〔一〕。位歷二府重⑦，年登七旬餘。陋軀賁華袞⑧，微名得虛譽〔二〕。三朝被寵遇⑨，八難慚嘉謨⑩。瞻言西洛汭⑪，願繼東門疏⑫。意者赤松子⑬，果是吾之徒。

【編年】

元豐五年至元豐六年（1083）文彥博判河南府期間，時文彥博七十七至七十八歲。趙鼎元豐五年知徐州。彭門：即今江蘇徐州。

【校勘】

〔一〕止:原作"必",據四庫本改。相較意勝。

〔二〕陋軀賁華衮,微名得虛譽:據四庫本補。四庫本題下注云:"此二句一本無。"

【箋注】

①趙鼎:字器之,北宋治平二年(1065)八月以侍御史充賀契丹正旦使。三年三月因諫濮議事與諫官趙瞻等同被黜。趙抃曾贊其與吕誨、傅堯俞等"骨鯁敢言"。懷素:唐代僧人、傑出書法家,湖南長沙人。與張旭、顔真卿、徐浩、郎彤(懷素表叔)齊名,擅狂草,對我國書法藝術史上由篆草、章草、行草過渡到狂草,作出了巨大貢獻。世稱"顛張醉素"。千字文:中國舊時的蒙學課本。南朝梁周興嗣撰。拓取王羲之遺書不同的字一千個,編爲四言韻語,敘述有關自然、社會、歷史、倫理、教育等方面的知識。隋代開始流行。

②徐方:指徐州。漢陳琳《爲袁紹檄豫州》:"故躬破於徐方,地奪於吕布。"

③雙魚:指書信。唐唐彦謙《寄台省知己》:"久懷聲籍甚,千里致雙魚。"語出《文選·古樂府〈飲馬長城窟行〉》:"客從遠方來,遺我雙鯉魚。呼兒烹鯉魚,中有尺素書。"

④或在圯橋下:張良改名換姓亡命於下邳(今江蘇邳縣,宋時屬徐州)時,於圯上遇黃石公,授其書。於留遇見劉邦,輔佐其得天下,受封爲留侯。《史記·留侯世家》:"良嘗閑從容步遊下邳圯上。有一老父,衣褐,至良所,直墮其履圯下,顧謂良曰:'孺子,下取履!'良鄂然,欲毆之。爲其老,强忍,下取履。父曰:'履我!'良業爲取履,因長跪履之。父以足受,笑而去。良殊大驚,隨目之。父去里所,復還,曰:'孺子可教矣。後五日平明,與我會此。'……五日,良夜未半往。有頃,父亦來,喜曰:'當如是。'出一編書,曰:'讀此則爲王者師矣。後十年興。十三年孺子見我濟北,谷城山下黃石即我矣。'"

⑤或在留城墟:《史記·留侯世家》:"漢六年正月,封功臣。良未嘗有戰鬥功,高帝曰:'運籌策幃帳中,決勝千里外,子房功也。自擇齊三萬户。'良曰:'臣始起下邳,與上會留,此天以臣授陛下。陛下用臣計,幸而時中。臣願封留足矣,不敢當三萬户。'乃封張良爲留侯。"

⑥承明廬：漢承明殿旁屋，侍臣值宿所居，稱承明廬。又三國魏文帝以建始殿朝群臣，門曰承明，其朝臣止息之所亦稱承明廬。後以入承明廬爲入朝或在朝爲官的典故。

⑦二府：中書門下與樞密院。《宋史·職官志二》：“宋初，循唐五代之制，置樞密院，與中書對持文武二柄，號爲‘二府’。”此句謂文彥博曾任宰相和樞密使。

⑧華袞（gǔn）：古代王公貴族的服飾。象徵榮寵。袞，古代上公之服。華，言其多采。

⑨三朝：文彥博歷仁宗、英宗、神宗三朝。仁宗朝，文彥博兩任宰相。英宗朝始任樞密使，至神宗朝續任，共任樞密使九年。

⑩八難：指漢張良向劉邦所陳八件難以做到的事。楚漢戰爭期間，酈食其說劉邦立六國後以樹黨，張良爲陳八難，乃止：一、難以制項籍之死命，二、難以得項籍之頭，三、難以封聖人之墓、表賢者之閭、式智者之門，四、難以散府庫以賜貧窮，五、難以偃武行文不復用兵，六、難以休馬無所用，七、難以放牛不復輸積，八、難以不使天下遊士離去。見《史記·留侯世家》。

⑪瞻言：謂遠望。洛汭：古地區名。指雒水（今洛河）入古黃河處。在今河南鞏義。《書·禹貢》：“東過洛汭。”借指洛陽。

⑫東門疏：指漢宣帝時疏廣、疏受叔侄二人。廣爲太傅，受爲少傅，同時以年老辭官，公卿大夫在東都門外餞行。《漢書·疏廣傳》：“公卿大夫故人邑子，設祖道供張東都門外，送者車數百兩。辭決而去。道路觀者皆曰：‘賢哉二大夫！’或歎息爲之下泣。”後因以爲詠辭官歸鄉的典故。

⑬赤松子：上古之仙人。《楚辭·遠遊》：“聞赤松之清塵兮，願承風乎遺則。”《史記·留侯世家》：“願棄人間事，欲從赤松子遊耳。”

寄致政太傅侍中曾魯公①近以王屋山所產靈壽杖爲獻②伏蒙尊恕不責輕浼③仍貺雅章並惠古鑒吟繹捧玩不能釋手輒成拙詩一首以答來貺

天壇小有洞，神仙稱福地。草木盡翹秀，靈壽特珍異。子立無附枝④,挺生出群類。既不假矯揉,復不煩削治。製杖待時用,刻鳩循古義〔一〕。獻於君子堂,達此野人意。所獻雖已微,其意亦有謂。願公稍扶持,與國同安置。匪惟布私誠,兹乃出公議。豈圖一羽輕,復委千鈞賜。報之以寶鑒,百練精明致。副之以雅章,二《南》風格備⑤。蓖屋天光照⑥〔二〕,陋軀華衮賁。何以稱尊貺,傳家爲重器。何以繼希聲⑦,陳詩言鄙志。

【編年】

熙寧七年(1074)四月至元豐元年(1078)閏二月判大名府任上作。王屋山在大名府境内。元豐元年閏二月己亥,曾公亮卒。

【校勘】

〔一〕刻:原作"訓",據四庫本改。刻鳩:於杖頭刻鳩。《後漢書·禮儀志中》:"仲秋之月,縣道皆案户比民。年始七十者,授之以玉杖,哺之糜粥。八十、九十,禮有加賜。玉杖,長(九)尺,端以鳩鳥爲飾。鳩者不噎之鳥也,欲老人不噎。"

〔二〕屋:四庫本作"室",意皆可通。

【箋注】

①曾魯公:指曾公亮,爵魯國公。曾公亮(999—1078),字明仲,泉州晋江人,天聖二年(1024)舉進士甲科。歷以端明殿學士、知鄭州。入爲翰林學士、知開封府。嘉祐元年(1056),擢給事中、參知政事。後除樞密使。嘉祐六年(1061),拜集賢相。熙寧二年(1069),進昭文相,封魯國公。力薦王安石可用。熙寧四年(1071),判永興軍。熙寧五年(1072),以太傅致仕。謚宣靖。《宋史》卷三一二有傳。

②靈壽杖:用靈壽木做的手杖。《漢書·孔光傳》:"賜太師靈壽杖。"顏師古注:"木似竹,有枝節,長不過八九尺,圍三四寸,自然有合杖制,不須削治也。"

③浼(měi):沾汙;玷污。《孟子·公孫丑上》:"雖袒裼裸裎於我側,爾焉能浼我哉?"

④孑立:孤立。晋李密《陳情表》:"煢煢孑立,形影相吊。"

⑤二《南》:指《詩》《周南》和《召南》。二《南》之稱見於《左傳·襄公二十九年》和《論語·陽貨》。

⑥蔀室:草席蓋頂之屋。泛指貧家幽暗簡陋之屋。

⑦希聲:誇讚曾公亮之贈詩極精妙。語出《老子》:"大音希聲,大象無形。"

伏蒙僕射侍中賈寄示遊湸上弊園歸至湖上詩一章研味欽服不能自已輒成拙句仰答來貺①

修篁小塢湸水湄②,略有亭觀體甚微。陪京上宰樂幽趣,閑乘齋舫臨荆扉。是時仲夏之晦日,日輪停午炎炎時③。披襟岸幘意自適④,林下穆若生涼飔⑤。子猷愛竹不問主⑥,魯侯在泮因成詩⑦。妍詞麗句溢累幅,金壺灑墨何淋漓〔一〕。公適東偏訪顔陋⑧,愚當北道承蕭規⑨。魏人思公過召伯⑩,一言一話無所遺。疇昔篇章僅三百,至今琬琰羅珠璣⑪。跨山飛閣常逃暑,白醪滿泛黄金卮⑫。沉李浮瓜信美矣⑬,回船弄水曾無之⑭。遥瞻德星方聚處⑮,正與兩兩交光輝。穎川異跡冠天下,湖上勝景鄰日圍。鹿輿桂檝亟遊覽⑯,即見零雨東山歸。

【校勘】

〔一〕晋王嘉《拾遺記》:"周靈王"條:"浮提之國,獻神通善書人,乍老乍少,隱形則出影,聞聲則藏形。出肘間金壺四寸,上有五龍之檢,封以青泥,壺中有墨汁如淳漆,灑地及石皆成篆隸科斗之字"。

【編年】

嘉祐五年(1060)至嘉祐七年(1062)判大名府日作。賈昌朝嘉祐三年(1058)至嘉祐七年(1062)以僕射侍中判許州。《北宋京師及東西路大郡守臣考·許州》引《王文公文集》卷八三《文元賈魏公神道碑》:"(嘉祐)三年,以鎮安軍節度使、右僕射、檢校太師兼侍中、充景靈宫使,出判許州。七年,移大名。"文彦博皇祐三年(1051)至皇祐四年(1052)判許州。嘉祐五年(1060)至嘉祐七年(1062)判大名府,正與《許州志》中的"潞公守許,買得之,後徙鎮北門,文元爲代"及文彦博答詩中的"僕射侍中賈榮過濮上小園兼題嘉句"及"公適東偏訪顔陋,愚當北道承蕭規"相符。

【箋注】

①僕射侍中賈:指賈昌朝,時右僕射、侍中、判許州。賈昌朝(998—1065),字子明,宋開封人(今屬河南),祖籍真定獲鹿(今屬河北),天禧元年(1017),真宗祀南郊,獻頌,賜同進士出身。仁宗朝,歷崇政殿説書、天章閣侍講、知制誥。累遷權御史中丞兼判國子監。時用兵西夏不利,上備邊六事:馭將帥,復土兵、訓營卒、通四夷、綏蕃部、謹覘候。多施行之。慶曆三年(1043),拜參知政事。慶曆四年,充樞密使。慶曆五年(1045),左僕射、同中書門下平章事兼樞密使。慶曆七年,罷相判大名府。嘉祐初,復爲樞密使。嘉祐三年復罷守許州。英宗即位,徙鳳翔節度使,封許國公,進魏國公,治平二年(1065)卒,諡文元。濮上弊園:指文彦博在濮水畔的園林。道光《許州志》卷一二《古迹》:"曲水園,按《石林詩話》云:'賈文元曲水園在許昌城北,有大竹三十餘畝,濮河貫其中,入西湖最爲佳處。初爲民田,潞公守許,買得之,後徙鎮北門,文元爲代,一日挈家往遊,題詩壁間云:"畫船載酒及芳辰,丞相園林濮水濱。虎節麟府抛不得,却將清景付閑人。"走馳寄北門,潞公得之大喜,即以券付賈氏,文元亦直受而不辭。'"

②"修篁"句:曲水園在濮水岸邊,長滿竹子。塢:四面如屏的花木深處,此指曲水園。濮水:流經許昌市南,入古蔡河及潁水。湄:岸邊,水和草相接的地方。《詩·秦風·蒹葭》:"所謂伊人,在水之湄。"

③晦日:農曆每月最後的一天。停午:正午;中午。停,通"亭"。北魏酈道元《水經注·江水二》:"(三峽)重岩疊嶂,隱天蔽日,自非停午夜分,不見曦月。"

④岸幘(zé):推起頭巾,露出前額。形容態度灑脱,或衣著簡率不拘。漢孔融《與韋端書》:"閑僻疾動,不得復與足下岸幘廣坐,舉杯相與,以爲邑邑。"

⑤穆若:和美貌。南朝梁蕭統《〈文選〉序》:"吉甫有穆若之談,季子有至

矣之歎。”颸（sī）：涼風。南朝齊謝朓《在郡臥病呈沈書》：“珍簟清夏室，輕扇動涼颸。”

⑥“子猷”句：子猷，晋王徽之的字。王羲之之子。性愛竹。《世説新語·簡傲》：“嘗行過吳中，見一士大夫家，極有好竹。主人知子猷當往，乃灑掃設施，在廳事坐相待。王肩輿徑造竹下，諷詠良久。主已失望，猶冀還當通，遂直欲出門，主人大不堪，便令左右閉門不聽出。王更以此賞主人，乃留坐，盡歡而去。”此言賈昌朝愛文彥博溳水畔的園林。

⑦“魯侯”句：魯侯，魯國國君，此指魯僖公。魯國爵位爲侯，故稱魯侯。《魯頌·泮水》一章：“魯侯戾止，言觀其旂。”毛傳：“戾，來。”鄭箋：“見僖公來至於泮宮，我則觀其旂茷茷然。”孔《疏》：“魯侯僖公來至此泮宮，我觀其車之所建之旂而有文章法度。”以魯侯在泮因成詩指賈昌朝在曲水園作的詩。

⑧“公適”句：賈昌朝嘉祐三年（1058）至嘉祐七年（1062）僕射、侍中、判許州。作此詩時，賈昌朝判許州，許州在東，故云“適東偏”。

⑨“愚當”句：文彥博時判大名府，大名府在北，故云“當北道”。蕭規，指蕭何的規矩。西漢初，蕭何、曹參相繼爲相，曹參全部按照蕭何的成規辦事。後以“蕭規曹隨”比喻按照前人的成規辦事。賈昌朝判大名府在文彥博之前，故文彥博云“承蕭規”。此文彥博自比曹參，以賈昌朝比蕭何。

⑩魏：指宋大名府，轄境相當於今河北大名、魏縣、成安、廣平、威縣、臨西、館陶和山東臨清、夏津、冠縣、莘縣及河南内黄縣等地，府治在今河北大名縣東北。北周大象二年（580）分置魏州，治貴鄉縣（今河北大名縣東北）。召（shào）伯：召康公，名奭。《召南·甘棠》一章：“蔽芾甘棠，勿翦勿伐，召伯所茇。”鄭箋：“召伯聽男女之訟，不重煩勞百姓，止舍小棠之下而聽斷焉。國人被其德，説其化，思其人，敬其樹。”表達了人民對召伯的思念。此句謂大名府的人民思念賈昌朝勝過對召伯的思念。

⑪琬琰：琬圭、琰圭。比喻文詞之美。晋葛洪《抱朴子·任命》：“崇琬琰於懷抱之内，吐琳琅於毛墨之端。”珠璣：珠寶。比喻美好的詩文等。

⑫白醪（láo）：糯米甜酒。匜：古代盛酒器。《禮記·内則》：“敦牟卮匜。”

⑬沉李浮瓜：沉李，李子沉下水底。浮瓜，瓜兒浮在水面。爲了消暑把瓜果浸在涼水中。指消夏祛暑的樂趣。三國魏曹丕《與朝歌令吳質書》：“浮甘

瓜於清泉,沉朱李於寒水。"

　⑭回船弄水:語出唐白居易《且遊》:"弄水回船尾,尋花信馬頭。"

　⑮德星:古以景星、歲星等爲德星,認爲國有道有福或有賢人出現,則德星現。此喻指賢士。唐杜甫《行次鹽亭縣聊題四韻奉簡嚴遂州》:"全蜀多名士,嚴家聚德星。"

　⑯鹿輿:仙鹿旗。宋王應麟《玉海》:"開寶時,瓊州獻白鹿,加仙鹿旗。"桂檝:指華麗的船。南朝梁吳均《采蓮曲》:"江風當夏清,桂檝逐流縈。"

送子駿朝議歸闕_{鮮于侁時罷西臺}①

累年分領西臺憲②,留滯周南人共歎③。早傳文價出坤維④,爲有仙才生閬苑⑤。桂籍登科既已久⑥,蘭筋飛步終難絆⑦。兩持漕節賦均平⑧,歷守藩符政寬簡⑨。聖皇繼統始謀廟⑩,哲輔官材專進善。巍巍雲闕此歸覲,禁嚴侍從須邦彥。離襟欲判重徘徊,林下相從池上杯。別後思君何處望,肩輿頻上紫金臺⑪。

【編年】

　元豐八年(1085)致仕居洛陽日作。原本題下注云:"鮮于侁時罷西臺。"按:元豐八年十一月鮮于侁罷管勾西京御史臺,遷爲左諫議大夫、京東轉運使。

【箋注】

　①子駿朝議:指鮮于侁。時召爲左諫議大夫、京東轉運使。鮮于侁(1019—1087),字子駿。閬州(今四川閬中)人,舉仁宗景祐五年(1038)進士,爲江陵右司理參軍。熙寧時,因范鎮薦,除利州路轉運判官,升轉運副使兼提舉常平,上書論新法違治體而招民怨,不強迫部民取青苗錢。熙寧十年(1077),徙京東路轉運使。元豐二年(1079),知揚州。坐被舉者反變法,罷爲西京御史臺閑官。元豐八年(1085)十一月,以管勾西京御史臺鮮于侁爲左諫議大夫、京東轉運使。元祐元年,因司馬光言,召爲太常少卿。上言請復制舉、嚴出官之法、京東鹽通商等,多被采納。以疾除集賢殿修撰、知陳州。元祐二年(1087),卒於陳州任上。

②分領西臺憲:管勾西京御史臺。臺憲:御史臺官別稱。《新唐書·王源中傳》:"中官領禁兵,數亂法,捕臺府吏屬系軍中……自桑哥持國,受賕者不赴憲台、憲司,而詣諸司首……大德元年,或又條陳臺憲諸事。"憲臺:御史臺別稱。漢御史府,東漢改稱憲臺。與尚書(中臺)、謁者(外臺)合稱三臺。

③周南:即西京河南府(今河南洛陽)。也爲滯留某地而毫無建樹之典。《史記·太史公自序》:"是歲天子始建漢家之封,而太史公留滯周南不得與從事。"

④文價:文章的聲價。唐殷文圭《覽陸龜蒙舊集》:"先生文價沸三吴,白雪千編酒一壺。"坤維:指西南方。因《易·坤》有"西南得朋"之語,故以坤指西南。《文選·張協〈雜詩〉之二》:"大火流坤維,白日馳西陸。"此指地處西南的四川。鮮于侁是四川閬州人。

⑤仙才:稱美鮮于侁。《宋史·鮮于侁傳》:"(侁)作詩平淡淵粹,尤長於《楚辭》,蘇軾讀《九誦》,謂近屈原、宋玉,自以爲不可及也。"閬苑:唐苑名。故址在今四川省閬中市城西。宋王象之《輿地紀勝·利東路閬州》:"閬苑,唐時魯王靈夔、滕王元嬰以衙宇卑陋,遂修飾宏大之,擬於宮苑,由是謂之隆苑。其後以明星諱隆基改謂之。"此處是對鮮于侁的家鄉閬州的美稱。

⑥"桂籍"句:謂鮮于侁景祐五年(1038)二十歲時中進士,才華與抱負盡得施展。桂籍:科舉登第人員的名籍。"宋徐鉉《廬陵別朱觀先輩》:"桂籍知名有幾人,翻飛相續上青雲。"

⑦蘭筋:馬目上部的筋名。筋節堅者能行千里,因之爲駿馬的代稱。《文選·陳琳〈爲曹洪與魏文帝書〉》:"整蘭筋,揮勁翮,陵厲清浮,顧盼千里。"李善注引《相馬經》:"一筋從玄中出,謂之蘭筋。玄中者,目上陷如井字。蘭筋堅者千里。"呂向注:"蘭筋,馬筋節堅者,千里足也。"

⑧"兩持"句:謂鮮于侁兩任轉運使。漕節,即轉運使。《宋史·鮮于侁傳》:"初,助役法行,詔諸路各定所役緡錢。利州轉運使李瑜定四十萬,侁爭之曰:'利州民貧地瘠,半此可矣。'瑜不從,各以其事聞。時諸路役書皆未就,神宗是侁議,諭司農曾布使頒以爲式。……二稅輸絹綿,侁奏聽民以畸零納直。其後有李元輔者,輒變而多取之,父老流涕曰:'老運使之法,何可改?'"

⑨寬簡:寬大、不苟求。《新唐書·朱敬則傳》:"天下已平,故可易之以寬

簡,潤之以淳和。”

⑩“聖皇”句:謂哲宗繼位,高太后聽政,廣求舊臣。

⑪肩輿:轎子。《晋書·王導傳》:“會三月上巳,帝親觀禊,乘肩輿,具威儀。”紫金臺:洛陽高臺,有張氏園林。《洛陽名園記》:“紫金臺張氏園。”

送乾元寺住持實大師思實座主①

乾元古道場,宛在香山陽。實師應請去,無滯於一方。飄然振鐶錫②,殊不事包囊。孤風元可尚,静法固有常。真心得正住,安重如陵岡。况聞師議論,博洽而精詳。和會禪與講,若登圭峰堂③。迎知向學衆,汲汲趨門牆④。洪鐘既大叩,隨宜爲發揚。清伊自南來,長波極渺茫。所謂筏喻者⑤〔一〕,利濟如橋梁。

【校勘】

〔一〕筏:原作“栰”,“筏”的異體字。

【箋注】

①乾元寺:在今河南洛陽市城南龍門東山南端山麓。傳爲北魏龍門十寺之一,唐代極盛。唐白居易有《春日題乾元寺上方最高峰亭》詩。

②鐶錫:即錫環。錫杖杖首的圓環。錫杖是佛教用的杖形法器,振杖時可發聲。唐陸龜蒙《寒日逢僧》:“瘦脛高褰梵屟輕,野塘風勁錫環鳴。”

③圭峰堂:指唐代著名禪師圭峰定慧禪師的講佛堂。定慧禪師俗姓何,號宗密,爲禪宗荷澤神會的四傳弟子,華嚴宗之五祖,果州西充(今屬四川)人。家本富豪,幼通儒術。因偶遇禪宗荷澤神會系下道圓禪師,言下相契,便跟隨出家。入終南山草堂寺之圭峰(今屬陝西)蘭若,誦經修禪。主要闡述華嚴教義,亦收集諸宗禪義。唐武宗會昌元年死,圓寂後葬於圭峰,世稱“圭峰禪師”。唐宣宗興復佛教,追謚宗密曰“定慧禪師”。

④門牆:稱師門。《論語·子張》:“夫子之牆數仞,不得其門而入,不見宗廟之美,百官之富。得其門者或寡矣。”

⑤筏喻:謂佛法如筏,可渡人到彼岸。語出《金剛經·正信稀有分》:“知

我説法,如筏喻者。法尚應捨,何況非法。"

某伏蒙宫師相公杜寄示新居詩齋沐捧讀不勝銘歎某謹成拙詩一章上紀盛德粗伸謝意①

年至即還政②,賢哉近古稀。明哲冠四輔③,謀猷翊萬微④。名遂身乃退⑤,意確天弗違。奇節焕青簡⑥,遺法在黄扉⑦。仁里開新第⑧,德宇翔采翬⑨〔一〕。晏宅儉有制⑩,丘牆高可依⑪。雅言重金鼎,清音繁玉徽⑫。一覽近觀微⑬,三復終研幾⑭。私橐永緘秘⑮,蔀室增光輝⑯。信矣賢人業,發於君子機⑰。孤生懷絳帳⑱,引頸詠《緇衣》⑲。聖神方圖任⑳,日冀東山歸㉑。

【編年】

慶曆七年(1047)左右。杜衍慶曆七年致仕,建新居當在此年左右。

【校勘】

〔一〕宇:原作"字",據四庫本改。德宇:氣度,器宇。

【箋注】

①宫師相公杜:指杜衍,以太子少師致仕,故稱宫師;曾任宰相,故稱相公。杜衍(978—1057),字世昌,越州山陰(今浙江紹興)人。真宗大中祥符元年(1008)進士。慶曆三年(1043)除樞密使。慶曆四年拜相。慶曆五年罷相知兗州,慶曆七年以太子少師致仕。皇祐元年(1049)特遷太子太保,皇祐五年(1053)遷太子太師,封祁國公。居於南京應天府(今河南商丘)。《宋史》卷三一〇有傳。

②"年至"句:慶曆七年(1047)正月戊子,尚書左丞、知兗州杜衍,以太子少師致仕。年方七十歲。

③四輔:商、周君王四位輔佐大臣合稱。《禮記·文王世子》:"設四輔及三公。"西漢平帝元始元年後稱太師、太傅、太保、少傅爲四輔,位居三公上。

④謀猷:計謀、謀略。《書·文侯之命》:"亦惟先正克左右昭事厥辟,越小

大謀猷,罔不率從,肆先祖懷在位。"朔(yì),輔助。萬微:即"萬幾"。指帝王日常處理的紛繁的政務。《書‧皋陶謨》:"無教逸欲有邦,兢兢業業,一日二日萬幾。"孔傳:"幾,微也,言當戒懼萬事之微。"

⑤名遂身乃退:指大功告成之後,名位如願後,隱退不再作官。語出《老子》:"功成、名遂、身退,天之道。"

⑥焕青簡:即彪炳史册之意。焕,光亮、鮮明。《論語‧泰伯》:"焕乎!其有文章。"青簡:指圖書史籍。古代以竹簡爲書。《後漢書‧吳佑傳》:"欲殺青簡,以寫經書。"李賢注:"以火炙簡,令汗,取其青易書,復不蠹,謂之殺青,亦謂汗簡。"

⑦黄扉:古代丞相、三公、給事中等高官辦事的地方,以黄色塗門上,故稱。唐唐彦謙《賀李昌時禁苑新命》:"黄扉議政參元化,紫殿稱觴拂壽星。"

⑧仁里:仁者居住的地方。《論語‧里仁》:"里仁爲美"。何晏集解引鄭玄曰:"里者,民之所居,居於仁者之里,是爲美。"

⑨翬:羽毛五采的野雞。《爾雅‧釋鳥》:"伊洛而南,素質,五色皆備,成章,曰翬。"

⑩"晏宅"句:《左傳‧昭公三年》:"初,(齊)景公欲更晏子之宅,曰:'子之宅近市,湫隘囂塵,不可以居,請更諸爽塏者。'辭曰:'君之先臣容焉,臣不足以嗣之,於臣侈矣。且小人近市,朝夕得所求,小人之利也。敢煩里旅?'……及晏子如晋,公更其宅,反則成矣。既拜,乃毁之而爲裏室,皆如其舊。則使宅人反之。'且諺曰:"非宅是卜,唯鄰是卜。"二三子先卜鄰矣,違卜不祥。'"

⑪"丘牆"句:《論語‧子張》:"叔孫武叔語大夫於朝曰:'子貢賢於仲尼。'子服景伯以告子貢。子貢曰:'譬之宮牆,賜之牆也及肩,窺見室家之好。夫子之牆數仞,不得其門而入,不見宗廟之美,百官之富。'"

⑫玉徽:玉製的琴徽。亦爲琴的美稱。

⑬觀徼(jiào):觀其精妙。《老子》開篇:"故常無欲,以觀其妙;常有欲,以觀其徼。"

⑭三復:謂反復誦讀。晋陶潛《答龐參軍》詩序:"三復來貺,欲罷不能。"研幾:窮究精微之理。《易‧繫辭上》:"夫易,聖人之所以極深而研幾也。"

⑮私橐(tuó):私人的錢袋。

⑯蔀(bù)室:草席蓋頂之屋。泛指貧家幽暗簡陋之屋。

⑰君子機:原指弩牙。此指言行。《易·屯》:"六三,即鹿無虞,惟入于林中,君子機不如捨,往吝。"《易·繫辭下》:"言行,君子之樞機。"

⑱絳帳:師門、講席之敬稱。《後漢書·馬融傳》:"融才高博洽,爲世通儒,教養諸生,常有千數……居宇器服,多存侈飾。常坐高堂,施絳紗帳,前授生徒,後列女樂,弟子以次相傳,鮮有入其室者。"

⑲緇衣:用爲稱美官員好士。《詩·鄭風·緇衣》:"緇衣之宜兮,敝,予又改爲兮。適子之館兮,還,授予子之粲兮。……緇衣之蓆兮,敝,予又改爲作兮。適子之館兮,還,予授子之粲兮。"《詩序》謂係讚美鄭武公父子之詩;一説爲讚美武公好賢之詩。《禮記·緇衣》:"子曰:'好賢如《緇衣》,惡惡如《巷伯》。'"鄭玄注:"《緇衣》、《巷伯》皆《詩》篇名也……此衣緇衣者賢者也。"

⑳圖任:猶謀任。《書·盤庚》:"亦惟圖任舊人共政。"孔傳:"先王謀任久老成人,共治其政。"此句言帝方欲重任。

㉑東山歸:東山,借指隱居之地。據《晋書·謝安傳》載,謝安早年曾辭官隱居會稽之東山,經朝廷屢次徵聘,方從東山復出,官至司徒要職,成爲東晋重臣。

招劉伯壽秘監①

君自山中來,熟見山中事。我亦山中人,素懷歸山志。切望青牛車②,細問歸山計。

【編年】

熙寧六年(1073)冬判河陽日作。"素懷歸山志"正與文彦博罷歸樞密時之心態相符。兼以赴濟源祈雪時,同遊者有劉幾,故次於此。

【箋注】

①劉伯壽秘監:指劉幾,以秘書監致仕。劉幾(1008—1088),字伯壽,洛陽人。舉進士,范仲淹辟通判邠州。皇祐中,與狄青破儂智高,進皇城使、知涇州。歷爲太原、涇原、鄜州總管,召判三班院,又任秦鳳總管。英宗治平二年

（1065），知鄜州。神宗即位，知保州，治狀爲河北第一。以秘書監致仕。元豐三年，以知曉音律，召至太常定雅樂。自去官後，築室嵩山玉華峰下，號玉華庵主。元祐三年（1088）卒，年八十一。

②青牛車：指神仙道士之坐騎。《史記·老子韓非列傳》“於是老子乃著書上下篇，言道德之意五千餘言而去，莫知其所終”司馬貞索隱引漢劉向《列仙傳》：“老子西遊，關令尹喜望見有紫氣浮關，而老子果乘青牛而過也。”此指劉几乘所之車。劉几致仕後，寓居洛陽城中，每騎牛挾女奴五七輩，往來嵩山、少林寺之間，遇到得意之處，則傾壺引滿，自爲辭，使女奴共歌之。

題史館兵部傅君草堂①

羨君濟上墅，勝概不可名。泉石與松竹，聲影交相清。周牆數百堵，版築皆親營。箕尾出南極①，直對茅軒明。陶廬自愛樂②，蔣徑堪逢迎③。但恐赤松子④，到此難忘情。捨却留侯伴⑤，從吾林下行。

【編年】

熙寧六年（1073）判河陽任上作。按：時傅堯俞知河陽，不久，即赴徐州任。《宋史》卷三四一本傳有“徙許州、河陽、徐州，再歲，六移官，困於道路”。《景定建康志》卷一三：“（熙寧六年）二月二十九日，堯俞移知河陽。”

【箋注】

①史館兵部傅君：指傅堯俞。詩題后原注云：“欽之。”傅堯俞（1024—1091），宋鄆州須城人，徙居孟州濟源，字欽之。仁宗慶曆二年（1042）進士。嘉祐末爲監察御史，論事略無回隱。熙寧時言新法不便，忤王安石，除權鹽鐵副使，出爲河北轉運使，改知江寧府，徙知許州、河陽、徐州，兩年六移官。復坐事落職。哲宗嗣立，召除秘書少監兼侍講，累遷吏部尚書兼侍讀。元祐四年（1089），拜中書侍郎。元祐六年卒，謚獻簡。

②箕尾：星宿名。指箕宿和尾宿。《莊子·大宗師》：“傅説得之，以相武丁，奄有天下，乘東維，騎箕尾，而比於列星。”

③陶廬：陶潛的廬舍。借指隱者的居所。語出晋陶潛《飲酒》詩之五：“結廬在人境，而無車馬喧。”

④蔣徑：又稱“蔣生徑”。指稱隱者之所處。東漢蔣詡，哀帝時爲兖州刺史，廉直有名聲。王莽攝政，詡稱病免官，隱居鄉里。舍前竹下闢三徑，唯故人羊仲、求仲與之遊。唐錢起《秋夜寄袁中丞王員外》：“應憐蔣生徑，秋露滿蓬蒿。”

⑤赤松子：相傳爲晋代得道成仙的皇初平。據晋葛洪《神仙傳》載：丹溪人皇初平十五歲時外出牧羊，被道士攜至金華山石室中，四十餘年不復念家。其兄初起行山尋索，歷年不得。後經道士指引於山中見之。問羊何在，初平叱白石成羊數萬頭。初起乃棄家從初平學道，“共服松脂、茯苓，至五百歲，能坐在立亡，行於日中無影，而有童子之色。後乃俱還鄉里，親族死終略盡，乃復還去。初平改字爲赤松子，初起改字爲魯班”。

⑥留侯：指漢張良。《史記·留侯世家》：“願棄人間事，欲從赤松子遊耳。”

過燕川渡①

燕川東北孔山西②，借車直渡馬頭溪③。退之遊枋口詩云：“馬頭溪深不可厲〔一〕，借車載過水入箱。”農樵引路津不迷，行行引上青雲梯。回頭下視林木低，谷風泠泠山鳥啼。岩隈泉甘土仍肥④，昔人於斯卜幽棲⑤。春深芝术生新荑⑥，采芝茹术希夷齊⑦。諸公共遊不知疲，長吟吐氣如虹蜺⑧。水濱石上寫此詩，手拭蒼蘚脚踏泥。冒寒履險不憚辭，勉欲繼踵前賢題⑨。

【編年】

熙寧六年（1073）判河陽任上作。按：《文集》卷六《熙寧癸丑季冬十二月三日，某被旨謝雪於濟祠。已事，與秘書監劉几、光禄卿直史館張靖、太常少卿馮章、李潔巳、屯田郎中陳安期、秘書丞張端同遊枋口，泛舟沁水，至峴石而登岸，歷觀岩谷間前賢之題名。翌日，遊化成寺，以車渡沁，回入盤谷，窮覽山水之佳處,由燕川而歸。》熙寧癸丑,即熙寧六年(1073)。由詩中"諸公共遊不知疲"知當作於熙寧六年十二月第二次奉旨赴濟源祈雪日作。

【校勘】

〔一〕厲:明刻本、四庫本"遊"後,倒文而誤。傅校删"遊"後"厲"字補於"可"字後。句出韓愈《盧郎中云夫寄示送盤谷子詩兩章歌以和之》。厲:指涉水。戰國楚宋玉《大言賦》:"血沖天車,不可以厲。"

【箋注】

①燕川:在今河南濟源縣北。

②孔山:位於濟源縣城東北九公里處。爲太行山餘脈,東北陡峭臨沁河,白居易《遊枋口懸泉偶題石上》詩云:"孔山刀劍立,沁水龍蛇走"。

③馬頭溪:在今河南濟源縣西北。爲濟水下流。有六十餘泉,俱匯此溪。

④岩隈:深山曲折處。隋煬帝《秦孝王誄》:"扈駕仁壽,撫席岩隈。"

⑤幽棲:隱居。唐白居易《與僧智如夜話》:"懶鈍尤知命,幽棲漸得朋。"

⑥荑(tí):茅草的嫩芽。《詩·邶風·静女》:"自牧歸荑。"

⑦夷齊:伯夷、叔齊。喻高潔之人。漢司馬遷《史記·伯夷列傳》:"伯夷、叔齊,孤竹君之二子也。父欲立叔齊,及父卒,叔齊讓伯夷。伯夷曰:'父命也。'遂逃去。叔齊亦不肯立而逃之。……武王載木主,號爲文王,東伐紂。伯夷、叔齊叩馬而諫曰:'父死不葬,爰及干戈,可謂孝乎? 以臣弑君,可謂仁乎?'……武王已平殷亂,天下宗周,而伯夷、叔齊耻之,義不食周粟,隱於首陽山,采薇而食之。及餓且死,作歌。……遂餓死於首陽山。"

⑧虹蜺:彩虹。《爾雅·釋天》:"螮蝀,虹也。蜺爲挈貳。"疏:"虹雙出,色鮮盛者爲虹,雄曰虹;暗者爲雌,雌曰蜺。"

⑨繼踵:接踵,前後相接。《史記·范雎蔡澤列傳論》:"及二人羈旅入秦,繼踵取卿相。"

寄題密州超然臺①

莒侯之燕處②,層台逾十尋③。俯鎮千乘國④,前瞻九仙岑⑤。

勿作西州意⑥,姑爲東武吟⑦。名教有静樂⑧,紛華無動心。憑高肆遠目,懷往散沖襟⑨。琴觴興不淺,風月情更深。民被袴襦惠⑩〔一〕,境絶枹鼓音⑪。欲識超然意,鴒原賦擲金⑫。

【編年】

　　熙寧九年(1076)判大名府任上作。王宗稷《東坡年譜》:"熙寧九年,子瞻在密州任,寫《超然臺記》。"故詩繫於此年。

【校勘】

　　〔一〕被:原作"皮",據四庫本改。

【箋注】

　　①密州:北宋屬京東東路。今山東諸城。超然臺:古稱北臺。在諸城北城上。蘇軾任密州知州時,曾加以修茸,並改今名。

　　②"莒侯"句:莒侯:指蘇軾。密州屬縣有莒縣,莒縣乃古莒國。燕處:退朝而處;閑居。《禮記·經解》:"天子者,與天地參……其在朝廷,則道仁聖禮義之序;燕處,則聽雅頌之音。"

　　③尋:古代長度單位。一般爲八尺。《詩·魯頌·閟宮》:"是斷是度,是尋是尺。"

　　④千乘國:擁有一千輛兵車的國家。古代作戰用四匹馬拉着的兵車,所以春秋戰國時期國家的强弱和大小一般用兵車的數目來計算。此指密州。

　　⑤九仙岑:指九仙山。在今山東諸城西南。

　　⑥西州意:指思鄉之情。西州,指巴蜀地區。典出《後漢書·廉範傳》:"范父遭喪亂,客死於蜀漢,范遂流寓西州。"此指蘇軾的家鄉四川眉山。

　　⑦東武吟:《文選·嵇康〈琴賦〉》:"《東武》、《太山》……更唱迭奏,聲若自然。"李善注:"左思《齊都賦》注曰:'《東武》、《太山》皆齊之土風謠歌,謳吟之曲名也。'"後因以"東武"指齊地。密州屬齊地。

　　⑧名教:指以正名分、定尊卑爲主要内容的封建禮教和道德規範。孔子强調正名復禮。

　　⑨沖襟:曠淡的胸懷。唐王勃《七夕賦》:"矜雅范而霜厲,穆沖襟而煙眇。"

⑩袴襦惠：東漢廉範爲蜀郡太守，政治清明，百姓富庶，時人作歌頌揚之：“廉叔度，來何暮？不禁火，民安作。平生無襦，今五袴。”後遂用作爲對官吏惠民德政的稱頌。

⑪枹鼓：指報警之鼓。枹（fú），同“桴”。《漢書·張敞傳》：“張敞窮治所犯，或一人百餘發，盡行法罰。由是桴鼓稀鳴，市無偷盜，天子嘉之。”境絕枹鼓音，喻治安良好。此兩句爲稱讚蘇頌治理密州政清民富，百姓愛戴，天子嘉獎。

⑫鶺原賦擲金：鶺原，代稱兄弟。此謂蘇轍。《詩·小雅·常棣》：“脊令在原，兄弟急難。”脊令，即鶺鴒。本爲水鳥，今在高原，失其常處，比喻人逢急難。謂兄弟有急難須互相援助，亦如脊令失所，而飛鳴求類，不能相捨。鶺原賦，指蘇轍所作《超然臺賦》。擲金：“擲地金聲”的省稱。扔在地上，發出鐘磬般的聲音。形容辭章優美。語出《晋書·孫綽傳》：“嘗作《天台山賦》……以示友人范榮期，云：‘卿試擲地，當作金石聲也’”。此句稱讚蘇轍的《超然臺賦》辭章優美。

【附載】

蘇軾《和潞公超然臺次韻》：“我公厭富貴，常苦勳業尋。相期赤松子，永望白雲岑。清風出談笑，萬竅爲號吟。吟成超然詩，洗我蓬之心。嗟我本何人，麋鹿强冠襟。身微空志大，交淺屢言深。囑公如得謝，呼我幸寄音。但恐酒錢盡，煩公揮橐金。”

蘇軾《超然臺記》：“凡物皆有可觀。苟有可觀，皆有可樂，非必怪奇瑋麗者也。哺糟啜漓皆可以醉，果蔬草木皆可以飽。推此類也，吾安往而不樂？夫所爲求福而辭禍者，以福可喜而禍可悲也。人之所欲無窮，而物之可以足吾欲者有盡。美惡之辨戰乎中，而去取之擇交乎前，則可樂者常少，而可悲者常多。是謂求禍而辭福。夫求禍而辭福，豈人之情也哉？物有以蓋之矣。彼遊於物之内，而不遊於物之外。物非有大小也，自其内而觀之，未有不高且大者也。彼挾其高大以臨我，則我常眩亂反復，如隙中之觀鬥，又烏知勝負之所在？是以美惡横生，而憂樂出焉。可不大哀乎！

“余自錢塘移守膠西，釋舟楫之安，而服車馬之勞；去雕牆之美，而庇采椽之居；背湖山之觀，而行桑麻之野。始至之日，歲比不登，盜賊滿野，獄訟充斥，而齋廚索然，日食杞菊，人固疑余之不樂也。處之期年，而貌加豐，髮之白者，日以反黑。余既樂其風俗之淳,而其吏民亦安予之拙也,於是治其園圃,潔其庭宇,伐安丘、高密之木以修補破敗,爲苟完之計。而園之北,因城以爲臺者舊矣,稍葺而新之。時相與登覽,放意肆志焉。南望馬耳、常山,出没隱見,若近若遠,庶幾有隱君子乎?而其東則盧山,秦人盧敖之所從遁也。西望穆陵,隱然如城郭,師尚父、齊桓公之遺烈猶有存者。北俯濰水,慨然太息,思淮陰之功,而吊其不終。臺高而安,深而明,夏涼而冬温。雨雪之朝,風月之夕,余未嘗不在,客未嘗不從。擷園蔬,取池魚,釀秫酒,瀹脱粟而食之,曰:樂哉遊乎!

　　“方是時,余弟子由適在濟南,聞而賦之,且名其台曰超然。以見余之無所往而不樂者,蓋遊於物之外也。”①

樂府十首

塞下曲二首①

其　一

　　老上焚庭後②,昆邪右衽時③。休開小月陣④,罷禱拂雲祠⑤。徒覺筋竿勁⑥,寧聞羽檄馳⑦。祁連皆積雪,渠答夜應施⑧。

【箋注】

　　①塞下曲:唐新樂府“横吹曲辭”名。出自漢代《出塞》、《入塞》之曲。内容多寫邊塞將士的征戰生活。

　　②老上焚庭:指平定北方的少數民族。老上,本爲漢初匈奴單于名號。後用以泛指北方少數民族首領。《史記·匈奴列傳》:“冒頓死,子稽粥立,號曰‘老上單于’。”漢班固《封燕然山銘》:“躡冒頓之區落,焚老上之龍庭。”

　　③昆邪右衽:指北方的少數民族歸服。昆邪(hún yé),漢代匈奴之一部。又稱渾邪。居張掖(今甘肅張掖西北)一帶。首領特昆邪王,漢武帝時被驃騎

將軍霍去病所敗，喪師數萬，降漢。被封漯陰侯，食邑萬户。部衆被徙於隴西、北地、上郡、朔方、雲中五郡塞外，因其故俗爲五屬國。漢置都尉、丞、侯、千人等官治之。自此漢至西域道路暢通，隴西，北地，河西諸地稍安。右衽(rèn)，謂中夏風習。古代中原漢族服裝衣襟向右。《漢書·終軍傳》：“大將軍秉鉞，單于犇幕；票騎抗旌，昆邪右衽。”顔師古注：“右衽，從中國化也。”唐劉景復《夢爲吴泰伯作勝兒歌》：“麻衣右衽皆漢民，不省胡塵暫蓬勃。”此兩句謂匈奴歸服。

④小月陣：當即偃月陣。半月形的軍陣。古代軍隊作戰時的一種戰鬥隊形。部隊以中軍爲中心，左右兩翼前出，呈半圓形。《敦煌曲子詞·酒泉子》：“曾經長蛇偃月陣，一遍離通神鬼怕。”

⑤拂雲祠：唐時朔方軍北與突厥以河爲界，河北岸有拂云堆神祠，突厥如用兵，必先往祠祭酹求福。張仁願既定漠北，於河北築中、東、西三受降城以固守。此兩句即不再對突厥用兵之意。

⑥筋竿：泛指弓箭。《文選·鮑照〈出自薊北門行〉》：“羽檄起邊亭，烽火入咸陽。徵騎屯廣武，分兵救朔方。嚴秋筋竿勁，虜陣精且強。”

⑦羽檄：古代軍事文書，插鳥羽以示緊急，必須迅速傳遞。《史記·韓信盧綰列傳》：“陳豨反，邯鄲以北皆豨有，吾以羽檄徵天下兵，未有至者，今唯獨邯鄲中兵耳。”此句謂天下太平。

⑧渠答：鐵蒺藜。古代軍用障礙物。《漢書·晁錯傳》：“以便爲之高城深塹，具藺石，布渠答。”

其　二

朔漠凝寒久①，窮荒氣候賒②。凍雲藏虎谷③，殘雪滿龍沙④。地迥胡風急⑤，天高漢月斜。何人動鄉思，壠上聽金笳⑥。

【箋注】

①朔漠：北方沙漠地帶。《後漢書·袁安傳》：“今朔漠既定，宜令南單于反其北庭。”

②窮荒：絶塞；邊荒之地。唐岑參《與獨孤漸道別長句兼呈嚴八侍御》：“窮荒絶漠鳥不飛，萬磧千山夢猶懶。”賒：久長。

③虎谷:當指射虎谷(今甘肅天水西)。東漢建寧二年(169)夏凡亭山戰鬥後,羌眾東聚射虎谷。段熲帶兵一舉滅羌,殲一萬九千餘人,平定東羌。

④龍沙:一作龍堆,又名白龍堆。在今新疆羅布泊東、甘肅敦煌縣西。泛指中國古時的北部西部邊陲的漠野之地。《後漢書·班超傳》:"定遠慷慨,專功西遐,坦步蔥雪,咫尺龍沙。"

⑤胡風:北風。漢蔡琰《悲憤詩》:"處所多霜雪,胡風春夏起。"

⑥壟:高丘,高地。晋葛洪《抱朴子·勤求》:"夫搜尋仞之壟,求干天之木。"金笳:胡笳的美稱。漢代流行於塞北和西域的一種類似笛子的管樂器。漢李陵《答蘇武書》:"胡笳互動,牧馬悲鳴。"

折楊柳①

長憶都門外②,低垂拂路塵。更思南陌上③,攀折贈行人。行人經歲別④,楊柳逐年新。何當憑塞雁⑤〔一〕,重寄一枝春。

【校勘】

〔一〕憑:原作"逢",據四庫本改。相較意勝。

【箋注】

①折楊柳:漢樂府"橫吹曲辭"名。多寫傷春離別之情。

②都門:指漢長安城的宣平城門。《漢書·王莽傳下》:"兵從宣平城門入,民間所謂都門也。"顏師古注:"長安城東出北頭第一門。"此指東城,東邊的城垣。

③南陌:南邊的道路。漢唐時,東城、南陌常以指踏春遊賞,折柳送別之處。唐劉禹錫《楊柳枝詞》九首其二:"南陌東城春早時,相逢何處不依依?"宋晏殊《訴衷情》:"東城南陌花下,逢著意中人。"宋李清照《慶清朝·禁幄低張》:"東城邊,南陌上,正日烘池館,競走香輪。"

④經歲:一整年,或一年以上。

⑤塞雁:邊塞的大雁,雁是候鳥,秋天飛往南方,春天飛去北方。相傳漢蘇

武被拘於匈奴,曾借鴻雁傳書。因常以"塞雁"指代信使。

關山月^①

　　宕子久行役^②,遼西戍未還^③。佳人怨遥夜^④,清淚裛朱顏^⑤。蘚晦蘭閨寂^⑥,塵昏寶鑒閑^⑦。相思不相見,明月下關山^⑧。

【箋注】

　　①關山月:漢樂府"横吹曲辭"名。内容多寫邊塞士兵久戍不歸傷離怨別的情景。唐王昌齡《從軍行》之一:"更吹羌笛《關山月》,無那金閨萬里愁。"

　　②宕子:蕩子。指離鄉外遊,久而不歸之人。三國魏曹植《七哀》:"借問歎者誰,言是宕子妻。"唐劉長卿《别宕子怨》:"關山别宕子,風月守空閨。"

　　③遼西:指遼河以西的地區,今遼寧省的西部。此借指邊塞。《史記·匈奴列傳》:"燕亦築長城,自造陽至襄平。置上谷、漁陽、右北平、遼西、遼東郡以拒胡。"唐金昌緒《春怨》:"打起黄鶯兒,莫教枝上啼。啼時驚妾夢,不得到遼西。"

　　④遥夜:長夜。宋謝靈運《燕歌行》:"調弦促柱多哀聲,遥夜明月鑒帷屏。"

　　⑤裛:通"浥"。沾濕。晋陶潛《飲酒》:"裛露掇其英。"

　　⑥"蘚晦"句:謂少有人來,閨房的臺階都長苔蘚了。

　　⑦"塵昏"句:女爲悦己者容,無人欣賞,鏡子都懶得照,上面蒙了一層塵土。

　　⑧關山:關隘山嶺。《樂府詩集·横吹曲辭五·木蘭詩一》:"萬里赴戎機,關山度若飛。"

采蓮曲^①

江南秋色盡,江上早蓮芳。佳人采紅蕚^②,兩槳渡横塘^③。翳日華芝薄④,隨風錦綷長。蕩舟方自樂,綠水任沾裳。

【箋注】

①采蓮曲:漢樂府“清商曲辭”名。梁武帝蕭衍所制樂府《江南弄》七曲之一。内容多描繪江南地區的水國風光,及采蓮女的生活情態和相思離别之情。

②紅蕚:紅花。蕚,花蒂。唐韓愈《感春》詩之二:“蜂喧鳥咽留不得,紅蕚萬片從風吹。”

③橫塘:泛指水塘。前蜀牛嶠《玉樓春》詞:“春入橫塘摇淺浪,花落小園空惆悵。”

④翳日:遮蔽日光。漢傅毅《七激》:“流血丹野,羽毛翳日。”華芝:華蓋。《文選·揚雄〈甘泉賦〉》:“於是乘輿乃登夫鳳凰兮而翳華芝。”

夜夜曲①

明月流清漢②,娟娟照洞房③。微風吹敗葉,颯颯下銀床④。塵晦流黃素⑤,爐銷辟惡香⑥。年年機杼妾⑦,獨怨夜何長。

【箋注】

①夜夜曲:漢樂府“雜曲歌辭”名。《樂府詩集·雜曲歌辭·夜夜曲》宋郭茂倩題解:“《夜夜曲》,梁沈約所作也。《樂府解題》曰:‘《夜夜曲》,傷獨處也。’”内容多描寫思婦懷念情人徹夜不眠的愁悵。

②清漢:霄漢;天空。南朝梁沈約《高松賦》:“既梢雲於清漢,亦倒景於華池。”

③娟娟:明媚貌。洞房:深邃的内室。漢司馬相如《長門賦》:“懸明月以自照兮,徂清夜於洞房。”

④颯颯:象聲詞。《楚辭·九歌·山鬼》:“風颯颯兮木蕭蕭,思公子兮徒離憂。”

⑤流黃素:褐黄色的絹。流黄,古之色名。

⑥辟惡香:袪除惡氣的香料。南朝梁簡文帝《箏賦》:“影入著衣鏡,裙含辟惡香。”

⑦機杼妾：即織布的女子。杼：織布的梭子。

長相思①

遠別苦無悰②，離居常戚戚③。顧慕懷所歡④，徘徊彌自惜。瓊蕊不可采⑤，瑤華未堪摘⑥。惟憑尺錦書⑦，一寄長相憶。

【箋注】

①長相思：漢樂府"雜曲歌辭"名。出自漢《古詩》："客從遠方來，遺我一書札。上言長相思，下言久別離。"内容多寫思婦之情。

②無悰（cóng）：没有歡樂。南朝齊謝朓《遊東田》："戚戚苦無悰，攜手共行樂。"

③離居：散處；分居。唐宋之問《江南曲》："妾住越城南，離居不自堪。"戚戚：憂傷貌。

④顧慕：眷念愛慕；嚮往。南朝梁劉勰《文心雕龍·通變》："漢之賦頌，影寫楚世；魏之篇制，顧慕漢風。"

⑤瓊蕊：美稱白色的花。晋陸機《擬涉江采芙蓉》："上山采瓊蕊，窮谷饒芳蘭。"

⑥瑤華：傳説中的仙花。借指贈别。《楚辭·九歌·大司命》："折疏麻兮瑤華，將以遺兮離居。"

⑦尺錦書：書信。古人用一尺左右的錦緞寫作，故稱。唐陸龜蒙《東飛鳧》："裁得尺錦書，欲寄東飛鳧。"

陽春曲①

頗傷金管遽②，仍恨緹光促③。四序若迴圈④，百年如轉軸。佳人暮不歸，蘭苔春又緑⑤。空持緑綺琴⑥，愁弄陽春曲。

【箋注】

①陽春曲：漢樂府"清商曲辭"名。郭茂倩《樂府詩集》卷五〇："劉向《新

序·宋玉劉楚威王詞》曰：‘客有歌於郢中者，其始曰《下里巴人》，國中屬而和者千人。其爲《陽陵采薇》，國中屬而和者數百人。其爲《陽春白雪》，國中屬而和者，數十人而已也……’《樂府解題》曰：‘陽春，傷也。’”

②金管：亦作“金琯”。指金屬製的吹奏樂器。南朝梁沈約《四時白紵歌·秋白紵》：“白露欲凝草已黄，金琯玉柱響洞房。”

③緹光：指美好的時光。緹：橘紅色；淺絳色。

④四序：即四季。《魏書·律曆志上》：“然四序遷流，五行變易。”

⑤蘭苕：蘭花。泛指香草。唐杜甫《戲爲六絶句》之四：“或看翡翠蘭苕上，未掣鯨魚碧海中。”

⑥緑綺琴：司馬相如之琴。晋傅玄《琴賦序》：“楚王有琴曰繞梁，司馬相如有緑綺，蔡邕有焦尾，皆名器也。”

陌上桑①

佳人名莫愁②，采桑南陌頭。因來淇水畔，應過上宫遊③。貯葉青絲籠，攀條紫桂鉤。使君徒見問，五馬亦遲留④。

【箋注】

①陌上桑：漢樂府“相和歌辭”名。最早著録於《宋書·樂志》，題爲《豔歌羅敷行》。《玉台新詠》題爲《日出東南隅行》。《樂府詩集》收入《相和歌辭·相和曲》，題爲《陌上桑》。

②莫愁：古樂府中傳説的女子。詠美人之典。《樂府詩集》中南朝梁武帝《河中之水歌》：“河中之水向東流，洛陽女兒名莫愁。莫愁十三能織綺，十四采桑南陌頭。十五嫁爲盧郎婦，十六生兒字阿侯。盧家蘭室桂爲梁，中有郁金蘇合香。”

③上宫：男女約會的地方。《墉風·桑中》一章：“期我乎桑中，要我乎上宫，送我乎淇之上矣。”毛傳：“上宫，所期之地。”漢司馬相如《美人賦》：“朝發溱洧，暮宿上宫。”

④五馬：漢時太守乘坐的車用五匹馬駕轅，因借指太守的車駕。古辭《陌上桑》：“使君從南來，五馬立踟蹰。”

巫山高①

巫山高不極②,高與碧穹齊。朝雲常靄靄〔一〕,暮雨復淒淒。仿佛聞珠佩,依稀認繡袿③。無能留彼美,徒使夢魂迷。

【校勘】

〔一〕靄靄:原作"藹藹",據四庫本改。

【箋注】

①巫山高,漢樂府"鼓吹曲辭"名。吳兢《樂府古題要解》:"其詞大略言江淮水深,無梁可度,臨水遠望,思歸而已。若齊王融'想像巫山高'、梁范云'巫山高不極',雜以陽臺神女之事,無復遠望思歸之意也。"

②不極:没有盡頭。

③袿(guī):婦女的上衣。宋玉《神女賦序》:"被袿裳。"

律詩

御　溝

遠疏銀派浪①,深入帝王州。不爲朝丹禁②,何緣異衆流。冷穿平樂觀③,清繞景陽樓④。金屋嚴妝罷⑤,香波苑外收。

【編年】

天聖五年(1027)省試前作。原本題下注云:"已下三十八首鄉貢進士日投贄。"此三十八首詩則或爲篩選之舊作,或爲業鄉貢進士日所作。

【箋注】

①派:水的支流。晋左思《吳都賦》:"百川派別。"

②丹禁:帝王所居之紫禁城。宮殿以紅色塗飾地面與臺階,門户皆設禁,故稱。

③平樂觀:漢代宮觀名。亦作"平樂館"、"平樂苑"。漢高祖時始建,武帝增修,在長安上林苑。《漢書・武帝紀》:"元封六年夏,京師民觀角觝於上林平樂觀。"

④景陽樓:陳後主曾於金陵建景陽宮,宮中有景陽樓,極盡奢華。南朝元嘉末於華林園築景陽山,起樓其上曰"景陽樓"。在今江蘇南京市雞鳴山南古台城內。齊永明中,以后宮深邃不聞鼓漏聲,乃置催妝鐘於景陽樓,宮人聞鐘聲悉起妝飾以待。

⑤金屋:華美之屋。漢班固《漢武故事》:"膠東王(劉徹)數歲,(長)公主抱置膝上,問曰:'兒欲得婦否?'曰:'欲得。'長主指左右長御百餘人,皆云不用。指其女:'阿嬌好否?'笑對曰:'好。若得阿嬌作婦,當作金屋貯之。'"南朝梁柳惲《長門怨》:"無復金屋念,豈照長門心。"

【附載】

清王士禎《池北偶談》卷一四《談藝四・潞公詩》:"文潞公承楊、劉之後,詩學西崑,其妙處不減溫、李。五言如:'雲淡天迷楚,樓高地占秦。哀箏兩(按:《文集》卷四《見山樓小飲偶作》作"一")行雁,小字數鉤銀。巷陌三條月,池塘十步春。府門初夜閉,多少夜遊人。'(《見山樓》)'蘅薄頻牽望,楊(按:《文集》卷三《蘅皋》作"陽")林久駐鑣。香囊徒叩叩,雲月自苕苕。翠佩傳情密,微波托意遙。翩鴻漸高逝,翻恨隔神霄。'(《蘅皋》)'楊柳亭臺暮,梨花院落深。玉池波湛湛,珠幌影沉沉。遠思隨莊蝶,春懷怯雍琴。萱蘇不躕忿,擁鼻獨清吟。'(《深院》)'小檻風驚葉,幽庭露泫柯。芳塵千里遠,幽恨九回多。螢影穿簾押,蛩聲出砌莎。寸心無以寫,望月但長歌。'(《秋夕》)七言如:'小閣登臨春暮時,綺欄飛閣映遊絲。鶯喧曲檻韓馮樹,蘚晦幽庭貢禹綦。閑對碧雲吟桂水,狂思長袂宿蘭池。徘徊望斷江邊客,采得瑤華寄與誰。'(《登通山閣》)'獵遍蘭叢與桂枝,巢居未必有先期。靈臺十仞鳥隨轉,阿閣三重鳳豈知?度柳暗催蟬喈喈,出雲高送雁離離。漢宮玉樹知何限?爭忍重吟畫扇詩。'(《秋風》)'高樓閑背夕陽登,眇眇長懷不自勝。錦瑟有時聞北里,鈿車何日到西陵?地寒萱草猶難種,天遠瑤華豈易憑?多謝蘇門清嘯客,了無塵事染壺冰。'(《寓懷》)'縹帙青箱次第開,慨然英氣轉難裁。莫言每(按:《文集》卷三《閱史有感》作"美")事俱長往,須有清風屬後來。彈鋏始知皆瑣旅,枕戈方信是雄才。平生自信真非（按：《文集》卷三《閱史有感》作"菲"）薄，只是休容楚鴂媒。'（《閱史有感》）蘇文忠公常稱潞公長律無一字無考據，世猶未知其工妙如此。明内鄉李子田撰《藝圃集》，近石門吕莊生、吴孟舉撰《宋詩鈔》，皆遺潞公。予偶讀公集，摘録如右。"①

荷　花

　　翠羽亭亭蓋①，微障越鄂君②。錦書何日寄，繡被幾時薰？步穩非因學，絲輕未見棼③。唯愁容易散，盡作楚天雲。

【編年】

　　天聖五年（1027）省試前作。

【箋注】

　　①翠羽亭亭蓋：飾以翠羽的車蓋。此指荷葉。

　　②越鄂君：即子晳，楚王母弟。美男子。劉向《説苑·善説》："君獨不聞夫鄂君子晳之泛舟於新波之中也？乘青翰之舟，極蒻芘，張翠蓋而檢犀尾，班麗褂衽。會鐘鼓之音畢，榜枻越人擁楫而歌……鄂君子晳曰：'吾不知越歌，子試爲我楚説之。'於是乃召越譯，乃楚説之曰：'今夕何夕攀中洲流，今日何日兮，得與王子同舟。蒙羞被好兮，不訾詬恥，心幾頑而不絶兮，知得王子。山有木兮木有枝，心説君兮君不知。'於是鄂君子晳乃揄修袂，行而擁之，舉繡被而覆之。"此用美男子越鄂君喻荷花。

　　③棼（fén）：紛亂。《左傳·隱公四年》："猶治絲而棼之也。"

讀漢史二首

其　一

　　漢室方中圮①，咸京欲半蕪②〔一〕。鬢墀傾馭娑③〔二〕，齯齒笑

---

　　①　（清）王世禎：《池北偶談》下，清代史料筆記叢刊，北京：中華書局 1982 年版，第 324—325 頁。

諸于④。未暇平青犢⑤，旋聞奉赤符⑥。貨泉誠妄改⑦，天命本難渝。

【編年】

天聖五年（1027）省試前作。

【校勘】

〔一〕半：原作“伴”，據四庫本改。

〔二〕髤：原作“霖”，據四庫本改。髤（xiū）墀：黑漆塗飾的臺階。即“玄墀”。髤，赤黑色。墀，臺階。

【箋注】

①中圮（pǐ）：中途衰敗。《晉書·趙王倫傳論》：“乾耀以之暫傾，皇綱於焉中圮。”

②咸京：原指秦代京城咸陽。後人常用以借指長安。

③駊（sà）娑：漢宮殿名。《漢書·揚雄傳上》：“穿昆明池象滇河，營建章、鳳闕、神明、駊娑。”顏師古注：“殿名也。”

④齯（ní）齒：老人齒落復生。古人認爲是長壽的表現。此指老年人。《爾雅·釋詁》：“黃髮、齯齒……壽也。”諸于：漢代女子的大袖衣。形制上服如袿，即下垂者上寬下窄，袖子很大。《正字通·衣部》：“衧，諸衧，即諸于，今俗呼披風敞袖是也。”《後漢書·光武帝紀》：“（更始元年）九月庚戌，三輔豪桀共誅王莽，傳首詣宛。更始將北都洛陽，以光武行司隸校尉，使前整修宮府。於是置僚屬，作文移，從事司察，一如舊章。時三輔吏士東迎更始，見諸將過，皆冠幘，而服婦人衣，諸于繡鑷，莫不笑之，或有畏而走者。”

⑤青犢：新莽末年河北地區較爲强大的一支農民起義軍。東漢光武帝建武三年（27）爲劉秀所鎮壓。《東觀漢記·鄧禹傳》：“今山東未安，赤眉、青犢之屬，動以萬數。”後泛稱農民起義軍。

⑥赤符：新莽末年讖緯家所造符籙，謂劉秀上應天命，當繼漢統爲帝。後亦泛指帝王受命的符瑞。《後漢書·光武帝紀上》：“光武先在長安時同舍生强華自關中奉赤伏符，曰‘劉秀發兵捕不道，四夷雲集龍斗野，四七之際火爲主’。群臣因復奏曰：‘受命之符，人應爲大，萬里合信，不議同情，周之白魚，曷

足比焉？今上無天子，海内淆亂，符瑞之應，昭然著聞，宜答天神，以塞群望。’”

⑦貨泉：王莽時貨幣名。《漢書·食貨志下》：“天鳳元年，復申下金銀龜貝之貨，頗增減其賈直。而罷大小錢，改作貨布……直貨泉二十五。貨泉徑一寸，重五銖，文右曰‘貨’，左曰‘泉’，枚直一，與貨布二品並行。”

其　二

久吏皆黃髮①，頻年困赤眉②。忽逢司隷屬，重睹漢官儀③。謳詠皆欣合，民靈共樂推。區區塞囂輩④，猶不悟天時。

【箋注】

①黃髮：老人髮白，久而變黃，因以黃髮代稱高壽老人。《詩·魯頌·閟宫》五章：“黃髮台背，壽胥以試。”

②赤眉：亦作赤糜。指漢末以樊崇等爲首的農民起義軍。因以赤色塗眉爲標志，故稱。泛指農民起義軍。《漢書·王莽傳下》：“赤眉樊崇等衆數十萬人入關，立劉盆子，稱尊號。”

③“忽逢”二句：事見《後漢書·光武帝紀》：“（更始元年）九月庚戌，三輔豪桀共誅王莽，傳首詣宛。更始將北都洛陽，以光武行司隷校尉，使前整修宫府。……時三輔吏士東迎更始，見諸將過，皆冠幘，而服婦人衣，諸于繡䊷，莫不笑之，或有畏而走者。及見司隷僚屬，皆歡喜不自勝。老吏或垂涕曰：‘不圖今日復見漢官威儀！’由是識者皆屬心焉。”司隷屬：指司隷校尉。此指光武帝。漢武帝時始置，本爲糾察緝捕特别重大案件而設，後乃察舉京城官民及附近各郡一切犯法者，其職權頗爲龐大。自東漢始，漸變爲郡以上之督察官，統河南、河内、右扶風、左馮翊、京兆、河東、弘農七郡。漢代司隷校尉威權特重，專道而行，專席而坐，除三公以外，皆得糾彈，與尚書令、御史中丞號三獨坐。

④塞囂：指隗囂，少時跛足，故稱塞囂。字季孟，天水成紀人。王莽末隴西地區的割據者。東漢初，曾佐助劉秀出擊赤眉軍，光武帝命爲西州大將軍，令伐公孫述，不從。公孫述在蜀稱帝，隗囂叛漢歸蜀，述以爲朔寧主。光武帝劉秀親征，隗囂奔西域，恚憤而卒。見《後漢書·隗囂傳》。後因以“隗囂”代指叛亂者。《後漢書·五行志一》：“王莽末，天水童謡曰：‘出吳門，望緹群。見一塞人，言欲上天；令天可上，地上安得民！’時隗囂初起兵於天水，後意稍廣，

欲爲天子,遂破滅。囂少病塞。吴門,冀郭門名也。緹群,山名也。"

西　晉

馬圉言雖驗[1],鼋毛事亦奇[2]。紫薇才遍植〔一〕,白刃已交馳。星麥應無酒[3],私蛙尚有廩[4]。銅駝休反袂[5],何救黍離離[6]。

【編年】

天聖五年(1027)省試前作。

【校勘】

〔一〕紫薇:原作"紫微"。據詩意,此指紫薇花。

【箋注】

①馬圉:養馬的人。晉王嘉《拾遺記》卷九:羌人姚馥字世芬,武帝爲撫軍時,充厩養馬。好讀書,嗜酒,戲笑滑稽無窮。好啜濁糟,常言渴於醇酒,群輩呼爲渴羌。晉武踐位,擢爲朝歌邑宰,馥醉曰:"老羌異域之人,遠隔山川,得遊中華,已爲殊幸,請辭朝歌之縣長,充養馬之役,時賜美酒,以樂餘年。"帝曰:"朝歌紂之故都,地有美酒,故使老羌,不復呼渴。"馥於階下高聲而對曰:"馬圉老羌,漸染皇化,今若歡酒池之樂,更爲殷紂之民乎?"帝撫玉幾大悦,即遷酒泉太守,地有清泉,其味若酒。馥乘醉而拜受之。

②鼋毛:指海鼋毛。古代曾有海鼋毛出,天下亂的傳説。《晉書·張華傳》:"惠帝中,人有得鳥毛長三丈,以示華。華見,慘然曰:'此謂海鼋毛也,出則天下亂矣。'"

③星麥:典出《拾遺記》:"張華有九醖酒,以三薇漬麴蘖,蘖出西羌,麴出北胡。胡中有指星麥,四月火星出,麥熟而獲之蘗。用水漬麥三夕而萌芽,平旦雞鳴而用之,俗人呼爲雞鳴麥。以之釀酒,醇美。久含,令人齒動,若大醉。不叫笑揺動,令人肝腸消爛,俗人謂之消腸酒。或云醇酒,可爲長宵之樂,兩説同而事異也。閭里歌曰:'寧得醇酒消腸,不與日月齊光。'"

④私蛙:晉惠帝昏庸愚暗,嘗在華林園聽到蛙聲,謂左右曰:"此鳴者爲官乎? 私乎?"或對曰:"在官地爲官,在私地爲私。"帝曰:"若是官蛙,可給廩。"

及天下荒亂,百姓餓死,曰:“何不食肉糜?”見《晋書·惠帝紀》。後因以“晋惠聞蛙”喻愚蒙寡識。

⑤銅駝:《晋書·索靖傳》:“靖有先識遠量,知天下將亂,指洛陽宮門銅駝,歎曰:‘會見汝在荆棘中耳!’”後因以“銅駝荆棘”指山河殘破、世族敗落或人事衰頹。反袂:用衣袖拭淚。形容哭泣。《孔子家語·辯物》:“反袂拭面,涕泣沾衿。”

⑥黍離:《詩》篇名。《詩·王風·黍離序》:“《黍離》,閔宗周也。周大夫行役,至於宗周,過故宗廟宮室,盡爲禾黍,閔周室之顛覆,彷徨不忍去而作是詩也。”後遂用作感慨亡國之詞。《詩·黍離》:“彼黍離離,彼稷之苗。行邁靡靡,中心搖搖。知我者,謂我心憂,不知我者,謂我何求。悠悠蒼天,此何人哉!”

玉階樹①

亭亭依玉砌,鬱鬱盡瓊枝。璧月夜雖照②〔一〕,金風秋更吹③。陳宮惟是唱④,漢殿只應悲⑤。似有君軒戀⑥,歲寒終不移⑦。

【編年】

天聖五年(1027)省試前作。

【校勘】

〔一〕璧:原作“壁”,據四庫本改。

【箋注】

①玉階樹:宮怨題材。南朝梁江淹《擬班婕妤詠扇》:“竊恐涼風至,吹我玉階樹。君子恩未畢,零落在中路。”出自玉階怨。玉階怨是漢樂府“相和歌辭”曲名。現存最早的此題詩是南齊謝朓所作:“夕殿下珠簾,流螢飛復息。長夜縫羅衣,思君此何極!”據說,漢成帝班婕妤失寵後,退居長信宮,作《自悼賦》,有“華殿塵兮玉階苔”之句,謝朓取之以作《玉階怨》。

②璧月:如璧的圓月。對月亮的美稱。南朝梁簡文帝《慈覺寺碑序》:“龍星啓曜,璧月儀天。”

③金風:秋風。《文選・張協〈雜詩〉》:"金風扇素節,丹霞啓陰期。"李善注:"西方爲秋而主金,故秋風曰金風也。"

④陳宮:《隋書・音樂志上》:"陳後主嗣位,耽荒於酒,視朝之外,多在宴筵。尤重聲樂。於清樂中造《玉樹後庭花》等曲,綺豔相高,極於輕薄,男女和唱,其音甚哀。後世視爲亡國之曲。"

⑤班婕妤:西漢女文學家,班固祖姑。少有才學,漢成帝時被選入宮,立爲婕妤,及成帝見趙飛燕而悦之,班婕妤失寵。鴻嘉三年爲趙飛燕所譖,恐久將被害,求供養太后於長信宮。作賦自傷,辭極哀婉。成帝死,婕妤充奉園陵,卒。今存《怨歌行》(亦稱《團扇歌》)、《搗素賦》、《自悼賦》,抒寫失寵被冷落后宫的苦悶之情。鍾嶸稱其"詞旨清捷,怨深文綺"。

⑥君軒戀:拉車的馬捨不得離開車子。謂感恩不忍離去。軒,指軒車。語出南朝宋鮑照《代東武吟》:"棄席思君幄,疲馬戀君軒。"

⑦歲寒:喻忠貞不屈的節操(或品行)。語出《論語・子罕》:"歲寒,然後知松柏之後凋也。"《資治通鑑・陳宣帝太建十二年》:"梁主奕葉委誠朝廷,當相與共保歲寒。"

無　題①

　　西陵何限柏②,一一勝瑶華。幾縱青絲騎③,多逢油壁車④。香囊猶未致⑤,春帶已成賒⑥。莫作雲間月⑦,願親梁上霞。

【編年】

　　天聖五年(1027)省試前作。

【箋注】

　　①無題:晚唐李商隱的創造。在古代詩歌中,詩人別有寄託,不願或不便於標明事題,故意用"無題"名篇。李商隱的《無題》詩大多數是寫愛情的,以至後人常把"無題詩"當作愛情詩的別名。

　　②西陵:陵墓名。南朝齊錢塘名妓蘇小小的墓。唐李賀《蘇小小墓》:"西陵下,風吹雨。"唐羅隱《江南行》:"西陵路邊月悄悄,油壁輕車蘇小小。"何限:

多少，幾何。前蜀韋莊《和人春暮書事寄崔秀才》："不知芳草情何限？只怪遊人思易傷。"

③青絲騎：指騎青驄馬的人。青絲，指馬韁繩。

④油壁車：以油塗飾車壁，一般爲女子所乘。爲詠蘇小小的典故。《玉臺新詠》卷一〇《錢塘蘇小小歌》："妾乘油壁車，郎騎青驄馬。何處結同心，西陵松柏下。"

⑤香囊：盛香料的小囊。常用作定情之物。三國魏繁欽《定情》："何以致叩叩，香囊繫肘後。"

⑥春帶：指衣帶。束衣的帶子。《古詩十九首·行行重行行》："相去日已遠，衣帶日已緩。"宋柳永《鳳棲梧》詞："衣帶漸寬終不悔，爲伊消得人憔悴。"賒：與"緩"、"寬"的意思一樣。意即爲伊而消瘦，衣帶漸顯寬。

⑦雲間月：喻高潔而難以接近的女子。《宋書·樂志》載《白頭吟》："皚如山上雪，皎若雲間月。聞君有兩意，故來相決絶。"

贈市隱者①

穀帔絳綃頭②，牆東隱儈牛③。閑門甘骯髒④，薄俗重伊優⑤。有頄寧須拂⑥，無資可用遊。故人雖茜斾⑦，那復問前騶⑧。

【編年】

天聖五年（1027）省試前作。

【箋注】

①市隱：指隱居於城市。語出《晉書·鄧粲傳》："夫隱之爲道，朝亦可隱，市亦可隱。隱初在我，不在於物。"

②穀帔（hú pèi）：縐紗披肩。穀，縐紗。《戰國策·齊策四》："王之憂國愛民，不若王愛尺穀也。"綃頭：古代平民的頭巾，以一幅布從後向前在額上打結，再環繞髻後，由於綃頭是平民之服，因此古人常以帶綃頭表示不做官。《後漢書·獨行傳》："（向栩）少爲書生，性卓詭不倫……好被髮著絳綃頭。"

③牆東隱儈牛：用後漢王君公儈牛自隱之典。《後漢書·逢萌傳》："初，

萌與同郡徐房、平原李子云、王君公相友善,並曉陰陽,懷德穢行。房與子云養徒各千人,(王)君公遭亂獨不去,儈牛自隱。時人謂之論曰:‘避世牆東王君公。’”王君公遭逢王莽之亂,隱遁在牛市上作經紀人,人稱“避世牆東王君公”。後因指隱於市井。儈:俗稱經紀人。

④閉門甘骯髒:典出《後漢書・趙壹列傳》:“趙壹字元叔,漢陽西縣人也。體貌魁梧,身長九尺,美鬚豪眉,望之甚偉。而恃才倨傲,爲鄉黨所擯……又作《刺世疾邪賦》,以舒其怨憤。曰:‘……河清不可俟,人命不可延。順風激靡草,富貴者稱賢。文籍雖滿腹,不如一囊錢。伊優北堂上,抗髒倚門邊。’”骯髒:亦作“抗髒”,高亢正直的樣子。

⑤伊優:“伊優亞”的省語。語出《後漢書・趙壹列傳》。後用以譏諷逢迎詔媚的人,謂其説話無定見,迎合人意而言。

⑥有頍(kuǐ):戴弁貌。即戴着皮帽。《詩・小雅・頍弁》:“有頍者弁,實維伊何。”毛傳:“頍,弁貌。”

⑦茜旆:紅旗。高官所用。唐薛能《除夜作》:“茜旆猶雙節,雕盤又五辛。”

⑧前騶:在前引路的僕從。宋徐鉉《奉和宮傅相公懷舊見寄四十韻》:“不遣前騶訪野逸,別尋逋客互招延。”

山中隱者

塵中久絶跡①,谷口自忘機②。草屩淩晨出,柴車向夕歸。磴泉濡蕙帶③,徑竹敗荷衣④。借問何爲者,山中嘗采薇⑤。

【編年】

天聖五年(1027)省試前作。

【箋注】

①塵中:用“京洛風塵”之典。形容人們追逐功名利禄。此指煩囂塵世。《文選・陸機〈爲顧彦先贈婦〉》:“辭家遠行遊,悠悠三千里,京洛多風塵,素衣化爲緇。修身悼憂苦,感念同懷子。”

②忘機：消除機巧之心。常用以指淡泊隱居。唐王勃《江曲孤鳧賦》：“爾乃忘機絕慮,懷聲弄影。”

③磴泉：石階邊的泉流。磴,石臺階。蕙帶：以香草作的佩帶。《楚辭·九歌·少司命》：“荷衣兮蕙帶,儵而來兮忽而逝。”

④荷衣：代指隱士的衣服。語出屈原《離騷》：“進不入以離尤兮,退將復修吾初服。制芰荷以爲衣兮,集芙蓉以爲裳。”

⑤采薇：指歸隱。《史記·伯夷列傳》載,周武王滅殷之後,“伯夷、叔齊恥之,義不食周粟,隱於首陽山,采薇而食之”。

偶作示同志①

隱几清吟久②,投瓢浩歎頻③。如何爵舉日④,猶是傳還人⑤。膠葛終當戾⑥,洿塗偶未伸⑦。苦嫌家監傲,殊不厚田仁⑧。

【編年】

天聖五年(1027)省試前作。

【箋注】

①同志：志趣相同；志趣相同的人。《後漢書·劉陶傳》：“所與交友,必也同志。”

②隱几：憑着几案。《孟子·公孫丑下》：“隱几而卧。”

④投瓢：唐代詩人唐求酷耽吟調,氣韻清新,每動奇趣,工而不僻,皆達者之詞。所行覽不出二百里間,無秋毫世慮之想。有所得,即將稿撚爲丸,投大瓢中,或成聯片語,不拘長短,數日後足成之。後卧病,投瓢於錦江,望而祝曰：“兹瓢倘不淪没,得之者始知吾苦心耳。”瓢泛至新渠,有識者見曰：“此唐山人詩瓢也。”扁舟接之,得詩數十篇。求初未嘗示人,至是方競傳。

③爵舉：任官。《禮記·樂記》：“刑禁暴,爵舉賢,則政均矣。”

⑤傳還人：典出《漢書·終軍傳》：“初,軍從濟南當詣博士,步入關,關吏予軍繻。軍問：‘以此何爲？’吏曰：‘爲復傳,還當以合符。’軍曰：‘大丈夫西遊,終不復傳還。’棄繻而去。”

⑥膠葛:交錯紛亂貌。《楚辭·遠遊》:"騎膠葛以雜亂兮,斑漫衍而方行。"戾:通"捩"。扭轉。

⑦洿(wū)塗:污泥。漢班固《答賓戲》:"振拔洿塗,跨騰風雲。"伸:展現;抒。唐杜甫《寄李十二白二十韻》:"聲名從此大,汩没一朝伸。"

⑧家監:猶家臣。《史記·田叔列傳》:"(任安、田仁)此二人家貧,無錢用以事將軍家監,家監使養惡齧馬。"田仁:西漢武帝時陘城(今河北定縣)人。田叔之子。初以壯勇爲衛青舍人,從擊匈奴。後爲刺史巡刺於三河諸郡,武帝以爲能,升京輔都尉,月餘又遷司直。

夜　思

明河秋耿耿①,小閣夜愔愔②。魯酒不成醉③,洛生唯是吟④。簟涼初卷玉⑤,爐暖乍薰金。默坐終無寐,西窗月影沉。

【編年】

天聖五年(1027)省試前作。

【箋注】

①明河:天河,銀河。唐宋之問《明河篇》:"明河可望不可親,願得乘槎一問津。"耿耿:明亮貌。《文選·謝朓〈暫使下都夜發新林至京邑贈西府同僚〉》:"秋河曙耿耿,寒渚夜蒼蒼。"

②愔愔(yīn):幽深寂静的樣子。

③魯酒:魯國出産的酒。味淡薄。後作爲薄酒、淡酒的代稱。北周庾信《哀江南賦》序:"楚歌非取樂之方,魯酒無忘憂之用。"

④洛生唯是吟:洛生詠即指洛陽書生帶鼻濁音的吟詠。爲文人雅量與風度的典故。東晉因謝安能作洛生詠,名士皆仿效,一時盛行洛生詠。南朝宋劉義慶《世說新語·雅量》:"謝安望階趨席,方作洛生詠,諷'浩浩洪流'。"劉孝標注引南朝宋明帝《文章志》:"安能作洛下書生詠,而少有鼻疾,語音濁。後名流多斅其詠,弗能及,手掩鼻而吟焉。"

⑤"簟涼"二句:當作"玉簟涼初卷,金爐暖乍薰"解。簟(diàn),供坐卧用

的竹席。

華　月

　　皎皎新秋月,分明照洞房。幾人千里别,今夜九回腸①。皓彩穿珠幌②,澄輝上璧璫③〔一〕。畫樓兼繡户,渾是可憐光④。

【編年】

　　天聖五年(1027)省試前作。

【校勘】

　　〔一〕璫:原作"璧",據四庫本改。

【箋注】

　　①九回腸:愁腸反復翻轉。比喻憂思鬱結難解。語出漢司馬遷《報任少卿書》:"是以腸一日而九回。"

　　②皓彩:皎潔的月光。唐李群玉《臘夜雪霽月彩交光奉寄江陵副使杜中丞》:"月華臨霽雪,皓彩射貂裘。"幌:簾幔。

　　③澄輝:明亮的月光。南朝宋謝莊《月賦》:"升清質之悠悠,降澄輝之藹藹。"璧璫:屋椽上的裝飾。唐白居易《渭村退居》:"宿露凝金掌,晨暉上璧璫。"

　　④可憐:可愛。《玉台新詠·無名氏古詩〈爲焦仲卿妻作〉》:"東家有賢女,自名秦羅敷。可憐體無比,阿母爲汝求。"

閑齋偶作

　　鼓吹盡私蛙①,蓬蒿蔣徑斜②。梧高惟待鳳③,柳密只容鴉。度暑巾裁縠④,迎涼帳卷紗。茂陵無奈渴⑤,猶有鎮心瓜⑥。

【編年】

　　天聖五年(1027)省試前作。

【箋注】

①鼓吹:比喻蛙鳴聲。唐楊收《詠蛙》:"兔邊分玉樹,龍底耀銅儀。會當同鼓吹,不復問官私。"私蛙:晋惠帝昏庸愚暗,嘗在華林園聽到蛙聲,謂左右曰:"此鳴者爲官乎? 私乎?"見《晋書·惠帝紀》。

②蔣徑:稱隱者之所處。東漢蔣詡,哀帝時爲兗州刺史,廉直有名聲。王莽攝政,詡稱病免官,隱居鄉里。舍前竹下闢三徑,唯故人羊仲、求仲與之遊。唐錢起《秋夜寄袁中丞王員外》:"應憐蔣生徑,秋露滿蓬蒿。"

③梧高惟待鳳:古代以爲梧桐是鳳凰棲止之木。《莊子·秋水》:"夫鵷鶵發於南海,而飛於北海,非梧桐不止。"《詩·大雅·卷阿》:"鳳凰鳴矣,于彼高岡。梧桐生矣,於彼朝陽。"

④"度暑"句:當作"裁縠巾度暑,卷紗帳迎涼"解。

⑤茂陵:漢司馬相如病免後家居茂陵,後因用以指代司馬相如。司馬相如患消渴病。《史記·司馬相如傳》:"相如口吃而善著書。常有消渴疾,與卓氏婚,饒於財。其進仕宦,未嘗肯與公卿國家之事,稱病閑居,不慕官爵。"

⑥鎮心瓜:語出《南史·儒林傳·鄭灼傳》:"灼性精勤,講授多苦心熱。若瓜時,輒偃臥,以瓜鎮心,起便誦讀,其篤志如此。"

詠　箏

別院秋仍静①,高堂夜更閑②。繁絲移寶柱③,數曲奏陽關④。好薦瓊筵上⑤,長親黼座間⑥。野王雖後出,無復謝東山⑦。

【編年】

天聖五年(1027)省試前作。

【箋注】

①別院:多院落建築群中,正宅周圍之宅院。

②高堂:高大的廳堂。晋左思《蜀都賦》:"置酒高堂,以御嘉賓。"

③繁絲:細碎而急促的樂聲。唐韋應物《酒肆行》:"繁絲急管一時合,他

壚鄰肆何寂然。"寶柱:古代箏、琴、瑟等彈撥樂器的弦柱。五代尹鶚《江城子》詞:"寶柱秦箏彈向晚,弦促雁更思量。"

④陽關:古曲《陽關三疊》的省稱。琴譜以唐王維《送元二使安西》詩爲主要歌詞,並引申詩意,增添詞句,抒寫離別之情。因全曲分三段,原詩反復三次,故稱"三疊"。後泛指送別之曲。唐李商隱《飲席戲贈同舍》:"唱盡《陽關》無限疊,半杯松葉凍頗黎。"

⑤薦:佐酒興。瓊筵:喻珍美的筵席。

⑥黼座:帝座。天子座後設黼扆,故名。元袁桷《次韻正旦會朝詩》:"香擁袞龍開黼座,風回笙鶴舞鈞天。"

⑦"野王"二句:言東晉桓伊撫箏而歌諷諫孝武帝事。晉代音樂家桓伊小字野王,不但以善吹笛聞名於世,而且又善彈箏。後因以"野王箏"用爲詠彈箏的典故。《晉書·桓伊傳》:"時謝安女婿王國寶專利無檢行,安惡其爲人,每抑制之。……於是國寶讒諛之計稍行於主相之間。而好利險詖之徒,以安功名盛極,而構會之,嫌隙遂成。帝召伊飲宴,安侍坐。帝命伊吹笛。伊神色無迕,即吹爲一弄,乃放笛云:'臣於箏分乃不及笛,然自足以韻合歌管,請以箏歌,並請一吹笛人。'帝善其調達,乃敕御妓奏笛。伊又云:'御府人於臣必自不合,臣有一奴,善相便串。'帝彌賞其放率,乃許召之。奴既吹笛,伊便撫箏而歌《怨詩》曰:'爲君既不易,爲臣良獨難。忠信事不顯,乃有見疑患。周旦佐文武,《金縢》功不刊。推心輔王政,二叔反流言。'聲節慷慨,俯仰可觀。安泣下沾衿,乃越席而就之,捋其鬚曰:'使君於此不凡!'帝甚有愧色。"謝東山:指東晉謝安。謝安曾隱居會稽上虞縣之東山,因稱。

對　雪

同雲方靄靄①,瓊屑已瀌瀌②。陌迥皆連璐③,臺高盡結瑤④。羽樽深酌桂⑤,碭壁暖塗椒⑥。誰念牛衣客⑦,袁扉困一瓢⑧。

【編年】

天聖五年(1027)省試前作。

【箋注】

①同雲:濃密的冬雲。謂陰雲竟天,同爲一色。《詩·小雅·信南山》:"上天同雲,雨雪雰雰。"靄靄:雲煙密集貌。晋陶潛《停雲》:"靄靄停雲,濛濛時雨。"

②瓊屑:玉屑。此以喻雪。唐白居易《對火玩雪》:"銀盤堆柳絮,羅袖搏瓊屑。"瀌瀌:雨雪盛貌。《詩·小雅·角弓》:"雨雪瀌瀌,見晛見消。"

③連璐:成串的玉。此喻指鋪滿雪的路面。《文選·謝惠連〈雪賦〉》:"於是台如重壁,逵似連璐。"

④結瑶:結滿美玉。喻指高臺堆滿了雪。

⑤"羽樽"二句:當作"羽樽酌桂深,碭壁塗椒暖"解。羽樽:古代酒器。又作"羽爵"、"羽觴",鳥形。桂:此指桂花酒。桂花浸製的酒。借指美酒。

⑥碭:有花紋的石頭。《文選·何晏〈景福殿賦〉》:"墉垣碭基,其光昭昭。"塗椒:以花椒子和泥塗壁,取溫暖、芬芳、多子之義。

⑦牛衣客:指貧寒之士。漢班固《漢書·王章傳》:"初,章爲諸生學長安,獨與妻居。章疾病,無被,卧牛衣中,與妻訣,涕泣,其妻呵怒之。……及爲京兆,欲上封事,妻又止之曰:'人當知足,獨不念牛衣中涕泣時耶?'"

⑧袁扉:此句用東漢袁安卧雪之典。謂賢士能堅貞自守,亦用爲詠雪之典。《後漢書·袁安列傳》注引晋周斐《汝南先賢傳》:"時大雪積地丈餘,洛陽令身出案行,見人家皆除雪出,有乞食者。至袁安門,無有行路。謂安已死,令人除雪入户,見安僵卧。問何以不出。安曰:'大雪人皆餓,不宜干人。'令以爲賢,舉爲孝廉。"一瓢:詠賢者陋居清貧生活之典。《論語·雍也》:"子曰:'賢哉,回也! 一簞食,一瓢飲,在陋巷,人不堪其憂,回也不改其樂。賢哉,回也!'"

旭　日

乍出扶桑海①,如輪隱半規②。未晞盤上露③,已側檻中葵④。赫奕晨霞映⑤,空蒙曉霧披⑥。君看可憐處,偏在照梁時。

【編年】

天聖五年(1027)省試前作。

【箋注】

①扶桑海:指湯谷或咸池。日出處。扶桑,神話中的樹名。《山海經·海外東經》:"湯谷上有扶桑,十日所浴,在黑齒北。"郭璞注:"扶桑,木也。"《淮南子·天文》:"日出於暘谷,浴於咸池,拂於扶桑,是謂晨明。"

②半規:半圓形。借指太陽。南朝宋謝靈運《遊南亭》:"密林含餘清,遠峰隱半規。"

③盤上露:漢武帝迷信神仙,於建章宮築神明臺,立銅仙人舒掌捧銅盤承接甘露,冀飲以延年。《漢書·郊祀志上》:"其後又作柏梁、銅柱、承露仙人掌之屬矣。"顏師古注:"《三輔故事》云:建章宮承露盤高二十丈,大七圍,以銅爲之。上有仙人掌承露,和玉屑飲之。"

④檻中葵:漢樂府《長歌行》:"青青園中葵,朝露待日晞。"

⑤赫奕:光輝顯耀貌。漢陳琳《武軍賦》:"聲訇隱而動山,光赫奕以燭夜。"

⑥空蒙:同"空濛"。混濛迷茫的樣子,形容煙嵐。南朝齊謝朓《觀朝雨詩》:"空濛如薄霧,散漫似輕埃。"

秋　望

遠目仍秋望,依依江上楓①〔一〕。煙濤寒颭白,霜葉亂翻紅②。列岫晴霞外③,遵鴻晚照中④。羈懷同屈宋⑤,倚立恨無窮。

【編年】

天聖五年(1027)省試前作。

【校勘】

〔一〕楓:原作"風",據四庫本改。後有"霜葉亂翻紅"之句,故"楓"勝。

【箋注】

①依依:隱約可辨貌。晋陶潛《歸園田居》:"曖曖遠人村,依依墟裏煙。"

②"煙濤"二句:當作"白煙濤寒飐,紅霜葉亂翻"解。寒飐(zhǎn):顫動。

③列岫:群峰。

④遵鴻:指順渚而飛的鴻雁。語出《詩·豳風·九罭》:"鴻飛遵渚。"唐上官儀《奉和潁川公秋夜》:"涸浦落遵鴻,長飆送巢燕。"

⑤羈懷:羈旅的情懷。唐司空曙《殘鶯百囀歌》:"謝朓羈懷方一聽,何郎閑詠本多情。"屈宋:戰國後期楚屈原和宋玉的合稱。二人均爲楚辭代表作家,故並稱屈宋。屈原,楚國賢臣,被讒放逐,因作《離騷賦》。宋玉,繼屈原之後的楚辭作家。宋玉在《九辯》中悲秋色蕭瑟,後人常以此渲染秋景或寫秋思。宋玉《九辯》:"悲哉!秋之爲氣也!蕭蕭兮草木搖落而變衰。憭栗兮若在遠行,登山臨水兮送將歸。泬寥兮天高而氣清,寂寥兮收潦而水清。"

詠　苔

綿綿上釣磯①,漠漠擁閑扉②。石面風梳髮,垣根雨濯衣③。不將凡卉雜,還與俗塵違。謝砌曾成詠④,深嚴近紫微⑤。

【編年】

天聖五年(1027)省試前作。

【箋注】

①綿綿:連續不斷貌。釣磯:釣魚時坐的岩石。北周明帝《貽韋居士詩》:"坐石窺仙洞,乘槎下釣磯。"

②漠漠:瀰漫貌。唐韓愈《同水部張員外曲江春遊》:"漠漠輕陰晚自開,青天白日映樓臺。"閑扉:少有人開的門。

③"石面"二句:當作"風梳石面髮,雨濯垣根衣"解。石髮,苔藻類植物。生水邊石上。《初學記》卷二七晋周處《風土記》:"石髮,水苔也,青綠色,皆生於石也。"垣衣:牆上背蔭處所生的苔蘚植物。覆蔽如人之衣,故名。南朝齊王朓《藥名》:"石蠶終未蠒,垣衣不可裳。"

④謝砌曾成詠:南朝齊謝朓《直中書省》:"紅藥當階翻,蒼苔依砌上。"

⑤紫微:中書省。唐開元元年改中書省爲紫微省。

詠　柳

帶緩何曾縮①,眉長未見愁②。青青緣御路,鬱鬱映金溝。亂絮淩空蕩,繁絲逐吹流。傳聞隋水上,千樹擁迷樓③。

【編年】

天聖五年(1027)省試前作。

【箋注】

①帶緩:衣帶舒緩。形容柳條細長柔軟的姿態。

②眉長:形容柳葉如長長的眉。

③迷樓:隋煬帝所建樓名。故址在今江蘇省揚州市西北郊。唐馮贄《南部煙花記·迷樓》:"迷樓凡役夫數萬,經歲而成。樓閣高下,軒窗掩映,幽房曲室,玉欄朱楯,互相連屬。帝大喜顧左右曰:'使真仙遊其中亦當自迷也。'故云。"

玉　梁①

玉梁千丈駕澄流,曾與群仙爛熳遊。丹桂扶疏應近月②,紫苔漫没幾經秋。濛濛五里皆金霧,岌岌三休是寶樓③。此地回驂時一望,世間塵土盡蜉蝣④。

【編年】

天聖五年(1027)省試前作。

【箋注】

①玉梁:石橋的美稱。唐張説《石橋銘》:"玉梁架回,碧沼涵空。"

②丹桂:桂樹的一種,皮赤色。唐白居易《有木詩八首》之八:"有木名丹桂,四時香馥馥。"扶疏:枝葉茂盛紛披的樣子。晉陶潛《讀山海經》:"孟夏草木長,繞屋樹扶疏。"

③岌岌:高貌。《楚辭·離騷》:"高余冠之岌岌兮,長余佩之陸離。"三休:此指高樓。漢賈誼《新書·退讓》:"翟王使使至楚,楚王欲誇之,故饗客於章華之臺上。上者三休而乃至其上。"南朝梁何遜《七召·宫室》:"步三休而未半,途中宿而方迷。"

④蜉蝣:蟲名。幼蟲生活在水中,成蟲褐綠色,有四翅,生存期極短。喻微小的生命。

幽　蘭

燕姞夢魂唯是見①,謝家庭户本來多②。好將緑葉親芳穗,莫把清芬借敗荷。避世已爲騷客佩③,繞梁還入郢人歌④。雖然九畹能香國⑤,不奈三秋鶺鴒何⑥。

【編年】

天聖五年(1027)省試前作。

【箋注】

①燕姞(jí)夢魂:典出《左傳·宣公三年》,鄭文公有賤妾曰燕姞,夢天使與己蘭。天使説:我是伯鯈,是你的祖先,把蘭花作爲你的兒子,因爲"蘭有國香",只要佩帶它,別人就會像愛它一樣地愛你。"既而文公見之,與之蘭而御之……生穆公,名之曰蘭"。燕姞因夢天使予自己蘭花,因而得以侍寝鄭文公,並受孕生穆公。

②"謝家"句:用"謝庭蘭玉"之典。喻優秀子弟。《晋書·謝安傳》:"(謝玄)少穎悟,與從兄朗俱爲叔父安所器重。安嘗戒約子侄,因曰:'子弟亦何豫人事,而正欲使其佳?'諸人莫有言者。玄答曰:'譬如芝蘭玉樹,欲使其生於庭階耳。'"

③騷客佩:詩人的佩飾。屈原《離騷》:"扈江離與辟芷兮,紉秋蘭以爲佩。"

④繞梁:形容歌聲極其動人,仿佛久久在耳邊回蕩。典出《列子·湯問》:"昔韓娥東之齊,匱糧,過雍門,鬻歌假食。既去,而餘音繞梁欐,三日不絶。"郢

人歌:楚人之歌。《文選·宋玉〈對楚王問〉》:"客有歌於郢中者,其始曰《下里巴人》,國中屬而和者數千人;其爲《陽阿》、《薤露》,國中屬而和者數百人;其爲《陽春》、《白雪》,國中屬而和者不過數十人;引商刻羽,雜以《流徵》,國中屬而和者不過數人而已。是其曲彌高,其知彌寡。"

⑤九畹:借指蘭花。《楚辭·離騷》:"余既滋蘭之九畹兮,又樹蕙之百畝。"王逸注:"十二畝曰畹。"

⑥三秋:七月爲孟秋,八月爲仲秋,九月爲季秋,合稱三秋。鵜鴂(tí jué):杜鵑鳥。《楚辭·離騷》:"恐鵜鴂之先鳴兮,使夫百草爲之不芳。"

寄友包兼濟拯①〔一〕

締交何止號如龍,發篋疇年絳帳同②。方領聚遊多雅致③,幅巾嘉論有清風④。名高闕里二三子⑤,學繼臺城百六公⑥。每策事則生之條疏常多。別後愈知琨氣大⑦,可能持久在江東⑧。生惠詩有"枕戈待旦"之句。

【編年】

天聖五年(1027)省試前作。

【校勘】

〔一〕友:四庫本作"友人"。

【箋注】

①包拯(999—1062),字希仁,廬州合肥人(今屬安徽),天聖五年(1027)舉進士。歷知池州,徙江寧府,召權知開封府,遷右司郎中。權御史中丞。劾三司使張方平、宋祁,後拯以樞密直學士、權三司使。拜樞密副使。謚孝肅。《宋史》卷三一六有傳。由詩句知,包拯年輕時號"兼濟"。

②發篋:此謂讀書。疇年:往年。絳帳同:謂在同一師門讀書。絳帳,師門、講席之敬稱。《後漢書·馬融傳》:"融才高博洽,爲世通儒,教養諸生,常有千數……居宇器服,多存侈飾。常坐高堂,施絳紗帳,授生徒,後列女樂,弟子以次相傳,鮮有入其室者。"

③方領:儒者之服,借指儒者。

④幅巾:古代男子以全幅細絹裹頭的頭巾。後裁出脚即稱襆頭。借指未仕之平民。《後漢書·逸民傳·韓康》:"及見康柴車幅巾,以爲田叟也,使奪其牛。"宋李上交《近事會元·襆頭巾子》:"今宋朝所謂頭巾,乃古之幅巾,賤者之服。"清風:清惠的風化。《文選·張衡〈東京賦〉》:"清風協於玄德,淳化通於自然。"薛綜注:"清惠之風,同於天德。"

⑤闕里:傳爲孔子授徒之所。闕里在今山東曲阜城内闕里街。因有兩石闕,故名。孔子曾在此講學。後建有孔廟,幾占全城之半。《孔子家語·七十二弟子解》:"顔由,顔回父,字季路。孔子始教學於闕里,而受學,少孔子六歲。"借指文彦博和包拯讀書之處。二三子:對門下弟子之稱。《論語·陽貨》:"子曰:'二三子,偃之言是也,前言戲之耳。'"此句言包拯之令名高於當年讀書的學堂中的諸位同門。

⑥臺城:六朝時的禁城。在今江蘇南京市雞鳴山南乾河沿北。宋洪邁《容齋續筆·臺城少城》:"晋宋間謂朝廷禁省爲臺,故稱禁城爲臺城。"唐劉禹錫《金陵五題·臺城》:"臺城六朝競豪華,結綺臨春事最奢。"百六公:南朝梁張綰之諢號。《南史·張綰傳》:"綰字孝卿,少與兄纘齊名。湘東王繹嘗策之百事,綰對闕其六,號爲'百六公'。"此句言包拯每策事則條疏甚多。

⑦琨氣大:此以西晋劉琨比包拯。劉琨字越石,中山魏昌(今河北無極)人。《晋書·劉琨傳》:"琨少負志氣,有縱橫之才,善交勝己,而頗浮誇。與范陽祖逖爲友,聞逖被用,與親故書曰:'吾枕戈待旦,志梟逆虜,常恐祖生先吾著鞭。'"

⑧"可能"句:以包拯比劉琨。江東:三國時孫權建都於建康,故又稱孫吳統治下的全部地區爲江東。永嘉之亂,晋室南遷,建國建康。一日,都督王敦於新亭設宴,請司徒王導、周凱,太尉劉琨飲宴,商討朝政。席間,劉琨説:"吾儕分當捐軀赴難,以全忠節……盡心竭力,期復大仇,不可苟且歲月,坐失事機。"王敦説:"方今劉(曜)石(勒)盛强,難與爲敵,只宜畫江固守,以保宗社。"劉琨反對王敦畫江爲界"作自守虜"的思想。因劉琨素懷收復故土之志,故言豈能長久在江東。

公 子

甲第峨峨爵觀前①，射回微岸鵔鸃冠②〔一〕。錦韉飛鞚丹砂埒③，蜜炬流膏紫玉盤④〔二〕。狐尾單衣常裹麝⑤，虎頭雙綬鎮薰蘭⑥。閑馳便面章臺陌⑦，里巷兒童逐彈丸。

【編年】

天聖五年（1027）省試前作。

【校勘】

〔一〕射：原作“對”，據宋百家詩存本改。漢司馬相如《子虛賦》：“掩翡翠，射鵔鸃。”

〔二〕蜜：四庫本作“密”。

【箋注】

①甲第：本謂封侯者的住宅。後泛指貴顯的宅第。《史記·武帝本紀》：“賜列侯甲第。”爵觀：當指“三爵觀”，東漢上林苑二十五觀之一。

②鵔鸃（jùn yí）：鳥名，即錦雞。此指冠名。《史記·佞幸列傳》：“故孝惠時，郎、侍中皆冠鵔鸃，貝帶。”

③韉：馬鞍下的襯墊。《木蘭辭》：“東市買駿馬，西市買鞍韉。”鞚（kòng）：馬勒。《隋書·陳茂傳》：“高祖將挑戰，茂固止不得，因捉馬鞚。”此指馳馬。南朝宋鮑照《擬古》詩之一：“獸肥春草短，飛鞚越平陸。”埒（liè）：矮牆。北周庾信《三月三日華林園馬埒》：“馬如明月對珊，馬似浮雲向埒。”

④蜜炬：指蠟燭。

⑤麝：指麝香，一種香料。

⑥虎頭雙綬：綬帶是漢代官員身份的一個重要標識。用絲帶編織成的，平常繫在腰間，根據官品不同而分別爲不同的顏色花紋。也可以盛在囊中。囊上往往繡有虎頭紋樣，用金銀帶鉤掛在腰帶側面，所以也叫它虎頭綬囊。

⑦“閑馳”句：用東漢張敞之典。《漢書·張敞傳》：“敞無威儀，時罷朝會，過走馬章臺街，使御史驅，自以便面拊馬。”便面：本指形近於扇但前端顯平的

遮面物。不欲見人,以此自障面,則得其便,故呼便面。章臺:漢長安街名。

寓　懷

高樓閑背夕陽登,緲緲長懷不自勝①〔一〕。錦瑟有時聞北渚②,鈿車何日到西陵③。地寒萱草猶難種④,天遠瑤華豈易憑。多謝蘇門清嘯客⑤,了無塵事染壺冰⑥。

【編年】

天聖五年(1027)省試前作。

【校勘】

〔一〕緲緲:原作"眇眇"。據宋百家詩存本改。四庫本作"渺渺"。意皆可通。緲緲:高遠隱約貌。渺渺:悠遠貌。《管子·内業》:"渺渺乎如窮無極。"

【箋注】

①長懷:遐想悠思。漢劉向《九歎·遠逝》:"情慨慨而長懷兮,信上皇而質正。"

②錦瑟:漆有織錦紋的瑟。唐李商隱《錦瑟》:"錦瑟無端五十弦,一弦一柱思華年。"北渚:北面的水涯。《楚辭·九歌·湘君》:"鼂騁騖兮江皋,夕弭節兮北渚。"

③鈿車:用金寶嵌飾的車子。唐白居易《潯陽春·春來》:"金谷蹋花香騎入,曲江碾草鈿車行。"西陵:陵墓名。南朝齊錢塘名妓蘇小小的墓。唐羅隱《江南行》:"西陵路邊月悄悄,油壁輕車蘇小小。"

④萱草:植物名。俗稱金針菜、黄花菜。古人以爲種植此草,可以使人忘憂,因稱忘憂草。漢蔡琰《胡笳十八拍》:"對萱草兮憂不忘,彈鳴琴兮情何傷。"

⑤蘇門清嘯客:"蘇門嘯"指嘯詠。亦比喻高士的情趣。典出《晋書·阮籍傳》:"籍嘗於蘇門山遇孫登,與商略終古及棲神導氣之術。登皆不應,籍因長嘯而退。至半嶺,聞有聲若鸞鳳之音,響乎岩谷,乃登之嘯也。"

⑥了無:全無;毫無。壺冰:比喻人高潔的品格、情懷。南朝宋鮑照《代白

頭吟》:"直如朱絲繩,清如玉壺冰。"

時 興

綸巾短袖迎涼服①,繭犢笨車乘興遊②。豈謂煙霞生曠達,只緣塵土倦伊優③。更無傾蓋將誰共④,縱有吹雕不我留⑤。曾過酒壚唯獨醉,幰前猶恨欠三騶⑥。

【編年】

天聖五年(1027)省試前作。

【箋注】

①綸巾:冠名。古代用青色絲帶做的頭巾。一說配有青色絲帶的頭巾。相傳三國蜀諸葛亮在軍中服用,故又稱諸葛巾。

②繭犢:牛犢。《北史·外戚傳序》:"繭犢引大車,弱質任厚棟。"

③伊優:"伊優亞"的省語。用以譏諷逢迎諂媚的人,謂其說話無定見,迎合人意而言。

④傾蓋:車上的傘蓋靠在一起。借言知己。《史記·魯仲連鄒陽列傳》:"諺曰:'白頭如新,傾蓋如故。'何則?知與不知也。"《孔子家語·致思》:"孔子之郯,遭程子於塗,傾蓋而語終日,甚相親。"

⑤吹雕:"吹影鏤塵"的省語。吹影子,雕塵埃。比喻不見形迹。語出《關尹子·一字》:"言之如吹影,思之如鏤塵,聖智造迷,鬼神不識。"

⑥"曾過"二句:語出《梁書·謝幾卿傳》:"因詣道邊酒壚,停車褰幔,與車前三騶對飲。時觀者如堵,幾卿處之自若。"幰,車帷。騶,古時掌管養馬,並管駕車的人。

暑中言事 分得華字

薰飆獵獵度融紗①,赫日流金樹影斜②。寢簟冷便鋪蒻葉③,

門裾輕愛曳橦華④。仙盤想挹三危露⑤,靈漢思乘八月槎⑥。雪霰冰丸猶長物⑦,鎮心堪笑茂陵瓜⑧。

【編年】

天聖五年(1027)省試前作。

【箋注】

①薰飆:即薰風。和暖的風。指初夏時的東南風。唐白居易《首夏南池獨酌》:“薰風自南至,吹我池上林。”獵獵:象聲詞。南朝宋鮑照《上潯陽還都道中》:“鱗鱗夕雲起,獵獵晚風遒。”融紗:馬融的絳紗帳。《後漢書·馬融傳》:“融才高博洽,爲世通儒,教養諸生,常有千數。涿郡盧植,北海鄭玄,皆其徒也。善鼓琴,好吹笛,達生任性,不拘儒者之節。居宇器服,多存侈飾。常坐高堂,施絳紗帳,前授生徒,後列女樂,弟子以次相傳,鮮有入其室者。”

②赫日:紅日。前蜀韋莊《上春詞》:“瞳朧赫日東方來,禁城煙暖蒸青苔。”流金:謂高温熔化金屬。形容氣候酷熱。晋陸機《演連珠》之四九:“臣聞理之所開,力所常達;數之所塞,威有必窮。是以烈火流金不能焚景,沈寒凝海不能結風。”

③莲葉:此指蘄州莲葉簟,即蘄竹所製竹席。唐白居易《寄李蘄州》:“笛愁春盡梅花裹,簟冷秋生莲葉中。”

④門裾:“王門曳裾”的省語。《文選·鄒陽〈上書吳王〉》:“今臣盡知畢議,易精極慮,則無國而不可奸;飾固陋之心,則何王之門,不可曳長裾乎?”橦華:木本棉花。此指橦花布。漢代雲南哀牢山區的哀牢人,以橦樹花絮紡織而成的細棉布。“其華柔如絲,以爲布,幅廣五尺以還,潔白不受污。”

⑤仙盤:指漢武帝建鑄銅仙人承露盤,承接天上甘露,和玉屑飲服,以求得仙道長生。三危露:詠露之典。語出《吕氏春秋·本味》:“水之美者,三危之露。”

⑥靈漢:即雲漢天河。八月槎:傳說中八月裏按期通往天河的船筏。晋張華《博物志》卷一〇:“舊説云天河與海通。近世有人居海渚者,年年八月有浮槎去來,不失期。”

⑦長物:多餘的東西。《世説新語·德行》:“王恭從會稽還,王大(忱)看之,見其坐六尺簟,因語恭:‘卿東來故應有此物,可以一領及我。’恭無言,大去

後,即舉所坐者送之,既無餘席,便坐薦上。後大聞之,甚驚,曰:'吾本謂卿多,故求耳。'對曰:'丈人不悉恭,恭作人無長物。'"唐白居易《銷暑》:"眼前無長物,窗下有清風。"

⑧鎮心瓜:詠瓜之典。《南史·鄭灼傳》:"灼性精勤,講授多苦心熱。若瓜時,輒偃卧,以瓜鎮心,起便誦讀,其篤志如此。"

初　曙

漢宮金掌露淋漓①,椒殿裝梅欲罷時②。宿靄空濛昏繡桷③〔一〕,曉暾依約上文榱④。九苞威鳳猶棲閣⑤,三匝驚烏尚繞枝⑥。玉女窗虛蓮燭謝⑦,西南金魄隱殘規⑧。

【編年】

天聖五年(1027)省試前作。

【校勘】

〔一〕桷:四庫本作"榻"。相較"桷"勝。桷:方的椽子。《詩·魯頌·閟宮》:"松桷有舄,路寢孔碩。"此以"繡桷"對"文榱"。

【箋注】

①漢宮金掌:《漢書·郊祀志上》:"(武帝)其後又作柏梁、銅柱、承露仙人掌之屬。"注引《三輔故事》:建章宮承露盤高二十丈,大七圍,以銅爲之,上有仙人掌承露,和玉屑飲之。"

②椒殿:原指后妃居住的宮殿。借指后妃。唐杜牧《八六子》詞:"辭恩久歸長信,鳳帳蕭疏,椒殿閑扃。"裝梅:即化梅妝。相傳南朝宋武帝之女壽陽公主,人日卧於含章殿簷下,有梅花落在額上,揮之不去。宮女們都學著把梅花貼在額上,後來就成爲婦女的一種妝飾,稱"梅花妝"。後因以"梅妝"指女子的妝飾。前蜀牛嶠《紅薔薇》:"若綴壽陽公主額,六宮爭肯學梅妝。"

③宿靄:夜霧。

④曉暾(tūn):初升的太陽。《楚辭·九歌·東君》:"暾將出兮東方,照吾檻兮扶桑。"文榱(pī):繪有畫紋的連簷木,在椽之端。

⑤九苞威鳳:九苞是鳳的九種特徵。後爲鳳的代稱。《初學記》卷三十引《論語摘衰聖》:"鳳有六像九苞……九苞者:一曰口包命;二曰心合度;三曰耳聽達;四曰舌詘伸;五曰彩色光;六曰冠矩州;七曰距鋭鉤;八曰音激揚;九曰腹文户。"

⑥三匝驚烏:語出三國曹操《短歌行》:"月明星稀,烏鵲南飛。繞樹三匝,何枝可依?"

⑦玉女窗:泛指女子的閨房。相傳漢武帝遊宿嵩山,於窗中見一仙女。唐李商隱《和友人戲贈二首》之一:"仙人掌冷三霄露,玉女窗虚五夜風。"

⑧金魄:月亮。唐白居易《首夏同正校遊開元觀》:"待月杯行遲,須臾生金魄。"規:指日月之形。《文選·謝靈運〈遊南亭〉》:"密林含餘清,遠峰隱半規。"

和人留題華清宫温泉①

玉唾神遊接漢京②,朝元金碧照天明③。香波淺鬥龍原潤④,炎液深涵雁鷟清⑤。狎獵亂光浮藻井⑥,穹隆長影浸雕楹⑦。聖皇勤儉無西豫⑧,輦路經春煙草平〔一〕。

【編年】

天聖五年(1027)省試前作。

【校勘】

〔一〕路:四庫本作"輅"。輦路:天子車駕所經的道路。《文選·班固〈西都賦〉》:"輦路經營,修除飛閣。"輦輅:北魏天興中所製輦車。形制近輅車,故稱。由詩句之"經春煙草平"知"輦路"勝。

【箋注】

①華清宫:唐離宫名。位於新豐縣(今陝西臨潼縣)驪山西北麓。唐貞觀十八年(644),太宗詔將作大匠閻立德營建驪山宫殿,賜名湯泉宫,咸亨二年(671),高宗更其名爲温泉宫。唐玄宗取"温泉毖湧而自浪,華清蕩邪而難老"之意,定名爲華清宫。

②玉唾:出言如美玉。喻傑作、佳句。宋謝逸《寄隱居士》:"家藏玉唾幾千卷,手校韋編三十秋。"

③朝元:指朝元閣。唐代閣名。在陝西省臨潼縣驪山。唐李商隱《華清宮》:"朝元閣迥《羽衣》新,首按昭陽第一人。"

④龍原:當指龍首原。唐長安城北、渭水以南高地。相傳秦時有黑龍從南山北行,頭入渭水,尾達樊川,其龍首處因成土山,故取名龍首原。唐代的大明宮和禁苑皆建於原上。

⑤雁甃(zhòu):以磚石等砌壘的雁形池壁。唐白居易《官舍內新鑿小池》:"中底鋪白沙,四隅甃青石。"

⑥狎獵:眾飾繽紛貌。《文選·張衡〈南都賦〉》:"琢琱狎獵金銀琳琅。"藻井:又叫天井。是我國傳統建築中頂棚上的一種裝飾處理。一般做成方形、矩形、多邊形或圓形等的凹面,上面有各種花紋、雕刻和繪畫。因此,藻井實際是一種高級天花板。唐李白《明堂賦》:"藻井彩錯以舒蓬,天窗赮翼而銜霓。"

⑦穹隆:長曲貌。漢張衡《西京賦》:"閣道穹隆。"

⑧聖皇:指宋仁宗。西豫:指前往西方的華清宮遊樂。

秋風吟

獵遍蘭叢與桂枝,巢居未必有先期①。靈臺十仞烏隨轉②,阿閣三重鳳豈知③?度柳暗催蟬嘒嘒④,出雲高送雁離離⑤。漢宮玉樹知何限⑥,爭忍重吟畫扇詩⑦?

【編年】

天聖五年(1027)省試前作。

【箋注】

①巢居:謂上古或邊遠之民於樹上築巢而居。晉張華《博物志》卷三:"南越巢居,北朔穴居,避寒暑也。"

②"靈臺"句:《三輔黃圖·臺榭》:"長安宮南有靈臺高十五仞……有相

風銅烏遇風乃動。"唐盧照鄰《失群雁》:"欲隨石燕沉湘水,試逐銅烏繞帝臺。"

③阿閣:指屋子四面有簷溜的樓閣,是古代最考究的宮殿式建築。《文選·古詩〈西北有高樓〉》:"交疏結綺窗,阿閣三重階。"李善注:"《書中候》曰:'昔黃帝軒轅,鳳皇巢阿閣。'《周書》曰:'明堂咸有四阿。'然則閣有四阿謂之阿閣。四阿即古代宮殿宗廟采用的四面坡屋頂建築形式。

④嘒嘒:象聲詞。蟬鳴聲。晋陸機《擬明月皎夜光》:"翻翻歸雁集,嘒嘒寒蟬鳴。"

⑤離離:井然有序貌。隋虞世基《講武賦》:"始軒軒而鶴翠,遂離離以雁行。"

⑥漢宫玉樹:槐樹的別名。《三輔黃圖·漢宫》:"甘泉谷北岸有槐樹,今謂玉樹,根幹盤峙,三二百年木也。"何限:多少,幾何。

⑦争忍:怎麼忍心。古方言。畫扇詩:指班婕妤《團扇詩》:"新裂齊紈素,皎潔如霜雪,裁爲合歡扇,團圓似明月。出入君懷袖,動摇微風發。常恐秋節至,涼飆奪炎熱。棄捐篋笥中,恩情中道絶。"

閲史有感

縹帙青箱次第開①,慨然英氣轉難裁。莫言美事俱長往,須有清風屬後來②。彈鋏始知皆瑣旅③〔一〕,枕戈方信是雄才④。平生自況真菲薄⑤,只是休容楚鴆媒〔二〕。

【編年】

天聖五年(1027)省試前作。

【校勘】

〔一〕瑣:原作"鎖",據四庫本改。瑣旅:即旅瑣。旅居困頓。語出《易·旅》:"旅瑣瑣斯其所取災。"

〔二〕媒:原作"謀",據四庫本改。較勝。楚鴆(zhèn)媒:戰國楚屈原《離騷》:"望瑶臺之偃蹇兮,見有娀之佚女。吾令鴆爲媒兮,鴆告余以不好。"王逸

注:"鴆羽有毒,可殺人,以喻讒佞賊害人也。"用爲小人陷害之典。

【箋注】

①縹帙:淡青色帛做成的書外的封套,也指書卷。青箱:收藏書籍字畫的箱籠。《宋書·王准之傳》:"曾祖彪之……博聞多識,練悉朝儀,自是家世相傳。並諳江左舊事,緘之青箱。"

②清風:清惠的風化。晋夏侯湛《三國名臣序贊》:"喪亂備矣,勝塗未隆,先生標之,振起清風。"

③彈鋏(jiá):用馮諼彈鋏之典。《戰國策·齊策四》:"齊人有馮諼者,貧乏不能自存,使人屬孟嘗君,願寄食門下。……居有頃,倚柱彈其劍,歌曰:'長鋏歸來乎! 食無魚。'左右以告。孟嘗君曰:'食之,比門下之客。'居有頃,復彈其鋏,歌曰:'長鋏歸來乎! 出無車。'左右皆笑之,以告。孟嘗君曰:'爲之駕,比門下之車客。'……後有頃,復彈其劍鋏,歌曰:'長鋏歸來乎! 無以爲家。'左右皆惡之,以爲貪而不知足。孟嘗君問:'馮公有親乎?'對曰:'有老母。'孟嘗君使人給其食用,無使乏。於是馮諼不復歌。"鋏是劍柄,此處代指寶劍。此句言想到戰國時孟嘗君食客馮諼彈着寶劍而歌的故事,方知很多人都曾困頓潦倒過。

④枕戈:用晋之名將劉琨枕戈待旦之典。晋劉琨與祖逖(字士雅)爲友,知道祖逖已被朝廷任用,寫信給親友説:"吾枕戈待旦,志梟逆虜。"後以"枕戈待旦"喻隨時準備戰鬥。此句言想到晋之名將劉琨給親舊的信中説的"吾枕戈待旦,志梟逆虜"的話,方知這些人都是英雄豪傑。

⑤菲薄:鄙陋。常用爲自謙之詞。《史記·孝武本紀》:"朕以眇眇之身承至尊,維德菲薄,不明於禮樂。"

詔開禮闈偶作呈諸友①

星弧首闢群英彀②,天畢初張衆目羅③。漢傅仍聞求泛駕④,周明何止育菁莪⑤。碧紗已有蓬山籍⑥,綠李將分桂殿科⑦。全仗阿香推轂力⑧,九門三月化陶梭⑨。

【編年】

天聖五年(1027)參加省試日作。

【箋注】

①禮闈:即禮部試。指古代科舉考試之會試,因其爲禮部主辦,故稱禮闈。闈,爲考試與考場之別稱。

②"星弧"句:言開進士科考試。王定保《唐摭言·述進士上》:"(唐太宗)嘗私幸端門,見新進士綴行而出,喜曰:'天下英雄入吾彀中矣!'"星弧:指弧矢星。又名天弓。在天狼星東南。共九星,八星如弓形,外一星像矢,故名。彀(gòu):張滿弓弩。

③天畢:星名即畢星。畢長柄網。《詩·小雅·大東》:"有捄天畢,載施之行。"朱熹集傳:"天畢,畢星也。狀如掩兔之畢。"這兩句喻開禮闈招納天下英豪。

④漢傅:指賈誼。漢賈誼曾爲長沙王太傅,故稱。泛駕:翻車。喻不受駕御。《武帝求茂材異等詔》:"夫泛駕之馬,跅弛之士,亦在御之而已。"

⑤菁莪(jīng é):《詩·小雅·菁菁者莪》的簡稱。舊解樂於培育賢材。《詩序》:"菁菁者莪,樂育材也。君子能長育人材,則天下喜樂之矣。"

⑥碧紗:"碧紗籠"的省語。詩爲人重之典。五代王定保《唐摭言·起自寒苦》:"王播少孤貧,嘗客揚州惠昭寺木蘭院,隨僧齋飡。諸僧厭怠,播至,已飯矣。後二紀,播自重位出鎮是邦,因訪舊遊,向之題已皆碧紗幕其上。播繼以二絕句曰:'……上堂已了各西東,慚愧闍黎飯後鐘。二十年來塵撲面,如今始得碧紗籠。'"後以"碧紗籠"爲的典故。蓬山:官署名。秘書省的別稱。《舊唐書·劉子玄傳》:"蓬山之下,良直差肩;芸閣之中,英奇接武。"

⑦綠李:喻貢士。典出《太平御覽》卷九七二:"李直方常第果實若貢士者,以綠李爲首,芳梨爲副,櫻桃爲三,甘橘爲四,蒲萄爲五。"桂殿:《晉書·郤詵傳》:"武帝於東堂會送,問詵曰:'卿自以爲何如?'詵對曰:'臣舉賢良對策,爲天下第一,猶桂林之一枝,昆山之片玉。'"後因以"折桂"謂科舉及第。

⑧阿香:神話傳説中的推雷車的女神。晉陶潛《搜神後記·臨賀太守》:"永和(晉穆帝年號)中,義興人姓周,出都,乘馬,從兩人行。未至村,日暮。

道邊有一新草小屋,一女子出門,年可十六七,姿容端正,衣服鮮潔……周便求寄宿。此女爲燃火作食。向一更中,聞外有小兒唤'阿香'聲,女應諾。尋云:'官唤汝推雷車。'女乃辭行,云:'今有事當去'。夜遂大雷雨。向曉,女還。周既上馬,看昨所寄宿處,止見一新塚,塚口有馬尿及餘草。周甚驚惋。"

⑨九門:指宫禁。古宫室制度,天子設九門。唐王維《同崔員外秋宵寓直》:"九門寒漏徹,萬井曙鐘多。"陶家梭:形容賢能之輩終會嶄露頭角,大顯身手。晋陶侃少時,漁於雷澤,網得一織梭,掛於壁。忽雷雨大作,化龍而去。見《晋書·陶侃傳》。

省試蒲車詩①

漢祀精禋潔②,云亭禪禮殊③。金泥伸秘檢④,車轂尚編蒲。越席侔前制⑤,文茵愧後途⑥。軟輪同致美,規地用難符⑦。翠幰芳蕤集⑧,華芝秀彩敷。升中儀矩盛⑨,備物壯皇圖⑩。

【編年】

天聖五年(1027)省試日作。

【箋注】

①省試:唐宋時由尚書省禮部主持舉行的考試。又稱禮部試,後稱會試。蒲車:用蒲草裹着車輪的車子。古代用於封禪或徵聘隱士。取其安穩而不顛簸。《史記·封禪書》:"古者封禪爲蒲車,惡傷山之土石草木。"《新唐書·王友貞傳》:"玄宗在東宫,表以蒲車召,不至。"

②精禋潔:指祭祀。《國語·周語上》:"不禋於神而求福焉,神必禍之;不親於民而求用焉,人必違之。精意以享,禋也。"韋昭注:"潔祀曰禋。"

③云亭:云云、亭亭二山的並稱。古代帝王封禪處。南朝梁簡文帝《和武帝宴詩》之一:"車書今已共,願奏云亭儀。"

④金泥:以水銀和金爲泥作飾、用玉製成的檢。指封禪所用的告天書函。《太平御覽》卷五三六引晋司馬彪《續漢書·祭志》:"有玉牒十枚,列於方石旁,東西南北各三,皆長三尺,廣一尺,厚七寸。檢中刻三處,深四寸,方五寸,

有蓋;檢用金縷五周,以水銀和金爲泥。"

⑤越席:離開席位。唐王勃《平臺秘略論》:"越席分庭,上才當四海之禮。"

⑥文茵:車中的虎皮坐褥。《釋名·釋車》:"文鞇,車中所坐者也,用虎皮,有文采。"晉陶潛《閑情賦》:"悲文茵之代御,方經年而見求。"亦泛稱有花紋的褥席。

⑦規地:"規天矩地"的省語。泛指效法天地。規,爲圓,象徵天;矩,爲方,象徵地。《文選·張衡〈東京賦〉》:"乃營三宮布教頒常。複廟重屋八達九房。規天矩地授時順鄉。"

⑧蕤(ruí):花下垂的樣子。此指下垂的花。漢王粲《初征賦》:"春風穆其和暢兮,庶卉煥以敷蕤。"

⑨升中:祭天。原指古帝王祭天上告成功。《禮記·禮器》:"是故因天事天,因地事地,因名山升中於天。"鄭玄注:"升,上也。中,猶成也。謂巡守至於方獄,燔柴,祭天,告以諸侯之成功也。"

⑩備物:指祭祀所用的器物。皇圖:指皇位。《舊五代史·唐書·明宗紀三》:"朕今纘皇圖,恭修帝道。"

天聖五年春省試獻羔開冰[①]

國重司寒祭[②],羔羊獻禮陳。開冰遵舊典,薦廟屬昌辰[③]。肥羜方登俎[④],清壺冀饗神。蟲疑非早夏[⑤],狐聽異先春[⑥]。鑿鑿凝光瑩[⑦],峨峨發彩新[⑧]。何當比魚上,從此出迷津。

【編年】

天聖五年(1027)省試前作。

【箋注】

①獻羔開冰:古祭禮之一。進獻羔羊以祭司寒。《呂氏春秋·仲春》:"天子乃獻羔開冰,先薦寢廟。"

②司寒:古代傳說的冬神。《左傳·昭公四年》:"其藏之也黑牡、秬黍以

享司寒。"楊伯峻注:"據《禮記·月令》,司寒爲冬神玄冥。冬在北陸,故用黑色。"

③昌辰:盛世。唐劉禹錫《代慰義陽公主薨表》:"豈意遘兹短曆,奄謝昌辰。"

④肥羜:肥嫩的羊羔。《詩·小雅·伐木》:"既有肥羜,以速諸父。"俎:古代祭祀或宴會時用來盛牲的禮器。《詩·小雅·楚茨》:"爲俎爲碩。"《史記·禮書》:"大饗上玄尊,俎上腥魚,無大羹,貴食飲之本也。"

⑤蟲疑:《莊子·秋水》:"井蛙不可以語於海者,拘於虛也;夏蟲不可以語於冰者,篤於時也。"

⑥狐聽:《水經注·河水一》引《述征記》:"盟津、河津恒濁,方江爲狹,比淮濟爲闊,寒則冰厚數丈。冰始合,車馬不敢過,要須狐行,云此物善聽,冰下無水乃過,人見狐行方渡。"

⑦鑿鑿:鮮明貌。《詩·唐風·揚之水》:"揚之水白石鑿鑿。"毛傳:"鑿鑿然鮮明貌。"

⑧峨峨:嚴肅;莊嚴。三國魏崔琰《述初賦》:"覩遊夏之峨峨,聽大猷之篇記。"

元日作①

萬壽稱觴日②,三光肇祚辰③。新陽方改故④,暖律已升春⑤。桃梗分朱戶⑥,椒花獻紫宸⑦。子輿方養浩⑧,何必造盤辛⑨。

【編年】

天聖五年(1027)省試前作。

【箋注】

①元日:正月初一。《書·舜典》:"月正元日,舜格于文祖。"

②萬壽:長壽。祝福之詞。晋潘岳《閒居賦》:"稱萬壽以獻觴,咸一懼而一喜。"稱觴:舉杯祝酒。《陳書·侯安都傳》:"明日,安都坐於御坐,賓客居群臣位,稱觴上壽。"

③三光:日、月、星之統稱。《淮南子·原道訓》:"紘宇宙而章三光。"肇:開始。祚(zuò):福。

④新陽:指初春。《文選·謝靈運〈登池上樓〉》:"初景革緒風,新陽改故陰。"

⑤暖律:古代以時令合樂律,温暖的節候稱"暖律"。唐羅隱《歲除夜》:"厭寒思暖律,畏老惜殘更。"

⑥桃梗:辟邪物,即桃枝。《宋書·禮志一》:"舊時歲旦,常設葦茭、桃梗、磔雞於宫及百寺門,以禳惡氣。"

⑦椒花:晋劉臻妻陳氏曾於正月初一獻《椒花頌》,後常用爲春節之典。紫宸:宫殿名,天子所居。唐宋時爲接見群臣及外國使者朝見慶賀的内朝正殿,在大明宫内。借指帝王。

⑧子輿:指孟子。孟子名軻,字子輿,戰國時著名思想家、政治家、教育家。養浩:謂培養本有的浩然正氣。語出《孟子·公孫丑上》:"吾善養吾浩然之氣。"

⑨盤辛:指五辛盤。盛有五種辛物(葷菜)之盤。五辛,指五種有辛味之蔬菜,一般指蔥、薤、韭、蒜、興蕖。《本草綱目·菜部》:"五辛菜,乃元旦、立春,以蔥、蒜、韭、蓼蒿、芥辛嫩之菜雜和食之,取迎新之意,謂之五辛盤。"因"辛"、"新"同音,故五辛盤有迎新之意。唐代韓鄂《歲華紀麗》卷一:"盤號五辛,觴稱萬壽。"

春日偶作

　　借問此何時,南園蝶又飛①。杏梁棲紫燕,麥隴覆驚鼙②。榆莢深堆砌,楊花亂撲衣。洛吟經永日③,還似舞雩歸④。

【編年】

　　天聖五年(1027)省試前作。

【箋注】

　　①南園:泛指園圃。晋張協《雜詩》之八:"借問此何時,蝴蝶飛南園。"

②翬(huī):羽毛五采的野雞。

③洛吟:即洛生吟,或稱"洛生詠"。指用雅音曼聲吟詠。典出《晋書·謝安傳》:"安本能爲洛下書生詠,有鼻疾,故其音濁,名流愛其詠而弗能及,或手掩鼻以效之。"

④舞雩歸:《論語·先進》:"浴乎沂,風乎舞雩,詠而歸。"

梅　花

洛涘幽居植,江南驛使傳①。一陽初應候②,萬木獨爲先。素萼淩繁雪,清香襲淡煙。欲知佳麗處,漢殿曉妝妍③〔一〕。

【編年】

天聖五年(1027)省試前作。

【校勘】

〔一〕曉:明刻本原作"繞",四庫本同,傅校作曉,更勝。

【箋注】

①"江南"句:《太平御覽》卷九七〇引盛弘之《荆州記》:"陸凱與范曄相善,自江南寄梅花一枝,詣長安與曄,並贈花詩曰:'折花逢驛使,寄與隴頭人。江南無所有,聊贈一枝春。'"

②一陽:指一陽節。即冬至節。冬至後,白天漸長,古人認爲冬至是陽氣初動,故稱之爲一陽生。

③"漢殿"句:相傳南朝宋武帝之女壽陽公主人日臥於含章殿簷下,有梅花落在額上,揮之不去。宮女們都學着把梅花貼在額上,後來就成爲婦女的一種妝飾,稱"梅花妝"。後因以"梅妝"指女子的妝飾。亦用以指梅花。

元巳阻雨〔一〕

林花脈脈怯朝煙〔二〕,雨隔蘭庭曲水筵①。欲買春光無定價,東風撩亂擲榆錢。

【編年】

天聖五年(1027)省試前作。

【校勘】

〔一〕元巳:四庫本作"元日"。元巳:農曆三月的第一個巳日,也叫上巳。元日:指農曆正月初一。由文中"林花脈脈"及"東風撩亂擲榆錢"之語知詩當作於三月而非正月。

〔二〕煙:四庫本作"寒"。

【箋注】

①曲水筵:南朝齊王融《三月三日曲水詩》序:"授几肆筵,因流波而成次;薦肴芳醴,任激水而推移。"

和友人春日即事

小院閑扃煦日長①,靜探琅簡事虛皇②。依依柳蔭銀塘暗,習習風穿玳押涼③。碧合暮雲連礎潤④,綠攀奇樹透懷香〔一〕。蒙山近得修真訣⑤,辟穀常飡太一糧⑥。

【編年】

天聖五年(1027)省試前作。按:自《御溝》至此詩共計三十八首。

【校勘】

〔一〕攀:明刻本作"欝"。"欝"字仄聲,不合律詩格律,當作"攀"。

【箋注】

①扃:門窗;門户。

②琅簡:即琅笈。書箱的美稱。北周庾信《陝州弘農郡五張寺經藏碑》:"琅笈雲書,金繩玉檢。"虛皇:道教神名。唐吳筠《步虛詞》之九:"爰從太微上,肆覲虛皇尊。"

③習習:微風和煦貌。玳押:玳瑁簾押。南朝陳徐陵《玉臺新詠》:"玉樹

以珊瑚爲枝,珠簾以玳瑁爲押。"押,簾押,鎮簾之物。

④礎:柱下石礅。《淮南子·説林訓》:"山雲蒸,柱礎潤。"

⑤修真:道教謂學道修行爲修真。唐玄宗《送道士薛季昌還山》:"洞府修真客,衡陽念舊居。"

⑥辟穀:不食五穀。古代方士行辟穀導引之術,認爲可以長生。道教亦以辟穀服氣爲神仙入道之術。湌(cān):同"餐"。吃飯,吃。太一糧:古代服食藥物。又稱"太一餘糧"、"太一禹餘糧"。爲黃色、黃褐色或黑色褐鐵礦石。含有鐵、磷、鎂、鉀、鈉等多種元素。可入藥。《神農本草經》謂禹餘糧"煉餌服之,不飢輕身延年"。

酬金華山人春日見寄之什

漠漠鮮雲習習風①,谷鶯嬌囀小園中。謝塘初長如裀草②,湘渚難留避弋鴻③。輕雨落花紅撲地,惹煙垂柳綠縈空。尋芳好伴高陽侶④,深憶東山采藥公⑤。

【編年】

天聖五年(1027)前後十年間作。宋真宗大中祥符元年(1008)秋,楊億編《西崑酬唱集》。由於楊億、劉筠的提倡,西崑體風靡一時。天聖五年(1027),時文彦博二十二歲,是年參加進士考試,主考官是劉筠。則其雕飾濃豔、吟風弄月、喜用典故、以才學爲詩的西崑體之作當在天聖五年前後十年間。

【箋注】

①漠漠:廣闊貌。

②謝塘:南朝宋謝靈運《登池上樓》:"初景革緒風,新陽改故陰。池塘生春草,園柳變鳴禽。""池塘生春草"是謝詩名句,套用或用此句,以詠池塘或春草,描寫春光春景。

③避弋鴻:漢揚雄《法言·問明》:"或問君子,在治,曰:'若鳳。'在亂,曰:'若鳳。'或人不諭,曰:'未之思矣。'曰:'治則見,亂則隱。鴻飛冥冥,弋人何篡焉。'"

④高陽侶:酒友。用"高陽酒徒"之典。《史記·酈生陸賈列傳》載:沛公以"未暇見儒人"爲辭不見酈生,酈生按劍叱使者曰:"走!"復入言沛公:"吾高陽酒徒也,非儒人也。"

⑤東山采藥公:指桐君。漢族民間崇奉的藥神。傳說桐君爲黃帝時人,嘗采藥求道,來到浙江桐廬縣東山,在桐樹下結廬居住。有人問他姓名,則指桐樹示之。能識金石草木性味,識藥性,著《桐君采藥錄》。行善而不留名,因此被尊爲"桐君"。

和友人春日即事

青閣登臨恨已多[一],可堪蘭景又妍和①[二]。書囊閱盡應成癖,詩思狂來恐是魔。玉樹芬芳連霧縠,珠櫳隱映隔雲蘿②。鸂裘貰得楊昌酒③,度日無惊倚瑟歌④。

【編年】

天聖五年(1027)前後十年間作。

【校勘】

〔一〕青:四庫本作"香"。

〔二〕堪:四庫本作"憐"。上句有"恨已多",故"堪"更合語意。

【箋注】

①妍和:美好和煦。唐白居易《夢行簡》:"天氣妍和水色鮮,閑吟獨步小橋邊。"

②珠櫳:珠飾的窗櫺。《文選·鮑照〈玩月城西門廨中〉》:"蛾眉蔽珠櫳,玉鉤隔瑣窗。"

③"鸂裘"句:晋葛洪《西京雜記》卷二:"司馬相如初與卓文君還成都,居貧愁懣,以所著鷫鸘裘就市人楊昌貰酒,與文君爲歡。既而文君抱頸而泣曰:'我平生富足,今乃以衣裘貰酒。'"貰(shì)酒:賒酒。鷫鸘(sù shuāng):一種大水鳥,其羽毛可製爲裘。

④倚瑟:謂和着瑟聲。《史記·張釋之馮唐列傳》:"使慎夫人鼓瑟,上自

倚瑟而歌。”

郡齋春日書懷

　　煦日亭亭晝漸長①,煙藏幽砌蕙蘭香②。纖垂謝監園中柳③,嫩折羅敷陌上桑④。出谷曉鶯遷綺樹⑤,入簷風燕語雕梁。瑤華欲寄嶺頭信⑥,心逐白雲歸帝鄉⑦。

【編年】

　　天聖五年(1027)前後十年間作。

【箋注】

　　①亭亭:光亮的樣子。唐鮑溶《倚瑟行》:“明珠爲日紅亭亭,水銀爲河玉爲星。”

　　②砌:臺階。

　　③謝監:指南朝宋謝靈運。《宋書·謝靈運傳》:“太祖登祚,誅徐羨之等,徵爲秘書監,再召不起。”園中柳:語出謝靈運《登池上樓》:“池塘生春草,園柳變鳴禽。”

　　④羅敷:語出《玉臺新詠·古樂府詩·日出東南隅行》:“日出東南隅,照我秦氏樓。秦氏有好女,自言名羅敷。羅敷善蠶桑,采桑城南隅。”

　　⑤綺樹:有花的樹。

　　⑥瑤華:傳説中的仙花。借指贈別。《楚辭·九歌·大司命》:“折疏麻兮瑤華,將以遺兮離居”。唐錢起《賦得浦口望斜月送皇甫判官》:“送君無可贈,持此代瑤華。”隴頭:隴山。借指邊塞。南朝宋陸凱《贈范曄詩》:“折花逢驛使,寄與隴頭人。江南無所有,聊贈一枝春。”

　　⑦帝鄉:京城;皇帝居住的地方。明鄭澤《有寄》:“昨夜春風歸帝鄉,杏花依約出東牆。”

長平懷古①

　　康定元年任河東轉運副使入境,題長平驛舍。先是,先令公任河東漕使捐館^②,公服除^③,繼爲漕,初至部,賦此。

此子徒能讀父書,兵降始信藺相如^④。却令後代承家者,每到長平戒覆車^⑤。

【編年】

康定元年(1040)任河東轉運副使日作。詩序云:"康定元年任河東轉運副使入境,題長平驛舍。"

【箋注】

①長平:古城名。故址在今山西省高平縣西北。戰國時秦白起曾大敗趙趙括,坑殺趙降卒四十餘萬於此。《史記·趙世家》:"七年,廉頗免而趙括代將。秦人圍趙括,趙括,以軍降,卒四十餘萬皆阬之。王悔不聽趙豹之計,故有長平之禍焉。"

②河東漕使:即河東路轉運使。河東路地方長官,經度一路財賦,監察各州官吏。以朝官以上充任,兩省五品以上官充任則爲都轉運使。捐館:亦作捐館舍。死亡的諱稱。《史記·范雎列傳》:"君卒然捐館舍。"

③服除:守喪期滿。《資治通鑒·齊高帝建元四年》:"癸卯,南康文簡公褚淵卒,世子侍中賁恥其父失節,服除,遂不仕。"

④此子:指趙括。戰國時名將趙奢之子。趙括從小熟讀兵書,喜談兵法,但是孤傲固執,自以爲老子天下第一。《史記·藺相如廉頗列傳》:"秦與趙兵相距長平,時趙奢已死,而藺如病篤,趙使廉頗將攻秦,秦數敗趙軍,趙軍固壘不戰。秦數挑戰,廉頗不肯。趙王信秦之間。秦之間言曰:'秦之所惡,獨畏馬服君趙奢之子趙括爲將耳。'趙王因以括爲將,代廉頗。藺相如曰:'王以名使括,若膠柱而鼓瑟耳。括徒能讀其父書傳,不合變也。'趙王不聽,遂將之。趙括既代廉頗,悉更約束,易置軍史。秦將白起聞之,縱奇兵,佯敗走,而絕其糧道,分斷其軍爲二,士卒離心。四十餘日,軍餓,趙括出銳卒自博戰,秦軍射殺趙括。括軍敗,數十萬之衆遂降秦,秦悉坑之。"

⑤覆車:比喻失敗的教訓。《後漢書·翟酺傳》:"禄去公室,政移私門,覆車重尋,寧無摧折。"

題籌筆驛①

卧龍才起扶衰世②，料敵謀攻後出師③。幃幄既持先聖術④，肯來山驛旋沉思⑤？

【編年】

慶曆五年(1045)自秦州赴益州任上途中作。《長編》卷一五三，慶曆四年十二月甲辰條：“龍圖閣直學士、知秦州文彦博爲樞密直學士、知益州。”

【箋注】

①籌筆驛：古驛名。在利州綿谷縣(今四川廣元)。相傳諸葛亮出師伐魏，嘗駐軍運籌於此，因而得名。今朝天驛廢址即其地。

②卧龍：指諸葛亮。《三國志·蜀志·諸葛亮傳》。“先主屯新野，徐庶見先主，先主器之。謂先主曰：‘諸葛孔明者，卧龍也。將軍豈願見之乎？’”

③料敵謀攻：語出《孫子兵法·地形篇》：“料敵制勝，計險厄遠近，上將之道也。”

④先聖術：語出《淮南子·主術訓》：“孔丘、墨翟，修先聖之術，通六藝之論。”

⑤肯：豈；哪里能。唐李賀《申胡子觱篥歌》：“俊健如生猱，肯拾蓬中螢？”

題韓溪詩四章

三泉縣近郊之一水，清泚可愛①。問諸水濱，曰：“韓溪。”取地志驗之而信。且曰韓信去漢，而蕭何追及於此②，因以名溪。予以韓事於史甚顯，而溪並通邑，其名獨晦，故詩以題之。

其　一

韓信未遭英主顧，蕭何親至此中追。君王有意争天下，不得斯人未可知。

【編年】

慶曆五年(1045)自秦州赴益州任上途中作。

【箋注】

①三泉縣:在四川利州綿谷縣(今四川廣元東北嘉陵江畔)。清泚(cǐ):清澈。唐李白《安州應城玉女湯作》:"濯濯氣清泚,曦發弄潺湲。"

②韓信:秦漢之際名將。淮陰(今江蘇清江西南)人。劉邦受封爲漢王後,韓信即由楚歸漢,仍未得到重用,一度亡去,丞相蕭何親自追還,並極力向劉邦保舉。於是,劉邦拜韓信爲大將軍。他協助劉邦奪取了關中。在楚漢戰爭中,韓信發揮了卓越的軍事才能。漢四年,韓信拜爲相國,率兵擊齊,攻下臨淄,並在濰水全殲龍且率領援齊的二十萬楚軍。劉邦遣張良立信爲齊王。次年十月,又命韓信會師垓下,圍殲楚軍,迫使項羽自刎。楚漢戰爭結束後,韓信被解除兵權,徙爲楚王。韓信被人告發謀反。高帝六年劉邦設計逮捕韓信,赦爲淮陰侯。

其　二

平日漁樵皆病涉,當年將相盡成功。淮陰未濟酂侯識①,留得雄才歸漢中。

【箋注】

①淮陰:指韓信。韓信是淮陰人,後又封淮陰侯。酂侯:指蕭何。西漢開國大臣。沛(今江蘇沛縣)人。劉邦稱帝後,以蕭何功最高,位居第一,封爲酂侯。此句言蕭何追回了韓信。

其　三

水濱山曲暫盤桓,盛事臨風一據鞍①。莫訝史君頻歎詠,古來君相受知難。

【箋注】

　　①據鞍：此用馬援據鞍之典。言老當益壯，思建功業《後漢書·馬援傳》載，建武二十四年，援年六十二，請求率兵出征武陵五溪蠻夷，光武帝念其老，未允。“援自請曰：‘臣尚能披甲上馬。’帝令試之。援據鞍顧眄，以示可用。帝笑曰：‘矍鑠哉，是翁也！’”遂遣援。

其　四

　　途中勝跡盡留題，獨有韓溪未有詩。直把蕪詞重疊詠〔一〕，只圖流播路人知。

【校勘】

　　〔一〕疊：四庫本作“迭”。

緑　綺①

　　楚舞休飛鶴，燕歌罷繞梁②。高堂橫緑綺，上客奏明光③。秋月華池浄④，春風蕙草香⑤。還卬有辭賦，仙鳳正求皇⑥。

【編年】

　　天聖五年（1027）前後十年間作。

【箋注】

　　①緑綺：漢司馬相如琴名。後用爲詠琴的典故，亦用爲琴的美稱。《文選·張載〈擬四愁〉》：“佳人遺我緑綺琴，何以贈之雙南金。”

　　②燕歌楚舞：猶燕歌趙舞。指美妙的歌舞。唐錢起《瑪瑙杯歌》：“寧及琢磨當妙用，燕歌楚舞長相隨。”

　　③上客：尊客，貴賓。南朝齊謝朓《金臺聚》：“渠碗送佳人，玉杯邀上客。”明光：當指“楚明光”，古琴曲名。漢蔡邕《琴操·河間雜歌·楚明光》：“楚明光，楚王大夫也。昭王得和氏璧，欲以貢於趙王，於是遣明光者奉璧之趙。郡中羊由甫知趙無反意，乃讒之於王曰：‘明光常背楚用趙，今使奉璧，何能述功

德?’及明光還,怒之,明光乃作歌曰《楚明光》。”唐喬知之《倡女行》:“且歌《新夜曲》,莫弄《楚明光》。此二句當作“合碧暮雲潤連礎,欎緑奇樹香透懷”解。此曲怨且豔,哀音斷人腸。”

④華池:景色佳麗的池沼。南朝梁何遜《九日侍宴》:“禁外終宴晚,華池物色曛。”

⑤蕙草:香草名。又名熏草、零陵香。戰國楚宋玉《風賦》:“故其清涼雄風,則飄舉升降……獵蕙草,離秦衡。”

⑥“還邛”二句:此句用司馬相如在臨邛以鳳求凰追求卓文君之事。還邛,指司馬相如歸居臨邛之事。《文選·謝朓〈休沐重還道中〉》:“還邛歌賦似,休汝車騎非。”李善注:“《漢書》:司馬相如家貧,素與臨邛令相善,於是相如往舍臨邛都亭。是時卓文君新寡,好音,相如以琴心挑之。”有辭賦:言司馬相如善辭賦。鳳求凰:樂府琴曲名。因司馬相如求卓文君詩中有“鳳兮鳳兮歸故鄉,遨遊四海求其凰”,故名。

蘅　皋①

蘅薄頻牽望②,陽林久駐鑣③。香囊徒叩叩④,雲月自苕苕⑤。翠佩傳情密,曾波托意遥⑥。翩鴻漸高逝⑦,翻恨隔神霄⑧。

【編年】

天聖五年(1027)前後十年間作。

【箋注】

①蘅皋:長滿香草的江湖。蘅(héng),香草。皋,沼澤。屈原《離騷》:“步余馬于蘭皋兮。”王逸注:“澤曲曰皋。”李善注:“蘅,杜蘅也。皋,澤也。”

②蘅薄:香草叢。薄,草木茂密。《説文·艸部》:“薄,林薄也。”曹植《七啓》:“搜林索險,探薄窮阻。”牽望:即跂望。舉踵翹望。語出《詩·衞風·河廣》:“誰謂宋遠,跂予望之。”

③鑣:馬嚼子。此指乘騎。南朝宋謝靈運《從遊京口北固應詔》:“昔聞汾水遊,今見塵外鑣。”

④叩叩：殷勤懇摯。三國魏繁欽《定情詩》：“何以致叩叩，香囊繫肘後。”

⑤苕苕：苕通“迢”。苕苕，即“迢迢”，遥遠的樣子。

⑥曾：通“層”。《楚辭·九章·橘頌》：“曾枝剡棘，圓果摶兮。”洪興祖補注：“曾，重也。”

⑦翩鴻：輕快而飛之鴻。翩，疾飛貌。引申爲輕快飄忽之稱。三國魏曹植《洛神賦》：“翩若驚鴻。”

⑧翻：反而。宋柳永《洞仙歌·佳景留心》：“算國豔仙材，翻恨相逢晚。”

深　院

楊柳亭臺暮，梨花院落深。玉池波湛湛①，珠幌影沉沉②。遠思隨莊蝶③，春懷怯雍琴④。萱蘇不躅忿⑤，擁鼻獨清吟⑥。

【編年】

天聖五年（1027）前後十年間作。

【箋注】

①湛湛：清明澄澈貌。

②沉沉：深沉濃重貌。唐姚合《早春山居寄城中知己》：“入户風泉聲瀝瀝，當軒雲岫影沉沉。”

③莊蝶：即蝴蝶。用“莊周夢蝶”之典。莊子，名周。《莊子·齊物論》：“昔者莊周夢爲蝴蝶，栩栩然蝴蝶也。自喻適志與，不知周也。俄然覺，則蘧蘧然周也。不知周之夢爲蝴蝶與，蝴蝶之夢爲周與？周與蝴蝶，則必有分矣。此之謂物化。”

④雍琴：用“雍門彈琴”之典。相傳雍門子周以善琴見孟嘗君。孟嘗君曰：“先生鼓琴亦能令文悲乎？”雍門子周曰：“臣何獨能令足下悲哉……然臣之所爲足下悲者一事也。夫聲敵帝而困秦者君也，連五國之約南面而伐楚者又君也。天下未嘗無事，不從則横。從成則楚王，横成則秦帝，楚王秦帝……天下有識之士無不爲足下寒心酸鼻者，千秋萬歲之後，廟堂必不血食矣！”孟嘗君聞之悲淚盈眶。子周於是引琴而鼓，孟嘗君增悲流涕曰：“先生之鼓琴，令文立若

破國亡邑之人也。”見漢劉向《説苑·善説》。

⑤萱蘇:忘憂釋勞之典。《初學記》卷二七引三國魏王朗《與魏太子書》:“不遺惠書,所以慰沃,奉讀歡笑,以藉飢渴,雖復萱草忘憂,皋蘇釋勞,無以加也。”萱:指萱草。古人以爲種植此草,可以使人忘憂,因稱忘憂草。蘇:指皋蘇。木名。傳説木汁味甜,食者不飢,可以釋勞。蠲忿:消除忿怒。三國魏嵇康《養生論》:“合歡蠲忿,萱草忘憂,愚智所共知也。”

⑥“擁鼻”句:用晉謝安洛生詠之典。指用雅音曼聲吟詠。《晉書·謝安傳》:“安本能爲洛下書生詠,有鼻疾,故其音濁,名流愛其詠而弗能及,或手掩鼻以效之。”

春　曉

宿靄藏飛觀①,晨霞熿繡甍②〔一〕。錦幃人未起,珠樹鵲先驚③。爐暖香初爇,窗幽燭尚明。更開花上露,妝淚鬥盈盈④。

【編年】

天聖五年(1027)前後十年間作。

【校勘】

〔一〕熿:原作“幌”,據四庫本改。熿是明亮之意,此處可理解爲照亮。幌是帳幔,簾帷的意思。相較“熿”勝。

【箋注】

①飛觀:高聳的宮闕。漢王延壽《魯靈光殿賦》:“陽榭外望,高樓飛觀。”

②繡甍:“繡闥雕甍”的省語。闥:門樓上的小屋。甍:屋脊。五彩繪畫的門樓,經過雕刻的屋脊。形容建築物的精巧、雄偉。

③珠樹:樹的美稱。

④妝淚:即淚妝。古代婦女妝面之一種。唐宋時期,流行於宮中。施素粉於眼角,似眼之淚,故名。盈盈:清澈貌;晶瑩貌。唐白居易《除官赴闕留贈微之》:“兩方默默心相別,一水盈盈路不通。”此句言露珠與妝淚比賽哪一個更清澈。

芳　草

綺節初抽翠①,金塘久托根〔一〕。何堪混蕭艾②,自合比蘭蓀③。碧映龍池水④,青迷楚澤魂⑤。年年增恨處,長信與長門⑥。

【編年】

天聖五年(1027)前後十年間作。

【校勘】

〔一〕久:四庫本作"又"。

【箋注】

①綺節:草莖的美稱。抽翠:長出翠緑的嫩芽。

②蕭艾:艾蒿,臭草。《楚辭·離騷》:"何昔日之芳草兮,今直爲此蕭艾也!"

③蘭蓀(sūn):菖蒲,一種香草。喻賢士或美德。南朝梁沈約《和謝宣城》:"昔賢侔時雨,今守馥蘭蓀。"

④龍池:池名。在唐長安隆慶坊玄宗未即位時所居的舊邸旁,中宗曾泛舟其中。玄宗即位後於隆慶坊建興慶宮,龍池被包容於内。在今陝西西安興慶公園内。

⑤楚澤魂:指楚大夫屈原。《楚辭·漁父》:"屈原既放,遊於江潭,行吟澤畔,顏色憔悴,形容枯槁。……寧赴湘流,葬於江魚之腹中。"

⑥長門:漢宮名。漢武帝陳皇后所居。借指失寵女子居住的寂寥凄清的宮院。漢司馬相如《長門賦》序:"孝武皇帝陳皇后時得幸,頗妒,別在長門宮,愁悶悲思。聞蜀郡成都司馬相如天下工爲文,奉黄金百斤,爲相如、文君取酒,因於解悲愁之辭。而相如爲文以悟主上,陳皇后復得親幸。"長信:長信宮是太后所居之宮殿。漢成帝時,班婕妤因遭趙飛燕譖毁而失寵。班婕妤自請退居長信宮去供養照料太后。班婕妤在長信宮寫詩作賦傷悼自己,其中有:"奉共養於東宫兮,托長信末流。共灑掃於帷幄兮,永終死以爲期。願歸骨於山足兮,依松柏之余休。"的句子,辭極哀楚,凄婉動人。見《漢書·孝成趙皇后

傳》。後世遂以"長信愁怨"爲詠后妃失寵的典故。

公 子

朝罷章臺陌^①,追隨紫燕光^②。雁陂冠緑幘^③,洛浦授明璫^④。下士營三窟^⑤,名姬號四香。十千沽斗酒^⑥,結客少年場^⑦。

【編年】

天聖五年(1027)前後十年間作。

【箋注】

①章臺陌:漢長安街名。《漢書·張敞傳》:"敞無威儀,時罷朝,會過走馬章臺街,使御史驅,自以便面拊馬。又爲婦畫眉。"章臺街爲漢代長安街名,多妓館。後因以"走馬章臺"指涉足娼妓間,追歡買笑。

②紫燕:古代駿馬名。《西京雜記》卷二:"文帝自代還,有良馬九匹,皆天下之駿馬也……一名紫燕騮。"

③雁陂:即"雁鶩陂"。在今陝西西安市西南。《寰宇記·長安縣》:"雁鶩陂,地方六頃,承昆明池下流,在鎬池北。……沈約詩曰:'東出千金堰,西臨雁鶩陂。'"緑幘:寵臣之冠。《文選·沈約〈三月三日率爾成篇〉》:"緑幘文照曜,紫燕光陸離。"

④洛浦:洛水之濱。漢張衡《思玄賦》:"載太華之玉女兮,召洛浦之宓妃。"明璫:即"明月璫"。明月:指明月寶珠,爲大秦國所産。璫(dāng):古時女子的耳飾。

⑤下士:下交賢士。《三國志·吴志·孫和傳》:"好學下士。"營三窟:喻藏身有術,避禍之處多方。《戰國策·齊策四》:"馮諼曰:'狡兔有三窟,僅得免其死耳。君今有一窟,未得高枕而卧也,請爲君復鑿二窟。'"

⑥十千沽斗酒:語出唐李白《將進酒》:"陳王昔時宴平樂,斗酒十千恣歡謔。"

⑦結客:結交賓客。一般指結交豪俠之士。少年場:少年人聚集作樂的地方。三國魏曹植《結客篇》:"結客少年場,報怨洛北邙。"

井上桐

擢幹殊瓊巘①，托根非嶧陽②。發華臨玉甃③，倒影覆銀床④。方待高朋集，寧容衆鳥翔。尾焦期入爨，誰識蔡中郎⑤〔一〕。

【校勘】

〔一〕識四庫本作"是"

【編年】

天聖五年（1027）前後十年間作。

【箋注】

①擢：聳起。唐韋應物《郡齋移杉》："擢幹方數尺，幽姿已蒼然。"殊：不同。瓊巘（yǎn）：神話中玉的山頂。

②托根非嶧陽：用"嶧陽桐"之典。嶧山南坡所生的特異梧桐，古代以爲是製琴的上好材料。語出《書·禹貢》："羽畎夏翟，嶧陽孤桐。"孔傳："嶧山之陽，特生桐，中琴瑟。"

③玉甃（zhòu）：井壁的美稱。此指水井。

④銀床：以銀裝飾的井口、井欄或轆轤架。

⑤"尾焦"兩句：用蔡邕焦尾琴之典。《後漢書·蔡邕傳》曰："吳人有燒桐以爨者，邕聞火烈之聲，知其良木，因請而裁爲琴，果有美音，而其尾猶焦，故時人名曰'焦尾琴'焉。"爨（cuàn）：燒火做飯。蔡中郎：東漢末年蔡邕，曾做過中郎將，故稱。

柳　絮

拂地高楊翠影濃，楊花斷續蔽香紅。密和微雨粘沙阪①，亂逐輕風透綺籠。漆圃旋驚飛蝶夢②，玉庭頻擬散鹽空③。青門一望依依處④，千里金堤二月中〔一〕。

【編年】

天聖五年(1027)前後十年間作。

【校勘】

〔一〕千:四庫本作"十"。

【箋注】

①阪:斜坡、山坡。

②"漆圃"句:用莊周夢蝶之典。漆圃:即漆園。莊子曾做過漆園吏。《莊子·齊物論》:"昔者莊周夢爲蝴蝶,栩栩然蝴蝶也。自喻適志與,不知周也。俄然覺,則蘧蘧然周也。不知周之夢爲蝴蝶與,蝴蝶之夢爲周與? 周與蝴蝶,則必有分矣。此之謂物化。"

③"玉庭"句:用東晉謝道韞詠雪之典。謝道韞是謝安侄女。才思敏捷,文筆俊逸,以詩賦聞名於當世。嘗在家遇雪,謝安與道韞、侄朗等俱於堂前觀雪,安忽文思泛湧,因問:"白雪紛紛何所似?"朗曰:"撒鹽空中差可似。"道韞接道:"未若柳絮因風起。"朗所言只重鹽、雪色近,而道韞所言兼及絮、雪之色、形、態,可謂傳神妙句,謝安大加讚賞。此句後傳至世間,亦甚爲人所稱羨,譽稱其"詠絮才"。

④青門:漢青門外有霸橋,漢人送客至此橋,折柳贈別。見《三輔黃圖·橋》。後因以"青門"泛指遊冶、送別之處。依依:指柳。語出《詩·小雅·采薇》:"昔我往矣,楊柳依依。"

宮　詞

其　一

金屋無人夜未央①,獨吟團扇倚椒房②。辟寒猶待君王意③,鶴焰熒煌龍漏長④。

【箋注】

①金屋:用漢武帝金屋藏嬌之典。後指后妃、妻妾的住處。漢班固《漢武

故事》：“膠東王（劉徹）數歲，（長）公主抱置膝上，問曰：‘兒欲得婦否？’曰：‘欲得。’長主指左右長御百餘人，皆云不用。指其女：‘阿嬌好否？’笑對曰：‘好。若得阿嬌作婦，當作金屋貯之。’長主大悦，乃苦要上，遂成婚焉。”夜未央：夜已深而天未明。《詩·小雅·庭燎》：“夜如何其？夜未央。”

　　②“獨吟”句：語本班婕妤《團扇詩》：“新裂齊紈素，皎潔如霜雪。裁爲合歡扇，團圓似明月。出入君懷袖，動搖微風發。常恐秋節至，涼飆奪炎熱。棄捐篋笥中，恩情中道絶。”椒房：泛指后妃居住的宫室。

　　③辟寒：指辟寒金。晋王嘉《拾遺記》卷七：“昆明國貢嗽金鳥，形如雀而色黄，羽毛柔密，常吐金屑如粟，鑄之可以爲器。此鳥畏霜雪，乃起小屋處之，名曰辟寒臺。宫人爭以鳥吐之金，用飾釵佩，謂之辟寒金。故宫人相嘲曰：‘不服辟寒金，那得帝王心。’”

　　④鶴焰：燭火。因燭臺竦立如鶴，故稱。南朝梁元帝《詠池中燭影》：“魚燈且滅燼，鶴焰暫停輝。”煥煌：輝煌。唐李白《明堂賦》：“崇牙樹羽，煥煌葳蕤。”龍漏：計時用的龍形漏器。以器貯水，以銅爲渴鳥，狀如鉤曲，以引器中水，於銀龍口中吐入權器。

其　二

　　體輕全不勝鸞釵①，常羨同心上苑梅②。翠輦未來珠箔卷③，漆盤猶貯夜明苔④。

【箋注】

　　①“體輕”句：西漢成帝時趙皇后，善歌舞，體態輕，故稱趙飛燕。後用“趙飛燕”泛指得寵妃嬪、歌舞伎。

　　②上苑：即秦漢上林苑。唐蔣防《日暖萬年枝》：“新陽歸上苑，嘉樹獨含妍”。

　　③珠箔：即珠簾。《漢武故事》：“武帝起神室，以白珠織爲箔。”唐李白《陌上贈美人》：“美人一笑褰珠箔，遥指紅樓是妾家。”

　　④夜明苔：傳説中一種能發光的苔。色呈金黄。晋王嘉《拾遺記·晋時事》：“宫人有幸者，以金苔賜之，置漆盤中，照耀滿室，名曰夜明苔。著衣襟則如火光。”

登江樓

　　飛觀接江干①,乘閑獨憑欄②。鮮雲横列岫,芳草蔽遥灘。梅笛吹漁浦③,荃橈泛鷺湍④。登臨謝康樂,寄遠折瑶蘭⑤。

【編年】

　　天聖五年(1027)前後十年間作。

【箋注】

　　①江干:江邊;江岸。唐王勃《羈遊餞别》:"客心懸隴路,遊子倦江干。"

　　②憑欄:倚靠着欄杆遠眺。

　　②梅笛:笛子。古笛曲名《梅花落》,故稱。

　　④荃橈:小船的美稱。

　　⑤"登臨"二句:當作"謝康樂登臨,折瑶蘭寄遠"解。謝康樂:南朝宋謝靈運,曾襲封康樂公,故稱。唐杜甫《石櫃閣》:"優遊謝康樂,放浪陶彭澤。"

春　遊

　　紫燕動光輝①,春遊雁鶩陂②。鶴天方爛熳,鴻蓋任追隨③。促席開瑶瑟④,當歌泛羽巵⑤。言歸將薄暮,不羨習家池⑥。

【編年】

　　天聖五年(1027)前後十年間作。

【箋注】

　　①紫燕:古代駿馬名。《西京雜記》卷二:"文帝自代還,有良馬九匹,皆天下之駿馬也……一名紫燕驑。"《文選·沈約〈三月三日率爾成篇〉》:"緑幘文照曜,紫燕光陸離。"

　　②雁鶩陂:在今陝西西安市西南。《寰宇記·長安縣》:"雁鶩陂,地方六頃,承昆明池下流,在鎬池北。……沈約詩曰:'東出千金堰,西臨雁

鶩陂。'"

③鴻蓋:指華蓋。晋石崇《還京詩》:"迅風翼華蓋,飄遥若鴻飛。"

④促席:坐席互相靠近。《文選·左思〈蜀都賦〉》:"合樽促席,引滿相罰。樂飲今夕,一醉累月。"李善注:"東方朔六言詩曰:'合樽促席相娛。'"

⑤泛羽巵:即羽觴隨波。謂注酒於觴,浮於流水,隨波傳送。爲古代上巳日遊宴之俗。《文選·顔延之〈應詔宴曲水作詩〉》"每惟洛宴"李善注引南朝宋東陽無疑《齊諧記》:"束皙對武帝曰:'昔周公卜洛邑,因流水以泛酒,故逸詩曰:羽觴隨流波。'"羽巵:即羽觴。古代一種酒器。作鳥雀狀,左右形如兩翼。

⑥習家池:又名高陽池。在湖北襄陽峴山南。後多借指園池名勝。

夜　讌

清夜開良讌,金瓶泛羽觴①。蕙肴芬潔俎②,蘭焰耿華堂③。妙舞流風雪,妍歌繞棟梁④。西園堪賞玩⑤,明月照銀塘。

【編年】

天聖五年(1027)前後十年間作。

【箋注】

①金瓶:酒器。南朝梁沈約《三月三日率爾成篇》:"象筵鳴寶瑟,金瓶泛羽巵。"

②俎:古代祭祀、燕饗時陳置牲體或其他食物的禮器。

③蘭焰:蘭燈的光。蘭燈:精緻的燈具。唐韋應物《郡齋臥病絶句》:"香爐宿火滅,蘭燈宵影微。"

④妍歌:靡麗之音。《文選·顔延之〈三月三日曲水詩序〉》:"妍歌妙舞之容,衒組樹羽之器。"繞棟梁:用"餘音繞梁"之典。《列子·湯問》:"昔韓娥東之齊,匱糧,過雍門,鬻歌假食。既去,而餘音繞梁櫺,三日不絶。"

⑤西園:三國時魏都鄴城的銅雀園,在文昌殿西,又稱西園。後指文士遊賞宴集之處。三國魏曹植《西園公宴》:"清夜遊西園,飛蓋相追隨。"

從軍行①

汗馬出長城②,橫行十萬兵③。晨驅左賢陣④,夕掩亞夫營⑤。雪壓龍沙白⑥,雲遮瀚海平⑦。燕山紀功後⑧,麟閣耀鴻名⑨。

【編年】

天聖五年(1027)前後十年間作。

【箋注】

①從軍行:漢樂府相和歌辭曲名。多寫軍旅邊塞之事。《樂府解題》曰:"《從軍行》皆軍旅苦辛之辭。"現存歌辭以三國時王粲的《從軍行》五首爲最早。自魏晋以迄唐,作此曲者甚多,而以唐李頎、王昌齡等所作最爲著名。此以樂府歌辭名爲律詩。

②汗馬:駿馬。亦指戰馬。梁沈約《日出東南隅行》:"寶劍垂玉貝,汗馬飾金鞍。"

③橫行:猶言縱橫馳騁。多指在征戰中所嚮無敵。《吳子·治兵》:"寧勞於人,慎無勞馬,常令有餘,備敵覆戰。能明此者,橫行天下。"

④左賢陣:《史記·李將軍列傳》:"匈奴左賢王將四萬騎圍廣。"左賢:匈奴貴族的高級封號。《後漢書·南匈奴傳》:"其大臣貴者左賢王,次左谷蠡王,次右賢王,次右谷蠡王,謂之四角。"

⑤亞夫營:漢將周亞夫駐軍細柳(今陝西省咸陽市西南渭河北),防禦匈奴,營中戒備森嚴。文帝親來勞軍亦不得入,及至以天子名義下詔令,始開營門。見《史記·絳侯周勃世家》。後因以"亞夫營"稱戒備森嚴的軍營。亦稱"細柳營"。

⑥龍沙:即白龍堆。古西域沙漠名。《後漢書·班超傳贊》:"定遠慷慨,專功西遐。坦步葱雪,咫尺龍沙。"李賢注:"葱嶺、雪山,白龍堆沙漠也。"

⑦瀚海:地名。其含義隨時代而變。或曰即今呼倫湖、貝爾湖,或曰即今貝加爾湖,或曰爲杭愛山之音譯。唐代是蒙古高原大沙漠以北及其迤西今準

噶爾盆地一帶廣大地區的泛稱。多用爲征戰、武功等典故。南朝梁虞羲《詠霍將軍北伐》：“飛狐白日晚，瀚海愁雲生。”

⑧燕山紀功：燕山，指燕然山（今蒙古杭愛山）。東漢永元中，車騎將軍竇憲大破匈奴，登燕然山，刻石勒功，以頌漢朝威德。事見《後漢書·竇憲傳》。後因以“燕然山”泛指邊塞立功之地。唐吳融《綿竹四十韻》：“勒銘燕然山，萬代垂芬郁。”

⑨“麟閣”句：麟閣，指麒麟閣。《漢書·蘇武傳》：“甘露三年，單于始入朝。上思股肱之美，乃圖其人於麒麟閣，法其形貌，署其官爵姓名。唯霍光不名，曰大司馬大將軍博陸侯姓霍氏……次曰典屬國蘇武。皆有功德，知名當世，是以表而揚之，明著中興輔佐，列於方叔、召虎、仲山甫焉。凡十一人，皆有傳。”漢宣帝於麒麟閣畫功臣之像，置其官爵姓名。後以麒麟閣代指建立功勳。

俠少行①

錦帶佩吳鉤②，翩翩躍紫騮③。垂鞭度永坼④，挾彈過長楸。平樂十千酒⑤，南城百尺樓⑥。荊娥拂雙袖⑦，日夕又遲留。

【編年】

天聖五年（1027）前後十年間作。

【箋注】

①俠少行：由《少年行》變出。少年行，漢樂府雜曲歌辭曲名。三國魏曹植《結客篇》：“結客少年場，報怨洛北邙。”郭茂倩《樂府詩集》按語：“結客少年場，言少年時結任俠之客，爲遊樂之場，終而無成，故作此曲也。”内容多行俠立功與恣意行樂，張揚一種自由任放的人格，追慕力行的俠義精神，閃耀出叛逆的光芒。此以樂府歌辭名爲律詩。

②吳鉤：兵器名。形似劍的彎刀。據《吳越春秋·闔閭内傳》載：“闔閭既寶莫耶，復命於國中作金鉤。令曰：‘能爲善鉤者賞之百金。’吳作鉤者甚衆。而有人貪王之重賞也，殺其二子以血釁金，遂成二鉤，獻於闔閭。”後來泛稱利

劍爲吴鉤。

③紫騮:古駿馬名。《南史·羊侃傳》:"帝因賜侃河南國紫騮,令試之。侃執稍上馬,左右擊刺,特盡其妙。"

④永涽:長長的山澗。永,指水流長。《詩·周南·漢廣》:"江之永矣,不可方思。"涽,山上的水流。《列子·湯問》:"一源分爲四涽,注於山下。"

⑤平樂:漢代宫觀名。後泛指園林館閣。《文選·曹植〈名都篇〉》:"我歸宴平樂,美酒斗十千。"

⑥百尺樓:泛指高樓。借指抒發壯懷的登臨處。《三國志·魏志·陳登傳》:"汜(許汜)曰:'昔遭亂過下邳,見元龍(陳登)。元龍無客主之意,久不相與語,自上大床卧,使客卧下床。'備曰:'……君求田問舍,言無可采,是元龍所諱也。何緣當與君語?如小人,欲卧百尺樓上,卧君於地,何但上下床之間邪?'"

⑦荆娥:即楚女。楚地的美女,泛指美女。拂袖:舒展衣袖。

桃　花

雨過新含灼灼華①,煙籠芳樹勢交加。狂飛粉蝶穿朱檻,巧囀流鶯傍碧紗。露井細香飄烈麝,霜林濃豔散餘霞。齧毫更近成陰處②,似入仙源一徑斜③。

【編年】

天聖五年(1027)前後十年間作。

【箋注】

①灼灼:鮮明貌。唐楊衡《寄贈田倉曹灣》:"芳蘭媚庭除,灼灼紅英舒。"

②齧毫:即含毫:含筆於口中。比喻構思爲文或作畫。晉陸機《文賦》:"或操觚以率爾,或含毫而邈然。"

③仙源:特指晉陶淵明所描繪的理想境地桃花源。唐王維《桃源行》:"春來遍是桃花水,不辨仙源何處尋。"

早夏言懷

　　碧檻初榮槿^①，芳園已莠蓁^②。翠岑應解鹿，高樹欲鳴蜩^③。霞綺籠飛觀，雲峰映瑣寮^④。霜紈徒比月^⑤，仙馭好淩飆^⑥。寒水沉朱李^⑦，新吟寄綠蕉。藥房清氣爽，荃壁冷香消^⑧。玉沼圓荷嫩，蘭欀乳燕嬌^⑨。薄帷安盡石，幽徑采神蘦^⑩。每欲求飛雪，常思造結瑤。浩歌頻倚瑟，長袖幾吹雕^⑪。静對黃梅雨，閑吹紫玉簫。砌榴紅爛熳，窗岫碧岧嶢^⑫。袁渚疏還住^⑬，顔居正寂寥^⑭。且傾光禄酒^⑮，莫發采菱謠。

【編年】

　　天聖五年（1027）前後十年間作。

【箋注】

　　①榮槿：指木槿。榮木，也即木槿。晉陶潛《榮木》：“采采榮木，結根於兹。晨耀其華，夕已喪之。”逯欽立注：“榮木，木槿。其花朝生暮落。”

　　②莠蓁：指草類植物結實。《詩·豳風·七月》：“四月莠蓁。”毛傳：“不榮而實曰莠；蓁，蓁草也。”

　　③“翠岑”二句：當作“翠岑鹿應解，高樹蜩欲鳴”解。解鹿：漢揚雄《解嘲》：“往昔周網解結，群鹿爭逸，離爲十二，合爲六七，四分五剖，並爲戰國。”翠岑：翠峰。岑：小而高的山。蜩（tiáo）：蟬。《詩·豳風·七月》：“五月鳴蜩。”

　　④瑣寮：即瑣窗。雕刻或繪有連環形花飾的窗子。寮：小窗。晉左思《魏都賦》：“曒日籠光綺寮。”

　　⑤霜紈：潔白精緻的細絹。南朝梁沈約《謝賜軫調絹等啓》：“霜紈雪委，霧縠冰鮮。”

　　⑥淩飆：即淩風。駕着風。語出三國魏阮籍《詠懷》詩之四三：“鴻鵠相隨飛，飛飛適荒裔。雙翮淩長風，須臾萬里逝。”

　　⑦沉朱李：即“沉李浮瓜”的省語。把瓜果浸在清泉凉水中。指消夏

袪暑的樂趣。語出曹丕《與朝歌令吳質書》："浮甘瓜於清泉,沉朱李於寒水。"

⑧荃:香草名。即昌蒲。冷香:指荃的清香。唐薛能《牡丹》詩之四:"濃豔冷香初蓋後,好風乾雨正開時。"

⑨欀(xiāng):木名。皮中含有澱粉,可供食用。

⑩藭(xiāo):一種香草,即白芷。

⑪吹雕:疑是"吹影鏤塵"的省語。吹影子,雕塵埃。比喻不見形迹。

⑫岧嶢:山高聳的樣子。岧通"迢"。唐陳山甫《禹鑿龍門賦》:"豁迢嶢而分遠碧,來浩渺而寫晴虹。"

⑬袁渚:即袁宏渚。也即牛渚。晋袁宏曾於月夜泊舟於此,且詠詩以抒懷。袁宏,晋代陳郡人,字彥伯,小字虎。袁宏少有逸才,文章絶麗。少孤而貧,以行船運租爲業,常運租至牛渚,月夜於舟中諷詠,聲音清會,辭文藻拔。恰值鎮西將軍謝尚夜遊,聞其吟詠,賞其才,遣使相迎。事見《世説新語·文學》

⑭顔居:用顔回居於陋巷之典。形容生活貧苦,而志趣不改。。《論語·雍也》:"子曰:'賢哉,回也!一簞食,一瓢飲,在陋巷,人不堪其憂,回也不改其樂。賢哉,回也!'"

⑮光禄酒:光禄指南朝宋詩人顔延之,曾官金紫光禄大夫,故稱。好酒,醉後肆意直言,不避權貴。唐嚴武《巴嶺答杜二見憶》:"可但步兵偏愛酒,也知光禄最能詩。"

秋夕偶懷

小檻風驚葉①,幽庭露泫柯②。芳塵千里遠,幽恨九回多③。螢影穿簾押,蛩聲出砌莎。寸心無以寫④,愬月但長歌⑤。

【編年】

天聖五年(1027)前後十年間作。

【箋注】

①檻:指防護花木的栅欄。

②泫:水下滴。南朝宋謝靈運《從斤竹澗越嶺溪行》:"岩下雲方合,花上露猶泫。"

③九回:愁腸反復翻轉。比喻憂思鬱結難解。語出漢司馬遷《報任少卿書》:"是以腸一日而九回。"

④寸心:心事;心願。唐韋應物《善福閣對雨寄李儋幼遐》:"寸心東北馳,思與一會併。"

⑤愬月:迎著月亮;對月。愬:通"溯"。《文集》卷五《太廟宿齋作》:"達向來風迥,方諸溯月寒。"

秋夕偶作

獨誦潘郎《秋興賦》①,閑吟謝守《怨情詩》②。風摇紅樹啼螿急③,月照緑窗蓮漏遲④。

【編年】

天聖五年(1027)前後十年間作。

【箋注】

①"潘郎"句:晋代文人潘岳以賦著稱,曾以《秋興賦》寄寓失意傷感之情。後以"潘岳賦"作詠秋或稱美文士之典。《文選·潘岳〈秋興賦·序〉》:"攝官承乏,猥廁朝列,夙興晏寢,匪遑底寧。譬猶池魚籠鳥,有江湖山藪之思。於是染翰操紙,慨然而賦。於時秋也,故以'秋興'命篇。"

②"謝守"句:謝守,指謝靈運。謝靈運曾爲永嘉太守,故稱。唐劉禹錫《寄樂天》:"于公必有高門慶,謝守何煩曉鏡悲。"

③螿(jiāng):也稱寒蟬。似蟬而小,青赤色。

④蓮漏:蓮花形的滴漏計時器。《國史補》:"惠遠以山中不知更漏,乃取銅葉製器,狀如蓮花。置盆水上,底孔漏水,半之則沉,每晝夜十二沉,爲行道之節,雖冬夏短長,雲陰月黑無所差。"

秋夜聞笛

秋宵萬籟沉，羌笛似龍吟①。向秀忽思舊②，馬融方好音③。細聲寒入牖，殘韻半和砧④。莫奏《梅花》曲⑤，旅人情更深。

【編年】

天聖五年（1027）前後十年間作。

【箋注】

①龍吟：笛聲清亮美好。典出《北齊書・鄭述祖傳》："述祖能鼓琴，自造《龍吟》十弄，云嘗夢人彈琴，寤而寫得，當時以爲絶妙。"

②向秀：向秀作《思舊賦》述聞鄰人笛聲，懷念嵇康。《晉書・向秀傳》："嵇康善鍛，秀爲之佐，相對欣然，傍若無人，又共吕安灌園於山陽，康既被誅，秀應本郡計入洛。作《思舊賦》云：'余與嵇康、吕安居止接近，其人並有不羈之才。嵇意遠而疏，吕心曠而放，其後並以事見法，嵇博綜伎藝，於絲竹特妙，臨當就命，顧視日影，索琴而彈之。逝將西邁，經其舊廬。於時日薄虞泉，寒冰淒然。鄰人有吹笛者，發聲寥亮。追想曩昔遊宴之好，感音而歎，故作賦'云云。"

③馬融：馬融好吹笛，有《長笛賦》。《後漢書・馬融傳》："融才高博洽，爲世通儒……善鼓琴，好吹笛，達生任性，不拘儒者之節。居宇器服，多存侈飾。常坐高堂，施絳紗帳，前授生徒，後列女樂，弟子以次相傳，鮮有入其室者。"唐杜甫《風疾舟中伏枕書懷奉呈湖南親友》："如聞馬融笛，若倚仲宣襟。"

④和砧：和着擣衣聲。南朝梁柳惲《擣衣》詩之四："軒高夕杵散，氣爽夜砧鳴。"

⑤《梅花》曲：笛曲。又名《梅花落》、《梅花弄》、《梅花三弄》、《梅花三奏》、《落梅曲》、《小單于》等。據明朱權《神奇秘譜》稱，此曲係由晉桓伊所作的笛曲改編而成。《樂府解題》："《梅花落》本笛中曲也。"

古寺清秋日五首

其　一

古寺清秋日，微涼寶殿中。玉題高納月，金鐸碎搖風①。翠蘚緣階碧，幽蘭裛露紅。閑聽蓮葉漏，吟對惠休公②。

【編年】

天聖五年（1027）前後十年間作。

【箋注】

①金鐸：古代樂器。大鈴的一種。古代宣佈政教法令或遇戰事時用。青銅製品，形如鉦而有舌。舌爲金屬製者稱金鐸。

②惠休：即湯惠休。南朝宋詩人。早年爲僧，人稱"惠休上人"。因善於寫詩被徐湛之賞識。孝武帝劉駿命其還俗，官至揚州從事史。

其　二

古寺清秋日，幽閑景倍殊。晚雲遮鷲嶺①，新月照蝦鬚。玉露沾籬菊，金風落井梧。武泥求泛駕②，張翰莫思鱸③。

【箋注】

①鷲嶺：指杭州靈隱寺前飛來峰。飛來峰又名靈鷲，故稱。此借指佛寺。

②"武泥"句：武泥：武都紫泥。借指武帝詔書。秦漢兩朝典章制度：凡皇帝的詔璽，都用紫泥封。後遂用爲皇帝詔書誥命的代稱。漢衛宏《漢舊儀》："皇帝六璽……皆以武都紫泥封，青布囊，白素裏。"泛駕：即"泛駕之馬"的省語。不受駕馭的馬。比喻很有才能而不肯俯首貼耳的人。泛駕，覆駕，不受駕馭。漢班固《漢書·武帝紀》中漢武帝《求茂才異等詔》："蓋有非常之功，必待非常之人。故馬或奔踶而致千里，士或有負俗之累而立功名。夫泛駕之馬，跅弛之士，亦在御之而已。"

　　③“張翰”句:張翰,西晉吳人,字季鷹。狂放不拘,喜好飲酒。齊王司馬冏
任命他爲大司馬東曹掾,翰見政局紛亂,爲了避難,托以思念家鄉的菰菜、蒪羹
和鱸魚膾,解職而歸。南朝宋劉義慶《世説新語·識鑒》:“張季鷹(張翰)辟齊
王東掾,在洛,見秋風起,因思吳中菰菜羹、鱸魚膾,曰:‘人生貴得適意爾,何能
羈宦數千里以要名爵?’遂命駕便歸。”後以“張翰思鱸”之典,喻思鄉歸隱。

其　三

　　古寺清秋日,登樓擁鼻吟①。微涼生奈苑②,輕吹動香林。窗
外螢飛火,籬邊菊散金。静彈流水曲,何處有知音③。

【箋注】

　　①擁鼻吟:指用雅音曼聲吟詠。典出《晉書·謝安傳》:“安本能爲洛下書
生詠,有鼻疾,故其音濁,名流愛其詠而弗能及,或手掩鼻以效之。”

　　②奈苑:佛寺。也作“奈園”。《維摩詰經·佛國品》:“聞如是,一時佛遊
於維耶離奈氏樹園,與大比丘衆俱。”奈氏樹園,一本作“庵羅樹園”,奈同
“柰”。後因用以稱佛寺。唐王勃《八仙徑》:“奈園欣八正,松岩訪九仙。”

　　③“静彈”二句:流水曲:即伯牙琴。形容知音心意相通。《列子·湯問》:
“伯牙善鼓琴,鍾子期善聽,伯牙鼓琴志在高山,鍾子期曰:‘善哉,峨峨兮若泰
山!’志在流水,曰:‘善哉,洋洋乎若江河!’伯牙所念,鍾子期必得之。子期
死,伯牙謂世再無知音,乃擗琴絶弦,終身不復鼓。”

其　四

　　古寺清秋日,潘郎興倍長①。院閑披鶴氅②,人静掩鶯房〔一〕。
密樹驚晨鵲,幽軒耿夜螢③。班姬應詠扇,通夕恨昭陽④。

【校勘】

　　〔一〕鶯房:四庫本作“鷹房”。

【箋注】

　　①“潘郎”句:潘郎,指潘岳。潘岳《秋興賦》作於咸寧四年(278)。作者對
滯官不遷,牢騷滿腹,因而像宋玉那樣借寫秋景來抒發自己的愁懷;淒清的秋

景又進一步勾起他内心無限的悵惘,他幻想能擺脱塵世的羈絆,"逍遥乎山川之阿,放曠乎人間之世"。

②鶴氅:鳥羽製成的裘。用作外套。亦泛指寬敞衣著,多披之於外。《晋書·王恭傳》:"恭美姿儀,人多愛悦,或目之云:'濯濯如春月柳。'嘗被鶴氅裘,涉雪而行。孟昶窺見之,歎曰:'此真神仙中人也!'"

③耿:突出。

④"班姬"二句:言班婕妤恨趙飛燕。唐沈佺期《鳳簫曲》:"飛燕侍寢昭陽殿,班姬飲恨長信宫。"昭陽:即昭陽殿。是漢武帝時建造的后宫中的宫殿之一。漢成帝時,皇后趙飛燕曾居昭陽殿。《漢書·孝成趙皇后傳》:"後月餘,乃立(趙)婕妤爲皇后。……居昭陽舍,其中庭彤朱,而殿上髤漆,砌皆銅遝黄金塗,白玉階,壁帶往往爲黄金釭,函藍田璧,明珠、翠羽飾之,自后宫未嘗有焉。姊弟顓寵十餘年。"

其　五

古寺清秋日,含毫憑小樓①。雨微滋石蘚,煙淡落霜楸。紫燕休巢幕②,蒼鷹已下鞲③。閑傾浮蟻酌④〔一〕,時典鷫鸘裘⑤。

【校勘】

〔一〕酌:明刻本作"酎"。酌:即酒的代稱。酎(zhòu):即醇酒,指經過兩次或多次重釀的酒。故此處酌、酎皆可通。

【箋注】

①含毫:以口水濕潤毛筆。比喻構思爲文。晋陸機《文賦》:"或操觚以率爾,或含毫而邈然。"

②巢幕:築巢於帷幕之上。晋潘岳《西征賦》:"危素卵之累殼,甚玄燕之巢幕。"

③鞲:革製臂套。唐元稹《酬翰林白學士代書一百韻》:"逸驥初翻步,鞲鷹暫脱羈。遠途憂地窄,高視覺天卑。"

④浮蟻:酒面上的浮沫。漢張衡《南都賦》:"醪敷徑寸,浮蟻若萍。"借指酒。

⑤"時典"句：用司馬相如典鷫鸘裘換酒之典。晋葛洪《西京雜記》卷二：
"司馬相如初與卓文君還成都，居貧愁懣，以所著鷫鸘裘就市人楊昌貰酒，與文
君爲歡。既而文君抱頸而泣曰：'我平生富足，今乃以衣裘貰酒。'"

重陽前五日探菊

比到重陽猶五日，露披金菊滿東籬①。莫言預賞非真賞，大
抵先時勝後時。密蕊不容群蝶采，清香未許衆人知。幕中婉畫應
多暇②，來伴淵明把酒卮③。

【箋注】

①東籬：指種菊之處；菊圃。晋陶潛《飲酒》詩之五："采菊東籬下，悠然見
南山。"

②婉畫：指幕僚輔助長官謀劃。語出南朝宋謝瞻《張子房》："婉婉幕
中畫。"

③把酒卮（zhī）：飲酒。北周庾信《北園新齋成應趙王教》："玉節調笙管，
金船代酒卮。"

重陽前兩日登樓望月

寶刹翬飛切紫霄①，況蓮開士木綿袍②。黃昏尚倚危樓望③，
反照南榮唄梵高④。

【編年】

天聖九年（1031）至明道二年（1033）知榆次縣日作。按：此詩又見俞後
銓、陶良駿修，王平格等纂同治《榆次縣志》卷一四，題曰《登樓望月》，詩下注：
"在源渦永壽寺作石刻，今存源池書院。"

【箋注】

①紫霄：高空。晋曹毗《馬射賦》："狀若騰虯而登紫霄，目似晨景之駭

扶木。"

　　②况：通"皇"。美、大。開士：菩薩的別名，多用作對僧人的敬稱。

　　③危樓：高樓。唐李端《度關山》："危樓緣廣漠，古竇傍長城。"

　　④南榮：房屋的南簷。榮，屋簷兩頭翹起的部分。《文選·司馬相如〈上林賦〉》："偓佺之倫，暴於南榮。"唄（bài）梵：也作"梵唄"。梵文 Pāthaka 的音譯。係佛教以短偈形式唱讚佛、菩薩的頌歌。也可用樂器伴奏。

玩月吟寄友人

其　一

　　桂魄騰輝朱户深①，瑣寮珠箔夜沉沉②。慵聽北里吹竽燕③，閑倚南樓擁鼻吟。玉宇暗銷紅燭影，銀床斜轉碧桐陰。金瓶剩貯程鄉酒④，留待龍交滿滿斟⑤。

【編年】

　　天聖五年（1027）前後十年間作。

【箋注】

　　①桂魄：月的別稱。又稱桂輪、桂月、桂窟等。傳説月中有桂樹，故稱。

　　②瑣寮：瑣窗。珠箔：珠簾。

　　③吹竽。《韓非子·内儲説上》："齊宣王使人吹竽，必三百人。南郭處士請爲王吹竽，宣王説之，廩食以數百人。宣王死，湣王立，好一一聽之，處士逃。"燕：燕集，宴會。

　　④程鄉酒：古代桂陽郡郴縣程鄉溪出産的酒。北魏酈道元《水經注·耒水》："縣有渌水，出縣東俠公山，西北流而南，屈注於耒，謂之程鄉溪，郡置酒官，醖於山下，名曰程酒。"

　　⑤龍交：即雲龍交。喻朋友相得。此指朋友。清趙翼《余簡稚存詩稚存答詩再簡奉酬》："昔唐有韓孟，雲龍兩連翩。"

其　二

　　薄宦羈塵事①,勞生困夏畦②。偶來遊日觀,更喜躡雲梯。便擬紉蘭佩③,相招隱竹溪④。回看廣津路⑤,欲問轉多迷。

【箋注】

　　①薄宦:卑微的官職。有時用爲謙辭。晋陶潛《尚長禽慶贊》:“尚子昔薄宦,妻孥共早晚。”

　　②勞生:辛苦勞累的生活。語出《莊子·大宗師》:“夫大塊載我以形,勞我以生,佚我以老,息我以死。”夏畦:指卑躬屈膝,對人諂媚。宋蘇軾《和陶詩·和己酉歲九月九日》:“伯始真糞土,平生夏畦勞。”

　　③紉蘭佩:喻人品高潔。語出《楚辭·離騷》:“扈江離與辟芷兮,紉秋蘭以爲佩。”

　　④隱竹溪:唐天寶年間,唐李白、孔巢父、韓準、裴政、張叔明、陶沔六人曾共隱於徂徠山竹溪,酣歌縱酒,故時人稱之爲“竹溪六逸”。見《新唐書·李白傳》。

　　⑤廣津路:指北宋汴河出入都城汴梁的水路之一。京城,東面水門三,曰上善在通津門南,汴河南水門也,顧祖禹《讀史方輿紀要》卷四七:“惠民河自戴樓門入,曰通津。在朝陽門南,沛河北水門。天聖初,改廣津門。”津:渡口。《論語·微子》:“長沮、桀溺耦而耕,孔子過之,使子路問津焉。”

其　三

　　聞道頻揮霹靂手①,見虞曹王員外之言〔一〕。定知不費琢之才。且投丹筆攜詩筆〔二〕,來就花間把一杯②。

【校勘】

　　〔一〕之言:原作“言之”,據宋百家詩存本改。

　　〔二〕投:原作“收”,據宋百家詩存本改。相較“投”更顯灑脱之態。

【箋注】

①霹靂手:稱能吏。用唐裴琰之斷案迅速之典。裴琰之,唐絳州聞喜人。高宗永徽中,爲同州司户參軍。時年少,刺史輕之。州中有積年舊案數百道,琰之省決一日畢,由是知名,號"霹靂手"。

②把一杯:即把酒。手執酒杯。謂飲酒。唐孟浩然《過故人莊》:"開筵面場圃,把酒話桑麻。"

遊仙詠①

十二瑶樓切絳雲②,醉遊昆閬碧桃春③。煙藏玉樹棲鸞穩,露裹芝田唳鶴頻④。閑訪五城騎白鹿⑤,静尋三洞駕黄麟⑥。紫房求看登真録⑦,説是明晨第一人。

【編年】

天聖五年(1027)前後十年間作。

【箋注】

①遊仙詠:即遊仙詩。中國古代描寫神仙及仙境以寄託詩人思想感情的詩。起源較早,最早屈原《離騷》篇末有遠去西海遊仙之意,漢樂府中也有這類作品,但廣爲流行則在魏晋之際。曹植的《仙人篇》、《昇天行》、《三遊》屬於遊仙詩,晋郭璞爲遊仙詩代表作家。

②十二瑶樓:即"十二瑶臺"。舊題晋王嘉《拾遺記》卷一〇《昆侖山》:"昆侖山者,西方曰須彌,山對七星之下,出碧海之中,上有九層。……第九層山形漸小狹,下有芝田蕙圃,皆數百頃,群仙種耨焉。傍有瑶台十二,各廣千步,皆五色玉爲臺基。"唐李商隱《無題》:"如何雪月交光夜,更在瑶臺十二層。絳雲:紅雲。

③昆閬碧桃:昆閬:指昆侖山。古代傳説西王母住在昆侖山的瑶池,她園子裏種有蟠桃。

④芝田:傳説中仙人種靈芝的地方。晋王嘉《拾遺記·昆侖山》:"第九層,山形漸小狹,下有芝田、蕙圃,皆數百頃,群仙種耨焉。"唳鶴:鳴鶴。漢王充

《論衡·變動》:“夜及半而鶴唳,晨將旦而雞鳴。”

⑤五城:神仙的居所。明胡應麟《少室山房筆叢·玉壺遐覽一》:“逮今所傳,五城三山,絛宮瑤樓,諸仙聖儀衛章服,一胡紛紛麗詭也。”

⑥三洞:道教經典分洞真、洞玄、洞神三部,合稱“三洞”。言通玄達妙,其統有三,故云“三洞”。借指道家的名山洞府。唐顧況《步虛詞》:“迴步遊三洞,清心禮七真。”黃麟:傳說中的瑞獸麒麟。因其身上鱗片閃耀金色,故稱。晋葛洪《神仙傳·王遠》:“王君出城,盡將百官從行,唯乘一黃麟,將十數侍人。”

⑦紫房:指道家煉丹房。南朝宋鮑照《代淮南王》詩之一:“合神丹,戲紫房,紫房彩女弄明璫。”登真:猶登仙;成仙。唐元稹《酬樂天早春閑遊西湖頗多野趣》:“墨池憐嗜學,丹井羨登真。”

送胡秀才歸絳臺①

飄飄詞賦已還卭②,法牖推賢繼祖風③。緩頰且驚儀舌在④,隻輪休歎阮途窮⑤。佇觀振翼遷喬木,忍學棲衡嗜晚菘⑥?楚寶定須三獻遇⑦,胡君已兩上矣。肯教頻歲泣如虹⑧?

【編年】

天聖五年(1027)前後十年間作。

【箋注】

①絳臺:春秋晉平公在國都絳所建之高臺。一說晉靈公所造。《後漢書·馮衍傳下》:“嬀女齊於絳臺兮,饗椒舉於章華。”此指絳。古地名。春秋晉國舊都。在今山西省翼城縣東南。晉穆侯自曲沃遷都於此,孝公時改名爲翼。及景公遷新田,稱爲新絳,遂稱此爲故絳。

②詞賦已還卭:以司馬相如還臨卭之典比胡秀才歸絳臺。

③法牖:建立法度,啓發教導民衆。牖:通“誘”。誘導。《詩·大雅·板》:“牖民孔易。”

④緩頰:婉言勸解或代人講情。語出《史記·魏豹彭越列傳》:“漢王謂酈

生曰：‘緩頰往説魏豹，能下之，吾以萬户封若。’”《漢書·高帝紀上》引此文，顏師古注引張晏曰：“緩頰，徐言引譬喻也。”儀舌：戰國辯士張儀之舌。謂能言善辯。語出《史記·張儀列傳》：“張儀已學而遊説諸侯。嘗從楚相飲，已而楚相亡璧，門下意張儀……共執張儀，掠笞數百，不服，釋之。其妻曰：‘嘻！子毋讀書遊説，安得此辱乎？’張儀謂其妻曰：‘視吾舌尚在否？’其妻笑曰：‘舌在也。’儀曰：‘足矣。’”

　　⑤阮途窮：喻指令人悲哀的窮途。多見於失意之作。《晉書·阮籍傳》：“（籍）時率意獨駕，不由徑路，車跡所窮，輒慟哭而反。”

　　⑥棲衡：指隱居。《詩·陳風·衡門》：“衡門之下，可以棲遲。泌之洋洋，可以樂飢。”朱熹集傳：“此隱居自樂而無求者之詞。言衡門雖淺陋，然亦可以遊息。”衡門，衡木爲門，指簡陋的房屋。晚菘：菘，蔬菜名。通常稱白菜。《南史·周顒傳》：“文惠太子問顒菜食何味最勝，顒曰：‘春初早韭，秋末晚菘。’”

　　⑦“楚寶”句：典出《韓非子》：“楚人得玉璞楚山中，奉而獻之厲王，王使玉人相之，玉人曰石也，王以和爲誑而刖其左足。厲王薨，武王即位，和又奉而獻之武王，武王使玉人相之，又曰石也，王又以和爲誑，而刖其右足。武王薨，文王即位，和乃抱其璞而哭於荆山之下，三日三夜，淚盡繼之以血。王聞之，使人問其故曰：天下之刖者多矣，子奚哭之悲也？和曰：吾非悲刖也，悲夫寶玉而題之以石，貞士而名之以誑，此吾所以悲也。王乃使玉人理其璞而得寶焉，命曰和氏之璧。”楚寶，指和氏璧。

　　⑧頻歲：連年。如虹：如同長虹。謂才氣不凡。從“白虹貫日”化出。《戰國策·魏策四》：“夫專諸之刺王僚（春秋時吴國君主，名僚）也，彗星襲月；聶政之刺韓傀也，白虹貫日；要離之刺慶忌（吴王僚之子）也，倉（同蒼）鷹擊於殿上。”

贈孫莊秀才

麗藻遒文絶比肩[①]，買符新自帝州還[②]〔一〕。四溟浪闊鵾須化[③]，三島路長鸑暫閑[④]。桂玉擅名將繼郤[⑤]，簞瓢樂道且晞顏[⑥]。

前春定奮沖天翼⑦,休抱如虹泣楚山⑧。

【編年】

天聖五年(1027)前後十年間作。

【校勘】

〔一〕遷:原作"遷",據四庫本改。

【箋注】

①麗藻:華麗的詞藻。亦指華麗的詩文。唐王勃《爲人與蜀城父老書》:"麗藻華文,代有雲泉之氣。"遒文:筆力雄健的文章。《晋書·文苑傳贊》:"子安、太沖,遒文綺爛;袁、庾、充、愷,縟藻霞焕。"比肩:地位同等之人。《續資治通鑒·宋太祖建隆元年》:"朝廷大臣,皆我之比肩也。"

②買符:指赴京參加省試。用"郭丹約關"之典。詠有大志。《後漢書·郭丹列傳》:"郭丹字少卿,南陽穰人也……丹七歲而孤……後從師長安,買符入函谷關,乃慨然歎曰:'丹不乘史者車,終不出關'……更始二年,三公舉丹賢能,徵爲諫議大夫,持節使歸南陽,安集受降。丹自去家十有二年,果乘高車出關如其志焉。"

③"四溟"二句:當作"四溟浪闊須化鵾,三島路長暫閑鷥"解。四溟:四海,四方之海。鵾須化:即鵬須化爲鯤。語出《莊子·逍遥遊》:"北冥有魚,其名爲鯤,鯤之大不知其幾千里也。化而爲鳥,其名爲鵬。"

④三島:指傳説中的蓬萊、方丈、瀛洲三座海上仙山。泛指仙境。

⑤"桂玉"句:擅名,享有名聲。繼郤,指科場中第。郤,指郤詵。晋武帝時舉賢良對策爲天下第一,自視爲"桂林之一枝,昆山之片玉"。事見《晋書·郤詵傳》。

⑥簞瓢樂道:用顔回之典。《史記·顔回列傳》:顔回者,魯人也,字子淵。孔子曰:"賢哉回也!一簞食,一瓢飲,在陋巷,人不堪其憂,回也不改其樂。"晞顔:仰慕顔回。謂仰慕賢者。漢揚雄《法言·學行》:"晞驥之馬,亦驥之乘;晞顔之士,亦顔之徒。"

⑦沖天翼:此句謂定能高中。

⑧如虹:謂不凡才氣。泣楚山:用楚人獻和氏璧之典。

送郭屯田牧涪陵①

涪陵古郡接清臺②,巴俗頻思叔度來③。魚竹乍分天顧息④,星軺初動隼旗開⑤。一麾暫輟含香職⑥,雙筆猶淹視草才⑦。佇聽陝棠民頌洽⑧,紫泥封詔下蓬萊⑨。

【編年】

天聖五年(1027)前後十年間作。

【箋注】

①屯田:"屯田郎中"或"屯田員外郎"的省語。郭氏之本官階。牧涪陵:即任涪陵知州。郭氏之實任差遣。涪陵:在四川東部。漢置枳縣,隋改涪陵縣,唐武德元年(618)於此置涪州。宋仍爲涪州,隸夔州路。

②清臺:當指"懷清臺"。在今四川省長壽縣南。秦始皇爲巴寡婦清所築。

③巴:指四川。秦漢設巴蜀二郡,皆在今四川省。後用爲四川的別稱。叔度:指東漢廉範。廉範字叔度。曾官蜀郡太守,施行惠政,解除禁止夜間作工的禁令,方便人民生活,老百姓作歌稱頌他。其歌曰:"廉叔度,來何暮? 不禁火,民安作。平生無襦今五絝。"見《後漢書·廉範傳》。後用爲稱美地方長官施行惠政之典。

④魚竹乍分:用"鯰魚上竹"之典。鯰魚爬上竹子。比喻達到目的很不容易。宋羅願《爾雅翼》二九:"鮧魚……謂之鯰魚……善登竹,以口銜葉而躍於竹上,大抵能登高。其有水堰處,輒自下騰上,愈高遠而未止。諺曰:鯰魚上竹,謂是故也。"顧息:顧念太息。

⑤星軺(yáo):使者所乘的車。亦借指使者。軺:輕車。晋左思《吳都賦》:"軺驘驒,旍魚鬢。"隼旗:畫有隼鳥的旗幟。古代爲州郡長官所建。語出《周禮·春官·司常》:"鳥隼爲旟,龜蛇爲旐……州裏建旟,縣鄙建旐。"

⑥一麾:指"出任太守"。用"阮咸一麾"之典。《文選》顏延之《五君詠》題解引《宋書》:顏延年領步兵,好酒疏誕,不能斟酌當時,劉湛言於彭城王義康,出爲永嘉太守。延年甚怨憤,乃作《五君詠》以述竹林七賢,山濤、王戎以貴

顯被黜。詠阮咸云："屢薦不入官，一麾乃出守。"含香職：指尚書郎。古代尚書郎奏事答對時，口含雞舌香以去穢。

⑦視草才：指翰林學士。古代詞臣奉旨修正詔諭一類公文，稱"視草"。《漢書·淮南王劉安傳》："每爲報書及賜，常召司馬相如等視草乃遣。"

⑧佇聽陝棠：稱美地方長官有善政。《詩·召南·甘棠》："蔽芾（fèi）甘棠，勿翦勿伐，召伯所茇（bá）。"《史記·燕召公世家》："召公之治西方，甚得兆民和。召公巡行鄉邑，有棠樹，決獄政事其下，自侯伯至庶人各得其所，無失職者。召公卒，而民人思召公之政，懷棠樹不敢伐，歌詠之，作《甘棠》之詩。"因召公采邑在召（今陝西岐山西南），故稱陝棠。

⑨紫泥封詔：指皇帝的詔書。秦漢兩朝典章制度，凡皇帝的詔璽，都用紫泥封。

和張嶢秀才勉弟之什

棣萼聯華繼昔賢①，素園遊想已多年②。方觀藪鳳翔千仞③，將見床鸞上九天④。寬詔已聞求泛駕⑤〔一〕，盛時休賦歸田⑥。來春定中穿楊箭⑦，好約抽毫玉陛前⑧。

【編年】

天聖五年（1027）前後十年間作。

【校勘】

〔一〕已：四庫本作"佇"。"已聞"與后句之"休憶"相對爲文。

【箋注】

①棣萼：比喻兄弟。《晋書·孝友傳序》："夫天倫之重，共氣分形，心睽則葉領荆枝，性合則華承棣萼。"聯華：花開並蒂。

②素園：即"竹素園"。此謂典籍。形容典籍豐富。《文選·張協〈雜詩〉》："遊思竹素園，寄辭翰墨林。"張銑注："竹素皆乃古人所用書之者，言遊思典籍也，言園謂廣也。"

③藪鳳：《禮記·禮運》："故天降膏露，地出醴泉；山出器車，河出馬圖；鳳

凰麒麟皆在郊藪,龜龍在宫沼。”

④床鸞:即“女床之鸞”。《山海經·西山經》:“西南三百里,曰女床之山,其陽多赤銅,其陰多石涅,其獸多虎豹犀兕。有鳥焉,其狀如翟而五采文,名曰鸞鳥,見則天下安寧。”

⑤“寬詔”句:班固《漢書·武帝紀》中漢武帝《求茂才異等詔》:“蓋有非常之功,必待非常之人。故馬或奔踶而致千里,士或有負俗之累而立功名。夫泛駕之馬,跅弛之士,亦在御之而已。”求才及於“泛駕”,故曰“寬詔”。

⑥賦歸田:漢張衡,字平子,作《歸田賦》,抒發不得志、欲歸隱田園之情。《文選·張衡〈歸田賦〉》:“遊都邑以永久,無明略以佐時。徒臨川以羨魚,俟河清乎未期。感蔡子之慷慨,從唐生以決疑。諒天道之微昧,追漁父以同嬉。超埃塵以遐逝,與世事乎長辭。”

⑦“來春”句:用“由基穿楊”之典。借喻科舉及第。《戰國策·西周策》:“楚有養由基者,善射,去柳葉百步而射之,百發百中。”

⑧抽毫玉陛前:謂參加殿試。抽毫:抽筆出套。借指寫作。玉陛:帝王的殿階。代指皇帝。

送昌黎先生歸秦亭①

獨駕輕鴻返故園,冠霞曾醉錦江煙②。五圖金記何年授③,九篇丹經幾處傳④。曉別閬州飛玉羿⑤,暮登秦嶺挹紅泉⑥。椒庭他日重相見,應許壺中看列仙⑦。

【編年】

天聖五年(1027)前後十年間作。

【箋注】

①秦亭:在今河南范縣東南。唐高適《東平旅遊奉贈薛太守二十四韻》:“汶山春帆渡,秦亭晚日愁。”

②冠霞:頭戴霞冠。意謂成仙。《文選·鮑照〈昇天行〉》:“冠霞登彩閣,解玉飲椒庭。”錦江:岷江分支之一,在今四川成都平原。傳説蜀人織錦濯其中

則錦色鮮豔,濯於他水,則錦色暗淡,故稱。

③五圖金記:指《五岳真形圖》。《文選·鮑照〈昇天行〉》:"五圖發金記,九籥隱丹經。"李善注引《抱朴子》:"余聞鄭君言:'道書之重,莫尚於《三皇文》、《五岳真形圖》也。'"

④九籥丹經:道家藏經卷的器具。南朝宋鮑照《代昇天行》:"五圖發金記,九籥隱丹經。"錢振倫注:"鄭玄《易緯》注曰:'齊魯之間,名門户及藏器之管曰籥,以藏經。而丹有九轉,故曰九龠也。'"

⑤玉斝:酒杯的美稱。唐韓愈《憶昨行和張十一》:"青天白日花草麗,玉斝屢舉傾金罍。"

⑥紅泉:指仙境。傳說漢東方朔小時掘井,陷落地下,有人欲引往采仙草,中隔紅泉不得渡,其人以一屐與之,遂泛紅泉,至仙草之處,采而食之。見舊題漢郭憲《洞冥記》。唐錢起《山中酬楊補闕見過》:"日暖風恬種藥時,紅泉翠壁薜蘿垂。"

⑦壺中看列仙:用"壺中天地(或日月)"之典。稱仙境。南朝宋范曄《後漢書·費長房傳》:"費長房者,汝南人也。曾爲市掾。市中有老翁賣藥,懸一壺於肆頭,及市罷,輒跳入壺中。"後與老翁"俱入壺中,唯見玉堂嚴麗,旨酒甘肴盈衍其中,共飲畢而出"。

送果州李推官赴闕①

德滿椒蘭學滿籝②,升堂鴻藻繼云卿③。舜庠早中巍峨選④,君廣文首薦。儉府還馳醞藉名⑤。捧詔定趨文石陛⑥,揚鞭將度洛陽城。麟臺馬署期高步⑦,閑繹芸籤聽苑鶯⑧。

【編年】

慶曆五年(1045)至慶曆七年(1047)三月知益州日作。

【箋注】

①果州:屬梓州路。中,南充郡,團練。推官:幕職之官。分節度推官、防禦推官、團練推官以及軍事推官。果州爲團練州,則李推官爲團練推官。爲

州、府屬官,掌收發符,協理長吏治本州、府公事。由選人充。選人:文臣京朝官以外的低檔寄禄官階。意謂候選之官。詳見《文集》卷三〇《詔賜儒行中庸篇並七條事》注②。赴闕:入朝。指陛見皇帝。

②椒蘭:比喻美好。唐元稹《授牛元翼深冀州節度使制》:"聞爾鼙鼓之音,懷爾椒蘭之德。"籯:竹籠。《漢書·韋賢傳》:"遺子黄金滿籯,不如一經。"

③鴻藻:雄文。漢班固《東都賦》:"鋪鴻藻,信景鑠,揚世廟,正雅樂。"云卿:沈佺期字云卿,以律詩見稱。

④舜庠:中國古代的學校。産生於虞舜時代。故稱。巍峨選:即高選。

⑤儉府:南朝齊王儉的府第。美稱幕府。儉於高帝時爲衛將軍,領朝政,用才名之士爲幕僚。醞藉:寬和有涵容。《漢書·薛廣德傳》:"廣德爲人,温雅有醞藉。"

⑥文石陛:用文石砌成的宫廷臺階。代宫廷。唐杜牧《長安雜題長句》之四:"束帶謬趨文石陛,有章曾拜皁囊封。"

⑦麟臺:秘書省。唐武后改秘書省爲"麟臺"。馬署:即"金馬署"。西漢時國家藏書處名。借指翰林院。《文選·陸厥〈奉答内兄希叔〉》:"屬叨金馬署,又點銅龍門。"李善注:"叨金馬署,謂爲秀才也。"高步:超群出衆。唐顔真卿皇甫曾等《七言重聯句》:"頃持憲簡推高步,獨佔詩流横素波。"

⑧繹:尋繹,理出事物的頭緒。引申爲解析。芸籤:本謂書籤。借指書籍。唐李商隱《爲賀拔員外上李相公啓》:"登諸蘭署,轄彼芸籤。"

送友人

攜手北梁道①,送君南浦春②。斜陽沉璧彩,流水濯纓塵③。郢酒頻揚觶④,燕歌旋愴神⑤。瑶華如可折,堪寄隴頭人⑥。

【編年】

天聖五年(1027)前後十年間作。

【箋注】

①北梁:在北邊的橋。古多指送別之地。漢王褒《九懷·陶壅》:"濟江海

兮蟬蜕,絶北梁兮永辭。"

②南浦:南面的水邊。稱送別之地。《楚辭·九歌·河伯》:"送美人兮南浦。"王逸注:"願河伯送己南至江之涯。"

③濯纓:洗濯冠纓。比喻超脱世俗,操守高潔。語出《孟子·離婁上》:"滄浪之水清兮,可以濯我纓。"

④郢酒:即郢州春酒。古代把冬季釀製、春季乃成的酒稱春酒。唐代郢州(即今湖北鍾祥、高山一帶)所造春酒十分有名。唐玄宗開元時期,張去奢爲郢州刺史時,把郢州春酒貢奉宫廷,很得唐玄宗的喜愛,便把郢州酒匠召入長安,在宫廷專門製作這種春酒。此後不久,郢州春酒釀法在關中傳開,逐漸成了關中名酒。觶(zhì):一種盛酒的器皿。《禮記·禮器》:"尊者舉觶,卑者舉角。"

⑤燕歌:泛指悲壯的燕地歌謡。戰國時,燕太子丹命荆軻入秦刺秦王,至易水上,高漸離擊筑,荆軻慷慨作歌曰:"風蕭蕭兮易水寒,壯士一去兮不復還!"見《戰國策·燕策三》。唐王勃《采蓮賦》:"徘徊郢調,悽愴燕歌。"

⑥瑶華:傳説中的仙花。借指贈别。《楚辭·九歌·大司命》:"折疏麻兮瑶華,將以遺兮離居。"隴頭:隴山。借指邊塞。南朝宋陸凱《贈范曄詩》:"折花逢驛使,寄與隴頭人。江南無所有,聊贈一枝春。"

送浦上人遊川^①〔一〕

火宅清涼蔭慧雲^②,海潮芳論更難倫。鷹房暫鎖巴山下^③,虎錫還飛錦水濱^④。貝葉文皆收縹帙^⑤,木蘭衣不染紅塵^⑥。亭皋欲别偏多感^⑦,緣是雙林社裏人^⑧。

【校勘】

〔一〕浦:明刻本、四庫本作"溥"。

【箋注】

①上人:對智德兼備並可以作爲僧衆人師者的高僧之尊稱。《釋氏要覽》卷上説,内有德智,外有勝行,在衆人之上者爲上人。後也用於對一般僧人的敬稱。

②火宅：佛教語。多用以比喻充滿衆苦的塵世。《法華經·譬喻品》：“三界無安，猶如火宅……衆苦所燒，我皆拔濟。”

③巴山：大小巴山的合稱。在四川重慶，小巴山是大巴山的支峰。“巴山”，有時是實指，有時則泛指四川重慶境内的山。

④虎錫：即錫杖。又作“解虎錫”。《續高僧傳·僧稠傳》：“（僧稠）後詣懷州西屋山，修習前法，聞兩虎交鬥，咆響震岩，乃以錫杖中解，各散而去。”又《續高僧傳·曇詢傳》：“又山行，值二虎相鬥，累時不歇。詢乃執錫分之。以身爲翳（用身體擋在中間），語云：‘同居林藪，計無大乖，幸各分路。’虎低頭受命，便飲氣而散。”後佛門中流傳“錫杖解虎”的故事，並稱二高僧之錫杖爲“解虎錫”。錦水：即錦江。

⑤貝葉文：書寫於葉上的文字。指佛經。唐劉長卿《送方外上人之常州依蕭使君》：“歸共臨川使，同翻貝葉文。”縹帙：淡青絲帛製成的書套。也指書籍或著作。唐李白《聞丹丘子於城北營石門幽居》：“故園恣閒逸，求古散縹帙。”

⑥木蘭衣：赤中帶黑色的僧服。佛教戒律規定僧服用布的特定顏色。據《四分律》卷一六、《十誦律》卷一五等，若青是銅青色，若黑是淤泥色，若木蘭是赤中帶黑色，統稱“如法色”。

⑦亭皋：水邊平地，或堤上之亭。亭，平。皋，水旁地。漢司馬相如《上林賦》：“亭皋千里，靡不被築。”

⑧雙林社：當爲“雙林白社”。雙林：釋迦牟尼涅盤處。借指寺院。唐韓翃《題龍興寺澹師房》：“雙林彼上人，詩興轉相親。”白社：即白蓮社。東晋釋慧遠於廬山東林寺，同慧永、慧持等結社精修念佛三昧，誓願往生西方净土，又掘池植白蓮，稱白蓮社。晋佚名《蓮社高賢傳》：“（謝靈運）至廬山，一見遠公，肅然心伏，乃即寺築臺，翻涅盤經，鑿池植白蓮。時遠公諸賢同修净土之業，因號‘白蓮社’”。

登通山閣有懷寄呈同人①

小閣登臨春暮時，綺欄飛閣映遊絲②〔一〕。鶯喧曲檻韓馮樹③，蘚晦幽庭貢禹綦④。閑對碧雲吟桂水⑤，狂思長袂宿蘭池⑥。

徘徊望斷江邊客，采得瑤華寄與誰。

【編年】

　　天聖五年（1027）前後十年間作。

【校勘】

　　〔一〕檐：四庫本作“櫩”。櫩（yán），同“簷”。屋簷。此處檐、櫩皆可通。

【箋注】

　　①同人：志同道合的朋友。唐陳子昂《偶遇巴西姜主簿序》：“逢太平之化，寄當年之歡，同人在焉，而我何歎？”

　　②飛闥：高樓上的門。借指高樓。漢張衡《西京賦》：“上飛闥而仰眺，正睹瑤光與玉繩。”遊絲：飄動著的蛛絲。唐皎然《效古詩》：“萬丈遊絲是妾心，惹蝶縈花亂相續。”

　　③韓馮樹：即相思樹。亦作“韓憑”、“韓朋”。相傳戰國時宋康王舍人韓憑娶妻何氏，甚美，康王奪之。憑怨，王囚之，淪爲城旦。憑自殺。其妻乃陰腐其衣，王與之登臺，妻遂自投臺下，左右攬之，衣不中手而死。遺書於帶，願以屍骨賜憑合葬。王怒，弗聽，使里人埋之，塚相望也。宿昔之間，便有大梓木生於兩塚之端，旬日而大盈抱，屈體相就，根交於下，枝錯於上。又有鴛鴦，雌雄各一，恒棲樹上，晨夕不去，交頸悲鳴，音聲感人。宋人哀之，遂號其木曰“相思樹”。見晋干寶《搜神記》卷一一。

　　④貢禹：前124—前44年，字少翁。琅邪（治所今山東諸城）人，漢元帝時，歷任諫議大夫、御史大夫。王吉字子陽，與貢禹是同鄉好友，志趣相投。王吉做官，貢禹彈去帽子上的塵土，準備出仕任職。後以此典表示因好友做官任職而自己將得到引薦而高興。綦（qí）：履跡；脚印。”晋張協《雜詩》之三：“案無蕭氏牘，庭無貢公綦。”

　　⑤桂水：即今廣西灕江之別稱。南朝陳蘇子卿《南征》：“一朝遊桂水，萬里別長安。”

　　⑥蘭池：即“蘭池宮”。秦時宮名。宮因築在蘭池之旁而得名。《三秦記》記載：蘭池“東西二百里，南北二十里，築有蓬萊，刻石爲鯨，長二百丈”。

送劉推官歸冶源棲真館①

高情樂幽趣,遂與塵事違。岩谷久潛照②,魚鳥知忘機③。方邀栗里會④,却指冶源歸。借問歸何遽,山中芝术肥。

【編年】

天聖五年(1027)前後十年間作。

【箋注】

①冶源:今山東臨朐,相傳爲歐冶子鑄劍地,因處冶水(今老龍灣)之源,故名。棲真:道家謂存養真性,返其本元。南朝梁陶弘景《真誥・運象二》:"宗道者貴無邪,棲真者安恬愉。"

②潛照:隱没日光。

③忘機:消除機巧之心。常用以指甘於淡泊,與世無争。唐王勃《江曲孤鳬賦》:"爾乃忘機絶慮,懷聲弄影。"

④栗里會:用晋陶潛和龐通之於栗里相會之典。栗里:在今江西省九江市西南。晋陶潛曾居於此。南朝梁蕭統《陶靖節傳》:"淵明嘗往廬山,弘命淵明故人龐通之齎酒具於半道栗里之間。"

送福州通判陳鑄殿丞①

澤宫登甲第②,殿省滯時英③。閩國題輿貴④,稽山晝錦榮⑤。軼才猶絆驥⑥,美俗仰誠衡⑦。壽母平反喜,迎知訟牒清〔一〕。

【編年】

康定元年(1040)夏初至河東轉運副使任上作。原本題下注云:"時爲殿中御史河東轉運副使。"按:"河東轉運副使"原作"河東轉運史",誤。此詩作於康定元年夏,彦博初自殿中侍御史遷河東轉運副使時。《名臣碑傳琬琰之集》卷一三《文忠烈公彦博傳》:"遷殿中侍御史。丁父憂,服除,還舊職。"按:

文彦博景祐四年（1037）丁父憂，服除當爲康定元年（1040）。《文集》卷三《長平懷古·序》；“康定元年任河東轉運副使入境，題長平驛舍。先是，先令公任河東漕使，初至部賦此。”又《文集》卷四《某天聖四年叨充鄉賦，明道二年夏假副車於本郡，今年夏忝外計於本道，實嗣世職。前此三年，先大夫爲河東轉運使……》。

【校勘】

〔一〕訟牒清：原闕，據四庫本補。

【箋注】

①陳鑄（？—1068），字師回。興化軍興化縣（今福建莆田）人。天聖五年（1027）進士。寶元元年（1038），知南雄州；康定元年（1040），以母老養親求通判福州。移倅陳州（今河南淮陽），歷知潮州、汝州、登州，終官光禄卿。通判：官名。宋初中央政府懲五代藩鎮之禍，用文臣出任地方，牽制地方長官，稱通判，地位次於知府、知州。太祖乾德初於諸州始置通判。地方政府大事，需州府長官和通判連署，方能生效，人稱“監州”。殿丞：“殿中丞”的省稱。殿中省佐貳官。北宋前期爲五品寄禄官。

②澤宮：天子行大射禮的處所，又是考試貢士的場所。也叫射宮、辟雍。《禮記·射義》：“天子將祭，必將習射於澤。澤者，所以擇士也。已射於澤，而後射於射宮。”後世遂用“澤宮射”比喻進士考試。登甲第：登甲科。第，指科舉考試録取列榜的甲乙次第。

③殿省：即殿中省。陳鑄時爲殿中丞，故云。

④題輿：景仰賢達，望其出仕。東漢周景任豫州刺史時，嘗辟陳蕃（字仲舉）爲別駕。蕃辭不就。景題別駕輿曰：“陳仲舉座也。”不復更辟。蕃惶懼，起視職。事見《太平御覽》卷二六三引三國吴謝承《後漢書》。唐杜甫《寄李十四員外布十二韻》：“名參漢望苑，職述景題輿。”

⑤稽山：會稽山的省稱。《晉書·夏統傳》：“先公惟寓稽山，朝會萬國。”晝錦：“衣錦晝行”的省稱。稱富貴還鄉。《漢書·項籍傳》載秦末項羽入關，屠咸陽。或勸其留居關中，羽見秦宫已毀，思歸江東，曰：“富貴不歸故鄉，如衣錦夜行。”

⑥軼才：謂卓越的才能。絆驥：喻人受拘束不能施展其所長。《淮南子·

俶真訓》:“身蹈於濁世之中,而責道之不行也,是猶兩絆騏驥而求其致千里也。”

⑦誠衡:喻指處事公正明察。語出《禮記·經解》:“故衡誠縣,不可欺以輕重。”鄭玄注:“衡,稱也;懸謂錘也。”孔穎達疏:“衡謂稱,衡縣謂稱錘;誠,審也。若稱衡詳審縣錘,則輕重必正。”

贈會稽尊師

藐姑容化三陰館①,勾漏砂封六乙泥②。五練夜窮蒼玉機③,七明晨彩碧雲梯④。冠霞高挹浮丘袂⑤,握髓深藏鬼谷溪⑥。如有西山駐靈藥⑦,何妨相贈一刀圭⑧?

【箋注】

①藐姑:東方太陽之精與西方太陰之氣所化生之女仙,名曰玉女。性好蓮花,一塵不染。凡山有蓮花形者,皆往居焉。玉女法身藐小,故稱藐姑。山以姑名,始稱藐姑射之山。事見《墉城集仙録》。三陰:象盛陰之氣。《魏書·崔浩傳》:“今年己巳三陰之歲,歲星襲月。”

②勾漏砂:指避世養生;煉丹求道。《晋書·葛洪傳》:“葛洪字稚川……從祖玄,吳時學道得仙,號曰葛仙公,以其煉丹秘術授弟子鄭隱,洪就隱學,悉得其法焉。……洪見天下已亂,欲避地南土……以年老,欲煉丹以祈遐壽,聞交址出丹,求爲勾漏令。帝以洪資高,不許。洪曰:‘非欲爲榮,以有丹耳。’帝從之。洪遂將子侄俱行。至廣州,刺史鄧岳留不聽去,洪乃止羅浮山煉丹。”六乙泥:《佩文韻府》:“六乙泥,五日午時於井畔面東不語取蚯蚓,乾收之謂之六乙泥,爲魚鯉者以少許。”

③蒼玉:亦稱“青玉”。《禮記·月令》:“衣青衣,服倉玉。”

④七明:古代服食藥物。屬“五芝”中的石芝。據説服一斤可得千歲。《抱朴子·仙藥》:“七明九光芝,皆石也,生臨水之高山石崖之間,狀如盤碗,不過徑尺以還,有莖蒂連綴之,起三四寸。有七孔者,名七明;九孔者,名九光。光皆如星,百餘步内,夜皆望見其光。”

⑤挹:拜揖。前蜀貫休《山居》詩之六:"鳥外塵中四十秋,亦曾高挹漢諸侯。"浮丘袂:浮丘公的衣袖。浮丘公:古代傳説中的仙人。漢劉向《列仙傳》卷上:"王子喬者,周靈王太子晋也。好吹笙,作鳳凰鳴,遊伊洛之間,道士浮丘公接以上嵩高山。"晋郭璞《遊仙詩》之三:"左挹浮丘袖,右拍洪崖肩。"

⑥握髓:即握石髓。梁沈約《遊沈道士館》:"明來握石髓,賓至駕輕鴻。"石髓,即石鐘乳。古人用於服食。也可入藥。《晋書·嵇康傳》:"康又遇王烈,共入山,烈嘗得石髓如飴,即自服半,餘半與康,皆凝而爲石。"鬼谷:地名。在今河南省登封縣東南。又指戰國楚人鬼谷子。因隱於鬼谷,故自號鬼谷子。長於養性持身和縱横捭闔之術。蘇秦、張儀曾一起跟隨他學習。

⑦西山駐靈藥:仙藥。三國魏曹丕《折楊柳行》:"西山亦何高,高高殊無極。上有兩仙童,不飲亦不食。與我一丸藥,光耀有五色。服藥四五日,胸臆生羽翼。輕舉乘浮雲,倏忽行萬億。流覽觀四海,茫茫非所識。"

⑧刀圭:古代量取藥末的器具。形狀如刀頭的圭角,一端爲尖形,中部略凹陷。一刀圭散藥約如一粒梧桐子大小。道家用以稱量丹藥。後代稱仙藥。

贈自然表白大師三首

其　一

千仞清溪絶世紛,先生高卧白雲根①。近來名係丹臺籍,多向蒙山見羨門②。

【箋注】

①白雲根:指深山之石,古人認爲雲自石中生。唐李賀《南山田中行》:"雲根苔蘚山上石,冷紅泣露嬌啼處。"

②"近來"二句:典出《藝文類聚》卷七八《真人周君傳》:"紫陽真人周義山,字委通,汝陰人也。聞有樂先生,得道在蒙山,能讀《龍嶠經》,乃追尋之。入蒙山,遇羨門子……君乃再拜叩頭,乞長生要訣。羨門子曰:'子名在丹臺玉室之中,何憂不仙? 遠越江河來,登此何索?'"丹臺籍,仙人名籍。爲詠成仙之

典。蒙山:一名東蒙山。在今山東費縣西北、蒙陰縣南。羨門:古仙人。

<h1 style="text-align:center">其 二</h1>

紫府仙人每馭飆^①,朝遊三島暮三茅^②。他年內史功成後,願結山陰世外交^③。

【箋注】

①紫府:道教稱仙人所居。晋葛洪《抱朴子·祛惑》:"及至天上,先過紫府,金牀玉几,晃晃昱昱,真貴處也。"馭飆:即馭風。乘風飛行。據說戰國鄭人列御寇有此仙術。後爲詠仙術之典。《莊子·逍遥遊》:"夫列子御風而行,泠然善也,旬有五日而後反。"唐成玄英疏:"姓列,名御寇,鄭人也。與鄭繻公同時,師於壺丘子林,著書八卷。得風仙之道,乘風遊行,泠然輕舉,所以稱善也。"

②三島:指傳説中的蓬萊、方丈、瀛洲三座海上仙山。亦泛指仙境。三茅:山名,在今江蘇句容縣東南。亦稱茅山。相傳茅君三兄弟得道於此,故名。茅君三兄弟即茅盈及其弟茅固、茅衷。據傳爲漢景帝時咸陽人,先後隱茅山,得道成仙,太上老君分別授爲司命真君、定籙真君、保命仙君。

③"他年"二句:典出《晋書·許邁傳》:"永和二年,移入臨安西山……羲之造之,未嘗不彌日忘歸,相與爲世外之交。"內史:指王羲之,東晋書法家。山東人,曾任會稽内史。此代指作者。山陰:晋王羲之的代稱。王羲之曾居會稽山陰,故以代指。世外交:多指與僧道間超脱世俗的交往。此指自然表白大師。

<h1 style="text-align:center">其 三</h1>

常感真公傳隱訣^{①〔一〕},每言凡骨是仙材。他時再挹浮丘袂^{〔二〕},直在昆峰十二臺^②。

【校勘】

〔一〕常:四庫本作"當"。

〔二〕再:明刻本、四庫本作"載"。

【箋注】

　　①真公:古代傳説中的仙人名。此指自然表白大師。《海内十洲記·玄洲》:"玄洲……上有太玄都,仙伯真公所治。"

　　②昆峰十二台:指昆侖山上的十二瑶台。神話中仙人所居之地。舊題晉王嘉《拾遺記》卷一〇《昆侖山》:"昆侖山者,西方曰須彌,山對七星之下,出碧海之中,上有九層。……第九層山形漸小狹,下有芝田蕙圃,皆數百頃,群仙種耨焉。傍有瑶台十二,各廣千步,皆五色玉爲臺基。"

文彦博集卷四

律詩

某天聖四年叨充鄉賦①,明道二年夏假副車於本郡②,今年夏忝外計於本道,實嗣世職③前此三年,先大夫爲河東轉運使八月行部率遵故常,鄉老歡迎,邀留累日。徘徊舊地,追惟疇曩④,因成拙詩二章題於行署⑤

其　一

不才惟侍高門慶⑥,奕世皆爲外計臣⑦。鄉老相逢頻教我,盡忠思孝報君親。

【編年】

康定元年(1040)夏彥博初任河東轉運副使日作。《文集》卷三《長平懷古》序:"康定元年任河東轉運副使入境,題長平驛舍。先是,先令公任河東漕使,初至部賦此。"

【箋注】

①叨充鄉賦：謂考中舉人。叨：承受；辱承。謙詞。鄉賦：即鄉貢。指由州縣選送赴京參加省試。北宋的科舉考試分爲三級進行。即州郡發解試（也叫"鄉試"），全國禮部試（也叫"省試"）和皇帝的殿試（也叫"御試"或"親試"）。所謂"三榜定案"，即指要通過以上三次考試，才能成爲進士。宋朝鄉試每年秋季舉行一次，第二年春季舉行省試和殿試。發解試一般在秋天舉行，鄉試放榜一般在九月十五日前，看取寅日或辰日，故謂之"龍虎榜"。通過發解試者，才有資格參加禮部試。

②假副車於本郡：兼通判汾州。文彦博是山西介休人，介休屬汾州，西河郡，本郡即爲汾州，西河郡。《文集》卷一二《贈尚書祠部員外郎文府君墓志銘》："天聖五年春登進士甲科，今爲殿中丞，知并州榆次縣，權倅西河郡事。"假：官制用語。代理；兼攝。副車：即通判。倅：宋朝通判俗稱。

③忝外計於本道，實嗣世職：即任河東路轉運副使。文彦博是山西介休人，屬河東路。本道即指河東路。嗣世職：即繼承父親之職。文彦博父親文泊曾任河東路轉運使。外計：轉運使的別稱。

④疇曩：往日；舊時。

⑤行署：舊時大吏出行的臨時住所。

⑥高門慶：用"于公高門"之典。指爲官賢明而子孫顯貴的人。西漢于定國父于公爲縣獄吏，治獄公平，自謂有陰德，子孫必有興者。因高大其門，令能容高車駟馬。見《漢書·于定國傳》。

⑦奕世：累世，代代。《後漢書·楊震傳》："臣奕世受恩，得備納言。"外計臣：即任轉任使。此句言文彦博父子均爲河東路轉運使。

其　二

昔年鄉賦議興賢①，曾接諸君硯席間②。屈指歲華逾一紀③，錦衣懷綬過稽山④。

【箋注】

①興賢：發揚賢德。

②硯席：亦作"研席"。原指硯臺几席，爲讀書之憑藉。後借指學習處。

《晋書·劉弘傳》:"少家洛陽,與武帝同居永安里,又同年,共研席。"

③逾一紀:一紀十二年,文彥博中鄉賦時爲天聖四年(1026),今爲康定元年(1040),間隔十四年。

④"錦衣"句:用朱買臣懷綬會稽之典。謂回舊地榮任官職。典出《漢書·朱買臣傳》:"初,買臣免,待詔,常從會稽守邸者寄居飯食。拜爲太守,買臣衣故衣,懷其印綬,步歸郡邸。直上計時,會稽吏方相與群飲,不視買臣。買臣入室中,守邸與共食,食且飽,少見其綬。守邸怪之,前引其綬,視其印,會稽太守章也。"稽山:即會稽山,代指會稽郡。錦衣:穿錦繡衣裳。謂顯貴。《吕氏春秋·用衆》:"辯議而不可爲,是被褐而去,衣錦而入。"

送益利路承受梁供奉回京①

二星同入蜀,三歲復還台。供奉與同事羅侍禁同時到任②,相繼美替③。秋晚華軒去,江濱祖席開④。歸途雖日遠,別酒任山頹⑤。恩渥迎知厚,當朝重使才。

【編年】

慶曆五年(1045)至慶曆七年(1047)三月知益州日作。

【箋注】

①益利路承受梁供奉:其官階爲供奉官,差遣爲益利路走馬承受公事。承受:"走馬承受公事"的省稱。爲差遣。宋太宗時置於諸轉運司及沿邊各路,以三班使臣或内侍充任,員各一至三人。掌監察部内官吏,親軍政、察邊事。無事則每年回京入奏一次,沿邊有警則隨時馳驛上聞,例許風聞言事。供奉:分爲東、西頭供奉官。屬三班小使臣,武臣敘遷之階,從八品。位在左、右侍禁之上,西頭供奉官位次於東頭供奉官,敘遷則轉東頭供奉官。

②侍禁:分爲左、右侍禁。太宗淳化二年(991)置,屬三班小使臣,武臣敘遷之階,正九品。位次於東、西頭供奉,而在左右班殿直之上。左侍禁位在右侍禁之上,左侍禁敘遷,轉西頭供奉官。

③美替:即任職期滿得到更好的差遣。

④祖席:餞行的宴席。唐杜甫《送許八拾遺歸江寧覲省》:"聖朝新孝理,祖席倍輝光。"

⑤山頹:用"玉山頹倒"之典。美稱人酒醉欲倒之態。南朝宋劉義慶《世說新語·容止》:"嵇康身長七尺八寸,風姿特秀,見者歎曰:'蕭蕭肅肅,爽朗清舉。'或云:'肅肅如松下風,高而徐行。'山公曰:'嵇叔夜之爲人也,岩岩若孤松之獨立;其醉也,傀俄若玉山之將崩。'"。

雷簡夫自辰溪還除國子博士鹽鐵判官以書見謝並寄杜鵑鳥一隻偶成二章答之①〔一〕

其　一

學省新聞用退之②,陽城司業定相知③。休思杜曲仙鄉隱④,好獻《元和聖德詩》⑤。三部共推鹽鐵論⑥,五溪曾制虎貔師⑦。濟源處士功成後⑧,始信書生善出奇。

【編年】

嘉祐三年(1058)判河南府日作。嘉祐二年(1057)雷簡夫在辰、澧州安撫使任上平辰溪之亂,入爲鹽鐵判官。

【校勘】

〔一〕隻:四庫本作"雙"。

【箋注】

①雷簡夫:宋同州合陽人,字太簡。雷孝先子。隱居不仕。仁宗康定中,爲樞密使杜衍所薦,以校書郎簽書秦州觀察判官。歷知坊、簡、雅州。時辰州蠻酉彭仕羲内寇,諸臣安撫不能定,命簡夫往。至則督諸將進兵,築明溪上下二寨,據其險要,拓取故省地碼崖五百餘里,仕羲内附。擢三司鹽鐵判官,以疾知虢、同二州,累遷尚書職方員外郎。始起隱者,出入乘牛,冠鐵冠,自號山長。既仕,自奉稍驕侈,里閭以"牛及鐵冠安在"指笑之。國子博士、鹽鐵判官:時雷

簡夫本官階爲國子博士;差遣爲三司鹽鐵判官。國子博士:學官名,文臣敍遷官階,五品。鹽鐵判官:"三司鹽鐵判官"的省稱。差遣官名。掌鹽鐵政務及其稅收。

②"學省"句:韓愈(768—824),字退之。河陽人(今河南孟縣)。二十五歲考中進士,却久不得官,後任四門博士。學省:即國子監。此以韓愈比雷簡夫。

③陽城司業:陽城(736—805),唐北平(今河北完縣)人,字亢宗。家貧不能得書,乃求爲集賢寫書史,竊官書讀之,晝夜不出房,經六年,乃無所不通。既而隱居柳谷(今山西夏縣東南),遠近慕其德行,多從之學。宰相李泌與他友善,貞元四年(788),薦爲著作郎,不就,復徵拜諫議大夫。未至京,人傳:"陽城山人能自刻苦,不樂名利,今爲諫官,必能以死奉職。"十一年,宰相陸贄遭裴延齡誣譖,他上疏極言延齡罪,被貶爲國子司業。唐柳宗元《與太學諸生喜詣闕留陽城司業書》肯定請願是正義行動,並勸説他們讓陽城赴任。司業:學官名。隋以後國子監置司業,爲監内的副長官,協助祭酒,掌儒學訓導之政。

④杜曲:在今西安城南長安縣杜曲鎮。《關中勝迹圖志·古迹》"杜曲"條載:"樊川韋曲東十里有南杜北杜。杜固謂之南杜,杜曲謂之北杜,二曲名勝之地。"

⑤元和聖德詩:唐順宗永貞元年(805),西川節度使韋皋死,節度副使劉辟留後事,次年元和元年反,同年被神策軍將領高崇文討平,劉辟被斬,時任國子博士的韓愈作《元和聖德詩》記録了此事。"唐韓愈《元和聖德詩》序:"誠宜率先作歌詩,以稱道盛德。"

⑥三部:這裏指鹽鐵、度支、户部三司。鹽鐵論:此指雷簡夫升任三司使鹽鐵判官。

⑦"五溪"句:言雷簡夫平辰州蠻酋彭仕羲内寇之事。五溪:漢武陵郡境内五條溪流總稱,包括雄、橫、辰、酉、潕五溪。虎豼(pí):比喻勇猛的戰士。語出《書·牧誓》:"如虎如豼,如熊如羆。"

⑧濟源處士:雷簡夫以處士應召爲官。

其　二

山人遠寄杜鵑禽,因寄山禽遂寄心。應謂不如歸去好,高飛却入舊雲林。

送中舍蒲君致政西歸①

　　閬苑當年硯席同②,别來三十八秋風。東朝新命西歸去③,珍重賢哉鶴髮翁。

【編年】

　　嘉祐四年(1059)判河南府日作。文彦博生於景德三年(1006),隨父在閬川日約 15 歲左右,詩中云"别來三十八秋風",故次於此。

【箋注】

　　①中舍:即"中書舍人"的省稱。宋前期爲文臣叙遷官階,正五品上。神宗元豐改制後始實任其職,掌擬制詞,兼判後省(外省)事,正四品。

　　②閬苑:唐苑名。故址在今四川省閬中市城西。宋王象之《輿地紀勝·利東路閬州》:"閬苑,唐時魯王靈夔、滕王元嬰以衙宇卑陋,遂修飾宏大之,擬於宮苑,由是謂之隆苑。其後以明皇諱隆基改謂之。"此代指閬州。文彦博幼時曾隨父文洎監征閬州。時與蒲氏一起讀書。嘉慶《介休縣志》卷一四《雜志》引《摭言》:"宋文太師彦博幼侍父令公監征閬州。"

　　③東朝:古代宮殿的别稱。代皇帝。

送分司少卿歸洪井二首①

其　一

　　囊奏祈分務,綸恩寵亞卿②。揮金還故里③,脱屣謝浮榮④。彩服趨庭學⑤,彤襜解榻迎⑥。送言慚有味,何以答希聲⑦。來章有"願求裴令一篇詩"之句。

【箋注】

①分司:分司官。閒職官。介於職事官與致仕官之間,可領分司俸禄,名列於官員班簿之中。宋朝於西、南、北三京設分司官,多用以安置老疾不任吏事者或責降官員。少卿:北宋初爲四品寄禄官,神宗元豐改制後爲職事官,太常、宗正寺所置爲從五品,餘七寺爲從六品。

②綸恩:皇帝的恩典。指詔書。亞卿:唐以後太常寺等官署少卿的別稱。唐韓愈《贈太傅董公行狀》:"遷秘書少監,歷太府、太常二寺亞卿。"

③揮金:詠歸隱之典。漢宣帝時,太傅疏廣告老還鄉,他認爲置産業遺害子孫,便將朝廷所賜全部散與族人故舊,共同享樂。見《漢書·疏廣傳》。

④脱屣:辭官之典。三國魏崔林爲幽州刺史,因不阿附中郎將吴質爲人所議論,崔林自稱:"刺史視去此州如脱屣,寧當相累邪?"見《三國志·魏志·崔林傳》。

⑤彩服:用老萊子彩服娱親之典。形容人盡心孝養侍奉父母。多用於送人省親,歸覲之詩。《藝文類聚》卷二〇漢劉向《列女傳》:"老萊子孝養二親,行年七十,嬰兒自娱,著五色采衣。嘗取漿上堂,跌仆,因卧地爲小兒啼,或弄烏鳥於親側。"趨庭:用"孔鯉趨庭"之典。《論語·季氏》:"嘗獨立,鯉趨庭而過,曰:'學詩乎?'對曰:'未也。''不學詩無以言。'鯉退而學詩,他日,又獨立,鯉趨而過庭。曰:'學禮乎?'對曰:'未也。''不學禮,無以立。'鯉退而學禮。"

⑥彤襜:紅色的車帷。唐白居易《和楊六書喜兩弟漢公》:"朱紱寵光新照地,彤襜喜氣遠凌雲。"解榻:用陳蕃懸榻待徐穉之典。形容尊敬禮待賢士,或賓主情投意合。《後漢書·徐穉傳》:"徐穉字孺子,家貧常自耕稼,非其力不食。累舉皆不就。時陳蕃爲太守,以禮請署功曹,穉不能却,既謁而退。蕃在郡不接賓客,唯穉來特設一榻,去則懸之。"

⑦希聲:"大音希聲"的省語。最大或最完美的聲音是聽不見的。此稱美少卿之詩。

其　二

知止遺榮世所稀①,帆風美滿浩然歸②。江邊聞有梅真宅③,吟對西山不掩扉。

【箋注】

①知止：謂懂得適可而止；知足。《老子》："是故甚愛必大費，多藏必厚亡。知足不辱，知止不殆，可以長久。"

②浩然：不可阻遏；無所留戀貌。唐温庭筠《送人東遊》："荒戍落黄葉，浩然離故關。"

③梅真：指漢梅福。梅福字子真，故稱。爲郡文學，補南昌尉。後歸里，棄妻子而升仙。事見《漢書·梅福傳》。詩文中多用以詠仙道。

送知府給事赴闕

紞如驚曉鼓①，仙斾戒晨興②。萬臂攀朱轂，千兵擁緑縢③。歸途非杳邈，高步即嚴凝④。竹馬光前跡⑤，蒲鞭掩舊稱⑥。睿襟思啓沃⑦，宸扆佇疑丞⑧。輿論方盈耳，僉謀盡伏膺⑨。公乎調大鼎⑩，皇矣賚良肱⑪。屬吏垂三異⑫，微才僅五能⑬。梁園暫未至⑭，燕館愧先登⑮。北海難充薦⑯，西曹久見矜⑰。頑金雖自况，巧冶欲誰憑⑱。深結君軒戀⑲，翻思附驥蠅⑳。

【箋注】

①知府給事：此人的官階爲給事中，正五品；差遣爲知府。給事：官名。給事中的省稱。北宋前期文臣敘遷官階，正五品上。屬門下省。

②紞如：形容擊鼓的聲音。《晉書·鄧攸傳》："紞如打五鼓，雞鳴天欲曙。"

③緑縢：繩子。《詩·魯頌·閟宮》五章："公車千乘，朱英緑縢。"孔疏："此又美其用兵征伐，公之兵車有千乘矣。車上皆有三人；右人所持者朱色之英，左人所持者緑色之繩。"

④嚴凝：形容臉色嚴厲。《續資治通鑑·宋太宗太平興國七年》："朕每讀書，見古帝王多自尊大，深拱嚴凝，誰敢犯顏言事。"

⑤竹馬：兒童遊戲時當馬騎的竹竿。用爲稱頌地方官吏之典。典出《後漢書·郭伋傳》："始至行部，到西河美稷，有童兒數百，各騎竹馬，道次迎拜。"

⑥蒲鞭：以蒲草爲鞭。常用以表示刑罰寬仁。《後漢書·劉寬傳》：“劉寬字文饒，弘農華陰人也。”他爲南陽太守時，溫仁多恕，“吏人有過，但用蒲鞭罰之，示辱而已，終不加苦。事有功善，推之自下。災異或見，引躬克責。”

⑦睿：明智；智慧。《書·洪範》：“思曰睿。”啓沃：以治國之道開導帝王。《書·説命》：“啓乃心，沃朕心。”

⑧宸扆：相傳古代帝王背後斧扆南面而立，因此稱帝王之位爲宸扆。斧扆，畫有斧紋的屏風。疑丞：古官名。供天子諮詢的四輔中的二臣。後泛指輔佐大臣。《禮記·文王世子》：“虞、夏、商、周，有師保，有疑丞。”

⑨僉謀：衆人籌畫。唐賈公彦《儀禮正義·序》：“僉謀已定，庶可施矣。”伏膺：信服；歸心。《隋書·煬帝蕭皇后傳》：“蕩囂煩之俗慮，乃伏膺於經史。”

⑩調鼎：喻任宰相治理國家。語出《韓詩外傳》卷七：“伊尹，故有莘氏僮也，負鼎操俎調五味，而立爲相，其遇湯也。”

⑪皇：大。《詩·大雅·皇矣》一章：“皇矣上帝，臨下有赫。”毛傳：“皇，大。”賚：賜予。良肱：賢能的輔佐。《後漢書·郭杜孔張等傳贊》：“範得其朋，堂任良肱。”

⑫三異：指漢中牟令魯恭行德政而出現的三種奇迹。《後漢書·魯恭傳》：“（魯恭）拜中牟令。恭專以德化爲理，不任刑罰……建初七年，郡國螟傷稼，犬牙緣界，不入中牟。河南尹袁安聞之，疑其不實，使仁恕掾肥親往廉之。恭隨行阡陌，俱坐桑下，有雉過，止其傍。傍有童兒，親曰：‘兒何不捕之？’兒言‘雉方將雛’。親瞿然而起，與恭訣曰：‘所以來者，欲察君之政耳。今蟲不犯境，此一異也；化及鳥獸，此二異也；豎子有仁心，此三異也。久留，徒擾賢者耳。’”

⑬五能：用“鼫鼠五能不成技”之典。比喻什麼都會點兒，而没有專長，不能解決實際問題。漢蔡邕《勸學篇》：“鼫鼠五能，不成一技。五能者，能飛不能上屋，能緣不能窮木，能泅不能渡，能走不能絶人，能藏不能覆身是也。”鼫(shí)鼠：即梧鼠，一説是螻蛄的别名。

⑭梁園：即漢代梁孝王劉武所營建的兔園，爲招待賓客之所，在今河南開封市東南。漢代辭賦家枚乘、司馬相如都曾爲梁園賓客。唐代李白《梁園吟》：“平臺爲客憂思多，對酒遂作《梁園歌》。”

⑮燕館:指戰國時燕昭王爲招納賢士所築的碣石宮。泛指招賢納士的館舍。

⑯北海:漢末孔融爲北海郡相,時稱孔北海。及退閑職,賓客盈門,常歎曰:"座上客恒滿,尊中酒不空。"見《後漢書·孔融傳》。後遂用作飲酒、好客之典實。

⑰西曹:古官名。太尉的屬官,執掌府中署用吏屬之事。《漢書·丙吉傳》:"吉馭吏耆酒,數逋蕩,嘗從吉出,醉歐丞相車上。西曹主吏白欲斥之,吉曰:'以醉飽之失去士,使此人將復何所容?'"

⑱頑金:堅硬的金屬。宋俞文豹《吹劍三録》:"難疑答問之外,則薰陶其氣質,矯揉其性情,輔成其材品,如良工之揉曲木,巧冶之鑄頑金。"

⑲軒戀:拉車的馬捨不得離開車子。謂感恩不忍離去。軒,指軒車。語出南朝宋鮑照《代東武吟》:"棄席思君幄,疲馬戀君軒。"

⑳翻思:反復思考。附驥蠅:比喻依附他人而成名的人。典出《史記·伯夷列傳》:"附驥尾而行益顯。"司馬貞索隱:"按,蒼蠅附驥尾而致千里,以譬顔回因孔子而名彰也。"

和太師相公重九日宴府僚之什①

不獨龍山勝致全②,黃樞開宴盡時賢③。風回綺席鸞鸘泛④,日上彤襜虎幄鮮⑤。陶菊香濃侵玳押⑥,吳歙聲緩倚鷗弦⑦。雲箋一幅西園什⑧,如聽鈞韶下九天⑨。

【箋注】

①太師:宋文臣敘遷官階,正一品。亦指太子太師,文臣敘遷官階,從一品。相公:丞相。三国魏王粲《羽獵賦》:"相公乃乘輕軒,駕四駱。"

②龍山:《晋書·孟嘉傳》載,九月九日,桓温曾大聚佐僚於龍山。後遂以"龍山會"稱重陽登高聚會。

③黃樞:門下省的雅稱。東漢曰黃侍中寺。晋時因其掌管門下衆事,始稱門下省。南北朝因之。梁朝習稱門下省爲黃樞。

④綺席：盛美的筵席。唐太宗《帝京篇》之八：“玉酒泛雲罍,蘭殽陳綺席。”鸞觴泛：泛觴：謂飲酒。唐儲光羲《京口送別王四誼》：“明年菊花熟,洛東泛觴遊。”鸞觴：刻有鸞鳥花紋的酒杯。《文選·嵇康〈雜詩〉》：“鸞觴酌醴,神鼎烹魚。”

⑤彤襜：紅色的車帷。虎幄：以虎紋爲飾的幄幕。《左傳·哀公十七年》：“春。衛侯爲虎幄於籍圃。”

⑥陶菊：指菊花。晋陶潛愛菊,故稱。

⑦吴歈(yú)：春秋吴國的歌。泛指吴地的歌。《楚辭·招魂》：“吴歈蔡謳,奏大吕些。”鵾弦：用鵾雞筋做的琵琶弦,鵾雞哀鳴,故借狀弦聲之哀。常用以借指琵琶。

⑧雲箋：有雲狀花紋的紙。後泛指精美的信箋。西園：園林名。三國時魏都鄴城的銅雀園,在文昌殿西,又稱西園。後指文士遊賞宴集之處。三國魏曹植《西園公宴》：“清夜遊西園,飛蓋相追隨。”

⑨鈞韶：即鈞天之簫韶。鈞天,天上。簫韶,相傳是古代虞舜時代的音樂,此借指天上的樂曲。九天：天空,極言其高。《孫子·形》：“善攻者動於九天之上。”梅堯臣注：“九天,言高不可測。”

小園即事

閑脱蕉衫掛樹椏①,竹冠芒屩自耘瓜②。心形散傲如園吏③,桮梮縱横似酒家④。古檜婆娑張碧蓋⑤,流泉詰屈動青蛇⑥。風清日落未歸舍,待得東南見月華。

【箋注】

①蕉衫：用麻布縫製的衣衫。唐白居易《東城晚歸》：“晚入東城誰識我,短靴低帽白蕉衫。”

②竹冠：即竹皮冠。秦末劉邦以竹皮所作之冠。《史記·高祖本紀》：“高祖爲亭長,乃以竹皮爲冠,令求盗之薛治之,時時冠之,及貴常冠,所謂‘劉氏冠’乃是也。”裴駰集解引應劭曰：“以竹始生皮作冠,今鵲尾冠是也。”芒屩：草

鞋。《梁書·范縝傳》:"在劉瓛門下積年,去來歸家,恒芒屩布衣,徒行於路。"

③園吏:指莊子。因其曾爲漆園吏,故稱。《史記·老子韓非列傳》:"莊子者,蒙人也。名周,周嘗爲蒙漆園吏。"

④椑榼(pí kē):古代一種橢圓形的盛酒器。《漢書·張騫傳》"以其頭爲飲器"唐顏師古注:"韋昭曰:'飲器,椑榼也。'晋灼曰:'飲器,虎子屬也,或曰飲酒之器也。'……韋云椑榼,晋云獸子,皆非也。椑榼,即今之偏榼,所以盛酒耳,非用飲者也。"

⑤檜:亦稱"圓柏"、"檜柏"。柏科。

⑥詰(jié)屈:屈曲;曲折。曹操《苦寒行》:"羊腸阪詰屈,車輪爲之摧。"

宮保相公杜以某於貝之役與有勞焉及聞非才忝
爰立之命貽詩加獎有晋公親討衛國專謀
之句稱述太過擬議非倫輒成拙惡
一章以達謝意①〔一〕

平淮伐潞皆殊績,靖亂夷兇著往編。今以薄才叨重任,敢將微效覬前賢②? 人慚肖象求商野③,德謝非熊起渭川④。惟有安昌念高弟〔二〕,雅章稱述愛彭宣。

【編年】

慶曆八年(1048)拜集賢相日作。《長編》卷一六二,慶曆八年閏正月戊申條:"右諫議大夫、參知政事文彥博爲禮部侍郎、平章事。"

【校勘】

〔一〕太:原作"大",據四庫本改。

〔二〕高弟:四庫本作"高第"。高弟:高足,得意門生。《大慧宗門武庫》:"谷山祖禪師,真净高弟也。"此指彭宣。安昌:一是指漢安昌侯張禹。又杜衍罷相後在南都的居所名爲"安昌館"。最後兩句用西漢張禹、彭宣師徒之典。《漢書·張禹傳》:"河平四年代王商爲丞相,封安昌侯。……禹成就弟子尤著者,淮陽彭宣至大司空,沛郡戴崇至少府九卿。宣爲人恭儉有法度,而崇愷弟多智,二人異行。禹心親愛崇,敬宣而疏之。崇每侯禹,常責師宜置酒設樂與弟子相娛。禹將崇入後堂飲食,婦女相對,優人管弦鏗鏘極樂,昏夜乃罷。而宣之來也,禹見之於便坐(側室延接賓客之所),講論經義,日晏賜食,不過一肉卮酒相對。宣未嘗得至後堂。"文彥博以晚輩弟子自居,自比彭宣,以杜衍比作張禹。以張禹稱述彭宣,言自己受到杜衍的稱讚。彭宣:西漢陽夏(今河南太康)人。字子佩,舉爲博士,遷右扶風。哀帝即位,徙爲左將軍,累擢大司空,封長平侯。及王莽秉政,乞歸,卒,諡頃。宣治《易》,師張禹。

【箋注】

①宮保相公杜:即杜衍,太子少師致仕,後升太子少保,故稱宮保。曾任宰相,故稱相公。杜衍,詳見《文集》卷三《某伏蒙宮師相公杜寄示新居詩齋沐捧讀不勝銘歎某謹成拙詩一章上紀盛德粗伸謝意》注①。於貝之役:指文彥博慶曆八年(1048)平定貝州王則起義事。爰立之命:指文彥博因平定貝州王則起義而被拜相。《澠水燕談録》卷八《事志》載:"慶曆七年,貝州卒王則反,詔明鎬加討,久無功。參知政事文彥博請行,仁宗欣然遣之,且曰:'"貝"字加"文"爲敗,卿必擒則矣。'未逾月而捷報聞,詔拜平章事,曲赦河北,改貝州爲恩州。"爰立之命:指拜相。《書·説命》:"爰立作相,王置諸其左右。"孔傳:"於是禮命立以爲相,使在左右。"晉公親討:指裴度平定淮西吳元濟叛亂一事。唐憲宗元和九年(814),淮西節度使吳少陽死,其子元濟匿不發喪,僞造少陽表,稱病,請以元濟爲留後。朝廷不許。元濟遣兵焚舞陽、葉縣,攻掠魯山、襄城、陽翟。憲宗發兵討伐。河北藩鎮中的王承宗、李師道與吳元濟暗中勾結,派人刺殺武元衡,傷裴度。裴度繼武元衡爲宰相,堅持討伐。元和十二年,李愬雪夜奇襲蔡州,破城俘元濟。晉公:指裴度。以平定淮西之亂,封晉國公。衛國專謀:指李德裕平定澤潞劉稹叛亂。澤潞(今山西長治)節度使劉從諫卒,侄劉稹擅稱留后,意圖繼位。李德裕力主討伐,唐武宗予以支援,組織諸鎮軍隊進擊,並讓德裕起草詔書給成德、魏博二鎮,言朝廷對河北的政策不變,允許子孫世襲,兩鎮遂奉命出兵助攻劉稹。經一年戰,澤潞平定。衛公:李德裕武宗時封衛國公。

②覬:冀望;希圖。前賢:指唐相裴度、李德裕。

③肖象求商野:用殷高宗武丁得傅説之典。《書·説命》:殷高宗武丁告喻

群臣:"夢帝賚予良弼,其代予言。""乃審厥象,俾以形旁求於天下。説,築傅岩之野,惟肖。爰立作相,置諸其左右。"漢司馬遷《史記·殷本紀》:"武丁夜夢得聖人,名曰説……使百工營求之野,得説於傅險中。是時説爲胥靡,築於傅險……得而與之語,果聖人,舉以爲相,殷國大治。"

④非熊起渭川:用姬昌得吕尚之典。形容尋求輔佐的人才。《史記·齊太公世家》:"吕尚蓋嘗窮困,年老矣,以漁釣干周西伯。西伯將出獵,卜之,曰:'所獲非龍非彲,非熊非羆,所獲霸王之輔。'於是周西伯獵,果遇太公於渭之陽,與語大悦,曰:'自吾先君太公曰:當有聖人適周,周以興。子真是邪!吾太公望子久矣。'故號之曰'太公望',載與俱歸,立爲師。"

【附載】

宋仁宗《文彦博拜集賢相制》:"膺重任者,必勵許國之忠;建奇功者,必峻登賢之賞。其有蓋毗大政,夙負偉才。奮自臨戎之行,遂成蕩寇之略。宜揚顯命,以告大廷。推忠佐理功臣、右諫議大夫、參知政事、上輕車都尉、平陽郡開國侯、食邑一千户、賜紫金魚袋文彦博,器業異倫,智謀適用。有强明果斷之才,而濟之以温裕;有周通敏洽之識,而輔之以端方。自班政途,漫發賢蘊。向以與政之地,深念擇人之難。采西南之治聲,陪左右之幾論。屬兇徒構孽,孤壘偷生,巢幕之勢雖危,拒轍之狂尚肆。始定恢於聖策,往即殄於妖氛。賞而緩功,庸何以勸!宜升台席之貴,更陟中臺之榮。兼書殿之美資,衍爰田之真賦。褒功馭貴,並示優崇。於呼!捨爵策勳,已奉謀於太室;代天理化,終濟治於王家。其茂遠猷,用祗攸訓。可特授金紫光禄大夫、行尚書禮部侍郎、同中書門下平章事、集賢殿大學士、上柱國、開國公,加食邑一千户、食實封四百户,仍賜推忠協謀佐理功臣。"

題高平公范文正親書伯夷頌卷後①

書從北海寄西豪②,開卷才窺竦髮毛③。范墨韓文傳不朽④,首陽風節轉孤高⑤。

【編年】

皇祐三年（1051）十月至皇祐四年（1052）五月判許州日作。宋范仲淹皇祐四年（1052）五月卒。原本題下注云：“范自青州書寄許下。”

【箋注】

①高平公范文正：指范仲淹，時知青州。宋范仲淹（989—1052），字希文，蘇州吳縣（今江蘇蘇州）人。南朝陳太建六年（574）於此置高平郡。故稱范仲淹爲高平公。大中祥符八年（1015）進士。仁宗天聖初，任西溪鹽官。寶元初，以上《百官圖》忤呂夷簡，謫知饒州，與尹洙、歐陽修等並指爲“朋黨”。康定元年（1040），以龍圖閣直學士經略陝西，積極防禦西夏，注意聯合羌族，頗受羌人尊重，稱“龍圖老子”。慶曆三年（1043）任參知政事，聯合富弼等實行“慶曆新政”，提出十項改革意見，即：明黜陟、抑僥倖、精貢舉、擇長官、均公田、厚農桑、修武備、推恩信、重命令、減徭役等。“新政”推行不到半年即罷去參知政事之職，離京出任陝西四路宣撫使。知邠州，徙鄧州、荆南、杭州、青州。皇祐四年（1052）五月，卒，年六十四。贈兵部尚書，謚文正。《伯夷頌》：唐韓愈作。韓愈有感於中唐時明哲保身、隨波逐流的士風，乃爲《伯夷頌》。

②北海：漢代郡名，轄北宋時的青州。此以北海代指青州。西豪：即西豪里，在許州潁川郡長社，相傳爲東漢荀淑的故居所在。此以西豪借指許州。

③竦髮毛：頭髮豎起來。形容震驚。

④范墨韓文：指范仲淹手書韓愈文《伯夷頌》。

⑤首陽：山名。此代指伯夷、叔齊。相傳爲伯夷、叔齊采薇隱居處。《史記·伯夷列傳》：“武王已平殷亂，天下宗周，而伯夷、叔齊恥之，義不食周粟，隱於首陽山，采薇而食之。”

【附載】

韓愈《伯夷頌》：“士之特立獨行，適於義而已。不顧人之是非，皆豪傑之士，信道篤而自知明者也。

“一家非之，力行而不惑者寡矣；至於一國一州非之，力行而不惑者，蓋天下一人而已矣；若至於舉世非之，力行而不惑者，則千百年乃一人而已耳。若伯夷者，窮天地亘萬世而不顧者也。昭乎日月不足爲明，崒乎泰山不足爲高，巍乎天地不足爲容也。

"當殷之亡，周之興，微子賢也，抱祭器而去之；武王、周公，聖也，率天下之賢士與天下之諸侯而往攻之，未嘗聞有非之者也。彼伯夷、叔齊者，乃獨以爲不可。殷既滅矣，天下宗周，彼二子乃獨恥食其粟，餓死而不顧。繇是而言，夫豈有求而爲哉？信道篤而自知明也。

"今世之所謂士者，一凡人譽之，則自以爲有餘；一凡人沮之，則自以爲不足。彼獨非聖人，而自是如此。夫聖人，乃萬世之標準也，余故曰：若伯夷者，特立獨行，窮天地亘萬世而不顧者也。雖然，微二子，亂臣賊子接跡於後世矣。"①

春日湖上偶作二首

其　一

地勝當春早，身閑愛景幽。微風吹積水，盡日颺虛舟。客至解懸榻①，魚來避直鉤②。機心本不動，猶恐駭群鷗。

【編年】

皇祐四年（1052）年春判許州日作。詩中云："地勝當春早。"彥博皇祐三年（1051）十月至皇祐四年（1052）九月判許州，故當作於皇祐四年（1052）年春。

【箋注】

①懸榻：用陳蕃懸榻待徐穉之典。形容尊敬禮待賢士，或賓主情投意合。《後漢書·徐穉傳》："徐穉字孺子，家貧常自耕稼，非其力不食。累舉皆不就。時陳蕃爲太守，以禮請署功曹，穉不能却，既謁而退。蕃在郡不接賓客，唯穉來特設一榻，去則懸之。"《後漢書·陳蕃傳》："蕃爲樂安太守時，郡人周璆，高潔之士，前後郡守招命莫肯至，惟蕃能致焉。字而不名，特設置一榻，去則懸之。"

---

① 《韓愈文集彙校箋注》卷二，劉真倫、岳珍校注，北京：中華書局 2010 年版，第 261—262 頁。

②直鈎：傳説姜太公出仕前釣於渭濱，所用釣鈎是直的且不設餌。後因以“直鈎”指歸隱生活。

其　二

岸幘長吟坐釣磯①，花香漠漠柳依依②。夕陽湖面光如鑑〔一〕，風送虛舟自在歸。

【校勘】

〔一〕鑑：四庫本作“鏡”。

【箋注】

①岸幘：推起頭巾，露出前額。形容態度灑脱，或衣著簡率不拘。漢孔融《與韋端書》：“閑僻疾動，不得復與足下岸幘廣坐，舉杯相於，以爲邑邑。”

②漠漠：茂盛，濃郁貌。依依：輕柔貌。《詩·小雅·采薇》：“昔我往矣，楊柳依依。”

謝太傅相公杜以近詩三十首寄示①

一軸詩三十，詞高氣格雄。文通推雜體②，吉甫讓清風③。平日丹青筆④，當年造化工⑤。安車有餘力⑥，移向二《南》中⑦。

【編年】

皇祐三年（1051）十月至皇祐四年（1052）九月判許州日作。杜衍皇祐元年（1049）特遷太子太保，皇祐五年（1053）遷太子太師。則其遷太子太傅日當在皇祐五年之前，而加恩又不能相距太近，故次於此。

【箋注】

①太傅相公杜：指太子少傅、前宰相杜衍。詳見《文集》卷三《某伏蒙宫師相公杜寄示新居詩齋沐捧讀不勝銘歎某謹成拙詩一章上紀盛德粗伸謝意》注①。

②文通：江淹字文通。濟陽考城（今河南蘭考）人。南朝梁文學家。與南

朝宋詩人鮑照並稱"江鮑"。歷仕宋、齊、梁三代。宋明帝時,初官南徐州從事,後爲建平王劉景素屬官。曾被誣下獄,後獲釋。入齊,遷中書侍郎,歷御史中丞、秘書監、侍中等職。入梁,官至金紫光禄大夫,封醴陵侯。

③吉甫:尹吉甫,周宣王時卿士。《詩序》載:《崧高》、《烝民》均爲尹吉甫所作。《詩·大雅·烝民》:"吉甫作誦,穆如清風。"毛傳:"言周之望仲山甫也,清微之風,化養萬物者也。"

④丹青筆:畫家的筆。丹青,繪畫的顏料。

⑤造化工:自然的創造化育之妙。工:細緻;巧妙。唐岑參《劉相公中書江山畫障》:"始知丹青筆,能奪造化工。"

⑥安車:古代可以坐乘的小車。借指告老還鄉。古車立乘,此爲坐乘,故稱安車。高官告老還鄉,賜乘安車。

⑦二《南》:指《詩》的《周南》和《召南》。《晋書·樂志上》:"周始二《南》,《風》兼六代。"

湖上獨酌

盡日觀魚坐水邊,悠然獨酌望青山。樽前解下淵明帢①,起就東溪濯膩顔。

【編年】

皇祐三年(1051)十月至皇祐四年(1052)九月判許州日作。

【箋注】

①淵明帢(qià):南朝梁蕭統《陶淵明傳》:"郡將常候之,值其釀熟,取頭上葛巾漉灑,漉畢,還復著。"帢,即帢帽。古代士人戴的一種便帽。

外計蘇度支示古銅器形制甚雅
輒書五十六字還之①

古鼎良金齊法精,未知何代勒功名。更須梓匠爲梟杓②,堪與仙翁作酒鎗③。《南史》有徐景山酒鎗〔一〕。滌濯尚應勞犢鼻④,腥膻不復染羊羹。水邊林下風清處,長伴薰然醉玉傾⑤。

【編年】

　　治平四年（1067）至熙寧元年（1068）任樞密使日作。蘇頌治平四年至熙寧元年任淮南轉運使。

【校勘】

　　〔一〕徐:四庫本作“馀”。

【箋注】

　　①外計蘇度支:指蘇頌。時度支判官、淮南轉運使。外計:轉運使的別稱。蘇頌（1020—1101），字子容，泉州南安（今福建泉州）人。慶曆二年進士。皇祐五年，召試館閣校勘，同知太常禮院。歷集賢校理。神宗時，遷度支判官。送契丹使，人稱善之。命爲淮南轉運使。召修起居注，擢知制誥、知通進銀臺司、知審刑院。元豐初，權知開封府。未幾，知河陽。元祐初，拜刑部尚書，遷吏部尚書兼侍讀。又遷翰林學士承旨。五年，擢尚書左丞。七年，拜右僕射兼中書門下侍郎。爲相，務在奉行故事，使百官守法遵職。罷爲觀文殿大學士、集禧觀使，繼出知揚州。以中太一宮使居京口。紹聖四年，拜太子少師致仕。《宋史》卷三四〇有傳。

　　②梓匠:兩種木工。梓，梓人，造器具。匠，匠人，主建築。梟杓:梟形的杓子。

　　③酒鎗（chēng）:亦作“酒鐺”，三足溫酒器。《南齊書·蕭穎冑傳》:“上慕儉約，欲鑄壞太官元日上壽銀酒鎗。”

　　④犢鼻:即犢鼻褌。短褲，一説圍裙。形如犢鼻，故名。《梁書·謝幾卿傳》:“後以在省署，夜著犢鼻褌，與門生登閣道飲酒酣嘑，爲有司糾奏，坐免官。”

　　⑤醉玉傾:用“玉山頹倒”之典。美稱人酒醉欲倒之態。南朝宋劉義慶《世説新語·容止》:“嵇康身長七尺八寸，風姿特秀，見者歎曰:‘蕭蕭肅肅，爽朗清舉。’或云:‘蕭蕭如松下風，高而徐行。’山公曰:‘嵇叔夜之爲人也，岩岩若孤松之獨立;其醉也，傀俄若玉山之將崩。’”

雨中湖上緋桃盛開舟子維纜於樹因書二十八言

灼灼穠華照碧流^①，素煙絲雨助妖柔。武陵不放劉郎去^②，更就桃根繫小舟。

【編年】

皇祐四年（1052）判許州日作。

【箋注】

①穠華：繁盛的花朵。陸龜蒙《和重題薔薇》："穠華自古不得久，況是倚春春已空。"

②武陵：語出晋陶潛《桃花源記》："晋太元中，武陵人捕漁爲業，緣溪行，忘路之遠近。忽逢桃花林，夾岸數百步，中無雜樹，芳草鮮美，落英繽紛。"此代指仙人。劉郎，指劉晨。相傳東漢永平年間，浙江剡縣人劉晨、阮肇同人天台山采藥，迷路，爲仙女所邀，留半年，求歸，抵家，子孫已七世。後重入天台山尋訪二女，蹤跡渺然。事見南朝宋劉義慶《幽明録》。

得告赴洛展省松楸往還寓宿於陽翟
程密學新第因成四十言寄高陽^①

公臨趙北際^②，《續漢志》云：屬河間。宅據許西偏^③。來往由通德^④，逢迎阻見賢。嵩高當牖外，潁樹出牆顛。信宿依華蔭^⑤，身居賀燕前。時雖春分，乙鳥未至^⑥。

【編年】

皇祐四年（1052）春判許州日作。

【箋注】

①展省：指省視墳墓。松楸：墓地多植松樹與楸樹，故用爲墓地的代稱。陽翟：今河南禹縣。秦置。程密學：指程戡。程戡（997—1066），字勝之，許州

陽翟（今河南禹縣）人。舉進士，補涇州觀察推官。歷起居舍人，天章閣待制、陝西都轉運使，給事中。至和元年（1054），召拜參知政事，嚴禁蜀人妖言誣民。避宰相文彦博親，改樞密副使。以宣徽南院使、鄜延路經略安撫使、判延州。英宗即位，加安武軍節度使，留再任。卒，贈太尉，謚康穆。密學：樞密直學士的簡稱。職名。宋葉夢得《石林燕語》卷二：“每吏部尚書補外，除龍圖閣學士，戶部以下五曹，則除樞密直學士，相呼謂之密學。”高陽：古邑名。戰國燕邑，因在高河之陽，故名。今河北省高陽縣東舊城。程戡皇祐元年（1049）至皇祐四年（1052）知瀛州。瀛州屬河間府，高陽關路。《宋史·地理志》二：“河間府，上，河間郡，瀛海軍節度。至道三年，以高陽隸順安軍。舊名關南，太平興國七年，改名高陽關。慶曆八年，始置高陽關路安撫使，統瀛莫雄貝冀滄、永静保定乾寧信安一十州軍。”

②趙北際：時程戡知瀛州。屬河間府，今河北河間縣。古趙國疆域。

③許西偏：許州之西。程戡宅在陽翟，在許州之西。

④通德：共同遵循的道德。《史記·平津侯主父列傳》：“智、仁、勇，此三者天下之通德，所以行之者也。”

⑤信宿：連宿兩夜。漢蔡邕《述行賦》：“彌信宿而後闋兮，思逶迤以東運。”

⑥賀燕：祝賀新居落成的套語。《淮南子·説林訓》：“湯沐具，而蟣虱相吊；大厦成，而燕雀相賀，憂樂别也。”乙鳥：亦作“乙禽”。燕的别名。

提刑司封垂訪郡齋會於湖上道舊爲樂兼覜雅章輒成四十言以答來惠①

昔忝西州牧②，驅車經劍門③。見君新鑿沼，延我共開樽。治岸依山麓，疏泉透樹根。鴨湖今日會④，往事喜重論。

【編年】

皇祐三年（1051）十月至皇祐四年（1052）九月判許州日作。

【箋注】

①提刑司封：不確何人。此人之官階爲司封郎中，差遣爲提點刑獄公事。提刑：全稱"提點刑獄公事"。宋代設於各路，主管所屬各州的司法、刑獄和監察，兼管農桑。許州屬於京畿路。故當爲"提點京畿路刑獄公事"。司封：指司封郎中或司封員外郎。北宋前期爲文臣遷轉官階。司封郎中爲五品，司封員外郎爲六品。

②西州牧：文彥博曾知益州。西州：指巴蜀地區。

③劍門：古縣名。唐置。因境内有劍門山得名。治所在今四川劍閣縣東南。

④鴨湖：許昌西湖。道光《許州志》卷一《方輿》："西湖，在州西北。《石林詩話》云：'許州西湖與子城密相緣附，而城下可策杖往來，不涉城市。云是曲環作鎮時，取土築城，因以其地導潩水瀦之，略廣百餘畝，中爲橫堤，初但有其東之半耳。其西廣於東增倍，而水不甚深。宋莒公爲守時，因起黄河春夫浚治，始與西相通。'宋程顥詩云：'潩水橋邊鴨子陂，樓臺只在郡城西。'"則文彥博筆下之鴨湖即西湖，鴨湖爲當時人之俗稱。

予移守青社同年宋學士代予守璧田會有
來詩因成四十言爲答①〔一〕

舊許陪原郡，時清偃息優②。羨君熊軾去③，奪我鴨陂遊〔二〕。草樹秋芳密，禽魚晚思幽。相憑皆與問，猶憶醉翁不。予在許昌務閑，多適湖上吟醉，月三四焉。

【編年】

皇祐四年（1052）至皇祐五年閏七月左右判青州日作。

【校勘】

〔一〕璧田：原作"壁田"，據四庫本改。

〔二〕陂：各本均作"坡"，誤，當爲"陂"。陂爲池塘之意，鴨陂即鴨湖，文彥博筆下之鴨湖即許昌西湖，鴨湖爲當時人之俗稱。道光《許州志》卷一《方興》:"西湖,在州西北。《石林詩話》云:'許州西湖與子城密相緣附,而城下可策杖往來,不涉城市。云是曲環作鎮時,取土築城,因以其地導潩水瀦之。'……宋程顥詩云:'潩水橋邊鴨子陂,樓臺只在郡城西。'"

【箋注】

①青社:祀東方土神處。借指東方之地。此指青州。同年宋學士:指宋庠。時刑部尚書、觀文殿大學士、判許州。文彦博皇祐三年(1051)至皇祐四年判許州。宋庠皇祐五年(1053)至至和二年(1055)知許州。且在文彦博之後知許州且姓宋者唯宋庠一人。璧田:指許州。道光《許州志》卷一二:"許田,《詩·魯頌》:'啓堂于許,復周公之宇。'朱子注:許,許田,魯朝宿之邑。……魯以周公之故,成王賜之許田。春秋之時,魯不朝周邑,無所用,而許田近於鄭國,鄭有祊田。地勢之便,而與鄭易之。桓年,鄭伯以璧假許田,則魯之有許見於經傳也。"則詩題中之"璧田"即爲許田,即許州之别稱。

②偃息:斂藏退息。《後漢書·李膺傳》:"願怡神無事,偃息衡門,任其飛沉,與時抑揚。"

③熊軾:伏熊形的車前橫木。因以指代有熊軾的車。古時爲顯宦所乘。借指太守、知州。

答南都致政太傅相公①

雪苑揮毫寄雪宫②,丘門褒寵過華蟲③。希聲遠奪霜鐘韻,妙墨高逾禊帖工④。辱韻頗慚才陋薄,玩辭彌見意勤隆[一]。西南跂望安昌館,何日陪隨似戴崇⑤。

【編年】

皇祐四年(1052)至皇祐五年閏七月左右判青州日作。

【校勘】

〔一〕彌:原作"稱",據四庫本改。意勝。

【箋注】

①南都致政太傅相公：指太子少傅、前宰相杜衍。杜衍致政後居於南京睢陽（今河南商丘）。杜衍，詳見《文集》卷三《某伏蒙宮師相公杜寄示新居詩齋沐捧讀不勝銘歎某謹成拙詩一章上紀盛德粗伸謝意》注①。

②雪苑：即梁苑，又稱梁園、東苑、兔園，一説在今河南商丘縣東。西漢梁孝王劉武苑囿，孝王常與文人名士枚乘、司馬相如等在園中飲酒賦詩爲樂。唐代李白《梁園吟》：“平臺爲客憂思多，對酒遂作《梁園歌》。”這裏借指睢陽（今河南商丘）的杜衍。雪宫：戰國時齊國的離宫名。故址在今山東省淄博市東北。此代判青州之文彦博。《孟子·梁惠王下》：“齊宣王見孟子於雪宫。”趙岐注：“雪宫，離宫之名也。宫中有苑囿臺池之飾，禽獸之饒。”

③丘門褒寵：孔子的褒揚寵愛。此句以杜衍比孔子。杜衍對自己的褒揚勝過做官。華蟲：雉的别稱。古冕服上的畫飾。十二章紋之一。貴族禮服上的雉雞圖紋。因其色彩鮮豔，紋章華美，故名。繡繪在服裝上，表示穿者有文章之德。

④禊帖：即《蘭亭序》。著名行書法帖。因是“修禊”時所作詩序，故宋人稱爲“禊帖”。

⑤“西南”二句：化用西漢張禹、戴崇師徒之典。此句文彦博以晚輩弟子自居，以杜衍比張禹，謂期望己師事杜衍，如戴崇事其師張禹。跂望，舉踵翹望。《詩·衛風·河廣》：“誰謂宋遠，跂予望之。”安昌：指漢張禹。此借指杜衍。又杜衍罷相後在南都的居所名爲“安昌館”。戴崇：西漢沛郡人。字子平。《漢書·張禹傳》：“河平四年代王商爲丞相，封安昌侯。……禹成就第子尤著者，淮陽彭宣至大司空，沛郡戴崇至少府九卿。宣爲人恭儉有法度，而崇愷弟多智，二人異行。禹心親愛崇，敬宣而疏之。崇每侯禹，常責師宜置酒設樂與弟子相娱。禹將崇入後堂飲食，婦女相對，優人管弦鏗鏘極樂，昏夜乃罷。”

偶題看山樓新畫山水

盡日望西山，扶筇復倚欄①。遠觀猶未足，更作畫圖看。

【編年】

皇祐四年(1052)至皇祐五年閏七月左右判青州日作。按看山樓在青州。王禹偁《小畜集》卷一〇《送冠諫議赴青州》:"風静衙門戟,霜寒郡閣鈴。看山樓號白,封社土分青。"

【箋注】

①扶筇:即拄着拐杖。筇:即筇竹杖。用筇竹所製的手杖。

太原府統平殿朝拜①

逆壘彌天甚②,君王駐翠鑾③。荆榛親剪伐④,家業信艱難。一劍山河定〔一〕,千年廟社安。故城禾黍美,無復驗泥丸。太祖朝天兵至城下,城中作土丸擲空中,卜之,外雖破,裏頭完,則城尚可保平安。太宗朝天兵再至,復爲此卜,而一擲内外俱碎,而城遂下。

【編年】

嘉祐七年(1062)自判大名府移判太原府日作。詩中云:"山人去作山西將。"《宋史》本傳:"又改鎮成德,遷尚書左僕射、判太原府。"

【校勘】

〔一〕山:原作"江",據四庫本改。意勝。

【箋注】

①統平殿:北宋時宋太宗的神御殿之一,在當時的并州太原府崇聖寺内,供奉有宋太宗肖像。宋李攸《宋朝事實》:"太宗神御之殿七。啓聖禪院、壽寧堂、景福殿、鳳翔上清太平宫、并州崇聖寺統平殿及西院、鴻慶宫、會聖宫。"

②逆壘:叛逆的營壘。此指北漢。壘,指軍營中禦敵的牆壁。

③翠鑾:指宋太宗趙匡義的鑾駕。北宋政權建立之初,北漢政權在遼的支持下割據河東,宋太祖趙匡胤在實施先南後北的進軍統一方略中,尋機攻取北漢,多次遭遼援軍而未果。太平興國四年,宋太宗趙光義親率軍征北漢,擊退遼國多路援軍,孤立太原城,隨即集兵破城,平滅北漢,毁太原故城,新修平晋城。太平興國七年(982),宋太宗又派三交都部署潘美在唐明鎮的基礎上重建

了太原城。

　　④荆榛：兩種灌木，比喻荒蕪、艱難。此以喻北漢政權。

寄太原韓太尉①

時建忠武節尹京兆②韓以武康節尹太原

　　某近叨恩命，避讓弗容。伏思天聖丁卯，稚圭高中殊等，生忝附驥③。歲月如瞬，倏焉二紀④。稚圭以文武兼資，中外重望，擁旄仗鉞，臨鎮方面。老生無狀，輒又繼之，其幸多矣。偶成小詩寄呈。

　　舊説男兒本分官⑤，更將詩句報長安⑥。虛庸自省尤非據，深玷君家漢上壇⑦。

【編年】

　　皇祐五年（1053）閏七月辛未至至和二年（1055）知永興軍日作。

【箋注】

　　①太原韓太尉：指韓琦。韓琦皇祐五年（1053）正月至至和二年（1055）二月知并州（今山西太原）。太尉：文階名。宋前期爲正一品。太尉原位在“三師”之下，然自唐以來，以上公（太尉）爲重，其遷轉之序，司徒不得遷太尉，而遷太保、太傅，由太傅方許遷太尉、太尉遷太師，位僅次於太師。韓琦（1008—1075），字稚圭，自號贛叟，相州（今河南安陽）人。天聖五年（1027）年二十舉進士第二。授將作監丞、通判淄州，入直集賢院、監左藏庫。寶元三年（1040）進樞密直學士、陝西經略安撫副使，與范仲淹共同防禦西夏戰事，時稱“韓範”。仁宗慶曆三年（1043），韓琦與范仲淹等同時被任用，實行“新政”，韓琦被擢爲樞密副使。慶曆五年新政失敗，出知揚州。七年五月，徙鄆州，十二月改知成德軍。八年四月知定州。嘉祐元年（1056），入朝爲樞密使，嘉祐三年（1058）拜相。英宗即位後，進右僕射，封魏國公。神宗繼位後，拜司空兼侍中。以反對王安石變法，出判永興軍、相州、大名府等地。熙寧八年（1075）薨。贈尚書令，謚忠獻，徽宗追論琦定策勳，贈魏郡王。有《安陽集》傳世。《宋史》卷三一

二有傳。

　　②建忠武節尹京兆：皇祐五年（1053）八月，文彦博自判青州改忠武軍節度使、判永興軍（今陝西西安）。《長編》卷一七五，皇祐五年八月戊申條：“觀文殿大學士、吏部尚書、新知秦州文彦博爲忠武軍節度使、判永興軍兼秦鳳路兵馬事。”京兆：指京兆府（今陝西西安）。永興軍治所在京兆府。本爲漢代京歌的行政區域，爲三輔之一。宋代在長安城中置京兆府，轄長安、萬年等十四縣。

　　③“伏思”三句：天聖五年，文彦博、韓琦同中王堯臣榜進士。韓琦高中第二名。附驥：顔淵因孔子而顯名事。比喻依附先輩或名人而成名，此用作自謙之詞。《史記·伯夷列傳》：“伯夷、叔齊雖賢，得夫子而名益彰。顔淵雖篤學，附驥尾而行益顯。”

　　④二紀：二十四年。十二年爲一紀。

　　⑤本分：自身應盡的責任和義務。

　　⑥長安：指永興軍。時文彦博判永興軍。此代指文彦博自己。

　　⑦漢上壇：西漢定都長安（今陝西西安）。此句謂自己有辱判永興軍這個職位。是自謙的説法。

【附載】

　　韓琦《次韻答永興安撫文公》：“建牙非稱冢司官，正是宸襟注意安。即日太平歸輔翼，侍祠重陟岱宗壇。”

和梅公儀待制詩二首①〔一〕

登驪山見連理木②

　　長生私語都無益③，芳樹交柯自表奇。就使玉真如素願④，山陰拱木竟何知⑤？

【編年】

　　皇祐五年（1053）八月至至和元年（1054）判永興軍兼秦鳳路兵馬事日作。原本題下注云：“梅摯時爲陝西都運。”《長編》卷一七一，皇祐三年條：“摯五月

癸酉已自度支副使除天章閣待制、陝西都漕。"梅摯離開陝西改知滑州當在皇
祐五年(1053)左右。文彦博皇祐五年閏七月始判永興軍。二人相交只能在皇
祐五年(1053)八月至至和元年(1054)之間。

【校勘】

〔一〕首:四庫本作"章"。

【箋注】

①梅公儀待制:指梅摯。時天章閣待制、陝西都轉運使。天章閣待制:職
名。梅摯(997—1061),字公儀,成都新繁人。天聖五年(1027)進士。皇祐三
年(1051)至五年天章閣待制、陝西都轉運使。進龍圖閣學士、知滑州。嘉祐二
年(1057)至三年知杭州,徙江寧府,拜右諫議大夫移知河中府。《宋史》卷二
九八有傳。

②驪山:在西安臨潼縣。唐貞觀十八年(644)在此處建湯泉宮,天寶六年
(747)再行擴建,改名華清宮。唐玄宗與楊貴妃曾在此生活。連理木:不同根
的樹木,枝幹連生在一起。唐白居易《長恨歌》:"在天願作比翼鳥,在地願爲
連理枝。"

③長生私語:白居易《長恨歌》:"七月七日長生殿,夜半無人私語時。"

④玉真:本指神仙,一般指女仙。此指楊貴妃。

⑤拱木:兩臂合圍的大樹。《國語·晉語八》:"拱木不生危,松柏不
生埤。"

宿西溪寺

地占蓮峰麓〔一〕,溪環鷲嶺巔。密林含細籟,巍剎照清漣。獨
賞寧妨醉,幽吟定廢眠。支郎諳雅尚①,掃榻就潺湲。

【編年】

皇祐五年(1053)八月至至和元年(1054)判永興軍兼秦鳳路兵馬事日作。

【校勘】

〔一〕峰:明刻本作"華"。蓮峰:即蓮華峰,又作"蓮花峰"。是西岳華山奇
峰之一。峰頂有翠雲宮,前有大石,狀如蓮花,故稱蓮花峰。

【箋注】

①支郎:對僧人的美稱。原指三國吳國月支僧人支謙。南朝梁釋慧皎《高僧傳·康僧會傳》:"先有優婆塞支謙,字恭明,一名越……博覽經籍,莫不精究,世間伎藝多所綜習,遍學異書,通六國語。其爲人細長瘦黑,眼多白而睛黃,時人有'支郎眼中黃,形軀雖細是智囊'語。"

公儀天章書示暫往藍田兼閱山水以答來貺①

暫枉觀風斾,從容賞物華。藍山青有玉,輞水碧無沙②。林靜聞啼狖③,川長見落霞。宜尋幽徑處,竹里到南垞④。

【編年】

皇祐五年(1053)八月至至和元年(1054)判永興軍兼秦鳳路兵馬事日作。

【箋注】

①公儀天章:指梅摯。梅摯(997—1061),字公儀,時天章閣待制、陝西都轉運使。藍田:縣名。秦置,故城在今陝西藍田縣西。古代稱玉之美者爲球,次美者爲藍,以縣出美玉故名。

②輞水:即輞谷水,輞川。在今陝西藍田縣南。《舊唐書·王維傳》:"得宋之問藍田別墅,在輞口,輞水周於舍下,別漲竹洲花塢,與道友裴迪浮舟往來,彈琴賦詩,吟詠終日。嘗聚其田園所爲詩,號《輞川集》。"

③狖(yòu):黑色的長尾猿。《楚辭·九歌·山鬼》:"雷填填兮雨冥冥,猿啾啾兮狖夜鳴。"

④南垞(chá):藍田輞川風景區之一。在輞川欹湖之南。

和公儀天章雪中遊藍田山悟真寺①

古寺依山構,高車冒雪遊。穿林皆玉樹,倚檻盡瓊樓。景勝煩詩筆,財豐緩計籌。岩阿聊寄傲②,物外恣尋幽③。韁鎖慚羈繫④,匏瓜歎滯留⑤。無因陪雅躅⑥,清唱復難酬。

【編年】

皇祐五年(1053)冬至至和元年(1054)春判永興軍兼秦鳳路兵馬事日作。

【箋注】

①悟真寺:在藍田縣城東南十公里王順山。悟真寺創建於隋代,唐代尉遲恭曾監修重建。《長安志》卷一五:"臨潼縣:按《土地記》曰:崇法寺即唐悟真寺也,在縣東南二十里王順山。"

②岩阿(ē):山的曲折處,山邊。唐李頎《登首陽謁夷齊廟》:"驅車層城路,惆悵此岩阿。"寄傲:寄託傲世之志。晋陶潛《歸去來辭》:"倚南窗以寄傲,審容膝之易安。"

③物外:世外,超脱於世俗之外,或指仙境。唐錢起《謁許由廟》:"故向箕山訪許由,林泉物外自清幽"。

④轡鎖:繫馬的用具,比喻世情的束縛,羈絆。唐白居易《養拙》:"身去轡鎖累,耳辭朝市喧。"

⑤匏瓜:葫蘆之一種。《論語・陽貨》:"吾豈匏瓜也哉,焉能繫而不食。"匏瓜掛在那裏而不能供人食用,比喻不得出仕或久任微職。

⑥躅(zhuó):足跡。比喻人的行爲、功績。宋蘇軾《送頓起》:"岱宗已在眼,一往繼前躅。"

寄青州田龍圖瑜①〔一〕

某伏蒙龍圖諫議以頃守青社②,多居山齋,復以某手植薜荔、麻黄頗甚滋茂,因有虛獎,謂之甘棠。輒成拙詩一章,仰答來貺。

東秦假手栽經歲③,偃息山齋興味長④。怪石罅中栽薜荔⑤,於當軒怪石脚栽者尤滋茂。碧梧陰裏種麻黄⑥。種於兩桐樹之下,青翠可愛〔二〕。吟牽翠蔓秋煙潤,醉撷纖英曉露涼。内省非才寡遺愛⑦,争教所憩似甘棠⑧?

【編年】

嘉祐二年(1057)任昭文相日作。田瑜仁宗朝嘉祐二年(1057)龍圖閣直學士、知青州。

【校勘】

〔一〕瑜：原作“况”。田况仁宗朝未知青州，且田况爲龍圖閣學士時，在朝爲官，爲三司使，不可能知青州。文彦博仁宗皇祐四年（1052）知青州。田瑜仁宗朝嘉祐二年（1057）龍圖閣直學士、知青州。又詩序云：“某伏蒙龍圖諫議以頃守青社，多居山齋，復以某手植薜荔、麻黄，頗甚滋茂，因有虚奬，謂之甘棠，輒成拙詩一章，仰答來貺。”由序知文彦博知青州在前，“田龍圖”知青州在後，正與田瑜和文彦博知青州時間相符。

〔二〕青翠：四庫本作“蒼翠”。

【箋注】

①青州田龍圖瑜：指田瑜，時龍圖閣直學士、知青州。田瑜字資忠，河南壽安人，舉進士。《宋史》卷二九九有傳。

②龍圖諫議：指田瑜。時職爲龍圖閣直學士，官階爲諫議大夫，五品，差遣爲知青州。

③東秦：此指青州。戰國時秦昭王曾稱西帝，齊湣王曾稱東帝，兩國皆以其富强而東西並立，後因稱齊國或齊地爲“東秦”。《晋書·慕容德載記》：“青齊沃壤，號曰‘東秦’。”

④偃息：安卧；閑居。唐李白《贈韋秘書子春》：“惟君家世者，偃息逢休明。”

⑤薜荔：桑科無花果屬攀援常緑灌木。

⑥麻黄：爲麻黄科多年生草本狀小灌木草。

⑦遺愛：仁愛遺風。《左傳·昭公二十年》：“及子産卒，仲尼聞之，出涕曰：‘古之遺愛也。’”

⑧争教：怎教。甘棠：稱美地方長官有善政。《詩·召南·甘棠》：“蔽芾（fèi）甘棠，勿翦勿伐，召伯所茇（bá）。”《詩·召南·甘棠序》：“《甘棠》，美召伯也。召伯之教，明於南國。”《史記·燕召公世家》：“召公之治西方，甚得兆民和。召公巡行鄉邑，有棠樹，决獄政事其下，自侯伯至庶人各得其所，無失職者。召公卒，而民人思召公之政，懷棠樹不敢伐，歌詠之，作《甘棠》之詩。”

雨後遊華嚴川馬上作①

雨後城南路,無泥未有塵。因觀曲江樹②,更憶杏園春③。草色遙侵水,山光翠逼人。劭農兼訪古④,攬轡緩朱輪〔一〕。

【編年】

皇祐五年(1053)八月至至和二年(1055)六月判永興軍兼秦鳳路兵馬事日作。《長編》卷一七五,皇祐五年八月戊申條:"觀文殿大學士、吏部尚書、新知秦州文彥博爲忠武軍節度使、判永興軍兼秦鳳路兵馬事。"《長編》卷一八〇,至和二年六月戊戌條:"忠武軍節度使、知永興軍文彥博爲吏部尚書、平章事、昭文館大學士。"

【校勘】

〔一〕攬:原作"覽",據四庫本及《宋百家詩存》本改。攬轡:挽住馬轡。

【箋注】

①華嚴川:西安市長安區杜曲鎮東西一帶平川地段。唐代京城風景名勝區,位於西安城南十六公里,因在西漢初期爲樊噲的封地,故稱樊川。貞觀十九年(645),華嚴禪師坐化,肉身葬此,起華嚴寺,俗呼爲華嚴川。

②曲江:即曲江池,漢唐苑囿。位於西安市南十幾里慈恩寺(大雁塔)東南一里許,以人工湖曲江池爲主的景區,西岸有亭和杏園。

③杏園:唐時京都長安名園,在都城東南之通善坊,北接大慈恩寺,東臨曲江池,以盛植杏林而著稱。新進士在此舉辦"杏園宴"。宋張禮《遊城南記》自注:"杏園與慈恩寺南北相值,唐新進士多遊宴於此。"

④劭農:鼓勵農耕。《漢書·成帝紀》:"先帝劭農,薄其租稅。"

題中山郎中華嚴川墅①

城南風物勝,最勝是華嚴。謝墅偏幽寂②,顏郎此退潛③。流泉清繞砌,列岫翠當簷。更愛村橋畔,楊花撲酒簾。

【編年】

皇祐五年(1053)八月至至和二年(1055)六月判永興軍兼秦鳳路兵馬事日作。

【箋注】

①郎中:文階名。原爲尚書省六部二十四司之職事官。北宋前期無職事,爲文臣遷轉官階。

②謝墅:晋謝安在會稽東山及建康皆有別墅,概稱"謝墅"。

③顔郎:漢人顔駟歷仕文、景、武三朝,到武帝時已是白髮蒼蒼,但仍然爲郎官。武帝問其故,顔駟説:"臣文帝時爲郎,文帝好文,而臣好武;至景帝好美,而臣貌醜;陛下即位,好少而臣已老。是以三世不遇,故老於郎署。"見《文選·張衡〈思玄賦〉》李善注引《漢武故事》。

謝公儀待制惠黄石枕①

得時應在穀城山②,蒸栗温姿照席間③。助我漱流高卧意④,曲肱從此不睎顔⑤。

【編年】

皇祐五年(1053)八月至至和元年(1054)判永興軍兼秦鳳路兵馬事日作。原本題下注云:"梅摯時爲陝西都運。"

【箋注】

①公儀待制:指梅摯。梅摯(997—1061),字公儀,時任天章閣待制、陝西都轉運使。黄石:石精名。《録異記》:"帝堯時,有五星自天而隕,一是土之精,墜於穀城山下,其精化爲圯橋老人……子房佐漢功成,求於谷城山下,果得黄石焉。子房隱於商山,從四皓學道,其家葬其衣冠黄石焉。古者常見墓上黄氣高數十丈,後赤眉所發,不見其屍,黄石亦失。"

②穀城山:在今山東平陰縣西南。《史記·留侯世家》:"子房始所見下邳

圯上老父與《太公書》者,後十三年從高帝過濟北,果見穀城山下黃石”。

③蒸栗:玉之佳者。王逸《玉論》載,玉之色曰,赤如雞冠,黃如蒸栗,白如截肪,黑如純漆。

④漱流:借指隱居山林。《宋書·樂志三》魏武帝《秋胡行》:“我居昆侖山,所謂者真人。道深……枕石漱流飲泉。沉吟不決,遂上昇天。”高臥:高枕而臥的清閑生活。比喻隱居。《晉書·謝安傳》:“中丞高崧戲之曰:‘卿累朝違旨,高臥東山,諸人每相與言,安石不肯。’”

⑤曲肱:彎着胳膊當枕頭。借指簡樸閑逸的生活。《論語·述而》:“飯疏食飲水,曲肱而枕之,樂亦在其中矣。”

和公儀隱廳書事

跡貴雖軒冕①,心閑似隱淪②。林間新葺宇,公退此頤神③。蘚色青緣砌,池光碧照人〔一〕。愛君高雅趣,琴酒屢相親。廳在池南,景物幽邃,予屢接公儀,觸詠於此。

【編年】

皇祐五年(1053)八月至至和元年(1054)判永興軍兼秦鳳路兵馬事日作。

【校勘】

〔一〕碧:原作“逼”,據四庫本改。“碧照人”與上句之“青緣砌”相對爲文。

【箋注】

①軒冕:卿大夫的軒車和冕服。借指高官厚禄。《莊子·繕性》:“古之所謂得志者,非軒冕之謂也,謂其無以益其樂而已矣。”

②隱淪:隱居。南朝宋謝靈運《入華子岡是麻源第三谷》:“既枉隱淪客,亦棲肥遁賢。”

②頤神:保養精神。頤:保養;修養。

月夕挈新釀並文石酒樽就公儀南湖雅飲①

桃花石器榴花釀②，攜就南湖訪飲朋。雅論清吟涼月滿，山翁不惜醉騰騰③。

【編年】

皇祐五年（1053）八月至至和元年（1054）判永興軍兼秦鳳路兵馬事日作。

【箋注】

①挈（qiè）：攜帶。漢李尤《平樂觀賦》：“龜螭蟾蜍，挈琴鼓缶。”文石：有紋理的美石。

②榴花：雅稱美酒。《南史·夷貊傳上·扶南國》載，頓遜國有酒樹似安石榴，采其花汁停甕中，數日成酒。唐李嶠《甘露殿侍宴應制》：“御筵陳桂醑，天酒酌榴花。”

③醉騰騰：醉酒昏沉的樣子。騰騰：昏沉迷糊的樣子。唐韓偓《騰騰》：“八年流落醉騰騰，點檢行藏喜不勝。”

次韻和公儀月夕遊南湖

涼夜南湖飲，林端月上初。樽罍既古雅①，亭榭復清虛。靜賞興無盡，劇談歡有餘。群驪不熹事②〔一〕，應厭久停車。

【編年】

皇祐五年（1053）八月至至和元年（1054）判永興軍兼秦鳳路兵馬事日作。

【校勘】

〔一〕熹：四庫書作“解”。據詩意，群驪不似遊人好事談謔，故久停生厭。若不解事，何厭之有？“熹”字勝。

【箋注】

①罍,古代盛酒器。《詩·周南·卷耳》:"我姑酌彼金罍。"

②"群騶"二句:典出《梁書·謝幾卿傳》:"因詣道邊酒壚,停車褰幔,與車前三騶對飲。時觀者如堵,幾卿處之自若。"騶(zōu):古代貴族的騎馬的侍從。

和公儀詠蒲葵扇

不取歸資厚①,仁風藉爾揚②。論財雖儉薄,應用極清涼。六角價非重③,九華名未光④。傾心既已久,安石勿相忘⑤。

【編年】

皇祐五年(1053)八月至至和元年(1054)判永興軍兼秦鳳路兵馬事日作。

【箋注】

①不取歸資厚:《晉書·謝安傳》:"安少有盛名,時多愛慕,鄉人有罷中宿縣者,還詣安。安問其歸資,(鄉人)答曰:'有蒲葵扇五萬。'安乃取其中者捉之,京師士庶競市,價增數倍。"

②仁風:古代美化地方長官的諛詞,謂其恩澤如風之遍佈。用"袁宏一扇風"之典。南朝宋劉義慶《世說新語·言語》劉孝標注引南朝宋檀道鸞《續晉陽秋》:"太傅謝安賞宏機捷辯速,自吏部郎出爲東陽郡,乃祖之於冶亭,時賢皆集。安欲卒迫試之,執手將別,顧左右,取一扇而贈之。宏應聲答曰:'輒當奉揚仁風,慰彼黎庶。'閣坐歎其要捷。"

③六角價非重:《晉書·王羲之傳》:"又嘗在蕺山見一老姥,持六角竹扇賣之。羲之書其扇,各爲五字。"

④九華:指九華扇。九華,形容其色彩絢爛多彩。九,言其繁多;華,言其彩色繽紛。三國魏曹植《九華扇賦·序》云:"昔吾先君常侍,得幸漢桓帝,賜方扇,不方不圓,其中結成文,名曰'九華'。"

⑤安石:東晉宰相謝安字安石。此以梅摯比謝安。

和登飛橋觀遊艇

爲愛高橋月色多，飛觴捉麈對吟哦^①。輕舠一葉時來往^②，驚散雙鴛動碧荷。

【編年】

皇祐五年（1053）八月至年底判永興軍兼秦鳳路兵馬事日作。

【箋注】

①飛觴：即飲酒。西晋左思《吴都賦》："里宴巷飲，飛觴舉白。"捉麈（zhǔ）：即捉麈尾。謂名流雅士超塵脱俗。古人清談時必執麈尾，相沿成習，爲名流雅器，不談時，亦常執在手。《裴子語林》："康法暢造庾公，捉麈尾至彼。公曰：'麈尾過麗，何以得在？'答曰：'廉者不求，貪者不與，故得在耳。'"

②舠（dāo）：小船。唐李白《下涇縣陵陽溪至澀灘》："白波若卷雪，側石不容舠。"

和公儀重到隱廳偶書絕句

重訪隱齋留雅詠，將歸禁署促東轅^①。曉猿夜鶴君家物，不戀南湖只戀軒。

【編年】

皇祐五年（1053）八月至至和元年（1054）判永興軍兼秦鳳路兵馬事日作。

【箋注】

①禁署：即宫中之官署。東轅：使轅向東，即車向東走。轅：車杠、車前駕牲畜的杠子。

和公儀湖上烹蒙頂新茶作^①

蒙頂露芽春味美^{〔一〕}，湖頭月館夜吟清。煩醒滌盡沖襟爽^②，暫適蕭然物外情③。

【編年】

　　皇祐五年(1053)八月至至和元年(1054)判永興軍兼秦鳳路兵馬事日作。

【校勘】

　　〔一〕芽:原作"牙",據四庫本改。

【箋注】

　　①公儀:指梅摯。蒙頂茶:指四川蒙頂茶。相傳爲漢甘露祖師(或稱甘露慧禪師)吳理真手植,共八株,後存七株。蒙頂茶有祛病延年的功效,唐代已作爲貢品,極爲名貴。五代蜀毛文錫《茶譜》和清代趙懿《蒙頂茶説》都有詳細介紹。《蒙頂茶説》:"名山之茶美於蒙,蒙頂又美之上清峰,茶園七株又美之,世傳甘露慧禪師手所植也,二千年不枯不長,其茶葉細而長,味甘而清,色黄而碧,酌杯中香雲蒙覆其上,凝結不散,以其異,謂之仙茶。每歲采貢三百三十五葉,天子郊天及祀太廟用之,園以外産者,曰陪茶,相去數十武。"

　　②煩醒(chéng):煩燥得如酒醉一般難受。漢枚乘《七發》:"紛屯澹淡,嘘晞煩醒。"沖襟:曠遠的胸襟。唐韋應物《答崔主簿倬》:"蘭章不可答,沖襟徒自盈。"

　　③蕭然:悠閑;瀟灑:蕭然自得。物外:世外;超脱於世俗之外,或指仙境。唐錢起《謁許由廟》:"故向箕山訪許由,林泉物外自清幽。"

與公儀會飲南湖作

　　湖上高樓對遠山,一樽清醑且開顔①。今宵尚作林塘主〔一〕,明日將歸侍從班。心向白雲雖自樂,身趨丹禁未容閑②。爲君不惜厭厭醉③,賞盡銀蟾秉燭還④。

【編年】

　　至和元年(1054)判永興軍兼秦鳳路兵馬事日作。原本題下注云:"公儀翌日當赴。"

【校勘】

〔一〕宵:原作"朝",據四庫本改。詩有"賞盡銀蟾秉燭還"之句,另酺飲一般在夜間,故當爲"宵"。

【箋注】

①清醥:美酒名。是一種去糟取清的醇厚旨酒。南朝宋謝靈運《石門新營所住》:"芳塵凝瑶席,清醥滿金樽。"

②丹禁:帝王所居之紫禁城。宮殿以紅色塗飾地面與臺階,門户皆設禁,故稱。

③厭厭醉:醉心;陶醉。《詩·小雅·湛露》:"厭厭夜飲,不醉無歸。"厭厭:安静;安逸。

④銀蟾:古代神話稱月中有蟾,後因此稱月爲"銀蟾"。唐白居易《中秋月》:"照他幾許人腸斷,玉兔銀蟾遠不知。"

和公儀遊太華①

山水清音步步隨,謝家歌舞豈須攜②。深遊霧市身應潤③,直上蓮峰路不迷④。細草舒茵承蠟屐〔一〕,長松傾蓋護雲梯⑤。岩隈靈藥皆堪采,采得盈箱亦自提。

【編年】

皇祐五年(1053)八月至至和元年(1054)判永興軍兼秦鳳路兵馬事日作。

【校勘】

〔一〕屐:原作"屣",據四庫本改。較勝。蠟屐:在木屐上塗蠟。泛指登山之鞋。唐李瀚《蒙求》:"阮孚蠟屐,祖約好財。"南朝宋劉義慶《世説新語·雅量》:"祖士少好財,阮遥集好屐,並恒自經營,同是一累,而未判其得失。"

【箋注】

①太華:華山的别稱。古號西岳,又稱華岳。在今陝西華陰縣南。山勢峻挺,壁立千仞。有蓮花、落雁、朝陽、玉女、五雲諸峰。以其西今華縣南有少華

山,故名太華山。

②謝家歌舞:《世說新語‧識鑒》:"謝公(謝安)在東山畜妓,簡文曰:'安石必出。既與人同樂,亦不得不與人同憂。'"劉孝標注:"宋明帝《文章志》曰:'安縱心事外,疏略常節,每畜女妓,攜持遊肆也。'"

③霧市:東漢張楷,字公超,性好道術,能作五里霧。隱居弘農山中,從學者衆,所居成市。五代李瀚《蒙求》:"公超霧市,魯般雲梯。"此指華山之濃霧。

④蓮峰:指華山蓮花峰。

⑤雲梯:喻指高險的山路。《文選‧謝靈運〈登石門最高頂〉》:"惜無同懷客,共登青雲梯。"

見山樓小飲偶作

雲淡天迷楚①,樓高地占秦②。哀箏一行雁,小字數鉤銀。巷陌三條月③,池塘十步春。府門初夜閉,多少夜遊人。

【編年】

皇祐五年(1053)八月至至和二年(1055)六月判永興軍兼秦鳳路兵馬事日作。宋黃庶《登見山樓》詩有"太守終南爲客主"之句,知見山樓在永興軍。終南山在陝西省西安市南,爲秦嶺山峰之一。黃庶爲文彥博之幕客。

【箋注】

①楚:指楚山。在陝西省商縣境。北魏酈道元《水經注‧丹水》:"楚水注之,水源出上洛縣西南楚山。昔四皓隱於楚山,即此山也。"

②秦:陝西一帶。因戰國時爲秦國地而得名。

③三條:都城的三條大道。亦泛指都城通衢。《後漢書‧班固傳》:"披三條之廣路,立十二之通門。"李賢注:"《周禮》:'國方九里,旁三門。'每門有大路,故曰三條。"

【附載】

黃庶《登見山樓》:"太守終南爲客主,出入厭倦馬與車。與山朝夕欲還往,作樓近在室一隅。主人去久山寂寞,正值青帝催焦枯。"

寄致政太師相公杜四首

　　向作是詩，且欲因物將意，竟以辭語鄙拙，不敢寄呈。使人之還，承賜手教，副以佳章，稱是四物，加有獎飾，故追録四詩以獻，聊備一噱耳①。

邛竹杖②

　　孤筠勁質異纖柔③，欲假攜持助勝遊。不爲淩霜高節在，對公靈壽合包羞④。

【編年】

　　皇祐五年（1053）八月至至和二年（1055）六月判永興軍兼秦鳳路兵馬事日作。杜衍慶曆七年正月戊子，自知兗州任上以太子少師致仕，皇祐五年（1053）累遷太子太師。

【箋注】

　　①噱：大笑。

　　②邛竹杖：邛竹製成的手杖。簡稱"邛杖"。《史記・大宛列傳》："騫曰：‘臣在大夏時，見邛竹杖、蜀布。’"張守節正義："邛都邛山出此竹，因名‘邛竹’。節高實中，或寄生，可爲杖。"

　　③孤筠：孤立生長的竹子。南朝梁江淹《雜體詩・效謝惠連〈贈別〉》："靈芝望三秀，孤筠情所托。"

　　④靈壽：即靈壽杖。用靈壽木做的手杖。《漢書・孔光傳》："賜太師靈壽杖。"顏師古注："木似竹，有枝節，長不過八九尺，圍三四寸，自然有合杖制，不須削治也。"包羞：忍受羞辱。《易・否》："六三，包羞。《象》曰：‘包羞，位不當也。’"孔穎達疏："位不當所包承之事，惟羞辱已。"唐陸龜蒙《寒泉子對秦惠王》："大王出則奪氣，入則包羞。"

蜀　箋①

　　素箋明潤如温玉,新樣翻傳號冷金②。遠寄南都豈無意,緣公揮翰似山陰③。

【箋注】

　　①蜀箋:蜀地所産的箋紙。

　　②冷金:即"冷金箋"。金屑塗飾的箋紙。始於唐,達於近代。分有紋、無紋兩種,紋有布紋、羅紋區别。宋陸遊《秋晴》:"韞玉硯凹宜墨色,冷金箋滑助詩情。"

　　③山陰:晋王羲之的代稱。王羲之曾居會稽山陰,故以代指。此句誇讚杜衍的書法。

華陽巾俗謂之隱士帽①

　　華陽山相遺巾法②,蜀國烏紗學制成。公厭貂裘今已久,定知野服稱高情③。

【箋注】

　　①華陽巾:道士或隱士戴的頭巾。《新五代史·唐臣傳·盧程》:"程戴華陽巾,衣鶴氅,據幾決事。"

　　②華陽山相:此指唐盧程。

　　③高情:高隱超然物外之情。

蒙頂茶①

　　舊譜最稱蒙頂味②〔一〕,露芽雲液勝醍醐③。公家藥籠雖多品,略采甘滋助道腴④。

【校勘】

　　〔一〕譜:原作"晋",據四庫本改。

【箋注】

①蒙頂茶：相傳爲漢甘露祖師（或稱甘露慧禪師）吳理真手植，共八株，後存七株。蒙頂茶有祛病延年的功效，唐代已作爲貢品，極爲名貴。

②舊譜：當指五代蜀毛文錫《茶譜》：“蜀之雅州有蒙山，山有五頂，頂有茶園，其中頂曰上清峰。昔有僧病冷且久，曾遇一老父，謂曰，蒙之中頂茶，嘗以春分之先後，多構人力，候雷之發聲，並手采摘，三日而止，若獲一兩，以本處水煎服，即能祛宿疾；二兩，當眼前無疾，三兩，固以換骨；四兩，即爲地仙矣。是僧因之中頂築室以候，及期獲一兩餘，服未竟而病痊，時到城市，人見其容貌，常若二十餘。”

③雲液：代指茶湯。露芽：以初萌嫩芽時采摘，故稱。醍醐：從酥酪中提製出來的油。《大般涅盤經·聖行品》：“從牛出乳，從乳出酪，從酪出生酥，從生酥出熟酥，從熟酥出醍醐。醍醐最上。”

④道腴：研討玩味。元盧摯《寄蕭征君惟斗》：“道腴《德充符》，怡然有餘歡。”

近以蜀物寄獻復以雅章爲報輒課
蕪音仰酬來貺①

微物達誠方愧極，雅章流惠見情深。野夫自是甘芹味②，國老何嘗靳玉音③。伸紙恣窺藍肆寶④，發函頻作洛生吟⑤〔一〕。辭清墨妙真雙絕，韞櫝傳家勵子孫⑥。每得公手筆，即令子弟輩聯綴裝潢，藏爲家寶。

【編年】

皇祐五年（1053）八月至至和二年（1055）六月判永興軍兼秦鳳路兵馬事日作。

【校勘】

〔一〕發，原作“登”，據四庫本改。

【箋注】

①原本題下注云:"答杜相。"杜相:指杜衍。詳見《文集》卷三《某伏蒙宮師相公杜寄示新居詩齋沐捧讀不勝銘歎某謹成拙詩一章上紀盛德粗伸謝意》注①。課:謂致力於,從事。蕪音:繁雜之音。形容詩文詞句繁雜多餘。自謙之語。《宋書·謝靈運傳》:"雖清辭麗句,時發乎篇,而蕪音累氣,固亦多矣。"

②甘芹味:謙稱自己贈送的東西粗陋。《列子·楊朱》:"昔人有美戎菽,甘枲(xì)莖芹萍子者,對鄉豪稱之。鄉豪取而嘗之,蜇於口,慘於腹,衆哂而怨之,其人大慚。"

③靳:吝惜。玉音:對別人言辭的敬稱。南朝宋謝莊《月賦》:"敬佩玉音,服之無斁。"

④藍肆寶:即珍寶。藍肆,"藍山寶肆"的省語。指售賣珍寶的店鋪。唐李商隱《偶成轉韻七十二句贈四同舍》:"藍山寶肆不可入,玉中仍是青琅玕。"

⑤洛生吟:指用雅音曼聲吟詠。典出《晋書·謝安傳》:"安本能爲洛下書生詠,有鼻疾,故其音濁,名流愛其詠而弗能及,或手掩鼻以效之。"

⑥韞櫝:收藏在匣子里,喻珍視。《論語·子罕》:"子貢曰:'有美玉於斯,韞櫝而藏諸? 求善賈而沽諸?'"韞:收藏。櫝:木匣子。

天平相公遠寄佳章謹依韻和呈①

其　一

曉闢天閽出帝綸②,麾幢誤委不才臣③。六條頒詔專臨雍④,一道全師別制秦⑤。雖受深恩辭北闕⑥,擬將何術撫西人⑦。他年遂解簪纓去⑧,乞去伊川號散民⑨。

【編年】

皇祐五年(1053)八月至至和二年(1055)六月判永興軍兼秦鳳路兵馬事日作。原本題下注云:"龐相時守鄆。"龐籍皇祐五年(1053)閏七月至至和二年(1055)六月守鄆州。《長編》卷一七五:"(皇祐五年閏七月)壬申,户部郎中、平章事龐籍以本官知鄆州。"《長編》卷一八〇:"至和二年六月甲辰,知鄆州龐籍知永興軍,尋改知并州。"

【箋注】

①天平相公:指判鄆州龐籍。題下注云:"龐相時守鄆。"《宋史·地理志》一:"東平府,東平郡,天平軍節度。本鄆州。"龐籍時判鄆州,故稱天平相公。龐籍(988—1063),字醇之,單州成武(今屬山東)人。大中祥符八年(1015)及進士第。歷黄州司理參軍、開封府兵曹參軍、大理寺丞、知襄邑縣、群牧司判官、知秀州、殿中侍御史、福建轉運使、陝西體量安撫使兼轉運使、樞密副使、參知政事,皇祐元年(1049)工部侍郎、樞密使,皇祐三年拜同中書門下平章事、昭文館大學士。以户部侍郎知鄆州,加觀文殿大學士,除昭德軍節度使、知并州。復以爲觀文殿大學士、户部侍郎、知青州。以太子太保致仕,封潁國公。卒贈司空,加侍中,謚莊敏。《宋史》卷三一一有傳。

②闢:打開。《左傳·宣公二年》:"寢門闢矣。"天閽:天門。帝綸:即絲綸。帝王詔書。《禮記·緇衣》:"王言如絲,其出如綸。"孔穎達疏:"王言初出,微細如絲,及其出行於外,言更漸大,如似綸也。"

③麾幢:官員出行時儀仗中的旗幟。不才:没有才能。自稱謙詞。

④六條頒詔:漢制,刺史班行六條詔書,以考察官吏。《漢書·百官公卿表上》"武帝元封五年初置部刺史。"顔師古注引《漢官典職儀》云:"刺史班宣,周行郡國,省察治狀,黜陟能否,斷治冤獄,以六條問事,非條所問,即不省。一條,强宗豪右田宅踰制,以强淩弱,以衆暴寡。二條,二千石不奉詔書遵承典制,倍公向私,旁詔守利,侵漁百姓,聚斂爲奸。三條,二千石不恤疑獄,風厲殺人,怒則任刑,喜則淫賞,煩擾刻暴,剝截黎元,爲百姓所疾,山崩石裂,袄祥訛言。四條,二千石選署不平,苟阿所愛,蔽賢寵頑。五條,二千石子弟恃怙榮勢,請托所監。六條,二千石違公下比,阿附豪强,通行貨賂,割損正令也。"專臨雍:謂文彦博時知永興軍。永興軍屬古天下九州之雍州。

⑤别制秦:文彦博時判永興軍兼秦鳳路兵馬事。

⑥北闕:古代宫殿北面的門樓。此用爲宫禁或朝廷的别稱。

⑦西人:指西夏。

⑧解簪緌:謂辭官歸田。簪緌:古代官吏的冠飾。比喻做官者顯貴。

⑨伊川:伊水流域。指今河南省嵩山、伊川、洛陽一帶。

其　二

　　昔年公掌秦中漕①,虎節尋提四鎮師②。從此功成爲漢相,至今關內仰蕭規③〔一〕。新詩遠寄音盈耳,累牘頻窺喜見眉④。更問春遊何處好,夾城西面景龍池⑤。

【校勘】

　　〔一〕關:原作"闕",據四庫本改。

【箋注】

　　①掌秦中漕:即任鄜延路轉運使。慶曆元年(1041)寵籍任鄜延路馬步軍都部署、經略安撫沿邊招討使、轉運使兼營田使。

　　②虎節:泛指符節。四鎮師:鎮守四方的四將軍。漢晋之世,有鎮東將軍、鎮南將軍、鎮西將軍、鎮北將軍各一人,稱爲四鎮。此謂掌管天下之兵。龐籍皇祐元年(1049)至皇祐三年曾任樞密使,故云。

　　③關內:中國古代在陝西建都的各朝,稱函谷關或潼關以西地區爲關內。蕭規:蕭何制定的規矩。用"蕭規曹隨"之典。《史記·曹相國世家》:"參代何爲漢相國,舉事無所變更,一遵蕭何約束。"

　　④喜見眉:即喜上眉梢。

　　⑤夾城:唐代都城長安城沿城壁所修的複道。景龍池:位於唐長安興慶宮內。

次韻答平涼龍圖王諫議素①

　　凛然威望讋西戎②,十萬貔貅節制中③。從古藩垣謀帥重④,於今詩禮得才雄⑤。勤歸定是推優賞⑥,静勝由來保上功⑦。不獨韋、平稱世美⑧,《緇衣》兼詠武、桓公⑨。來詩云"偶因安帖都無事,空使淹留不見功”之句。

【編年】

皇祐五年(1053)閏七月至至和元年(1054)判永興軍兼秦鳳路兵馬事日作。王素皇祐三年(1051)四月辛丑知渭州,至和元年(1054)方得替。彦博皇祐五年(1053)閏七月辛未至至和二年(1055)六月知永興軍。故二人交遊唱和的時間在皇祐五年(1053)閏七月至至和元年(1054)之間。

【箋注】

①平涼龍圖王諫議素:指王素,時差遣是知渭州,職是龍圖閣學士,階官是諫議大夫,五品。渭州:治所在平涼縣(今屬甘肅),屬秦鳳路,爲涇原路經略安撫使治所。王素(1007—1073),字仲儀,太尉王旦季子,天聖五年(1027),賜進士出身。得通判潁州,更懷州、許州,累遷太常博士。歷知渭州、開封府、定州、成都府。治平元年,召拜端明殿學士,復知渭州。熙寧初,知太原府。熙寧二年(1069)知汝州。熙寧三年,加工部尚書致仕,熙寧六年,卒,年六十七,謚懿敏。《宋史》卷三二〇有傳。

②讋(zhé)西戎:讋,震懾。西戎,指李元昊所建西夏政權,轄有今寧夏大部、内蒙古西南部和甘肅西部一帶。

③貔貅:猛獸名。比喻勇猛的軍士。《晋書·熊遠傳》:“命貔貅之士,鳴檄前驅。”

④藩垣:藩籬和垣牆。比喻衛國的重臣。

⑤才雄:傑出的人才。《後漢書·竇融傳贊》:“悃悃安豐,亦稱才雄。”此句謂王素有勇有謀,是儒將。

⑥勤:慰問;勞勉。《詩·小雅·采薇序》:“《出車》以勞還,《杕杜》以勤歸。”

⑦静勝:軍隊以堅定沉著制敵而取得勝利。强調的是以静制動,以静勝敵。戰國《尉繚子·攻權第五》:“兵以静勝,國以專勝,力分者弱,心疑者背。”

⑧“不獨”句:韋、平指韋賢、平當。韋賢、平當爲宰相,他們兒子韋玄成、平晏均繼任爲相,此被視爲漢興以來的盛美之事。用爲詠父子相繼爲相之典。《漢書·平當傳》:“平當字子思……以明經爲博士,公卿薦當論議通明,給事中。……哀帝即位,徵當爲光禄大夫諸吏散騎,復爲光禄勳,御史大夫,至丞

相。……卒。子晏以明經歷位大司徒,封防鄉侯。漢興,唯韋、平父子至宰相。"《漢書·韋賢傳》:"韋賢字長孺……徵爲博士,給事中……本始三年,代蔡義爲丞相……少子玄成,復以明經歷位至丞相。"

⑨"《緇衣》"句:謂《詩·緇衣》不僅稱美鄭武公;也稱美其父鄭桓公。父子二人並爲周司徒。《詩·鄭風·緇衣》:"緇衣之宜兮,敝,予又改爲兮。適子之館兮,還,授予子之粲兮。"《緇衣序》:"緇衣,美武公也。父子並爲周司徒,善於其職,國人宜之,故美其德。以明有國善善之功焉。"鄭桓公:中國周代鄭國始受封者。周宣王之弟,姬姓,名友。周宣王二十二年封於鄭(今陝西華縣)。周幽王八年命爲司徒。周幽王十一年,申侯聯合犬戎等攻殺幽王,並殺鄭桓公。鄭武公:姬姓,名滑突。桓公友子。即位時,鎬京殘破,迫近西戎。乃與晋文侯、衛武公、秦襄公夾輔周平王東徙洛邑。平王命滑突繼其父職爲周司徒。東遷於今河南新鄭市立國。王素爲宰相王旦季子,以上兩句謂王素能繼父親王旦之任。

答王龍圖遊山見寄素

分得魚符守雍州①,垂帷閉閣再經秋。眼看岩岫將登覽,身似匏瓜苦滯留②。杜曲朱坡雖已到③,圭峰紫閣未曾遊④。却輸假道歸朝客,上遍終南寺寺樓⑤。

【編年】

皇祐五年(1053)閏七月至至和元年(1054)判永興軍日。

【箋注】

①魚符:隋唐時朝廷頒發的符信,雕木或鑄銅爲魚形,刻書其上,剖而分執之,以備符合爲憑信,謂之"魚符",亦名魚契。隋開皇九年,始頒木魚符於總管、刺史,雌一雄一。唐用銅魚符,所以起軍旅,易官長。雍州:王素時知渭州,屬古天下九州之雍州。

②身似匏瓜:匏瓜多不供食用,比喻人不受重用。《論語·陽貨》:"吾豈匏瓜也哉!焉能繫而不食?"三國魏王粲《登樓賦》:"懼匏瓜之徒懸兮。"

③杜曲:在今西安城南長安縣杜曲鎮。《關中勝迹圖志·古迹》“杜曲”條載:“樊川韋曲東十里有南杜北杜。杜固謂之南杜,杜曲謂之北杜,二曲名勝之地。鄭工部詩云:‘杜曲花光濃似酒,霸陵春色老於人’,即此地。”朱坡:在長安城南樊川,風景優美。

④圭峰:在今陝西户縣南終南山上。唐李洞《鄠郊山舍題趙處士林亭》:“圭峰秋後疊,亂葉落寒墟。”紫閣:即紫閣峰。在今陝西户縣東南。唐李白《君子有所思行》:“紫閣連終南,青冥天倪色。”

⑤終南:即終南山,在西安府南五十里,東自藍田縣界,西入咸寧縣界。

題紀太尉廟①

　　死節古來雖有矣,大都死節少如公。惟圖救主重圍内,不憚焚身烈焰中②。龍準有因方脱禍③,猴冠無計復争雄④。如何置酒咸陽會,只説蕭何第一功⑤。

【編年】

　　嘉祐三年(1058)罷相判河南府,歸洛陽途中作。

【箋注】

　　①紀太尉:漢將軍紀信。景德四年(1007)二月,真宗車駕如西京,道經漢將軍紀信塚、司徒魯恭廟,詔贈信爲太尉,恭爲太師。紀信廟始建於唐朝,位於今河南鄭州惠濟區古榮鎮南紀公廟村。

　　②“惟圖”二句:楚漢之争時,劉邦被項羽圍於滎陽,紀信詐爲高祖出降,高祖得乘隙逃出。羽怒,燒殺信。《漢書·高帝紀》:“五月,將軍紀信曰:‘事急矣!臣請誑楚,可以間出。’於是陳平夜出女子東門二千餘人,楚因四面擊之。紀信乃乘王車,黄屋左纛,曰:‘食盡,漢王降楚。’楚皆呼萬歲,之城東觀,以故漢王得與數十騎出西門遁。令御史大夫周苛、魏豹、樅公守滎陽。羽見紀信,問:‘漢王安在?’曰:‘已出去矣。’羽燒殺信。”

　　③龍準:指漢高祖劉邦。《史記·高祖本紀》:“高祖爲人,隆準而龍顔。”

　　④猴冠:指西楚霸王項羽。《史記·項羽本紀》:“人言楚人沐猴而冠耳,

果然。”

⑤“如何”二句：乃爲紀信鳴不平，言紀信之功不亞於蕭何也。咸陽會：《漢書·蕭何曹參傳》：“列侯畢已受封，奏位次，皆曰：‘平陽侯曹參身被七十創，攻城掠地，功最多，宜第一。’上已橈功臣多封何，至位次未有以復難之，然心欲何第一。關內侯鄂秋時爲謁者，進曰：‘……夫上與楚相距五歲，失軍亡衆，跳身遁者數矣，然蕭何常從關中遣軍補其處。非上所詔令召，而數萬衆會上乏絶者數矣。夫漢與楚相守榮陽數年，軍無見糧，蕭何轉漕關中，給食不乏。陛下雖數亡山東，蕭何常全關中待陛下，此萬世功也。今雖無曹參等百數，何缺於漢？漢得之不必待以全。奈何欲以一旦之功加萬世之功哉！蕭何當第一，曹參次之。’上曰：‘善。’於是乃令何第一，賜帶劍履上殿，入朝不趨。”

過滎陽玉像院〔一〕

瑞相雙刊玉，仁祠側布金。輪蹄一道過，風雨二山嶔。密蘚蒼緣壁，喬松秀出林。村僧不可語，難問祖師心。

【編年】

嘉祐三年（1058）罷相判河南府，歸洛陽途中作。《長編》卷一八七，嘉祐三年六月丙午條：“吏部尚書、平章事文彦博罷爲河陽三城節度使、同平章事、判河南府。”

【校勘】

〔一〕滎：原作“榮”。誤，據四庫本改。滎陽：古地名。在今河南鄭州市北，今滎陽東北。秦末楚漢兩軍曾相持於此。漢蔡邕《述行賦》：“過漢祖之所隘兮，吊紀信於滎陽。”

過汜水關①

濟世安民主，擒充執竇歸②。山川遺氣像，史册動光輝。原廟今昭德，群雄昔畏威。虎牢名自久，牛口諺應非③。關塞倚天險,封疆介日圍。特吟摩詰句④,度水柳依依。

【編年】

　　嘉祐三年(1058)罷相判河南府,歸洛陽途中作。

【箋注】

　　①汜水關:即虎牢關,屬孟州。位於今榮陽汜水城西一公里處。又名武牢關、古崤關等。傳說爲周穆王畜虎之地,因名虎牢關。據大伾山上,地處洛陽東部,是通往洛陽的要道,爲歷代兵家必爭之地。

　　②"濟世"二句:唐武德四年(621),李世民和尉遲敬德、程咬金、秦瓊等率領兵馬,在洛陽和汜水虎牢關同王世充、竇建德的聯軍作戰。在此擊敗王世充、竇建德,佔據中原。

　　③牛口:汜水關,又稱牛口。竇建德在此地被唐太宗所俘。《牛口謠》:"豆入牛口,勢不得久。"

　　④摩詰:指唐王維。維字摩詰。唐王維《渭川田家》:"田夫荷鋤至,相見語依依。"

某伏蒙昭文相公富以某方忝濂洛之寄因有嵩少之行惠賜遊山器一副質輕而制雅外華而中堅匪惟便於齋持實爲林下之珍玩也輒成拙詩一章報謝①

　　上公遺我遊嵩具②,匜盥杯盂色色全③。拂拭便須延隱逸,潔清那敢汙腥膻。行齋每度雲岩側④,器使當居蠟屐前。林叟溪翁皆竊玩,山廚因此識嘉邊⑤。器悉以竹編而縶其中⑥,輕堅精巧絕倫。

【編年】

　　嘉祐三年(1058)判河南府日作。文彥博罷相後,集賢相富弼拜昭文相。詩題有"昭文相公富"之語,故繫於此。

【箋注】

①昭文相公富:指富弼,時任首相,即平章事、昭文殿大學士。瀍洛:指洛陽。瀍水和洛水的並稱。洛陽爲東周、東漢、魏、晋等朝都城,地處瀍水兩岸、洛水之北。故多以二水連稱謂其地。齎持:拿着;攜帶。《論衡·紀妖》:“妖氣象人之形,則其所齎持之物,非真物矣。”

②遺(wèi):贈送。

③匜(yí)盥:“捧匜沃盥”的省語。匜:古代洗手盛水器。盥:洗手器。沃盥:洗手時,別人把匜中的水倒在手上,下有盤承接。《左傳·僖二三年》:“秦伯納女五人,懷嬴與焉。奉匜沃盥,既而揮之。”盂:盛飲食等的圓口器皿。

④行齎:給途經的人贈送財物。齎:送。

⑤嘉籩:指盛放於籩内的祭品。籩:古代祭祀時盛果實、乾肉等的竹器。《漢書·禮樂志》:“嘉籩列陳,庶幾宴享。”

⑥髹:以漆塗物。《史記·貨殖列傳》:“木器髹者千枚。”

答青州相公二首①

來詩一慶予守洛,一敘舊

其　一

非才久玷鈞衡重②,乞得麟符守洛師③。聖造如天從素欲,愚衷何地報鴻慈④。先塋松檟躬時省⑤,私廟蘋蘩潔仲祠⑥。相國情深最知我,郵筒千里貺新詩。

【編年】

嘉祐三年(1058)判河南府日作。

【箋注】

①青州相公:指龐籍。原本題下注云:“龐相。”時判青州。以曾任宰相,故稱相公。《會要·職官》六五之一六:“(嘉祐二年十一月二十六日)昭德軍節度使、知并州龐籍降觀文殿大學士、户部侍郎、知青州。”

②鈞衡：比喻國家政務重任。

③麟符：唐朝給予京都留守的符信。玉質符信，上刻麒麟形，故名。隋代，特賜東都留守樊子益玉麟符。唐代，賜兩京、北都留守麟符，以爲傳信符。守洛師：即判河南府（今河南洛陽）。《長編》卷一八七嘉祐三年六月丙午條：“吏部尚書、平章事文彥博罷爲河陽三城節度使、同平章事、判河南府。”

④鴻慈：大恩。南朝梁元帝《謝東宮賜白牙鏤管筆啓》：“豈若遠降鴻慈，曲覃庸陋。”

⑤松櫃（jiǎ）：松、櫃二樹常被植於墓前，故作墓地的代稱。櫃：即楸。《左傳·哀公十一年》：“樹吾墓櫃。”

⑥蘋蘩：指蘋和蘩。兩種可供食用的水草，古代常用於祭祀。泛指祭品。

其　二

雅章追念柏臺遊，屈指今逾二十秋①。初奉南床持大憲②，後陪東閣告嘉猷③。心如金石同謀國，路出風波免覆舟。聞欲堅隨赤松去，擬攜靈壽從留侯④。

【箋注】

①“雅章”二句：文彥博景祐四年（1037）任殿中侍御史，今爲嘉祐三年（1058），與詩“今逾二十秋”相符，由詩知二人時已有交遊。柏臺：即御史臺，又稱“烏臺”。

②“初奉”句：指二人先後任職於御史臺。龐籍景祐元年（1034）至景祐五年（1038）歷任殿中侍御史、侍御史知雜事；文彥博景祐四年（1037）始任殿中侍御史。南床：侍御史食坐之南所設的床即叫南床。後用爲侍御史代稱。《通典·職官六》：“（侍御史）食坐之南設橫榻，謂之南床。殿中監察不得坐也，唯侍御坐焉。凡侍御史之例，不出累月而遷南省者，故號爲南床。”

③“後陪”句：指二人先後任宰相。文彥博皇祐三年（1051）罷相，樞密使龐籍繼任宰相。東閣：古代稱宰相招致、款待賓客的地方。嘉猷：治國的好規劃。《書·君陳》：“爾有嘉謀嘉猷，則入告爾後於內，爾乃順之於外。”

④赤松：即赤松子。上古之仙人。《楚辭·遠遊》：“聞赤松之清塵兮，願

承風乎遺則。"靈壽:指靈壽杖。用靈壽木做的手杖。留侯:東漢張良。《史記·留侯世家》:"願棄人間事,欲從赤松子遊耳。"

梅公儀見寄華亭鶴一隻①

　　子眞仙裔富高情②,遠寄仙禽至洛城。昔向華亭常警露③,今來緱嶺伴吹笙④。稻粱猶憶嘉禾美⑤,竹樹應憐履道清⑥。樂天《池上篇》云"有華亭鶴二"。已遣吾家伊水墅,旋營莎薦似咸京⑦。公儀在雍公署種莎,謂鶴薦,繼有詩詠。

【編年】

　　嘉祐三年(1058)至嘉祐五年(1060)二月判河南府日作。文彥博嘉祐三年罷相判河南府,詩有"遠寄仙禽至洛城"句,故繫於此。

【箋注】

　　①華亭鶴:《世説新語·尤悔》:"陸平原(機)河橋敗,爲盧志所譖,被誅。臨刑歎曰:'欲聞華亭鶴唳,可復得乎?'"南朝梁劉孝標注引《八王故事》:"華亭,吳由拳縣郊外墅也,有清泉茂林。吳平後,陸機兄弟共遊於此十餘年。"

　　②子眞仙裔:西漢高士鄭樸字子眞,修身持禮,隱居不仕,耕於岩石之下,名震京師。後用爲詠高人隱士的典故。此以鄭子眞代指梅摯。

　　③警露:因白露降臨而相警戒。相傳鶴性機警,"至八月白露降,流於草上,滴滴有聲,因即高鳴相警,移徙所宿處,慮有變害"。見《藝文類聚》卷九十引晉周處《風土記》。後因以"警露"作爲詠鶴的典故。

　　④緱嶺伴吹笙:此句用"緱嶺吹笙"之典。相傳王子晉七月七日自緱嶺乘白鶴飛去。漢劉向《列仙傳·王子喬》:"王子喬者,周靈王太子晉也。好吹笙,作鳳凰鳴。遊伊洛之間,道士浮丘公接以上嵩高山。三十餘年後,求之於山上,見桓良曰:'告我家:七月七日待我於緱氏山巔。'至時果乘白鶴駐山頭,望之不得到,舉手謝時人,數日而去。"

　　⑤嘉禾:異苗同穗或一頸多穗之禾,古人以爲祥瑞。

⑥履道:洛陽里巷名。《舊唐書·白居易傳》:"居易於履道里得故散騎常侍楊憑宅,竹木池館,有林泉之致。"

⑦薦:墊席;墊褥。《韓非子·存韓》:"韓事秦三十餘年,出則爲扞蔽,入則爲蓆薦。"咸京:指陝西西安。文彥博判永興軍日,梅摯時任陝西都轉運使。

遊平泉作①

　　一崦抱溪斜②,前朝輔相家。遺基皆瓦礫,古木尚煙霞。夙昔東山墅③,留連上殿車。雖云營退隱,未免逐豪誇。事往如飛鳥,林空噪暮鴉。池平無舊鳳,堤壞有殘沙。野叟猶能説,樵夫亦共嗟。至今岩石下,多長紫薇花。平泉花木無子遺,然岩谷間猶多紫薇花,是其遺種乎?

【編年】

　　嘉祐三年(1058)至嘉祐五年(1060)二月判河南府日作。

【箋注】

　　①平泉:指平泉莊。唐宰相李德裕在洛陽郊外遊息的別墅。李德裕(787—850),字文饒,元和宰相李吉甫子,官至宰相。武宗時,拜太尉,封衛國公。當政六年,頗有政績。反對李宗閔、牛僧孺集團,是牛李党争中李党首領。宣宗大中初年,牛黨執政,被排擠,構陷,貶潮州司馬,再貶崖州司户參軍,卒於任所。《新唐書》卷一八〇有傳。

　　②崦(yān):山。唐李商隱《送從翁從東川弘農書幕》:"一川虛月魄,萬崦自芝苗。"

　　③東山墅:指遊憩之地。《晋書·謝安傳》載,謝安早年曾辭官隱居會稽之東山,經朝廷屢次徵聘,方從東山復出,官至司徒要職,成爲東晋重臣。

又讀平泉花木記^①

其　一

歷覽《平泉記》，文饒性苦奢。如何伊上墅，多是日南花^②。當時文士詠平泉有“日南太守獻名花”之譏。美蔭皆奇樹，清芬悉異葩。安知桃李盛，不及晋公家^③。

【編年】

嘉祐三年（1058）至嘉祐五年（1060）二月判河南府日作。

【箋注】

①《平泉花木記》：唐李德裕撰。一卷。平泉爲李德裕別墅，位於洛陽城外三十里。書中記載別墅中所植各種花木的形態、顔色、果實等等。

②日南：治所在九德縣（今越南人民共和國榮市）。

③晋公：指唐宰相裴度。裴度（765—839），字中立，河東聞喜（今屬山東）人。元和十年（815），成德軍節度使田承宗等派人刺死宰相武元衡，並刺傷裴度。憲宗大怒，即以裴度爲宰相。元和十二年（817）督師攻破蔡州，擒吳元濟，平定淮西之亂，以功封晋國公。河北諸鎮甚懼，相繼臣服。翌年，又誅淄青節度使李師道，藩鎮割據局面暫告結束。後爲奸臣所構，出爲河東節度使。寶歷二年（826），敬宗爲宦官劉克明等所殺，度聯合宦官王守澄等殺劉克明及其衆，迎李涵（文宗）爲帝。文宗時，爲東都留守，進位中書令。時宦官專政，度不復有經世濟民之意，乃於洛陽建別墅，號“綠野堂”，常與白居易、劉禹錫等酣宴終日，高歌放言，以詩酒琴書自娛。

其　二

竹樹環青嶂，樓臺生碧煙。珍奇窮四海，景象冠三川^①。上黨夷兇日②,太和歸國年③。此時能勇退,應遂老平泉。

【箋注】

　　①三川:東周以河、洛、伊爲三川。此指洛陽。南朝宋顏延之《北使洛陽》:“前登陽城路,日夕望三川。”

　　②上黨夷兇:上黨:郡名,即潞州(今山西長治)。《新唐書·李德裕傳》:“澤潞劉從諫死,其從子稹擅留事,以邀節度,德裕曰:‘澤潞內地,非河朔比,昔皆儒術大臣守之。李抱真始建昭義軍,最有功,德宗尚不許其子繼。及劉悟死,敬宗方怠於政,遂以符節付從諫。太和時,擅兵長子,陰連訓、注,外托效忠,請除君側。及有狗馬疾,謝醫拒使,便以兵屬稹。捨而不討,無以示四方。’帝曰:‘可勝乎?’對曰:‘河朔,稹所恃以脣齒也。如令魏、鎮不與,則破矣。夫三鎮世嗣,列聖許之。請使近臣明告:“以澤潞命帥,不得視三鎮,今朕欲誅稹,其各以兵會。”’帝然之。乃以李回持節諭王元逵、何弘敬,皆聽命。……故元逵等下邢、洺、磁,而稹氣索矣。俄而高文端歸命,稱稹糧乏,皆女子授檖哺兵。未幾,郭誼持稹首降。”

　　③太和歸國:指唐會昌元年(841)李德裕奏迎太和公主由回鶻歸唐事。太和公主爲唐憲宗第十八女。長慶元年(821)遠嫁回鶻崇德可汗和親。會昌元年(841)回鶻敗亡,黠戛斯得公主,遣人奉之歸唐,途爲回鶻烏介可汗所劫。會昌三年(843)正月,烏介可汗率兵進犯振武,李德裕親自爲劉沔制定了奇襲烏介可汗,奪回唐公主的策略。在李德裕的調度下,河東節度使劉沔的部將石雄率部痛擊烏介可汗,在殺胡山大破回鶻軍,烏介可汗逃之夭天,“降其部落二萬餘人”,太和公主被迎回長安。

其　三

　　吾觀李太尉,所失在誇權。名遂不知退,膏明惟自煎①。終身戀華組②,何日到平泉。徒有思歸意,歌詩盈百篇。

【箋注】

　　①“膏明”句:比喻因才招禍。語出《莊子·人間世》:“山木,自寇也;膏火,自煎也。桂可食,故伐之;漆可用,故割之。”唐張九齡《自始興溪夜上赴

嶺》詩:"非梗胡爲泛,無膏亦自煎。"。《文子·上德》:"鳴鐸以聲自毀,膏燭以明自煎。"

②華組:代指顯貴的官位。組,佩官印的絲帶,引申代稱作官。唐儲光羲《蘇十三瞻登玉泉寺峰》:"慶門疊華組,盛列鍾英彥。"

文彦博集卷五

律詩

遊盧溪①

　　一徑極幽深,清泉響竹陰。昔人曾隱霧,衰世偶爲霖②。謀國無長策,論兵肆徧心③。王師遂不振,物議愈難任④。仰藥身雖殞,攻關盜轉侵⑤。傳家絕諸貌,攜之諸子尋亦死於寇亂⑥。遺業變雙林⑦〔一〕。僧樸俱難問,碑昏尚可尋。徘徊念陳跡,不爲歎人琴⑧。

【編年】

　　嘉祐三年(1058)至嘉祐五年(1060)二月判河南府日作。

【校勘】

　　〔一〕業:四庫本作"愛"。

【箋注】

　　①原本題下注云:"記云盧攜舊居。"盧攜:字子升,其先本范陽人,世居鄭。擢進士第,被辟浙東府。入朝爲右拾遺,歷臺省,累進户部侍郎、翰林學士承旨。乾符五年,進同中書門下平章事。俄拜中書侍郎、刑部尚書、弘文館大學士。《舊唐書》卷一七八有傳。

　　②"昔人"二句:言盧攜黨隱而不隱。隱霧:用"玄豹隱霧"之典。言隱退。

《列女傳·賢明·陶答子妻》:“陶大夫答子妻也。答子治陶三年,名譽不興,家富三倍,其妻數諫不用。居五年,從車百乘歸休。宗人擊牛而賀之,其妻獨抱兒而泣。姑怒曰:‘何其不祥也。’婦曰:‘夫子能薄而官大,是謂嬰害;無功而家富,是謂積殃。昔楚令尹子文之治國也,家貧國富,君敬民戴,故福結於子孫,名傳於後世。今夫子不然,貪富務大,不顧後害。妾聞南山有玄豹,霧雨七日而不食者何也?欲以澤其毛而成文章也,故藏而遠害。犬彘不擇食,以肥其身,生而須死耳。今夫子治陶,家富國貧,君不敬,民不戴,敗亡之徵見矣,願與少子俱脱。’姑怒,遂棄之處。期年,答子之家果以盗誅,惟其母老以免。婦乃與少子歸養姑,終卒天年。”爲霖:指任宰相。商王武丁稱讚宰相傅説之辭。《書·説命》:“爰立作相,王置諸其左右,命之曰:‘朝夕納誨,以輔台德。……若歲大旱,用汝作霖雨。’”孔傳:“霖,三日雨。霖以救旱。”

③“謀國”二句:指盧攜敗王鐸,私高駢。《新唐書·盧攜傳》:“王仙芝起河南,攜表宋威、齊克讓、曾衮皆善將,爲招討使。及威殺尚君長,賊熾結,益不制,乃以王鐸鎮荆南,爲諸道都統。攜不悦。是時,黄巢已破廣州,勢張甚,表求天平節度使,詔宰相百官議。攜素厚高駢,屬令立功,乃固不可巢請,又欲激巢使戰而敗鐸,因授率府率。又徇駢與南詔和親,與畋争,相恨詈,繇是罷爲太子賓客,分司東都。俄爲兵部尚書。會駢將張璘破賊,帝復召攜以門下侍郎同平章事。及鐸失守,以駢代之,即按關東諸將爲鐸、畋所任者,悉易置。内倚田令孜,而外寄戎政於駢,與奪惟所愛惡。”褊(biǎn)心:心胸狹窄。《詩·魏風·葛屨》:“維是褊心,是以爲刺。”

④“王師”二句:《新唐書·盧攜傳》:“及巢破淮南,璘戰死,忠武兵亂,天下危懼,人皆咎攜,始下詔以巢爲天平節度使。詔下,賊已破潼關。”物議:衆人的議論。

⑤“仰藥”二句:《新唐書·盧攜傳》:“明日,以太子賓客罷,分司東都,是夜仰藥死。巢入京師,棺磔屍於長安市。”

⑥“傳家”句:《新唐書·盧攜傳》:“子晏,天祐初爲河南尉,柳璨殺之。”藐:弱小、幼小。此指盧攜之幼子。

⑦雙林:原指釋迦牟尼涅盤處。借指寺院。唐韓翃《題龍興寺澹師房》:“雙林彼上人,詩興轉相親。”

⑧人琴:用"人琴俱亡"之典。表示悼念。南朝宋劉義慶《世説新語·傷逝》:"王子猷(徽之)、子敬(獻之)俱病篤,而子敬先亡。子猷問左右:'何以都不聞消息?'此已喪矣。語時了不悲,便索輿來奔喪,都不哭。子敬素好琴,便徑入坐靈床上,取子敬琴彈,弦既不調,擲地云:'子敬子敬,人琴俱亡!'因慟絶食良久,月餘亦卒。"

寒食日早發赴積慶莊拜掃過龍門馬上作①

赫奕晨霞照萬燈②,路穿闕口勢如吞③。橋邊楊柳垂青線,林下鞦韆掛彩繩。平地伊流光一抹,半天嵩岳翠千層。行行漸入吾疆理④,竹塢松阡間綺塍⑤。

【編年】

嘉祐三年(1058)至嘉祐五年(1060)二月判河南府日作。

【箋注】

①寒食日:節日名。在清明前一日或二日。相傳春秋時晉文公負其功臣介之推。介憤而隱於綿山。文公悔悟,燒山逼令出仕,之推抱樹焚死。人民同情介之推的遭遇,相約於其忌日禁火冷食,以爲悼念。以後相沿成俗,謂之寒食。積慶莊:文彥博父之墳莊,由詩知其間多植松、竹。

②赫奕:光輝炫耀貌。唐玄奘《大唐西域記·烏仗那國》:"上軍王方遊獵,遠見宮中光明赫奕,疑有火災。"

③闕口:即龍門,又名闕塞、伊闕。乾隆《洛陽縣志》卷三:"伊闕山在縣南二十五里,一名闕塞,一名龍門,一曰鑿龍。"

④疆理:《詩·小雅·信南山》:"我疆我理,南東其畝。"毛傳:"疆,畫經界也;理,分地理也。"此指進入文彥博的私人地界。

⑤竹塢:四面如屏的竹子深處。松阡:植有松樹的墓地。唐黃滔《司直陳公墓志銘》:"可不誅清塵於桂苑,揭貞石於松阡。"塍:田畦;田間的界路。漢班固《西都賦》:"溝塍刻鏤。"

秋日登闕塞

　　鞅掌公庭暇[1]，登臨闕塞秋。清談不廢務，遠望略消憂。二室檻前見[2]，長伊天際流。僧歸下樵徑，客去上漁舟。返照明金剎，飛泉響石樓[3]。放懷真趣得，縱目滯情休。像列三龕密[4]，波翻八節稠[5]。悵然高世意，不減冶城遊[6]。

【編年】

　　嘉祐三年（1058）至嘉祐五年（1060）二月判河南府日作。

【箋注】

　　①鞅掌：謂職事紛擾煩忙。《詩·小雅·北山》：“或棲遲偃仰，或王事鞅掌。”毛傳：“鞅掌，失容也。”鄭箋：“鞅猶何也，掌謂捧之也。負何捧持以趨走，言促遽也。”

　　②二室：即嵩山，分爲太室山和少室山。

　　③石樓：指香山石樓。唐白居易所建。《新唐書》卷一一九《白居易傳》云：“構石樓香山，鑿八節灘，自號醉吟先生。”白居易《舒員外遊香山寺》：“香山石樓倚天開，翠屏壁立波環迴。”

　　④三龕：指龍門賓陽三洞。始建於北魏時，初名石窟寺，後因取呂洞賓之“賓”字和其號“純陽子”之“陽”字相加而命名。

　　⑤八節：指八節灘。險灘名。在今河南省洛陽市附近。唐白居易《開龍門八節灘詩·序》：“東都龍門潭之南，有八節灘、九峭石，船筏過此，例反破傷。”

　　⑥“悵然”二句：語出劉義慶《世說新語·言語》：“王右軍與謝太傅共登冶城。謝悠然遠想，有高世之志。王謂謝曰：‘夏禹勤王，手足胼胝；文王旰食，日不暇給。今四郊多壘，宜人人自效。而虛談廢務，浮文妨要，恐非當今所宜。’”

遊潛溪[1]

　　修竹蔭清溪，潺湲闕塞西。石床平有蘚，沙路潤無泥。粉白松圍古①,有古松皮緑而粉,生本草艾納香。真廟愛之,駐蹕良久②。藍生草帶齊③。難留批敕字④,救旱作雲霓⑤。李藩少時隱居溪上。

【編年】

嘉祐三年(1058)至嘉祐五年(1060)二月判河南府日作。

【箋注】

①潛溪:在洛陽龍門山側,地有谿谷之勝。潛溪寺本唐李藩別墅。

②真廟:指宋真宗。駐蹕:皇帝后妃外出,途中暫停小住。

③藍:指馬藍。常緑草本植物。莖葉可製藍靛。

④批敕:言敢於堅持個人意見有膽識。李藩頗具才能和膽識,有時皇帝頒發的詔命文書他覺有不妥之處,即直接將意見批在黃紙敕命上退回去。《新唐書·李藩傳》:"李藩字叔翰……再遷給事中。制有不便,就敕尾批却之。吏驚,請聯它紙,藩曰:'聯紙是牒,豈曰敕邪?'裴垍白憲宗,謂藩有宰相器。會鄭絪罷,因拜門下侍郎、同中書門下平章事。"

⑤"救旱"句:出現雲霓,預兆下雨。大旱之時人們渴望見到下雨的徵兆,形容盼望殷切。語出《孟子·梁惠王下》:"民望之,若大旱之望雲霓也。"

登廣化閣①

寶刹層峰上,危欄净界中②。登臨近霄漢③,子細見伊嵩④。谷迴傳清梵⑤,川長没遠鴻。黃昏不忍去,月在石樓東⑥。

【編年】

嘉祐三年(1058)至嘉祐五年(1060)二月判河南府日作。

【箋注】

①廣化閣:即廣化寺。位於洛陽龍門石窟北,爲北魏所建龍門十寺之一。唐開元四年,印度密宗高僧善無畏來中國傳揚佛法,被唐玄宗尊爲"國師"。在長安、洛陽兩處譯出密教經典多部。其中在洛陽大福先寺(今古唐寺)由其弟子一行協助譯出《大日經》七卷,成爲密宗的"宗經"。開元二十三年(735)善

無畏圓寂於洛陽大善寺,開元二十八年建塔葬於廣化寺之庭,即廣化寺佛塔。蕭宗乾元元年,由汾陽王郭子儀奏請,於無畏三藏塔院的舊址上修建廣化寺。

②浄界:特指寺院。本謂佛教所謂清净無垢之境界。南朝梁簡文帝《大愛敬寺刹下銘》:"浄界無毀,金地永貞。"

③霄漢:天河。亦借指天空。

④伊嵩:伊水和嵩山。唐白居易《晚歸香山寺因詠所懷》:"吾亦從此去,終老伊嵩間。"

⑤清梵:謂僧尼誦經的聲音。唐韓翃《題僧房》:"名香連竹徑,清梵出花台。"

⑥石樓:指香山石樓。詳見《文集》卷五《秋日登闕塞》注③。

宿少林寺

六六仙峰繞佛居①〔一〕,俗塵至此暫銷除〔二〕。西來未悟禪師意,北去還馳使者車。予方受命移守北都〔三〕。五品封槐今尚在,九年面壁昔何如②。心知一宿猶難覺,花藏重尋貝葉書③。

【編年】

嘉祐五年(1060)四月一日赴判大名府任,途中過登封作。石刻《宿少林寺詩》注云:"北宋嘉祐五年四月一日刻。"

【校勘】

〔一〕佛:原作"静",據《宿少林寺詩》石刻改。

〔二〕銷:原作"消",據前引改。

〔三〕受,原作"被",據前引改。

【箋注】

①六六仙峰:當指少林寺所在地少室山三十六峰。嵩山分爲太室山和少室山兩部分,太室、少室各有三十六峰。

②九年面壁:南朝梁普通年間,天竺僧菩提達摩泛海來華,是爲禪宗初祖。達摩渡江後,止於嵩山少林寺,面壁坐禪,默然無語,凡九年。見晋法顯《神僧

傳》。後以指一心參禪。

　　③貝葉書:指佛經。古代印度多用貝葉抄寫佛經,以貝葉書代指佛經由此得名。唐柳宗元《晨詣超師院讀禪經》:"閑持貝葉書,步出東齋讀。"

遊金星觀

　　鶴髮龐眉二老仙①,林間老屋十餘間。齋糧不蓄惟栽菊,道眼長明只看山。朋侶過從應綺甪〔一〕,比鄰掩映是嵩轘②〔二〕。暫遊自愧塵勞跡,解帢臨溪濯膩顏③。

【編年】

　　嘉祐五年(1060)四月左右赴判大名府任,途中過登封作。

【校勘】

　　〔一〕甪:原作"角",誤。此指商山四皓中的甪里先生。綺甪:綺與甪,商山四皓中的綺里季和甪(lù)里先生。均爲漢初名隱士。

　　〔二〕轘:明刻本、四庫本皆作"轅",此從傅校。"轅"字屬十三元,出韻;"轘"字屬十五刪,方合詩韻。

【箋注】

　　①龐眉:眉毛黑白雜色。形容老貌。龐,同"厖"。唐錢起《贈柏岩老人》:"龐眉忽相見,避世一何久。"

　　②嵩轘:嵩山和軒轅山。軒轅山在今河南偃師縣東南。

　　③帢:古代一種用絲織品做的便帽,以不同顏色區別品級。《三國志·魏書·武帝紀》注引《傅子》:"魏太祖以天下凶荒,資財乏匱,擬古皮弁,裁縑帛以爲帢,合於簡易隨時之義,以色別其貴賤。"

遊岳寺①

　　寺占嵩顏景最多,奇峰列刹共嵬峩〔一〕。依岩寶砌礱清礎②,

出谷飛泉逗素波。下瞰長川窮渺邈,傍觀列岫極陂陁③。緇林法藥堪隨喜④,鐘磬聲清唄梵和。

【編年】

　　嘉祐五年(1060)四月左右赴判大名府任,途中過登封作。

【校勘】

　　〔一〕嵬:四庫本作"嵯"。嵬峨:高大雄偉。嵯峨:高峻貌。唐杜甫《江梅》:"巫岫鬱嵯峨。"

【箋注】

　　①岳寺:即嵩岳寺,又名閒居寺,原是北魏皇室的雍宮,後改爲佛寺,隋仁壽元年(601)改名爲嵩岳寺。

　　②寶砌:臺階。礎:柱下石礅。

　　③陂陁:傾斜不平貌。

　　④緇林:猶僧界,僧衆。法藥:喻指佛法。《祖堂集》卷二,菩提達摩:"(達摩)得般若多羅法,般若多羅乃告曰:'汝今得法……待吾滅後六十七年,當往震旦大施法藥。汝勿速去,當有難起,衰於日下。'"隨喜:佛教語。謂歡喜之意隨瞻拜佛像而生。用以稱遊謁寺院。

過潁陽山墅作

　　平生箕潁志①,未免困名韁。賴此營山墅,頻年至潁陽〔一〕。相鄰紫雲洞②,不羨白蓮莊③。却愧耕夫問,歸軒作底忙④?

【編年】

　　嘉祐五年(1060)三月十六日作。《八瓊室金石補正》卷九九此詩録有"五年三月十六日遊"又有"張景儉集賢校理河南府登封縣"陸增祥按語云:"右石已殘缺,後有張景儉名,按嵩陽宮文彦博題名後有張景儉名,五年上所缺當是'嘉祐'字"。嵩陽宮文彦博題名:"潞國公文彦博嘉祐庚子三月十八日遊,張景儉、王起、陸經從遊。"

【校勘】

〔一〕至:《八瓊室金石補正》卷九九所録此詩作"到"。

【箋注】

①箕潁:箕山和潁水。相傳堯時,賢者許由曾隱居箕山之下,潁水之陽。後因以"箕潁"指隱居地。南朝宋謝靈運《擬魏太子"鄴中集"詩·徐幹》詩序:"少無宦情,有箕潁之心事,故仕世多素辭。"

②紫雲洞:唐術士邢和璞著書處,在潁陽(今河南登封市西南、潁水之北)石堂山。宋趙山林《遊嵩山寄梅殿丞書》:"出潁陽北門,訪石堂山紫雲洞,即邢和璞著書之所。"邢和璞,唐開元間奇異之士,喜黃老,隱潁陽石堂山,作《潁陽書》。據傳善知人夭壽善惡。

③白蓮莊:唐代白居易在洛陽的園林,位於洛陽東南郊午橋附近。《邵氏聞見録》載:"洛城之東南午橋距長夏門五里,蔡君謨爲記,蓋自唐以來,爲遊觀之地。白樂天白蓮莊,今爲少師任公别墅,池臺故基猶在。二莊雖隔城,高槐古柳,高下相連接。"

④底:猶言何,甚麽。唐杜甫《可惜》:"花飛有底急?"

大名府舍創作茅齋因題八句呈太師相公宋太保相公龐①

勿謂茅茨陋②,棲心即有餘。非同諸葛卧,頗類静名居③。面壁思禪理,向陽觀道書。回頭視華屋,羈鎖宿蘧廬④〔一〕。

【編年】

嘉祐五年(1060)至嘉祐七年(1062)判大名府日作。文彦博熙寧七年第二次守大名府時,龐籍已於嘉祐八年薨。故詩作於第一次判大名府日。

【校勘】

〔一〕鎖:原作"瑣",據文意徑改。羈鎖:羈繩和鎖鏈。比喻束縛,拘束。《漢書·敘傳上》:"今吾子已貫仁誼之羈絆,係名聲之韁鎖。"

【箋注】

①太師相公宋：宋庠（996—1066），安州安陸人，徙開封雍丘，初名郊，字伯庠，後改字公序。仁宗天聖二年（1024）進士第一。累遷翰林學士。與宰相呂夷簡論事不合，出知揚州、鄆州。寶元二年（1039），除參知政事。改樞密使。皇祐元年（1049）拜相。三年，爲諫官包拯奏劾不戢子弟，無所建明，出知河南府。皇祐五年（1053）徙判許州。加使相，充樞密使，封莒國公。英宗即位，改封鄭國公，以太子太師致仕。卒謚元獻。太保相公龐：龐籍（988—1063），字醇之，單州成武（今山東成武）人。以太子太保致仕，封潁國公。

②茅茨：茅草蓋的屋頂。亦指茅屋。《墨子·三辯》："昔者堯舜有茅茨者，且以爲禮，且以爲樂。"

③静名：即維摩詰。梵語 Vimalakīrti 意譯爲"浄名"或"無垢稱"。菩薩名。《浄名經義鈔》："梵語維摩詰，此云静名，般提之子，母名離垢，妻名金機，男名善思，女名月上。過去成佛，號金粟如來。"據《維摩詰經》載，係佛在世時印度毗舍離城之大乘居士，他本是阿閦如來（不動如來），自妙喜國化生於此，委身在俗，輔助釋迦教化。一次，毗舍離城五百長者子往詣佛所，請佛説法。維摩詰稱病不往，云其病是"以衆生病，是故我病"。佛令文殊菩薩等前往探病，即與文殊往復問答，揭示空、無相等大乘深義，標示"不二法門"。他論述達到解脱不一定過嚴格的出家修行生活，關鍵在於主觀修養，"示有資生，而恒觀無常，實無所貪；示有妻妾彩女，而常遠離五欲淤泥"，認爲此乃"通達佛道"，爲真正之"菩薩行"。

④蘧（qú）廬：古代驛傳中供人休息的房子。猶今言旅館。《莊子·天運》："仁義，先王之蘧廬也，止可以一宿，而不可久處。"

留守端明尚書王君貺遠示贈闍梨
漸師詩依韻和呈①

常隨浄侶叫禪關②，熟聽潮音丈室間③。身逐孤雲辭隴首④，心如皎月照香山。儒空兩悟言無滯，漸師自儒入於釋。覺望雙除性本閑。居守意勤當應現⑤，不須祇到虎溪還⑥。

【編年】

嘉祐五年（1060）至嘉祐七年（1062）知大名府日作。時王拱辰知河南府兼西京留守司事。

【校勘】

〔一〕梨：四庫本作“黎”。意皆可通。闍梨：又作“闍黎”。“阿闍梨”的略稱，義爲教育僧徒的軌范師，高僧。泛指僧人。呈：原作“成”，據文意逕改。

【箋注】

①留守端明尚書王君貺：指王拱辰。時端明殿學士、知河南府兼西京留守司事。王拱辰（1012—1085），字君貺，開封咸平人。天聖八年（1030）年十九，舉進士第一。歷通判懷州、鹽鐵判官。慶曆元年，爲翰林學士。權知開封府，拜御史中丞，因逐王益柔、蘇舜欽以傾范仲淹，爲公議所薄。權三司使。後出知鄭州，徙澶、瀛、并州。皇祐四年（1052），還爲翰林學士承旨兼侍讀。至和三年（1056），復爲三司使。元豐初，宣徽南院使、檢校太尉、判大名府。哲宗立，徙節彰德，加檢校太師。卒贈開府儀同三司，謚懿恪。《宋史》卷三一八有傳。時王拱辰的差遣是知大名府兼北京留守司事。北宋南京應天府，北京大名府、西京河南府設留守，由知府兼任。職是端明，即“端明殿學士”的省稱。曾爲執政者方授。本階官是尚書。吏、戶、禮、兵、刑、工六部之長爲尚書。

②净侶：净土宗的僧侶。禪關：禪門。唐李白《化城寺大鐘銘》：“方入於禪關，睹天宮崢嶸，聞鐘聲瑣屑。”

③丈室：佛教語。相傳毗耶離（在中印度）維摩詰大士以稱病爲由，與前來問疾的文殊等討論佛法，妙理貫珠。其臥疾之室雖一丈見方而能容納無數聽衆。唐顯慶年間，王玄策奉勅出使印度，過維摩詰故宅，乃以手板縱橫量之，僅得十笏，因號方丈、丈室。

④隴首：指隴山之巔。南朝梁沈約《遊鐘山詩應西陽王教》之三：“春光發隴首，秋風生桂枝。”

⑤居守：官名。留守的別稱。此指王拱辰，時知大名府兼北京留守司事。

⑥虎溪：用慧遠送陶淵明、陸修敬至虎溪之典。《高僧傳》：“慧遠法師居東林，其處匝寺，下入於溪，每送客過此，輒有虎號鳴，因名虎溪。後送客未嘗過，獨陶淵明、陸修敬至，語道契合，不覺過溪，因相與大笑。”

僕射侍中賈榮過溵上小園兼題嘉句謹成五十六言仰謝賁飾^①

上相尋芳駐畫輪^②,華貂玉節耀松筠^③。二《南》雅麗音盈耳,八體遒研妙入神^④。魯壁再傳科斗字^⑤,稽山長詠永和春^⑥。小園從此增光價,一室熒煌照乘珍^⑦。

【編年】

嘉祐五年(1060)至嘉祐七年(1062)判大名府日作。賈昌朝時判許州。

【箋注】

①僕射侍中賈:指賈昌朝。僕射:全稱爲尚書省右僕射。二品。宋前期一般用爲節度使、觀察使的加官,實不任職。侍中:爲門下省長官,二品。因職位太高,僅作爲大臣的加銜。此爲賈昌朝加官,實不任職。賈昌朝遊文彥博許州(今河南許昌)溵水上的小園,並題詩。賁飾:裝飾;文飾。《南齊書·明僧紹傳》:"齊郡明僧紹標志高棲,耽情墳素,幽貞之操,宜加賁飾。"

②畫輪:古車名。輪轂有彩飾,故名。《晉書·輿服志》:"畫輪車,駕牛,以彩漆畫輪轂,故名曰畫輪車。上起四夾杖,左右開四望,綠油幢,朱絲絡,青交路,其上形制事事如輦,其下猶如犢車耳……自靈獻以來,天子至士遂以爲常乘。"

③華貂:指貂蟬冠。貂尾和附蟬,古代爲侍中、常侍等貴近之臣的冠飾。賈昌朝時爲侍中,故戴貂蟬冠。玉節:玉製的符節。古代天子、王侯的使者持以爲憑。隋江總《洛陽道》詩之一:"玉節迎司隸,錦車歸灌龍。"

④八體:指八種文體風格。南朝梁劉勰《文心雕龍·體性》:"若總其歸塗,則數窮八體:一曰典雅,二曰遠奧,三曰精約,四曰顯附,五曰繁縟,六曰壯麗,七曰新奇,八曰輕靡。"遒研:"遒美研妙"的省語。勁健優美,思慮巧妙。

⑤"魯壁"句:《〈書〉序》:"至魯恭王好治宮室,壞孔子舊宅,以廣其居,於壁中得先人所藏古文虞、夏、商、周之書及傳、《論語》、《孝經》,皆科斗文字。"後以"魯壁"指孔子故宅藏有古文經傳的牆壁。

⑥“稽山”句：用永和九年春，王羲之蘭亭集會之典。晋王羲之《蘭亭集序》：“永和九年，歲在癸丑，暮春之初，會於會稽山陰之蘭亭，修禊事也。群賢畢至，少長咸集。此地有崇山峻嶺，茂林修竹，又有清流激湍，映帶左右，引以爲流觴曲水，列坐其次。雖無絲竹管弦之盛，一觴一詠，亦足以暢敘幽情。”稽山：指會稽山。宋陸遊《簡付十八官漢儒》：“蘭亭修禊近，爲記永和春。”以上兩句言賈昌朝題詩的珍貴。

⑦熒煌：輝煌。唐李白《明堂賦》：“崇牙樹羽，熒煌葳蕤。”乘珍：指“照乘之珠”。指光亮能照明車輛的寶珠。《史記·田敬仲完世家》：“齊威王與魏王會田於郊。魏王問曰：‘王亦有寶乎？’威王曰：‘無有。’梁王曰：‘若寡人國小也，尚有徑寸之珠照前後各十二乘者十枚，奈何以萬乘之國而無寶乎？’”後遂用爲詠寶珠之典。

小園池上偶作

微吟岸幘思悠然，近對方塘遠見山。恩與洛陽均逸地①，莫言此地是偷閑。

【編年】

嘉祐八年（1063）至治平二年（1065）於河南府日作。詩云：“恩與洛陽均逸地。”

【箋注】

①均逸：謂閑散安逸。《元史·康里脱脱傳》：“仁宗即位，眷待彌篤，欲使均逸於外，二月，拜浙江行省左丞相。”

詩寄龍門寶應寺證大師①

山人去作山西將，岫幌岩扉掩翠嵐②。欲問證師求正住，憑師改作潞公庵。

【編年】

嘉祐七年（1062）至嘉祐八年判太原府日作。詩中云："山人去作山西將。"

【箋注】

①原本題下注云："求改劉几秘監庵作潞公庵。"劉几：字伯壽，以秘書監致仕。

②岫幌：山洞居室的窗戶。《文選·孔稚珪〈北山移文〉》："宜扃岫幌，掩雲關，斂輕霧，藏鳴喘。"呂延濟注："岫幌，山窗也。"翠嵐：山林中的霧氣。

依韻和答文裕群牧侍郎張①

華軒過陋巷，良宴集西園。雅飲金罍恥，高吟墨客喧②。初晴山色靜〔一〕，早夏木陰繁。酷愛君揮麈③，清言有會元④。

【編年】

熙寧三年（1070）至熙寧六年（1073）任樞密使日作。《長編》卷二一四，熙寧三年八月庚午紀事：龍圖閣直學士、工部郎中張掞以戶部侍郎致仕。

【校勘】

〔一〕山：四庫本作"水"。

【箋注】

①文裕群牧侍郎張：張掞（996—1074），字文裕，齊州歷城（今山東濟南）人。張揆弟。舉進士，任益都縣知縣，明道中，京東饑，御史中丞范諷薦知萊州掖縣。民訴旱災於州，被拒，掞逕自奏聞，詔除登、萊稅。擢集賢校理。歷知成德軍。入判太常、司農寺，官至龍圖閣直學士、工部郎中，以戶部侍郎致仕。侍郎：文臣敘遷的階官，四品。

②墨客：指文人。漢揚雄《長楊賦》："墨客降席，再拜稽首。"

③揮麈：晉人清談時，常揮動麈尾以爲談助。後因稱談論爲揮麈。

④會元：禮部試第一名爲會元。此指張文裕。禮部試之後，還有一次殿試，殿試第一名則稱狀元。

畫寢夢歸洛宅

位高才薄困疲癃^①，竹影泉聲夢寐中。定去洛城爲逸客^②，近來書翰學楊風^③。

【編年】

治平二年(1065)至熙寧六年(1073)任樞密使日作。

【箋注】

①疲癃：曲腰高背之疾。泛指年老多病。

②逸客：超逸高雅的客人。

③楊風：即楊風子。五代楊凝式的别號。風子，瘋子。《舊五代史·周書·楊凝式傳》：“凝式長於歌詩，善於筆札……時人以其縱誕，有‘風子’之號焉。”

汝州端明仲儀寄示竹亭詩二十章披玩歎賞不能自已輒成四十言仰答來惠^①

窅窱竹間路，清虛池上亭^②。高情愛寂寂，終日玩青青。汝水環近郭，箕山開畫屏^③。知君於此興，極目送鴻冥^④。

【編年】

熙寧二年(1069)任樞密使日作。

【箋注】

①汝州端明仲儀：指王素。字仲儀，王旦季子。時端明殿學士、知汝州。

②清虛：清浄虛空。

③箕山：在今河南登封縣東南。相傳堯時隱士許由、巢父曾隱居在箕山。

④鴻冥：“鴻飛冥冥”的省語。鴻雁飛向又高又遠的空際。比喻隱者的高遠蹤迹。漢揚雄《法言·問明》：“治則見，亂則隱。鴻飛冥冥，弋人何慕焉？”

中書宿齋偶作二首①

其 一

齋潔奉祠事,深嚴宿禁扃②。露盤雲表見③,鈞奏夢中聽④。慎獨虔君命⑤,清心重《禮經》⑥。顧慚溫室樹⑦,忽此集鵁鶄⑧。

【編年】

熙寧二年(1069)至六年(1073)任樞密使日作。據前後詩編年推斷。

【箋注】

①中書:即"中書門下",宋代的政事堂,爲宰相辦公之場所。宿齋:古代指舉行祭祀等禮儀前的齋戒。漢劉向《新序·雜事二》:"還車反,宿齋三日,請於廟。"

②禁扃:宮廷門户。此指宮内。

③露盤:即承露盤。漢武帝時建於建章宮。《三輔故事》:"建章宮承露盤高二十丈,大七圍,以銅爲之,上有仙人掌承露,和玉屑飲之。"

④鈞奏:即"鈞天廣樂"。指天上的音樂,仙樂。《史記·趙世家》:"趙簡子疾,五日不知人……居二日半,簡子寤。語大夫曰:'我之帝所甚樂,與百神遊於鈞天,廣樂九奏萬舞,不類三代之樂,其聲動人心。'"

⑤慎獨:在獨處時能謹慎不苟。《中庸》:"莫見乎隱,莫顯乎微,故君子慎其獨也。"鄭玄解慎獨指"慎其閒居之所爲";孔穎達認爲是指"慎其獨處之時";朱熹釋之爲"人所不知而己獨知之地也"。虔:誠敬。

⑥《禮經》:古代講禮節的經典,一般指《儀禮》而言。《漢書·藝文志》:"《禮古經》五十六卷,《經》七十(按當作"十七")篇。"按,所云《禮》、《禮經》、《禮古經》,即謂《儀禮》。

⑦溫室樹:借指朝廷。《漢書·孔光傳》:"沐日歸休,兄弟妻子燕語,終不及朝省政事。或問光:'溫室省中樹皆何木也?'光嘿不應,更答以它語,其不泄如是。"溫室:漢代宮殿名。

⑧鷦螟：傳説中的一種小蟲。即焦螟。鷦，通“焦”。《文選·張華〈鷦鷯賦〉》：“鷦螟巢於蚊睫，大鵬彌乎天隅。”此句爲自謙之語。言自己渺小，不當棲於宮中。

其　二

鳳閣容棲集①，心無外慮侵。夜涼秋氣早，人静禁門深。大政慚無補，微才恐不任。欹眠聽宮漏②〔一〕，蘭焰照青衾③。

【校勘】

〔一〕欹：原作“歌”，據《宋百家詩存》本改。欹眠：欹通“倚”。斜倚，斜靠。唐韓愈《祭河南張員外文》：“枕臂欹眠，加余以股。僕來告言，虎入厩處。”

【箋注】

①鳳閣：中書省的别稱。唐武則天光宅元年（684）改中書省爲鳳閣。

②漏：古代計時器。即漏壺。《史記·司馬穰苴列傳》：“穰苴先馳至軍，立表下漏待賈。”

③蘭焰：蘭釭的光焰。蘭釭：用蘭煉油點的燈。釭：燈。唐武元衡《奉酬中書李相公早朝》：“蘭釭竟曉焰，琪樹欲秋陰。”青衾：青色的被子。

太廟宿齋作①

孟秋嚴廟饗〔一〕，公衮攝祠官②。達向來風迥③，方諸溯月寒④。剪茅重屋峻，蘽檷繞牆寬⑤〔二〕。始爲磚牆。仰念靈臺厚⑥，恭思王業難。

【編年】

熙寧二年（1069）至六年（1073）任樞密使日作。據前後詩編年推斷。

【校勘】

〔一〕饗：四庫本作“享”。意皆可通。

〔二〕繞:原作"繚",據四庫本改。

【箋注】

①太廟:帝王的祖廟。宿齋:齋戒之前獨身居處,以清心潔身。

②公衮:指三公一類的顯職。原指上公之命服。衮:古代帝王、上公的禮服。攝:代理。《左傳·隱公元年》:"不書即位,攝也。"祠官:掌管祭祀之官。

③達向:即"達鄉"。相對而暢達的窗户。《禮記·堂位》:"刮楹,達鄉……天子之廟飾也。"孔穎達疏:"達鄉者,達,通也。鄉謂窗牖也,每室四户八窗,窗户皆相對,以牖户通達,故曰達鄉也。

④方諸:古代在月下承露取水的器具。《淮南子·覽冥訓》:"夫陽燧取火於日,方諸取露於月。"溯月:對月。溯:逆流而上。

⑤藂(cóng):聚集、叢生。甃(zhòu):砌磚石。唐白居易《官舍内新鑿小池》:"中底鋪白沙,四隅甃青石。"

⑥靈臺:祭臺。《前漢書平話》卷中:"我王可憐韓信虧死,看舊日君臣之面,可亦建墓,高築靈台,蓋一祠堂,受人祭祀。"

寄題龍門臨伊堂兼呈奉先寺興公①

　　山僧知我思歸意,爲我臨伊創草堂。聞説繞階叢巨石,更須當檻植修篁。窗間東望乾元刹②,門外南趨積慶莊③。便擬半移生計去,不知何似暢師房④〔一〕。

【編年】

熙寧二年(1069)至六年(1073)任樞密使日作。據前詩編年推斷。

【校勘】

〔一〕似:原作"以",據明刻本、四庫本改。

【箋注】

①臨伊堂:僧人興公爲文彦博在伊河旁所建的堂。奉先寺:在今河南洛陽市南龍門。唐建。在河南省洛陽市龍門山南端。始建於唐高宗咸亨三年

（672），歷時四年，爲龍門石窟中規模最大的露天佛龕，有盧舍那佛、弟子菩薩、天王、力士雕像。洛陽著名的佛寺有乾元、廣化、崇訓、寶應、嘉善、天竺、石窟、靈巖、奉先、香山，號稱“龍門十寺”

②乾元刹：即乾元寺。龍門十寺之一。在今河南洛陽市南龍門、伊水東岸。

③積慶莊：文彥博的墳莊。

④暢師：唐和尚名。唐韓愈《送浮屠文暢師序》：“浮屠師文暢喜文章。其周遊天下，凡有行必請於搢紳先生，以求詠歌其所志。”

東櫨後軒列植花草①，隨時競秀，種類實繁。滋蔓因依，未易圖也。然昔之造化者爲不少矣，故録其名數榜於北垣，意欲後之人勿剪勿伐，且無忘於封植也②。因觀其榜，偶作小詩三章，曰《嘲》，曰《解》，曰《斷》云

嘲

百種閑花草，皆非藥籠材。如何桃與李，曾不與栽培。

解

勿謂閑花草，生成各有宜〔一〕。君看桃與李，未是歲寒姿。

斷

天地育萬物，物物遂其生。何須強分別，不若兩忘情③。

【校勘】

〔一〕生：原作“色”，據四庫本改。

【箋注】

①東樞：指中書門下。因其設在宮城左掖（東小門），故稱。

②封植：壅土培植。

③忘情：無喜怒哀樂之情。南朝宋劉義慶《世説新語·傷逝》：“聖人忘情，最下不及情，情之所鍾，正在我輩。”太上，指聖人。太上忘情，意謂聖人不爲情感所動。

九月十日西園會范内翰李紫微已下諸公惠雅章謹成拙詩仰答厚意①

　　今日西園集，聯裾蜀國英②。爲君聊置醴，念我昔專城③。麗句皆新意，高談多故情。報君雖拙陋〔一〕，所應在同聲④。

【編年】

治平二年（1065）至熙寧六年（1073）任樞密使日作。

【校勘】

〔一〕君：四庫本作“章”。

【箋注】

①范内翰：指范鎮（1008—1088），字景仁，成都華陽（今四川成都）人。宋仁宗寶元元年（1038）進士，嘗連上十九章勸仁宗立嗣，因罷諫職，改集賢殿修撰、糾察在京刑獄，歷同修起居注，知制誥，英宗立，遷翰林學士。神宗即位，任翰林學士兼侍讀，因反對王安石變法，以户部侍郎致仕。《宋人軼事彙編》卷一一引《石林燕語》云：“熙寧末，范景仁以論青苗法致仕，猶居京師者三年。時王禹玉執政與景仁久同翰林。景仁每從容過之道舊，樂飲終日，不以爲嫌。”哲宗即位，韓維言鎮在仁宗時有啓建儲之議，召拜端明殿學士，起提舉中太一宫兼侍讀。提辞不就，改舉崇福宫，累封蜀郡公。平生與司馬光相好，議論如出一口。卒謚忠文。《宋史》卷三三七有傳。内翰：即翰林學士。李紫微：李之官階爲中書舍人，四品。紫微：唐開元元年改中書省爲紫微省，故中書舍人又稱紫微舍人。不確何人。

②聯裾：猶連袂。衣袖相聯。喻共同。唐杜牧《杜秋娘》："聯裾見天子，盼盻猶依依。"

③昔專城：文彦博慶曆四年（1044）至慶曆七年（1047）知益州（今四川成都），故云。

④同聲：聲音相同。比喻志趣相同或志趣相同者。漢賈誼《新書·胎教》："故同聲則處異而相應，意合則未見而相親。"

端明尚書仲儀內翰侍郎景仁龍圖侍郎文裕垂訪弊居會於西園兼蒙賦詩賁飾輒成四十字奉呈①

重陽節始過，佳菊色猶新。東籬把酒客②，西園飛蓋賓③。共此林下宴，可類商顔人④。清樽幸未燥，無所獻酬頻⑤。

【編年】

熙寧三年（1070）至熙寧六年（1073）任樞密使日。

【箋注】

①端明尚書仲儀：指王素，字仲儀。時以端明殿學士、工部尚書致仕，三品。熙寧六年（1073）卒。內翰侍郎景仁：指范鎮。時以翰林學士、户部侍郎致仕，四品。龍圖侍郎文裕：指張揆。時在龍圖閣直學士、户部侍郎致仕，四品。熙寧七年（1074）卒。

②東籬把酒客：指陶淵明。此指隱士。

③"西園"句：語出三國魏曹植《公宴》："清夜遊西園，飛蓋相追隨。"飛蓋：馳車；驅車。此指高官。

④商顔人：指商山四皓。商顔，即商山。在陜西省商縣東。《漢書·張良傳》："夏黄公、綺里季、東園公、甪里先生合稱商山四皓，秦末隱商雒山中，高祖欲廢立太子，立戚夫人子趙王如意。吕后用張良計，卑辭安車迎之，從太子見高祖。及宴，置酒，太子侍。四人者從太子，年皆八十有餘，鬚眉皓白，衣冠甚偉。……上曰：'煩公幸卒調護太子。'……乃召戚夫人指示曰：'我欲易之，彼

四人爲之輔,羽翼已成,難動矣。吕氏真乃主矣。'戚夫人泣涕,上曰:'爲我楚舞,吾爲若楚歌。'"

　　⑤獻酬:謂飲酒時主客互相敬酒。《詩·小雅·楚茨》:"獻酬交錯,禮儀卒度,笑語卒獲。"

和副樞吴諫議上元夜從駕至集禧觀①

　　順時同樂慰邦民,協氣和風應早春。斗運帝車遵大路②,雲從天步絶纖塵。民瞻玉色欣遊豫③,岳嵲琳宫望省巡④。回御端闈張鎬飲⑤,蘭燈桂魄耀星津⑥。

【編年】

　　熙寧三年(1070)九月至熙寧六年(1073)四月間樞密使任上作。熙寧三年九月至熙寧八年四月,吴充爲樞密副使。文彦博熙寧六年四月罷樞密使判河陽。故二人同在樞密院的時間是熙寧三年九月至熙寧六年四月間。

【箋注】

　　①副樞吴諫議:指吴充。時任樞密副使,官階爲右諫議大夫,五品。《長編》卷二一五,熙寧三年九月辛丑條:"翰林學士、右司郎中、權三司使吴充爲右諫議大夫、樞密副使。"吴充(1021—1080),字沖卿,建州浦城(今屬福建)人。與兄育、京、方皆高第。熙寧三年(1070),拜樞密副使。熙寧八年(1075),進檢校太傅、樞密使。熙寧九年,安石去,充遂爲同中書門下平章事、監修國史。元豐三年(1080)罷相,逾月,卒,年六十。謚正憲。子安詩、安持。《宋史》卷三一二有傳。上元:節日名。舊以陰曆正月十五日爲上元節,其夜爲上元夜,也叫元宵節。上元,含有新的一年第一次月圓之夜的意思。集禧觀:北宋宫觀名,位於東京汴梁,舊名會靈觀。《會要》云:"集禧觀舊曰會靈,真宗大中祥符五年(1012)九月,詔修玉清昭應宫使丁謂等,南熏門内,奉節、致遠三營地,及填乾池之西偏建觀,以奉五岳帝。……七年(1014)九月,詔名觀曰:會靈。……皇祐五年(1053)正月,會靈觀火,尋重修至六月成,詔名曰:集禧。"

　　②斗運帝車:謂北斗星運轉帝車。美稱帝王出遊。

③遊豫:遊樂。《文選·盧諶〈贈崔温〉》:"逍遥步城隅,暇日聊遊豫。"

④岳峙:謂如高山聳立。晋夏侯湛《江上泛歌》:"鷖翼兮垂天,鯨魚兮岳峙。"琳宫:仙宫。亦爲道觀、殿堂之美稱。省巡:即巡省。巡行視察。《後漢書·應劭傳》:"今大駕東邁,巡省許都。"

⑤端闈:皇宫的正門。亦指朝廷。漢班固《西都賦》:"列鐘虡於中庭,立金人於端闈。"鎬飲:君臣宴飲。典出《詩經·小雅·魚藻》:"魚在在藻,有頒其首。王在在鎬,豈樂飲酒。"詠周武王與群臣在鎬京歡宴。

⑥桂魄:指月亮。宋蘇軾《念奴嬌·憑高眺遠》:"桂魄飛來,光射處,冷浸一天秋碧。"

和致政侍郎張文裕二府詩①

潭潭相府方高啓②,岌岌樞闈亦對開③。棋布司存鄰象闕④,星分位表拱天臺⑤。樂成善頌傳嘉句,處命叨居愧薄才⑥。仰認聖皇優待意,先時曾枉翠華來⑦。

【編年】

熙寧三年(1070)九月至熙寧六年(1073)四月間樞密使任上作。

【箋注】

①二府:指樞密院和中書門下。宋初,以中書門下爲宰相治事之所,題榜只稱中書,印文行敕則稱中書門下。張文裕:詳見《文集》卷五《依韻和答文裕群牧侍郎張》注①。時張文裕以二府初成,作詩賀。

②潭潭:深廣貌。相府:指中書門下,宰相辦公的地方。

③岌岌:高貌。樞闈:指樞密院。

④司存:有司;官吏。南朝陳沈炯《爲周弘正讓太常表》:"儻九賓闕相,封禪失儀,責以司存,云誰之咎。"象闕:即象魏。古代天子、諸侯宫門外的一對高建築,亦叫"闕"或"觀",爲懸示教令的地方。此借指宫室,朝廷。《南齊書·高帝紀上》:"入兵萬乘之國,頓戟象魏之下。"

⑤天臺:謂尚書臺、省。《三國志·魏志·夏侯玄傳》:"天臺縣遠,衆所

絶意。"

⑥叨:謙詞。承受;辱承。

⑦翠華:漢代天子儀仗隊用翠鳥毛羽來裝飾旗子的頂端,故以翠華之旗形容天子儀仗隊。後遂用爲皇帝行蹤之典。司馬相如《上林賦》:"建翠華之旗,樹靈鼉之鼓。"

送秘書劉監歸嵩陽隱居①

其　一

昔年寶應茅齋主,別後炎涼已屢經。暫入城來緣買藥,却騎牛去似飄萍。緱山重訪吹笙伴②,秘省長虛畫鶴廳。一任洛陽人白眼③,且看三十六峰青④。

【編年】

熙寧六年(1073)文彥博知河陽日作。文彥博曾招劉伯壽同遊濟源,此詩或爲送歸詩。

【箋注】

①秘書劉監:劉幾字伯壽,秘書監致仕。詳見卷三《招劉伯壽秘監》注①。

②緱山:用王子喬緱山升仙之典。漢劉向《列仙傳·王子喬》:"王子喬者,周靈王太子晋也。好吹笙作鳳凰鳴。遊伊洛之間。道士浮丘公接以上高山,三十餘年後,求之於山上,見桓良曰:'告我家:七月七日待我於緱氏山頭。'至時,果乘白鶴駐山嶺,望之不得到,舉手謝時人,數日而去。後立祠於緱氏及嵩山。"此以劉几比王子喬。

③白眼:露出眼白。表示鄙薄或厭惡。《晋書·阮籍傳》:"籍又能爲青白眼,見禮俗之士,以白眼對之。"

④三十六峰:指嵩山。嵩山分爲太室山和少室山兩部分,太室、少室各有三十六峰。

其　二

四明疇昔稱狂客①,二室於今號散仙②。子晋料登緱嶺望,待君笙鶴共昇天③。大蓬曉律好音,山中時跨牛④,故皆及之。

【箋注】

①四明狂客:指唐賀知章。《新唐書·隱逸·賀知章》:"(賀)知章晚節尤誕放,遨嬉里巷,自號'四明狂客'及'秘書外監'。"此以賀知章比劉幾,二人都曾任秘書監。

②二室:指嵩山。嵩山分爲太室山和少室山。散仙:代指劉几。劉几致仕後,寓居洛陽城中,每騎牛挾女奴五七輩,往來嵩山、少林寺之間,遇到得意之處,則傾壺引滿,自爲辭,使女奴共歌之。

③"子晋"二句:言王子喬將接劉几共吹笙騎鶴升仙。子晋:王子喬的字。神話人物。相傳爲周靈王太子,喜吹笙作鳳凰鳴,被浮丘公引往嵩山修煉,後升仙。

④"大蓬"二句:大蓬,劉幾的號,字伯壽。

和副樞吴諫議寄題廣化寺東軒①

净居高出四禪天②,更對伊嵩闢廣軒。塔聳千花依鷲嶺③,舟浮一葉上龍門。雲藏古木當危檻,風遞疏鐘過遠村。我有草堂南澗口,即臨伊望。一回西望一銷魂。

【編年】

熙寧三年(1070)九月至熙寧六年(1073)四月樞密使任上作。詳見本卷《和副樞吴諫議上元夜從駕至集禧觀》。

【箋注】

①副樞吴諫議:指吴充,時任樞密副使,官階爲右諫議大夫。廣化寺:位於洛陽龍門石窟北,爲北魏所建龍門八寺之一。詳見本卷《登廣化閣詩》。

②净居:佛寺。《舊唐書·高祖紀》:"伽藍之地,本曰净居,棲心之所,理尚幽寂。"四禪天:佛教有三界諸天之説。三界,指欲界、色界、無色界。色界諸天又分爲四禪:初禪爲大梵天之類;二禪爲光音天之類;三禪爲遍净天之類;四禪爲色究竟天之類。色究竟天爲色界的極處。

③鷲嶺:原指杭州靈隱寺前飛來峰。借指佛寺。

伏睹致政太傅侍郎曾魯公答樞密諫議吴留題齋閣詩依韻和呈①〔一〕

其 一

三朝光輔仰耆年②,謝政歸來作散仙③。築室尚依雙鳳闕④,放懷何必五湖船⑤。清談傾座簪纓盛⑥,彩服趨庭子舍賢⑦。公伴赤松應念我⑧,早教西去老伊川。

【編年】

熙寧五年(1072)至熙寧六年(1073)四月任樞密使日作。熙寧五年(1072)六月壬子,曾公亮以太傅致仕。時吴充爲樞密副使。文彦博辭樞相而未得,與詩中"公伴赤松應念我,早教西去老伊川"和"曾忝政堂陪大論,又叨樞筦繼清塵"所表達之意正相符。故詩繫於此。

【校勘】

〔一〕侍郎:四庫本作"侍中"。

【箋注】

①曾魯公:指曾公亮。以太傅兼侍中致仕,爵魯國公。詳見卷三《寄致政太傅侍中曾魯公》注①。樞密諫議吴:指吴充。時右諫議大夫、樞密副使。

②三朝:指仁宗、英宗、神宗三朝。光輔:多方面輔佐。《左傳·昭公二十年》:"神人無怨,宜夫子之光輔五君,以爲諸侯主也。"

③謝政:辭官退休。散仙:比喻自由閑散的人。唐王轂《逢道者神和子》:

“酒裏消閑日,人間作散仙。”

④雙鳳闕:漢建章宮東闕名。漢武帝時建。位於宮城東門外。雙闕南北相對,高二十五丈,上各有丈餘鎏金銅鳳凰,故稱雙鳳闕,亦名鳳闕。

⑤放懷:縱意,放縱情懷。五湖:春秋末越國大夫范蠡,輔佐越王勾踐,滅吳國,功成身退,乘輕舟以隱於五湖。見《國語·越語下》。後因以“五湖”指隱遁之所。

⑥傾座:即傾倒。猶暢談。簪纓:古代官吏的冠飾。喻顯貴。

⑦彩服趨庭:用老萊子彩衣娱親和孔鯉趨庭的典故。詳見卷四《送分司少卿歸洪井二首》注③。

⑧赤松:指赤松子。上古之仙人。

其　二

華顛相顧最相親①,同是三朝二府人②。曾忝政堂陪大論③,又叨樞筦繼清塵④。我慚蒲柳衰殘質⑤,公稱夔龍强健身⑥。把酒觀言兼戀德,春暉不覺漸西淪。

【箋注】

①華顛:白頭。

②三朝二府:文彦博和曾公亮同歷仕仁宗、英宗、神宗三朝,又都曾任宰相和樞密使,故稱。

③政堂:即政事堂。北宋承唐制,於中書省内設有政事堂,亦稱中書門下,簡稱中書,俗稱中書門下内省。以“同平章事爲宰相之任”,以“參知政事掌職宰相”,合稱“宰執”,主持政事堂。與樞密院分掌政、軍大權,號稱“二府”。宋神宗元豐改制後,恢復唐代初期的三省制度,廢中書門下,遂以尚書省的都堂爲宰相辦公所在,因亦稱都堂爲政事堂。曾公亮嘉祐六年(1061)至熙寧二年(1069)任宰相,文彦博慶曆八年(1048)至皇祐三年(1051),至和二年(1055)至嘉祐三年(1058)兩任宰相,故云。

④樞筦:指樞密院。清塵:車後揚起的塵埃。亦用作對尊貴者的敬稱。清,敬詞。三國魏繁欽《定情》:“我出東門遊,邂逅承清塵。”曾公亮仁宗嘉祐

年間曾任樞密使,後文彥博英宗治平年間和神宗熙寧年間任樞密使九年。故云"承清塵"。

⑤蒲柳:即水楊。一種入秋就凋零的樹木。喻體質衰弱。南朝宋劉義慶《世説新語·言語》:"蒲柳之姿,望秋而落;松柏之質,經霜彌茂。"

⑥夔龍:相傳舜的二臣名。夔爲樂官,龍爲諫官。《書·舜典》:"伯拜稽首,讓于夔龍。"

雪中樞密蔡諫議借示范寬雪景圖①

梁園深雪裏②,更看范寬山。迥出關荆上③,如遊嵩少間。雲愁萬木老,漁罷一蓑還。此景堪延客,擁爐傾小蠻。白樂天云酒榼也。

【編年】

熙寧五年(1072)至熙寧六年(1073)四月任樞密使日作。按:熙寧五年二月至熙寧八年正月,蔡挺爲樞密副使。文彥博熙寧六年四月,罷樞密使判河陽。故二人同在樞密院的時間爲熙寧五年二月至熙寧六年四月間。故以上詩繫於此。"《長編》卷二三〇,熙寧五年二月丙寅:"知渭州、龍圖閣直學士、右諫議大夫蔡挺爲樞密副使。"《長編》卷二五九,熙寧八年春正月庚子:"樞密副使、右諫議大夫蔡挺。"

【箋注】

①樞密蔡諫議:指蔡挺。時任樞密副使,官階爲右諫議大夫,五品。蔡挺(1014—1079),字子政,一作子正,宋城(今河南商丘)人。景祐元年進士。歷涇州、郴州通判,知博州,爲開封府推官、提點府界公事,因六纇河決停官。皇祐中,起知南安軍,提點江西刑獄。嘉祐元年(1056),因治黃失事,由知滁州貶秩停官數年。英宗即位,除陝西轉運副使,知慶州兼環慶路馬步軍都總管經略安撫使事。徙知渭州兼涇原路經略安撫使,他建勤武堂,製渡河大索及兵械鐮槍,並改變禁兵編制,創陣隊法、加强軍訓。曾屢敗夏兵,並討平慶州兵變。積功遷龍圖閣直學士。熙寧五年(1072),拜樞密副使。熙寧八年,爲資政殿學士

士、判南京留司御史臺。卒謚敏肅。范寬：北宋畫家。一名中正，字中立。華
原（今陝西耀縣）人。因性情寬厚，故人稱范寬。生於五代末，宋仁宗天聖年間
猶在。范寬性情疏放，愛山水。山水初師李成，繼法荆浩。後感"與其師人，不
若師諸造化"，遂卜居秦川數十載，遨遊於終南、太華千山萬壑間。落筆雄偉老
硬，峰巒渾厚，氣勢逼人，既得山之骨，又爲山傳神，而自出新意。

　　②梁園：又稱梁苑、東苑、兔園，在今河南开封市东南。此借指开封。西漢
梁孝王劉武苑囿。孝王常與文人名士枚乘、司馬相如等在園中飲酒賦詩爲樂。

　　③關荆：指五代山水畫家關仝、荆浩。他們創造了全景式的山水，氣勢雄
偉，形成了北方的山水畫派。

和副樞蔡諫議植山芋

　　平臺山芋傳區種，久餌能令玉壽延[1]。欲長深根培客土，便
期珍味薦賓筵[2]。吳蓴頓覺名稱減，楚芰須慚嗜好偏[3]。況是丹
頭推絕品，百金供費亦宜然。

【編年】

　　熙寧五年（1072）至熙寧六年（1073）四月任樞密使日作。

【箋注】

　　①餌：服食；吃。《後漢書·馬援傳》："初，援在交趾，常餌薏苡實。"玉壽：
美稱壽命。

　　②薦：佐食。

　　③芰：菱。《國語·楚語上》："屈到嗜芰。"

竊知今日於家園種山芋輒成拙詩
奉呈副樞諫議吳[1]

　　聞説家園樂，仍攜山芋來。何煩心助長，西廳所云田而善謔。惟

喜手親栽。若務豐根本，應須薙草萊②。迎知冬薦味，決不減平臺。

【編年】

　　熙寧五年（1072）至熙寧六年（1073）四月任樞密使日作。

【箋注】

　　①副樞諫議吴：指吴充。時任右諫議大夫、樞密副使。

　　②薙（tì）：除草。草萊：雜生的草。《南史·孔珪傳》：“門庭之内，草萊不翦。”

和副樞蔡諫議贈副樞吴諫議
謝惠新宅雜花之什①

　　百卉千花淑景新，主人吟嘯惜芳辰②。依依緑減隋堤色③，灼灼紅移洛浦春④。已愛清香飄宴席，更分穠豔與交親⑤。鄒陽本是梁園客⑥，醉賞猶思灉水濱⑦。

【編年】

　　熙寧五年（1072）至熙寧六年（1073）四月任樞密使日作。

【箋注】

　　①副樞蔡諫議：指蔡挺。時任右諫議大夫、樞密副使。副樞吴諫議：指吴充。時任右諫議大夫、樞密副使。

　　②芳辰：美好的時辰，多指春天。

　　③依依：輕柔貌。《詩·小雅·采薇》：“昔我往矣，楊柳依依。”此指柳之姿。

　　④灼灼：花盛之貌。《詩·周南·桃夭》一章：“桃之夭夭，灼灼其華。”此指牡丹之態。

　　⑤穠豔：鮮豔的花。交親：親戚朋友。

　　⑥鄒陽：西漢散文家、辭賦家。齊人。文帝時，爲吴王劉濞門客，以文辯著

名於世。吳王陰謀叛亂,鄒陽上書諫止,吳王不聽,因此與枚乘、嚴忌等離吳去梁,爲景帝少弟梁孝王門客。鄒陽“爲人有智略,慷慨不苟合”,後被人誣陷入獄,險被處死。他在獄中上書梁孝王,表白自己的心迹。梁孝王見書大悅,立命釋放,並尊爲上客。

⑦濉水:即今安徽東北部濉河。

新釀酴醾酒送吳蔡二副樞①

此花猶未發,此酒已先香。獨有甘芹意②,開樽略爲嘗。

【編年】

熙寧五年(1072)二月至熙寧六年(1073)四月任樞密使日作。

【箋注】

①酴醾酒:指用酴醾花薰香或浸漬的酒。吳蔡二副樞:指吳充、蔡挺。

②甘芹意:獻美之意。《列子・楊朱》:“昔人有美戎菽,甘枲(xì)莖芹萍子者,對鄉豪稱之。鄉豪取而嘗之,蜇於口,慘於腹,衆哂而怨之,其人大慚。”

和副樞蔡諫議孟夏旦日右府書事①

杲日無虧彰睿聖②,前星有慶耀東朝③。皇明燭遠群羌服④,火德乘時衆沴消⑤。丹宸焦勞猶損膳⑥,華顛尸素合歸樵⑦。夔牙共奏康哉曲⑧〔一〕,雅詠和聲徹九霄。

【編年】

熙寧五年(1072)二月至熙寧六年(1073)四月任樞密使日作。

【校勘】

〔一〕曲:原闕,據文意補。康哉:歌頌太平。《書・益稷》:“(皋陶)乃賡載歌曰:‘元首明哉,股肱良哉,庶事康哉。’”歌詞稱頌君明臣良,諸事安寧。

【箋注】

①副樞蔡諫議:指蔡挺。時任右諫議大夫、樞密副使。孟夏旦日:四月初一。旦日:特指農曆初一日。右府:樞密院的別稱。

②杲日:指太陽。杲:日出明亮;光明。睿聖:智慧明達。封建時代用作對帝王的頌詞。《漢書·敘傳》:"遭(文)帝睿聖,屢抗其疏。"

③前星:指太子。《漢書·五行志下之下》:"心,大星,天王也;其前星太子,後星庶子也。"南朝梁王僧孺《禮佛唱導發願文》:"前星照曜,東離焕炳。"東朝:即東宮。太子所居。

④皇明:指君王。漢班固《西都賦》:"天人合應,以發皇明。"

⑤火德:以五行中的火來附會王朝曆運的稱火德。宋爲火德。慝(tè):惡。

⑥丹宸:帝王寶座後的赤色屏風。借指帝王。

⑦尸素:"尸位素餐"的省語。尸位:古代祭祀代死者受祭的畫像,只享祭祀而不做事。素餐:不勞而食,無功受禄。尸位素餐形容空占官位,白享俸禄,飽食終日,無所用心。

⑧夔(kuí):舜時的樂官,精於音樂。牙:即伯牙,古代善鼓琴者。《荀子·勸學》:"伯牙鼓琴,而六馬仰秣。"

去春蒙西都致政李少師祋之惠詩五首[一],追敘舊遊因而招隱。某尚羈樞務①,請退未諧,深味來章,未知所答。遷延宿留,遂涉歲時。今蒙聖慈俯從人欲,聽解重柄②,均逸便藩③,仰西河之上游,瞻仁宅之實邇。即當胥會④,彌積欣怡,輒成小詩三章,代書見意,且答去春之賜

其　一

新詩五首緣招隱,未得西歸未敢酬。今許均勞解樞柄⑤,期

君同伴赤松遊。來詩云"莫教獨欠赤松遊"。

【編年】

　　熙寧六年(1073)罷樞相初河陽任上作。去歲李柬之寄詩五首,敘舊遊,因而招隱。今始答之,且告以已解重柄西歸,即當歡會。

【校勘】

　　〔一〕柬:原作"東",形似而誤。西都致政李少師柬之:指李柬之,以太子少師致仕。西都,指洛陽。李柬之(996—1073),字公明,李迪長子。歷知荆南、河陽、澶州,改賢院學士,判西京留司御史台。自工部尚書拜太子少保致仕。再遷少師。《宋史》卷三一〇有傳。

【箋注】

　　①樞務:時文彦博任樞密使。

　　②解樞柄:指辭去樞密使之位。

　　③均逸:謂閑散安逸。此指朝官外放。

　　④胥會:相會。胥,通"與"。相與;皆。《詩·小雅·角弓》:"兄弟婚姻,無胥遠矣;爾之遠矣,民胥然矣。"

其　二

　　伊西古寺茅庵静,不到經今八九春①。岩谷定知雲水冷,宫師常作獨遊人②。來詩有"下客拋官獨自回"之句。

【箋注】

　　①"不到"句:文彦博治平二年(1065)丁母憂服除,判河南府。四月,除侍中判永興軍。七月除樞密使,熙寧六年(1073)四月罷判河陽,正好八年左右。

　　②宫師:指李柬之。李柬之致仕後,遷太子少師。

其　三

　　斗藪緇塵捋白髭①,緘書先去問宫師②。仙舟東下能相訪,同上平嵩把酒卮。

【箋注】

①斗藪:抖動;抖落。唐孟郊《夏日謁智遠禪師》:"斗藪塵埃衣,謁師見真宗。"緇塵:黑色灰塵。常喻世俗污垢。晋陸機《爲顧彦先婦作》:"京洛多風塵,素衣化爲緇。"髭(zī):嘴脣上方的鬍鬚。

②緘書:書信。唐杜甫《奉漢中王手札》:"前後緘書報,分明餽玉恩。"宫師:即太子少師。北宋初東宫三少皆爲執政的致仕官,唯太子少師非經顧命不授。此代指李柬之。

過魯太師廟作①

墨綬前朝宰②,桑郊鄭圃東③。叢祠臨大道,遺烈凛清風。顧我才尤薄,與君時不同。歷官無一異,得位亦三公。屑屑刑名内④,區區簿領中⑤〔一〕。循良誰復道⑥,貪刻自爲功⑦。哲后方勤治⑧,愚臣合盡忠。承流奉寬大,宣澤務龐鴻⑨。此意緣思古,何人爲發蒙⑩。神交儻來鑒⑪,潛願啓其衷⑫。

【編年】

熙寧六年(1073)罷樞相赴河陽任上經中牟作。

【校勘】

〔一〕簿:原作"薄",據四庫本改。

【箋注】

①魯太師:指漢代魯恭。景德四年(1007)二月,真宗車駕如西京,道經漢將軍紀信塚、司徒魯恭廟,詔贈信爲太尉,恭爲太師。魯恭(32—112),字仲康,東漢扶風平陵人。章帝時宰中牟,專以德化爲理。時郡國飛蝗傷稼,獨不入中牟。累擢至司徒。《後漢書·魯恭傳》:"漢魯恭(字仲康)爲中牟令,行德政。上司遣使察訪,恭與來使行至田間,坐桑下小憩,有雉停身旁。旁有兒童。使曰:"兒何不捕之?"兒曰:"雉方將雛。"使矍然而起,盛讚魯恭"化及鳥獸",使

“竪子有仁心”，“久留，徒擾賢者耳。”

②墨綬：結在印鈕上的黑色絲帶。縣官及其職權的象徵。《漢書·百官公卿表上》：“縣令、長，皆秦官，掌治其縣。萬户以上爲令，秩千石至六百石；減萬户爲長，秩五百石至三百石……秩比六百石以上，皆銅印黑綬。”《後漢書·蔡邕傳》：“墨綬長吏，職典理人。”

③鄭圃：古地名，鄭之圃田，在今河南省中牟縣西南。相傳爲列子所居。《列子·天瑞》：“子列子居鄭圃，四十年人無識者。國君、卿大夫眂之，猶衆庶也。”

④屑屑：瑣屑；猥瑣。《後漢書·崔駰傳》：“子笑我之沉滯，吾亦病子屑屑而不已也。”刑名：刑律。《史記·始皇本紀》》：“秦聖臨國，始定刑名。”

⑤簿領：謂官府記事的簿册或文書。《新唐書·王播傳》：“（播）天性勤吏職，每視簿領紛積於前，人所不堪者，播反用爲樂。”

⑥循良：謂官吏奉公守法。唐李邕《唐贈太子少保劉知柔神道碑》：“出膺賢守，則郡國循良。”

⑦貪刻：貪婪刻剝。《晋書·諸葛長民傳》：“桓玄引爲參軍平西軍事，尋以貪刻免。”

⑧哲后：賢明的君主。后，君主。唐李白《答高山人兼呈權顧二侯》：“虹霓掩天光，哲后起康濟。”

⑨龐鴻：渾然宏大。古人以天體未形成之前，宇宙渾沌一體稱爲“龐鴻”。晋皇甫謐《帝王世紀》：“太素始萌，萌而未兆，謂之龐洪。”

⑩發蒙：啓發蒙昧。《易·蒙》：“初六，發蒙，利用刑人。”

⑪神交：夢魂相交會。形容思慕的深切。《文選·沈約〈和謝宣城詩〉》：“神交疲夢寐，路遠隔思存。”

⑫啓衷：開啓心智。衷：内心。

再到積慶墳莊即事偶成①

其　一

不到伊川八九年，重來風物盡依然。驚回俗夢鳴皋鶴，洗净

塵襟漱玉泉②。緑篠侵階當蕙帳，蒼霞滿目對松阡③。天憐老懶
優深處，罷聽晨雞徹曉眠。

【編年】

熙寧六年（1073）判河陽，赴洛省墓。詩中有"不到伊川八九年"句。

【箋注】

①積慶墳莊：文彦博家之墳莊。乾隆《洛陽縣志》卷一一《古迹》："積慶寺
在縣南五十里羅村，宋文潞公建此爲香火院。"

②"夢回"二句：當作"鶴鳴皋驚回俗夢，泉漱玉洗净塵襟"解。鳴皋鶴：
《詩·小雅·鶴鳴》："鶴鳴於九皋，聲聞於野。"塵襟：世俗的胸襟。唐韓愈《縣
齋讀書》："哀狖醒俗耳，清泉潔塵襟"漱玉泉：用"漱玉枕流"之典。孫子荆年
少時，欲隱居，對王武子言，願枕石漱流，詞語顛倒爲"漱石枕流"。王武子問：
"流可枕，石可漱乎？"孫靈機一動，答曰："所以枕流，欲洗其耳；所以漱石，欲
礪其齒。"

③"緑篠"二句：當作"當蕙帳緑篠侵階，對松阡蒼霞滿目"解。篠（xiǎo）：
小竹；細竹。唐許渾《和賓客相國詠雪》："霽添松篠媚，寒積蕙蘭猜。"蕙帳：帳
的美稱。南朝齊孔稚珪《北山移文》："蕙帳空兮夜鵠怨，山人去兮曉猨驚。"

其　二

郊園乍適疏慵意，勉强逢迎已不能。赤米白鹽充野饌①，蕉
衫芒蹻見山僧②。含風古木遮簷角，漱玉清泉瀉石棱。田父相過
復相勸，早歸林下醉騰騰。

【箋注】

①野饌：采自山野的食物。唐王績《遊北山賦》："亦有山羞野饌，蘭漿
木黍。"

②蕉衫：用麻布縫製的衣衫。芒蹻（jué）：用芒莖外皮編織成的鞋。《漢
書·卜式傳》："布衣草蹻而牧羊。"

東溪泛舟①

東溪伊水東,溪水碧溶溶②。兩槳夷猶去③,雙鳧上下逢。餘波通洛浦,倒影浸嵩峰。荷動聞魚躍,沙平見鶴蹤。島蒲森劍戟④,岸柳亞虯龍⑤。並載惟禪客,隨觀有牧童。風傳棹謳遠⑥,露濕釣蓑濃。不是迷津處,何煩問老農。

【編年】

熙寧六年(1073)罷樞相赴河陽任,至洛陽暫留作。

【箋注】

①東溪:洛陽溪名。在伊水之東。

②溶溶:水流盛大貌。《楚辭·劉向〈九歎·逢紛〉》:"揚流波之潢潢兮,體溶溶而東回。"

③夷猶:從容貌。張耒《泊長平晚望》:"川穩夷猶棹,春歸杳靄天。"

④森:森嚴。唐杜甫《李潮八分小篆歌》:"況潮小篆逼秦相,快劍長戟森相向。"

⑤亞:垂;低垂。前蜀韋莊《對雪獻薛常侍》:"松裝粉穗臨窗亞,水結冰錐簇溜懸。"

⑥棹謳:搖槳行船所唱之歌。

遊楚諫議園宅呈留守宣徽留臺端明①

五里依仁宅②,西鄰數仞牆。主人爲屏翰,楚今師環慶③。園吏占風光。地勝金甌小④,林深錦襀長。輕煙罩叢桂,幽鳥入修篁。蘚色沿茶灶,松陰覆石床。一區誠可樂⑤,三徑莫令荒⑥。有木皆交蔭,無花不並方。相期掛冠後⑦,同此事琴觴。楚建中正議宅俗呼爲"錦纏襀"。

【編年】

熙寧六年(1073)罷樞相赴河陽任,至洛陽暫留作。王拱辰熙寧五年判河南府,熙寧八年還朝,兼中太一宮使。

【箋注】

①楚諫議:指楚建中。時知慶州,官階爲諫議大夫,五品。楚建中(1011—1090),字正叔,洛陽人,時年七十二。第進士,知滄州,後爲天章閣待制、陝西都轉運使,熙寧五年諫議大夫、知慶州,後轉江寧、成德軍、中奉大夫、充天章閣待制、提舉崇福宮,以正議大夫致仕。元祐初,文彦博薦爲户部侍郎,不拜。《宋史》卷三三一有傳。原本題下注云:"王君貺、司馬君實。"留守宣徽:指王拱辰,字君貺。時宣徽南院使、判河南府兼西京留守司事。留守:宋代曾於西京(河南府)、南京(歸德府)、北京(大名府)三京分別設此官,爲畿内行政官。留臺端明:指司馬光。時端明殿學士、判西京留司御史臺。司馬光(1019—1086),字君實,陝州夏縣(今屬山西)人,家居涑水鄉,人稱涑水先生,晚年自號迂叟。卒諡文正,追封温國公,世稱司馬温公。仁宗寶元元年(1038)進士,嘉祐六年(l061)遷起居舍人、同知諫院。宋神宗即位,詔爲翰林學士,以不善駢文堅辭不就,乃任御史中丞。熙寧三年(1070)九月,司馬光自覺難以阻擋新法,遂罷翰林學士,以端明殿學士知永興軍,次年四月,判西京留司御史臺。居洛陽十五年,絕口不論政事,致力於編寫《資治通鑒》。哲宗元祐元年(1086),起任尚書左僕射兼門下侍郎,主持"元祐更化",盡廢新法,當政八月而薨。贈太師、温國公,諡文正。《宋史》卷三三六有傳。

②"五里"二句:言文彦博與楚建中之宅相鄰。廣彦博宅園位於從善坊。《河南志》"從善坊"條下載:"今保平軍節度使、同中書門下平章事文彦博家併宅……其地本梁宋州宣武軍節度使袁象先宅。"葉夢得《岩下放言》載:"文潞公洛陽居地,袁象先舊基,屋雖不甚宏大,晚年得其傍羨地數畝爲園。"楚建中宅園也位於從善坊。爲唐宋、五代名臣楊凝式宅園。《河南志》"從善坊"條下載:"太子太保致仕楊凝式宅"宅纔三十餘間,其地南北長,園林稱是,而景趣蕭灑,人號錦纏襻(按"鑻"同"襻",原指扣住紐扣的套)。自後凡更立數主。"五里:即歸仁里。唐時在洛陽長夏門之東第五街。

③屏翰:比喻衛國的重臣。唐韓愈《楚國夫人墓志銘》:"爲王屏翰,有壤

千里。"環慶：環慶路，北宋陝西四路之一，治所在慶州（今甘肅慶陽）。楚建中時知慶州。

④金甌：金的盆、盂之屬。此句謂楚建中園宅雖小而佳。

⑤一區：指一所宅院。《漢書·揚雄傳上》："有宅一區。"

⑥三徑：指稱隱者之所處。東漢蔣詡，哀帝時爲兖州刺史，廉直有名聲。王莽攝政，詡稱病免官，隱居鄉里。舍前竹下闢三徑，唯故人羊仲、求仲與之遊。

⑦掛冠：辭官。晋袁宏《後漢紀·光武帝紀五》："（逢萌）聞王莽居攝，子宇諫，莽殺之。萌會友人曰：'三綱絶矣，禍將及人。'即解衣冠，掛東都城門，將家屬客於遼東。"

【附載】

司馬光作《和潞公遊天章楚諫議園宅》："名卿新治第，上宰舊連牆。槐蔭青青葉，星鄰兩兩光。林花裂錦狹，門路築沙長。共引庭間水，交生壁外篁。魚窺薦琴臺，螢散讀書床。王帳方懷遠，松齋欲就荒。旌幢今少憩，蘭蕙不徒芳。早晚平狼望，同來舉壽觴。"

遊史館張大卿致政李少卿史館
傅兵部濟上郊園①

疇昔常聞處士莊，林泉勝景甲山陽。一渠寒水流清濟，千仞濃嵐聳太行。枋口雲歸穿古木②，燕川風過入修篁③。前賢舊業何人繼，分與三賢作醉鄉。

【編年】

熙寧六年（1073）判河陽任上作。原本題下注云："時判河陽，祈雪濟源廟作。"

【箋注】

①原本題下注云："張靖、李章、傅堯俞。"史館張大卿：指張靖。職爲直史館，官階爲光禄卿，從三品。河陽（今河南孟縣）人，張望子。幼與文彦博同學，

仁宗天聖五年(1026)進士。文彥博爲相,擢直龍圖閣。神宗熙寧初爲淮南轉運使,究陝西鹽馬得失,竟獲罪,降知邠州。熙寧五年(1072)以光禄卿直史館知陝州。大卿:唐宋太常、光禄、衛尉、宗正、太僕、大理、鴻臚、司農、太府九寺卿的通稱。致政李少卿:指李章。官階爲少卿,從四品上。洪州(今江西南昌)人。曾知鄠縣。神宗元豐中以少卿分司西京,旋致仕。事見乾隆《鄠縣新志》。少卿:大卿之副。九卿或諸寺(司)次官通稱。史館傅兵部:指傅堯俞。字欽之,孟州濟源人。詳見《文集》本卷《題史館兵部傅君草堂》注。

②枋口:在今河南濟源縣東北沁河出山處。秦、漢時於此建木枋門,引沁河灌溉農田,三國魏改建石門。乾隆《濟源縣志》卷二:"枋口,沁水徑北,秦以枋木爲門,故名。晋司馬孚壘石爲之,又名沁口。有景謂'沁口秋風'。沁河,在縣東北三十里。"

③燕川:在今河南濟源縣北。

題龍潭寺[①]

古寺依青障〔一〕,高軒俯碧潭。山僧如有待,先掃侍中庵[②]。夏英公之庵。

【編年】

嘉祐五年(1060)自判河南府赴大名府途經登封作。唐白居易有《從龍潭寺至少林題贈同遊者》。《大清一統志》卷一六三:"在登封縣東北二十五里,據太室左陲。相傳唐武后時曾建行宫於此。"

【校勘】

〔一〕障:四庫本作"嶂"。兩字相通。

【箋注】

①龍潭寺:在今河南登封縣北嵩山盧岩之北。

②侍中:指夏竦。夏竦(985—1051),字子喬,江州德安(今屬江西)人。以父戰契丹死,授丹陽主簿。真宗景德四年舉賢良方正科。累遷知制誥。仁宗天聖五年,除樞密副使。七年,拜參知政事。因與宰相吕夷簡不合,復爲樞

密副使。康定中除陝西經略安撫使,怯於用兵西夏,自請解兵權,改判河中府。慶曆三年召拜樞密使,爲臺諫所攻,改知亳州。七年,復爲樞密使,旋再被論罷,出知河南府。有才智,然尚權術,性貪婪,世人目爲奸邪。卒謚文莊。封英國公。

謁濟祠作^①〔一〕

導沇靈源祀典尊^②〔二〕,湛然凝碧浸雲根^③。遠潮滄海殊無礙,橫貫洪河自不渾。一派平流滋稼穡,四時精享薦蘋蘩。未嘗輕作風濤險,惟有涵濡及物恩^④。

【編年】

熙寧六年(1073)四月至熙寧七年(1074)四月文彦博判河陽日作。

【校勘】

〔一〕謁濟祠作:《北京圖書館藏中國歷代石刻拓本彙編》第 39 册 146 頁《濟瀆廟詩刻》拓本題作《留題濟瀆廟》。詩題下有"河南節度使守司徒兼侍中判河陽軍州事潞國公文彦博"。詩刻後注"元豐壬戌仲春"。即詩刻於無豐五年二月。

〔二〕沇:明刻本作"流",四庫本注作"國"。此從傅校。

【箋注】

①濟祠:即濟瀆廟。隋開皇二年(582)建,在今河南濟源縣西北。這裏爲濟水之源,是我國江(長江)、河(黄河)、淮、濟"古四瀆"之一。

②沇:即沇水。濟水的別稱。《書·禹貢》"導沇水,東流爲濟,入於河"孔傳:"泉源爲沇,流去爲濟";《水經》:水出"王屋山爲沇水,東至温縣西北爲濟水"。皆指黄河北岸濟水的發源處爲沇水。

③湛然:清澈貌。雲根:即石頭。以雲根名石,以雲觸石而生也。

④涵濡:滋潤;沉浸。唐元結《大唐中興頌》:"蠲除妖災,瑞慶大來,兇徒逆儔,涵濡天休。"

平崧閣右崧亭作

　　不較平崧與右崧，大都亭閣盡穹崇^①。太行太室當前後，俱是家山入望中。

【編年】

　　熙寧六年（1073）四月至熙寧七年（1074）四月文彦博判河陽日作。下一首詩《遊碧漣堂偶作寄致政司空相公富聊布所懷》有“北倚平崧閣”之句。知平崧閣在河陽。《明一統志》卷二八：“（平崧閣）在孟縣舊州後圃。因城爲臺，北倚太行，南憑嵩少，俯瞰黄河，實河陽美觀。宋李迪詩：南指嵩高北太行，太行中出貫雲長。君王不恃金湯險，自有仁恩結萬方。”

【箋注】

　　①穹崇：高貌。《文選·司馬相如〈長門賦〉》：“正殿塊以造天兮，鬱並起而穹崇。”

遊碧漣堂偶作寄致政司空相公_富聊布所懷^①

　　公以心如水，開軒俯碧漣。嘗虛濟川楫，却就釣璜淵^②。北倚平崧閣，南臨種黍田。緣經冶城望^③，到此即懷賢。

【編年】

　　熙寧六年（1073）四月至熙寧七年（1074）四月文彦博判河陽日作。

【箋注】

　　①碧漣堂：乃富弼知河陽日所建。致政司空相公富：指富弼。司空：加官，正一品。富弼（1004—1083），字彦國，河南（今河南洛陽）人，時年七十九。仁宗天聖八年（1030）舉茂才異等。慶曆二年（1042）富弼時爲右正言，以吕夷簡薦，臨危領命，出使契丹，曉以利害，成約而還。“再盟契丹，能使南北之民數十年不見兵革。”遷吏部郎中、樞密直學士。仁宗朝慶曆新政的主要人物。慶曆

三年（1043）拜樞密副使，與范仲淹等推行新政。新政失敗，慶曆五年，出任河北宣撫使，改知鄆州。至和二年（1055）拜集賢相。嘉祐三年（1058），拜昭文相。嘉祐六年（1061）因母喪去官。英宗立，召爲樞密使，熙寧二年（1069）與王安石議事不和，稱疾求退，歸洛養疾，遂請老，加拜司空。歷封鄭、韓、祁國公，故人稱鄭國公、韓國公、祁國公。元豐六年八月薨，年八十，謚文忠。《宋史》卷三一三有傳。

②釣璜淵：相傳周吕尚曾釣於渭之濱，因指渭河。釣璜：垂釣而得玉璜。喻臣遇明主，君得賢相。語出《書大傳》卷一：“周文王至磻溪，見吕望，文王拜之。尚父云：‘望釣得玉璜，刻曰：“周受命，吕佐檢德合，於今昌來提。”’”

③冶城：宋時屬河陽。在今河南孟縣西北二十六里冶牆村。《水經注·濟水》：天漿溪“東北徑一故城，俗謂之冶城”。

詩寄相州侍中韓魏公並序①〔一〕

某頃陪高躅〔二〕，常議攸居營水竹之清虛，較相洛之優劣。莫如韓樂，宛在鄴中。近緣幕客之來，頗詫府朝之盛。陪後車而弗及，隨飛蓋以無由。追惟緒言，形於善謔，輒成拙詩一章。

鼎邑從來事足誇②，冰臺近歲景尤嘉③。天平峰秀堪圖畫④，晝錦堂高可宴衙。新表門閭通德里，舊栽桃李相君家。仍聞降志相希慕⑤，林下時乘洛樣車。公前鎮安陽，蒙示諭，依洛樣作安車。

【編年】

熙寧六年（1073）四月至熙寧七年（1074）四月判河陽日作。原本題下注云：“時判河陽，韓判相州，並爲節使、司徒、侍中。”韓琦熙寧六年二月壬寅至熙寧八年五月丙寅判相州。《長編》卷二四二：“（熙寧六年二月壬寅）判大名府、淮南節度使、守司徒兼侍中韓琦判相州。”《長編》卷二六四：“（熙寧八年五月丙寅）判相州韓琦改爲永興節度使再任。”文彥博熙寧六年四月至熙寧七年四月判河陽。《長編》卷二四四：“（熙寧六年四月）己亥，樞密使、劍南西川節度使、守司空兼侍中文彥博罷，授守司徒兼侍中、河南節度使、判河陽。”《長編》

卷二五二：“（熙寧七年四月丙戌）河東節度使、守司徒兼侍中、判河陽文彥博判大名府。”故此詩當作於熙寧六年四月至熙寧七年四月之間。

【校勘】

〔一〕並序：原無，據四庫本補。

〔二〕頃：原作“須”，據四庫本改。

【箋注】

①畫錦堂：韓琦在相州（今河南安陽）所築的廳堂。《漢書·項籍傳》載秦末項羽入關，屠咸陽。或勸其留居關中，羽見秦宮已毀，思歸江東，曰：“富貴不歸故鄉，如衣錦夜行。”宋代歐陽修《相州畫錦堂記》：“公在至和中嘗以武康之節來治於相，乃作畫錦堂於後圃，既又刻詩於石，以遺相人。”相州韓魏公侍中：指韓琦，爵魏國公，時判相州。侍中：唐時爲門下省長官。宋時爲使相加官，正二品，不預政事。詳見《寄太原韓太尉》注①。

②鼎邑：指洛陽。《左傳·桓公二年》：“武王克商，遷九鼎於洛邑。”

③冰臺：古臺名。即冰井臺。此代指相州（今河南安陽）。建安十八年魏武帝建於鄴城（今河南安陽）西北。晋陸翽《鄴中記》：“北則冰井臺，有屋一百四十間，上有冰室，室有數井，井深十五丈，藏冰及石墨……石季龍於冰井臺藏冰，三伏之月，以冰賜大臣。”

④天平峰：即天平山。在今河南林縣西。

⑤降志：降心；平抑心氣。唐耿湋《冬夜尋李永因書事贈之》：“棲遑偏降志，疵賤倍修身。”

【附載】

韓琦《次韻答判河陽文潞公述相洛所居之勝》：“玉碗高居衆所誇，三川推甲一何嘉。前兼勝勢韓王第，右枕名區洛尹衙。此宅吾鄉聊庇族，悔違公語卜鄰家。縱思却作招來户，脚重難營老小車。”

詩寄西都致政司空相公富①

燕居堂北之隙地，有紅藜十數本②，堅直可愛。復以其托根善地,遂成美材。因躬自削治以爲杖,輒敢分寄一枝,侑公之靈壽。物甚微陋,而亮其意可也。

燕居堂北虚閑地③,藜藿森森欲柱天④。中有紅藜最翹秀,削成鳩杖佐衰年⑤。初同野叟甘芹味⑥,始至孟冬,葉尚可葅。終學狂翁掛酒錢⑦。分寄一枝公必訝,提攜不稱葛陂仙⑧。

【編年】

熙寧六年(1073)四月至熙寧七年(1074)四月文彥博判河陽日作。

【箋注】

①西都致政司空相公富:指富弼,時致仕居洛陽。富弼,詳見本卷《遊碧漣堂偶作寄致政司空相公富聊布所懷》。

②紅藜:即紅心灰藋。"藜","藜"之異體字。明李時珍《本草綱目》"藜"條:"藜處處有之,即灰藋之紅心者,莖葉稍大……老則莖可爲杖。"唐王績《北山賦》:"紅藜促節之杖,緑籜斑紋之冠。"

③燕居堂:文彥博在河陽之堂。燕居:閑居之所。

④藜藿:灰藋、豆葉,泛指野菜。

⑤鳩杖:杖頭刻有鳩形的拐杖。《後漢書·禮儀志中》:"仲秋之月,縣道皆案户比民。年始七十者,授之以玉杖,哺之糜粥。八十、九十,禮有加賜。玉杖,長(九)尺,端以鳩鳥爲飾。鳩者不噎之鳥也,欲老人不噎。"

⑥甘芹味:謙稱自己贈送的東西粗陋。典出《列子·楊朱》:"昔人有美戎菽,甘枲(xǐ)莖芹萍子者,對鄉豪稱之。鄉豪取而嘗之,蜇於口,慘於腹,衆哂而怨之,其人大慚。"

⑦狂翁掛酒錢:狂翁指晋阮修。《晋書·阮修傳》:"常步行,以百錢掛杖頭,至酒店,便獨酣暢。"

⑧葛陂仙:指費長房。此借指富弼。《後漢書·費長房列傳》:"長房辭歸,翁與一竹杖,曰:'騎此任所之,則自至矣。既至,可以杖投葛陂中也。'又爲作一符,曰:'以此主地上鬼神。'長房乘杖,須臾來歸,自謂去家適經旬日,而已十餘年矣。即以杖投陂,顧視則龍也。"

詩寄答致政司空相公富

　　某蒙寄示二圖小花三十詠，捧卷伏讀，研味不已，真二《南》之風興也。輒成拙詩，仰酬來貺。

　　衆卉群芳品目奇，遍形歌詠殆無遺。名過衛國《平泉記》①，數協江淹雜體詩②。蘇頲祇誇《長樂》賦③，元輿惟詫《牡丹》詞④。此一色洛人久貴，以公無情於發揚也〔一〕。豈知哲匠風騷美⑤，不間鴻纖盡物宜⑥。

【編年】

　　熙寧六年（1073）四月至熙寧七年（1074）四月文彦博判河陽日作。

【校勘】

　　〔一〕人：原無，據四庫本補。又“以”字明刻本、四庫本作“矣”，則屬上句。此從傅校。

【箋注】

　　①衛國《平泉記》：指唐宰相李德裕的《平泉花木記》。李德裕字文饒，官至宰相。武宗時，拜太尉，封衛國公。《平泉花木記》：平泉爲李德裕別墅，位於洛陽城外三十里。書中記載其別墅中所植各種花木的形態、顏色、果實等等。

　　②江淹雜體詩：江淹字文通，濟陽考城（今河南蘭考）人。南朝梁文學家。與南朝宋詩人鮑照並稱“江鮑”。歷仕宋、齊、梁三代。他的《雜體三十首序》中宣稱寫作這些詩，“學其文體，雖不足品藻淵流，庶亦無乖商榷云爾”，意在通過擬作，顯示各家的特色。他仿作了從漢代的《古離別》到劉宋湯惠休的三十家詩體，在學習前人創作經驗方面下了很大功夫。

　　③蘇頲（670—727）：字廷碩，京兆武功（今屬陝西）人。蘇頲自幼敏悟，弱冠登進士第，授烏程尉，舉賢良方正。神龍中，歷官至中書舍人。與父蘇瓌同中書門下三品，父子同掌樞密，時以爲榮。後襲父爵許國公號小許公。開元四年，遷紫微侍郎、同紫微黃門平章事。卒贈尚書右丞相，謚文憲。作《長樂

花》賦。

④元輿:指舒元輿。舒元輿(789—835),唐代文學家。婺州東陽(今屬浙江)人。始學即警悟,客江夏節度使郗士美處,郗奇其才,屢爲之延譽。元和八年,舉進士,調鄠縣尉,有幹練名。裴度表掌興元書記,爲文檄,以豪健爲一時所推。大和初年,入朝爲監察御史,再遷刑部員外郎。他自負奇才,銳於進取。大和五年,自獻其文,文宗賞其激昂,而宰相李宗閔以爲浮躁,改授著作郎,分司東都。有《牡丹賦》。

⑤哲匠:指明達而富有才能的大臣。《文選‧殷仲文〈南州桓公九井作〉》:"哲匠感蕭晨,肅此塵外軫。"風騷:指《詩》中的《國風》和《楚辭》中的《離騷》。借指詩文。

⑥物宜:指事物的性質、道理、規律等。《宋書‧謝靈運傳論》:"玄黄律呂,各適物宜。"

知郡博學士將赴彭門蒙貺佳什次韻奉答①〔一〕

史局郎曹得俊賢②,穭聞高譽已多年。山陽松菊抛三徑③,泗水衣冠戴二天④。合作商霖光祖構⑤,猶持漢節滯英躔⑥。河梁欲上難輕别,亦望遲遲駐曲旃⑦。

【編年】

熙寧六年(1073)四月前後,文彥博初至判河陽任上作。

【校勘】

〔一〕博:明刻本、四庫本作"傅",此從傅校。

【箋注】

①知郡傅學士:指傅堯俞。時傅堯俞知河陽,不久,即赴徐州任。《宋史‧傅堯俞傳》:"徙許州、河陽、徐州,再歲,六移官,困於道路。"詳見卷三《題史館兵部傅君草堂》注①。《景定建康志》卷一三:"(熙寧六年)二月二十九日,堯俞移知河陽。"彭門:即徐州。《宋史‧地理志》一:"徐州,大都督,彭城郡,武寧軍節度。"

②史局:即史館。官署名。爲官修史書的機構。郎曹:即尚書省各部郎官。傅堯俞曾任吏部侍郎。

③山陽:漢置縣名,屬河南郡。在今河南省修武縣境。魏晋之際,嵇康、向秀等嘗居此爲竹林之遊。後因以代指高雅人士聚會之地。三徑:指稱隱者之所處。東漢蔣詡,哀帝時爲兗州刺史,廉直有名聲。王莽攝政,詡稱病免官,隱居鄉里。舍前竹下闢三徑,唯故人羊仲、求仲與之遊。

④泗水:水名。在山東省中部。源出山東泗水縣東蒙山南麓。流經徐州。此代指徐州。衣冠:古代士以上戴冠,衣冠連稱,是古代士以上的服裝。《論語・堯曰》:"君子正其衣冠。"後引申指世族、士紳。二天:指正直賢明的官守。晋陸機《晋平西將軍孝侯周處碑》:"陝北留棠,遂有二天之詠;荆南渡虎,猶標十部之書。"

⑤商霖:指任宰相。商王武丁稱讚宰相傅説之辭。《書・説命》:"爰立作相,王置諸其左右,命之曰:'朝夕納誨,以輔台德。……若歲大旱,用汝作霖雨。'"孔傳:"霖,三日雨。霖以救旱。"祖構:指祖先的屋宅。

⑥持漢節:用"蘇武牧羊"之典。《漢書・蘇武傳》:蘇武在漢武帝時,以中郎將出使匈奴,被匈奴扣押並脅迫他歸降,蘇武堅持不從。"(衛)律知武終不可脅,白單于。單于愈益欲降之,乃幽武置大窖中,絶不飲食。天雨雪,武卧齧雪與旃毛並咽之,數日不死,匈奴以爲神,乃徙武北海上無人處,使牧羝,羝乳乃得歸。……武既至海上,廪食不至,掘野鼠去草實而食之。杖漢節牧羊,卧起操持,節旄盡落。"躔(chán):泛指足迹。此句謂傅堯俞久滯不得升遷。

⑦曲旃:用整幅帛製成的曲柄長幡。《史記・魏其武安侯列傳》:"前堂羅鐘鼓,立曲旃。"

致政仲損張工部詢及孟醖之味因寄數器副以小詩宗益①

醖淥如澠味似飴②,沁園之名醖也。朝回何必典春衣③。序賓留飲觴無算,速父供甘羜更肥④。不惜郵筒令遠寄⑤,惟憂遼豕得深譏⑥。小家麴蘖君諳在⑦,莫使邯鄲枉見圍⑧。

【編年】

　　熙寧六年(1073)四月至熙寧七年(1074)四月文彦博判河陽日作。按:由詩題中“孟醞”知詩作於文彦博守河陽日,故繫於此。

【箋注】

　　①致政仲損張工部:指張宗益。張宗益字仲損,歷任湖北轉運判官、都官員外郎,熙寧元年出使賀遼主生辰及正旦,曾知相州。孟醞:孟州所産的酒。

　　②醽淥:又作“醽醁”。美酒名。宋黄庭堅《念奴嬌》詞:“寒光零亂,爲誰偏照醽淥。”晋葛洪《抱朴子·嘉遁》:“藜藿嘉於八珍,寒泉旨於醽醁。”如澠(shéng):比喻酒多。《左傳·昭公十二年》:“有酒如澠,有肉如陵。”飴:甚甜。《説郛》卷五八引唐皇甫松《醉鄉日月·謀飲》:“凡酒以色清味重而飴者爲聖。”

　　③“朝回”句:化用唐杜甫《曲江二首》之二:“朝回日日典春衣,每日江頭盡醉歸。”

　　④速父供甘羜(zhù):化用《詩·小雅·伐木》:“既有肥羜,以速諸父。”速:召。父:天子稱同姓諸侯,諸侯稱同姓大夫。羜:幼羊。

　　⑤郫筒:酒名。相傳晋山濤爲郫令,用竹筒釀酒,兼旬方開,香聞百步,俗稱“郫筒酒”。

　　⑥遼豕:即“遼東豕”。指知識淺薄,少見多怪。《後漢書·朱浮傳》:“往時遼東有豕,生子白頭,異而獻之,行至河東,見群豕皆白,懷慚而還。若以子之功論於朝廷,則爲遼東豕也。”

　　⑦麴糵:酒母。此指酒。唐杜甫《歸來》:“憑誰給麴糵,細酌老江干。”

　　⑧邯鄲枉見圍:化用《莊子·胠篋》:“魯酒薄而邯鄲圍。”陸德明釋文:“許慎注《淮南》云:‘楚會諸侯,魯趙俱獻酒於楚王,魯酒薄而趙酒厚。楚之主酒吏求酒於趙,趙不與。吏怒,乃以趙厚酒易魯薄酒奏之。楚王以趙酒薄,故圍邯鄲也。’”

文彦博集卷六

律詩

西都留守宣徽王祈謝嵩祠往還敝莊
因成雅章爲貺謹次嚴韻①

其　一

臘雪應祈沾下土,府公遵命祀中天。定陪仙馭經緱嶺②,應訪禪林過玉泉③。和氣隨風生二室④,歡謠繼日滿三川⑤。悠悠大旆縈纍印⑥,却愛蘇家負郭田⑦。

【編年】

熙寧六年(1073)冬判河陽日作。原本題下注云:"時判河陽。"又王拱辰熙寧五年判河南府,熙寧八年還朝。則王拱辰祈雪和文彦博祈雪當同在熙寧六年,且均爲奉旨祈雪,故詩繫於此年。

【箋注】

①西都留守宣徽王:指王拱辰。時宣徽南院使、判河南府兼西京留守。詳見卷五《留守端明尚書王君貺遠示贈闍梨漸師詩依韻和呈》。

②緱嶺:即緱氏山。在今河南省偃師市。傳說仙人王子喬,本爲周靈王太

子,好吹笙作鳳凰鳴,被浮丘公接引成仙。三十年後乘白鶴降於緱氏山巔與家人相見。見漢劉向《列仙傳·王子喬》。

③禪林:指寺院。唐陳子昂《暉上人房餞齊少府使入京序》:"入禪林而避暑,蕭風景於中林。"玉泉:清泉的美稱。晉陸機《招隱》詩之一:"芳蘭振蕙葉,玉泉湧微瀾。"

④二室:即嵩山。分爲太室山和少室山。唐李白《贈嵩山焦煉士》:"二室凌青天,三花含紫煙。"

⑤三川:指洛陽。東周以黃河、洛水、伊水爲三川。南朝宋顏延之《北使洛陽》:"前登陽城路,日夕望三川。"

⑥旆:泛指旗幟。《詩·商頌·長發》:"武王載旆,有虔秉鉞。"

⑦蘇家負郭田:指近郊良田。典出《史記·蘇秦列傳》:"蘇秦喟然歎曰:'此一人之身,富貴則親戚畏懼之,貧賤則輕易之,況衆人乎!且使我有雒陽負郭田二頃,吾豈能佩六國相印乎!'"司馬貞索隱:"負者,背也,枕也。近城之地,沃潤流澤,最爲膏腴,故曰'負郭'也。"

其　二

　　若比揚雄多一廛①,僅同徐勉葺東田②。溝塍萬畝言之過,却恐增添助役錢③。

【箋注】

　　①"若比"句:西漢辭賦家揚雄,蜀郡人。他在岷山之陽雖有極少的田宅,但因家貧,門前冷落。詠文人貧居。《漢書·揚雄傳上》:"揚季官至廬江太守。漢元鼎間避仇,復溯江上,處岷山之陽曰郫,有田一廛,有宅一區,世世以農桑爲業。自季至雄,五世而傳一子,故雄亡它揚於蜀。"

　　②"僅同"句:文彥博效徐勉築園林,也名之曰"東田"。南朝名臣徐勉,字修仁,中年時在建康附近東田經營一小園,南朝梁徐勉《與大息山松書》:"中年聊於東田,欲穿池種樹,少寄情賞;又以郊際閑曠,終可爲宅。儻獲懸車致仕,實欲歌笑於斯。"《梁書·徐勉傳》:"非在播藝,以要利入,正欲穿池種樹,少寄情賞……或復冬日之陽,夏日之陰,良辰美景,文案間陳,負杖躡履,逍遙陋館,臨池觀魚,披林聽鳥,濁酒一杯,彈琴一曲,求數刻之暫樂,庶居常以待

終,不宜復勞家間細務。"

③助役錢:宋神宗熙寧三年(1070)初行免役法,凡當役人户,分五等出錢,募人充役;使原來享受免役特權的豪紳、官吏、僧道等出錢助役,稱助役錢。"却恐增添助役錢"句乃針對王安石變法而言。

前朔①,憲孔嗣宗太傅過孟云②:近於洛下結窮九老會,凡職事稍重、生事稍豐者不得與焉。其宴集之式率稱其名,其事誠可嘉尚,其語多資嗢噱③。因作小詩以紀之,亦以見河南士人有名教之樂,簡貪薄之風。輒録呈留守宣徽,聊資解頤④

洛城冠蓋敦名教⑤,任是清貧節轉高。見説近添窮九老,洛中舊有九老之會三,並此四矣。從初便不要山濤⑥。

【編年】

　　熙寧六年(1073)四月至熙寧七年(1074)四月文彦博判河陽日作。

【箋注】

　　①前朔:上月初一。孟:即河陽,今河南孟州。

　　②憲孔嗣宗太傅:太子太傅、御史孔嗣宗。憲:御史。唐白居易《夏日獨直寄蕭侍御》:"憲臺文法地,翰林清切司。"孔嗣宗:字伯紹,河南洛陽人。孔子四十六代孫。曾任浙江轉運使。宋彭乘《續墨客揮麈·作啓事遺友生》:"孔大夫嗣宗爲浙漕,戲作啓事以遺洛中友生……凡數百言,深得俳體。"太傅:即太子太傅,加官。

　　③嗢噱(wàjué):大笑。三國魏曹丕《答鍾繇書》:"執書嗢噱,不能離手。"名教之樂:儒家禮教之樂。名教:以正名定分爲核心的儒家禮教。《世説新語·德行》:"王平子、胡毋彦國諸人,皆以任放爲達,或有裸體者。樂廣笑曰:'名教中自有樂地,何爲乃爾也。'"留守宣徽:指王拱辰。

④解頤：謂開顔歡笑。語出《漢書·匡衡傳》："無説《詩》，匡鼎來；匡説《詩》，解人頤。"

⑤冠蓋：仕宦；貴官。漢班固《西都賦》："冠蓋如雲，七相五公。"

⑥山濤：西晉大臣。字巨源，河内懷縣（今河南武陟西）人。司馬昭受封爲晉王后，曾欲立次子司馬攸爲世子，他加以諫阻。司馬炎深德之，稱帝後，任其爲吏部尚書。山濤曾與嵇康、阮籍等交遊，爲"竹林七賢"之一。出仕後，嵇康因其親近司馬氏，與之絶交。此言不要富貴之人參與。

謝留守王宣徽寄花

遠惠奇花自洛城，吟觀醉賞動鄉情。開編讀到安仁傳，方信河陽浪得名①。

【編年】

熙寧六年（1073）四月或熙寧七年（1074）四月文彥博判河陽日作。

【箋注】

①"開編"二句：安仁，指潘岳。西晉文學家，字安仁，河南鞏縣人。少有奇才。司馬炎建晉後，潘岳被司空荀顗召授司空掾。咸寧四年（278），賈充召潘岳爲太尉掾。後出爲河陽縣令，四年後遷懷縣令。歷尚書度支郎、廷尉評、太傅府主簿、長安令。元康六年（296）前後，回到洛陽，依附賈謐的文人集團"二十四友"。歷任著作郎、給事黄門侍郎等職。永康元年，趙王倫擅政，中書令孫秀誣潘岳、石崇、歐陽建等陰謀奉淮南王允、齊王冏爲亂，被夷三族。潘岳曾任河陽（今河南孟州）縣令，於一縣遍種桃李，傳爲美談。《白氏六帖·縣令》："潘岳爲河陽令，樹桃李花，人號曰'河陽一縣花。'"浪：徒然。

再　和

惟有陳園接府城，池塘花竹可娱情。雖然不及芙蓉幕，猶得河橋史館名。孟人謂陳園爲河陽史館園,故公爲赤土之戲耳。

【編年】

　　熙寧六年(1073)四月或熙寧七年(1074)四月判河陽日作。

詩謝留守王宣徽遠惠牡丹

　　姚黄魏紫狀元紅^{①〔一〕},打剥栽培久用功^②。采折乍經微雨後,緘封仍在小奩中^③。勤勤賞玩傾蘭醑^④,漠漠馨香逐蕙風。猶恐花心懷舊土,戴時頻與望青嵩。

【編年】

　　熙寧六年(1073)四月或熙寧七年(1074)四月判河陽日作。

【校勘】

　　〔一〕魏:明刻本、四庫本作“左”。魏紫、左紫均爲牡丹品名。

【箋注】

　　①姚黄、魏紫、狀元紅:均是牡丹品名。

　　②打剥:中國古代牡丹栽培的一種整枝方法。宋周師厚《洛陽花木記》指出:“凡千葉牡丹須於八月社前打剥一番,每株上只留花頭四枝已足,餘者皆可截。”並指出“每枝只留花蕾一二個。若花芽平而圓實即留之,此千葉花,若花芽虛即不成千葉,須當去之。”

　　③奩(lián):一種精緻輕巧的匣子。

　　④蘭醑:古酒名。爲過濾去滓之美酒。唐高宗《太子納妃太平公主出降》:“華冠列綺筵,蘭醑申芳宴。”

熙寧癸丑季冬十二月三日^{〔一〕}，某被旨謝雪於濟祠。已事，與秘書監劉几^①、光禄卿直史館張靖^②、太常少卿馮章、李潔己、屯田郎中陳安期、秘書丞張端同遊枋口。泛舟沁水，至峴石而登岸，歷觀岩谷間前賢之題名。翌日，遊化成寺，以車渡沁，因入盤谷^{〔二〕}。窮覽山水之嘉處，由燕川而歸枋口作^③

下馬入枋口，漾舟緣碧溪。雪消山骨瘦，風定浪頭低。數里復登岸，群賢俱杖藜^④。徘徊岩石畔，尋覓退之題^⑤。

【編年】

熙寧六年（1073）十二月判河陽日作。按：乾隆《濟源縣志》卷一六此詩題爲《再遊枋口》，知此詩當作於熙寧六年十二月，彥博第二次奉旨赴濟源祈雪時。中原石刻藝術館編著《河南碑志敘録2》第264頁（河南美術出版社1997年版）："熙寧六年（1073）十二月十四日，太師兼侍中判河陽潞國公偕同僚再遊枋口，題五言詩於枋口内三里崖壁上，詠其自然風光；"雪消山骨瘦"詩句成爲千古絶唱，步韻和詩者甚衆。"

【校勘】

〔一〕十二月：原作"十月"。按，季冬當爲十二月。又文彥博熙寧六年四月判河陽。卷二二《乞免夫役》載，此年十一月，十二月，文彥博被旨兩赴濟源祈雪。故此"十月"當爲"十二月"之誤。

〔二〕因：明刻本、四庫本作"回"。

【箋注】

①秘書監劉几：字伯壽。秘書監致仕。

②光禄卿直史館張靖：河陽（今河南孟州）人，張望子。幼與文彥博同學。詳見卷五《遊史館張大卿、致政李少卿、史館傅兵部濟上郊園》。

③枋口：在今河南濟源縣東北沁河出山處。詳見卷五《遊史館張大卿、致

政李少卿、史館傅兵部濟上郊園》。

④藜:一種草生植物。又名灰灰菜。嫩葉可吃,老莖可製手杖。

⑤退之:韓愈的字。河陽是韓愈故里。

化成寺作①

昔覽傳心法,知公素學禪。今遊化成寺,使我復思賢。大捨傾高產,多生結勝緣。人琴雖已矣②,松菊尚依然。寶地侵蒼蘚,巍峰柱碧天。撮衣書久失,裴相撮衣書寺額,今失之。礨石像猶全,殿有小石像,製作甚工,其下刻云天寶十三載造。境寂遺塵慮,僧閑足晝眠。欲歸情戀戀,緩轡出燕川。

【編年】

熙寧六年(1073)十二月判河陽時,奉旨赴濟源祈雪日作。

【箋注】

①化成寺:唐丞相裴度的山中別墅舍爲寺,裴度親書寺額。原本題下注云:“唐裴相之山墅舍爲寺。”

②“人琴”句:用“人琴俱亡”之典。表示悼念。晉王獻之死,其兄王徽之感歎王獻之和他的琴聲一起離開了人間。詳見卷五《遊盧溪》注⑦。

過燕川渡

早過燕川渡,千峰插太虛①。雲開微見日,水淺不漸車②。時造車爲梁而過。風急樵歌響,霜嚴木葉疏。緣溪東北去,岩腹有精廬。即化成寺。

【編年】

熙寧六年(1073)十一月判河陽時,奉旨赴濟源祈雪日作。

【箋注】

①太虚:天空。《莊子·知北遊》:“不遊乎太虚。”

②漸(jiān):浸;沾濕。《詩·衛風·氓》:“淇水湯(shāng)湯,漸車帷裳。”

盤谷作①

其　一

昔有幽棲士,兹焉遂考槃②。驚眠澗泉響,醒酒谷風寒。列岫開窗見,冥鴻倚杖觀。韓文傳已久,合在翠岩刊。舊有石記,今已失之。

【編年】

熙寧六年(1073)判河陽時,奉旨赴濟源祈雪日作。

【箋注】

①盤谷:在濟源。乾隆《濟源縣志》卷二:“盤谷,在縣北二十里,韓文公送李願歸盤谷即此。傅堯俞別墅在盤谷。”

②考槃:借指隱居。《詩·衛風·考槃》:“考槃在澗,碩人之寬。”晋陶潛《祭從弟敬遠文》:“遥遥帝鄉,爰感奇心,絶粒委務,考槃山陰。”

其　二

願也乖真隱,韓文旨趣深①。本非逃富貴,豈是愛雲林。已失豪華望,方萌退縮心。歸來老窮谷,村叟共浮沉。

【箋注】

①願:指李願。唐代文學家韓愈的友人,隱居於盤谷,生平事迹不詳。韓文,指唐韓愈《送李願歸盤谷序》。

自濟源回及中道得通守郎中詩跂羡山水之遊以不得陪從爲恨因以詩答之①

奉祀靈源臘雪餘,薄寒風景似春初。因尋山下遊三日,惟恨樽前欠貳車〔一〕。南望思君回五馬,北來遺我得雙魚②。新詩兩首連城貴③,百斛驪珠價不如④。

【編年】

熙寧六年(1073)十二月判河陽時,奉旨赴濟源祈雪日作。

【校勘】

〔一〕貳:原作"二",據四庫本改。貳車:通判別稱。

【箋注】

①通守郎中:即李師錫。原本題下注云:"通判李師錫。"熙寧七年文彦博舉薦李師錫。見卷三八《舉李師錫》。

②雙魚:指代書信。語出古樂府《飲馬長城窟行》:"客從遠方來,遺我雙鯉魚。呼兒烹鯉魚,中有尺素書。"唐錢起《奉和中書舍人晚秋》:"含毫思兩鳳,望遠寄雙魚。"

③連城:即"連城璧"。價值連城的玉。比喻事物的珍貴。

④斛(hú):量器名。《説文》:"斛,十斗也。"《莊子·胠篋》:"爲之斗斛以量之。"驪珠:也稱"龍珠"、"江驪"。寶珠名。《莊子·列御寇》:"夫千金之珠,必在九重之淵而驪龍頷下,子能得珠者,必遭其睡也。"

司空相公特貺雅章俯光陋跡依韻和呈以答厚意①

一代勳賢孰擬倫,惟公爵德齒俱尊②。顧慚參魯辭樞筦③,輒繼蕭規倚輔藩④。每到碧漣思召芰⑤,時傾緑醑憶曹樽⑥。平嵩極目西南望，仁里高閎近鼎門⑦。富公宅直定鼎門。

【編年】

熙寧六年（1073）四月至熙寧七年（1074）四月判河陽任上。

【箋注】

①司空相公：指富弼。時致政居洛陽。詳見卷五《遊碧漣堂偶作寄致政司空相公富聊布所懷》之解題。原本題下注云：“富。”

②爵德齒：指爵位、德行、年齡。

③參魯：即“參也魯”。語出《論語·學而》：“柴也愚，參也魯，師也辟，由也喭。”參：指曾參。字子輿，春秋魯國南武城（今山東費縣）人。與其父曾晳同爲孔子弟子。以孝著稱。世稱曾子。顏回被後世尊爲復聖，曾參被後世尊爲宗聖，是孔子弟子中被尊爲“聖”的兩位。《論語·先進》：“吾日三省吾身，爲人謀而不忠乎？與朋友交而不信乎？傳不習乎？”魯：魯鈍。此自比曾參，自謙之語。

④“輒繼”句：治平四年九月至熙寧元年二月，富弼判河陽。在文彥博判河陽之前，故稱。

⑤召茇（shào bá）：召公停歇。召：指召伯。姓姬名奭（shì）。曾助武王滅商，封到燕地。茇：《鄭箋》：“茇，草舍也。”此指居住、停歇。《詩·召南·甘棠》：“蔽芾（fèi）甘棠，勿翦勿伐，召伯所茇（bá）。”《史記·燕召公世家》：“召公之治西方，甚得兆民和。召公巡行鄉邑，有棠樹，決獄政事其下，自侯伯至庶人各得其所，無失職者。召公卒，而民人思召公之政，懷棠樹不敢伐，歌詠之，作《甘棠》之詩。”此以富弼比作召伯。

⑥緑醑：唐代對美酒的泛稱。唐白居易《戲招諸客》：“黃醅緑醑迎冬熟，絳帳紅爐逐夜開。”曹樽：指曹參酒。形容墨守成規，按前賢之規辦事。典出《史記·曹相國世家》：“（曹）參代何爲漢相國，舉事無所變更，一遵蕭何……卿大夫已下吏及賓客，見參不事事，來者皆欲有言。至者，參輒飲以醇酒，間之，欲有所言，復飲之，醉而後去，終莫能開説，以爲常。”唐李商隱《五言述德抒情詩一首》：“後飲曹參酒，先和傅説羹。”

⑦仁里：即“歸仁里”。洛陽城内的住宅區。《洛陽名園記》：“歸仁，其坊名也。……牛僧孺於開成初爲東都留守，回洛陽治第築園於歸仁里，到北宋李

清臣於紹聖初爲中書侍郎,得歸仁里。"高閎(hóng):高大拱形的巷門。

初泛舟新池觀子弟輩作詩因爲此示之

舊池疏引透新池,轉覺澄瀾勢渺彌。得志魚蝦争跳躍,無根萍梗任推移①。船頭欲過沖橋脚,柳眼初開映水湄。借問阿連春草句②,何人先把紫毫摛③。

【編年】

熙寧六年(1073)四月至熙寧七年(1074)四月判河陽任上作。

【箋注】

①"得志"二句:此二句名爲詠眼前景,實則借眼前景抒心中憤懑之情。得志魚蝦,指以王安石爲首的革新派人士;無根萍梗,指以富弼、文彦博、司馬光等爲首的被排擠出朝堂的反變法人士。

②阿連:指謝惠連。南朝宋詩人謝靈運,甚喜族弟謝惠連,稱之爲阿連,後世遂以阿連作爲弟弟的美稱。《宋書·謝靈運傳》:"靈運既東還,與族弟惠連、東海何長瑜、潁川荀雍、泰山羊璿之,以文章賞會,共爲山澤之遊,時人謂之四友。惠連幼有才悟,而輕薄不爲父方明所知。靈運去永嘉還始寧,時方明爲會稽郡。靈運嘗自始寧至會稽造方明,過視惠連,大相知賞。時長瑜教惠連讀書,亦在郡內,靈運又以爲絶倫,謂方明曰:'阿連才悟如此,而尊作常兒遇之。何長瑜當今仲宣,而飴以下客之食。尊既不能禮賢,宜以長瑜還靈運。'靈運載之而去。"宋徐鉉《和王庶子寄題兄長》:"阿連詩句偏多思,遥想池塘晝夢成。"春草句:即"池塘生春草"句。借指佳作。語出晉謝靈運《登池上樓》:"初景革緒風,新陽改故陰。池塘生春草,園柳變鳴禽。"

③紫毫:毛筆的一種。用紫色兔毛製成的筆,故名。唐白居易《長慶集·紫毫筆》:"紫毫筆,尖如錐兮利如刀;江南石上有老兔,吃竹飲泉生紫毫,宣城工人采爲筆。"摛:舒展;散佈。此爲書寫之意。摛藻,即鋪張詞藻。

將赴大名奉寄西都留守王宣徽

驟易銅臺守①，脂車冒蘊隆②。北行如拾魯，南望倚平嵩。畏日臨傾藿③，驚飆走斷蓬④。伊流舊親友〔一〕，應亦念衰翁。

【編年】

熙寧七年（1074）四月後自河陽將赴大名府任上作。《長編》卷二五二，熙寧七年夏四月丙戌：“河東節度使、守司徒兼侍中、判河陽文彥博判大名府。”

【校勘】

〔一〕親：四庫本作“新”。

【箋注】

①“驟易”句：指自判河陽移判大名府。銅臺守，指判大名府。銅臺：即銅雀臺，故址在今河北臨漳縣西南。曹操於建安十五年冬築建。臺高十丈，殿宇百餘間。後趙建武帝石虎，築五層樓於臺上，並置銅雀於樓頂，高五米，舒翼若飛。此代指大名府（今河北大名）。

②脂車：油塗車軸，以利運轉。《詩·小雅·何人斯》：“爾之亟行，遑脂爾車。”蘊隆：謂暑氣鬱積隆盛。《詩·大雅·雲漢》二章：“旱既大甚，蘊隆蟲蟲。”

③傾藿：用“葵藿向日”之典。表示臣子對君主的忠誠之心。三國魏曹植《求通親親表》：“若葵藿之傾葉，太陽雖不爲之回光，然終向之者，誠也。臣竊自比葵藿。”葵，性向日。藿，即豆角的花葉，性亦向日。

④驚飆：迅猛的狂風。唐李白《古風》：“八荒馳驚飆，萬物盡凋落。”斷蓬：折斷的蓬草，比喻漂泊不定。唐劉滄《懷江南友人》：“空勞兩地望明月，多感斷蓬千里身。”此句感嘆身如斷蓬，漂泊無定。

春旱既甚禱祈未應小園即事

渴望甘膏蘇旱歲，日趨祠廟罄虔祈。春風也解相欺罔，鼓扇楊花學雪飛。

【編年】

　　熙寧七年（1074）三月左右判河陽任上。按：熙寧六年十一月、十二月文彦博兩次祈雪，又楊花開於春三月，故此事當寫於熙寧七年三月左右。

【箋注】

　　①甘膏：即甘雨。適時好雨。《淮南子·主術訓》：“甘雨時降，五穀蕃植。”

寄相州侍中韓魏公^①

　　向在三城，退公多暇，日玩法書、名畫以爲娛樂。内韓晋公《村田歌舞圖》及顔魯公跋尾，雖得蒲中摹本，其實頗類真跡。今再來大名，屋壁間睹公之書，正與顔類。覬得公之數字跋尾，以光前跡。是所願也，非敢望也。兼成小詩，藉以干澤。

　　晋公名畫魯公書^②，高出張吳與柳虞^③。《注畫記》以張吳爲正統〔一〕。幸得魏公揮寶墨，緣公楷法亦顔徒^④。

【編年】

　　熙寧七年（1074）四月至熙寧八年（1075）五月判大名府日作。原本題下注云：“時留守北京。”序中有“向在三城”及“今再來大名”之語。韓琦熙寧六年二月壬寅至熙寧八年五月丙寅判相州。文彦博熙寧七年四月始自判河陽改判大名府。

【校勘】

　　〔一〕正統：明刻本、四庫本作“正經”。

【箋注】

　　①相州侍中韓魏公：指韓琦。時淮南節度使、守司徒兼侍中、判相州（今河南安陽），爵魏國公。《長編》卷二四二：“（熙寧六年二月壬寅）判大名府、淮南節度使、守司徒兼侍中韓琦判相州。”

②晋公：指唐韓滉。韓滉（723—787），字太沖，唐京兆長安（今陝西西安）人。官至宰相，封爲晋國公。又是著名畫家。善畫畜獸和田家風俗畫。魯公：指顏真卿。封魯郡開國公，故稱顏魯公。顏真卿（708—784），字清臣。琅玡臨沂（今屬山東）人。玄宗開元中舉進士，遷殿中侍御史，爲楊國忠所惡，出爲平原太守，故世稱顏平原。安史之亂，以平原抗賊，饒陽、濟南等十七郡自歸，推真卿爲盟主。後入京，歷官至吏部尚書、太子太師，封魯郡開國公，世稱顏魯公。德宗時，李希烈叛亂，顏真卿受命前往勸諭，被李希烈扣留，顏真卿忠直不屈，被縊殺。書法初學褚遂良，後從張旭得筆法，正楷端莊雄偉，氣勢開張；行書遒勁郁勃，古法爲之一變，開創了新風格。

③張吴：指著名畫家張僧繇、吴道子。張僧繇：吴郡（今江蘇蘇州）人，南朝梁畫家。梁武帝時，官至吴興（今浙江湖州）太守。以善畫佛道著稱，亦兼善畫人物、肖像、花鳥、走獸、山水等。他在江南的不少寺院中繪製了大量壁畫，並曾奉命給當時各國諸王繪製肖像，能收到“對之如面”的效果。吴道子：唐代畫家。陽翟（今河南禹縣）人。曾在長安、洛陽寺觀作佛、道、宗教壁畫三百餘間，情狀各不相同，後人奉爲“畫聖”。柳虞：指柳公權和虞世南。顏以筋勝，柳以骨勝，皆遒勁有力，有“顏筋柳骨”之稱。柳公權（778—865），字誠懸，唐京兆華原（今陝西耀縣）人。官至太子少師。唐代著名大書法家。初學王（羲之）書，遍閱近代筆法，體勢勁媚，自成一家。虞世南（558—638），唐初大臣，字伯施，越州餘姚（今屬浙江）人。唐代書法家。爲貞觀四家之首。世南師釋智永，妙得王羲之書體。筆力内剛外柔，圓融遒逸。

④顏徒：即師從顏真卿。

【附載】

韓琦《次韻答文侍中寄示韓晋公〈村田歌舞圖〉顏魯公跋尾乃使題於後》：“韓畫顏書世絶殊，鈐齋時足奉歡虞。跋題應命誠羞澀，不是跳龍卧虎徒。”

題韓晋公村田歌舞圖後

治世舒長日①，田家事力蘇。干戈久不識，簫鼓共爲娱。濁酒行無算②,酡顔倒更扶③。將求太平象,此是太平圖。

【編年】

熙寧七年(1074)四月至熙寧八年(1075)五月判大名府日作。

【箋注】

①治世:儒家稱政治清明的太平之世爲治世。《荀子·天論》:"受時與治世同,而殃禍與治世異,不可以怨天,其道然也。"

②無算:無數。唐竇庠《東都嘉量亭獻留守韓僕射》:"玉斝飛無算,金鐃奏未終。"

③酡(tuó)顔:醉容。酡,飲酒後臉色發紅。唐劉禹錫《百舌吟》:"酡顔俠少停歌聽,墜珥妖姬和睡聞。"

題輞川圖後①

吾家伊上塢②,亦自有椒園。漠漠清香遠,離離丹實繁③。盈襜常要采④,折柳不須藩。每看輞川畫,起予商可言⑤。

【編年】

熙寧七年('1074)四月至熙寧八年(1075)五月判大名府日作。按:文韓二人,因反對王安石變法而相繼離開朝堂,道不爲用,而有歸隱田園之思,二人之唱和,於此時爲多也。韓琦和詩云:《次韻和文潞公題王右丞維輞川圖》:"輞川誠自好,人各愛吾園。欲縱家山樂,終縻吏事繁。鴻飛思避弋,羝觸困羸藩。幾日歸陶徑,方知踐此言。"

【箋注】

①輞川圖:王維自畫輞川的山水畫。輞川:長安附近風景勝地。王維晚年在此購置原屬宋之問的別墅,與友人唱和,流連其中。後成爲歸隱林泉,流連詩酒的代稱。《新唐書·王維傳》:"(王維)別墅在輞川,地奇勝,有華子岡、欹湖、竹裏館、柳浪、茱萸淵、辛夷塢……"

②伊上塢:指文彦博在洛之園林東田。

③離離:盛多貌。《詩‧小雅‧湛露》:"其桐其椅,其實離離。"

④盈襜:采滿圍裙。語出《詩‧小雅‧采緑》:"終朝采藍,不盈一襜。五日爲期,六日不詹。"襜:繫在衣服前面的圍裙。

⑤"起予"句:《論語‧八佾》:"子夏問曰:'"巧笑倩兮,美目盼兮,素以爲絢兮。"何謂也?'子曰:'繪事而後素。'曰:'禮後乎?'子曰:'起予者商也,始可與言詩也。'"後兩句原謂卜商真是能够啓發我的人,現在可以和你談論《詩》了。此謂啓發了文彦博歸隱之情。

即事偶書

世道逢消長,人情徇愛憎①。光華如石火,明滅似風燈②。巢幕堪憂燕,垂天不羨鵬③。危心戒行險④,視履益兢兢⑤。

【編年】

熙寧七年(1074)至元豐三年(1080)判大名府日作。原本題下注云:"熙寧甲寅歲作。"

【箋注】

①徇(xùn):順從,曲從。

②"光華"二句:比喻爲時短暫。《萬善同歸集》卷五:"無常迅速,念念遷移,石火風燈,逝波殘照,露華電影,不足爲喻。"唐黄滔《祭宋員外》:"石火風燭,驚波逝水,誠修短之無改矣,奈痛傷之有等焉。"

③"巢幕"二句:當作"堪憂巢幕燕,不羨垂天鵬"解。巢幕:比喻處境極其危險。《左傳‧襄公二十九年》:"(季札)自衛如晋,將宿於戚。聞鐘聲焉,曰:'異哉!……夫子獲罪……燕之巢於幕上。君又在殯,而可以樂乎?'遂去之。"唐李商隱《詠懷寄秘閣舊僚》:"乘軒寧見寵,巢幕更逢危。"垂天:佈滿天空。《莊子‧逍遥遊》:"鵬之背,不知其幾千里也。怒而飛,其翼若垂天之雲。"

④危心:心懷戒懼。唐李益《宿馮翊夜雨贈主人》:"危心驚夜雨,起望漫悠悠。"

⑤視履：觀察其行爲。《易·履》：“上九，視履考祥，其旋元吉。”三國魏王弼《周易注》：“禍福之祥，生乎所履，處履之極，履道成矣，故可視履而考祥也。”

昨夜飲散未眠偶成拙頌録呈武功寺丞
若猶未棄無惜開示

以幻能除幻，居塵不染塵。略於歌舞地，聊現宰官身。有法猶爲滯，無心乃是真。還將所得趣，試問悟空人①。

【編年】

熙寧七年（1074）至元豐三年（1080）判大名府日作。

【箋注】

①空：梵文 Sunya（舜若）的意譯。一是指萬象空無。《清净經》：“内觀心，心無其心；外觀其形，形無其形；遠觀其物，物無其物。三者既悟，唯見於空。觀空亦空，空無所空，所空既無，無無亦無，無無既無，湛然常寂。”二是指物無同一。《般若心經》：“色不異空，空不異色，色即是空，空即是色。”小乘主張法有我空，大乘則主張法我二空。

再　答

説幻緣知幻，言塵爲覺塵。覺知今亦遣，塵幻豈關身。獨體方無對，雙修未是真。因君祇夜頌，自愧小乘人①。

【編年】

熙寧七年（1074）至元豐三年（1080）判大名府日作。

【箋注】

①小乘：梵文 Hinayana 的意譯，音譯“希那衍那”。“小乘佛教”的簡稱。小乘佛教把釋迦牟尼視爲教主。追求個人自我解脱，把“灰身滅智”以求證阿

羅漢果爲止境,通過個人修行,入於涅槃,以免輪回之苦。在教理上,講“苦、集、滅、道”(即四諦)、“十二因緣”,宣傳“法有我空”,鼓吹“諸行無常”。以《阿含經》爲主要經典。

提舉劉司封訪別將赴滏陽輒成五十六言①

乞領琳宮作散仙②,雲情鶴態任天然。榮驅軒馭歸仁里③,懇拜封章解計權④。尺璧時光須愛惜⑤,寸金鄉土且留連。銅臺事事君誇詫⑥,莫望西山緊著鞭。

【編年】

熙寧七年(1074)判大名府任上作。

【箋注】

①提舉劉司封:指劉航。時司封郎中、提舉崇福宮。司封郎中:文臣敘遷的階官,五品。提舉崇福宮:原爲宋朝宮觀官名,後用爲祠禄官。爲安置老病罷退的大臣及冗官閒員而設,坐食俸禄而不管任何事。原本題下注云:“劉沆。”“沆”誤,當爲“航”。劉航字仲通,曾任河南監牧使、司封郎中,熙寧六年冬十月辛卯至熙寧七年五月癸卯權河北西路轉運使。熙寧七年五月癸卯提舉崇福宮,以其議反對新法故。《長編》卷二四七,神宗熙寧六年冬十月辛卯:“河南監牧使、司封郎中劉航權河北西路轉運使。”滏陽:今河北磁縣。北宋時爲磁州州治。

②領琳宮:指提舉崇福宮。祠禄官,是一種閒職。祠禄官本身無官品,須視其所帶寄禄官而定。琳宮:仙宮,此指道觀。崇福宮:在河南登封市城北太室山麓。王安石變法後,這裏成爲反對變法者投閒置散的場所。

③仁里:仁者居住的地方。語出《論語·里仁》:“子曰:‘里仁爲美。擇不處仁,焉得知?’”里:居住之處。

④拜封章:指上奏章。封章:舊時機密之事奏章皆用皂重封以進,故名封章,亦稱封事。解計權:指辭去河北西路轉運使之職。

⑤尺璧時光:用“寸陰尺璧”之典。警醒人們珍惜光陰。《淮南子·原道

訓》："夫日回而月周，時不與人遊。故聖人不貴尺之璧，而重寸之陰。"

⑥銅臺：指銅雀臺。此代指大名府。

【附載】

《長編》卷二五三，神宗熙寧七年五月癸卯："權河北西路轉運使、司封郎中劉航提舉崇福宮。先是，航應詔論時政五事：請削役錢之令，復募法爲差法；罷斥程昉，勿以爲水官；盡復廢縣，置令尉，禁保甲藏兵於家；追市易所遣官，勿使販粟塞下；蠲除不以去官赦降原減之制，以通天下改過自新之路。復議請減法，以明貴賤之分。疏奏，不報。又言：'人君不可輕失天下之心，宜乘時有所改爲，則人心悦而天意得矣。'語尤至切，因力奏求罷職，故有是命。"

偶成小詩贈提舉劉司封①

向上應無快活人，斯言未敢便當仁②。留君且住非他意，好作熙寧第八春。

【編年】

熙寧八年（1075）判大名府任上作。詩有"好作熙寧第八春"之句。

【箋注】

①提舉劉司封：指劉航。詳見上詩注①。

②當仁："當仁不讓"的省語。此指所言正確。

家園酴醿自京寄至奉送提舉劉司封

小圃酴醿爛熳開，盈箱采得寄銅臺。當花對酒熏然意，似到清香洞裏來。

【編年】

熙寧八年（1075）五月判大名府任上作。酴醿開花在五月份左右，詩中云："小圃酴醿爛熳開。"

提舉劉司封監牧張職方詠醱醿詩皆以微文 形於善謔輒成累句奉呈聊用解紛①

其 一

蠻箋往復寫瓊瑰②,皆是論都作賦才。花本無情亦無語,清香自到鄴城來③。

【編年】

熙寧八年(1075)五月判大名府任上作。

【箋注】

①提舉劉司封:指劉航。詳見本卷《提舉劉司封訪別將赴滏陽輒成五十六言》注①。監牧張職方:或爲張文裕,曾任群牧侍郎。詳見《文集》卷五《依韻和答文裕群牧侍郎張》注①。

②蠻箋:蜀箋和高麗箋。宋時名貴的彩色紙張。此以"蠻箋"作爲詩稿的代稱。宋楊億《談苑》載韓浦《寄弟》:"十樣蠻箋出益州,寄來新自浣花頭。"

③鄴城:東漢建安十八年(213)魏王曹操營建的王城。城址在今河北省臨漳縣西南漳水之濱。北宋時鄴城稱臨漳縣。屬大名府轄。此代指大名府。

其 二

已折素華迷雪苑,更將瓊豔照冰臺①。劉郎曾入仙源路,又到唐昌觀裏來②。

【箋注】

①冰臺:即"冰井臺"。三國時曹魏所築三臺之一(三臺指銅雀台、金鳳臺、冰井臺)。因臺上有藏冰井而得名。在今河北臨漳縣西南鄴鎮北。此代指大名府。

②"劉郎"二句:戲謔之意甚濃,戲稱劉航爲劉郎。劉郎:指劉晨。相傳東

漢永平年間,浙江剡縣人劉晨、阮肇同人天台山采藥,迷路,爲仙女所邀,留半年,求歸,抵家子孫已七世。後重入天台山尋訪二女,蹤跡渺然。事見南朝宋劉義慶《幽明録》。唐昌觀:道觀名。位於唐長安城安業坊横街之北。唐康駢《劇談録》:"長安安業唐昌觀,舊有玉蕊花,其花每發,若瓊林瑶樹。唐元和中,一位十七八女郎,由二女冠、三小僕隨從,折花數枝飛昇,觀者方悟爲神仙之遊。當時,嚴休復、元積、劉禹錫、白居易俱有詩。"

招仲通司封府園避暑①

騎山樓下水軒東②,一室初開待白公。白云:奇章欲於南溪上別葺一室,與白傅止宿③,故詩云"終恐不如南澗上,別開一室待閒人"。雖是不如南澗上,都緣却有北窗風。銜杯避暑稱河朔④,飛蓋延賓在鄴中。解榻況逢徐孺子⑤,饋漿茹飯與君同〔一〕。卒章戲之耳。

【編年】

熙寧八年(1075)夏判大名府任上作。

【校勘】

〔一〕茹:原作"如",據《宋百家詩存》本改。茹:吃。《禮記·禮運》:"飲其血,茹其毛。"

【箋注】

①仲通司封:指劉航,字仲通。時爲司封郎中。

②騎山樓:韓琦留守大名府時所建。《大清一統志》卷二二:"騎山樓,在府城東舊府治西園,宋韓琦留守北京時建。"

③"奇章"二句:言自己和劉航之間的情誼。奇章:指牛僧孺。字思黯,唐朝宰相,敬宗時封奇章郡公,故稱奇章公。白傅:指白居易。唐白居易晚年曾官太子少傅,故稱。牛僧孺是白居易的學生,二人之間有着深厚的情誼。

④河朔:用"河朔飲"之典。指夏日以飲酒避暑。漢末時,朝廷派光禄大夫劉松到河朔去統率袁紹的軍隊。劉松每天同袁紹的子弟一起飲酒,在三伏天更是晝夜不停地暢飲,常常喝得不省人事,還説自己喝酒是爲了避暑。見《初

學記》卷三引三國魏文帝《典論》。河朔，黃河以北的地方。南朝梁何遜《苦熱》："實無河朔飲，空有臨淄汗。"

⑤"解榻"句：用陳蕃懸榻待徐穉之典。形容尊敬禮待賢士，或賓主情投意合。《後漢書·徐穉傳》："徐穉字孺子，家貧常自耕稼，非其力不食。累舉皆不就。時陳蕃爲太守，以禮請署功曹，穉不能却，既謁而退。蕃在郡不接賓客，唯穉來特設一榻，去則懸之。"

金宿樓望月呈仲通司封

其　一

滿滿十分酒，高高百尺樓。於兹賞圓月，況乃值中秋。天宇浩無際，露華光欲流。西園清夜景，公幹不同遊①。

【編年】

熙寧八年（1075）八月判大名府任上作。詩中有"況乃值中秋"及"公幹不同遊"之句。

【箋注】

①西園：即銅雀園。相傳是曹操所建，在鄴都，即今河南臨漳縣。《文選·三國魏曹植〈公宴〉》："公子敬愛客，終宴不知疲。清夜遊西園，飛蓋相追隨。"唐呂向注："西園謂魏氏鄴都之西園也，文帝每以月夜集文人才子共遊於西園。"後指文士遊賞宴集之處。劉楨，字公幹，建安七子之一。此以公幹未參加西園會喻今日之歡會缺少劉航，甚爲遺憾。原本題下注云："是夕與賓佐會飲後園。"

其　二

緬想建安盛，西園飛蓋遊。初筵會才雅，今夕繼風流。月伴昏星出，雲隨晚吹收。老生於此興，不減庾荆州①。

【箋注】

　　①庾荆州：指庾信，字子山，南陽新野人。大象初，以疾去職，卒。隋文帝深悼之，贈本官，加荆、淮二州刺史。

詩贈提舉竇侍郎舜卿①

　　紫髯真將白雲卿②，總領琳宮道氣清③。蘄竹一林曾斷買④，青溪三弄得遺聲⑤。季倫自作思歸曲⑥，向秀方深感舊情⑦。雖恨功名非謝傅，樽前更欲聽君箏⑧。

【編年】

　　熙寧八年（1075）判大名府日作。竇舜卿爲相州（今河南安陽）人，時居相州。提舉西京崇福宮爲祠禄官名。为外祠官，挂名某京、某府某宫，并不赴任，任便居住五年，假以祠禄而已。

【箋注】

　　①提舉竇侍郎舜卿：指竇舜卿。時刑部侍郎、提舉西京崇福宮。刑部侍郎：文臣敘遷的官階，四品。《長編》卷二四〇，熙寧五年十一月戊午：“殿前都虞候、邕州觀察使、環慶路副都總管竇舜卿爲刑部侍郎、提舉西京崇福宮。”竇舜卿字希元，相州安陽人。三遷邕州觀察使，歷邠、寧、環慶路副都總管。熙寧中十上章求退，且丐易文階，改刑部侍郎、提舉嵩山崇福宮，以光禄大夫致事。《宋史》卷三四九有傳。

　　②紫髯真將：指三國吳主孫權。孫權臉上生一部紫髯，有“紫髯將軍”之稱。後用作詠勇將、詠美男子的典故。《三國志·吳書·吳主傳》：“兵皆就路，權與凌統、甘寧等在津北爲魏將張遼所襲，統等以死扞權，權乘駿馬越津橋得去。”《獻帝春秋》曰：“張遼問吳降人：‘向有紫髯將軍，長上短下，便馬善射，是誰？’降人答曰：‘是孫會稽。’遼及樂進相遇，言不早知之，急追自得，舉軍歎恨。”此以稱美竇舜卿。竇爲北宋將領。前爲殿前都虞候、邕州觀察使、環慶路副都總管。

　　③總領琳宮：指竇舜卿時提舉崇福宮。詳見本卷《提舉劉司封訪别將赴滏

陽輒成五十六言》注①。

　　④蘄竹：竹名。製笛佳品。爲蘄州（今湖北蘄春）特産。《淵鑒類函》卷四百十七：“蘄竹，出蘄州。以色瑩者爲簟，節疏者爲笛，帶鬚者爲杖。韓愈所謂‘蘄州笛竹天下稀，一府爭看黄琉璃’者也。”

　　⑤“青溪”句：語出《晉書·桓伊傳》：“（桓伊）善音樂，盡一時之妙，爲江左第一。有蔡邕柯亭笛，常自吹之。王徽之赴召京師，泊舟青溪側。素不與徽之相識。伊於岸上過，船中客稱伊小字曰：‘此桓野王也。’徽之便令人謂伊曰：‘聞君善吹笛，試爲我一奏。’伊是時已貴顯，素聞徽之名，便下車據胡床，爲伊三調，弄畢，便上車去，客主不交一言。”此二句稱美竇舜卿善吹笛。得桓伊之遺聲。

　　⑥季倫：指晉朝石崇，字季倫，官至太尉。少年聰慧，好任俠，生活極奢。《晉書·石苞傳》附《石崇傳》載，石崇因此古曲而作樂辭，今存於《樂府詩集》。《文選·晉石崇〈思歸引並序〉》：“余少有大志，誇邁流俗。弱冠登朝，歷位二十五。年五十以事去官。……婆娑於九列，困於人間煩黷，常思歸而永歎。尋覽樂篇有《思歸引》。儻古人之心有同於今，故製此曲。此曲有弦無歌。今爲作歌辭，以述予懷。恨時無知音者，令造新聲播於絲竹也。”

　　⑦“向秀”句：向秀聞鄰人笛聲，作《思舊賦》懷念嵇康。詳見卷三《秋夜聞笛》注②。

　　⑧“雖恨”二句：晉代音樂家桓伊小字野王，不但以善吹笛聞名於世，而且又善彈箏。《晉書·桓伊傳》：“時謝安女婿王國寶專利無檢行，安惡其爲人，每抑制之。……於是國寶讒諛之計稍行於主相之間。而好利險詖之徒，以安功名盛極，而構會之，嫌隙遂成。帝召伊飲宴，安侍坐。帝命伊吹笛。伊神色無迕，即吹爲一弄，乃放笛云：‘臣於箏分乃不及笛，然自足以韻合歌管，請以箏歌，並請一吹笛人。’帝善其調達，乃敕御妓奏笛。伊又云：‘御府人於臣必自不合，臣有一奴，善相便串。’帝彌賞其放率，乃許召之。奴既吹笛，伊便撫箏而歌《怨詩》曰：‘爲君既不易，爲臣良獨難。忠信事不顯，乃有見疑患。周旦佐文武，《金縢》功不刊。推心輔王政，二叔反流言。’聲節慷慨，俯仰可觀。安泣下沾衿，乃越席而就之，捋其鬚曰：‘使君於此不凡！’帝甚有愧色。”謝傅：指東晉名相謝安。謝安死後，朝廷贈封爲太傅，故後人尊稱之爲謝傅。此二句以竇舜

卿比桓伊，言欲聽其演奏。

舟中別後中夕無寐偶成四十言奉寄 中輝大卿史聊致黯然之懷①

五十年親友，如今兩鬢霜。相逢在淇澳②，所樂似瀟湘③。話舊如春夢，聽歌放酒狂。壓關樓下別，一夕九回腸④。

【編年】

熙寧九年（1076）判大名府日作。據《長編》卷二四五，熙寧六年六月丙申條：“知邢州、光禄卿史炤知恩州。”《長編》卷二七一，熙寧八年十二月：“詔聞知潞州高賦處事乖方，令河東轉運司體量，已而轉運司以狀聞，乃差光禄卿史炤代之。”史炤由恩州（今河北清河）徙潞州（今山西襄垣），當在熙寧九年年初（1076）左右，時文彥博判大名府。赴任途中，與文彥博相逢。

【箋注】

①中輝大卿史：指史炤。原本題下注云：“史炤。”時光禄卿、知潞州。光禄卿：宋前期爲文臣敘遷階官，三品。中夕：半夜。

②淇澳：淇水之曲岸。淇水：今河南淇河，宋屬大名府轄境。

③瀟湘：本指發源和流經廣西、湖南交界處的瀟、湘二水，水清竹美，風景極佳。

④九回腸：愁腸反復翻轉。比喻憂思鬱結難解。語出漢司馬遷《報任少卿書》：“是以腸一日而九回。”

依韻謝運使陳虞部生日惠雙鶴靈壽杖①

其　一

仙禽壽杖垂佳貺，麗句雕章焕列星②。深悉至懷形善禱，擬延西景駐頹齡③。

【編年】

熙寧八年(1076)判大名府日作。按:《長編》卷二五七,熙寧七年十月丙子:"權發遣轉運副使陳知儉罰銅二十斤,轉運判官黃好謙、提舉河北東路常平趙偶、前權發遣東路提點刑獄段繹各十斤。"

【箋注】

①運使陳虞部:指陳知儉。時虞部員外郎、權發遣河北東路轉運副使。虞部員外郎:文臣敘遷的階官,六品。陳知儉(1035—1080),字公廙,開封管城人,祖王堯佐。歷權發遣河北東路轉運副使轉、虞部員外郎,改金部員外郎、權河北東路轉運副使。元豐三年十一月丁巳卒於洛陽履道坊第。太尉文公留守西都,遣吏以幣往治其喪。

②焕列星:即炳焕若列星。炳焕:明亮。漢王充《論衡·超奇》:"天晏,列宿焕炳。"列星:羅布天空定時出現的恒星。

③西景:西邊落日的餘輝,比喻人生的暮年。頹齡:老年;衰年。晉陶淵明《九日閑居》:"酒能祛百慮,菊爲制頹齡。"

其　二

青田雙戲九皋鳴①,屈降仙姿入户庭。宜與衰翁爲老伴,雪毛霜鬢共星星②。

【箋注】

①青田:"青田鶴"之省稱。鄭緝之《永嘉郡記》:"有洙沐溪,去青田九里,此中有一雙白鶴,年年生子,長大便去,只惟余父母一雙在耳,精白可愛,多云神仙所養。"九皋:深遠的沼澤地。《詩·小雅·鶴鳴》:"鶴鳴於九皋,聲聞於野。"

②星星:形容鬢髮花白。晉左思《白髮賦》:"星星白髮,生於鬢垂。"

其　三

瑰奇擢秀從王屋,靈壽傳名自漢庭①。仁者存心安老者,欲扶蹇步得長寧②。

【箋注】

①"瑰奇"二句:靈壽杖産於王屋山。《漢書·孔光傳》:"賜太師靈壽杖。"
漢庭:指漢朝。

②蹇步:行走艱難。唐白居易《醉後走筆酬劉五主簿》:"蹇步何堪鳴佩
玉,衰容不稱著朝衣。"

其　四

美幹非緣削治成,挺然修直體堅輕。仙郎曲借扶持力,使助
登山蠟屐行。

熙寧丙辰十一月二十八日安正堂喜雪

凍雲濃厚朔風嚴,紛揉瓊英撲綺簷。斗變至和緣帝力①,迎
知上瑞協人占②。晚歸漁市蓑衣重,曉上旗亭酒價添③。更待三
英同勝賞,翩翩賦筆紫毫銛④。

【編年】

熙寧九年(1076)判大名府日作。原本題曰:"熙寧丙辰十一月二十八
日"。

【箋注】

①至和:極和諧。

②上瑞:最好的瑞兆、吉徵。

③旗亭:古代市坊中的建築物,插有旗幟,因名旗亭。酒家門首,高揭青簾
招子如旗,故唐人亦稱酒樓爲旗亭。唐劉禹錫《武陵觀火》:"花縣與琴焦,旗
亭無酒濡。"

④翩翩:形容文采的優美。《文選·曹丕〈與吳質書〉》:"元瑜書記翩翩,
致足樂也。"劉良注:"翩翩,美貌。"紫毫:紫色兔毛製成的筆。唐白居易《紫毫

筆》:“江南石上有老兔,吃竹飲泉生紫毫。宣城工人采爲筆,千萬毛中選一毫。”銛:鋒利。

雪霽金宿樓閑望偶作

　　盈尺初晴皓采鮮,長空極望勢漫漫。銅臺不憚三休上[①],冰井須添一倍寒[②]。舟楫似從雲外過,園林如在鑒中看。冬來景象今方好,未到黄昏且憑欄。

【編年】

　　熙寧九年(1076)判大名府日作。

【箋注】

　　①銅臺:指銅雀臺。三休:楚王所築章華臺,登臺者須休息三次方能到達最高處。漢賈誼《新書·退讓》:“翟王使使至楚,楚王欲誇之,故饗客於章華之臺上。上者三休而乃至其上。”

　　②冰井:指冰井臺。三國時曹魏所築三臺(指銅雀臺、金鳳臺、冰井臺)之一。因臺上有藏冰井而得名。

詩答鄆州分司李待制許中春寵訪[①]

　　念昔多聞友,於今四紀强。滯才君絆驥[②],叨命我循牆[③]。二月芳期近,三台淑景長[④]。東郊望飛蓋[⑤],原隰有輝光[⑥]。

【編年】

　　熙寧八年(1075)初,判大名府任上作。按:文彥博熙寧七年四月判大名府。《長編》卷二六三:“熙寧八年閏四月,龍圖閣直學士、給事中李師中卒。”又詩中有“二月芳期近”,則李師中訪文彥博日只能是熙寧八年春。

【箋注】

　　①鄆(yùn)州分司李待制:指李師中。時職爲天章閣待制,階官爲右司郎

中,五品,差遣爲知鄆州。《長編》卷二五〇,熙寧七年二月己巳朔:"右司郎中、知齊州李師中爲天章閣待制、知瀛州,既而王安石論師中詐冒不可用,即罷之。"原本題下注云:"師中。"李師中(1013—1078),字誠之,楚丘(今山東曹縣)人。慶曆二年(1042)進士,調并州推官。仁宗嘉祐三年(1058),遷提點廣西刑獄、權經略事。七年,改知濟州,歷知兖州、鳳翔府。神宗熙寧初,擢天章閣待制、河東都轉運使。熙寧二年(1069)西夏事起,以師中知秦州。熙寧中,因與王韶議邊事不合,遭王安石排斥,被貶和州團練副使安置。還右司郎中。《宋史》卷三三二有傳。鄆州:北宋治須城縣(今山東東平)。

②絆驥:絆縛千里馬足。喻人受拘束不能施展其所長。語出《淮南子·俶真訓》:"身蹈於濁世之中,而責道之不行也,是猶兩絆騏驥而求其致千里也。"

③循牆:指沿牆而走。表示恭順謹慎。語出《左傳·昭公七年》:"及正考父佐戴、武、宣,三命茲益共。故其鼎銘云:'一命而僂,再命而傴,三命而俯,循牆而走。'"

④三臺:指曹魏所築銅雀臺、金鳳臺、冰井臺。此代指大名府。

⑤飛蓋:馳車;驅車。此指李師中的車乘。

⑥原隰:平原與窪地,泛指原野。高而廣平之地曰原。低下而常有積水之地曰隰。唐李世民《飲馬長城窟行》:"絕漠干戈戢,車徒振原隰。"

謝假新舟①

使艦新成泛碧瀾〔一〕,更陪李郭共登仙。同計運李龍圖、學省郭郎中共載②。深慚一水如衣帶,不稱君家舊濟川。

【編年】

熙寧九年(1076)判大名府日作。原本題下注云:"贈運使陳金部知儉。"時陳知儉金部外郎、河北東路轉運副使。

【校勘】

〔一〕艦:原作"檻",據四庫本改。

【箋注】

①此詩爲感謝陳知儉借予新舟。

②李郭共登仙：巧妙化用"李郭仙舟"之典。《後漢書·郭泰傳》載，李膺與郭泰同舟而濟，從賓望之，以爲神仙。常用爲友人相親之典。學省：古代國學的別稱。南朝梁沈約《直學省愁卧詩》李善注："學省，國學也。"

寒食遊壓沙寺雨中席上偶作①

魏公前歲朝真去，盛傳道士拜章見魏公於天門。寂寞闌干尚有情。莫道甘棠無異種，至今留得雪香名。魏公命主僧建雪香亭於梨園〔一〕，詩刻在焉。沙路無泥地側金，滿園香雪照瓊林②。一枝帶雨樽前看，還是去年寒食心。

【編年】

熙寧九年（1076）判大名府日作。按：魏公即韓琦，薨於熙寧八年，由詩中"魏公前歲朝真去"，故詩次於此年。

【校勘】

〔一〕亭於：原作"於亭"，據四庫本改。梨：原作"藜"，據文意徑改。

【箋注】

①寒食節是在冬至後一百零五天，清明節（一般在陽曆四月五日左右）的前兩天，是民間禁火掃墓的日子。相傳春秋戰國時代，晋獻公的妃子驪姬爲了讓自己的兒子奚齊繼位，就設毒計謀害太子申生，申生被逼自殺。申生的弟弟重耳，流亡出走。流亡期間，介子推曾經割股爲他充飢。重耳即後來的晋文公。晋文公歸國爲君後，封賞群臣時却忘了介子推。介子推攜老母隱居於介休綿山。後來晋文公親自到綿山請介子推，介子推躲在山裏不出來。文公放火焚山，原意是想逼介子推露面，結果介子推和母親被燒死在一棵柳樹下。爲了紀念介子推，晋文公下令在介子推忌日禁火寒食。每年這天禁忌煙火，只吃寒食。壓沙寺：古寺名，在河北大名，寺内有梨園，以梨花聞名。

②香雪：美稱梨花。

機宜職方見示三月十八日遊船場見許公亭詩追惟文靖公之舊跡輒成四十言以繼善聲①

文靖居留日，於茲事勝遊。春塘雖有草，夜壑已無舟②。造船場有藏舟澳。召伯昔所憩③，魏人今再修。不緣從衆樂，爭忍過西州④？

【編年】

熙寧七年（1074）至元豐三年（1080）判大名府日作。

【箋注】

①機宜職方：不確何人。職方：職方郎中或職方員外郎。此當指張文裕。機宜：“管勾機宜文字“的省稱。文靖公：指李沆。文靖爲其謚號。李沆（947—1004），字太初，洺州（今河北永）肥鄉人。淳化二年判吏部銓。三年拜給事中、參知政事。四年罷知河南府。真宗立爲太子，以沆爲禮部侍郎兼太子賓客，太子以師禮之。真宗即位，以沆爲户部侍郎、參知政事。嘗以四方艱難上奏，勸帝戒奢侈，稱爲“聖相”。卒，贈太尉、中書令，謚文靖。

②夜壑：幽深的山谷。此指船場。語出《莊子·大宗師》：“夫藏舟於壑，藏山於澤，謂之固矣。然而夜半有力者負之而走，昧者不知也。”

③召伯昔所憩：此以許公亭比作召伯昔所憩之甘棠樹下。將李沆比作召伯，稱美之也。

④爭忍過西州：表現感傷親故亡去，追懷長輩之情。《晉書·謝安傳》：“羊曇者，太山人，知名士也，爲安所愛重。安薨後，輟樂彌年，行不由西州路。嘗因石頭大醉，扶路唱樂，不覺至州門。左右白曰：‘此西州門。’曇悲感不已，以馬策扣扉，誦曹子建詩曰：‘生存華屋處，零落歸山丘。’慟哭而去。”羊曇爲謝安之甥。唐劉禹錫《途次敷水驛伏睹華州舅氏昔日行縣》：“今來重垂淚，不忍過西州。”

某伏睹運使金部運判秘丞運句贊善贈長老元師詩一首舉唱三觀圓成叵測精微但深讚歎輒不自揆願繼善聲素昧宗乘頗慚蕪陋①

此土久無臨濟嗣②，宗風不振至於今。方當魏俗依僧室，須訪堯山禮道林③。東去懇邀香象駕④，西來頓識祖師心⑤。紺園變色慈雲庇⑥，蔀屋容光惠日臨。理事融通周法界⑦，處時同就聽潮音⑧。不分孔老爲三教⑨，欲使瓶盤作一金⑩。得度皆欣龜值木⑪，當機盡許芥投針⑫。伽佗孤起開晨景⑬，運使金部首形歌詠。伊字齊修照暝陰⑭〔一〕。運判運句繼作頌言。獨愧鈍根非了了⑮，宛同智井自沉沉⑯。願將天缽清涼水⑰，淨洗昏眸與濁襟。

【編年】

熙寧九年（1076）判大名府日作。陳知儉任金部員外郎、權發遣河北東路轉運副使的時間約爲此年。

【校勘】

〔一〕暝：原作“溟”，據四庫本改。暝陰：猶陰暗。宋宋祁《擬杜子美峽中意》：“驚風藉壑爲寒籟，落日容雲作暝陰。”

【箋注】

①運使金部：指陳知儉。時金部員外郎、權發遣河北東路轉運副使。運判秘丞：指黃莘。時秘書丞、權發遣河北東路轉運判官。三觀：華嚴宗指“真空觀”、“理事無礙觀”、“周遍含容觀”。真空觀，即破除“妄情所見之事相，顯真空之妙體”。理事無礙觀，既把世界本質看作實空。即如《心經》所說“色即是空，空即是色”，把世界本質看作不變，把萬象看作是其本質的“隨緣”。周遍含容觀，既要把萬象看作是其本質的“隨緣”，又要視一微一塵皆具備其本質之全體，從本性上看，一律平等，互相含容。圓成：佛教語。成就圓滿。唐常達《山居八詠》之七：“胡僧論的旨，物物唱圓成。”宗乘：禪法。《祖堂集》卷二《弘

忍》:"慧明云:'某甲雖在黄梅剃髮,實不得宗乘面目。'"

②臨濟嗣:即臨濟宗。中國佛教禪宗南宗五家(溈仰、臨濟、曹洞、雲門、法眼)之一。屬於南岳懷讓法系。經馬祖、百丈、黄蘗而至唐河北臨濟院義玄禪師,義玄正式創立此宗,故名臨濟宗。其宗風單刀直入,機鋒峻烈,使人忽然省悟,爲其特色。主要宗旨有"四賓主"、"四料簡"、"四照用"等。下傳六世,至北宋石霜楚圓門下分爲黄龍、楊岐二派,和原來的五家合稱五家七宗。

③堯山:在今河北唐縣北。道林:東晋高僧支遁的字。後常以美稱僧人。唐戴叔倫《遊少林寺》:"步入招提路,因之訪道林。"此指元師。

④香象:菩薩名。《華嚴經・諸菩薩住處品》:"北方有處,名香積山,從昔已來,諸菩薩衆,於中止住。現有菩薩,名曰香象。"

⑤祖師:佛教、道教中創立宗派的人。此當指臨濟宗的創立人義玄禪師。

⑥紺園:佛寺的別稱。唐沈佺期《遊少林寺》:"紺園澄夕霽,碧殿下秋陰。"慈云:佛教稱佛慈心廣大,如雲覆蓋一切。

⑦法界:佛教術語。是包涵理和事及其相互關係的總相、總稱。法界共有四相,即事法界、理法界、理事無礙法界和事事無礙法界。事法界,即現象世界;理法界,即本體世界;理事無礙法界,意謂理是事的本體,事是理的顯現,理和事相徹相存,本體和現象無妨礙、無矛盾,圓融和諧。這三個法界最後歸結於事事無礙法界,以説明宇宙間的一切和各類關係都是圓融無礙的。

⑧潮音:潮水的聲音。此指僧衆誦經之聲。宋范成大《宿長蘆寺方丈》:"夜闌雷破夢,欹枕聽潮音。"

⑨不分孔老爲三教:謂儒、釋、道三教融合的思想。

⑩瓶盤作一金:三教融合之意。語出《關尹子・四符》:"譬如金爲之物,可合異金而熔爲一金。"《景德傳燈録・宗密禪師》:"熔瓶盤釵釧爲一金。"

⑪得度:佛教指"蒙受教化,得度彼岸"。唐劉長卿《送方外上人之常州依蕭使君》:"宰臣思得度,鷗鳥戀爲群。"龜值木:比喻難得一遇的佛緣。龜,指盲龜。木,指浮木。漂浮於水中的木頭。語出《雜阿含經》卷一六:"大海中有一盲龜,壽無量劫,百年一遇出頭。復有浮木,正有一孔,漂流海浪,隨風東西。盲龜百年一出,得遇此孔。"

⑫當機:指時機來臨。芥投針:"滾芥投針"的省語。滾動芥籽,投擲進針

鼻孔裏邊。比喻極度困難。

⑬伽佗孤起:伽佗,意譯爲"諷頌"、"孤起頌"。指不依照"修多羅",直作偈頌之句。

⑭伊字:教義用語。"伊"本爲古梵文五十字母(悉曇)ॶ的音譯,作"壹"、"益"、"意"等。以"伊"字作爲象徵和詮釋某種特定教理的門徑,故稱。《金剛頂經·釋字母品》等:"伊字門,一切法根本,不可得故。"《大日經疏》卷一四:"見伊字時,即顯三昧。"

⑮鈍根:佛教名詞。即根性愚鈍,不堪成就佛道。"鈍"爲愚鈍、鈍弱,"根"爲根性,指受修佛道的素質。《法華經·方便品》:"鈍根樂小法,貪著於生死"。了了:聰明。《世説新語·言語》:"小時了了,大未必佳。"

⑯眢井:廢井;無水的井。梁劉勰《文心雕龍·諧隱》:"昔還社(還無社)求拯於楚師,喻眢井而稱麥麴。"

⑰天缽清凉水:喻指元師的佛法、佛理。

效唐杜牧之對酒絶句①

醒時忙事醉時閑,隨分傾杯也破顏②。若使玉樓休釀酒③,春風應不到人間。

【箋注】

①杜牧(803—852),唐代詩人。字牧之。京兆萬年(今陝西西安)人。出身高門士族,祖父杜佑是中唐有名的宰相和史學家。大和二年(828)進士及第,制策登科,授弘文館校書郎。同年十月離開長安,歷任掌書記、判官等職。開成四年(839)回長安,歷任左補闕、膳部及比部員外郎、黃州、池州、睦州刺史、司勳員外郎、史館修撰,復出爲湖州刺史,後考功郎中、知制誥。

②破顏:改愁顏爲笑容。唐盧綸《落第後歸終南別業》:"落羽羞言命,逢人强破顏。"

③玉樓:指神仙的住處。相傳唐代詩人李賀將死,晝見緋衣人傳玉帝詔

令,謂白玉樓成,召使作記,隨卒。見李商隱《李賀小傳》。

追　和

銷磨歲月功名内,檢束身心禮法中。除却高陽詩酒伴①,人間誰解惜春風。

【箋注】

①高陽詩酒伴:語出《史記·酈生陸賈列傳》:沛公以"未暇見儒人"爲辭不見酈生,酈生按劍叱使者曰:"走！復入言沛公,吾高陽酒徒也,非儒人也。"後因以"高陽酒徒"指嗜酒狂放之人。

問石楠

遣使赴西洛,因書問石楠。栽培既已久,圍徑必須添。協韻。布葉應籠檻,抽梢定出簷。丹心與勁節,無憚雪霜嚴。此木盛冬枝杪生紅心①。

【編年】

熙寧七年(1074)至元豐三年(1080)判大名府日作。文彦博一生中基本是隨宦爲家,唯有在判大名府的七年間多有懷念洛陽之詩篇,故次於此。

【箋注】

①杪(miǎo):竹木的末梢。

問　栝

酷愛池南栝①,當年手自栽。出藍常有望②,生白固難催。此木逾百年即有白衣如粉,《本草》謂艾納香者。得地根彌固,凌霜勢不摧。楸梧皆不問,爲爾亦凡材。

【編年】

熙寧七年(1074)至元豐三年(1080)判大名府日作。

【箋注】

①桍(guā)：木名。即檜。《書·禹貢》：“杶幹桍柏。”孔傳：“柏葉松身曰桍。”

②出藍：“青出於藍”的省語。謂以新的面貌出現，遠勝於原有事物。此謂勝過同類事物。

書　扇

莫結新情斷舊情，斯言明載《坐忘篇》①。心名口誦爲深戒②，祇恐迷情逐景牽。

【箋注】

①《坐忘篇》：宋曾慥編《道樞》中的一篇。《道樞》是道教綜合性類書，四十二卷，一零八篇。書名源於《莊子·齊物論》：“彼是莫得其偶，謂之道樞”，爲道術精要之意。凡道教哲學、陰符、黃庭、太極、服氣、煉精、金碧龍虎、鉛汞五行、參同契等，均輯爲專篇。

②名：通“銘”，銘記。

詩答致政范侍郎致政內翰侍郎榮過郊居少駐軒馭兼留詩詠俯賁丘樊輒次元韻①

郊居誠敝陋，平地見伊光。適值華軒過，仍當煦景長。幸能留憩止，豈敢謂高涼。綠篠緣荒徑②，青蘿補壞牆。勸耕周厥土，問稼保斯箱③。處擇仁爲里④，歸尋醉作鄉。老懷從放達，宴坐絕稀望。後躅承相顧，交情孰可方。清吟委珠玉，雅奏協宮商。似震驚群蟄⑤，如牷薦大房⑥。畏塗逢善友⑦，酷暑得寒漿。三復勞鑽仰⑧,詞雄韻更强。

【箋注】

①致政范侍郎:指范鎮。以户部侍郎致政。致政内翰侍郎:待考。軒駛:即軒車。唐蘇頲《扈從温泉同紫微黄門群公泛渭川得齊字》:"傅舟來是用,軒駛往應迷。"丘樊:園圃;鄉村。亦指隱居之處。唐白居易《中隱》:"大隱住朝市,小隱入丘樊。丘樊太冷落,朝市太囂喧。不如作中隱,隱在留司官。"

②篠:同"筱"。小竹。

③斯箱:指載糧的車子。箱,車箱。斯,助詞。亦借指極多的糧食。語出《詩·小雅·甫田》:"曾孫之稼,如茨如梁。曾孫之庾,如坻如京。乃求千斯倉,乃求萬斯箱。"

④擇仁爲里:仁里:仁者居住的地方。語出《論語·里仁》:"里仁爲美。"何晏集解引鄭玄曰:"里者,民之所居,居於仁者之里,是爲美。"後泛稱風俗淳美的鄉里。

⑤群蟄:潛藏在幽深之處冬眠的蟲豸。

⑥大房:古代祭祀時盛牲畜的用具,通稱俎。《詩·魯頌·閟宫》:"毛炰胾羹,籩豆大房。"毛傳:"大房,半體之俎也。"鄭箋:"大房,玉飾俎也。其制足間有橫,下有跗,似乎堂後有房然。"

⑦畏塗:謂險惡可怕的道路。《莊子·達生》:"夫畏塗者,十殺一人,則父子兄弟相戒也,必盛卒徒而後敢出焉。"

⑧鑽仰:"仰之彌高,鑽之彌堅"的省文。謂越向上看越覺得高,越用力鑽越覺得堅實。原指孔子之道高深,不可窮盡。語出《論語·子罕》:"顏淵喟然歎曰:'仰之彌高,鑽之彌堅;瞻之在前,忽焉在後。'"

運判秘丞黄以某自大水後久無宴集聲酒之樂貽書問念繼以佳章輒依來韻和呈①

　　下水關樓張別宴,別來惟是寄雙鱗②。近緣荒政須蕃樂③,趣辨輿梁爲濟人④。水後橋道俱壞,朝旨督促修治。歌罷貫珠收畫扇⑤,

舞停回雪卷文裀⑥。蓬山叔度憐勤瘁⑦,繼走郵筒惠訊頻。

【編年】

熙寧九年(1076)判大名府日作。

【箋注】

①運判秘丞黄:指黄莘。時秘書丞、權發遣河北東路轉運判官。明刻本、四庫本題下注云:“黄革。”傅校本作“黄莘”。當爲黄莘,字好謙。《長編》卷二五七,熙寧七年十月丙子:“權發遣轉運副使陳知儉罰銅二十斤,轉運判官黄好謙、提舉河北東路常平趙偁、前權發遣東路提點刑獄段繹各十斤。”《長編》卷三〇八:“元豐三年九月戊子,詔前權河北東路轉運副使陳知儉、權發遣河東路轉運判官黄莘各追一官,罰銅十斤,衝替,並坐失舉也。”宋梅堯臣《讀黄莘秘校卷》:“頃年過我在蕪城,忽聽長拍去欲懶。”

②雙鱗:即雙魚。指書信。唐唐彥謙《寄臺省知己》:“久懷聲籍甚,千里致雙魚。”

③藩樂:謂收藏樂器不奏。《周禮·地官·大司徒》:“以荒政十有二聚萬民:一曰散利,二曰薄徵,三曰緩刑……九曰蕃樂。”鄭玄注:“杜子春讀‘蕃樂’爲‘藩樂’,謂閉藏樂器而不作也。”

④輿梁:橋梁。宋梅堯臣《和潁上人南徐十詠·范公橋》:“謂公天下才,非專一方惠,及此作輿梁,力行無鉅細。”《孟子·離婁下》:“十二月,輿梁成。”孫奭疏:“今云輿梁者,蓋橋上橫架之板若車輿者,故謂之輿梁。”

⑤貫珠:成串的珍珠。《禮記·樂記》:“故歌者上如抗,下如隊,曲如折,止如槁木,倨中矩,句中鉤,纍纍乎端如貫珠。”孔穎達疏:“言聲之狀,纍纍乎感動人心,端正其狀,如貫於珠,言聲音感動於人,令人心想形狀如此。”

⑥回雪:雪花被風所吹,如飛旋轉,稱回雪。常用以形容舞女的急旋動作。三國魏曹植《洛神賦》:“仿佛兮若輕雲之蔽月,飄飄兮若流風之回雪。”文裀:繪有花紋的毯子。《秦併六國平話》卷下:“遍地舞裀鋪錦繡,當筵歌拍捧紅裙。”

⑦叔度:指東漢廉范,字叔度。曾官蜀郡太守,施行惠政,老百姓作歌稱頌他。其歌曰:“廉叔度,來何暮?不禁火,民安作。平生無襦今五絝。”見《後漢書·廉范傳》。後用爲稱美地方長官施行惠政之典。勤瘁:辛苦勞累。三國魏

鍾會《檄蜀文》：“比年已來，曾無寧歲。征夫勤瘁，難以當子來之民，此皆諸賢所共親見。”

謝運使陳金部生日惠繡壽仙香爐合依韻和二絕句

其　一

絺繡爲章古法傳①，刺文肖象用功專②。他時攜去伊川塢，欲並西方皤叟仙。伊上敝居有積慶蘭若③，中有范瓊所畫皤叟仙④，得於成都大慈寺，世稱名筆。今得壽仙，可爲雙絕，得非奇物有時而合耶！

【編年】

熙寧九年（1076）十月判大名府日作。

【箋注】

①絺（chī）繡：古代貴族禮服上的刺繡。

②刺文：猶刺繡。唐白居易《策林二·息遊惰》：“勞逸既懸，利病相誘，則農夫之心，盡思釋耒而倚市；織婦之手，皆欲投杼而刺文。”

③積慶蘭若：指積慶寺。文彦博之奉墳僧院。蘭若：指寺院。梵語“阿蘭若”的省稱。意爲寂凈無苦惱煩亂之處。唐杜甫《謁真諦寺禪師》：“蘭若山高處，煙霞嶂幾重。”

④范瓊：唐代畫家。寓居成都（今屬四川）。曾嘗與陳皓、彭堅於聖壽寺、聖興寺、中興寺等連續作畫二十餘年，以范瓊年最少而技最精。畫壁畫二百餘堵，有佛像、高僧、天王、變相等，形狀奇詭，各盡其能，無一雷同。咸通中，范瓊於聖興寺大殿畫東、北方天王並大悲像，聲名轟動一時。皤（pó）叟：白髮老人。唐白居易《香山居士寫真詩》：“勿歎韶華子，俄成皤叟仙。”

其　二

詩緣《大雅》成歌頌，器自良工得範模。珍重星郎爲壽意①，更從蘭省輟熏爐②。

【箋注】

①星郎：稱郎官。指六部二十四司之郎中、員外郎之職。《後漢書·明帝紀》：“館陶公主爲子求郎，不許，而賜錢千萬。謂群臣曰：‘郎官上應列宿，出宰百里，苟非其人，則民受殃，是以難之。’”唐張謂《贈吏部孫員外濟》：“天子愛賢才，星郎入拜來。”

②蘭省：即蘭臺。指秘書省。唐鄭谷《次韻和禮部盧侍郎江上秋夕寓懷》：“夢歸蘭省寒星動，吟向莎洲宿鷺驚。”

龍圖給事使還過魏少留仙旆道舊爲樂因及北史魏收之語作爲雅章輒敢繼聲聊資一噱①

劇談亹亹倍塵麈〔一〕②，奇表堂堂對伏犀③。易作詩章頻有得，難爲逋峭豈無稽④。回驅大旆龍沙北⑤，歸直清厢虎帳西。龍圖閣在資政殿西。久困土山緣直道⑥，侃然常恥病於畦⑦。子容頃罷西掖⑧，退爲散郎，奉常參逾年。

【編年】

熙寧十年（1077）判大名府日作。熙寧十年，蘇頌爲遼主生辰國信使。

【校勘】

〔一〕倍塵麈：四庫本作“陪麈塵”。於義皆通。

【箋注】

①龍圖給事：指蘇頌。時職龍圖閣學士，階官爲給事中，五品。原本題下注云：“蘇相頌。”北史魏收之語：徐度《却掃編》載：“熙寧間，蘇丞相奉使契丹，道過北京時，文潞公爲留守，燕會款洽，文公因問：‘魏收有逋峭難爲之語，何謂？’蘇公曰：‘聞之宋元憲公，蓋梁上小柱，名取有曲折之義耳。’蘇公以文人多用近語而未及此，乃用爲一詩，紀席上事，獻文公云。”宋蘇頌《即席獻文潞公》：“高燕初陪聽拊聲，清談仍許奉揮塵。自知伯起難逋峭，不及淳于善滑稽。

舞奏未終花十八,酒行先困玉東西。荷公德度容狂簡,故敢忘懷去町畦。"

②亹亹(wěi):謂談論動人,有吸引力,使人不知疲倦。南朝梁鍾嶸《詩品·晋黄門郎張協》:"詞采葱蒨,音韻鏗鏘,使人味之亹亹不倦。"

③伏犀:指人前額至髮際骨骼隆起。舊時迷信者以爲顯貴之相。《舊唐書·袁天綱傳》:"馬侍御伏犀貫腦,兼有玉枕,又背如負物,當貴不可言。"金張行簡《人倫大統賦》上:"若見伏犀之骨,定作元臣。"

④逋峭:謂文章曲折多姿。無稽:無從查考;没有根據。

⑤回驅大斾龍沙北:言蘇頌送契丹使事。

⑥久困土山:土山:一名東山。東晋時,謝安嘗辭官隱居會稽東山,後以"東山"指退隱之處。唐李白《送梁四歸東平》:"莫學東山臥,參差老謝安。"

⑦侃然:剛直貌。《後漢書·向栩傳》:"徵拜侍中,每朝廷大事,侃然正色,有官憚之。"病於畦:比夏天在田裏勞作更疲憊。"脅肩諂笑,病於夏畦"的省語。語出《孟子·滕文公下》。夏畦:夏天在田裏勞作。

⑧西掖:中書省的別稱。漢應劭《漢官儀》卷上:"左右曹受書事,前世文士,以中書在右,因謂中書爲右曹。又稱西掖。"

路上舟中作

詔乘巨艦濟安流,聖念偏於老者優。堪笑霸臣何瑣瑣,五湖歸去一扁舟①。

【編年】

元豐七年(1084)春致仕歸洛陽途中作。原本題下注云:"初致政自京還洛。"

【箋注】

①"堪笑"二句:用范蠡助勾踐稱霸後棄官歸隱之典。《史記·越王勾踐世家》附《范蠡傳》:"范蠡事越王勾踐,既苦身戮力。勾踐以霸,而范蠡稱上將軍。還反國,范蠡以爲大名之下,難以久居,且勾踐爲人可與同患,難與處安……乃裝其輕寶珠玉,自與其私徒屬乘舟浮海以行。"霸臣:指佐助建立王霸

之業的臣子。《李衛公問對》卷上：“太宗曰：‘儒者多言管仲霸臣而已，殊不知兵法乃本於王制也。’”瑣瑣：不重要。《文選·張衡〈東京賦〉》：“薄狩於敖，既瓅瓅焉，岐陽之蒐，又何足數。”

行及白馬寺捧留守相公康國韓公手翰且云
名園例惜好花以俟同賞因成小詩①

其　一

公書苦惜春光晚，柳絮榆錢撲面飛。惟説名園絶奇品，留花未發待翁歸。

其　二

去歲曾吟怨別詩，今春醉賞又參差②。洛城雖是歸來晚，趁得姚黃正發時。

【編年】

元豐七年（1084）春致仕歸洛陽途中作。

【箋注】

①留守相公康國韓公：指韓絳。時知河南府兼西都留守。爵康國公。韓絳（1012—1088），字子華，開封雍丘（今河南杞縣）人，韓億子。慶曆二年（1042）舉進士甲科，以韓琦薦，拜樞密副使。熙寧三年（1070），參知政事。以陝西宣撫使巡邊。熙寧七年（1074），拜相，與吕惠卿不和，請神宗復安石相。及安石再相，頗有不合，出知許州。元豐六年（1083），知河南府。更鎮江軍節度使、開府儀同三司、康國公，判北京。元祐二年（1087），以司空、檢校太尉致仕。卒，年七十七。謚獻肅。《宋史》卷三一五有傳。

②參差：蹉跎；錯過。唐李白《送梁四歸東平》：“莫學東山臥，參差老謝安。”

【附載】

司馬光《和潞公行及白馬寺得留守相公書云名園例惜好花以俟同賞詩》：

其一："去漢成章湛露晞，都門宴餞羽觴飛。謝安不復東山起，爭似阿衡得謝歸。"

其二："相國東郊迓帝師，油幢交映碧參差。都人共喜安輿到，正是餘花可惜時。"

留守相公康國寵召同賞花歡飲兼示雅章次韻

洛表蘅皋穀雨天①〔一〕，歸來景物尚鮮妍。喜隨使斾尋花圃，急趁賓簪赴綺筵。酒撥嫩醅傾綠液②，曲調新譜促朱弦。玉堂仙客應潛笑③，強作風情學少年。

【編年】

元豐七年（1084）致仕居洛陽日作。

【校勘】

〔一〕蘅：原作"衡"，據文意逕改。蘅皋：長有香草的沼澤。《文選·曹植〈洛神賦〉》："爾乃稅駕乎蘅皋，秣駟乎芝田。"

【箋注】

①洛表：指洛陽。穀雨：二十四節氣之一。始於每年陽曆四月二十日前後，穀雨時節，天氣較暖，雨量增加。

②醅（pēi）：未濾去糟的酒。唐杜甫《客至》："盤飧市遠無兼味，樽酒家貧只舊醅。"綠液：指酒。即"綠蟻"。原指酒上浮起的綠色泡沫。唐白居易《問劉十九》："綠蟻新醅酒，紅泥小火爐。"

③玉堂：官署名。漢侍中有玉堂署，宋以後翰林院亦稱玉堂。《漢書·李尋傳》："過隨眾賢待詔，食太官，衣御府，久汙玉堂之署。"

【附載】

文彦博致仕歸洛陽後，時司馬光端明殿學士兼翰林侍讀學士、太中大夫、提舉崇福宮,范純仁時提舉西京留守司御史臺,三人時聚於洛陽。司馬光《和子華喜潞公入覲歸置酒遊諸園賞牡丹》:"介圭成禮下中天,春物雖闌色尚妍。園吏望臣皆辟户,肩輿回步即開筵。波濤淩亂靴旁錦,風雨縱横撥底弦。洛邑衣冠陪後乘,尋花載酒願年年。"范純仁《和文潞公歸洛賞花》:"公從帝所享鈞天,歸及三春景物妍。洛鯉烹鮮隨玉饌,姚黄開晚待瓊筵。身同五福居周心,心似南風助舜弦。花木只堪供暫賞,真須嵩少伴長年。"

文彦博集卷七

律詩

留守相公寵示東田燕集詩依韻和呈韓康公^①

　　嘗同徐勉構東田，花竹成陰雨後天。爲愛憲臺寬白簡^②，得隨相府賞紅蓮。清樽屢釂吟情逸^③，紅袖頻翻舞態妍。歸興直須三鼓盡，月華況是十分圓。

【編年】

　　元豐七年（1084）致仕居洛陽日作。文彦博元豐六年年底致仕，韓絳繼文彦博判河南府，元豐八年春改判大名府，故二人在洛之交遊只能在元豐七年初至元豐八年春之間。

【箋注】

　　①留守相公、韓康公：指韓絳，字子華。時知河南府兼西都留守，爵康國公。韓絳曾任宰相，故稱相公。東田：文彦博效南朝梁名臣徐勉在洛陽所築之園林。詳見卷六《西都留守宣徽王祈謝嵩祠往還敝莊因成雅章爲貺謹次嚴韻》注⑧。

　　②憲臺：即御史臺。此指范純仁，時提舉西京留司御史臺。白簡：古時彈劾官員的奏章。《晋書·傅玄傳》："玄天性峻急，不能有所容；每有奏劾，或值

日暮,捧白簡,整簪帶,竦踴不寐,坐而待旦。"此句爲戲言。

③釂(jiào):飲酒乾杯。《史記·遊俠列傳》:"解姊子負解之勢,與人飲,使之釂,非其任,强灌之。"

【附載】

司馬光《伏蒙留守相公賜示陪太師潞公東田宴集詩輒敢屬和》:"舞雩新雨浹公田,水滿東溪上下天。行徑乍遇初見筍,浮舟正好未生蓮。弦收裂帛胡琴闋,袖結清風楚舞妍。相國火城光滿路,夜歸不假玉蟾圓。"

范純仁《和子華陪文潞公宴東田》:"湍流潗潗走平田,清曠園林未暑天。繞圃曲堤都種竹,泛舟雙沼不栽蓮。沙邊白鷺翹來静,叢上幽花晚更妍。乘月陪歡忘夜久,莎間潛有露珠圓。"

端午日招諸公於敝園爲角黍之會獨堯夫
不至因成小詩奉呈用資一笑①

藥餌從來多客至,人情大抵見榮觀②。戴崇貪赴安昌會③,必爲東田不足歡。

【編年】

元豐七年(1084)致仕居洛陽日作。

【箋注】

①端午日:農曆五月初五。據傳詩人屈原在農曆五月初五這一天自沉汨羅江。百姓爲了紀念他崇高的愛國熱情,每年在這一天劃龍船,並投粽子入江祭之。角黍:即粽子。以箬葉或蘆葦葉等裹米蒸煮使熟。狀如三角,古用黏黍,故稱。《太平御覽》卷八五一引晋周處《風土記》:"俗以菰葉裹黍米,以淳濃灰汁煮之令爛熟,於五月五日及夏至啖之。一名粽,一名角黍。"堯夫:指范純仁。時提舉西京留司御史臺。原本題下注云:"范相堯夫,時爲西臺。"范純仁(1027—1101),字堯夫,江蘇吳縣(今江蘇蘇州)人,范仲淹之子。進士及第。范純仁是爲數極少的不爲黨争偏見所左右的政治家之一,在熙豐變法時期,不因私恩而放棄反對王安石變法。元豐中提舉西京留司御史臺,復知河

中。哲宗立,直龍圖閣、知慶州。召爲天章閣待制兼侍講,除給事中。元祐三年,拜尚書右僕射兼中書侍郎。反對以車蓋亭詩而重貶蔡確。元祐更化時期,不因私交深厚而附和司馬光的"元祐更化",反對司馬光全盤否定王安石變法的一切措施,主張差役法可行;因國用不足,建議復青苗法。元祐四年,以觀文殿學士知潁昌府。元祐五年,加大學士、知太原府。後徙河南府,再徙潁昌。召還,復拜右僕射。落職知隨州。明年,又貶武安軍節度副使,永州安置。卒,年七十五。謚忠宣。御書碑額曰"世濟忠直之碑"。《宋史》卷三一四有傳。

　　②榮觀:榮盛的景象。《舊唐書·德宗紀上》:"命宰臣諸將送晟(李晟)入新賜第,教坊樂,京兆府供帳食饌,鼓吹導從,京城以爲榮觀。"

　　③"戴崇"二句:借用漢張禹、戴崇師徒之典。戲謔之意甚濃。戴崇:西漢沛郡人,字子平。受《易》於張禹,張禹甚親愛之。張禹封安昌侯。此借以戲稱范純仁未赴東田之會,是赴安昌會去了。《漢書·張禹傳》:"禹成就弟子尤著者,淮陽彭宣至大司空,沛郡戴崇至少府九卿。宣爲人恭儉有法度,而崇愷弟多智,二人異行。禹心親愛崇,敬宣而疏之。崇每侯禹,常責師宜置酒設樂與弟子相娛。禹將崇入後堂飲食,婦女相對,優人管弦鏗鏘極樂,昏夜乃罷。"東田:文彦博在洛陽之園林,常聚會於此。

【附載】

　　司馬光《和潞公招堯夫不至》:"東閣尊罍招共飲,後房羅綺約同觀。既無薊子分身術,須欠車公一座歡。"

留守相公寵賜雅章召赴東樓
真率之會次韻和呈①

　　朱樓華閣府園東,蝸陋仍依美庇中。儉幕深嚴依綠水②,楚臺高迥快雄風③。四弦清切呈新曲④,雙袖蹁躚試小童⑤。況是元規興不淺⑥,歸軒爭敢便匆匆。

【編年】

　　元豐七年(1084)致仕居洛陽日作。

【箋注】

①留守相公:指韓絳。真率之會:指司馬光在洛陽發起的"真率會"。制定了食不過五味等會約。

②儉幕:指幕府。用"王儉蓮幕"之典。《南史·庾杲之傳》:"杲之字景行,出爲王儉衛軍長史,蕭沔與儉書曰:'盛府元僚實難其選,庾景行若綠水芙蓉,何其麗也。'時人以入儉府爲蓮花池,故沔書美之。"

③楚臺:即楚王臺。即陽臺。在四川省巫山縣,相傳爲楚襄王夢遇神女處。雄風:強勁的風。戰國楚宋玉《風賦》:"故其風中人……清清泠泠,愈病析酲,發明耳目,寧體便人,此所謂大王之雄風也。"

④四弦:指琵琶。因有四弦,故稱。南朝梁簡文帝《生別離》:"別離四弦聲,相思雙笛引。"

⑤蹁躚:盤旋舞動的樣子。

⑥元規:指東晋庾亮,字元規。《世說新語·容止》:"庾太尉(庾亮)在武昌,秋夜氣佳景清,使吏殷浩、王胡之徒登南樓理詠。音調始遒,聞函道中有屐聲甚屬,定是庾公,俄而率左右十許人步來,諸賢欲起避之。公徐云:'諸君少往,老子於此處興復不淺!'因便據胡床,與諸人詠謔,競坐其得任樂。"此以元規稱美韓絳。

【附載】

《吕氏雜志》卷下:"(司馬光)與楚正叔通議、王安之朝議耆老者六七人相與會於城中之名園古寺,且爲之約:果實不過五物,肴膳不過五品,酒則無算。以爲簡則易供,簡則易繼也。命之曰:真率會。文潞公時以太尉守洛,求欲附名於其間,溫公爲其顯,弗納也。一日,潞公伺其爲會,戒廚中具盛饌直往造焉。溫公笑而延之曰:'欲却此會矣。'相與歡飲,夜分而散,亦一時之盛事也。亦曰平會。後溫公語人曰:'吾知不合放此老入來。'"

次韻留守相公同遊龍門①

鑿開青障啓天門,直瀉伊流洩汝濆②。舊説禹鑿龍門以泄汝海之水。八節驚濤黿振鼓③,千花寶塔雁翔雲④。岩隈雨過飛泉漲,谷

口風回墮葉紛〔一〕。龕穴隆穹三像列,樓臺華煥兩崖分。方陪茜
斾來尋勝⑤,不就蒲飧趁茹葷⑥。北里笙竽皆擁從⑦,東山羅綺半
酣醺⑧。升堂共睹繙仙貌,策杖同尋古士墳。喜脱貂冠親野老⑨,
幸隨熊軾附邦君⑩。林巒岑寂真堪賞,市井喧嘩漸厭聞〔二〕。人度
長川猶隱映,香銷古殿尚氛氳。周生歸後蘭重佩,荀令行時蕙更
薰⑪。曉露未晞珠滴淚,秋花爭發錦挑文。群娃散步塵生襪,小
舫爭登水濺裙。釣叟傍觀皆嘆羡,禪師迎謁盡歡欣。既無冗局羈
閑跡⑫,忍促回軒背夕曛。得向石樓溪上飲〔三〕,從今遂不畏移
文⑬。某在北都累求致政,時駕曹林員外以《映山紅》曲詞見贈,尋答之。其
末章云:“遂請後,願頻醉石樓溪口。”今飲於石樓,有小娟獨得此曲,因以佐飲。

【編年】

元豐七年(1084)致仕居洛陽日作。

【校勘】

〔一〕墮:四庫本作“墜”。

〔二〕喧嘩:原作“喧華”,據四庫本改。

〔三〕樓:原作“頭”。據文意徑改。詩後自注云:“‘遂請後,願頻醉石樓溪
口。’今飲於石樓。”石樓:指香山石樓。在今河南洛陽。白居易所建。唐白居
易《舒員外遊香山寺》:“香山石樓倚天開,翠屏壁立波環迴。”

【箋注】

①留守相公:指韓絳,時判河南府兼西京留守司事。

②洩:傾瀉。漢袁康《越絶書·外傳記寶劍》:“歐冶子、干將鑿茨山,洩其
溪,取鐵英,作爲鐵劍三枚。”宋吳曾《能改齋漫録·事實一》:“劉刪詩亦用此
事,故云:‘危梁耿大壑,瀑布洩中天。’”濆(fén):古水名。汝水岔流。即今河
南省境的沙河。《爾雅·釋水》:“水自河出爲灉,濟爲濋……汝爲濆。”

③八節:指八節灘。險灘名。在河南省洛陽市附近。唐白居易《開龍門八
節灘詩》序:“東都龍門潭之南,有八節灘、九峭石,船筏過此,例反破傷。”鼉
(tuó):鱷魚的一種,又叫揚子鰐。皮可製鼓。鼉鼓,指用鼉皮蒙製的鼓。

《詩·大雅·靈臺》:"鼉鼓逢逢,蒙瞍奏公。"

④千花寶塔:即花塔。中國塔的一種類型。塔身上部裝飾以巨大的蓮瓣,並密佈佛龕或雕塑天王、力士及獅、象等佛教題材,遠看形如一束巨花,故稱"花塔"。宋時盛行。

⑤茜旆:紅旗。唐薛能《除夜作》:"茜旆猶雙節,雕盤又五辛。"此指知府韓絳之旗。

⑥蒲:水生植物名,可以製席。嫩蒲可食。飧:簡單的飯食。《史記·淮陰侯列傳》:"令其裨將傳飧。"茹葷:本指吃蔥韭等辛辣的蔬菜。後指吃魚肉等。《宋史·郭琮傳》:"絕飲酒茹葷者三十年,以祈母壽。"

⑦北里笙竽:語出晋左思《詠史》詩之四:"南鄰擊鐘磬,北里吹笙竽。"北里:北面的里巷。

⑧東山:指遊憩之地。謝安早年曾辭官隱居會稽之東山,經朝廷屢次徵聘,方從東山復出,官至司徒要職,成爲東晋重臣。

⑨貂冠:亦稱"貂蟬冠"。《宋史·輿服志》:"一名籠巾。織藤漆之,形正方,如平巾幘。飾以銀,前有銀花,上綴玳瑁蟬,左右爲三小蟬,銜玉鼻,左插貂尾。三公、親王侍祠大朝會,則加於進賢冠而服之。"《續資治通鑒》神宗元豐二年八月甲子條:"仍乞分官爲七等,冠綬以如之。貂蟬、籠巾、七梁冠、天下樂暈錦綬爲第一等;蟬舊以玳瑁爲蝴蝶狀,今請改爲黃金附蟬;宰相、親王、使相、三師、三公服之。"

⑩熊軾:伏熊形的車前橫木。因以指代有熊軾的車。古時爲顯宦所乘。後借指太守或知州。唐錢起《江寧春夜裴使君席送蕭員外》:"主人熊軾任,歸客雉門車。"此代判河南府韓絳。

⑪荀令:指晋荀藐。《太平御覽》卷二六八〈荀氏家傳〉:"荀藐除太原榆次令。爲政以德,人懷之。時有鳳凰集其境内,晋武帝下詔褒美。泰始三年卒。吏人如喪親戚,爲之樹碑。其序曰:"仰之如日月,敬之如神明,愛之如父母,樂之如時雨。""

⑫冗局:多餘的、閑散的機構。

⑬移文:又稱文移或移。泛指公文。

次韻留守相公佳雪應時①

同雲瑞雪符丘禱②,喜氣歡聲動洛師③。農事迎知春後望,時

寒順應臘前期。抽毫未見三英賦,貴紙先傳六義詩④。賢者與民
同此樂,下民無復共嗟咨⑤。

【編年】

　　元豐七年(1084)致仕居洛陽日作。

【箋注】

　　①留守相公:指韓絳,時判河南府兼西京留守司事。

　　②丘禱:指祈求消災。語出《論語·述而》:"子疾病,子路請禱……子曰:
'丘之禱久矣。'"唐張九齡《洪州西山祈雨是日輒應因賦詩言事》:"兹山蘊靈
異,走望良有歸。丘禱雖已久,眈心難重違。"

　　③洛師:即東都洛陽。

　　④"抽毫"二句:謂韓絳先於己寫出佳作。抽毫:抽筆出套。亦借指寫作。
唐吳融《壬戌歲閿鄉卜居》:"六載抽毫侍禁闈,不堪多病決然歸。"三英:古代
皮衣上的飾物。《詩·鄭風·羔裘》:"羔裘晏兮,三英粲兮。"古者衣以章身,
即以表德。三英爲三德:剛克、柔克、正直。貴紙:用"洛陽紙貴"之典。形容著
作風行一時,流傳甚廣。晋左思構思十年,寫成《三都賦》,豪富之家競相傳抄,
洛陽爲之紙貴。事見《文選·左思〈三都賦〉》李善題解引臧榮緒《晋書》及《晋
書·文苑傳·左思》。六義詩:即《詩》有六義:風、雅、頌、賦、比、興。近人認
爲,風是各國的歌謠,雅是周王畿的歌曲,頌是廟堂祭祀的樂歌,是《詩》的三種
體制;賦是敷陳其事,比是指物譬喻,興是借物起興,是《詩》的三種表現內容的
方法。

　　⑤嗟咨:慨歎。《新唐書·裴矩傳》:"蠻夷嗟咨,謂中國爲'仙晨帝所'。"

次韻留守相公以羅門新渠並成喜而成詠①

　　萬艘潭匯嘉猷里②,分洛疏伊盡北馳。遠引駛風通越貨③,肇
營勝跡在唐時。通渠中梗年滋久,美利重興勢亦遲。漕口羅門今
並復④,相君一一授成規⑤。

【編年】

元豐七年(1084)致仕居洛陽日作。按元豐六年底,韓絳判河南,則羅門新渠修成當在元豐七年大雨之後。《邵氏聞見録》卷一三:"元豐七年甲子六月二十六日,洛中大雨,伊、洛漲,壞天津橋,波浪與上陽宮牆齊。夜,西南城破,伊、洛南北合而爲一,深丈餘,公卿士庶第宅廬舍皆壞,唯伊水東渠有積薪塞水口,故水不入府第。韓丞相康公尹洛,撫循賑貸,無盜賊之警,人稍安。後兩日,有惡少數輩聲言水再至,人皆號哭,公命擒至決配之,乃定。聞於朝。築水南新城新堤,增築南羅城。明年夏,洛水復漲,至新城堤下,不能入,洛人德之,康公尹洛有異政也。此其大者。"

【箋注】

①留守相公:指韓絳,時判河南府兼西京留守司事。

②嘉猷里:洛陽城内的住宅區。

③駃(kuài):通"快"。爽快。金元好問《乙酉六月十一日雨》:"今日復何日,駃雨東南來。"

④漕口羅門今並復:元豐六年四月文彥博上奏陳乞開淘古漕河舊道,使至白馬寺與洛河會合。又元豐六年夏,大雨,伊、洛民被溺者十之五六。羅門新渠修成於元豐七年大雨之后。

⑤相君:舊時宰相的通稱。韓絳曾任宰相,故稱。

知府學士堯夫遠寄雅章曲念衰老謹依
高韻和呈粗伸感佩之意①

幾年洛社盡朋簪②,照席瓊枝秀出林。月夕同遊詩筆健,花時共賞酒杯深。帝綸中出榮開府③,使節西馳愴判襟④。遠寄佳章念衰朽,知君最有歲寒心⑤。

【編年】

元豐八年(1085)致仕居洛陽日。

【箋注】

①知府學士堯夫：指范純仁。時范純仁以龍圖閣學士、知河中府。河中府治所在河東縣（今山西永濟縣西南蒲州鎮）。

②洛社：指洛陽耆英會、真率會等集會。朋簪：指朋輩。語出《易·豫》：“大有得，勿疑，朋盍簪。”孔穎達疏：“盍，合也。簪，疾也。若有不疑於物以信待之，則衆陰群朋合聚而疾來也。”唐戴叔倫《臥病》：“滄州詩社散，無夢盍朋簪。”

③帝綸：即絲綸。指帝王詔書。唐王勃《春思賦》：“朝升玉署調天紀，夕憇金閨奉帝綸。”語出《禮記·緇衣》：“王言如絲，其出如綸。”孔穎達疏：“王言初出，微細如絲，及其出行於外，言更漸大，如似綸也。”開府：古代指高級官員成立府署，選置僚屬。《後漢書·董卓傳》：“催（李催）又遷車騎將軍，開府，領司隸校尉，假節。”此指范純仁知河中府。

④判襟：即離襟。借指離人的思緒或離別的情懷。唐駱賓王《送宋五之問》：“欲諗離襟切，歧路在他鄉。”

⑤歲寒心：喻堅貞不屈的節操。此指經得起考驗的情誼。唐白居易《除忠州寄謝崔相公》：“感舊兩行年老淚，酬恩一寸歲寒心。”

和致政張徵大夫見貽之什①

自愧無才濟世難，貂蟬掛了謝朝班②。襟形散逸塵埃外，杖履逍遥水石間。君亦早抛華省貴③，人皆仰羨白雲閑。湖溪聞與郊居近，不用拈錢剩買山④。

【編年】

元豐六年（1083）至元祐元年（1086）致仕居洛陽日作。

【箋注】

①張徵大夫：字伯常，宋復州景陵（今湖北天門）人。熙寧初，爲福建轉運使兼知福州。與司馬光、范純仁友善。朝議大夫、上柱國致仕。以詩名。有《滄浪集》。

②貂蟬:指貂蟬冠,即以貂尾和附蟬爲飾的冠冕。宋時亦稱貂蟬籠巾。《宋史·輿服志四》:"貂蟬冠一名籠巾,織藤漆之,形正方,如平巾幘。飾以銀,前有銀花,上綴玳瑁蟬,左右爲三小蟬,銜玉鼻,左插貂尾。"掛了貂蟬:即掛冠。指辭官、棄官。晋袁宏《後漢紀·光武帝紀五》:"(逢萌)聞王莽居攝,子宇諫,莽殺之。萌會友人曰:'三綱絶矣,禍將及人。'即解衣冠,掛東都城門,將家屬客於遼東。"

③華省:指清貴者的官署。晋潘岳《秋興賦》:"宵耿介而不寐兮,獨輾轉於華省。"

④買山:喻賢士的歸隱。據南朝宋劉義慶《世説新語·排調》載:"支道林因人就深公買印山,深公答曰:'未聞巢由買山而隱。'"

送順師赴積慶院寂照庵結厦偶成二頌①

其 一

結厦南歸寂照庵,潛移性海入華嚴②。從來野寺門風拙,頻與西堂受小參③〔一〕。

【編年】

元豐六年(1083)至元祐元年(1086)致仕居洛陽日作。

【校勘】

〔一〕受小參:原闕,據四庫本補。

【箋注】

①順師:寂照庵是積慶禪院的西堂,當是順師在積慶院的居所。積慶院:文彥博家的奉墳僧院。

②華嚴:即華嚴宗。中國佛教宗派。因奉《華嚴經》爲最高經典而得名。華嚴宗的基本理論是法界緣起論。法界緣起,是講理、事、理和事以及事和事的相互關係的理論。華嚴宗還把法界歸於一心,認爲理和心也是一回事。事事都是一心的産物,在同一心裏,事事都周遍含容,彼此無礙。法藏稱理事無

礙的關係爲“一即一切，一切即一”。總之，事事融通，遍攝無礙，重重無盡，宇宙萬物處於大調和、大統一之中。

③小參：佛教語。稱登堂説法爲大參，定時以外的説法爲小參。宋陸庵《祖庭事苑·小參》：“禪門，詰旦升堂，謂之早參。日晡念誦，謂之晚參。非時説法，謂之小參。”

其　二

西堂舊有牧牛圖，七祖真容列座隅①。雖是宗門粗淺法，從粗入細到無餘。野寺衆僧深有望於慈悲開悟也。

【箋注】

①七祖：華嚴宗以馬鳴、龍樹、杜順、智儼、法藏、澄觀、宗密爲七祖。

送彌陀實師訪積慶西堂順老①

好去三摩地②，相逢兩會家③。禪心究實際④，慧眼絶空花⑤。聞在東林日⑥，常烹北苑茶⑦。願將甘露味⑧，餘潤濟河沙⑨〔一〕。茶湯各一角，聊資禪話。

【編年】

元豐六年（1083）至元祐元年（1086）致仕居洛陽日作。

【校勘】

〔一〕潤：原作“酒”，據四庫本改。

【箋注】

①彌陀：阿彌陀佛（Amitbha）的省稱。意譯爲無量壽佛，西方極樂世界的教化之主。與釋迦、藥師並稱三尊。此美稱實師。實師是洛陽乾元寺住持。順老：即順師，居於積應禪院西堂寂照庵。

②三摩地：即三昧。意譯爲“正定”。謂屏除雜念，心不散亂，專注一境。晉慧遠《念佛三昧詩集序》：“夫三昧者何？專思、寂想之謂也。”《楞嚴經》卷

六:"彼佛教我,從聞思修,入三摩地。"

③會家:行家,精通佛理的人。

④禪心:佛教用語。謂清静寂定的心境。南朝梁江淹《吴中禮石佛》:"禪心暮不雜,寂行好無私。"

⑤慧眼:佛教語。五眼之一。指二乘的智慧之目。泛指能照見實相的智慧。清俞樾《茶香室三鈔·佛肉眼見四十里》:"佛氏五眼:一曰肉眼,二曰天眼,三曰慧眼,四曰法眼,五曰佛眼。"空花:虚幻的花。喻妄念。南朝梁蕭統《講解將畢賦三十韻》:"意樹登空花,心蓮吐輕馥。"

⑥東林:指廬山東林寺。美稱寺院。唐張喬《送僧鸞歸蜀寧親》:"高名徹西國,舊迹寄東林。"

⑦北苑茶:指北苑所産宋代著名貢茶——龍鳳團茶。北苑在福建建溪鳳凰山。

⑧甘露:指四川蒙頂茶,有祛病延年的功效,極爲名貴。相傳爲漢甘露祖師(或稱甘露慧禪師)吴理真,親植於四川蒙頂山上清峰之茶園,共八株,後存七株。

⑨河沙:恒河沙數。佛教以爲佛世界如恒河沙數,多至不可勝數。見《金剛經·一體同觀分》。唐黄滔《丈六金身碑》:"謂之爲有,則河沙、芥子之説,虚誕難測;謂之爲無,則應現感通之事,尋常立驗。"

頌寄實師順師

傳聞二禪伯①,共是一家風。悟處頭頭悟,通時事事通。西堂入妙用,寂照捨真空②。更有青青竹,菩提法眼中③。

【編年】

元豐六年(1083)至元祐元年(1086)致仕居洛陽日作。

【箋注】

①禪伯:對有道僧人的尊稱。唐李白《答族侄僧中孚贈玉泉仙人掌茶》:"宗英乃禪伯,投贈有佳篇。"

②寂照:指寂照庵。積慶僧院之西堂,乃順師的居所。真空:佛教語。謂

超出一切色相意識界限的境界。南朝陳徐陵《長干寺衆食碑》:"自非道登正覺,安住於大般涅盤;行在真空,深入於無爲般若。"

③菩提:佛教名詞。梵文 Bodhi 的音譯。意譯"覺"、"智"、"道"等。佛教用以指豁然徹悟的境界,又指覺悟的智慧和覺悟的途徑。唐玄奘《大唐西域記·婆羅痆斯國》:"太子六年苦行,未證菩提。"法眼:佛教語。"五眼"之一。謂菩薩爲度脱衆生而照見一切法門之眼。

余前此二紀保釐西郊①,與判臺李少師及洛社諸君遊龍門②,飲伊上。有漁者獻鱥魚十數尾,因作羹膾,坐客有思鱸之興③。余後守魏,累請休致,久而未遂,曾爲《憶鱥詩》寄洛下諸賢。今年秋,累與諸君飲於東田池上葦間,膾魚炊香稻以佐酒④,浩然有江湖之趣⑤〔一〕。因作是詩〔二〕,並録《憶鱥詩》如左

一尊江上思鱸酒,兩首伊濱《憶鱥詩》。今日東田遂前請,香粳緑蟻膾紅絲⑥。

【編年】

元豐七年(1084)致仕居洛日作。按:文彥博留守西京的時間是元豐三年九月至元豐六年十一月間,而元豐甲子年即元豐七年,此時文彥博已致仕,與詩題後注"元豐中留守西京作"相矛盾。詩題中有"余後守魏,累請休致,久而未遂,曾爲《憶鱥詩》寄洛下諸賢",詩中有"今日東田遂前請,香粳緑蟻膾紅絲"句。則詩中"遂前請"中的"請"當指詩題中的"累請休致"而言,推知作此詩時,文彥博已致仕居洛。故當取詩後注"元豐甲子秋十一日"。各本詩題後注"元豐中留守西京作"誤,徑删。

【箋注】

①前此二紀保釐西郊：文彦博嘉祐三年（1058）六月至嘉祐五年（1060）二月間曾判河南府。今爲元豐七年（1084），正爲二十四年左右。保釐：治理安定。西郊：指西京洛陽。唐王維《送韋大夫東京留守》：“名器苟不假，保釐固其任。”

②判臺李少師：即李柬之（996—1073），字公明。以判西京留司御史臺、太子少保致仕，後遷太子少師。李迪長子。歷知荆南、河陽、澶州，改賢院學士，判西京留司御史臺。自工部尚書拜太子少保致仕。再遷少師。熙寧六年，卒，年七十八。《宋史》卷三一〇有傳。

③思鱸：喻指歸隱或思鄉。《晋書·張翰傳》：“齊王冏辟爲大司馬東曹掾……翰因見秋風起，乃思吳中菰菜、蒓羹、鱸魚膾，曰：‘人生貴得適志，何能羈宦數千里以要名爵乎！’遂命駕而歸。……俄而冏敗，人皆謂之見幾。”

④膾（kuài）魚：細切魚肉。

⑤江湖之趣：即歸隱之趣。唐賈島《過唐校書書齋》：“江湖心自切，未可掛頭巾。”

⑥緑蟻：酒面上的緑色泡沫。代稱酒。唐白居易《問劉十九》：“緑蟻新醅酒，紅泥小火爐。”膾紅絲：即切細的魚肉絲。

嘉祐中余尹河南，與少師李公明、龍圖董巨源、集賢王伯初同遊龍門。漁者得鱖魚數十尾以助杯柈，飲興皆歡。日月云邁，幾二十年，感舊念遊，作《憶鱖詩》，乃思鱸之比也①

其　一

西風一棹思鱸興，抖擻塵纓歸舊廬。最憶香山石樓下，清伊深處釣寒魚。

【編年】

　　熙寧十年（1077）判大名府日作。原本題下注云："熙寧中北京作。"文彦博嘉祐三年（1058）六月至嘉祐五年（1060）二月判河南府。又題中云："幾二十年。"故次於此。

【箋注】

　　①嘉祐中余尹河南：少師李公明：指李柬之。龍圖董巨源：即董沔。曾任嵐州通判殿中丞、權發遣三司鹽鐵判官。集賢王伯初：即王起。生平不詳。原本題下注云："李柬之、董沔、王起。"李柬之：原作"李東之"，誤。

其　二

　　追思洛社閒遊伴，屈指於今大半亡〔一〕。若到龍門更聞笛，定知悲感似山陽①。

【校勘】

　　〔一〕大：原作"太"，據四庫本改。

【箋注】

　　①"若到"二句：用"山陽笛"之典。抒懷念舊友之情。晉向秀經山陽舊居，聽到鄰人吹笛，不禁追念亡友嵇康、呂安，因作《思舊賦》。

堯夫惠簟①

　　使指及門傳惠賜，蘄春蒻葉水紋寒②。相君鼎意多兼濟③，欲使炎天老者安。

【編年】

　　元祐七年（1092）再次致仕居洛陽日作。時范純仁觀文殿大學士、知太原府。

【箋注】

　　①堯夫：指范純仁。堯夫是其字。簟（diàn）：供坐臥用的竹席。《詩·小

雅·斯干》:"下莞上簟,乃安斯寢。"

②蘄春薦箕:蘄州薦箕簟,即蘄竹所製竹席。唐白居易《寄李蘄州》:"笛愁春盡梅花裏,簟冷秋生薦箕中。"

③相君:對宰相的尊稱。范純仁元祐三年,拜尚書右僕射兼中書侍郎。以曾任宰相,故稱。

清明日玉津園賜宴即席①

節應桐華始,筵開禁苑新②。推恩緣舊物,如惠及陳人。眾樂聞天奏,同寅會柄臣③。蘭肴享豐潔,桂醑釅芳醇④。覆育霑雲廣,涵濡湛露均⑤。桑榆垂晚景⑥,何路報堯仁⑦。

【編年】

元豐七年(1084)清明日致仕陛辭日玉津園賜宴作。原本題下注云:"元豐七年。"

【箋注】

①玉津園賜宴:元豐七年正月,文彥博乞陛辭。詔從之,二月甲戌,文彥博入覲,宴於垂拱殿。《澠水燕談録》卷二《名臣》:"元豐七年春,文太師既告老……數日,朝辭,上遣中使以手札諭公留過清明,敕有司令與公備二舟,溯汴還洛。"清明日,錫宴玉津園,公作詩示同席。第二日,上用公韻屬和,親灑宸翰,就第賜公。

②禁苑:指玉津園。

③同寅:猶同僚。宋張鎡《送趙季言知撫州》:"同寅心契每難忘,林野投閑話最長。"柄臣:掌權的大臣。《漢書·朱云傳》:"傳曰下輕其上爵,賤人圖柄臣,則國家搖動而民不靜矣。"顏師古注:"柄臣,執權之臣。"

④桂醑:桂花酒。泛指美酒。南朝梁沈約《郊居賦》:"席布駟駒,堂流桂醑。"

⑤涵濡:滋潤;沉浸。宋蘇轍《墨竹賦》:"今夫受命於天,賦形於地,涵濡雨露,振盪風氣。"

⑥桑榆垂晚景：指日落時餘光所在處，謂晚暮。比喻人的垂老之年。唐劉禹錫《酬樂天詠老見示》：“莫道桑榆晚，微霞尚滿天。”

⑦報堯仁：此以神宗比作堯。謂報答皇帝的仁愛。

【附載】

王珪《送致政太師潞國文公以賜燕玉津園感恩述懷》：“玉符初解自逍遥，暫駕安車近九霄。無限高名齊少室，不言休績在三朝。好披去氅呼遼鶴，忽把仙巾換漢貂。御苑清明開特燕，莫辭仙醴勸金蕉。”

蔡確《清明日赴玉津園宴》：“春風益益水濺濺，南苑清明雨後天。門外遊人聽玉管，席間使者勸金船。定須歸路燒紅燭，還有新詩上采箋。舊老戀恩方燕喜，看花應不憶伊川。”

劉摰《清明日玉津園奉陪賜宴文太師》：“漢燭青煙下九闔，東風瑶圃燕元臣。詔馳御斝深行酒，露剪宮葩別賜春。不爲夢魂聞廣樂，許留光景緩嚴闉。曲江冠蓋華林客，示有三師解組人。”

賜宴第二日，神宗用彦博韻和詩。王珪和曰：《依韻恭和聖制俯同太師文彦博玉津園賜宴席上述懷》：“上苑張瑶席，春風萬象新。誰知掛冠客，曾是釣璜人。感遇歸真主，勳勞念老臣。曲成雙鳳舞，酒入百花醇。日月恩華滿，朝廷喜氣均。天章照黄髮，異數極君仁。”

西歸日瓊林苑賜宴即席

竊禄叨榮四紀餘①，退思僥倖亦無如。趨朝再睹新宮省，解綬還歸舊里廬②〔一〕。報國丹心明皎皎，戀軒疲足去徐徐。群公盡出都門祖，盛事光於漢二疏③。

【編年】

元豐七年（1084）三月辛丑致仕陛辭日瓊林苑賜燕作。《長編》卷三四四，神宗元豐七年三月辛丑條：“賜文彦博燕於瓊林苑，上制詩以賜之。”

【校勘】

〔一〕綬：四庫本作“綬”。意皆可通。綬（fú），古代繫印紐的絲繩子，也指官印。綬:一種絲質帶子,古代常用來拴在印紐上。

【箋注】

　　①四紀餘:文彥博天聖五年(1027)中進士,入仕途,至元豐六年(1083)致仕,爲官五十六年,一紀十二年,四紀四十八年,故云四紀餘。

　　②解綬:解下印綬。謂辭免官職。《漢書·薛宣傳》:“遊(謝遊)得檄,亦解印綬去。”里廬:里,指故鄉。《史記·汲鄭列傳》:“黯(汲黯)耻爲令,病歸田里。”廬,居處。

　　③漢二疏:指漢宣帝時疏廣、疏受叔侄二人。廣爲太傅,受爲少傅,同時以年老辭官,公卿大夫在東都門外餞行。《漢書·疏廣傳》:“公卿大夫故人邑子,設祖道供張東都門外,送者車數百兩。辭決而去。道路觀者皆曰:‘賢哉二大夫!’或歎息爲之下泣。”後因以“二疏”爲詠辭官歸鄉的典故。

【附載】

　　王珪《瓊林苑御筵送致政太師潞國文公歸西洛》:“祖燕催移玉殿班,都人齊向苑傍看。古來少有三師退,天下曾將大器安。綠野春深花更好,石樓夜午月應寒。塵埃抖擻無餘事,却憶磻溪舊釣竿。”

　　趙君錫《紀恩寵送太師潞公西歸》:其一:“樂人都用教坊家,席上群公換口誇。內裏宣來蕉葉盞,御前賜出縷金花。”其二:“坐上才初佳句傳,中官寫得便聞天。聖人含笑搜尋了,依韻當時賜和篇。”其三:“西苑重排餞會時,新篇御製降彤墀。明朝上巳無公事,赴宴臣僚總進詩。”

　　司馬光《效趙學士體成口號十章獻開府太師》:其二:“洛陽風俗重繁華,荷擔樵夫亦戴花。貪看二公同宴會,遊人昏黑忘還家。”其七:“東田小籍選新聲,歌吹胡琴色色精。客少有時全不用,天然水竹湛餘清。”其十:“八十聰明强健身,況從壯歲秉鴻鈞。功名富貴古亦有,無事歸來能幾人。”

臣得請致政赴闕謝恩修觀禮成回歸西洛感恩戀聖情激於中謹成五言十二韻詩一首齋沐繕寫上進

遭時方筮仕①,涉道未逢源。四紀叨榮禄,三朝忝聖恩。華顛固一節,厚載托孤根②。得謝緣矜老,求全愧達尊。戀官非尚德③,進秩玷維垣④。海納推涵育,天容示保存。賜筵臨黼座⑤,別旨醑金樽⑥。獻替蒭詞拙⑦,詳延玉色溫⑧。雲章訓深厚,日接寵便蕃⑨。穆穆辭宸扆⑩,遲遲去國門⑪。戀深惟有涕,感極却無言。誓竭忠勤志,書紳戒子孫⑫。

【編年】

元豐七年(1084)春致仕歸洛陽日作。

【箋注】

①筮仕:古人將出做官,卜問吉凶。唐白居易《和夢遊春詩一百韻》:"端詳筮仕著,磨拭穿楊鏃。"

②厚載:指地。地厚而載萬物。語出《易·坤》:"坤厚載物,德合無疆。"

③戀官:謂授官以示勉勵。《書·仲虺之誥》:"德戀戀官,功戀戀賞。"孔傳:"勉於德者,則勉之以官。"

④維垣:太師。語出《詩·大雅·板》:"價人維藩,大師維垣。"毛傳:"垣,牆也。"鄭箋:"大師,三公也。"大,通"太"。文彦博以太師致仕,故稱。

⑤黼座:帝座。天子座後設黼扆,故名。

⑥別旨醑金樽:謂皇帝親賜酒。《文集》卷八《神宗皇帝挽詞》其三,文中注云:"臣致政後赴闕謝辭,蒙恩親御垂拱殿特賜宴,仍取御樽別酌一盞,面諭云:'知酒量未退,可飲盡。'玉音洋洋,猶在於耳,今兹號慕,無以勝任。"

⑦獻替:"獻可替否"的省語。進獻可行者,廢去不可行者。謂對君主進諫,勸善規過。語出《左傳·昭公二十年》:"君所謂可而有否焉,臣獻其否以成其可。君所謂否而有可焉,臣獻其可以去其否。"《後漢書·胡廣傳》:"君以兼覽博照爲德,臣以獻可替否爲忠。"蒭(chú)詞:蒭同"芻"。卑微之詞。

⑧詳延:廣泛接受意見。明歸有光《論禦倭書》:"固宜詳延博采,不遺於芻蕘之賤也。"

⑨便蕃:頻繁;屢次。《左傳·襄公十一年》:"樂只君子,福禄攸同,便蕃左右,亦是帥從。"宋神宗接見文彦博五次,賜宴三次,賜詩兩次,故稱。《澠水燕談録》卷二《名臣》:"元豐七年春,文太師既告老,奏乞赴闕,親辭天陛,庶盡

臣子之誠。……清明日,錫宴玉津園,公作詩示同席。翌日,上用公韻屬和,親灑宸翰,就第賜公。將行,特命三省以上赴瓊林苑宴餞,復賜御詩送行。公留京師一月,凡對上者五,錫宴者三,賜詩者再,顧問不名,稱曰'太師',寵數優異,近世無比。"

⑩穆穆:端莊恭敬。《書·舜典》:"賓於四門,四門穆穆。"宸扆:相傳古代帝王背後斧扆南面而立,因此稱帝王之位爲宸扆。此指帝王。斧扆,畫有斧紋的屏風。

⑪遲遲:眷念貌;依戀貌。《關尹子·三極》:"人之善琴者,有悲心則聲淒淒焉,有思心則聲遲遲然。"

⑫書紳:把要牢記的話寫在紳帶上。稱牢記他人的話。語出《論語·衛靈公》:"子張書諸紳。"邢昺疏:"紳,大帶也。子張以孔子之言書之紳帶,意其佩服無忽忘也。"

臣伏蒙聖恩今月二日就瓊林苑特遣中使寵賜御詩仰味聖言恭披宸翰曲推恩禮過獎愚臣感愧之深負荷弗克輒課愚陋恭和聖制①

　　老臣爲感聖恩殊,趣治輕裝覲帝居。錫宴便蕃親鳳扆②〔一〕,賜章重迭捧龜書③。康時有志才終短,報國無功術已疏。身在洛陽心魏闕④,願傾丹懇上公車⑤。

【編年】

　　元豐七年(1084)春致仕陛辭日作。

【校勘】

　　〔一〕蕃:原作"藩",誤。前詩有"日接寵便蕃"句,據改。便蕃:頻繁;屢次。《北史·恩倖·齊諸官者傳》:"閹官猶以官披驅馳,便蕃左右,漸因狎昵,以至大官。"

【箋注】

　　①宸翰:帝王的墨蹟。唐沈佺期《立春日內出彩花應制》:"花迎宸翰發,

葉待御筵披。”

②鳳扆：皇帝宮殿上繪有鳳凰圖飾的屏風。置於户牖之間。此指皇帝。南唐李中《獻張拾遺》：“金殿日開親鳳扆，古嶂時展看漁磯。”

③龜書：神龜所負之書。指“洛書”。此美稱神宗所賜之書。《宋書·符瑞志上》：“洛出“龜書”六十五字，是爲《洪範》，此謂‘洛出“書”者也。’”

④心魏闕：即心在魏闕。指心在朝廷，對國家和君主念念不忘。爲臣民忠於君主的典故。《莊子·讓王》：“身在江海之上，心居乎魏闕之下。”魏闕，古代天子及諸侯宮門外築有巍然高聳的樓觀，其下兩旁懸布法令，因以爲朝廷的代稱。

⑤丹懇：即丹心。赤誠的心。三國魏阮籍《詠懷》詩之五一：“丹心失恩澤，重德喪所宜。”上公車：即公車上書。指上書言事。漢制，吏民上書言事，均由公車令接待。上書人多有因此而被大用者。《史記·滑稽列傳》：“朔初入長安，至公車上書，凡用三千奏牘。公車令兩人共持舉其書，僅然能勝之。”

【附載】

《長編》卷三六五，元祐元年二月條：“臣荷先帝異恩，去年春蒙賜御詩云：‘嘉言時幸寄東車。’臣亦仰和聖制有‘願傾丹懇上公車’之句。”

次韻留守相公韓康國光和運使度支陳詩①

今古雖殊事不殊，古今賢相事相符。昔惟晉國今康國②，皆自西都鎮北都。麻制有“卧護北門，予喜裴度之老”。奕葉公台緣世濟③，累朝名德與功俱。鎔成九鼎歸良冶④，玉季金昆動一爐⑤。

【編年】

元豐八年（1085）致仕居洛陽日作。

【箋注】

①留守相公韓康國：指韓絳。時判河南府兼西京留守司事，爵康國公。運使度支陳：度支員外郎、轉運使，不確何人。

②晉國：指唐裴度。裴度（765—839），字中立，河東聞喜（今屬山東）人。

元和十年（815），成德軍節度使田承宗等派人刺死宰相武元衡，並刺傷裴度。憲宗大怒，即以裴度爲宰相。元和十二年（817）督師攻破蔡州，擒吳元濟，平定淮西之亂，以功封晉國公。河北諸鎮甚懼，相繼臣服。翌年，又誅淄青節度使李師道，藩鎮割據局面暫告結束。後爲奸臣所構，出爲河東節度使。寶歷二年（826），敬宗爲宦官劉克明等所殺，度聯合宦官王守澄等殺劉克明及其衆，迎李涵（文宗）爲帝。文宗時，爲東都留守，進位中書令。康國：指韓絳。爵康國公。時韓絳自判河南府移判大名府。

③奕葉：累世，代代。漢蔡邕《琅邪王傅蔡郎碑》：“奕葉載德，常歷宮尹，以建於茲。”

④九鼎：天下。良冶：美稱韓絳爲治理天下的良臣。

⑤玉季金昆：對人兄弟的美稱。前蜀貫休《杜侯行》：“金昆玉季輕三鼓，煮海懸魚臣節苦。”時韓絳之弟韓縝爲相，任尚書右僕射兼中書侍郎，故稱。

送圓明大師歸吳興

　　數曲清琴達舜聰，瑤津仙苑助薰風。朝端多士知音久，雪上故棲歸思濃①。協韻。命服鮮華新爛椹②，行裝輕簡舊焦桐③。鄉人若問大檀越④，盡在食經千部中。

【箋注】

　　①雪上：浙江湖州的別稱。唐高彥休《唐闕史·杜舍人牧湖州》：“紫微到京，常意雪上。厥後十四載，出刺湖州。”湖州舊稱吳興。

　　②命服：天子按等級授予文武百官的禮服。《詩·小雅·采芑》二章：“服其命服，朱芾斯皇。”爛椹：此指深紫色。唐白居易《何處難忘酒》之五：“玉柱剥葱手，金章爛椹袍。”

　　③焦桐：琴名。東漢蔡邕曾用燒焦的桐木造琴，後因稱琴爲焦桐。唐張祜《思歸引》：“焦桐彈罷絲自絶，漠漠暗魂愁夜月。”

　　④檀越：梵語，施主。唐劉禹錫《送宗密上人歸南山草堂寺》：“河南白尹大檀越，好把真經相對翻。”

某再獲謝事歸老洛師留守相公玉汝寵惠
台什過形獎予謹達來貺①

　　二聖恩深念老臣,許從休退樂伊濱。重觀景物皆塵跡,喜見居留是故人。林下放懷無檢束,樽前道舊長精神〔一〕。公難久作東田伴,却作黃樞秉化鈞②。

【編年】

　　元祐五年(1090)致仕居洛陽日作。《文集》卷三〇《奏勤恤民隱事》元祐五年五月:“臣於四月二十九日至西京。”韓縝元祐四年九月知河南府,元祐六年十一月徙知太原府。二人之唱和當在文彥博致仕後,即元祐五年四月底至元祐六年十一月間。

【箋注】

　　①再獲謝事:指文彥博元祐五年二月從平章軍國重事之職再次致仕。《會要·職官》一之二:“元祐五年二月十三日,制以太師、平章軍國重事文彥博罷,守太師、開府儀同三司、河中興元尹、充護國軍山南西道節度使致仕。”留守相公玉汝:指韓縝,字玉汝。時判河南府兼西京留守司事。以曾任宰相,故稱相公。韓縝(1019—1097)字玉汝,開封雍丘人。登進士第。元豐中知樞密院事。哲宗立,拜尚書右僕射兼中書侍郎。罷知潁昌府,移永興,元祐四年九月知河南府,元祐六年十一月,拜安武軍節度使、知太原府,以太子太保致仕,紹聖四年卒,年七十九,贈司空,謚曰莊敏。《宋史》卷三一五有傳。
　　②黃樞:門下省,官署名。東漢曰黃侍中寺。晋時因其掌管門下衆事,始稱門下省。南北朝因之。梁朝習稱門下省爲黃樞。後遂用爲喻指門下省官員。秉化鈞:即執掌政權。

【附載】

　　劉摯《送致政太師歸洛》:“元豐天子賜安車,黃髮翩翩翊聖初。坐省故攜靈壽杖,會朝仍駕虎賁輿。平泉花木眷常在,遼水城池鶴自如。身是赤松無一事,乳桐孫竹看扶疏。”

范純仁《迎文潞公再謝重事歸洛》：“河陽洛下春遊盛，兩處風光屬一家。不獨都人瞻几杖，笑迎唯有滿城花。洛人獨以牡丹爲花。”

留守相公寵示喜雨雅章曲有推借
謹抒鄙意上答①〔一〕

嵩雲累晝結層陰〔二〕，一夕滂沱濟物深。稼穡首資千畝籍，焦勞頓釋兩宮心②。高臺便有涼風至，奧室全無暑氣侵。利澤定知均率土③，保釐再起作商霖④。

【編年】

元祐五年（1090）五月致仕居洛陽日作。《文集》卷三○《奏久旱乞不追擾事》元祐五年五月：“至今月八日，大雨滂霈，庶民鼓舞，急於田事。”

【校勘】

〔一〕抒：原作“杼”，形近而訛。據四庫本改。

〔二〕雲：原作“陰”，據四庫本改。詩句後有“結層陰”，故此字用“雲”爲當。

【箋注】

①留守相公：指韓縝。時判河南府兼西京留守司事。

②兩宮：時哲宗趙煦尚幼，太皇太后高氏垂簾聽政，故稱兩宮。

③率土：“率土之濱”之省語。謂境域之内。漢班固《明堂詩》：“普天率土，各以其職。”

④保釐：治理安定。《書·畢命》：“命畢公保釐東郊。”作商霖：指任宰相。商王武丁稱讚宰相傅説之辭。《書·説命》：“爰立作相，王置諸其左右，命之曰：‘朝夕納誨，以輔台德。……若歲大旱，用汝作霖雨。’”

留守相公玉汝迭惠雅章過形獎借弟以
老乏才思難以繼聲輒以二十八言爲謝①

薦捧佳章頻嘆服，洋洋盈耳類鏘金②。老昏拙澀無才思〔一〕，勉强難爲繼大音。

【編年】

　　元祐五年（1090）四月底至元祐六年（1091）十一月致仕居洛陽日作。

【箋注】

　　①留守相公玉汝：指韓縝。奬借：猶言奬挹，勉勵提拔。

　　②鏘金：撞擊金屬器物而發聲。比喻音節響亮，詩句優美。唐沈傳師《次
潭州酬唐侍御姚員外遊道林岳麓寺題示》：“鏘金七言凌老杜，入木八法燔
高軒。”

余於洛城建春門内循城得池數百畝，其池乃唐之藥園^①。因學徐勉作東田^②，引水一支灌其中，歲月漸久，景物已老。喬木修竹森然四合，菱蓮蒲茇，于沼于沚^③。結茅構宇，務實去華，野意山情，頗以自適，故作是詩

　　引得清伊一派通，三灣相接勢無窮。便成渺渺江湖趣，更有
蕭蕭蘆葦風。西洛故年爲勝地，東田今日屬衰翁。藥園事迹分明
在，盡見雲卿舊記中〔一〕。唐沈佺期雲卿《藥園記》，東田乃其舊地。

【編年】

　　元祐五年（1090）後致仕居洛陽日作。

【校勘】

　　〔一〕雲卿：原作“雲鄉”，據四庫本改。夾注同。沈佺期字雲卿。

【箋注】

　　①唐之藥園：乃唐沈佺期之藥園。沈佺期（656—713），字云卿。相州内黄

（今屬河南）人。長安元年（701）遷考功員外郎，再遷給事中。神龍元年（705），中宗復位，誅張易之兄弟，沈佺期因諂事張易之，坐流驩州（今越南榮市）。後召拜起居郎，兼修文館直學士，歷中書舍人，終太子少詹事，世稱“沈詹事”。玄宗開元初卒。

②學徐勉作東田：文彦博效徐勉築園林，名之曰：“東田”。南朝梁名臣徐勉字修仁，曾在建康附近東田經營一小園，《梁史·徐勉傳》：“或復冬日之陽，夏日之陰，良辰美景，文案間隙，負杖躡履，逍遥陋館，臨池觀魚，披林聽鳥，濁酒一杯，彈琴一曲，求數刻之暫樂，庶居常以待終，不宜復勞家間細務。”

③于沼于沚：語出《詩·召南·采蘩》：“于以采蘩，于沼于沚。”毛傳：“蘩，皤蒿也；沼，池；沚，渚也。”

【附載】

李格非《洛陽名園記·東田》：“文潞公園本藥圃，地薄東城，水渺彌甚廣，泛舟遊者如在江湖間也。淵映、瀍水二堂宛在水中，湘廬、藥圃二堂間列水石，西去其第里餘。今潞公官太師，年九十，尚時杖屨遊之。”

遊東田八韻

文物平津閣，風流太傅山。勝遊松島外①，故迹藥園間。霜蔀編爲屋，寒荆刈作關。窗櫺雲漠漠，畦竇水潺潺。蘆渚炊煙起，萍滙釣艇還。竹經朝雨翠，荷借夕陽殷。幽興能招隱，高情自愛閑。從來行樂處，攜手一開顔。

【編年】

元祐五年（1090）後致仕居洛陽日作。

【箋注】

①松島：位於睦仁坊，其前身爲五代後梁大臣袁象先園，北宋初年歸名臣李迪所有，後歸吴氏。李迪（971—1047）字復古，河北贊皇人，宋真宗景德二年（1005）狀元，官至同中書門下平章事、集賢殿大學士，景祐年間以太子太傅職退休，謚文定。清徐松《河南志》“睦仁坊”條下載：“太子太博致仕李迪園，本

袁象先園,園有松島。"李格非《洛陽名園記》載:"松島,數百年松也。其東隅雙松尤奇。在唐爲袁象先園,本朝属李文定公丞相,今为吴氏園,傳三世矣,頗葺亭榭池沼,植竹木其旁。南築臺,北構堂、東北曰'道院'。又東有池,池前後爲亭臨。自東,大渠引水注園中,清泉細流涓涓,無不通處,在他郡尚無有,而洛陽獨以其松名。"

與之珍朝議慕容伯才秋日東田觀魚擲餅水中魚食者衆①

其　一

觀魚雖是樂,莫作羨魚心②。退而能結網,所得過千金。

【編年】

元祐五年(1090)後致仕居洛陽日作。

【箋注】

①慕容伯才(1018—1096),字之珍。《宋故朝請郎致仕慕容君遺戒》:"皇祐五年登進士第,調河中府臨晉、河南河清縣之主簿,相州之司理參事,用薦者爲大理檢法官,尋改佐著作郎。知北京司禄司事,遷秘書丞,太常博士。官制行,換承議郎,凡用年勞,轉朝奉、朝散、朝請郎三官,勳累加至柱國,通判嵐、鄜二州。勞於從事,漸謀閑退,得同判西京國子監,遂以本官告老於朝,録男彙一官。遷居河清爲林下之計,時入洛宅陪太師潞國文公遊,至是而以壽考終,享年七十有八。"

②羨魚心:典出《淮南子·説林訓》:"臨河而羨魚,不若歸家織網。"謂空有美好的願望不如付諸行動。

其　二

垂釣與施食〔一〕,乃是兩般心。莫作魯人意,公張取百金①。

【校勘】

〔一〕垂釣：四庫本作"垂鉤"。

【箋注】

①"莫作"兩句：魯國有個人喜歡垂釣，他以桂爲魚餌，鍛造了黃金材質的魚鉤，鑲嵌銀和碧玉，用翡翠裝飾魚線，釣不到魚。意即要講求實效，而不能只追求外表的華美。見《闕子》。張：設網捕捉。《公羊傳·隱公五年》："百金之魚，公張之。"

<h2 align="center">其　三</h2>

鳧鷗兩閑暇，知我無機心。躍淵宜自在，直莫上鉤金。

<h2 align="center">前日蒙留守相公玉汝延飲於中和新堂
仍別設氈幄欲令羸老暫愒翌日小娃
已傳其說輒成小詩①</h2>

新堂仍設舊青氈，欲使劉伶暫醉眠②。何似奇章南澗上③，別開一室待焦先④。

【編年】

元祐五年（1090）四月底至元祐六年（1091）十一月致仕居洛陽日作。

【箋注】

①留守相公玉汝：指韓縝。時判河南府兼西京留司。以曾任宰相，故稱相公。

②劉伶：字伯倫，沛國人。身長不足六尺，容貌甚陋。放情肆志，澹默少言，不妄交遊，與阮籍、嵇康相遇，欣然神解，攜手入林。《晋書·劉伶傳》："初不以家産有無介意，常乘鹿車，攜一壺酒，使人荷鍤而隨之，謂曰：'死便埋我。'"其遺形骸如此。嘗渴甚，求酒於妻。妻捐酒毀器，涕泣諫曰："君酒太過，非攝生之道，必宜斷之。'伶曰：'善，吾不能自禁，惟當祝鬼神自誓耳。便可

具酒肉。'妻從之。伶跪祝曰：'天生劉伶，以酒爲名。一飲一斛，五斗解酲。婦兒之言，慎不可聽。'仍引酒御肉，隗然復醉。"此文彦博自比作劉伶。

③奇章：指牛僧孺，字思黯。唐朝宰相，敬宗時封奇章郡公，故稱奇章公。曾欲於南澗上別築一室以待白居易。牛僧孺是白居易的學生，二人之間情誼深厚。

④焦先：漢末隱士。字孝然，河東人。孑然無親，見漢室衰，遂不語。露首赤足，結草爲裳，見婦人即避去。平時不踐邪徑，不取大穗，數日一食。或謂曾結廬於鎮江譙山（即今焦山）。傳說死時百餘歲。後因以指有道的隱士。此以韓縝比牛僧孺，己比白居易，言韓縝與己情誼深厚也。

留守相公玉汝於中和堂之西偏別設氈幄以待
老夫中憩嘗以拙詩爲謝尋蒙答貺仍改題
所憩爲醉眠庵不任感戴輒依高韻和呈①

中和堂飲夜厭厭②，逸客峨冠欲墮簪。深荷相君憐老意，改題氈幄醉眠庵。

【編年】

元祐五年（1090）四月底至元祐六年（1091）十一月致仕居洛陽日作。

【箋注】

①感戴：感激愛戴。《三國志·吳志·朱桓傳》："往遇疫癘，穀食荒貴，桓分部良吏，隱親醫藥，殨粥相繼，士民感戴之。"

②厭厭：綿長貌。南唐馮延巳《長相思》詞："紅滿枝，綠滿枝，宿雨厭厭睡起遲。"

留守相公玉汝寵示嘉篇有棠陰舊遊
之句過獎難當輒敢和呈①

曹酒清醇飲易酣②，接籬倒著不須簪③。甘棠舊憩人無詠，何似退歸伊上庵。

【編年】

　　元祐五年(1090)四月底至元祐六年(1091)十一月致仕居洛陽日作。

【箋注】

　　①棠陰:召伯巡行鄉邑,在甘棠樹陰下聽訟。稱美地方長官有善政。《詩·召南·甘棠》:"蔽芾(fèi)甘棠,勿翦勿伐,召伯所茇(bá)。"《詩·召南·甘棠序》:"《甘棠》,美召伯也。召伯之教,明於南國。"《史記·燕召公世家》:"召公之治西方,甚得兆民和。召公巡行鄉邑,有棠樹,決獄政事其下,自侯伯至庶人各得其所,無失職者。召公卒,而民人思召公之政,懷棠樹不敢伐,歌詠之,作《甘棠》之詩。"

　　②曹酒:即曹參酒。形容墨守成規。典出《史記·曹相國世家》:"(曹)參代何爲漢相國,舉事無所變更,一遵蕭何……卿大夫已下吏及賓客,見參不事事,來者皆欲有言。至者,參輒飲以醇酒,間之,欲有所言,復飲之,醉而後去,終莫能開説,以爲常。"唐李商隱《五言述德抒情詩一首》:"後飲曹參酒,先和傅説羹。"

　　③接䍦倒著:形容人酒醉不清醒時,將接䍦帽倒戴。語出南朝宋劉義慶撰《世説新語·任誕》:"山季倫(山簡字季倫,山濤幼子)爲荆州,時出酣暢,人爲之歌曰:'山公時一醉,徑造高陽池。日莫(暮)倒載歸,茗艼(同酩酊)無所知。復能乘駿馬,倒箸白接䍦。舉手問葛強,何如并州兒?'高陽池在襄陽,強是其愛將,并州人也。"接䍦:以白鷺羽爲飾的帽子。

再和留守相公玉汝惠雅章

　　蝸舍歸來多閉户,貂冠掛了不留簪①。每登丞相潭潭府②,常憩西厢大隱庵。

【編年】

　　元祐五年(1090)四月底至元祐六年(1091)十一月致仕居洛陽日作。

【箋注】

　　①貂冠掛了：即掛冠。辭去官職。貂冠：詳見《文集》卷七《次韻留守相公同遊龍門》注⑨。

　　②潭潭：深廣貌。《韓詩外傳》卷一："吾北鄙之人也，將南之楚。逢天之暑，思心潭潭。"

再和留守相公繼示雅章

　　兩兩台符世仰瞻①，高懷沖淡厭華簪②。經綸器業時方賴③，難遂南陽臥草庵④。

【編年】

　　元祐五年（1090）四月底至元祐六年（1091）十一月致仕居洛陽日作。

【箋注】

　　①台符：此謂宰相之位。《漢書·東方朔傳》"願陳《泰階六符》"唐顏師古注："孟康曰：'泰階，三台也。每台二星，凡六星。符，六星之符驗也。'應劭曰：'泰階者，天之三階也。上階爲天子，中階爲諸侯公卿，下階爲士庶人。'"因以"台符"喻指宰相之職權如中階，有承上啓下之功用。韓縝與其兄韓絳都曾任宰相，故稱"兩兩台符"。

　　②沖淡：沖和淡泊。《世說新語·政事》"王安期爲東海郡"劉孝標注引《名士傳》："王承字安期……沖淡寡欲，無所循尚。"華簪：華貴的帽簪，比喻貴官。唐韋應物《答崔都水》："攝衣辭田里，華簪耀頹顏。"

　　③經綸：整理絲縷。引申爲籌畫治理國家大事。唐劉知幾《史通·暗惑》："魏武經綸霸業，南面受朝。"器業：功業。唐李商隱《和劉評事永樂閒居見寄》："白社幽閑君暫居，青雲器業我全疏。"

　　④南陽臥草庵：諸葛亮未出仕時，躬耕於南陽，劉備三顧草廬始出。此以指才能之士歸隱田園。

送留守相公康國韓公歸闕①〔一〕

樽前不制淚汍瀾②，大底人情老別難。東閣賓朋漸分散，西都風景便闌珊③。惟憑魚雁通書問，祇對松筠想歲寒④。公袞還朝副公望⑤，永將天下置之安。

【編年】

元豐八年(1085)春致仕居洛陽日作。韓絳元豐八年初歸闕，移判大名府。

【校勘】

〔一〕歸闕：原無，據四庫本補。詩有“公袞還朝副公望”之句。

【箋注】

①留守相公康國韓公：指韓絳，時判河南府兼西京留守司事，爵康國公。

②汍(wán)瀾：涕泣的樣子。

③闌珊：衰減；消沉。唐白居易《詠懷》：“白髮滿頭歸得也，詩情酒興漸闌珊。”

④歲寒：喻忠貞不屈的節操(或品行)。此指忠貞的友誼。

⑤公袞：上公之命服。借指三公之類的高官，此以代韓絳。

次韻致政中散荀龍寵惠雅章①

承枉安居訪孟津〔一〕，披雲喜睹舊風神。昔年友會心相契，今日朋從意轉親。華髮並蒙難老福，清罇莫作獨醒人。高門積慶簪纓盛②，世上尊榮孰比倫。

【編年】

元祐七年(1092)赴河陽探子文及甫日作。

【校勘】

〔一〕安居：四庫本作“安車”。

【箋注】

①致政中散荀龍：與文彥博交誼之荀龍或即爲王岩叟之父。

②積慶：謂行善積福。唐錢起《陪郭常侍令公東亭宴集》：“不悲歡樂盡，積慶在和羹。”簪纓：古代官吏的冠飾。比喻顯貴。時王岩叟僉書樞密院事。故稱盛。唐李白《少年行》之三：“遮莫姻親連帝城，不如當身自簪纓。”

致政中散荀龍連惠三篇俯光衰老輒亦依韻和呈再鼓羸師其氣已竭止希一覽而棄之可也

郢樓高唱麗陽春①，重迭三章妙入神。席上縱歡殊不倦，樽前道舊轉相親。故交共是休閑客，令子今爲輔弼人②。河內仙居頗優逸，風流雅尚有誰倫。

【編年】

元祐七年（1092）赴河陽探子文及甫日作。

【箋注】

①“郢樓”句：用“郢客白雪”之典。稱美荀龍之作爲“陽春白雪”。典出《文選·宋玉〈對楚王問〉》：“客有歌於郢中者，其始曰《下里巴人》，國中屬而和者數千人；其爲《陽阿》、《薤露》，國中屬而和者數百人；其爲《陽春》、《白雪》，國中屬而和者不過數十人；引商刻羽，雜以《流徵》，國中屬而和者不過數人而已。是其曲彌高，其知彌寡。”

②“令子”句：王荀龍子爲王岩叟。元祐六年二月，王岩叟僉書樞密院事。故稱輔弼人。元祐七年夏四月丙午，王岩叟爲端明殿學士知鄭州。

河陽寄留守相公堯夫①

暫別熒煌座②，初爲半月期。洛城歸意切，不獨爲花時。

【編年】

元祐七年(1092)赴河陽探子文及甫日作。元祐六年(1091)十二月知太原府范純仁徙知河南府。元祐八年(1093)七月,丙子朔,以范純仁爲尚書右僕射兼中書侍郎。二人的唱和當在元祐六年(1091)十二月至元祐八年(1093)七月之間。

【箋注】

①留守相公堯夫:指范純仁,字堯夫。時判河南府兼西京留守。

②熒煌座:代指留守。此指范純仁。宋周孚《代賀葉留守啓》:"佇待熒煌之座,少陳危苦之辭。"

【附載】

范純仁《送潞公遊河陽河清》:"安車乘輿賞春妍,榮盛歡康世莫肩。舊舍訟棠重蔽芾,河陽公舊治,而令子再領。昔遊晝錦復蟬聯。河清公侍行之地,令子令孫又守此官,公每再遊。子孫擁節迎家府,稚艾爭途看壽仙。堪歎三川疲病守,陪公不及望公還。"

范純仁《洛花已開報潞公》:"花開朝夕望車塵,花意殷勤恰似人。晴日暖風催更急,看看開遍洛陽春。"

次韻留守相公堯夫促令歸洛①

自古錦城雖可樂,猶言不若早還家②。三城爭似洛城樂③,只是安仁一縣花④。

【編年】

元祐七年(1092)赴河陽探子文及甫日作。

【箋注】

①留守相公堯夫:指范純仁,字堯夫。時判河南府兼西京留守。

②"自古"二句:語出唐李白《蜀道難》:"錦城雖云樂,不如早還家。"此言河陽雖樂,不如洛陽之意。

③三城：即河陽。北魏時在這裏築三城，北中城在黄河北岸，中禪城在黄河中的沙洲上，南城在黄河南岸。唐代後期，始置河陽三城節度使。

④安仁一縣花：西晉時潘岳字安仁，曾任河陽令，任職期間命人在全縣遍植桃李花，時人贊曰"河陽一縣花"。

謝留守相公堯夫惠書及詩意愛勤重

其　一

河陽滿縣花稱好，仰望三川難比肩①。留鑰惠詩鏘玉振②，采毫灑墨燦星聯③。樽前畢集鄒枚客④〔一〕，舟上同登李郭仙⑤。伊叟依劉心更切⑥，柴車促駕即言還。

【編年】

元祐七年（1092）赴河陽探子文及甫日作。

【校勘】

〔一〕集：原作"席"，據四庫本改。較勝。

【箋注】

①"仰望"句：謂比不上洛陽之花。三川：指洛陽。東周以河、洛、伊爲三川。唐王維《送韋大夫東京留守》："雲旗蔽三川，畫角發龍吟。"比肩：並肩。比喻地位相等。《三國志·吴志·吾粲傳》："雖起孤微，與同郡陸遜、卜静等比肩齊聲矣。"

②留鑰：即留守。指范純仁。玉振：比喻文辭聲調鏗鏘。晉潘岳《夏侯常侍誄》："英英夫子，灼灼其儁。飛辯摛藻，華繁玉振。"

③燦星聯：燦爛若星星聯在一起。謂文辭優美。

④鄒枚客：漢鄒陽、枚乘的並稱。兩人皆以才辯著名當時。借指富於才辯之士。北魏酈道元《水經注·睢水》："梁王與鄒、枚、司馬相如之徒極遊於其上。"唐王維《奉和聖制賜史供奉曲江宴應制》："侍從有鄒枚，瓊筵就水開。"

　　⑤李郭仙:《後漢書·郭泰傳》載,李膺與郭泰同舟而濟,從賓望之,以爲神仙,故稱“李郭仙舟”。後常用爲友人相親之典。

　　⑥伊叟:文彦博自號伊叟。依劉:原意謂投靠有權勢者。此戲言歸洛爲依附留守范純仁。《三國志·魏志·王粲傳》:“(王粲)年十七,司徒辟,詔除黃門侍郎,以西京擾亂,皆不就。乃之荆州依劉表。”

其　二

　　雨後全無京洛塵,名園勝景足遊人。東田兼有春球探,來就三城報得春。昨日東田吏來獻探春球,且言花已盛開。

題河陽太師堂二首①

其　一

　　自別三城十九年②,重來舊跡總依然。鯉庭兼是魚符守③,戲彩承顔慰目前④。

【編年】

　　元祐七年(1092)赴河陽探子文及甫日作。范祖禹《太師堂記》:“(元祐)六年十二月,詔以公之子集賢殿修撰周翰(編者按:周翰乃文及甫之字。)守三城。明年二月,周翰迎公安輿至河陽。”

【箋注】

　　①太師堂:文彦博在河陽之舊廬舍,其子文及甫重加整治,榜曰:“太師堂”。

　　②自別三城十九年:文彦博熙寧六年(1073)至熙寧七年(1074)間曾守河陽。今爲元祐七年(1092),故稱十九年。

　　③“鯉庭”句:謂文彦博子文及甫時知河陽。鯉庭:原謂子受父訓。此借指文彦博之子文及甫。魚符:此謂知州之符。隋唐時朝廷頒發的符信,雕木或鑄銅爲魚形,刻書其上,剖而分執之,以備符合爲憑信,謂之“魚符”,亦名魚契。

《隋書·高祖紀下》:"(開皇九年閏月)丁丑,頒木魚符於總管、刺史,雌一雄一。"

④戲彩承顔:此指兒子文及甫侍奉於前。《藝文類聚》卷二〇引漢劉向《列女傳》:"老萊子孝養二親,行年七十,嬰兒自娛,著五色采衣。嘗取漿上堂,跌仆,因臥地爲小兒啼"。後用爲孝養長輩之典。承顔:順承尊長的顔色,謂侍奉尊長。《晉書·孝友傳序》:"柔色承顔,怡怡盡樂。"

其　二

河橋洛宅近相望,三月花時日又長。暫整安居來子舍,爲吾特啓太師堂〔一〕。

【校勘】

〔一〕吾:四庫本作"我",於詩律此字當平。

【附載】

范祖禹《太師堂記》:"神宗熙寧六年,潞國文公以司徒、侍中、河東之節,自樞府出鎮三城。明年,留守北都。後七年,拜太尉,保釐洛宅。又三年,以太師就第。今天子嗣位,元祐元年,起公平章軍國重事。元老在朝,海内晏寧。五年,復請老,章數十上,二聖不得已,許之。以公位極宗臣,無以復加,聽解重事,以維師舊節,歸老於洛。六年十二月,詔以公之子集賢殿修撰周翰守三城。明年二月,周翰迎公安輿至河陽,父老睹公儀形,擁道歡呼,如見父母。蓋自公去鎮十有八年,而公之子繼守是邦,流風善政,相望不遠。公既老而復臨之,故邦人皆喜。以爲不獨公家之光寵,亦朝廷之盛美也。

"府舍瀕河,地鹵下濕,庫陋不葺。上雨旁風,不足以奉几杖,羞旨甘。周翰因其舊廬,治而新之,榜曰太師之堂。朝夕温清問安視膳其中。公作二詩,以識其事。逍遥遊燕,逾月而後歸洛。周翰既以公詩刻之石,又以書來曰:'子爲史官,爲我記之。'

"某觀古堯舜之君,壽皆過百年,其臣亦無不耆老。子孫有國數百歲而不絶。周公老於豐,魯公封於魯。凡、蔣、邢、茅胙祭,皆爲諸侯。召公相四世,其子封於燕。成王之封周也,周公拜前,魯公拜後,所以康周公也。《傳》曰:'周人之思召公,愛其甘棠。況其子乎!’夫其相如此,則其君之德可知也。惟潞國公光輔四朝,功格上下,垂五十年。事載册書,由今觀之,邈若古昔。天錫之報,壽考康寧。八十有七而聰明不衰。由漢以來,輔相之臣,福祿之盛未有如此比者。雖三代而上,唐虞之際,歷選賢哲。無幾人焉。

　　“是以外至四夷,敬仰公名,或瞻望而歎息,或聞風而獻馬,此豈可以聲音笑貌使之然哉。蓋其陰德之所被者廣,仁聲之所及者遠。愛公之深者不獨孟人而已。然則斯堂之作,其在周翰,如魯公之養周公;其在孟人,如召國之殖甘棠。于以勸天下爲臣子者之忠孝,爲人父母者之慈訓,其永無窮。惟後之人,勿替引之。元祐七年四月丙子,試尚書禮部侍郎兼侍講、國史院修撰范某記。”

遊花市示之珍①慕容

　　去年春夜遊花市,今日重來事宛然。列肆千燈争閃爍②,長廊萬蕊鬥鮮妍。交馳翠幰新羅綺③,迎獻芳樽細管弦。人道洛陽爲樂國,醉歸怳若夢鈞天④。

【編年】

　　元祐五年(1090)致仕居洛陽後作。

【箋注】

　　①之珍:即慕容伯才,字之珍。詳見本卷《與之珍朝議慕容伯才秋日東田觀魚擲餅水中魚食者衆》。

　　②肆:店鋪。《漢書·食貨志上》:“開市肆以通之。”

　　③翠幰:飾以翠羽的車帷。唐盧照鄰《長安古意》:“隱隱朱城臨玉道,遥遥翠幰没金堤。”

　　④鈞天:“鈞天廣樂”的省語。指天上的音樂。南朝梁劉勰《文心雕龍·樂府》:“鈞天九奏,既其上帝。”

題伊叟庵二首①

其　一

斯干室上上方北②,岩畔自爲伊叟庵〔一〕。每到庵中須熟寢,覺來惟共老僧談。

【編年】

元祐五年(1090)致仕居洛陽後作。

【校勘】

〔一〕畔:原作“伴”,據文意徑改。

【箋注】

①伊叟庵:原本題下注云:“伊南積慶墳院北庵。”

②斯干:澗水。《詩・小雅・斯干》:“秩秩斯干,幽幽南山。”

其　二

此庵庵北望伊堂①,南望伊川極目長。更有箕山並潁水,連延直入掛瓢鄉②。

【箋注】

①伊堂:即臨伊堂。臨伊堂:奉先寺主持興公爲文彦博在伊河旁所建的堂。奉先寺是龍門十寺之一。

②掛瓢鄉:隱居之鄉。《太平御覽》卷七六二引漢蔡邕《琴操》:“許由無杯器,常以手掬水,人見由無器,以一瓠瓢遺之。由操飲,飲訖,掛瓢於樹,風吹樹,瓢動,歷歷有聲,由以爲煩擾,遂取捐之。”唐錢起《謁許由廟》:“松上掛瓢枝幾變,石間洗耳水空流。”

清明後同秦帥端明會飲於李氏園池偶作①

洛浦林塘春暮時，暫同遊賞莫相違。風光不要人傳語，一任花前盡醉歸。

【編年】

元豐四年（1081）判河南府日作。曾孝寬元豐四年間知秦州。《長編》卷三一九："（元豐四年十一月）辛卯，知秦州、端明殿學士曾孝寬知河陽。"

【箋注】

①原本題下注云："曾孝寬。"時知秦州兼安撫使，故稱秦帥。曾孝寬字令綽，曾公亮子。熙寧五年，遷樞密都承旨。擢樞密直學士、簽書樞密院。元豐四年，以端明殿學士知秦州，徙河陽，又徙鄆州。卒，年六十六。《宋史》卷三一二有傳。

賢大師以諸巨公畫像見示傳神寫照曲盡 其妙兼丐拙詩輒成一首奉呈

用志專精妙入神，援毫肖象奪天真。能將繪素傳奇表，似與公侯結勝因。婁德高僧通夙命①，王維善畫記前身②。師緣素習今生悟，曾寫雲臺四七人③。

【編年】

元豐五年（1082）判河南府日作。是年在洛陽發起耆英會，並畫諸公之像於妙覺僧舍。

【箋注】

①婁德高僧：當指婁至德如來。爲釋迦牟尼右之執金剛杵的護法天神（金剛）。夙命：注定的命運。

②"王維"句：唐王維《偶然作》："宿世謬詞客，前身應畫師。"

③"曾寫"句：漢明帝時在南宫雲臺畫了鄧禹、馬成、吴漢等二十八名追隨漢光武帝劉秀建功立業的大將的像，稱爲雲臺二十八將。後用爲表彰功臣之典。唐杜甫《寄董卿嘉榮十韻》："雲臺畫形象，皆爲掃氛妖。"雲臺：在今河南洛陽市東北漢、魏洛陽故城中。唐高適《宋中遇劉書記有别》："白身謁明主，待詔登雲臺。"

題郭熙畫樵夫渡水扇①

淺水深山一徑通，樵夫涉水出林中。可憐畫筆多情思，寫在霜紈一扇風②。

【箋注】

①郭熙：北宋畫家、繪畫理論家。字淳夫，河陽温縣（今屬河南）人。神宗熙寧年間在京城汴梁，爲達官貴族府廳畫壁畫，又入宫繪製殿堂屏幛，曾與畫家李宗成、符道隱等合作小殿屏風，受到宋神宗趙頊的賞識，授御書院藝學，後升遷待詔，成爲宫廷畫院重要成員。當時宫廷中朝會、起居、遊賞等重要場所都裝飾著他的山水畫。

②霜紈：潔白精緻的細絹。此指紈扇。唐劉禹錫《送韋秀才道沖赴制舉》："秋扇一離手，流塵蔽霜紈。"

經略大觀文相公堯夫寄示東田别後
一篇謹次元韻①

出處交遊數十年，故情勤重見矜憐。東田屢涉求羊徑②，西洛頻陪李郭仙。四路連城歸節制③，萬兵開府壯威權。雅章垂貺尤奇絶，走筆如風似湧泉。

【編年】

元祐五年（1090）至元祐六年（1091）十二月致仕歸洛陽日。原本題下注云:"范時尹太原。"元祐五年(1090)觀文殿大學士、判太原府,元祐六年(1091)十二月范純仁自判太原府移判河南府。

【箋注】

①經略大觀文相公堯夫:指范純仁。時大觀文殿學士、判太原府、河東路經略安撫使。以曾任宰相,故稱相公。

②求羊徑:即"蔣詡三徑"。指稱隱者之所處。東漢蔣詡,哀帝時爲兗州刺史,廉直有名聲。王莽攝政,詡稱病免官,隱居鄉里。舍前竹下闢三徑,唯故人羊仲、求仲與之遊。

③"四路"句:即范純仁時判太原府兼河東路經略安撫使,掌河東路之軍政。慶曆元年,分陝西沿邊爲秦鳳、涇原、環慶、鄜延四路。

次韻留守相公玉汝以某赴東莊特賜佳篇①

東郊瘠土才千畝,繞舍團椒僅百家。地接玉泉多草木,路經緱嶺少風沙②。能留過客雖無餌③,時對清樽亦有花。昔日相君曾降顧,常憂蝸陋不容車。

【編年】

元祐五年(1090)四月底至元祐六年(1091)十一月致仕居洛陽日作。

【箋注】

①留守相公玉汝:指韓縝。時判河南府兼西京留守。以曾任宰相,故稱相公。

②緱嶺:即緱氏山。在今河南省偃師市。傳説仙人王子喬,本爲周靈王太子,好吹笙作鳳凰鳴,被浮丘公接引成仙。三十年後乘白鶴降於緱氏山巔與家人相見。見漢劉向《列仙傳・王子喬》。

③餌:原指糕餅。泛指食物。《老子》:"樂與餌,過客止。"

賀經略太尉相公玉汝移鎮太原①

其　一

國節移全晉，階符應列星。新開大幕府，衆號小朝廷。風偃殊鄰服，威加絶塞寧。歸來煙閣上，肖象炳丹青②〔一〕。

【編年】

元祐六年（1091）十一月致仕居洛陽日作。元祐六年十一月韓縝徙判太原府。

【校勘】

〔一〕肖：原作“蕭”，據四庫本改。

【箋注】

①經略太尉相公玉汝：指韓縝，字玉汝。時自判河南府兼西京留守移判太原府、河東路經略安撫使。太尉，韓縝的加官。以曾任宰相，故稱相公。

②“歸來”二句：用漢明帝時在南宫雲臺畫鄧禹、馬成、吴漢等二十八名追隨漢光武帝劉秀建功立業的大將的像的典故。後用爲表彰功臣之典。

其　二

北首并州路①，旌幢擁畫輪。萬兵嚴後從，百吏拜前塵。漢相儀刑重，堯風氣俗淳。政成期月報，四海望鴻鈞②。

【箋注】

①并州：古九州之一。《周禮·職方》：“正北曰并州。”宋太平興國時，并州移治陽曲縣（今山西太原）。并州路：指宋時河東路。

②鴻鈞：比喻國柄；朝政。唐李商隱《爲絳郡公上李相國啓》：“仰台曜以瞻輝，望鴻鈞而佇惠。

其　三

將軍號令柳營傳^①，緩帶投壺自適然^②。一片笙歌聞四面，晋公舊事在龍泉^③。

【箋注】

①"將軍"句：韓縝將任河東路經略安撫使，以之比作周亞夫，稱美之也。柳營：漢周亞夫爲將軍，治軍謹嚴，駐軍細柳，號細柳營。後因稱嚴整的軍營爲"柳營"。唐盧綸《送從叔程歸西川幕》："群鶴樓蓮府，諸戎拜柳營。"

②緩帶："輕裘緩帶"的省語。輕暖的衣裘，寬緩的腰帶。形容從容閑適。投壺：投壺遊戲。一般指武將之儒雅行爲。《後漢書·祭遵傳》："遵爲將軍，取士皆用儒術，對酒設樂，必雅歌投壺。"李賢注："《禮記·投壺經》曰：'壺頸修七寸，腹修五寸，口徑二寸半，容斗五升。壺中實小豆焉，爲其矢之躍而出也。矢以柘若棘，長二尺八寸，無去其皮，取其堅而重，投之勝者，飲不勝者，以爲優劣也。'"

③晋公：指唐宰相裴度，爵晋國公。舊事：指裴度開成二年復鎮太原任期間，把太原西南開花山南谷内的龍泉和源出太原西南五十里懸甕山下的晋水疏爲善利、難老二池造福人民之事。唐白居易《和裴令公新開龍泉晋水二池》："舊有演汙泊，今爲白水塘。笙歌聞四面，樓閣在中央。春變煙波色，晴添樹木光，龍泉信爲美，莫忘午橋莊。"

其　四

晋陽襦袴歌來暮^①，洛宅衣冠動去思^②。若到參虚念嵩少^③，北園南望下樓遲。

【箋注】

①"晋陽"句：韓縝將知太原府，以之比作漢廉范，稱美之也。晋陽：太原在隋時的稱呼。襦袴歌：對官吏惠民德政的稱頌。東漢廉范爲蜀郡太守，政治清明，百姓富庶，時人作歌頌揚之："廉叔度，來何暮？不禁火，民安作。平生無襦，今五袴。"

②衣冠:古代士以上戴冠,因用以指士以上的服裝。代稱士大夫。《漢書・杜欽傳》:"茂陵杜鄴與欽同姓字,俱以材能稱京師,故衣冠謂欽爲'盲杜子夏'以相別。"去思:離情。

③參虛:參星的分野。古晉地。此指太原府。《左傳・昭公十五年》:"唐叔受之,以處參虛。"杜預注:"參虛,實沈之次,晉之分野。"孔穎達疏:"實沈之次,晉之分野,上係參之虛域,故云參虛。"嵩少:嵩山。此代洛陽。

憶東溪①

常憶東溪溪上坐,相從惟有野僧來。可憐鷗鳥知人意,料得無機總不猜。北京作。

【編年】

熙寧七年(1074)至元豐三年(1080)判大名府日作。

【箋注】

①東溪:河名。在洛陽。原本題下注云:"近得洛信云東溪水漲,舟行頗駃。"駃(kuài):通"快"。

某以端居多暇懷洛城詩伏蒙運使
兵部俯垂屬和拙詩伸謝①

倦翼念歸林,幽懷動越吟②。更回溪叟信,深契野雲心。巴里傳高唱③,《英》《韶》繼善音④。便須傳洛社,紙價重千金⑤。

【編年】

熙寧七年(1074)至元豐三年(1080)判大名府日作。

【箋注】

①運使兵部指吳審豐。原本題下注云:"吳審豐。"俯垂:敬辭。用來稱對方對自己的行動。

②越吟：莊舄在楚國做大官，病中哼出的還是越國的聲音。後以此典比喻人們客居異鄉，懷念家鄉，眷念故土。語出《史記·張儀列傳》：“惠王曰：‘子去寡人之楚，亦思寡人不？’陳軫對曰：‘王聞乎越人莊舄乎？’王曰：‘不聞。’曰：‘越人莊舄仕楚執珪，有頃而病。楚王曰：“舄故越之鄙細人也，今仕楚執珪，貴富矣，亦思越不？”中謝對曰：“凡人之思故，在其病也。彼思越則越聲，不思越則楚聲。”使人往聽之，猶尚越聲也。今臣雖棄逐之楚，豈能無秦聲哉！’”東漢末王粲《登樓賦》：“鍾儀幽而楚奏兮，莊舄顯而越吟。”

③巴里：巴人下里的省語。泛指粗俗的作品。《平山冷燕》第十七回：“張寅道：‘晚生末學，巴人下里之詞只好塗飾閭里，怎敢陳於老太師山頭之下。’”此文彥博謙稱自己的詩。

④《英》《韶》：古樂《五英》、《韶》的並稱。相傳帝嚳作《五英》，舜作《韶》樂。泛指優美的音樂。南朝梁庾肩吾《書品論一》：“詹尹端策，故以迷其變化；《英》《韶》傾耳，無以察其音聲。”此稱美吳審豐之和詩。

⑤“便須”二句：用“洛陽紙貴”之典。形容著作風行一時，流傳甚廣。晉左思構思十年，寫成《三都賦》，豪富之家競相傳抄，洛陽爲之紙貴。

運使兵部以某馳想林泉拙詩言志
薦承屬和曲有褒嘉今復致謝

爲憶伊川塢，因成洛社吟。永言聊見志①，真賞得知心②〔一〕。黼繡頻加飾③，夔牙屢振音④。傳家同秘寶⑤，不啻滿籝金⑥。

【編年】

熙寧七年（1074）至元豐三年（1080）判大名府日作。

【校勘】

〔一〕賞：原作“嘗”，據四庫本改。

【箋注】

①永言：長言；吟詠。《書·舜典》：“詩言志，歌永言。”晉何敬祖《雜詩》：“勤思終遥夕，永言寫情慮。”

②真賞:確能賞識。此指真能賞識的人。《南史·王曇首傳》:"知音者希,真賞殆絶。"

③黼繡:古代繡有斧形花紋的衣服。《漢書·賈誼傳》:"美者黼繡,是古天子之服,今富人大賈嘉會召客者以被牆。"顔師古注:"黼者,織爲斧形。繡者,刺爲衆文。"

④夔牙:夔,舜時的樂官,精於音樂。牙,即伯牙,古代善鼓琴者。《荀子·勸學》:"伯牙鼓琴,而六馬仰秣。"琴曲《水仙操》、《高山流水》相傳爲伯牙所作。漢揚雄《甘泉賦》:"陰陽清濁穆羽相和兮,若夔牙之調琴。"以上兩句言吳審豐之詩作文辭優美。

⑤傳家:傳給子孫或子孫世代相傳。

⑥不啻:不止;不只。滿籯金:言漢韋賢教子有方,以詩書傳家。語出《漢書·韋賢傳》:"賢爲人質樸少欲,篤志於學,兼能《禮》、《書》,以《詩》教授,號稱鄒魯大儒。……本始三年,代蔡義爲丞相,封扶陽侯,食邑七百户。賢四子:長子方山爲高寢令,早終;次子弘,至東海太守;次子舜,留魯守墳墓;少子玄成,復以明經歷位至丞相。故鄒魯諺曰:'遺子黄金滿籯,不如一經。'"後遂用爲稱美儒者家風的典故。此稱美吳審豐詩作之佳。

運使兵部見采拙詩四沐繼和唱者已竭而答者無窮内省小巫敢當大敵既難收合餘燼願爲城下之盟①

引玉才三唱②,投珠已四吟③。出荒拙者三,蒙屬和者四。一鈞皆協律④,並蒙次韻見和。六義盡同心⑤。巨浸傾無竭⑥,洪鐘叩有音⑦。鼓行君正勇⑧,怯者願聞金⑨。

【編年】

熙寧七年(1074)至元豐三年(1080)判大名府日作

【箋注】

①城下之盟:原指因敵軍兵臨城下受脅迫而訂的盟約。《左傳·桓公十二

年》：“楚伐絞……大敗之，爲城下之盟而還。”此謂詩思已竭，願與吴審豐停止唱和。

②引玉：“抛磚引玉”的省語。相傳唐人趙嘏有詩名，至吴，常建欲得其詩，知其必遊靈岩寺，遂先題詩二句於壁，嘏遊寺見詩，補續二句以成一絶。常建詩不及趙嘏，故人謂建乃抛磚引玉。後常用爲以淺拙引出高明的謙詞。

③投珠：“明珠暗投”的省語。比喻珍寶落到不識貨的手中。語出《史記·魯仲連鄒陽列傳》：“臣聞明月之珠、夜光之璧，以暗投人於道路，人無不按劍而相眄者。何則？ 無因而至前也。”此以明珠稱美吴審豐之作。

④一鈞：指調節樂音的標準一致。此謂二人之詩爲次韻相和。

⑤六義：詩有六義，即風、雅、頌、賦、比、興。

⑥巨浸：指大水。

⑦洪鐘：大鐘。《世本·作篇》：“顓頊命飛龍氏鑄洪鐘，聲振而遠。”

⑧鼓行：擊鼓行軍。《史記·淮陰侯列傳》：“平旦，信建大將之旗鼓，鼓行出井陘口。”此稱美吴審豐詩思如湧。

⑨聞金：聽到鑼聲。即想收兵之意。謂文彦博自己已詩思枯竭，無以迎戰。

元師遷化其徒得舍利供於天缽因作四十言讚歎既而得殿省蘇承詩又增十字①

師今順寂去②，所寂竟何如。倏爾歸無物，湛然同太虚③。化成三昧火④，超出四禪居⑤。方悟祇園法⑥，又勝漆園書⑦〔一〕。蘇君善知識，言詩更起予⑧。

【編年】

熙寧七年（1074）至元豐三年（1080）判大名府日作。《文集》卷六有《某伏睹運使金部運判秘丞運句贊善贈長老元師詩一首舉唱三觀圓成叵測精微但深讚歎輒不自揆願繼善聲素昧宗乘頗慚蕪陋》作於熙寧九年左右。

【校勘】

〔一〕園:原作"原",據四庫本改。

【箋注】

①元師:文彦博判大名府日,與元師交遊頗多。遷化:指人死。《壇經·付囑品》:"師説偈已,端坐至三更,忽謂門人曰:'吾行矣!'奄然遷化。"舍利:相傳釋迦牟尼佛涅盤後,經火化出現了許多堅硬如石的物質,佛教徒稱其爲舍利,並將它們拿到印度各地供養。一些高僧在火化後留下的遺物,也稱爲舍利。

②順寂:順化圓寂。佛教稱僧尼死亡。《蓮社高賢傳·慧遠法師》:"師以世情難割,乃制七日展哀,至期始順寂,即義熙十二年八月六日也。"

③太虚:指廣大的太空。《莊子·知北遊》:"不過乎昆侖,不遊乎太虚。"

④三昧火:佛教用語。《傳法正宗記》曰:釋迦以化期爲近,乃命迦葉,以清浄法眼及金縷僧伽梨衣付汝。一旦往拘屍那城右脅而卧。泊然大寂。内之金棺。待迦葉至。而後三昧火熻然而焚。舍利光燭天地。

⑤四禪居:當即是四禪定。佛教語。色界初禪天至四禪天的四種禪定。人於欲界中修習禪定時,忽覺身心凝然,遍身毛孔,氣息徐徐出入,入無積聚,出無分散,是爲初禪天定;然此禪定中,尚有覺觀之相,更攝心在定,覺觀即滅,乃發静定之喜,是爲二禪天定;然以喜心湧動,定力尚不堅固,因攝心諦觀,喜心即謝,於是泯然入定,綿綿之樂,從内以發,此爲三禪天定;然樂能擾心,猶未徹底清浄,更加功不已,出入息斷,絶諸妄想,正念堅固,此爲四禪天定。

⑥祇園法:即佛法。祇園:"祇樹給孤獨園"或"祇園精舍"的簡稱。傳説釋迦牟尼在此地講過經。後用爲佛寺的代稱。

⑦漆園書:指《莊子》一書。戰國時思想家莊周曾任漆園吏,故稱。唐李德裕《重憶山居六首·漏潭石》:"常疑六合外,未信漆園書。"

⑧起予:稱美他人對自己有所教益。《論語·八佾》:"子復問曰:'"巧笑倩兮,美目盼兮,素以爲絢兮"何謂也?'子曰:'繪事後素。'曰:'禮後乎?'子曰:'起予者商也! 始可與言《詩》已矣。'"

令弟堅官滿歸京偶成四十言代書
寄判武學顧學士略資一噱

多年判武學，未改舊官銜。有意將投閣^①，無人爲解驂^②。師資盡韜略，況味極虀鹽^③。聞説鱸魚好，歸心風滿帆^④。

【箋注】

①投閣：即棄武投文之意。閣：指龍圖閣、秘閣等以待文學之選的部門。

②解驂：解脱驂馬贈人。原指以財物救人困急。此謂舉薦以救人困急之意。語出《史記·管晏列傳》：“越石父賢，在縲絏中。晏子出，遭之塗，解左驂贖之。”

③虀(jī)鹽：“朝虀暮鹽”的省語。虀：腌菜。早餐用腌菜下飯，晚飯蘸鹽進餐。形容飲食簡單，生活清苦。語出唐韓愈《送窮文》：“太學四年，朝虀暮鹽。惟我保汝，人皆汝嫌。”

④“聞説”二句：用“張翰思鱸”之典。喻思鄉歸隱。南朝宋劉義慶《世説新語·識鑒》：“張季鷹(張翰)辟齊王東掾，在洛，見秋風起，因思吴中菰菜羹、鱸魚膾，曰：‘人生貴得適意爾，何能羈宦數千里以要名爵？’遂命駕便歸。”

蒙惠咸陽水梨極佳快_{陶隱居謂梨爲快果}太原鳳
樓梨少許納上非報也欲校其味耳^{①〔一〕}

鳳樓佳果玉漿寒^{〔二〕}，馬乳龍鬚味一般。太原葡萄名重天下。未敢便教充釘坐^②，更將冰蜜校量看^{〔三〕}。咸陽有冰蜜之名。

【編年】

元祐元年(1086)秋平章軍國重事之日作。元祐元年至元祐二年四月，呂大忠先後任陝西路轉運副使、使。梨成熟於秋天，故當爲元祐元年(1086)秋。

〔一〕梨少：原作“少梨”，據四庫本及文意改。

〔二〕玉：原闕，據四庫本補。

〔三〕蜜：原作“密”，據四庫本及文意改。夾注同。

【箋注】

①原本題下注云：“呂大忠運使惠。”呂大忠字進伯，陝西藍田人。時爲陝西轉運副使。呂大防兄。呂氏兄弟六人，登科者五人。皇祐中第進士。爲晉城令、簽書定國軍判官。神宗熙寧中，王安石議遣使諸道，立緣邊封溝，大忠陳五不可，因罷不遣。歷知代州、石州，元祐元年（1091）正月除陝西路轉運副使，十月，遷陝西路轉運使。元祐二年（1092）四月改知陝府。後以直龍圖學士身份知秦州（今甘肅天水），後進寶文閣待制。紹聖二年（1095），被升爲寶文閣直學士、知渭州（今甘肅平涼）。因與章惇議不合，徙知同州，旋降待制致仕。

②釘坐：指釘坐梨。席上之珍。《舊唐書·崔遠傳》：“遠文才清麗，風神峻整，人皆慕其爲人，當時目爲‘釘座梨’，言席上之珍也。”

承答詩披覽嘆服無已今復和呈資一噱而已

《藥録》雖稱性味寒①，滌煩功效有多般。從來御宿嘉名著，豈與西沙一例看②。魏人謂壓沙爲西沙。

【編年】

元祐元年（1086）秋平章軍國重事之日作。

【箋注】

①“《藥録》”句：《藥録》，當即《桐君采藥録》，一名《桐君藥録》、《桐君録》。上古黃帝時臣桐君撰。記述藥用植物根、莖、葉、花、實之形色，花期果期等。咸陽水梨，又稱冰蜜。性寒。

②御宿：即御宿園。在長安（今陝西西安）。《三輔黃圖》卷四引《三秦記》：“御宿園出栗，十五枚一勝。大梨如五勝，落地則破。其取梨，先以布囊承之，號曰含消，此園梨也。”此二句謂咸陽水梨遠勝壓沙梨。西沙：即壓沙寺。在今河北大名縣東北古大名城內。

承惠梨栗前詩止及梨今並及之荒詞喧黷又增戰栗

盈襜始自終南采^①，兼量初從御宿般^②。寄到鄴城人未識^③，阿通欣躍已先看^④。

【編年】

元祐元年（1086）秋平章軍國重事之日作。

【箋注】

①盈襜：語出《詩·小雅·采綠》：“終朝采藍，不盈一襜。”襜，繫在衣服前面的圍裙。終南：即終南山。在陝西西安。

②御宿：即西安御宿園。

③鄴城：位於臨漳縣境内。曹操平滅袁紹後始營建鄴城，後來成爲曹魏的五都之一。此代指大名府。即壓沙寺所在地，所産梨稱壓沙梨。

④阿通：陶潛第五子，名佟。語出陶潛《責子》：“白髮被兩鬢，肌膚不復實。雖有五男兒，總不好紙筆。……通子垂九齡，但覓梨與栗。天運苟如此，且進杯中物。”

承惠鱖白魚蛤蜊仍以佳章見示並深珍感
輒依來韻奉和且申致謝之意^①

其　一

多魚見饋逾雙鯉^②，異味兼常過八珍。更使伊賓垂釣手，轉思江上膾鱸人^③。

【編年】

元祐元年（1086）秋平章軍國重事之日作。

【箋注】

①原本題下注云："河北運使郭民憲考功惠。"郭民憲,時爲河北轉運使。

②雙鯉:典出晉干寶《搜神記》卷一一:"母常欲生魚,時天寒,冰凍,祥(王祥)解衣,將剖冰求之,冰忽自解,雙鯉躍出,持之而歸。"

③"轉思"句:南朝宋劉義慶《世説新語・識鑒》:"張季鷹(張翰)辟齊王東掾,在洛,見秋風起,因思吳中菰菜羹、鱸魚膾,曰:'人生貴得適意爾,何能羈宦數千里以要名爵?'遂命駕便歸。"

<h2 style="text-align:center">其　二</h2>

望月懷珠重紫唇①,隔牆聞賣已稱珍。盫收篋貯承佳惠,深濟頹山病酒人②。

【箋注】

①紫唇:指蛤蜊。生於淺海泥沙中,白殼紫唇,大二三寸。肉味鮮美,可充海錯,或作醬醢。

②頹山病酒人:自比嵇康,言好酒也。頹山:用"玉山頹倒"之典。美稱人酒醉欲倒之態。南朝宋劉義慶《世説新語・容止》:"嵇康身長七尺八寸,風姿特秀,見者歎曰:'蕭蕭肅肅,爽朗清舉。'或云:'肅肅如松下風,高而徐行。'山公曰:'嵇叔夜之爲人也,岩岩若孤松之獨立;其醉也,傀俄若玉山之將崩。'"。

<h1 style="text-align:center">偶書答岐守吳卿幾復①</h1>

君説歸期未有期,西風又是膾鱸時。何當會集香山伴,同赴松窗燭下棋。

【編年】

熙寧七年(1074)至元豐三年(1080)判大名府日作。原本題下注云:"北京作。"

【箋注】

①吴幾復:字辨叔,汝州人。登進士第,皇祐中爲太學直講,朝廷知其賢,内試省府,外委以監司郡守之寄。後鎮荆南歿。

東溪奉送景仁内翰歸東都三首①

其　一

君自東都至西洛,風光相賞不相違。瑞雪承露從頭看,看到姚黄興盡歸。

【編年】

元豐八年(1085)致仕居洛陽日作。

【箋注】

①景仁内翰:指范鎮,以曾任翰林學士,故稱内翰。時致仕居洛陽。范鎮(1008—1088),字景仁,成都華陽(今四川成都)人。宋仁宗寶元元年(1038)進士,知諫院。改集賢殿修撰,糾察在京刑獄,同修起居注,遂知制誥。英宗立,遷翰林學士,後出知陳州(今河南淮陽)。神宗即位,復爲翰林學士兼侍讀、知通進銀臺司。以極力反對王安石變法。熙寧三年,以户部侍郎致仕。哲宗立,韓維言鎮在仁宗時有啓建儲之議,未嘗以語人,人亦莫爲言者,召拜端明殿學士,起提舉中太一宫兼侍讀。辭不就,改提舉崇福宫。數月,復告老,進銀青光禄大夫致仕,累封蜀郡公。卒,年八十一,謚忠文。《宋史》卷三三七有傳。

其　二

暮春修禊洛川遊①,絲管隨登李郭舟②。仲損昌言俱未至③,凝眸東望不回頭。張仲損、張昌言。

【箋注】

①修禊:古代民俗於農曆三月初三到水邊嬉戲,以祓除不祥。

②李郭舟：指高朋雅會所乘之舟。常用爲友人相親之典。《後漢書·郭泰傳》載，李膺與郭泰同舟而濟，從賓望之，以爲神仙。

③仲損：指張宗益。張宗益字仲損，歷任湖北轉運判官、都官員外郎，熙寧元年出使賀遼主生辰及正旦，歷知相州。昌言：指張問。張問字昌言，襄陽（今湖北襄樊）人。舉進士，康定二年（1041）又舉茂才異等科。通判大名府，熙寧元年（1068）自河北轉運使知澶州，入拜度支副使，復出爲河東轉運使，坐誤軍需貶知光化軍。未幾，復爲河北轉運使。歷知虢州、滄州、河陽、潞州。反對新法。元祐初爲秘書監、給事中，累官正議大夫卒，年七十五。《宋史》卷三三一有傳。

其　三

送君東至伊東塢，東望青嵩與白雲。又向嵩雲更東去，花前把酒惜離群。

頌送天缽長老若沖

江吳行化久，法眼衆推尊①。不憚南來遠，緣從北請頻。潮音振祖道②，朔土闢宗門③。有授傳高弟，無遮接下根④。慈航拯群溺⑤，慧日破重昏⑥。老守心迷鈍，求師示一言。

【編年】

熙寧七年（1074）至元豐三年（1080）判大名府日作。原本題下注云：“北京作。”

【箋注】

①法眼：佛教語。“五眼”之一。謂菩薩爲度脱衆生而照見一切法門之眼。清俞樾《茶香室三鈔·佛肉眼見四十里》：“佛氏五眼：一曰肉眼，二曰天眼，三曰慧眼，四曰法眼，五曰佛眼。”

②潮音：潮水的聲音。借指僧衆誦經之聲。祖道：古代爲出行者祭祀路神，並飲宴送行。《史記·滑稽列傳》：“故所以同官待詔者，等比祖道於都

門外。”

　　③朔土：北土。文彥博時判北京。宗門：指本門教派。唐張九齡《請御注道德經及疏施行狀》：“天旨玄遠，聖義發明，詞約而理豐，文省而事愜，上足以播玄元之至化，下足以闡來代之宗門。”

　　④下根：佛教語。猶鈍根。下等根器者。清龔自珍《〈妙法蓮華經〉四十二問》：“前三周簡矣，何以言初善、中善、後善？　答：就三周而論……爲下根説法，授下根記，後善也。”

　　⑤慈航：佛家指佛、菩薩以慈悲之心度脱衆生，猶如航船使衆生脱離苦海。南朝梁蕭統《開善寺法會》：“法輪明暗室，慧海渡慈航。”

　　⑥慧日：佛教語。指普照一切的法慧、佛慧。《文選·王中〈頭陀寺碑文〉》：“蔭法云於真際，則火宅晨涼；曜慧日於康衢，則重昏夜曉。”李善注引劉蚪曰：“菩薩圓净，照均明兩，故曰慧日。”重昏：十分昏暗；愚昧。明宋濂《題金書〈法華經〉後》：“蓋將放如來之慧光，破衆生之重昏也。”

五老會詩①

　　四個老兒三百歲，當時此會已難倫。如今白髮遊河叟，半是清朝解綬人②。喜向園林同燕集，更緣樽酒長精神。歡言預有伊川約，好作元豐第四春。爲來歲張本。

【編年】

　　元豐三年（1080）九月判河南府日作。原本題下注云：“元豐三年九月。”

【箋注】

　　①五老會：元豐三年，文彥博與范鎮、張宗益、張問、史炤發起“五老會”。原本題下注云：“范鎮内翰、張宗益工部、張問諫議、史炤大卿。”范鎮、張宗益、張問詳見本卷《東溪奉送景仁内翰歸東都三首》。史炤字中暉，歷大理寺丞、國子監直講，光禄卿，歷知恩州、潞州。

　　②解綬：解下印綬。謂辭免官職。漢蔡邕《文范先生陳仲弓銘》：“郡政有錯，争之不從，即解綬去。”

耆老會詩①〔一〕

九老唐賢形繪事②,元豐今勝會昌春。垂肩素髮皆時彦,揮麈清談盡席珍。染翰不停詩思健③,飛觴無算酒行頻④。蘭亭雅集誇修禊⑤,洛社英遊貴序賓⑥。自愧空疏陪几杖⑦,更容款密奉簪紳⑧。當筵尚齒尤多幸,十二人中第二人⑨。

【編年】

元豐五年(1082)判河南府日作。

【校勘】

〔一〕老:四庫本作"年"。

【箋注】

①耆年會:即文彦博在洛陽發起的"洛陽耆英會"。與會者有富弼、文彦博、席汝言、王尚恭、趙丙、劉幾、馮行己、楚建中、王慎言、張問、張燾、司馬光共十二人。原本題下注云:"富公第一,太師第二,共十二人。"後北都留守王拱辰來書要求加入。故總計十三人。

②九老:唐會昌五年(845),在白居易履道里第舉行尚齒之會。與會的九位老人分別是:前懷州司馬安定胡杲,年八十九;衛尉卿致仕馮翊吉皎,年八十六;前右龍武軍長史滎陽鄭據,年八十四;前慈州刺史廣平劉真,年八十二;前侍御史內供奉官范陽盧真,年八十二;前永州刺史清河張渾,年七十四;刑部尚書致仕太原白居易;洛中遺老李元爽,年一百三十六;僧如滿,年九十五歲。時秘書監狄兼謨以年未七十,雖與會而不及列。唐白居易在《九老圖詩》中記曰:"會昌五年三月,胡、吉、鄭、劉、盧、張六賢,於東都敝居履道坊合尚齒之會。其年夏,又有二老,年貌絶倫,同歸故鄉,亦來斯會。續命書姓名年齒,寫其形貌,附於圖右。與前七老,題爲九老圖。仍以一絶贈之。"

③染翰:指作詩文。唐杜甫《哭王彭州掄》:"贈詩焉敢墜,染翰欲無聊。"

④飛觴:舉杯或行觴。《文選·左思〈吳都賦〉》:"里燕巷飲,飛觴舉白。"劉良注:"行觴疾如飛也。大白,杯名,有犯令者舉而罰之。"

⑤蘭亭雅集：東晉王羲之與謝安、孫綽等顯達者及隱士文人共四十一人於永和九年三月三日在蘭亭聚會宴詠之事。據晉王羲之《蘭亭詩序》：“永和九年（353），歲在癸丑，暮春之初，會於會稽山陰之蘭亭，修禊事也。群賢畢至，少長咸集，此地有崇山峻嶺，茂林修竹，又有清流激湍，映帶左右，引以爲流觴曲水，列坐其次。雖無絲竹管弦之盛，一觴一詠，亦足以暢敍幽情。”

⑥序賓：即按年齡來排列賓客的次序。尊洛中燕集“尚齒不尚官”之俗。

⑦几杖：坐几和手杖，皆老者所用，古常用爲敬老之物，此借指老人。《禮記·曲禮上》：“謀於長者，必操几杖以從之。”唐杜甫《回棹》：“几杖將衰齒，茅茨寄短椽。”

⑧款密：親密，親切。三國蜀許靖《與曹公書》：“昔在會稽，得所貽書，辭旨款密，久要不忘。”簪紳：猶簪帶。冠簪與紳帶，古時官吏所佩帶，因以爲官吏的代稱。唐顏師古《奉和正日臨朝》：“肅肅皆鵷鷺，濟濟盛簪紳。”

⑨十二人中第二人：時文彦博七十七歲，在十二人中排名第二；富弼時年七十九，排名第一。

【附載】

《邵氏聞見録》卷一〇：“元豐五年，文潞公以太尉留守西都，時富韓公以司徒致仕，潞公慕唐白樂天九老會，乃集洛中公卿大夫年德高者爲耆英會。以洛中風俗尚齒不尚官，就資勝院建大廈曰‘耆英堂’，命閩人鄭奐繪像其中。時富韓公年七十九，文潞公與司封郎中席汝言皆七十七，朝議大夫王尚恭年七十六，太常少卿趙丙、秘書監劉幾、衛州防禦使馮行己皆年七十五，天章閣待制楚建中、朝議大夫王慎言皆七十二，太中大夫張問、龍圖閣直學士張燾皆年七十。時宣徽使王拱辰留守北京，貽書潞公，願預其會，年七十一。獨司馬溫公年未七十，潞公素重其人，用唐九老狄兼謨故事，請入會。溫公辭以晚進，不敢班富、文二公之後。潞公不從，令鄭奐自幕後傳溫公像，又至北京傳王公像，於是預其會者凡十三人。潞公以地主攜妓樂就富公宅作第一會。至富公會，送羊酒不出；餘皆次爲會。洛陽多名園古刹，有水竹林亭之勝，諸老鬚眉皓白，衣冠甚偉，每宴集，都人隨觀之。”

富弼（1004—1083），字彦國，河南（今河南洛陽）人，時年七十九。富弼《伏承留府太尉相公就敝居爲耆年之會承命賦詩謹録上呈伏惟采覽》：“西洛古帝都,衣冠走集地。豈惟名利場,驟爲耆德會。大尹吾舊相,曠懷輕富貴。日與退老遊,臺閣並省寺。予慚最衰老,亦許預其次。遂欲省儀容,爛然形繪事。閩嶠訪精筆,鮫綃布絕藝。今復崇宴衎,聊以示慈惠。幽居近銅駝,荒弊仍湫底。塞路移君庖,盈車載春醴。獻酬互相趣,觀處不知止。商嶺有四翁,晉林惟七子。較我集諸賢,盛衰何遠邇。並事實可矜,傳之爲千祀。"

尚書司封郎中致仕席汝言(1006—?),字君從,時年七十七。席汝言《耆英會》:

其一:"繫國安危唐上宰,功成身退漢留侯。二公閑暇開高宴,九老雍容奉勝流。共接雅歡恩意洽,不矜崇貴禮容優。賞心樂事人間盛,豈謂今稀古壽儔。"

其二:"壯歲塵埃祿事牽,老歸重到舊林泉。曾無勳業書青史,偶向康寧養老年。自分杜門居陋巷,敢期序齒預公庭。更慚形穢才涼薄,不稱圖真接世賢。"

朝議大夫致仕王尚恭(1007—1084),字安之,時年七十六。王尚恭《耆英會》:"端朝風望兩臺星,珪組參差又十人。八百喬年餘總數,一千熙運遇良辰。席間韻語皆非俗,圖上形容盡得真。勝事主盟開府盛,誤容衰薄混清塵。服許便衣更野逸,坐從齒列似天倫。二公笑指增和氣,夜久盤花旋發春。"

太常少卿致仕趙丙(1008—?),字南正,時年七十五。趙丙《耆英會》:"新春鼎洛燕英髦,主禮雍容下庶僚。二相比肩官一品,十人華髮事三朝。星階並列瞻台曜,尊酒時行抱斗杓。東潁庸夫最無狀,也將顏面趁嘉招。"

秘書監致仕、上柱國劉幾(1008-1088),字伯壽,時年七十五。劉几《耆英會》:

其一:"司徒碩德今無比,太尉殊勳固絕倫。偶以暮年陪盛宴,喜將白髮照青春。八公有穢山空著,四皓當衰心且伸。元老相望疏迹在,不應此會愧前人。"

其二:"制舉省元推二相,龍頭昔日屬宣猷。人間盛事並遐算,一席幾盈九百籌。"

衛州防禦使致仕馮行己(1008—1091),字肅之,時年七十五。馮行己《耆英會》:"壽稱五福壽爲先,有德人方得壽延。自愧櫟樗非遠器,誰應齒髮亦遐年。立身官未三公貴,推老名陪二相賢。喜把衰容模梵宇,慚無纖效勒燕然。當時遭遇承陶冶,今日光榮預燕筵。從此洛城增勝概,又新重作畫圖傳。”

楚建中(1011—1090),字正叔,洛陽人,時年七十二。楚建中《耆英會》:

其一:“自顧頹齡七十餘,久慚頑鈍費洪爐。歸適大老耆年會,衰朽形骸愧畫圖。”

其二:“二相謨猷爛史編,諸公才業過前賢。好圖儀像傳來世,何事頑疏亦比肩。”

司農少卿致仕王慎言(1011—1087),字不疑,河南人,時年七十二。王慎言《耆英會》:“相印貂冠粲六符,華顛高會侍臣俱。不將官職誇鄉里,唯尚年齡入畫圖。履道清歡追故事,竚瞻陰德見訏謨。叨陪几席真榮觀,珪璧叢中問珷玞。”

宣徽南院使、檢校太尉、判大名府王拱辰(1012—1085),字君貺,時年七十一。王拱辰《耆英會》:“西都山水天下奇,神嵩景室環清伊(上古太室山爲景室山)。甫申間氣秀不絶,生賢會聖昌明時。衣冠占數盛文雅,台符卿月光離離。魏京雄奧壓幽朔,遊宮御府嚴天威。膏田千里翳桑柘,犀甲萬旅馴熊羆。公當緩帶名三鎮,懸赤繼軫承保釐。追維契舊最深篤,加復雍盂交旃庵。仁皇一莊龍虎榜,桂堂先後攀高枝。宦遊出處五十載,鷥臺驥路俱騰夷。三公極位固遼隔,五年以長猶肩隨。公今復主鳳門鑰,僕亦再撫銅臺圻。二京相望阻河廣,三徑不克陪遊嬉。忽聞干步踵門至,投我十二耆英詩。整冠肅貌諷章句,若坐寶肆羅珠璣。爲言白傅有高躅,九君結社真可師。欲令千載著風迹,亟就僧館圖神姿。詞宗端殿序篇目,滂灑大筆何淋漓。眷言履道靡充詘,菟裘近邑將營歸。報云繪事得精筆,願列霜壁如唐規。退居舊相國元老,十年還政瀍之涯。康寧貴壽備五福,靈寶盛氣如虹霓。昔年大對繼晁董,登科賜第同一期。皆天聖八年。紫垣步武既通接,金莎里閈還鄰比。探禪論道劇酬對,摩軋太古窮天機。二相勳業冠朝省,爵齒宦學誰依稀。今將肖貌表來世,詎可下客聯縲綏。既蒙月品定人物,不敢循避違風期。況承開閣厚賓客,富有景物佳園池。銅駝坊西福善宅,修竹萬個籠清綺。天光台高未百尺,下眺林嶺如屏幃。花王千品盡殊勝,風光繡畫三春暉。六相街中潞公第,碧瓦萬木煙參差。左隅廟室本經禮,右閣宸翰尊星奎。婆娑青風舞松柏。煥爛亯錦熏酴醾。石渠飛溜漱寒玉,書夜竽瑟鳴階墀。伊予陋宇治窮僻,姑喜地廣爲環溪。樓名多景可曠望,台號風月延清暉。四時花藕不外假,拏舟傲幘聊嬉怡。懷歸撫事若飢渴,恨無羽翼西南飛。人生交舊貴倫輩,情親意接心相知。豈無晚秀負才緼,高談大笑拘禮儀。洛中故事重名義,燕毛第以年相推。濯冠登仕荷天寵,尊君報國當百爲。既嗟大耄盍知止,納祿謝事皆所宜。顧方北道倚煩劇,未許解綬披荷衣。長篇不令負花約(公貽“莫負花前約”之句),爲指風什歌式微。如羹甘露爽心骨,似柄玉麈親顔眉。蘭叢雖未長羅宅,菊英亦自思陶籬。子山已著小園賦,彥倫猶愧鐘山移。聊攄短引謝招隱,肯使猿鶴常驚啼。”

太中大夫、提舉崇福宮張問(1013—1087),字昌言,襄陽(今屬湖北)人,時年七十。張問《耆英會》:“槐庭二老樂堯仁,盛集高年洛水濱。華袞具瞻雛禮絕,白頭序齒却情親。清閑几席同禪院,山野巾裘似隱淪。尊酒椒香才過節,池塘草色已催春。白公酣暢吟哦内,衛武康强笑語頻。豈獨丹青傳不朽,潛欣風俗欲還淳。芝田鶴戲調形健,蓮葉龜遊納息匀。商皓寂寥拘小隱,漢疏局促止家人。莫因氣貌疑丹竈,自有光陰寄大椿。復得兼謨爲重客,恐遺元爽在編民。神仙可學今方信,道術相忘久益真。滿座交歡祝眉壽,群生五福托鴻鈞。”

龍圖閣直學士、通議大夫、提舉崇福宮張燾(1013—1082),字景元,臨濮(今山東鄄城)人,時年七十。張燾《耆英會》:“洛城今昔衣冠盛,韓國園林景物全。功在三朝尊二相,數逾九老萃群賢。當時鄉社爲高會,此日居留□款延。多幸不才陪履舄,更慚七十是新年。”

端明殿學士兼翰林侍讀學士、太中大夫司馬光(1019—1086),字君實,時年六十四。司馬光《耆英會》:“洛下衣冠愛惜春,相從小飲任天真。隨家所有自可樂,爲具雖微誰笑貧。不待珍羞方下箸,只將佳景便娛賓。庚公此興知非淺,藜藿終難作主人。”

再酬富公一絕

洛下衣冠今最盛,當筵尚齒禮容優[一]。惟公福壽並勳德,合是人間第一流。

【編年】

元豐五年(1082)判河南府日作。

【校勘】

〔一〕筵:原作"年",據《山右石刻叢編》卷一四《耆英圖並詩石刻》改。較勝。

次韻秦帥經略呂通議過洛少留①

喜過西都暫解鞍,樽前不惜醉酡顏②。推襟道舊從容久③,落筆成詩頃刻間。塞外定知威令肅,幕中常得雅歌閑④。相門出相歸人望,瑣闥難淹侍從班⑤。

【編年】

元豐五年(1082)判河南府日作。《長編》卷三一九:"(元豐四年十一月)辛卯,知秦州、端明殿學士曾孝寬知河陽。河北都轉運使王居卿知秦州,尋改命知審官院、通議大夫呂公孺。"

【箋注】

①呂公孺:字稚卿。呂夷簡子。賜進士出身,判吏部南曹。《宋史》本傳:"神宗得綏州,遣使議守棄之便,久未決。命公孺往,與郭逵議合,遂存綏州。常平法行,公孺請以青苗、免役歸提刑司。徙知渭州,再徙鄆州。坐失入死刑,責知蔡州。元豐初……命知永興軍。徙河陽。……知審官東院,出知秦州。李憲以詔出兵,欲盡駐原、渭,公孺不可,與憲相論奏,坐徙相州,更陳、杭、鄭、瀛四州。元祐初,加龍圖閣直學士,復以爲秦州,固辭,改秘書監。遷刑部侍郎、知開封府。……擢戶部尚書,以病,提舉醴泉觀。卒,年七十。贈右光禄大夫。"

②酡(tuó)顏:飲酒後發紅的臉。

③推襟:即"送抱推襟"。襟:也作"衿",指胸懷、心意。抱:胸懷。比喻以真心相見,誠摯交往。《南史·張充傳》:"與(王)儉書曰:'所可通夢交魂,推襟送抱者,唯丈人而已。'"

④雅歌:即"雅歌投壺"。吟雅詩及作投壺遊戲。《後漢書·祭遵傳》:"遵爲將軍,取士皆用儒術,對酒設樂,必雅歌投壺。"後一般指武將之儒雅行爲。

⑤"相門"二句:言此通議大夫、知秦州兼秦鳳路經略安撫使呂公孺,爲前宰相呂夷簡之子,時爲給事中。瑣闥:即青瑣闥。爲梁給事黄門侍郎(或給事中)之别稱。南朝梁范雲《古意贈王中書》:"攝官青瑣闥,遥望鳳凰池。"侍從:宋代稱翰林學士、給事中、六尚書、侍郎爲侍從。

家園花開與陳大師飲茶同賞呈劉伯壽
楚正叔張昌言①〔一〕

今朝自賞家園花,濃豔繁英粗可誇。外監上坡俱不至②,紫團仙客共烹茶③。

【編年】

元豐三年(1080)至元豐六年(1083)判河南府日作。

【箋注】

①劉伯壽:即劉幾。字伯壽,秘書監致仕。楚正叔:即楚建中。字正叔,洛陽人,以正議大夫致仕。張昌言:即張問。太中大夫、提舉崇福宫。

②外監:此代指劉幾。唐代詩人賀知章自稱"秘書外監"。劉幾以秘書監致仕,此戲稱劉幾爲"秘書外監"。上坡:此代指楚建中和張問。葉夢得《石林燕語》卷五:"諫議大夫亦稱坡,此乃出唐人之語。諫議大夫班本在給、舍上,其遷轉則諫議歲滿方遷給事中,自給事中遷舍人。故當時語云:'饒道鬥上坡去,亦須却下坡來。'以諫議爲上坡,故因以爲稱。"楚建中、張問一任正議大夫,一任太中大夫,也稱上坡。宋時可能擴展爲稱"大夫"爲"上坡"。

③紫團仙客:指陳大師。宋有《紫團丹經》爲紫團真人撰,或即此陳大師。

近以洛花寄獻齋閣蒙賜詩五絕襃借
輒成五篇以答來貺①

其　一

左魏牛黃數十枝②,洗妝添色又新奇③。金刀剪送三城去④,
聊助山翁宴習池。謂陳園也。

【編年】

元豐五年(1082)判河南府日作。《長編》卷三一九:"(元豐四年十一月)
辛卯,知秦州、端明殿學士曾孝寬知河陽。"

【箋注】

①曾孝寬字令綽,曾公亮子。時以端明殿學士、知河陽。原本題下注云:
"寄酬河陽曾端明孝寬。"

②左魏:即左紫。宋代培育成的一種紫色重瓣牡丹。宋周師厚《洛陽牡丹
記》:"左紫,千葉紫花也,色深於安勝,然葉杪微白,近萼漸深,突起圓整,有
類魏花,開頭可八九寸,大者盈尺。此花最先出,國初時生於豪民左氏家。"
牛黃:牡丹的一種。宋歐陽修《洛陽牡丹記·花釋名》:"牛黃亦千葉,出於
民牛氏家,比姚黃差小。真宗祀汾陰,還過洛陽,留宴淑景亭,牛氏獻此花,
名遂著。"

③洗妝、添色:均爲牡丹品名。

④三城:指河陽。北魏時在這裏築三城,北中城在黃河北岸,中潬城在黃
河中的沙洲上,南城在黃河南岸。唐代後期,始置河陽三城節度使。

其　二

山翁爲賞洛花奇,采筆連揮五絕詩。口沫手胝頻捧讀①,蘭

亭醉墨尚淋漓②。

【箋注】

①手胝(zhī)：謂由於辛勞而使手上生了老繭。明王志堅《表異録·言動》：“行役之勞曰足繭手胝。”此言捧讀之頻。

②蘭亭醉墨：原指王羲之醉後所書之《蘭亭集序》，此稱美曾孝寬的書法。

其　三

舊説河陽滿縣花，安仁當日頗矜誇①。洛城花品雖奇絶，多出尋常百姓家。

【箋注】

①安仁：指潘岳。字安仁。《白氏六帖·縣令》：“潘岳爲河陽令，樹桃李花，人號曰‘河陽一縣花。’”

其　四

朱輪大旆行春樂，濟上山陽景物佳。莫羨洛城花品好，三城本自有硃砂。硃砂紅，洛中奇品，陳園亦有之。

其　五

後園不見栽桃李，舊尹無能可自知①。縱使當時曾手植，經今十載亦凋衰。來書云：“孟之後園，尋常桃李亦鮮。”

【箋注】

①舊尹：指文彦博。熙寧六年至七年曾知河陽。

近聞有真率會呈提舉端明司馬①

近知雅會名真率，率意從心各任真。顔子簞瓢猶自樂②，庚

郎鮭韭不爲貧③。加籩只恐勞煩主,緝御徒能困倦賓④。務簡去
華方盡適,古來彭澤是其人⑤。是詩也,率爾而作,斐然而成⑥,雖甚鄙
拙,亦有希真之意焉。

【编年】

元豐六年(1083)判河南府日作。

【箋注】

①真率會:司馬光在洛發起的逸老會。《能改齋漫録·逸文·真率會》:
"司馬溫公有真率會,蓋本於東晋初肆拜官相飭供饌。羊曼在丹陽日,客來早
者,役佳設,日宴則漸不復精,隨客早晚而不問貴賤。時羊固拜臨海守,竟日皆
美,雖晚至者,猶獲精饌。時言:'固之豐腆,不如曼之真率。'"提舉端明司馬:
指司馬光,時爲端明殿學士、提舉崇福宮。

②顏子簞瓢:指安貧樂道的賢德之士。《論語·雍也》:"子曰:'賢哉,回
也! 一簞食,一瓢飲,在陋巷,人不堪其憂,回也不改其樂。賢哉,回也!'"

③庾郎鮭韭:指南朝齊庾杲之。杲之爲尚書駕部郎,家清貧,食唯有韭菹、
瀹韭、生韭雜菜,人戲之曰"誰謂庾郎貧,食鮭常有二十七種。"三九二十七,音
諧三韭。事見《南齊書》本傳。鮭:古代魚類菜肴的總稱。唐陸龜蒙《中酒
賦》:"周子之菘向晚,庾郎之薤初春。"

④緝御:局促的樣子。《詩·大雅·行葦》:"肆筵設席,授几有緝御。"

⑤彭澤:指晋陶潛。陶潛曾爲彭澤令,故稱。唐王勃《滕王閣詩序》:"睢
園綠竹,氣凌彭澤之樽;鄴水朱華,光照臨川之筆。"

⑥斐然:有文采的樣子。《漢書·禮樂志》:"九歌畢奏斐然殊,鳴琴竽瑟
會軒朱。"

【附載】

《呂氏雜志》卷下:"(司馬光)與楚正叔通議、王安之朝議耆老者六七人相
與會於城中之名園古寺,且爲之約:果實不過五物,肴膳不過五品,酒則無算。
以爲簡則易供,簡則易繼也。命之曰:真率會。文潞公時以太尉守洛,求欲附
名於其間,温公爲其顯,弗納也。一日,潞公伺其爲會,戒廚中具盛饌直往造
焉。温公笑而延之曰:'欲却此會矣。'相與歡飲,夜分而散,亦一時之盛事也。

後溫公語人曰:'吾知不合放此老入來。'"

司馬光《和潞公真率會詩》:"洛下衣冠愛惜春,相從小飲任天真。隨家所有自可樂,爲具更微誰笑貧? 不待珍饈方下箸,只將佳景便娛賓,庾公此與知非淺,藜藿終難繼主人。"

范純仁亦有和詩《和文太師真率會》:"賢者規模衆所遵,屏除外飾貴全真。盍簪既屢宜從簡,爲具雖疏不愧貧。免事獻酬修末節,都將誠實奉嘉賓。豈唯同志欣相照,清約猶能化後人。"

提舉端明寵示三月三十日雨中書懷
包含廣博義味精深詞高韻險
宜其寡和輒次元韻①

春光垂欲盡,夏景漸增添。鬱鬱松篁茂,蕭蕭風雨兼。花心隨絮落,屐齒被苔粘。巧囀鶯遷木,驚飛燕入簾。蝦鬚穿曲沼,虎爪度前簷②。坐久香銷炷,吟多筆費尖。雲容方靄靄,日色未炎炎。舞鶴傾丹頂,遊龜散綠髯。命賓常務率,出令更須嚴。詩詠當階藥,書尋傍架籤。蘭芬衣可襲,露潤草俱沾。貴近辭金馬③,編修賜玉蟾④。高懷惟自適〔一〕,獨樂未嘗厭。赤白曾諳丙⑤,丹青每誚閻⑥。沖和緣養浩⑦,寂寞爲安恬。身處貧無愧,心貪道不廉。成文推大手⑧,濟用鄙輕縑⑨。視履循清節⑩,祈恩陋雜占。聞韶欣鳳舞,在藻愛魚潛。鱸膾思魚艇,貂冠望酒簾。聖時非吏隱⑪,賢業繫民瞻。撫事惟公論,摛辭乃自謙⑫。保躬誠易退,康世義難淹⑬。類句慚無取,酬言幸不嫌。

【編年】

元豐六年(1083)春判河南府日。按此詩是文彥博次韻司馬光的《三月三十日微雨偶成詩二十四韻書懷獻留守開府太尉兼呈真率諸公》(李之亮《司馬温公集編年箋注》第二册卷一四)。司馬光《二十六日作真率會伯康與君從七十八歲安之七十七歲正叔七十四歲不疑七十三歲叔達七十歲光六十五歲合五百一十歲口號成詩用安之前韻》,司馬光出生於真宗天禧三年(1019),由詩題知作真率會時司馬光65歲,推知此會作於元豐六年(1083),此詩也作於此年。

【校勘】

〔一〕懷:原作"懂",據四庫本及文意改。

【箋注】

①提舉端明:指司馬光。時端明殿學士、提舉崇福宫。

②虎爪:當指爬山虎的葉子。

③金馬:原指漢代國家藏書之所。漢班固《兩都賦》序:"内設金馬石渠之署,外興樂府協律之事。"唐劉肅《大唐新語·匡贊》:"聖上好文,書籍之盛事,自古未有……前漢有金馬、石渠,後漢有蘭臺、東觀。"借指翰林院。此指翰林學士。

④編修賜玉蟾:指司馬光以編修《資治通鑒》之故,乞閑官以便編修。令再提舉崇福宫。

⑤赤白曾諮丙:此以司馬光比西漢丞相丙吉,言咨詢其軍國大事。赤白:即"赤白囊"。古代遞送緊急情報的文書袋。《漢書·丙吉傳》:"適見驛騎持赤白囊,邊郡發犇命書馳來至。"丙:即丙吉。唐劉禹錫《和司空裴相公中書即事通簡舊寮之作》:"日運丹青筆,時看赤白囊。"

⑥丹青每誚閻:閻立本爲畫家很優秀,却無宰相器。《新唐書·閻立本傳》:"(閻立本)既輔政,但以應務俗材,無宰相器。時姜恪以戰功擢左相,故時人有'左相宣威沙漠,右相馳譽丹青'之嘲。"

⑦沖和:淡泊平和。南朝梁沈約《雍雅》之二:"屬厭無爽,沖和在御。"

⑧大手:猶高手。指工於文辭的名家。唐僧鸞《贈李粲秀才》:"颯風驅雷暫不停,始向場中稱大手。"

⑨緡:貨幣或賞賜酬謝的禮物。

⑩視履:觀察其行爲。《易·履》:"上九:視履考祥,其旋元吉。"孔穎達疏:"視履考祥者,祥謂徵祥,上九處履之極,履道已成,故視其所履之行善惡得

失,考其禍福之徵祥。"

⑪吏隱:謂不以利禄縈心,雖居官而猶如隱者。唐白居易《江州司馬廳記》:"江州左匡廬,右江湖,土高氣清,富有佳境……苟有志於吏隱者,捨此官何求焉?"

⑫摛辭:也作"摛詞"。鋪陳文辭。晋郭璞《〈方言〉序》:"類摛詞之指韻,明乖途而同致。"

⑬康世:治理天下。南朝齊王儉《高帝哀策文》:"康世以德,撥亂資武。"

奉陪伯温中散程伯康朝議司馬君從大夫席
於所居小園作同甲會①

四人三百十二歲,況是同生丙午年②。招得梁園同賦客③,合成商嶺采芝仙④。清談亹亹風盈席⑤,素髮飄飄雪滿肩。此會從來誠未有,洛中應作畫圖傳。

【編年】

元豐六年(1083)判河南府日作。

【箋注】

①伯温中散程:指程珦,字伯温,中散大夫致仕,時七十八歲。程珦(1006—1090),洛陽人。歷知鳳、磁、漢三州事。熙寧法行,抗議未便,不久致仕。元祐五年卒,年八十五。二子程顥、程頤。《宋史》卷四二七《程顥傳》有附傳。中散大夫:寄禄官階,正五品上。伯康朝議司馬:指司馬旦,字伯康,朝議大夫致仕,時七十八歲。曾知宜興縣、梁山軍、安州。熙寧八年致仕。官至太中大夫。元祐二年,卒,年八十二。《宋史》卷二九八有傳。朝議大夫:寄禄官階,正五品下。君從大夫席:指席汝言,字君從,司封郎中致仕。時七十八歲。同甲會:時文彦博也七十八歲。四人同甲,故稱。

②丙午年:宋真宗景德三年(1006)。

③梁園同賦客:梁孝王在梁園置酒召請文士鄒陽、枚乘、司馬相如等名流,

一起聚會飲酒,天忽然下起雪來,梁王不禁即興吟誦,讓司馬相如爲文作賦,以記這次盛遊。事見《文選·謝惠連〈雪賦〉》:"(梁王)遊於兔園,乃置旨酒,命賓友,召鄒生,延枚叟,相如末至,居客之右。俄而微霰零,密雪下,王乃歌北風於衛詩,詠南山於周雅,授簡於司馬大夫,曰:'抽子秘思,騁子妍辭,侔色揣稱,爲寡人賦之。'"後用爲詠文士聚會吟詠。

④商嶺采芝仙:指秦末漢初隱居在商山的東園公、甪里先生,綺里季、夏黃公,稱爲商山四皓。他們拒絕漢高祖劉邦的禮聘,詠《采芝歌》而歸隱商山。後用爲詠隱逸之典。晋陶潛《桃花源詩》:"黃綺之商山,伊人亦云逝。"

⑤亹亹(wěi):謂談論動人,有吸引力,使人不知疲倦。南朝梁鍾嶸《詩品·晋黃門郎張協》:"詞采蔥蒨,音韻鏗鏘,使人味之亹亹不倦。"

【附載】

《范忠宣集》卷四《上文潞公同甲會》(題下注云:潞公、程珦中散、席汝言司封、司馬旦太中各年七十八):"四公眉壽復均年,此會前修未省傳。筋力輕安同少壯,風標瀟灑似神仙。分司東洛榮難並,白樂天詩云'今年四皓盡分司'。聚德西豪事莫肩。今夕天官應有奏,老人星彩近台躔。"

子山朝奉倅汝陰過洛訪別求詩①

鄴下才名同七子②,六年開幕得嘉賓。子山前佐大名,使幕六年,老拙所賴。屈從潁水投餘刃③,合去甘泉作從臣④。素以潘楊敦信睦〔一〕,仍於洛孟卜仁鄰⑤。士元驥足難羈絆⑥,即見康衢勢絕塵⑦。

【編年】

元豐四年(1081)至元豐六年(1083)判河南府日作。詩中注云:"子山前佐大名,使幕六年。"

【校勘】

〔一〕楊：原作“陽”，誤。徑改。潘楊指潘岳、楊綏（仲武）。潘岳的妻子是楊綏的姑姑。兩家又是世親，代代和睦。後遂稱姻親爲潘楊。語出《文選·潘岳〈楊仲武誄〉》：“既藉三葉世親之恩，而子之姑，余之伉儷焉……潘楊之穆，有自來矣，豈乃今日，慎終如始。”唐孟浩然《送桓子之郢城過禮》：“爲結潘楊好，言過鄢郢城。”

【箋注】

①子山朝奉：指陳安壽，子子山，時朝奉大夫、通判潁州。朝奉：朝奉大夫，正五品下。倅汝陰：即通判潁州（今安徽阜陽），三國時汝陰郡。原本題下注云：“陳安壽。”

②鄴下七子：即建安七子。指建安時期孔融、陳琳、王粲、徐幹、阮瑀、應瑒、劉楨。曹丕《典論·論文》曾以此七子並舉，始有此稱。七子中，除孔融是曹操的反對派，被操所殺外，其餘六人都是曹氏父子的僚屬和鄴下文人集團的重要作家。由於他們同居鄴，故又稱“鄴下七子”。鄴城：今河北臨漳。建安十八年（213）曹操爲魏公，定都於此。

③潁水：此指潁州，三國時汝陰郡。餘刃：喻指處事裕如的能力。《莊子·養生主》：“彼節者有間，而刀刃者無厚。以無厚入有間，恢恢乎其於遊刃必有餘地矣。”唐劉禹錫《答饒州元使君書》：“唱黎韓宣英，好實蹈中之士也。前爲司封郎，以餘刃剸劇於計曹。”此句謂陳安壽去做潁州通判屈才。

④“合去”句：謂陳安壽當去朝廷任侍從之官。甘泉：宮名。故址在今陝西淳化西北甘泉山。本秦宮。漢武帝增築擴建，在此朝諸侯王、饗外國客；夏日亦作避暑之處。《三輔黄圖·甘泉宮》：“一曰云陽宮……始皇二十七年作甘泉宮及前殿，築甬道自咸陽屬之。漢武帝建元中增廣之。周回一十九里，中有牛首山，望見長安城。”唐李頎《江上逢王將軍》：“蚪鬚憔悴羽林郎，曾入甘泉侍武皇。”

⑤卜鄰：選擇好鄰居。《左傳·昭公三年》：“諺曰：‘非宅是卜，惟鄰是卜。’二三子先卜鄰矣。”唐杜甫《寄贊上人》：“一昨陪錫杖，卜鄰南山幽。”

⑥士元驥足：形容人才華出眾，待機施展。典出《三國志·蜀書·龐統傳》：“先主領荆州，統以從事守耒陽令，在縣不治，免官。吳將魯肅遺先主書

曰:'龐士元非百里才也,使處治中、别駕之任,始當展其驥足耳。'"

⑦康衢:四通八達的大路。《晋書·潘岳傳》:"動容發音,而觀者莫不抃舞乎康衢,謳吟乎聖世。"絕塵:腳不沾塵土,形容奔馳得很快。《莊子·田子方》:"夫子步,亦步;夫子趨,亦趨;夫子馳,亦馳;夫子奔逸絕塵,而回瞠若乎後矣。"後因以謂超絕凡俗,不可企及。

留守相公和提舉端明作三壽公字韻詩輒繼前韻①

三川開盛府,萬鑰主離宫②。雪苑延梅叟,湖園奉晋公③。因依念有素④,出處幸多同⑤。雅會歡言意,今推前輩風。右紀留守相公韓康公⑥。

【編年】

元豐七年(1084)致仕居洛陽日作。韓絳元豐六年底判河南府,元豐八年春移判大名府。元豐八年四月,司馬光改知陳州,故四人齊聚洛陽之日當爲元豐七年左右。

【箋注】

①留守相公:指韓絳。時判河南府兼西京留守司事。提舉端明:指司馬光。時端明殿學士、提舉崇福宫。致政内翰:指范鎮。曾任翰林學士。

②離宫:指帝王在京師以外,供出巡臨時休息居住的宫室。此指西京洛陽。

③晋公:唐宰相裴度,爵晋國公。文宗時,爲東都留守。時宦官專政,度不復有經世濟民之意,乃於洛陽建别墅,號"綠野堂",常與白居易、劉禹錫等酣宴終日,高歌放言,以詩酒琴書自娱。

④因依:倚傍;依託。三國魏阮籍《詠懷》詩之八:"回風吹四壁,寒鳥相因依。"有素:有故交。謂久已熟悉。

⑤出處:出仕或隱退。出,猶言登上仕途;處,猶言退隱家居。語本《系辭上傳》:"君子之道,或出或處。"《王昶傳》:"雖出處不同,然各有所取。"

⑥留守相公韓康公:指韓絳,時判河南府兼西京留守,爵康國公。以曾任

宰相,故稱相公。

【附載】

　　司馬光《陪致政開府太師留守相公致政內翰燕集輒歌盛美爲三公壽皆用公字爲韻》:"獨佐成康世,高年有畢公。神心降維岳,龜兆告非熊。黃閣遵成禮,太常書茂公。歸來保眉壽,恩禮享優隆。"

　　千載親逢聖,三槐位忝公①。周行簉鵷鷺②,渭水愧羆熊③。致主曾無術④,康時豈有功。台文形雅詠,褒假過優隆。右自述並謝留守相公⑤。

【箋注】

　　①三槐:三公的代稱。《周禮‧秋官‧朝士》:"面三槐、三公位焉。"古代在皇宮大殿外植槐木三株,三公之位在其下。後因以爲三公的代稱。《陳書‧侯安都傳》:"位極三槐,任居四岳。"文彥博以太師致仕,故云。

　　②周行:周官的行列。《詩‧周南‧卷耳》:"嗟我懷人,置彼周行。"後泛指同朝官員。唐姚合《酬萬年張郎中見寄》:"貢籍常同府,周行今一時。"簉:通"萃"。聚集、雜。鵷鷺:即鵷鸞。古代認爲鵷和鷺動止有序,故用以比喻朝官。唐杜甫《暮春題瀼西新賃草屋五首》之五:"未息豹虎鬥,空慚鵷鷺行。"

　　③羆(pí)熊:舊時指將遇到幫助國君的賢臣。相傳周文王夢飛熊而遇太公望。語出《史記‧齊太公世家》:"西伯將出獵,卜之,曰:'所獲非龍非彨(chī),非虎非羆;所獲霸王之輔。'"

　　④致主:猶致君。謂輔佐國君,使其成爲聖明之主。唐李頻《長安書情投知己》:"致主當齊聖,爲郎本是仙。"

　　⑤留守相公:指韓絳。

　　春色滿伊嵩,春花折萬紅。欣逢翰林主①,還訪玉壺公②。聽賞吹簫鳳③,陪隨飛蓋鴻④。罇前忍輕別,樂事轉頭空。右景仁內翰⑤。

【箋注】

　　①翰林主:此指范鎮。范鎮曾任翰林學士承旨。

②玉壺公:傳説中的仙人。晋葛洪《神仙傳·壺公》:"壺公者,不知其姓名也。……時汝南有費長房者,爲市掾,忽見公從遠方來,入市賣藥,人莫識之。賣藥口不二價,治病皆愈,語買人曰,服此藥必吐某物,某日當愈,事無不效。其錢日收數萬,便施與市中貧乏飢凍者,唯留三五十。常懸一空壺於屋上,日入之後,公跳入壺中,人莫能見,唯長房樓上見之,知非常人也。……公語房曰:'見我跳入壺中時,卿便可效我跳,自當得入。'長房依言,果不覺已入。入後不復是壺,唯見仙宫世界,樓觀重門閣道,公左右侍者數十人。公語房曰:'我仙人也,昔處天曹,以公事不勤見責,因謫人間耳。卿可教,故得見我。'"

③吹簫鳳:即"吹簫引鳳"。《列仙傳》:蕭史者初無名,周宣王以爲史官,時人遂以史呼其名。善吹簫,秦穆公有女弄玉,亦喜吹簫,乃以妻之。夫妻吹簫似鳳鳴,居十餘年,有鳳來止。穆公爲築鳳台。後蕭史乘龍,弄玉乘鳳,飛升而去。

④飛蓋:馳車;驅車。此指飛馳的車。三國魏曹植《公宴》:"清夜遊西園,飛蓋相追隨。"

⑤景仁内翰:指范鎮。字景仁,英宗立,遷翰林學士,後出知陳州。神宗即位,復爲翰林學士兼侍讀。

　　水軒淙夜響^①,花寨燁春紅^②。中有群書府,恬然獨樂公。清吟如唳鶴,高騫若冥鴻。汗簡猶多費^③,時聞橐屢空^④。右君實端明^⑤。

【箋注】

①淙(cóng):水流聲。

②燁(yè):明亮;燦爛。

③汗簡:竹簡。古代用來書寫文字的竹片,亦借指著述。漢劉向《别録》:"殺青者,以火炙簡令汗,取其青易書,復不蠹,謂之殺青,亦謂汗簡。"

④橐(tuó):袋子。《詩·大雅·公劉》:"乃裹餱糧,于橐于囊。"

⑤君實端明:指司馬光。時端明殿學士、提舉崇福宫。

承伯壽大蓬惠書寄大小鉢囊花①,並語及敝居松下石上之飲,因成二小詩

其　一

片石長松時下有,青山綠水覺來無。姚黃賞盡東歸去,六六峰前會酒徒②。

【編年】

元豐七年(1084)致仕居洛陽日作。

【箋注】

①伯壽大蓬:指劉幾,字伯壽。大蓬當爲其號。鉢囊花:出五臺及九華。花淡紅色,萼似黃葵花。

②六六峰:指嵩山。嵩山分爲太室山和少室山兩部分,太室、少室各有三十六峰。

其　二

大小鉢囊花色好,不知得似此間無。玉華峰下應頻賞①,綺里園中是飲徒②。

【編年】

元豐七年(1084)致仕居洛陽日作。

【箋注】

①玉華峰:在今河南登封縣西北。

②綺里:商山四皓中的綺里季。常用以泛指隱士。

次韻留守相公洛中金橘①

嘉實本從南地産,移栽洛土結成時。逾淮未必全爲枳②,方

信中邦物物宜。

【編年】

元豐七年(1084)致仕居洛陽日作。

【箋注】

①留守相公:指韓絳,時判河南府兼西京留守。以曾爲宰相,故稱相公。

②"逾淮"句:語出《晏子春秋‧內篇‧雜下》:"晏子至,楚王賜晏子酒。酒酣,吏二縛一人詣王。王曰:'縛者曷爲者也?'對曰:'齊人也,坐盜。'王視晏子曰:'齊人固善盜乎?'晏子避席對曰:'嬰聞之:橘生淮南則爲橘,生於淮北則爲枳,葉徒相似,其實味不同。'"

【附載】

司馬光《席君從於洛城種金橘今秋始結六實以其四獻開府太師招三客以賞之留守相公賦詩以紀奇事……》:"宜春果結洛陽枝,正遇耆明會客時。更引輕舟倚蘆岸,香杭鮮膾雅相宜。"

北都留守相公韓以某頃守魏都粗修齋舍
特加標榜仍示雅章謹依高韻①

載守銅壺逾八歲②,漸營涼室與溫房。疏簾夏卷清風閣,密幄冬褰愛日堂③。窗靜坐聞松竹韻,徑深行襲蕙蘭香。已慚必葺非宏麗,更愧佳章比召棠④。

【編年】

元豐八年(1085)致仕居洛陽日作。時韓絳自判河南府移判大名府。

【箋注】

①北都留守相公韓:指韓絳,時判大名府兼北京留守。以曾爲宰相,故稱相公。魏都:即大名府。

②"載守"句:文彥博熙寧七年(1074)至元豐三年(1080)判大名府,在大名府八年多。銅壺:即銅雀臺。此代指大名府。

③褰(qiān):揭起,提起。《詩·鄭風·褰裳》:“子惠思我,褰裳涉溱。”

④召棠:稱美地方長官有善政。此美稱韓絳。《詩·召南·甘棠》:“蔽芾甘棠,勿翦勿伐,召伯所茇。”《詩·召南·甘棠序》:“《甘棠》,美召伯也。召伯之教,明於南國。”《史記·燕召公世家》:“召公之治西方,甚得兆民和。召公巡行鄉邑,有棠樹,決獄政事其下,自侯伯至庶人各得其所,無失職者。召公卒,而民人思召公之政,懷棠樹不敢伐,歌詠之,作《甘棠》之詩。”

贈國信畢少卿①

鄴下常推七子才②,兔園賓客重鄒枚③。三千里外出疆去〔一〕,四五年前點頓來。將幕未歸慚老大,使旟重到喜追徘。朔風不度龍沙遠④,只向雲中候信回〔二〕。

【編年】

元豐三年(1080)判大名府日作。原本題下注云:“北京作。仲衍前此北京僉判。”僉判:簽書判官廳公事的簡稱。爲宋代各州幕職,協助州長官處理政務及文書案牘。

【校勘】

〔一〕千:原作“十”,據四庫本及文意改。

〔二〕候:原作“講”,據《宋百家詩存》本改。雲中候信:用“馮唐持節”之典。西漢司馬遷《史記·張釋之馮唐列傳》:漢文帝時,魏尚爲雲中太守。有一次,匈奴入侵,魏尚率軍出擊取得勝利。後因報功時,戰報比實際多了六個首級。主事文官繩之以法,認爲是虛報有罪,漢文帝便把他削職下獄。馮唐認爲魏尚戰功卓著,不但未曾受賞,反而因小過失而行苛罰,便面陳漢文帝,文帝采納了他的意見,“是日令馮唐持節赦魏尚,復以爲雲中守,而拜唐爲車騎都尉,主中尉及郡國車士”。持節,帶着符節去傳達皇帝的詔命。

【箋注】

①國信畢少卿:指畢仲衍。鄭州人,字夷仲,代州雲中人,時爲國信使,奉使契丹。前宰相畢士安曾孫。登進士第。調沈丘令。入爲司農丞,改太常丞、

檢正中書戶房公事。奉使契丹,宴射連破的,衆人驚異。又盡記契丹朝儀節奏,繪圖歸獻。後錢勰出使,契丹主猶問:"畢少卿何官? 今安在?"《長編》卷三二五,元豐五年夏四月丙子條:"承議郎、秘閣校理、群牧判官畢仲衍爲朝奉郎、守起居郎。"卒年四十三。少卿:宋前期文階官名,元豐新制職事官名。宋九寺副長官都稱少卿,即太常寺少卿、宗正寺少卿、光禄寺少卿、衛尉寺少卿、鴻臚寺少卿、大理寺少卿、司農寺少卿、太僕寺少卿、太府寺少卿。

②鄴下七子:即建安七子。指建安時期孔融、陳琳、王粲、徐幹、阮瑀、應瑒、劉楨。曹丕《典論·論文》曾以此七子並舉,始有此稱。七子中,除孔融是曹操的反對派,被操所殺外,其餘六人都是曹氏父子的僚屬和鄴下文人集團的重要作家。由於他們同居鄴,故又稱"鄴下七子"。

③"兔園"句:以文彦博重視畢仲衍比作梁孝王重視鄒陽、枚乘。兔園,即梁園。梁孝王在梁園置酒召請文士鄒陽、枚乘、司馬相如等名流。

④朔風:北風,寒風。三國魏曹植《朔方》:"仰彼朔風,用懷魏都。"龍沙:即白龍堆沙漠。《後漢書·班超傳贊》:"定遠慷慨,專功西遄。坦步蔥雪,咫尺龍沙。"李賢注:"蔥嶺、雪山,白龍堆沙漠也。"

答龐相①

家園雖陋,春物向榮,日冀相車時枉遊覽,未蒙寵降,承貺佳章,謹次嚴韻。

一廛幽趣鬥城西,竹映軒窗柳拂堤。園吏每誇風物美〔一〕,主人常歎簿書迷。碧池荷動觀魚戲,朱檻梧傾待鳳棲。惟願毗耶長者至②,莫憂花裏有鶯啼。公初還致政,有詩云"毗耶長者街入街初",又樂天有"惟憂花裏鶯饒舌"之句。

【編年】

嘉祐七年(1062)判河南府日作。龐籍嘉祐五年致仕,嘉祐八年三月薨。又詩後自注云"公初還致政",知此詩作於龐籍致仕之後。文彦博嘉祐七年判河南府,嘉祐八年丁母憂居洛陽。又詩中所寫當爲春夏之景,故此詩當作於嘉祐七年。

【校勘】

〔一〕美：原作"筭"，據四庫本改。

【箋注】

①龐相：指龐籍。龐籍（988—1063），字醇之，單州成武（今屬山東）人。詳見卷四《天平相公遠寄佳章謹依韻和呈》。

②毗耶：指維摩詰菩薩。意譯爲"净名"或"無垢稱"。《維摩詰經》中説他和釋迦牟尼同時，是毗耶離城中的一位大乘居士。嘗以稱病爲由，向釋迦遣來問訊的舍利弗和文殊師利等宣揚教義。爲佛典中現身説法、辯才無礙的代表人物。後常用以泛指修大乘佛法的居士。毗耶長者，龐籍自稱也。

題龍門奉先寺興禪師房

伊叟已先至①，興公猶未歸②。憑高東北望，一片白雲飛。

【編年】

元豐三年（1080）十月判河南府日作。原本題下注云："元豐三年十月，時自判北京移西京。十月赴積慶墳回作。"

【箋注】

①伊叟：文彦博之號。

②興公：洛陽奉先寺之主持。

偶書扇面

人生七十古來稀，老境來侵老病隨。自算愚年垂九十，也須漸愧耳聾遲。

【編年】

紹聖元年（1094）致仕居洛陽日作。詩有"自算愚年垂九十"，故次於此。

文彥博集卷八

挽詞

慈聖皇太后挽詞①

其　一

仁皇當宁久，聖后配天崇。厚德符坤象，先朝定震宫②。尊榮三代禮，擁佑兩朝功③。徽範並慈訓④，皆留信史中⑤。

【編年】

元豐二年（1079）任樞密使日作。曹后崩於元豐二年冬。

【箋注】

①慈聖皇后：指慈聖光獻皇后曹氏，仁宗皇后。仁宗前皇后郭氏廢，曹氏娉入宫。仁宗崩，曹后居中定大策，遂以英宗爲皇子，英宗感疾，詔軍國事請太后權同處分。神宗即位，尊曹后爲太皇太后。元豐二年冬，崩。《東都事略》卷一三有傳。

②震宫：東宫。指太子之宫。盧僎《上幸皇太子新院應制》："佳氣曉蔥蔥，乾行入震宫。"

③"擁佑"句：仁宗崩，曹后居中定大策，以英宗爲皇子；英宗感疾，詔軍國

事請太后權同處分。又輔佐神宗即位。

④徽範：懿範，美好的風範。宋王明清《揮塵後録》卷一：“王正仲云：‘……徽範貽來者，成功念昔歟。’”

⑤信史：紀事真實可信、無所諱飾的史籍。《公羊傳·昭公十二年》：“《春秋》之信史也，其序則齊桓、晋文；其會，則主會者爲之也。”

其 二

聖孝攀慈范，神遊冀少留。重明緣積慶①，陰德在貽謀②。制服從恩重，因山變禮優。白雲何處去，雪涕望嵩丘③。

【箋注】

①重明：兩重光明。謂光明相繼不已。語出《易·離》：“重明以麗乎正，乃化成天下……明兩作，離，大人以繼明照於四方。”積慶：謂行善積福。唐錢起《陪郭常侍令公東亭宴集》：“不悲歡樂盡，積慶在和羹。”

②陰德：暗中有德於人的行爲。《漢書·丙吉傳》：“臣聞有陰德者，必饗其樂，以及子孫。”

③雪涕：擦拭眼淚。《北齊書·神武帝紀上》：“神武親送之郊，雪涕執别，人皆號慟。”《列子·力命》：“晏子獨笑於旁。公雪涕而顧晏子。”

其 三

榆輴漸出金門遠①，蘭膳深悲玉座空。奕葉舜華推至孝②，前朝文母繼清風③。柏城鬱鬱依嵩北④，石闕隆隆鎮洛東。白髮老臣何以報，日期西去掃山宫⑤。

【箋注】

①榆輴：輴，古代載柩車。《吕氏春秋·節喪》：“世俗之行喪，載之以大輴。”榆：指榆瀋。榆皮的黏汁。古喪禮用以給靈車助滑。《禮記·檀弓下》：“天子龍輴而椁幬，諸侯輴而設幬，爲榆瀋，故設撥。”金門：金馬門。漢長安故城未央宫北門。在今陝西西安市西北。此代指宫門。

②舜華：傳説中的古帝王。舜姓姚，號有虞氏，名重華，史稱虞舜。推至

孝:相傳舜的父親是一個叫瞽叟的瞎眼人。舜生後不久母即死。瞽叟重娶妻生子象。瞽叟和後妻及子象對舜都很兇殘,而舜却忠厚禮讓,以孝聞名。其時堯廣選天下賢人,百姓皆推薦虞舜。堯對舜進行了三年的考核後,決定將帝位禪讓給他。

③文母:文德之母。對后妃的稱頌。《後漢書‧鄧騭傳》:"伏惟和熹皇后聖善之德,爲漢文母。"《詩‧周頌‧雝》:"既右烈考,亦右文母。"此指曹太后。

④柏城:指皇陵。古代帝、後陵寢周圍築牆,列植柏樹,故稱。

⑤山宮:山中陵廟。南朝陳徐陵《和簡文帝賽漢高帝廟》:"山宮類牛首,漢寢若龍川。"

英宗皇帝挽詞①〔一〕

其 一

乾德符亨會②,天飛出慶寧③。繼明光五葉④,啓聖協千齡⑤。方保瑤圖永⑥,俄悲玉殿青⑦。定知遷寶座,還集太微庭⑧。

【編年】

治平四年(1067)任樞密使日。英宗崩於治平四年正月丁巳。

【校勘】

〔一〕英宗:原作"慈宗",據四庫本改。

【箋注】

①英宗皇帝:即趙曙。趙曙(1032—1067),太宗曾孫,濮王趙允讓第十三子。嘉祐七年(1062)立爲皇子,次年即位。初,因病由曹太后垂簾聽政,遂與她矛盾日深。治平元年(1064)五月,病癒,曹太后在宰相韓琦敦促下撤簾還政。四年正月,病死,終年三十六歲。諡號憲文肅武宣孝皇帝。廟號英宗。

②亨會:嘉會,衆美之會。語出《易‧乾》:"亨者,嘉之會也。"孔穎達疏引莊氏曰:"嘉,美也。言天能通暢萬物,使物嘉美之會聚,故云嘉之會也。"

③天飛:喻踐帝位。語出《易·乾》:"飛龍在天,利見大人。"

④五葉:即五代。宋太祖、太宗、真宗、仁宗、英宗共五代。

⑤啓聖:開啓聖明。《南史·謝靈運傳論》:"謝晦以佐命之功,當顧托之重,殷憂在日,黜昏啓聖。"

⑥瑶圖:圖籍、系譜的美稱。此指帝王世系。唐儲光羲《敬酬陳掾秋夜有贈》:"武皇授瑶圖,爵土封其新。"

⑦玉殿:宮殿的美稱。借指天子。青:比喻年輕。英宗在位僅四年。

⑧太微庭:古以爲天庭。

其　二

厥初丕命集①,咸慶長君賢。恭儉敦堯德,憂勤損舜年。象耕蒼野地②,龍御鼎湖天③。帝錫宣英號,鴻休耀信編④。

【箋注】

①丕命:即大命。稱天子之命。《左傳·成公二年》:"吾子布大命於諸侯。"《後漢書·王常傳》:"臣蒙大命,得以鞭策,托身陛下。"

②象耕:傳説舜死蒼梧,象爲之耕。後以"象耕"爲帝王逝世的代稱。唐李商隱《送千牛李將軍赴闕五十韻》:"大鹵思龍躍,蒼梧失象耕。"

③龍御鼎湖:借指帝王崩逝。《史記·封禪書》:"黄帝采首山銅,鑄鼎於荆山下。鼎既成,有龍垂胡髯下迎黄帝。黄帝上騎,群臣后宫從上者七十餘人,龍乃上去……故後世因名其處曰鼎湖。"漢張衡《西京賦》:"想升龍於鼎湖,豈時俗之足慕。"

④鴻休:大善;美德。唐陶拱《天晴景星見賦》:"葉妙理於上德,表鴻休於天造。"

其　三

在隱推龍德①,重明協帝華②。蓼蕭均澤及③,四海詟威加。就日心方切,騰天馭已賒。攀髯不可跂④,淚目送雲霞。

【箋注】

①在隱推龍德:語出《易·乾》:“潛龍勿用,何謂也? 子曰:龍德而隱者也,不易乎世。”龍德,天子之德。唐吴筠《高士詠·楚狂接輿夫妻》:“鳳歌誠文宣,龍德遂隱密。”

②帝華:指虞舜,名重華。此以英宗比虞舜。

③蓼蕭:君王的恩澤。語出《詩·小雅·蓼蕭序》:“《蓼蕭》,澤及四海也。”《左傳·襄公二十六年》:“國景子相齊侯,賦《蓼蕭》。”杜預注:“《蓼蕭》,《詩·小雅》,言太平澤及遠,若露之在蕭,以喻晋君恩澤及諸侯。”

④“攀髯”句:爲追隨皇帝或哀悼皇帝去世的典故。傳説黄帝鑄鼎於荆山下,鼎成,有龍下迎,黄帝乘之昇天,群臣后宫從上者七十餘人。餘小臣不得上龍身,乃持龍髯,而龍髯拔落,並墮黄帝之弓。百姓遂抱其弓與龍髯而號哭。事見《史記·封禪書》。唐元稹《爲令狐相國謝賜金石淩紅雪狀》:“臣職司復上,戀切攀髯,方當匍匐而前,敢有赫曦之懼。”

濮安懿王夫人挽詞①

其　一

令淑王藩表,恩榮代邸尊②。篤生爲聖嗣,善述在神孫。吉兆憑嵩麓③,真歸儷濮園④。賓天雖日遠⑤,國本自靈源。

【編年】

元豐二年(1079)十一月左右任樞密使日作。《長編》卷三〇一:“(元豐二年十一月)乙亥,詔:‘濮安懿王夫人還祔於濮園,其令禮官議所以將奉禮儀以聞。’”

【箋注】

①濮安懿王夫人:英宗生母。

②代邸:入嗣帝位的藩王的舊邸。漢高祖劉邦之子劉恒封代王,所居曰代邸。陳平、周勃等誅諸吕,廢少帝,迎立代王,是爲文帝。

③兆:墓塋域。

④真歸:即歸真。諱指死亡。原指僧人死亡,歸於真如,證得無上菩提。《釋氏要覽·送終·初亡》:"釋氏死謂涅槃、圓寂、歸真、歸寂、滅度、遷化、順世,皆一義也。"儌:向。南朝宋顏延之《陶徵士誄》:"儌幽告終。"濮園:英宗之父濮安懿王的陵園。

⑤賓天:猶歸天。指神仙或鬼魂受享後歸位。亦婉指帝王或尊者之死。張薦《送神》:"追勞表德,罷享賓天。"

其　二

昔重間平樂①,中推輔佐功。德容咸有裕②,善慶果無窮③。以義情雖奪,於親禮更崇。洛郊春向晚,薤挽變淒風④。

【箋注】

①間平:漢河間獻王劉德、東平憲王劉蒼,皆有賢名,後世並稱,指帝王宗室中的賢者。此指英宗。

②德容:指女子的德行與容貌。

③善慶:謂善行多福。語出《易·坤》:"積善之家,必有餘慶。"唐白居易《祭微之文》:"惟公家積善慶,天鍾粹和,生爲國禎,出爲人瑞。"

④薤挽:古代挽歌之稱。又稱薤露歌。取人生命如薤上之露易滅之意。

神宗皇帝挽詞①

其　一

千齡逢聖旦,六葉嗣昌辰②。睿智天攸縱,章程日又新。車書通絕域③,雨露洽殊鄰。民罄華封祝④,帝思蒼野巡。龍髯攀不及⑤,鳳翼附無因⑥。望斷喬山路⑦,憂深杞國人。含生蒙舜德⑧,率土被堯仁⑨。罔極何由報,徒能損百身。

【編年】

元豐八年（1085）致仕居洛陽日作。元豐八年三月戊戌神宗崩。

【箋注】

①神宗皇帝：趙頊（1048—1085），宋英宗長子。治平元年（1064）封潁王。治平三年，立爲皇太子，次年即位。熙寧二年（1069）任王安石爲參知政事，支持其變法。元豐四年（1081），與西夏靈州之戰及永樂之役均遭失敗，對神宗是沉重打擊，致使鬱鬱成病而死。元豐八年崩，年三十八，廟號神宗，在位十八年。

②六葉：六世。自宋太祖、太宗、真宗、仁宗、英宗，至神宗，共六世。昌辰：猶盛世。唐劉禹錫《代慰義陽公主薨表》：“豈意遭兹短曆，奄謝昌辰。”

③車書：指國家的文物制度。事本《禮記·中庸》：“今天下車同軌，書同文。”謂車乘的軌轍相同，書牘的文字相同，表示文物制度劃一，天下一統。《後漢書·光武帝紀贊》：“金湯失險，車書共道。”絶域：極遠的地方。《後漢書·班超傳》：“願從谷吉，效命絶域。”

④華封祝：祝頌人富貴長壽。語出《莊子·天地》：“堯觀乎華。華封人曰：‘嘻，聖人！請祝聖人：使聖人壽。’堯曰：‘辭。’‘使聖人富。’堯曰：‘辭。’‘使聖人多男子。’堯曰：‘辭。’”

⑤攀龍髯：喻指追隨皇帝。傳説黃帝鑄鼎於荆山下，鼎成，有龍下迎，黃帝乘之昇天，群臣后宮從上者七十餘人。餘小臣不得上龍身，乃持龍髯，而龍髯拔落，並墮黃帝之弓。百姓遂抱其弓與龍髯而號哭。事見《史記·封禪書》。

⑥附鳳翼：喻指追隨皇帝。漢揚雄《法言·淵騫》：“攀龍鱗，附鳳翼。”

⑦喬山：黃帝葬地。在今陝西省境内。《陳書·沈炯傳》：“臣聞喬山雖掩，鼎湖之靈可祠。”此借指神宗葬地。

⑧含生：一切有生命者。多指人類。晋傅玄《傅子·仁論》：“推己之不忍於飢寒以及天下之心，含生無凍餒之憂矣。”

⑨率土：“率土之濱”的省語。境域之内。《詩·小雅·北山》：“率土之濱，莫非王臣。”以上二句以神宗比作舜和堯。

其　二

元豐聖政洽隆平①，溢牘聯篇載頌聲。皇武惟揚昭七德②，帝華克協麗重明。喬山去日乘龍馭③,蒼野巡時見象耕④。億兆臣民蒙澤久,隕身思報一毫輕⑤。

【箋注】

①隆平:昌盛太平。晋葛洪《抱朴子·貴賢》:"捨輕艘而涉無涯者,不見其必濟也;無良輔而羨隆平者,未聞其有成也。"

②皇武:皇家的武備。宋蘇舜欽《上范公參政書》:"近年不擇其才,以寵近戚,何以魁壯皇武,備禦非常乎?"七德:指武功的七種德行。《左傳·宣公十二年》:"夫武,禁暴、戢兵、保大、定功、安民、和衆、豐財者也。故使子孫無忘其章……武有七德,我無一焉,何以示子孫?"

③喬山:黄帝葬地。此以神宗比黄帝。

④象耕:傳説舜死蒼梧,象爲之耕。此以神宗比作舜。

⑤隕身:喪身。漢班固《幽通賦》:"安悋悋而不葩兮,卒隕身虜世禍。"

其　三

老臣逢聖運,受眷獨優隆。觀禮超群后,官儀極上公。皇慈矜舊物,帝念録微功。一酌堯樽異,臣致政後赴闕謝辭,蒙恩親御垂拱殿特賜宴,仍取御樽別酌一醆,面諭云:"知酒量未退,可飲盡。"玉音洋洋,猶在於耳,今兹號慕,無以勝任。三篇説命同。臣受命判河南府,蒙賜御詩一章。自後得請致政歸洛,又蒙賜御詩二章,恩禮之厚,中外榮觀。斯心期檢玉①,不意遂遺弓②。聲曁要荒外③,哀纏普率中④。淒涼石門路〔一〕,慘澹柏城風⑤。血淚盈襟隕,何由報昊穹⑥。

【校勘】

〔一〕涼:原闕,據四庫本補。

【箋注】

①檢玉:指封禪。古封禪有金策、石函、金泥、玉檢之封。宋范仲淹《贈兵部尚書田公墓志銘》:"又上封禪書,謂五代之亂,人如豺虎,不圖復見太平,宜崇檢玉之禮,以答天意。"

②遺弓：婉稱帝王死亡。《史記·封禪書》載，傳説黄帝騎龍升天時，“墮黄帝之弓”。南朝梁沈約《齊武帝謚議》：“慕切遺弓，哀同過密。”

③要荒：古稱王畿外極遠之地。泛指遠方之國。要，要服；荒，荒服。漢劉向《新序·雜事二》：“昔者唐虞崇舉九賢，布之於位，而海内大康，要荒來賓，麟鳳在郊。”

④普率：即“普天率土”。整個天下，四海之内。猶全國。語出《詩·小雅·北山》：“溥天之下，莫非王土；率土之濱，莫非王臣。”漢班固《明堂》：“普天率土，各以其職。”

⑤柏城：指皇陵。古代帝、后陵寢周圍築牆，列植柏樹，故稱。唐白居易《開成大行皇帝挽歌詞奉敕撰進詩》之四：“月低儀仗辭蘭路，風引笳簫入柏城。”

⑥昊穹：猶蒼天。此指宋神宗。《文選·司馬相如〈封禪文〉》：“伊上古之初肇，自昊穹之生民。”李善注引張揖曰：“昊穹，春、夏天名。”

宣仁聖烈皇太后挽詞①

其　一

九年四海被清暉②〔一〕，瑞彩重輪照殿幃③。間日視朝觀旰食④，未明思政事宵衣⑤。存心庶務勞千慮，決意真遊厭萬機⑥。下土顒顒望霄漢⑦，仙輿直指厚陵歸⑧。

【編年】

元祐八年（1093）九月致仕居洛日作。高氏崩於元祐八年九月戊寅。

【校勘】

〔一〕暉：四庫本作“輝”。

【箋注】

①宣仁聖烈皇太后：指英宗宣仁聖烈皇后高氏，亳州蒙城人。仁宗曹后之甥，少與英宗同育禁中。神宗即位，尊爲皇太后。哲宗即位，尊爲太皇太后，垂

簾聽政。打着"以母改子"的旗號全面廢除新法。《東都事略》卷一四有傳。

②"九年"句:高氏自元豐八年(1085)開始垂簾聽政,至元祐八年(1093)九月崩,共實際執掌政權九年。

③重輪:即重陽。指天。積陽爲天,天有九重,故稱。《楚辭·遠遊》:"集重陽入帝宮兮,造旬始而觀清都。"

④覲:勤。《周禮·春官·大宗伯》:"秋見曰覲。"鄭玄注:"覲之言勤也。"旰食:晚吃飯,指事忙不能按時進餐。形容帝王勤於政事。語出《左傳·昭公二十年》:"伍尚歸,奢聞員不來,曰:'楚君大夫其旰食乎?'"杜預注:"楚有吳憂,不得早食。"

⑤宵衣:天未亮而穿衣。舊時稱頌帝王勤於政事的套語。南朝陳徐陵《徐孝穆集》卷一〇《陳文皇帝哀册文》:"勤民聽政,昃食宵衣。"

⑥真遊:即"歸真"。佛家指僧人死亡,歸於真如,證得無上菩提。《釋氏要覽·送終·初亡》:"釋氏死謂涅槃、圓寂、歸真、歸寂、滅度、遷化、順世,皆一義也。"後諱指死亡。萬機:又作"萬幾"。帝王日常的紛繁政務。《虞書·皋陶謨》:"兢兢業業,一日二日萬幾。"漢崔寔《大赦賦》:"朝乾乾於萬機,夕虔敬而厲惕。"

⑦顒顒:仰慕的樣子。《後漢書·朱儁傳》:"凡百君子,靡不顒顒。"

⑧厚陵:即"永厚陵"。宋英宗趙曙陵墓。

其　二

老臣八十慚尸素①,掛了貂冠歸洛陽②。芝詔薦臨優眷注③,蒲輪促起預平章④。重辭禁幄猶如昨⑤,今迓靈輿益自傷。勉策衰羸來鞏固〔一〕,臨風灑淚厚陵傍。

【校勘】

〔一〕勉:原作"免",據四庫本改。

【箋注】

①尸素:"尸位素餐"的省語。形容空占官位,白享俸祿,飽食終日,無所用心。尸位:古代祭祀代死者受祭的畫像,只享祭祀而不做事。素餐:不勞而食,

無功受禄。

②掛了貂冠:即掛冠。指辭官。晋袁宏《後漢紀·光武帝紀五》:"(逢萌)聞王莽居攝,子宇諫,莽殺之。萌會友人曰:'三綱絶矣 禍將及人。'即解衣冠,掛東都城門,將家屬客於遼東。"貂冠:詳見卷七《次韻留守相公同遊龍門》注⑨。

③芝詔:美稱太皇太后高氏請文彦博復出的詔書。薦臨:重臨,再臨。

④蒲輪:指用蒲草包裹的車輪。古時君王徵聘賢士時所用的一種禮節,借其行走時不震,以表示敬賢之意。《漢書·枚乘傳》:"武帝自爲太子聞乘名,及即位,乘年老,乃以安車蒲輪徵乘,道死。"預平章:即任平章軍國重事之職。

⑤重辭禁幄:指元祐五年(1090)文彦博再次致仕歸洛陽。

故相國元獻宋公挽詞①〔一〕

其 一

天聖收群彦,惟公獨出群②。兩朝推舊德,一代仰高文③。得位才康世,逢時道佐君。云胡天不憖④,撫几悼勳勤⑤。

【編年】

治平三年(1066)任樞密使日作。宋庠卒於治平三年(1066)。

【校勘】

〔一〕獻:原作"憲",誤。《宋史》本傳:"卒,贈太尉兼侍中,謚元獻。"

【箋注】

①相國元獻宋公:指宋庠。仁宗皇祐間曾任宰相,故稱相國。卒謚元獻。詳見卷五《大名府舍創作茅齋因題八句呈太師相公宋太保相公龐》注①。

②"天聖"二句:言宋庠天聖二年(1024)進士第一。

③"兩朝"二句:言宋庠歷仕宋仁宗、宋英宗兩朝。以文學擅名天下。

④云胡:爲什麽。《詩·鄭風·風雨》:"既見君子,云胡不夷?"毛傳:"胡,何。"鄭箋:"思而見之,云何而心不悦?"不憖:不願。語出《詩·小雅·十月之交》:"不憖遺一老,俾守我王。"後用作對大臣逝世表示哀悼之辭。唐顔真卿《康使君神道》:"天乎不憖,其恨若何!"

⑤撫几:憑几;拍几。表示感歎。晋陸機《赴洛中道中作》:"撫几不能寐,振衣獨長想。"

其　二

念昔爲僚契,周旋一紀餘。佐時君望重,謀國我才疏。霧露常蒙潤,陽秋每借嘘①。忽焉傷殄瘁②,隕淚滿襟裾。

【箋注】

①陽秋:謂褒貶。語出《晋書·褚裒傳》:"譙國桓彝見而目之曰:'季野有皮裏陽秋。'言其外無臧否,而内有所褒貶也。"嘘枯:謂拯絶扶危的恩德。語出《後漢書·鄭太傳》:"孔公緒清談高論,嘘枯吹生,並無軍旅之才,執鋭之幹。"李賢注:"枯者嘘之使生,生者吹之使枯。言談論有所抑揚也。"

②殄瘁:凋謝;枯萎。此指死去。晋葛洪《抱朴子·自敘》:"以朝菌之耀秀,不移暑而殄瘁;類春華之暫榮,未改旬而凋墜。"

其　三

名遂營身退,高風近古稀。台司脱屣去①,空土掛冠歸②。仁壽宜難老,朝陽歎易晞。宸篇學丘禱③,恩耀賁泉扉④。

【箋注】

①台司:指三公之位。《後漢書·袁紹傳》,"既累世台司,賓客所歸。"魏晋以來開府儀同三司者亦有此稱。脱屣:辭官。三國魏崔林爲幽州刺史,因不阿附中郎將吳質爲人所議論,崔林自稱:"刺史視去此州如脱屣,寧當相累邪?"見《三國志·魏書·崔林傳》。唐李紳《初秋忽奉詔除浙東觀察使檢校右貂》:"疏受杜門期脱屣,買臣歸邸忽乘軺。"

②空土:司空的别稱。《書·周官》"司空掌邦土,居四民,時地利"孔傳:

“冬官卿主國空土。”

③丘禱:指祈禱祛病消災。丘,指孔子。《論語·述而》:“子疾病,子路請禱……子曰:‘丘之禱久矣。’”唐李昂《上巳日賜裴度》:“我家柱石衰,憂來學丘禱。”

④泉扉:指陰間。唐姚合《莊恪太子挽詞》之二:“《薤露》歌連哭,泉扉夜作晨。”

故宣徽惠穆吕公挽詞二首①

其　一

奕世韋平族②,經時管葛才③。蒼生方仰望④,大厦忽傾頹⑤。不憖皇情悼,如仁士論哀。邢山赴真宅⑥〔一〕,應見國僑來⑦。

【編年】

熙寧六年(1073)樞密使任上。吕公弼卒於熙寧六年三月丙辰,四月二十六日文彦博罷樞相判河陽。

【校勘】

〔一〕邢:明刻本作“刑”,誤。四庫本作“涇”,亦誤。此從傅校。邢山,又稱“陘山”,在今新鄭西南十五公里。春秋鄭大夫子産葬於此。下句中的國僑即子産。

【箋注】

①宣徽惠穆吕公:指吕公弼。以宣徽南院使致仕。卒謚惠穆。原本題下注云:“公弼。”吕公弼(1007—1073),字寶臣。壽州(今安徽壽縣)人,以父吕夷簡蔭補官,賜進士出身。授河北轉運使,後拜樞密副使,遷樞密使、刑部侍郎。反對王安石變法,數言宜務安静。熙寧三年罷爲觀文殿學士、知太原府。後知鄭州。熙寧五年,宣徽南院使、判秦州。求解,爲西太一宫使。熙寧六年薨,年六十七。謚惠穆。《宋史》卷三一一有傳。

②奕世:累世;一代接一代。《國語·周語》:“奕世載德,不忝前人。”韋

平:指韋賢、平當。韋賢、平當爲宰相,他們兒子韋玄成、平晏均繼任爲相。用爲詠父子相繼爲相之典。《漢書·平當傳》:"平當字子思……以明經爲博士,公卿薦當論議通明,給事中。……哀帝即位,徵當爲光禄大夫諸吏散騎,復爲光禄勳,御史大夫,至丞相。……卒。子晏以明經歷位大司徒,封防鄉侯。漢興,唯韋、平父子至宰相。"《漢書·韋賢傳》:"韋賢字長孺……徵爲博士,給事中……本始三年,代蔡義爲丞相……少子玄成,復以明經歷位至丞相。"吕公弼官至武相樞密使,其父吕夷簡官至宰相。故稱。

③管葛:管仲和諸葛亮的並稱。兩人皆古代名相。南朝宋劉義慶《世説新語·賞譽》:"殷淵源在墓所幾十年,於時朝野以擬管葛。"劉孝標注引《續晉陽秋》:"陳郡殷浩素有盛名,時論比之管葛。"稱美吕公弼。

④蒼生:本指生草木之處。《書·益稷》:"帝光天之下,至於海隅蒼生。"借指百姓。《晉書·謝安傳》:"安石不肯出,將如蒼生何?"

⑤"大厦"句:高大的房屋忽然倒塌。此喻指吕公弼之死。

⑥真宅:謂人死後的真正歸宿。《列子·天瑞》:"鬼,歸也,歸其真宅。"

⑦國僑:即春秋鄭大夫公孫僑。僑字子產,穆公之孫。父公子發,字子國,以父字爲氏,故又稱國僑。子產於鄭簡公二十三年起執鄭政多年,有政績。後或用爲宰輔之臣的代稱。晉陸雲《晉故散騎常侍陸府君誄》:"國僑殞鄭,邦無竽笙。"

其　二

早預朋從談燕熟,晚陪樞筦歲時多①。心如金石堅無改,聲似塤篪久更和②。丹鳳臨池猶未浴,白駒逢隙已先過。相門餘慶簪纓盛,繼述皆同穀與儺。

【箋注】

①"晚陪"句:治平四年(1067)至熙寧三年(1070),文彦博任樞密使,吕公弼任樞密副使。樞筦:指樞密院。

②塤篪:"塤唱篪應"的省語。比喻兄弟或朋友間親密和睦,互相呼應配合。語出《詩·小雅·何人斯》:"仲氏吹塤,仲氏吹篪。"壎同"塤"。塤,古代

一種用陶土燒製的吹奏樂器,形如鵝蛋,有六孔;篪,古代一種竹製吹奏樂器,似笛子,有八孔。

故尚書懿敏王公挽詞二首^①

其 一

盛德三槐舊^②,論交二紀深。帝聰聞曳履^③,人望在爲霖^④。没世猶齎志^⑤,時康未稱心^⑥。孤懷傷殄瘁^⑦,清淚滿衣襟。

【編年】

熙寧六年(1073)樞密使任上。王素卒於熙寧六年三月甲寅,四月二十六日文彥博罷樞相判河陽。

【箋注】

①尚書懿敏王公:指王素。以工部尚書致仕,卒謚懿敏。原本題下注云:"素。"詳見卷四《次韻答平涼龍圖王諫議素》注①。

②三槐:代稱三公。語出《周禮·秋官·朝士》:"面三槐,三公位焉。"《陳書·侯安都傳》:"位極三槐,任居四岳。"

③曳履:用"鄭崇曳履"之典。漢鄭崇爲尚書時敢直諫,漢哀帝能聽出他的履聲。後爲詠尚書的典故。《漢書·鄭崇傳》:"哀帝擢崇爲尚書僕射,數求見諫争,上初納用之。每見曳革履,上笑曰:'我識鄭尚書履聲。'"王素以工部尚書致仕。且王素不畏權勢,正直敢言。每於朝廷之上,言擊佞臣。慶曆年間,范仲淹等被貶,衆人不敢置一詞,王素獨言:"富弼、韓琦、范仲淹皆有重望,應復召用。"有鄭崇之風。

④爲霖:指任宰相。殷高宗武丁任傅説爲相,希望他能如甘霖解旱那樣輔佐朝政。後因用作稱美賢相濟世之典。語出《書·説命》:"爰立作相,王置諸其左右,命之曰:'朝夕納誨,以輔台德。……若歲大旱,用汝作霖雨。'"孔傳:"霖,三日雨。霖以救旱。"此稱美王素爲濟世賢相。

⑤没世:死。《論語·衛靈公》:"君子疾没世而名不稱焉。"

⑥未稱心：王素因是丞相王旦之子，少有名氣，出入侍從將帥，終未執政拜相，故言未稱心。

⑦殄瘁：凋謝；枯萎。晋葛洪《抱朴子·自敘》：“以朝菌之耀秀，不移晷而殄瘁；類春華之暫榮，未改旬而凋墜。”此言去逝。

其　二

上台三品位非輕①，秘殿論思職更清②。頻倚壯猷爲屏翰③，合從僉議秉鈞衡④。頹然處順君無怛⑤，慟矣懷賢我有情。不獨九原埋寶玉⑥，人琴從此絶遺聲⑦。

【箋注】

①上台三品：泛指三公、宰輔。三國魏阮籍《詣蔣公奏記辭辟命》：“明公以含一之德，據上台之位，群英翹首，俊賢抗足。”王素以工部尚書致仕。工部尚書是正三品。

②秘殿：宋時觀文殿、資政殿、端明殿三殿通稱秘殿。宋孫覿《內簡尺牘編注》：“宋有觀文、資政、端明三殿學士，謂之曰秘殿。”王素以端明殿學士致仕。

③壯猷：宏大的謀略。語出《詩·小雅·采芑》：“方叔元老，克壯其猷。”鄭箋：“猷，謀也；謀，兵謀也。”屏翰：比喻國家重臣。語出《詩·大雅·板》：“價人維藩，大師維垣。大邦維屏，大宗維翰。”唐韓愈《楚國夫人墓志銘》：“公居河東，子在鄜畤，爲王屏翰，有壤千里。”

④秉鈞衡：謂執掌政權。宋樂史《廣卓異記·與同列子弟爲丞相》：“如頤與其父友同秉鈞衡者，自古未聞。”

⑤處順：意謂順應自然。《莊子·養生主》：“安時而處順，哀樂不能入也，古者謂是帝之縣解”。無怛：即無怛化。不驚擾自然造化。怛，驚動。化，自然造化，此指人的由生入死。語出《莊子·大宗師》：“子來有病，喘喘然將死，其妻子環而泣之。子犁往問之，曰：‘叱！避！無怛化。’郭象注：“夫死生猶寤寐耳，於理當寐，不願人驚之。將化而死亦宜，無爲怛之耳。”

⑥九原：春秋時晉國卿大夫的墓地，後泛指墓地。埋寶玉：即埋玉。表示悼惜之辭。語出《晉書·庾亮傳》：“亮將葬，何充會之，歎曰：‘埋玉樹於土中，

使人情何能已！’”

　　⑦“人琴”句：用“人琴俱亡”之典。表示悼念。詳見卷五《遊盧溪》注⑧。

尚書令魏國忠獻韓公挽詞三首①〔一〕

其　一〔二〕

　　三朝光輔致升平②，九敘咸熙入頌聲③。獨運鴻鈞成大業，親扶英主繼重明④。聖賢自昔推同德，忠獻於今重易名。清廟已聞從配饗⑤，哀榮不獨在佳城⑥。敕使護葬，特營石室。

【編年】

　　熙寧八年（1075）判大名府日作。韓琦卒於熙寧八年六月戊午。

【校勘】

　　〔一〕獻：原作“憲”，誤。三：原本作“二”，據四庫本改。

　　〔二〕其一：此詩原無，據四庫本補。

【箋注】

　　①尚書令魏國忠獻韓公：指韓琦。爵魏國公，謚忠獻。詳見卷四《寄太原韓太尉》注①。

　　②三朝：韓琦天聖五年（1027）中進士，入仕途。歷仕仁宗、英宗、神宗三朝。

　　③九敘：喻指德政。《書·大禹謨》：“九功惟敘，九敘惟歌。”孔傳：“言六府三事之功有次敘，皆可歌。”

　　④“獨運”兩句：謂嘉祐八年（1063）文彥博、富弼均丁憂，時唯韓琦任昭文相，一力輔佐英宗繼位。英宗病癒視事後，韓琦力勸太后撤簾還政。

　　⑤“清廟”句：謂韓琦配饗英宗廟庭。

　　⑥哀榮：特指死後的榮譽。《魏書·元澄傳》：“（詔）謚曰文宣王……百官會赴千餘人，莫不歔欷。當時以爲哀榮之極。”佳城：指墓地。語出晉張華《博

物志·異聞》："漢滕公（夏侯嬰）薨，求葬東都門外，公卿送喪，駟馬不行，踏地悲鳴。跑蹄下地，得石有銘，曰：'佳城鬱鬱，三千年，見白日，吁嗟滕公居此室。'遂葬焉。"唐駱賓王《丹陽刺史挽詞》之二："佳城非舊日，京兆即新阡。"

其　二

平生投分比金蘭①，莫逆論心最歲寒②。唱第楓宸陪驥尾③，秉鈞槐府並貂冠④。潘楊事契常修睦〔一〕，相魏親鄰正講歡⑤。冰井臺邊星隕後⑥，公薨之前夕，大星殞於府第。百身何贖但汍瀾⑦。時留守魏都，韓守相州。

【校勘】

〔一〕楊：原作"陽"，據四庫本及文意改。潘楊：指潘岳、楊綏（仲武）。潘岳的妻子是楊綏的姑姑。兩家又是世親，代代和睦。後遂稱姻親爲潘楊。唐孟浩然《送桓子之郢城過禮》："爲結潘楊好，言過鄢郢城。"

【箋注】

①金蘭：指契合的友情；深交。語出《易·繫辭上》："二人同心，其利斷金；同心之言，其臭如蘭。"唐岑文本《冬日宴於庶子宅》："金蘭篤惠好，尊酒暢生平。"

②莫逆：意謂彼此心意相通，無所違逆。後稱情投意合、友誼深厚。語出《莊子·大宗師》："（子桑户、孟子反、子琴張）三人相視而笑，莫逆於心，遂相與友。"

③唱第：殿試日，進士唱名。楓宸：宮殿。宸，北辰所居，指帝王的殿庭。漢代宮庭多植楓樹，故有此稱。三國魏何晏《景福殿賦》："芸若充庭，槐楓被宸。"陪驥尾：蒼蠅附於驥尾之上，可以遠行千里；顏淵跟隨孔子，也以聖人而出名。後用爲自謙之詞。《史記·伯夷列傳》："顏淵雖篤學，附驥尾而行益顯。"唐司馬貞索隱："蒼蠅附驥尾而致千里，以譬顏回因孔子而名彰也。"天聖五年（1027）文彦博與韓琦同中進士，韓琦名列第二，故文彦博謙稱自己爲附驥尾。

④槐府：三公的官署。此當指宰相辦公之地——政事堂。文彦博與韓琦二人都曾任宰相。

⑤相魏親鄰:熙寧八年,文彦博時判大名府,韓琦時判相州。

⑥冰井臺:三國時曹魏建築。在今河北省臨漳縣三台村,爲鄴城三台之一。代指大名府。相州與大名府相毗鄰。冰井臺邊即指相州。

⑦汍瀾:淚疾流貌。《隸釋·漢金鄉長侯成碑》:“號泣發哀,泣涕汍瀾。”

其　三

出入三朝共,周旋四紀同①。論交最知我,經世獨推公②。觀水驚川逝,升堂失棟隆③。悲懷與聲淚,遠寄緋謳中④。

【箋注】

①四紀:文彦博與韓琦二人同於天聖五年(1027)中進士,入仕途,今爲熙寧八年(1075),二人同朝爲官約四十八年,故曰四紀。

②經世:治理國事。晉葛洪《抱朴子·審舉》:“故披《洪範》而知箕子有經世之器,覽《九術》而見范生懷治國之略。”

③棟隆:屋棟高大隆起。《易·大過》:“象曰:棟隆之吉,不橈乎下也。”孔穎達疏:“猶若所居屋棟隆起,下必不橈。”後以比喻能擔負重任的人。此指韓琦。

④緋謳:挽歌。《舊五代史·唐書·丁會》:“會幼放蕩縱橫,不治農產,恒隨哀挽者學緋謳,尤嗜其聲。”

中書令魯國宣靖魯公挽詞四首①

其　一

三朝輔翊秉鴻鈞②,功在旂常澤在民③。黃石授來爲帝傅④,赤松遊去保天真⑤。達生優享高年福⑥,出世輕遺大夢身⑦。自古陘山多吉宅,國僑裴令繼芳塵⑧。

【編年】

元豐元年(1078)判大名府日作。曾公亮卒於元豐元年閏二月己亥。

【箋注】

①中書令魯國宣靖魯公:指曾公亮。爵魯國公。謚宣靖。原本題下注云: "公亮。"曾公亮字明仲,泉州晉江人,舉進士甲科。歷以端明殿學士、知鄭州。入爲翰林學士、知開封府。擢給事中、參知政事。後除樞密使。嘉祐六年,拜集賢相。熙寧二年,進昭文相,封魯國公。熙寧四年,判永興軍。後以太傅致仕。元豐元年卒,年八十。謚宣靖。子孝寬。《宋史》卷三一二有傳。

②三朝:曾公亮歷仕仁宗、英宗、神宗三朝。秉鴻鈞:掌國柄。詠宰相。唐李商隱《爲絳郡公上李相國啓》:"仰台曜以瞻輝,望鴻鈞而佇惠。"鴻鈞:又作"洪鈞"、"大鈞"。《文選·張華〈答何劭〉二首》其二:"洪鈞陶萬類,大塊稟群生。"李善注:"洪鈞,大鈞,謂天也。"曾公亮嘉祐六年拜集賢相。熙寧二年進昭文相,故稱。

③旂常:古代帝王、諸侯之旌旗,上繪日、月、星辰、交龍等圖案。王用常,諸侯用旂。喻指國家。唐陳子昂《奉和皇帝上禮撫事述懷》:"雲陛旂常滿,天廷玉帛陳。"

④"黃石"句:稱美曾公亮爲漢之張良。黃石:指黃石公。秦隱士。又稱圯上老人。張良刺殺秦始皇失敗後,逃至下邳(江蘇睢寧北)。傳說老人與良在圯(橋)上相遇,授良《太公兵法》。張良得之,輔助劉邦以成帝業。又傳老人後化爲濟北谷城山下黃石,故稱黃石公。

⑤赤松:指赤松子,上古仙人。《史記·留侯世家》:"願棄人間事,欲從赤松子遊耳。"

⑥達生:莊子用語。謂對人生之道有透徹的了悟。語出《莊子·達生》: "達生之情者,不務生之所無以爲。"郭象注:"生之所無以爲者,分外物也。"意謂人之美醜、壽夭、貧富、貴賤以及愚智窮通,均有本分。聽任自然,不存非分之求者,是謂達生。反映了莊子及莊子學派安命而逍遙的生活態度。後以達生爲參透人生、超脱俗事之意。

⑦大夢:指人世。《莊子·齊物論》:"方其夢也,不知其夢也。夢之中又占其夢焉,覺而後知其夢也。且有大覺而後知此其大夢也。"指世人昧於道,

常如在夢中。唐李白《與元丹丘方城寺談玄作》:“茫茫大夢中,惟我獨先覺。”

⑧陘山:山名。位於今河南密縣。子産、裴度均葬於此。國僑:即春秋鄭大夫公孫僑。僑字子産。裴令:指唐宰相裴度。裴度(765—839)字中立,河東聞喜(今屬山東)人。文宗時,爲東都留守,進位中書令。故世稱裴令。二人死後都葬在陘山。繼芳塵:即步後塵。比喻追隨他人之後。

其　二

二府陪遊垂二紀①,服公哲范每思齊。留心舊典皆馴致,從事新書悉順稽。言發清風常穆若②,心停止水更淵兮。先朝付囑非無謂,必爲其仁在放麑③。

【箋注】

①二府:指樞密院和中書門下。治平四年(1067)至熙寧四年(1071),文彥博任樞密使,曾公亮任宰相。

②穆若:和煦的樣子。《文選·序》:“吉甫有‘穆若’之談,季子有‘至矣’之歎。”

③放麑:用秦西巴放麑之典。詠仁愛之心。《韓非子·説林上》:“孟孫獵得麑,使秦西巴持之歸,其母隨之而啼,秦西巴弗忍而與之。孟孫適至而求麑,答曰:‘余弗忍而與其母。’孟孫大怒,逐之;居三月,復召以爲其子傅。其御曰:‘曩將罪之,今召以爲子傅,何也?’孟孫曰:‘夫不忍麑,又且忍吾子乎?’”

其　三

龜蒙啓土世傳榮①,猶倚耆英作成卿②。及見伯禽親拜後,方知遺愛在元成③。

【箋注】

①龜蒙:龜山與蒙山。龜山,在今山東省新泰縣西南四十里。蒙山,今山東省蒙陰縣南。《詩·魯頌·閟宮》六章:“奄有龜蒙,遂荒大東。”

②成卿:成王之卿,指周公。稱美曾公亮爲宋之賢相。

③伯禽:西周初年魯國國君。周公旦之子。姬姓,名伯禽,亦稱禽父。周公旦代成王攝政時,"以王年幼,乃抗世子法於伯禽,欲令王知父子、君臣、長幼之道。王有過則撻伯禽"。後周公命他代就封於魯。臨行時告誡他"慎無以國驕人"。《史記》言伯禽即位後,管、蔡、淮、徐並反,"伯禽率師伐之於肸,作《肸誓》(即《書·費誓》)"。元成:元:元子,指伯禽。成:指周成王。《詩·魯頌·閟宮》二章:"王曰叔父,建爾元子,俾侯于魯。"鄭箋:"叔父,謂周公也。成王告周公曰:'叔父,我立女首子,使爲君於魯。謂欲封伯禽也。"此以伯禽借指曾公亮子曾孝寬。《宋史》本傳:"熙寧五年,遷樞密都承旨,承旨用文臣,自孝寬始。擢拜樞密直學士、簽書樞密院。"

其　四

穆穆罷朝嗟不憖①,衝衝停布歎如仁②。生芻絮酒難親致③,薤曲書成淚滿巾④〔一〕。

【校勘】

〔一〕滿:四庫本作"濕"。

【箋注】

①"穆穆"句:《宋史》本傳:"元豐元年卒,年八十。帝臨哭,輟朝三日。"穆穆:恭敬,肅穆。《書·舜典》:"賓於四門,四門穆穆。"

②衝衝:心神不安。《易林·咸之坤》:"心惡來怪,衝衝何懼?"如仁:當爲"藹然如仁"。對人和善、有仁德的人。語出唐韓愈《答李翊書》:"仁義之人,其言藹如也。"

③生芻:本爲新割的青草。後稱弔喪禮物。語出《詩·小雅·白駒》:"生芻一束,其人如玉。"《後漢書·徐穉傳》:"(郭)林宗有母憂,穉往吊之,置生芻一束於廬前而去。"絮酒:浸漬在絮中之酒。喻菲薄的祭品。語出《後漢書·徐穉傳》》:"徐穉嘗爲太尉黃瓊所辟,不就。及瓊卒歸葬,穉乃負糧徒步到江夏赴之,設雞酒薄祭,哭畢而去,不告姓名。"李賢注:"謝承《書》曰:'穉諸公所辟雖不就,有死喪負笈赴吊。常於家豫炙雞一隻,以一兩綿絮漬酒中,暴乾以裹雞,徑到所起塚外,以水漬綿使有酒氣,斗米飯,白茅爲藉,以雞置前,醊酒畢,

留謁則去,不見喪主。’”

④薤曲:即薤露歌。古代挽歌之稱。取人生命如薤上之露易滅之意。此指悼詩。

王太師挽詞二首①

其　一

賢書早入英雄彀②,冠歲高馳賈馬聲③。一紀玉堂司大筆④,兩朝金鼎主和羹⑤。天邊遽失騎箕象⑥,川上猶思用檝名⑦。欲識聖恩優異處,密章重迭賁佳城⑧。

【編年】

元豐八年(1085)五月判河南府日作。王珪卒於元豐八年五月。

【箋注】

①王太師:指王珪。卒贈太師。原本題下注云:“珪。”王珪(1019—1085),字禹玉,成都華陽人,慶曆二年(1042)舉進士甲科。熙寧三年,拜參知政事。九年,拜集賢相。元豐五年,拜尚書左僕射兼門下侍郎。封岐國公。元豐八年五月,卒,年六十七。贈太師,謚文恭。《宋史》卷三一二有傳。

②入英雄彀(gòu):謂進士登科。語出五代王定保《唐摭言》卷一:“唐太宗嘗私幸端門,見新進士綴行而出,喜曰:‘天下英雄入吾彀中矣!’”

③賈馬:西漢著名辭賦家賈誼、司馬相如之合稱。用爲贊人有文采的典實。《晋書·文苑傳序》:“自時已降,軌躅同趨,西都賈馬,耀靈蛇於掌握,東漢班張,發雕龍於綈槧,俱標稱首,咸推雄伯。”

④玉堂司大筆:謂王珪任翰林學士,掌内外制十八年。玉堂:學士院的别稱。宋太宗以紅羅飛白書“玉堂之署”賜翰林學士蘇易簡。

⑤和羹:用不同的調味品配製羹湯。此喻稱頌宰相輔助君上佐理國政。殷高宗武丁命傅説爲相,對他説:“爾惟訓于朕志,若作酒醴,爾惟麴糵;若作和羹,爾惟鹽梅。”見《書·説命》。

⑥騎箕：指去世。《莊子·大宗師》："傅說得之，以相武丁，奄有天下，乘東維，騎箕尾，而比於列星。"傅說一星，在箕星尾星之間，相傳爲傅說死後昇天而化。

⑦用楫：稱美宰相之業。語出《書·説命》。傅說築傅岩之野，爰立作相。王置諸其左右，命之曰："朝夕納誨，以輔台德。若金，用汝作礪；若濟巨川，用汝作舟楫；若歲大旱，用汝作霖雨。"

⑧"密章"句：謂死後贈官以示褒寵。密章：即蜜印。死後追贈官職所賜的蠟印。唐劉禹錫《彭陽侯令狐氏先廟碑》："先夫人亦四徙封，密印纍纍，邦族聳慕。"佳城：指墓地。

其　二

去春解組遂西征①，曾辱都門出餞行。席上詩成光退跡②，樽中酒滿敘離情。經年方歡音容隔，此日俄驚柱石傾③。羸老不能親引紼④，臨風灑淚濕襟纓。

【箋注】

①"去春"句：文彦博元豐六年十一月致仕。元豐七年（1084）初赴東都陛辭。然後歸洛陽。解組：解下印綬，謂辭去官職。唐韋應物《答韓庫部》："還當以道推，解組守蒿蓬。"

②"席上"句：文彦博西歸洛陽日，神宗於瓊林苑賜宴送行。王珪即席作《瓊林苑御筵奉送致政太師潞國文公歸西洛》："祖燕催移玉殿班，都人齊向苑傍看。古來少有三師退，天下曾將大器安。綠野春深花更好，石樓夜午月應寒。塵埃抖擻無餘事，却憶磻溪舊釣竿。"

③柱石：比喻擔當重任的人。《漢書·霍光傳》："將軍爲國柱石，審此人不可，何不建白太后，更選賢而立之。"

④引紼：執紼。謂送葬。《吕氏春秋·節喪》："引紼者左右萬人以行之。"

司馬溫公挽詞四首①

其 一

莫逆論交司馬文〔一〕,君心知我我知君。同謀同道殊無間,一死一生今遂分。八十衰翁如槁木,一千餘日是殘曛。前途若有相逢處,尚以英靈解世紛。公齎志而没,猶不忘利澤生民,心在王室。

【編年】

元祐元年(1086)九月平章軍國重事任上作。司馬光卒於元祐元年九月丙辰。

【校勘】

〔一〕文:四庫本作"丈"。

【箋注】

①司馬溫公:指司馬光。卒贈溫國公。詳見卷五《遊楚諫議園宅呈留守宣徽留臺端明》注①。

其 二

留滯周南十五年①,成書奏牘過三千②。東山方起爲霖雨③,大厦俄傾歎逝川④。密有忠言如藥石,別加優禮賜貂蟬⑤。兩宮痛悼皆臨奠,只爲皋夔志未宣⑥。

【箋注】

①"留滯"句:司馬光自熙寧四年(1071)判西京御史臺,又兩次提舉西京崇福宫。到元豐八年(1085)入相,在洛陽閑居十五年。周南:即西京河南府(今河南洛陽)。也爲滯留某地而毫無建樹之典。《史記·太史公自序》:"是歲天子始建漢家之封,而太史公留滯周南不得與從事。"

②"成書"句:司馬光在洛修成《資治通鑒》。歷時十九年寫成。共二百九

十四卷,又考異、目録各三十卷。全書記載上起戰國周威烈王二十三年(前403),下迄五代周世宗顯德六年(959),共一千三百六十二年的歷史。

③爲霖雨:即任宰相。殷高宗武丁任傅説爲相,希望他能如甘霖解旱那樣輔佐朝政。後因用作稱美賢相濟世之典。語出《書·説命》:"爰立作相,王置諸其左右,命之曰:'朝夕納誨,以輔台德。……若歲大旱,用汝作霖雨。'"孔傳:"霖,三日雨。霖以救旱。"

④大厦俄傾:司馬光元祐元年(1086)閏二月拜相,同年九月薨,故云。逝川:喻人之亡故。語出《論語·子罕》:"子在川上曰:'逝者如斯夫! 不捨晝夜。'"

⑤賜貂蟬:元祐元年(1086)閏二月,庚寅,以司馬光爲尚書左僕射兼門下侍郎。貂蟬:即貂蟬冠,又稱貂冠。詳見卷七《次韻留守相公同遊龍門》注⑨。

⑥皋夔:皋陶和夔的並稱。傳説皋陶是虞舜時刑官,夔是虞舜時樂官。後常借指賢臣。此以指司馬光。

其　三

　　昔有鄉賢陽道州[一],亦聞比近有松楸①。新阡便合開三徑②,同氣相求好並遊③。

【校勘】

〔一〕陽:原作"楊",據四庫本及文意改。陽道州:即唐代陽城。陽城曾任道州刺史,故稱陽道州。唐北平(今河北完縣)人,字亢宗。家貧不能得書,乃求爲集賢寫書史,竊官書讀之,晝夜不出房,經六年,乃無所不通。既而隱居柳谷(今山西夏縣東南),遠近慕其德行,多從之學。宰相李泌與他友善,貞元四年(788),薦爲著作郎,不就,復徵拜諫議大夫。未至京,人傳:"陽城山人能自刻苦,不樂名利,今爲諫官,必能以死奉職。"十一年,宰相陸贄遭裴延齡誣譖,他上疏極言延齡罪,被貶爲國子司業。十四年,因事出爲道州刺史,在任體恤民衆。

【箋注】

①松楸:松樹與楸樹。墓地多植,因以代稱墳墓。唐劉禹錫《酬樂天見

寄》：“若使吾徒還早達，亦應簫鼓入松楸。”

②三徑：用“蔣詡三徑”之典。東漢蔣詡，哀帝時爲兗州刺史，廉直有名聲。王莽攝政，詡稱病免官，隱居鄉里。舍前竹下闢三徑，唯故人羊仲、求仲與之遊。

③同氣相求：喻志趣相同或氣質相類者互相吸引、聚合。語出《易·乾》：“同聲相應，同氣相求。”孔穎達疏：“‘同氣相求’者，若天欲雨，而礎柱潤是也……言天地之間，共相感應，各從其氣類。”

其　四

傅巖舊跡今猶在①，兼與安平祖廟鄰②。賢相裔孫還卜宅③，先疇吉土是歸真④。

【箋注】

①傅巖：古地名。相傳商代賢相傅說爲奴隸時曾版築於此。《書·説命》：“説築傅巖之野，爰立作相。”

②安平祖廟：司馬光是晉安平獻王司馬孚的裔孫。司馬孚：字叔達。司馬懿次弟。司馬炎代魏，授太宰，封安平王。

③卜宅：占卜選擇墓地。《禮記·雜記上》：“大夫卜宅與葬日，有司麻衣……占者皮弁。”孔穎達疏：“宅謂葬地。”

④吉土：用占卜方法選擇的好居地。《禮記·禮器》：“因吉土，以饗帝於郊。”歸真：佛家指僧人死亡，歸於真如，證得無上菩提。後諱指死亡。《釋氏要覽·送終·初亡》：“釋氏死謂涅槃、圓寂、歸真、歸寂、滅度、遷化、順世，皆一義也。”

贈太傅康國韓公挽詞三首①〔一〕

其　一

朝路相從三紀餘②，更陪國論對鈞樞③。康時遠術推賢業，造膝嘉猷協帝俞④。盤結方資庖刃解⑤,旱乾猶望傳霖蘇⑥。寢門遽有人琴歎,老伴凋零道轉孤。

【編年】

元祐三年(1088)三月平章軍國重事任上作。韓絳卒於元祐三年三月丙辰。

【校勘】

〔一〕贈:前原有"司馬"二字,當爲衍字。"其二"注云:"別此三年,公赴北都,餞於上東門,愚嘗有詩云'樽前不制淚汍瀾,大底人情老別難'之句。"故此詩當爲文彥博所做,而非"司馬"所作。

【箋注】

①太傅康國韓公:指韓絳。爵康國公。原本題下注云:"絳。"詳見卷六《行及白馬寺捧留守相公康國韓公手翰且云名園例惜好花以俟同賞因成小詩》注①。

②三紀餘:韓絳慶曆二年(1042)中進士釋褐,元祐二年(1087)致仕,爲官四十五年,故云。

③對鈞樞:熙寧三年(1070)至熙寧六年(1073),文彥博任樞密使,韓絳任宰相。一執武柄,一執文柄。鈞樞:指執掌國家政事。唐韓愈《示兒》:"凡此座中人,十九持鈞樞。"

④造膝:來到膝前,謂親近。古禮,君臣有如父子,故造膝意爲臣拜見君之意。後遂用爲臣見君之典。東漢應劭《風俗通義·過譽》:"謹按《禮》,諫有五,風爲上,狷爲下。故入則造膝,出則詭辭,善則稱君,過則稱己。"協帝俞:謂與帝命相協。俞:表示應答和首肯,猶是、對。《書·堯典》:"帝曰:'俞,予聞,如何?'"

⑤庖刃:以韓絳比作廚師的刀,化解天下難解之事。典出《莊子·養生主》:"庖丁爲文惠君解牛,手之所觸,肩之所倚,足之所履,膝之所踦,砉然響然,奏刀騞然,莫不中音。"

⑥傳霖蘇:殷高宗武丁任傅説爲相,希望他能如甘霖解旱那樣輔佐朝政。後因用作稱美賢相濟世之典。語出《書·説命》:"爰立作相,王置諸其左右,

命之曰：‘朝夕納誨，以輔台德。……若歲大旱，用汝作霖雨。’”孔傳：“霖，三日雨。霖以救旱。”

其　二

洛城曾與公相別①，已爲人生老別難。今作緋謳成永訣，滿襟悲淚轉汍瀾②。別此三年，公赴北都，餞於上東門，愚嘗有詩云“尊前不制淚汍瀾，大底人情老別難”之句。

【箋注】

①“洛城”句：元豐八年（1085），韓絳自判河南府移判大名府，文彥博有詩相送。《文集》卷七《送留守相公康國韓公歸闕》：“樽前不制淚汍瀾，大底人情老別難。東閣賓朋漸分散，西都風景便闌珊。惟憑魚雁通書問，祇對松筠想歲寒。公兗還朝副公望，永將天下置之安。”

②汍瀾：淚疾流貌。

其　三

西豪居在許東偏①，丹旐遙遙過許田②。欲問相君真宅處③，高平吉地是新阡。公家始卜葬地，問於野人，此是吉地，吉乃野人之名。

【校勘】

〔一〕於：原作“放”，據四庫本改。

【箋注】

①西豪：即西豪里，在許州潁川郡長社，相傳爲東漢荀淑的故居所在。

②丹旐（zhào）：猶丹旌。舊時出喪所用的紅色銘旌。唐韓愈《祭鄭夫人文》：“水浮陸走，丹旐翩然。”

③真宅：謂人死後的真正歸宿。《列子·天瑞》：“鬼，歸也，歸其真宅。”

中書侍郎傅公挽詞三首①

其　一

　　友會朋從二紀餘,金蘭投分更無殊②。鳳池晚接經邦論③,龍陛晨陪步武趨④。起副民瞻方倚賴,用爲霖雨待昭蘇⑤。如何奄忽公先逝,自歎靈光老益孤⑥。

【編年】

　　元祐六年(1091)致仕居洛陽日作。傅堯俞卒於元祐六年十一月辛丑。

【箋注】

　　①中書侍郎傅公:指傅堯俞。原本題下注云:“堯俞。”傅堯俞字欽之,孟州濟源人。詳見卷三《題史館兵部傅君草堂》注①。

　　②金蘭:指契合的友情;深交。語出《易·繫辭上》:“二人同心,其利斷金;同心之言,其臭如蘭。”

　　③鳳池:即鳳凰池。指中書省。唐白居易《中書連直寒食不歸因懷元九》:“今年寒食夜,西省鳳池頭。”傅堯俞官至中書侍郎。

　　④龍陛:宮殿的臺階。步武:謂相距不遠。《國語·周語下》:“夫目之察度也,不過步武尺寸之間。”韋昭注:“六尺爲步,半步爲武。”《後漢書·臧洪傳》:“相去步武,而趨捨異規。”

　　⑤霖雨:指宰相。殷高宗武丁任傅說爲相,希望他能如甘霖解旱那樣輔佐朝政。後因用作稱美賢相濟世之典。語出《書·說命》:“爰立作相,王置諸其左右,命之曰:‘朝夕納誨,以輔台德。……若歲大旱,用汝作霖雨。’”孔傳:“霖,三日雨。霖以救旱。”昭蘇:恢復生機;蘇醒。《禮記·樂記》:“蟄蟲昭蘇。”鄭玄注:“昭,曉也;蟄蟲以發出爲曉,更息曰蘇。”

　　⑥靈光:漢代魯靈光殿的簡稱。此以喻僅存的人或事物。北周庾信《哀江南賦》:“死生契闊,不可問天。況復零落將盡,靈光巋然。”倪璠注:“喻知交將盡,惟己獨存,若魯靈光矣。”

其　二

賢業雖長命不融，從來此恨古今同。爲霖作礪君家事①，未盡舒張數已窮。

【箋注】

①爲霖作礪：即任宰相。殷高宗武丁任傅説爲相，希望他能如霖雨、磨刀石那樣輔佐朝政。後因用作稱美賢相濟世之典。語出《書·説命》：“高宗夢得説（yuè），使百工營求諸野，得諸傅岩，作説命三篇。……恭默思道，夢帝齎予良弼，其代予言。乃審厥象，俾以形旁求於天下，説築傅岩之野，惟肖，爰立作相。王置諸其左右，命之曰：‘朝夕納誨，以輔台德。若金，用汝作礪；若濟巨川，用汝作舟楫；若歲大旱，用汝作霖雨。……若作酒醴，爾惟麴蘖；若作和羹，爾惟鹽梅。’”

其　三

常愛龍潭黿島上，移床醉臥綠髯中。茂林修竹皆如舊，惟歎人琴遂一空①。昔與欽之飲於濟上泉石之間，有小島如黿形，令植碧莎如綠髯然。

【箋注】

①人琴遂一空：用“人琴俱亡”之典。表示哀悼。詳見卷五《遊盧溪》注⑧。

致政仲損工部哀詞二首①〔一〕

其　一

自昔朋遊今五紀，斷金連璧附英翹②。學通經史蒙三益③，心類松筠見久要④。白首郎潛甘寂寞⑤，清時吏隱甚逍遥⑥。年逾九九誠無慊⑦,惟歎人亡與道消。

【校勘】

〔一〕詞:原作“調”,據四庫本改。

【箋注】

①仲損工部:指張宗益。張宗益字仲損,歷任湖北轉運判官、都官員外郎,熙寧元年出使賀遼主生辰及正旦,歷知相州。

②斷金:謂情深義厚。語出《易·繫辭上》:“二人同心,其利斷金。”連璧:用以比喻並美的兩人。《莊子·列御寇》:“莊子將死,弟子欲厚葬之。莊子曰:‘吾以天地爲棺槨,以日月爲連璧,星辰爲珠璣。萬物爲齎送,吾葬具豈不備邪!’”英翹:指傑出的人物。唐韋希顏《對舉人據地判》:“舉善進賢,英翹是務;負才任氣,倨傲何傷。”

③三益:孔子提出朋友直正、諒解、多聞多知是對於自己極爲有益處的。用爲詠交善友之典。《後漢書·馮衍傳》:“臣自惟無三益之才,不敢處三損之地,固讓而不受也。”

④久要:舊交。《文選·曹植〈箜篌引〉》:“久要不可忘,薄終義所尤。”

⑤郎潛:指爲官不逢機遇,淹蹇下位,不得升遷。本謂西漢顏駟歷文、景、武三帝仍爲郎官,厖眉皓髮,潛延不得升遷。唐劉禹錫《裴祭酒書見示春歸城南青松塢別墅寄王左丞高侍郎之什命同作》:“顧予久郎潛,愁寂對芳菲。”

⑦吏隱:謂不以利祿縈心,雖居官而猶如隱者。唐白居易《江州司馬廳記》:“江州左匡廬,右江湖,土高氣清,富有佳境⋯⋯苟有志於吏隱者,捨此官何求焉?”

⑥慊(qiǎn):不滿足;遺憾。《淮南子·齊俗訓》:“衣若懸衰,而意不慊。”

其　二

金蘭取友務端良,仲損於余極久長。早歲傾懷論管鮑①,晚年修好結潘楊〔一〕。人琴忽起芝焚歎②,簫鼓俄隨薤挽傷③。不到寢門親一慟④,臨風老淚獨浪浪⑤。

【校勘】

〔一〕楊：原作"陽"，誤，徑改。潘楊：指潘岳、楊綏（仲武）。潘岳的妻子是楊綏的姑姑。兩家又是世親，代代和睦。後遂稱姻親爲潘楊。唐孟浩然《送桓子之郢城過禮》："爲結潘楊好，言過鄢郢城。"

【箋注】

①管鮑：春秋時管仲和鮑叔牙的並稱。兩人相知最深。後常用以比喻交誼深厚的朋友。晋傅玄《何當行》："管鮑不世出，結交安可爲。"

②"人琴"句：用"人琴俱亡"之典。表示哀悼。詳見卷五《遊盧溪》注⑧。芝焚歎：即"芝焚蕙歎"的省語。比喻物傷其類。芝與蕙俱是香草，爲同類植物。芝草被焚，蕙草憐而傷歎。晋陸機《歎逝賦》："信松茂而柏悦，嗟芝焚而蕙歎。"

③薤挽：古代挽歌之稱。又稱薤露歌。取人生命如薤上之露易滅之意。

④寢門：古禮天子五門，諸侯三門，大夫二門。最内之門曰寢門，即路門。後泛指内室之門。《儀禮·士喪禮》："君使人吊，徹帷，主人迎於寢門外，見賓不哭。"

⑤浪浪：流貌。三國魏曹植《洛神賦》："抗羅袂以掩涕兮，淚流襟之浪浪。"

太尉韓國文忠富公哀詞①

其　一

早擅才名重，天資德望崇。大勳緣定策②，美利在和戎③。一代推人傑，三朝倚棟隆④。音容雖已矣，永譽更無窮。

【編年】

元豐六年（1083）判河南府任上作。富弼卒於元豐六年閏六月丙申，文彥博元豐六年十一月甲寅致仕。

【箋注】

①太尉韓國文忠富公:指富弼。原本題下注云:"弼。"詳見卷五《遊碧漣堂偶作寄致政司空相公富聊布所懷》注①。

②定策:指至和末,乞立英宗爲皇嗣事。至和三年(1056)正月戊午,仁宗暴得疾。疾愈後,宰相文彦博、富弼、劉沆、參知政事王堯臣等勸仁宗早立皇嗣。《長編》卷一八二,嘉祐元年五月甲申條:"上始得疾,不能視朝,中外憂恐。宰相文彦博、劉沆、富弼勸帝早立嗣,上可之。"

③和戎:指慶曆二年(1042)富弼出使契丹,與契丹再續和盟之事。契丹來求關南舊地(即莫、瀛二州),虜情難測,臣皆不敢行。富弼時爲右正言,以呂夷簡薦,臨危領命,出使遼。四月庚辰,詔以右正言富弼爲回謝國信使。富弼諭以遼主曰:"北朝與中國通好,則人主專其利而臣下無所獲。若用兵,則利歸臣下而人主任其禍。"富弼堅拒割地、通婚姻二事。八月,富弼至遼,以死拒用"獻"、"納"二字。九月壬寅,遼遣耶律仁先來議"獻"、"納"二字,朝廷用晏殊議,以"納"字許之。以每歲對遼增金帛二十萬與遼再訂"慶曆和約"。

④三朝:富弼仁宗天聖八年(1030)二十七歲時登茂才異等,入仕途,歷事仁宗、英宗、神宗三朝。

其　二

晁董經邦策①,皋夔濟世賢②。頻堅掛冠請[一],未及縱心年[二]。早遂赤松伴③,晚參黄蘗禪④。懸車垂一紀⑤,築室冠山川⑥。瀟灑山中相,優遊地上仙⑦。尊榮兼壽考,五福在公全⑧。

【校勘】

[一]掛:原作"桂",據四庫本改。

[二]縱:四庫本作"從"。從心年:代稱七十歲。語出《論語・爲政》:"吾十有五而志於學,三十而立,四十而不惑,五十而知天命,六十而耳順,七十而從心所欲,不逾矩。"兩字相通。富弼熙寧五年(1072)致仕,時年六十九歲,故云。

【箋注】

①晁董：漢代晁錯和董仲舒的並稱。《宋史·王十朋傳》：“學者争傳誦其策，以擬晁董。”此以富弼比作晁董。

②皋夔：夔和皋陶，傳説爲舜時的兩位賢臣。此以比富弼。

③赤松：指赤松子，上古仙人。

④黄蘖（bò）：指希運。中國佛教禪宗的著名僧人。百丈懷海弟子。唐閩（今福建福州）人。幼於洪州高安（今屬江西）黄蘖山（在今江西宜豐西北）出家。世稱“黄蘖希運”。主張“心即是佛”、“心即是法”，以“其言簡、其理真、其道峻、其行孤”的禪風傳於世。弟子有義玄、道蹤、楚南等人。因結交唐朝相國裴休，使其禪風一度大振江南。卒謚“斷際禪師”。著作有《黄蘖禪師傳心法要》、《黄蘖希運禪師宛陵録》。

⑤懸車：古代官吏年七十而辭官告老，廢車不用。古者官員以車代步，闔門懸車即表示辭去官職，不預政事。垂一紀：富弼熙寧五年（1072）致仕，元豐六年（1083）薨，閑居洛陽之時間近一紀，即十二年。

⑥築室冠山川：富弼在洛陽所築園林景物最勝。宋李格非《洛陽名園記·富鄭公園》：“洛陽園池，多因隋唐之舊，獨富鄭公園最爲近辟，而景物最勝。遊者自其第，東出探春亭，登四景堂，則一園之景勝可顧覽而得。南渡通津橋，上方流亭，望紫筠堂，而還右旋花木中，有百餘步，走蔭樾亭，賞幽臺，抵重波軒而止。直北走土筠洞，自此入大竹中。凡謂之洞者，皆斬竹丈許，引流穿之，而徑其上。横爲洞一，曰土筠；縱爲洞三：曰水筠，曰石筠，曰榭筠。歷四洞之北，有亭五，錯列竹中，曰叢玉、曰披風、曰漪嵐、曰夾竹、曰兼山。稍南有梅臺，又南，有天光臺。臺出竹木之杪。遵洞之南而東，還有卧雲堂。堂與四景堂並南北。左右二山，背壓通流。凡坐此，則一園之勝可擁而有也。鄭公自還政事歸第，一切謝賓客。燕息此園，幾二十年，亭臺花木，皆出其目營心匠，故透迤衡直，闔爽深密，皆曲有奥思。”

⑦優遊：形容詞悠閑自得的樣子。唐儲光羲《田家雜興》之二：“所願在優遊，州縣莫相呼。”

⑧五福：《書·洪範》：“五福：一曰壽；二曰富；三曰康寧；四曰攸好德；五曰考終命。”

其　三

　　我愧才無取,公常問不能。白麻曾並命①,黄閣遂同升②。調
燮彝倫敍③〔一〕,將明庶績凝④。如仁今奄忽⑤,昭代失良肱⑥。

【校勘】

　　〔一〕燮:原作"燊",燮的異體字。

【箋注】

　　①白麻曾並命:指至和二年,二人同拜相。《東都事略·文彦博傳》:"至
和二年,再入爲吏部尚書、同中書門下平章事、昭文館大學士,與富弼同拜。宣
麻之日,仁宗遣小黄門覘於庭,士大夫皆以得人相慶,而天下謂之'文富'。"白
麻:官府文書名。宋代立后妃、太子,拜免三公、宰相,以及大赦、德音等皆用白
麻。《唐會要·翰林院》:"凡將相出入,皆翰林草制,謂之白麻。"唐白居易《杜
陵叟詩》:"白麻紙上書德音,京畿盡放今年税。"

　　②黄閣:指丞相官署或三公官署。後稱丞相。漢衛宏《漢舊儀》上:"丞相
聽事閣曰黄閣。"唐姚合《和門下李相餞西蜀相公》:"青城方眷戀,黄閣竟
從容。"

　　③調燮:調和元氣,諧理陰陽。比喻宰相執掌政柄或宰相的職責。《周
書·周官》:"立太師、太傅、太保,兹爲三公,論道經邦,燮理陰陽。"彝倫:古指
人與人之間通常的道德關係和正常的社會秩序。《書·洪範》:"我不知其彝
倫攸敍。"

　　④庶績凝:成就各種功績。漢崔駰《達旨》:"群生得理,庶績其凝。"

　　⑤奄忽:指突然逝去。唐柳宗元《掩役夫張進骸》:"偶來紛喜怒,奄忽已
復辭。"

　　⑥昭代:政治清明的時代,常用以稱頌當朝。唐崔塗《問卜》:"不擬逢昭
代,悠悠過此生。"良肱:比喻輔佐君主的大臣。唐張説《洛橋北亭詔餞諸刺
史》:"股肱還入郡,父母更臨州。"語出《虞書·益稷》:"帝曰:'臣作朕股肱
耳目。'"

其 四

去年春作耆英會①,一坐簪紳仰典刑②。今日共嗟天不憗③,惟瞻英范在丹青。

【箋注】

①"去年"句:元豐五年(1082),文彦博和富弼在洛陽發起耆英會。並繪與會者之像於妙覺僧舍。

②典刑:模範;典範。

③不憗:不願;不肯。對逝世者表示哀悼之辭。語出《詩·小雅·十月之交》:"不憗遺一老,俾守我王。"唐顏真卿《康使君神道》:"天乎不憗,其恨若何!"

其 五

達觀定知無怛化①,常情未免愴離魂。卭山土厚雖埋玉②,遺烈餘芬萬古存。

【箋注】

①無怛化:不驚擾自然造化。語出《莊子·大宗師》:"子來有病,喘喘然將死,其妻子環而泣之。子犁往問之,曰:'叱!避!無怛化。'郭象注:"夫死生猶寤寐耳,於理當寐,不願人驚之。將化而死亦宜,無爲怛之耳。"怛,驚動。化,自然造化,指人的由生入死。

②埋玉:埋葬有才華的人。悼亡的典故。《世說新語·傷逝》:"庾文康亡,何揚州臨葬云:'埋玉樹著土中,使人情何能已已!'"

故開府太師王公挽詞①

其 一

早歲馳聲猶未冠,錦標獨得冠詞林②。四朝出處身名泰③,五紀會從事契深④。天聖中予與君貺同應科舉。居守北郊依舊德⑤,退休西洛負初心。白龍泉畔青烏兆⑥,引紼悲謳淚滿襟⑦。熙寧中君貺守洛,留余會飲於雙桂樓,親作《沁園春》曲詞相屬,有"華髮青雲"之句。

【編年】

元豐八年(1085)致仕居洛陽日作。王拱辰卒於元豐八年。

【箋注】

①開府太師王公:指王拱辰。文散官階爲檢校太師,卒贈開府儀同三司。原本題下注云:"君貺太子太師。"詳見卷五《留守端明尚書王君貺遠示贈闍黎漸師詩依韻和呈》注①。

②"早歲"二句:王拱辰天聖八年十九歲,舉進士第一,以少年狀元馳名。冠:即加冠。未冠即未成年。古代男子二十歲行加冠禮,表示成年。漢劉向《説苑·修文》:"冠者,所以別成人也……君子始冠,必祝成禮,加冠以屬其心。"

③四朝:王拱辰歷仕仁宗、英宗、神宗、哲宗四朝。

④五紀:一紀十二年,五紀即六十年。文彦博是天聖五年(1027)進士,詩中自注云:"天聖中予與君貺同應科舉。"則知二人至晚天聖五年已相識。至元豐八年(1085),近六十年。事契:猶情誼。宋秦觀《婚書》:"既事契之久敦,宜婚姻之申結。"

⑤居守北郊:指文彦博與王拱辰先後判大名府。文彦博是熙寧七年(1074)至元豐三年(1080)判大名府。王拱辰繼之判大名府。

⑥白龍泉畔:今河南內鄉縣西南。青烏:漢代卜術之士,也指卜葬、葬地。此指貴人死。《風俗通》:"漢有青烏子,善數術。"(引自《廣韻》卷二青韻)《相塚書》:"青烏子稱:山望之如却月形,或如覆舟,葬之出富貴。山望之如雞棲,葬之滅門。山有重疊,望之如鼓吹樓,葬之連州二千石。"兆:塋域。《周禮·春官·小宗伯》:"卜葬兆甫竁,亦如之。"

⑦引紼:執紼。謂送葬。《吕氏春秋·節喪》:"引紼者左右萬人以行之。"高誘注:"紼,引棺索也。禮,送葬皆執紼。"

其　二

昔年過洛赴三城①，華髮青雲敘故情②。今日人琴俱已矣③，猶傳樂府《沁園》聲④。

【箋注】

①"昔年"句：文彦博熙寧六年（1073）辭樞密使之任，出判河陽，途經洛陽，時王拱辰判河南府。

②青雲：喻黑髮。唐李賀《大堤曲》："青雲教綰頭上曲，明日與作耳邊璫。"

③人琴俱已矣：用"人琴俱亡"之典。表示哀悼。詳見卷五《遊盧溪》注⑧。

④《沁園》：熙寧六年文彦博赴河陽過洛日，王拱辰親作《沁園春》之曲相屬。

其　三

天聖年中始得朋，後陪孟洛兩交承①。此亦君覼歌詞所及之意。追思往事渾如夢，老淚如傾自不勝。後已北都交印。

【箋注】

①交承：謂前任官吏卸職移交，後任接替。宋王闢之《澠水燕談録·歌詠》："王文正公曾、李文定公迪，咸平中、景德間，相繼狀元及第，其後更踐政府，及罷相鎮青，又爲交承。"王拱辰熙寧四年至五年知河陽，熙寧六年（1073）移知河南府。文彦博熙寧六年罷樞密使知河陽，繼王拱辰之任。故云。

其　四

前歲公圖歸洛中，待君同賞狀元紅。人間萬事難如意，須把興亡付壞空①。君覼久思歸洛，余嘗有詩寄之云："公乎早歸來，莫負花前約〔一〕。同賞狀元紅，更看劉師閣。"

【校勘】

〔一〕莫：原作"因"，據四庫本改。較勝。季校本作"不"。

【箋注】

①壞空：毁壞空無。佛教語。謂世界變化的四個階段，即四大劫：成劫，産生時期；住劫，存在時期；壞劫，毁壞時期；空劫，空無時期。見《俱舍論》卷一二。宋陸遊《道院偶述》："已經成住壞空劫，猶是東西南北人。"

楚正議建中挽詩三章①

其　一

出處交遊五十春②，洛城晚歲卜親鄰③。東齋錦襻清談處④，今日重來淚滿襟。

【編年】

元祐五年（1090）九月致仕居洛陽日作。原本題下注云："元祐五年九月。"

【箋注】

①楚正議建中：指楚建中，以正議大夫致仕。與文彦博並鄰而居。

②出處：出仕和隱退。語出《易·繫辭上》："君子之道，或出或處，或默或語。"唐王維《送高適弟耽歸臨淮作》："緯蕭或賣藥，出處安能期。"

③卜親鄰：卜鄰，即選擇好鄰居。《左傳·昭公三年》："諺曰：'非宅是卜，惟鄰是卜。'二三子先卜鄰矣。"唐杜甫《寄贊上人》："一昨陪錫杖，卜鄰南山幽。"文彦博家和楚建中家相毗鄰。

④錦襻：即錦纏襻。楚建中宅俗呼爲"錦纏襻"。

其　二

大抵神存體不留，萬安山下宅松楸①。平生燕集歌歡友，伯壽應同泉下遊②。正叔新阡與伯壽鄰。

【箋注】

①萬安山:一名石林。在今河南洛陽市東南,南接登封縣界。

②伯壽:即劉几,字伯壽。

其 三

每讀龜書《洪範》篇,人間五福是高年①。公年九九雖無慊②,散盡耆英我屹然。

【箋注】

①五福:《書·洪範》:"五福:一曰壽;二曰富;三曰康寧;四曰攸好德;五曰考終命。"

②慊(qiǎn):不滿足,遺憾。《淮南子·齊俗訓》:"衣若懸衰,而意不慊。"

文彦博集卷九

論

序賓以賢論^①

前志曰^②:"《六經》之道同歸^③,《禮》、《樂》之用爲急。"施於國不可斯須而忘,用於身不可造次而闕^④。忘之則紊上下之序^⑤,闕之則乖孝弟之風^{〔一〕}。聖人知其然也,乃事爲之制,曲爲之防^{⑥〔二〕}。既養老於大學^{〔三〕},仍校年於天下。所以揉民於孝弟^⑦,習俗於醇厚者矣。故五帝憲德^⑧,載之惇史^⑨;三王乞言^⑩,詳於先籍。是知年之貴於天下也久矣^⑪。古之盛王未有遺年者焉,而饗禮、燕禮,節文尚疏^⑫;上庠、下庠^⑬,制度猶簡。至於兼虞夏之禮,養陰陽之氣,先習射而上功^⑭,次序賓而以賢^{〔四〕},饗燕而有儀^{⑮〔五〕},禮律大備。使觀之者亹亹而知其當周之盛乎^⑯!《大雅》所陳,亦既詳矣。竊跡前事,敢試論之。

夫養老之禮,示天子必有尊也;習射之事,蓋聖王之所務焉。若夫安上而治民,化民而成俗,鮮不重於此矣。故禮有養老之制焉,有射燕之義焉^⑰。子曰:"君子無所争,必也射乎^⑱!"然則射之爲義盛矣哉！是故王者將欲行養老之禮，必先舉習射之典。前諏以協吉^⑲，先置以戒期^⑳，乃率群臣，躬行其事。和容繹志^㉑，揖讓周旋^㉒。比禮樂以居多，取正鵠之必中^㉓。《貍》《騶》之節，發心循聲^㉔；鏃矢之均，足以觀德^㉕。廛有存者，擇而用之^㉖。升之於膠序之中^㉗，與其以噎鯁之事^{㉘〔六〕}。侑袒割之虔儀^{㉙〔七〕}，參總舞之下綴。雍雍然皆當世之令人^㉚，濟濟焉悉寔行之吉士^㉛。不賢者遠，有德者升。用能列四世以稱首^㉜，監二代以增郁^㉝。得賢之盛，丕昭於往圖^{〔八〕}；講禮之備，俯焕於來葉。仲尼因而憲章^㉞，詩人得以歌詠者，其在兹乎？

　　國家紹休三后之基^㉟，登閎百代之制^㊱。無文咸秩^㊲，墜典聿修^㊳。帝命式於九圍^㊴，德教加於百姓。尊更老以崇孝悌，恢雍泮以興儒學^㊵。固以超八九之休崇^㊶，軼三五之步驟^㊷。寧使夫序賓之道，專美於有周者哉^{〔九〕}！

【校勘】

〔一〕孝弟：四庫本作“孝悌”。意皆可通。孝弟：也作“孝悌”。孝順父母，敬愛兄長。《論語·學而》：“其爲人也孝弟，而好犯上者鮮矣。”朱熹集注：“善事父母爲孝，善事兄長爲弟。”

〔二〕事爲之制，曲爲之防：原作“曲爲之禮，事爲之防”，據《漢書·禮樂志》改。

〔三〕大：原作“太”，據四庫本改。養老於大學：《禮記·王制》：“周人養國老於東膠，養庶老於西序。”鄭玄注：“西序、東膠亦大學。”

〔四〕賓：原闕，據四庫本及上下文意補。

〔五〕饗：原作“享”，據四庫本改。饗禮、燕禮：指古代敬老之禮。《禮記·王制》：“凡養老，有虞氏以燕禮，夏后氏以饗禮，殷人以食禮，周人修而兼用之。”孔穎達疏：“崔氏云：燕者殽烝於俎，行一獻之禮，坐而飲酒，以至於醉。以虞氏帝道宏大，故養老以燕禮。”

〔六〕以：各本原脱。按“論”爲駢文，“升之於”對“與其以”方合駢偶句式。徑補。

〔七〕俎:原作"祖",據四庫本改。俎割:俎右膊而割切牲肉。古代天子敬老、養老之禮。語出《禮記・樂記》:"食三老、五更於太學,天子袒而割牲,執醬而饋,執爵而酳。"《文選・張衡〈東京賦〉》:"執鑾刀以袒割,奉觴豆於國叟。"薛綜注:"言天子親執鑾刀,袒右膊而割牲,以示敬也。"

〔八〕丕:原作"否",據四庫本改。

〔九〕者:原無,據四庫本補。

【箋注】

①序賓以賢:根據才能排列賓客的位次。語出《詩・大雅・行葦》三章:"捨矢既均,序賓以賢。"鄭箋:"周之先王將養老,先與群臣行射禮,以擇其可與者以爲賓。序賓以賢,謂以射中多少爲次第。"賢:原指射箭的才能。此指才能。

②前《志》:指《漢書・禮樂志二》。

③同歸:一致。晋袁宏《三國名臣序贊》:"雖大旨同歸,所托或乖。"

④造次:倉卒。《論語・里仁》:"君子無終食之間違仁,造次必於是,顛沛必於是。"

⑤上下:指尊卑、長幼。《周禮・夏官・訓方氏》:"掌道四方之政事與其上下之志。"

⑥"事爲"句:無論大事小事都規定制度,防範周密。王念孫《讀書雜志》:"大事曰事,小事曰曲。"

⑦揉:順服。《詩・大雅・崧高》:"揉此萬邦,聞於四國。"鄭箋:"揉,順也。"

⑧五帝:傳説中的上古帝王。説法不一,以五帝爲"伏羲、神農、黄帝、堯、舜"一説爲多。憲德:效法有德行的人;以有德行的人爲榜樣。

⑨惇史:有德行之人的言行記録。語出《禮記・内則》:"凡養老,五帝憲,三王有乞言。五帝憲,養氣體而不乞言,有善則記之爲惇史。三王亦憲,既養老而後乞言,亦微其禮,皆有惇史。"孔穎達疏:"言老人有善德行則紀録之,使衆人法則,爲惇厚之史。"

⑩三王:夏禹、商湯、周文王。乞言:乞善言。《禮記・文王世子》:"凡祭,與養老、乞言、合語之禮,皆小樂正詔之於東序。"鄭玄注:"養老、乞言,養老人

之賢者,因從乞善言可行者也。"

⑪年:指老人。

⑫節文:定禮儀而行之有度。《史記·劉敬叔孫通列傳》:"禮者,因時世人情爲之節文者也。"

⑬上庠、下庠:古之大學和小學。《禮記·王制》:"有虞氏養國老於上庠,養庶老於下庠。"鄭玄注:"上庠,右學,大學也,在西郊。下庠,左學,小學也,在國中王宮之東。"

⑭習射:行射禮。《禮記·王制》:"元日,習射上功,習鄉上齒。"

⑮享燕:即饗燕之禮。據《周禮·春官·宗伯》,爲君王以酒食歡宴四方賓客之禮,以示親近。

⑯亹亹:和穆。漢崔寔《大赦賦》:"滌惡棄穢,與海内更始。亹亹乎,思隆平之進也。"

⑰射燕:指射禮和饗燕之禮。《禮記·射義》:"古者諸侯之射也,必先行燕禮;卿大夫士之射也,必先行鄉飲酒之禮。故燕禮者,所以明君臣之義也;鄉飲酒之禮者,所以明長幼之序也。"

⑱"君子"二句:語出《論語·八佾》:"君子無所爭,必也射乎!揖讓而升,下而飲,其爭也君子。"揖讓而升者,《大射》之禮,下而飲,謂射畢揖降,君子處世恭遜,與人無爭。即如射箭比武之事,所爭不過中正鵠而已,然亦應雍容揖讓,彬彬有禮。

⑲前諏以協吉:謂選擇吉日。諏:商議;選擇。《新唐書·信安王禕傳》:"既到屯,諏日進師。"

⑳戒期:定期,約定時間。

㉑繹志:抒發志向。《禮記·射義》:"射之爲言者繹也,或曰捨也。繹者,各繹己之志也。故心平體正,持矢審固,持弓矢審固則射中矣。故曰:'爲人父者以爲父鵠,爲人子者以爲子鵠,爲人君者以爲君鵠,爲人臣者以爲臣鵠。'故射者,各射己之鵠,故天子之大射謂之射侯。射侯者,射爲諸侯也。射中則得爲諸侯,射不中則不得爲諸侯。"

㉒揖讓:古代迎賓之禮。《周禮·秋官·司儀》:"賓,三揖三讓。"鄭玄注:"三揖者,相去九十步揖之使前也。至而三讓,讓入門也。"揖,拱手行禮。周

旋:古代行禮時進退揖讓的動作。《左傳·昭公二十五年》:"簡子問揖讓周旋之禮焉。"

㉓正鵠:箭靶的中心。清王闓運《李仁元傳》:"然子知射乎? 志正體直以求正鵠,此射者之所能也。"

㉔《貍》《繁》之節:《禮記·射義》:"天子以《騶虞》爲節,諸侯以《貍首》爲節,卿大夫以《采蘋》爲節,士以《采繁》爲節。《騶虞》者,樂官備也。《貍首》者,樂會時也。《采蘋》者,樂循法也。《采繁》者,樂不失職也。是故天子以備官爲節,諸侯以時會天子爲節,卿大夫以循法爲節,士以不失職爲節。故明乎其節之志,以不失其事,則功成而德行立。德行立則無暴亂之禍矣,功成則國安。故曰:'射者,所以觀盛德也。'"

㉕"鏃矢"二句:《禮記·射義》:"射者,進退周還必中禮,内志正,外體直,然後持弓矢審固,持弓矢審固,然後可以言中,此所以觀德行矣。"

㉖"厪有"二句:《禮記·射義》:"孔子曰:'射者何以射? 何以聽? 循聲而發,發而不失正鵠者,其唯賢者乎! 若夫不肖之人,則彼將安能以中?'《詩》云:'發彼有的,以祈爾爵。'"厪:通"僅"。

㉗膠序:殷學名序,周學名膠,後即用爲學校的通稱。《隋書·煬帝紀上》:"優德尚齒,載之典訓,尊事乞言,義彰膠序。"

㉘噎鯁之事:指"祝哽在前,祝噎在後"。祝:祝禱。哽、噎:食物塞住喉嚨。指古代帝王宴請老年有德之人時,祝禱他們不會哽噎。《漢書·賈山傳》:"天子之尊,四海之内,其義莫不爲臣。然而養三老於太學……祝噎在前,祝鯁(哽)在後,公卿奉杖,大夫進履,舉賢以自輔弼,求修正之士使直諫。"

㉙侑(yòu):勸。多用於酒食、宴飲。《詩·小雅·楚茨》:"以爲酒食,以享以祀,以妥以侑,以介景福。"

㉚雍雍:和悦,謙和貌。《詩·大雅·思齊》三章:"雍雍在宫,肅肅在廟。"毛傳:"雍雍,和也。"令人:品德美好的人。《詩·邶風·凱風》:"母氏聖善,我無令人。"鄭箋:"令,善也。"

㉛濟濟:衆多貌。《詩·大雅·文王》三章:"濟濟多士,文王以寧。"吉士:指有才華的人。《三國志·蜀志·馬良傳》:"其人吉士,荆楚之令,鮮於造次之華,而有克終之美。"

㉜稱首：第一。《北史·張蒲傳》：“蒲在謀臣之列，屢出爲將，朝廷論之，常以爲稱首。”

㉝監二代以增郁：語出《論語·八佾》：“周監於二代，郁郁乎文哉！”監，通“鑒”。借鑒，參考。郁郁：多文采貌。

㉞憲章：效法。《禮記·中庸》：“仲尼祖述堯舜，憲章文武。”宋蘇軾《集英殿春宴教坊詞·教坊致語》：“憲章六聖之典謨，斟酌百王之禮樂。”

㉟紹休：繼承夏禹、商湯、周文王的美好事業。紹：繼承。休：美好。三后：三個君主。一般指夏禹、商湯、周文王。

㊱登閎：高大；高遠。《漢書·揚雄傳上》：“涉三皇之登閎。”顏師古注：“登閎，高遠也。”

㊲無文咸秩：無文：指未經禮樂教化的人。咸秩：謂皆依次序行事。《書·洛誥》：“王肇稱殷禮，祀於新邑，咸秩無文。”孔傳：“言王當始舉殷家祭祀，以禮典祀於新邑，皆次秩不在禮文者而祀之。”

㊳墜典：指已廢亡的典章制度。《新五代史·司天考一》：“陛下順考古道，寅畏上天，諮詢庶官，振舉墜典。”聿修：修明，發揚。

㊴九圍：九州；天下。《詩·商頌·長發》：“帝命式於九圍。”孔《疏》：“謂九州爲九圍者，蓋以九分天下，各爲九處，規圍然，故謂之九圍也。”

㊵雍泮：辟雍與泮宮。泛指古代天子或諸侯所設立的大學。《後漢書·崔駰傳》：“臨雍泮以恢儒，疏軒冕以崇賢。”李賢注：“天子辟雍，諸侯頖宮。璧雍者，環之以水，圓而如璧也。頖，半也。諸侯半天子之宮，皆所以立學垂教也。”

㊶八九：八九七十二，此指相傳上古到泰山封禪的七十二君主。唐李益《大禮畢皇帝御丹鳳門改元建中大赦》：“雲亭之事略可記，七十二君寧獨尊。”

㊷三五之步驟：指三皇五帝的步伐。《後漢書·曹褒傳》：“三、五步驟。”李賢注引《孝經鉤命決》：“三皇步，五帝驟，三王馳。”步驟：原指緩行和疾走。

仲尼學文武之道論[①]

粵夫緯兩儀[②]，炳三代[③]，著經國之具美[④]，垂振古之妙範[⑤]。移風易俗，顯化成之猷[⑥]；與世作程，布時郁之制者，此用文之淵懿也⑦。尚七德⑧，勵五兵⑨，定保大之茂勳⑩，備有征之洪略⑪。弔民伐罪⑫〔一〕，助天討之常⑬；戡難定功⑭，振刑威之法者，此尚武之震服也。若乃文德之綿緟⑮，武經之禁戢⑯，著是二説，非聖神孰能行之？懿子貢之嘉議，仰宣父之上智⑰，謂文武之道未墜於地。

當世生仲尼也，稟生知之性〔二〕，蘊將聖之德，道猶江海而學奧彌盛，明並日月而訓言益焕。律天時之動静，襲水土之深厚⑱。祖堯舜欽明之德，憲文武方策之政⑲。歷聘七十之國⑳，授徒三千之衆㉑。性與天道㉒，而仰者彌高；學而時習，則誨之不倦。爲木鐸則世振其聲教㉓〔三〕，佩象環則服旌於道義㉔。紹素王之德理㉕，稟神明之温粹㉖。

且謂學於文也，子以四教，文、行、忠、信著矣；國重六經，《禮》、《樂》、《詩》、《書》備矣。故曰：“夫子之文章，可得而聞，遠人不服，修文德以來之。”删《詩》、《書》，正義始典墳之素㉗；定《禮》、《樂》，明述作同和之制㉘；贊《易》象㉙，洞窮理盡性之旨㉚；修《春秋》，列屬辭比事之傳㉛〔四〕。灼敘百王之儀矩㉜〔五〕，誕布千載之軌範㉝，此用文之盛矣！

謂學於武也，紹止戈之前訓㉞，得安民之勝術。故曰：“我戰則克〔六〕，祭則受福。”百年訓刑，可以勝殘去殺矣㉟。又曰：“不教民戰，是謂棄之㊱。”著筆削，則亂臣以之懼㊲；任司寇，則正卯爲之誅㊳。示足食足兵之文㊴，壯非威非懷之詠㊵，此乃用武之盛矣！若夫相須之盛節㊶，未墜之常道㊷。故《漢志》曰㊸：“文德者，帝王之利器；威武者，文德之輔助。文之所加者深，則武之所服者大；德之所施者博，則威之所制者廣。”故夫先聖鍾睿明之德，適弛張之用。昔者相魯公，會於夾谷㊹，曰：“有文事者，必有武備。”豈不知至聖備用乎。

　　噫！生稟自誠之性，存存而有成；學該稽古之理㊺，循循而弗倦。著日新之要道，隆功陪之廣業〔七〕。故曰：“未若丘之好學也歟！”昔賢所謂“兵者，刑也；刑者，政事也。爲夫子之徒，實仲由、冉有之事。㊻”若此，則聖人非學而能矣。

　　今言學者，蓋由垂世立教，化民成俗，大聖兼該㊼，故文武並用。若夫唐虞之興化㊽，本由文武之道；姬旦之致治㊾，蓋拘文武之跡。若俾仲尼以文武之道致文武之跡，夫何難矣！則知禮樂征伐出於天下之有道者㊿，非聖人達於極摯，孰能備矣！

【校勘】

　　〔一〕伐：原作“罰”，據四庫本改。

　　〔二〕生知：原作“上智”，據《國朝二百家名賢文粹》卷二改。生知：“生而知之”的省稱。語出《論語·季氏》：“生而知之者上也，學而知之者次也，困而學之又其次也。”王冰《黄帝内經素問注序》：“假若天機迅發，妙識玄通，藏謀雖屬乎生知，標格亦資於詁訓，未嘗有行不由徑，出不由户者也。”

　　〔三〕則：原作“者”，據四庫本、《國朝二百家名賢文粹》改。

　　〔四〕列：原作“到”，據四庫本、季校本、《國朝二百家名賢文粹》改。

　　〔五〕百王：四庫本作“百日”。

　　〔六〕我：原作“吾”，據四庫本及《禮記·禮器》改。《禮記·禮器》：“孔子曰：‘我戰則克，祭則受福。’蓋得其道矣。”

　　〔七〕陪：四庫本、《國朝二百家名賢文粹》作“倍”。

【箋注】

　　①文武之道：周文王、周武王治國的方略。語出《禮記·雜記》：“一張一弛，文武之道也。”文：指周文王；武：指周武王。文王、武王，是後世崇尚的古代賢明君主。

　　②緯兩儀：即經天緯地。《國語·周語下》：“經之以天，緯之以地，經緯不爽，文之象也。”本指以天地爲法度。後以“經天緯地”謂經營天下，治理國政。兩儀：指天地。《易·繫辭上》：“是故易有太極，是生兩儀。”

　　③炳三代：照耀夏、商、周三代。

④具美：完美；皆美。《晋書·山濤傳論》：“若夫居官以潔其務，欲以啓天下之方，事親以終其身，將以勸天下之俗，非山公之具美，其孰能與於此者哉！”

⑤振古：遠古；往昔。《詩·周頌·載芟》：“匪今斯今，振古如兹。”

⑥化成之猷：教化成功的謀略。《易·恒》：“聖人久於其道，而天下化成。”

⑦淵懿：淵深美好。漢揚雄《法言·序》：“聖人聰明淵懿，繼天測靈，冠乎群倫，經諸範。”

⑧七德：指文治的七種德行。《國語·周語中》：“尊貴、明賢、庸勳、長老、愛親、禮新、親舊……若七德離判，民乃攜貳。”

⑨五兵：五種兵器。所指不一。《周禮·夏官·司兵》：“掌五兵五盾。”鄭玄注引鄭司農云：“五兵者，戈、殳、戟、酋矛、夷矛也。”此指車之五兵。步卒之五兵，則無夷矛而有弓矢。見《司兵》鄭玄注。

⑩保大：安穩地居於高位。《三國志·魏志·陳留王奂傳》：“昔聖帝明王，静亂濟世，保大定功，文武殊塗，勳烈同歸。”

⑪有征：“有征無戰”的省語。謂不戰而勝。《北史·尉遲迥傳》：“唯迥以爲紀既盡鋭東下，蜀必空虚，王師臨之，必有征無戰。”

⑫弔民伐罪：慰問受害的百姓，討伐有罪的人。《孟子·滕文公下》：“誅其君，弔其民，如時雨降，民大悦。”

⑬天討：上天的懲治。《書·皋陶謨》：“天討有罪，五刑五用哉。”後以王師征伐爲“天討”，意謂禀承天意而行。

⑭戡難：消弭禍亂。唐司空圖《太尉琅玡王公河中生祠碑》：“況頃者運屬履危，時當戡難。”定功：建立功業。《左傳·宣公十二年》：“夫武，禁暴、戢兵、保大、定功、安民、和衆、豐財者也。”

⑮綿縟：綿長繁密。縟：繁密；繁複。《漢書·王莽傳下》：“德盛者文縟，宜崇其制度。”

⑯禁戢：禁止；杜絶。《資治通鑒·唐武宗會昌三年》：“李德裕奏：‘……聞党項分隸諸鎮，剽掠於此則亡逃歸彼，節度使各利其駝馬，不爲擒送，以此無由禁戢。’”

⑰“懿子貢”二句：《禮記·雜記》：“子貢觀於蠟。孔子曰：‘賜也樂乎？’對

曰:'一國之人皆若狂,賜未知其樂也。'子曰:'百日之蠟,一日之澤,非爾所知也。張而不弛,文武弗能也;弛而不張,文武弗爲也;一張一弛,文武之道也。'"

宣父:對孔子的尊稱。《舊唐書·禮樂志》:"貞觀十一年,詔尊孔子爲宣父。"

上智:上等智慧。南朝梁沈約《七賢論》:"嵇生是上智之人,值無妄之日,神才高傑,故爲世道所莫容。"

⑱欽明:敬肅明察。《書·堯典》:"曰若稽古帝堯,曰放勳,欽明文思安安,允恭克讓。"陸德明《釋文》引馬融曰:"威儀表備謂之欽,照臨四方謂之明。"

⑲方策:典籍。《禮記·中庸》:"文武之政,布在方策。"鄭玄注:"方,版也;策,簡也。"

⑳歷聘七十之國:據《史記·孔子世家》記載,孔子於魯定公十四年(前496)五十六歲時由大司寇行攝相事。齊國君臣害怕孔子爲政,魯國必霸,對齊國不利,於是行賄離間,魯定公中計,貪圖享樂,怠於政事,孔子只好離開魯國,開始周遊列國,遊説諸侯,"干七十餘君"(見《史記·三代世表序》)。

㉑授徒三千之衆:《史記·孔子世家》:"孔子以詩、書、禮、樂教弟子,蓋三千焉。身通六藝者,七十有二人。"

㉒性與天道:《論語·公冶長》:"夫子之文章,可得而聞也;夫子之言性與天道,不可得而聞也。"邢昺《疏》:"天之爲道,生生相續,新新不停,故曰日新也。以其自然而然,故謂之道。"

㉓木鐸:木舌的鈴。古代施行政教、傳佈命令時用以振鳴驚衆。《周禮·天官·小宰》:"徇以木鐸。"鄭玄注:"木鐸,木舌也。文事奮木鐸,武事奮金鐸。"此以喻宣揚教化的人。《論語·八佾》:"天下之無道也久矣,天將以夫子爲木鐸。"聲教:聲威教化。《書·禹貢》:"東漸於海西,被於流沙,朔南暨聲教,訖於四海。"

㉔象環:象牙環。《禮記·玉藻》:"孔子佩象環五寸而綦組綬。"孔穎達疏:"佩象環者,象牙有文理,言己有文章也;而爲環者,示己文教所迴圈無窮也。"唐李商隱《端午日上所知劍啓》:"厠玉玦於君侯,擬象環於夫子。"旌:標志。《國語·周語上》:"故爲車服旗章以旌之。"

㉕素王:指孔子。《論衡·超奇篇》:"孔子作《春秋》以示王意。然則孔子

之《春秋》，素王之業也。”又《定賢篇》：“孔子不王，素王之業在於《春秋》。”

㉖溫粹：溫和純正。宋范仲淹《與韓魏公書》：“今有進士潘起，才筆俊健，言行溫粹。”

㉗典墳：三墳五典的省稱。指古代典籍。晋潘岳《揚荆州誄》：“遊目典墳，縱心儒術。”

㉘同和：彼此和諧；相互協和。《禮記·樂記》：“大樂與天地同和，大禮與天地同節。”《國語·齊語》：“居同樂，行同和，死同哀。”

㉙贊《易》象：闡釋易象。贊：解釋；闡明。《文選·王中》：“於是馬鳴幽贊，龍樹虛求。”《易》象：指《周易》六十四卦及卦爻辭，即“經”部分。

㉚窮理盡性：窮究天地萬物之理與性。語出《易·説卦》：“窮理盡性以至於命。”

㉛屬辭比事：連綴文辭，排比史事。《禮記·經解》：“屬辭比事，《春秋》教也。”

㉜儀矩：儀法規矩。秦李斯《碣石刻石》：“群臣誦烈，請刻此石，垂著儀矩。”

㉝誕布：廣泛宣佈。《説郛》卷八五引宋張商英《護法論》：“誕布詔令。”軌範：規範，楷模。《書·序》：“所以恢弘至道，示人主以軌範也。”

㉞止戈之前訓：止戈爲武。“武”字從“止”從“戈”。意謂能平息戰亂，停止使用武器，才是真正的武功。《左傳·宣公十二年》：“潘黨曰：‘……臣聞克敵必示子孫，以無忘武功。’楚子曰：‘非爾所知也。夫文，止戈爲武。’”

㉟“百年”二句：語出《論語·子路》：“善人爲邦百年，亦可以勝殘去殺矣。”訓刑：謂宣傳、解釋刑法。語出《書·吕刑序》：“吕命穆王，訓夏贖刑，作《吕刑》。”孔傳：“吕侯以穆王命作書，訓暢夏禹贖刑之法，更從輕以佈告天下。”勝殘去殺：實行仁政，使殘暴的人化而爲善，因而可以廢除刑殺。

㊱“不教”二句：語出《論語·子路》。

㊲“著筆”二句：語出《孟子·滕文公下》：“昔者禹抑洪水而天下平，周公兼夷狄，驅猛獸而百姓寧，孔子成《春秋》而亂臣賊子懼。”孔子作《春秋》，直書史事，字寓褒貶。筆削：特指《春秋》。《史記·孔子世家》：“至於爲《春秋》，筆則筆，削則削，子夏之徒不能贊一辭。”

㊳“任司”二句：相傳少正卯與孔子同時在魯國聚徒講學，影響頗大，使“孔子之門，三盈三虛”（王充《論衡·講瑞》）。後孔子爲魯司寇，任職僅七日即將他處死。《荀子·宥坐》：“孔子爲魯攝相，朝七日而誅少正卯。門人進問曰：‘夫少正卯，魯國之聞人也。夫子爲政而始誅之，得無失乎？’孔子曰：‘居，吾語女其故。人有惡者五，而盜竊不與焉：一曰心達而險，二曰行辟而堅，三曰言偽而辯，四曰記醜而博，五曰順非而澤。此五者，有一於人，則不得免於君子之誅，而少正卯兼有之。故居處足以聚徒成群，言談足以飾邪營衆，强足以反是獨立，此小人之桀雄也，不可不誅也’”。司寇：中國古代主管刑獄的官。

㊴足食足兵：糧食充足，軍備充足。表示國勢强盛。語出《論語·顔淵》：“子曰：‘足食足兵，民信之矣。’”

㊵非威非懷：《左傳·文公七年》載：晋大夫郤缺言於趙宣子曰：“曰衛不睦，故取其地。今已睦矣，可以歸之。叛而不討，何以示威？服而不柔，何以示懷？非威非懷，何以示德？無德，何以主盟？”

㊶相須：互相依存；互相配合。《詩·小雅·穀風》：“習習穀風，維風及雨。”毛傳：“風雨相感，朋友相須。”

㊷常道：即永恒的“道”。《老子》第一章：“道可道，非常道。”“常”即永恒、不變易；“道”有宇宙本原、萬物存在的普遍根據、事物運動變化規律、社會生活法則等多種含義。《荀子·天論》：“天有常道矣，地有常數矣，君子有常體矣。”

㊸《漢志》：指《漢書·刑法志》。

㊹“昔者”二句：魯定公十年（前500），孔子以大司寇爲魯國相儀，陪魯定公會齊景公於此，並以禮挫敗齊景公劫持魯君之謀，訂立盟約。夾谷之會是魯國外交上一次重大勝利，也顯示了孔子在政治、外交方面的才幹。《左傳》：“公會齊侯於祝其，實夾谷；孔丘相。”夾谷：春秋齊地。

㊺稽古：稽考古道古法。漢班固《東都賦》：“憲章稽古，封岱勒成，儀炳乎世宗。”

㊻“昔賢”句：杜牧爲《孫子》所作序中之語。昔賢：指唐杜牧。

㊼該：包括，完備。

㊽唐虞：指唐堯、虞舜。古史言陶唐氏（堯）與有虞氏（舜）皆以揖讓有天

下,故以唐虞時爲太平盛世。後以"唐虞"喻太平之治。《論語·泰伯》:孔子曰:"才難,不其然乎? 唐虞之際,於斯爲盛。"

⑭姬旦:西周初著名政治家、軍事家。又稱叔旦,周文王第四子,武王的弟弟,因食邑於周(今陝西岐山北),故稱周公。曾助武王滅商,建周王朝。武王死,成王年幼,周公攝政。伐誅武庚,收殷遺民,分封諸侯,營建東都洛邑(今河南洛陽)。攝政七年,還政於成王。

⑭禮樂征伐:制禮作樂,出兵打仗。借指國家大事。語出《論語·季氏》:"天下有道,則禮樂征伐,自天子出。"

譎正論

孔子曰:"齊桓公正而不譎,晋文公譎而不正。"①〔一〕愚嘗詰注疏家流,止云:"齊桓公正而不譎者,以其伐楚而責包茅不入,問昭王南征不返,有以見存臣節而尊王室也,故稱其正焉。晋文公譎而不正者,謂天王狩於河陽②,因而朝之,以臣召君,非禮也,故稱其譎焉。"

以愚觀之,則所謂只知其一未知其二也。夫聖人之道,言以尚辭,語無重出,故云"一字爲褒貶"者③,取其簡而當也。至於品藻諸弟子④,但云"柴也愚,參也魯,由也喭"而已⑤。若謂齊之正焉,但云齊桓公正可矣。謂晋之譎焉〔二〕,但云晋文公譎可矣。復云"正而不譎""譎而不正"者,其故何哉? 愚嘗議之,蓋有以也⑥。

按《春秋》曰:"齊侯與蔡姬乘舟于囿,姬蕩公。公懼,變色。禁之,不可。公怒,歸之。未之絶也〔三〕。蔡人嫁之。明年春,齊侯遂以諸侯之師侵蔡。蔡潰,遂伐楚。楚子使與師言曰:'君處北海,寡人處南海,惟是風馬牛不相及。不虞君之涉吾地也,何故?'管仲對曰:'昔召康公命我先君太公曰:"五侯九伯,汝實征之,以夾輔周室。賜我先君履〔四〕,東至於海,西至於河,南至於穆陵,北至於無棣。爾貢包茅不入,王祭不供,無以縮酒,寡人是責;昭王南征不復,寡人是問!'對曰:'貢之不入,寡君之罪也。敢不供給? 昭王之不復,君其問諸水濱也。'"且齊侯之始也,以姬之忿而侵於蔡。侵蔡得利,因而伐楚。楚既問罪,乃托爲勤王之師⑦。夫然,則測其始志,得不謂之譎乎? 及責楚之罪,則爲正矣。既得其正,乃爲不譎矣。夫晋文公之始也,伐原以示信,大蒐以示禮,一戰而霸⑧,可謂正矣。及其天王將狩於河陽,君子譏其以臣召君。又朝王而請隧⑨,王不許焉,曰:"王章也⑩。未有代德而有二王,亦叔父之所惡也。"噫! 晋之始也,正則正矣,及其此也,臣節何在? 如此,則始雖正,今乃爲譎矣⑫。

　　愚謂聖人之意,以齊桓有管仲之佐,雖始譎,終乃復正⑪,故"正而不譎"矣;以晋文公季年無良臣諫弼〔五〕,始雖正,終乃復譎,故"譎而不正"矣。先師之旨,不其然乎!

【校勘】

　　〔一〕"齊桓"二句:《論語·憲問》作:"晋文公譎而不正,齊桓公正而不譎。"晋文公在前,齊桓公在後。

　　〔二〕之:原無,據四庫本補。

　　〔三〕也:原作"之",據四庫本及文意改。

　　〔四〕君:原作"公",據四庫本及《左傳·僖公四年》改。

　　〔五〕諫:四庫本作"輔"。

【箋注】

　　①"齊桓"二句:晋文公詭詐而不正派,齊桓公正派而不詭詐。晋文公,姓姬,名重耳,晋國國君。春秋霸主之一,因曾召周天子而使諸侯朝之,故孔子説他"譎而不正"。齊桓公,姓姜,名小白,齊國國君。春秋霸主之一,曾以周天子名義討伐不向周室入貢的楚國,故孔子説他"正而不譎"。

　　②天王:猶天子。殷周時天子但稱王,春秋時,楚、吳諸國國君亦相繼稱王,因尊稱周王爲天王。《春秋·昭公二十六年》:"天王入于成周。"

③"言以"三句：言語言簡練。尚辭：崇尚浮華之言。《禮記·表記》："子曰：'事君不下達，不尚辭。'"一字爲褒貶：孔子作《春秋》，言簡意嚴，常用一個字來表示褒揚或貶斥。杜預《春秋左傳序》："《春秋》雖以一字爲褒貶，然皆數句以成言。"

④品藻：品評；鑒定。《漢書·揚雄傳下》："爰及名將尊卑之條，稱述品藻。"

⑤"柴也愚"以下三句：語出《論語·先進》，原句爲"柴也愚，參也魯，師也辟，由也喭"。高柴愚笨，曾參遲鈍。顓孫師偏激，仲由魯莽。柴：姓高名柴，字子羔，孔子的學生。春秋末衛國人，少孔子三十歲。才智不足，但頗有行政能力，年輕時，子路曾派他任費邑宰。在隨孔子周遊列國期間，子路任衛國蒲邑宰，柴爲"衛之士師"，執法公正，頗有善名。後衛國內亂，子路遇難，柴得逃回魯國。唐開元封爲"共伯"，宋封"共城侯"。參：即曾參。魯國人，字子輿。孔子弟子。師：即顓孫師，字子張。何晏集解引馬融曰："子張才過人，失在邪辟文過。"由：即仲由，字子路。有勇力才藝，以政事著名。

⑥有以：猶有因。《詩·邶風·旄丘》："何其久也？必有以也。"

⑦勤王之師：指君王受到內亂外患的威脅而王位動搖時，臣子前來救援的軍隊。

⑧"夫晉"四句：《國語·晉語四》："晉文公即位二年，欲用其民，子犯曰：'民未知義，盍納天子以示之義？'乃納襄王于周。公曰：'可矣乎？'對曰：'民未知信，盍伐原以示之信？'文公伐原，令以三日之糧。三日而原不降，公令疏軍而去之。諜出曰：'原不過一二日矣！'軍吏以告，公曰：'得原而失信，何以使人？夫信，民之所庇也，不可失。'乃去之。及孟門，而原請降。曰：'可矣乎？'對曰：'民未知禮，盍大蒐，備師尚禮以示之？'乃大蒐於被廬，作三軍。使郤縠將中軍，以爲大政，郤溱佐之。子犯曰：'可矣。'遂伐曹、衛，出穀戍，釋宋圍，敗楚師於城濮，於是乎遂伯。"大蒐：古時天子、諸侯五年舉行一次的軍隊大檢閱。

⑨"又朝"五句：《左傳·僖公二十五年》："晉侯朝王。王享醴，命之宥。請隧，弗許。曰：'王章也。未有代德而有二王，亦叔父之所惡也。'"請隧：請求隧葬。隧葬，天子的葬禮。杜預注："闕地通路曰隧，王之葬禮也；諸侯皆縣

樞而下。"楊伯峻注:"請隧者,晋文請天子允許於其死後得以天子禮葬己耳。"
王章:猶王禮。天子的禮儀。代德:謂取代舊朝以治天下之德。

⑩管仲:《史記·管晏列傳》:"管仲夷吾者,潁上人也。少時常與鮑叔牙
遊,鮑叔知其賢。管仲貧困,常欺鮑叔,鮑叔終善遇之,不以爲言。已而鮑叔事
齊公子小白,管仲事公子糾。及小白立爲桓公,公子糾死,管仲囚焉。鮑叔遂
進管仲。管仲既用,任政於齊,齊桓公以霸,九合諸侯,一匡天下,管仲之
謀也。"

⑪"雖始"二句:"(管仲)其爲政也,善因禍而爲福,轉敗而爲功。貴輕重,
慎權衡。桓公實怒少姬,南襲蔡,管仲因而伐楚,責包茅不入貢於周室。桓公
實北征山戎,而管仲因而令燕修召公之政。於柯之會,桓公欲背曹沫之約,管
仲因而信之,諸侯由是歸齊。故曰:'知與之爲取,政之寶也。'"

《春秋》何以見仲尼之志論

子曰:"吾志在《春秋》,行在《孝經》。"①夫《春秋》之義,竊嘗
聞焉,仲尼之志,未之見也。愚也不敏,敢試議之。

夫仲尼生姬周之末②,處鄒魯之間③,聚徒三千,大闡儒教,憲
章文武,祖述堯舜④。門牆數仞⑤,仰之者雖繁;堂奧彌高⑥,升之
者斯寡,故自有生人以來未有如夫子聖者也⑦。然有聖人之才,
而無聖人之位,故棲棲然遊聘於七十國⑧,曾不一遇。夫子知道
之不行也,身之不達也,而又睹周道陵夷⑨,皇綱絶紐⑩,禮樂隳
壞,彝倫攸斁⑪。妖災因釁而作,民俗染化而遷。陰陽爲之愆度,
七曜因而盈縮⑫。君臣之禮廢,父子之恩缺。君子在野,小人升
用⑬。四夷交争,戎夏共貫⑭。幽王以暴虐見禍,平王以微弱東
遷⑮。征伐不由天子,號令出於權臣⑯。下陵上替,僭逼斯甚⑰。
夫子乃喟然歎曰:"文王既没,文不在兹乎!"⑱於是因魯史而修
《春秋》,舉得失以明黜陟,著成敗以彰勸戒。其惡者不得不貶,
善者不得不褒,闡揚大道,用振頹綱。故一字之褒,寵逾華袞之

贈;片言之貶,辱過市朝之撻⑲。是以有德者雖賤而必伸,敗道者雖貴而必屈。附勢而匿非者無所逃其罪,懷才而獨運者無所隱其名⑳。斯所謂聖人達而賞罰行,聖人窮而褒貶作者矣。故知聖人之褒貶,所以代賞罰者也。觀其褒貶〔一〕,則仲尼之志見矣。

故《孝經》緯曰:"孔子云:'欲觀我褒貶諸侯之志在《春秋》,崇人倫之行在《孝經》。'"斯則其義明矣。其後何休以此語序《公羊傳》,則變其辭云"吾志在《春秋》,而行在《孝經》"也,是使後之學者觀之稍迷。因爲之論,庶幾辯惑者爾㉑。

【校勘】

〔一〕貶:原無,據四庫本及文意補。

【箋注】

①"吾志"二句:語出何休《春秋公羊注疏序》:"昔者孔子有云:'吾志在《春秋》,行在《孝經》。'此二學者,聖人之極致,治世之要務也。"

②姬周:周朝。周爲姬姓,故稱。《三國志·魏志·陳思王植傳》:"未若姬周之樹國,五等之品制也。"

③鄒魯:鄒國和魯國。孔子生於魯國,孟子生於鄒國。借指文化昌盛之地,禮義之邦。《莊子·天地》:"其在《詩》、《書》、《禮》、《樂》者,鄒魯之士,縉紳先生,多能明之。"

④"憲章"二句:效法周文王、周武王、堯、舜。語出《禮記·中庸》:"仲尼祖述堯舜,憲章文武。"憲章,效法。祖述,效法、遵循前賢的行爲或學説。

⑤門牆:師門。語出《論語·子張》:"夫子之牆數仞,不得其門而入,不見宗廟之美,百官之富。得其門者或寡矣。"

⑥堂奧:廳堂和内室。奧,室的西南隅。不入門不能升堂,不升堂不能窺見奧深,所以用"堂奧"指深邃之處。喻深奧的義理;深遠的意境。晋棗腆《答石崇》:"窺睹堂奧,欽蹈明規。"

⑦"故自"句:言從有人類以來,没有能及孔子的。推崇孔子之語。語出《孟子·公孫丑上》。

⑧"故棲"句:言孔子周遊列國十四年。棲棲然:忙碌不安貌。《論語·憲

問》:"丘何爲是棲棲者與?"

⑨周道:指周代所推行的政令。《詩·檜風·匪風》:"顧瞻周道,中心怛兮。"鄭箋:"周道,周之政令也。"陵夷:迤邐漸平。引申爲衰頹。《漢書·成帝紀》:"帝王之道,日以陵夷。"

⑩皇綱絶紐:朝廷的綱紀渙散解體。

⑪彝倫攸斁(dù):倫常敗壞。語出《書·洪范》。彝倫,倫常。斁,敗;敗壞。

⑫"陰陽"二句:語出晋范寧《穀梁傳序》。愆:違背,違失。七曜:日、月和金、木、水、火、土五星。又稱七緯、七政。《書·舜典》:"在璿璣玉衡,以齊七政。"

⑬"君子"二句:語出《書·大禹謨》。意謂國君昏庸失政,廢棄仁賢,重用奸佞,引起民衆的背叛,國家不保,這時天就將降災殃於國君。

⑭"四夷"二句:周室既衰,四夷並侵,玁狁最强,至宣王南而伐之。及幽王,犬戎來伐,殺幽王,取宗器。共貫:貫通;連貫。唐劉知幾《史通·疑古》:"斯則當堯之世,小人君子比肩齊列,善惡無分,賢愚共貫。"

⑮"幽王"二句:周宣王死後,幽王繼位,昏庸暴戾,寵愛褒姒,立以爲后,以褒姒子伯服爲太子,廢申后和太子宜臼。周幽王十一年(前771),申侯聯合繒、犬戎攻周,幽王出逃,在驪山舉烽火求救兵,諸侯不聽,幽王被犬戎殺於驪山(今陝西臨潼東南)之下,西周亡。申、魯、許等諸侯立宜臼於申(今河南南陽),是爲周平王。次年,以鎬京(今陝西西安)殘破,又受犬戎威脅,東遷洛邑(今河南洛陽),建立東周。

⑯"征伐"二句:表示天子失勢,大權旁落。古代以此作爲天下無道的象徵。語出《論語·季氏》:"孔子曰:'天下有道,禮樂征伐自天子出;天下無道,禮樂征伐自諸侯出。'"

⑰"下陵"二句:在下者凌駕於上,在上者廢弛無所作爲。權臣越分脅迫君上。謂上下失序,綱紀廢墜。陵,通"淩"。僭逼:越分脅迫君上。《左傳·昭公十八年》:"於是乎下陵上替,能無亂乎?"

⑱"文王"二句:語出《論語·子罕》。文王:指周文王。文:指禮樂制度或王道。

⑲"一字之褒"四句:語出晉范寧《穀梁傳序》。華袞:古代皇帝的禮服。形容貴重的贈與。市朝:一般指人衆會集之處。

⑳獨運:獨立運行;獨自運行。晉袁宏《後漢紀·章帝紀上論》:"夫剛健獨運,乾之德也;柔和順從,坤之性也。"

㉑庶幾:希望;但願。《孟子·公孫丑下》:"王庶幾改之,予日望之!"

何以措刑論①

夫刑法之制,有自來矣。然歷代沿襲,其制頗異。夫刑之用,小則禁奸邪,大則戢暴亂②。考諸上古,又亦不然。夫上古之時,世質民淳,上布希夷之化③,俗無争競之心。故結繩而爲政④,畫衣而爲刑⑤。政甚簡而民自治,刑至薄而人不犯也。其後聖人因於天討⑥,遂制五刑,上至甲兵〔一〕,下及鞭朴,列五等之輕重,乃刑罰之大端也。自兹以降,源流實繁。

然夏、商、周之代,漢、魏、晉之朝,或以此而興盛,或以此而陵夷⑦,其故何哉?蓋刑者不可久用,久用則民殘。民者邦之基,邦基既弱,國將若之何?斯則其猶兵之不戢,將自焚乎⑧!其鑒不遠,在秦皇之世矣⑨。然刑之欲措,必將有道以撫其俗,則庶幾於太古之風矣。且人之所懼者刑也,所慕者化也。當主上無爲致治⑩〔二〕,革煩弊之政,敦清净之風,行仁愛以及下,布善教以懷民⑪,國泰時阜,無遠不服。蓋上之好善,民必從之。故孔子云:"爲政焉用殺?子欲善而民從矣。君子之德風,小人之德草,草上之風,必偃也⑫。"又曰:"善人爲邦百年,可以勝殘去殺矣⑬。"又孟子云:"善政不如善教〔三〕。善政則民畏之,善教則民愛之。善政得民財,善教得民心⑭。"以是而言,則措刑之道,其用善教乎。故周之成康⑮,世稱其治;漢之文景,代美其能者⑯,蓋遵用於斯道也。是以周漢之歷祚遐永者⑰,亦由是矣。

　　今我國家連衡五帝⑱，方軌三王⑲，股肱惟良⑳，朝綱具舉。民躋富壽之域，時返淳樸之風。六合晏然㉑，四海寧謐〔四〕，夷狄奉職，咸爲外臣。時平俗泰，國富刑清。雖周之成康，漢之文景，固不可同年而語也。斯所謂得善教之良術矣。

【校勘】

〔一〕甲兵：原作“兵甲”。《國語・魯語上》：“五刑三次，是無隱也。”韋昭注：“五刑，甲兵、斧鉞、刀鋸、鑽鑿、鞭撲也。”據乙。

〔二〕主上：《國朝二百家名賢文粹》卷二七作“王者”。

〔三〕善政不如善教：今本《孟子》作“善政不如善教之得民也”。

〔四〕寧：《國朝二百家名賢文粹》作“清”。

【箋注】

①措刑：棄置刑罰不用。措：置；放棄。

②戡暴亂：平定行兇作亂的人。戡：平定。《書・西伯戡黎》：“西伯既戡黎，祖伊恐。”

③希夷：空虛寂静。《老子》：“視之不見名曰夷，聽之不聞名曰希。”唐范傳正《風過簫賦》：“寂寞之内，爰生不考之音；希夷之間，是合不言之化。”

④結繩而爲政：上古無文字，結繩以記事。《易・繫辭下》：“上古結繩而治，後世聖人易之以書契。”孔穎達疏：“結繩者，鄭康成注云，事大大結其繩，事小小結其繩，義或然也。”

⑤畫衣而爲刑：古時“畫衣冠，異章服”象徵五刑，使民不犯。《白虎通》：“五帝畫象者，其衣服象五刑也。犯墨者蒙巾，犯劓（yì）者赭其衣，犯髕者以墨幪其髕處而畫之，犯宮者履雜屝，犯大辟者布衣無領。”

⑥天討：上天的懲治。《書・皋陶謨》：“天討有罪，五刑五用哉。”後以王師征伐爲“天討”，意謂稟承天意而行。

⑦陵夷：迤邐漸平。引申爲衰頹。《漢書・成帝紀》：“帝王之道，日以陵夷。”

⑧“兵之”二句：語出《左傳・隱公四年》：“夫兵猶火也；弗戢，將自焚也。”戢：止息；禁止。

⑨"其鑒"二句:《漢書·武五子傳贊》:"秦始皇即位三十九年,不一日而無兵。由是山東之難興,四方潰而逆秦。秦將吏外畔,賊臣内發,亂作蕭牆,禍成二世。故曰:'兵猶火也,弗戢,必自焚。'信矣。"

⑩無爲致治:無所作爲而使天下得到治理。原指舜當政時,完全沿襲前代堯的治國之道,自己未做絲毫改變,而依然把國家治理得很好。後泛指以儒家道統德政治民,不施刑罰,寓治於教化之中。語出《論語·衛靈公》:"無爲而治者,其舜也與! 夫何爲哉,恭己正南面而已矣。"無爲:無所作爲。治:治理。

⑪懷民:安撫人民。漢張衡《東京賦》:"慕天乙之弛罟,因教祝以懷民。"

⑫"君子"以下四句:君子的德行像風,臣民的德行像草,風行草上,草必伏倒。指德行崇高者對後世的影響之深。語出《論語·顏淵》。

⑬勝殘去殺:實行仁政,使殘暴的人化而爲善,因而可以廢除刑殺。語出《論語·子路》。

⑭"善政"以下五句:語出《孟子·盡心上》。善政:清明的政治;良好的政令。《後漢書·臧宮傳》:"今國無善政,災變不息。"善教:好的教化。

⑮"周之"二句:周成王與周康王執行周公建立的典章制度,推行"以德慎罰"政策,因而"天下安寧,刑措四十餘年不用"。《詩·周頌·執競》:"不顯成康,上帝是皇。"

⑯"漢之"二句:西漢文帝與景帝時,減輕刑罰,社會安定富裕,史稱"文景之治"。

⑰歷祚(zuò):流傳;傳代。《晉書·段灼傳》:"艾功名已成,亦當書之竹帛,傳祚萬世。"

⑱連衡五帝:比肩五帝。連衡:比配;比肩。《周書·蘇綽傳論》:"則舜、禹、湯、武之德可連衡矣,稷、契、伊、吕之流可比肩矣。"五帝:説法不一,以五帝爲"伏羲、神農、黄帝、堯、舜"一説爲多。

⑲方軌三王:與三王比肩。方軌:比肩。《宋書·謝靈運傳論》:"靈運之興會標舉,延年之體裁明密,並方軌前秀,垂範後昆。"三王:夏禹、商湯、周文王。

⑳股肱:大腿和胳膊。比喻左右輔佐之臣。《書·益稷》:"臣作朕股肱耳目。"

㉑六合晏然：天下安寧。六合，指天地和東、南、西、北四方。此指天下。唐李白《古風》：“秦皇掃六合，虎視何雄哉！”

堯湯水旱何以不爲民患論①

夫陰陽舛度，而水旱失常。當其爲害，未有不因其所由也。蓋法度失於下，則災變見乎上。其或上失其道，國無其人，或讒邪得路而日興，或忠良含憤而被逐，或兵甲縱暴而弗戢，或刑罰苛刻而無當，或土木之功不息〔一〕，或聚斂之法太重。由是男曠女怨〔二〕，民不聊生，墜於塗炭②，蹐地無歸③。所以怨憤之氣積，而災沴之患作矣④。歷代而下，未或無之，而堯湯之朝，莫斯爲甚。一則九載而滔天，一則七年而大旱〔三〕。浩浩沃日⑤，赫赫流金⑥，禾黍蕩盡，農時靡登。而遐邇無菜色，上下無離心，海內晏然，域中清肅，其故何哉？愚雖不敏，竊議斯言。

夫堯湯之水旱者，非政教之所失，非冤憤之所致也〔四〕，蓋時之所及，不可得而移易也。然卒不能爲患者，蓋備之有素焉⑦。當二時之臨御，則孜孜求治，宵旰忘疲⑧。敦清净之教，革苛弊之刑。教民勤稼穡之務，化下絕澆漓之風⑨。賦斂尤薄，國富刑清⑩。百姓由是阜康⑪，六合於焉平泰。“明哉”之謠作⑫，“樂只”之頌興⑬。及其水旱之作沴也，而國方富强，民方康壽。時既隆盛，又何患害之能及焉？故古語有之曰：“國無九年之儲，非國也；家無三年之儲〔四〕，非家也。”然而當堯湯富庶之代，民俗安阜之時，其畜積復何止於九年、三年哉！是則以九年、三年之儲畜，禦九載、七載之災沴，不亦可乎！而又畜於稔歲⑭，濟於凶年⑮，此治國之大術爾。抑又洪範九疇⑯，以農爲本，良以食者民之天，民者邦之本。食足則民盛，民盛則邦興。如此，則縱有災沴，患將奚爲？聊舉斯一隅⑰，則其他可知矣。

【校勘】

〔一〕功:四庫本作“工”。

〔二〕男曠女怨:原作“男怨女曠”,誤。怨女:已到婚齡而無夫的女子。曠夫:已到婚齡而無妻的男子。喻時亂年荒,男女失所的慘狀。語出《孟子·梁惠王下》:“當是時也,内無怨女,外無曠夫。”

〔三〕大旱:原闕,據文意補。

〔四〕年:原作“家”,據四庫本及文意改。

【箋注】

①堯湯水旱何以不爲民患:漢賈誼《新書·憂民》:“故禹水九年,湯旱七年,甚也野無青草,而民無飢色,道無乞人,歲復之後,猶禁陳耕。”《淮南子·修務訓》:“是故禹之爲水,以身解於陽盱之河;湯旱,以身禱於桑山之林。”

②民墜塗炭:人民象陷在泥裏、墜入火中一樣。比喻處在極端困苦的境地。《書·仲虺之誥》:“有夏昏德,民墜塗炭。”塗,污泥。

③蹐(jí)地:“局天蹐地”的省語。局,彎腰。蹐,前脚接後脚地小步走。天雖高,却不得不彎著腰;地雖厚,却不得不小步走。形容小心戒慎,惶恐不安,處境艱難困厄。語出《詩·小雅·正月》:“謂天蓋高,不敢不局;謂地蓋厚,不敢不蹐。”晉陸機《謝平原内史表》:“感恩惟咎,五情震悼。局天蹐地,若無所容。”

④災沴(lì):指陰陽之氣不和導致災害。晉袁宏《後漢紀·順帝紀下》:“禮制修,奢僭息,事合宜,則無凶咎,然後神聖允塞,災沴不至矣。”

⑤浩浩沃日:沖蕩日頭。形容水流大。晉木華《海賦》:“濈涖瀺渭,蕩雲沃日。”浩浩:水盛大貌。《書·堯典》:“湯湯洪水方割,蕩蕩懷山襄陵,浩浩滔天。”

⑥赫赫流金:謂高温熔化金屬。形容氣候酷熱。晉陸機《演連珠》之四九:“是以烈火流金,不能焚景,沉寒凝海,不能結風。”赫赫:光明炫耀貌。漢揚雄《法言·五百》:“赫赫乎日之光,群目之用也。”

⑦備之有素:準備了很久。有素:歷時已久。三國魏曹冏《六代論》:“且塘基不可倉卒而成,威名不可一朝而立,皆爲之有漸,建之有素。”

⑧宵旰:“宵衣旰食”的省語。天不亮就穿衣起身,天黑了才吃飯。形容非

常勤勞,多用以稱頌帝王勤於政事。唐陸贄《論兩河及淮西利害狀》:"今師興三年,可謂久矣;税及百物,可謂繁矣;陛下爲之宵衣旰食,可謂憂勤矣。"

⑨澆漓之風:浮薄不厚的社會風氣。南朝齊王融《爲竟陵王與劉虬書》:"淳清既辨,澆漓代襲。"

⑩刑清:刑罰公正清明。語出《易·豫》:"聖人以順動,則刑罰清而民服。"《漢書·敍傳下》:"我德如風,民應如中,國富刑清,登我漢道。"

⑪阜康:富足康樂。晋常璩《華陽國志·蜀志》:"是時世平道治,民物阜康。"

⑫"明哉"之謠:爲歌頌太平之辭。語出《書·益稷》:"乃賡載歌曰:'元首明哉,股肱良哉,庶事康哉!'"

⑬"樂只"之頌:歌頌快樂之辭。語出《詩·王風·君子陽陽》:"君子陽陽,左執簧,右招我由房。其樂只且。"

⑭稔歲:猶稔年,豐年。唐耿湋《東郊別業》:"晚雷期稔歲,重霧報晴天。"稔,莊稼成熟。

⑮凶年:荒年。指災荒的年歲。《孟子·梁惠王下》:"凶年饑歲,君之民老弱轉乎溝壑,壯者散而之四方者,幾千人矣。"

⑯洪範九疇:九種治國安民的大法。周武王十三年(前1122)滅殷後,殷遺臣箕子與周武王論述天人關係時提出的。《書·洪范》:"天乃賜禹洪範九疇。"西漢孔安國以爲,夏禹據洛水神龜的花紋制作九疇。一曰五行。即水、火、木、金、土。二曰敬用五事。即貌、言、視、聽、思。三曰農用八政。即食、貨、祀、司空、司徒、司寇、賓、師。四曰協用五紀。即歲、月、日、星辰、歷數。五曰建用皇極。即無偏無陂地統治臣民。六曰乂用三德。即正直、剛克、柔克。七曰明用稽疑。即用占卜來解決疑寶,預測吉凶禍福。八曰念用庶徵。即雨、暘、燠、寒、風等天時反映了人事的休咎。九曰向用五福,威用六極。即賜以壽、富、康寧、攸好德、考終命五福;示以凶短折、疾、憂、貧、惡、弱六極。

⑰一隅:一個角落。語出《論語·述而》:"舉一隅不以三隅反,則不復也。"意思是物有四隅,舉一隅即可推知其餘。

進無爲而治論①

臣頃因奏事,親聞德音,謂古稱無爲而治者,必當先有爲而致無爲。臣雖即時仰對曰："虞舜垂衣而治者〔一〕,亦皆先有爲而後無爲,誠如聖意。"臣退而伏思曰:陛下有堯舜求治之心②,而臣愚無皋夔致君之術③,夙夕慚懼,啓處不遑④。又以奏對之際,謇訥未周⑤,謹尋前典所述虞舜之德著於簡牘,仰塵鑒觀⑥,庶幾愚忠上裨聖政。

仲尼曰:"無爲而治者,其舜也歟?夫何爲哉?恭己正南面而已⑦。"先儒之解,以謂任官得其人,故無爲而治。考於《虞書》,則舜之治也,流共工於幽州,以其心狠貌恭,足以惑世也;放驩兜於崇山,以其掩義隱賊,党於共工也;竄三苗于三危,以其貪冒食貨,崇侈不才也;殛鯀於羽山⑧,以其頑嚚傲狠⑨,治水無功也。四罪而天下咸服。兹所謂去邪不疑而罰當其罪也。於是詢四岳以謀政治⑩,闢四門以求衆賢,明四目,達四聰⑪,以廣視聽於天下。命禹作司空⑫,以平水土;棄爲后稷⑬,以播百穀;契作司徒,以敷五教⑭;皋陶作士〔二〕,以典五刑⑮;垂作共工⑯;益作朕虞⑰;伯夷作秩宗,以典三禮⑱;夔典樂,以教胄子⑲;龍作納言⑳,出納朕命,惟允。既命以官,因戒敕之曰:各恭其職,乃能立天下之功。然後"三載考績,三考,黜陟幽明㉑,庶績咸熙㉒"。兹所謂任賢勿貳㉓,而官得其人也。夫明四目,達四聰,去四兇,命庶官,其勤至矣,得不謂之先有爲乎?及夫庶績咸熙,天下服,垂衣裳正南面而已,得不謂之後無爲乎?

臣究觀經史之載,舜之至德也,有大功二十,舉十六相,去四兇也。十六相謂八元、八凱㉔,稷、契、皋、夔之倫。去四兇則朝廷無奸邪之黨,舉十六相則左右皆賢哲之輔。如是而天下不治者,未之有也。故後世聖帝明王,莫不勞於求賢,而逸於致治。勞於求賢,則先有爲也;逸於致治,則後無爲也。

恭以陛下紹祖宗之丕基㉕,行堯、舜之至化㉖。黜邪遠佞,去四兇之志也;求賢審官,舉十六相之意也。然而一日萬務,尚勞宵旰,兹乃臣愚不稱職之效也。臣以爲方今之務,正在謹守祖宗之成法[三],使爵賞刑罰不失其當耳。爵賞當,則奸邪無功者不敢僥倖而希進;刑罰當,則貴近有罪者不敢請求而苟免。紀綱正而朝廷尊㉗,號令行而天下服。如此,則陛下高拱穆清之中,無爲而與虞帝比隆[四],而下視三代之盛矣。

【編年】

皇祐元年(1049)任集賢相日作。《宋朝諸臣奏議》卷八此文題爲《上仁宗論治必有爲而後無爲》,文末注云:“皇祐元年上,時爲集賢相。”

【校勘】

〔一〕衣:四庫本作“裳”。意皆可通。垂衣而治:亦作“垂裳而治”。原指穿着長大的衣裳,無所事事,却把天下治理得很好。後作爲稱頌帝王無爲而治。《易·繫辭下》:“黃帝堯舜垂衣裳而天下治,蓋取諸乾坤。”

〔二〕士:後原有“師”,據四庫本及《書·舜典》删。

〔三〕宗:原無,據四庫本補。

〔四〕虞帝:《宋朝諸臣奏議》作“堯舜”。隆:四庫本作“靈”。虞帝:即舜,有虞氏。

【箋注】

①無爲而治:指國君有德,舉賢任能,自己不必親政政治清明社會安定。無爲:無所作爲,此指國君不必親政。治:指政治清明社會安定。語出《論語·衛靈公》:“無爲而治者,其舜也與?夫何爲哉?恭己正南面而已矣。”何晏《集解》:“言任官得其人,故無爲而治。”《大戴禮·主言》:“昔者,舜左禹右皋陶,不下席而天下治。”

②求治:追求國家安定。

③皋夔:皋陶和夔的並稱。傳説皋陶是虞舜時刑官,夔是虞舜時樂官。後常借指賢臣。致君:謂輔佐國君,使其成爲聖明之主。《墨子·親士》:“良才難令,然可以致君見尊。”

④啓處不遑:也作“不遑啓處”。言無暇安坐休息。啓處:安坐休息。啓,跪;處,坐。不遑:没有閑暇。語出《詩·小雅·采薇》:“王事靡盬,不遑

啓處。”

⑤蹇訥：謂説話遲鈍木訥。蹇，通“謇”。

⑥仰塵：對尊者的敬稱。語出《漢書·司馬相如傳》：“犯屬車之清塵。”唐韋應物《酬劉侍郎使君》：“宿昔陪郎署，出入仰清塵。”

⑦恭己正南面：帝王恭己而臨朝，則任官得其人，故無爲而治。恭己，敬德之容。正南面，帝王臨朝。語出《論語·衛靈公》：“子曰：‘無爲而治者其舜也與？夫何爲哉？恭己正南面而已矣。’”

⑧殛鯀（jí gǔn）：流放鯀。鯀：傳説中中國古代部落酋長名，號崇伯。禹之父。曾奉堯命治水，因築堤堵水，九年未治平，被舜殺死在羽山。

⑨頑嚚（yín）：愚妄奸詐。語出《書·堯典》：“瞽子，父頑，母嚚，象傲。”嚚：愚蠢而頑固。

⑩四岳：堯臣羲、和之四子，分掌四岳之諸侯，故稱焉。《書·堯典》載，堯派羲仲、羲叔、和仲、和叔分駐東、南、西、北四地，觀星象，定季節，制作曆法。

⑪“闢四門”以下三句：帝舜曾開闢四門，接待四方賢士之上訪，以廣視聽。後用爲稱美帝王廣開視聽之典。語出《書·舜典》。明四目：謂目能明察四方。達四聰：謂耳能遠聽四方。

⑫司空：掌工程建設的官。

⑬后稷：主管種植五穀的官。

⑭司徒：掌管邦教的官。五教：父義，母慈，兄友，弟恭，子孝。

⑮士：掌管刑獄的官職。五刑：墨、劓、剕（刖）、宫、大辟（死）。《書·舜典》：“象以典刑，流宥五刑。”

⑯共工：工官。治理百工之事。

⑰虞：掌山林川澤的官。

⑱秩宗：主郊廟之官，掌序鬼神尊卑。三禮：古祭天、地、宗廟之禮。

⑲胄子：古代稱帝王或貴族的長子。《書·舜典》：“夔！命汝典樂，教胄子。”孔傳：“胄，長也，謂元子以下至卿大夫子弟。”

⑳納言：掌出納王命的官。

㉑黜陟幽明：黜退昏愚的官員，晋升賢明的官員。

㉒庶績咸熙：衆多事業都興辦起來。表示政績顯著。庶：衆多。績：事功。

咸：皆。熙：興。

㉓任賢勿貳：意謂任用賢才，要果斷而不猶豫。語出《書·大禹謨》："任賢勿貳，去邪勿疑，疑謀勿成，百志惟熙。"

㉔十六相：謂八元、八凱。八元：相傳上古時候，高辛氏八位有才德的人。元，善的意思。《左傳·文公十八年》："高辛氏有才子八人，伯奮、仲堪、叔獻、季仲、伯虎、仲熊、叔豹、季狸、忠肅共懿，宣慈惠和，天下之民謂之八元。"八凱：又作"八愷"。古代傳説高陽氏八位有才德的人。《左傳·文公十八年》："昔高陽氏有才子八人，蒼舒、隤敳、檮戭、大臨、龍降、庭堅、仲容、叔達，齊聖廣淵，明允篤誠，天下之民謂之八愷。"孔穎達疏："愷，和也，言其和於物也。"

㉔紹祖宗之丕基：繼承祖宗的大基業。紹：繼承。丕基：指極大的基業，即帝位。丕，大。

㉖至化：極美好的教化。《晉書·阮種傳》："旁求俊乂，以輔至化，此誠堯舜之用心也。"

㉗紀綱：法度。《書·五子之歌》："惟彼陶唐，有此冀方。今失厥道，亂其紀綱，乃底滅亡。"

㉘高拱：高拱兩手，謂安坐無所作爲。《史記·蘇秦列傳》："今君高拱而兩有之，此臣之所以爲君願也。"穆清：指天。《史記·太史公自序》："漢興以來，至明天子，獲符瑞，封禪，改正朔，易服色，受命於穆清，澤流罔極。"

㉙三代：指夏、商、周三代。《論語·衛靈公》："斯民也，三代之所以直道而行也。"

文彥博集卷一〇

表啓

謝奏陳浚河等事不當特放罪表①

臣某言：今月三日，准中書劄子，以臣奏陳浚河事不當，奉聖旨特放者。自天有命，蹐地無容②。恩厚如春，感極以涕。臣某中謝③。臣忝緣薄藝，早會熙辰，被任最隆，舉時鮮比。竭忠圖報，始思謝國之深；析理乖方④，終致論事之過。既從吏議，合置嚴科⑤。仰荷聖慈，特從善貸。斯蓋伏遇皇帝陛下堯仁廣被，漢度相容，寬假老臣，矜憐舊物。敢不冰淵在慮⑥，益慎於所爲；山岳戴恩⑦，尚期於有補。

【編年】

元豐元年（1078）判大名府日作。原本題下注云："北京。"按：《長編》卷二八七，元豐元年正月條："刑部員外郎、知制誥熊本落知制誥，爲屯田員外郎，分司西京，饒州居住。大理寺丞、權外都水監丞陳祐甫爲潁州團練推官。權知都水監主簿、司農寺主簿、婺源縣丞史遘追兩官，與遠小處合入差遣。權外都水監丞、主客郎中范子淵追一官，差遣依舊，並免勒停。權河北東路轉運副使、金部員外郎陳知儉追一官，衝替。文彥博特放。"

【箋注】

①陳浚河等事：文彦博陳浚河事的劄子在《文集》卷二三。主要是二事：一是以衛州引黄河入御河不便；一是以范子淵浚川杷不可用，實爲兒戲。以上二事終如文彦博所言。

②跼地："跼（jú）天蹐（jí）地"的省語。語出《詩·小雅·正月》："謂天蓋高，不敢不局；謂地蓋厚，不敢不蹐。"形容小心戒慎，惶恐不安。跼，又作"局"。彎腰。蹐：前脚接後脚地小步走。

③中謝：古代臣子上謝表，例有"誠惶誠恐，頓首死罪"一類的套語，表示謙恭。後人編印文集往往從略，而旁注"中謝"二字。《文選·羊祜〈讓開府表〉》："夙夜戰慄，以榮受憂。中謝。"李善注："中謝，言臣誠惶誠恐，頓首死罪。"

④乖方：不合條理。意思是説處理事情不合理。

⑤嚴科：嚴厲的法律。南朝梁任昉《爲范始興作求立太宰碑表》："首冒嚴科，爲之者竟免刑戮，致之者反蒙嘉歎。"

⑥冰淵在慮：《詩·小雅·小旻》："戰戰兢兢，如臨深淵，如履薄冰。"比喻心存戒備，非常謹慎小心。

⑦山岳戴恩：即感戴如山之大恩。戴恩：即"感恩戴德"。

謝男貽慶換授文資及章服表①

臣某言：伏蒙聖恩，除臣男供備庫副使兼通事舍人、同勾當軍頭引見司貽慶充奉議郎、尚書都官員外郎並賜緋魚袋者②。仍睹告詞，謂臣弼亮三世③，粗有微勤，以愚息乞换文資，特擢寵命。舉族知幸，受恩若驚。臣某中謝。竊以朱紱身章④，文昌郎位⑤，皆爲殊選。悉俾非才，仰戴丘山⑥，如臨淵谷⑦。此蓋伏遇陛下仁深育物，道廣納荒。既不棄於菲葑〔一〕，亦兼録於閭閻⑧。致兹蒙陋，過有忝塵。敢不嚴以效忠〔二〕，勤於從政，力著涓埃之效⑨，仰酬覆燾之私〔三〕。

【編年】

元祐元年（1086）平章軍國重事日作。原本題下注云："元祐元年。"

【校勘】

〔一〕菲葑：四庫本作"葑菲"。意皆可通。葑菲（fēng fēi）：亦作"菲葑"。鄙陋之人或有一德可取之謙辭。葑：蔬菜名，俗名蔓菁。葉與根皆可食。菲：蔬菜名。《詩·邶風·穀風》："采葑采菲，無以下體。"鄭箋："此二菜者，蔓菁與葍之類也，皆上下可食，然而其根有美時有惡時，采之者不可以其根惡時並棄其葉。"南朝宋鮑照《紹古辭》："徒抱忠孝志，猶爲葑菲遷。"唐白居易《得乙與丁俱應拔萃》："若棄以菲葑，失則自求諸己；儻中其正鵠，得亦不愧於人。"

〔二〕效：原作"教"，據四庫本及文意改。

〔三〕幬：四庫本作"燾"。意皆可通。覆幬（dào）：亦作"覆燾"。覆蓋。謂施恩，加惠。常用作稱頌德覆衆生。《中庸·祖述章》："天地之無不持載，無不覆幬。"唐韓愈《薦士》："廟堂有賢相，愛遇均覆燾。"

【箋注】

①文資：指文臣之官資。章服：繡有日月、星辰等圖案的古代禮服。每圖爲一章，天子十二章，群臣按品級以九、七、五、三章遞降。《韓非子·亡徵》："父兄大臣，禄秩過功，章服侵等，宮室供養太侈。"宋初文散官之職能是用以標志官品，藉此決定官員之章服。元豐改制後，由寄禄官品決定。宋初承唐制，三品以上服紫、五品以上服緋、七品以上服緑，九品以上服青。元豐元年，去青不用，階官至四品以上服紫，六品以上服緋，九品以上服緑。凡服紫者，必飾以金魚袋；服緋者，必飾以銀魚袋。

②供備庫副使兼通事舍人、同勾當軍頭引見司貽慶充奉議郎、尚書都官員外郎並賜緋魚袋者：貽慶由七品武官，差遣爲勾當軍頭引見司改正八品文官尚書都官員外郎，並賜服緋佩銀魚袋。供備庫副使：武階名，屬諸司副使階列，從七品。通事舍人：全稱"閣門通事舍人"。佐正使領本司公事及承旨禀命，横行武階，從七品。勾當軍頭引見司：掌禁衛軍入見皇帝之事及馬軍直、步軍直軍員名籍等事。品視其官。奉議郎：寄禄官名，爲文臣寄禄官三十階之第二十四階，正八品。尚書都官員外郎：職事官。全稱應爲尚書省刑部都官司郎中。賜緋魚袋：特賜給朝官員的章服。緋色袍服，佩銀魚袋。六品以上，四品以下官

員公服爲緋色。元豐不及六品者特許著緋色袍服,以示尊寵,稱爲賜緋。賜緋時兼賜銀魚袋。

③弼亮三世:謂文彦博輔佐仁宗、英宗、神宗三朝。弼亮:輔佐。《書·畢命》:"弼亮四世,正色率下。"

④朱紱(fú)身章:此指賜貽慶服緋。朱紱:古代禮服上的紅色蔽膝。後多借指官服。身章:指表明貴賤身分的服飾。《左傳·閔公二年》:"衣,身之章也。"

⑤文昌郎位:指尚書省郎官的職位。文昌:指文昌省。尚書省的別稱。唐白居易《聞楊十二新拜省郎遥以詩賀》:"文昌新入有光輝,紫界宫牆白粉圍。"

⑥仰戴丘山:謂敬仰感戴如山之恩。

⑦如臨淵谷:也作"如臨深淵"。《詩·小雅·小旻》:"戰戰兢兢,如臨深淵,如履薄冰。"

⑧閥閱:指仕宦門第。古代仕宦人家大門外的左右柱,常用來榜貼功狀。唐皮日休《奉獻致政裴秘監》:"既無閥閱門,常嫌冠冕累。"

⑨涓埃之效:微小的報效。涓埃:細流與微塵。比喻微小。《周書·蕭撝傳》:"臣披款歸朝,十有六載,恩深海岳,報淺涓埃。"

【備注】

此篇卷三二重複收録,删文存目,此處保留。

温卷啓　一①

某啓②:近者輒貢荒蕪③,仰塵藻鑒④。飾倭傀之貌⑤,强見於南威⑥;崇培塿之丘⑦,敢希於東岳。蓋非知量,是謂黷尊。在愧靦以良多⑧,實尤戾之莫逭⑨。必謂對《咸池》之下⑩,罔聽庸音;投苦海之濱〔一〕,姑務大噱⑪。豈意某官不遺末學,特録下材。雖則賦謝太沖,獲張司空之歎賞⑫;文慚僧孺,得韓吏部之振揚⑬。翦拂增榮〔二〕,顧盼倍價⑭。重念某悛悛甚鄙,碌碌非能⑮,至於窺闕里之崇墉⑯,跂龍門之峻阪⑰,實天壤之有隔,亦胡越之甚遥⑱。

抑又世叔當年〔三〕，未識車中之半面；翦蔜此際，亦無堂下之一言。幸蒙某官靡間屢微，俯加誘掖。方愧仲由之率爾，無所取材；寧期夫子之循然，不與其退。何兹善遇，允謂非常。固當益勵於進修，所冀不辜於貴獎。銘肌鏤骨〔四〕，敢忘咳唾之恩；墮膽抽腸，少謝羽翼之賜。過此以往，未知所裁。

【編年】

天聖五年（1027）中進士後作。

【校勘】

〔一〕濱：明刻本、四庫本、季校本作“中”。

〔二〕翦：四庫本作“剪”，意皆可通。翦拂：用以比喻對人才的讚揚，提攜。隋盧思道《孤鴻賦·序》：“通人楊令君、邢特進已下，皆分庭致禮，倒屣相接，翦拂吹噓，長其光價。”剪拂：洗滌拂拭。比喻稱譽、推崇。《文選·劉峻〈廣絶交論〉》：“至於顧盼增其倍價，剪拂使其長鳴。”

〔三〕世叔：原作“安世”，誤。世叔：東漢應奉的字。應奉記憶力很强。有一車匠曾於門中露半面看他，數十年後，應奉在路上見到這個車匠還認識並與他打招呼。見《後漢書·應奉傳》李賢注。後只取見過面的意思，把只見過面並無深交的關係，稱爲半面之舊或半面之交。

〔四〕鏤：四庫本作“刻”。意皆可通。

【箋注】

①温卷：唐宋舉子於應試前，將名片投呈當時名人顯要後，再將其著作送上，以求推薦，稱爲“温卷”。宋趙彦衛《雲麓漫鈔》卷八：“唐之舉人先籍當世顯人以姓名達之主司，然後以所業投獻。逾數日又投，謂之温卷。”宋王闢之《澠水燕談録·雜録》：“國初襲唐末士風，舉子見先達，先通箋刺，謂之請見。既與之見，他日再投啓事，謂之謝見。又數日再投啓事，謂之温卷。”啓：文體名，較簡短的書信。

②啓：陳述；報告。

③荒蕪：形容學識淺陋拙劣。此指學識淺陋拙劣的文章。

④塵：多用作自謙之詞。《後漢書·陳寔傳》：“寔乞從外署，不足以塵明

德。”藻鑒:同“藻鏡”。謂評量和鑒別人才。江總《讓尚書僕射表》:“藻鏡官方,品裁人物。”

　　⑤倭傀(guī)之貌:醜陋的容貌。倭傀:古代傳說中的醜女。《文選·王褒〈四子講德論〉》:“嫫姆倭傀,善譽者不能掩其醜。”

　　⑥南威:春秋時美女。春秋時,晋文公得美女南威,迷她的美色三日不朝。後遂用爲美女之典。唐聶夷中《公子行》:“美人盡如月,南威莫能匹。”

　　⑦培塿(lǒu)之丘:小土丘。自謙之詞。

　　⑧愧覥:慚愧。唐蘇頲《代家君讓侍中表》:“臣謬遷而不能揚職,公私愧覥,夙夜憂惶。”

　　⑨尤戾之莫逭:難逃罪責。尤戾:猶罪責。南朝齊王儉《請解僕射表》:“頻冒威嚴,分甘尤戾。”逭:避;逃。

　　⑩《咸池》:黄帝所作樂名。《禮記·樂記》:“《咸池》,備矣。”鄭玄注:“黄帝所作樂名也。”

　　⑪苦海:巨箱名。清代翟灝《通俗編》引《摭言》:鄭光業有一巨箱,凡投贄有可嗤者,即投其中,號曰‘苦海’。”大噱:大笑。意謂若文章不佳,則棄之一笑可矣。《文選·陳琳〈爲曹洪與魏文帝書〉》:“恐猶未信丘言,必大噱也。”

　　⑫“賦謝”二句:指左思之《三都賦》得到張華的讚賞。《晋書·左思傳》載:左思作《三都賦》,十年乃成。“及賦成,時人未之重。思自以其作不謝班張。”後“司空張華見而歎曰:‘班張之流也。使讀之者盡而有餘,久而更新。’”太冲:左思字太沖。爲《三都賦》,人爭相抄寫,一時洛陽紙貴。宋之問《范陽王挽詞二首》之一:“洛陽今紙貴,猶寫太沖詞。”張司空:指張華(232—300),字茂先,西晋范陽方城(今河北固安)人。官至司空。

　　⑬“文慚”二句:指唐牛僧孺得到韓愈的稱揚。《唐摭言·公薦》:“韓文公、皇甫湜,貞元中名價籍甚,亦一代之龍門也。奇章公(牛僧孺爵奇章郡公)始來自江黄間,置書囊於國東門,攜所業,先詣二公卜進退。偶屬二公從容,皆謁之,各袖一軸面贄。其首篇《説樂》。韓始見題而掩卷問之曰:‘且以拍板爲什麼?’僧孺曰:‘樂句。’二公因大稱賞之。問所止,僧孺曰:‘某始出山隨計,進退唯公命,故未敢入國門。’答曰:‘吾子之文,不止一第,當垂名耳。’因命於客户坊僦一室而居。俟其他適,二公訪之,因大署其門曰:‘韓愈、皇甫湜同訪

幾官先輩,不遇。'翌日,自遺闕而下,觀者如堵,咸投刺先謁之。由是僧孺之名,大振天下。"

⑭"翦拂"二句:意謂您的稱譽、看顧將增加我的榮光、提高我的身價。顧盼:照顧;看顧。《孔叢子·連叢子下》:"公顧盼崔生,欲分禄以周其無,君之惠也。"

⑮"悛悛"二句:自謙鄙陋、平庸。悛悛(xún):亦作"恂恂"。謙恭謹慎貌。《漢書·李廣蘇建傳贊》:"李將軍恂恂如鄙人,口不能出辭。"碌碌:勞累忙碌而平庸無爲。

⑯窺闕里之崇墉:稱揚之辭。以溫卷所投贄的顯貴比作孔子。闕里:孔子舊里。在今山東曲阜城内闕里街。孔子曾在此講學。崇墉:高牆;高城。《文選·左思〈魏都賦〉》:"於是崇墉浚洫,嬰堞帶涘。"

⑰跂龍門之峻阪:稱揚之辭。南朝宋劉義慶《世説新語·德行》:"李元禮風格秀整,高自標持,欲以天下名教是非爲己任。後進之士,有升其堂者,皆以爲登龍門。"

⑱"實天壤"二句:自謙之語。以己不如遠甚。天壤:天和地。比喻相去極遠,差別很大。胡越:漢時,胡、越兩族分别生息於中國南北邊地。後因以"胡越"比喻相距極遠。

⑲"抑又世叔"二句:意謂曾見過面,但您却未必記得我是誰。

⑳"䎽(zōng)蔑"二句:此句自比䎽蔑,以顯貴比作子產。以己欲爲您所知,然未發一善言。䎽蔑,或稱䎽明。春秋時鄭國人,字然明。鄭簡公時大夫。貌惡而賢。叔向聘鄭,蔑欲觀叔向,飾爲役者執器於堂下,發一言而善。叔向聞之,以爲必蔑,下堂執手敬禮之。蔑乃見知於子產。

㉑誘掖:引導扶持。多用於前輩對後輩。《詩·陳風·衡門序》:"衡門,誘僖公也。願而無立志,故作是詩以誘掖其君也。"孔《疏》:"誘,謂在前導之;掖,謂在傍扶之。"

㉒仲由之率爾:語出《論語·先進》:"子曰:'以吾一日長乎爾,毋吾以也。居則曰:"不吾知也!"如或知爾,則何以哉?'子路率爾而對曰:'千乘之國,攝乎大國之間,加之以師旅,因之以饑饉,由也爲之,比及三年,可使有勇,且知方也。'夫子哂之。"

㉓夫子之哂然:語出《論語·先進》:"子曰:'亦各言其志也已矣。'曰:'夫子何哂由也?'曰:'爲國以禮,其言不讓,是故哂之。唯求則非邦也與?安見方六七十如五六十而非邦也者?唯赤則非邦也與?宗廟會同,非諸侯而何?赤也爲之小,孰能爲之大?'"哂然:循循善誘之意。

㉔賁獎:美獎。賁:華美光彩貌。《易·賁》:"九三:賁如濡如,永貞吉。"

㉕咳唾之恩:稱美之恩。語出《莊子·漁父》:"竊待於下風,幸聞咳唾之音以卒相丘也。"後以"咳唾"稱美他人的言語、詩文等。

㉖羽翼之賜:庇護之恩。羽翼:指庇護。

温卷啓 二①

恭惟某官地紀儲英②,天章毓瑞③。藹蘭猷而遠馥,韜玉德以中温④。王沖早顯於貴遊⑤,荀羨果膺於禁選⑥。標儀秀徹⑦,固岩瞻之允歸⑧;衿度淵閎⑨,豈蠡測之能際⑩?寵崇八柱⑪,望峻十連。練達兵機,動資於雅掾⑫;登降帝右,日奉於咫威。綺紈無簡貴之矜⑬,竹素有遊藏之好⑭。詞庭掞藻⑮,俊域飛英⑯。加以精鑒外融⑰,靈機内照⑱,云睹雅推於世範,月評素擅於談宗⑲。冠蓋風趨,日有龍門之燕⑳;纓綏輻輳,比聞烏巷之遊㉑。增戚里之光輝,聳名流之欽挹㉒。以故漢閨群彥㉓,咸跂踵而願交;魯掖諸生㉔,皆曳裾而請見㉕。若某者,才局素淺㉖,志尚非高。矧蒙濁以裝懷,復蠢冥而成性。食金竦誚㉗〔一〕,負乘貽譏㉘。遠謝子倫〔二〕,非清平之佳士;近慚佛助,無豔發之英才㉙。

徒以甫在髫齡,便從庭學㉚。雕蟲事巧,敢逭壯夫之羞㉛;竊牘工文,無顧偶年之忌㉜。録廢篋而且廣㉝,補購簏以厘全㉞。蘭成射策之年,始遊天邑㉟〔三〕;賈誼登朝之歲㊱,獲預賢書。幸齒諸公之間,職由談者之誤。萬途爭騖,效駑駕而雖勤;六組齊驅,盤蟻封而遂困。既中罷於擯岯㊲,故益事於研修。常稽《七激》之文㊳,用廣日新之業。今者國家飾一封之軺傳㊴〔四〕,總六服以搜材㊵。家家之璧充懷〔五〕,俱求善價;紛紛之抱亘道,歷贄名卿㊶。

伏遇某官與進下流㊷,曲成微品。輒陰漫於許刺㊸,思仰篚於魯堂㊹。儻録謏材㊺,特充外素。雖未遷於幸舍,詎敢恃於蒯緱㊻?所冀盼睞生輝㊼,翦拂增價。麝性雖烈,獲登范氏之香銓㊽;李味不甘,亦預唐賢之果録。捐軀有報,指水可旌㊾。數日前曾贄蕪編,上塵藻鑒㊿。美芹快炙(51),實自享之過豐;藏疾納汙,諒曲容而無忤。惟干犯之爲戾,在啓處而靡遑(52)。蕊茹之懷(53),倫焉如失(54)。

【編年】

天聖五年(1027)中進士後。

【校勘】

〔一〕竦:明刻本作"疏",四庫本作"致"。竦誚:争相譏笑。南朝齊孔稚珪《北山移文》:"南岳獻嘲,北壟騰笑;列壑争譏,攢峰竦誚。"

〔二〕倫:原作"綸",誤。任愷:字子倫。《晋書·任愷傳》:"愷子罕,字子倫,幼有門風,才望不及愷,以淑行致稱,爲清平佳士。"

〔三〕天邑:原作"天色",據四庫本改。

〔四〕軺:原作"馳",誤。一封軺傳:漢制,凡受朝廷徵召者乘坐公家馬車,皆持一尺五寸長的木製傳信,有御史大夫封章,以爲憑證。軺傳兩馬,一馬一封,故謂之一封軺傳。軺(yáo):指軺車。奉朝廷急命宣召者所乘的車。

〔五〕璧:原作"壁",據四庫本改。懷璧:懷藏寶玉,指懷才。

【箋注】

①文中有"早顯於貴遊"、"動資於雅掾"、"詞庭掞藻"之語,晏殊以神童舉進士,做過翰林學士,又是宋詞壇精英之一,故此温卷當是投贄給晏殊的。又文中有"數日前曾贄蕪編,上塵藻鑒"之語,故其一也當是投贄給晏殊的。

②地紀:借指大地。唐太宗《春日望海》:"積流横地紀,疏派引天潢。"

③天章:指分佈在天空的日月星辰等。毓:孕育;産生。

④"藹蘭"二句:當作"蘭猷藹而遠馥,玉德韜以中温"解。蘭猷:美道。玉德:美德。藹:盛多貌。晋陸機《文賦》:"雖紛藹於此世,嗟不盈於予掬。"韜:

掩藏;斂藏。

　　⑤王沖（492—567）：字長深，琅邪臨沂（今屬山東）人。母梁武帝妹新安穆公主，早卒，以偏孤爲武帝所鍾愛。年十八，任秘書郎。梁武帝時侍中，敬帝時尚書右僕射、尚書左僕射。

　　⑥荀羨：荀羨字令則，晋人。荀崧子。年十五，尚公主，拜駙馬都尉。驃騎將軍何充請爲參軍。征北將軍褚裒以爲長史。累遷北中郎將、徐州刺史，時年二十八。領兖州刺史。慕容蘭爲邊害，羨臨陣斬之。石虎死，胡中大亂，羨招納降附，甚得衆心。官至右軍將軍。

　　⑦標儀秀徹：儀則清秀明達。標儀：崇高的儀則。唐孫樵《文貞公笏銘》："柱天不仄，指日不蝕。標儀條臆，起梗開直。"秀徹：清秀明達。《世説新語·德行》："謝太傅絶重褚公"劉孝標注引王愔《文字志》："桓彝見其四歲時，稱之曰：'此兒風神秀徹，當繼蹤王東海。'"

　　⑧岩瞻：猶高瞻。

　　⑨衿度淵閎：胸懷度量深遠宏大。

　　⑩蠡測："以蠡測海"的省語。比喻以淺陋之見揣度事物。語出《漢書·東方朔傳》："以管窺天，以蠡測海。"蠡：瓢。

　　⑪八柱：古代神話傳説，地有八柱，用以承天。《楚辭·天問》："八柱何當？東南何虧？"

　　⑫掾：官府中佐助官吏的通稱。《後漢書·馬援傳》："此丞掾之任，何足相煩？"

　　⑬綺紈：猶紈袴。指富貴之家或其子弟，含貶意。唐柳宗元《送蕭煉登第後南歸序》："雖在綺紈，而私心慕焉。"

　　⑭竹素：猶竹帛。多指史册、書籍。《三國志·吳書·陸凱傳》："明王聖主取士以賢，不拘卑賤，故其功德洋溢，名流竹素。"

　　⑮掞藻：鋪張辭藻。唐蕭穎士《贈韋司業書》："今朝野之際，文場至廣，掞藻飛聲，森然林植。"

　　⑯飛英：比喻行文流暢。明陳子龍《送宋轅公應試金陵》："操筆飛英縱所如，六季文章體更疏。"

　　⑰精鑒：明於鑒別。此指高明的識別力。唐韓愈《與鳳翔邢尚書書》："欲

求士之賢愚,在於精鑒博采之而已。"

⑱靈機:靈巧的心思。晉葛洪《抱朴子·行品》:"虚靈機以如愚,不貳過而謟黷者,賢人也。"

⑲月評:即"月旦評"。謂品評人物。語出《後漢書·許劭傳》:"初,劭與靖俱有高名,好共核論鄉黨人物,每月輒更其品題,故汝南俗有'月旦評'焉。"談宗:善於言談而爲世所宗仰的人。《晋書·阮修傳》:"王衍當時談宗,自以論《易》略盡,然有所未了,研之終莫悟。"

⑳"冠蓋"句:言群賢日至。冠蓋:指仕宦的冠服和車蓋,亦用作仕宦的代稱。唐杜甫《夢李白》:"冠蓋滿京華,斯人獨憔悴。"風趨:紛紛趨附;紛紛歸向。《舊唐書·令狐楚傳》:"求請者詭黨風趨,妄動者群邪雲集。"龍門:指衆望所歸者。李膺字元禮。東漢潁川襄城(今屬河南)人。爲官嚴明有威儀,與太學生首領郭泰等結交,共同反對宦官專權。在党人中名望最高,被太學生們稱爲"天下楷模"。士人與他交遊,便可身價十倍,被看成是"登龍門"。

㉑"纓緌"二句:言士大夫日與之遊。纓緌(ruí):冠帶與冠飾。亦借指官位或有聲望的士大夫。輻輳:集中;聚集。《文子·微明》:"志大者,兼包萬國,一齊殊俗,是非輻輳,中爲之轂也。"烏巷之遊:《宋書·謝弘微傳》:"唯與族子靈運、瞻、曜、弘微並以文義賞會。嘗共宴處,居在烏衣巷,故謂烏衣之遊。"《金陵舊事》:"謝鯤與族子靈運、瞻、曜、弘微,並以文義賞會,居在烏衣巷,謂之烏衣遊。鯤詩云:'昔爲烏衣遊,戚戚皆子侄。'"烏巷,即烏衣巷。在朱雀橋附近。東晉時王、謝諸望族居此。

㉒欽挹:佩服,推重。《晋書·樂廣傳》:"裴楷嘗引廣共談,自夕申旦,雅相欽挹。"

㉓漢閨群彥:指武將。語出唐沈佺期《雜詩》之三:"聞道黄龍戍,頻年不解兵。可憐閨中月,長在漢家營。"

㉔魯掖諸生:指儒生。春秋時孔子曾穿縫掖衣,戴章甫冠。此衣冠遂成儒者之服。孔子爲魯人,魯爲儒學發源地,故亦稱魯衣冠。《禮記·儒行》:"魯哀公問於孔子曰:'夫子之服,其儒服與?'孔子對曰:'丘少居魯,衣逢掖之衣;長居宋,冠章甫之冠。丘聞之也,君子之學也博,其服也鄉。丘不知儒服。'"

㉕曳裾:借用漢鄒陽曳長裾出入王侯之門之典。《文選·鄒陽〈上書吴

王〉》:"今臣盡知畢議,易精極慮,則無國而不可奸飾。"唐杜甫《秋日荆南送石首薛明府》:"揚子淹投閣,鄒生惜曳裾。"

㉖才局:才能,器局。

㉗食金:謂反常態而受譏諷。《左氏博議》卷一《宋穆公立殤公》:"蓋物反常爲怪,地過中爲偏,自古自今惟一常也……至貴莫如金,至多莫如粟,然食粟則生,食金則死,反常之害蓋如此。"

㉘負乘:言才德不稱其職會招來禍患。語出《易·繫辭上》:"小人而乘君子之器,盜思奪之矣。上慢下暴,盜思伐之矣。慢藏誨盜,冶容誨淫。《易》曰:'負且乘,致寇至。'盜之招也。"

㉙佛助:北齊文學家,史學家。字伯起,小字佛助。學識淵博,有文才。與温子升、邢子才齊名,世號"三才"。早年陪從王昕出使南朝梁時,作風不正,被南人譏爲"文高而行鄙"。豔發:指作品文采華美。《苕溪漁隱叢話後集·陳履常》引《復齋漫録》:"無咎云:'人疑宋開府鐵石心腸,及爲《梅花賦》,清駛豔發,殆不類其爲人。'"

㉚鬌齡:幼年。唐王勃《〈四分律宗記〉序》:"筠抱顯於鬌齡,蘭芳凝於丱齒。"

㉛"雕蟲"二句:漢揚雄《法言·吾子》:"或問:'吾子少而好賦?'曰:'然。童子雕蟲篆刻。'俄而曰:'壯夫不爲也。'"蟲,指蟲書;刻,指刻符。各爲一種字體。後以"雕蟲篆刻"喻詞章小技。

㉜"竊牘"二句:典出《北史·李繪傳》:"繪字敬文。六歲便求入學,家人以偶年俗忌,不許,遂竊其姊筆牘用之。"偶年:逢雙的年紀。

㉝録廢箋而且廣:謂廣博學習之意。廢箋指魯、齊、韓三家詩。西漢時,齊、魯、韓三家詩是今文詩學,皆立於學官;東漢末年,儒學大師鄭玄爲毛詩作箋,《毛詩》日盛,三家詩漸廢。

㉞補購篋以厪全:形容人博聞強記。典出《漢書·張安世傳》:"上行幸河東,嘗亡書三篋,詔問莫能知,唯安世識之,具作其事。後購求得書,以相校無所遺失。"厪(jǐn):通"僅"。只,才。

㉟"蘭成"二句:意即十五歲到京城應試。蘭成:北周庾信的小字。射策:漢代取士的一種制度。由主試者出試題,寫在簡策上,分甲乙兩科,排列放置

在桌案上,應試者隨意取答,由主試者按題目難易和所答內容而定優劣。北周庾信《哀江南賦》:"王子濱洛之歲,蘭成射策之年。"天邑:謂帝王之都。指京都。唐王勃《梓州玄武縣福會寺碑》:"既而拂衣華族,入天邑而觀光。"

㊱賈誼登朝之歲:二十歲左右。賈誼出生在河南郡的洛陽,他在約二十歲的時候,由河南郡調到朝廷,被選作博士。

㊲"萬途"二句:騖:疾速行進;馳騁。《楚辭·招魂》:"步及驟處兮誘騁先,抑騖若通兮引車右還。"效駕:試車。《禮記·曲禮上》:"君車將駕,則僕執策立於馬前,已駕,僕展軨效駕,奮衣由右上,取貳綏跪乘。"駑:指劣馬,用以喻庸才。

㊳擯衄(nù):擯棄;挫折。擯,排斥;棄絶。衄,同"衂"。挫折;失敗。

㊴《七激》:辭賦名篇。東漢傅毅作。《後漢書·傅毅傳》云:"毅以顯宗求賢不篤,士多隱處,故作《七激》以爲諷。"文章假託徒華公子"託病幽處,遊心於玄妙,清思乎黃老",玄通子前往探病,予以規勸。

㊵六服:指全國。周王畿以外的諸侯邦國曰服,其等次有六:侯服、甸服、男服、采服、衛服、蠻服。《書·周官》:"六服群辟,罔不承德。"《周禮·秋官·大行人》:"邦畿方千里,其外方五百里謂之侯服,歲壹見,其貢祀物;又其外方五百里謂之甸服,二歲壹見,其貢嬪物;又其外方五百里謂之男服,三歲壹見,其貢器物;又其外方五百里謂之采服,四歲壹見,其貢服物;又其外方五百里謂之衛服,五歲壹見,其貢材物;又其外方五百里謂之要服,六歲壹見,其貢貨物。"

㊶贄:原指古代初次拜見尊長時所送的禮品。此指拜見名卿。

㊷下流:比喻卑下的地位。《論衡·逢遇》:"或高才潔行不遇,退在下流。"

㊸許刺:投名片。刺:名帖、名片。晋郭頒《古墓斑狐記》:"狐不從,乃持刺謁華。"

㊹簉(zào):聚集,雜。魯堂:孔子之殿堂。後以稱儒家的講學處所。

㊺謏(xiǎo)材:小才;菲才。常用作謙詞。前蜀貫休《壽春節進大蜀皇帝》詩之二:"今以謏才歌睿德,猶如飲海妙難論。"

㊻"雖未"二句:《戰國策·齊策四》載,馮諼爲孟嘗君門下食客,不受重

視，便彈著劍鋏三次唱歌表示不滿，曰“食無魚”、“出無車”、“無以爲家”。後因以“馮諼劍”爲慨歎不受重用之典。幸舍：指招待賓客之所。原爲戰國時貴族供門下食客食宿的地方。客有上、中、下之分，舍也分傳舍、幸舍、代舍。蒯（kuǎi）緱：即以草繩纏繞劍把。此指劍。《史記·孟嘗君列傳》：“馮先生甚貧，猶有一劍耳，又蒯緱。”

㊼盼睞：原指顧盼。此指眷顧；垂青。

㊽“麝性”二句：《宋書·范曄傳》：“范曄撰《和香方》，其序之曰：‘麝本多忌，過分必害；沈實易和，盈斤無傷。’”

㊾指水：“指水盟松”的省語。以流水、松樹爲證，立誓歃盟。形容情誼深厚。

㊿塵：多用作自謙之詞。《後漢書·陳寔傳》：“寔乞從外署，不足以塵明德。”藻鑒：同“藻鏡”。謂評量和鑒别人才。

(51)美芹快炙：喻以微物獻給别人。《列子·楊朱》：“宋國有田夫，常衣緼黂（fén），僅以過冬。暨春東作，自曝於日，不知天下之有廣厦隩室，綿纊狐貉，顧謂其妻曰：‘日以暄，人莫知者，以獻吾君，將有重賞。’里之富室告之曰：‘昔人有美戎菽、甘枲莖芹萍子者，對鄉豪稱之。鄉豪取而嘗之，蜇於口，慘於腹，衆哂而怨之，其人大慚。’”三國魏嵇康《與山巨源絶交書》：“野人有快炙背而美芹子者，欲獻之至尊，雖有區區之意，亦已疏矣。”

(52)啓處而靡遑：即“不遑啓處”。言無暇安居。語出《詩·小雅·采薇》：“王事靡盬，不遑啓處。”按古時席地而坐，跪，謂竪直身體；居，謂坐。不遑：没有閑暇。

(53)蕊茹：“神蕊形茹”的省語。形容恐懼的樣子。晋左思《魏都賦》：“先生之言未卒，吴蜀二客矆相顧，䁕焉失所，有靦瞢容，神蕊形茹，弛氣離坐，㥥墨而謝。”吕向注：“形屈曰蕊，物之自死曰茹，言心死也。”

(54)翛（xiāo）焉：猶忽然。翛：疾速。唐杜甫《七月一日題終明府水樓》之一：“翛然欲下陰山雪，不去非無漢署香。”

上知南京晏侍郎啓①

伏念逖阻藩房②，迅更時籥③。青綸猥隸，方類於窘拘④；絳幰前驅，寖疏於望拜⑤。仰瞻燚座，俯鬱丹衷⑥。恭惟某官雅望冠時，清談鎮俗〔一〕。丕贊景炎之運⑦，懋宣寅亮之功⑧。越在夙齡，親逢聖旦，照蜺光於近署，騰襄足於夷途⑨。代邸方開，早協諮謀之選；周儲肇建，復膺調護之求⑩。六飛嗣止於宸居⑪，一德弼成於睿化⑫。民瞻允屬，帝簡滋隆。亟遷內相之榮，旋領中樞之重⑬。導揚基命⑭，罄敷將順之規；獻納嘉猷，顯著彌綸之績⑮。矧平臺之近輔⑯，實興王之創封。妙簡皇僚⑰，謹司留籥⑱。契君陳之分正，尹茲東郊⑲；紹申伯之于宣，式是南國⑳。行聞圭覲㉑，拱竢節趨㉒。入調伊鼎之和，克協傅梅之用㉓。舉斯含植㉔，咸切傾祈。某向侍庭闈㉕，幸窺幕府。仰鈞齋之秘邃，猥預階升；睎文席之峻嚴，曲容隅坐㉖。被尊光之委照，寬蒙瀆之深尤。元沖術參，無補狄籠之闕㉗；曾晳父子，並依丘刉之崇㉘。銘琢厚恩〔二〕，鋪完充革。末路亟嬰於隨牒㉙〔三〕，俶城遽邈於圖居。屬罕邁於飛郵，仍久乖於奏記。惟增蕊茹，若在薄深㉚。仲呂戒辰，長嬴首序㉛，伏冀仰緣宗社，善保寢興㉜。尹氏秉鈞，克永維毗之寄㉝；樊侯賦政，益崇明哲之資㉞。

【編年】

　　天聖五年（1027）入仕前後。《長編》卷一○五：“（天聖五年）春正月庚申，降樞密副使、刑部侍郎晏殊知宣州。與太后爭以張耆爲樞密使事，且失禮，坐是免，尋改知應天府。殊至應天，乃大興學。”應天府：即宋之南京，今河南商丘。

【校勘】

　　〔一〕清談：原作“清淡”，據四庫本改。

　　〔二〕琢：四庫本作“琢”。

　　〔三〕末：原作“未”，誤。

【箋注】

　　①晏侍郎：指晏殊。時官刑部侍郎、知南京兼南京留守司事。晏殊（991—

1055），字同叔，撫州臨川（今江西撫州）人。七歲能屬文，真宗景德二年（1005）14 歲時以神童召試，帝詔殊與進士千餘人並試廷中，殊神氣不懾，援筆立成。帝嘉賞，賜同進士出身。擢秘書省正字，秘閣讀書。明年，詔試中書，遷太常寺奉禮郎。詔修寶訓，同判太常禮院。再遷太常寺丞，擢左正言、直史館，爲升王府記室參軍。歲中，遷尚書户部員外郎，爲太子舍人，尋知制誥，判集賢院。天禧四年（1020），任翰林學士。天聖二年（1024），升禮部侍郎、知審官院，天聖三年（1025），遷禮部侍郎、樞密副使，轉刑部侍郎。天聖五年（1027）因論事忤太后旨，出知應天府，延范仲淹以教生徒。自五代以來，天下學校廢，興學自殊始。次年詔拜御史中丞，改資政殿學士兼翰林侍讀學士，明道元年（1032），遷參知政事、尚書左丞。明道二年（1033）太后卒，以禮部尚書知亳州。徙陳州，遷刑部尚書，以本官兼御史中丞，復爲三司使。康定初，知樞密院事。慶曆二年（1042），自知樞密院事進同平章事。慶曆三年拜集賢殿學士、同平章事兼樞密使。慶曆四年（1044），爲諫官論罷，歷知潁州、陳州、許州、永興軍，後移判河南，以病歸京師。卒贈司空兼侍中，謚元獻。

②逖阻藩房：《史記·司馬相如列傳》：“將博恩廣施，遠撫長駕，使疏逖不閉。”逖：遠。藩房：指南京（今河南商丘）。

③時鑰：指時光。五代王周《齒落詞》：“年鑰惜不返，日馭走爲蠹。”

④“青綸”二句：言晏殊爲高官而己爲一小吏，相見時感到拘束。青綸：青綬。佩繫官印的青色絲帶。借指高官。宋沈遼《寄才仲》：“公子負文華，少年成青綸。”窘拘：“窘若拘囚”的省語。困迫的樣子就像一個被囚禁的犯人。漢賈誼《鵩鳥賦》：“愚士繫俗兮，窘若囚拘。”

⑤“絳幰”二句：言晏殊爲坐高車之大吏，自己地位低下，像前邊開路的行役，故漸漸疏於望拜。幰：車帷。晋潘岳《藉田賦》：“微風生於輕幰兮，纖埃起於朱輪。”前驅：指古代官吏出行時在前邊開路的侍役。宋徐鉉《奉和宫傅相公懷舊見寄四十韻》：“不遣前驅妨野逸，別尋迋客互招延。”寖（jìn）：漸漸。《漢書·禮樂志》：“恩愛寖薄。”

⑥丹衷：赤誠之心。唐戴叔倫《曾遊》：“絕粒感楚囚，丹衷猶照耀。”

⑦丕贊：大贊。景炎：光芒；光焰。《文選·揚雄〈甘泉賦〉》：“且揚光曜燎爛兮，垂景炎之炘炘。”

⑧懋宣：大宣。懋：盛大；大。《書·大禹謨》：“予懋乃德，嘉乃丕績。”寅亮：敬信。漢班固《封燕然山銘》：“寅亮聖皇，登翼王室。”

⑨“越在”以下四句，言晏殊十四歲即以神童被舉，入仕爲秘書省正字，仕途亨達。夙齡：少年；早年。南朝梁沈約《早發定山》：“夙齡愛遠壑，晚莅見奇山。”聖旦：指明時。蜺：副虹。又稱雌虹、雌蜺。《楚辭·天問》：“白蜺嬰茀，胡爲此堂？”裹（niǎo）：古代駿馬名。《文選·司馬相如〈上林賦〉》：“裹，射封豕。”李善注引張揖曰：“裹，馬金喙赤色，一日行萬里者。”夷途：平坦的道路。

⑩“代邸”以下四句：言晏殊曾任東宫官太子左庶子。代邸：漢文帝劉恒封代王，所居曰代邸。後以稱入嗣帝位的藩王的舊邸。此指仁宗舊邸。陳平、周勃等誅諸吕，廢少帝，迎立代王，是爲文帝。諮謀：商議謀劃。周儲：周室的儲君。此借指太子。

⑪六飛：古代皇帝的車駕六馬，疾行如飛，故名。指稱皇帝的車駕或皇帝。《史記·袁盎晁錯列傳》：“今陛下騁六騑，馳下峻山。”

⑫一德：謂君臣同心同德。漢桓寬《鹽鐵論·世務》：“方此之時，天下和同，君臣一德，外內相信，上下輯睦，兵設而不試，干戈閉藏而不用。”

⑬“亟遷”二句：謂晏殊拜翰林學士，又遷樞密副使。內相：翰林學士的別稱。

⑭基命：猶始命。謂人主初受天命而就位。《書·洛誥》：“王如弗敢及天基命定命，予乃胤保大相東土，其基作民明辟。”

⑮彌綸：經緯；治理。《文選·李康〈運命論〉》：“言足以經萬世而不見信於時，行足以應神明而不能彌綸於俗。”

⑯平臺之近輔：言晏殊是皇帝身邊之近臣。平臺：相傳是春秋時宋國皇國父爲平公所築之臺，西漢梁孝王建宫苑與平臺相連。

⑰皇僚：百官。唐王勃《乾元殿頌》：“帝圖臨御，皇僚萃止。”

⑱司留籥：掌留守司之門鑰。謂晏殊知南京兼南京留守司事。

⑲“契君”二句：合於周公旦之子君陳治理東郊成周之事。君陳：周公旦之子。《書·君陳序》：“周公既没，命君陳分正東郊成周，作《君陳》。”孔穎達疏：“周公遷殷頑民於成周。頑民既遷，周公親自監之。周公既没，成王命其臣名君陳代周公監之，分別居處，正此東郊成周之邑。”契：合。

⑳“紹申伯”二句：繼承周宣王時申伯治理南方之國的前典。申伯：西周人。申國國君。宣王母舅。爲周卿士，佐宣王中興有功，賜謝邑，築城定居，以衛南土。《詩·大雅·崧高》二章：“亹亹申伯，王纘之事。”鄭箋：“亹亹，勉也。纘，繼。亹亹然勉於德不倦之臣有申伯，以賢入爲王之卿士，佐王有功。王欲使繼其故諸侯之事，往作邑於謝。南方之國皆統理施其法度，時改大其邑，使爲侯伯，故云然。”以上二句美言晏殊知南京之事。

㉑圭覲：朝覲皇帝。語出《詩·大雅·韓奕》二章：“韓侯入覲，以其介圭，入覲于王。”孔《疏》：“將以入而朝覲也，既行到京師，乃以其所執之大圭入行覲禮而見於王，言其朝覲之得禮也。”

㉒拱竢(sì)節趨：謂恭候晏殊的到來。拱：兩手合抱致敬。《論語·微子》：“子路拱而立。”竢：等待。《國語·晉語四》：“質將善，而賢良贊之，則濟可竢。”節趨：進止。此言進。《文選·王褒〈四子講德論〉》：“君者中心，臣者外體。外體作，然後知心之好惡；臣下動，然後知君之節趨。”

㉓“入調”二句：言晏殊將入爲宰輔。調伊鼎之和：喻任宰相治理國家。語出《韓詩外傳》卷七：“伊尹，故有莘氏僮也，負鼎操俎調五味，而立爲相，其遇湯也。”協傅梅之用：喻稱頌宰相輔助君上佐理國政。殷高宗武丁命傅說爲相，對他說：“爾惟訓於朕志，若作酒醴，爾惟麴糵；若作和羹，爾惟鹽梅。”見《書·說命》。

㉔含植：“含煦動植”的省語。喻化育萬物。《隋書·許善心傳》：“並陶冶性靈，含煦動植。”

㉕“向侍”二句：謂文彥博少時曾以晚輩之禮拜見過晏殊。庭闈：內舍。《文選·束晳〈補亡〉》：“眷戀庭闈，心不遑安。”李善注：“庭闈，親之所居。”幕府：本指將帥在外的營帳。後亦泛指軍政大吏的府署。《魏書·崔休傳》：“幕府多事，辭訟盈几。”

㉖隅坐：不與成人並。《禮記·檀弓上》：“童子隅坐而執燭。”鄭玄注：“隅坐，不與成人並。”

㉗“元沖”二句：謙稱己雖爲晏殊門下之士，却非人才。語出《新唐書·元行沖傳》：“（元行沖）嘗謂（狄）仁傑曰：‘下之事上，譬富家儲積以自資也。脯臘膎胰，以供滋膳；參術芝桂，以防疾疢，門下充旨味者多矣，願以小人備一藥

石可乎?'仁傑笑曰:'君正吾藥籠中物,不可一日無也。'"

㉘"曾晢"二句:謙稱父親文洎和自己學識膚淺,並出晏殊門下。語出《論語·子張》:"叔孫武叔語大夫於朝,曰:'子貢賢於仲尼。'子服景伯以告子貢。子貢曰:'譬之宫牆,賜之牆也及肩,窺見室家之好。夫子之牆數仞,不得其門而入,不見宗廟之美、百官之富。得其門者或寡矣。夫子之云,不亦宜乎!'"曾晢:曾參的父親,孔子學生,名點,字子晢。曾參,字子輿,孔子學生。爲人性格內向,處事謹慎,比較遲鈍,孔子曾評價他説:"參也魯。"以孝著稱於世。

㉙末路羇嬰於隨牒:言自己羇絆於隨選之文牒。末路:謙詞,猶言"下位"。漢王褒《四子講德論》:"曩從末路,望聽玉音,竊動心焉。"嬰:羇絆。隨牒:謂官員隨選補之文牒而調遷,不被超擢者。《漢書·匡衡傳》:"平原文學匡衡才智有餘,經學絶倫,但以無階朝廷,故隨牒在遠方。"

㉚薄深:"履薄臨深"的省語。比喻身處險境,必須十分謹慎。《詩·小雅·小旻》:"戰戰兢兢,如臨深淵,如履薄冰。"

㉛"仲吕"二句:謂現在是四月。仲吕:農曆四月的代稱。古有"孟夏之月,律中仲吕"之説,故稱。漢班固《白虎通·五行》:"四月謂之仲吕。"長嬴:夏天的別稱。《樂府詩集·隋五郊歌·徵音》:"長嬴開序,炎上爲德。"

㉜善保寢興:保重身體。寢興:卧起。《詩·小雅·斯干》:"乃寢乃興。"晋潘岳《悼亡詩》:"寢興目存形,遺音猶在耳。"

㉝"尹氏"二句:以晏殊比尹氏,稱美晏殊堪任輔政大臣之任。語出《詩·小雅·節南山》:"尹氏大師,維周之氐。秉國之鈞,四方是維。天子是毗,俾民不迷。"鄭箋:"言尹氏作大師之官,維周之柱礎,持國政之平,維制四方。上輔天子,下教化天下,使民無迷惑之憂。"秉鈞:比喻執政。維毗:輔佐天子治理天下。

㉞"樊侯"二句:以晏殊比仲山甫,稱美晏殊堪任輔政大臣之任。樊侯,指仲山甫。魯獻公的次子,曾輔佐周宣王中興,官職爲卿士,封樊侯。後用爲稱美輔政大臣之典。語出《詩·大雅·烝民》:"保茲天子,生仲山甫。"毛傳:"仲山甫,樊侯也。"賦政:處理政務。

謝陳龍圖諫議惠渚宫集啓①

伏蒙龍圖諫議特賜手書〔一〕,兼辱貺所著《渚宫新編》二策者。

發青泥之封②,捧緗裦之卷〔二〕。得璵璠之秘寶〔三〕,識愧郢人③;奏韶武之太音,聽慚俚耳④。仰蒙恩顧,伏積怔營⑤。竊以楚謡漢風⑥,宗淡雅而尚質;魏製晋造,漸辯麗以彌文⑦。代襛寖更,情忘逾廣。自匪紛披盛藻,管綜衆流⑧,達三變形似之言⑨,軼七子殊軒之跡⑩。則何以陪金閨之士⑪,宣美於當年;儷平臺之蹤⑫,貽范於來葉?

　　恭惟某官帝宮甍棟⑬,清廟光輝。懷器望以幹時⑭〔四〕,厲風猷而軌俗⑮。學臻靈匱,該塚壁以采珍⑯〔五〕;文揆神庭,浹龜沙而流譽⑰。親逢清運,登踐紫階。蘊輯寧幹翼之才⑱,未施於柄用⑲;禁密圖書之職,式邇於帝暉⑳。所以出觀陝服之風㉑,坐鎮漢陽之地㉒,賴恢崇於遠略,永羈制於諸戎。頃以掌命西垣㉓,建麾南郡㉔,肅政治以多暇,因紀詠以立言。俄及歲時,積成篇卷,垂諸不朽,比峴山而名高㉕;競以相傳,致洛都之紙貴㉖。乃縉紳之圭臬㉗,述作之龜枚㉘。豈謂猥見暗投,俾之窮覽。與尺題而狎至㉙,並覺恩榮;會群俊以討論,少明宗致㉚。奏議納忠而款至㉛,讚頌美德以雍容。序引紀事以精詳,風什緣情而妍麗㉜。貽之千載,勒成一家㉝。誚陸氏之《蓬山》,終多蕪累;探張融之《玉海》㉞,徒美名稱。永秘緹緗㉟,用資稟學。

　　某庸虛有素,鑒局無聞㊱,適沐聖風,偶塵官牒。隸曲臺而引籍㊲,守微國以于宣。雖務勉修,尚多於秕政㊳;惟虞刺舉,莫遏於謡言。豈謂龍圖忘禮秩之殊㊴,垂提獎之德。惠之珍牘,貺以高文。而復上列天朝,敷聞宸聽㊵。丹艧致飾㊶,期修蟠木之容㊷;刻畫爲功〔六〕,欲掩倭傀之醜㊸。鏤肌膚而不滅,摩頂踵以難酬㊹。伏限城守,不果躬詣門地,卑情伏增悚感。依詠真切,知歸之至。

【編年】

　　康定元年(1040)殿中侍御史任上作。按《長編》卷一二一,寶元元年

（1038）三月戊戌朔條：“龍圖閣直學士、給事中、權三司使王博文，龍圖閣直學士、工部侍郎、知永興軍陳執中爲右諫議大夫，並同知樞密院事。”知“陳龍圖諫議”即陳執中。又文彦博景祐四年（1037）九月丁父憂，按祖制，回祖籍持喪二十七個月，則寶元二年（1039）十二月服除。據此，推知此文作於康定元年（1040）左右，時文彦博服除，回京復任殿中侍御史。

【校勘】

〔一〕特：原作“將”，據四庫本改。

〔二〕袤：四庫本作“縑”。“袤”與“泥”平仄相應，更勝。

〔三〕璠璵：四庫本作“璵璠”。璠璵（fán yú）：亦作“璵璠”。美玉名。《初學記》卷二七引《逸論語》：“璠璵，魯之寶玉也。孔子曰：‘美哉璠璵，遠而望之，焕若也；近而視之，瑟若也。’”“璵璠”與“韶武”平仄相應，更勝。

〔四〕幹：原作“斡”，據四庫本及文意改。幹時：猶言治世；用世。《宋書·顔竣傳》：“竣自謂才足幹時，恩舊莫比，當贊務居中，永執朝政。”

〔五〕壁：原作“璧”，誤。塚壁：指汲塚書和魯壁經。汲塚書：中國西晋初年在汲郡（今河南汲縣西南）戰國時期的魏國墓穴中發現的竹書。晋咸寧五年（279），一作太康元年（280）或二年，汲郡人不準盗發魏襄王墓（一説安釐王塚），得竹書數十車，皆科斗文書寫，稱“汲塚古文”。魯壁經：漢景帝前三年（前154），魯恭王劉餘欲擴建王宫，拆毀孔子舊宅，於壁中得古文經傳。見《漢書·藝文志》。

【箋注】

①陳龍圖諫議：指陳執中。時職爲龍圖閣學士，官階爲諫議大夫，五品。陳執中（991—1059），字昭譽，以父恕任，爲秘書省正字，累遷衛尉寺丞、知梧州。上《復古要道》三篇，真宗異而召之。因召對便殿，勞問久之，擢右正言。歷仕通判撫州、右正言、知漢陽軍、群牧判官、權三司鹽鐵判官、知諫院、提舉諸司庫務、尚書工部員外郎兼御史知雜、同判流内銓、三司户部副使，歷知應天府、江寧府、揚州、永興軍，拜右諫議大夫、同知樞密院事。罷知青州、河南府、永興軍、陝州，復徙青州。逾年，拜同中書門下平章事、集賢殿大學士兼樞密使。後昭文館大學士、監修國史。皇祐初，以足疾辭位，自陳不願爲使相、大學士，遂以尚書左丞知陳州。改兵部尚書。遷吏部尚書、觀文殿大學士。久之，

拜集慶軍節度使、同平章事、判大名府。後鎮海軍節度使、同平章事、判亳州。逾年辭節,改尚書左僕射、觀文殿大學士,封英國公,以疾賜告,就第拜司徒、岐國公致仕,卒,贈太師兼侍中。詔謚曰恭。帝篆其墓碑曰"褒忠之碑"。《渚宫集》:唐鄭準文集。鄭準字不欺,登乾寧進士第。長於箋奏,以文自負,嘗集所作爲三卷,號《劉表軍書》。此指陳執中之《渚宫新編》。原本題下注云:"代人作。"

②青泥之封:指書信。青泥:古時用以封緘文書、器皿的青色粘土。《雲笈七籤》卷七:"時出金壺四寸,上有五龍之檢,封以青泥。"

③"得璠瑰"二句:稱美陳氏所贈《渚宫集》。郢人:指楚人。此指卞和。楚人卞和得玉璞於楚山中,奉而獻之屬王和武王。使玉工辨認之,均曰:"石也。"以誑欺罪,被刖去兩足。後又獻之楚文王,使玉工理之,果得寶玉。事見《韓非子·和氏》。

④"奏韶武"二句:稱美陳氏所贈《渚宫集》。韶武:《韶》樂和《武》樂的合稱。《論語·八佾》:"子謂《韶》,盡美矣,又盡善也;謂《武》,盡美矣,未盡善也。"《韶》,虞舜樂;《武》,武王樂。太音:猶言雅音。明歸有光《〈項思堯文集〉序》:"太音之聲,何期於《折楊》、《皇華》之一笑。"俚耳:俗人之耳。指沒有欣賞音樂能力的人。

⑤怔營:惶恐不安貌。惶恐不安。漢蔡邕《表賀録換誤上章謝罪》:"臣邕怔營慚怖,屏氣累息,不知所自投處。"

⑥楚謠漢風:戰國時楚國的歌謠和漢代的民歌。此指楚辭和漢樂府。

⑦"魏製"二句:言魏晋的創作,開始變得文辭華美綺麗。辯麗:指言辭或文辭華美綺麗。《漢書·王褒傳》:"辭賦大者與古詩同義,小者辯麗可喜。"彌文:彌加文飾。

⑧管綜:統管;包攝。《北史·張黎傳》:"明元器其忠亮,賜爵廣平公,管綜機要。"

⑨三變:語出《新唐書·文藝傳序》:"唐有天下三百年,文章無慮三變。"指唐初王勃、楊炯爲一變,玄宗時張説、蘇頲爲一變,大歷、貞元間韓愈、柳宗元等宣導古文運動,逐步確立以散文爲主的唐代古文,爲一變。

⑩七子:指漢末建安時期作家孔融、陳琳、王粲、徐幹、阮瑀、應瑒、劉楨等

七人,稱建安七子。見三國魏曹丕《典論・論文》。唐羅隱《寄酬鄴王羅令公》之一:“書札二王争巧拙,篇章七子避風流。”

⑪金閨之士:指東方朔、主父偃等文人。金閨:即金馬門。漢武帝時未央宫門名。學士待詔之處。漢時文人東方朔、主父偃等都曾待詔金馬門。

⑫平臺之蹤:指司馬相如、枚乘、鄒陽等文人歡聚於平臺之舊蹤。平臺:位於漢梁孝王劉武所建梁園中。

⑬薨棟:原指屋梁。此喻重臣。《後漢書・方術傳上・謝夷吾》:“誠社稷之元龜,大漢之薨棟。”

⑭器望:才具與名望。《晉書・賈疋傳》:“賈疋少有志略,器望甚偉,見之者莫不悦附。”

⑮風猷:風教德化。《文選・任昉〈爲范始興作求立太宰碑表〉》:“原夫存樹風猷,没著徽烈,既絶故老之口,必資不刊之書。”南朝齊謝朓《奉和隨王殿下》之七:“風猷冠淄鄴,祗焉愧唐牧。”軌俗:使風俗淳正。

⑯“學臻”二句:此句言陳執中以父廕,早年任秘書省正字。靈匱:猶金匱。國家藏書之櫃。晉陸雲《移書太常府薦張贍》:“抽靈匱於秘宫,披金縢於玄夏。”該:具備;充足。《文選・班固〈封燕然山銘〉》:“鷹揚之校,螭虎之士,爰該六師。”吕延濟注:“該,備也。”

⑰“文捰”二句:言陳執中上《復古要道》三篇,真宗異而召之之事。捰:照耀。晉左思《蜀都賦》:“幽思絢道德,摛藻捰天庭。”神庭:此指朝廷。浹龜沙:傳説伏羲氏時,有龍馬從黄河出現,背負“河圖”;有神龜背負“洛書”從洛水出現。

⑱幹翼:主幹與輔翼。《三國志・魏書・高堂隆傳》:“深根固本,並爲幹翼,雖歷盛衰,内外有輔。”

⑲柄用:任用,授權。《漢書・谷永傳》:“永知鳳(王鳳)方見柄用,陰欲自托。”顏師古注:“言任用之授以權也。”

⑳禁密圖書之職,式邇於帝暉:謂陳執中任龍圖閣直學士之職,爲皇帝近臣。

㉑出觀陝服之風:陳執中曾以龍圖閣直學士、知永興軍(今陝西西安)。

㉒坐鎮漢陽之地:陳執中曾知漢陽軍(今武漢市漢陽)。

㉓西垣：宋時中書省的別稱。因設於宮中西掖，故稱。陳執中曾任右諫議大夫，隸中書省。

㉔建麾南郡：陳執中曾知應天府。建麾：古代建大麾以封藩國，後因以“建麾”指出任地方長官。《文選·沈約〈齊故安陸昭王碑〉》：“建麾作牧，明德攸在。”南郡：指應天府。宋時之南京（今河南商丘）。

㉕“垂諸”二句：稱美陳執中之文。言陳執中作文以垂名勝過杜預刻石垂名之舉。《晉書·杜預傳》：“預好爲後世名，常言‘高岸爲谷，深谷爲陵’，刻石爲二碑，紀其勳績，一沉萬山之下，一立峴山之上。”

㉖“競以”二句：稱美陳執中之文。以陳執中比晉左思之《三都賦》。晉左思著《三都賦》成，經皇甫謐、張載、劉逵、衛瓘等人讚賞，“於是豪貴之家，競相傳寫，洛陽爲之紙貴”。見《晉書·左思傳》。

㉗纓紳之圭臬：官員的榜樣。圭臬：喻典範、準則。

㉘述作之龜枚：著書的典範。龜枚：原指“龜卜”。此指典範。

㉙尺題：指信函。唐李匡乂《資暇集》卷中：“忌日必哀……尺題留而不復，親戚來而不拒。言不近娛，志不離戚。”

㉚宗致：宗旨。學說的要旨大義。《世說新語·文學》“始發講坐裁半，僧彌便云都已曉”

㉛款至：真誠懇切。《周書·庾信傳》：“至於趙滕諸王，周旋款至，有若布衣之交。”

㉜風什：詩篇。《文選·任昉〈奉答敕示七夕詩啓〉》：“竊惟帝跡多緒，俯同不一，托情風什，希世罕工。”

㉝勒成：在石上刻文以記成功。漢班固《東都賦》：“憲章稽古，封岱勒成，儀炳乎世宗。”

㉞張融之《玉海》：南齊張融，字思光，吳郡（今江蘇蘇州）人，官至司徒右長史。據《南齊書·張融傳》記載，張融玄義無師法，而神解過人，白黑談論，鮮能抗據。張融有文集數十卷行於世，自名文集爲《玉海》。

㉟緹緗：赤黃色和淺黃色的絲織物。古時常用以作書套或書衣，亦因以指書籍。隋江總《芳林園天淵池銘》：“尚復著在吟詠，緘彼緹緗。”

㊱鑒局：指人的見識和胸襟器量。唐司空圖《容成侯傳》：“上聞而器之，

召見，嘉其鑒局，且謂毫髮無隱，屢顧屬之。”

㊲曲臺：漢未央宫中殿名。《漢書·翼奉傳》謂文帝時“未央宫又無高門、武臺、麒麟、鳳凰、白虎、玉堂、金華之殿，獨有前殿、曲臺、宣室、温室、承明耳。”引籍：引人及門籍。古代宫廷的門使及出入宫門的牒籍。《周禮·天官·宫正》：“幾其出入。”鄭玄注引漢鄭司農曰：“無引籍不得入宫司馬殿門也。”

㊳秕政：不良的政治措施。《國語·晋語七》：“公使祁午爲軍尉，歿平公，軍無秕政。”

㊴禮秩：指禮儀等第和爵禄品級。《後漢書·劉愷傳》：“視事三年，以疾骸骨，久乃許之，下河南尹，禮秩如前。”

㊵敷聞宸聽：稟告皇帝。宸聽：謂帝王的聽聞。

㊶丹雘（huò）：可供塗飾的紅色顔料。《書·梓材》：“若作梓材，既勤樸斫，惟其塗丹雘。”

㊷蟠木：指盤曲而難以爲器的樹木。漢鄒陽《獄中上書自明》：“蟠木根柢，輪囷離奇，而爲萬乘器者，何則？以左右先爲之容也。”

㊸倭傀：古代傳説中的醜女。《文選·王襃〈四子講德論〉》：“嫫姆倭傀，善譽者不能掩其醜。”

㊹鏤肌膚：謂銘肌刻骨。摩頂踵：“摩頂放踵”的省語。磨秃頭頂，走破脚跟。形容不辭勞苦，不計安危。《孟子·盡心上》：“墨子兼愛，摩頂放踵，利天下而爲之。”

知秦州謝兩府啓①

伏奉敕差知秦州，已於某月某日到任者。古秦之封②，中夏爲蔽③，久所擇守，難其得人。自慚拙愚，寖服華寵④，出莅邊絶⑤，訖無勳勤。敢希上恩，乃俾易地⑥。即政之始，觀風有殊⑦。山川曠夷，羌漢叢會，俗尚不一，師屯且繁。邇復拓固封圻〔一〕，建宅城堡。守備之戒，當有遠謀；事役之興，劇於他道。所任益重，非蒙克堪。蓋遇某官協亮天工⑧，總持政柄。慎牧師之選⑨，切方面之安。啓言至公，汲用平進〔二〕，謹情措置，勉罄樸忠。圖靖塞虞〔三〕，講求民理。庶幾修職，無玷與人。

【編年】

慶曆二年（1042）知秦州日作。《長編》卷一三八，慶曆二年十一月辛巳條：“徙知渭州、龍圖閣直學士、吏部員外郎文彦博爲秦鳳路都部署、經略安撫招討使兼知秦州。”

【校勘】

〔一〕圻：原作“所”，據四庫本及文意改。封圻（qí）：疆土。

〔二〕平：原作“不”，據四庫本及文意改。平進：謂以次進而不越等。《南史·王曇首傳》：“吾家本素族，自可依流平進，不須苟求也。”

〔三〕塞：原作“鑾”，據四庫本及文意改。塞虞：指邊塞之患。

【箋注】

①秦州：屬秦鳳路，下府，天水郡，雄武軍節度。治今甘肅天水。兩府：指中書門下和樞密院，對掌文武二柄。

②封：封疆。

③中夏：指華夏；中國。《後漢書·班固傳下》：“目中夏而布德，瞰四裔而抗棱。”

④華寵：榮華優寵。指榮貴的地位。《後漢書·文苑傳上·崔琦》：“赫赫外戚，華寵煌煌。”

⑤邊絶：即絶塞。極遠的邊塞。

⑥乃俾易地：原差文彦博知渭州，未赴而改知秦州。

⑦觀風：謂體察民情，瞭解施政得失。語出《禮記·王制》：“命大師陳詩以觀民風。”

⑧某官：指時任宰相吕夷簡。協亮天工：輔佐天子。協亮：協助，輔助。天工：天的職任。古以爲王者法天而建官，代天行職事。晋袁宏《後漢紀·桓帝紀下》：“宜登論道，協亮天工。”

⑨牧師：原指一州之長。此指知州。《禮·曲禮下》：“九州之長，入天子之國，曰牧。”

國家社科基金
GUOJIA SHEKE JIJIN HOUQI ZIZHU XIANGMU
後期資助項目

文彦博集校注

Collation and Annotation of *Wen Yanbo's Collected Works*

下 册

申利 校注

中華書局
ZHONGHUA BOOK COMPANY

文彥博集卷一一

序

送張大丞赴闕序^①

　　袁宏曰：“帝王之道，莫大於選賢〔一〕。選賢之義，各有其方也^②。”故周有俊造之科^③，漢有賢良之舉^④。莫不取經國宏才〔二〕，濟民遠略^⑤，然後授之以職，而使不失其任也。膺是選者，實難其人。大丞狀元炳山岳之靈，蘊經綸之業^⑥。才識敏茂，聲華藉甚。始以大司徒論秀而升於太學^⑦，俄以春官氏辨材而揚於王庭^⑧。狗監誦《子虛》之賦，恨不同時^⑨；天子覽平津之策，遷爲第一^⑩。卿士大夫，莫不嘉歎。而自策名桂籍，解褐仕路^⑪，九載佐郡^⑫，皆有治聲。天子嘉其能，而自麟臺郎改丞奉常^⑬。雖行路之人，悉以慶慰。然縉紳之士咸稱其位不充量也。方屬芝檢召賢之日^⑭，葵丘代戍之秋^⑮。嚴助已別會稽^⑯，賈誼重歸宣室^⑰。則公之是行也，排金門，升玉堂^⑱，固其宜矣。然鴻鵠之志，一舉萬里，非燕雀之所能知也^⑲。某以忝窺隩隅〔三〕，獲丐餘重。片言之譽，東陵殆侔西山；半面之榮，鄭璞僅逾周寶^⑳。逮兹於邁^㉑，豈其無言？躑躅燥吻^㉒,聊爲之序。

【編年】

　　宋仁宗天聖元年(1023)十八歲左右作。張大丞指張觀,宋真宗大中祥符七年(1014)甲寅科狀元。授將作監丞、通判解州(今山西運城市西南解州鎮)。仁宗初,遷太常丞、三司度支判官。文中有:"大丞狀元炳山岳之靈……解褐仕路,九載佐郡,皆有治聲。天子嘉其能,而自麟臺郎改丞奉常。"知其遷奉常丞的時間爲仁宗天聖元年(1023)。

【校勘】

　　〔一〕選:天津古籍出版社1987年版《後漢紀校注》作"舉"。下句同。

　　〔二〕才:四庫本作"材"。義皆可通。宏才:亦作"宏材"。指有大才的人。唐方干《贈上虞胡少府百篇》:"宏才尚遣居卑位,公道何曾雪至冤?"

　　〔三〕隩:四庫本作"奥"。義皆可通。隩:通"奥"。隩隅:泛指内室。引申爲學問精絶深奥之處。南朝梁劉孝標《廣絶交論》:"蹈其閫閾,若近闕里之堂;入其隩隅,謂登龍門之阪。"

【箋注】

　　①張大丞:指張觀。字思正,絳州(今屬山西)人。歷右司諫、知制誥,出知杭州,還朝後,進爲翰林學士、知審官院,后以給事中權御史中丞,寶元元年(1038)同知樞密院事。康定中,西北邊用兵失利,議點鄉兵,歷久不決,遂罷樞府要職,以資政殿學士、尚書禮部侍郎知相州,徙澶州。河決,州人恐懼,親率卒徒增築堤防。又以吏部侍郎兼御史中丞。後以父老病,請便郡,改觀文殿學士、知許州,旋拜左丞,服喪,悲哀過度,卒,贈吏部尚書,謚文孝。曾鞏《隆平集》卷一〇有傳。大丞,據文中"奉常丞"知爲太常丞,太常寺屬官。奉常,太常寺之雅稱。以秦朝官名爲本朝官名之雅稱。序:指贈序。文體名,是從詩序演變而來。古代送別各以詩文相贈,集帙而爲之序的,稱爲贈序。如唐韓愈《送石處士序》:"於是東都之人士……遂各爲歌詩六韻,遣愈爲之序云。"其後凡是惜別贈言的文章,不附於詩帙的也叫贈序,内容多推重、贊許或勉勵之辭。如傅玄《贈扶風馬鈞序》、潘尼《贈二李郎詩序》、韓愈《送孟東野序》、《送李願歸盤谷序》等。

②袁宏：東晉陳郡陽夏人，字彥伯，小字虎。袁猷孫。有逸才，文章絶美。少孤貧，以運租自業。因諷詠史詩而爲謝尚所重，引爲參軍，累遷大司馬桓温府記室。温重其文筆，使綜書記。謝安爲揚州刺史時，宏出爲東陽太守。袁宏《後漢紀·後漢光武皇帝紀》卷三，建武元年八月條，光武帝以卓茂爲太傅，封褒德侯。卓茂字子康，南陽人。温而寬雅，恭而有禮，其行己處物，在於可否之間。袁宏評曰："夫帝王之道，莫大於舉賢。舉賢之義，各有其方。夫班爵以功，試歷而進，經常之道也。若大德奇才，可以光昭王道，弘濟生民，雖在泥塗，超之可也。傅□磻溪之濱，頃居宰相之任，自古之道也。卓公之德，既已洽於民聽，光武此舉，所以宜爲君也。"

③俊造之科：《禮記·王制》："司徒論選士之秀者而升之學，曰俊士。升於司徒者不徵於鄉，升於學者不徵於司徒，曰造士。"

④賢良之舉：古代選拔統治人才的科目之一。由郡國推舉文學之士充選。亦爲"賢良文學"、"賢良方正"的簡稱。漢武帝《賢良詔》："賢良明於古今王事之體，受策察問，咸以書對，著之於篇，朕親覽焉。"

⑤遠略：指有長遠謀略的人。

⑥經綸之業：指治理國家的抱負和才能。宋秦觀《滕達道挽詞》："經綸未了埋黄土，精爽還應屬斗牛。"

⑦大司徒：户部尚書的雅稱。以周朝官名爲本朝正式官名之雅稱。《周禮》地官稱司徒，爲六官之一，其主官爲大司徒，主要掌管全國土地和人民。

⑧春官氏：禮部尚書的雅稱。以周朝官名爲本朝正式官名之雅稱。《周禮》以宗伯爲春官，掌典禮。春爲四季之首，萬物出生。取事神爲上，使天下報本反始之意，故以春官稱此職。

⑨"狗監"二句：稱揚張氏之賦。語出《史記·司馬相如列傳》："蜀人楊得意爲狗監，侍上。上讀《子虛賦》而善之曰：'朕獨不得與此人同時哉！'得意曰：'臣邑人司馬相如自言爲此賦。'"狗監：漢代内官名。主管皇帝的獵犬。

⑩"天子"二句：稱揚張氏之策論。平津：指西漢丞相公孫弘，封平津侯。字季。壽川（今山東壽光南）薛人。漢武帝元光五年（前130），徵賢良文學士，公孫弘策對第一，拜爲博士。策對八事，説"法不遠義，則民服而不離；和不遠禮，則民親而不暴。故法之所罰，義之所去；和之所賞，禮之所取也。而賞罰順

之,則民不犯禁矣。

⑪"策名"二句:謂科舉登第,進入仕途。策名:出仕。《左傳·僖公二十三年》:"策名委質。"孔穎達疏:"古之仕者,於所臣之人書己名於策,以明係屬之也。"桂籍:科舉登第人員的名籍。宋徐鉉《廬陵別朱觀先輩》:"桂籍知名有幾人,翻飛相續上青雲。"解褐:謂脱去布衣,擔任官職。《晋書·曹毗傳》:"安期解褐於秀林,漁父罷釣於長川。"

⑫佐郡:協理州郡政務。唐李白《感時留别從兄徐王延年從弟延陵》:"佐郡浙江西,病閑絶趨馳。"

⑬麟臺郎:指秘書郎。麟臺,雅。稱秘書省。以唐朝官名爲本朝正式官名之雅稱。

⑭芝檢:即"芝泥檢"。指詔書。芝泥:印泥。宋徐鉉《翰林遊舍人清明日入院》:"獨對芝泥檢,遥憐白馬兒。"檢,封書題籤。古書以竹木簡爲之,書成,以皮條或絲繩捆束,繩結處封泥,泥上加印,稱爲檢。《後漢書·公孫瓚傳》:"(袁紹)矯刻金玉以爲印璽,每有所下,輒皂囊施檢,文稱詔書。"

⑮葵丘代戍之秋:指任職期滿。《左傳·莊公八年》:"齊侯使連稱、管至父戍葵丘,瓜時而往,曰:'及瓜而代。'期戍,公問不至。請代,弗許。故謀作亂。"唐張説《岳州作》:"水國生秋草,離居再及瓜。"

⑯嚴助已别會稽:言張大丞將被皇帝召見、重用。《漢書·嚴助傳》:嚴助,會稽吳(今江蘇蘇州)人,"郡舉賢良,對策百餘人,武帝善助對,由是獨擢爲中大夫。"

⑰賈誼重歸宣室:言張大丞將被皇帝召見、重用。賈誼能文,博學多才,被漢文帝召爲博士,一年之中,遷至太中大夫。《漢書·賈誼傳》:"文帝思誼,徵之。至,入見,上方受釐,坐宣室。"宣室,漢代未央宫前正室,皇帝齋戒之處。漢文帝曾在此處召見賈誼,被後世認爲是人臣的殊榮。泛指皇室宫殿。唐袁朗《和誐椽登城南扳望京邑》:"萬國朝前殿,群公議宣室。"

⑱"排金門"二句:語出揚雄《解嘲》:"與群賢同行,歷金門,上玉堂有日矣。"金門:又名金馬門。漢代長安城内未央宫金馬門的簡稱。玉堂:殿名。西漢未央宫、建章宫内均有玉堂。宋學士院的别稱。《漢書·李尋傳》:"過隨衆賢待詔,食太官,衣御府,久汙玉堂之署。"清代王先謙《補注》:"何焯曰:'漢時

待詔於玉堂殿,唐時待詔於翰林院。至宋以後,翰林遂並蒙玉堂之號’”。

⑲“然鴻鵠”以下三句:語出《史記·陳涉世家》:“陳涉少時,嘗與人傭耕,輟耕之壟上,悵恨久之,曰:‘苟富貴,無相忘。’傭者笑而應曰:‘若爲傭耕,何富貴也?’陳涉太息曰:‘嗟乎!燕雀安知鴻鵠之志哉?’”鴻鵠,天鵝。鴻鵠之志,指遠大的志向。

⑳“片言”以下四句:語出南朝梁任昉《〈王文憲集〉序》:“一言之譽,東陵侔於西山,一眄之榮,鄭璞踰於周鼎。”鄭璞:古代鄭國人叫未經雕琢的玉爲璞。喻才不出衆的人。

㉑逮兹於邁:及今遠行。逮(dài):及;到。《左傳·哀公六年》:“逮夜至於齊。”邁:遠行。《詩·王風·黍離》:“行邁靡靡,中心如醉。”

㉒躑躅燥吻:語出晋陸機《文賦》:“始躑躅於燥吻,終流離於濡翰。”李周翰注:“燥,乾也;吻,唇也。謂神思馳逐皆得乾唇也。”

送龍昌期先生歸蜀序

井絡之區①,炳岷嶓之秀②,是以異人間出③,俊乂鳳集④。長卿導清源於前⑤,子云扇芳塵於後⑥。歷此而降,鴻碩頗繁⑦。然或以浮誕相高⑧,流蕩忘返者,十室而九。其勵志墳典⑨,遊心聖奥⑩,蓋亦鮮矣。達斯道者,其惟武陵先生龍君乎!

先生陵陽人也,藏器於身⑪,不交世務,閉關却掃⑫,開卷自得。著書數萬言,窮經二十載。浮英華而沉道德⑬,先周孔而後黃老⑭。楊墨塞路⑮,辭而闢之。名動士林,高視兩蜀⑯。遂不遠萬里,上書公車,累叫天閽,久而不報⑰。乃喟然歎曰〔一〕:“道未亨矣,吾其歸歟!”因假道閬川⑱,獲挹眉宇⑲,是故經籍奥義,得以諮焉。或撞鐘待問⑳,則多多而益辨㉑;或盱衡高論㉒,則亹亹而來逼㉓。搢紳之流,靡不推服。且以堂有慈親,貧乏甘旨,遽軫《南陔》之思㉔,遂謀西轅之役㉕。摻執之際㉖,烏得嘿然㉗?因舉酒而言曰:夫古之人患於不明經也,苟明一經,取朱紫如俯拾地芥耳㉘,何況於先生之經明行修乎！但老氏所謂大器晚成也爾㉙。行矣自愛,先生其志於斯言。

　　藏器於身,不涉世務。閉關著書,開卷獨得。楊墨塞路,辭而闢之。名動士林,高視兩蜀。不遠萬里,累詣公車。上書自薦,寄食上都。久而不報,遂復喟然歎曰:“命未泰矣,吾其歸歟！”因假道閬川,獲挹眉宇。仰《碧雞》之雄辯㉚〔二〕,鄙吝頓袪;聽黃馬之劇談㉛,座客皆靡。方以陟岵在念㉜,戒途有期㉝。送君河梁,聊復贈言。勉哉是行,以保遠大。

【編年】

　　真宗天禧四年(1020)左右隨父文洎於監征閬川任上。文洎監征閬川日,文彥博約十五歲左右,即真宗天禧四年左右。文中云:“因假道閬川,獲挹眉宇……方以陟岵在念,戒途有期。送君河梁,聊復贈言。”

【校勘】

　　〔一〕喟然:原脱,據四庫本補。因下文有“遂復喟然歎曰”句,與上文對應。故以四庫本爲勝。

　　〔二〕辯:原作“辨”,據文意改。唐玄宗《鶺鴒頌》序:“才雄白鳳,辯壯《碧雞》。”

【箋注】

　　①井絡之區:井宿區域。泛指蜀地。晋左思《蜀都賦》:“岷山之精,上爲井絡。”劉逵注:“《河圖括地象》曰:‘岷山之地,上爲井絡,帝以會昌,神以建福,上爲天井’,言岷山之地,上爲東井維絡;岷山之精,上爲天之井星也。”

　　②岷嶓:岷山與嶓塚山的並稱。晋張載《劍閣銘》:“遠屬荆衡,近綴岷嶓。”

　　③間出:隔世而出。即異才不會每世都有。唐杜甫《別蔡十四著作》:“異才復間出,周道日惟新。”

　　④俊乂鳳集:賢才聚會。俊乂,才德出衆的人。《書·皋陶謨》:“翕受敷施,九德咸事,俊乂在官。”孔傳:“謂天子如此,則俊德治能之士並在官。”鳳集,群鳳聚集。比喻賢才聚會。晋傅咸《申懷賦》:“穆穆清禁,濟濟群英,鶯翔

鳳集,羽儀上京。"

⑤長卿:漢辭賦家司馬相如的字。相如未遇時家徒四壁,後爲武帝所賞識,以辭賦名世。

⑥子云:是漢代辭賦家揚雄的字。《漢書·揚雄傳上》:"揚雄字子云,蜀郡成都人也。……孝成帝時,客有薦雄文似相如者……詔雄待詔承明之庭。"芳塵:指美好的風氣、聲譽。《宋書·謝靈運傳論》:"屈平、宋玉導清源於前,賈誼、相如振芳塵於後。"

⑦鴻碩:指學識淵博的人。唐蘇頲《封東岳朝覲頌》:"而左輔右弼,雜紳鴻碩之倫。"

⑧浮誕:虛妄荒謬。唐孔穎達《〈周易正義〉序》:"其江南義疏,十有餘家,皆辭尚虛玄,義多浮誕。"

⑨墳典:三墳、五典的並稱,後爲古代典籍的通稱。《〈書〉序》:"討論墳典。"

⑩遊心,謂心神貫注於某一事物。《莊子·駢拇》:"遊心於堅白同異之間。"

⑪藏器於身:把才具藏在身上。表示材能不顯露於外。器:才能,能力。語出《易·繫辭下》:"君子藏器於身,待時而動,何不利之有?"

⑫閉關却掃:居家閉門,不復掃徑迎客。比喻屏迹深居,不與世人往來。南朝梁江淹《恨賦》:"閉關却掃,塞門不仕。"

⑬浮英華而沉道德:語出《文選·班固〈答賓戲〉》:"浮英華,湛道德。"李善注:"湛,古沈字。"英華:指聲譽之美。

⑭高視兩蜀:傲視整個四川。謂才能卓越。高視:傲視,小看。三國魏曹植《與楊德祖書》:"德璉發跡於此魏,足下高視於上京。"兩蜀:即"兩川"。指四川地區。東川和西川的合稱。唐肅宗至德二年,劍南道置東川、西川兩節度使,因有兩川之稱。唐白居易《同夢得寄賀東西川二楊書》:"兩川風景同三月,千里江山屬一家。"

⑮先周孔而後黃老:以儒家爲主,以道家爲輔。周孔:周公(姬旦)和孔子的合稱。二人都被儒家尊爲聖賢,因以"周孔"代稱儒家。黃老:黃帝與老子。道家尊二人爲始祖,因以"黃老"代稱道家。《史記·魏其武安侯列傳》:"太后

（竇太后）好黃老之言。”

⑯楊墨：戰國時楊朱與墨翟的並稱。借指儒家以外的各學派。唐李白《送
於十八應四子舉落第還嵩山》：“炎炎四真人，摛辯若濤波。交流無時寂，楊墨
日成科。”

⑰“遂不遠萬里”以下四句：吕希哲《吕氏雜記》卷下：“龍昌期少時爲
僧……文潞公薦於朝，得官。仁宗詔給筆札，令進所撰經義。嘉祐初，書成，
詣闕上進，賜五品服及金帛。其書謂詩無比興，如鴛鴦者遂仰也，大率如此。
又以周公爲周之賊，於是臺諫交攻。昌期自詣登聞鼓院，還納所賜，聽之。
昌期過洛見潞公，責其不能爲己辯明，潞公曰：‘朝廷方崇尚周孔之教，而先
生非之，故至此耳。’昌期曰：‘某何嘗非孔子，但非周公耳。’潞公曰：‘亦足
矣。’”上書公車：即“公車上書”。漢制，吏民上書言事，均由公車令接待。
上書人多有因此而被大用者。《史記·東方朔傳》：“朔初入長安，至公車上
書，凡用三千奏牘。公車令兩人共持舉其書，僅然能勝之。”此謂龍昌期上所
著書。

⑱閬川：指閬州。閬中郡，屬利州路。嘉慶《介休縣志》卷一〇引《摭言》：
“宋文太師彦博幼侍父令公監征閬州。”

⑲獲挹眉宇：得拜揖龍昌期。眉宇：眉額之間。面有眉額，猶屋有簷宇，故
稱。亦泛指容貌。《文選·枚乘〈七發〉》：“然陽氣見於眉宇之間，侵淫而上，
幾滿大宅。”挹：拜揖。《荀子·議兵》：“湯武之誅桀紂也，拱挹指麾。”王念孫
《讀書雜志·荀子五》：“揖與挹通。”

⑳撞鐘待問：語出《禮記·學記》：“善待問者如撞鐘，叩之以小者則小鳴，
叩之以大者則大鳴，待其從容，然後盡其聲。”孔穎達疏：“以爲設喻譬善能答問
難者，如鐘之應撞……亦隨彼所問事之大小而答之。”言答問據學生所問而從
容不迫，有如鐘之應叩，小叩則小鳴，大叩則大鳴，皆有所獲。

㉑多多而益辦：即“多多益善”。意爲越多越好。明王世貞《藝苑卮言》卷
三：“韓信用兵，多多益辦。此是化工造物之妙，與文同用。”

㉒旰（xū）衡：張大眼睛，揚起眉毛。《漢書·王莽傳上》：“旰衡厲色，振揚
武怒。”

㉓亹亹：謂談論動人，有吸引力，使人不知疲倦。唐盧照鄰《〈南陽公集〉

序》:"岑君論詰亹亹,聽者忘疲。"

㉔軫《南陔》之思:痛思親人。軫:痛。《楚辭・九章・哀郢》:"出國門而軫懷兮。"《南陔》:《詩》篇名,有目無詩。爲孝子養親之意。

㉕西轅之役:謂乘車西去。轅:車前駕牲畜的直木或曲木,壓在車軸上,伸出車輿的前端。代稱車。《左傳・宣公十二年》:"告令尹,改乘轅而北之。"

㉖摻執之際:臨別之際。語出《詩・鄭風・遵大路》:"遵大路兮,摻執子之祛兮。"鄭箋:"思望君子於道中,見之則欲攬持其袂而留之。"

㉗嘿(mò)然:沉默無言的樣子。《荀子・不苟》:"君子至德,嘿然而喻。"

㉘"夫古"以下三句:語出《漢書・夏侯勝傳》:"勝每講授,常謂諸生曰:'士病不明經術;經術苟明,其取青紫如俯拾地芥耳。學經不明,不如歸耕。'"唐顏師古注:"地芥,謂草芥之橫在地上者。俯而拾之,言其易而必得也。青紫,卿大夫之服也。"意謂能很容易地得到高官。朱紫:唐代官員服制,三品以上紫,五品以上朱。因以指品位高的官職。《新唐書・鄭餘慶傳》:"每朝會,朱紫滿廷,而少衣綠者。"俯拾地芥:夏侯勝以比擬學而明經則官職易得。後因用以比喻事之易得易成。

㉙老氏所謂大器晚成:語出《老子》:"大方無隅,大器晚成,大音希聲,大象無形。"後常用以指大才的人成名往往較晚。

㉚《碧雞》之雄辯:王褒《碧雞頌》的雄辯。《文選・劉孝標〈廣絕交論〉》:"騁黃馬之劇談,縱《碧雞》之雄辯。"呂延濟注:"王褒爲《碧雞頌》,雄盛辯(辭)之謂也。"

㉛黃馬之劇談:即"黃馬驪牛三"的暢談。先秦時期的名辯命題。《莊子・天下篇》所列"辯者二十一事"之一。一說爲二體(馬和牛)和一色(有色)之爲三。一說爲黃、驪和黃驪爲三色或馬、牛、馬牛爲三體。劇談,猶暢談。晋左思《蜀都賦》:"劇談戲論,扼腕抵掌。"

㉜陟岵(hù):喻行役在外者登高思念父母。語出《詩・魏風・陟岵》:"陟彼岵兮,瞻望父兮。"《詩序》:"《陟岵》,孝子行役,思念父母也。"三國魏繁欽《愁思賦》:"時陟岵以旋顧,涕漸纓而鮮晞。"岵:有草木的山。

㉝戒途:準備登程。《周書・文帝紀上》:"秣馬戒途,志不俟旦。"

【附載】

　　《長編》卷一九〇，嘉祐四年八月癸未條：“賜殿中丞致仕龍昌期五品服，絹百匹。昌期，陵州人。寶元中，韓琦使蜀，奏授試國子四門助教。文彥博知益州，召知州學，奏改校書郎。用明鎬薦遷太子洗馬致仕，又以明堂恩遷殿中丞。先是，昌期上所著書百餘卷，詔下兩制看詳，兩制言：‘昌期詭誕穿鑿，指周公爲大奸，不可以訓。乞令益州毀棄所刻板本。’昌期年幾九十，詣闕自辨。彥博少從昌期學，因力薦之，故有是賜。翰林學士歐陽修、知制誥劉敞等劾昌期異端害道，當伏少正卯之誅，不宜推獎。同知通進銀台司兼門下封駁事何郯，亦封還詔書，乃追奪昌期所賜，遣歸。”

贈清河先生序[①]

　　秘校清河君器識淹雅[②]，文行淵懿[③]，學有師法，名高士林。遊五經之郛[④]，超然深詣；馳六藝之駕[⑤]，邈矣遠至。載丁家艱[⑥]，未充英彀[⑦]，濡滯之歎[⑧]，有識所同。天聖初，某始到都下，接諸公遊，首得清河君。以文相會，以道相合，行藏遊息[⑨]，相得甚歡。未幾，予忝榮名，則霧露之潤[⑩]，朋友之益，從可知矣。予仲弟彥若嘗師於清河君，授以經義，教之藝文。雖未能傳其家法[⑪]，亦庶幾得其一技[⑫]。前年春，彥若復忝科級[⑬]，旋爲外諸侯[⑭]，奉辭總郡學講授之職[⑮]，則清河君之善誨又可知矣。今予之季弟彥伯又得師事君[⑯]。一日，彥伯謂予曰：“某依張先生之門，垂三年矣，愚冥之識，頗有開悟。嘗於郡弟子之末預聞先生之言：‘夫業文者必始於通經，通經者必在乎講貫[⑰]。故先師曰：學而不講，是吾憂也[⑱]。以是群弟子嘗請於先生，願聞講習。始則講《大戴禮》，終則講《左氏春秋》。論敘精敏，曉譬詳明[⑲]，學者所疑，渙然開釋。先生之於五經無不通者，將與群弟子請於先生，願講《書》一經，以重煩而未白也。”予應之曰：“昔與清河君遊，亟聞其談經也。

於典、謨、訓、誥、誓、命之文,《禹貢》、《洪範》之説,尤所精達。余遇有所疑,就而質問,若叩洪鐘,大小必應,未嘗不虚往而實歸。一行爲吏,十歲於兹,不聞益友之高論久矣,今將與爾皆就學焉。"翌日,躬請於清河君。君亦重違予之勤請,巽辭以從曰[⑳]:"虞夏商周之書,歷代寶以爲訓。昔嘗學於斯文,勉與諸君評之。"莫逆於心[㉑],喜可知也。將布席以發論[㉒],當聞善而相告。好古博雅,與我同志者,願聞來學。二月日,太常博士文某白[㉓]。

【編年】

宋仁宗景祐四年(1037)通判兗州代還作。按:文中有"一行爲吏,十歲於兹"及"二月日,太常博士文某白"。文彦博天聖五年(1027)年入仕。十年則當爲景祐四年(1037)。又《名臣碑傳琬琰之集》下卷一三本傳:"彦博天聖五年中進士第,授大理評事,知濟州(按:濟州當爲絳州之誤)翼城縣、并州榆次縣,改太常博士,通判兗州。"

【箋注】

①清河先生:不確何人,當爲清河人。時階官爲秘書省校書郎。清河:北宋時,清河縣屬河北東路恩州,即今河北省清河縣。

②器識淹雅:器局見識寬宏儒雅。淹雅,寬宏儒雅。《世説新語・政事》"陸太尉詣王丞相咨事"劉孝標注引《陸玩別傳》:"玩器量淹雅。"

③文行淵懿:文章與德行淵深美好。文行,文章與德行。《論語・述而》:"子以四教,文行忠信。"淵懿,淵深美好。漢揚雄《〈法言〉序》:"聖人聰明淵懿,繼天測靈,冠乎群倫,經諸範。"

④五經之郛:語出《揚子法言・問神》:"大哉!天地之爲萬物廓,五經之爲衆説郛"。

⑤六藝之駕:語出漢張衡《思玄賦》:"御六藝之珍駕兮,遊道德之平林。"六藝,指禮、樂、射、御、書、數六個科目。《周禮・保氏》云:"養國子以道,乃教之六藝。一曰五禮,二曰六樂,三曰五射,四曰五馭,五曰六書,六曰九數。"

⑥丁家艱:即丁艱、丁憂。遭父母之喪。《晉書・周光傳》:"陶侃微時,丁艱,將葬,家中忽失牛而不知所在。"

⑦濡滯：遲緩，滯留。《孟子·公孫丑下》：“千里而見王，不遇故去，三宿而後出晝，是何濡滯也。”

⑧充英彀：指進士及第。五代王定保《唐摭言》卷一，“（唐太宗）嘗私幸端門，見新進士綴行而出，喜曰：‘天下英雄入吾彀中矣！’”入彀：指進入弓箭射程之内。比喻受籠絡，就範。

⑨行藏遊息：謂一切行動。行藏，出處或行止。語出《論語·述而》：“用之則行，捨之則藏。”遊息，遊玩和休息。漢揚雄《逐貧賦》：“貧遂不去，與我遊息。”

⑩霧露之潤：喻恩澤。語出五代王定保《唐摭言·師友》：“虛往實歸，沾霧露之微潤；哀多益寡，落邱山之一毫。”

⑪家法：漢初儒家傳授經學，都由口授，數傳之後，句讀義訓互有歧異，乃分爲各家。師所傳授，弟子一字不能改變，界限甚嚴，稱爲家法。此謂得其真傳。

⑫庶幾：希望；但願。《左傳·襄公二十六年》：“懼而奔鄭，引領南望曰：‘庶幾赦余！’”

⑬忝科級：謂中進士。宋張耒《故奉寧軍節度推官承奉郎試大理評□（事）乾州奉天縣事文府君墓志銘》：“府君諱彦若，字公順，汾州介休人。幼聰警□（學），有詞章。年二十，策進士丙科，除平定軍判官。”

⑭奉辭：謂奉君主之正辭。三國魏鍾會《檄蜀文》：“今鎮西奉辭銜命，攝統戎車。”

⑮外諸侯：即出外任職。

⑯季弟彦伯：史載繼母申氏生一子名彦若，則此季弟彦伯或當爲繼母王氏所生。

⑰講貫：猶講習。《國語·魯語下》：“士朝而受業，晝而講貫，夕而習復。”

⑱“學而不講”二句：語出《論語·述而》：“德之不修，學之不講，聞義不能徙，不善不能改，是吾憂也。”講：講習，訓練。

⑲曉譬：曉喻；開導。《後漢書·伏隆傳》：“隆曉譬曰：‘高祖與天下約，非劉氏不王，今可得爲十萬户侯耳。’”

⑳巽辭：委婉的言詞。

㉑莫逆於心:無所違逆。形容朋友情投意合,至好無嫌。語出《莊子·大宗師》:"子桑户、孟子反、子琴張三人相視而笑,莫逆於心,遂相與爲友。"

㉒布席:鋪設坐席。《儀禮·士冠禮》:"布席於門中、闑西閾外,西面。"

㉓太常博士:宋前期文臣京朝官本官階。從七品上。

藥準序

予曾苦頭眩①,治之多方,彌歲不解②。會國醫龔世昌診脈問狀,乃云:"鬲有寒痰③,久之使然,非他苦也。"授予香芎散並其方,服未半劑而愈,遂不復發。予既神其效,又觀其立方有法,不與常類。方用九物,物別爲之解。凡藥性之寒溫,味之甘辛,並其主療,略具於左。雖簡而備,使觀之者有據,服之者無疑,無疑即有效。猶夫任人,各知其才之所長,用之無疑,事罔不濟。乃知古之良醫治病,必考於《本草》而立方④,方藥既精,厥疾必瘳⑤。班固云:"經方者,本草石之寒溫,原疾病之深淺。"陶隱居云⑥:"道經載扁鵲數法⑦,其用藥猶是《本草》家意。"張仲景最爲衆方之祖⑧,悉依《本草》。近世庸醫鮮通《本草》,求其方藥之驗,固亦難矣。予嘉龔醫之方專用《本草》之意,因采仲景並《外臺》、《千金》及諸家經驗方共若干⑨,輒加注傳於門内,以備處療,謂之《藥準》。以其依《本草》立方,則用之有準云。

【編年】

熙寧八年(1075)判大名府日作。原本題下注云:"此下二序熙寧八年北都作。"

【箋注】

①頭眩:病症名。即頭暈目眩,也稱眩暈。

②彌歲:經年;終年。彌:滿;遍及。

③鬲:通"膈",胸腔與腹腔相隔之處,即現代醫學所稱橫膈或橫膈膜。

④本草：中國古代記載藥物的著作，包括圖譜之類，稱爲本草。如《神農本草經》、《新修本草》、《證類本草》、《本草綱目》、《本草圖經》等。此當指最早的藥物學專著《神農本草經》。

⑤瘳（chōu）：痊癒。《詩·鄭風·風雨》：“既見君子，云胡不瘳。”

⑥陶隱居：指南朝梁處士、醫學家陶弘景，字通明。齊武帝永明間，陶弘景掛朝服上表辭官，棲隱於句容之茅山（句曲山），潛心鑽研養生法和岐黃術，自號華陽隱居。卒諡“貞白先生”。見《梁書·陶弘景傳》。有《陶氏效驗方》、《補闕肘後百一方》、《藥總決》等書。

⑦扁鵲：姓秦，名越人，春秋戰國時代渤海郡鄭縣（今河北任丘）人，古代醫學家。人們將之比作傳説中黃帝時的神醫扁鵲，稱他爲“扁鵲先生”。詳見《史記·扁鵲列傳》。

⑧張仲景：漢代著名醫學家。名機，字仲景。南陽郡（今河南南陽）人。著有《傷寒雜病論》，清時被尊爲“醫聖”。

⑨外臺：當指《外臺秘要》又名《外臺要方》，中醫學方書。唐王燾輯。千金：即《千金方》，全稱《備急千金要方》。唐醫學家孫思邈著。孫思邈後又著《千金翼方》。後也有人把《千金要方》和《千金翼方》合稱爲《千金方》。

節要本草圖序

余嘗以近世醫工，雖處方有據，而用藥不精，以至療疾寡效。蓋古醫用藥，率多自采，故桐君著《采藥録》①，備其花葉形色，別其是非真假。用之決無乖誤，服之咸得痊癒。而又擇郡國地產之良，及春秋秀實之候。今則不然。藥肆不能盡識，惟憑采送之人；醫工鮮通《本草》，莫辨良梏之雜②。加之贋僞，遂以合和③。以之療疾，宜其寡效。唐室之盛，置藥園生《本草圖》④，欲悉知其形色氣味，用藥之精且慎如此。嘉祐初，余在政府，建言重定《本草圖經》，凡數年而成，例蒙賜本。然藥品繁夥，畫形繪事，卷帙頗多，披閲匪易。因録其常用切要者若干種，別爲圖策，以便披檢。簡則易辨，人得有之，按圖而驗，辨誤識真，用之於醫，所益多矣。潞國公寬夫記。

【編年】

　　熙寧八年（1075）判大名府日作。上篇《藥準序》題下注云："此下二序熙寧八年北都作。"

【箋注】

　　①桐君著《采藥録》：《采藥録》，本草書名。即《桐君采藥録》，一名《桐君藥録》、《桐君録》。上古黄帝時臣桐君撰。記述藥用植物根、莖、葉、花、實之形色，花期果期，並觀察葉之刺、根之汁、皮之紋理等細微鑒別點。

　　②良楛（kǔ）：優劣。楛，本謂器物粗劣。《治症節略·張苐序》："一省之區，一郡之市，雜百藥而陳之，良楛易辨，屑而爲丸，不可辨矣。"

　　③合和：猶"配伍"。配合和調。《神農本草經·序録》："藥有君臣佐使，以相宣攝，合和者，宜一君、二臣、五佐，又可一君、三臣、九佐也。"

　　④《本草圖》：又名《本草圖經》。唐顯慶四年（659）李勣等編著，共七卷。

　　⑤重定《本草圖經》：即宋代所編《嘉祐圖經本草》，或稱《圖經本草》。刻版藥物圖譜，系統總結了宋代本草學的發展和成就，尤其是民間用藥經驗。

文彦博集卷一二

碑記墓志

絳州翼城縣新修至聖文宣王廟碑記①

聖宋四葉②,上繼明之五年,某以進士舉中甲科③,得大理評事,宰是邑④。秋八月二十九日始莅事。故事,宰令始至〔一〕,則郡縣之祠廟悉詣之。恭於神,訓於民,政之本也。由是詢於邑吏,質之縣圖,載祀典、享廟食者,惟宣聖之祠焉。

翌日,伸祠謁之禮⑤。已事而退,立於廡下,觀其石記,即後唐長興三年創是廟也。歲月滋久,廟貌弗嚴,屋瓦皆隳,梁木其壞,上不庇於風雨,下不容於俎豆⑥。縣署直其北裁十數步〔二〕,日有敲撲之喧⑦;澮水流於東不三四尺⑧,歲虞漂溺之患。雖"賢哉回也! 不改其樂","君子居之,何陋之有?"而守土事神者,崇奉之禮豈不闕歟? 乃謀屬僚,規是改作,方營善地,將構新宮。

而縣西北隅適有廢廟,故老承傳爲湯王行宮⑨〔三〕。事出不經,禮無常祀,既絶蘋蘩之薦⑩,鞠爲荆棘之墟。像設都亡,廊廡全陊⑪。獨有正殿,巋然中立,雖丹堊已晦⑫,而甍棟頗崇⑬。異乎哉！天將以斯室遺夫子耶？不爾，則胡爲十室九廢，而獨完兹中宇⑭，虛其正位者，安所俟乎？宜其即是遺構，以正兩楹之坐⑮；起兹頹垣，以崇數仞之牆⑯。踵其故以謀新，材則易備；變其本而加飾，工不告勞。命薙氏以芟夷⑰，集擾人而塗墍⑱。興廢起墜，務實去華。昔之湫陋者，昈昈而雲蔭矣；曩之荒穢者，殖殖而底平矣⑲。翼以東西二室〔四〕，增之屏樹閈閎⑳，凡屋壁之間，堵其數楹。百危昏中而戒事，日南至而卒功，動適其時，不愆於素。

邑人張會元以文行稱於鄉曲㉑，累舉進士，敗於垂成，運舛事違，退而講授。一日，睹新廟之既成，以列像之未備〔五〕，乃率其徒，躬營其事。明年春，募工於別郡，得繪塑之妙者。於是塑宣聖暨十哲之像㉒，逾十旬而告就。八月上丁，行釋奠之禮㉓。落之，且曰：“能事畢矣，不可無聞於後，盍書以志？”故述其經始之因，直記夫歲月而已。

杜牧云：“稱夫子之德，莫如孟子；稱夫子之尊，莫如韓吏部㉔。”孟所謂“生人以來，未有如夫子，賢過堯舜遠矣㉕”。韓所謂“自天子至郡邑守長，得共祀而遍天下者，惟社稷與孔子。社稷壇而不屋，豈如孔子巍然當坐，用王者禮，以門人配。自天子而下，北面拜跪，禮如親弟子然”㉖。然則夫子之德之尊，韓、孟之言詳矣。今兹爲記，是用略諸。時天聖八年九月五日記。

【編年】

天聖八年（1030）九月知絳州翼城縣日作。文末有：“時天聖八年九月五日記。”

【校勘】

〔一〕宰：原作“守”，據清光緒二十七年刻本胡聘之《山右石刻叢編》卷一二《翼城文廟碑》改。

〔二〕裁：原脱，據右引改。

〔三〕故：原作“俗”，據右引改。

〔四〕翼:原作"翌",據右引改。

〔五〕列:原作"殊",據右引改。

【箋注】

①至聖文宣王:孔子謚號。宋真宗大中祥符元年(1008)改謚孔子爲"玄聖文宣王",五年(1012)又改爲"至聖文宣王"。

②四葉:四世。時宋歷太祖、太宗、真宗而仁宗,故稱。

③"上繼明"二句:言文彦博天聖五年(1027)中王堯臣榜進士。

④"得大理評事"二句:謂文彦博以大理評事、知翼城縣。大理評事:階官名。正八品下。宰:"縣宰"的省稱。縣令。此作動詞,謂知某縣。

⑤祠謁之禮:謁拜祭祀之禮。《後漢書·張禹傳》:"祠謁既訖,當南禮大江。"

⑥俎豆:俎和豆都是古代祭祀用的器具。《史記·孔子世家》:"常陳俎豆,設禮容。"

⑦敲撲:鞭打的刑具,短曰敲,長曰撲。亦指敲打鞭笞。《文選·賈誼〈過秦論〉》:"履至尊而制六合,執敲撲以鞭笞天下。"

⑧澮(huì)水:源出今山西翼城縣東南澮山,西流至新絳縣南入汾水。唐岑參《驪姬墓下作》:"驪姬北原上,閉骨已千秋。澮水日東注,惡名終不流。"

⑨湯王:商開國之主。建朝前稱湯王,建國後稱商湯。契之後。姓子,名履,亦曰天乙。初居於亳(今安徽亳縣)。爲夏方伯,專於征伐。夏桀無道,成湯興兵討之,放桀於南巢。

⑩蘋蘩之薦:指祭祀。蘋和蘩。兩種可供食用的水草,古代常用於祭祀。

⑪陊(duò):塌,破敗。漢張衡《西京賦》:"北闕甲第,當道直啓,程巧致功,期不阤(zhì)陊。"

⑫丹堊:粉刷的牆壁。丹,朱漆;堊,白土。宋范成大《隱静山》:"題名記吾曾,醉墨疥丹堊。"

⑬甍棟:屋梁。南朝梁劉孝綽《酬陸長史倕》:"朝猿響甍棟,夜水聲帷薄。"

⑭中宇:堂屋。《楚辭·劉向〈九歎·憂苦〉》:"潛周鼎於江淮兮,爨土鬵於中宇。"

⑮兩楹：房屋正廳當中的兩根柱子。兩楹之間是房屋正中所在，爲舉行重大儀式和重要活動的地方。唐顧況《酬本部韋左司》：“況與二三子，列坐分兩楹。”

⑯數仞之牆：指孔廟的牆。語出《論語·子張》：“夫子之牆數仞，不得其門而入，不見宗廟之美，百官之富。”

⑰命薙氏以芟夷：即命人除草。薙氏：官名。掌殺草之政令。《周禮·秋官·薙氏》：“薙氏掌殺草，春始生而萌之，夏日至而夷之，秋繩而芟之，冬日至而耜之。”芟夷：除草。

⑱塗墍：塗屋頂。《書·梓材》：“若作室家，既勤垣墉，惟其塗墍茨。”

⑲殖殖：平正貌。《詩·小雅·斯干》：“殖殖其庭。”

⑳閈閎：謂大門。

㉑鄉曲：鄉里。《莊子·胠篋》：“治邑屋州閭鄉曲者，曷嘗不法聖人哉？”

㉒宣聖：指孔子。漢平帝元始元年謚孔子爲褒成宣公。此後歷代王朝皆尊孔子爲聖人，詩文中多稱爲“宣聖”。十哲：對從祀孔子的十弟子的尊稱。孔子曾舉弟子中各有所長者十人：“德行，顏淵、閔子騫、冉伯牛、仲弓；言語，宰我、子貢；政事，冉有、季路；文學，子游、子夏。”（《論語·先進》）唐代孔廟祀典規定以此十人從祀，尊爲“十哲”。

㉓釋奠：陳設酒食以祭奠先聖先師。《禮記·文王世子》：“凡學，春官釋奠於其先師，秋冬亦如之；凡始立學者，必釋奠於先聖先師。”鄭玄注：“釋奠者，設薦饌酌奠而已。”

㉔“稱夫子”以下四句：語出唐杜牧《書處州韓吏部孔子廟碑陰》。

㉕“生人”以下三句：語出《孟子·公孫丑上》。

㉖“自天子”以下十句：語出唐韓愈《處州孔子廟碑》。

觀文殿學士尚書左丞謚文莊高公神道碑①

昔者兩漢之盛也，輔相以清静寧民，公卿以經術決事。故文、景、顯、肅之際，爲賢主，爲治世，炳焉幾與三代比靈。蓋公輔得人之效歟。若夫本經術以熙治，載清静以鎮浮。翊我昌運，高邁於三五②；澤斯生民，永濟於富壽。而賦命不融③，齎志莫究。愚於北海高公殄瘁之歎深矣④！

公諱若訥，字敏之。其始齊之公族，於春秋時甚顯。逮漢而後，名德軒冕⑤，赫奕相望⑥。從仕屢遷，今爲太原榆次人。曾祖諱某，贈太師⑦。王父諱某，仕崇儀使⑧。考諱某，仕右侍禁⑨，並贈太師、中書令兼尚書令。考封祁國公。曾妣王夫人，祖妣馬夫人，妣閭夫人，封魏、晋、秦三大國。悉用公貴而追錫命也。太師藏器勿耀⑩，天爵自高。二令君雖起家登仕，而位不充量。濟美載德⑪，貽謀積慶，必復其始，至公嗣興。

公早有奇節，挺然不群。祁公之捐館⑫，公始十歲，奉母夫人寓汲郡⑬。在陋安貧，嗜學樂道。天聖初，舉進士，中甲科⑭，調彰德軍節度推官⑮。秩滿⑯，改著作佐郎⑰，遷秘書丞，太常博士⑱。三治劇邑，所居不尚赫赫之譽，去後人皆思之。臺舉御史，改監察⑲，遷主客員外郎、殿中裏行⑳。未幾，除右司諫、直史館，賜服五品㉑，遷起居舍人、知諫院㉒，改刑部員外郎兼侍御史知雜事，賜三品㉓。公迭居諫憲㉔，當職論事，不煩細激訐㉕，以要虛名。務舉大體，中時之急病。若犍爲土豪，緣戚里爲郎，得大郡。公謂玷郎選，輕郡寄，亟論罷之㉖。內侍長居中任事，恃恩而肆，公率同列極言而斥出之㉗。復言："今執政，古三公之任，所謂坐而論道者也。今進對立侍，裁移刻而罷，於咨諏體貌之禮㉘，固有未盡。宜復坐論，以通上下之情，以究都俞之美㉙。"上以爲識治體而深器之，於是益有大用之意。除天章閣待制、知永興軍，詔復留弗遣。麟府宿兵㉚，高選外計㉛，乃遷禮部郎中、河東路都轉運使㉜。上思公學術優深，議論精敏，亟召還，兼侍讀㉝。丁秦國憂㉞，累詔奪情，瀝懇哀訴，祈終三年喪。國朝故事，官待制以上遭喪，類卒哭起復，今許終服，自公始也。

服除，還舊職。尋改龍圖閣直學士、史館修撰㉟，遷吏部郎中，除諫議大夫、權御史中丞、理檢使㊱。上憫雨旰食，因公奏事，問雨暘所致。乃推本《洪範》五事，稽合時政及救旱之術㊲。上大感悟，益嘉公之博洽。數日，擢拜樞密副使。居二歲，以工部侍郎、參知政事㊳。又二年，由户部侍郎、檢校太傅爲樞密使㊴。

公踐歷二府㊵，始終七年，循守法度，奉行故事，簡静慎重，不輕改作。常曰："蒿目而憂世者㊶，非致治之心也。"每被顧問，必傳經以對，條理明暢，極盡治亂之原，上未嘗不前席以欣納㊷。故愚謂本經術以熙治，載清静以鎮浮，有兩漢賢公卿之風，爲得之矣。其在政府也，凡僥倖干澤㊸，事從中出者，請格而不行。后妃之族，當避權保恩，請不預執政，悉降詔爲永法。

在樞府時，屬盜發甘陵，嬰城負固，王師攻圍，逾月未克。時議欲開其自新之路，許以容貸，且使兇黨離解㊹。公謂："貝於河朔㊺，兵屯素盛，今不窮討，後啓亂階。威靈不振，將爲夷狄輕笑。當濟師易將，必行天誅。"蠻寇邕管，嶺外騷然。承平歲久，武備闕習，荆廣之甲，若驅市人，故屢戰屢敗㊻。公議遣大師總北兵及隴西之勁馬以往，則計日可平。或謂北兵不習南風，賊必守險以老王師㊼，雖多馬，恐不足施。公曰："賊狃數勝㊽，理必迎戰。以我訓士精騎，出其不意而夾攻之，蠢爾雖衆，胡能爲哉？"二寇既平，悉如公算。又患兵冗而費浮，議罷召募，並汰疲老。要在節用强本，人給家足，爲太平長久之策。性沖淡，不喜誇耀，累奏章祈解樞柄，辭情切至，確不可奪。上重違其志，久之，乃除尚書左丞、觀文殿學士、同群牧置制使㊾，不許外出，且兼進讀。蓋將用其所長，以須爰立乎㊿？

公既釋重務，遂所願，自退朝，即杜門燕居(51)，觀書爲樂。搢紳高其静退。以至和二年八月二十九日遘疾(52)，薨於宣陽里之第,享年五十九。上聞訃震悼,趣輦臨奠。既傷名臣之不憖㊿,又視其居處儉陋,歎其清節者久之。賻贈加等㊿,廢翌日視朝。贈尚書右僕射,太常謚曰文莊。以是年冬十月已酉,葬於開封府開封縣襃親鄉之原,從祁公之兆㊿,禮也。

初,公寓汲時,秦國有疾。公左右奉養,藥劑必親,遂精意於醫書。且曰:“是術也,前世名儒巨公能者多矣,況人子奉親,可不知耶?”因研究,得其妙,以是秦國終享壽康。及公感疾之始,自診其脈,曰:“吾殆不起。”諸子泣,請召國醫高手者,公堅曰止。雖和緩,不可爲已。又戒其子毋輒奏,以貽上憂。“吾死,殆不得有所請。”及東首㊿,神爽不亂,恬然以逝。非達生知命、安時處順之有素,其能若是乎! 公既葬,上追思之深,親迂宸筆,以表其隧㊿,曰“儒賢之碑”,有以見君臣始終之義厚焉。

公以譽望,凡朝之華選劇任必與焉。同知禮部貢舉者再,取士得人,近特爲最。又爲京西路安撫使,入契丹國信使㊿,領吏部流内銓、三班院㊿。間被詔定黍尺㊿,以協樂律之正;制兵契,以嚴軍師之興〔一〕。裁損祠祭服器,復古之法。今悉用之,朝議推其精密。

愚與公布衣時爲友,自登憲署,司外計,居政府爲僚,故知公尤深。公性資方介,中立無黨,惟道是信,不以世俗毀譽爲得失。所學非苟記問而已,必窮其理,適於用。每談歷代治亂之跡,貫穿明白,如視諸掌。聽者釋然,更僕忘倦。文集二十卷,尤學之粹。

娶王氏,封壽安郡夫人,夙有賢范,聞於族姻。後公一年而歿,以明年正月五日祔公之兆㊿。嗣子彥輔,内殿崇班;次保衡、安石、吉甫,光禄寺丞;元規,大理評事。皆修謹篤學,能世其家。長女適遊奎,次適祠部郎中、秘閣校理林億,次適太常博士張誼,次適王宗喆〔二〕。彥輔及諸弟泣敘先烈,見托論譔㊿,將附於“儒賢”之下,以永其傳。愚自視拙鄙,而義不可辭,姑用直書,傳信無愧。銘曰：

維高氏先，蓋姜姓後。表海以還，歷祀寖久。爵德世濟，忠賢代有。發源湯湯⑥，其流固長。儲因積粹，挺生文莊。文莊岳岳⑥，照鄰先覺。大器長才，奇文奧學。公初逢時，奮自布衣。絶塵逈騖，垂天迅飛。白簡觸邪，凛然霜威⑥。皂囊納忠，彌縫闕遺⑥。曰黨曰附，吾所弗與。不激不訐，罔干虛譽。人不我知，吾不爲沮。通道而往，若省於度。進直内閣，聯侍邇英⑥。左右獻納，據古援經。帝御宣室⑥，雨暘是恤。公陳五行，沃心造膝⑥。乃預大政，乃總中樞。嘉猷辰告，基命訏謨⑥。事必師古，襲於常故。毋作聰明，毋越彝矩。付之至當，百職咸舉。撓法撓賞，憑寵怙權。繩之以正，金石其堅。殲蠻於邑，珍寇於貝。多算隃度，審於蓍蔡⑦。我思至言，名遂身退。斯言足踐，其志克從。毋處於外，惟帝念功。論思殿内，勸講禁中。師賓之地，禮厚恩隆。顯允君子，宜錫難老。方胡不然，曾未華皓⑦。軫於天衷，撫几震悼⑦。帝曰儒賢，表其新阡。寵以宸翰⑦，冠於碑顔。崇封維屹，扶樹維鬱。令儀則閟⑦，遺芳永苾⑦。

【編年】

　　至和二年（1055）任昭文相日作。文中有："以至和二年八月二十九日遘疾，薨於宣陽里之第，享年五十九。……彥輔及諸弟泣敘先烈，見托論譔。"

【校勘】

　　〔一〕契：原脱，據季校本、四庫本補。

　　〔二〕喆：原作"詰"，據四庫本改。

【箋注】

　　①觀文殿學士：職名，正三品。非曾任執政者不除。執政，爲參知政事與樞密院長貳之合稱。高若訥曾任樞密使，故授此職。尚書左丞：本官階。正四品下。決定其俸禄。高公：指高若訥。神道碑：舊時立在墓道前記載死者事蹟的石碑。後亦稱刻在神道碑上之文爲"神道碑"。

②翊：通“翼”。引申爲協助。唐杜甫《牽牛織女》：“膳夫翊堂殿,鳴玉淒房櫳。”昌運：興隆的國運。唐韓愈《賀皇帝即位表》：“伏維皇帝陛下,承列聖之丕績,當中興之昌運。”三五：指三皇五帝。《楚辭·劉向〈九歎·思古〉》：“背三五之典刑兮,絶《洪範》之辟紀。”

③賦命不融：謂壽命不長。融：永;長。漢蔡邕《郭有道碑文》：“稟命不融,享年四十有二。”

④北海：漢代曾置北海郡及北海國,隋代曾置北海縣,在今山東昌樂縣境内。殄瘁：困苦,困窮。《詩·大雅·瞻卬》：“人之云亡,邦國殄瘁。”

⑤軒冕：卿大夫的軒車和冕服。借謂顯貴。《莊子·繕性》：“古之所謂得志者,非軒冕之謂也,謂其無以益其樂而已矣。”

⑥赫奕：光顯盛大。唐孔紹安《贈蔡君》：“赫奕盛青紫,討論窮簡牘。”

⑦贈太師：贈官,朝廷對官員的一種恩典。即授予已故官員或現職官員的已故直系親屬如曾祖父母、祖父母、父母的官職。

⑧“王父”二句：謂祖父官崇任使。王父：祖父。《爾雅·釋親》：“父之考爲王父。”崇儀使：武階名。屬諸司正使階列。

⑨右侍禁：武階名。屬三班小使臣階列,位次於左侍禁、在左右班殿直之上。

⑩藏器：比喻懷才待用。語出《易·繫辭下》傳：“君子藏器於身,待時而動。”

⑪濟美：在前人的基礎上發揚光大。《左傳·文公十八年》：“世濟其美,不隕其名。”載德：有德,積德。漢馮衍《顯志賦》：“頌成康之載德兮,詠《南風》之歌聲。”

⑫捐館：抛棄所居館舍,婉稱人死,也作“捐館舍”。唐白居易《病中詩》：“梁王捐館後,枚叟過門時。”

⑬汲郡：大業及唐天寶、至德時又曾改衛州爲汲郡,宋時復爲衛州。治所在今河南汲縣。

⑭“天聖”以下三句：謂高若訥天聖五年與文彥博同中王堯臣榜進士,且同在甲科。

⑮彰德軍節度推官：宋初,相州隸屬河北西路,並置彰德軍節度。節度推

官：階官名。宋時由朝廷除授，選人充任。

⑯秩滿：古代官吏任期届滿。亦稱"俸滿"。

⑰著作佐郎：文階名。北宋前期無職事，爲文臣遷轉官階。有出身轉秘書丞，狀元及第人由大理評事轉著作郎。無出身轉左贊善大夫。《宋史·柳約傳》："授秘書省校書郎，進著作佐郎。"

⑱秘書丞：文階名。有出身轉太常博士，特旨轉左、右正言，監察御史。太常丞、宗正丞、秘書丞號稱三丞。太常博士：文階名。轉後行員外郎。特旨轉左、右司諫，殿中侍御史。

⑲臺舉御史，改監察：御史臺舉爲侍御史，改監察御史。臺：御史台略稱。《宋史·職官志》一《序》："臺、省、寺、監，官無定員。"御史：包括侍御史、殿中侍御史、監察御史，各歸隷台院、殿院、察院。此指侍御史。隷御史臺臺院。監察：監察御史的省稱。《玉海》卷一二一《祥符御史臺》："以殿中梅摯、監察李京並爲言事御史。"

⑳主客員外郎：全稱應爲尚書省禮部主客司員外郎。文階名。屬後行員外郎階。殿中侍御史裏行：差遣名。隷御史台殿院。資格卑淺，未能正除殿中侍御史，則帶"裏行"，寓有"實習"之意。通常從曾擔任過知縣的三丞（太常丞、宗正丞、秘書丞）以上京官中選拔充御史裏行（《玉海》卷一二一《祥符御史台》）。

㉑右司諫：文階名。七品，服緑。轉起居舍人。門下省左司諫、中書省右司諫。直史館：館職名。掌撰修國史、編纂日曆等。賜服五品：高若訥職事官（宋稱本官階）爲右司諫，七品，當服緑，賜服緋。宋制，七品以上服緑，五品以上服緋，三品以上服紫。資品不及五品，如許章服服緑，則帶"賜"字。

㉒起居舍人：文階名。知諫院：差遣名。北宋前期，在諫院實際供奉言事職事者，稱知諫院。

㉓刑部員外郎兼侍御史知雜事：宋前期以郎中、員外郎兼侍史知雜事爲御史中丞之貳，專掌臺事，地位顯赫。賜三品：高若訥本官階刑部員外郎，資品爲六品，章服當服緑。賜服三品章服。

㉔諫憲：指知諫院和任侍御史知雜事。憲，指御史臺官。包括御史大夫、御史中丞、侍御史、殿中侍御史、監察御史。

㉕激訐(jié)：激烈率直地揭發、斥責別人的隱私、過失。漢崔瑗《司隸校尉箴》："是故履上位者，無云我貴，苟任激訐，平陽玄默，以式百辟。"

㉖"若犍爲土豪"以下六句：言論王蒙正事。事見《宋史·高若訥傳》："王蒙正知蔡州，若訥言：'蒙正起婢販，因緣戚里得官。向徙郴州，物論猶不平，今予之大州，可乎？'詔寢其命。"

㉗"内侍長"以下三句：言論入内都知閻文應事。事見《宋史·高若訥傳》："閻文應爲入内都知，若訥言其肆横不法，請出之，遂出文應爲相州兵馬鈐轄。"

㉘咨諏：諮詢，謀畫。《詩·小雅·皇皇者華》："載馳載驅，周爰咨諏。"

㉙都俞：表示君臣之間和諧融洽地討論政事。《虞書·益稷》："都！帝，慎乃在位。"帝曰："俞！"都，讚美；俞，應聲。

㉚麟府宿兵：麟州、宿州駐紮軍隊。麟州、宿州皆屬河東路。

㉛外計：轉運使的別稱。

㉜禮部郎中：全稱應爲尚書省禮部禮部司郎中。文階名。五品。河東路都轉運使：差遣名。煩劇之路置都轉運使，如河北、陝西、河東三路，各以兩制以上重臣爲都轉使。

㉝侍讀："翰林侍讀"的省稱。職任是爲帝王講學。

㉞丁秦國憂：官員遇父母亡故，一般均解除官職，守喪三年（實際爲二十七個月），稱爲丁憂。秦國，高若訥的母親。封秦國夫人。

㉟龍圖閣直學士：館職名。史館修撰：差遣名。《宋史·職官志·總序》："其官人受授之別，則有官、有職、有差遣。官以寓禄秩、敍位著，職以待文學之選，而別爲差遣以治内外之事。"官指本官，原爲職事官，如三省六部、諸寺監官，因不掌本司事、僅用作禄秩的官階，已失去職事成爲空官，故有"本官"之稱，或省稱"官"。相當於宋前期的"階"。職，指館職、職名，如三館之職及殿閣學士等。是文學之選，爲清要官。其進擢之速、待遇之渥、資任之優、選擇之嚴，皆非他官所能比。差遣，實際職務，宋前期取代原職事官職能。

㊱諫議大夫：文階名。門下省左諫議大夫、中書省右諫議大夫之通稱。左在右之上。此指右諫議大夫。權御史中丞：御史中丞爲御史臺實際長官，宋前期，本官階必須是左、右諫議大夫以上，方能任職；如未至，須先升遷至右諫議

大夫,並帶"權"字。理檢使:天聖七年置匭函,以御史中丞兼任理檢使,掌登聞檢院、登聞鼓院之事。處理累經申訴而未得辨明與事關機密的上書。

㊲"上憫雨"以下五句:事見《宋史·高若訥傳》:"時宰相賈昌朝與參知政事吳育數争事上前。明年春,大旱,帝問所以然者,若訥曰:'陰陽不和,責在宰相。洪范,大臣不肅,則雨不時若。'於是昌朝及育皆罷。"旰食:晚吃飯,指事忙不能按時進餐。形容帝王勤於政事。語出《左傳·昭公二十年》:"(伍)奢聞員不來,曰:'楚君大夫其旰食乎!'"雨暘:雨天和晴天。《書·洪范》:"曰休徵,曰肅,曰雨若,曰乂,時暘若。"

㊳工部侍郎:文階名。參知政事:副相。在政事堂與宰相同議政事。

㊴户部侍郎:文階名。檢校太傅:檢校官名。北宋前期檢校官十九階之第三階。初授樞密使、使相,及曾任宰相、樞密使官除節度使,加檢校太傅。宋初加銜,無職事,表示遷轉經歷和尊崇的地位。樞密使:樞密院長官。號稱"武相"。《宋史·職官志》二《樞密院》:"宋初,循唐、五代之制,置樞密院,與中書對持文武二柄,號為'二府'。"

㊵二府:宋前期指中書門下與樞密院。對持文武二柄。

㊶蒿目:放眼遠望。猶言蒿目時艱,形容對時局憂慮不安。語出《莊子·駢拇》:"今世之仁人,蒿目而憂世之患;不仁之人,決性命之情而饕貴富。"

㊷前席:移坐而前。謂虛心傾聽。《史記·賈生列傳》:"上因感鬼神事,而問鬼神之本,賈生因具道所以然之狀,至夜半,文帝前席。"唐李商隱《賈生》:"宣室求賢訪逐臣,賈生才調更無倫。可憐夜半虛前席,不問蒼生問鬼神。"

㊸干澤:求取福禄。《孟子·公孫丑下》:"不識王之不可以為湯武,則是不明也;識其不可,然且至,則是干澤也。"

㊹"屬盗發甘陵"以下七句:指貝州王則之亂。事見《宋史·高若訥傳》:"王則據貝州,討之,踰月未下。或議招降。"

㊺貝於河朔:貝州在黄河以北。

㊻"蠻寇邕管"以下七句:言廣源蠻儂智高之亂。《皇宋通鑑長編紀事本末》卷五〇《廣源蠻叛》:"皇祐元年九月乙巳,廣南西路轉運司言:廣源州蠻寇邕州。詔江南、福建等路發兵備之。……唐邕管經略使徐申厚撫之,黄氏納職

貢，而十三部二十九州之蠻皆定。自交趾據有安南，而廣源雖號邕管西羈縻州，其實服役於交趾。”内附不得，遂謀亂，横行二廣。至皇祐五年狄青平之。

㊼老王師：古人稱軍隊長期在外士氣低落爲“師老”。《左傳・僖公四年》：“師老矣，若出於東方而遇敵，懼不可用也。”

㊽狃(niǔ)：倚仗。宋辛棄疾《美芹十論・久任》：“誠以一勝一敗，兵家常勢，懲敗狃勝，非策之上。”

㊾尚書左丞：文階名。觀文殿學士：館職名。同群牧置制使：差遣名。掌領國馬畜養之政。群牧司長官之一，位群牧制置使之下。以曾歷中書、樞密院及使相、宣徽、節度使者充任。

㊿爰立：指拜相。《書・説命》：殷高宗訪求傅説於傅岩之野，“爰立作相，王置諸其左右，命之曰，朝夕納誨，以輔台德。”

(51)杜門燕居：閉門安居。燕居：閒居；退朝而處。《禮記・仲尼燕居》：“仲尼燕居，子張、子貢、言遊侍。”

(52)遘(gòu)：遇；碰上。《説文》：“遘，遇也。”

(53)不憖：不願。語出《詩・小雅・十月之交》：“不憖遺一老，俾守我王。”後用作對大臣逝世表示哀悼之辭。

(54)賻賵(fù fèng)：饋贈給喪家的貨財等物。《荀子・大略》：“貨財曰賻，輿馬曰賵，衣服曰襚，玩好曰贈，玉貝曰唅。賻賵，所以佐生也；贈襚，所以送死也。送死不及柩尸，吊生不及悲哀，非禮也。”

(55)兆：塋域。《周禮・春官・小宗伯》：“卜葬兆甫竁，亦如之。”

(56)東首：頭朝東。《禮記・喪大記》：“疾病……寢東首於北牖下。”孔穎達疏：“以東方生長，故東首鄉生氣。”邢昺疏：“病者常居北牖下，爲君來視，則暫時遷鄉南牖下，東首，令君得南面而視之。”

(57)隧：墓道。《周禮・春官・冢人》：“及竁(cuì)，以度爲丘隧。”

(58)國信使：宋、遼之間的使臣，因雙方使臣各帶國書，故稱國信使。俗稱泛使。

(59)吏部流内銓、三班院：官司名。分掌七品以下京官銓選和低品武臣（自供奉官至三班借職）銓選、差遣，即差充内外任使，並考其殿最。

(60)黍尺：度制。用黍百粒排列起來，取其長度作爲一尺的標準，叫做“黍尺”。

(61)祔(fù):合葬。《禮記·檀弓上》:“季武子曰:周公蓋祔。”

(62)譔(zhuàn):通“僎”,具。《楚辭·大招》:“魂乎歸徠,聽歌譔只。”疏:“譔則譔録,言子孫爲銘,論説譔録其先祖道德善事。”

(63)湯湯(shāng):水勢浩大的樣子。漢班固《西都賦》:“覽滄海之湯湯。”

(64)文莊:高若訥之謚號。岳岳:形容人剛直不阿。唐柳宗元《佩韋賦》:“云岳岳而專强兮,果黜志而乖圖。”

(65)“白簡”二句:言高若訥曾在御史臺任職。古代御史彈劾官吏用白簡,後來,彈劾官吏的奏章也叫白簡。語出《文選·沈約〈奏彈王源〉》:“源官品應黄紙,臣輒奉白簡以聞。”亦稱“霜簡”。《隋書·文學傳序》:“高祖初統萬機,每念斫雕爲樸,發號施令,咸去浮華。然時俗詞藻,猶多淫麗,故憲臺執法,屢飛霜簡。”

(66)“皂囊”二句:言高若訥曾知諫院。皂囊:借指諫辭。語出《後漢書·蔡邕傳》:“以邕經學深奥,故密特稽問,宜披露失得,指陳政要,勿有依違,自生疑諱。具對經術,以皂囊封上。”唐李賢注:“《漢官儀》曰:‘凡章表皆啓封,其言密事得皂囊’也。”唐杜牧《長安雜題長句》詩之四:“束帶謬趨文石陛,有章曾拜皂囊封。”

(67)聯侍邇英:言高若訥曾任侍講。邇英閣,北宋皇帝聽講讀官講學之所。仁宗景祐二年(1035)正月二十八日始置。

(68)宣室:漢代未央宫前正室,皇帝齋戒之處。漢文帝曾在此處召見賈誼,被後世認爲是人臣的殊榮。後以“宣室”詠君主召見賢臣。

(69)沃心:臣下向皇帝獻謀建議。唐元稹《酬樂天待漏入閣見贈》:“沃心因特召,丞旨絶長班。”造膝:至於膝下。比喻親近。

(70)基命:始命。《詩·周頌·昊天有成命》:成王不敢康,夙夜基命宥密。訏謨:重大的謀畫。《詩·大雅·抑》:“訏謨定命,遠猶辰告。”

(71)蓍蔡:卜筮所用之蓍草與大龜。蔡地出大龜,故以名龜。喻有先見之明。《楚辭·王褒〈九懷〉》:“蓍蔡兮踴躍,孔鶴兮回翔。”王逸注:“蓍,筮也:蔡,大龜也。”

(72)曾未華皓:高若訥卒年纔五十九歲。歎其早逝之辭。華皓:鬚髮斑白,形容老年。

　　⑦㊀"軫於"二句：言帝心傷悲，拍几傷痛。軫：痛。撫几：憑几，拍几。表示感歎。晉陸機《赴洛中道中作》："撫几不能寐，振衣獨長想。"震悼：驚懼，悲痛。《楚辭·九章·抽思》："願承閑而自察兮，心震悼而不敢。"

　　⑦㊃宸翰：帝王的手迹。唐李林甫《送賀監歸四明應制》："睿文含日月，宸翰動雲煙。"

　　⑦㊄閟（bì）：掩蔽，隱藏。

　　⑦㊅苾（bì）：芳香。《荀子·禮論》："椒蘭芬苾，所以養鼻也。"

贈尚書祠部員外郎文府君墓志銘①

　　夫水之有原，原出之深者，其流長；人之本祖，祖德之厚者，其嗣昌。噫！原深而德厚者，見之於吾祖祠部府君矣。府君諱銳，字挺之，本姓敬，當晋室，以犯高祖御名②，改賜今姓，取文之象也。至聖朝，以避翼祖廟諱③，遂不復舊。有嬀之裔，遷育于姜④，子完之孫，以謚爲姓⑤。自時厥後，胄緒益蕃⑥。或占數於平陽⑦，或派居於蒲阪⑧。八代祖太尉平陽王有大勳力於中宗⑨，載於國書，可以覆視。高祖晤⑩，太和中由鴻臚丞辟北都留守判官⑪。曾王父稶⑫，時以明經中第，守汾州參軍。未幾，留判歸老於西河⑬，參軍榮侍於膝下。且又嘉是山水，樂其土風，乃自河東縣之同果里徙居於是，故府君今爲西河介休縣人也。王父沼⑭，澤州錄事參軍。烈考崇遠⑮，長興中守遼州平城簿⑯，與晋高祖有豐沛之舊⑰。天福初⑱，龍興大夏，鳳起晋陽⑲。遂以協贊之功⑳，亟升出宰之任㉑。授代州崞縣令㉒，稍遷并州太谷縣令㉓。雖幄中之助居多，而綿上之封蓋薄㉔。方將偕隱，以保天和。屬劉氏偏霸於太原㉕，選用俊賢，縻以要職。而又兩宰劇縣，載更郡轄。而考終於家，有子二人，其長早亡，府君即其次也。

始以廕補郊社署丞㉖，尋辟石州軍事推官。太平興國中，武車載駕，王師有征，後主率并民囚壘㉗。太宗皇帝霈陽春之澤㉘，封歸命之侯，凡劉氏之舊臣，率度材而被用。時府君方以疾，退便於家居，且以頤養爲懷，無復出處之意。雖詔書搜訪，州司敦遣，竟以疾辭，不克上道。常以杖履浮沉於鄉里㉙，頗用文酒燕樂於友朋。故與進士溫夢説、詩僧崇果、紹休輩有世外莫逆之契㉚。藥喜弗驗，壞梁斯及㉛。以至道二年九月三日啓手足於晋陵里之第㉜，享年五十有三。

府君始娶王氏，故户部郎中丕之女也。生慶善之門，禀柔懿之德，天奪其算，先府君而亡。有子三人：長曰洎，今爲司勳員外郎、荆湖南路轉運使㉝；次曰淳，郊社齋郎㉞；次曰淵，未仕而亡；有女一人，適史氏。載娶郭氏，有子一人，曰渭。府君以長子之登朝邁慶，凡四追命爲尚書祠曹員外郎，夫人追封臨沂縣太君。洎娶耿氏，有子一人，曰彦博，即府君之嫡孫。天聖五年春登進士甲科，今爲殿中丞、知并州榆知縣、權倅西河郡事㉟。而耿氏早亡，亦以彦博預殿閭之引籍，邁農壇之展禮，得援恩例追封扶風縣君。載娶申氏，封永樂縣君。有子一人，曰彦若，應進士舉。有女二人，長適將作監主簿鞠齊卿，故天章閣待制詠之子也。次適進士成偉，殿中丞元吉之子。府君之次男淳，始娶郭氏、冀氏，皆早亡。今娶武氏，有子四人：長曰彦先，次曰彦國，其次皆幼。渭娶王氏。斯皆府君貽謀積德之至厚，故子孫錫羨流光之寖昌也㊱。

彦博之生也後，不獲逮事。捧遺硯以出涕，瞻畫像而下榻。嘗立侍於父叔，因習聞於話言。曰惟府君局量閎深，性資端厚，信行著於鄉黨，仁愛洽於族姻。希蜀嚴之沉冥㊲，達《羲易》之素履㊳。善教諸子，俾紹家聲。嘗曰："扶陽之門，滿籯非寶㊴；劉氏之室，七業俱成㊵。吾素志也，爾曹勉之。"惟以清白傳家，不以業産爲事。識者以府君爲林宗、干木㊶，西河之後出也。所不至者，壽爾。府君棄代之年㊷，權窆於里第之西原㊸，今歲在作噩利即真宅㊹。即以明道二年十月十七日已酉，得吉卜於靈石縣之孝義㊺原。祖母臨沂太君先葬於介休縣之西原，陪祖考之舊封。松檟美茂㊻，不復遷祔，從古禮也。《禮》曰："銘者稱先祖之美，旌孝孫之心也。"庸刻沈礎，以識佳城㊼。銘曰：

　　王父之德，柔嘉維則㊽。行有枝葉㊾，信著金石㊿。州党胥化，宗姻是式。趺宕文史㉛，涵泳典籍㊷。美璞中存，含華內蘊。道屈當世，慶流後昆。祠曹追命，密印推恩㊸。綿山南峙，汾流東瀰㊹。吁嗟佳城，茲焉寧止。圓石勒銘㊺，徽音無已㊻。

【編年】

　　明道二年（1033）知榆次縣兼權通判汾州日作。文中有："天聖五年春登進士甲科，今爲殿中丞，知并州榆次縣，權倅西河郡事……即以明道二年十月十七日已酉，得吉卜於靈石縣之孝義原。"又《文集》卷四《某天聖四年叨充鄉賦，明道二年夏假副車於本郡……》"假：官制用語。代理、兼攝之意。文彥博爲介休縣人，介休縣屬汾州，西河郡，本郡即爲汾州，西河郡。副車即通判。"假副車於本郡"即權通判汾州之意。

【箋注】

　　①尚書祠部員外郎文府君：文彥博之祖父文銳。官至尚書省禮部祠部司員外郎，六品。府君：太守尊稱。漢朝及魏晋太守自辟僚屬如公府，因尊稱太守爲府君。唐以後，不論爵秩，子孫尊其先人，皆稱府君。

　　②高祖御名：後晋高祖名石敬瑭。

　　③翼祖廟諱：宋翼祖名趙敬。

　　④"有嬀（guī）"二句：語出《左傳·莊公二十二年》。春秋時，陳公子完因陳亂出奔齊，齊大夫懿仲欲以女嫁之，"其妻占之，曰：'吉。是謂鳳凰于飛，和鳴鏘鏘。有嬀之後，將育于姜。五世其昌，並于正卿；八世之後，莫之與京'"。司馬光《文潞公家廟碑記》："按譜云：文氏之先出陳公子完，以諡爲氏與。"春秋時陳國爲嬀姓。齊國爲姜姓。

⑤“子完”二句：陳公子完避難奔齊，以田爲氏。卒謚敬仲。

⑥胄緒益蕃：世系衆多。胄緒：祖先的世系。蕃：衆多，繁盛。

⑦占數：即“占籍”。漢代向政府呈報家口之數，登記在户籍上，稱占數。《漢書·叙傳》：“昌陵後罷，大臣名家皆占數於長安。”平陽：在今山西臨汾市西南。因在平水之陽得名。相傳堯都於此。

⑧蒲阪：古邑名。又作蒲阪、蒲反。今山西省永濟市西南蒲州鎮。相傳虞舜都此。

⑨平陽王：指敬暉，唐中宗李顯時被封爲平陽王。

⑩高祖：曾祖父的父親。

⑪曾王父：曾祖父。

⑫北都留守判官：太原府留守判官。北都：太原府（今屬山西）。

⑬留判歸老於西河：敬晤歸老於西河郡。西河：郡名，唐天寶、至德間改汾州爲西河郡，治所在隰縣，即今山西汾陽縣。

⑭王父：古稱祖父。此指文彦博的祖父文鋭的祖父。《爾雅·釋親》：“父之考爲王父。”郭璞注：“如王者尊之。”

⑮烈考：對已故父親的美稱。此指文鋭的父親。《詩·周頌·雍》：“既右烈考，亦右文母。”

⑯長興：五代後唐明宗李嗣源（李亶）年號（930—933）。遼州：唐代設置的行政區。屬河東道。武德三年（620）分并州之樂平、和順、平城、石艾四縣置遼州，治樂平。

⑰與晋高祖有豐沛之舊：和後晋高祖石敬瑭是同鄉。豐沛之舊：同鄉之誼。沛縣豐邑，漢高祖劉邦的故鄉，後因以“豐沛”借指帝王的故鄉。

⑱天福：五代後晋高祖石敬瑭年號（936—942）。

⑲“龍興大夏”二句：兩句相對爲文。謂石敬瑭自晋陽起事，創立王業。龍興：比喻創立王業。漢班固《西都賦》：“周以龍興，秦以虎視。”大夏：太原之古稱。《左傳·昭公元年》：“遷實沈於大夏，主參。”杜預注：“大夏，今晋陽縣。”

⑳協贊：協助，贊助。《隋書·高祖紀》：“降神先路，協贊軍威。”

㉑出宰之任：出任縣令之任。

㉒代州：隋開皇五年（585）改肆州置，治廣武縣（今山西代縣）。大業中改

爲雁門郡。唐武德元年(618)復爲代州。轄境約當今山西省代縣、繁峙、崞縣、五台、原平等縣市。

㉓并州：隋爲太原郡，大唐爲并州，長壽元年置北都，後復爲并州，開元十一年改爲太原府。

㉔綿上之封：喻有功之臣未能得到及時的封賞。典出《左傳·僖公二十四年》：“晉侯賞從亡者，介子推不言禄，禄亦弗及……遂隱而死。晉侯求之不獲、以綿上爲之田，曰：‘以志吾過，且旌善人。’”

㉕劉氏偏霸於太原：劉知遠建立後漢。定都於太原。

㉖郊社署丞：掌明堂之事。《職官簡釋·明堂令》：“南朝有明堂令、丞，隋以後多以郊社署令及丞當之。”

㉗“太平興國”以下四句：太宗太平興國四年二月甲子，宋太宗親征伐漢。以潘美爲北路都招討使。四月庚午，帝次太原。時潘美等屢敗漢兵，進築長連城圍太原。帝慮城陷殺傷者衆，詔諭劉繼元降。劉繼元投降。後主：指後漢主劉繼元。

㉘霈：雨盛的樣子。引伸爲盛，充足。唐韓愈《五箴·知名箴》：“内不足者，急於人知。霈焉有餘，厥聞四馳。”

㉙杖履：老人出遊須持杖著履，故以此指老人出遊。

㉚莫逆之契：謂朋友間心心相印、至好無嫌的深厚情誼。莫逆：没有抵觸，思想感情一致；契：相合，情意相投。語見晉范弘之《與王珣書》：“與先帝隆布衣之好，著莫逆之契。”

㉛壞梁斯及：借稱重要人物謝世，用作吊唁之辭。語出《禮記·檀弓上》卷二：孔子將亡，作歌“泰山其頹乎？梁木其壞乎？哲人其萎乎？”

㉜啓手足：借指臨終。唐獨孤及《獨孤公故夫人京兆韋氏墓志》：“啓手足之日，長幼號咷。”依照儒家的倫理觀，爲盡孝道，臨終時以保全身體無毀傷、名譽不損爲幸。語出《論語·泰伯》：“曾子有疾，召門弟子曰：‘啓予足！啓予手！《詩》云：“戰戰兢兢，如臨深淵，如履薄冰。”而今而後，吾知免夫，小子！’”

㉝司勳員外郎：全稱爲尚書省吏部司勳司員外郎。文階名。正七品。荆湖南路轉運使：差遣名。

㉞郊社齋郎：廕補官名。隸太常寺。

㉟殿中丞:文階名。知并州榆知縣、權倅西河郡事:差遣名。權,資淺任西河郡通判,故稱權。倅,通判別稱。

㊱錫羨:謂神明多多賜福。常用於祈求子嗣。唐李白《明堂賦》:"高宗紹興,祐統錫羨。"

㊲蜀嚴之沉冥:指隱士淡泊爲生。語出晋皇甫謐《高士傳》:"嚴遵字君平,蜀人。常賣卜成都市,日得百錢以自給。"得百錢後,即閉門講《老子》。唐張九齡《送姚評事入蜀各賦一物得卜肆》:"蜀嚴化已久,沉冥空所思。"

㊳《羲易》之素履:平凡自安。語出《易·履》:"初九,素履往,無咎。"羲易:《周易》的別稱。宋王珪《除富弼西京留守制》:"不處成功,專老氏榮名之畏;其旋元吉,安羲經履道之終。"素履:比喻行爲本分、淳樸。唐權德輿《郊居歲暮因書所懷》:"素履期不渝,永懷丘中志。"

㊴"扶陽"二句:言漢韋賢教子有方,以詩書傳家。語出《漢書·韋賢傳》:"賢爲人質樸少欲,篤志於學,兼能《禮》、《書》,以《詩》教授,號稱鄒魯大儒。……本始三年,代蔡義爲丞相,封扶陽侯,食邑七百户。賢四子:長子方山爲高寢令,早終;次子弘,至東海太守;次子舜,留魯守墳墓;少子玄成,復以明經歷位至丞相。故鄒魯諺曰:'遺子黄金滿籯,不如一經。'"

㊵"劉氏"二句:語出《晋書·劉殷傳》"劉殷有七子,五子各授一經,一子授太史,一子授漢書,一門之内,七業皆興。"

㊶林宗:指東漢名士郭泰。太原介休(今屬山西)人,字林宗。"性明知人,好獎訓士類。"後歸鄉里。黨錮禍起,遂閉門授學,生徒數千人。他的生活理想是"嚴岫頤神,娱心彭老,優哉遊哉,聊以卒歲。"干木:指戰國時魏國士人段干木,拜子夏爲師,修業行道,辭官不受,名聲甚高,魏文侯以禮事之,過其門,必伏軾致敬。魏文侯由此得譽於諸侯。秦欲興兵攻魏,司馬唐諫秦君説:"段干木賢者也,而魏禮之,天下莫不聞,無乃不可加兵乎!"秦君以爲然,乃按兵不敢攻魏。

㊷棄代:去世。三國魏曹植《求自試表》:"竊感先帝早崩,威王棄世,臣獨何人,以堪長久。"

㊸窆(biǎn):葬時下棺於墓穴。《説文·穴部》:"窆,葬下棺也。"

㊹真宅:指墳墓。道教謂人生如客,死後方得歸真,所歸之處曰真宅。《列

子·天瑞》:“鬼,歸也,歸其真宅。”

㊺吉卜:占問選擇的風水好的墓地。

㊻松檟:松樹和檟樹,多植墓前。亦用以指代墓地。《北史·隋文帝紀論》:“墳土未乾,子孫繼踵爲戮;松檟纔列,天下已非隋有。”

㊼佳城:宋代市語謂墳墓。《綺談市語·舉動門》:“墓:佳城。”

㊽柔嘉維則:語出《詩·大雅·烝民》二章:“仲山甫之德,柔嘉維則。”孔《疏》:“此言仲山甫之德如何乎?柔和而美善,維可以爲法則。”

㊾行有枝葉:行爲細緻周到。枝葉,指細節。《太平御覽》卷四〇三引《子思子》:“天下有道,則行有枝葉,天下無道,則言有枝葉。”

㊿信著金石:語出《三國志·吴書·吴主傳》:“信著金石,義蓋山河。”金石:《吕氏春秋·求人》:“故功績銘乎金石。”高誘注:“金,鐘鼎也;石,豐碑也。”

(51)跌宕文史:對文史沉湎而放佚不羈。語出梁江淹《恨賦》:“脱略公卿,跌宕文史。”跌宕:行爲無檢束,放佚不羈。

(52)涵泳:原指水中潛行,見左思《吴都賦》寫魚“涵泳乎其中”。喻深入體會。謂沉潛其中,反復玩索或品味,以求得其中的三昧。

(53)密印:即蜜印。古代人死後加贈官職,賜其蠟印,稱“密印”。

(54)瀰(mǐ):水滿的樣子。《詩·邶風·匏有苦葉》:“有瀰濟盈。”

(55)勒銘:鐫刻銘文。銘,刻在石上記録功德的文字。

(56)徽音:美音,引申爲聲譽,美譽。語出《詩·大雅·思齊》:“大姒嗣徽音,則百斯男。”

文彦博集卷一三

雜文

座右志

夫圓首方足①,肖天地之形,是爲最靈也;褒衣博帶②,慕聖賢之道,在於篤學也。噫!世之冠章甫、衣逢掖而爲儒者③,可勝道哉!其庶幾於道則無④,率皆捨本趨末,屑屑於章句間⑤,利目前之利。語乎道,則何其遼哉!夫人之常情,孰不欲達?捨道而進,則君子不爲也。然而道有消長,時有遇否,所以才有餘而功未著,業未半而勳已百者有矣。而昧道寡識者,則其得與失孰賢也?榮與辱孰珍也?曾不知齊景之有千駟⑥,不若顏子之曲肱⑦;董賢之爲三公⑧,不如揚雄之執戟⑨。故云:"不以其道得之,弗處也。"

昔我先師厄於陳蔡⑩,召子路而問曰:"《詩》云:"匪兕匪虎,率彼曠野。"吾道非邪?吾何爲而於此?"子路曰:"意者吾未仁耶,人之不我信也?意者吾未智耶,人之不我行也?"子曰:"有是乎?由,譬使仁而必信,安有伯夷、叔齊?智而必行,安有王子、比干?"復問子貢,子貢曰:"夫子之道至大,天下莫能容夫子。夫子盍少貶焉?"子曰:"賜! 良農能稼而不能穡,良工能巧而不能爲順,君子能修其道,綱而紀之,統而理之,而不能爲容。今爾不修爾道,而求爲容,賜! 而志不遠矣!"顏回入,夫子又問之。回曰:"夫子之道至大,故天下莫能容。雖然,夫子推而行之,不容何病? 不容,然後見君子。夫道之不修,是吾醜也。夫道既已大修而不用,是有國者之醜也〔一〕。"夫然,則君子之於道,夷險不易其操焉。

僕又嘗病世之人,其學未得其仿佛,即飾虛譽以誇愚俗;時小有所長,又自慮時之不知也,必欲家至而户曉焉。嗚呼! 何反乎先師所謂"不患人之不我知"之言乎! 又獨□□老氏所云"自伐者無功"之言乎! 夫鼓鐘於宫,聲聞於外,又何必其然也? 昔胡威父子俱以清廉著稱⑪,晋武帝問之曰:"卿之清孰若父之清?"對曰:"臣不逮父遠矣。臣父之清恐人知,臣之清恐人之不知也。"如此,則自耀者不必爲優,自晦者不必爲劣。崔亭伯所謂⑫:"叫呼衒鬻⑬,縣旌自表者,非隨和之寶⑭;暴智耀世,因以干禄者,非仲尼之道〔二〕。"又曹公云:"行而自炫者,女之醜行也。"〔三〕夫蘭生深林,不爲無人而不芳;鳳翔千仞,覽德輝而乃下⑮。則君子藏器抱德〔四〕,與時隱顯,何患名聲之不聞,爵仕之未遂乎?

又嘗患士之多上人而自大者,殊不能景行先哲⑯,見賢思齊,而乃與常輩角其才智,自以爲能。此又見其愚陋褊迫之甚也,深不取焉。古語有云:"可爲智者説,不可與愚者道。"苟非其人,即不如守吾之默也。士君子既能以道自處,復去自賢之心,加之以遠識清鑒⑰,襟度夷曠⑱,爲儒之美,復何尚焉? 苟不能爾,則徒有章句薄才小巧,終不能裨儒行之萬一⑲,亦與夫刀筆小吏無有異也⑳。雖復頂儒冠,衣儒服,且不可逃詩人"彼己"之刺〔五〕,又何施面目於士林間乎? 僕每讀唐相鄭公餘慶傳㉑,觀其行事,有古

人之風,真君子之儒矣。砥名礪行㉒,謙卑自牧,踐歷臺省,以塞
諤聞㉓。侃侃於公卿間,未嘗俛仰媚於一人㉔,必以其道。祗事四
朝,出入將相,逮於晚節,不渝素行,可謂以功名終始者矣。然而
當時議者謂沽激㉕,尚未以全德許之。

噫!士君子不達即已,苟達焉,可不益思慎其名檢乎㉖?進
思盡忠,退思補過,夷險一致,終始不渝。不爾,即得爲滎陽公之
罪人〔六〕,斯幸矣。昔揚子云《解客嘲》㉗,班孟堅《答賓戲》㉘,崔
駰《達旨》㉙,張衡《應問》㉚,蔡中郎之《釋誨》㉛,邵秘書之《釋
對》,皆所以矯厥俗而旌厥素焉。僕非能編德於數公也,但述於
翰墨,志之座右,庶幾乎自勉者而已。將廣崔生之銘焉㉜。因爲
《座右志》云。

【校勘】

〔一〕者:原脱,據《史記·孔子世家》補。

〔二〕“叫呼衒鬻”以下六句:《後漢書·崔駰傳》録崔駰《達旨》作:“叫呼
衒鬻,縣旌自表,非隨和之寶也。暴智耀世,因以干禄,非仲尼之道也。”

〔三〕“行而自炫”以下二句:曹植《求自試表》中作:“夫自炫自媒者,士女
之醜行也。”曹公:指曹植。

〔四〕德:四庫本作“道”。義皆可通。

〔五〕彼己:四庫本作“彼其”。意皆可通。《詩·曹風·候人》:“彼其之
子,不稱其服。”鄭箋:“不稱者言其德薄而服尊。”《左傳·僖公二十四年》引作
“彼己”。後以“彼其”、“彼己”譏功德不稱其位者。

〔六〕滎:原作“榮”,誤。徑改。滎陽公:指上文所及之唐相鄭餘慶,滎
陽人。

【箋注】

①圓首方足:借指人。語出西漢劉安《淮南子·精神訓》:“頭之圓也象
天,足之方也象地。”

②褒衣博帶:寬袍大帶,古代儒生的裝束。後世用作詠儒生的典故。語出
《漢書·雋不疑傳》:“不疑冠進賢冠……褒衣博帶,盛服至門上謁。”

③冠章甫、衣逢掖：儒者裝束。語出《禮記·儒行》：“丘少居魯，衣逢掖之衣，長居宋，冠章甫之冠。”章甫，古代的一種帽子。即殷時緇布冠，宋人冠之。逢掖，一種衣袖寬大的衣服，爲古代儒生所服，故以代稱。

④庶幾：也許；或許。

⑤屑屑：微小瑣碎。

⑥齊景之有千駟：語出《論語·季氏》：“齊景公有馬千駟，死之日，民無德而稱焉。”

⑦顔子之曲肱：顔回寢則曲肱而枕之。《論語·述而》：“子曰：‘飯疏食，飲水，曲肱而枕之，樂亦在其中矣。不義而富且貴，於我如浮雲。’”

⑧董賢：西漢哀帝弄臣。字聖卿，云陽（今陝西淳化）人。始爲郎官，因儀貌美麗，爲哀帝所寵。元壽元年拜大司馬衛將軍，時年二十二。雖爲三公，常給事中，領尚書。荒淫的漢哀帝甚至揚言要效法堯舜故事，將帝位禪讓於他。哀帝死，罷官自殺。《漢書·董賢傳》：“常與上卧起。嘗晝寢，偏藉上袖，上欲起，賢未覺，不欲動賢，乃斷袖而起。其恩愛至此。賢亦性柔和便辟，善爲媚以自固。每賜洗沐，不肯出，常留中視醫藥。”唐韓愈《永貞行》：“董賢三公誰復惜，侯景九錫行可歎。”

⑨揚雄執戟：漢揚雄獻《羽獵賦》而爲郎官。秦漢郎官如中郎、侍郎、郎中，皆於殿門執戟宿衛，故稱揚雄爲揚執戟。語出《文選·曹子建〈與楊德祖書〉》：“昔揚子云先朝持戟之臣耳。”

⑩昔我先師厄於陳、蔡：《史記·孔子世家》：“孔子遷於蔡三歲，吳伐陳。楚救陳，軍於城父。聞孔子在陳、蔡之間，楚使人聘孔子。孔子將往拜禮，陳、蔡大夫謀曰：‘孔子賢者，所刺譏皆中諸侯之疾。今者久留陳、蔡之間，諸大夫所設行皆非仲尼之意。今楚，大國也，來聘孔子。孔子用於楚，則陳、蔡用事大夫危矣。’於是乃相與發徒役圍孔子於野。不得行，絕糧。從者病，莫能興。孔子講誦弦歌不衰。”

⑪胡威父子俱以清廉著稱：魏晋時，胡質、胡威父子官至刺史，俱以清慎廉潔聞名於當時。胡威字伯武。少以清廉謹慎而聞名。入晋，累遷監豫州諸軍事、右將軍、豫州刺史。入爲尚書，加奉車都尉，拜前將軍，監青州刺史，封平春侯。南朝宋劉義慶《世說新語·德行》載王導語：“胡威之清，何以過此！”劉峻

注引《晋陽秋》：“胡威字伯虎，淮南人。父質以忠清顯。質爲荆州，威自京師往省之。及告歸，質賜威絹一匹。威跪曰：‘大人清高，於何得此？’質曰：‘是吾奉禄之餘，故賜你爲口糧之資。’威受而去。每至客舍，自放驢，自炊而食。”

⑫崔亭伯：即東漢崔駰，字亭伯，涿郡安平（今屬河北）人。博學多才，與班固、傅毅齊名。章帝時上《四巡頌》，爲帝所重。竇太后臨朝，車騎將軍竇憲任爲府掾。駰屢諫憲，憲不能容。命之出任長岑長，不之官而歸。

⑬銜鬻：自薦，自誇。

⑭隨和之寶：隨侯珠與和氏璧的省稱。《史記·李斯列傳》：“今陛下致昆山之玉，有隨和之寶。”隨侯珠：又作“隋珠”。寶珠名。《莊子·讓王》：“以隨侯之珠，彈千仞之雀，世必笑之。”隨亦作“隋”。《淮南子·覽冥訓》：“譬如隋侯之珠，和氏之璧，得之者富，失之者貧。”高誘注：“隋侯見大蛇傷斷，以藥傅之，後蛇於江中銜大珠以報之，因曰隋侯之珠。蓋明月珠也。”

⑮“鳳翔千仞”二句：化用三国蜀諸葛亮《鳳翔軒》：“鳳翱翔於千仞兮，非梧不棲；士伏處於一方兮，非主不依。樂躬耕於隴畝兮，吾愛吾廬；聊寄傲於琴書兮，以待天時。”

⑯景行：景仰。南朝宋顔延之《直東宫答鄭書》：“惜無丘園秀，景行彼高松。”

⑰清鑒：比喻明察事理。唐杜甫《洗兵馬》：“司徒清鑒懸明鏡，尚書氣與秋天杳。”

⑱襟度夷曠：胸襟度量平易曠達。夷曠：平易曠達。《晋書·傅玄傳贊》：“志厲强直，性乖夷曠。”

⑲儒行：儒家的道德規範或行爲準則。《禮記·儒行》：“哀公曰：‘敢問儒行？’”

⑳刀筆小吏：中國古代掌文案的官吏。因刀、筆爲古代撰寫文書的基本工具，而且皆由小吏操之，故謂之。《戰國策·秦策五》：“臣少爲秦刀筆，以官長而守小官，未嘗爲兵首。”

㉑唐相鄭公餘慶：鄭餘慶字居業，榮陽（今屬河南）人。大曆進士。唐穆宗、憲宗時曾兩任宰相。《新唐書·鄭餘慶傳》：“順宗以尚書左丞召，會憲宗立，即其官復拜同中書門下平章事。時主尚書滑涣與宦人劉光琦相倚爲奸，每

宰相議，爲光琦沮變者，令涣往請必得，由是四方賫餉奔委之，弟泳至官刺史。杜佑、鄭絪執政，頗姑息，而佑常行輩待，不名也。至餘慶議事，涣傲然指畫諸宰相前，餘慶叱去。未幾，罷爲太子賓客。……醫工崔環者，自淮南小將除黄州司馬，餘慶執奏：‘諸道散將無功受五品正員，開徼幸路，不可。’權者不悦，改太子少傅，兼判太常卿事。”

㉒砥名礪行：磨煉名節和德行。砥、礪，磨石，此作動詞，磨煉。

㉓蹇諤：直言。唐劉禹錫《浙西李大夫述夢四十韻》：“南臺資蹇諤，内署選風騷。”

㉔俛（fǔ）仰：俛通“俯”。應付，周旋。

㉕當時議者謂沽激：《新唐書·鄭余慶傳》：“餘慶少砥礪，行己完絜，仕四朝，其禄悉賙所親，或濟人急，而自奉粗狹，至官府，乃開肆廣大，常語人曰：‘禄不及親友而侈僕妾者，吾鄙之。’大抵中外姻嫁，其禮獻皆親閲之。後生内謁，必引見，諄諄教以經義，務成就儒學。自至德後，方鎮除拜，必遣内使持幢節就第，至則多饋金帛，且以媚天子，唯恐不厚，故一使者納至數百萬緡。憲宗每命餘慶，必誡使曰：‘是家貧，不可妄求取。’議者或詆其沽激，餘慶不屑也。”沽激：謂矯情求譽。

㉖名檢：名聲規矩。檢：謂防檢。指規矩法度。《晋書·懷愍帝紀論》：“談者以虚蕩爲辨，而賤名檢。”

㉗揚子云《解客嘲》：西漢揚雄辭賦名篇。此賦虚設客嘲揚子“爲官之拓落”，引出自我解嘲，揭露了西漢末年外戚專權，用人唯私的黑暗現實，抒寫了甘願淡泊自守而不願同流合污的處世態度。

㉘班孟堅《答賓戲》：東漢班固辭賦名篇。班固以文章才能顯名當世，而職務位不過郎，心有所不平，故作此篇以自解，抒發了“專篤志於博學，以著述爲業”的志趣。

㉙崔駰《達旨》：東漢崔駰辭賦名篇。鄙視仕人縣旌自表、暴智耀世，表白自己“因天質之自然，誦上哲之高聖”的處世態度。

㉚張衡《應問》：東漢張衡辭賦名篇。《後漢書·張衡列傳》曰：“衡不慕當世，所居之官，輒積年不徙。自去史職，五載復還，乃設客問，作《應問》以見其志。”

㉛蔡中郎之《釋誨》：東漢蔡邕辭賦名篇。《後漢書·蔡邕列傳》：“感東方朔《客難》及揚雄、班固、崔駰之徒設疑以自通，乃斟酌群言，韙其是而矯其非，作《釋誨》以戒厲云爾。”文章假借務世公子誨於華顛胡老以成篇。

㉜崔生之銘：指崔駰《達旨》。《後漢書·崔駰傳》：少遊太學，與班固、傅毅同時齊名。常以典籍爲業，未遑仕進之事。時人或譏其太玄静，將以後名失實。駰擬揚雄《解嘲》，作《達旨》以答焉。

題裴晉公畫像贊並序①

尚書郎武功蘇才翁②，得裴晉公畫像於大資政富公③，謂與家藏舊本正類，因以相示。予嘗謂裴公自題《寫真贊》，有“靈臺莫狀”之句④，意公負其所蘊，謙不自言，俟他人發明之。而當時多嫉公勳德，或云平蔡者愬⑤，公何與焉。又逢吉黨謬爲謡言以傾公⑥，獨賴正人訟其誣枉，僅免於禍。雖宗閔素出其門，猶憾不引爲相，擠公於梁⑦。則於其時，孰肯揚公之翰⑧？後世史官於公無嫌，追書公美，近乎實録。噫！豈群邪醜正，見抑於當時耶？將貴遠賤近，人之常情耶？予仰公之風，睹公之像，因原公意，輒續公贊：

繪事雖巧，傳神寫照。公之靈臺，孰觀其妙。靈臺崇崇，含和處中。經始勿亟，積善累功。賢人之業，仗義資忠。人不我譽，吾不爲沮。人不我毀，吾不爲喜。竊揆公意，如是而已。

【編年】

皇祐三年（1051）十月至皇祐五年（1053）閏七月，於判許州或判青州任上作。按文中云“尚書郎武功蘇才翁，得裴晉公畫像於大資政富公”。蘇才翁，指蘇舜元（1006—1054），字才翁。《長編》卷一七五，皇祐五年（1053）條：“八月，前提點刑獄、度支員外郎蘇舜元，同提點刑獄、内殿崇班、閤門祗候常鼎，提點刑獄、屯田郎中苗振免勘，各罰銅十斤。”知蘇才翁皇祐五年八月前任尚書度支員外郎、三司度支判官。大資政富公,資政殿大學士富弼。大資政,宋資政殿大學士的簡稱。多用作罷政宰相所帶加官,以示榮崇。《長編》卷一六七,皇祐元年(1049)秋七月壬寅條:"資政殿學士、給事中、知青州富弼,資政殿學士、給事中、知定州韓琦,並加資政殿大學士。"《長編》卷一七五,皇祐五年(1053)八月壬子條:"資政殿大學士、禮部侍郎、知河陽富弼爲户部侍郎、觀文殿學士。"知富弼任資政殿大學士的時間爲皇祐元年至皇祐五年(1053)八月間。又文彦博皇祐三年(1051年)十月二十二罷相,吏部尚書、觀文殿大學士、知許州。皇祐四年(1052)九月至皇祐五年(1053)閏七月移知青州。文中贊云:"人不我譽,吾不爲沮。人不我毀,吾不爲喜。竊揆公意,如是而已。"正與文彦博此時以唐介彈劾而罷相後,自我勸慰的心境相符。推知此文作於皇祐三年(1051)十月至皇祐五年(1053)閏七月間。

【箋注】

①裴晋公:指唐宰相裴度。以平定淮西之亂,封晋國公。

②尚書郎武功蘇才翁:尚書度支員外郎、三司度支判官蘇舜元。蘇舜元(1006—1054),字才翁。梓州銅山(今四川中江)人,蘇易簡孫。與弟舜欽合稱"二蘇"。天聖七年(1029)賜進士出身,官至尚書度支員外郎、三司度支判官。蒞官辦事果決,工篆隷,尤善草書,清勁老健。

③大資政富公:資政殿大學士富弼。大資政:宋資政殿大學士的簡稱,亦稱大資。曾爲執政始授,以示尊崇。

④靈臺:指心。語出《莊子·庚桑楚》:"若是而萬惡至者,皆天也,而非人也,不足以滑成,不可内於靈臺。"《文選·劉孝標〈廣絶交論〉》:"寄通靈臺之下,遺跡江湖之上。"

⑤平蔡者愬:元和十二年(817)裴度奉旨督師李愬軍,一舉攻破蔡州,活捉吳元濟,以功封晋國公。河北諸藩鎮爲之大懼,割據勢力多聽命於朝廷,不敢與之抗禮。《新唐書·裴度傳》:"於時,討蔡數不利,群臣争請罷兵,錢徽、蕭俛尤確苦。度奏:'病在腹心,不時去,且爲大患。不然,兩河亦將視此爲逆順。'……十二年,宰相逢吉、涯建言:'餉億煩匱,宜休師。'唯度請身督戰,帝獨目度留,曰:'果爲朕行乎?'度俯伏流涕曰:'臣誓不與賊偕存。'即拜門下侍郎、平章事、彰義軍節度、淮西宣慰招討處置使。……度屯郾城,勞諸軍,宣朝

廷厚意，士奮於勇。是時，諸道兵悉中官統監，自處進退。度奏罷之，使將得顓制，號令一，戰氣倍。未幾，李愬夜入懸瓠城，縛吳元濟以報。度遣馬總先入蔡，明日，統洄曲降卒萬人持節徐進，撫定其人。”

⑥逢吉黨謬爲謠言以傾公：《新唐書·裴度傳》：“寶曆二年，度請入朝，逢吉黨大懼，權輿作僞謠云：‘非衣小兒坦其腹，天上有口被驅逐。’以度平元濟也。都城東西岡六，民間以爲乾數，而度第平樂里，直第五岡。權輿乃言：‘度名應圖讖，第據岡原，不召而來，其意可見。’欲以傾度。天子獨能明其誣，詔復使輔政。”李逢吉：字虛舟，隴西（今屬甘肅）人。元和十一年（816），拜門下侍郎、同平章事。爲人陰險詭譎，嫉裴度，反對討淮西，罷爲劍南東川節度使。穆宗立，移鎮山南東道。密結權幸，入爲兵部尚書。以陰謀罷裴度、元稹，代爲相。又排斥李紳、韓愈，勾結鄭注及宦官王守澄，排擠守正的朝官。

⑦“雖宗閔”以下三句：《新唐書·裴度傳》：“太和四年，數引疾不任機重，願上政事。……度自見功高位極，不能無慮，稍詭跡避禍。於是牛僧孺、李宗閔同輔政，媢度勳業久居上，欲有所逞，乃共訾其跡損短之，因度辭位，即白帝進兼侍中，出爲山南東道節度使。”李宗閔：唐朝大臣。字損之，貞元進士。元和三年（808）曾因批評時政，得罪宰相李吉甫。吉甫死後始入朝任監察御史，同牛僧孺等結爲朋黨，與吉甫子李德裕對抗，形成持續四十年的牛李黨爭。文宗大和三年（829）入居相位，尋引牛僧孺爲宰相，盡斥李德裕之黨。七年，李德裕爲相，被罷去。後又幾經反復，終被貶爲郴州司馬，不久死於封州。《新唐書·李宗閔傳》：“宗閔性機警，始有當世令名，既浸貴，喜權勢。初爲裴度引拔，後度薦德裕可爲相，宗閔遂與爲怨。韓愈爲作《南山》、《猛虎行》規之。而宗閔崇私黨，薰爍中外，卒以是敗。”

⑧羭（yú）：原意爲黑母羊。此喻美好。《左傳·僖公四年》：“且其繇曰：‘專之渝，攘公之羭。’”

慈照大師真贊①

嘉祐中，余保釐洛師②，屢遊關塞③，始見幽公於寶應精舍④。聽其言簡而旨〔一〕，睹其相靜而定。又其朋智漸，法苑之秀也，亦謂余曰：“幽公博通教典，潛悟禪那⑤，苦行精進，爲流輩所推。”余後數與之談，漸之言信。伊西竹塢，積慶蘭若⑥，爰集浄衆⑦，日嚴鐘梵⑧，以奉先公之卜宅⑨。幽公樂是胥宇⑩，惠然肯來。亦既宴止，遂有終焉之志。未幾寂化⑪，其徒悲涕慕思，圖形瞻禮，以永歸依⑫。謂余爲大檀越⑬，來乞贊云⑭：

師行維幽，師心爲寂。就名觀義，循理索跡。性相皆空⑮，了不可得。胡爲形容，設色之工。即空即空，傳寫無窮。四衆瞻仰，悚然信恭。

【編年】

嘉祐三年（1058）六月至嘉祐五年（1060）二月間判河南府日作。

【校勘】

〔一〕旨：原作“詣”，據季校本改。簡而旨：“言簡旨玄”的省稱。言辭雖很簡明，意思卻非常深奥。《祖堂集·卷八·雲居和尚》卷八：“有聾侣自洪湖而至，師乃攝衣而造洞山。洞山大師，格調高古，言簡旨玄。師一至，畢其儀敬。”

【箋注】

①真贊：對人物畫像的讚語。宋歐陽修《與韓忠獻王書》：“俾作魏國令公真贊，屢日杼思，不勝艱訥。”

②“嘉祐”二句：文彦博嘉祐三年（1058）六月至嘉祐五年（1060）二月判河南府。洛師：即洛陽，宋時爲西京河南府。

③闕塞：古山名。又稱伊闕、伊闕山、龍門。因兩山相對闕門，伊水流經其中，故名。在今河南省洛陽市南。

④寶應精舍：即寶應寺。龍門十寺之一。精舍：本指學舍，古代學者傳道授業的場所。在印度，釋迦牟尼説法的場所主要有祇園精舍和竹林精舍，爲佛教最早的兩大精舍。中國的佛寺因此也被稱爲精舍。

⑤禪那：梵語 Dhyāna 的音譯，簡稱爲禪。意譯爲思維修、静慮。《景德傳燈録》卷一：“師逢十力弟子修習禪那。”《五燈會元》卷二《圭峰宗密禪師》：“其《都序》略云：‘禪是天竺之語，具云禪那，此云思維修，亦云静慮，皆定慧之通稱也。’”

⑥積慶蘭若:指積慶寺。文彦博之奉墳僧院。蘭若:指寺院。梵語"阿蘭若"的省稱。意爲寂净無苦惱煩亂之處。乾隆《洛陽縣志》卷一一《古跡》:"積慶寺在縣南五十里羅村,宋文潞公建此爲香火院。"

⑦净衆:指僧侣。

⑧鐘梵:廟裏的鐘聲。唐暢當《宿報恩寺精舍》:"鐘梵送沉景,星多露漸光。"梵,"梵摩"(梵文 Brahma)的簡稱,意爲"清净",用來稱呼與佛教有關的事物。

⑨先公之卜宅:積慶寺是文彦博之父的奉墳僧院。卜宅:以占卜選定的墓地。《禮記·雜記上》:"大夫卜宅與葬日。"孔穎達疏:"宅謂葬地。"

⑩胥宇:相土而安居。《詩·大雅·綿》:"爰及姜女,聿來胥宇。"

⑪寂化:寂然坐化。坐化:佛教稱端坐而逝。

⑫歸依:信奉佛、法、僧三寶,表示歸順依附。隋慧遠《大乘義章》卷一〇:"三歸者,歸投依伏,故曰歸依。"

⑬大檀越:僧家對檀越(施主)的恭稱。

⑭贊:原爲用於讚美和歌頌的文體名。吴納《文章辨體序説》:"按贊者,讚美之辭。"

⑮性相皆空:性空,亦稱"自性空"。佛教名詞。故"性空"亦表示諸法皆非客觀獨立的實體。《小品般若經》:"是法皆離自性,性相亦離……譬如所説我、我法畢竟不生,一切法性亦如是。"相空,教義名詞。亦名"自相空"。相當於《大智度論》等所説之"自相空",但詮釋不同。《十八空論》謂相有兩種:一者色相,二者無色相(心法),此處特指化身佛之"三十二大相,八十小相"。就"化身"言,"以非生死,則無生死虚妄之相;以非涅槃,亦無涅槃真實。"

題宋宣獻書帖後①

宣獻公文學德望爲一代宗師,頃年嘗遊公藩②,誤蒙與進。一日,延食於春明東閣,示予蘭陵蕭誠書③,且曰:"名筆也。"乃知公之行筆類蕭。今觀此小楷二軸,精勁有法,遠出前輩。追惟東閣眷與之厚④,不覺泫然⑤!熙寧九年六月二十四日,北都善養堂題。

【編年】

　　熙寧九年（1076）六月二十四日作。

【箋注】

　　①宋宣獻：指宋綬。宋綬字公垂，北宋趙州平棘（今河北趙縣）人。蔭補太祝，年十五，召試中書，遷大理評事。擢知制誥、翰林學士兼侍讀，同修《真宗實録》、國史。請仁宗獨對群臣，忤太后意，出知應天府。太后死，召還。明道二年（1033），拜參知政事。卒，贈司徒兼侍中，諡宣獻。藏書萬餘卷，精通經史百家，兼工書札，與李建中齊名，一時舉朝盡學其法，世號“朝體”。《宋史》本傳曰：“筆札精妙，帝（真宗趙恒）多取其書字藏禁中。”

　　②頃年：往年，舊年。唐薛逢《醉春風》：“頃年曾作東周掾，同舍尋春屢開宴。”

　　③蕭誠：唐代著名書法家，蘭陵（今山東蒼山蘭陵鎮）人。

　　④眷與：眷愛稱許。宋曾鞏《福州回魯侍中狀》：“敢期眷與，特賜誨存。”

　　⑤泫然：流淚貌。《禮記·檀弓上》：“孔子泫然流涕曰：‘吾聞之，古不修墓。’”

文彦博集卷一四

奏議

奏爲修開先殿乞循制度事①

臣某昧死謹疏上皇帝陛下：臣某誠惶誠懼②，頓首頓首③！臣聞狂夫之言④，聖人擇焉。臣遭逢聖神，敢獻狂瞽⑤。伏惟天地之大德，特貸鈇鉞之嚴誅⑥，則微臣幸甚！

臣伏睹今月十四日詔書：太平興國寺僧紹宗緣化修蓋外，所有太祖神御殿，令三司差係官工匠重修。又云："庶重修於宏麗，獲時薦於芬馨。"有以見陛下奉先思孝之道，高出百王。復又盡給國財，不煩民力，此乃陛下敦崇儉德、勤恤民隱之意也，天下幸甚！臣切以載營寶殿，嚴奉聖容，仰佇靈遊，是爲別廟。臣聞清廟之制⑦，理在去華。茅屋采椽⑧，本貴乎克儉；丹楹刻桷⑨，乃譏其崇侈。《漢書·藝文志》曰："墨家者流，出於清廟之官，茅屋采椽〔一〕，是以貴儉〔二〕。"由此觀之，則清廟之尚儉明矣。臣伏恐監工之官，未詳詔旨，惟務宏麗，不稽典故，乖清廟尚儉之文，累烈祖恭德之美。臣伏望申敕有司，凡所營修，循以典制，經始勿亟⑩，必順天時。臣按《月令》云⑪："孟春，無聚大衆；孟夏，無起事工。"又曰："孟冬，可以造宮室。"皆不欲妨農事而違天時也。臣竊計今之力役，固應不減千夫。雖用官工，不妨民事，然而聚大衆，起大功，作事不時，恐乖令典。伏望預計徒庸⑫，漸儲材用，俟良月而興作，亦不日而考成。神之格思，宜錫純嘏⑬。

臣又風聞群僧籍籍⑭，道路云云，皆謂既建太祖神御殿庭，則本寺佛殿鐘樓，即應次第官修。事之然否，雖未審知，臣忝陛下風憲之任⑮，爲陛下耳目之官，苟有所聞，理當先事言之，庶幾上達宸聽，蓋欲杜其萌漸。臣伏睹景祐三年八月十三日所降聖旨云："太平興國寺佛殿鐘樓並戒壇院舍宇等⑯，官中更不修蓋。令開封府及僧録司告示僧俗諸色人，並許緣化錢取便興修。"明命既行，遠邇胥悦，皆以謂陛下省不急無益之務，軫愛民節用之心。自後已有僧紹宗化錢興修，漸成輪奐⑰。臣伏慮群僧黨扇，希望官中兼修佛殿鐘樓，不復化緣營造。伏乞申舉景祐三年先降聖旨，其興國寺佛殿鐘樓，任令僧俗緣化興修。所冀絶其希望之心，固其緣化之志。

況佛寺者非急之務，何須速成？國帑者有限之財⑱，不可虛費。景祐中，昊賊未萌逆節⑲，朝廷未議兵事，尚且愛惜用度，不修佛舍。今則戍重兵於西鄙，一日之費，何啻千金？苟旬時之間，昊賊之首未即梟於槁街⑳，臣恐事邊之費，未免重困於民。臣愚以謂宜節營寺之浮費㉑，以濟備邊之急用。邊既實，則狂寇何憂乎不殲！芻蕘之言㉒，願賜詳擇。干冒天聽㉓，臣無任進退屏營之至㉔。

【編年】

康定元年（1040）任殿中侍御史日日作。原本題下注云："康定元年殿中侍御史。"

【校勘】

〔一〕茅屋采椽：原脱，據《漢書·藝文志》補。

〔二〕貴儉：原作“尚險”，據《漢書·藝文志》改。

【箋注】

①開先殿：宋太祖的神御殿，在太平興國寺内，用於安放宋太祖遺容。神御，指皇帝皇后的遺容。安放皇帝皇后遺像的宫殿叫神御殿。即爲古代的原廟，是在正廟之外，別立一廟，安放遺像，以奉祖宗衣冠之遊。神御殿每年四孟（即孟春、孟夏、孟秋、孟冬），由皇帝親享；逢忌辰，則由宰相率領百官行香，后妃接續行香。遇郊祀、明堂大禮，則提前二天，皇帝親行朝享禮。宋代的神御殿多在寺觀禪院，並遍佈各地。宋太祖的神御殿，共有七處。除太平興國寺開先殿外，還有景靈宫、應天禪院西院、南京鴻慶宫、永安縣會聖宫、揚州建隆寺章武殿、滁州大慶寺端命殿。

②誠惶誠懼：古時奏章中的套話。表示惶恐不安。

③頓首頓首：用作奏章開頭或末尾的敬語。頓首：古代拜禮。《周禮·春官·大祝》鄭玄注云：“頓首拜，頭叩地也。”賈公彦疏：“頓首者，爲空首之時，引頭至地，首頓地即舉，故名頓首。”

④狂夫之言：楚國的隱士接輿，曾以《鳳兮歌》諷刺孔子，時人稱他爲“楚狂”。《論語·微子》：“楚狂接輿歌而過孔子曰：‘鳳兮，鳳兮！何德之衰？往者不可諫，來者猶可追。已而，已而！今之從政者殆而！’”鳳，喻指孔子。

⑤狂瞽：愚妄無知。多用作自謙之辭。《南史·虞寄傳》：“使得盡狂瞽之説，披肝膽之誠。”

⑥鈇鉞：斫刀和大斧。腰斬、砍頭的刑具。《漢書·戾太子劉據傳》：“忠臣竭誠不顧鈇鉞之誅以陳其愚，志在匡君安社稷也。”

⑦清廟：即太廟。古代帝王的宗廟。《詩·周頌·清廟》：“於穆清廟，肅雝顯相。”

⑧茅屋采椽：用茅草蓋房，用柞木做椽。比喻房屋簡陋，生活節儉。椽，放在房檩上架屋頂的木條。《漢書·藝文志》：“墨家者流，蓋出於清廟之守，茅屋采椽，是以貴儉。”注：“（顔）師古曰：采，柞木也。”

⑨丹楹刻桷：紅漆深飾的柱子，雕刻花紋的椽子。形容屋宇華麗精美。

楹,廳堂前的主柱,桷,放在檁子上架屋瓦的方形木條,也曰椽。《國語·魯語上》:"莊公丹桓宫之楹,而刻其桷。"

⑩亟:急。《詩·豳風·七月》:"亟其乘屋,其始播百穀。"

⑪《月令》:指儒家經典《禮記》第六篇《月令》。中國古代記載物候知識的著作之一。

⑫徒庸:需雇傭的勞動力。庸通"傭",雇傭。《左傳·昭公三十二年》:"量事期,計徒庸,慮材用。"

⑬純嘏:大福。《詩·小雅·賓之初筵》二章:"錫爾純嘏,子孫其湛。"鄭箋:"純,大也。予福曰嘏。"

⑭籍籍:衆多雜亂的樣子。《漢書·江都易王非傳》:"國中口語籍籍。"

⑮風憲之任:即風憲官。御史臺官。風憲意是風紀法度,爲御史臺所職掌,故有是稱。

⑯戒壇:佛教傳戒的壇場。

⑰輪奂:言建築物高大華美。《禮記·檀弓下》:"晉獻文子成室,晉大夫發焉。張老曰:'美哉輪焉！美哉奂焉！'"東漢鄭玄注:"輪,輪囷,言高大;奂,言衆多。"

⑱國帑:國庫中的錢帛。

⑲昊賊未萌逆節:謂西夏李元昊未作亂。

⑳梟於槁街:砍其頭懸於屬國使館區示衆。梟:砍頭後懸首示衆。《漢書·高帝紀》:"梟故塞王欣頭櫟陽市。"槁街:漢時街名,在長安城南門内,爲屬國使節館舍所在地。

㉑浮費:不必要的開支。《漢書·毋將隆傳》:"蓋不以本臧給末用,不以民力共浮費。"

㉒芻蕘之言:即草野之人的言論,多用作謙詞。芻蕘(chú ráo):割草打柴的人。《詩·大雅·板》:"先民有言,詢於芻蕘。"

㉓干冒:觸犯。宋蘇軾《上蔡省主論放欠書》:"干冒威重,退增恐悚。"

㉔無任:猶"不勝"。敬詞。唐柳宗元《謝李吉甫相公示手札啓》:"何以報恩,唯當結草,無任喜懼感戀之至。"屏營:作謙詞用於信札中,意爲惶恐。

【附載】

《歷代名臣奏議》卷三一六此奏後附有：時有詔罷修寺觀，而章惠太后以舊宅爲道觀。諫官御史言之。帝曰：“此太后奩中物也。諫官御史欲邀名邪？”參知政事宋綬進曰：“彼豈知太后所爲哉？第見興土木違近詔，即論奏之。且事有疑似，彼猶指爲過，或陛下有大闕失，近臣雖不言，然傳聞四方，爲聖政之累，何可忽也？太祖嘗謂唐太宗爲諫官所詆不以爲愧，何若動無過舉，使無得而言哉？”

乞令審官院選差沿邊州郡知縣事①

臣伏見西邊用兵，緩急有民間科率②，應副軍期全藉州縣，官吏必得其人。臣欲乞應是陝西河東近邊及當路縣分，自來只差縣令處③，乞令審官院並選差有心力幹事京朝官知縣④。如本院缺官差注，即乞外移合入西川官充⑤。兼有流外官見任本縣簿尉處⑥，亦乞令流内銓選差有出身幹事選人充逐縣簿尉⑦。所貴緩急之間，易爲集事，凡有科率，必得均平。則人户安居，不至勞苦。

【編年】

康定元年（1040）任殿中侍御史日作。原本題下注云：“康定元年。”

【箋注】

①審官院：宋代主管中下級京朝官的中央官署。掌考核六品以下文臣京朝官殿最（政績好壞），排定其官爵品秩，擬其内外任使，奏請皇帝裁定。

②科率：即“科配”。“科買配賣”的簡稱。宋代政府的徵購和配賣制度，帶有强制性質。是在賦税正項外又按户口、田畝或區域予以加派。

③縣令：實任其職的職事官。由選人充。

④知縣：差遣名。由京朝官充。

⑤西川官：指蜀地之官。成都府路成都府，在唐爲劍南西川節度。

⑥流外官：相對於流内而言，凡是在流内九品以外的職官即是流外官。爲未入品官之總名。流外官通常都是在各級官署中充任胥吏之職。其中一部分

人經過考課銓選，也可以入流内。簿尉：主簿、縣尉連稱。宋以後各縣知縣下設主簿，爲知縣輔佐。主稽核簿書。縣尉，宋時置一員。位在主簿之下，而奉賜相同。主管校閲本縣弓手、維持治安。

⑦流内銓：宋置，屬吏部。掌文官自初仕至幕職州縣官的銓選注擬和對換差遣、磨勘功過等事。流内銓雖名義上歸隸吏部，即稱“吏部流内銓”，實際上也是吏部掛名而已，判流内銓事仍爲差遣官。有出身：即有進士出身。文、武舉正奏名、特奏名及第、出身、同出身仕人，即以應科舉試及第入仕之人。其遷轉官秩、除授職事，皆視無出身人爲優。

奏乞主帥便行軍令後奏

臣聞穰苴出師，首誅莊賈①；孫武教戰，先斬愛姬②。當事而行，未嘗稟命。蓋將權不可以不專，軍法不可以不峻。兹所以攻必克而戰必勝者，用法嚴也。自古有將權不專、軍法不峻而行師必勝者，未之聞焉。

臣切聞去歲以來，用兵西鄙③，或禁軍小校臨陣而先退，邊壘偏師望敵而不進。而統師之臣，即時不行軍令，悉以事狀上聞，皆令鄰郡置獄取勘，下法寺詳案定刑。臣以謂失閫外之制④，隳軍中之令。臨事不斷，稟命不威，豈曰軍容？ 同夫兒戲！ 復恐推勘之際，據引枝蔓，萌其苟免之心；奏報之間，淹延時日，啓其幸生之路。縱不至此，亦慢令稽誅，無以勵衆，乃老師驕兵之弊也。

臣不知朝廷所用將臣，必欲不令專制，悉上稟於宸算乎？ 復不知將臣不能用軍法，皆取則於朝廷乎？ 儻朝廷用將而不令專制，則臣所謂失閫外之制矣。古之遣將也，君推轂而命之曰：“閫以内者，寡人制之；閫以外者，將軍制之⑤。”此非徒然也，蓋委任責成之道不得不重。今而多輕之〔一〕，故臣所謂失閫外之制矣。

苟將臣不能自用軍法，則臣所謂隳軍中之令矣。人之常情，孰不畏死？驅億萬之衆，冒矢石之衝⑥，刑之不嚴，何以督戰？《兵法》曰：“畏我者不畏敵，畏敵者不畏我⑦。”使之畏我，非嚴刑何以濟乎〔二〕？故對敵而伍中有不進者，伍長殺之；伍長不進，什長殺之。夫以什伍之長，尚得專殺，而統帥之重，乃不能誅一小校以屬士卒〔三〕，臣以謂隳軍中之令矣。

議者或曰：今所遇之寇，未爲大敵；所興之師，未至深入；軍中之法，未可專用。將校有犯，所宜奏裁。苟如議者之言，臣以爲過矣。寇非大敵，兵未深入，尚且狼狽先退，逗撓不進⑧；儻遇大寇深入，則孰肯奮耶〔四〕？而將校有犯，必須上聞，則穰苴之戮莊賈，非大敵也，止於會軍而後期；孫武之斬美人，非深入也，惟以習戰而衆笑。戮其君之寵臣、愛姬，亦未嘗素稟而先啓。終於齊師勝晋，吳人入郢。孫武、穰苴皆爲名將者，委任專而法素行也。以區區霸主，猶知任將之道，豈巍巍聖朝，不及於是？

且國朝著令，凡禁軍將校有退奏裁。此則施於平居無事之日，邊州守戍、近郡屯聚，則用之可矣。今昊賊亂常，蜂蠆有毒⑨，防邊之兵逾數十萬，將權不專，軍法不峻，則何以御之？臣伏望陛下出自宸斷，稍假將權，凡有偏裨小校臨陣先退，望敵不進，如此之類，罪犯灼然，但合該軍法者，不須置獄，並許本部統帥對衆便行軍令，訖然後奏聞。如此，則師旅畏威，進退從令，或守或戰，必有殊功。

兵者，國之大事，陛下居廟堂之上，與宰輔大臣計之審矣，豈容疏賤輒有輕議？然臣承之憲署⑩，職左司聰⑪，苟有見聞，安可緘默？陛下勿以臣之此言徒習老生之常談耳，遂忽而不省。臣熟思之，任將治兵之術，何莫由斯道也。愚者之慮，幸賜采擇。干冒旒冕⑫，臣無任。

【編年】

康定元年（1040）任殿中侍御史日作。原本題下注云："康定元年。"又見《長編》卷一二六，康定元年三月癸未條。《宋朝諸臣奏議》卷一二〇（第一三一六頁）題作《上仁宗請嚴軍法》，內容簡略。

【校勘】

〔一〕今：原作"令"，據四庫本改。

〔二〕使之畏我，非嚴刑何以濟乎：原作"豈非嚴刑"，據《宋朝諸臣奏議》改，意勝。

〔三〕乃：原脫，據右補，意勝。

〔四〕則孰肯奮耶：原脫，據右補，意勝。

【箋注】

①穰苴：春秋時齊國大夫。田氏，名穰苴。《史記·司馬穰苴列傳》："司馬穰苴者，田完之苗裔也。……景公召穰苴，與語兵事，大說之，以爲將軍，將兵扞燕晉之師。監軍莊賈期而後至，遂斬莊賈以徇三軍。三軍之士皆振栗。克敵後，尊爲大司馬。"

②孫武：世稱孫子，字長卿，春秋末期齊國人，著名軍事家。因內亂而逃亡吳國，孫武著兵法十三篇進見吳王。吳王欲試之，出宮中美女百八十人，使武教之戰。武分爲二隊，以王寵姬二人爲隊長。三令五申之，婦人皆大笑，武斬隊長二人以徇。於是左右前後跪起皆中規矩。被任命爲大將，率吳軍攻破楚國。語出《史記·孫子吳起列傳》。

③西鄙：西部邊疆。此指與西夏接壤處。西夏李元昊違命，時起邊釁。

④閫外：原指京城以外。後稱軍職、軍中。《晉書·桓沖傳》："臣司存閫外，輒隨宜處分。"

⑤"古之遣將"以下六句：語出《史記·馮唐列傳》："上古王者之遣將也，跪而推轂，曰：'閫以內者，寡人制之；閫以外者，將軍制之。'"推轂：推車。古代帝王任命將帥時推車以示禮遇隆重。

⑥矢石：箭與壘石，古時守城的武器。《左傳·襄公十年》："荀偃、士匄帥卒攻偪陽，親受矢石。"

⑦"《兵法》"以下三句：語出宋李昉等《太平御覽》引《魏公兵法》。意謂

主帥威嚴,他的士兵就不害怕敵人;主帥不爲士兵敬畏,這種軍隊便會害怕敵人。

⑧逗撓:謂因怯陣而避敵。《舊五代史·僭僞傳·劉守光》:"汴將氏叔琮逆戰,燕軍逗撓,退保瓦橋。"

⑨蠆(chài):蠍子一類毒蟲。《論衡·物勢》:"則生虎、狼、蝮蛇、蠆之蟲,皆賊害人。"

⑩憲署:指御史臺。文彦博時任殿中侍御史。

⑪左司聰:謂司聽察。指彈劾糾察。《左傳·昭公九年》:"女爲君耳,將司聰也。"左,佐助。《墨子·雜守》:"亟收諸雜鄉金器,若銅鐵及他可以左守事者。"

⑫干冒旒冕:冒犯帝王。旒(liú)冕:即冕旒。借稱帝王。《樂府詩集·郊廟歌辭十·隋太廟歌》:"饗禮具,利事成。佇旒冕,肅簪纓。"旒:帝王冠冕前後懸垂的玉串。

乞河東依陝西例點强壯①

右。臣於去年二月初曾上言,乞於河東路每三丁點一丁充强壯,緩急爲守禦之備。自後,朝廷差吳遵路等於河東路點差到强壯共一十四萬三千餘人,內一十三萬三千餘人是主户[一],九千餘人是客户,是皆兩丁內點一丁充强壯。

臣今遍巡歷到諸州軍,竊見所點到强壯太多而不精[二],兼頗妨奪農事。臣檢會咸平中曾降敕點差强壯②,本路除晉、絳、慈、隰、麟、府六州不點差外,共點差到强壯四萬四千餘人。今來雖添晉、絳、慈、隰四州點差强壯,即比咸平舊數幾及三倍[三]。況本路主客人户共三十一萬三千③,勘會才及陝西人户之半。昨來陝西所點弓手只十萬人④,以此況之,即河東所點集太多而妨農也。

臣欲乞依陝西體例,每三丁點一丁充强壯,猶可得八萬餘人。

所貴務農作者不致妨廢，習武事者頗得精專。如允臣所奏，更不行鈔點，據丁口數目而去留之〔四〕，並不搔擾動衆。謹具奏聞，伏候敕旨。

【編年】

康定二年（1041）任河東路轉運副使日作。原本題下注云："康定二年"。

【校勘】

〔一〕一：原脱，據《宋朝諸臣奏議》及文意補。

〔二〕竊：原作"切"，據右改。

〔三〕數：原脱，據右補。

〔四〕據：原脱，據右補。

【箋注】

①《宋朝諸臣奏議》卷一二三題爲《上仁宗乞河東依陝西例點强壯》。强壯：宋代鄉兵之一。《宋史·兵志四》："鄉兵者，選自户籍，或土民應募，在所團結訓練，以爲防守之兵也……河北、河東有神銳、忠勇、强壯，河北有忠順、强人，陝西有保毅、砦户、强人、强人弓手，河東、陝西有弓箭手，河北東、陝西有義勇，麟州有義兵，川陝有土丁、壯丁，荆湖南、北有弩手、土丁，廣南東、西有槍手、土丁，邕州有溪洞壯丁、土丁，廣南東、西有壯丁……康定初，詔河北、河東添籍强壯，河北凡二十九萬三千，河東十四萬四千，皆以時訓練。"

②"臣檢會"句：《宋史·兵志四》："（咸平五年）七月，以募兵離去鄉土，有傷和氣，詔諸州點充强壯户者，稅賦止令本州輸納，有司不得支移之。先是，河北忠烈、宣勇無人承替者，雖老疾不得停籍。至是，詔自今委無家業代替者，放令自便。……河北强壯，恐奪其農時，則以十月至正月旬休日召集而教閲之。"

③主客人户：主户和客户。户籍名目。宋時主户、客户明確按照有無土地劃分。凡無土地而租種地主土地者爲客户，客户雖不向國家繳納兩稅，但還要承擔一些徭役。

④弓手：陝西所點鄉兵。

【附載】

《宋朝諸臣奏議》此文後注云："康定二年上，時爲河東路轉運使。河北、河東强壯自咸平以來有之，承平歲久，州縣不復閱習，多亡其數。康定元年，因彥博等言，始詔二路點差，又增廣其數，並及陝西諸路。至是，彥博又上此疏，朝廷亦莫之從也。慶曆二年，悉揀其勁勇者爲義勇指揮，不願者釋之而存其籍，以備守葺城池，自是强壯寖廢矣。”

答　奏

臣准御前劄子節文：西界累差人請和[①]，切慮賊計多奸，且以通順爲名，遷延至秋，別圖大舉，令臣體認。今來已是夏月，去防秋不遠，如邊上有應干守禦未備事件，並仰疾速究心處置，早令了當，免致臨時倉卒，却有誤事者。

臣職在疆場，日料賊計，雖聞累有歸順之情，深慮必是遷延之計。聖慮所及，宸算無遺。臣惟知夙夜防虞，常若寇至，不敢終食之間懈於爲備。但患才拙，不能上副倚寄，致煩聖念屢賜戒勵。內省不稱，伏增惶懼。本路沿邊要害城壁樓櫓[②]，自去秋以來，增修各得完固，以至甲仗戰守之器[③]，添補並及分數。臣今一依聖旨丁寧，更切躬親檢閱守禦之備，訓士養馬，磨礪兵器。及遍指揮諸塞，增葺城壁戰守之具，及更差官分頭點檢。比至防秋，委得不誤大事。

【編年】

慶曆四年（1044）知秦州日作。前所附《御前劄子》題下注云：“慶曆四年五月。”

【箋注】

①西界累差人請和：慶曆四年五月，元昊始稱臣，自號夏國主。十月，庚寅，賜元昊誓詔。十二月，乙未，册元昊爲夏國主，更名曩霄，約以稱臣。

②樓櫓：古時軍中用以偵察、防禦或攻城的高臺。《後漢書·南匈奴傳》：“初，帝造戰車，可駕數牛，上作樓櫓，置於塞上，以拒匈奴。”

③甲仗:指盔甲和兵器。《周書·武帝紀》:"齊衆大潰,軍資甲仗,數百里間委棄山積。"

【附載】

原文前附有《御前劄子》(慶曆四年五月):"西界雖累曾差人請和,近却不住。據延州及環州等處奏稱:賊馬入界作過,雖逐度逼逐出界,及殺奪到人馬。切慮賊計多奸,且以通順爲名,遷延至秋,別圖大舉。今來已入夏月,邊上須是早作準備,仰文某更切體認。今來已是夏月,去防秋不遠,如邊上有應干守禦未備事件,並仰疾速究心處置,早令了當,免致臨時倉卒誤事。此劄子親自收掌,不得下司,付文某。四月二十四日。"

乞復昭化縣驛程①

去年,臣僚上言減廢利州昭化縣驛程。臣聞行路之言,皆爲不便。臣昨親自經由相度,誠爲不便。昭化驛去利州雖近,又因東有桔栢津大江之阻②,西有木瓜原重山之險。夏秋二時,雨潦留滯③,行役之人進退無據。古來置驛,良因於此。今既廢驛,即經過使命不免裹糧留宿④。其如過軍稍多,即宿食有所闕乏。

臣欲乞依舊驛支給券料,所費甚少,所濟則多。取進止⑤。

【編年】

慶曆六年(1046)知益州日作。原本題下注云:"慶曆六年。"

【箋注】

①昭化縣:今四川廣元縣西南昭化鎮。驛程:驛站之間的里程。此指驛站。

②桔栢津:四川大河名。唐杜甫有《草堂詩箋·桔栢渡》。

③雨潦:大雨積水。

④裹糧:"裹餱糧"的省稱。謂攜帶熟食乾糧,以備出征或遠行。語出《詩·大雅·公劉》:"乃裹餱糧,于橐于囊。"

⑤取進止：古代奏疏末所用的套語。猶言聽候旨意，以決行止。《石林燕語》卷四：“臣僚上殿劄子，末概言‘取進止’，猶言進退也。蓋唐日輪清望官兩員於禁中，以待召對，故有‘進止’之辭。”

乞選差川峽州郡知州①

臣切見祥符中②，先帝軫念川峽遠民，精求循吏③。以爲審官院依資次差移官員④，多不得人，故特頒詔書，令馮拯以下各舉川峽知州、通判⑤。臣切以西川近年以來⑥，生齒繁庶，比祥符中數倍。全藉長吏安輯⑦，稍不得人，即煩朝廷西顧。

臣以爲川峽知、通，若盡須舉差⑧，恐難得人。所有益、梓、利三路內，邛、蜀、嘉、眉、彭、漢、陵、綿、果、閬、遂、合、劍州，興元府十四處，戶口繁多，屯兵稍衆。所有知州、知府臣欲乞今後令審官院揀選。差官須是歷任內無私罪，升朝後有舉主⑨，年甲未高者，方得差任。如任內別無敗闕〔一〕，得替日與先次優便差使。或別有殊尤治狀，灼然可驗，即升陟酬獎。所貴遠方得人，兼舉先朝故事。取進止。

【編年】

慶曆六年（1046）知益州日作。原本題下注云：“慶曆六年。”

【校勘】

〔一〕無：原脫，據上下文意補。

【箋注】

①選差：即由審官院依資序差除官員。川峽：四川地區。宋太祖平蜀後，乾德三年（965）置西川路，治益州（今四川成都）。開寶四年（971）又分置峽路（又稱峽西路）。太平興國六年（981）重併爲川峽路，仍治益州。知州：差遣名。宋代派遣朝臣爲州一級的地方行政長官，帶“權知（主持）某軍州事”銜，兼掌軍事。

②祥符：即大中祥符。宋真宗年號（1008—1005）。

③循吏：守法循理的官吏。《史記·太史公自序》：“奉法循理之吏，不伐功矜能，百姓無稱，亦無過行。”《漢書·循吏傳》稱循吏爲“謹身帥先，居以廉平，不至於嚴，而民從化”；“所居民富，所去見思，生有榮號，死見奉祀”。

④審官院：宋代主管少卿監以下官員的考課、注擬差遣事務的部門。宋太宗太平興國六年（981），設京朝官差遣院，淳化三年（992），又設磨勘京朝官院，專任京朝官的考課事務。次年，改磨勘京朝官院爲審官院，並差遣院入審官院。

⑤馮拯：字道濟（958—1023），河陽（今河南孟縣南）人，太平興國三年（978）進士。授峽州通判，累遷度支判官。淳化中，貶知端州。真宗時，權判吏部流内銓。咸平四年（1001），同知樞密院事，協助三司使裁冗事、省帳牘、廢冗官。升簽書院事，獻以大、中、後三陣防秋之策，被采納。景德二年（1005），除參知政事。天禧二年（1018）出知河南府兼西京留守司事。四年，充樞密使，入相，進封魏國公。卒，贈太師、中書令，諡文懿。通判：宋初以文臣充知州、知府，並設通判爲副職，與知州、知府連署州府公事，並有監察官吏之權，號稱“監州”。

⑥西川：路名。宋至道十五路之一。治益州（今成都市）。咸平四年（1001）分置益州路和利州路。代指四川。

⑦安輯：安定；使安定。《漢書·王莽傳上》：“居攝之義，所以統立天功，興崇帝道，成就法度，安輯海内也。”

⑧舉差：與“選差”相對而言。謂不循資序，由大臣舉薦有能力官員充任。

⑨舉主：薦舉人。《宋史·選舉志六》：“凡被舉者，中書歲置二籍，疏其名銜，下列歷任功過，舉主姓名，及薦舉數。”因薦舉而改官者對舉主自稱“門生”。

乞諸州供錢撥充交子務①

益州交子務所用交子，歲獲公利甚厚，復又民間要藉使用。蓋比之鐵錢，便於齎持轉易。近因秦州入中糧草，兩次支却六十萬貫文交子,元有未封樁見錢②,準備向去給還客人。深慮將來一二年間,界分欲滿③,客人將交子赴官,却無錢給還,有誤請領,便至壞却交子之法。公私受弊,深爲不便。

伏乞朝廷指揮本路轉運司,於轄下諸州軍内每月須管共收聚諸般課利錢三五萬貫④,撥充益州交子務。準備給還客人交子錢,免致向去壞却舊法,官私困弊。取進止。

【編年】

慶曆六年(1046)知益州日作。原本題下注云:"慶曆六年。"

【箋注】

①交子務:天聖元年宋政府在四川設置交子務,作爲發行交子的專門機構。交子:中國最早的紙幣。宋初,四川使用鐵錢,體大值小,流通不便。後由富商十六户發行交子。後交子常因發行人破産等原因而不能兑現。天聖元年(1023),改由政府發行,一交一緡(一千文)。

②封樁:宋代的一種財政制度。凡歲終用度之餘,皆封存不用,以備急需,故稱。宋太祖建隆三年始行於中央,後各地皆有封樁,乃至按月而樁,稱月樁錢。

③界分:兩年换發新交子,稱爲一界。

④課利:定額的賦税。唐韓愈《論變鹽法事宜狀》:"如闕課利,依條科責者。"《宋史·職官志三》:"曰房地,掌諸州樓店務房廊課利,僧道免丁錢及土貢獻物。"

乞罷將校舉留①

唐末及五代已來,方鎮守臣每有替移②,或召赴闕。其間倔强武臣,多是妄托軍情,不時受代,因致跋扈。國初懲方鎮之弊,盡去此態,禀朝廷進退約束,無敢違異。臣竊見近日以來,沿邊征鎮總兵、帥府③,累有本轄將吏列狀舉留者〔一〕,此風不可啓其漸。

欲乞下諸路轉運使,今後更不許諸軍將校、使臣等列狀舉留本轄帥守④。取進止。

【編年】

慶曆六年(1046)知益州日作。原本題下注云:"慶曆六年。"

【校勘】

〔一〕列:原作"例",據上下文意改。

【箋注】

①將校:都指揮使、副都指揮使、都虞候,指揮使、副指揮使,(步軍)都頭、副都頭,(馬軍)軍使、副兵馬使的總名(《宋史·兵志一》)。舉留:現任官員任滿而有政績,吏民要求再任者。

②方鎮:指鎮守一方的軍事區域和軍事長官。此指唐代由節度使節制的地域。

③帥守:原本唐節度使別稱。唐代節度使據地方軍政、民政、財政大權,故稱。宋朝知州、知府兼任安撫使者,稱帥守。

④使臣:大使臣、小使臣通稱。大使臣:武階總名。內殿承制、內殿崇班之總名。小使臣:武階總名。包括東、西頭供奉官,左、右班殿直,左、右侍禁,三班奉職、三班借職。

乞封示兩制等議泛使事文字①

今月十七日,崇政殿蒙賜聖問。以北邊泛使忽來,恐有邀求之事,深可預防,作何回報。切以鎮撫四夷,宰相之職,以臣之愚短,待罪宰司②,不能有所建明,以致上煩宸念〔一〕。

然臣自聞北虜聚兵云朔③,及聞有泛使來告西行,夙夕深思,多方迎料。但不欲先事張惶,預有漏泄,恐非示以閒暇鎮靜之理。須虜使之至,萬一妄有邀求,或即別懷狡詐,則臣之思慮有素,可以隨宜裁制。臣今雖與陳執中等同署奏狀,上答聖問,示不敢周悉開陳，以俟節假開日④，細具面奏。兼臣兩日以來，密采外議〔二〕，皆云朝廷百僚只爲議泛使事，傳聞外方，深似不便。或恐學士已下，進日議狀論泛使事。乞令左右封收，密示兩府⑤，免致漏泄，傳佈中外。謹具奏聞。謹奏。

【編年】

慶曆七年(1047)任參知政事日作。原本題下注云："慶曆七年。"

【校勘】

〔一〕煩：原脱，據四庫本補。

〔二〕采：四庫本作"探"。

【箋注】

①兩制：内制翰林學士與外制中書舍人之總名。宋洪邁《容齋隨筆·三筆》卷一二《侍從兩制》："(國朝)謂翰林學士、中書舍人(官未至者則云'知制誥'，稱美之爲'三字')爲兩制。"泛使：國信使的俗稱。宋、遼之間的使臣。

②宰司：宰相別稱。文彦博時爲參知政事，即副相。

③云朔：指云州、朔州。

④節假開日：假期之后。《新五代史·雜傳·王峻》："峻論請不已，語漸不遜。日亭午，太祖未食，峻争不已，是時寒食假，太祖曰：'俟假開，當爲卿行。'峻乃退。"

⑤兩府：對掌文武二柄的中書門下和樞密院號稱兩府。

文彦博集卷一五

奏議

乞差嘉眉益利屯兵救應湳井監更不差秦州兵①

臣今觀梓州路奏稱〔一〕：湳井監夷人作過，事體不小，乞依慶曆四年例，於秦鳳路差發兵馬赴本路救應事。

臣勘會慶曆四年夏②，瀘州界夷人作過，是時臣任秦鳳路都部署、經略等使③，准朝旨，令臣發禁軍兩指揮赴瀘州救應④。臣以秦州去戎瀘四十餘程⑤，地遠，必赴救不及，枉有拖曳兵甲。臣雖知不便，當時以朝旨丁寧，不敢稽留異議，遂發禁軍兩指揮赴瀘州。未及中路，夷人果已退去，其上件兩指揮兵士只到遂州駐泊。是時，川界州軍見此兵士經過，人情頗亦驚恐。兼爲遂州官吏不曉軍政，不能平心撫馭，動有猜疑〔二〕，幾至生事。

臣知益州日，鑒此舉動之失，曾具利害擘畫聞奏〔三〕⑥。以謂戎瀘些少夷人作過〔四〕，只是本處白芳子弟及寧遠兵〔五〕，亦自可禦過。若賊勢稍大，則計會梓夔、益利兩路就近差挪兵甲〔六〕，可以討擊。蓋蠢爾小蠻，來則禦之，不可窮其窟穴。豈煩遠自秦鳳興師，空自勞敝，兼恐別有驚擾。況嘉、眉州皆是益利鈐轄司屯兵之處⑦，若發兵救應，乘舟下水，不三四日便至瀘州，赴救之勢，最爲神速。臣之奏章，必在樞府〔七〕，可以覆視。伏乞更不自秦鳳發兵，只令速計會益利鈐轄司相度，量差兵甲，由水路赴瀘州策應，甚爲允當。取進止。

　　臣比欲候假開日面奏，又恐樞密院以梓州路所奏急切，已入文字乞依所奏，須至先具此奏聞。

【編年】

　　慶曆七年（1047）任參知政事日作。原本題下注云：“慶曆七年。”

【校勘】

　　〔一〕觀：四庫本作“睹”。

　　〔二〕疑：四庫本作“忌”。

　　〔三〕聞奏：四庫本作“開奏”。

　　〔四〕少：四庫本作“小”。

　　〔五〕芳：原作“芳”，形近而訛。白芳子弟：亦稱“白芳子兵”。地方土兵。成都府、梓州等路於少數族地區相鄰的諸州縣，揀選壯丁充任，發給兵器。《皇宋通鑒長編紀事本末》卷四九《淯井夷叛》：“（皇祐）三年三月，改瀘州三江寨爲寧遠寨。……乙丑，龍圖閣學士田況言：‘鄉者淯井監夷人連年攻圍監城，水陸不通。益梓夔路鈐轄司官軍洎白芳子弟近二萬人討之，兵戰死甚衆，饑死者又千餘人，蓋由本監不得人致此。自今令轉運、鈐轄司舉官爲知監、監押，代還日特遷一資。’從之。”

　　〔六〕梛：原作“那”，據《宋朝諸臣奏議》及文意改。

　　〔七〕在：原脱，據右補。

【箋注】

　　①《宋朝諸臣奏議》卷一四三（第一六二五至一六二六頁）題爲《上仁宗論討戎瀘小夷不必自秦鳳興師》。淯井監：隸屬瀘州，瀘川郡，軍事。梓州路。《宋史·高定公傳》：“公家百需，皆仰淯井鹽利。”可見產鹽之豐和朝廷設監的目的。因位於少數民族地區，宋朝與宜南（古瀘南）少數民族爲爭鹽利常發生

戰爭。《皇宋通鑒長編紀事本末》卷四九《淯井夷叛》："慶曆四年四月丁巳,梓
夔路鈐轄司言:'瀘州淯井監夷人攻三江寨。'詔秦鳳部署司發兵一千人,及選
使臣三人馳往捕擊之。"

②勘會:審核議定。唐陸贄《貞元改元大赦制》:"京畿及近縣所欠百姓和
糴價直,委度支即勘會支給。"宋葉夢得《石林燕語》卷四:"尚書省文字下六司
諸路,例皆言'勘會'。曾魯公爲相,始改作'勘當',以其父名會,避之也。"

③秦鳳路都部署、經略等使:全稱爲"秦鳳路馬步軍都部署兼經略安撫沿
邊招討使"。軍職差遣名。北宋仁宗寶元二年七月,因對西夏用兵,陝西沿邊
諸路始有此兼官。慶曆元年十月,罷陝西都部署、經略安撫沿邊招討使,沿邊
四路(鄜延、環慶、涇原、秦鳳)分置招討使,此爲其中之一,統兵二萬七千餘,初
以文臣樞密直學士(正三品)充。《長編》卷一三八,慶曆二年十一月辛巳條:
"徙知渭州、龍圖閣直學士、吏部員外郎文彥博爲秦鳳路都部署、經略安撫招討
使兼知秦州。"

④禁軍:北宋稱正規軍爲禁軍或禁兵。由朝廷直接掌握,除防守京師外,
並輪番調戍各地。指揮:宋軍隊的編制單位。宋曾公亮等《武經總要》卷二:
"國朝軍制,凡五百人爲一指揮,其別有五都,都一百人,統以一營。"

⑤戎瀘:指瀘州,今四川瀘州市。

⑥擘畫:籌畫;安排。宋范仲淹《奏乞救濟陝西飢民》:"若不作擘畫,即百
姓大叚流移,殍亡者衆。"

⑦益利鈐轄司:益利路兵馬都鈐轄治所。領一路或兵馬之事。

乞下田況選擇兵官使臣總兵赴瀘州仍令
稟梓州路官指蹤事①

臣伏見自去秋已來,日官所奏星文變異,皆云蜀中稍須防備。
近睹梓州路所奏淯井夷人作過,若只是十州五團夷人,即計其事
體必不致大。本路便奏乞自秦鳳發兵救應,臣却恐因此張惶,別
致生事。兼慶曆四年自秦鳳發兵往彼,不惟無益於救援,而幾乎
別生他事。臣鑒此失,遂於前日奏乞不自秦鳳發兵,只委益利鈐

轄司相度，就便發兵。伏聞已依臣所奏。欲乞更速下田況，令選擇兵官、使臣、總領赴瀘州，每事令稟梓州路官指蹤，不得輒分彼我，致有不和。取進止。

慶曆四年秦鳳所發兵到遂州，只爲本處兵官不能平心撫馭，事分彼我，以致軍情怨憤。

【編年】

慶曆七年（1047）任參知政事日作。原本題下注云：“慶曆七年。”

【箋注】

①田況：字元均（1005—1063），宋信都人，徙居開封。仁宗天聖間進士。再舉賢良方正科。夏竦經略陝西，辟爲判官，言治邊十四事。歷右正言、知制誥。以樞密直學士、尚書禮部郎中知渭州。遷右諫議大夫、知成都府，得蜀人稱頌。累官樞密使，以疾罷爲尚書右丞，以太子少傅致仕。卒謚宣簡。兵官：即統兵官。州府駐紮御前諸軍都統司，自主帥（都統制、副都統制）而下，統兵官分九等：統制（包括同統制、副統制、同副統制）、統領（包括同統領、副統領）、正將、副將、準備將、部將、隊將、押隊、擁隊。指蹤：比喻指揮。宋范仲淹《奏乞揀沿邊年高病患軍員》：“若人員不甚得力，則向下兵士，例各驕惰，不受指蹤，多致敗退。”

乞早罷兵招安夷人

瀘州土風瘴毒，至春夏尤甚。祥符二年秋，夷人作過，官軍討伐。至次年正月，詔曰：“瀘州三月即苦瘴毒，如戎人尚敢旅拒①，量留兵扼其險路，令孫正辭等自二月領兵分屯近郡。”臣以謂今來已是三月，本土氣候方惡，乞密諭本路兵官、轉運使，早令依常例招安打誓了②，免致遷延瘴癘之地，人心不寧。

兼祥符中，孫正辭等以蠻事未了，奏請添兵，真宗以邊徼窮僻③，供億非易④，不許其請。仍詔正辭等，如蠻人不受招安，已經誅翦畏服,勿窮追之。又以丁謂招撫夔州,令歃血爲盟,刻石柱爲記事付之。及令責招安小校云:若夷人安集則賞,否則部送闕下⑤。未幾,夷人果就招安,悉皆平定。

臣昨在益州,嘗詢采戎瀘事體⑥。多云本處招安將甚有狡猾者,平居無事,則間諜夷人,興起事緒。意在差使招誘,率皆遷延玩寇,即所利甚多。官吏乍到,或上下蒙蔽,不知其奸。臣欲乞令本處兵官一面用兵威迫脅誅翦,更須督責招安將用心招誘,早令安集,免致宿兵生事。取進止。

臣以夷人作過雖不大,其如西蜀久安,若用兵多日,恐別生事。

【編年】

慶曆七年(1047)任參知政事日作。原本題下注云:“慶曆七年。”

【箋注】

①旅拒:同“旅距”。聚衆抗拒;違抗。《後漢書·馬援傳》:“若大姓侵小民,黠羌欲旅距,此乃太守事宜。”

②打誓:簽訂誓約。宋蘇軾《答李琮書》:“今韓存寶等諸軍,既不敢與乞弟戰……而厚以金帛遺乞弟,且遣四人爲質,然後得乞弟遣人送一封空降書,便與打誓,即日班師。”

③邊徼(jiào):邊境;邊疆。

④供億:供給。唐白居易《除程執恭檢校右僕射制》:“供億出於二郡。”

⑤部送:指押送罪人。《唐律·職制·奉使部送雇寄人》:“諸奉使有所部送,而雇人寄人者,杖一百。”

⑥事體:事情;情況。唐白居易《請罷兵第三狀》:“行營近日事體陛下一一具知。”

乞親平貝州　一①

臣立朝最孤,特蒙陛下拔擢,俾與大政②。內省叨冒,何階論報。今睹貝州妖賊，嬰城已逾旬日③。近差明鎬往彼經度④，必應非久平定。萬一更致遷延，未即擒戮。朝議以北都地重，未欲令昌朝親去貝州處置軍事⑤。陛下若不以臣非才，乞賜驅策，上稟睿算，庶幾早平妖孽。況臣累經邊寄，久在兵間⑥，理合請行，不敢緘默。

【編年】

慶曆七年（1047）任參知政事日作。原本題下注云：“慶曆七年十二月。”

【箋注】

①貝州：指貝州王則之亂。

②與大政：文彥博時任參知政事。

③“今睹”二句：慶曆七年十一月戊戌，貝州宣毅卒王則據城反。貝、冀俗妖幻，相與習五龍滴淚等經及圖讖諸書，言釋迦佛衰謝，彌勒佛當持世。初，則去涿，母與之訣別，刺“福”字於其背以爲記，妖人因妄傳“福”字隱起，爭信事之。而州吏張巒、卜吉主其謀，黨連德、齊諸州，約以明年正旦斷澶州浮梁，亂河北。則僭號東平郡王，以張巒爲宰相，卜吉爲樞密使，建國曰“安陽”，改年曰“得聖”。旗幟號令，率以佛爲稱。嬰城：猶言據城。《漢書·蒯通傳》：“必將嬰城固守。”

④明鎬：時以權知開封府明鎬爲河北體量安撫使。

⑤昌朝：指賈昌朝，時判大名府兼北都留守司事。

⑥“況臣”兩句：文彥博歷秦鳳路都部署、經略安撫招討使兼知秦州，又知益州充益利路兵馬鈐轄。

乞親平貝州　二

臣以貝賊嬰城已逾半月，遂不度愚懦，輒敢請行，少圖報效，上寬宵旰①。伏蒙聖慈保全孤拙，未賜允俞②。仰戴洪私③，感極以泣。臣每見貝州事宜文字，逐時與中書、樞密同共商議，從長施行。遇假故不入，偶有所見，遂入劄子奏聞。愚者千慮，粗伸裨益。如或更數日間,未見平賊次第④,伏望采臣前奏。如或可行,只乞出自宸衷。取進止。

臣先奏劄子,蒙聖恩不令降出,後日入對,不敢面謝。此劄子亦乞留中。

【編年】

慶曆七年(1047)任參知政事日作。原本題下注云:“慶曆七年。”

【箋注】

①宵旰:“宵衣旰食”的省語。天不亮就穿衣起身,天黑了纔吃飯。形容非常勤勞,多用以稱頌帝王勤於政事。

②允俞:允准,允諾。前蜀杜光庭《謝允上尊號表》:“果回日月之光,俯降允俞之詔。”

③洪私:厚愛。宋范仲淹《謝依所乞依舊知鄧州表》:“伏蒙皇帝陛下,曲軫洪私,特回中旨。”

④次第:光景,情形。唐劉禹錫《寄楊八壽州》:“聖朝方用敢言者,次第應須舊諫臣。”

【附載】

《御書批答詔》:“卿所乞往彼,知卿報國忠孝。恐比並中書、密院臣僚,慮別有譖謗,與卿不便,文字不欲降出,如有所見,逐旋密具奏聞。”

徵納貝州宣敕①

臣昨奉差充河北宣撫使①,令臣自齎宣五道,候到貝州,相度合勾抽狄青替王信②,即發付上件宣命。臣至貝州,相度得更不勾抽狄青。所有宣五道,今欲送樞密院收管毁抹。取進止。

【編年】

慶曆八年(1048)任河北宣撫使日作。原本題下注云:“慶曆八年閏正月。”

【箋注】

①宣敕：宣與敕。指任命官員的正式文書。《資治通鑒·晋高祖天福六年》：“帝之發大梁也，和凝請曰：‘車駕已行，安從進若反，何以備之？’帝曰：‘卿意如何？’凝請密留空名宣敕十數通，付留守鄭王，聞變則書諸將名，遣擊之；帝從之。”胡三省注：“宣出於樞密院，敕出於中書門下，時並樞密院於中書。”

②“臣昨”句：事見《長編》卷一六二，慶曆八年春正月丁丑條：“右諫議大夫、參知政事文彦博爲河北宣撫使，本路體量安撫使、樞密直學士、左諫議大夫明鎬副之。鎬督諸將攻貝州城，久不下，帝憂之，問輔臣策安出，彦博乞身往破賊，故遣彦博宣撫，而改鎬爲彦博之副。”

③勾抽：謂徵調軍隊。狄青（1008—1057）：北宋名將。字漢臣。汾州西河（今山西汾陽）人。初任皇帝宿衛的班直。寶元初，出任延州指使。在對西夏的防禦戰爭中，常爲先鋒，以勇敢著稱，凡四年，大小二十五戰，屢立戰功，深得當時負責陝西防務的范仲淹、韓琦賞識。官至涇原路副都總管、經略招討副使。宋、夏和議訂立後，入京官至侍衛馬軍副都指揮使、節度使。皇祐四年（1052），擢任樞密副使。不久，任宣徽南院使、宣撫荆湖南北路、經制廣南盜賊事，率軍平定廣源州儂智高叛亂。五年，以功拜樞密使。狄青以武將任執政，在士兵中有很高聲望，却爲一向對武將嚴加防範的宋廷朝論所不容，任樞密使四年被排擠出朝，以使相銜判陳州。嘉祐二年（1057），年僅五十而死。王信：高陽關都部署王信，聞貝州亂，領本部兵至城下。

乞繼上奏封細陳事理①

臣讀《唐史》，見白居易爲翰林學士，因事進諫，語甚切直。憲宗不悦，謂宰相李絳曰：“白居易小子〔一〕，是朕拔擢致名位，而無禮於朕，朕極難奈。”李絳對曰：“居易所以不避死亡之誅，事無大小而必言者，蓋酬陛下拔擢耳。陛下欲開諫諍之路，不宜阻居易之言。”憲宗曰：“卿言是也。”由是，言多聽納。臣以居易被憲宗拔擢，才爲學士，能盡忠極諫，以報恩遇。而況臣非才寒進，孤立無党，獨蒙陛下誤聽，特力拔擢，位至宰相。犬馬之誠②，堅於報主。

然自待罪兩府，已逾二年，略無謀猷，上裨神聖。雖則日奉天顏，常親黼座③，所奏覆者率多冗細事務，常程文書，徒煩睿聽，無益治體。以此爲宰相職業，真所謂素餐尸禄，齪齪小謹而已。豈陳平所謂“宰相者，上佐天子，理陰陽，順四時，外鎮撫四夷，使卿大夫各得任其職”之義乎？房喬、杜如晦④，唐之賢相，太宗猶常責之曰：“公爲宰相，當須開耳目，求訪賢哲。有武藝謀略，才堪撫衆者，任以邊事；有經明德修，立性明悟者，任以侍臣；有明幹清慤⑤，處事公平者，任以劇務；有學通古今，識達政術者，任以治人。此乃宰相之裨益也。比聞聽受詞訟，日不暇給，安能助朕求賢哉？”斯言之責，誠爲至當。

臣每侍丹宸⑥，累聞德音，常以求賢致治爲切務，推誠納諫爲至德。臣愚不能上副聖意，而陛下至仁，未忍以大義責臣，而臣獨不內愧於心乎！臣復自念，性本樸忠，言多蹇拙。幸得進對，咫尺天威，凡所敷陳，或未詳盡。臣嘗觀唐宰相趙憬奏章⑦，欲上書論事，其略曰：“稽顙丹陛⑧，仰對宸嚴⑨，蹇訥易窮⑩，遽數難辨。理詳則塵瀆頗甚，言略則利害不分。切聞貞觀、開元之際，宰輔論事，或多上書，所冀獲盡情理。”時德宗嘉納之。今臣之愚，猶憬之志。此後有面陳口奏，頃刻之間，或蹇訥有所未盡，事理有所未周，即欲繼上奏封，細陳理道。上裨睿聖訪納之勤，下盡微臣區區之蘊。固不敢妄陳偏見，亦不乞留中不出，惟冀聖慈特賜詳擇。

【編年】

慶曆八年（1048）任集賢相日作。原本題下注云：“慶曆八年。”

【校勘】

〔一〕小子：原作“小臣”，據四庫本及《舊唐書·白居易傳》改。

【箋注】

①奏封：即“封事”。章奏的一種。封事：亦稱“封章”。密封之奏章。古代臣下上奏機密之事，爲防洩露，用皂囊封緘呈進，故名。南朝梁劉勰《文心雕龍·奏啓》：“自漢置八儀，密奏陰陽；皂囊封板，故曰封事。”

②犬馬之誠：象犬和馬對主人的忠誠一樣。在君主、尊長面前卑稱自己的誠意。《魏書·王叡傳》：“每屈輿駕親臨問之，榮洽生平，惠流身後，犬馬之誠，銜佩罔極。”

③黼座：即帝座。以座後設黼扆，故名。借稱皇帝。《周禮·春官·司几筵》：“凡大朝覲、大饗射，凡封國命諸侯，王位設黼扆。”

④房喬：即房玄齡（579—648），唐初名相。字喬，齊州臨淄（今山東淄博）人。杜如晦（585—630），字克明，唐初名相。京兆杜陵（今陝西西安）人。《新唐書·杜如晦傳》：“如晦長於斷，而玄齡善謀，兩人深相知，故能同心濟謀。當世語良相，必曰房杜。”

⑤清愨（què）：清正，誠實。《後漢書·仲長統傳》：“又中世之選三公也，務於清愨謹慎。”

⑥丹扆：帝王寶座後的赤色屏風。借指帝王。

⑦趙憬：唐德宗時宰相。字退翁，隴西人。主張爲政之道在於“選賢能，務節儉，薄賦斂，寬刑罰。”

⑧稽顙：古代的一種跪拜禮。兩膝跪地，兩手拱至地，頭亦至地。《荀子·大略》：“平衡曰拜，下衡曰稽首，至地曰稽顙。”

⑨宸嚴：天子的威嚴。唐白居易《爲崔相陳情表》：“披陳誠懇，煩黷宸嚴。”

⑩謇訥：謂説話遲鈍木訥。謇，通“謇”。《續資治通鑒·宋太宗太平興國八年》：“或偶有敷陳，稍愜聖旨，怯懦謇訥者，口雖奏而未盡其心；奸詐辯詞者，言雖當而未必有理。”

文彦博集卷一六

奏議

乞知縣縣令不得閑慢公事差出^①

縣令爲親民重任，舊制不許差出，蓋慮妨闕政事。

近歲以來，諸路職司官多是將閑慢公事托以爲名，差遣出入，頗妨本縣民政。大抵皆是自便私故，或即避見本任繁難。朝廷累有約束，未絕其弊倖^②。

臣欲乞今後知縣、縣令除許差推勘重難刑獄及應副軍期差使^③，或權知繁劇郡縣外，更不得以閑慢公事差出。仍令今後凡差出知縣、縣令，並須依舊例具事由奏知。如差訖不奏，或依前以閑慢公事差出知縣、縣令，其所差職司官吏並從違制分數定罪；被差之官，亦行斷罰。所貴縣務別無妨闕，民政得以修舉^④。取進止^⑤。

此事最關民政，承前雖有約束，終未絕其弊。今乞嚴行指揮^⑥。

【編年】

慶曆八年（1048）任集賢相日作。原本題下注云：“慶曆八年。”

【箋注】

①知縣：掌管一縣的政事。宋代多差遣京官爲縣官，結銜稱某官知某縣事。縣令：一縣之行政長官，以選人充。宋趙彦衛《云麓漫鈔》卷一〇：“今差京官曰知縣，差選人曰令，與唐異矣。”京官：宋代則以不預常朝、職務較輕之官爲京官。選人：文臣京朝官以外的低檔寄禄官階。閑慢：無足輕重。

②弊倖：舞弊、僥倖而進。宋司馬光《上皇帝疏》：“剗塞弊幸，一新大政。”

③推勘：審問。唐劉肅《大唐新語·公直》：“近者朝臣多被周興、來俊臣推勘，遞相牽引。”

④修舉：謂事務處理及時、得當。《舊唐書·李渤傳》：“少府監裴通，職事修舉，合考上中。”

⑤取進止：古代奏疏末所用的套語。猶言聽候旨意，以決行止。

⑥指揮：詔敕和命令的統稱。此作動詞，謂頒佈詔敕和命令。

答御札手詔〔一〕

臣等各以非才，忝居大任，不能裨補聖政〔二〕，燮和陰陽①，以致星文屢有變異②。下飭人事，上貽聖憂。陛下曲示包容，未賜罷免，責以來效，使之極言。詔旨丁寧，睿思寬大③，跪受伏讀，兢慚失圖④。恭以陛下堯舜用心⑤，禹湯罪己⑥，欽若天戒⑦。增修聖政，弭災召和，宜集休應⑧。

聖詔曰：“德政闕修，刑賞差濫。”臣以謂刑不爲貴近而屈，賞不可僥倖而求，則無差濫矣。刑賞不濫，則德政自修。

又曰：“人有冤滯而無控雪之路，民已匱乏而無寬恤之實〔三〕。”臣以謂人有冤滯，必由郡縣及按察之司節級陳訴⑨。若猶未伸，又許披鼓撾訴⑩，固無壅遏之理。然更須州郡官吏常得其人，爲之伸理，則民絶冤滯矣。今冗費無藝⑪，國用窘乏。故歲一不登[12]，下民艱食，雖欲恤之，而力不足也。若減不急之務，罷無功之賞，及兵籍官吏之浮冗者稍澄汰之[四]，則庶幾國用不乏，則可以有恤民之實矣。

又曰："官局具設而職務或弛，典章備存而綱紀不振。"臣以謂爲官擇人，不使僥倖者求而得之。久於其任，考其殿最而升黜之[13]，無使屢遷速易，不爲苟簡之政[14]，則職務焉敢廢弛？祖宗之法備在典册，舉而行之，似若甚易。但不爲權倖所撓，則爲至難。苟上下一意，守兹典章，堅如金石；行此號令，信如四時[15]，則綱紀振矣。

又曰："科役煩重[16]，肆成暴刻[17]；軍政簡墮，而莫爲經制。"臣以謂前之所陳減不急之務，罷無功之賞，澄汰兵吏之冗，則國用不乏。國用不乏，則可以省科役之煩重。州郡官吏常得其人，雖有科役，亦不至於暴刻矣。慎擇將帥，稍假威權，撫馭士卒，不務姑息。勿使貴臣驕將撓於其間，則軍政自肅而有經制矣。

又曰："教令輕出，有所未安。賢智在下，遺而弗舉。"臣以謂令出惟行，慎乎始出，出而不慎，故行之未安。近年以來，兹弊頗甚。由議臣輕建言而須必行，行之無效而終無責。或雖有嘉謀，而事無近效，人之多言，橫爲沮議。朝廷不能持之，故多中變。條其事狀，此類尤繁。舉賢任官，宰相之職。宰相不能悉知其人，但當慎擇臺省長官及州縣大吏，使如近制，各舉所知，庶幾無遺才矣。

又曰："奸倖妄求而不抑[18]。"此正今之所患，臣等繼日議之矣。

又曰："惠澤旋壅而不流[五]。"臣以謂朝廷推恩，靡不下究。然恐郡縣之吏，不稱朝廷之意，或逋負之物合除而未除[19]，流竄之人可釋而不釋[20]。如此類者，更宜申明。

聖詔曰：“將此十二條於軍國庶務中推求實事，有合更張振舉者㉑，密具條上。朕當悉心詳究，即議施行。”有以見陛下求治之心，勤切之至。所恨臣等空疏，不能上副好問。雖然，敢不罄竭愚短，粗有所裨？然今所陳，乃其大略。蓋慮繁詞終成虛語，徒煩睿覽，無補大猷㉒。臣等欲將十二條事日舉一兩條細述〔六〕，合更張振舉事件，逐時面奏，委曲敷陳㉓。所冀言之必行，行之必當。斯亦舜、禹、皋陶吁謨都俞之義也㉔。臣等不勝區區。

舉行十二條事件〔七〕：

聖詔曰：“德政闕修，刑賞差濫。”臣等近奏，以謂刑不爲貴近所屈〔八〕，賞不爲僥倖所求，則無差濫矣。臣等請略舉一端。如往年蘇舜欽、劉巽以進奏院賽神，輒用官錢，即皆坐除名㉕。去年曾奭、宋永宗賽神，亦用官錢，其罰當與舜欽輩均，而曾奭等止停見任。近日史昭文等以不覺察手下人吏取受稍場錢物〔九〕，衝替未得㉖，與差遣。尋有監稍場官閻繼隆等，却爲昭文所發，亦是不覺察專典取受，一例衝替。而昭文即時却與差遣，其同事馮經亦連茹牽復，而繼隆等衝替如故。此蓋昭文、曾奭輩以親近而從輕罰，舜欽、繼隆等以疏遠而受重責。又去年親事官作過㉗，皇城司官吏當坐重責㉘。然皆是近臣貴戚，止於降秩補外，才逾年即皆復職，或更遷官。往年張沔以保州及李敥事降黜，數經大赦，至今未復舊職。言體則皇城司事爲重，議罪則張沔等輩爲輕，升擢廢棄〔一〇〕，理似未均。不惟刑罰失平，實恐貴倖壞法。

臣等以謂今後用法，理當振舉，更務均平。賞典之濫，則如近日司天監周琮、李用晦，止以選課日辰，便乞轉官任子。醫官別無勞績，妄乞額外轉遷，如馮琦、潘象、蘇惟和、沈遇明之輩。賴陛下聖斷，皆與裁抑。然未悉如先朝之制及前後條貫，更欲申明遵守。

聖詔曰：“人有冤滯，而無控雪之路。”臣等謂人有冤滯，必由郡縣按察之官節級陳訴,若未申雪,又許檢、鼓院撾訴㉙,計無壅遏之理。今欲更敕約轉運司、提刑司,凡有理訴㉚〔一一〕,并令仔細究詳,如事理稍涉冤枉,即選官就近覆勘。勿令煩擾淹延,免致貧窮無資不能詣闕者抑而無告。

聖詔曰:"民已困匱而無寬恤之實〔一二〕。"又曰:"科役煩重,肆成暴刻。"臣等以謂,國用窘則科役煩,科役煩則民困匱。民力既困,國用自乏,雖欲恤民,不可得也。臣等請言其國用窘乏之由:恭惟祖宗以來,置兵與吏及賞賚賜予,皆有定制。量入以出,故財不屈乏。自康定用兵之後,添募新兵幾四十萬。數年以來,雖逃亡減廢之外,猶不減三十餘萬。每歲所費衣、糧、錢物等,共約三千萬貫、匹、兩、石、束,賞賚之數不在焉。兼自慶曆二年,後來添給二虜金帛,每歲共四十餘萬匹、兩。加以頻遭水旱,復除租賦,則國用不得不窘。故國用窘則科役煩,科役煩則民力困。今將恤民之困窮,寬民之科役,正在省冗費而已。省冗費之大者,在減冗兵。臣等已嘗奏述,欲於今冬別立揀兵之格,密降付逐路轉運使。俟至春首,依常年例計會帥臣,同共依新格擇選老弱〔一三〕,以減冗費。其次則罷不急之土木,停無功之賜予,抑僥倖之求請,省員外之冗官。衣服用度,務從敦質,多方節約,諸事簡儉。年歲之間,漸期足用。國用既足,則科役不煩,則是恤民之實矣。

聖詔曰:"官局具設而職務或弛,典章備存而綱紀不振。"臣等以謂官得其人,職務自舉。選才任官,正是臣等之責。若官須擇人,不甚拘以資地;事須責實,當時校其殿最;三載考績,必行黜陟。百官修飾㉛,孰敢懈弛? 臣等請略舉其弊:只如省府之官及外計之任㉜,近歲以來,遷改頗速,有如假道,豈暇舉職? 所以務為一切苟簡之政,而職務不得不弛。臣等欲乞更頒詔敕,約束中外之官,必須二年之外,方許遷替㉝,考其殿最而升降之。若特敕擢才,則不在茲限。

　　所謂典章者,朝廷之大法,祖宗之舊制。舉而行之,執而用之,豈有綱紀不振哉! 蓋近歲已來,緣貴倖之臣墮大法、壞舊制者多矣。臣等略舉其尤者:祖宗之制,官有定員。今員外而置官者多矣,如勾當皇城軍頭司及醫官使副之比是矣^㉞。又俸祿之法,各有定制,等級賦與,固不可差。今則有任觀察使而請留後俸者^㉟。如此之類,其徒實繁。臣等欲乞今後更不溢舊額而置官,逾本官而受俸。一守祖宗舊制,不爲貴倖所侵,則綱紀振矣。乞特頒一詔敕處分。

　　聖詔曰:“軍政簡墮,而莫爲經制。”臣等嘗謂慎擇將帥,不務姑息,勿使貴臣驕將害之,軍政自肅矣。

　　聖詔曰:“教令輕出,有所未安。”臣等嘗謂慎乃出令,令出惟行。若輕出之,必有未允,則數易屢改,此爲政之大弊。若近日錢令、鹽法,爲弊不細。而建言者謀之不臧^㊲,未嘗有責,此所以致輕改作而易受弊也。往年建言諸州招刺義軍^㊳,去歲却揀配諸軍,人心騷然。其始不能詳慎,致不數年便有改易。

　　臣略舉此數條,蓋事之稍大者。取進止。

　　聖詔曰:“賢智在下,遺而弗舉。”臣等嘗謂舉賢擇才,輔臣之職。輔臣之不能悉知衆才,惟當慎擇台省長官、州郡大吏,使如近制,各舉所知,庶幾無遺才矣。然臣等敢不益勵蠢愚,博求才智,將期得士之美,上副任賢之心。

　　聖詔曰:“奸倖妄求而不抑。”臣等以謂近臣、貴戚、醫工、卜祝及諸司人吏,因緣請托,妄述微勞^{〔一四〕},希求内降。如此之類,盡守條制^{〔一五〕},一切裁抑,則官邪之蹊可以漸塞。

　　聖詔曰:“惠澤旋壅而不流。”臣等嘗謂,凡有推恩,靡不下究。猶恐州郡之吏不稱朝廷之意,或逋負之物當除而未除,流竄之人可釋而不釋。臣等欲乞應經前年大赦,合放負欠物色,如省司以未見保明文字,州郡以未受朝省指揮,至今尚行催理者,速令勘會,依赦蠲除。編配之人,除屬揀選路分外,有已經量移㊱,情理輕者,令具元犯奏聞看詳,依赦釋放。

【編年】

皇祐元年(1049)爲相日作,原本題下注云:“皇祐元年。”

【校勘】

〔一〕《宋朝諸臣奏議》卷四〇題作《上仁宗答詔論星變》,作者爲“文彦博等”。

〔二〕補:四庫本作“輔”。《國朝二百家名賢文粹》卷五八作“益”。

〔三〕乏:《國朝二百家名賢文粹》作“困”。

〔四〕籍:原作“藉”,據《國朝二百家名賢文粹》及文意改。

〔五〕澤:原脱,據《宋朝諸臣奏議》補。

〔六〕日:原脱,據《宋朝諸臣奏議》、《國朝二百家名賢文粹》補。《歷代名臣奏議》卷三〇八,南宋寧宗彭龜年奏議:“皇祐中,又以星變,内出手詔十二條,令中書門下樞密院於軍國庶務中推求實事。有合更張振舉者,密具以聞。於是文彦博等請日舉兩條合更張振舉者,委曲面奏,所冀言之必行,行之必當。祖宗應天以實如此。”

〔七〕舉行十二條事件:此句原無,據《宋朝諸臣奏議》增。

〔八〕謂:原作“爲”,據《國朝二百家名賢文粹》及上下文改。

〔九〕覺:《國朝二百家名賢文粹》作“與”。

〔一〇〕廢:《國朝二百家名賢文粹》作“舉”。

〔一一〕訴:原作“許”,據《宋朝諸臣奏議》、《國朝二百家名賢文粹》改。

〔一二〕困:原作“用”,據右改。

〔一三〕老弱:《宋朝諸臣奏議》無。

〔一四〕述:原作“求”,據《國朝二百家名賢文粹》及文意改。

〔一五〕條:原脱,據《宋朝諸臣奏議》、《國朝二百家名賢文粹》補。

【箋注】

①燮和:協和。《書·顧命》:“燮和天下,用答文武之光訓。”《新唐書·蘇瓌傳》:“宰相燮和陰陽,代天治物。”

②星文：星象。指星體的明、暗及位置等現象。古人據以占測人事的吉凶禍福。唐劉長卿《瓜洲驛奉餞張侍御》：“星象銜新寵，風霜帶舊寒。”

③睿思：聖明的思慮。南朝宋顏延之《車駕幸京口侍遊蒜山作》：“睿思纏故里，巡駕币舊坰。”

④兢慚：惶恐慚愧。前蜀杜光庭《大王本命醮葛仙化詞》：“況荷殊榮，久叨重寄，循涯省分，常切兢慚。”

⑤堯舜用心：唐堯和虞舜，均爲傳説中上古帝王，聖明之君。《莊子·天道》：“昔者舜問於堯曰：‘大王之用心何如？’堯曰：‘吾不敖無告，不廢窮民，苦死者，嘉孺子而哀婦人，此吾所以用心也。’”

⑥禹湯罪己：夏禹、商湯在位時，天下有水旱之災，禹、湯敢於承擔責任，譴責自己的過失。《左傳·莊公十一年》：“禹湯罪己，其興也勃焉；桀紂罪人，其亡也忽焉。”後代帝王遇有天災人禍，爲撫慰人民，往往頒佈“罪己詔”，表示自責。罪己：歸罪於自己。

⑦欽若天戒：敬順上天給予的儆戒。欽若：敬順。《書·堯典》：“乃命羲和，欽若昊天，曆象日月星辰，敬授民時。”

⑧休應：吉兆。《新唐書·五行志二》：“池中有龍鳳之形，禾麥之異，武后以爲休應。”

⑨枹鼓撾訴：即擊鼓告狀。撾，擊打。登聞鼓是古代封建帝王設於朝堂門外，供百姓有冤屈時擊打投訴的鼓。宋代還設有登聞鼓院。百姓撾鼓陳情，主司予以受理。

⑩按察之司：宋代設提刑司，長官爲提點某路刑獄公事，簡稱提點刑獄或提刑，掌察訪本路刑獄、審問囚徒、復查案牘等。

⑪無藝：沒有限度。《國語·晋語八》：“桓子驕泰奢侈，貪欲無藝。”

⑫不登：收成不好。登：莊稼成熟。

⑬殿最：古代考課制度用語。上等曰最，下等曰殿，故察勞績，論戰功，則曰殿最。最者予以賞賜或遷升，殿者則予懲處或貶職。《漢書·丙吉傳》：“歲竟，丞相課其殿最，奏行賞罰而已。”

⑭苟簡：草率簡略。《漢書·董仲舒傳》：“其心欲盡滅先王之道，而顯爲自恣苟簡之治。”

⑮信如四時：守信用像四季交替一樣必定無疑。語出《薛子道論·中篇》："立法之初，貴乎參酌事情，必輕重得宜，可行而無弊者，則播告之。既立之後，謹守勿失，信如四時，堅如金石，則民知所畏而不敢犯矣。"

⑯科役：徵發徭役。《新唐書·狄仁傑傳》："官吏侵漁，州縣科役，督趣鞭笞，情危事迫。"

⑰暴刻：殘暴刻毒。《後漢書·質帝紀》："自春涉夏，大旱炎赫……將二千石、令長不崇寬和，暴刻之爲乎？"

⑱奸幸：指奸邪得寵的人。唐韓愈《唐故相權公墓碑》："改左補闕，章奏不絕，譏排奸幸。"

⑲逋負：拖欠賦稅、債務。《史記·汲鄭列傳》："莊任人賓客爲大農僦人，多逋負。"

⑳流竄：流放。唐韓愈《杏花》："二年流竄出嶺外，所見草木多異同。"

㉑振舉：振作；整頓。《舊唐書·裴度傳》："若罷度官，是奸計得行，朝綱何以振舉？"

㉒大猷：謂治國大道。《詩·小雅·巧言》："奕奕寢廟，君子作之；秩秩大猷，聖人莫之。"

㉓委曲敷陳：詳細陳述。委曲：指詳盡、詳細。

㉔吁謨：大謀。語出《詩·大雅·抑》："吁謨定命，遠猶辰告。"毛傳："吁，大；謨，謀。"都俞：本爲感歎之辭。後用以表示君臣談論融洽的樣子。語出《書·益稷》："禹曰：'都，帝，慎用在位。'帝曰：'俞。'"

㉕"如往年"以下三句：事見《宋史·蘇舜欽傳》："范仲淹薦其才，召試，爲集賢校理，監進奏院。舜欽娶宰相杜衍女，衍時與仲淹、富弼在政府，多引用一時聞人，欲更張庶事。御史中丞王拱辰等不便其所爲。會進奏院祠神，舜欽與右班殿直劉巽輒用鬻故紙公錢召妓樂，間夕會賓客。拱辰廉得之，諷其屬魚周詢等劾奏，因欲搖動衍。事下開封府劾治，於是舜欽與巽俱坐自盜除名，同時會者皆知名士，因緣得罪逐出四方者十餘人。世以爲過薄，而拱辰等方自喜曰：'吾一舉網盡矣。'"賽神：古代祭祀酬神。唐白居易《春村》詩之十三："黃昏林下路，鼓笛賽神歸。"

㉖衝替：宋代公文用語。指降黜官職。

㉗又去年親事官作過：事見《長編》卷一六二，慶曆八年閏正月辛酉："是夕，崇政殿親從官顏秀、郭逵、王勝、孫利等四人謀爲變，殺軍校，劫兵仗，登延和殿屋，入至禁中，焚宮簾，斫傷内人臂。其三人爲宿衛兵所誅，王勝走匿宮城北樓，經日乃得，而捕者即支分之，卒不知其始所謀。"親事官：宋朝皇城司軍卒名。分隸諸指揮使、都頭、十將，掌郊祀大禮警戒、把守宮門，稽察人物，遇貢舉則守貢院之門，兼刺探臣民之情。每五人爲保，互相糾察，不得飲酒賭博。有闕則於軍頭司招到人内選補。

㉘皇城司：五代動亂之際，君主爲自保安全，不得不以親信拱衛皇城，遂特設皇城使一官。宋代因之置皇城司幹當官，以武功大夫以上及内侍都知押班充。

㉙檢、鼓院：宋制，門下省設登聞檢院、登聞鼓院，掌管受理官員及士民章奏表疏。凡申訴進狀，先經鼓院，或爲所抑，則至檢院。

㉚理訴：申訴；控告。《唐律疏議・鬥訟・邀車駕撾鼓訴事不實》："車駕行幸，在路邀駕申訴，及於魏闕之下，撾鼓以求上聞……謂上文以理訴不實，得杖八十。"

㉛飭（chì）：通"飭"。整治，修。《管子・牧民》："守國之度，在飭四維。"漢賈誼《過秦論》："以飭法設刑而天下治。"

㉜外計：轉運使的別稱。

㉝遷替：指升遷。《舊唐書・賈敦實傳》："時敦頤復授瀛州刺史，舊制，大功以上不復連官，朝廷以其兄弟在職，俱有能名，竟不遷替。"

㉞勾當皇城軍頭司：差遣名。掌宮城出入之禁令。勾當：主管，辦理。唐顏真卿《與郭僕射書》："又一昨裴僕射誤欲令左右丞勾當尚書，當時輒有洲對。"

㉟觀察使：正任官，正五品。俸祿：二百千。春、冬加絹各十匹，綿五十兩。祿粟一百石。鹽五石。留後：節度觀察留後的省稱，正四品。俸祿：三百千。祿粟一百石。鹽五石。

㊱量移：唐宋時，因罪被貶至遠方的官吏，遇赦則酌情移到近處安置，稱爲"量移"。省稱"移"。宋趙升《朝野類要》卷五《量移》："該恩原赦，則量移近裏州軍。"顧炎武《日知錄・量移》："唐朝人得罪貶竄遠方，遇赦改近地謂之

量移。”

　　㊲臧：善。《詩·邶風·雄雉》：“何用不臧？”

　　㊳刺義軍：即刺義勇。揀選精兵，在皮膚上指定部位刺字，用作標志。《宋史·司馬光傳》：“詔刺陝西義勇二十萬，民情驚撓，而紀律疏略不可用。”

【附載】

　　《仁宗皇帝賜手詔》（皇祐元年）：“朕據宸極之尊，托億兆之上。懋謹盈成之戒，豈忘勵翼之懷？然而監於猷爲未臻古治，勤於精禋靡致善祥。比來，星文屢有謫見，夙夜思省，匪敢寧居。蓋慮德政闕修，刑賞差濫。人有冤滯而無控雪之路；民已匱困而無寬恤之實；官局具設而職務或弛；典章備存而綱紀不振；科役煩重，肆成暴刻；軍政簡墮，莫爲經制；教令輕出，有所未安；賢智在下，遺而弗舉；奸倖妄求而不抑；惠澤旋壅而不流。有一於兹，足戾和氣。朕深惟廟社之重，祇荷祖宗之承。欽畏天命，詢救人事。嘉與近輔，交修儆闕。庶答靈戒，以底休平。宜令中書門下、樞密院將此十二條於軍國庶務中推求實事，有合更張振舉者，密具條上。朕當悉心詳究，即議施行。咨爾股肱，咸體予意。”

文彦博集卷一七

奏議

乞令團結秦鳳涇原番部^①

臣切見秦鳳、涇原沿邊熟户番部^②，比諸路最多。至秋成以來，禾稼牛羊滿野，以致餌寇誨盜^③。臣乞下逐路經略使^④，每至秋成以前，散差得力知番情使臣、牙校^⑤，齎番字委曲曉諭部族，逐急早收田稼，憑附險固，窖藏斛斗^⑥，收拾老小牛羊，爲清野之計。其强壯人馬，各令常切團結，探候番寇，若來抄掠，量力禦敵。取進止。

【編年】

皇祐五年（1053）八月至至和二年（1055）六月判永興軍兼秦鳳路兵馬事日作。

【箋注】

①秦鳳、涇原：慶曆元年，分陝西沿邊爲秦鳳、涇原、環慶、鄜延四路。番部：指少數民族。此指党項族。

②熟户：又作屬户。宋代對党項族部落族帳人户的稱謂。與生户相對。指唐代後期開始內遷并散居於今甘肅、寧夏、陝西北部、内蒙古等地靠近漢族

聚居地區，或入居州城與漢族雜居，從事農業、手工業的党項羌人。《宋史·兵志五》：“西北邊羌戎，種落不相統一，保塞者謂之熟户，餘謂之生户。”

③餌寇誨盜：誘人盜竊。

④經略使：軍職差遣名。宋代於邊地各路置經略使，常兼安撫使，稱經略安撫使，掌管一路的軍事、行政事務。

⑤牙校：低級武官。《新唐書·石雄傳》：“（石雄）少爲牙校，敢毅善戰，氣蓋軍中。”

⑥斛斗：斛與斗。皆糧食量器名。十升爲斗，十斗（南宋末年改爲五斗）爲斛。指代糧食。唐元稹《論當州朝邑等三縣代納夏陽韓城兩縣率錢狀》：“臣今所徵斛斗并請成合，草并請成分，錢并請成文。”

乞指揮諸路帥開報事宜①

臣切見西人康定、慶曆中每犯邊，即於諸路各張聲勢，務欲牽制，疲弊漢兵。其實入寇，即併力從一路而來。故邊兵常苦寡少，分佈不足。臣欲乞嚴切指揮諸路帥臣②，每探得事宜，更相開報，常須各作出師之備，先爲牽制賊勢。庶幾賊兵亦自後顧，不敢併力專從一路而出。取進止。

【編年】

皇祐五年（1053）判永興軍兼秦鳳路兵馬事日作。

【箋注】

①開報：開列呈報，通知。

②帥臣：即帥守。宋朝知州、知府兼任安撫使（或經略安撫使，經略安撫使兼兵馬都總管）者，稱帥守。

乞令邊帥練兵約束諸將

臣切見自慶曆初，陝西四路之兵，逐路始分數將，每將馬步不下三二千人,各自訓練,務要精熟。兼得兵將相諳,使喚之際,盡知人人所能,則鮮敗事。近聞諸將多不和同^①,大帥罕能統制。教閱部分,各立異見,寬猛之節,不得中道。狥情斂怨,由此而生。師克在和,有異於是。伏乞嚴戒逐路大帥,講求軍法,精加訓練,約束諸將,務在和同。兵聲稍振,邊寇自畏。取進止。

舊法,逐路分諸將者,蓋欲居常則兵將相諳,臨敵則指縱如意^②。小警即量遣一將而出,稍重即又加一將。或歲月更番^③,出屯外寨,若遇大敵,即諸將盡合爲一軍,大帥親總而節制之。此制軍之法,頗得其要。近時兵官多不原本此意,欲罷舊制。乞朝廷詳察。

【編年】

皇祐五年(1053)判永興軍兼秦鳳路兵馬事日作。

【箋注】

①和同:彼此和諧;相互協和。《禮記·樂記》:“大樂與天地同和,大禮與天地同節。”《國語·齊語》:“居同樂,行同和,死同哀。”

②指縱:同“指蹤”。即指揮。

③更番:更迭;輪流替換。《舊唐書·于志寧傳》:“況閹宦之徒,體非全氣,更番階闥,左右宮闈。”

奏西界事^①

臣近准樞密院劄子節文:秦鳳路奏,探得西界首領王羅、楊誥部領人馬,於閏七月十四日夜往乾川堡放箭,當夜却回,見在吹籛谷住坐。所據上件事宜干涉夏國,畫時要人處置。臣勘會乾川堡去古渭州不遠^[一],切慮昨來添修古渭州之時,西界妄有詞説,意在阻撓。臣欲乞令樞密院檢會自古渭州以來,如曾有西界文字,及昨來傅求往秦州始末一宗文字②,盡劄録付臣,所貴細得看詳。取進止。

【編年】

　　皇祐五年(1053)判永興軍兼秦鳳路兵馬事日作,原本題下注云:皇祐五年。

【校勘】

　　〔一〕川:原作“州”。《宋史·地理志三·秦州》:“監一:太平。城二:伏羌,熙寧三年,廢丹山、納述、乾川三堡、增伏羌砦爲城。”

【箋注】

　　①西界:指生活在中國西北地方的羌族部落,特別是指羌族的一支黨項族首領李元昊所建西夏。

　　②傅求:字命之,考城(今河南民權)人。第進士,通判泗州。擢知宿州,遷梓州路轉運使。徙陝西。自康定用兵,移税輸邊,民力大困,遂令輸本州,轉錢以供邊糴,民受其惠,兵食亦足。召爲户部副使。復以龍圖閣學士權開封。因斷獄案失誤,出知兗州,卒年七十一。

乞差譯語官

　　臣切見秦州每有番部過陳番字,及口説事理,只憑本州逐寨引領譯語官翻譯。其間多是回避事理,改易情狀,番部漢官各不知覺。緣此欺弊,致失番情。臣切慮今秦州有屬户番官知臣致任,乞來公參①,或陳過番字,若只憑本處引領譯語官,恐依前欺罔。乞於涇原路譯語官内抽差二人,於臣處祗應,準備互換翻譯〔一〕,以防奸弊。取進止。

【編年】

　　皇祐五年(1053)八月判永興軍兼秦鳳路兵馬事日作。

【校勘】

　　〔一〕互：原作“牙”，形近而訛，據文意改。

【箋注】

　　①公參：官員赴任後到上司處參拜。宋趙升《朝野類要·職任》：“小官赴任，詣長貳公參訖，衙前聽候三日，方敢退歸本職，今制遂禁庭拜。”

奏陝西鐵錢事

　　陝西私鑄鐵錢，雖嚴行禁捕，抵法者甚眾，終不能止絶。蓋以鐵本至賤，獲利甚厚，以致見行錢貨薄惡者多，物價增長。稍禁行用，或令揀選，即市井囂然①，買賣難阻。其弊已極，須當制置②。若便變錢法，即恐未能，徒成驚擾。不若使鐵價增貴，即私鑄無利，薄惡之錢，亦將鎔爲器用，自然百物價平，民不犯禁。欲乞令陝西轉運使依河東路事體擘畫，權住鐵冶三五年。或恐傷冶户，即官權數年〔一〕，增起鐵價，公私有利。候錢法平定，即弛鐵禁。議者或慮鐵貴則農器鼎釜之屬，民家乏用，此必不然。且農器鼎釜，民家各各素有之物，非日日市易而用。或破碎，即故鐵尚在，創買者亦少。設有小害，須從大利。乞早賜指揮陝西都轉運使疾速相度施行。

【編年】

　　至和二年（1055）判永興軍兼秦鳳路兵馬事日作。原本題下注云：“至和二年。”

【校勘】

　　〔一〕權：原作“推”，形近而訛，據文意改。權（què）：專利；專賣。《漢書·武帝紀》：“初榷酒酤。”顏師古注引應劭曰：“縣官酤榷賣酒，小民不復得酤也。”

【箋注】

①市井囂然：市場混亂。市井：古代指做買賣的地方。《管子·小匡》：“處商必就市井。”尹知章注：“立市必四方，若造井之制，故曰市井。”亦用來稱商賈。囂然：擾攘不寧貌。唐韓愈《唐正議大夫尚書左丞孔公墓志銘》：“安南乘勢殺都護李象古……嶺南囂然。”

②制置：規劃；處理。《舊唐書·裴度傳》：“時驕主荒僻，輔相庸才，制置非宜，致其復亂。”

奏里正衙前事①〔一〕

臣昨在陝西，訪問民間甚苦者里正衙前〔二〕。里正法用第一等户②，鄉狹户少者，至差第三等充。是致差定之時，更相糾決，禁繫追呼，動逾歲月。校計家資，纖細不漏，至於食器甚賤之物估直爲業。及充衙前，藉爲抵當。主持場務，稍有欠折，則竭產償官，猶不能足。欲令陝西都轉運使相度轄下州縣，有鄉狹户少處，將比近三兩鄉合差一里正即可。選力及人户充役，且不致差遣頻并，庶寬民力。況目前累有上言，乞盡罷里正者。今以三兩鄉合差一里正，事亦酌中。

【編年】

至和二年（1055）任昭文相日作。原本題下注云：“至和二年。”

【校勘】

〔一〕里：原作“理”，誤。文中皆爲“里正”。

〔二〕問：疑當作“聞”。

【箋注】

①里正衙前：宋差役之一。屬義務衙前，出於差派，由里正充任。掌管催督與押送官物，若有失誤，負責賠償，多受敲詐而破産，故上户視此役爲畏途。至和二年（1055），朝廷改行衙前五則法，廢里正衙前，只差鄉户衙前。

②里正：宋里正掌管督催賦税，參與推排户等，編造五等丁産簿。宋太宗淳化五年（994），規定差鄉村第一等户輪充。宋代承五代遺制，按財産多少，將鄉村主户分爲五等。財産指家業、錢、土地、税錢數、種子等，其中主要據佔有土地多少與肥瘠定户等高低。大致上一、二等户是地主，三等户爲富裕農民，四、五等户爲貧苦農民。一、二、三等户又稱上户，三等户亦稱中户，四、五等户又稱下户。

奏陝西衙前押木栿綱①

陝西衙前最苦者押木栿綱，無不被刑破産。臣在永興，令通判職官周詢其弊。皆言每歲春初，方自朝省分配到合要木植②，比至收買繫栿，須及夏末以來，僅得辦集。正值黄河水泛漲之時，常有飄失，其勞苦費用，動逾數倍。遂擘畫於年前冬初，沿河出木處縣邑，官置買木場，先勘會省轉向前分配文字，約度常年須合應用木植，預前收買，如法安置。比至春初，省司配木植文字到來，量事添備，便可繫栿。趁四月間水勢平緩之時，駕放赴下納州軍，極甚省功減費。此只是永興軍一處，通判職官等已如此擘畫，其餘沿河出木州軍未曾行遣。欲乞下陝西轉運司更相度，經久施行。

【編年】

至和二年（1055）任昭文相日作。原本題下注云：“至和二年。”

【箋注】

①衙前：宋差役之一。宋衙前爲負擔最重的差役。掌官物押運和供應，負賠償失誤和短缺等責，承役者往往賠累破産。綱：舊時成批運輸貨物的組織。

②木植：木柱；木材。”

奏永興軍衙前理欠陪備①

臣見永興軍枷固衙前②，催理欠折官物者不少〔一〕，遂一一根問，多是主管倉場、館驛、清酒務之屬。跡其欠折之由，悉非侵欺盜用，皆因陪備不充，官中又不與體量處置。如清酒務年計出賣煮酒，而官不給煮酒柴，或量給而用不足者，般請麴米，合使腳力及諸雜瑣細用具，盡令衙前專副陪備。又倉場貯納，只令專副自辦鋪襯之屬。館驛當東西大路，使命如織，供應館券，多要本色，省估之外，亦是專副陪備。被刑破產，率由於此。凡此數事，惟永興軍方令官自擘畫，粗有條理，稍紓衙前欠折之苦。其餘州軍，亦乞更下陝西轉運司體量施行。

已上件事，臣在永興日，與傅永、田京等方欲商議節次施行，值臣被召赴闕，切慮中輟，故乞舉行。

【編年】

　　至和二年（1055）任昭文相日作。原本題下注云：“至和二年。”

【校勘】

　　〔一〕理：原作“里”。據文意徑改。宋張綱《乞放婺州見欠內庫綾羅狀》：“前官失於催理，遂至積漸拖欠，經涉歲久，實難追催。”

【箋注】

　　①陪備：預備，儲備。《續資治通鑒·宋神宗元豐五年》：“自熙寧以前，諸路榷酤場率以酬衙前之陪備官費者，至熙寧行免役，乃罷收酒場，聽民增直以售，取其價以給衙前。”

　　②枷固：身體套上枷鎖。古代一種刑罰。

奏王安論親事官張貴事[①]

　　臣今日酉時准內降劄子，為王安所論事，實有鋸刀，稱在角樓下埋藏，為日晚，欲就來早監取，又恐隔夜，人懼罪藏隱，如何？臣早來讀王安首狀[②]，內言張貴稱有刀埋在東北角樓下，切恐有干連人懼罪隱藏。欲乞差穩審內臣一名，今夜且於所指通埋刀去處側近,別行勾當名目覺察〔一〕。或令密使人巡覷照望,至曉必不至別有擅去發掘,亦不至張惶驚擾。乞令勘官陳旭仔細審問張貴所埋刀去處,疾速聞奏。兼臣早來詳王安狀内,張貴稱已結連得三十人。尋有劄子令軍頭司官員,如獲張貴,先且取問。除見今指名收捉共七人外,更有徒黨,即就便逐急收捉,免致走漏。更乞下陳旭緊切推問張貴,如實更有徒伴,即密具姓名疾速聞奏。

【編年】

至和二年(1055)任昭文相日作。原本題下注云:"至和二年。"

【校勘】

〔一〕行:四庫本作"作"。

【箋注】

①親事官:宋朝皇城司軍卒名。分隸諸指揮使、都頭、十將,掌郊祀大禮警戒、把守宮門,稽察人物,遇貢舉則守貢院之門,兼刺探臣民之情。每五人爲保,互相糾察,不得飲酒賭博。有闕則於軍頭司招到人内選補。

②首狀:猶言自供狀。金元好問《續夷堅志・劉生青詞之譴》:"榮輔聽罷,惶懼殊甚,手寫首狀,言自後更不敢復作青詞。"

文彦博集卷一八

奏議

乞令諸路擇機宜官①

臣切見諸路機宜司文字繁多,所繫至重,主管之官,往往不先時檢閱詳熟。遇有急速應答外界文字,或處分軍中事宜,致有差誤未當。臣欲乞遍下諸路帥臣,令掌機宜官盡將本司前後所授宣劄子、不下司文字并軍中前後行遣處置事狀,一一分門編類排,置册封掌。遇有應報外界文字及處置軍中事宜,參詳檢會,不致差誤。所有掌機宜官,亦乞令帥臣慎擇奏舉。取進止。

【編年】

治平二年(1065)任樞密使日作。原本題下注云:"治平二年。"

【箋注】

①機宜官:管勾機宜文字的簡稱。帥司幕僚官,掌本司文書草擬、收發等公事。多由宗室、外戚、地方簪纓豪門子弟之賢者差充。《會要·職官》四一之一一五:"諸路帥司,向緣軍興,事涉機密,許辟親屬充書寫機宜文字。"《長編》卷三六七,哲宗元祐元年二月戊子:"逐司各留管勾機宜文字、勾當公事各一員,其係奏差到親戚管勾書寫機宜文字。"

條奏薛向利害①

臣被旨令看薛向所上疏并邊陲利害，具可否條列録進入。臣詳觀向之所陳，大要有五：其一任將帥以制其衝②，其二亟攻伐以罷其敵③，其三省戍兵以實其力，其四絕利源以弊其國，其五慎經費以固其本。

所謂任將帥者，朝廷何嘗不慎擇而重之，但所擇或得或否耳。既得其人，固當如向所論，使久其任，必各成效。猶如前時屢遷數易，雖得賢才，使將帥亦難責其成功。

所謂亟攻伐以罷其敵者，一曰先舉之策，以謂先發制人，攻勝；後發制於人，攻負。故欲亟肆以罷之④，多方以誤之。二曰淺攻之策，其大旨欲招誘橫山部族，團結熟戶之兵及義勇、弓箭手之衆⑤，侵擾賊境，使不寧居，將自困敝。此皆朝廷素留意者。兼韓琦上言，慶曆初，曾與范仲淹嘗建此議，會西人輸款而止⑥。去歲，樞密院遂與中書同議，悉有成算，尋已降附逐路，今別録奏議進呈〔一〕。兼逐路之兵，自來未嘗精較實數，去歲樞密院令編例官類聚得確實人數，降下諸路，嚴切訓練。至於部分，亦有成法。并檢康定中諸路出師牽制之術，并密付逐帥遵守〔二〕。今并別録本進呈。朝廷處置之詳，殆無遺策。然此舉動，必當其時。去歲十月，臣嘗上奏於先帝，若諒祚果遂倔强⑦〔三〕，自絕於朝廷，以討伐兇渠，招納降附，無所不可。若猶恭順服過，即當含容，所謂羈縻不絕。況王者之師，非不得已，豈宜輕用？今向亦云，若諒祚改圖自新，復守誓詔，伏望廓天地之量，霽雷霆之怒，省費罷兵，安邊息民，天下之幸。斯言是矣。然於平時不可不講議精熟，一旦有隙，用之無疑。

所謂省戍兵以實其力者，其要欲省東兵之疲軟，揀土兵之精勤,取實用,省虚費〔四〕,爲持久必勝之術。朝廷近以計較逐路之兵,去冗留精,皆有定數。俟向去春季,依法料簡。兼去歲不以親衛兵戍邊,此亦省兵實力之一端也。

又曰絶利源以弊其國者〔五〕,蓋謂朝廷歲賜并緣邊和市一宜絶之⑧〔六〕,賊勢自窘矣。歲賜、和市,如諒祚阻命,自當絶之。上三策,不待議論而利害可知。

所謂慎經費以固其本,此乃方今至切之務,最要講求。蓋經費若簡,國財乃富,國富即兵強,兵強即蠻夷不敢内侮。而後制禮作樂,馴致太平,何欲而不可?今之言者,不計國用之豐寡,而欲輕舉妄動,爲國生事者多矣,惟朝廷審用而慎行之。兵一用,其費不貲⑨,苟力屈貨殫,雖有智者不能善其後。向又以調度兵費宜以康定爲鑒,其言尤爲切當。蓋康定時兵久不用,人未知戰,上下騷然,暴取橫用,莫知紀極〔七〕。天下困弊,終無尺寸之功,亦可鑒矣。

向云:自寶元初,守官陜右⑩,出入兵間,今又主關中之漕⑪,首尾七年,目睹心計,固宜詳悉。其言誠有倫理。然謀攻料敵,老將所難,兵者大事,不可輕言之。古人論兵,至慎至重,如向云“取橫山如反掌,捕西賊若設置掩兔⑫”,謀雖可采,言亦似輕,誠願慎之重之。愚慮如此,伏乞聖神詳擇。

【編年】

治平四年(1067)任樞密使日作。原本題下注云:“治平四年。”

【校勘】

〔一〕别:原脱,據《歷代名臣奏議》卷三二九(第四二七八頁)補。

〔二〕付:原脱“封”,據右改。

〔三〕強:原脱,據右補。

〔四〕省虚費:原作“損虚”,據右改補。

〔五〕者:原脱,據季校本及《歷代名臣奏議》補。

〔六〕蓋:原脱,據右補。

〔七〕紀:原作“所”,據右改。紀極:終極;限度。《後漢書·楊震傳》:“無厭之心,不知紀極。”

【箋注】

①薛向(1016—1081):字師正。河中萬泉(今山西萬榮)人。以廕得官,歷永壽縣(今屬陝西)主簿,監在京榷貨務,知郴州,開封府度支判官,陝西轉運使。西夏嵬名山以綏州降,邊將種諤率部占綏州,言官劾諤擅興邊事,向因營救諤罷知絳州,再貶信州。神宗知其才,授江浙荆淮發運使,募民舟與官舟兼運,歲漕有餘。熙寧中,權三司使,遷工部侍郎。元豐初,召同知樞密院。因事出知潁州,改隨州。卒,謚恭敏。《宋史·薛向傳》:“凡將漕八年,所入鹽、馬、芻、粟數累萬,民不益賦,其課爲最。夏將嵬名山以綏州來歸,青澗城主種諤將往迎,詔向與議。諤不俟命,亟率所部出塞,遂城之。廷議劾諤擅興,將致法。向言:‘諤今者之舉,蓋忘身以徇國,有如不稱,臣請坐之。’”

②衝:即要衝。交通要道。

③罷(pí):同“疲”。使疲勞。

④肄(yì):勞苦。《詩·邶風·穀風》:“既詒我肄。”毛傳:“肄,勞也。”

⑤熟户之兵:即蕃兵。宋人按羌族部落與宋朝的關係分爲生户和熟户。熟户指離城較近、與宋關係密切、聽從點集的羌族部落。當北宋與西夏、唃厮囉政權發生戰事時,常徵召熟户部落之兵配合宋軍守城或作戰,稱之爲“蕃兵”。《宋史·兵志五》:“蕃兵者,具籍塞下內屬諸部落,團結以爲藩籬之兵也。西北邊羌戎,種落不相統一,保塞者謂之熟户,餘謂之生户。”義勇:陝西鄉兵之一。《宋史·兵志四》:治平元年,宰相韓琦請於陝西諸州亦點義勇,止涅手背。“天子納其言,乃遣籍陝西義勇,得十三萬八千四百六十五人。”弓箭手:河東、陝西鄉兵之一。《宋史·兵志四》:慶曆中,河東都轉運使歐陽修言:“代州、岢嵐、寧化、火山軍被邊地幾二三萬頃,請募人墾種,充弓箭手。”宣撫使范仲淹便其議。至治平末,河東七州軍弓箭手總七千五百人。

⑥輸款:猶投誠。《太平廣記》卷一九二引唐胡璩《譚賓錄·馬勳》:“其將張用誠陰謀叛背,輸款於李懷光。”

⑦諒祚:李元昊長子,繼李元昊爲西夏國君。慶曆八年(1048)父死嗣位,

年僅三個月，母族訛龐專國。及長，殺訛龐，始親政。曾向宋求取《九經》、《唐史》、《册府元龜》等書，又屢出兵攻宋。宋英宗治平四年冬（1068）死。子李秉常嗣位。謚昭英皇帝。廟號毅宗。

⑧歲賜：慶曆四年（1044）十月，西夏遣使向宋朝進誓表。宋夏和議：宋朝承認西夏的合法地位，册封李元昊爲夏國主；西夏對宋朝稱臣，宋每年賜西夏絹十三萬匹、銀五萬兩、茶二萬斤；逢節及元昊生日，另賜禮物合計銀二萬兩、銀器二千兩、絹二萬匹、衣料二千匹、茶一萬斤。和市：與少數民族交易的場所。慶曆四年宋夏和議，宋允於保安軍（今陝西志丹）及高平砦（今寧夏固原）等處置榷場。

⑨其費不貲：費用不計其數。

⑩守官陝右：薛向寶元中知鄜州。鄜州轄境相當於今陝西富縣、甘泉、洛川等地。北宋屬永興軍路。

⑪主關中之漕：指薛向任陝西轉運使。

⑫設置掩兔：張網捉兔。言其易也。罝（jū）：捕兔網。泛指捕獸的網。《詩·周南·兔罝》：“肅肅兔罝，椓之丁丁。”

【附載】

《御批綏州邊事》（熙寧元年）：“御批：今早得薛向此奏，乃知彼中已是交兵，及知種諤尚在綏州未回，何故？前來朝廷指揮，今審量事勢取捨，猶未到及。據薛向奏云：“種諤申已令折繼世部領番兵弓箭手與西賊門，敵却。不説向北人户自能捍拒，必是逃竄，已及分數。又不云續招到人户幾何，度其彼中事勢，大段孤弱，獨種諤倔強，以數千之衆守一空城耳。於大事必以難就，又慮綏城萬一不守，諒祚重兵驀來衝突，到時須藉諸路帥臣同心慮置。及據探到事宜中，諒祚所點起兵數，亦甚衆多，必卒未有期休散。今雖一切責與薛向，一朝失事，戮之亦後時也。若朝廷兼爲大慮，韓琦改作陝府西路經略安撫使，更不須降宣别指揮，令經制四路軍事，既帶陝西經略，則自節制諸路。便與改正敕文，令過節便授，餘事候面議。”

奏令陝西沿邊牒送降到番部於宥州①〔一〕

麟府路軍馬司奏，昨有軍前殺降到西界番部，結勝欲走歸西界事。奉聖旨，結勝放罪，量支盤纏，給口券，轉送與鄜延路經略司，令保安軍牒送宥州收管[2]。況今來夏國累遣使詣闕，貢奉如舊，朝廷廣推恩恕，務遂物情。昨來捉降到夏國人口，違去本族，豈無懷土思歸之心？宜令逐路經略司并依此送保安軍民，令牒送宥州收管者。

【編年】

熙寧元年（1068）任樞密使日作。原本題下注云：“熙寧元年。”

【校勘】

於：原作“與”，據四庫本改。

【箋注】

①降到番部：指内附的羌族部落。宥州：唐時隸夏州定難軍，爲唐末、五代黨項定難軍節度使轄地。宋時與西夏多次争奪。

②保安軍：同下州。屬永興軍路。下轄德靖、順寧二寨，園林堡、金湯城和威德軍。與西夏接壤。治所在今陝西志丹縣。

論夏國册命[1]

薛宗道至，若所齎表止是告哀，别無陳訴，及宗道於押伴官處别無傳達言語，欲令孫構因聚會款曲間[2]，只作己意問之云：先國主薨謝，今來何人繼嗣達？他若云某人繼嗣，即却問云：是先國主之何親？若表中已有告終稱嗣之文，即直便問其嫡否。云是子，即更問云是嫡子否[3][一]？若云是嫡，即與更問云先國主盛年棄世，今來嗣子必是瞡幼小。他若有對，更隨機問答之。

少間，即更説與自古外國必須中國册命者，方可取重於諸番。今來西夏以累世貢奉，故當册命嗣子。然朝廷以夏國自嘉祐以來，於麟州界上掩殺郭恩，及於涇原侵掠固家堡子[二]，後又於大順城作過④,有違誓表⑤,如此非一。以至先帝上仙⑥,不時來祭;今上登極⑦,亦不入賀。然朝廷曲示含容,尚存事體。而夏國終不省過,又於去年十一月中,於寧順寨界上誘引殺害却知保安軍楊定等三人。如此不道,今來朝廷必未肯便行封册之禮,須與夏國重別商議,再具誓表,信約丁寧,務存久遠,方可商議別行封册。若依前却有侵犯邊境,貢奉不時,豈是恭順和好之理?

　　若宗道別分疏,即隨其言以理折難。若云某只是齎表來告哀,不敢與聞他議,即且説與今來使還,須是子細説與本國知委。候議定,別具誓表來上,朝廷須有商量,亦是使人了事之功效也。

【編年】

熙寧元年(1068)任樞密使日作。原本題下注云:“熙寧元年。”

【校勘】

〔一〕更:原作“便”,據四庫本、季校本改。

〔二〕固:原作“同”,據四庫本、季校本改。

【箋注】

①册命:册封夏國主之命。夏國主諒祚英宗治平四年冬(1068)死。子李秉常嗣位。

②款曲:殷勤酬應。《南史·齊紀下·廢帝郁林王》:“接對賓客,皆款曲周至。”

③嫡子:正妻所生的兒子。也指正妻所生的長子。《儀禮·喪服》“(斬衰)父爲長子”鄭玄注:“不言嫡子,通上下也。亦言立嫡以長。”

④大順城作過:英宗治平三年(1066)九月,夏國主諒祚舉兵寇大順城,入寇柔遠寨。

⑤誓表:指決心臣服的表章。《金史·外國傳上·西夏》:“天會二年,始奉誓表,以事遼之禮稱藩,請受割賜之地。”

⑥先帝上仙:指英宗治平四年正月丁巳駕崩。上仙:帝、后死亡的婉稱。

⑦今上登極:指宋神宗即位。

奏減廣南東西路戍兵

　　檢會廣南東西兩路,景祐中,屯泊兩路就糧本城兵三萬四千餘人[一],治平三年兵共五萬一千餘人,比景祐年多一萬七千餘人,蓋自皇祐儂賊事宜後來添屯①。今賊平已久,嶺外無事,屯兵尚多。況廣西税入至薄,糧餉不給,皆向内地轉輸而往。加以北兵往戍,不習水土,每至歲滿戍還,瘴死者十有三四。此乃守臣務固事權,兵官希望酬奬,張惶邊事,誑惑朝廷,虚屯兵甲,枉費錢糧。不早更張,必大困弊。

　　檢唐制,嶺南五府經略守兵纔一萬五千餘人,向時亦無北兵屯戍。遇有蠻事,止發鄰近鎮兵以助攻禦,事定則兵還。至於兩漢命將,曰樓船、下瀬②,并爲征蠻,因事立名,事畢即已,未有久屯兵於炎瘴之地。況儂賊平定之後,守土者固當經度減省,以寬民力,復如往日平時,方爲了事。若但因循,坐視勞費,豈副選任之意? 兼朝廷近省諸路冗兵,二廣尤宜裁節。兼今有臣僚上言,廣西設官屯兵,增置鎮寨,事甚詳悉。欲并下本路經略安撫張田子細相度③,具擘畫利害聞奏。并下廣東經略使,亦前項事理,具本路見屯兵甲合行減省利害聞奏。

【編年】

　　熙寧元年(1068)任樞密使日作。原本題下注云:"熙寧元年。"

【校勘】

　　[一]三:原脱,據四庫本及文意補。

【箋注】

　　①皇祐儂賊事宜:皇祐元年儂智高亂二廣,至皇祐五年狄青平之。

　　②樓船、下瀬:漢武帝時命楊僕爲"樓船將軍",甲爲下瀬將軍。《漢書·

武帝紀》:“遣伏波將軍路博多出桂陽,下湟水;……樓船將軍楊僕出豫章,下湞水;歸義越侯嚴爲戈船將軍,出零陵,下離水;甲爲下瀨將軍,下蒼梧。”服虔曰:“甲,故越人歸漢者也。”

③張田:字公載,澶淵(今河南濮陽)人。舉進士,知應天府司録。歐陽修薦其才,通判廣信軍。反對夏竦等增七郡壩水策,謫監鄆州税務。後歷知湖州、蘄州、桂州。熙寧初,加直龍圖閣,知廣州,開始在廣州築城,因疾而卒。

奏雄州邊事①

張利一等奏②:北界待通刺兩屬人户充義軍③,至時只行公牒理辦,必恐不濟事。如北界果是刺丁手臂,欲却勾追照驗,逐旋發遣赴唐、鄧等州,給與田土居住。或乞却於兩屬人户上等内,揀少壯之人,刺“雄州義勇”字。已作聖旨,令張利一等更切密細體探。如果欲揀刺兩屬户充義軍,即速行公牒,以理□婉順争執止約。況聞北界近裏已通刺了義軍,獨遷延未便刺兩屬人充軍,乃是自顧事體,行之非便,故遲留未決。又聞向前亦曾如此通刺,尋亦中輟。兼據探報云,恐以爲名,意在乞歛而已約。若更以道理計術沮之,事應自罷。設若全不顧道理,刺却兩屬人户充軍,亦於他無利,止是轉失人心。

【編年】

熙寧元年(1068)任樞密使日作。原本題下注云:“熙寧元年。”

【箋注】

①雄州:五代周顯德六年(959)北伐契丹於瓦橋關置,治歸義縣,北宋改名歸信縣,即今雄縣。屬河北東路。

②張利一:字和叔,張耆次子。以廕補供奉官、光州都監。歷知冀、莫、廣信、雄、代、鄭諸州軍,遷嘉州團練使。招徠北人,發廩賑濟,頗得民心。官終雄

州團練使。

　　③北界：生活在中國東北地區的契丹族首領阿保機所建遼國。

奏乞劉惎早過界

　　臣准御批劄子，可據陸詵奏，如有宥州人來計會劉惎過界之時，須是應日令疾速如常前去。若諒祚以種諤事發，殺其使人，即舉兵更是有名。萬一事或不來，則朝廷應期遣使往來，豈是中國先生間隙？臣伏詳聖慮深切事機，已依准即時行下延州，令劉惎應日如常前去，不得稽留。況自古兵交，使在其間，蠢爾夷狄，豈敢輕犯王人？兼於他無濟。陸詵此奏，誠是疏闊。

　　萬一過慮，如唐時番賊執漢使犯邊者，此亦無慮。向差劉惎，眾謂此人堅愨有守，必能自保忠義。

【編年】

　　治平四年（1067）任樞密使日作。原本題下注云：“熙寧元年。”誤，文中云“若諒祚以種諤事發”，知青澗城種諤復綏州事在治平四年十月。且治平四年十二月己巳，諒祚已死。

論修復延州北金明寨①

　　按《聚米圖經》②：延州之境，東自長寧塞，以次帶西北至德靖寨。沿邊回遠，接賊界地分約七百里。舊分三路：中路塞門大川，直至延州。北至金明、栲栳兩寨。上又分路，東入安遠寨，自背水川入。北入塞門寨。自塞門川入。沿邊雖是山谷，然諸處并有大路通行人馬，有渾川〔一〕、塞門兩川，最是寬平，易行大軍。先朝五路八界，范廷召自塞門川進軍。向時元昊大入延州，亦自塞門川安然直至城下。故先朝常保蘆關，以扼其衝要。蘆關在塞門北十五里，所以置塞門者，守此關耳。自賊陷塞門、安遠、金明、栲栳寨,熟户部落,蕩然一空。今雖復修金明寨,然徒有城壁,其衝要之地多陷於虜。加之蕞爾州城③,不可不别爲處置。

【編年】

　　熙寧元年(1068)任樞密使日作。原本題下注云:"熙寧元年。"

【校勘】

　　〔一〕渾川:原作"渾州",據四庫本及文意改。

【箋注】

　　①延州:治今延安市。屬鄜延路。鄜延路經略安撫使,統延州、鄜州、丹州、坊州、保安軍、四州一軍;其後增置綏德軍,又置銀州,凡五州二軍。

　　②《聚米圖經》:全稱《陝西聚米圖經》,五卷,北宋趙珣撰。趙珣父親趙振任博州防禦使,珣隨父久在西邊,根據采訪所得陝西、熙河等西北五路名山大川、道里的地理形勝撰寫而成。所記真實可靠,極具軍事價值。

　　③蕞(zuì)爾:形容小貌。《論衡·死僞》:"鄭雖無腆,抑諺曰:'蕞爾小國。'"

文彦博集卷一九

奏議

供取索英宗遺事

先帝切於求治，審於任人。臣等因進擬差除官，上曰："朕向在藩邸①，每聞朝廷除官，多是不厭衆論②，朕亦以爲掄選未當③。及朕臨御以來④，精意求人，不吝好爵。今選於衆，方知得人頗難。然隨才任之，使各稱其職可也。"臣等上奏曰："帝王任人，不藉才於已往，不俟賢於將來，隨才任之，誠如聖旨。"

【編年】

熙寧元年（1068）任樞密使日作。原本題下注云："熙寧元年。"

【箋注】

①藩邸：諸侯王的府第。北周庾信《故周大將軍義興公蕭公墓銘》："有美令德，茂親藩邸。"

②不厭衆論：不能使衆論滿意。

③掄選：選拔。《宋史·張齊賢傳》："有司偶失掄選。"

④臨御：臨下御衆。謂登帝位。語出《書·大禹謨》："臨下以簡，御衆以寬。"

乞戒勵諸路將帥

今西事方興①，用兵有漸，欲預行戒勵諸路將帥：

一、將佐逐日公共協心②，講求兵政邊事，各務周知利害，蘊蓄有素，臨事不惑，則鮮有敗事。

一、將佐依時躬親訓練士卒，務令事藝習熟，人情相諳，免致倉卒誤事。

一、將佐須各熟知山川險易，道路遠近，敵人情狀。所貴用兵料敵，不失機會。

一、將佐等須熟詢康定中用兵次第③，鑒當日之失策，則可以致今日之得計。

一、兵分勢弱，取勝必難，仰本路經略總管熟議④。戰守之兵各有定數，兵有定，將量力應敵，必求全勝。無若康定中，累爲誘兵所陷。

一、沿邊小堡寨若遇大寇不能支吾⑤，即檢詳前後處置，臨時或須併入大寨，不管落賊奸便。

一、賊寇大入，更相赴救。或逐路牽制，仰細詳前後指揮處置，不得至時觀望不進，有誤大事。及不得輕有舉動，致有敗衄⑥。

一、常切選得力勾當事人⑦，探候賊中事宜。如所報得實，及致官軍勝捷，一依前後賞格施行。

一、行軍賞罰，常須檢詳，所貴倉卒易爲處置。

一、所須財糧，常須計會。運司計置有備，仍須體認邊儲難得豐備，不得非理妄用。

一、經略司機宜官常須編排檢詳本司前後文書⑧，務要習熟齊整,緩急處置報應,有所依據,不致差失稽遲,有誤大事。

　　一、機宜官不得與本路兵官過從結納,及赴筵宴,有妨行遣文字。

　　一、毋得冗占兵士,妨訓練戰守。

　　一、約束未盡,續條列利害以聞[一]。

【編年】

　　治平四年(1067)任樞密使日作。原本題下注云:"熙寧元年。"按:《長編拾補》卷一記爲治平四年十二月事,共十四條。《文集》注爲熙寧元年事,共十二條。此奏當爲針對種諤、薛向而言,故在治平四年爲宜。

【校勘】

　　〔一〕"毋得冗占兵士"至"續條列利害以聞":原脫,據《長編拾補》卷一補。

【箋注】

　　①西事方興:治平四年(1067)十月癸酉,知青澗城種諤復綏州。夏將嵬名山舉族來歸。宋朝與西夏用兵蓋自此始。夏人誘殺知保安軍楊定等。

　　②將佐:正將、副將、準備將通稱。如"將佐"不與"制領"并提,"將佐"或包括統制、統領官。《朝野雜記》甲集卷一一《統制統領官》:"統制、統領官,三衙及御前諸軍將佐也。……其下乃有正將、副將、準備將之名。皆偏裨也。"

　　③康定中用兵次第:指康定二年宋夏好水川之戰的情況。康定二年正月,元昊施詭計,一面派人至延州,與范仲淹約和;一面又求盟於韓琦。范仲淹不敢聞於朝廷,乃自爲書予元昊。二月,韓琦得知夏兵將進攻渭洲,立刻赴鎮戎軍,盡發其兵;又募得敢勇一萬八千人,命行營總管任福率領,桑懌爲先鋒,朱觀、武英、王珪各以所率軍隊聽從任福節制。大軍出發前,韓琦面授方略,并特別囑託他們不要違背節制。由於任福貪功冒進,宋軍大敗好水川。

　　④經略總管:全稱爲經略安撫使、馬步軍都總管。經略安撫使:宋仁宗皇祐四年(1052)以儂智高起義,始於廣州、桂州置,以本州知州兼任。其後,西南邊帥多帶此銜,以重其權。神宗熙寧五年(1072),又置於熙河、永興、鄜延、環慶、秦鳳、涇原等六路。後帥臣任河東、陝西、嶺南路職任,皆帶此銜。掌一路

兵民之事,聽其獄訟,頒其禁令,定其賞罰,稽其錢穀。甲械出納之籍,若事難專決,則具可否稟奏,事干機速邊防及士卒抵罪,則聽以便宜裁斷。總管:全稱馬步軍都總管或兵馬總管。由各級地方長官兼任,掌路或府、州兵馬。帥臣任河東、陝西路,職在綏禦戎夷,則爲經略安撫使兼都總管以統制軍旅。

⑤支吾:應付。宋司馬光《涑水記聞》卷一一:"西賊奸計,大未可量,朝廷當獎勵逐路帥臣,豫作支吾。"

⑥敗衄(nù):失敗。唐白居易《論行營狀》:"未立功者,或先封官,已敗衄者,不聞得罪。"

⑦勾當事人:爲某事而設立專門負責辦理的差官。此指專門探報敵情之人,即今之間諜。勾當:主管,辦理。唐顏真卿《與郭僕射書》:"又一昨裴僕射誤欲令左右丞勾當尚書,當時輒有酬對。"

⑧經略司機宜官:即經略司管勾機宜文字。帥司幕僚官,掌本司文書草擬、收發等公事。多由宗室、外戚、地方簪纓豪門子弟之賢者差充。《會要·職官》四一之一一五:"諸路帥司,向緣軍興,事涉機密,許辟親屬充書寫機宜文字。"

乞禁止漢人與西人私相交易

檢會累降指揮①,沿邊諸路經略安撫使嚴切禁止漢人與西界私相交易博買②,非不丁寧。近訪聞諸路沿邊因循習俗,不切禁止,常有番漢私相交易。蓋緣官司不遵守條貫,明行賞罰,是致全無畏避,及無人發摘告陳③。近又聞西界不稔④,斛食倍貴⑤,大段將牛、羊、青鹽等物裹私博斛斗入番⑥,不惟資假盜糧,兼妨沿邊及時計置收糴軍儲。今欲再下逐路經略安撫司,依累降指揮施行。

【編年】

熙寧二年(1069)任樞密使日作。原本題下注云:"熙寧二年。"

【箋注】

①檢會：猶查考。《後漢書·律曆志贊》：“象因物生，數本杪曶。律均前起，准調後發。該核衡璿，檢會日月。”

②博買：宋時稱官府收買外來商品。范文瀾、蔡美彪等《中國通史》第四編第一章第二節：“（北宋時沿海市舶司）收買舶貨，名爲博買，也叫‘抽買’、‘和買’、‘官市’。”《宋史·食貨志下七》：“嘉定十二年，臣僚言以金銀博買，泄之遠夷爲可惜。”

③發摘：揭發；舉發。宋蘇舜欽《論五事》：“苟無訟端，莫肯發摘，知者或欲陳告，又非干己。”

④不稔：莊稼不熟。《國語·吳語》：“不稔於歲。”

⑤斛食：即“斛斗”。斛與斗。皆糧食量器名。十升爲斗，十斗（南宋末年改爲五斗）爲斛。指代糧食。唐元稹《論當州朝邑等三縣代納夏陽韓城兩縣率錢狀》：“臣今所徵斛斗并請成合，草并請成分，錢并請成文。”

⑥裹：攜帶。《禮記·雜記下》：“君子既食，則裹其餘乎？”博斛斗入番：換糧食給西夏。博：特指以貿易方式換取。唐盧仝《若雪寄退之》：“市頭博米不用物，酒店買肉不肯賒。”番：指西夏。

奏陝西保毅軍利害①

據涇州保毅軍人户程奉先等狀②，乞除放保毅軍，及乞免放送納見錢事③。檢會熙寧二年八月終，據陝西沿邊四路經略使與轉運使薛向分析擘畫到逐處保毅利害④，看詳鄜延、環慶兩路保毅軍皆是於人丁上點差，尋并撥充義勇外⑤，涇原、秦鳳兩路保毅從初并於人户地畝上件差。只有相承祖名，元無正丁充役，皆是臨時衆户依地畝合錢雇人充役。每歲典賣地土，於契帖上開坐合著保毅分數⑥，隨地推送。及至應役之時，出助錢數多不齊足，經官理索，即勾集典賣衆户管認分攤，極煩追擾。

尋牒兩路保毅五千餘人，更不勾追⑦，只令合著保毅每一名共納錢三貫文,各於稅簿內開坐合著分數⑧,隨夏稅只於本州縣送納見錢,不得支移折變。如遇典賣地土,亦依分數於契內開坐,如兩稅法割移⑨。其納到保毅錢⑩,別作一項封樁⑪,如本路有修城或隨軍差役,却將上件錢雇人充役,即不得別將支用。自行下此指揮後,秦鳳路已依准施行,公私爲便,別無詞訟。惟涇原路據人户狀稱,乞依舊充役,免放納錢⑫。尋降指揮,例與減錢一貫,每名只共納錢二貫文去訖。今又據程奉先等狀,乞免納見錢,及乞除放保毅軍。

　　體量得自前保毅人員與逐州典利在輪差保毅在州占使,因緣侵漁,弊倖不一。今欲令本路經略使更切體量利害,如果是本路保毅人户納錢不便,即却令依舊充保毅。非時不得勾抽在州縣及諸官下占使⑬,除大段修築城寨及隨軍搬運軍須,即得勾抽差役。所有自前已納下拆保毅錢,具數封樁,抵充合雇夫匠,修完城壁。

【編年】

　　熙寧四年(1071)任樞密使日作。原本題下注云:“熙寧四年。”

【箋注】

　　①陝西保毅軍:宋代陝西鄉兵之一。《宋史·兵志四》:“鄉兵者,選自户籍,或土民應募,在所團結訓練,以爲防守之兵也……咸平四年,令陝西係稅人户家出一丁,號曰保毅,官給糧賜,使之分番戍守。五年,陝西緣邊丁壯充保毅者至六萬八千七百七十五人。”

　　②涇州:屬秦鳳路,上,安定郡,彰化軍節度。

　　③送納:送交;輸納。宋蘇軾《應詔論四事狀》:“今來所欠,并是下等貧困之人,無可送納。”

　　④陝西沿邊四路:慶曆元年,分陝西沿邊爲秦鳳、涇原、環慶、鄜延四路。轉運使:首見於唐,掌管穀物財貨的轉輸和出納等事務。宋初,爲集中財權,改設專職的都轉運使、轉運使,掌一路或數路財賦與軍需糧餉,并有督察、刺舉地方官吏的權力;後兼理邊防、治安、錢糧,成爲州府以上的一級行政長官。因有

兵權,故稱漕帥(轉運使司,簡稱漕司)。其或兼掌數路財賦者,稱都轉運使,職位低者又有同轉運使、副使、判官等名目。詳見《宋史·職官志》七《都轉運使轉運使》。薛向:詳見《文集》卷一八《條奏薛向利害》注①。

⑤義勇:宋代鄉兵之一。北宋時河北、河東、陝西等路按比例徵民丁爲義勇。於手背刺字,農閒教習武藝,戰時防守城壘,官給米、錢;皆於其手背刺字。神宗變法時,改爲保甲。《宋史·兵志四》:"當仁宗時,神鋭、忠勇、强壯久廢,忠順、保毅僅有存者。康定初,詔河北、河東添籍强壯,河北凡二十九萬三千,河東十四萬四千,皆以時訓練。自西師屢衄,正兵不足,乃籍陝西之民,三丁選一,以爲鄉弓手。未幾,刺充保捷,爲指揮一百八十五,分戍邊州。西師罷,多揀放焉。慶曆二年,籍河北强壯,得二十九萬五千,揀十之七爲義勇,且籍民丁以補其不足。河東揀籍如河北法。"

⑥契帖:又稱"文契"、"契照"。宋代證明土地所有權的法律文書。由契、帖兩部分組成。契指田契,土地買賣文書,自買或繼承祖先所買田産,均有買賣契約。帖爲原始文書,人户開荒墾拓或得賞賜田時由政府頒給,以爲地權之證。契、帖一般合爲一份,共作地權證明文書。

⑦勾追:追捕。

⑧開坐:猶開列。宋范仲淹《奏揀選往邊上屯駐兵士》:"仍指揮諸路部署司,將去年秋後差到屯駐駐泊,并今後差到兵士,并依此揀選施行訖,逐旋開坐聞奏。"

⑨兩稅法:唐代德宗建中元年(780),根據宰相楊炎的建議,開始推行的以資產爲根本課徵依據的綜合財產稅制。有以下特點:量出制入,中央根據支出需要,確定賦稅總額,分攤到各地徵收;將以往的一切賦稅及雜徵統一徵收,另有青苗錢一項專供封建官吏俸錢之用,兩稅之外不得巧立名目、另有徵課;主要按土地和財產的多少徵收地稅和户稅,概令以錢納稅,分夏秋兩次徵收。宋朝沿襲兩稅(專指地稅)名稱,另有丁稅、雜稅。割移:宋時,人户典賣田宅,立契納稅之後,賣主、買主(或典主)需一同到地方政府辦理土地稅糧的改動手續。過户後,産權轉移手續完畢,以後則由典主或買主負擔田地稅收。

⑩保毅錢:應該充保毅的人户并無人丁充役者,每名保毅須納三貫文以雇人充役。即爲保毅錢。

⑪封樁：宋代的一種財政制度。凡歲終用度之餘，皆入庫封存，以備急需。《宋史紀事本末·太祖建隆以來諸政》：“三年八月，置封樁庫。帝平荆、湖、西蜀，收其金帛，別爲内庫儲之，號封樁。凡歲終用度之餘皆入之，以爲軍旅饑饉之備。”宋葉適《財總論二》：“於熙寧、元豐以後，隨處之封樁，役錢之寬剩，青苗之倍息，比治平以前數倍。”

⑫放納錢：免充保毅而交納的錢。即以錢代役。與上文之保毅錢同。

⑬勾抽：謂徵調軍隊。宋歐陽修《乞許轉運司差兵士捉賊》：“今後每遇勾抽，係路分管轄軍馬，候見本屬部署司文字，即得起發。”

奏西夏誓詔事①

其　一

夏國遣使通和。今月二十三日，中書、樞密院同奉聖旨，令押伴説與西人②，除綏德城界至欲令趙卨商量外③，餘依從來蕃漢界至④，重立封堠⑤，掘壕塹⑥，封堠界。壕内蕃漢任便樵牧耕種，彼此更無所禁。於界首擇蕃漢穩便處置立和市⑦，許蕃漢交易，漢收漢税，番收番税。候商量上件了當，即納誓表⑧，降誓詔，待之如舊。

【編年】

熙寧四年（1071）任樞密使日作。原本題下注云：“熙寧四年。”

【箋注】

①誓詔：與“誓表”相對而言。指接受臣服的詔書。

②押伴：陪伴客使。

③綏德城界至欲令趙卨商量：《宋史紀事本末》卷四〇《西夏用兵》：“（治平四年十月）種諤既受嵬名山降，迨十一月，夏主諒祚乃詐爲會議，誘知保安軍楊定等殺之，邊釁復起。朝議以諤生事，欲棄綏誅諤，陝西宣撫主管機宜文字趙卨言：‘虜既殺王官，而又棄綏不守，示弱已甚。且名山舉族來歸，當何以

處！'又移書執政,請'存綏以張兵勢。規度大理河川建堡,畫稼穡之地三十里以處降者'。不從。乃改命韓琦判永興軍,經略陝西。琦初言綏不當取,及楊定等被殺,復言綏不可棄。樞密以初議詰之,琦具論其故,卒存綏州。"趙卨(1027—1091),字公才,邛州依政(今四川新津西南)人。舉進士,爲汾州司法參軍。郭逵宣撫陝西,辟掌機宜文字。指斥種諤擅納西夏綏州降人數萬。熙寧中,遷提點陝西刑獄。加直龍圖閣、知延州。遣裨將曲珍等擊敗西夏兵四萬;括公私閑田,募騎兵萬七千。後因事降知桂州,又黜知相州。官至太中大夫。卒,贈右光禄大夫。

④界至:指邊界所至的標志。《續資治通鑒·宋神宗熙寧七年》:"遼主以河東路沿邊增修戍壘,起鋪舍,侵入蔚、應、朔三州界內,使林牙、蕭禧來言,乞行毀撤,别立界至。"

⑤封堠:古代劃分疆界和分程記里的土墩。晋崔豹《古今注》:"封疆畫界者封土爲台,以表識疆境也。馬縞曰:'爲壇埒以畫界分程也,十里雙堠,五里隻堠。'"

⑥壕塹:護城河。唐趙元一《奉天録》卷一:"城外兇衆,飛矢抛木者,壕塹俱滿。"

⑦界首:邊界前緣;交界的地方。《梁書·范岫傳》:"永明中,魏使至,有詔妙選朝士有詞辯者,接使於界首,以岫兼淮陰長史迎焉。"和市:與少數民族交易的市場。《舊唐書·回紇傳》:"自乾元之後,(回紇)屢遣使以馬和市繒帛……以馬一匹易絹四十匹。"

⑧誓表:指決心臣服的表章。

其　二

一、興置和市。檢會前年冬已令蔡延慶等各於逐路先次密切體問,自來番漢客旅博易往還之處①,相度置立和市。須至兩界首開置市場②,差官監轄。番漢客旅除違禁物色外,令取便交相轉易,官中止量收漢人税錢,西界自收番客税利。去年夏,諸路已相度到利害相次,便值西人於慶州作過③,遂未曾施行,今欲重舉舊議。此一節即不係誓表内開説。

一、綏德城爲未曾立定界至，致去年修立堡鋪，頻有交争④。欲令押伴説與西人，同延州差去官分明標立定界至，載在誓表，所貴久遠，別無交侵。此一節創新，須入誓表，餘依慶曆四年誓表、誓詔。

一、秦鳳路甘谷城至治平寨通謂堡⑤，自來雖界至分明，爲未有壕塹，以致累年頻有西人侵入地分。今令秦州、德順軍於本界内開掘界壕，所貴久遠，別無交侵。此一節只是於界至内創開界壕，止欲令西人知，勿令沿邊首領妄有占。

【箋注】

①博易：以貨物交換貨物的貿易。唐韓愈《論變鹽法事宜狀》："多用雜物及米穀博易，鹽商利歸於己，無物不取。"

②市場：此指"博易場"，爲榷場之一種，於邊境所設，和少數民族進行貿易。

③西人於慶州作過：熙寧三年五月，夏人築鬧訛堡，知慶州李復圭合蕃、漢兵纔三千，遣偏將李信、劉甫、种詠等出戰，親授圖略，大敗。慶州：屬永興軍路，後升慶陽府，中，安化郡，慶陽軍節度。

④"綏德城"以下三句：（熙寧三）四月，夏人侵綏德城，築八堡。五月，夏人築鬧訛堡，知慶州李復圭合蕃、漢兵纔三千，遣偏將李信、劉甫、種詠等出戰。十一月甲辰，夏人寇大順城。十二月庚午，夏人寇鎮戎軍。綏德：屬永興軍路，延安府。治平四年，收復綏州。熙寧中，改爲綏德城。四年，置囉兀城、撫寧賓草二堡，尋廢。元豐五年，置永樂城，賜名銀川砦，尋廢。

⑤甘谷城：熙寧元年置，有吹藏、大甘、隴諾三堡。屬秦州，秦鳳路。治平寨：北宋治平四年（1067）置，屬德順軍，秦鳳路。在今甘肅静寧縣西南。

乞别定益利鈐轄司畫一條貫①

臣勘會益利鈐轄司以所部去朝廷遠，承前體例，事由便宜裁決，所以上體倚寄之重，亦以安服遠人之心。二廣雖亦遐遠②，權其事體，輕重不侔。均順之事，耳目未遠。故朝廷擇守，比他蕃鎮絶重，舉西南事一以委之。

　　慶曆六年臣知益州，時屬饑災，列郡多事，賊盜興起，刑獄淹延。事稍有疑，例欲奏決。臣勘會得益利路鈐轄司多是承例酌情便宜區斷。尋曾牒轄下州軍，今後勘到合行奏聽敕旨公案，且先申當司，以憑相度。其間有別無疑慮，或情輕法重可以末減，情重法輕當從嚴斷者，率皆便宜決遣。內有事狀必難裁處，方敢奏聞。兼朝廷不以爲非，在川蜀甚以爲便。

　　邇來事體，與昔頗殊，處置之間，或多齟齬③。今本路提刑司累奏，乞別定鈐轄司畫一條貫，猶恐本路鈐轄司今來依舊引用臣慶曆六年川蜀饑災之時權宜公牒，致監司官頻有論列④。欲乞送刑法司依本路提刑司別定鈐轄司畫一條貫⑤，所貴經久遵守施行。取進止。

【編年】

　　熙寧四年（1071）任樞密使日作。原本題下注云："熙寧四年。"

【箋注】

　　①益利鈐轄司：指益利路兵馬都鈐轄司。北宋常用重臣知益州，兼益利路兵馬都鈐轄，以鎮撫西南遠方。鈐轄司：全稱兵馬鈐轄司。《宋史・職官七・鈐轄司》："掌總治軍旅屯戍、營防守禦之政令。凡將兵隸屬官訓練、教閱、賞罰之事，皆掌之。"益利：指益州路和利州路。咸平四年，分川、峽爲益、利、梓、夔四路；景德元年（1004），轉運司路不變，帥司路則由四路合併爲西川、峽路兩路，又稱益利路、梓夔路。

　　②二廣：指宋代廣南西路與廣南東路。即今廣西壯族自治區與廣東省。宋岳飛《奏措置曹成事宜狀》："似此顯見曹成未肯便赴行在，意欲侵犯二廣。"

　　③齟齬：不相投合，抵觸。唐韓愈《答竇秀才書》："又不通時事，而與世多齟齬。"

　　④監司官：指宋時的經略安撫使（或經略安撫使兼兵馬都總管）、轉運使、提點刑獄公事、提舉常平公事。即所謂的帥、漕、憲、倉四司長官。

⑤刑法司：指刑部和大理寺。提刑司：全稱提點刑獄司。宋代地方司法機構。作爲中央在地方各路的司法派出機構。號“憲司”。主管所屬各州的司法、刑獄和監察。

論用人

臣屢被德音，將來西事寧息，更須精擇守邊之臣，積粟訓兵，爲經久之制。此乃陛下恭紹祖宗之丕基①，慎守盈成之大法②，將欲躋斯民於富壽，致天下於太平。臣退思之，不勝欣抃〔一〕。又思以虛薄孱拙，不能上副陛下孜孜求治之意，伏增悚惕③。今所擇邊臣，雖未得周才及已試之效，但思慮精審，不輕舉妄動以求徼幸，苟圖進身，則已善矣。復能訓兵積粟，節用愛民，恩威兼著，將使夷狄懷附，非但不敢侵侮而已。兹所謂長城巨屏，致朝廷高枕無虞矣。若一用輕險躁妄之人④，使之守邊，爲國生事，以規身利，則邊無寧謐之歲，兵無休偃之時，中外擾然，民不聊生矣。臣謂有唐天寶、建中之難可爲龜鑑⑤。

開元初，明皇勵精求治，任姚、宋爲相，馴致太平。當時不賞邊功，以防生事。及天寶之際，林甫、國忠作相⑥，引用匪人，布在朝列。時以承平既久，才力富盛，於是邀功之將務恢封略，以甘上心，欲蕩滅契丹，剪除吐番。喪師者失萬而言一，勝敵者獲一而言萬，寵錫之極，驕矜遂增。哥舒翰統西方二帥⑦，安禄山統東方三帥⑧，踐更之卒⑨，俱授官名，郡縣之積，罄爲禄山秩。於是驕將鋭卒，萃於二統，邊陲勢強，朝廷體弱，禄山一唱，中原蕩析。

元和中，宰相李絳亦對憲宗云⑩：“開元之末，奸臣説以興利，武夫説以開邊，天下勞役，以至大盜竊發，兩都覆没⑪。”憲宗又嘗問侍臣建中之難，朱泚盜據宮闕，德宗播遷梁漢，致亂之由。宰臣李吉甫對曰：“德宗之初，躬行節儉，任崔祐甫作相⑫，動遵至道。

及祐甫殁，繼其任者或非其人，忠諫不聞，小人乘間邀功，便已苟媚。當時以爲河朔未賓，宜用力取[13]。甘言先入，主聽致惑。是時國材不足，趙贊司國計，先纖細刻急，括率京師商賈富民[14]。又諫官陳京獻策稅屋間架，立法峻急，人情愁怨，遂致京師叛亂[15]，鑾輿播遷。實由輕用兵，信小人剥下之謀，以致危亂。”是二臣者皆願憲宗追念前朝之失，以爲元龜[16]。所論天寶、建中事，皆出《唐書》，非臣附以臆説。

臣今伏聞德音，以西事寧息之後，慎擇邊帥，爲經久之制。實安邊息民之遠圖，乃馴致太平之長策，天下幸甚！然尚慮有邀功生事之將，希時取合之臣，潛爲甘言，上惑睿聽。伏望陛下鑒前古治亂之由，更加詳察，或付之外廷，公議可否。兼樞密院每進擬用人，陛下累云：某人好作事，可用；某人不肯作事，不可用。臣愚以爲，事有可作而不作，誠爲過矣；未可作而作，失其宜矣；不可作而妄作，非惟害事，實害治道[二]。夫天下之人不從上令而從上好，上好是焉，下有甚者。且中人常情，鮮克守道[三]，趨時希旨，從上所好，則必勉强作爲，不計後之利害，止圖一時僥倖者衆矣。伏望陛下察其言，觀其行，原其始，要其終，可行而行，可作而作，庶無後害。

比者臣以劉邵《人物志》進説[17]，未審陛下以爲如何？臣以邵之書主於詳察人物，於任官擇材之法有可觀焉。故其序云：“明王之宜玩，宰相之宜覽。”又曰：“人之品質，中和最貴。中和之質必平淡無味，故能調成五材，變化應節。是以觀人察質，必先察其平淡而後求其聰明。”至於人主任材，亦貴平淡。若道不平淡，與一才同好，則一才處權，衆才失任。夫一才處權，則憸邪之人枉道附離而希進[18]，朋比之風扇矣；衆才失任，則端方之士守分卷懷而思退，忠正之路梗矣。然則於任人求治之道，必有所偏，偏則必有所害。

《傳》曰:遠佞人,去鄭聲⑲。夫佞者才智之稱,蓋邪佞之人,必有小小才智以飾身而干進〔四〕。其事君也,務納小忠、興小利以自效。夫小忠必爲大忠之賊,小利必爲大利之害。苟人主不早辨之,終必致於禍亂。如聖人之於去佞,其戒尤爲深切。《書》曰:在知人,在安民。知人則哲,安民則惠。能哲而惠,何憂乎巧言孔壬⑳!伏願陛下貴平淡之道以用人,使群才不失其任;推哲惠之心以去佞,使群邪不干於正。堯舜所以致治而於變時雍者㉑,由斯道也。臣備位樞近,内省尸素,思竭區區上裨聖政。干冒旒冕㉒,伏候嚴誅。

【編年】

熙寧四年(1071)任樞密使日作。原本題下注云:"熙寧四年。"

【校勘】

〔一〕欣抃:原作"竊忭",據《歷代名臣奏議》改。抃:鼓掌表示歡喜。《宋史·禮志十三》:"皇太后陛下顯崇徽號,昭焕寰瀛,伏惟與天同壽,率土不勝欣抃。"

〔二〕道:原脱,據《歷代名臣奏議》及四庫本補。

〔三〕道:原脱,據右補。四庫本作"經"。

〔四〕飾:原作"餙",據季校本、四庫本和《歷代名臣奏議》改。

【箋注】

①丕基:巨大的基業。《舊五代史·晉書·少帝紀》:"朕虔承顧命,獲嗣丕基,常懼顛危,不克負荷。"

②盈成:"持盈守成"的省語。保持已成的盛業。《宋史·蘇易簡傳》:"願陛下持盈守成,慎終如始。"

③悚惕:恐懼;惶恐。常用爲奏章或書信中的套語。唐元稹《爲令狐相國謝回一子官與弟狀》:"寵過憂來,恩殊感極,彷徨自顧,悚惕難居。"

④輕險:輕躁奸險。《舊唐書·齊澣傳》:"麻察輕險無行,常遊太平之門,此日之事,卿豈不知耶?"躁妄:急躁輕率。宋洪邁《容齋三筆·郎官員數》:

“淺浮躁妄，爲胥輩所輕，有如李莊者。”

⑤天寶：唐玄宗李隆基年號（742—756）。李隆基，唐睿宗第三子。景云元年（710）通過政變擁其父睿宗復位，被立爲太子。延和元年（712）受禪繼位。前期任姚崇、宋璟爲相，除弊政，裁冗官，使封建經濟繼續發展，有“開元之治”美譽。後期驕奢淫逸，重用李林甫、楊國忠，政治敗壞；又寵信楊貴妃，以聲色自娛。中原地區武備空虛，西北、北方各鎮節度使又重兵在握，形成尾大不掉之勢。終致天寶十四載（755）安史之亂。建中：唐德宗李適年號（780—783）。李適，唐代宗長子，大歷十四年（779）即位。次年，廢租庸調制，頒“兩税法”。即位初期，企圖裁抑藩鎮割據勢力，加强中央集權，但措置失宜，猜忌將領，使戰禍日益擴大。建中四年（783），涇原兵變，推朱泚爲首，佔領京師。他倉皇逃至奉天（今陝西乾縣）。繼而朔方節度使李懷光叛，他又逃至漢中。龜鑑：龜，龜卜；鑑，鏡子。比喻借鑑。宋蘇軾《乞校正陸贄奏議上進劄子》：“聚古今之精英，實治亂之龜鑑。”

⑥李林甫：唐玄宗時奸相。歷官御史中丞、刑部和吏部侍郎。因諂附玄宗寵妃武惠妃和武三思女，於開元二十二年（734）任宰相。善於窺測玄宗好惡舉動，迎合意旨，因此頗得玄宗信任。爲人忌刻陰險，表面與人友好，背後暗加陷害，人稱“口有蜜，腹有劍”。任相長達十九年，獨攬朝政，權勢甚盛，自張九齡罷相後，同列宰相牛仙客、陳希烈等都對他懼怕有加而不敢問政。他和楊國忠有隙。他任相期間主張重用蕃人爲將，使安禄山等掌領重兵。死後不久便發生了安史之亂。楊國忠：唐玄宗時奸相。唐蒲州永樂（今山西永濟）人。楊貴妃之從祖兄。本名釗。天寶初年因楊貴妃爲玄宗所寵，由監察御史升侍御史等，賜名國忠，權傾内外。天寶十年（751），唐派劍南節度使鮮于仲通攻南詔大敗。時楊國忠兼兵部侍郎，掩蓋鮮于仲通的失敗，還爲其叙戰功。十三年，遣劍南留後李宓攻南詔，全軍覆没。矯報捷書。再度興師，傾驍卒二十萬，加重了各族民衆的苦難。十一年，李林甫死，代爲右相，兼領四十餘使。專徇玄宗嗜欲，强徵暴斂。結黨營私，排斥正派朝臣，賄賂公行，賣官鬻爵，選任官吏都在私第暗定。十四年，安禄山以“討國忠”爲名發動叛亂，隨唐玄宗逃出長安，在馬嵬驛（山西興平）被士兵殺死。

⑦哥舒翰：唐玄宗時武將名。突厥哥舒部人，天寶六載（747）爲隴右節度

使,於青海築城池,建軍事據點,使吐蕃不敢接近青海。後攻拔吐蕃重要軍事據點石堡城(今青海湟源),遂兼河西節度使,封西平郡王。天寶十四載,安禄山反,高仙芝受誣被誅,玄宗命哥舒翰將兵二十萬代高仙芝守潼關(今屬陝西)。宰相楊國忠懷疑他要回兵殺害自己,力勸玄宗促令他出戰。天寶十五載六月,哥舒翰被迫出關,戰於靈寶(今屬河南),遭敵伏擊火攻,全軍覆没。哥舒翰被部下執送安禄山,求致書招降唐將領以免死。

⑧安禄山:唐玄宗時叛將。本名軋犖山,後隨母歸突厥人安延偓。通六蕃語,爲互市郎。以驍勇善戰,被幽州節度使張守圭賞識,養爲假子。後以戰功任平盧兵馬使、營州都督,幽州節度副使等職。又以各種手段博取玄宗及楊貴妃的歡心,天寶年間(742—756)逐日升遷,身兼平盧、范陽、河東三鎮節度使、驃騎大將軍,封東平郡王。天寶十四載十一月,安禄山自范陽起兵,以討楊國忠爲名,發動叛亂,攻陷洛陽。次年正月在洛陽稱大燕皇帝,建元聖武。同年六月,遣軍陷長安。至德二載(757)正月,爲其子安慶緒所殺。

⑨踐更:受錢代人服役。宋蘇軾《策別厚貨財》之二:“昔漢之制,有踐更之卒,而無營田之兵。”

⑩李絳:唐憲宗時宰相。字深之,趙郡贊皇(今屬河北)人。貞元進士。元和初,任翰林學士知制誥。憲宗謀裁抑藩鎮,他建議討伐淮西節度使吳元濟。討伐成德節度使王承宗時,他反對憲宗用宦官吐突承璀爲統帥,并極論宦官驕橫等事。元和六年(811),任户部侍郎,旋遷中書侍郎、同平章事。文宗時,爲山南西道節度使,後被變兵殺害。李絳爲人正直,敢於諫諍,雖屢爲佞臣所讒而受貶,但秉性不改。與善於逢迎之宰相李吉甫常針鋒相對。是唐代有名的諫臣,名聲僅次於魏徵。唐憲宗:即李純。805至820年在位。唐順宗長子。貞元二十一年(805)宦官俱文珍迫唐順宗禪位於他。即位初,平定了四川劉闢、江東李錡叛亂,旋整頓江淮財賦,以增加財政收入,并於元和年間,利用藩鎮間的矛盾,平定淮西節度使吳元濟的叛亂,其他藩鎮也表示歸附,形式上實現了全國統一。他寵信宦官,元和十五年(820)爲宦官毒死。此後唐朝形成了宦官專權的局面。

⑪兩都:唐代的西京長安和東京洛陽,是當時政治和文化中心。

⑫崔祐甫:唐德宗時宰相。字貽孫,長安(今陝西西安)人。第進士,調壽

安尉。代宗時累遷中書舍人。性剛直，遇事不阿。德宗即位，拜門下侍郎、同中書門下平章事，俄改中書侍郎。他薦舉人才，推至公以行，莫不諧允。

⑬"當時"二句：指河朔三鎮未賓服，應該興兵討伐。唐德宗建中二年（781），成德節度使李寶臣死，其子李惟岳繼任，要朝廷任命。德宗爲裁制藩鎮，堅決不允。爲維護節度使的世襲特權，魏博鎮田悦、淄清鎮李納、山南東道節度使梁崇義和李惟岳聯合叛亂。建中二年（781）淮西節度使李希烈奉命討山南東道節度使梁崇義，破襄陽，崇義自殺，淮西兵大掠而去。次年李惟岳伏誅。建中三年，李希烈兼平盧、淄青、兗鄆、登萊、齊州節度使，奉命討伐割據淄青的李納，反與之通謀。盧龍鎮朱滔、成德鎮王武俊、魏博鎮田悦、淄青鎮李納，聯合叛亂。當攻下汴州（河南開封）後，李希烈自立國號稱建興王，公開叛唐。河朔：黃河以北的地區。唐寶應元年（762）十一月，唐代宗任命安史部將張忠志爲成德軍節度使，賜姓李，名寶臣。廣德元年（763）春又任命安史部將薛嵩爲相衛節度使，李懷仙爲幽州節度使，田承嗣爲魏博州都防禦使。後來魏博鎮兼并了相衛，連同成德鎮、幽州鎮通稱爲"河朔三鎮"。

⑭趙贊：唐河東人。德宗建中元年，以禮部郎中爲荆、襄等道黜陟使。遷吏部郎中。爲中書舍人，知建中三年貢舉。旋遷戶部侍郎、判度支。時河北、河南連兵不息，乃請借富商錢，以濟國用，京師大擾。

⑮陳京：字慶復。善文辭，擢進士第。拜左補闕，極言不可用盧杞爲饒州刺史。德宗建中四年（783），以討李希烈，財用匱乏，與戶部侍郎趙贊請稅民屋架。即以每屋兩架爲間，按屋的好壞分爲三等，上屋稅錢二千，中屋稅錢一千，下屋稅錢五百，官吏闖入民人家室計算其數。對房產多的人出錢動則數百緡，如果敢有隱匿一間不報的杖六十，賞給告發者錢五十緡。在徵稅時，役吏苛擾，激起民憤，涇原兵在長安嘩變，推朱泚爲首，提出廢除間架稅的口號。

⑯元龜：大龜。古代用於占卜。比喻可資借鑒的往事。《三國志·吳志·吳主傳》："近漢高祖受命之初，分裂膏腴以王八姓，斯則前世之懿事，後王之元龜。"

⑰劉邵：字孔才，三國魏政治理論家、思想家，廣平邯鄲（今屬河北）人。

⑱枉道附離：違背正道，結黨營私。附離：同"附麗"。歸附結黨。《漢書·揚雄傳下》："哀帝時，丁（丁明）、傅（傅晏）、董賢用事，諸附離之者或起家

至二千石。”

⑲遠佞人，去鄭聲：遠離善以巧言獻媚的人，禁絕淫穢的靡靡之音。語出《論語·衛靈公》：“放鄭聲，遠佞人。鄭聲淫，佞人殆。”鄭聲：原指春秋戰國時鄭國的音樂。因與孔子等提倡的雅樂不同，故受儒家排斥。此後，凡與雅樂相背的音樂，甚至一般的民間音樂，均被斥爲“鄭聲”。南朝梁劉勰《文心雕龍·樂府》：“《韶》響難追，鄭聲易啓。”

⑳“在知人”以下六句：言安民知人的重要性。語出《書·皋陶謨》：“皋陶曰：‘都，在知人，在安民。’禹曰：‘吁，咸若時，惟帝其難之。知人則哲，能官人。安民則惠，黎民懷之。能哲而惠，何憂乎驩兜，何遷乎有苗，何畏乎巧言令色孔壬！’”知人則哲：能識別人的賢愚善惡的人就是聰明人。安民則惠：使人民能夠安居樂業，就是給他們以恩惠。孔壬：大奸佞。

㉑時雍：本言和善。後指時世安定、太平。語出《書·堯典》：“百姓昭明，協和萬邦，黎民於變時雍。”《漢書·刑法制》：“順稽古之制，成時雍之化。”

㉒旒（liú）冕：即冕旒。借稱帝王。

文彦博集卷二〇

奏議

言青苗錢^①

臣位忝三公，職當論道^②。事有所聞，深虧聖政，默而不言，則上負陛下眷倚之重。近日以來，中外喧傳，以諸路散青苗錢深爲不便。臣比不知本末，今訪知其由，深可驚駭。不近人情，有玷聖化，無甚於此。臣謂此事豈可不達聖聰？皆云朝廷主張，及諸路所差之官承稟風旨^③，威福州郡，故無有敢言於朝廷者。

臣曾見河北轉運司牒^④，開析提舉常平官約束條目云〔一〕：所散青苗錢，每十户以上結成一保，須第三等以上有物力户充甲頭^⑤。此乃是恐向去收納不足，勒令上户填納。又欲散與坊郭人户^⑥，其錢不得過抵當家業所直價錢之半。且謂之青苗錢，却支與坊郭户，皆是廣圖利息，不顧道理。兹豈常平散斂之舊法，朝廷救濟之本意？此法於鄉村之民，行之惟舊，夏秋成熟，折還斛斗絲帛^⑦，即謂之舉放^⑧。若只令納本利見錢，即謂之課錢^⑨。將新抵舊，遷延歲時，諸般折還^⑩，未嘗了足。以其有利債負^⑪〔二〕，官司不許受理。今乃官自爲之，從古以來，未嘗有此。豈當聖朝而公行此法〔三〕？殊乖理道。況聞鄉縣之民，有窮迫之甚者，即皆願請錢，一時聊濟窘急，向去必難填償，此乃下民從來常態。州縣既以逋欠⑫，必從散行催督，追呼笞責⑬，何所不至！兼聞諸路州縣之民，猶有積欠租、稅、貸、糧，并預支紬絹、錢數甚多，將來一併催納，何由取濟⑭？所散官錢，又成積欠。提舉之官，徼冀旌賞⑮，務成功利，剥下媚上，何恤於人？州縣承風，不敢申理。臣恐緣此煩擾，必致興起事端。所有提舉官，乞下本路勘驗事狀〔四〕，特行朝典，以戒非理聚斂之臣。

書曰："商鑒不遠，在夏后之世⑯。"臣不敢以遠事證之，且以唐開元末用宇文融、楊慎矜、王鈇等二十餘人⑰，建中初用趙贊、陳京之策，百萬哀斂⑱，剥下害民，歸怨於上。當時執政、議臣，以奸佞結黨，專以財利媚上，方被寵信，不敢指言其非。惟張説、陸贄苦言之⑲，不蒙聽納，仍遭疏斥。馴致禄山、涇師之亂⑳，鮮不由斯。《禮》云："與其有聚斂之臣，寧有盗臣㉑。"信不誣矣。

方今朝廷清明，表裏無事，以天下之廣，財賦所入，比之祥符以前㉒，其增有及倍者，亦可謂無遺利矣。若以用度稍乏，自當減節冗費，省罷不急之務，不作無益之事，濟之以儉，示民不奢。百姓自足，君孰與不足？《易》曰："節以制度，不傷財，不害民。"此之謂也。夫與治同，道罔不興；與亂同，事罔不亡。陛下視開元之末與建中之初所用宇文融、楊慎矜、趙贊、陳京之法，治之道邪？亂之事邪？茲固不言可知，誠可爲聖朝之商鑒。

近時以來，中外臣僚上言興利者甚衆，大抵希時幸進，妄作者多，徒自紛紜，必寡成事。伏願一切罷之。惟内外計臣尤須慎選，州縣長吏得忠厚廉良之人㉓，臺閣近臣無憸邪朋黨之士㉔，則不治自治，太平可期，陛下可以垂衣端拱而化成矣㉕。臣愚不識忌諱，發於至誠,昧冒以聞㉖,伏增惶懼,隕越之至㉗。

【編年】

熙寧三年(1070)任樞密使日作。原本題下注云:"熙寧四年。"《宋朝諸臣奏議》卷一一四題爲《上神宗論青苗》。文後注云:"熙寧三年上,時彥博爲樞密使,累言青苗不便。"按:韓琦論罷青苗錢均在熙寧三年,二月壬戌,韓琦上《乞罷青苗及諸路提舉官奏》,後又上《又論罷青苗疏》。又《宋宰輔編年錄》卷七:"先是,青苗法行,民病之。韓琦時鎮北京,於是自外奏封事,言青苗實實天下害。奏至,上始疑焉。……時樞密使文彥博亦數言青苗不便,上曰:'吾令中使二人親問民間,皆云甚便。'彥博對曰:'韓琦三朝宰相不信,而信二閹乎?'"彥博言青苗法不便當在韓琦奏之前後。故原本題下注云"熙寧四年"疑誤,當在熙寧三年。

【校勘】

〔一〕析:原作"折",據《宋朝諸臣奏議》改。開析:分析。司馬光《涑水記聞》卷一四:"既而上顧問之,晦叔方爲之開析可否,語簡而當。"

〔二〕有:原脱,據《宋朝諸臣奏議》及文意補。

〔三〕公:原脱,據右補。

〔四〕事:下原衍"件",據右删。

【箋注】

①青苗錢:宋行青苗法貸出的錢。青苗法是王安石新法之一。王安石於熙寧二年實行青苗法,即由政府將常平倉的本錢移作貸款,於青黃不接之際,官府貸錢與民。正月放而夏斂,五月放而秋斂,納息二分。借户貧富配搭,五户或十户爲一保,互相檢察。貸款數額按户等貸給一貫五百文至十五貫不等,夏收秋收後還本付息,以貸款時所約定的價格折還穀物。這種辦法把農貸和預購、平糶結合起來,是對舊常平倉制的一種改革,故也稱爲"常平新法"。青苗法是爲了排斥高利貸,解決農民青黃不接時的急需,且能穩定穀價,增加政府收入。在具體執行中,存在上下級官吏往往抑配,强行攤貸、多放取息的弊端。遭到保守派大臣的極力反對。

②三公:古代中央三種最高官銜的合稱。東漢之制,以太尉、司徒、司空爲

三公,係負責軍政之最高長官。文彥博時爲樞密使,爲宋負責軍政之最高長官,故稱。

③風旨:君主的旨意,意圖。《隋書·裴矩傳》:"(裴矩)承望風旨,與時消息,使高昌入朝,伊吾獻地,聚糧且末,師出玉門。"

④牒:古代公文的一種。劉勰《文心雕龍·書記》:"牒者,葉也……短簡編牒,如葉在枝。温舒截蒲,即其事也。議政未定,故短牒咨謀。"唐代官署及官員九品以上上行文書稱牒,宋承之。

⑤甲頭:猶甲長。《宋史·食貨志上五》:"司農寺乞廢户長、坊正,令州縣坊郭擇相鄰户三二十家,排比成甲,迭爲甲頭,督輸税賦苗役,一税一替。

⑥坊郭人户:城市居民。宋代坊郭户包括居住在州、府、縣城和鎮市的人户,以及部分居住在州、縣近郊新的居民區——草市的人户。宋朝依據有無房産,將坊郭户分成主户和客户,又依據財産或房産的多少,將坊郭户分成十等。

⑦斛斗:斛與斗。皆糧食量器名。十升爲斗,十斗(南宋末年改爲五斗)爲斛。此指代糧食。唐元稹《論當州朝邑等三縣代納夏陽韓城兩縣率錢狀》:"臣今所徵斛斗并請成合,草并請成分,錢并請成文。"

⑧舉放:須以物還之債。《宋刑統·雜律》"公私債負"條準文引《雜令》:"諸公私以財物出舉者、以粟麥出舉還爲粟麥者;任依私契,官不爲理。但必須兩情和同,取利亦不得過限。"

⑨課錢:須以錢還之債。明周履靖《錦箋記·怨寡》:"近聞陳宅大娘廣放課錢,不免與他稱貸幾文。"

⑩折還:折合歸還。宋蘇轍《龍川略志》卷八:"米陳不免賤賣,今欲逐時先借,而令浙中以上供米價買銀折還,豈不兩便。"

⑪債負:有息借貸。

⑫逋欠:拖欠;短少。唐元稹《當州兩税地》:"自此貧富强弱,一切均平,徵斂賦租,庶無逋欠。"

⑬追呼:謂吏胥到門號叫催租,逼服徭役。唐元結《舂陵行》:"追呼尚不忍,況乃鞭撲之。"

⑭取濟:謂取得資財或某種力量的幫助。唐韓愈《論變鹽法事宜狀》:"鹽商利歸於己,無物不取,或從賒貸升斗,約以時熟填還。用此取濟,兩得其便。"

⑮徼冀：希求。徼，通“僥”。《宋史·劉安世傳》：“辯士好爲可喜之説，武夫徼冀不貲之寵，或爲所誤，不可不戒。”

⑯“商鑒”句：語見《詩·大雅·蕩》：“殷鑒不遠，在夏后之世。”商鑒：即殷鑒。宋人諱太祖父弘殷之名，改殷作商。意即殷人滅夏，殷人的子孫應該以夏的滅亡作爲鑒戒。後泛指可以作爲後人鑒戒的往事。夏后：夏朝的君主，這裏指虐民亡國的夏桀。

⑰宇文融：唐朝大臣。京兆萬年（今陝西西安）人。目睹天下户口逃亡嚴重，賦役混亂，奏請搜括逃户，被玄宗采納。爲了强化對人民的控制，加强搜刮，他於開元九年（721）建議清理逃亡户口，請置勸農判官十人，并攝御史，分赴各地，清出“逃户”八十餘萬户和大量土地。開元十七年（729）任宰相。楊慎矜：唐長安（今陝西西安）人。擢監察御史、侍御史，專知太府出納。開元二十一年（733），議諸州納物如有汙傷，則令本州折價賠錢，買輕貨送京師。天寶二年（743），升諫議大夫、御史中丞、户部侍郎兼諸道鑄錢使，知太府出納。王鉷：唐朝官吏。太原祁縣（今屬山西）人。初爲縣尉，遷監察御史、户部郎中。玄宗豪奢異常，所需甚巨，天寶二年（743）任户部郎中，又兼户口色役使，主管國家財政。巧立名目，大肆收括，每年將百萬錢財貯於内庫。玄宗以爲鉷有富國術，寵信益厚。身兼京和市和采户口色役等二十餘使，中外皆畏其權勢。

⑱趙贊、陳京之策：《新唐書·陳京傳》：“初，帝討李希烈，財用屈，京與户部侍郎趙贊請税民屋架，籍賈人貲力，以率貸之。”唐德宗時戰費浩大，軍用不給，便采納判度支趙贊的建議，徵收房産税。上等每間税一千，下等每間税五百。并指派税吏沿家挨户執筆握算。凡隱瞞不報者，隱一間杖六十，并優賞告發者五十貫。借京城富商錢以供軍費。時河南、河北用兵，月費百萬餘緡（千錢爲一緡），府庫不支數月。德宗乃行此策。搜刮畢，纔得八十萬緡。又取僦櫃（後世的典當業）納質錢及粟米糶於市者，皆四取其一，共得二百萬緡，長安爲之罷市。

⑲張説：字道濟，又字説之，洛陽人。武后載初元年（689），武后策賢良方正，張説對策第一。唐玄宗即位後，又徵拜爲中書令，封燕國公。《新唐書·張説傳》：“宇文融先獻策，括天下遊户及籍外田，署十道勸農使，分行郡縣。説畏其擾，數沮格之。至是，融請吏部置十銓，與蘇頲等分治選事，有所論請，説頗

抑之,於是銓綜失敘。"陸贄:字敬輿,蘇州嘉興人。十八第進士,中博學宏辭。唐德宗貞元十年(794)陸贄在奏疏中對兩税法進行尖鋭批評,反對賦税徵錢,主張以布帛爲計税標準。反對聚斂。《新唐書·陸贄傳》:"陛下幸聽臣計,使芃還軍援洛,懷光救襄城,希烈必走。請神策軍及將家子占而東者追還之,凡京師税間架、榷酒、抽貫、貸商、點召之令,一切停之,則端本整莽之術。"

⑳馴致禄山、涇師之亂:馴致:猶言"順致",謂積漸而致;逐漸達到。語出《坤》卦初六《小象傳》"馴致其道,至堅冰也"。禄山:指安禄山,唐玄宗時安史之亂禍首。李林甫爲相,欲堵出將入相之源,利胡人不識字,勸帝用蕃將。故深得玄宗寵愛,擢爲平盧、范陽、河東三鎮節度使,官至尚書左僕射。楊國忠與之不和,屢言安禄山必反。安以討楊國忠爲名,發動叛亂。南下攻陷洛陽,次年正月稱帝,國號燕,改元聖武。遣軍攻入潼關,佔領長安。涇師之亂:建中四年(783)涇原駐軍發動兵變,佔領京師。德宗出幸,河、汴騷然。德宗在奉天,爲朱泚攻圍。

㉑聚斂之臣:搜括民財的家臣。盜臣:家賊。偷盜自己財貨的家臣。語出《禮記·大學·絜矩章》:"百乘之家,不畜聚斂之臣。……與其有聚斂之臣,寧有盜臣。聚斂之臣害民,盜臣害財。"

㉒祥符:即大中祥符(1008—1016)。宋真宗年號,以天書見,故改元大中祥符。

㉓計臣:掌管國家財賦的大臣。宋彭龜年《賀江西李漕啓》:"躋榮廷閣,豈徒示天下之美名;增重計臣,所以踵皇華之故事。"宋稱三司使爲計相。長吏:指州縣長官的輔佐。《漢書·百官公卿表》:"(縣)有丞、尉,秩四百石至二百石,是爲長吏。百石以下有斗食、佐史之秩,是爲少吏。"

㉔臺閣:漢代尚書省(臺)的別稱,泛指中央機構。憸邪朋黨之士:指邪佞、爲私利相互勾結的人。憸(xiān)邪:指巧言諂媚、行爲卑鄙的人。朋黨:爲私利而彼此勾結,形成集團。《韓非子·有度》:"交衆與多,外内朋黨,雖有大過,其蔽多矣。"

㉕垂衣端拱而化成:謂天子無爲而天下化成。垂衣:喻無爲而治。《易·繫辭下》:"黄帝、堯、舜,垂衣裳而天下治,蓋取諸乾坤。"端拱:端坐拱手,喻帝王無爲而治。化成:教化成功。語出《易·恒》:"聖人久於其道而

天下化成。”

㉖昧冒：猶冒昧；冒犯。宋曾鞏《賜〈唐六典〉狀》：“不可以衰退駑鈍，怠惰苟止，故敢昧冒以請。”

㉗隕越：封建社會上書皇帝時的套語。謂犯上觸死。前蜀杜光庭《代人請歸姓表》：“伏乞聖慈許臣却還本姓。干冒宸嚴，無任待罪，望恩涕泗，隕越之至。”

言市易　一①

臣近因赴相國寺行香，見市易於御街東廊置义子數十間②，前後積累果實，逐日差官就彼監賣，分取牙利③。且果瓜之微〔一〕，錐刀是競④，竭澤專利，所得無幾，徒損大國之體，祇斂小民之怨。遺秉滯穗⑤，寡婦何資？況密邇都亭，虜使所館⑥，豈無覘國之使者，將爲外夷所輕。伏乞嚴敕有司，趣令停罷，使毫末餘利，均及下民，惠澤分沾，必召和氣。取進止。

【編年】

熙寧六年（1073）正月任樞密使日作。原本題下注云：“熙寧四年。”《宋朝諸臣奏議》卷一一六題爲《上神宗論市易》，文後注云：“熙寧六年正月上，時爲樞密使。”市易法熙寧五年（1072）始推行，故此奏當作於“熙寧六年正月”。

【校勘】

〔一〕瓜：四庫本作“蓏”。意皆可通。蓏（lǔo）：草本植物的果實，瓜類。《論衡·變動》：“有果蓏之物，在人之前。”

【箋注】

①市易：即市易法。宋神宗熙寧五年（1072）王安石推行的新法。在汴京（今河南開封）設都市易司，邊境和重要城市設市易司或市易務，由臨官和提舉官負責。市易司的職掌是估定物價；平價收購滯銷貨物，至貨缺時賣出；借貸官錢或賒貸貨物給商販，收取一定利息；采購三司所屬各司、庫、務所需物資。

市易法實屬漢以後均輸、平準之變相,對增加財政收入,打擊豪商巨賈在市場上的壟斷勢力有一定作用。市易務召募在市諸行鋪的牙人充當市易務的牙人,負責議定價格并投賣貨物。但不直接經營商品銷售,而是把各種物資成批賒給商販。在京城各行商販,可以用資產抵押并取保後,向市易務賒購貨物去市場出售,半年或一年後,價款加收一分或二分利息償還。

②义子:市易司在市場所設的辦事處。

③牙利:指牙錢。宋代買賣交易中牙人抽取的費用。宋蘇轍《欒城集·論蜀茶五害狀》:"賣茶本法止許收息二分,今多作名目,如牙錢、打角錢之類,已收五分以上。"牙人:也稱牙客或經紀人。居於買賣雙方之間,從中撮合,以獲取佣金的人。

④錐刀是競:爭微末之利。錐刀:喻微末之利。語出《左傳·昭公六年》:"錐刀之末,將盡爭之。"唐陳子昂《感遇》詩之十:"務光讓天下,商賈競刀錐。"

⑤遺秉滯穗:語出《詩·小雅·大田》:"彼有遺秉,此有滯穗。"毛傳:"秉,把也。"遺秉:指成把的遺穗。清彭兆蓀《輸租樂》:"遺秉滯穗皆入官,鳩形婦子吞聲還。"

⑥"況密邇"二句:謂市易司的义子設在御街東廊,靠近傳舍。都亭:都邑中的傳舍。傳舍即古時供行人休息住宿的處所。秦法,十里一亭。郡縣治所則置都亭。《晉書·羅憲傳》:"(羅憲)知劉禪降,乃率所統臨於都亭三日。"虜使:封建王朝對少數民族或敵寇所遣使者的蔑稱。

【附載】

熙寧五年三月二十六日,詔曰:"天下商旅物貨至京,多爲兼併之家所困,往往折閱失業。至於行鋪裨販,亦爲較固取利,致多窮窘。宜出内藏庫錢帛,選官於京師置市易務。商旅物貨滯於民而不售者,官爲收買,隨抵當物力多少,均分賒請,立限納錢出息。其條約委三司本司官詳定以聞。"市易之行,蓋始於此。

言市易　二

近言市易司於御街東廊設义子,差官監賣果實,分取牙利,損

大國之體，斂小民之怨，乞行寢罷。至今涉旬，未聞施行，亦不蒙
詢詰，未審聖意以爲何如？退省僭狂①，伏增惶懼。

　　臣竊慮陛下以其事小，故不足恤，而臣愚以爲所損甚大，決不
可爲。區區盡言，蓋由於此。且京邑翼翼，四方取則②；魏闕之
下，治象所觀③。今乃官作賈區④，公取牙利，《易》所謂"理財正
辭"者⑤〔一〕，豈若是之瑣屑乎？《周官》泉府斂市之不售，貨之滯
於民，用以待不時而買者，各從其故價⑥，亦不如是之規利也⑦。
凡衣冠之家⑧，網利於市，搢紳清議⑨，衆所不容。豈有堂堂大國，
皇皇求利⑩，而不爲物論所非者乎⑪？斯乃壟斷之事，孟軻恥之⑫，
臣亦恥之。復不忍聚斂小臣希進妄作，侵漁貧下⑬，玷累朝廷〔二〕。
不勝憤悶，輒敢屢言〔三〕。伏望聖慈俯垂詳擇，若以臣所言非
當〔四〕，甘從誅責。

【編年】

　　熙寧六年(1073)正月任樞密使日作。原本題下注云："熙寧四年。"理由
見《言市易一》之編年。

【校勘】

　　〔一〕《易》：原作"古"，據《宋朝諸臣奏議》及文意改。

　　〔二〕玷累：原作"累玷"，據右乙正。四庫本作"上玷"。

　　〔三〕敢：四庫本作"致"。

　　〔四〕所：原脱，據《宋朝諸臣奏議》補。

【箋注】

　　①僭狂：猶僭妄。越分而狂妄。《漢書·敘傳下》："淮南僭狂，二子受殃。
安辯而邪，賜頑以荒，敢行稱亂，寘世薦亡。"

　　②"京邑"二句：謂京城莊嚴雄偉，天下效法。唐劉知幾《史通·書志》：
"京邑翼翼，四方是則。"翼翼，莊嚴雄偉貌。

　　③"魏闕"二句：謂都城是觀看政教法令之處。魏闕：古代宮門兩邊巍然高
出的臺觀。其下爲懸布法令之所，因以爲朝廷的代稱。此指京城。《莊子·讓

王》:"身在江海之上,心居乎魏闕之下。"治象:古代記載政教法令的文字。語
出《周禮·天官·大宰》:"正月之吉,始和,布治于邦國都鄙,乃縣治象之法于
象魏。"

④賈區:買賣物品之所。《漢書·胡建傳》:"時監軍御史爲奸,穿北軍營
壘垣以爲賈區。"顏師古注:"坐賣曰賈。"

⑤理財正辭:治理財物,端正言辭。語出《易·繫辭下》:"理財正辭,禁民
爲非曰義。"孔穎達疏:"言聖人治理其財,用之有節。"

⑥"《周官》"以下四句:語出《周禮·地官·泉府》:"泉府掌以市之徵布,
斂市之不售,貨之滯於民用者,以其賈賣之物楬而書之,以待不時而買者,買者
各從其抵,都鄙從其主,國人郊人從其有司,然後予之。"鄭玄注:"抵,實柢字,
柢,本也。"泉府:周置,掌管國家稅收,收購市上滯銷貨物等。泉,布。即貨幣。
《周禮·天官·外府》:"外府掌邦布之入出,以共百物,而待邦之用,凡有法
者。"鄭玄注:"布,泉也,布讀爲宣佈之佈。其藏曰泉,其行曰布,取名於水泉,
其流行無不徧。"

⑦規利:謀求利益。唐高彦休《高闕史·秦中子得先人書》:"秦川富室少
年有能規利者,蓋先兢慎誠信,四方賓賈,慕之如歸。"

⑧衣冠之家:士紳之家。古代士以上戴冠,衣冠連稱,是古代士以上的服
裝。《論語·堯曰》:"君子正其衣冠。"後引申指世族、士紳。《後漢書·羊陟
傳》:"家世衣冠族。"

⑨清議:對時政的議論;社會輿論。《晉書·傅玄傳》:"其後綱維不攝,而
虛無放誕之論盈於朝野,使天下無復清議。"

⑩皇皇求利:公然求利。皇皇:昭著貌;光明貌。《詩·小雅·皇皇者華》:
"皇皇者華,于彼原隰。"此謂公然之意。

⑪物論:猶言輿論,衆人的議論。《晉書·謝安傳》:"是時桓沖既卒,荊、
江二州并缺,物論以玄(謝玄)勳望,宜以授之。"

⑫"斯乃"二句:語出《孟子·公孫丑下》:"古之爲市者,以其所有易其所
無者,有司者治之耳。有賤丈夫焉,必求壟斷而登之,以左右望而罔市利,人皆
以爲賤,故從而征之。征商自此賤丈夫始矣。"

⑬侵漁貧下:侵奪貧下小民的財物。侵漁:侵奪,從中侵吞牟利。《漢書·

宣帝紀》:"今小吏皆勤事,而奉禄薄,欲其毋侵漁百姓,難矣。"

【附載】

　　彥博奏入,王安石白上曰:"陛下近歲放百姓貸糧至二百萬,支十斗全糧給軍,一歲增費亦計數十萬緡,以至添選人俸、增吏禄、給押綱使臣所費又有百萬緡,天下愚智孰不共知陛下不殖貨利? 豈有所費如此,而乃於果實收數千緡息以規利者? 直以細民久困於官中需索,又爲兼併所苦,故爲立法耳。"彥博所言遂寢不報。

言洮河①

　　臣竊聞議論,欲至來春進築河州,漸恢遠略。臣竊思之,以爲未可。蓋熙州初城②,猶未完固;西番內附③,尚要撫綏。積粟未豐,屯兵雖衆,未宜多事,恐累成功。臣以謂且須增固熙城〔一〕,使有保民之利;安存番部,彌堅向漢之心。倉廩豐盈,士馬壯健,以守則固,以戰則強。根本既深,枝葉自茂,然後洮河之役,可以指顧而就④。今欲務速,臣竊深憂。古人謂"欲速則不達,見小利則大事不成",又云"勞於服遠,不若修近"。斯言可鑒,在理必然。

　　夫趨時希旨⑤,人之甚利;犯顏違意⑥,人之甚害。中人之情,鮮不爲利,多是顧身謀而諂説⑦,豈肯爲國計而危言⑧? 臣待罪之所,地兼將相,若括囊無言⑨,仰屋竊歎⑩,幸祖宗之獎擢,負陛下之倚任! 是敢因事極論,違衆立議,庶幾萬一有補涓毫⑪。陛下以臣爲納忠報國,幸賜采擇;以臣爲害成沮事,甘俟誅夷。臣無任惶恐隕越之至。謹具奏聞。

【編年】

　　熙寧五年(1072)十一月任樞密使日作。原本題下注云:"熙寧四年。"誤。按《宋朝諸臣奏議》卷一四一題爲《上神宗論進築河州》,文末注云:"熙寧五年十一月上,時爲樞密使。"又築河州爲熙寧六年事,文中云"欲至來春進築河州",故當以《宋朝諸臣奏議》爲準。

【校勘】

〔一〕以謂:四庫本作"以爲"。

【箋注】

①言洮河:熙寧五年七月庚寅,以王韶爲右正言、直集賢院、權管勾秦鳳路鈐轄,神宗決意開邊。時樞密使、副文彦博與吳充持反對態度。洮河:指洮州、河州,熙河路,鎮洮軍節度。洮州,唐末陷於吐蕃,號臨洮城。熙寧五年,詔以熙、河、洮、岷、通遠軍爲一路,時未得洮州。河州,上,安鄉郡,軍事。熙寧六年二月收復。

②熙州初城:(熙寧五年)十月戊戌,始改鎮洮軍爲熙州,以鎮洮軍爲節度軍額。分熙、河、洮、岷州、通遠軍爲一路,置馬步軍都總管、經略安撫使。

③西番內附:(熙寧四年)十二月,西番俞龍渴及汪奇巴等舉種內屬。熙寧五年五月庚寅,以青唐大首領俞龍渴爲四頭供奉官,仍寵以階勳,賜姓包名順。

④指顧而就:很快成功。指顧:手指目顧。一指手、一回頭的時間,極言時間的短暫。《新唐書·李晟傳》:"晟每與賊戰,必錦裘繡帽自表,指顧陣前。"

⑤趨時希旨:猶"望風希旨"。謂見機迎合他人意旨。宋張淏《云谷雜記》卷三:"當紹聖、崇寧時,奸人并進,排擊元祐諸公不遺餘力。中外望風希旨,有以僕溫公墓碑爲詞者,有請焚毀蘇黃筆札者,言之惟恐後。"趨時:迎合潮流。唐白居易《陳中師除太常少卿制》:"不背俗以矯逸,不趨時以沽名。"

⑥犯顏:冒犯君上或尊長的威嚴。《韓非子·外儲說左下》:"犯顏極諫,臣不如東郭牙,請立以爲諫臣。"

⑦顧身謀而諂說:爲自身考慮而討好君上。身謀:爲自身謀慮。《新唐書·許季同傳》:"且忠臣事君,不以私害公,設有才,雖親舊當自用。避嫌不用,乃臣下身謀,非天子用人意。"諂說:諂媚;討好。《莊子·天地》:"忠臣不諂其君。"

⑧危言:直言。《逸周書·武順》:"危言不干德曰正。"

⑨括囊無言：封閉袋口，比喻縝密，不輕易説話。《易·坤》：“六四，括囊，無咎無譽。”《後漢書·楊賜傳》：“忝任師傅，不敢自同凡臣，括囊避咎。”

⑩仰屋竊歎：望著屋頂，獨自歎氣。喻處於困境，無可奈何。《後漢書·寒朗傳》：“及其歸舍，口雖不言，而仰屋竊歎，莫不知其多冤，無敢牾陛下者。仰屋：卧而仰望屋梁。形容無計可施。

⑪涓毫：喻微末。《舊唐書·崔彥昭傳》：“不煩内庫，有助涓毫；不假外藩，有進絲髮。”

奏降羌事①

李憲到臣處，具説趙卨爲降羌去住事有所未便者。臣以朝廷務推恩信，不使一物失所，許其去留自便。如天地之大，曠然無間，在於人情，必當感悦；書之史册，固爲盛事，更復何疑？但令帥臣分明曉諭群羌，知朝廷恩意，欲去欲住，各從其願。於理甚安，不當改易前命。若但令只詢問去年正月以來捉降到西羌，尤爲簡便。爲連日節假并宴，未及面奏，伏慮遲延，先具此奏聞。候至六日，與中書同呈文字次。

環慶等路②，皆不云未便，必恐已行前命。兼河東經略司奏，捉到易浪昇結願歸夏國，已牒宥州去訖；又云結勝却不願歸西界，亦當不須强遣，皆如朝廷指揮。

【編年】

熙寧四年（1071）十二月任樞密使日作。原本題下注云：“熙寧四年。”按：《長編》卷二二八言在熙寧四年十二月事。

【箋注】

①降羌：指歸降的原附西夏的羌人。西羌：西漢時對羌人的泛稱。東漢時，始有東、西羌之分。分佈於金城（今甘肅蘭州）、隴西（今甘肅臨洮）、漢陽（今甘肅天水）等郡的羌民，因居地偏西，稱爲西羌。《後漢書·西羌傳》：“西

羌之本，出自三苗，姜姓之本也。"

②環慶路：宋仁宗慶曆元年（1041）分陝西路置，治所在慶州（今甘肅慶陽），轄境相當今陝西省長武、武功、旬邑、禮泉和甘肅省慶陽等地。

言修中太一宫①

臣伏見修建太一宫，爲民祈福。臣聞太一，天神之貴者。天道貴質，凡所營繕，謂宜簡質，不務雕鏤之巧，不事金碧之華，不重費，不太勞，不日成之，神明安之。虔潔之誠，內充天人之心，交感神應之福，其理必然。

臣又見累年以來，禁中營造不已，般運木石，鳩集丁匠②，殆無虛日。既有專切提舉修內司③，復置都大提舉內中修造司④，誠恐所司各以宏麗取悅上心，一作未畢，一作復興，新舊相形，不極不已。國財民力，豈易支供？臣伏見陛下督責水官，以利農畝，必思夏禹卑宫室，盡力乎溝洫⑤；勵精庶政⑥，勤恤民隱⑦，必思漢文罷露臺，思百家之產⑧。臣伏願陛下亟救中外，應不急營造一切權罷，即國用無窮，民力稍寬。

臣又見繼聖堂，祖宗燕射之地⑨，今爲造弩椿所。運斧斤，置爐鍛，喧煩褻瀆，理恐非宜。《詩》云："維桑與梓，必恭敬止⑩。"況祖宗之舊跡乎！欲乞將置造弩椿移置他所，或歸之有司，則重明麗正之廷⑪，加之嚴潔；奉先思孝之地，益以光顯。臣職在樞院，主調兵匠，官忝論思⑫，義當獻納⑬。區區之誠，伏望采察〔一〕。

【編年】

熙寧四年（1071）任樞密使日作。原本題下注云："熙寧四年。"《續資治通鑒》："（熙寧四年）十一月丁亥，修中太一宫。"

【校勘】

〔一〕察：四庫本作“擇”。意皆可通。

【箋注】

①太一：一作“泰一”。傳説中的天神。《史記·天官書》張守節正義：“泰一，天帝之別名也。劉伯莊云：泰一，天神之最尊貴者也。”《史記·封禪書》又云：“天神貴者太一，太一佐曰五帝，古者天子以春秋祭太一東南郊。”春秋楚宋玉《高唐賦》有“醮諸神，禮太一。”

②鳩集：聚集。《三國志·魏志·王朗傳》：“鳩集兆民，於茲魏土。”

③提舉修内司：負責修内司。提舉：宋朝差遣名目。主管專門事務。修内司：北宋始置，屬將作監。掌宮城和太廟繕修事宜。

④都大提舉内中修造司：總管皇宮修造的專設機構。都大：宋朝差遣名目前加此二字，有總管之意。如都大提舉茶馬、都大提舉導洛通汴事、都大提舉汴河堤岸、都大提舉在京諸司庫務、都大制置發運使、都大提點坑冶鑄錢公事等。

⑤“夏禹”二句：語出《論語·泰伯》：“禹，吾無間然矣……卑宮室而盡力乎溝洫。”

⑥庶政：各種政務。《易·賁》：“山下有火，賁。君子以明庶政，無敢折獄。”

⑦民隱：百姓的疾苦。《國語·周語上》：“是先王非務武也，勤恤民隱而除其害也。”

⑧“漢文”二句：漢文帝有節儉之美德。《史記·孝文本紀》：“孝文帝從代來，即位二十三年，宮室苑囿狗馬飾御無所增益。有不便，輒弛以利民。嘗欲作露臺，召匠計之，直百金。上曰：‘百金，中民十家之產，吾奉先帝宮室，常恐羞之，何以臺爲！’”

⑨燕射：古代射禮之一。指宴飲之射。《周禮·春官·樂師》：“燕射，帥射夫以弓矢舞。”孫詒讓正義：“燕射者，王與諸侯、諸臣因燕而射。《梓人》注云：‘燕謂勞使臣，若與群臣飲酒而射。’是也”。

⑩“維桑”二句：語出《詩·小雅·小弁》。桑和梓是古代家宅旁邊常栽的樹木。言見桑梓而引起對父母的懷念，故起恭敬之心。

⑪重明麗正：光明相繼不已，附著於正道。重明：兩重光明。謂光明相繼不已。麗正：附著於正道。語出《易·離》：“日月麗乎天，百穀草木麗乎土，重明以麗乎正，乃化成天下。”

⑫論思：討論，思量。唐李百藥《安德山池宴集》：“朝宰論思暇，高宴臨方塘。”

⑬獻納：指獻忠言供采納。漢班固《〈兩都賦〉序》：“故言語侍從之臣，若司馬相如……之屬，朝夕論思，日月獻納。”

論本朝兵政

臣向因進對，蒙詢及兵民利害〔一〕，臣與吳充即時略具大旨上對。然而天威之下，頃刻之間，固未詳悉。臣退而復思，自陛下臨御以來，焦勞庶政，以兵者大事，尤所垂意。三四年前，樞密院檢録得開寶初至治平中内外兵馬人數〔二〕，頗甚詳備，遂議酌中定爲永額。比至道前即差多，方慶曆中即頗減。内壯根本，外護邊陲，去冗留精，適用省費〔三〕，蒐補訓練，皆有條理。又以三路鄰於羌胡①，即有屬户蕃兵、弓箭手之類②，以至次邊州軍，盡置義勇③，緩急調發，以應征防。若守將處之得宜，經久必無闕事。兼向時諸路郡縣額外增置弓箭手，亦欲防虞盜賊。如此紀綱，臣以爲深協方今之宜，頗得預備之理。設有未至，或有廢墜，即當彌縫振舉之可也。

恭惟太祖、太宗之定天下也，止用此兵；真宗、仁宗、英宗之守天下也，亦用此兵。累聖相承而無異道〔四〕，歷年彌久而無異法。故臣以爲協當今之宜，得預備之理，有未至而廢墜者，彌縫振舉之可也。

今陛下以睿聖之德，承祖宗隆盛之業，中原之人，不識兵戈者幾百年。歷觀前古致治，未有如此之安且久也。故生齒繁多④,逾於二漢;封疆廣遠⑤,過於三代⑥。所謂民不改聚,地不改闢,施之仁政而不煩擾之⑦,則太平之效又何加焉〔五〕? 陛下必欲捨此而别求治道,以致太平;更易兵制,以張威武,固非臣愚所及。

況臣備位樞府,所主惟兵,不能上副盛意,委曲經畫,尸禄之責⑧,所不敢逃。伏望聖慈察臣前後累上章奏,聽解樞機之重柄,并還將相之印綬,得以散秩⑨,俾守外郡。從愚臣知止之分,全朝廷退人之理,臣不勝大幸。然臣久蒙天地之恩,敢忘犬馬之報! 竊謂兵民猶水,水能載舟,亦能覆舟⑩。禁暴戢兵,武之七德⑪;不戢自焚,自古所戒。凡更制維禦之方,深願慎之重之。區區之誠,庶補萬一。冒犯宸聽,臣不任隕越惶懼之至。

【編年】

熙寧四年(1071)任樞密使日作。原本題下注云:"熙寧四年。"《宋朝諸臣奏議》卷一二一題爲《上神宗論兵制不宜遽有更易》。

【校勘】

〔一〕兵民:原作"點民兵",據《宋朝諸臣奏議》刪乙。

〔二〕人:原作"大",據右改。

〔三〕省:原作"損",據右改。

〔四〕道:原脱,據右補。

〔五〕加:原作"如",據右改,意勝。

【箋注】

①三路:指河北路、河東路、陝西路。三路皆北臨遼,西接西羌。羌胡:指我國古代的羌族和匈奴族,亦用以泛稱我國古代西北部的少數民族。唐高適《薊門行》:"羌胡無盡日,征戰幾時歸。"羌:指生活在中國西北的少數民族,羌族的一支黨項族首領李元昊建立的西夏。胡:指遼。契丹是古代中國北方民族之一,是鮮卑宇文部的一支。唐末,耶律阿保機統一各部,於916年成立契丹國,後改國號爲"遼"。宋時爲北方主要邊患,多次入侵。

②屬戶：又作"熟戶"。宋代對羌族部落族帳人戶的稱謂。與生戶相對。指唐代後期開始內遷并散居於今甘肅、寧夏、陝西北部、內蒙古等地靠近漢族聚居地區，或入居州城與漢族雜居，從事農業、手工業的羌人。《宋史·兵志五》："西北邊羌戎，種落不相統一，保塞者謂之熟戶，餘謂之生戶。"蕃兵：當北宋與西夏、唃厮囉政權發生戰事時，常徵召熟戶部落之兵配合宋軍守城或作戰，稱之爲"蕃兵"。《宋史·兵志五》："蕃兵者，具籍塞下內屬諸部落，團結以爲藩籬之兵也。"弓箭手：北宋鄉兵的一種。真宗時，始於陝西、河東州軍募蕃、漢邊民爲弓箭手，給予邊地閑田，以禦西夏。多按戶籍抽調或從鄉民中徵募鄉兵。平時生產，農閑訓練。有河北、河東神銳，陝西弓箭手等。人給地二頃者出甲士一人，三頃者并出戰馬一匹，按畝輸租，免折變、科徭。

③義勇：宋代鄉兵的名稱。河北、河東、陝西諸路選強壯民夫充任義勇，刺字於手背，各於本州置營，農閑時訓練。遇徵召則官給米、錢。每五百人爲一指揮，置指揮使、副使二人。《宋史·兵志四》："慶曆二年，籍河北強壯，得二十九萬五千，揀十之七爲義勇。"

④生齒：人口；人民。唐權德輿《司徒贈太傅馬公行狀》："生齒益息，庶物蕃阜。"

⑤封疆：疆域；疆土。《荀子·子道》："昔萬乘之國，有爭臣四人，則封疆不削。"《周禮·地官·大司徒》："諸公之地，封疆方五百里。"

⑥三代：指夏、商、周三代。《論語·衛靈公》："斯民也，三代之所以直道而行也。"

⑦"所謂"以下三句：語出《孟子·公孫丑上》："地不改闢矣，民不改聚矣，行仁政而王，莫之能禦也。"

⑧尸禄：受禄而不盡職。《漢書·鮑宣傳》："以苟容曲從爲賢，以拱默尸禄爲智。"顏師古注："尸，主也。不憂其職，但主受禄而已。"

⑨散秩：閑散而無一定職守的官位。唐白居易《昨日復今辰》："散秩優遊老，閑居凈潔貧。"

⑩"竊謂"以下三句：謂兵民是決定政權興亡的關鍵。語出《荀子·王制》："庶人安政，然後君子安位。傳曰：'君者，舟也；庶人者，水也。水則載舟，水則覆舟。'此之謂也。"

⑪"禁暴"二句:語出《左傳·宣公十二年》:"夫武,禁暴、戢兵、保大、定功、安民、和衆、豐財者也……武有七德,我無一焉,何以示子孫?"禁暴:制止暴亂;制止强暴。戢兵:息兵。

文彦博集卷二一

奏議

論台官言西府事[1]

其　一

臣等以臺官上言黨庇密院吏人任遠,及稱樞密使副與任遠相知,又引姚崇只爲庇一吏人罷相[2],今已面奏。臣等以材薄體輕,頻致御史論奏,更難以冒處樞要,乞便歸西府,杜門待罪。今蒙聖慈特降中使傳宣,各令便歸院供職。臣等内訟,實難便赴密院,伏望聖慈早賜罷免。臣等不任惶懼俟命之至[一]。

【編年】

熙寧五年(1072)任樞密使日作。原本題下注云:"熙寧五年。"

【校勘】

〔一〕俟:四庫本作"候"。意皆可通。

【箋注】

①臺官言西府事:臺官張商英言樞密使副党庇密院吏人任遠事。事見《長

編》卷二四○，熙寧五年十一月丁卯條：“先是，商英言：‘州官吏失入贓不滿軍賊二人死罪，樞密院檢詳官劉奉世党庇親戚，令法官引用贓滿五貫絞刑斷例，禰州官吏不見斷例，失奏裁，止從杖罪取勘。又院吏任遠恣橫徇私凡十二事，而樞密院黨庇不按治，外人莫不聞知。’於是樞密使副文彥博、吳充、蔡挺因此不入院，遣吏送印於中書，中書不受。上問之，遣使促彥博等入院，彥博等言：‘臺官言臣等黨庇吏人，與之相知，漏泄上語，乞以其章付有司明辨黑白，然後正臣等違命之罪。’”臺官：指御史臺官。時張商英任監察御史。西府：樞密院的別稱。時文彥博任樞密使，吳充、蔡挺任樞密副使。

②姚崇只爲庇一吏人罷相：事見《新唐書·姚崇傳》：“帝欲崇自近，詔徙寓四方館，日遣問食飲起居，高醫、尚食踵道。崇以館局華大，不敢居。帝使語崇曰：‘恨不處禁中，此何避？’久之，紫微史趙誨受夷人賕，當死。崇素親倚，署奏營減，帝不悦。時曲赦京師，惟誨不原。崇惶懼，上還宰政，引宋璟自代，乃以開府儀同三司罷政事。”

其　二

臣伏蒙聖慈降中使促令歸院供職，臣與吳充等已具劄子，奏乞早賜罷免。今蒙再降中使傳宣，便令歸院。緣臣所被臺章所言深切，謂如姚崇尚從罷相，即臣之望輕德薄，固難冒處機軸。伏望聖明照察，祇罷免臣，庶幾協中外之議。臣無任惶懼俟命之至。

其　三

臣以臺官奏論樞密院事，與吳充等并各待罪府第，所有本院印，兩次送納中書，逐次各令送納回，續蒙差中使押印付臣收管。緣臣與吳充等見待罪俟命，所有樞密院印，伏望聖慈令中書收管。候進止。

其　四

臣等累違聖旨，不即赴院，然事有不可，須至陳論。今臺官言樞密使副党庇吏人，又與之相知，漏泄上語，此非人臣所可爲，況於備位二府者乎？若二府大臣有此，便當伏兩觀之誅①，豈可更處此位？如臺官誣罔，自繫聖斷。二者含糊不決，苟且取容，不惟四方觀聽謂臣等爲何人，實亦上累聖德。早來文字并已回納，乞以臺官章疏付之有司，明辨黑白，然後正臣等違命之罪。惟陛下幸察。臣等無任驚惶待罪，激切屏營之至。取進止。

【箋注】

①兩觀之誅：喻指爲了國家安定而對亂臣賊子所施行的必要的殺戮。語見《孔子家語·始誅》：“於是朝政七日而誅亂政大夫少正卯，戮之於兩觀之下。”兩觀：在今山東曲阜縣東南。漢劉向《上災異封事》：“自古明聖，未有無誅而治者也，故舜有四放之罰，而孔子有兩觀之誅，然後聖化可得而行也。”

其　五

臣等累具奏聞，見居家待罪，不敢入院。所有密院印及公事，檢會《國朝會要》：大中祥符七年，命宰臣向敏中權發遣樞密、宣徽院公事。時王欽若、陳堯叟、馬知節皆罷，寇準未謝故也。自後若樞密皆罷，即命官權掌如此例。今欲乞聖慈早賜指揮。取進止。

其　六

臣等以待罪西府，奏乞送樞密院印於中書，及檢祥符中向敏中故事，權發遣樞密院公事①，未蒙指揮。適又准李舜舉傳宣，令今日且西府發遣文字，來日入見。臣等以中書未肯收印，實懼住滯急速文字，或有誤事。臣等已遵稟聖旨，今日且於西府發遣急速文字，容臣等來日入對天顏，口陳誠懇，乞遂前請。謹具奏聞。

【箋注】

①發遣：處理；安排。唐白居易《自問》：“老慵難發遣，春病易滋生。”

其　七

臣等早來面陳誠懇，乞遂前請，伏蒙宣諭，盡賜照察。兼聞德音，已令開封府推究任遠取受及試補第充帖房事，其餘所言，并無實跡，更不施行。緣臣等今來待罪，本爲臺官、樞密使副與任遠言語往還，及洩漏上語，只乞辨明虛實。今乃聞先罷臺官，而臣等所乞辨明事節，却未蒙施行，於理未安，欲乞聖慈盡以台官所言付開封府依公根究。臣等不敢固違聖旨，今且在樞密院發遣急速文字。伏乞早賜免罷，以厭公議。

奏西府記事

樞密院據將作監申狀[①]，西府石記乞早賜指揮建立。臣勘會自去年七月中曾面奏，爲西府記中有義理未安，似非陛下所以優獎二府之本意。乞令少加删改，略使平直，則傳之永久，彰陛下恩禮之厚，爲輔臣待遇之榮。即時蒙聖慈留下記本，自後兩次蒙宣諭令陳繹自改[②]，至今半歲有餘，而繹終不奉詔刊改。今來將作監再申乞，又緣累奉詔旨，已令陳繹自改，臣未敢輒便建立碑石。必是陳繹堅執不移，又慮聖慈重於改作，則乞候過今夏，令將作監建立。伏候聖旨。

【編年】

熙寧五年（1072）任樞密使日作。原本題下注云："熙寧五年。"

【箋注】

①將作監：五監之一。掌宫室、宗廟、陵寝及其他土木營建，并負責土木工傳藝授徒。

②陳繹（1021—1088）：字和叔。洛陽（今屬河南）人。慶曆進士。爲館閣校勘、集賢校理。刊定《前漢書》。任館閣職十數年。英宗時，爲同判刑部、實

録檢討官,參加修撰《仁宗實録》。神宗朝爲秘書監,歷直舍人院,修起居注,又拜集賢殿學士、翰林學士。受命檢閱二府除罷官職事,因撰《拜罷録》,以論事不避權貴,貶至建昌軍,後復起爲大中大夫。

論監牧事①〔一〕

臣聞國之大事,在祀與戎。戎事之中,馬政爲重。馬之有牧,其來尚矣。《禹貢》云:"萊夷作牧。"《周官》云:"牧田,任遠郊之地。"宣王中興之主,則有"考牧"之詩②;僖公遵伯禽之法,則有"在坰"之頌③。蓋日中而出,所以遂物性而宜生息也。漢唐之盛,苑監實繁。祖宗以來,修舉甚至,七八十年蒐補取用,源源不絕。熙寧元年,陛下特降詔旨,創置南北監牧使,設官振職,其制益嚴。若有未至,自當增修。而近時議者多不深究本末,熟詳利害,乃欲賦牧地與農民,斂其租課④;散國馬與編户⑤,責其孳息⑥。即不知所賦之地,肥瘠皆可耕乎?所斂租課,豐凶皆可得乎?復不知户配一馬,縶之維之,皆可蕃息乎⑦?既不蕃息,則後將可繼乎?或謂監牧之馬,率多少弱,既非齊力,難勝具裝。且馬既蕃庶⑧,必有駑良,量材用之,所得不少。張萬歲典牧⑨,最爲盛多,以至馬直一縑。若計所直,豈皆良馬?又謂緣牧所費,殆將不貲。歲月計之,有損無益。

臣嘗謂計河北監户歲入牧地之租,可充吏兵之費,所不足者亦無幾焉〔二〕。河南諸監所入尚少,漸增地利,亦可自充。如此則仰給度支者不多⑩,所收馬課亦不少。大率草馬二萬⑪,歲收六駒,爲駒一萬二千。三歲之中,若失其半,猶得六千匹。駑良相參,匹直十五千,是歲獲九萬貫。此就小計之,所得不少矣。今若取一時浮淺之議,則廢之甚易;他時却欲復祖宗之制,則興之甚難。坊監、廐庫、棚庌、井泉、官廨、營房⑫,七八十年經營成就,若廢罷之後，蕩然一空，却欲復之，功費愈大。如向時廢罷茶法，自後議欲復故，而園户凋殘[三]，場務破壞[四]，言者雖衆，竟不能復。必若采廢置之言，即乞委詳練故典、素知馬政臣僚，博求利害而審處之，利百則變，乃無後悔。臣總領國馬⑬，於今八年，雖未及蕃息，而頗究利病[五]。伏望聖慈裁察，付外施行，伏候敕旨。

　　貼黄：東平監天禧年曾廢[六]，未幾復置，枉有費勞。蓋東平監地美且廣，大名兩監遇水旱却，寄牧東平，棚庌甚寬，冠絶諸監。今聞首議廢東平監，東平既廢，即大名兩監必難以存，乞慎其始。兼近睹蔡天申奏，乞減河南牧地，召人租佃。亦乞祇令河南牧使相度寬剩之田，召人租佃，牧課自贍，免從度支供給。

　　貼黄：必若賦田與民，俾出租利，主事建言者務欲成就勞績，先以賞罰驅之，不問地之肥瘠，民之願否，悉使召佃出租，時下便得酬獎。不數年間，租佃之户或退或逃，或以災傷爲名，歲歲倚閣。如嘉祐中并、代路散租牧地事可驗覆。今來均租之官，須滿三年，而課入如額者方得行賞，即賞不濫矣。

　　貼黄：蓋近時言事者率務更張，各有趨向，不慮後害。後雖有害，或文過飾詐，或依倚營救，責亦勿及。伏乞睿明照察。

【編年】

　　熙寧五年（1072）任樞密使日作。原本題下注云："熙寧五年。"

【校勘】

　　〔一〕論監牧事：《宋朝諸臣奏議》卷一二五題爲《上神宗論馬監不可廢》。

　　〔二〕"馬之有牧"至"所不足者亦無幾焉"：原脱此段文字，據《宋朝諸臣奏議》補。

　　〔三〕凋：原作"彫"，通"凋"。據《宋朝諸臣奏議》改。

　　〔四〕務：四庫本作"屋"。

　　〔五〕病：原作"害"，據《宋朝諸臣奏議》、四庫本改。

　　〔六〕禧：原作"僖"，據《宋朝諸臣奏議》改。天禧（1017—1021）：宋真宗年號。

【箋注】

①監牧:指養馬的制度或機構。《新唐書·兵志》:"馬者,兵之用也;監牧,所以蕃馬也,其制起於近世。"

②"宣王"二句:《詩·小雅·無羊序》:"無羊,宣王考牧也。"鄭箋:"厲王之時,牧人之職廢,宣王始興而復之,至此而成,謂復先王牛羊之數。"孔穎達疏:"牧事有成,故言考牧也。"考牧,謂牧事有成。

③"僖公"二句:《詩·魯頌·駉·序》:"《駉》,頌僖公也。僖公能遵伯禽之法,儉以足用,寬以愛民,務農重穀。"《詩·魯頌·駉》一章:"駉駉牡馬,在坰之野。"毛傳:"坰,遠野也。"僖公:僖,一作釐。春秋時魯國國君姬申。莊公之子,閔(湣)公之弟。姬申由季友奉爲國君。即位後,以季友爲相,遵伯禽之法,注重農耕,修治學校,厲行節儉,社會生產得到發展。伯禽:姬姓,字伯禽,亦稱禽父。周公姬旦長子。成王以商奄之地及殷民六族封伯禽,國號魯,都曲阜。受封三年然後報政。周公問何以遲,伯禽以"變世俗,革其禮,喪三年然後除之"對。後輔成王政,率師征淮夷徐戎,誓於費,平徐戎,定魯。在位四十六年。

④租課:耕作官田應納的地租。官田不徵賦,而令納租,耕作官田所納的地租,稱爲租課。

⑤編户:指編入户籍、應納税服役的平民。《史記·貨殖列傳》:"夫千乘之王,萬家之侯,百室之君,尚猶患貧,而況匹夫編户之民乎?"

⑥孳息:繁殖生息。唐白居易《唐故虢州刺史崔公墓志銘》:"先是歉民畜馬牛而生駒犢者,官書其數,吏掾爲奸。公既下車,盡焚其籍,孳息貨易,一無所問。"

⑦縶、維:指拴馬的繩索,引申爲束縛。蕃息:滋生;繁衍。《淮南子·天文訓》:"萬物蕃息,五穀兆長。"

⑧蕃庶:繁多。《易·晋》:"晋,康侯用錫馬蕃庶,晝日三接。"孔穎達疏:"臣既柔進,天子美之,賜以車馬蕃多而衆庶,故康侯用錫馬蕃庶也。"

⑨張萬歲:唐太僕卿,善於其職。太宗自貞觀初牧馬凡三千匹,高宗麟德間蕃息及七十萬匹,牧事賴之。

⑩度支：指户部度支司。掌管全國的財政收支。

⑪草馬：母馬。《三國志・魏志・杜畿傳》："漸課民畜牸牛、草馬，下逮雞豚犬豕，皆有章程。"

⑫厩庫：牲口房和庫房。漢陸賈《新語・無爲》："設房闥，備厩庫。"棚庌：廡，廊屋。《周禮・夏官・圉師》："夏庌馬。"鄭玄注："庌，廡也。廡所以庇馬涼也。"官廨：官署，官吏辦公的房舍。《梁書・吕僧珍傳》："督郵官廨也，置立以來，便在此地，豈可徙之益吾私宅！"

⑬臣總領國馬：文彦博時樞密使兼群牧制置使。

【附載】

《邵氏聞見後録》卷二四："元豐末，不得已創爲户馬之説，神宗俯首歎曰：'朕於是乎愧於文彦博矣。'王珪等請宣德音，復曰：'文彦博頃年争國馬不勝，乃奏曰："陛下十年後必思臣言"'珪因奏曰：'罷去祖宗馬監，是王安石堅請行之者，非陛下意也。'上復歎曰：'安石相誤，豈獨此一事！'"

文彦博集卷二二

奏議

論保馬①

諸州郡坊郭第四等、縣郭第三等、鄉村第二等以上户②，生計從容，皆須養馬，以代徒步之勞。其物力高，則養馬愈多，此皆不待官中勸率召募，固已家有而户畜矣。若先時更使等第畜馬，定以匹數，須壯嫩及格尺者，居常任民乘騎出入，歲時亦不得勾點煩撓。一旦官中須要，給以元契之直，可旦暮而集③，人自樂輸。比之急暴而科買④，利害不侔矣。

今四等以上人户，類出役錢〔一〕，所出役錢之多，悉在上等人户⑤。今若蠲減上等租稅，則下等户所出，不充雇役之用，必見闕事。民既知緩急必取馬於民⑥，安得不家牧户畜，以應一日之督責哉！

丁産簿⑦，法以三歲一造，今非其時，又頻歲災傷，民流徙者衆〔二〕。今若非時重造，徒成搔擾。若伺候至豐年〔三〕，行之未晚。

【編年】

熙寧六年（1073）任樞密使日作。原本題下注云：“熙寧六年。”

【校勘】

〔一〕役：原作“彼”，形近而訛，據季校本及《歷代名臣奏議》卷二四二改。

〔二〕徙：原作“徒”，形近而訛，據季校本、四庫本改。

〔三〕伺：原作“同”，形近而訛，據《歷代名臣奏議》卷二四二改。

【箋注】

①保馬：北宋“五路義勇保甲養馬法”即“保甲養馬”之簡稱。始於神宗熙寧五年（1072）。規定河北、河東、陝西等五路及開封府界諸縣保甲養馬，物力高而自願者二匹，給官馬或以官錢自買。養馬戶可減免部分賦稅。三等以上十戶爲一保，四等以下十戶爲一社。保戶馬死，由保戶單獨賠償全價；社戶馬死，養馬戶和其他九戶共償半價。保馬法旨在解決戰備用馬的問題，但在實施過程中亦給養馬戶帶來一定的滋擾與負擔。

②坊郭：即坊郭戶。也叫坊市戶。宋代城鎮人戶的總稱。

③旦暮：一朝一夕。比喻很短的時間。《史記·魏公子列傳》：“吾攻趙，旦暮且下。”

④科買：宋代政府强制性的徵購制度。是在賦稅正項外又按戶口、田畝或區域予以加派。

⑤上等人戶：宋代主戶中佔有常産（主要是土地）較多的人戶。宋主戶分坊郭主戶和鄉村主戶。按居民財産狀況劃分等級，將戶等高下作爲徵發賦役的根據。鄉村主戶，按財産多少，劃分爲五等，一、二、三等戶爲上戶，其中，二、三等戶也稱中戶，四、五等戶稱下戶。坊郭戶則分成十等。一般來說，州、府坊郭四等戶以上，縣、鎮坊郭三等戶以上，爲坊郭上戶，餘爲中下戶。

⑥緩急：義偏“急”。指危急之事或發生變故之時。《史記·扁鵲倉公列傳》：“意怒，罵曰：‘生子不生男，緩急無可使者！’”

⑦丁産簿：即“五等丁産簿”。宋代把戶籍分爲主戶和客戶兩類，按這種分類而編造的人口及財産簿册。又稱丁産等第簿等。是徵科賦役所依據的基本簿籍，登記鄉村主戶的丁産，三年一造。每隔三年，推排産業，升降戶等，加以重造。屆時以縣爲單位，由縣令、佐責成耆長、戶長、里正、鄉書手等人檢點核

實各户人丁産業,重新排定户等,張榜公佈,再按户等高下爲序編造簿籍,送縣保管。

赴河陽陛辭日面奏①

陛下憂勤庶政②,切於致治③,乃堯舜用心④。更願陛下廣開言路,兼采博納,使下情上達。收攬權綱,無使權臣賣弄;爵人於朝⑤,須協公議,與衆共之。任官令久於其任,候所職成敗明著,而後賞罰。用人當兼取群材,同濟時務;若專任一才,即朋黨膠固者希時而并進,孤忠自立者望風而斂退。更望法天地簡易之道,守祖宗盈成之業,使上下安静,則不治而自治。近時新進纖佞之人⑥,多是妄有更張興作,以爲進身之術。陛下今不采納臣愚忠,異時必當自驗。臣惟望聖明早悟,即天下之福。臣今朝辭赴任,方瞻戀軒陛⑦,更無劄子進呈。伏恐有本任指揮事,乞賜聖旨。

【編年】

熙寧六年(1073)罷樞密使,授守司徒兼侍中、河南節度使、判河陽陛辭日作。

【箋注】

①陛辭:官員離京前上殿向皇帝辭别。宋蘇軾《張文定公墓志銘》:"過都,留判尚書都省,請知鄆州。陛辭,論天下事。"

②庶政:各種政事。《易·賁》:"君子以明庶政,無敢折獄。"

③致治:國家安定清平。《戰國策》:"盡公不還私,信賞罰以致治。"

④堯舜用心:唐堯和虞舜,均爲傳説中上古帝王,聖明之君。《莊子·天道》:"昔者舜問於堯曰:'大王之用心何如?'堯曰:'吾不敖無告,不廢窮民,苦死者,嘉孺子而哀婦人,此吾所以用心也。'"

⑤爵人:有爵位封號的人。《禮記·王制》:"凡官民材,必先論之;論辨,然後使之;任事然後爵之;位定,然後禄之。爵人於朝,與士共之。"

⑥纖佞:巧佞。《新唐書·蕭俛傳》:"俛劾播纖佞,不可汙台宰。"

⑦軒陛:宮殿的前沿和臺階。借指宮殿或皇帝。唐張九齡《酬王履震遊園林見貽》:"逶迤戀軒陛,蕭散反丘樊。"

乞令諸路帥臣與副總管同議邊事①

朝廷每差諸路副總管,所降宣命指揮,凡事并與都總管商量施行。訪聞近年以來,逐路都總管凡關兵馬公事及邊防機宜②,多是於經略司、安撫司一面行遣③,副總管皆不預聞。況本路都總管如有邊事,須合出兵,或不能自行,即遣副都總管領兵出入。若本司公事及邊防機宜素不預聞,臨事倉卒,必不周詳。復又素不假以事權,臨時節制④,偏裨亦恐未甚仰服⑤。兼陝西諸路,因康定中自鈐轄已下分定將官,訓練兵伍,蓋欲兵將相諳,便於指蹤號令。然副總管實副大帥,盡護諸將⑥,不曾分作次第將官。亦聞近年以來,副總管亦分作第一將,即與偏裨一等,事體益輕,尤爲非便。

今欲下逐路經略安撫使、都總管,凡兵馬公事及邊防機宜,常須與副總管詳熟同議,亦不得別作一將,却與鈐轄、都監等比⑦。所貴事體異於偏裨,緩急倚以出兵,可以節制諸將。餘依前後宣命指揮,仍務協和,各副朝廷任使之意。

【編年】

熙寧六年(1073)任樞密使日作。原本題下注云:"熙寧六年。"

【箋注】

①帥臣:由各級地方長官兼任,掌路或府、州兵馬。任河東、陝西路,職在綏禦戎夷,則爲經略安撫使兼都總管以統制軍旅。副總管:武官名。路馬步軍副都總管或兵馬副總管省稱,觀察使以上武官方能得,以下只能爲副總管。《會要·職官》四一之九七:"其帥府,文臣一員充帶安撫使、馬步軍都總管,武

臣一員充副總管。”

②機宜：機密，機要。宋范仲淹《舉張方平充經略掌書記狀》：“其應答諸路文字，動涉機宜，日不暇給。”

③經略司、安撫司：官署。掌一路兵民之事。經略司：經略使官署。掌治本路軍事，節制都總管以下諸將。真宗咸平間始置，以文臣經略邊事、節度諸將，後不單置，多爲安撫使兼經略使。《宋史·職官七·經略安撫司》：“經略安撫司，經略安撫使一人，以直秘閣以上充，掌一路兵民之事；皆帥其屬而所其獄訟，頒其禁令，定其賞罰，稽其錢穀、甲械出納之名籍而行以法。若事難專決，則具可否具奏；即干機速、邊防及士卒抵罪者，聽以便宜裁斷。”

④節制：指揮管轄。《舊唐書·王士則傳》：“士則恃此，頗不受士美節制，行止以兵自衛。”

⑤偏裨：偏將和副將。偏將常與裨將連稱“偏裨”，泛指將佐等武官。

⑥護：統轄，統率。《史記·樂毅列傳》：“樂毅於是并護趙、楚、韓、魏、燕之兵以伐齊，破之濟西。”陳亮《戊申再上孝宗皇帝書》：“使之兼統諸司，盡護諸將，置長史、司馬以專其勞。”

⑦鈐轄：兵馬鈐轄省稱。都監：兵馬都監的省稱。位次鈐轄。要郡守臣帶兵馬鈐轄，次要郡帶兵馬都監；并以武臣爲之副。元馬端臨《文獻通考·職官考十七·郡太守》：“若河南、應天、大名府則兼留守司公事。太原府、延安府、慶州、渭州、熙州、秦州則兼經略安撫使、馬步軍都總管。定州、真定府、瀛州、大名府、京兆府則兼安撫使、馬步軍都總管。瀘州、潭州、廣州、桂州、雄州則兼安撫使、兵馬鈐轄。潁昌府、青州、鄆州、許州、鄧州則兼安撫使、兵馬巡檢。其餘大藩府或沿邊州郡，或當一道衝要者，并兼兵馬鈐轄、巡檢、都監，或帶沿邊安撫、提轄兵甲、沿邊溪洞都巡檢。餘州、軍則否。其屬官有無及員數多寡，皆視其地望之高下與職務之繁簡而置之。”

乞免夫役 一①

臣檢會河陽遞年准敕差春夫赴鄭州、滎澤、原武等縣界開修河堤②，及去年差夫直赴開封府界白馬縣修堤，功役地理遙遠，人户供送裹費不易③。切緣本州諸縣人户，累年併值水旱災傷，民力疲困，乞權免來年差往諸處春夫一次，所貴民力不致失所④。謹具奏聞，伏候進止。

【編年】

熙寧六年（1073）十一月判河陽日作。原本題下注云："熙寧六年十一月。"

【箋注】

①夫役：被調發服勞役或受雇而供役使的人。

②檢會：猶查考。《後漢書·律曆志贊》："象因物生，數本杪曶。律均前起，准調後發。該核衡璿，檢會日月。"遞年：年年。宋洪邁《夷堅丙志·朱氏蠱異》："湖州村落朱家頓民朱佛大者，遞年以蠶桑爲業，常日事佛甚謹，故以得名。"春夫：在春耕以前調發的夫役。宋晁補之《揚州雜詠》之三："欲穿九曲通淮水，只費春夫數日工。"

③裹費：盤纏。宋羅大經《鶴林玉露》卷七："楊誠齋立朝時，計料自京還家之裹費，貯以一篋，鑰而置之卧所。戒家人不許市一物，恐累歸擔，日日若促裝者。"

④失所：謂無存身之地。《三國志·魏志·何夔傳》："自喪亂以來，民人失所。"

乞免夫役　二

臣檢會河陽累據諸縣人户陳狀，并值夏秋五料災傷，乞免向去一料春夫①。州司體量得人户即日委是大段疲困，已三次奏乞朝廷體念，特免向去一料春夫，及先權住來年一年變修石岸一百步，所貴稍寬民力。兼臣檢會元初擘畫改稍木岸作石岸一宗文字，所相度官亦無大段利害，衹且略依上言。臣僚施行，仍却於順水不向著埽岸，每年變修一百步石岸，顯是不至緊急。所差夫采石,却甚勞苦。若權住一年,極無妨礙。

　　兼臣於十一月、十二月兩次被旨赴濟源禱雪,祈雪所過河陽、濟源兩縣界,以秋末至冬中久無雨雪,田疇乾旱,種麥全少。況此兩縣在本州稍爲富庶,尚乃村落蕭然,例有菜色②,若不減重役,必不聊生。以臣愚短,固無仁惠可以下蘇疲瘵③,上寬宵旰④,惟是重疊力奏朝廷特賜體念矜恤。伏乞檢詳本州前後三奏并臣今來劄子,早降指揮。取進止。

【編年】

　　熙寧六年(1073)十二月判河陽日作。按:文中有“兼臣於十一月、十二月兩次被旨赴濟源禱雪祈雪”,故此文當作於十二月。

【箋注】

　　①向去:猶今後,以後。宋范仲淹《與中舍書》:“見使命自江南來,一例大水,饒州市中行船,睦州樓居,猶不能免。向去民力必困。”

　　②菜色:指飢民的臉色。《禮記·王制》:“雖有凶旱水溢,民無菜色。”

　　③疲瘵:困乏疲弱之人。唐白居易《授武元衡門下侍郎平章事制》:“信及夷貊,恩加疲瘵。”

　　④宵旰:“宵衣旰食”的省語。天不亮就穿衣起身,天黑了纔吃飯。用以稱頌帝王勤於政事。唐羅隱《淮南送李司空朝覲》:“聖君宵旰望時雍,丹詔西來雨露濃。”

乞罷河北預雇車牛

　　臣勘會本道所管八州內①,懷、衛屬河北西路。近累准西路轉運司牒:准朝旨,逐將下合用大平車一百六十乘并牛畜,於逐將所領軍馬住營州軍,預令民間結保承認,遇兵行日,量支雇錢〔一〕,隨軍前去。民間聞之,將謂官軍不測便有舉動,頗亦驚擾。況河北人户例有車牛,乃是民間日用之物。兼逐將所須車牛〔二〕,其數不多,緩急或雇或差,旦暮可集,不誤軍期。乞更不須預令民間結保承認,免致先有煩擾。取進止。

澶、魏、博州三將合用車牛,東路轉運司并不曾行下逐州,必是別有擘劃,亦恐民間煩擾。若遇兵行,於民間雇倩車牛②,人情必不敢避免。即未明所出車牛之家,至時更合備人力隨行否? 此一事人情所憚,如不用逐家人力隨行,亦乞明降指揮。

【編年】

熙寧七年(1074)判大名府日作。原本題下注云:"熙寧七年。"

【校勘】

〔一〕雇:原作"顧",據季校本、四庫本改。

〔二〕牛:下原衍"馬",據季校本、四庫本刪。

【箋注】

①勘會:審核議定。唐陸贄《貞元改元大赦制》:"京畿及近縣所欠百姓和糴價直,委度支即勘會支給。"宋葉夢得《石林燕語》卷四:"尚書省文字下六司諸路,例皆言'勘會'。曾魯公爲相,始改作'勘當',以其父名會,避之也。"本道所管八州:大名府路所管八州爲:北京、澶州、懷州、衛州、德州、博州、濱州、棣州。《宋史·地理志》二:"大名府,魏郡。慶曆二年,建爲北京。八年,始置大名府路安撫使,統北京、澶、懷、衛、德、博、濱、棣、通利、保順軍。熙寧以來并因之,六年,分屬河北東路。"道,用唐時舊稱,宋時爲"路"。

②雇倩:出錢雇請。

乞免人户折變蠶鹽錢①

臣檢會近准大名府牒,爲人户今歲大段災傷困乏,其蠶鹽錢只乞特許并免折變,合納見錢,候向去豐熟,却令依舊。已於六月二十九日具劄子申奏去訖,至此未奉聖旨。今又據懷、衛州狀申:逐縣人户,各爲災傷,乞將蠶鹽錢送納本色見錢②。州司勘會今年夏稅已係全放,今體量得人户委係累年并值災傷,貧困不易,所有鹽鹽錢伏乞詳酌指揮者③。

臣勘會上件,逐州府人户委實大段災傷,必是難以了納④,切慮别致逃移。欲望朝廷檢詳臣前奏及今來懷、衛州所申事理,早賜指揮,許將人户今年鹽鹽錢并免折變,只令送納見錢。候向去豐熟,却令依舊折變,所貴災傷貧民易爲了納。取進止。

【編年】

熙寧七年(1074)判大名府日作。原本題下注云:“熙寧七年。”

【箋注】

①折變:宋賦稅從原徵財物改徵其他財物的措施。如應徵錢帛,折爲米帛;應徵米粟,轉折錢帛之類。在折變過程中,物價隨官府命令核定,變相多徵。《宋史·宗室善俊傳》:“和買已是白科,從而折變,益加糜費,其數反重於正絹”。鹽鹽錢:政府在農村按户配售食鹽的制度。二月育鹽時按户配鹽,六月新絲上市,繳納夏稅時收錢,故稱。

②本色:原定收的實物田賦。如改徵其他實物或貨幣,稱折色。唐元稹《當州兩稅地》:“臣今便於當州近城縣納粟,官爲便碾,取本色脚錢。”

③指揮:詔敕和命令的統稱。宋李心傳《建炎以來繫年要録·建炎二年六月》:“尚書省言,檢會靖康元年已降指揮:人户願將金帛錢糧獻助者,計價依條補授名目。”

④了納:指完納賦稅。宋辛棄疾《西江月·示兒曹以家事付之》詞:“早趁催科了納,更量出入收支。”

乞體探西北遣使相過事①

臣見諸處關報探到事宜,西人北虜遣使相過稍頻,深慮奸謀詭計[一],以利相誘,牽制邊兵。乞令河東經略司、麟府軍馬司專委火山知軍②,於下寨子常切體察西北遣人相過情狀。取進止。

下寨子屬火山軍③,在西北兩界之中,内殿崇班燕復是火山軍人,有心力,見在麟府守官,可委之同察。

【編年】

熙寧七年(1074)判大名府日作。原本題下注云:"熙寧七年。"

【校勘】

〔一〕慮:原作"虜",據文意徑改。

【箋注】

①體探:探訪;探聽。宋岳飛《中省條畫合行事件劄子》:"飛差人前去體探得通泰二州即目并無糧斛。"西北:指西夏和遼國。

②火山知軍:差遣名。火山軍,宋代設置的軍事行政區。隸河東路。《宋史·地理志二》:"火山軍,同下州,本嵐州之地。太平興國七年建爲軍。治平四年置火山縣,熙寧四年廢之。……寨一:下鎮。"

③下寨子:即火山軍所屬之一寨:下鎮。

④内殿崇班:武階名。屬大使臣階列。秩七品。遷轉内殿承制。

乞嚴諭河北安撫司探報事宜〔一〕

臣近累據雄、霸州、廣信、安肅軍關申到體探事宜,并皆尋常閑慢事節,兼久應驗。今來北界既頻有生事①,不比常時,乞朝廷嚴諭前項四州軍及沿邊安撫司,精選勾當事人②,比舊日優與錢物,入深體探,務要的當事宜③,不誤邊防準備。取進止。

【編年】

熙寧七年(1074)判大名府日作。原本題下注云:"熙寧七年。"

【校勘】

〔一〕諭:原作"誡",據明刻本及四庫本改。

【箋注】

　　①北界：指遼國。

　　②勾當事人：爲某事而設立專門負責辦理的差官。此指專門探報敵情之人，即今之間諜。勾當：主管，辦理。唐顏真卿《與郭僕射書》：“又一昨裴僕射誤欲令左右丞勾當尚書，當時輒有酬對。”

　　③的當：可靠、妥帖。

論修樓櫓事①

　　河北平壤，其城池樓櫓之設，尤嚴於他道，凡遣使行邊，所以督責於守臣、按察之吏者必先焉②。夫豈以有事整完，無事則廢弛哉！比者命安撫使以修完屬郡之城壁，周相其摧壞褊狹，將易而新之，使士民有以容，兵械有以施，誠善矣。苟慮事計材，趣會期於歲月之頃無不完者，此固足以代守國之險，而嚴禦戎之備也。命方行，而反令依仿制度造作，熟材堆積，蓋藏於官舍之中，以俟樓櫓之大壞而易之，未見其利也。

　　北京樓櫓之當修者九百餘所，凡八千餘間，若欲概修於數月之間，雖盡鳩天下之良工③，亦不可卒焉而就，必在次第而修作之④。舊材之中尚有可用者，亦兼取焉，然猶要之一二年，僅可完矣。今乃以成熟之材，委積於虛閑之處，敵來而後立，患至而後興，無乃不及於事乎！今若據樓櫓見在區數，内有庫下不及制度并欹側朽弊者⑤，計其數，且修其半，仍間隔一座，拆一座〔一〕，所貴城上不至遽然空缺〔二〕，年歲之間，便得周遍完備。

【編年】

　　熙寧八年（1075）判大名府日作。原本題下注云：“熙寧八年。”

【校勘】

　　〔一〕拆一座：原脱，據《歷代名臣奏議》卷三一六補。

〔二〕貴：原作“費”，據右改。遽：原作“計”，據四庫本改。遽然：突然，忽然。

【箋注】

①樓櫓：古時軍中用以偵察、防禦或攻城的高臺。《後漢書·公孫瓚傳》：“今吾諸營，樓櫓千里。”

②按察之吏：即提點刑獄公事。掌本路司法、刑獄，審問囚徒，復查冤案，凡難決疑案與盜竊犯逃而不獲者，上奏朝廷，并監察所部官吏，舉廉能劾違法。

③鳩：聚集；收集；集合。《書·堯典》：“共工方鳩僝功。”孔傳：“鳩，聚。”

④次第：依次。唐白居易《東坡種花》之一：“百果參雜種，千枝次第開。”

⑤攲側：傾斜；歪斜。北魏楊衒之《洛陽伽藍記·聞義里》：“自此以西，山路攲側，長阪千里，懸崖萬仞，極天之阻，實在於斯。”

答神宗諮訪詔奏①

臣伏奉詔書，詢及疆事。臣以衰拙昏蠢，何足仰承聖問？然以久當柄任②，蒙國恩深，義激於中，敢不罄露，庶伸補報之萬一。夫戎狄之情③，貪利忘義，從古以來，載於書史者詳矣〔一〕。自真宗朝與通好④，所以息民幾八十年，未嘗犯順⑤。惟慶曆初，乘我西事未弭，故有邀求，餌之而已⑥。當時載立誓書，亦古尋盟之義也。歷觀前代中國與夷狄通好，未有如今之悠久。蓋朝廷謹守信誓，至雖瑣瑣細故，亦不創生變改，是以戎人亦不敢輕有希求⑦。

自數年前，累來妄理白溝館地〔二〕，及要拆去鋪屋⑧。況誓書之中，明載雄州所管白溝，兩朝遵守已久。且信誓之辭〔三〕，質於天地神祇〔四〕，告於宗廟社稷，此而可渝，何以享國⑨？今蕭禧重來，又決於雄州北亭交割禮物，其意欲以雄州北亭爲界，其如誓書何？誓書若不爲憑，即代北之地，止以圖籍照驗，宜其不以爲據。原其貪心，亦因慶曆初西事未平之際，求黃嵬之地，朝廷容易棄與之，又致今日妄有侵理。誠如聖詔所謂“虜情無厭，勢恐未已”，臣亦謂虜因此妄起釁端〔五〕。

聖意謂：“萬一不測，何以待之？”臣以爲中國禦戎，守信爲上，必以誓書爲證，彼將何詞以亢？縱騁詭詞，難奪正論。臣又以事理度之，事固有逆順，理固有曲直，順而直，天必助之；逆而曲，人不與之。若虜人不計曲直利害，肆其貪狠，敢萌犯順之心〔六〕，朝廷固已嚴於預備之要，足食足兵，堅完城壁，保全人民，以戰則勝，以守則固，止此而已。臣又聞用兵之道，兵應者勝，不得已而用之，此所以天必助之。大抵中國之兵，利在爲主，以主待客，以逸待勞，理必勝矣〔七〕，亦應兵之道也。

臣伏詳詔書曰：“思所以待遇之要，禦備之方。”切料聖意慎於舉動，尚慮發言盈廷，各有異論。或曰先發制人，意在輕動；或曰乘其未備，襲取燕薊⑩。事不審處，恐將噬臍⑪，非王師萬全之舉也，伏願陛下垂意熟察之。今朝廷分置將官，整齊械器，固得之矣。然將校偏裨，更須慎擇其人。又河朔頻歲饑荒，糧餉用度窘乏，尤索計置。若兵連未解，物力殫屈，即誤國大事。金湯非粟而不守，守尚不可，況用兵出師而糧餉不給，何以取濟。切要先事而辦，乃無後艱。至於不急煩費，事須裁節。在臣本道者，亦當續次奏聞。臣識淺才薄，思慮不周，伏望聖慈稍垂省覽，寬其罪戾。臣無任惶恐之至。

臣慮蕭禧之來，亦議及白溝。況白溝載於誓書明白，河朔城壁，非要害之處，亦當且後之，所貴專力於合修之處。臣頓首上奏。河北近西山州軍，城壁未須添展，枉勞民力。蓋萬一有事，軍民皆出山寨〔八〕，不肯入城。蓋山寨之中〔九〕，易得薪水，出入自便。當時沮臣議者，謂今之西山林木伐盡，無險可恃。本以山爲險，非在林木。況岩谷之間，戎馬必能散掠。景德間山寨之名，至今頗有存者，可以檢問。

【編年】

熙寧八年三月（1075）判大名府日作。前所附《神宗咨訪詔》題下原注云：“熙寧九年三月。”按：誤，當爲“熙寧八年三月”。蕭禧熙寧七年三月丙辰第一次來，熙寧八年二月第二次來。神宗之咨訪詔在熙寧八年二月。文彦博之答詔當在熙寧八年三月。《長編》卷二五一，熙寧七年三月丙辰條：“遼主遣林牙興復軍節度使蕭禧來致書，見於崇政殿。”《長編》卷二六〇，熙寧八年二月甲申條：“先是，敵以河東地界議久不決，復使蕭禧來。”《長編》卷二六二，神宗熙寧八月四月丙寅條：“蕭禧之再來，上遣入内供奉官、勾當内東門司裴昱賜韓琦、富弼、文彦博、曾公亮手詔。”

【校勘】

〔一〕於：原作“在”，據《歷代名臣奏議》卷三四四改。

〔二〕妄：原作“望”，據右改。

〔三〕辭：原作“詞”，據右改。

〔四〕祇：原作“祗”，據右改。祇：地神。《説文解字》：“祇，地祇，提出萬物者也。”祗：敬。

〔五〕亦謂虜因此：原作“亦因此虜”，據右補乙。

〔六〕敢萌：原脱，據右補。

〔七〕矣：原作“之”，據右改。較勝。

〔八〕軍：原作“宜”，據季校本、四庫本改。

〔九〕不肯入城。蓋山寨：此七字原脱，據季校本、四庫本補。

【箋注】

①諮：同“咨”。詢問，商量。

②久當柄任：謂文彦博曾執樞柄九年，即任樞密使，掌國之軍政九年。

③戎狄：少數民族名。西方曰戎，北方曰狄。《詩·魯頌·閟宮》：“戎狄是膺，荆舒是懲。”後以泛指西北少數民族。此指遼國。

④真宗朝與通好：宋真宗景德元年甲辰（1004）閏九月，契丹主隆緒同其母蕭太后大舉入寇。寇準主帝親征。十一月庚午，帝親征。丙子，帝至澶州。十二月癸未，曹利用至遼議和，言語慷慨：“禀命專對，有死而已。若北朝不恤後悔，恣其邀求，地固不可得，兵亦未易息也！”終許遺絹二十萬匹、銀十萬兩定

議。十二月庚辰,契丹使來請盟,許其成。與契丹立澶淵之盟,北陲遂安。

⑤犯順:違逆正道。《周書·齊煬王憲傳》:"直若逆天犯順,此則自取滅亡。"

⑥"惟慶曆"以下四句:慶曆二年(1042)正月,契丹來求關南舊地(即莫、瀛二州),虜情難測,臣皆不敢行。富弼時爲右正言,以吕夷簡存,臨危領命,出使遼。富弼諭以遼主曰:"北朝與中國通好,則人主專其利而臣下無所獲。若用兵,則利歸臣下而人主任其禍。"(《續資治通鑒》卷四四)富弼堅拒割地,通婚姻二事。八月,富弼至遼,以死拒用"獻"、"納"二字。九月,壬寅,遼遣耶律仁先來議"獻"、"納"二字,朝廷用晏殊議,以"納"字許之。以每歲對遼增金帛二十萬與遼再訂"慶曆和約"。

⑦希求:謀求;企求。唐元稹《代諭淮西書》:"吴侍御棄喪背禮,捨父干君,誘聚師徒,希求爵位。"

⑧"自數年前"以下三句:《長編》卷二三八,熙寧五年九月丙午朔條:"雄州言北界欲以兵來立口鋪。文彥博、蔡挺等欲候其來,必争令拆却。"《續資治通鑒》,熙寧七年三月丙辰條:遼主以河東路沿邊增修戍壘,起鋪舍,侵入蔚、應、朔三州界内,使林牙蕭禧來言,乞行毁撤,别立界至。禧歸,帝面諭以'三州地界,俟遣官與北朝官即境上議之。其雄州外羅城,修已十三年,并非創築,且非近事。北朝既不欲,更不令續修。白溝館驛亦須遣官檢視,如有創置樓櫓箭窗等,并令毁拆,屯戍兵亦令撤回。'"鋪屋:時街坊巡邏軍卒駐紮、辦公之所。宋蘇軾《乞增修弓箭社條約狀》:"分番巡邏,鋪屋相望。"

⑨享國:享有其國。謂帝王在位。《書·無逸》:"肆中宗之享國,七十有五年。"

⑩燕薊:泛指北方一帶。此指遼國。唐張守節《史記·正義》:"燕薊二國俱武王立,因燕山、薊丘爲名,其地足以立二國。薊微燕盛,燕乃并薊居之,薊名遂絶焉,今幽州薊縣故燕國是也。"

⑪噬臍:自齧腹臍。喻後悔不及。《左傳·莊公六年》:"亡鄧國者,必此人也。若不早圖,後君噬齊。"

【附載】

文前原有序云:"臣於今月十日准入内供奉官裴昱至賜臣實封手詔一道,

詢及疆事，令臣密具以聞。臣今具手劄一道進呈。”

《神宗諮訪詔》（熙寧九年三月）：“朝廷通好北國幾八十年，近歲以來生事彌甚。代北之地素有定封，而輒起釁端，妄求理辨。比敕官吏同加按行，雖圖籍甚明而詭辭不服。今横使復至，意在必得，朕以祖宗盟好之重，固將優容，敵情無厭，勢恐未已。萬一不測，何以待之？古之大政必詢故老，卿夙懷忠義，歷相三朝，雖爾身在外，乃心罔不在王室。其思所以待遇之要，禦備之方，密具以聞，朕將親覽。付某。”

文彦博集卷二三

奏議

言運河　一①

臣勘會自去年秋於衞州界王供埽次下開舊沙河，取黃河行運，欲通江淮舟楫徹於河北極邊〔一〕。自今年春開口放水，後來漲落不定，所行舟栰〔二〕，多是輕載，官船木栰，其數至少。瀕河官吏至於衆人，無不知其有害無利，枉費功料極多。

臣勘會所開運河，在臣部内，兼御河穿北京城中過②，始初猶未審知開置仔細，今即目睹利害，所繫甚大。苟雷同緘默，年歲間必須破壞却御河久來行運，至公私受弊，乃是臣坐觀而不言之罪。臣按御河上源，止是百門泉水，其勢壯猛。相次至衞州以下，可勝三四百斛之舟，四時行運，未嘗阻滯，公私爲利。其河道大小，亦如蔡河之類，其堤防不至高厚，亦無水患。今來取黃河水入御河，大則吞納不得，必至決溢；小則緩慢淺澀，必至淤澱却河道。凡上下千餘里，必難歲歲開淘，此必然之理。據本府通判并諸縣申檢視到御河，因透入黃河水，淤澱處甚多。今來冬初已見淤澱却河道，阻滯舟船處甚多。

　　若謂通江淮之運，即益見其有害無利。自江浙、淮、汴入黄河，順流而下，又合於御河。計每處所運江淮之物，必不能過一百萬斛。臣勘會前年自汴入黄河運粳米二十二萬五百餘石，至北京下卸，據押茶綱供奉范九皋稱：九月一日到運河口，爲淺澀無水，住滯數日，遂至黄河，順流下至北京馬陵渡，般卸茶入城，水路快，便早得了當。止用錢四千五百四十餘貫。和雇車乘，搬至城中臨御河倉貯納。若搬一百萬斛至北京，只計陸脚錢一萬五六千貫；若却要於御河裝船搬赴沿邊，無所不可，用力不多，所費極少。

　　臣勘會得開運河口并置閘口，去秋至今年四月終，已役過一百一十四萬六千餘工，五月後至冬，閘口所用人工不在此數。自今年正月後至九月終，已使過物料一百二十餘萬，錢糧計七萬七千餘萬貫石。十月後至開口〔三〕，所費物料不在此數。又特置河清兵士六百人③，每歲衣糧約用二萬七八千貫石匹兩。所置河清六百人，乃云諸埽各取七人，可充六百之數，諸埽即未銷添填，此乃欺誕之語。如七人是諸埽額外剩數，即便合省罷，減得歲費衣糧。諸埽既是缺人，相次便須添填，其六百人終是創增請受④，只要時下欺誑。又稱費用物料全類汴口，每歲所要稍草、椿橛、竹索，就小計之，合用百餘萬數。假使黄河入御河無決溢淤澱之患〔四〕，每年搬得及一百萬石，其費與順河而下至北京，止費脚錢一萬五六千貫搬至御河，其利害明白可見。

　　臣又勘會去年冬，都水外監丞更擘劃於北京黄河新堤第四埽第五鋪開置水口⑤，放水入御河，以通行運。此策尤爲乖疏⑥。其所欲置口處，乃是熙寧四年秋河下注御河之處。是時朝廷選差近臣并判水監官督役修塞，所費不貲⑦，僅能閉塞。大名、恩、冀之人，被害尤甚，以至回移人使，驛亭、道路，迄今瘡痍未平。今又建言欲於其處開置閘口〔五〕，道黄河水入御河〔六〕。都水監差官計會⑧，轉運司并大名兩通判同詣第四埽相視，衆皆知其不可，然不敢斥言其害，恐忤建謀之官。止作遷延之計回報水監云：候修御河堤防完固,方議開置河口。況從來御河堤防,宛如蔡河之類,若欲吞納河水,須至於汴岸增修,猶恐不能制蓄[七]。蓋地勢傾瀉,爲害不細,瀕河州縣之人爲未見定議,至今憂恐。及朝廷委清强官相視利害,早令議定可否,庶使人户安居。取進止。

【編年】

熙寧九年(1076)十月判大名府日作。原本題下注云:"熙寧九年。"《歷代名臣奏議》卷二五〇載此奏作於熙寧九年十月。文意相同,而更爲簡略。

【校勘】

〔一〕河北:原作"北河",據《歷代名臣奏議》乙正。

〔二〕行:原作"有",據右改。

〔三〕開:四庫本作"閉"。

〔四〕瀉:原脱,據季校本、四庫本補。

〔五〕開置:原脱,據季校本、四庫本補。

〔六〕"道上"前原有"開",據四庫本、明刻本改。

〔七〕蓄:原作"畜",據《歷代名臣奏議》改。

【箋注】

①運河:指自王供埽開浚的衛州運河,目的是引黄河水入御河。《宋史·河渠志》五:"熙寧八年,程昉與劉璿言:'衛州沙河湮没,宜自王供埽開浚,引大河水注之御河,以通江、淮漕運。仍置斗門,以時啓閉。其利有五:王供危急,免河勢變移而別開口地,一也。漕舟出汴,横絶沙河,免大河風濤之患,二也。沙河引水入於御河,大河漲溢,沙河自有限節,三也。御河漲溢,有斗門啓閉,無沖注淤塞之弊,四也。德、博舟運,免數百里大河之險,五也。一舉而五利附焉。請發卒萬人,一月可成。'從之。"

②御河:宋元時代所謂"御河",專指今河南、河北境内的衛河,即隋所開永濟渠的一部分。

③河清兵士:指河清軍。宋代厢兵軍名。用於治理黄河。

④請受:俸料名稱,包括料錢(官員月俸錢)與衣賜(春、冬兩季)、月糧(禄粟)三項。《文獻通考·職官》一九《禄秩》:"諸稱請受者,謂衣、糧、料錢。"

⑤都水外監丞：即外都水監丞。都水監丞輪差在外，專門治理黄河者。北宋都水監輪派監丞一員管領黄河决堤改道後修治事，并在澶州置司，稱"外都水監丞司"，由監丞主管，屬官有管勾外都水監丞司公事一至二員。

⑥乖疏：失當，不正確。宋真德秀《第二奏乞待罪》："委任非人，措置乖疏。"

⑦不貲（zī）：不可計數。表示極多。《晋書・傅玄傳》："天下群司猥多，不可不審得其人也；不得其人一日，則損不貲，況積日乎？"

⑧都水監：主管國家水利工程事務的機構。

【附載】

《宋史・河渠志》五：

（熙寧）九年秋，昉奏畢功。中書欲論賞，帝令河北監司案視保明，大名安撫使文彦博覆實。

……

已而都水監言，運河乞置雙閘，例放舟船實便，與彦博所言不同。十二月，命知制誥熊本與都水監、河北轉運司官相視。本奏：

"河北州軍賞給茶貨，以至應接沿邊榷場要用之物，并自黄河運至黎陽出卸，轉入御河，費用止於客軍數百人添支而已。向者，朝廷曾賜米河北，亦於黎陽或馬陵道口下卸，倒裝轉致，費亦不多。昨因程昉等擘畫，於衛州西南，循沙河故跡决口置閘，鑿堤引河，以通江、淮舟楫，而實邊郡倉廩。自興役至畢，凡用錢米、功料二百萬有奇。今後每歲用物料一百一十六萬，廂軍一千七百餘人，約費錢五萬七千餘緡。開河行水，才百餘日，所過船筏六百二十五，而衛州界御河淤淺，已及三萬八千餘步；沙河左右民田，淹浸者幾千頃，所免租稅二千貫石有餘。有費無利，誠如議者所論。

然尚有大者，衛州居御河上游，而西南當王供向著之會，所以捍黄河之患者，一堤而已。今穴堤引河，而置閘之地，纔及堤身之半。詢之土人云，自慶曆八年後，大水七至，方其盛時，遊波有平堤者。今河流安順三年矣，設復礬水暴漲，則河身乃在閘口之上。以湍悍之勢而無堤防之阻，氾濫沖溢，下合御河，臣恐墊溺之禍，不特在乎衛州，而瀕御河郡縣，皆罹其患矣。

夫此河之興，一歲所濟船栰，其數止此，而萌每歲不測之患，積無窮不貲之費，豈陛下所以垂世裕民之意哉！臣博采衆論，究極利病，咸以謂葺故堤，堰新口，存新閘而勿治，庶可以銷淤澱決溢之患，而省無窮之費。萬一他日欲由此河轉粟塞下，則暫開亟止，或可紓飛輓之勞。”

未幾，河果決衛州。

《歷代名臣奏議》卷二五〇，文彥博奏議：

去秋開舊沙河，取黃河行運，欲通江淮舟檝徹於河北極邊。自今春開口放水，後來漲落不定，所行舟楸皆輕載，有害無利，枉費功料極多。今御河上源止是百門泉水，其勢壯猛，至衛州以下可勝三四百斛之舟，四時行運未嘗阻滯，隄防不至高厚，亦無水患。今乃取黃河水以益之，大即不能吞納，必致決溢；小則緩漫淺澀，必致淤澱。凡上下千餘里，必難歲歲開濬。

況此河穿北京城中，利害易睹。今始初冬，已見阻滯，恐年歲間，反壞久來行運。儻謂通江淮之漕，即尤不然。自江浙、淮、汴入黃河，順流而下，又合於御河，大約歲不過一百萬斛。若自汴順流經入黃河，達於北京，自北京和雇車乘，陸行入倉，約用錢五六千緡。却於御河裝載赴邊城，其省工役物料及河清衣糧之費，不可勝計。

又去冬，外監丞欲於北京黃河新堤開置水口，以通行運。其策尤疏。此乃熙寧四年秋，黃河下注御河之處，當時朝廷選差近臣督役修塞，所費不貲，大名、恩、冀之人至今瘡痍未平。今奈何反欲開口導水耶？都水監雖令所屬相視，而官吏恐忤建謀之官，止作遷延回報，謂俟修固御河堤防，方議開置河口。況御河堤道，僅如蔡河之類，若欲吞納河水，須如汴岸增修，猶恐不能制蓄。乞別委清彊官相視利害，并議可否。

言運河　二

臣以開引黃河透御河不便，已具劄子開陳。切以今水監之官尤爲不職[①]，皆不熟計利害，容易建言，惟望僥倖恩賞，多從其請，便爲主張。中外雖知其非，不敢異議，以避沮害之責。事若不效，建言之人都無譴罰。如前時兩議清汴[②]，已有勞費，并無成功，朝廷置而不問。范子奇乞冬月不閉汴口[③]，是年汴水蹙淩[①]，上下救護,晝夜打淩,不勝寒苦。終致府界蹙破汴岸。止是夏秋水大,容有決溢之理,即未嘗有冬深決溢之患。後來朝旨却令冬前閉口,顯是因不閉汴口致蹙淩壞堤。當是止罪縣界堤防之官,而子奇全不責問,仍不害其進用。士論不平,無如之何! 臣謂今之水官,更當澄清慎擇,況朝廷物力未豐,不當更容狂妄之人橫費生民膏血。伏望聖慈垂察。

【編年】

熙寧九年(1076)判大名府日作。

【箋注】

①水監之官:指都水監的官吏。此指程昉與劉璿。

②清汴:即導洛通汴。都水監范子淵建議清汴,并奉詔實地勘測,提出具體方案。朝廷又令安燾和張茂則復視,此二人竭力反對清汴主張,但無充足理由。宋神宗又令宋用臣查勘復度,確認實行。神宗元豐二年(1079),導洛水入汴河,置導洛通汴司,以入內供奉官宋用臣爲都大提舉總領其事。

③范子奇:北宋大臣。字中濟,河南(今河南洛陽)人。范雍孫,廕簽書并州判官。歷任户部判官、河東、陝西、河北、京東四路轉運使等職。入爲吏部侍郎,以待制致仕。

④蹙淩:指黄河斷冰復結。《宋史・河渠志一》:“黄河隨時漲落,故舉物候爲水勢之名:……十一月、十二月,斷冰雜流,乘寒復結,謂之蹙淩水。”

【附載】

《歷代名臣奏議》卷二五〇,文彦博奏議:今之水官尤爲不職,容易建言,僥倖恩賞。朝廷便爲主張,中外莫敢異議。事若不效,都無譴罰。臣謂更當選擇其人,不宜令狂妄輩,橫費生民膏血。

不保明浚河第一①

臣本司准都水監牒,保明范子淵乞酬奬浚川功效。尋點勘所取到逐州縣地分河水漲溢及後來減退事狀②,即與范子淵所奏稍異,難議雷同保明,已別具本司奏訖。臣詳浚川司所浚河身始末③,盡在水底深淺,固難詳驗。又只憑本司使并所轄河埽使臣及都大提舉官供析保明④,至於所屬州縣,亦望風畏憚,不敢異議。欲乞今後浚川司所浚河道,別差不干礙公正敢言臣僚覆行定驗,所貴不誤朝廷行賞。

【編年】

熙寧九年(1076)判大名府日作。原本題下注云:"熙寧九年。"

【箋注】

①不保明浚河:即不能爲范子淵浚川杷浚河功效之事負責向上申明。保明:謂負責向上申明。《三國志·魏志·鮮卑傳》:"我夷狄雖不知禮義,兄弟子孫受天子印綬,牛馬尚知美水草,況我有人心邪!將軍當保明我於天子。"

②點勘:檢點查看。《前漢書平話》卷上:"(劉邦)宣周勃排甲馬,點勘軍兵。"

③浚川司:即疏浚黃河司。自衛州浚至海口,以范子淵都大提舉,李公義爲之屬官。《宋史·河渠志二》:"(熙寧)六年四月,始置疏浚黃河司。先是,有選人李公義者,獻鐵龍爪揚泥車法以浚河。其法:用鐵數斤爲爪形,以繩繫舟尾而沉之水,篙工急棹,乘流相繼而下,一再過,水已深數尺。宦官黃懷信以爲可用,而患其太輕。王安石請令懷信、公義同議增損,乃別制浚川杷。其法:以巨木長八尺,齒長二尺,列於木下如杷狀,以石壓之;兩旁繫大繩,兩端矴大船,相距八十步,各用滑車絞之,去來撓蕩泥沙,已又移船而浚。或渭水深則杷不能及底,雖數往來無益;水淺則齒礙沙泥,曳之不動,卒乃反齒向上而曳之。人皆知不可用,惟安石善其法……帝乃許春首興工,而賞懷信以度僧牒十五道,公義與堂除;以杷法下北京,令虞部員外郎、都大提舉大名府界金堤范子淵與通判、知縣共試驗之,皆言不可用。會子淵以事至京師,安石問其故,子淵意附會,遽曰:'法誠善,第同官議不合耳。'安石大悅。至是,乃置浚河司,將自衛州浚至海口,差子淵都大提舉,公義爲之屬。"

④都大提舉官:指范子淵。

【附載】

《長編》卷二七七,熙寧九年十二月條:"十二月癸未朔,命知制誥熊本與都水監、河北轉運司官同相視疏浚汴河及衛州運河利害以聞。先是,大名府河每歲夏水漲,則自許家港溢出,及秋水落,還復故道,皆在大堤之內。范子淵既用浚川杷開直河受賞,復欲求功,乃令指使諷諸埽申大名府云:'今歲河七分入許家港,三分入故道,恐河勢遂移,乞牒浚川司用杷疏治。'府司從之。會歲旱,港水所浸田不過萬頃,子淵用杷不及一月而罷,時熙寧八年也。其明年,子淵自言去歲大河幾移,賴浚川杷得復故道,出民田數萬頃,其督役官吏,乞加酬獎。事下都水監,監司請優與酬獎,如子淵所乞。

始,王安石極稱浚川杷可用,故力主子淵。或言子淵於河上令指使分督役卒用杷疏治,各置曆書,其課曰:某日於某埽浚若干步,深若干尺。其實水深則杷不能及底,虛曳去來,木淺則齒礙沙泥,曳之不動,卒乃反齒向上而曳之。所書之課,悉妄撰不可考驗也。故天下皆指浚川杷爲兒戲。既久,安石亦頗聞之,及都水保奏子淵酬獎,安石遂不信,更下河北轉運、安撫司保奏。於是文彥博言子淵欺罔,乞行覆驗。詔詰子淵,子淵言:'自熙寧六年置浚河司,將前三年比較用杷功利,其省諸埽物料計錢三十九萬緡,及減差夫六百六十九萬。'上乃使蒲宗孟等於汴河用杷,試其事。又遣本等往河北究實。彥博又言,衛州開舊沙河入御河行運,眾皆知其有害無利,亦乞委官相視。而都水監言,運河乞置雙閘,倒放舟船實便,與彥博所言皆不同,故并以命本。"

不保明浚河第二

范子淵所奏去年浚川退出分數地土,今年夏末又却多淹浸了。其去年用杷疏浚退出地少,今年不曾用杷,却退出地多,顯是自因秋深,河水減退,故本司不敢扶同保明。況浚川司所置官屬頗多,占破人舡不少①。別司官心知利害,率不敢言,言之必以爲沮害功利,故且緘默。人情如此,恐非朝廷之福。臣今因都水監牒要保明，方敢依實公言。伏乞朝廷詳察。

【箋注】

①舡（xiāng）：船。《玉篇》：“舡，船也。”《商君書·弱民》：“背法而治……濟大川而無舡楫也。”

不保明浚河第三

臣昨奉聖旨，令保明浚川司疏浚過河事，尋取責逐地分州縣的實事狀，并皆不同。及爲疏浚過處，其河水次年却依舊泛溢，淹浸民田。兼次年不曾用杷，却亦水退，即河水漲落〔一〕，決不由杷之疏浚，雖河瀕至愚之人悉皆曉知，所以臣不敢雷同保明。及爲衛州創開運河不便，亦具奏聞。緣此事理，備見水官不職，枉費才力，兼多是狂妄希賞。只如所開運河，云有五利：其一曰綱運出汴，對過沙河，免涉大河風濤之險。且汴口在河陽界内，沙河口在衛州王供埽下①，自出汴口，由黄河下水相去尚近百里，豈是出汴對過沙河？既通德、博舟運②，亦可免得數百里大河之險。且沙河口在衛州西南，德、博在大名東北，上下相去遼遠，即與沙河水陸道路都不相干，不知因何免得數百里大河之險？只圖朝廷聽信，遂興力役。乞朝廷詰問水監官，即見虛實。猶恐飾詐，即乞將水監官所陳事狀付臣，容臣子細開析聞奏③。

臣自再到大名，有水監官輕妄擘畫河事甚多，如欲決黄河大小吳埽地放水淤田，及欲於嵬固下埽開直河并放清水。如是等事，猶賴定奪官力議罷之，不爾，即爲害不細。所以乞慎擇水官，望朝廷垂察。

【校勘】

〔一〕漲：原作“長”，據文意改。

【箋注】

①埽(sào)：治水工程用以護岸和堵決口的器材。一般用秫稭、蘆葦捆綁而成。沈括《夢溪筆談》卷一一："凡塞河決，垂合，中間一埽，謂之合龍門。"此指用埽料築成的堤壩、工事。《金史·河渠志》："沿河上下凡二十五埽。"

②德、博：德州和博州。均屬河北東路。德州，上，平原郡，軍事。博州，上，博平郡，防禦。

③開析：分析。宋司馬光《涑水記聞》卷一四："既而上顧問之，晦叔方爲之開析可否，語簡而當。"

奏黄河水勢

臣本司於七月九日據衛州申①，管勾運河于良弼申②：今月四日，沙河水漲，沫過上東水偃。尋下閘板攔絶不住，沫過閘板，透入運河行流。本司爲今六月七日大名府御河連併添漲，日夕救護，僅免決溢，尋牒衛州火急閉塞閘口。續據衛州申，尋卷埽於上東水口閉塞了當，有些小津漏，見劄填次。本司爲穿府城水，大關梁下不通舟船，切慮運河閘口依前固護不定，透黄河水入御河，即爲害不細。已奏乞指揮都水監速差官就運河閘口固護。

今月十九日却據澶州申，據臨河縣申：十七日午時詣遥堤上巡，睹見水自西南來，波浪緊急。問得人民，言説衛州樊店西黄河口決，一概水東北行流。十六日夜二更以來到本縣，沖注二十餘幢人户。觀此水勢及民間所説，爲害不細。縣司已逐急於沿河差船，令、佐親監轄救渡人命去訖。又據衛州黎陽縣申，今月十五日，御河水渾濃漲猛，水色與別日不同，認是黄河漲溢沫岸通流入御河。至三更，御河水一沫出兩岸，見今北來，將及南門，本縣令、佐、都監即是救應堤口城門。至十六日，南門、西門堤口節次破決③，水頭一併向城流注，遮塞不定，遂緊切一向固護城壁官物者。本司即時火急再行文字，轉指揮府城以上縣鎮官吏，嚴切固護堤防。如水勢大，必不可防遏，即令本地分官吏究心詳審④，計較利害，相度踏行有自來分減水勢舊河道處⑤，即便火急開決，分減水勢，無致奔沖，直向府城爲害去訖⑥。伏乞更賜指揮都水監，選委公心知河事官赴衛州，相度調集人兵物料固護堤防。取進止。

今據衛州十四日狀申，水勢沫過埽背，於運河上約後行流，救護不定。及稱河勢危急處，係運河上約。衛州屬河北西路，仍乞下西路轉運司疾速應付人兵物料。

【編年】

熙寧十年（1077）判大名府日作。按文中云：“問得人民，言説衛州樊店西黃河口決，一概水東北行流。……今月十五日，御河水渾濃漲猛，水色與別日不同，認是黃河漲溢沫岸通流入御河。”本卷《再奏運河利害》文中云：“臣於去年冬奏衛州王供埽下開堤取黃河水作運河……今來果致黃河水入運河，防遏不住，沫過閘口，沖注下流州府縣鎮，爲患甚大。”運河，指自王供埽開浚的衛州運河，目的是引黃河水入御河。二奏所言皆爲黃河水溢經運河入御河事，故可推知作於同年。

【箋注】

①申：向上陳述，申報。沈括《夢溪筆談·官政一》：“須先具價申稟。”

②管勾運河：差遣名。管勾，宋朝始置差遣名目。管理之意。宋歐陽修《舉留胡瑗管勾太學狀》：“自瑗管勾太學以來，諸生服其德行，遵守規矩。”

③節次：陸續，逐次。宋朱熹《勸農文》之一：“其塍畔斜生茅草之屬，亦須節次芟削，取令净盡，免得分耗土力。”

④究心：專心研究。宋周密《癸辛雜識後集·誤書廟諱》：“縣尉不究心職事，至於格目亦忘署名，可見無狀。”

⑤踏行：實地察看。宋蘇轍《論黃河東流劄子》：“欲乞聖慈特選骨鯁臣僚及左右親信，往河北計會，逐處安撫轉運、提刑、州縣及北外監丞司官，同共踏行。”

⑥去訖：猶完畢。宋蘇軾《參定葉祖洽廷試策狀》之二：“右臣近奉聖旨，參定葉祖洽所試策，臣已與劉攽等定奪奏聞去訖。”

再奏運河利害

臣於去年冬奏衞州王供埽下開堤取黄河水作運河，置閘引水入御河，深爲不便。以爲大則決溢，小則淤澱。尋聞差官定奪利害①。今來果致黄河水入運河，防遏不住，沫過閘口，沖注下流州府縣鎮，爲患甚大。切慮定奪所未知得今來運河之害，乞指揮定奪所下衞州及大名路安撫司，取索自七月四日及十四日後來申報決溢一宗文字，看詳定奪②。

【編年】

熙寧十年（1077）判大名府日作。原本題下注云：“熙寧十年。”

【箋注】

①定奪：決定事情的可否與去取。宋范仲淹《奏辯陳留移橋》：“既聞差王礪重行定奪，遂令人探問移與不移。”

②看詳：審閲研究。宋曾鞏《請給中書舍人印及合與不合通簽中書外省事》：“臣今看詳，上件印合係散騎常侍收掌。”

文彥博集卷二四

奏議

奏黃河曹村決溢利害乞擇水官

臣於今年正月六日奏，爲據德州申，大河自去年秋夏至今冬，河底淤澱，通流不決，河勢變移，不循故道。見今四散漫流，兩岸俱被水患。臣詳黃河下流淤澱，疏浚不行，泄水不快，即上流水勢須至壅遏，若不預行經制，切慮將來河水泛漲，必於魏、博、恩、澶等州決溢爲患。自後不聞水監別有擘畫，只是固護東流北岸。今年五、六、七月間，大名金新堤一帶諸埽非常危急，果致澶州決溢。

臣又檢會今年正月八日奏，爲近年以來，河防官吏以減省物料，指望酬賞。只緣三四年來，黃河非常水小，埽岸偶無危急，是致減省物料，即非久遠常制。必恐埽岸漸次有失添修。若將來河水泛漲如舊，必致疏虞。伏乞檢會舊條，不以減省物料，指望酬獎。今年夏秋水漲，諸埽危急，多稱物料少數。亦聞今來曹村埽決溢，自熙寧八年、九年、十年檢計春料，合行接貼低怯之處，三年之中，并不曾應付接貼。兼本埽兵士，多在別處占使，或駕船裝搬水利司小麥外，見在只有兵士十七人實役，致今來以堤身低小怯薄,遂至決溢。

　　臣前來因論列河事,并及水官乞行慎擇。今河朔、京東州縣人民被水患者莫知其數①,嗷嗷籲天②,上軫聖念③。而水官不能自訟④,猶汲汲以希賞⑤,於理何安?臣前後所陳,出於至誠,本圖補報,非敢激訐⑥,輕有干冒⑦。伏望聖慈垂察。

【編年】

　　熙寧十年(1077)判大名府日作。原本題下注云:"熙寧十年。"《歷代名臣奏議》卷二五〇載熙寧十年八月,河決鄭州滎澤,彦博上此奏。文意相同,而言更簡略。

【箋注】

　　①河朔:黃河以北。《書·泰誓》:"王次於河朔。"孔傳:"渡河而誓,既誓而止於河之北。"京東:路名。北宋至道十五路之一。治宋州(今河南商丘)。熙寧七年(1074)分爲京東東路、京東西路。東路治青州(今屬山東);西路治鄆州(今山東東平),後移治應天府(今河南商丘)。

　　②嗷嗷籲(yù)天:呼天訴苦。嗷嗷:衆口愁怨聲。晋葛洪《抱朴子·審舉》:"小人道長,則檮杌比肩,頌聲所以不作,怨嗟所以嗷嗷也。"籲天:呼天訴苦。《書·召誥》:"以哀籲天。"孔穎達疏:"以哀號呼天,告冤枉無辜。"

　　③軫(zhěn):謂内心痛切。

　　④自訟:責備自己,自省。《論語·公冶長》:"吾未見能見其過而内自訟者也。"

　　⑤汲汲:急切的樣子。《禮記·問喪》:"其往送也,望望然,汲汲然,如有追而弗及也。"

　　⑥激訐:激烈率直地揭發、斥責別人的隱私、過失。漢崔瑗《司隸校尉箴》:"是故履上位者,無云我貴,苟任激訐,平陽玄默,以式百辟。"

　　⑦干冒:觸犯;冒犯。《周禮·秋官·士師》:"四曰犯邦令。"漢鄭玄注:"干冒王教令者。"

【附載】

　　《歷代名臣奏議》卷二五〇所録文彦博奏議:"(熙寧)十年八月河決鄭州

滎澤，文彥博上言曰：

臣正月嘗奏德州河底淤澱，泄水稽滯，上流必至壅遏。又河勢變移。四散漫流。兩岸俱被水患。若不預爲經制。必溢魏、博、恩、澶等州之境。而都水略無施設，止固護東流北岸而已。適累年河流低下，官吏希省費之賞，未嘗增修堤岸，大名諸埽皆可憂虞。謂如曹村一埽，自熙寧八年至今三年，雖每計春料當培低怯，而有司未嘗如約。其埽兵又皆給他役，實在者十有七八。今者果大決溢，此非天災，實人力不至也。

臣前論此，并乞審擇水官。今河朔、京東州縣，人被患者莫知其數，嗷嗷籲天，上軫聖念。而水官不能自訟，猶汲汲希賞，臣前論所陳，出於至誠，本圖補報，非敢激訐也。"

奏定奪所勾人吏事

臣本司准定奪取勘所牒勾追安撫司全司人吏八人、留守司河堤一案人吏十人①，赴京照對浚河公事。伏爲今來本路州府非常大雨，及黃、御河決溢，并德、棣、博等州賊盜常多，曉夕行遣文字救護水災，修完城壁堤防，催促捕捉盜賊。凡百公事②，比之常時數十倍多。加以所行文移急於星火③，今若盡勾却上件全司人吏④，則所掌文案首尾并無人檢會⑤〔一〕，承稟行遣，必致違誤。本已具奏，乞將上件人吏如的合有罪，即乞依條收坐，就鄰近州差官取勘，敢不承伏？兼昨來保明熙寧八年浚川退出地土事，臣爲見九年河水依舊復來，淹浸却八年退出地土，人户并訴水災，照會得事理仔細分明⑥，是以不敢雷同保明。況事皆由臣，不由人吏，如顯有不當，只今獨坐臣罪。伏望聖慈詳察，特賜指揮。取進止。

臣伏詳元差官定奪疏浚黃河及開運河，如有理曲之人，便行取勘。今來定奪所勾追人吏不少，切恐定爲理曲之人。伏望聖慈將所定理曲之狀付臣，容臣一一仔細開拆聞奏，所貴不誤朝廷賞罰。

【編年】

熙寧十年(1077)八月六日判大名府日作。原本題下注云:“熙寧十年八月六日。”

【校勘】

〔一〕并:原脱,據季校本、四庫本補。

【箋注】

①取勘:猶查核。《元典章·兵部三·給驛》:“(官員)到任之後,不幸病故,抛下家屬……仰所在官司取勘,見數應付元去鋪馬車船,仍給行糧,遞送還家。”勾追:追捕;拘捕。宋吕本中《官箴》卷一:“又各獄中遣人勾追之類,必使之畢此事,不可更别遣人,恐其受賂已足,不肯畢事也。”留守司:此指北京留守司。官署名。爲北京留守廳事。主要備皇帝行幸及點綴而已。留守司公事由知大名府兼。

②凡百:泛指一切。此猶各項,諸項。《詩·小雅·雨無正》三章:“凡百君子,各敬爾身。”

③文移:文書;公文。《後漢書·光武帝紀上》:“於是置僚屬,作文移,從事司察,一如舊章。”

④上件:猶上述。宋范仲淹《奏殿直王貴等》:“上件三人,并堪邊上任使,欲乞朝廷各轉一資,充沿邊寨主監押。”

⑤檢會:猶查考。宋蘇軾《應詔論四事狀》:“檢會元豐四年五月二十一日勅,酒務留當産業依鹽錢例拘收,以其鹽與酒事同體一故也。”

⑥照會:參照;對勘。《宋史·河渠志三》:“訪聞先朝水官孫民先、元祐六年水官賈種民各有《河議》,乞取索照會。”

【附載】

《長編》卷二八二,熙寧十年五月條:“五月庚午,詔:‘侍御史知雜事蔡確、知諫院黄履定奪衛州運河及疏浚黄河利害異同,理曲不實之人,劾罪以聞。如合就案難,輒官一員及取旨,遣内侍同往。’

初,熊本既受命與都水監主簿陳祐甫、河北轉運使陳知儉共按問諸埽,言:‘八年,故河道水減三尺,浚川杷未至間,已增二尺,杷至又增一尺,且從此以前十年,水皆夏溢秋復,不惟此一年,水落實非杷所至。'本等乃集臨清、冠氏縣十五人責狀,及據堮上水曆,即南岸以杷試驗,雖小有增深寸數,翌朝再測,已與未浚時無異。又訪議者,皆以運河之興有費無利,且爲官私之患,遂以文彥博所陳爲是,奏乞廢浚川司。

時范子淵在京師先聞之,遽上殿言:'熊本、陳祐甫意謂王安石出,文彥博必將入相,附會其意,以浚川杷爲不便。臣聞本奉使按事,乃詣彥博納拜,從彥博飲食,祐甫、知儉皆預焉,及屏人私語。今所奏必不公。且觀彥博之意,非止言浚川杷而已。陛下一聽其言,天下言新法不便者必蜂起,陛下所立之法大壞矣。'上頗惑其言,詔以本等奏送都水監及外監丞司。子淵遂訟本等以七月中北岸水曆定五月中南岸河流漲落,又不皆至河所視其利害;及大名府已嘗保明用杷浚二股功利,牒轉運司;兼本等專取索浚河司事,總四千七百餘紙,即未嘗取索大名府安撫司、轉運司事相參照。而確亦劾本奉使不謹,議論不公,乞更委官定奪是非。故就委確及履仍即御史臺置獄推究。"

《長編》卷二八四,熙寧十年九月條:"九月壬申,詔:'近范子淵奏用杷浚滎澤堮河北岸灘觜,解南岸急危圖狀,可并付定奪所照會。'上既令蔡確等定奪熊本及子淵是非,又令馮宗道監視。子淵用杷浚汴,宗道測量汴流,有深於舊者,有爲泥沙所淤,更淺於舊者,有不增不減者,大率三分各居其一。宗道日具實以聞,上意稍寤,治獄微緩。會滎澤河堤將潰,詔判都水監俞充往治之。充奏河欲決,賴用浚川杷疏導得完。子淵因圖狀自明,上喜,於是治獄益急矣。"

《長編》卷二八七,元豐元年正月條:"刑部員外郎、知制誥熊本落知制誥,爲屯田員外郎,分司西京,饒州居住。大理寺丞、權外都水監丞陳祐甫爲潁州團練推官。權知都水監主簿、司農寺主簿、婺源縣丞史邈追兩官,與遠小處合入差遣。權外都水監丞、主客郎中范子淵追一官,差遣依舊,并免勒停。權河北東路轉運副使、金部員外郎陳知儉追一官衝替。文彥博特放。大名府寇氏、臨清、清平縣干係官吏,并東流南岸都大司,并令提點刑獄司劾之。其運河置閘,令都水監再相度。本坐按視浚河不實,緣疏浚有河退地二萬二千三百頃,而附會報以不實;法非因公事不得赴州郡酒食,而本違法赴彥博會。子淵所稱河退地雖實,而以二年數誤并爲一年奏上。祐甫、邈、知儉皆附會失實,故有是命。浚川杷僅同兒戲,子淵所陳固多妄,然邈初勸本先行河決利害乃見彥博,而本言彦博三朝舊臣，小利害安能動搖，又修私敬於彦博。子淵具以告，故上不直本也。”

乞恤刑①

臣竊見近年以來〔一〕，中外刑獄頗有枝蔓淹延②。大暑盛寒，縲繫囹圄③，其間豈無冤滯感傷和氣？朝廷每至盛夏，必行疏決；或水旱爲災，原減輕繫，此聖慈欽恤之至也。然守臣、獄官鮮能上副陛下之意，有傷仁厚之化。

夫刑者，所以輔教，聖人不得已而用之。故三王任德不任刑。以德爲陽，居大夏生成之時；以刑爲陰，居大冬不用之處④。所施輕重，昭然可知〔二〕。臣不敢以經史遠事言之，切以唐之憲宗，號爲中興⑤，任德任刑，頗得其理。嘗謂宰相曰：“于頔懷奸⑥，勸朕任刑，欲朕失人心也。”且聖人感人心而天下和平，人主而失人心，邦本何由寧固？臣謂今之牧守監司，宜得明惠厚重之人，宣佈朝廷寬大之澤，施愷悌之政⑦，變刻薄之風，則太平之隆，可垂拱而致⑧。

【編年】

元豐三年（1080）九月判河南府日作。原本題下注云：“元豐三年九月。”

【校勘】

〔一〕竊：原作“切”，據《宋朝諸臣奏議》改。按竊，下對上自謙之辭。常用者又有“伏見”。

〔二〕昭：原作“居”，據右改。

【箋注】

①乞恤刑：《宋朝諸臣奏議》卷九九題爲《上神宗論近歲刑獄枝蔓》。恤刑：特指減刑。《續資治通鑒·宋太宗太平興國二年》：“詔恤刑。自是每歲常舉行之。”《晉書·劉波傳》：“法苛政亂者，恤刑不赦。”

②刑獄：猶刑罰。《左傳·文公六年》：“正法罪，辟刑獄。”

③纍繫囹圄：囚禁牢獄。纍（léi），古代拘繫犯人用的黑色大繩索。囹圄：牢獄。司馬遷《報任少卿書》：“深幽囹圄之中，誰可告訴者！”

④“夫刑”以下七句：語出《漢書·董仲舒傳》：“王者欲有所爲，宜求其端於天。天道之大者在陰陽。陽爲德，陰爲刑；刑主殺而德主生。是故陽常居大夏，而以生育養長爲事；陰常居大冬，而積於空虛不用之處。以此見天之任德不任刑也。……王者承天意以從事，故任德教而不任刑。刑者不可任以治世，猶陰之不可任以成歲也。”

⑤“唐之”二句：事見《新唐書·憲宗本紀》：“憲宗剛明果斷，自初即位，慨然發憤，志平僭叛，能用忠謀，不惑群議，卒收成功。自吳元濟誅，彊藩悍將皆欲悔過而効順。當此之時，唐之威令，幾於復振。”

⑥于頔：唐朝大臣。字允元，洛陽（今屬河南）人。德宗時，歷湖州刺史、蘇州刺史。貞元十四年（798 年），任襄州刺史、充山南東道節度使，東敗淮西叛鎮吳少誠。後他廣募戰士，擴充實力，公然聚斂，恣意專殺，以凌上威下爲務，成爲漢南重要割據勢力。憲宗時，稍戒懼，入朝拜司空平章事，後因罪貶太子賓客。

⑦愷悌和樂平易。《禮記·表記》：“《詩》云‘凱弟君子，民之父母’凱以强教之，弟以説（悦）安之。”

⑧垂拱：垂衣拱手。喻帝王無爲而治。《書·武成》：“惇信明義，崇德報功，垂拱而天下治。”

論赦事

臣伏睹陛下躬行大享之禮①，前朝潔齋於路寢②，朝謁於靈宮③，孝享於太廟④，乃格明堂⑤，以嚴宗祀⑥。祀禮之重，莫重於此。既而御端闈⑦，孚大號⑧，霈惠澤於天下⑨，號令之重，莫重於此。然號令之出，在於必行，不惟其反。謹詳辛巳赦文，釋纍纆⑩，貸逋負⑪，比常赦至寬。自殺人已死及監主自盜⑫、官吏枉法外^⑬，罪無輕重，悉除。而近歲以來，中外臣僚多不詳罪犯與情理之輕重，皆乞遇赦不原，朝廷或從其奏。臣恐輕重之間，有所未安。且臣下迎合赦令，則禮爲不恭；朝廷遂從其請，則令有不信。臣乞今後凡有罪奏乞不赦原者，并送刑部，候具獄上^⑭，一繫朝廷臨時特旨。

臣伏睹近降赦書，文官員犯罪，依條不以赦降原減者，許於刑部投狀，具元犯奏聞；未斷者，案後聲説取旨。蓋朝廷必以情理輕重而區處之。

【編年】

元豐三年（1080）九月判河南府日作。原本題下注云：“元豐三年九月。”

【箋注】

①大享：合祀先王的祭禮。宋歐陽修《歸田録》卷二：“皇祐二年、嘉祐七年秋季大享，皆以大慶殿爲明堂。”《書·盤庚》：“兹予大享于先王，爾祖其從與享之。”

②潔齋：清心而潔浄地齋戒。晋傅咸《喜雨賦》：“潔齋致虔，於兹三朝。”路寢：天子、諸侯之正寢，聽政之處。《周禮·天官·宫人》：“掌王之六寢之脩。”鄭玄注：“六寢者，路寢一，小寢五。路寢以治事，小寢以時燕息焉。”

③靈宫：神廟。唐韓愈《謁衡岳廟遂宿岳寺題門樓》：“松柏一逕趨靈宫。”

④孝享：祭祀；享祭。《詩·小雅·天保》：“吉蠲爲饎，是用孝享。”太廟：祭祀帝王祖宗之廟。

⑤明堂：古帝王宣明政教的地方。舉凡朝會、祭祀、慶賞、選士諸大典，都在此舉行。

⑥宗祀：古代在宗廟中的祭祀。《孝經·聖治》：“昔者周公郊祀后稷以配天，宗祀文王於明堂。”

⑦端闈：皇宫西北方的門。《文選·班固〈西都賦〉》：“列鐘虡於中庭，立金人於端闈。”

⑧孚大號：付與大號。孚：通“付”。付與。《書·高宗肜日》：“天既孚命，正厥德。”大號：六號中之大者。古代對神、鬼、后土均有美稱。每類均有大小，

其大者之美稱謂之大號。如神之大者，其美稱曰"皇天上帝"，此即神號中之大號，其餘小神之號，則爲小號。

⑨霈惠澤：施於盛大的恩德。

⑩釋繫縲：釋放囚犯。

⑪貸逋負：寬限拖欠的賦稅。逋負：拖欠賦稅。《史記·汲鄭列傳》："莊任人賓客爲大農僦人，多逋負。"

⑫監主自盜：又作"監守自盜"。盜竊公務上或業務上自己所經管的財物。《舊唐書·楊炎傳》："監主自盜，罪絞。"

⑬枉法：歪曲法律。《史記·滑稽列傳》："又恐受賕枉法，爲奸觸大罪，身死而家滅。"

⑭具獄：亦稱"案具"。用以定案或定罪之卷宗。《漢書·於定國傳》："於公爭之，弗能得，乃抱其具獄，哭於府上，因辭疾去。"

進史論

臣讀漢史晁錯之策云①："五帝神聖②，其臣莫能及，故自親事。"臣謂錯之言乖謬頗甚，因試論之。

夫《易》之《乾》曰"天道也，君道也"；《坤》曰"地道也，臣道也"。天地既位，君臣之象著矣；君臣交濟，邦家之治隆矣。而錯乃云臣不及君，故自親事。然則古之聖帝明王，安用輔相而致治乎？所謂五帝者，堯、舜爲聖之優，故仲尼刪《詩》《書》，則斷自唐、虞③，爲萬世法。二《典》之載④，堯則有羲、和爲天地四時之官⑤，允釐百工，庶績咸熙⑥；舜則命禹平水土，棄爲稷官，契爲司徒，皋陶作士，垂爲共工，益爲朕虞，伯夷秩宗，夔典樂，龍納言⑦。皆選於衆而後用其人，各任以職。且云："僉曰"、"汝諧"，慎揀之至也。所以"百工允釐"，"熙帝之載⑧"。如此，則堯、舜果自親事乎？仲尼曰："舜何爲哉？端拱正南面而已⑨。"錯所謂自親事，豈非乖謬乎？

若後之人君謂錯言爲是，乃以一身一心、兩耳兩目獨任自用，以周天下之萬務，豈不殆哉！又將使厥后自聖，無復察邇言好問之裕⑩。仲尼云“一言幾於喪邦”者，謂人莫己若，則錯之言亦幾於兹乎？臣故著論深切以明之。庶幾有所補益。

【編年】

元豐三年（1080）九月判河南府日作。原本題下注云：“元豐三年九月進。”《宋朝諸臣奏議》卷二題爲《上神宗論五帝親事之説》，卷末注云：“元豐三年九月上，時除太尉、開府儀同三司、復判河南府，過闕入覲。”

【箋注】

①晁錯（前200—前154），西漢潁川（今河南禹縣）人，政論家；文帝時任太常掌故，景帝時爲御史大夫；吳、楚七國之亂時，爲袁盎所譖，被腰斬；所著政論有《論募民徙塞下書》、《論貴粟疏》等。

②五帝：傳説中的上古帝王。説法不一，以五帝爲“伏羲、神農、黄帝、堯、舜”一説爲多。

③唐虞：即唐堯、虞舜。古史言陶唐氏（堯）與有虞氏（舜）皆以揖讓有天下，故以唐虞時爲太平盛世。後以“唐虞”喻太平之治。

④二《典》：《書》的《堯典》、《舜典》。

⑤羲和：指羲氏與和氏，堯時掌管天地四時的官員。

⑥“允釐”二句：治理百官，使各司其職，衆多事業都興盛起來。

⑦“舜則”以下九句：言舜設九官，使各司其職。禹：姒姓，名文命，相傳爲古代部落聯盟首領，奉舜命治理洪水，三過家門而不入。棄：即后稷，古代周族始祖，善於種植各種糧食作物。稷官：教民耕種的官。契：子姓，傳説中商的始祖，帝嚳之子。司徒：掌管教化的官。皋陶：偃姓，傳説中東夷族的首領。士：掌刑法的官。共工：爲百工之長。虞：掌山澤的官。伯夷：商末孤竹君長子，曾與弟叔齊一同入周，武王滅商後，隱居首陽山，不食周粟而死。秩宗：舜時主郊廟的禮官。夔：爲樂官。納言：掌出納王命的官。

⑧熙帝之載：振興帝王之業。熙：興盛；振興。載：事業。

⑨端拱：端坐拱手，喻帝王無爲而治。正南面：謂帝王臨朝。

⑩察邇言好問之裕：語出《禮記·中庸》：“子曰：‘舜其大知也與。舜好問而好察邇言，隱惡而揚善。執其兩端。’”邇言：淺近或身邊親近者的話。

對聖問

臣昨因登對聖問，爲故王堯臣之子同老進狀①，陳述其父至和三年爲參知政事日，於仁宗前曾與臣等乞立英宗皇帝爲嗣〔一〕，謂臣必知其詳。臣即時略記憶當時大概上奏。續聖旨，令臣作一文字述當時事實進呈者。

臣記至和三年正月六日，仁廟服藥，罷朝兩月餘。是時以根本未立②，中外人情未安。四月初，仁宗聖體康寧，始復御殿。中書輔臣顧念正、二月中，禁中侍藥，憂慮百端，堯臣乃與臣及劉沆、富弼切議曰③：“方今朝廷根本不可不早定，以安人心。”時亦不暇與樞密院同謀④，亦不敢顯言。臣以堯臣久居禁近，多知朝廷事，因謂之曰：“必得賢嗣，以厭人心。”堯臣曰：“豈不知養育於宮中者耶？”臣應之曰：“久在外任⑤，殊未悉宗室間事。”所謂育於宮中者，外亦傳之，甚著而賢，得非以‘實’爲名者⑥？兼臣不敢顯言，以指書於案。堯臣復以指書案，作宀下貫字〔二〕。臣等各言：“無易此矣。”至上前伏奏得請。此大事，不可如常例退殿廬，令堂吏書聖旨。劉沆曰：“沆欲袖紙筆於上前親書。”

翼日⑦，於垂拱殿呈進一兩件常程文字⑧，臣等四人共奏春中仁廟服藥時事⑨，中外人情非常憂恐，蓋爲儲副未立⑩。乃引西漢故事，人主初即位建儲，今當以時立嗣，以固根本。臣等既叨輔相之重，當任社稷之大計也，乞賜開納⑪。時仁宗淵默寡言，而欣然嘉獎曰：“知卿等盡忠，然大事，朕更熟思之。”臣等恐遷延不決，乃再三論奏曰：“知臣莫若君，知子莫若父，料此重事，陛下必素垂意。兼常選賢者育於宮中，計無易此。”臣等不敢斥名，欲仁宗自言之。仁宗雖淵默，而首肯之⑫。臣等拜賀，且謝乞明諭聖旨，堯臣之語尤激切。仁宗曰：“既是大事，未可輕出，翌日當盡議。”時五月，恐聖體熱，仁宗初康復，旰食不便⑬，内侍盡前，臣等且退。

是日晚，臣等再聚議，爲翌日必得旨。且謂堯臣久居禁林⑭，敏於文詔，請堯臣密作詔意，欲進呈施行。堯臣然之，云歸第乃密草詔意。然未及示臣等，曰：“此詔意堯臣不敢示人。”既登對，復申前請，如昨日之語。時臣在御榻之左，弼次之，沆在右，堯臣次之。堯臣越次而奏曰：“願陛下早定此議，付外施行。”仁宗曰：“朕意既已定矣，卿等無憂。”臣等既得此意旨，謂無疑矣。時亦旰矣，遂退。

是年八月，臣等因樞密院缺官，議於上前，乞召韓琦充樞密使，蓋以琦忠義，必能當重事，仁宗可之。自後繼有議論。未幾，臣得請判河南，堯臣尋卒。搢紳間多知其忠於國計。臣所記憶當日之事，大概如此。今蒙聖問，令臣條列之，猶恐遺忘，謹具進呈。

【編年】

元豐三年（1080）判大名府時應召陪祠日作。按：此奏原在卷二一《論監牧事》後，據寫作時間後移至此。

【校勘】

〔一〕於：原作“與”，據文意改。

〔二〕宀：原本小字注云：“闕”。按所闕字當是“宀”，“宀”下“貫”即“實”，指宋英宗。《宋史·英宗本紀》：“景祐三年，賜名宗實。”

【箋注】

①王堯臣（1001—1056），字伯庸，應天府虞城（今河南虞城縣）人。天聖五年舉進士第一。仁宗朝曾任右司諫、翰林學士、三司使、户部郎中、知制浩、翰林學士承旨兼端明殿學士。堯臣爲承旨，不遷官，意宰相賈昌朝所抑。及文彦博爲相，因其歲滿，遂優遷之。皇祐三年（1051）十月，拜樞密副使，至和三年（1056）以户部侍郎參知政事。帝欲以爲樞密使，而當制學士胡宿固抑之，乃進

吏部侍郎。卒,贈尚書左僕射,諡文安。元豐三年,子同老進遺稿論父功,帝以訪文彥博,具奏本末,遂加贈太師、中書令,改諡文忠。《宋史》卷二九二有傳。

②根本未立:謂仁宗無子,未立儲君。

③"堯臣"句:時文彥博爲首相昭文相,劉沆次相監修國史,富弼末相集賢相,王堯臣參知政事。

④不暇與樞密院同謀:時狄青、王德用爲樞密使。未預此事。

⑤久在外任:文彥博至和二年始拜相,此時爲至和三年初。

⑥實:宋英宗趙曙,又名宗實。濮王趙允讓第十三子。

⑦翼日:明日,次日。

⑧常程文字:日常公事。常程:日常的,一般的。宋洪邁《容齋四筆·文潞公平章重事》:"倘不欲以劇務煩老臣,則凡常程文書,只委右僕射以下簽書發遣。"

⑨仁廟:即宋仁宗。崩後廟號仁宗,故又稱仁廟。

⑩儲副:即儲君、太子。《後漢書·種暠傳》:"太子,國之儲副。"

⑪開納:廣泛采納。《晉書·張寔傳》:"偃聰塞智,開納群言。"

⑫首肯:點頭表示同意。宋王明清《揮塵三録》卷三:"諸將皆喜,云:'此亦何難!'彥舟亦首肯。"

⑬旰食:晚食,指政務繁忙而不能按時吃飯。《左傳·昭公二十年》:"奢聞員不來,曰:'楚君大夫其旰食乎!'"

⑭堯臣久居禁林:謂王堯臣久任翰林學士。

【附載】

《長編》卷三〇九,元豐三年閏九月乙卯條:"先是,同老言,至和三年,仁宗不豫,廢朝七十餘日,内外寒心者累月。先臣參預朝政,與宰相文彥博、富弼等數於上前陳宗社大計,國家根本。天啓先臣之心,知英宗皇帝少嘗養育宮中,潛德日新,聖質成就,遂與彥博、弼等於仁宗前忘身爲國,不顧忌諱,求立爲嗣。盡忠納説,反復數四,在先臣尤爲激切,每論及國家大本,言發涕流,事未許。間又與同列各求罷免避位,以必冀開納,仁宗感悟,遂許立英宗爲嗣。至是,上以問彥博,彥博對曰:'先帝天命所在,神器有歸,上則仁祖知子之明,慈聖擁佑之力,人臣豈可貪天之功。'上曰:'雖云天命,亦係人謀,卿之深厚不伐善，陰德如丙吉，乃知卿定策社稷之臣也。'彥博曰：'如周勃、霍光乃所謂定策，自至和嘉祐以來，中外之臣乞立皇嗣者甚衆，非獨臣等嘗有此論。雖嘗有請，事未果行。至嘉祐末，韓琦等成就大事，皆琦等功也。'上曰：'議論推轂於至和時，發端者爲難，仁祖意已定，其後止是行前詔耳。正如丙吉、霍光事，前後各不相掩也，卿宜盡録本末，朕將付之史官。'"

《長編》卷三〇九，元豐三年閏九月乙卯條："至是，手詔付中書曰：'文彥博蓄德深厚，身之功善不自矜伐，故雖久處朝廷，懷此社稷大功乃絶口不言，是以中外縉紳近臣莫有知者。今緣故臣之子明其父勳，始得伸其本末，乃知援立之功，厥有攸在。嘉祐之詔但宣之耳。其議所以褒顯之。'"

《長編》卷三〇九，元豐三年閏九月壬子條："詔於都城門外賜文彥博餞送御筵，令中書樞密院臣寮同赴。上自爲詩賜之，仍命參知政事章惇爲之序。詔彥博曰：'卿在二祖朝，蕃冠三事，懷忠奮策，乞有大勳。來觀外廷，相成宗祀，崇進公品，往莅洛師，錫燕賜詩，昭示殊禮。仍敕近輔，序而識之，庶傳無窮，著見賢業。其承朕志，體服眷恩，今賜卿詩序，至可領也。'"

《長編》卷三〇九，元豐三年閏九月乙卯條："河東節度使、守太尉、開府儀同三司、判河南府、潞國公文彥博爲河東、永興軍節度使，加食邑五百户、食實封二百户。彥博固辭兩鎮，乃止加食邑千户、食實封四百户。武寧軍節度使、守司空、開府儀同三司致仕韓國公富弼爲守司徒，贈太師。中書令兼尚書令劉沆追封兗國公，贈太尉，謚文安。王堯臣贈太師、中書令，改贈謚文忠。彥博子宗道授承事郎。"

《邵氏聞見録》卷三："神宗元豐四年，（編者按：當爲元豐三年）召北京留守文潞公陪祀南郊。會更官制，自司徒、侍中拜太尉，罷侍中，爲開府儀同三司、判河南府，陛辭。先是，故參知政事王堯臣之子同老以至和中潞公與劉沆、富韓公、王參政堯臣，共乞立英宗爲皇嗣，章草進呈，明其父功。帝留之禁中，面問潞公。公對與同老合，乃加潞公兩鎮節度使，官其子宗道爲承事郎。潞公力辭兩鎮，止受食邑。……蓋潞公與荊公論政事不合，出判北京，七年不召，自此，帝眷禮復厚矣。"

文彥博集卷二五

奏議

論西事

其　一

臣聞昨來西師出界,中輟而還,將下師徒頗有飢凍潰散[1]。以礙人衆,不行軍法。今便欲再舉,何以勵衆?又運糧涉遠,頗被邀截,官吏民夫,甚有陷沒。必恐邊將懼罪,不曾依實盡言;議臣依違,亦不敢明白敷奏。老臣荷陛下恩深,若又不言,乃是負國,伏望聖慈深察。

王師之舉,必有邊將謀臣首開端緒,不得詳審,以誤大計。伏乞陛下察之,若不深責,無以勵後。

【編年】

元豐四年(1081)判河南府日作。原本題下注云:"元豐四年。"此奏又見《長編》卷三二一,神宗元豐四年十二月壬午條。

【箋注】

①“臣聞”以下三句：元豐四年六月，夏人幽其主秉常。帝欲乘機伐夏。壬午，以東上閤門使、文州刺史种諤爲鄜延路經略安撫副使。時經略安撫使爲沈括。七月庚寅，李憲出熙河，种諤出鄜延，高遵裕出環慶，劉昌祚出涇原，王中正出河東，分道并進，五路之師大舉伐夏。丁未，大軍進攻米脂寨。八月丁丑，李憲敗夏人於西市新城。九月乙酉，李憲復蘭州古城。時五路出師討夏國。庚戌，夏兵救米脂寨，种諤率兵擊破之。辛亥，种諤又敗夏人於無定川。十月戊午，种諤破米脂寨。庚午，環慶行營經略高遵裕復通遠軍。癸酉，涇原節制王中正屠宥州。十一月丙戌，奉詔引軍還延州，士卒死亡者幾二萬。辛丑，宋饋運被夏抄。癸卯，种諤兵衆三萬人，以無食而潰。丙午，高遵裕以師還，夏人來追，遂潰。邵伯温《邵氏聞見録》卷五：“元豐四年，五路大進兵，取靈武。夏人決黃河水櫃以灌吾壘，兵將凍溺餓飢不戰死者數十萬人。”

其　二

臣竊聞陝西用兵之後，公私蓄積，大抵殫耗。丁壯運糧從軍，夏麥不下種。大兵雖還，邊備不可輕弛。切慮向去軍兵民糧食不充，緩急無以計置，謂宜謀求漢唐故事，水陸轉輸，以備乏絶。臣守藩當路，近聞雍岐間①，粟麥之價，今已騰踴②，若至春後，必多流亡。兼聞關陝人户昨經調發，應副軍期不遺餘力，死亡之餘，疲瘵已甚，亦皆覬望德音③。儻順青陽④，一霑恩宥，因而有所蠲復，或并及河東諸郡，兹實陛下盛德之舉。仍願亟詔諸郡，申嚴斥堠⑤，專爲守禦之備；養威練卒，賑恤傷殘之民。在今之宜，無以易此。臣受恩至深，慮有所及，不敢自默。

【編年】

元豐四年（1081）判河南府日作。

【箋注】

①雍岐：古雍州、岐州。陝西一帶。

②騰踴：物價飛漲。《史記·平準書》：“如此，富商大賈無所牟大利，則反

本,而萬物不得騰踴。"

　　③覬望:希圖;企望。《隋書·楊素傳》:"卿相之榮,無階覬望。"

　　④青陽:指春天。《尸子·仁意》:"春爲青陽,夏爲朱明。"

　　⑤斥堠:偵察;候望。《續資治通鑒·宋理宗嘉熙元年》:"謹斥堠,嚴巡邏,守禦遂固。"

其　三

　　臣近聞西師已還,中外但知時暫歇泊,而未有分屯解甲之旨,人情憂疑,皆慮王師必有再舉之計。老臣受國恩深,義同休戚①,齒髮如此,無復覬望。惟有區區欲報之意,不能緘默,輒爲陛下言之。

　　臣竊觀陛下臨御以來,選拔將帥〔一〕,訓齊師徒②,修治器械,儲峙糗糧③,皆衆智所不及,近世所未有。比者夏人昏亂,自致天討,陛下赫然命將出師,以伐其罪。師行以來,捷音屢上,雖未能覆其巢穴〔二〕,係其君長,而師行有紀,所遇輒克,羌人逃遁④,莫敢抗堂堂之鋒。天威神武,震懾四夷,戰功之多,近世未有。然而數路進軍,興動大衆,彌歷累月,饋輓不貲⑤。諸路之民,疲於供給。將士盡忠竭力,爲朝廷奮不顧身,間關死亡⑥,衝冒寒苦,備極勤勞。臣以謂國威既已振矣,將士之力亦已殫矣,百姓供饋亦已竭矣。爲陛下今日之計,正當勞來將士,安撫百姓,噢咻其疾痛⑦,補完其瘡痍⑧,使得蘇息。按甲養威⑨,以全前日之勝。如此則外足以懲艾夷狄⑩,内足以愛養軍民,乃宗社無疆之休也。

　　今若師徒暫還而復出〔三〕,士氣已衰而再鼓,民力已困而調發,復興諸路深入,而轉餉益遠,如此,則師之勝敗恐未可知,而前功或喪,此天下之甚憂也。兼臣在洛中津遣陝西軍須不少,亦聞陝西事體頗詳,皆言百姓亦已流離,菽粟之價騰踴。今冬二麥多不下種，將春農事方興，又復調發不已，必恐應副不前，有誤大計。臣而不言，孰當言者？伏望陛下以天下爲度，以蒼生爲心，不以盡敵然後爲功，亟詔班師⑪，分屯諸路，使朝廷恩威并行，軍民和附。以小羌昏亂如此，可以坐待其滅亡矣。臣不勝大願。老臣愚忠，憂國之心不能自已，僭易冒聞⑫，不任隕越。伏望聖慈哀察其誠，俯賜容納。

　　臣聞陝西、河東運糧人夫雖費不貲〔四〕，而逃逸者甚衆，至有部夫官亦有逃竄，恐無人敢仔細奏陳。《兵志》謂：“善用兵者，役不再籍，糧不三載⑬。”春秋、戰國時，用兵運糧，多在中夏⑭，故兵有因糧，糧不遠載。與今之饋運深入夷狄沙漠之地，其勢不同。《易》稱：“高宗伐鬼方，三年克之，小人勿用。”以聖帝伐鬼方，尚三年而克之，理有不可急者。又曰：“師貞，丈人，吉。”丈人，嚴莊之稱，用之則吉；小人勿用，用則無功，無功則有罪。伏望陛下慎擇將兵者，如輕險而求僥倖之功者，當勿用之。臣年老眼昏，勉力親書此劄子，深懼不謹細，伏望聖慈矜察。兼不敢附遞，恐漏泄不達，謹遣臣長孫承事郎永世特詣通進司投進⑮。

【編年】

　　元豐四年（1081）十二月判河南府日作。《宋朝諸臣奏議》卷一三八題爲《上神宗論關中事宜》，文後注云：“元豐四年十二月上。”

【校勘】

　　〔一〕帥：原作“校”，據《宋朝諸臣奏議》卷二三一改。較勝。

　　〔二〕覆：原作“搗”，據右改。

　　〔三〕師：原脱，據四庫本補。

　　〔四〕臣：原脱，據《宋朝諸臣奏議》補。

【箋注】

　　①義同休戚：喜憂與共。形容彼此關係密切、同甘共苦。休戚：喜與憂。晉盧諶《贈劉琨》：“義等休戚，好同興廢。”

②師徒：兵士。《左傳·昭公四年》：“凡克邑，不用師徒曰取。”

③儲峙糇糧：儲備乾糧。儲峙：儲備，特指存儲物資以備需用。《書·費誓》“峙乃糇糧”孔傳：“皆當儲峙汝糇糒之糧，使足食。”糇糧：乾糧。糇，炒米、炒麪。

④羌人：此指西夏各族。

⑤饋輓：運送糧食。《舊唐書·王求禮傳》：“契丹陷幽州，饋輓不給，左相豆盧欽望請輟京官兩月俸料以助軍。”輓（wǎn）：用車運送（穀物）。

⑥間關：輾轉。《後漢書·鄧騭傳》：“遂逃避使者，間關詣闕，上疏自陳。”

⑦噢咻：撫慰病者的聲音。唐陸贄《奉天請罷瓊林大盈二庫狀》：“瘡痛呻吟之聲，噢咻未息；忠勤戰守之效，賞賚未行。”

⑧瘡痍：比喻災害困苦。漢桓寬《鹽鐵論·國疾》：“然其禍累世不復，瘡痍至今未息。”

⑨按甲：按兵；屯兵。唐司空圖《紀恩門王公宣城遺事》：“將軍按甲稔威，以伺其隙，慎勿與之驟戰也。”

⑩懲艾：懲戒；懲治。《楚辭·九歎·遠遊》：“悲餘性之不可改兮，屢懲艾而不移。”

⑪班師：還師。《書·大禹謨》：“班師振旅。”

⑫僭易：猶言冒昧、輕慢。謙詞。宋蘇軾《與滕達道書》之十：“某晚生，蒙不鄙與遊，又令與立字，似涉僭易，願公自命，郤示及作字說，乃寵幸也。”

⑬“《兵志》”以下四句：語出《孫子兵法·作戰篇》。意即善於用兵的人，不再次徵兵，不三次運糧。

⑭中夏：指中原地區。《晉書·王珣傳》：“時溫（桓溫）經略中夏，竟無寧歲。”

⑮通進司：官署名。與銀臺司并隸給事中。掌受銀臺司所領三省、樞密院、六曹、寺監百司奏牘，文武近臣表疏及章奏房所領天下章奏案牘，具事目進呈，然後頒佈於外。

謝賜答詔

其　一

臣去歲冬，輒率愚瞽，累奏陳陝西邊事。今春蒙差臣男貽慶特賜臣二月二十五日手詔撫諭，後蒙聖慈矜寬，不責臣狂易。恭讀詔旨曰：六軍還塞，將士已殫勞，黎民已告病，今日之勢豈復可遠舉深入哉〔一〕？惟固境自完而已。近命涇原制置城數亭障①，制虜衝軼，非有前日圖也。臣仰味聖言，伏增欣抃，有以見陛下推堯舜之心，恤生靈之困罄，溥率廣被涵育②，幸甚！幸甚！然自今秋已來，復有遣戍開疆，運糧深入，此必是邊臣希功，規爲僥倖，開陳端緒，誑惑朝廷，料敵不精，致有撓敗。進此計者，陛下必知此人〔二〕，乞行顯誅，以戒今後干賞蹈利之輩〔三〕，免致向去更誤朝廷大事。望以今年二月二十五日詔書大旨，密諭邊臣，嚴設備預，固境自完，來則禦之，去勿遠逐。更年歲間，士氣復振，民力復完，足食足兵，何求不可？醜羌聞之，自當屈服。

臣又聞謀攻料敵，老將所難，不當與新進白面書生，惟務高談虛論，容易而計畫之。今以天下之大，士人之衆，豈無深識遠慮，懷忠守正，更事歷試之人？願陛下詳求而審用之。如祖宗朝所用扞邊守塞宿將名臣〔四〕，見於國史者多矣，乞詳審之。臣之此言，非不知觸犯時怒，蓋耄耋之年③，被三朝重任，蒙陛下眷獎尤深，乃心本朝，義均休戚，豈當隨例緘默，上負聖明？伏望天慈亮其區區竭盡之誠。

【編年】

元豐五年（1082）三月判河南府日作。原本題下注云：“元豐五年三月。”

【校勘】

〔一〕復可：原作“可復”，據《歷代名臣奏議》卷三三○乙正。

〔二〕知：上原衍“不”，據《歷代名臣奏議》卷三三○删。

〔三〕蹈：原作“諂”，形近而訛，據右改。《荀子·議兵》：“兼是數國者，干賞蹈利之兵也。”

〔四〕扞：原作“杆”，據四庫本及《歷代名臣奏議》改。扞邊：保衛邊疆。

【箋注】

①亭障：古代在邊疆防守的堡壘。《國策·魏策一》：“卒戍四方，守亭障者參列，粟糧漕庚，不下十萬。”

②溥率：“溥天率土”的省語。整個天下、四海之内。

③耄耋之年：年歲很高。文彥博時七十七歲。

【附載】

宋神宗《答詔》：“自遠相見，忽經兩年。春暄，卿比平安。前繼閲所論關中事宜，悉至誠惻怛之意。非累朝心膂之臣，憂國如家之深，曷能惓惓如此？癉寐忠嘉不忘於懷。朕涉道日淺，昧於知人，不能圖任將帥。以天錫可乘之時，上爲祖宗殄滅一方世讎，深用厚顏。爰自六軍還塞，將士已殫勞，黎民已告病，今日之勢豈復可舉深入哉？惟固境自完而已。近特命於涇原制置者，第使之城數亭障制敵衝軼耳，非復前日圖也。所以張大其名，若入討之爲者，蓋《兵法》有之：‘用而示之不用，不用固有示之用耳。’庶或其可震之，乘威尋盟，則朝廷因得復羈縻之也。想卿有同體均休戚之誠，諒已悉其措置大概。今因貽慶行，故兹示諭。”

其　二

臣伏蒙聖恩，以臣奏陳西事，特令臣男貽慶特賜手詔一道，并傳宣撫問者。仰奉聖訓，伏增感懼。切念臣衰老不才，荷陛下恩禮之厚，舉朝無比。惟知竭盡忠懇，粗伸補報。昨西夏擾邊，王師討罪，雜羌既已退縮，大兵尚屯邊徼①。師之善志，允當則歸。因是奏陳，上干宸聽，庶幾狂瞽②，粗裨萬一。豈謂愚臣過計，難窺陛下聖謨③,天機固深,睿算默定,基命宥密④,遠猷克壯⑤,乃生靈莫大之幸,實宗社無窮之福。加以睿光曲照⑥,上德相容,迂陋芻言⑦,亦被矜采。臣無任感戴欣幸之至。

【編年】

元豐五年(1082)判河南府日作。

【箋注】

①邊徼:邊界。徼:邊界,邊塞。《史記·司馬相如列傳》:"西至沫、若水,南至牂柯爲徼。"

②狂瞽:愚妄無知,多用作自謙之辭。《南史·虞寄傳》:"使得盡狂瞽之説,披肝膽之誠。"

③謨:計謀,謀略。《書·君牙》:"丕顯哉文王謨,丕承哉武王烈。"

④基命宥密:奉持上天所授的王業深遠嚴密。語出《詩·周頌·昊天有成命》:"夙夜基命宥密。"

⑤遠猷克壯:謀略遠大。語出《詩·小雅·采芑》:"方叔元老,克壯其猷。"壯:大,盛大。

⑥睿光曲照:喻帝王的恩澤廣被。晉陸機《謝平原内史表》:"不悟日月之明,遂垂曲照。"

⑦芻言:草野之人的言談。常用作謙詞。《陳書·周弘正傳》:"如使芻言野説,少陳於聽覽,縱復委身烹鼎之下,絕命肺石之上,雖死之日,猶生之年。"

奏西京災傷事①

臣體量得西京畿内諸縣②,今春以來,麥苗極盛,有望豐登。無何自四月、五月中直至收穫之際,大雨頻併,繼日不止,遂至頗損麥苗。所存者三四分,須且趁時收割上場,所冀收拾殘餘,粗救飢困。臣體訪得所收多者,僅及三四分。日有人户經官披訴苗傷③,又緣官吏拘文,爲已收割在場,及有持打了者,不以爲憑,須得存留，查苗在地，方可驗覆。今若不與檢放④，必致人户逃移。況今夏多雨害稼，衆所明知，難爲巧詐。伏望朝廷特降指揮，下本路轉運司仔細體量，實有災傷，即早與減放分數⑤，所貴人户不致逃移。更望朝廷矜察，早降指揮。取進止。

【編年】

　　元豐四年（1081）六月判河南府日作。原本題下注云："元豐四年六月。"

【箋注】

　　①西京：指河南府（今河南洛陽）。

　　②畿內：天子領地之內。後常以泛稱京城地區。此指西京洛陽地區。

　　③披訴：陳訴。唐李德裕《賜党項敕書》："諸部懷冤而有所披訴。"

　　④檢放：指驗災放賑。宋蘇軾《論河北京東盜賊狀》："尋常檢放災傷，依法須是檢行根苗，以定所放分數。"

　　⑤分數：數量。唐元稹《中書省議賦稅及鑄錢等狀》："臣等約計天下百姓有銅器用度者，分數無多，散納諸使，斤兩蓋寡。"

奏西京漕河事①

　　本府勘會自會通橋下至白馬寺洛河水路，灘磧淺澀②，難行綱運③。遂奏乞開淘古漕河舊道，稍令深闊，抵至白馬寺，却合洛河，回避二十餘里灘磧。所貴通行綱船，不至滯礙。今蒙朝旨依奏施行。看詳中剗內更帶下白波輦運司奏④，乞開浚漕河至偃師縣界，合洛河，通濟舟船。雖與本府所奏事狀大抵皆同，只是稱至偃師縣界漕口合流，必添展地里稍遠，須至更差官覷步所礙添開浚故道地步、長短及地形高下⑤，是與不是有古來河道，確實計定功料申上。

【編年】

　　元豐六年（1083）四月判河南府日作。原本題下注云："元豐六年四月。"

【箋注】

①漕河事:邵伯温《邵氏聞見録》卷一〇:"元豐初,開清汴(即導洛通汴),禁伊、洛水入城,諸園爲廢,花木皆枯死,故都形勢遂減。四年,文潞公留守,以漕河故道湮塞,復引伊、洛水入城,入漕河,至偃師與伊、洛匯,以通漕運,隸白波輦運司,詔可之。自是,由洛舟行可至京師,公私便之,洛城園圃復盛。"《宋史·文彦博傳》:"神宗導洛通汴,而主者遏絶洛水,不使入城中,洛人頗患苦之。彦博因中使劉惟簡至洛,語其故,惟簡以聞。詔令通行如初,遂爲洛城無窮之利。"

②灘磧:淺水下的沙石灘。宋邵博《邵氏聞見後録》卷八:"及冬,江淺勢若可涉,尋常之船,一經灘磧,尚累日不能進。"

③綱運:成批運送大宗貨物。每批以若干車或船爲一組,分若干組,一組稱一綱。

④白波輦運司:全稱"三門白波提舉輦運司"。掌陝西諸州自渭河、黄河、汴河起發綱運,供輸汴京事務。

⑤覘步:偵察窺探。宋范仲淹《奏乞宣諭大臣定河東捍禦策》:"又邊上探得契丹遣使二道,至南山寧化軍、岢嵐軍後面,覘步谷口道路。"

文彥博集卷二六

奏議

論西邊事

臣伏蒙太皇太后陛下、皇帝陛下不以老臣不才,以其逮事四朝,出入藩府垂五十年,追起於休退之中,令平章軍國重事①。臣敢不極盡所蘊,上副虛佇②!臣於簾前累蒙宣諭,將來西人求復疆界,令與三省執政熟議③。

臣以所議地界不出二理:其一論義理曲直,其一計利害大小。所謂義理曲直者,昨者出兵,取其地土,皆邊臣妄希功賞,欺罔朝廷,爲國生事,取怨夷狄。今若推朝廷恩信,因秉常所求而賜與之④,有以懷復夷狄之心,光大朝廷之德。所謂計利害之大小者,今所得堡寨并蘭、會并荒徼沙漠之地⑤,本無城邑人煙,惟是朝廷創築城壘,屯兵戍守,歲費百萬以上,困竭中國生民膏血以奉無用之地。但恐不能支久,却須自棄,如向時囉兀城之比⑥。其蘭州本屬董氈⑦,夏人得之已三十八九年。董氈元不籍其地〔一〕,夏人得之已久,亦不曾築堡塞戍守,只有小小頹廢城壍,如中國荒僻村落。朝廷不知,將謂如中國小小郡縣,徒煩兵守,所費不貲。兼會州又未知在甚處。蓋是李憲當時怯懦,不曾領兵赴靈州城下,只領兵過蘭州廢壘之下,遂欺罔張大,云收復蘭、會⑧,以圖苟免不至靈州城下軍令之誅,遂誤朝廷以至於此。

臣亦聞議者謂地界,彼求而與之亦用兵,不與之亦用兵,語尤欺罔。但向去欲免主議,不與起釁之責。且秉常來求我,如其意而得之,必須感戴恩德,三數年間,當且保無事。朝廷近經靈州、永樂不振之後⑨,可以粗整齊兵勢,完養民力,異時或有邊事用兵,庶有備無患。今若不推恩信賜與其地,犬羊兇狠之性⑩〔二〕,因此不遂所求,便作點集酬報之勢。朝廷方此多事之際,兵力未完,可得高枕乎⑪? 近年以來,爲新進書生不曉蕃情、邊事、兵政者,誤朝廷多矣,願陛下審察而詳處之。老臣年過八十,感陛下厚恩,惟知竭盡補報,固無觀望希進之言。不勝區區。

臣今檢録到祖宗以來處分邊事詔書、西人事蹟共幾件進入〔三〕,乞賜詳覽。或曰:蘭州宜如充國⑫,可置屯田,添助兵食。今若有田,多屬番族,不可盡奪。如向時王韶謂熙河可耕,以助兵食,人、牛、種子徒有所費,終無所成。今聞轉運司判官節減,蘭州歲計猶須一百餘萬,又當計會知州并帥臣⑬〔四〕,保認可以足用否。

【編年】

元祐元年(1086)六月平章軍國重事日作。原本題下注云:“元祐元年六月。”

【校勘】

〔一〕籍其地:原作“甚要籍”,據《長編》改。

〔二〕兇狠:四庫本作“貪暴”。

〔三〕録:原脱,據四庫本補。

〔四〕帥:原作“師”,據四庫本改。帥臣:由各級地方長官兼任,掌路或府、州兵馬。

【箋注】

①平章軍國重事：唐始置。位同宰相，不常置，用以尊崇元老重臣。時文彦博一月兩赴經筵，六日一入朝，遇軍國機要事，入預參決。俸賜依宰臣例。

②虛佇：虛心以待。唐杜甫《北征》：“聖心頗虛佇，時議氣欲奪。”

③執政：宋代統稱副相與樞密院長貳，即參知政事、門下侍郎、中書侍郎、尚書左右丞、樞密使、樞密副使、知樞密院事、同知樞密院事、簽書樞密院事爲執政。

④秉常：時西夏之主。趙元昊孫，趙諒祚子。是年即元祐元年（1086）七月殂。子乾順即位。

⑤蘭、會：指蘭州、會州。蘭州，下，金城郡，軍事，屬秦鳳路。會州，下，會寧郡，領會寧、烏蘭二縣，屬陝西路。

⑥囉兀城：熙寧四年（1071）正月，宋將韓絳派種諤率軍敗西夏軍於囉兀（今陝西米脂），以二萬人築城而守。三月，种諤築永樂川、賞逋嶺二寨。後又派人築撫寧故城，分荒堆三泉和吐渾川、開光嶺、葭蘆川等寨，各相距四十餘里。西夏軍進攻順寧寨（今陝西志丹），圍撫寧。種諤茫然失措，新築諸堡皆被西夏軍攻陷，宋軍死亡一千餘人。宋囉兀守軍見勢不利，亦棄城而退。元豐四年（1081）又爲宋軍收復，既而廢之。

⑦董氈：宋代吐蕃部落首領。藏族。唃厮囉第三子。宋治平元年（1064），授順州防禦使。次年十月，父死後裔位。熙寧三年（1070）西夏攻環慶，他乘虛入夏，大勝。神宗熙寧七年（1074），派大將鬼章入河州協助木征進擊宋軍，殺宋將景思立、李元凱於踏白城。神宗熙寧十年（1077），派人向宋進貢，被授西平軍節度使。元豐四年（1081）宋軍攻西夏，他遣將率兵三萬策應，又集六部兵十二萬約期分三路與宋軍會合。以功封武威郡王。董氈執政期間，雖與宋朝發生過一些摩擦，但友好往來是主流。卒後，養子阿里骨繼嗣。

⑧“蓋是”以下五句：元豐四年八月丁丑，李憲敗夏人於西市新城。九月乙酉，李憲復蘭州古城。

⑨靈州、永樂不振：指靈州之戰和永樂之役的慘敗。靈州之戰：元豐四年七月庚寅，李憲率兵出熙河（今甘肅臨洮），种諤率兵出鄜延（今陝西延安），高遵裕率兵出環慶（今甘肅慶陽），劉昌祚率兵出涇原（今寧夏平涼），王中正率

兵出河東(今山西太原)。分道并進,五路之師大舉進攻靈州(今寧夏靈武)。丁未,大軍進攻米脂寨。八月丁丑,李憲敗夏人於西市新城。九月乙酉,李憲復蘭州古城。庚戌,夏兵救米脂寨,种諤率兵擊破之。辛亥,種諤又敗夏人於無定川。十月戊午,种諤破米脂寨。庚午,環慶行營經略高遵裕復通遠軍。癸酉,涇原節制王中正屠宥州。十一月丙戌,奉詔引軍還延州,士卒死亡者幾二萬。辛丑,宋餽運被夏抄。癸卯,种諤兵衆三萬人,以無食而潰。丙午,高遵裕以師還,夏人來追,遂潰。永樂之役:元豐五年九月甲申,永樂城成,賜名銀川寨。丙戌,徐禧、李舜舉復入永樂城,夏人傾國而至,號三十萬。徐禧指揮不當,至大敗。乙未,詔李憲、張世矩將兵救永樂。十月戊申朔,沈括、种諤奏:"永樂城陷,漢、蕃官二百三十人,兵萬二千三百餘人皆没。"种諤本意身任統帥,謂成功在己,而爲徐禧、沈括所外。賊圍永樂,諤以守延爲外,觀望不救,永樂遂陷。上涕泣悲憤,爲之不食。早朝對輔臣慟哭,莫敢仰視。自是之後,上始知邊臣不可信,亦厭兵事,無意西伐矣。

⑩犬羊:舊時對外敵的蔑稱。唐莊南傑《雁門太守行》:"擊革擬金燧牛尾,犬羊兵敗如山死。"

⑪高枕:"高枕而卧"的省語。表示無所顧慮。《楚辭·九辯》:"堯舜皆有所舉任兮,故高枕而自適。"

⑫充國:指漢宣帝神爵初,營平侯後將軍趙充國。趙充國受詔平定西羌,其後上屯田便宜十二事策,寓兵於農,罷兵屯田,振旅而還。後用以爲詠軍府之典。《漢書·趙充國傳》:"其秋,充國病……時羌降者萬餘人矣。充國度其必壞,欲罷騎兵屯田,以待其敝……遂上屯田奏。"上於是報充國曰:'皇帝問後將軍,上書言羌虜可勝之道,今聽將軍,將軍計善。其上留屯田及當罷者人馬數……'詔罷兵,獨充國留屯田。"

⑬計會:計慮,商量。唐張九齡《敕平廬使烏知義書》:"已敕守珪與卿計會,可須觀釁裁之。"

繳進元豐答詔

臣數年前判河南府日,見調發師兵進討西夏[一],受國恩深,形於過計，遂累具章疏論列利害。蒙先帝聖恩，專差臣男貽慶賜臣答詔①。仰詳詔意，乃知先帝本意止務安邊，不欲輕舉。皆是邊臣希望功賞，爲國生事，僥倖萬一，以致兵食困匱，財力殫耗。今聞於道路之言，西人欲求內附，臣以謂蠻夷猾夏②，堯舜之時，所不能免。伏望陛下恢天海之量，廣示開納，御四夷之術③，羈縻而已。由此可以偃兵，止固吾圉④，外夷懷服，中夏安寧，太平之風，浸隆浸久。

　　臣又以朝廷舉事，必較利害，唯務開疆以希功賞，即不知用兵之時所費錢糧若干，得地之後所入租賦若干，凡一歲屯戍兵馬所費糧草之直若干。若所得不償所費甚遠，即是竭中原生民之膏血，以事荒遠無用之地。此乃唐開元之末務賞邊功，邊臣各求徼倖，致中原困竭，唐業下衰，可爲商鑒⑤。今因西人請命，伏望朝廷熟計而審處之。老臣不勝區區憂國之心，迫於傾輸⑥，言無倫次。所有前者蒙先帝所賜詔書，輒敢進呈，所貴詳知先帝素志，惟在安邊，不務輕舉。謹具奏聞。

　　元豐五年，李舜舉過洛，先帝意旨止令邊臣自固邊鄙，多如臣所受詔旨。爾後以徐禧南方書生，不曉邊事，繼之李稷急於官賞，妄有開陳經畫，遂致永樂敗事。臣荷先帝異恩，去年春蒙賜御詩云“嘉言時幸寄東車”〔二〕，亦仰和聖制，有“願傾丹懇上公車”之句。去年三月，西人由熙河路入朝內求附，臣即欲密啓所見。未幾，先帝不豫，遂止。今西人復來，須至有此開陳，望聖明照察。

【編年】

　　元祐元年（1086）二月休致居河南府日作。原本題下注云：“元祐元年二月。”

【校勘】

　　〔一〕師：原作“帥”，據《長編》改。

〔二〕東車：原作“車臣”，據《長編》改。

【箋注】

①貽慶：文彥博次子。歷官供備庫副使兼閤門通事舍人、同勾當軍頭引見司，奉議郎、守尚書都官員外郎、賜緋魚袋，宗正寺主簿，承議郎、權發遣提舉三門白波輦運、賜金紫章服，升理轉運判官。

②蠻夷猾夏：少數民族侵亂中國。語出《書·舜典》：“蠻夷猾夏，寇賊奸宄。”

③四夷：東夷、西戎、南蠻、北狄舊時統稱四夷。是古代統治者對華夏族以外各族的蔑稱。漢班固《東都賦》：“四夷間奏，德廣所及。”

④圉：邊疆。《左傳·隱公十一年》：“亦聊以固吾圉也。”

⑤商鑒：猶殷鑒。原意是殷人滅夏，殷人的子孫應該以夏的滅亡作爲鑒戒。後來泛指可以作爲後人鑒戒的往事。宋人諱太祖父弘殷之名，改殷作商。

⑥傾輸：指把感情儘量表達出來。《舊五代史·唐書·末帝紀中》：“但緣情在傾輸，理難黜責，濤等敷奏，朕亦優容。”

上殿謝劄子

臣老退不才，蒙恩詔置左右，令議軍國重事。況臣官忝三師①，其職惟當論道。臣以涉道至淺，不能上裨聖政，然以生平舊學素蘊，及以近時所見所聞，當竭愚忠，粗裨萬一。又不敢同外廷臣僚，頻入文字，上煩聖聽。須至留身，口陳仔細，熟達聖聽，然後簡徑作劄子奏聞②。乞付外廷，衆議公行。

【編年】

元祐元年（1086）五月平章軍國重事日作。原本題下注云：“元祐元年五月。”此劄子原在第二十五卷，據寫作年代移入此處。

【箋注】

①三師：太師、太傅、太保爲三師。文彥博時以太師、平章軍國重事。

②簡徑:簡明直截。宋蘇軾《論役法差雇利害起請畫一狀》:"法不簡徑,使姦吏小人,得以伸縮。"

論役法

其　一

臣竊聞天下諸路差、雇役法①,朝廷雖已降指揮,而至今未定〔一〕,頗聞煩擾。臣檢會始初司馬光閱天下臣庶奏章,多言出錢雇役,其法不便〔二〕,遂却復差役之法②。然司馬光所言甚詳,而節目頗繁,恐州縣不一一通曉。而又朝廷置局詳定,議論不一,必難通行。

臣等以謂差役之法〔三〕,本州縣常事,其來久矣,皆素有定法。及其末流,不容無弊,故當隨事刊改。臣曾累具劄子,奏乞先令州縣刺史、令佐從民利便,依例各議定其法,縣申州,州申轉運司,看詳定奪奏聞,如得允當,即降下施行。蓋朝廷大號令,必當自上而下;州縣常差役,理須自下而上,則各從民便。以天下之廣,郡縣之衆,不可以一切之法行之,行之必互有妨礙〔四〕。而局官及諸臣僚紛然上言,各任己見,不周知利害,及祇付所司〔五〕,別無與奪。以至州縣希望朝廷風旨,至今其法未定,益滋狡吏侵擾。若如臣前請,且各付逐路郡縣定奪利害,各從其便,庶幾下民早得息肩③。取進止。

臣元上劄子二道,尚書省付詳定役法所劄子一道〔六〕,并知華州趙卨與臣白事劄子一道〔七〕,并録進呈,俟臣簾對日別具面奏。

【編年】

元祐元年(1086)十一月月平章軍國重事日作。原本題下注云:"元祐元年五月。"當考。按:《長編》卷三九二,元祐元年十一月癸未條録此奏,後注云

“密疏載此於元年十一月間，今并取彦博三奏附見月末，須別考詳。”《長編》卷三七八，元祐元年五月壬申條也列此奏，但較簡略。《宋朝諸臣奏議》卷一一九題爲《上神宗論役法合從民便令轉運司定奪》，文末注云：“元祐元年十一月上，時爲平章軍國重事。”

【校勘】

〔一〕至：原脱，據《宋朝諸臣奏議》及文意補。

〔二〕法：原脱，據《長編》卷三九二，元祐元年十一月癸未條及《宋朝諸臣奏議》補。

〔三〕等：原脱，據《宋朝諸臣奏議》補。

〔四〕互：原脱，據季校本、四庫本、《宋朝諸臣奏議》補。

〔五〕衹：原作“秖”，形近而訛，據文意徑改。

〔六〕道：原脱，據四庫本補。

〔七〕道：原脱，據四庫本補。

【箋注】

①雇役法：“免役法”的别稱。令民輸錢於官，更募人以代役。王安石於熙寧四年（1071）推行免役法，廢除差役法。其法是當役人户出免役錢，原免役人户出助役錢，另徵免役寬剩錢。隨同夏秋兩税繳納。官府雇人充役。司馬光當政。於元祐元年（1086）除衙前仍行雇役外，均恢復差役法。

②差役之法：民户輪流供官府驅使的没有任何報償的徭役爲差役。

③息肩：免除勞役的負擔。《南史·循吏傳序》：“乃定亂之始，仍下寬書，東昏時雜調，咸悉除省。於是四海之内，始得息肩。”

其　二

臣竊見朝廷復舊差役法〔一〕，議臣之中，少有熟親民政者，所議論不同，前後所降命令不一，致州郡難以適從。緣城郭鄉村人户只有差、科二法①，鄉老村耆各知次第，但用心公平，必得愜當。刺史、縣令最是親民之官②，乞且專委守令各隨本處自來體例差定役人，編成簿籍，細開自來體例條貫，申轉運司看詳體量，如各得精當,一面施行申奏。緣經變法以來僅十五年,至今不無小有,須合更改從便事條,亦當委自逐處親民官及監司相度,申取朝旨詳定。仍稍寬程限,使盡利害,所貴行之久遠。

差役之法,逐州縣各有不同,若自朝廷降一切指揮,即逐處難以一切奉行。今來詳定役法所見可據逐處申陳看詳定奪,指揮必當。

【編年】

元祐元年(1086)十一月平章軍國重事日作。

【校勘】

〔一〕復舊:原脱,據《長編》卷三七八,元祐元年五月壬申條補。

【箋注】

①差、科:指差役和賦稅。宋陸游《岳池農家》:"綠秧分時風日美,時平未有差科起。"唐杜甫《遭田父泥飲美嚴中丞》:"差科死則已,誓不舉家走。"

②刺史:隋唐以後,爲一州的行政長官。宋時爲知州的雅稱。

其　三

臣昨以朝廷復州縣差役之法,臣曾奏劄子,以爲差役之法,其來甚久,此乃州縣常事,鄉老嗇夫皆熟知之,刺史縣令皆總領之,當且委逐縣議定,申州看詳,如得允當,即申本路轉運使司。運司將一路詳定,即申奏朝廷;朝廷覆視,如可行,即從之;如有未便,更當會問。或自有義理,即可行之;或有顯然乖當,即處分改正施行,便見就緒。

今乃置局詳定,及諸人議論不一,命令雜下,致州縣疑難,久不決定。況差役之法,乃户部所領,今乞罷詳定局,只委户部尚書、侍郎、郎中、員外於本部詳定。況局中趙瞻、劉昱自是本部之官,如本部要知本末,即令孫永與李常等同計詳定。所有舊局中人吏,并各勾赴户部行遣文書,所貴早得了當。如有諸臣僚奏議役法,亦乞不顯姓名,降付逐路州縣看詳,如有可采,亦乞施行。取進止。

　　應緣役法,臣已於簾前仔細開陳訖,乞降付三省。

【編年】

　　元祐元年(1086)十一月平章軍國重事日作。

文彥博集卷二七

奏議

論監牧

其 一

臣竊以修復馬監，指准今東西兩路支配不盡，保馬所差之官，今遍陝西、河東、京東、西四路相度，卒未見了當。乞令速且取索京東、西兩路支配外，見存馬數并沙苑馬約度可置得幾坊監[①]，先次於近便舊有坊監處興置，所貴早見就緒。兼免保馬久在民間，頗有搔擾。取進止。

【編年】

元祐元年（1086）平章軍國重事日作。原本題下注云："元祐元年。"

【箋注】

①沙苑：地名。在同州（今陝西大荔縣南），臨渭水，東西八十里，南北三十里，其處宜於牧畜。唐於此置沙苑監。宋因之。唐杜甫《留花門》："沙苑臨清渭，泉香草豐潔。"坊監：在京及在外牧養國馬的機構。名稱不一，稱坊、務或監。如養馬務（洺州養馬務）、馬務（如管城原武馬務）、馬監（如大名府大名

監,洺州廣平二監,衛州淇水第一監、第二監,河南府洛陽監,鄭州原武監,同州沙苑二監,相州安陽監,澶州鎮寧監,邢州安國監,中牟縣淳澤監等）。

其　二

今已興復馬監,切見光禄大夫、新差知潞州崔台符熟知馬政①。勘會相州有安陽兩馬監,今當興復,須得知州依例總領〔一〕。欲乞改差台符知相州〔二〕,所貴馬政速見就緒。況相州地望在潞州之下〔三〕,兼是鄰封〔四〕,又洺州、衛州各有兩馬監,亦合興復,與相州相接,凡事取則相州,易成績效。取進止。

【編年】

元祐元年（1086）平章軍國重事日作。

【校勘】

〔一〕依例總領:原作"所貴馬政",據季校本、四庫本改。

〔二〕欲乞:原闕,據季校本、四庫本補。

〔三〕望:原闕,據季校本、四庫本補。

〔四〕封:原闕,據季校本、四庫本補。

【箋注】

①光禄大夫、新差知潞州崔台符:崔台符的寄禄官爲光禄大夫,差遣爲知潞州。光禄大夫:寄禄官名。北宋神宗元豐三年九月,由尚書左、右丞階改名。爲文臣京朝官寄禄官三十階之第五階。正三品。俸料:六十千。春、冬各小綾七匹,絹二十匹,春羅一匹,綿五十兩。

論取士

臣聞於《詩》:"思皇多士,生此王國","濟濟多士,文王以寧①"。從古來爲國治民者,多士則興,乏賢則衰,此理之必然也。士所以多,由養育有素,故有秀、選、俊、造之目②,等級升之,漸至於官得其人，國無不治。

臣以朝廷育才取士之法，數十年來有所未至。向時應進士舉者，自執卷爲儒，便知自重，謂之應將相科③，亦白衣公卿④。登科之後，其在高等者，知朝廷必將不次進用，率皆益自奮勵，進修德業，以副時望。所至於公卿將相爲名臣者，多是其人。近歲以來，稍異於是。登甲科者，縉紳罕聞其名，朝廷罕得其用，蓋由士子修蘊無素，朝廷勸獎未周。臣亦聞禮部別定貢舉條貫，然慮於激勸士行儒風猶有未至⑤。臣欲乞先時降詔開諭，使人人知朝廷育才取士之意，使各自勉勵。向去科選得士必多，濟濟以寧⑥，當由於此。

【編年】

元祐元年（1086）平章軍國重事日作。《歷代名臣奏議》卷一六七載此奏作於元祐元年。

【箋注】

①“思皇”以下四句：語出《詩·大雅·文王》。濟濟多士：是歌頌有衆多輔佐大臣之意。後遂用爲稱美賢臣衆多之典。唐杜甫《寄薛三郎中》：“鳳池日澄碧，濟濟多士新。”

②秀選俊造之目：古代選拔、培養人才的一種方法。謂使俊秀之士升入國學繼續培養，以成就其才德。語出《禮記·王制》：“命鄉論秀士，升之司徒，曰選士；司徒論選士之秀者而升之學，曰俊士。升於司徒者不徵於鄉，升於學者不徵於司徒，曰造士。”

③將相科：即進士科。貢舉科目名。隋朝始置。其一甲三名多位至將相公卿，故稱。

④白衣公卿：進士及第者。唐代士人未入仕者爲白衣，時進士科仕途最優，進士及第者，雖未獲得官職，已爲人所推重，美稱之爲白衣公卿。

⑤士行：士大夫的操行。多含褒義。漢劉向《説苑·善説》：“林既衣韋衣而朝齊景公，齊景公曰：‘此君子之服也？小人之服也？’林既逡巡而作色曰：‘夫服事何足以端士行乎？’”儒風：儒家的傳統、風尚。唐韓愈《奉酬天平馬十

二僕射見寄之作》:"威令加徐土,儒風被魯邦。"

　　⑥濟濟以寧:《詩·大雅·文王》中"濟濟多士,文王以寧"的省語。謂賢士衆多,君上安寧。

奏尚書省六曹行遣迂滯事^①

　　臣竊見尚書省二十四司主判郎官轉移遷改^②,頻數不定,往往未知本案事務及文書義理。以致行遣迂回稽滯,中多所請,多不得可否之報。臣欲乞令左右司郎中、員外點檢勘當^③,使逐案行遣文字明白簡易,可否公當,不致留滯,定爲式例,庶得永久遵行。況左右司主本省綱轄^④,亦乞委得覆視。刑部尚書蘇頌素推熟知前代及本朝臺省典故,亦乞委之同共詳定。取進止。

【編年】

　　元祐元年(1086)平章軍國重事日作。原本題下注云:"元祐元年。"

【箋注】

　　①尚書省六曹:即尚書省六部:吏、户、禮、兵、刑、工。

　　②二十四司主判郎官:即尚書省六部二十四司郎中、員外郎。吏部四司:吏部、司勳、司封、考功司;户部四司:户部、度支、金部、倉部司;禮部四司:禮部、祠部、主客、膳部司;兵部四司:兵部、職方、駕部、庫部司;刑部四司:刑部、都官、比部、司門司;工部四司:工部、屯田、虞部、水部司。

　　③左、右司:即尚書省左司、右司。《長編》卷三三七辛酉:"内外文字申都省開拆房受,左右司分定,印日發付。"尚書省左司:掌受付六部之事,而糾舉文書的違失、稽滯,分治省事。左司掌治尚書省吏房、户房、禮房、奏鈔房、班簿房。與右司通治開拆房、制敕房、御史房、催驅房、封椿房、知雜房、印房。尚書省右司:掌受付尚書省六部文書,而糾察其文書的違失、稽滯。右司分治尚書省兵房、刑房、工房、案鈔房文書,與左司通治開拆房、制敕房、御史房、催驅房、封椿房、知雜房、印房。此外,右司掌糾察御史台及刑部刑獄。勘當:審核議定。宋洪邁《容齋隨筆·吏文可笑》:"予白丞相別令勘當,乃得改命。"

④綱轄：朝廷中樞總要之職。指尚書省執政官。唐劉肅《大唐新語·極諫》：“卿達識周材，義方敬直，故輟綱轄之重，以處方面之權。”

答　奏

其　一

臣伏蒙聖恩，特差中使降手詔詢訪〔一〕，仰披訓旨，俯集兢營〔二〕。恭惟太皇太后陛下①，坤厚博載，天光大明。自聽政以來，發號施令，及進賢退愚，時政迕隆，或因或革，大小愜當，中外欣悦。所謂宗社無疆之福，太平浸隆之時矣。而猶謙勤退托。以臣遭遇累聖，久竊重任，又謂其犬馬之齒加長②，宜有重言，曲賜下問，乃詢黃髮③、采芻蕘之義④。臣敢不勉竭愚忠，粗裨虛佇。

夫治體之大，莫大乎任賢納諫。近者所用，輔相所擇，諫憲皆久積時望⑤，大協輿情⑥，必能弼直獻納⑦，上副陛下求治深切之心。以至罷去市易，國有四民，商居其一，既罷市易之法，商賈得遂其業。減損青苗，青苗本於常平法，以歲之豐儉出入之，本在利民。既以額配，失常平本法。今除其額配之令，民遂即時皆便矣。停養保馬⑧，漢有保馬之法，爲害尚輕，比近歲霍翔之法，配在保甲，農民甚於塗炭⑨，罷之爲便。免納役錢⑩，三代之法，民之力歲不過三日，今不用其力，使之納役錢，農民固難得錢，復故爲當。寬保甲按閲之頻，遂農民耕種之業。三時務農，一時教戰。今講於農隙，事既師古，民不失業。此則市井畎畝之人歡呼之聲⑪，必已達於天聽矣，豈在老臣條陳而後詳？然上之數事，有損無益，不可久行而亟罷者，本非朝廷所圖。皆是近年以來，臣僚急進，僥倖成風，率務妄起事端。自來總領粗有微效，則過求恩賞；事若有害，曾無責罰。欲其省官省事，民安政治，不可得矣。爲今之要，當革此弊。自去年以來，斥去聚斂之臣⑫，頗寬農商之利，四民樂業,萬國歡心。無名之人,多已削除;有常之用,當要豐足。今之户部,實主邦計^⑬,尚書、侍郎、郎中、員外,未聞精擇久任〔三〕,唯見屢遷數易,欲使何人專任其責?國之大計,安所望哉!此乃朝廷所宜先而不可忽也。

又謂臣之所知堪大任者。臣素愚昧,艱於知人,然累玷鈞衡之任^⑭,惟在薦賢,以圖報國。方其當軸任人^⑮,極於慎揀〔四〕,拔十得五,安敢庶幾?及出領外藩^⑯,將逾一紀,朝中多士,罕有識知。雖有所聞,莫更所試,輕議論薦,恐未審詳。然熟聞士論,謂樞密直學士劉庠端正有守^⑰,雖已在近職,久從外補。臣向在樞密,庠在太原,邊事民政,鎮靜不擾。光禄大夫、前吏部侍郎蘇頌^⑱,性行淳和,學問該博^⑲,於本朝故事多所詳記,若備顧問議論,當有裨益。朝奉大夫、京西路提點刑獄劉奉世^⑳,才力精明,所守堅正,向爲樞密院檢詳及中書檢正^㉑〔五〕,頗得時譽。若并召還左右,宜有所補。更乞聖明詳擇。或更有新進,可副揀求〔六〕,容臣博訪,別具奏聞。

況天下之大,必有多士,實於周行^㉒。然自數十年來,養育人材有所未至。蓋鄉里舉選,不兼取文行;禮部復試,類收膚淺之學。今若條理學校貢舉之法,庶幾取士得人,以次擢升大任,則濟濟以寧,如周之盛。

方朝廷大推仁政,勤恤民隱,親民之官,專在守令。臣謂宜申戒吏部,慎擇其人,政得以和,民受其賜。前代銓衡授官之後^㉓,多赴政府引驗,問其所長,或采其已試之效而遣之。間有昏謬不才,類多退落。如此則郡縣得人,政事修舉。

又用人之法,當各因其才器。孔門四科^㉔,分政事、文學之品〔七〕,須就其所長而受其職,職乃無曠。前朝選試,文學之士即置於館閣育才之地〔八〕,漸進用之;惟學士、待制皆主侍從^㉕,備顧問議論，以裨時政。今則盡補外任㉖。謂宜略定員數，留充左右供職，久當察其器識緩急，識執政闕人，便可僉議進擢㉗。

臣蒙詔旨詢訪，敢不傾盡所蘊，但以老昏，言無倫理〔九〕，不任隕越惶懼之至。所問夏國事宜，不欲雜於此奏，謹具別劄開陳，所冀便於詳覽。謹奏。

【編年】

元祐元年（1086）三月十五日休致居洛陽日作。《長編》卷三七二，元祐元年三月條錄有此奏，前有注云：“據元祐章疏，彥博此奏以三月十五日上，今附本月日。”

【校勘】

〔一〕手詔：後原衍“省”字，據《長編》卷三七二，元祐元年三月條及《歷代名臣奏議》卷一三八删。

〔二〕營：原作“榮”，據《歷代名臣奏議》卷一三八改。

〔三〕擇：原脱，據四庫本及《歷代名臣奏議》補。

〔四〕揀：原脱，據四庫本補。

〔五〕詳：原脱，據四庫本及《歷代名臣奏議》補。

〔六〕揀：原作“東”，據季校本及四庫本改。

〔七〕品：季校本作“器”。

〔八〕士：原作“品”，據《歷代名臣奏議》、明刻本、四庫本改。才：《歷代名臣奏議》作“材”。

〔九〕倫：原作“論”，據《歷代名臣奏議》、四庫本及文意改。倫理：事物的條理。《禮記·樂記》：“樂者，通倫理者也。”鄭玄注：“倫，猶類也；理，分也。”

【箋注】

①太皇太后陛下：指太皇太后高氏。英宗皇后，仁宗曹后之甥，少與英宗同育禁中。神宗即位，尊爲皇太后。哲宗即位，尊爲太皇太后，垂簾聽政。自元豐八年（1085）開始垂簾聽政，至元祐八年（1093）九月崩，共實際執掌政權九年。打着“以母改子”的旗號全面廢除新法。

②犬馬之齒：下對上指自己年歲時的自謙詞。古時臣下對君主常自比爲

"犬馬"。三國魏曹植《黄初六年令》:"將以全陛下厚德,究孤犬馬之年,此難能也。"

③黄髮:指老人。老年髮白,白久則變黄。《魯頌·閟宫》五章:"黄髮台背,壽胥以試。"

④芻蕘:割草打柴的人,草野之人。《詩·大雅·板》:"先民有言,詢於芻蕘。"

⑤諫憲:指御史臺之官。唐劉得仁《和鄭先輩謝秩閒居寓書所懷》:"名占文章重,官歸諫憲遲。"

⑥興情:群情;民情。南唐李中《獻喬侍郎》:"格論思名士,興情渴直臣。"

⑦弼直:輔助要使用正直的人。《書·益稷》:"惟幾惟康,其弼直。"

⑧停養保馬:即廢除保馬法。保馬法,一名"保甲養馬法"。宋王安石新法之一。熙寧五年(1072)行户馬法。元豐七年(1084)又行保甲養馬法,規定京東、京西兩路義勇保甲每都保(保甲單位,五百家爲一都保)養馬五十匹,京東限十年、京西限十五年養足;每匹給錢十千,并免去每年教閱征役。保甲可用馬捕盗,但不得遠行。

⑨塗炭:爛泥與炭火。比喻困苦災難,如同陷泥墜火之中。《後漢書·趙典傳》:"今與郭汜争睚眦之隙,以成千鈞之仇,人在塗炭,各不聊生。"

⑩免納役錢:即廢除雇役法,復差役法。

⑪市井畎畝之人:指商販和農民。市井:古代指做買賣的地方。《管子·小匡》:"處商必就市井。"尹知章注:"立市必四方,若造井之制,故曰市井。"畎畝:田間;田地。《孟子·告子下》:"舜發於畎畝之中。"

⑫聚斂之臣:剥削搜刮百姓的官吏。《大學·絜矩章》:"百乘之家,不畜聚斂之臣。與其有聚斂之臣,寧有盗臣。"

⑬户部:管理國家財政及其相關事務的中央機構。邦計:國家財政。

⑭鈞衡之任:宰相雅稱。衡、鈞皆爲計量工具,借喻對人才的品評。唐高適《留上李右相》:"鈞衡持國柄,柱石總朝經。"

⑮當軸:正處在車軸、車輛中心這樣要害的位置上。比喻官居樞要地位,主持國政的宰相。《漢書·公孫劉田王楊蔡陳鄭傳》:"車丞相履伊吕之列,當軸處中,括囊不言,容身而去,彼哉! 彼哉!"

⑯出領外藩：謂任知州、知府此類總領一地行政的職任。

⑰劉庠（1023—1086）：字希道，彭城（今江蘇徐州）人，仁宗嘉祐二年（1057）進士。英宗求直言，庠上書論事，除監察御史裏行。神宗立，進右司諫，奉使契丹。還除河東轉運使，請復舊冶鼓鑄，通隰州鹽礬，博易以濟用。擢河北都轉運使，歷知真定、開封二府。以反對新法，出知太原府。文彥博舉其再任。後由知成都府徙秦州，坐失舉，降知虢州，移江寧府、滁州、永興軍，官終知渭州。《宋史》卷三二二有傳。

⑱蘇頌（1020—1101）：字子容，泉州南安（今屬福建）人。慶曆二年（1042）進士。杜衍老居睢陽，一見深器之，皇祐五年除館閣校勘，改集賢校理。神宗時，遷度支判官。送契丹使，人稱善之。命爲淮南轉運使。召修起居注，擢知制誥、知通進銀臺司、知審刑院。元豐初，權知開封府。未幾，知河陽。元祐初，拜刑部尚書，遷吏部兼侍讀。又遷翰林學士承旨。五年，擢尚書左丞。七年，拜右僕射兼中書門下侍郎。爲相，務在奉行故事，使百官守法遵職。罷爲觀文殿大學士、集禧觀使，繼出知揚州。以中太一宮使居京口。紹聖四年，拜太子少師致仕，進太子太保。建中靖國元年夏卒，年八十二。《宋史》卷三四〇有傳。

⑲該博：學問或見聞廣博。唐李德裕《次柳氏舊聞·序》：“愧史遷（司馬遷）之該博，惟次舊聞。”

⑳劉奉世（1041—1113）：字仲馮，臨江新喻（今江西新餘）人。劉敞子。舉進士。“優於吏治，尚安靜，文詞雅贍，最精《漢書》學”。進直史館、國史院編修官、朝奉大夫、京西路提點刑獄。坐事謫監陳州糧料院。久之爲吏部員外郎。元祐中官至簽書樞密院事。紹聖初罷知成德軍，改定州，徙成都府。《宋史》卷三一九有傳。

㉑樞密院檢詳：北宋樞密院檢詳院某房（兵、吏、禮、户房等）文字省稱。掌考核樞密院文書。中書檢正：中書檢正某房公事省稱。有檢正中書五房公事、檢正中書逐房（吏、户、禮、刑、孔目房）公事等。掌檢舉催促行移稽留事務。

㉒周行（háng）：周朝官員的行列，後泛指朝官。語出《詩·小雅·鹿鳴》：“人之好我，示我周行。”唐韓愈《歸彭城》：“周行多俊異，議論無瑕疵。”

㉓銓衡：指吏部曹，主選舉事。

㉔孔門四科：孔門弟子據其所長分爲四種類型：德行、言語、政事、文學。《論語·先進》："從我於陳蔡者，皆不及門也。德行：顏淵、閔子騫、冉伯牛、仲弓；言語：宰我、子貢；政事：冉有、季路；文學：子游、子夏。"

㉕侍從：宋代稱大學士至待制爲侍從官，因常在君主左右備顧問，故名。北宋前期，觀文殿大學士、觀文殿學士、資政殿大學士、資政殿學士、端明殿學士、龍圖閣學士、龍圖閣直學士、龍圖閣待制、天章閣學士、天章閣直學士、天章閣待制、寶文閣學士、寶文閣直學士、寶文閣待制，均爲侍從之臣。

㉖補外任：外任官帶待制以上職者，稱在外侍從。

㉗僉議：即公議。共同商議。《續資治通鑒·宋太祖乾德三年》："先是全斌受詔，每制置必與諸將僉議，因是雖小事亦各爲異同，不能即決。"

【附載】

《御批》原在本卷《奏吏部三類法》之後，據文意附於此。

《御批》（元祐元年）：予宮中閲舊故書，得卿神宗時所上親書奏章。見卿論議切於治要，至誠憂國，忠義可見，深用嘉歎。卿平時所蘊如此，況當茲艱難之際，想多憂勤予，佐助機政，斯愈年矣。雖勉旃聽覽，以天下之廣，萬務之繁，深慮不逮。顧我元老，宜有諮詢。如近者黜陟臣僚，因革庶政，公議可乎？夏國未附，禦以何術？卿之所知賢人堪大任者，亟當論薦用揀（揀，原缺，據四庫本補）求。并所訪事可條具聞奏，切待至言，以補闕失，故茲遣示，當體予意。

其　二

臣伏讀聖問，有可禦西夏之術？臣去年夏始聞西人欲求内附[一]，臣以爲方國家多事，務早安静，奏乞朝廷恢天海之量，廣示開納。禦四夷之術，羈縻而已，由此可以息兵，止固吾圉，外夷懷服，中夏安寧，則太平之風浸隆浸久。兼曾繳進神宗專令臣男貽慶齎賜臣親書詔一本，所貴審知神宗本意，止務安邊，不欲輕舉。皆是邊臣希望功賞，爲國生事，僥倖萬一，以致兵食困匱，財力殫耗[二]。必料此詔已經聖覽。今復蒙下問所禦西夏之術，臣愚何足以仰副虚佇？

臣切見西人自去年以來，凡數次入朝，即未見修歲時常貢之禮，亦未聞請常賜之物，度其姦心，必有所待。當此之際，朝廷亦須有以待之，邊臣亦必有以制之。若更如向時种諤、徐禧輩，料敵不精，謀攻失策，致誤邊事，即關中之民，其心搖矣。自靈武、永樂王師不振之後，兵勢民力，尚未完復，狡羌竊發，必能制乎？即如向時，种諤輩皆云西人亂弱，取如拾芥，又可信乎？國之大事，豈可數爲狂計所誤？朝廷於此，固當熟計而深念之。事欲美成，計須先定。當責成邊臣，審料賊勢，精選諜者[三]，密窺賊形，必先事以待之，使賊計不行，邊壘有備，此亦困羌夷之善策，爲人謀之小勝。

或西人款塞請覲①，詰其所由，出於善意，即導之使來，俟至延安，帥臣密察，亦當得其要領。先時奏聞廟堂之上，可以預料而審度之。俟至闕下②，知其所來必有所爲，因其所爲之可否，或議或詰[四]，審而應之，可者即從，否者即已。若議及疆土，須廟堂之上，衆謀大同，苟有後艱，同任其責。或取與之間，謀有同異，即各述利害，理須明白；後或不應，謀果不臧③，自任其責。廟謀一定④，邊計粗寧，天下小康，堂上安枕矣[五]。伏惟陛下聖明遠大之計，固已先定，出於衆智[六]，豈俟臣之過慮？然采蒭蕘，擇狂言，亮其誠而不責其妄，幸甚！臣無任。

臣以爲事有利害者，必究其利害之極，而斷其取捨之當。其理得，無容更相顧望⑤，議論不決，乃欲遺賊於君父，則安用大臣？

【編年】

元祐元年（1086）三月休致居洛陽日作。原本題下注云：“元祐元年。”《長編》卷三七二，元祐元年三月條録有此奏。

【校勘】

〔一〕附：原脱，據《長編》卷三七二補。

〔二〕財：原作“才”，據《歷代名臣奏議》卷三三一改。

〔三〕諜：原脱，據四庫本及《歷代名臣奏議》補。

〔四〕詰：原作“誥”，據季校本、四庫本改。

〔五〕堂上安枕矣：明刻本作“堂上高枕矣”；四庫本作“當高枕矣”。

〔六〕智：原作“知”，據《歷代名臣奏議》改。

【箋注】

①款塞：遠方的外族來叩邊塞的門，表示和中國交好或内附。《史記·太史公自序》：“海外殊俗，重譯款塞。”

②闕下：宮闕之下。帝王所居之處。借指朝廷。《漢書·淮南厲王長傳》：“馳詣闕下，肉袒而謝。”

③不臧：不善，不良。《詩·邶風·雄雉》：“不忮不求，何用不臧。”

④廟謀：朝廷的方略、策略。唐杜甫《白水縣崔少府十九翁》：“猛將紛填委，廟謀蓄長策。”

⑤顧望：猶豫觀望。宋蘇舜欽《上范公參政書》：“閣下若更畏縮循默，顧望而不爲，則不唯國計漸隳，亦恐禍患及身矣。”

奏吏部三類法

臣觀《六典》三銓之法①，以三類觀其異，優者擢而升之，否者量而退之。所以正權衡，明賞罰，抑貪冒，進賢能。今之典選，一守定格。選格中有以多舉主、有軍功者爲上，多舉者或善請求，有軍功者或容妄冒。如近時買人頭得賞官者極多，有同配官，故多失才，亦容濫進。臣欲乞委吏部尚書、侍郎大略依三類之法，定本選之人，合入知州、通判、知縣、縣令，考其才德功效，爲上中下三品，送中書門下覆驗可否定訖，判選官引對②。一經聖鑒，物無遁形，更有去留，孰不激勸③？又判銓之官④，亦當上體朝廷委付之重,以衡鑒自任⑤,處之不疑。間或以人才高下絶異者,特以名聞而進退之,乃爲稱職。取進止。

【編年】

元祐二年(1087)三月平章軍國重事日作。原本題下注云:“元祐二年。”《長編》卷三九六,元祐二年三月戊辰條。此奏議下有注:“彦博奏據本集增入,五月十八日三省議上。”

【箋注】

①《六典》三銓之法:《唐六典》卷二:“吏部有三銓法,尚書典其一,爲尚書銓;侍郎分其二,爲中銓、東銓。以四事擇其才,曰身、言、書、判;以三類觀其異,曰德、才、勞。”

②引對:皇帝召見官員詢問政事,官員對答。《舊唐書·德宗紀下》:“尋又敕常參官每一日二人引對,訪以政事。”

③激勸:激發鼓勵。漢王充《論衡·别通》:“人好觀圖畫者,圖上所畫,古之列人也。見列人之面,孰與觀其言行? 置之空壁,形容具存,人不激勸者,不見言行也。”

④判銓之官:指吏部四選,即吏部左、右選尚書和吏部左、右選侍郎。

⑤衡鑒:衡器和鏡子。《明太祖寶訓》卷三,洪武四年五月丁巳:“以李守道、詹同爲吏部尚書。諭之曰:‘吏部者,衡鑒之司。鑒明,則物之妍蚩無所逃;衡平,則物之輕重得其當。蓋政事得失在庶官,任官賢否由吏部。’”

文彥博集卷二八

奏議

進漢唐故事

　　臣近者竊聞聖旨，令經筵官間日進漢唐故事各一件①，以備御覽，有以見聖德稽古求理之切②。臣忝預經筵，固當粗有裨補，輒亦於漢唐史中節錄得數事，繕寫進呈③，伏望聖慈采覽。

一

　　《漢文帝紀》贊曰：“孝文皇帝宮室苑囿④，車騎服御，無所增益，有不便輒弛以利民。嘗欲作露臺，召匠計之直，百金。上曰：‘百金，中人十家之産也。吾奉先帝宮室，常恐羞之，何以臺爲？’身衣弋綈，弋，黑色也。綈，厚繒。帷帳無文繡，以示敦樸，爲天下先，專務以德化民。是以海内殷富〔一〕，興於禮義〔二〕，斷獄數百，幾至刑措⑤。嗚呼！仁哉！”

【編年】

　　元祐二年(1087)十月平章軍國重事日作。原本題下注云：“元祐二年。”

《皇宋通鑑長編紀事本末》卷九二《講讀》：“（元祐二年）十月壬申，詔：‘講讀官大開講日，論具漢、唐故事有益政體者二條進入，仍旬一録申三省。”則彦博之《進漢唐故事》奏，也當爲十月間事。

【校勘】

〔一〕殷：原作“豐”，據《漢書·文帝紀》改。

〔二〕禮：原脱，據季校本、四庫本、《漢書·文帝紀》補。

【箋注】

①經筵官：宋朝經筵曾設翰林侍讀、侍講學士，崇政殿説書，侍讀等講讀官，統稱經筵官。每年春二月至端午日，秋八月至冬至日，遇單日入侍邇英閣，爲皇帝輪流講讀經史。有專職的，也有由宰相、兩制以上官兼任的。間日：隔天。

②稽古：稽考古道。班固《東都賦》：“憲章稽古，封岱勒成，儀炳乎世宗。”

③繕寫：謄寫；編録。唐李白《與韓荆州書》：“然後退掃閑軒，繕寫呈上。”

④孝文皇帝：即漢文帝劉恒。高祖中子。前 180—前 157 年在位。高祖破陳豨軍，定代地，立他爲代王。吕后死，周勃等誅滅諸吕，迎立爲帝。在位期間，繼續執行漢初與民休息和輕徭薄賦政策，免收全國田賦十二年，減少口賦、徭役；興修水利，加速發展農業生産；逐步削弱諸侯王勢力，以加强中央集權；并駐軍北方，徵民徙邊和入粟塞下，增强北方防禦力量。漢朝由此逐漸趨向安定，并一度呈現富庶景象。景帝因之，史稱“文景之治”。謚曰孝文皇帝。

⑤刑措：謂没有人犯法，刑罰擱置不用。措，擱置。《荀子·議兵》：“殺一人刑二人而天下治。傳曰：威厲而不試，刑錯而不用。”

二

漢武帝問東方朔曰①：“吾欲化民，豈有道乎？”朔對曰：“堯、舜、禹、湯、文、武、成、康，上古之事，經歷數千載，尚難言也，臣不敢陳。近述孝文皇帝之時，當世耆老皆聞見之〔一〕。貴爲天子，富有四海，身衣弋綈，師古曰：弋，黑色也。綈，厚繒。足履革舄②，師古曰：革，生皮也，不用柔韋，言儉率也。以韋帶劍③，師古曰：但空用韋，不加飾。

莞蒲爲席④，師古曰：莞，今之蔥蒲也。以莞及蒲爲席，亦尚質也。莞音官。兵木無刃〔二〕，服虔曰：兵器如木而無刃，言不大治兵器也。衣縕無文⑤，師古曰：縕，亂絮也〔三〕，言内有亂絮，上無文采也，縕音於粉反。集上書囊以爲殿幃⑥，師古曰：集，謂合聚也〔四〕。以道德爲麗，以仁義爲準。師古曰：麗，美也。準，平法也。於是天下望風成俗，昭然化之。

【編年】

元祐二年（1087）十月平章軍國重事日作。

【校勘】

〔一〕耆：原脱，據四庫本補。

〔二〕無：原作“爲”，據《漢書·東方朔傳》改。

〔三〕“亂”下原衍“如”字，據右删。

〔四〕合：原作“令”，據右改。

【箋注】

①漢武帝：即劉徹，漢景帝之子，前140—前87年在位，漢武帝爲其諡號。在政治上，劉徹加強中央集權，削弱地方諸侯王國的勢力；在思想文化上，他推崇儒學，設五經博士官教授儒學，在他的宣導下，儒家思想逐漸成爲封建社會的正統思想；在經濟上，他重視農業生産，打擊富商大賈，把煮鹽、鑄錢、冶鐵收歸官營，并通過調劑貨物來平衡物價。同時還廣爲移民屯墾、修築水利工程。與前代對匈奴消極防禦的政策不同，劉徹先後多次派兵進攻匈奴，控制了河西地區，打通了到西域的通道，爲鞏固北方邊防，他還修築了東到遼東，西到玉門和羅布淖爾的長城。東方朔：西漢平原厭次（今山東惠平）人，字曼倩。武帝時，入長安，自薦，待詔金馬門。後爲常侍郎、太中大夫。滑稽有急智，善觀察顔色，直言切諫。曾以辭賦戒武帝奢侈，又陳農戰强國之策，終不見用。辭賦有《答客難》、《非有先生論》。

②舄（xì）：古時祭祀時所穿之履。舄是由複底製成，其特點是底下置木，行走時在泥地而不怕濕。

③韋：熟牛皮。《周禮·春官·司服》：“凡兵事，韋弁服。”

④莞：俗名“水蔥”、“席子草”。此指莞草編的席。《詩·小雅·斯干》：

“下莞上簟。”

⑤緼（yùn）：舊絮，亂麻。《禮記·玉藻》：“纊爲繭，緼爲袍。”

⑥集上書囊以爲殿幬：意即用臣子上書的布套縫作殿上的帷帳。

三

漢丞相王嘉上疏言①：“孝文帝時，吏居官者，或長子孫以官爲氏〔一〕，倉氏、庾氏，則倉庾吏之後也②。其二千石長吏亦安官樂職③，然後上下無苟且之意。其後稍稍變易，公卿以下，轉相促急。又數以改更政事，司隸、部刺史察過悉劾④〔二〕，發揚陰私。悉，盡也。言大小盡皆舉劾，過於所察之條。吏或居數月而退，送故迎新，交錯道路。中材苟容求全，不敢操持群下〔三〕。下材懷危內顧，常恐獲罪，每爲私計。一切營私者多。二千石益輕賤，吏人慢易之⑤，或至上書章下。依其所上之章，而下令理之。衆庶知其易危，言易可傾危。小失意則有離叛之心。”

【編年】

元祐二年（1087）十月平章軍國重事日作。

【校勘】

〔一〕氏：原脱，據季校本、四庫本補。

〔二〕司隸：原作“司吏”，據《漢書·王嘉傳》改。司隸：即司隸校尉。漢武帝置司隸校尉，領兵一千二百人，捕巫蠱，督察大奸猾。後罷其兵，改察三輔、三河、弘農七郡。

〔三〕操：原作“采”。群：原作“郡”。據《漢書·王嘉傳》改。操持：執掌，掌管。《管子·版法解》：“凡法事者，操持不可不正。操持不正，則聽治不公。”

【箋注】

①王嘉：西漢大臣。平陵（今陝西咸陽）人。字公仲。以明經射策甲科爲郎。鴻嘉中，舉敦樸直言，超遷太中大夫。出爲九江、河南太守，治有名跡。徵

入爲大鴻臚,徙京兆尹,遷御史大夫。建平三年(前4)任丞相,封新甫侯。因反對哀帝益封幸臣董賢及推薦前廷尉梁相事,被下獄,仰天自歎:"不能進賢退不肖,以是負國,死有餘責。"遂不食嘔血而死。後追謚忠侯。

②倉庾:儲藏糧食的倉庫。庾,露天的穀倉。《史記·孝文本紀》:"發倉庾以振貧民。"

③二千石:指郡守。漢時郡守別稱二千石。漢代郡守的俸禄是二千石,故有此稱。長吏:指州縣長官的輔佐。《漢書·百官公卿表》:"(縣)有丞、尉,秩四百石至二百石,是爲長吏。百石以下有斗食、佐史之秩,是爲少吏。"

④部刺史:漢代中央派到地方的監察官。漢武帝劉徹爲了加强中央對地方的督察和控御,於元封五年(前106)創部刺史制,即除三輔、三河、弘農七郡外,全國被分爲冀州、兗州、青州、徐州、揚州、荆州、豫州、益州、涼州、幽州、并州、交趾、朔方十三部,分察十三州,每年春分時周行郡國。省察治政,黜陟能否,斷理冤獄,以六條問事。

⑤慢易:疏忽;輕侮。《史記·張耳陳餘列傳》:"高祖箕倨詈,甚慢易之。"

四

漢宣帝謂①:"太守,吏民之本,數變易則下不安。民知其將久,不可欺罔,乃服從其教化。"故二千石有治效②,輒以璽書勉勵,增秩賜金,或爵至關内侯③。公卿缺則選諸所表,以次用之。師古曰:所表,謂增秩賜金爵也。是故漢世良吏,於是爲盛,稱中興焉。

臣近曾上言,乞刺史、縣令須滿三年一替,及尚書吏、户、刑三部郎官職務尤重,須令久任。此皆治古之法〔一〕,兼先朝亦不令速遷。

【編年】

元祐二年(1087)十月平章軍國重事日作。

【校勘】

〔一〕古:原無,據季校本、四庫本補。治古:指古代升平社會,古之治世。《荀子·正論》:"世俗之爲説者曰:'治古無肉刑,而有象刑。'"楊倞注:"治古,古之治世也。”

【箋注】

①漢宣帝：西漢皇帝劉詢。前74—前49年在位。字次卿，武帝曾孫。戾太子孫，因其生父、生母死於巫蠱之禍，他幼育於祖母史氏家，居民間，少時出入三輔，俱知閭里奸邪，吏治得失。通達黃老刑名之學。昭帝死，霍光迎入爲帝。强調“霸道”、“王道”雜治，重視吏治，綜核名實。魏相、丙吉、黃霸、于定國等名臣相繼爲相，趙廣漢、朱邑、龔遂、尹翁歸等皆一時之循良，均爲其所用。兩漢吏治，莫盛於此。霍光死後，進而誅滅霍氏集團。親政十八年，平獄緩刑，輕徭薄賦，發展生產，廣開言路，使吏稱其職，民安其業。又置西域都護，加强邊防。甘露二年（前52），匈奴呼韓邪單于稱臣降服，威震域外。謚宣帝。

②二千石：漢時郡守別稱。漢代郡守的俸禄是二千石，故有此稱。

③關內侯：亦稱倫侯，二十等爵中第十九等。僅次於徹侯。一般封有食邑，按規定户數徵收租税。據顏師古考證，“（關內侯）有侯號而居京畿，無國邑也”。

五

漢賈誼云①：“今民賣僮者，如淳曰：僮，謂隸妾也。爲之繡衣、絲履、偏諸緣②。服虔曰：如牙條以作履緣。師古曰：偏諸，若今之織成以爲要襻及褾領者也③。古謂之車馬裙〔一〕。其上爲乘車及騎從之象也。内之閑中。服虔曰：閑，賣奴婢闌。是故天子后服，所以廟而不宴者也，師古曰：入廟則服之，宴處則不著，蓋貴之也。而庶人得以衣婢妾。白縠之表④，薄紈之裏⑤，緁以偏諸⑥，晉灼曰：以偏諸緁著衣也〔二〕。師古曰：緁，音妾，謂以偏諸緁著之也〔三〕⑦，緁，音步千反。美者黼繡，師古曰：黼者，織爲斧形；繡者，刺爲衆文。是古天子之服，今富人大賈嘉會召客者以被牆。師古曰：被，音皮義反。古者以奉一帝一后而節適〔四〕⑧，今庶人屋壁得爲帝服，倡優下賤得爲后飾，然而天下不屈者，殆未有也。師古曰：屈謂財力盡也，音其勿反。且帝之身自衣皁綈，師古曰：綈，厚繒也，音徒奚反〔五〕。而富民牆屋被文繡，天子之后以緣其領，庶人孽妾緣其履，師古曰：躄謂庶賤者。此臣所謂舛也。夫百人作之，不能衣一人，師古曰：衣，音于計反。欲天下亡寒，胡可得也？一人耕之，十人聚而食之，欲天下無飢，不可得也。飢寒切於民之肌膚，欲其亡爲奸邪，不可得也。國已屈矣，師古曰：屈，音其勿反。盜賊直須時耳！師古曰：言待時而發。然而獻計者曰毋動，師古曰：言天下安，不可動搖。爲大耳。如淳曰：好爲大語者。夫俗至大不敬也，至亡等也，師古曰：無尊卑之等。至冒上也，師古曰：冒，犯也。進計者猶曰毋爲，可爲長太息者此也！"

　　臣近曾上章，以風俗僭侈，乞檢舉制度⑨，使上下不僭侈，務節儉。皆富民之本，在於節儉。民富矣，君孰與不足？致太平之風，無出此道，雖聞已有施行，更望聖慈垂意。

【編年】

　　元祐二年（1087）十月平章軍國重事日作。

【校勘】

　　〔一〕裙：原作"展"，據《漢書・賈誼傳》改。

　　〔二〕偏：原作"編"，據季校本、四庫本、《漢書・賈誼傳》改。

　　〔三〕偏：原作"編"，據右改。緟著之也：原脱，據《漢書・賈誼傳》補。

　　〔四〕古者以奉一帝一后而節適：原脱，據季校本、四庫本補。

　　〔五〕徒奚：原作"徙"，據《漢書・賈誼傳》改。

【箋注】

　　①賈誼：西漢文帝時的政論家、思想家、散文家。洛陽（今屬河南）人。由於吳公的推薦，賈誼得任爲博士。當時他年僅二十餘歲，在博士中最爲年輕。每次參議詔令，諸博士尚未能言，賈誼即盡爲之對答，并得到衆人的贊同，於是超遷爲太中大夫。後出賈誼爲長沙王太傅。賈誼在長沙時，曾寫了《服鳥賦》，以表露内心的怨憤和悲傷。後來文帝思念賈誼，又特地召見他，問鬼神之事於宣室，君臣談至夜半。賈誼隨即被拜爲梁懷王太傅，先後多次上疏陳治安之道。這些奏疏被後世史家稱爲《治安策》。文帝十一年（前169）梁懷王墜馬而

死,賈誼自傷失職,歲餘也悲鬱而死,年僅三十三歲。

②偏諸:衣鞋簾帷的花邊。《急就篇》卷一:"承塵户幰,絛繢總。"唐顔師古注:"絛,一名偏諸,織絲縷爲之,所以懸係承塵户幰,因爲飾也。"

③要襻:腰帶。襻(pàn):繫衣裙的帶子。南朝梁王筠《行路難》:"襻帶雖安不忍縫,開孔裁穿猶未達。"褾領:袖口、衣領。褾(biǎo):袖口。南朝宋虞龢《上明帝論書表》:"有好事年少,故作精白䙗著詣子敬(王獻之),子敬便取書之,草正諸體悉備,兩袖及褾略周。"

④縠(hú):縐紗一類的絲織品。宋玉《神女賦》:"動霧縠以徐步兮。"

⑤紈:絲經過精練,光亮如冰,又稱"冰紈",是一種細密潔白有光澤的平紋絲織物。南朝梁沈約《謝賜軺綢絹等啓》:"霜紈雪委,霧縠冰鮮。"

⑥緁(qiè):縫衣邊。《玉篇》:"緁,縫也。"指縫綴衣邊,又指衣物的緣飾,猶今之花邊。

⑦緶(pián):用針縫合。《玉篇·系部》:"緶,縫衣也。"

⑧節適:程度適當有節制。

⑨檢舉:猶選擇。宋蘇軾《杭州上執政書之二》:"伏望相公一言,檢舉成法,自朝廷行下,使五穀通流,公私皆濟。"

六

唐太宗問褚遂良曰①:"舜造漆器,禹雕其俎②,當時諫舜、禹者十餘人。食器之間,苦諫何也?"遂良對曰:"雕琢害農事,纂組傷女工③,首創奢淫,危亡之漸④。漆器不已,必金爲之;金器不已,必玉爲之。所以諍臣必諫其漸。及其滿盈,無所復諫。"太宗以爲然。因言:"夫爲人君不憂萬姓而事奢淫,危亡之機可反掌而待也⑤。"

【編年】

元祐二年(1087)十月平章軍國重事日作。

【箋注】

①唐太宗:即李世民。唐高祖李淵次子。626年至649年在位。隋末勸父

起兵反隋。李淵稱帝后，任尚書令，封秦王。唐高祖武德九年（626），發動“玄武門之變”，殺死兄李建成、弟李元吉、得立爲太子，次年高祖傳給帝位，改年號爲貞觀。在位期間任用房玄齡、杜如晦爲相。推行均田制、租庸調法和府兵制度，任賢納諫，加强地方官吏的考核，興修水利，發展經濟。以文成公主與吐蕃王松贊干布聯姻，促進了文化交流和民族友好往來。被舊史家譽爲“貞觀之治”。褚遂良：字登善。貞觀中，任諫議大夫兼知起居事。高宗即位，封河南縣公，進郡公。坐事出爲同州刺史。再歲，召拜吏部尚書、同中書門下三品，監修國史兼太子賓客。進拜尚書右僕射。因反對立武則天，左遷潭州都督。顯慶二年，徙桂州，未幾，貶愛州刺史。

②“舜造”二句：語本《韓非子·十過篇》：“堯禪天下，虞舜受之，作爲食器，斬山木而財之，削鋸修之跡，流漆墨其上，輸之於宫，以爲食器。諸侯以爲益侈，國之不服者十三。舜禪天下而傳之於禹，禹作爲祭器，墨染其外，而硃畫其内，縵帛爲茵，蔣席頗緣，觴酌有采，而樽俎有飾。此彌侈矣，而國之不服者三十三。”

③“雕琢”二句：語出《漢書·景帝紀》：“雕文刻鏤，傷農事者也。錦繡纂組，害女紅者也。”纂組：編織精美的絲織品。

④漸：事物發展的開端。

⑤反掌而待：容易得像翻一下手掌。比喻極其容易。語出《孟子·公孫丑上》：“以齊王，由（猶）反手也”。趙岐注：“以齊國之大，而行王道，其易若反手耳。”

七

唐太宗謂侍臣曰：“夫以銅爲鏡，可以正衣冠；以古爲鏡，可以知興替①；以人爲鏡，可以明得失。朕常保此三鏡，以防己過。今魏徵殂逝②，遂亡一鏡矣！”

【編年】

元祐二年（1087）十月平章軍國重事日作。

【箋注】

①興替:興衰更迭。

②魏徵(580—643):字玄成。館陶(今屬河北)人。曾任太子洗馬,勸李建成早圖秦王李世民。太宗即位後,被擢爲諫議大夫。常犯顔直諫,前後陳諫二百餘事,是歷史上有名的敢諫之臣。貞觀七年(633)任侍中,主持梁、陳、齊、周、隋諸史的編撰,封鄭國公。

八

唐史論魏徵與文皇討論政術①,往復應對,凡數十萬言。其救過弼違②,能近取譬,其實根於道義,發爲律度③。身正而心勁,上不負時主,下不阿權倖,中不私親族,外不爲朋黨。不以逢時改節,不以圖位賣忠。所載章疏四篇,在徵本傳,可爲萬代王者法。

【編年】

元祐二年(1087)十月平章軍國重事日作。

【箋注】

①文皇:指唐太宗李世民。因太宗謚文武大聖皇帝,故稱。唐羅隱《聞大駕巡幸》:“静思貴族謀身易,危覺文皇創業難。”

②弼違:糾正過失。語出《書·益稷》,帝舜曰:“予違,汝弼。”

③律度:猶規矩,法度。太平天国黄期陞《建天京於金陵論》:“整肅官方,馭群臣以律度。”

九

唐明皇先天元年①,大獵於渭川。侍中魏知古獻詩一篇曰②:“常聞夏太康③,五子訓禽荒④。我后來冬狩⑤,三驅盛禮張⑥。順時鷹隼擊⑦〔一〕,講事武功揚⑧。奔走未及反,翻飛豈暇翔。非熊從渭水⑨,瑞翟想陳倉⑩。此欲誠難縱,兹遊不可常。子云陳《羽獵》⑪,僖伯諫漁棠⑫。得失鑒齊楚,仁恩念禹湯⑬。咸熙諒在宥⑭,亭毒匪多傷⑮。《辛甲》今爲史⑯,《虞箴》遂孔彰⑰。"明皇嘉之,手制詔曰:"夫詩者,志之所之,以寫心懷,實可諷諭人主。是故揚雄陳《羽獵》,馬卿賦《上林》⑱,爰自風雅,率由兹道。朕頃至温泉,觀省風俗,時因夏景,掩渭而畋,方開一面之羅⑲,或示三驅之禮,躬親校獵⑳,聊以從禽。卿遂有箴規,正予不逮㉑〔二〕,自非誠款夙著㉒,孰能繼於此邪!"賜物五十段。

【編年】

元祐二年(1087)十月平章軍國重事日作。

【校勘】

〔一〕隼:原作"準",據季校本、四庫本改。

〔二〕逮:原作"迨",據《舊唐書·魏知古傳》改。

【箋注】

①唐明皇:即李隆基。廟號玄宗。先天元年(712)七月,睿宗禪位於李隆基。

②魏知古(647—715):深州陸澤(今河北深縣)人。弱冠舉進士。歷任鳳閣舍人、衛尉少卿、吏部侍郎等職。睿宗時官至侍中。開元初任黃門監,倍受玄宗信任,後爲姚崇所惡,罷知政事。有知人之明。

③夏太康:夏朝第二代國王。啓之子。喜聲色犬馬,不理政事,不恤民衆。常至洛水之陽田獵,數月不返。其母及五兄弟怨恨作《五子之歌》以詈之。時東夷有窮氏后羿乘勢起兵,驅逐太康。

④五子訓禽荒:謂以迷於畋獵將導致亡國爲訓。夏朝太康的五個弟弟作歌,以諷誡太康的荒淫逸樂。《夏書·五子之歌》:"太康尸位,以逸豫,滅厥德……厥弟五人,御其母以從,徯於洛之汭,五子咸怨,述大禹之戒以作歌。……其二曰:'訓有之:内作色荒,外作禽荒。甘酒嗜音,峻宇雕牆。有一於此,未或不亡!'"禽荒:迷亂於獵取鳥獸。

⑤后:君王。《詩·周頌·時邁》一章:"懷柔百神,及河喬岳,允王維后。"

⑥三驅:古王者田獵之制。謂田獵時須讓開一面,三面驅趕,以示好生之德。《易·比》:"九五,顯比,王用三驅。"

⑦鷹隼擊：雄鷹在空中搏擊。《漢書·五行志》：“故立秋而鷹隼擊。”

⑧講事：謀議軍政大事。《左傳·隱公五年》：“故講事以度軌，量謂之軌。”孔穎達疏：“故講習大事以準度軌法。”

⑨非熊從渭水：用姬昌得吕尚之典。形容尋求輔佐的人才。《史記·齊太公世家》：“吕尚蓋嘗窮困，年老矣，以漁釣干周西伯。西伯將出獵，卜之，曰：‘所獲非龍非彲，非熊非羆，所獲霸王之輔。’於是周西伯獵，果遇太公於渭之陽，與語大悦，曰：‘自吾先君太公曰：當有聖人適周，周以興。子真是邪！吾太公望子久矣。’故號之曰‘太公望’，載與俱歸，立爲師。”

⑩瑞翟想陳倉：事見《史記·封禪書》：“秦文公獲若石於陳倉北阪，歸而城祠之。其神或歲不至，或歲數來，來也常以夜，光輝若流星，從東南來集於祠城，則若雄雞，其聲殷云，野雞夜雊，以一牢祠，命曰陳寶。”《史記索隱》引《列異傳》云：“陳倉人得異物以獻之，道遇二童子，云：‘此名爲媦，在地下食死人腦。’爲媦乃言云：‘彼二童子名陳寶，得雄者王，得雌者伯。’乃逐童子，化爲雉。秦穆公大獵，果獲其雌，爲立祠。祭，有光、雷電之聲。雄止南陽，有赤光長十餘丈，來入陳倉祠中。”瑞：祥瑞。翟：雉。

⑪子云陳《羽獵》：揚雄字子云，西漢著名的文學家。作《羽獵賦》。《羽獵賦序》：“孝成帝時，羽獵。雄從。”賦中詳細描繪了漢帝畋獵於上林苑内的情景，并建議成帝“開禁苑，散公儲，創道德之囿，弘仁惠之虞”，“放雉兔，收置罘，麋鹿莤薉，與百姓共之”。

⑫僖伯諫漁棠：事見《左傳·隱公五年》：“五年春，公將如棠觀魚者。臧僖伯（即臧彄，魯孝公子，字子臧）諫曰：‘凡物不足以講大事，其材不足以備用，則君不舉焉。……’公曰：‘吾將略地焉（略地，視察邊境。棠在魯、宋交界，故以此爲藉口）。’遂往，陳魚而觀之。僖伯稱疾不從。”

⑬禹湯：夏禹和商湯的合稱。他們被視爲上古的聖君。後因用作稱美聖明君主之典。

⑭在宥：指任物自在，無爲而化。多用於讚美帝王的仁政和德化。語出《莊子·在宥》：“聞在宥天下，不聞治天下也。”

⑮亭毒：化育；養成。語出《老子》“長之育之，亭之毒之”。《文選·劉峻〈辨命論〉》：“生之無亭毒之心，死之豈虔劉之志。”李周翰注：“亭、毒，均

養也。”

⑯《辛甲》：辛甲，西周初年史官。原爲商臣，曾多次勸諫紂王，却不爲采納，乃離商至周，在周任太史，亦稱辛尹。召公與語，賢之，告文王，文王親自迎之，以爲公卿。曾命百官名爲箴辭，勸誡國王。《左傳·襄公四年》載有“虞人之箴”中百官所作之一箴。《漢書·藝文志》有《辛甲》二十九篇。

⑰《虞箴》：古代虞人爲戒田獵而作的箴諫之辭。《左傳·襄公四年》：“昔周辛甲之爲大史也，命百官，官箴王闕。於《虞人之箴》曰：‘芒芒禹跡，畫爲九州，經啓九道。民有寢廟，獸有茂草；各有攸處，德用不擾。在帝夷羿，冒於原獸，忘其國恤，而思其麀牡，武不可重，用不恢於夏家，獸臣司原，敢告僕夫。’《虞箴》如是，可不懲乎？”

⑱馬卿賦《上林》：司馬相如作《上林賦》。賦中假設楚國子虛和齊國烏有先生的互相誇耀，最後是亡是公大肆鋪陳漢天子上林苑的壯麗及天子射獵的盛舉，以壓倒齊楚，表明諸侯之事不足道。

⑲一面之羅：稱美帝王的仁愛。商湯曾令設網捕鳥的人，撤掉三面之網，僅留一面網，以示仁慈。見《吕氏春秋·孟冬紀·異用》。唐玄宗《校獵義成喜逢大雪率題九韻以示群官》：“一面施鳥羅，三驅教人戰。”

⑳校獵：遮攔禽獸以獵取之。泛指打獵。漢司馬相如《上林賦》：“於是乎背秋涉冬，天子校獵。”

㉑不逮：不足之處；過錯。《書·冏命》：“懋乃后德，交修不逮。”

㉒誠款：忠誠；真誠。《三國志·蜀志·鄧芝傳》：“權大笑曰：‘君之誠款，乃當爾邪！’”

十

唐穆宗嘗謂侍臣曰①：“國家貞觀中，文皇帝躬行帝道，致治升平。及神龍、景龍之間〔一〕，繼有内難②。明皇平定而興復不易③，而聲名最盛，歷年長久，何道而然？”宰相崔植對曰④：“前代創業之君，多起自人間，知百姓疾苦，初承丕業⑤，皆能勵精思理。太宗文皇帝特禀上聖之姿，同符堯舜之道，是以貞觀一朝，四海寧晏。有房玄齡、杜如晦、魏徵、王珪之屬爲輔佐股肱⑥，君明臣忠，事無不理。聖賢相遇,固宜如此。明皇守文繼體[7],嘗經天后朝艱危[8]。開元初,得姚崇、宋璟,委之爲政。此二人者,皆天生俊傑,動必推公,夙夜孜孜,致君於道。璟嘗手寫《尚書·無逸》一篇,爲圖以獻。明皇置之内殿,出入觀省,咸記在心。每歎古人至言,後代莫及。故任賢戒欲,心歸沖漠[9]。開元之末[10],因《無逸圖》朽壞,始以山水圖代之。自後,既無座右箴規,又信奸臣用事。天寶之世,稍倦於勤,王道於斯缺矣。建中初[11],德宗皇帝嘗問先臣祐輔開元、天寶治亂之殊,先臣具陳本末。臣在童丱[12],即聞其説,信知古人以韋弦作戒[13],其益宏多。陛下既虚心履道[二],亦望以《無逸》爲元龜[14],則天下幸甚!"穆宗善其對。

臣恭以仁宗皇帝聖德勤儉,因御前親試進士,以《〈無逸〉爲元龜》爲賦題,乃知聖意所存深遠。

【編年】

元祐二年(1087)十月平章軍國重事日作。

【校勘】

〔一〕神龍:原作"神宗",據《舊唐書·崔植傳》改。

〔二〕道:原作"信",據右引改。

【箋注】

①唐穆宗:即李恒。憲宗第三子。憲宗元和七年,立爲太子。十五年,由宦官擁立爲帝。遊幸無常,擊球奏樂,久不視朝。自此宦官權勢更重。盧龍、成德、魏博三鎮相繼叛亂,無力討平,乃以叛將爲節度使。又好餌金石之藥,後服金丹致死。在位四年,謚睿聖文惠孝皇帝。

②"神龍"二句:神龍、景龍,唐中宗年號。神龍元年(705)正月,武后病重,大臣張柬之、崔玄暐等率羽林兵入宮,斬殺佞臣張易之、張昌宗,逼武后傳位太子,中宗李顯復位。二月,復國號爲唐。武三思與中宗皇后韋氏相通,陰謀奪取政權,封張柬之等五人爲王,第二年,武三思出五人爲刺史,繼而以謀反罪將五人或貶或殺。景龍元年(707),太子起兵誅武三思。韋后以太子重俊非

其所生,惡之;武三思尤忌太子;安樂公主與駙馬武崇訓常淩侮太子;上官婕妤推尊武氏。太子積不能平,與李多祚矯制發羽林兵三百餘人,殺三思、崇訓於其第。引兵入宮城,索上官婕妤。中宗、韋后、安樂公主、上官婕妤登宣武門樓以避之。事敗,李多祚死,太子以百騎走終南山,爲左右所殺。

③明皇平定而興復不易:明皇,即唐玄宗李隆基。唐睿宗第三子。景云元年(710)六月,韋后、安樂公主合謀,毒殺中宗,韋后臨朝攝政。臨淄王李隆基聯合太平公主,殺死韋后、安樂公主等,擁相王李旦即位,是爲睿宗。李隆基被立爲太子。延和元年(712)受禪繼位。

④崔植(772—829):唐京兆長安人,字公修。崔祐甫嗣子。憲宗元和中爲給事中。穆宗長慶初拜中書侍郎、同中書門下平章事。時朝廷收河朔三鎮,籍朱克融等送京師。植素不知兵,謂藩鎮且平,竟縱克融北還,以致河朔復失,天下尤之,乃罷爲刑部尚書,終華州刺史。

⑤丕業:大業。《史記·司馬相如列傳》:"皇皇哉斯事,天下之壯觀,王者之丕業,不可貶也!"

⑥房玄齡(579—648):字喬(一説名喬,字玄齡),齊州臨淄(今山東淄博東)人。統一戰爭中助李世民謀劃軍事,搜羅文武臣僚,并參與"玄武門之變",助世民奪取帝位。太宗即位後,長期是宰相之首。并曾監修國史和主持重修《晉書》。杜如晦(585—630):字克明,京兆杜陵(今陝西西安東南)人。與房玄齡等謀劃策動"玄武門之變",助李世民奪取帝位。後歷任兵部尚書、檢校侍中,攝吏部尚書、尚書右僕射等職。與房玄齡共掌朝政,典章制度,亦多二人商訂裁決,史稱"玄齡善謀,如晦善斷,當世語良相,當稱房、杜。"王珪(571—639):字叔玠,唐太原祁人。王僧辯孫。入唐,爲太子李建成中舍人。太宗素知其才,召拜諫議大夫。珪每推誠納忠,多所獻替,太宗多納其言,遷黃門侍郎兼太子右庶子。貞觀二年任侍中,與房玄齡、李靖、温彦博、魏徵等同知國政。能推人之長,有自知之明。因故貶同州刺史。官終禮部尚書。

⑦守文繼體:遵循先王法度繼承王位。守文:本謂遵循文王法度。後泛指遵循先王法度。繼體:繼承王位。《史記·外戚世家》:"自古受命帝王及繼體守文之君,非獨内德茂也,蓋亦有外戚助焉。"

⑧天后:唐武則天作皇后時的稱號。唐高宗李治皇后,後爲周則天皇帝,

中國歷史上唯一的女皇帝。并州文水（今屬山西）人。武則天十四歲時，唐太宗李世民召入宮爲才人。太宗死後，則天入感業寺爲尼。唐高宗即位，復召入宮，拜昭儀，進號宸妃，與王皇后、蕭淑妃爭寵，互相讒毀。永徽六年（655）立武氏爲皇后。自顯慶末起，乘高宗體弱多病之機，遂專國柄，威勢日重。上元元年（674），高宗稱“天皇”，武后稱“天后”，宮中稱爲“二聖”。弘道元年（683）高宗去世，中宗李顯即位，武則天臨朝稱制。嗣聖元年（684）二月，廢中宗爲盧陵王，立睿宗李旦，繼續臨朝稱制。則天遂於天授元年（690）稱帝，國號周，并自以“曌”字爲名。廢睿宗爲皇嗣，改東都洛陽爲神都。

⑨沖漠：恬淡虛寂。晋張協《七命》：“沖漠公子，含華陷曜。”

⑩開元：唐玄宗年號（713—741）。開元末，唐玄宗寵信楊貴妃，以聲色自娛。又重用李林甫、楊國忠，政治敗壞。中原地區武備空虛，西北、北方各鎮節度使又重兵在握，形成尾大不掉之勢。終致天寶十四載（755）安史之亂。

⑪建中：唐德宗李適年號。779—805 年在位。唐代宗長子。

⑫童丱（guàn）：指童子、童年。丱，丱角，兒童髮式。北齊顏之推《顏氏家訓·勉學》：“蠻夷童丱，猶能以學成忠。”

⑬韋弦作戒：韋求軟韌，弦求緊張，佩帶韋弦，以隨時警戒自己。因指有益的規勸。語出《韓非子·觀行》：“西門豹之性急，故佩韋以自緩；董安於之性緩，故佩弦以自急。”韋，皮帶。弦，弓弦。《舊唐書·李德裕傳》：“置之坐隅，用比韋弦之益；銘諸心腑，何啻藥石之功。”

⑭元龜：可作借鑒的往事。《三國志·吳書·孫權傳》：“斯則前世之懿事，後王之元龜也。”

<h1 style="text-align:center">十一</h1>

盧懷慎景龍中上疏①，其一曰：臣聞孔子曰：“爲邦百年，可以勝殘去殺。”又曰：“苟有用我者，期月而可，三年有成。”《尚書》云“三載考績”，校其功也。昔子産相鄭，更法令，布刑書，一年而人歌之曰：“取我田疇而伍之②，取我衣冠而褚之③。孰殺子産，吾其與之！”三年，而人又歌之曰：“我有子弟，子産教之；我有田疇，子産殖之④。子産而死，誰其嗣之？”終有遺愛，流芳史策。子産賢

者也,其爲政尚累年而化成,況其常才乎!

臣竊見比來州牧上佐及兩畿縣令⑤,下車布政⑥,罕終四考⑦。在任多者一二年,少者三五月,遽即遷除,不論課最⑧。或有歷時未改,便傾耳而聽,企踵而望,爭求冒進⑨,不顧廉恥。亦何暇爲陛下宣風布化,求瘝恤人哉⑩!禮義未能興行,風俗未能齊一,户口所以流散,倉庫所以虚空。百姓凋弊,日更滋甚,職爲此也,何則?人知吏之不久,則不從其教;吏知遷之不遥,又不盡其力,偷安爵禄,但仰兹望養資望。陛下雖勤勞之懷,宵衣旰食⑪,然僥倖路啓,上下相蒙,共爲苟且而已,寧盡至公乎?此國之病也。此賈誼所謂蹠盭之病⑫,乃小小者耳。此久而不革,臣恐爲膏肓⑬,雖和緩不能療,豈蹠盭而已哉!漢宣帝綜核名實⑭,興理至化。黄霸⑮,良二千石也,就增秩賜金,以旌其能,而不遷於潁川,前代之美政也〔一〕。又古之爲吏長子孫,倉氏、庾氏即其後也。

《書》云:“事不師古,以克永世,匪説攸聞。”臣請州都督、刺史、上佐及兩畿縣令等⑯,在任未經四考以上,不許遷除〔二〕。察其課效尤異者,或錫以車裘,或就加禄秩,或降使臨問,并璽書慰勉。若公卿有闕,則擢以勸能。其政績無聞及犯貪暴者,免歸田里,以明聖朝賞罰之信。則萬方之人⑰,一變於道矣。致此之美,革彼之弊,易於反掌,陛下何惜而不行哉!

【編年】

元祐二年(1087)十月平章軍國重事日作。

【校勘】

〔一〕政也:二字原闕,據《舊唐書·盧懷慎傳》補。

〔二〕除:原闕,據《舊唐書·盧懷慎傳》補。

【箋注】

①盧懷慎:唐滑州靈昌人,祖籍幽州范陽。少清謹,舉進士,歷監察御史。

中宗景龍中，遷右御史臺中丞，累至黃門侍郎。玄宗先天中，與魏知古於東都分掌選事。開元元年，進同中書門下平章事。尋遷黃門監。懷慎與紫微令姚崇對掌樞密，自以吏道不及崇，每事皆推讓之，時人謂爲"伴食宰相"。四年，兼吏部尚書。卒謚文成。

②伍：通"賦"，指收取賦税。

③褚：通"儲"。貯藏。《左傳·襄公三十年》："取我衣冠而褚之。"

④殖：種植。《左傳·襄公三十年》："我有田疇，子産殖之。"

⑤上佐：對州、府長官高等僚佐的通稱。《會要·職官》四八之一："宋以諸府長史、司馬、别駕爲上佐官。"

⑥下車：稱初即位或到任。語出《禮記·樂記》："武王克殷，反商，未及下車，而封黄帝之後於薊。"

⑦四考：四次考核。宋代之"考"，形式上一年一考。

⑧課最：古代官吏考核用語。指考課政績最好。《晋書·賀循傳》："刺史稽喜舉秀才，除陽羨令，以寬惠爲本，不求課最。"

⑨冒進：指超越本分、貪求仕進。唐韓愈《爭臣論》："在王臣之位，而高不事之心，則冒進之患生，曠官之刺興。"

⑩求瘼（mò）：訪求民間疾苦。唐高適《淇上酬薛三據兼寄郭少府微》："理道資任賢，安人在求瘼。"

⑪宵衣旰食：天不亮就穿衣起身，天黑了才吃飯，多形容帝王勤於政事。南朝陳徐陵《陳文帝哀策文》："勤民聽政，旰食宵衣。"

⑫蹠盭：脚掌反背症。蹠：脚掌。盭：關節扭折。《漢書·賈誼傳》："病非徒瘇也，又苦蹠盭。"

⑬膏肓：心之下、膈之上的部位。病位深隱難治，病情危重的患者，稱爲病入膏肓。《左傳·成公十年》："公（晋景公）疾病，求醫于秦。秦伯使醫緩爲之。未至，公夢疾爲二豎子，曰：'彼良醫也，懼傷我，焉逃之？'其一曰：'居肓之上，膏之下，若我何？'"

⑭漢宣帝：西漢皇帝劉詢。詳見《文集》卷二八《進漢唐故事四》注①。

⑮黄霸：中國西漢大臣。循吏的代表人物。字次公。淮陽陽夏（今河南太康）人。少學律令，漢武帝劉徹末，補侍郎、謁者。自武帝末，朝廷執法深，當時

官吏以嚴酷爲能,他獨以寬和著稱。漢宣帝劉詢即位,聽説黄霸持法平允,召以爲廷尉正,幾次審斷疑獄,擢爲揚州刺史、潁川太守。他力行教化而後誅罰,外寬内明,深得民心。爲潁川太守八年,重視農桑,長於治民。西漢言治民吏,以霸爲首,有“治爲天第一”之譽。《漢書・黄霸傳》:“天子以霸治行終長者,下詔稱揚曰:‘潁川太守霸,宣佈詔令,百姓鄉化……其賜爵關内侯,黄金百斤,秩中二千石。’”徵爲太子太傅,遷御史大夫。五鳳三年(前55),任爲丞相,封建成侯。

⑯都督:漢末三國時形成的軍事職稱,其後發展成爲地方軍事長官。地方軍事長官。宋時雅稱安撫使、經略使、經略安撫使、總管、馬步軍都部署等地方軍事長官。刺史:漢朝地方行政區域州的行政長官。宋時雅稱知州、知府。兩畿:猶兩京。宋以東京開封府、西京河南府爲“兩京”。

⑰萬方:萬邦。指天下各地。《書・湯誥》:“誕告萬方。”

奏乞立制度使

臣竊以數十年來風俗僭侈,車服器玩多逾制度,以致士民之家率多貧乏,不守廉節。夫爲國之要,在於富民,富民之要,在於節儉。民既富矣,君孰與不足? 臣欲乞選差官檢詳唐室至於朝廷令式[一],參定制度,隨時制宜,務令簡當,遵行可久。庶幾上下有分,不敢僭侈。風俗自當淳儉,太平可以馴致。

臣嘗觀《唐史》,太和中,僕射王涯奉敕詳定制度①,頗爲精當,終爲權貴沮格不行②,朝論惜之。然涯之所定,亦甚煩密,臣今所乞,固須簡當,可久遵行。其王涯所定,今亦録本進呈。臣伏詳舊制,三品、四品官方得衣紫、衣朱,竊見近時及朝班之内,衣朱紫有極多,著綠者甚少,蓋是特推恩賜者頗衆。臣謂服以彰有德[二],自古所重。臣乞今後非品秩當得朱紫,及舊著令例合得外[三],乞慎賜服。

【編年】

元祐二年(1087)三月平章軍國重事日作。原本題下注云:"元祐二年。"又見《長編》卷三九六,元祐二年三月戊辰條。

【校勘】

〔一〕檢:原作"撿",據《歷代名臣奏議》卷一九二及文意徑改。檢詳:考核,審定。《宋史·太祖紀》:"甲辰,詔諸道獄詞令大理、刑部檢詳。"

〔二〕彰:原作"章",據文意徑改。

〔三〕及:原作"乞",據季校本、四庫本改。

【箋注】

①王涯:唐朝大臣。字廣津,太原(今屬山西)人。貞元進士。仕德宗、順宗、憲宗、穆宗、敬宗、文宗六朝,歷任翰林學士、中書侍郎同平章事、度支鹽鐵轉運使等職。文宗太和中,建議收回原淄青節度使李師道轄區銅鐵冶賦稅,年利額百餘萬歸中央;又奏請免京畿榷酒錢;爲國家增加收入改茶法爲官收官賣。晚年迷戀權位,厚殖家產。太和九年(835)"甘露之變"中,宦官仇士良誅殺朝臣,誣他謀反,全家被殺。

②沮格:阻止,阻攔。《新唐書·張説傳》:"説畏其擾,數沮格之。"

文彦博集卷二九

奏議

乞兵部廂軍密院置籍①

臣以樞密院應內外廂、禁軍②，自來并係密院置籍所管，今以新制，并不管廂軍，皆送尚書兵部③。且密院謂之本兵之府，豈可內外五十萬廂軍却無籍拘管④。緩急出軍行師，廂、禁皆用，況廂軍不獨用於諸般營造雜役。兼自來如廣南槍手、綱丁及諸州鄉兵⑤，亦是密院有籍。欲乞令密院祇於兵部取索廂兵等人數〔一〕，於兵籍房置簿拘管⑥，逐年揭帖常見實數，亦不煩費，緩急差使，易爲照會⑦，即不妨尚書兵部依近制主管。取進止。

【編年】

元祐二年(1087)二月平章軍國重事日作。原本題下注云："元祐二年。"《長編》元祐二年二月條下列此奏，但較約略。

【箋注】

①廂軍：宋代諸州的鎮兵稱廂軍，又稱廂兵。爲選充禁軍後留下的州兵。

供行政上的役使,糧餉低於禁軍。厢軍有教閲、不教閲兩類。教閲厢兵分馬軍、步軍、水軍,以指揮爲基本編制單位。不教閲的多以所任工役命名,如船坊、防河之類。

②樞密院:五代後梁建立崇政院,後唐改稱樞密院。宋代沿置,主要管理軍事機密、邊防等,與中書門下(政事堂)并稱"二府"。禁軍:北宋稱正規軍爲禁軍,由中央直接掌管,防守京師,輪流調戍各地。

③兵部:神宗元豐改制後,武官銓選歸吏部,軍令、禁軍兵籍仍歸樞密院,兵部領兵部、職方、駕部、庫部四司,設尚書、侍郎爲長貳,除原有職掌外,兼掌厢軍、鄉兵、土兵、蕃兵名籍及邊境少數民族首領官封、承襲等事。

④拘管:管束,監督。宋蘇軾《乞椿管錢氏地利房錢修表忠觀及墳廟狀》:"右奉聖旨宜令杭州每年特支錢五百貫與表忠觀,置簿拘管,只得修葺墳廟,不得别將支用。"

⑤廣南槍手:宋代鄉兵之一種。廣南東路部分州、縣按比例抽税户丁男爲槍手,農閑教習武藝,以供當地治安。

⑥兵籍房:樞密院辦事機構。元豐改制時置。樞密院十二房之一。掌諸路將官、差發禁兵、選補衛軍的文書。

⑦照會:古謂官署間就有關事務行文。宋蘇軾《相度準備賑濟第一狀》:"本司已具上項事件,關牒本路轉運提刑司,照會相度施行去訖。"

【附載】

《宋史》卷一八七《兵志一·禁軍》:"宋之兵制,大概有三:天子之衛兵,以守京師,備征戍,曰禁軍;諸州之鎮兵,以分給役使,曰厢軍;選於户籍或應募,使之團結訓練,以爲在所防守,則曰鄉兵。又有蕃兵,其法始於國初,具籍塞下,團結以爲藩籬之兵;其後分隊伍,給旗幟,繕營堡,備器械,一律以鄉兵之制。"

奏户部事①

臣以户部尚書乃昔之三司使之任②,專掌邦計,財賦出入,無不周知,則國用取濟。今當以昔之三司使之任悉歸户部,財賦盈虛，可以經制，不誤大計。自尚書、侍郎以下，慎選而久用之，庶幾集事。尚書、侍郎即是三司使、副之職，郎中、員外乃昔之判官之職③。此國之大計，乞早留聖意。

【編年】

元祐二年（1087）平章軍國重事日作。原本題下注云：“元祐二年。”

【箋注】

①户部：尚書省六部之一，掌全國土地、户籍、賦税、財政收支等事務。

②三司使：中國北宋前期最高財政官員。號稱計相，地位略低於參知政事。後唐長興元年（930）始設三司（鹽鐵、户部、度支）使，總管國家財政。宋初沿舊制，三司總理財政，成爲僅次於中書省、樞密院的重要機構，號稱計省。

③郎中、員外乃昔之判官之職：元豐新制，户部司分爲左、右曹，尚書省户部則包括左曹、右曹、度支、金部、倉部五司。各司長、貳分稱郎中、員外郎。宋前期三司分度支、鹽鐵、户部三部。各司副使、判官主管本部事，三司使止在案、檢等文書上簽字而已。

奏除改舊制

臣近面奉聖旨，具自來除授官職次序一本進呈。臣今略具除改舊制節目如後：

吏部選人〔一〕，兩任親民①，有舉主②，升通判③。通判兩任滿，有舉主，升知州軍。自此已上敘升〔二〕，今謂之常調④。知州軍有績效，或有舉薦，名實相副者，特擢升轉運使、副、判官或提點刑獄省府推、判官⑤〔三〕，今謂之出常調⑥。

轉運使有路分輕重遠近之差：河北、陜西、河東三路爲重路，歲滿多任三司副使，或任江淮都大發運使；發運使任滿，亦充三司副使；成都路次三路，任滿亦有充三司副使或江淮發運使⑦〔四〕；京東、西、淮南又其次；江南東、西、荆湖南、北、兩浙路又次之；二廣、福建、梓、利、夔路爲遠小。已上三等路分轉運使、副任滿,或就移近上次等路分,或歸任省府判官,漸次擢充三路重任,以至三司副使。提點刑獄則不拘路分輕重^{〔五〕},除授轉運使、副、省府判官,或逐急籍才,差知大藩鎮者⑧,其歸亦多任三司副使,或直除修撰、待制者⑨。三司副使歲滿,即除待制。有本官是前行郎中、少卿或除諫議大夫者⑩,有資淺而除集賢修撰,充都轉運使⑪,後亦除待制。三院御史⑫,舊制多是兩任通判已上舉充,歲滿多差充省府判官或諸路轉運副使。累遷至三路,歲滿充三司副使^{〔六〕},又歲滿除待制、御史。或言事稱職,公論所推,即非次拔擢,係自特恩。正言、司諫自來遷擢無定制⑬,或兼帶館職,文行著聞;或議論識體,方正敢言,朝廷所知,臨時不次擢用,本無常法。三館職事本育才待用之地⑭,例當在館久任,其間資地人品素高者,除修起居注⑮;即今起居舍人。遇知制誥有闕⑯,即試補。即今中書舍人。

　　已上并舊制甄別資品、履歷次第,除注之法與今來官制或小異而大同,更乞與三省參詳進呈。

【編年】

　　元祐二年(1087)平章軍國重事日作。原本題下注云:"元祐二年。"

【校勘】

　　〔一〕"吏部"下原衍"尚書"二字,據《長編》卷四〇四刪。

　　〔二〕自:原脫,據右補。

　　〔三〕省:原脫,據右補。

　　〔四〕此句下原衍"任滿充三司副使"七字,據右刪。

　　〔五〕"提"上原衍"内"字,據文意徑刪。

　　〔六〕滿:原脫,據《長編》卷四〇四補。

【箋注】

　　①親民:指治理百姓的地方官,自州府軍監至縣、鎮、寨,凡長吏、屬官,即知州(府、軍、監)、通判、知縣(縣令)、主簿、縣丞等。此謂兩任知縣。宋司馬

光《論監司守資格任舉主劄子》:"凡年高資深之人,雖未必盡賢,然累任親民,歷事頗多,知在下艱難。"

②舉主:薦舉人。《宋史·選舉志六》:"凡被舉者,中書歲置二籍,疏其名銜,下列歷任功過,舉主姓名,及薦舉數。"

③通判:宋初以文臣充知州、知府,并設通判爲副職,與知州、知府連署州府公事,并有監察官吏之權,號稱"監州"。

④常調:按常規遷選官吏。唐高適《宋中遇劉書記有別》:"幾載困常調,一朝時運催。"

⑤推官:宋代在開封府置左右廳推官,各州府置節度、觀察推官,皆掌司法事務。判官:負責具體處理官署文案,故也稱判案官。宋代各州府沿襲設置,選派京官擔任此官時稱簽書判官廳公事。各路宣撫、轉運和中央的三司、群牧等使也設判官,職務略低於副使。

⑥出常調:宋朝在常調次序以外注授差遣。多爲有勞績,得高級官員舉薦,吏部審核名實相副,可特升轉運使、轉運副使、轉運判官或提點刑獄、開封府判官。

⑦江淮都大發運使:發運使本爲唐時之揚子院留後,以鹽鐵轉運副使充之。廣明時,高駢奏改爲發運使。至宋而鹽鐵轉運使已歸入三司使,而江淮猶沿置發運使以總鹽漕茶務。若官秩高者則稱都大發運使。專領江淮等東南各路漕運,兼掌茶鹽、貨幣及考察官吏等事。

⑧大藩鎮:古代指比較重要的州郡一級的行政區。《舊唐書·盧祖尚傳》:"交州大藩,去京甚遠,須賢牧撫之。"

⑨修撰:館職名。秘閣修撰、集賢殿修撰之總名。待制:館職名。宋代,各殿閣皆置待制。如龍圖閣、天章閣、寶文閣、顯謨閣等皆有待制,位在直學士之下。

⑩前行郎中:指吏、兵部諸司郎中。文階名。有出身轉太常少卿,無出身轉司農少卿。宋六部官員的敘遷承唐制,即分三行,吏、兵爲前行,户、刑爲中行,禮、工爲後行,各部官員按後而中而前遷轉。少卿:衛尉少卿、司農少卿、光禄少卿的統稱。帶館職轉光禄卿。光禄少卿轉司農卿。太常少卿轉光禄卿。諫議大夫:文階名。分爲左、右諫議大夫。左比右尊。左諫議大夫隸門下省,

右諫議大夫録中書省。右司郎中帶待制以上職轉右諫議大夫，左司郎中帶待制以上職轉左諫議大夫。

⑪都轉運使：差遣名。煩劇之路置都轉運使，如河北、陝西、河東三路，各以兩制以上重臣爲都轉運使。或數路轉運使之上，置都轉運使，以便協調統御。

⑫三院御史：御史台之臺院侍御史、殿院殿中侍御史、察院監察御史的總稱。

⑬正言：文官階。宋初改唐代之左右拾遺爲左右正言。分隸門下、中書二省。司諫：文官階。宋改唐代之左右補闕爲左右司諫。分隸門下、中書二省。元豐改制後，專任諫職。

⑭三館：宋初以昭文館、史館、集賢院爲三館，後三館合一，併在崇文院中。

⑮修起居注：差遣名。北宋太宗淳化五年四月五日，置起居院，設掌起居郎事、掌起居舍人事，以行門下省起居郎、中書省起居舍人之職事。其後赴起居院修起居注官，稱"同修起居注"，省稱修起居注。

⑯知制誥：差遣名。在院專掌制誥之學士必帶"知制誥"銜。以別於不草擬文書之翰林學士。

奏夏國事

中外臣僚上言：夏國受朝廷封册，恩禮極優，錫賚尤厚①，而敢忘恩背惠，輒行公牒，傳達疆吏，自絕於天，不修貢奉②。天地所不容，人神所共怒，乞行天討③，以正有罪。欲乞降詔邊帥，及出敕榜以諭中外④。若朝廷姑務息民，推天地之大德，曲示含容，抑群情之怒忿，不與醜羌計較⑤，即乞明諭邊臣，嚴加守備，靜以待之，必取全勝。所有朝廷續遣大兵，且令分屯次邊州軍，以備緩急邊上勾抽⑥。

【編年】

元祐二年（1087）平章軍國重事日作。原本題下注云："元祐二年。"

【箋注】

①錫賚：賞賜。《舊唐書·郭曖傳》：“大曆中，恩寵冠於戚里，歲時錫賚珍玩，不可勝紀。”

②貢奉：向朝廷貢獻物品。《後漢書·班超傳》：“今西域諸國，自日之所入，莫不向化，大小欣欣，貢奉不絕。”

③天討：上天的懲治。《書·皋陶謨》：“天討有罪，五刑五用哉。”後以王師征伐爲“天討”，意謂稟承天意而行。

④敕榜：宋朝官府文書名。賜酺、戒勵百官、曉諭軍民時用之。由翰林學士撰文。

⑤醜羌：對西夏的蔑稱。宋時党項羌建立西夏政權。

⑥勾抽：謂徵調軍隊。宋歐陽修《乞轉運司差兵士捉賊》：“今後每遇勾抽，係路分管轄軍馬，候見本屬部署司文字，即得起發。”

進《無逸》圖①

臣伏觀周公作《無逸》以戒成王②，後代聖君皆奉爲至戒，以成治化③，以克永世。臣又觀《唐史》，見宰相崔植對穆宗云④：“玄宗初得姚崇、宋璟爲宰相⑤，二人者夙夜孜孜，致君於道。璟嘗手寫《尚書·無逸》一篇，爲圖以獻。玄宗置之內殿，出入觀省，記念在心，每歎古人至言，後代莫及。故任賢戒欲，心歸沖漠。開元之末，因《無逸》圖朽壞，始以山水圖代之。自後，既無座右箴規，又信奸臣用事⑥。天寶之末，稍倦於勤，王道於斯缺矣。今陛下虛心求治，伏望以《無逸》爲元龜。”穆宗善其對。

臣恭惟皇帝陛下聰明稽古，向學思道〔一〕，間日御邇英⑦，延儒臣講讀經史。臣又觀邇英北壁有仁祖朝講官王洙所寫《無逸》圖⑧，臣慮禁中或未有此圖，輒敢寫錄四軸并一卷上進。望於殿內張掛，置於几案，以便聖覽。臣愚不勝區區之至。

【編年】

元祐二年（1087）平章軍國重事日作。原本題下注云：“元祐二年。”《續資治通鑒》卷八〇：“（元祐二年）十月，丁未，范祖禹乞於邇英閣復張掛仁宗時王洙、蔡襄所書《無逸》、《孝經圖》，從之。”則文彦博之《進〈無逸〉圖》也當爲十月時事。

【校勘】

〔一〕道：原闕，據《宋朝諸臣奏議》卷六補。

【箋注】

①《宋朝諸臣奏議》題爲《上哲宗論無逸圖》。

②周成王：姬誦。周文王之孫，周武王之子。武王死時，他年幼，由周公旦攝理政事，安定大局。親政後，委任周公制禮作樂，規劃各項典章制度，奠定了西周王朝的始基。

③治化：謂治理國家、教化人民。《莊子·繕性》：“及唐虞始爲天下，興治化之流。”

④崔植（772—829）：唐京兆長安人，字公修。崔祐甫嗣子。憲宗元和中爲給事中。穆宗長慶初拜中書侍郎、同中書門下平章事。時朝廷收河朔三鎮，籍朱克融等送京師。植素不知兵，謂藩鎮且平，竟縱克融北還，以致河朔復失，天下尤之，乃罷爲刑部尚書，終華州刺史。

⑤姚崇（650—721）：唐初名相。本名元崇，字元之。陝州峽石（今河南三門峽）人。武則天時五遷爲夏官（兵部）郎中。聖曆元年（698）爲同鳳閣鸞台平章事。中宗復位後，姚崇出爲亳州、常州刺史。睿宗即位，再次入相，但因奏請太平公主出居東都洛陽，被貶爲申州刺史，移任徐、潞、揚、同等州，爲政簡肅得人心。先天二年（713），被玄宗召入爲相，建議十事，基本爲玄宗所采納。開元四年（716），以幕僚受賄事避位，薦宋璟自代。但仍受優禮，玄宗時常以國事諮詢。他爲政注意用人，罷冗職，修制度，擇百官各當其材。宋璟（663—737）：唐朝名相。邢州南和（今屬河北）人。調露進士。累官至御史臺中丞，爲武則天所重。反對武則天内寵張易之等人專權，以剛正聞名。睿宗時升任宰相，能革除前弊，選拔人材。時太平公主開府置官屬，把持朝政，宰相多出其門下。宋璟爲削弱其勢力，與姚崇奏請太平公主出居東都，未果。旋被貶職。開元四

年(716)冬,以姚崇推薦,繼姚崇居相位。任職期間,主張限制女寵,疏遠諂臣,寬賦役,省刑罰,禁銷惡錢,嚴控邊將,輕動干戈,秉公選拔人材。與姚崇皆爲開元名相,史稱"姚宋"。

⑥奸臣:指李林甫、楊國忠之流。

⑦邇英:指邇英閣。北宋皇帝聽講讀官講學之所。

⑧王洙:字原叔,應天宋城(今河南商丘)人。以文儒進用,博學强記,范仲淹謂其"文詞精贍,學術通博,國朝典故,無不練達"(范仲淹《乞召還王洙及就遷職任事劄子》)。累擢史館檢討、知制誥、翰林學士。出知濠、襄、徐、亳等州。嘗預校《史記》、《漢書》,修《崇文總目》。

奏吏户刑部官久任

臣伏睹先朝復尚書省六部二十四司,欲其分治職事,悉如唐制。臣切以尚書省吏部典選,户部掌邦計,刑部主國法,此三部最爲重。而侍郎、郎中、員外多不久任,遷轉頻數,未熟本部職事,已見遷改,必致胥吏乘間作弊,行遣迂滯。臣欲乞三部郎中、員外,須令并滿四年,理爲兩任,逐任與升資序,立爲定制,經久遵行。内吏部、户部司封、司勳、考功、度支、金、倉部亦須再任,與逐任升資。上件三部郎官佐本部長官主判逐曹①,任官材②,掌邦計,主國法,皆是國之重事,伏望聖慈詳察,畀賜施行。

【編年】

元祐二年(1087)平章軍國重事日作。《歷代名臣奏議》卷一六一載此奏作於(元祐)二年。

【箋注】

①三部郎官佐本部長官主判逐曹:謂吏、户、刑三部各司之郎中、員外郎輔佐各部之尚書、侍郎管理各司之事。

②官材:爲官才能。《禮記·王制》:"司馬辨論官材,論進士之賢者,以告於王而定其論。"

奏疏決刑獄①

臣今日早延和殿奏，爲聖慈閔雨②，二十二日御殿疏決禁繫罪人，當日降雨。尚恐外處州縣有未雨足處，乞下逐路監司③，令分巡部下州軍，催促刑獄，疾速斷放，免有冤滯。因録先朝御批劄子進呈，奉聖旨令進入。

【編年】

元祐三年（1088）平章軍國重事日作。原本題下注云："元祐三年。"四庫本注云："元祐二年。"

【箋注】

①疏決刑獄：寬刑的命令。即清理、決放監獄所拘押未判暫禁或已判待行的囚犯。真宗於盛暑疏決京師囚徒。其後，遂爲定制：每年五月，預差官員分赴三司、御史臺、大理寺等處監獄，編排囚徒名册，定出罪目，申尚書省進呈後疏決。仁宗朝以後，疏決之命增多，有久旱、霪雨或皇帝家族成員生病服藥，即降疏決。疏決範圍，以京師爲主，或及開封府縣、三京與所屬縣。疏決囚犯亦更寬大，除犯十惡、四殺等罪不予寬減外，死罪以下遞降罪一等。

②閔雨：爲無雨而感傷。閔，通"憫"，憂傷也。

③逐路監司：指宋時的經略安撫使（或經略安撫使兼兵馬都總管）司、轉運使司、提點刑獄公事司、提舉常平公事司。即所謂的帥、漕、憲、倉四司。

奏中外官久任事

臣以中外任官移替頻速，在任不久，有如驛舍。無由集事①，何以致治？故累曾上言，乞中外官各令久任，須滿資考②。近日以來，遷改尤爲頻數。蓋由風俗躁競③，例欲速遷，執政者或避怨謗④，不能鎮静。欲望中外治安，未可期也。臣欲今後凡差除中外官,并具見在任官年月滿未滿,須令任滿,方得交替。如是急速籍才,須要其人,則不拘此制。其任滿得替之官,須具在任實有勞績,方與照會合關升差遣⑤。所貴官吏自此不敢苟簡欲速,百職自然修舉⑥。取進止。

　　臣累曾上言,以吏、户、刑部官屬,主大選、大計、刑罰,并外任監司及親民之官⑦,并須久任。此係朝廷致治之本,不可忽也。今乞與三省更申明祖宗舊法,遵守施行。

【編年】

　　元祐二年(1087)左右平章軍國重事日作。《宋朝諸臣奏議》卷七三題爲《上哲宗乞中外官久任》,文後注云:"元祐二年上,時爲平章軍國重事。"

【箋注】

　　①集事:成事。《左傳·成公二年》:"此車一人殿之,可以集事。"

　　②資考:資格和考績。唐白居易《大官乏人策》:"校正欠資考者,不署畿官。"

　　③躁競:謂急於追求名利,好與人爭競。晋嵇康《養生論》:"今以躁競之心,涉希静之途。"

　　④怨謗:怨恨譏謗。《荀子·不苟》:"小人能則倨傲僻違以驕溢人,不能則妒嫉怨謗以傾覆人。"

　　⑤關升:按一定資歷經核准升官。宋葉適《送劉茂實序》:"及其久也,循習而例不明,以爲凡仕者必關陞,必改官,此上所設以待人之求,而其進取條目之限當如此也。"

　　⑥修舉:謂事務處理及時、得當。《舊唐書·李渤傳》:"少府監裴通,職事修舉,合考上中。"

　　⑦外任監司及親民之官:監司:指宋時的安撫使(或經略安撫、經略安撫使兼兵馬都總管)、轉運使、提點刑獄公事、提舉常平公事。即所謂的帥、漕、憲、倉四司長官。親民之官:指治理百姓的地方官,自州府軍監至縣、鎮、寨,凡長吏、屬官,即知州(府、軍、監)、通判、知縣(縣令)、主簿、縣丞等。

奏監司舉官事

臣竊見諸路監司及州郡帥守薦舉部下官吏[①]，但務極稱才行[②]，不考實狀。其間多狥告囑[③]，頗誤擢用。臣乞今後凡薦舉官，并於舉狀內直具在任的確分明事蹟，及本人素來行業爲衆所稱[④]，方與上簿記錄。或有任用，更加詳察。取進止。

【編年】

元祐二年(1087)平章軍國重事日作。原本題下注云：“元祐二年。”《長編》記爲元祐四年事。《長編》卷四三〇，元祐四年七月壬辰條：“詔監司帥守今後薦舉官并於狀內具在任事蹟及素來行業，方與上簿記錄，或有任用更加詳察。從太師文彥博請也。”

【箋注】

①州郡帥守：原本唐節度使別稱。唐代節度使據地方軍政、民政、財政大權，故稱。宋朝知州、知府兼任安撫使(或經略安撫使，經略安撫使兼兵馬都總管)者，稱帥守。

②才行：才能和德行。

③狥(xùn)：“徇”的異體字。依從，屈從。告囑：囑託。

④行業：德行功業；操行學業。《三國志·魏書·武帝紀》：“太祖少機警，有權數，而任俠放蕩，不治行業，故世人未之奇也。”

奏坊監草地令百姓出租[①]

臣竊知太僕寺在京苑坊監牧馬草地[②]，其間甚有自來水占、牧馬不到去處，係人户斷撲[③]，租佃客、貧民采捕蒲魚，種植蓮藕，入城貨賣，以資口食。今聞太僕寺爲係牧馬地內一例勾收入官。臣聞本寺官及供到細狀，稱上件水占牧地[④]，可以依舊令人斷課⑤,租佃濟貧民,并無妨闕。況今來下民艱食之際。伏望聖慈特降指揮,令依舊出課租撲,以紓近京貧下之民。取聖旨。

【編年】

元祐四年(1089)四月平章軍國重事日作。《長編》卷四二五,元祐四年四月壬戌條:"詔在京院坊監牧馬草地近係太僕寺拘收者,聽民間仍舊承佃。從太師文彥博請也。"

【箋注】

①坊監:在京及在外牧養國馬的機構。名稱不一,稱坊、務或監。

②太僕寺:掌車輅、厩牧之事。唐代太僕寺掌厩牧輿輦之政,總乘黃、典厩、典牧、車府四署。宋前期,其職事分散於群牧司、左右騏驥院、諸坊監。元豐改制後,負責車輅、厩牧之政令,總管國家馬政。附設有車輅院、左右騏驥院、左右天駟監,鞍轡庫、駝房、車營、致遠務、牧養監等。

③斷撲:一種買賣方式。據估定的貨物數量和商定的單價,計算總值,協議成交,成交後,即使貨物的實際數量與原估出入較大或貨物的單價有所升降,也不得再行找補。宋莊季裕《雞肋編》卷下:"二浙造酒,非用灰則不澂而易敗。故買灰官自破錢。如衢州歲用數千緡。凡僧寺竈灰,民皆斷撲。"

④上件:猶上述。宋范仲淹《奏殿直王貴等》:"上件三人,并堪邊上任使,欲乞朝廷各轉一資,充沿邊寨主監押。"

⑤斷課:即斷撲租稅。議定需納租稅。

奏鬼章事①

其　一

臣以爲始禽鬼章,於法便當誅戮,朝廷推天地大恩,貸其性命;兼欲繫其二子之心,使感國恩,不爲邊患。則西邊事簡,兵屯可減,用度亦省。今因阿里骨使人既來②,若令一見鬼章,即其子信其父在。若更與補一至下虛名，使與李睞羅抹同日遊寺燒香，寺廷之間，遙遠一見，亦不能通傳言意。即羅抹歸，具告相見之所，則結哯捉等深信父在③，尤當感恩。或謂鬼章有罪之人，雖虛名小官，亦不可授。且如西賊李崇貴誘殺保安知軍楊定，其後秉常執送崇貴來④，先朝亦貸其命，授以官。李繼捧與繼遷叛⑤，興大兵討伐，生擒繼捧來獻，亦貸之，授上將軍，封宥罪侯。此并是前朝推恩之例，如此甚多。

若李睞羅抹到京，數月不見鬼章，歸番之後，結哯捉等必切詢其父之所存，却云并不曾見，即結哯捉必疑其父已被誅戮。他日，鬼章以病死，其子亦必不信，豈不深恨？非時點集所部，於熙、蘭側近作過⑥，或堅求夏賊與之合縱，分右秦鳳之界作過。即西邊兵屯未可減，用度未可省，亦須稍煩西顧。

然臣以謂令李睞羅抹一見鬼章，於朝廷有何損屈？而議者或堅謂不然，即不知有何利害，臣竊惑之。兼昨日簾前，臣具以此議上對，亦屢聞德音，以此爲便。後於都堂又集議⑦，却聞猶有遲疑，未即奉詔者。伏乞聖慈詳諸臣之議，早賜從長處分。

如陪戎校尉之類⑧，乃九品武階，又無請受⑨，向時多是諸州牙校授之⑩。結哯捉初亦知其父上京不戮。又劉舜卿亦以委曲報結哯捉云：鬼章見在東京，照管甚厚。今李睞羅抹歸番，却云不見鬼章，其子豈不疑恨？即朝廷貸鬼章之命，都無所濟。

【編年】

元祐三年（1088）平章軍國重事日作。原本題下注云：“元祐三年。”

【箋注】

①鬼章：宋代河湟吐蕃大首領、唃厮囉政權名將。又名青宜結鬼章。後爲青唐（今青海西寧）主董氈重用，屢從征西夏及未服諸部落。宋熙寧七年（1074），受董氈命，率數萬衆入河州（今甘肅臨夏），圖收復爲宋所占之熙河六州失地，於河州北之踏白城計襲宋軍，殺宋將景思立、偏將王寧等，重創宋軍。

熙寧十年（1077），被宋授爲廓州刺史。後隨董氈出征西夏，授甘州團練使。阿里骨執政後爲其得力助手。元豐五年（1082），隨董氈攻西夏邊地，以功擢甘州團練使。董氈死後，復仕青唐新主阿里骨，力主收復河南故地。元祐二年（1087），受命與子結瓦齪率兵攻洮州（今甘肅臨潭），圍河州南川寨，并配合夏人取定西城。後因宋調集大軍赴援，青唐援軍又受阻，遂兵敗被執，解往京師。宋哲宗詔釋其罪，令招降其子及屬部歸附。後授陪戎校尉。

②阿里骨：宋代唃廝囉政權第三代繼嗣者。董氈養子。早年隨侍董氈左右，勇敢善戰，屢立戰功。元豐六年（1083），董氈卒，以養子身份承襲王位。元祐二年（1087），爲收復被宋佔領的熙河等六州地，與夏國秘密立約，共同向宋發動進攻。遣屬下大首領鬼章率衆取洮州（今甘肅臨潭），攻河州（今甘肅臨夏），兵敗，鬼章被俘。受挫後，於次年，遣使攜厚禮向宋上表謝罪，請求釋放鬼章等被俘首領，息兵修好。宋准其依舊例往來貢使，并加封金紫光禄大夫、檢校太保。

③結呱捉：亦作“結瓦齪”。董氈之子。

④秉常：黨項族，李諒祚長子，母梁氏，繼李諒祚爲西夏國君。1068—1086年在位。治平四年（1068）冬，父死嗣位，年七歲，梁太后攝政。在位期間，不斷發兵攻宋，擾掠邊關。後民疲於征戰，遂於元豐六年（1083）向宋求和。元祐元年（1086）死。子李乾順繼位。謚康靖皇帝。廟號惠宗。

⑤李繼捧：宋代黨項拓拔部首領。李繼筠之弟。太平興國五年（980）兄逝，他繼位。七年率族人入朝，陳其諸父、昆弟多相怨，願留京師，歸土於宋。歷任彰德軍節度使、崇信軍節度使、感德軍節度使。繼捧入朝，其族弟李繼遷不滿，常擾邊，宋屢發兵皆不勝。宋太宗用趙普計，賜姓趙氏，更名保忠，授夏州刺史，充定難軍節度使、夏銀綏宥静等州觀察處置押蕃落等使，委以邊事，入守夏州。二年加同中書門下平章事。淳化元年（990），與李繼遷戰於安慶澤，勝。二年，降遼，受封爲西平王。五年李繼遷攻靈州、夏州，李繼捧敗逃，爲宋軍俘執。不久，責授右千牛衛上將軍，封宥罪侯，賜第京師。景德元年病卒。李繼遷（963—1004）：西夏王國的奠基者。銀州防禦使李光儼之子。因反對李繼捧獻地歸宋，奔地斤澤（在今内蒙古伊克昭盟鄂托克旗境），集結黨項部衆，以復土抗宋相號召，聲勢日盛。985年，襲據銀州（今陝西米脂），自稱定難軍

留後,向遼稱臣。遼授他爲定難軍節度使,封夏國王。宋朝命李繼捧回鎮夏州
(今陝西靖邊北白城子),賜姓名趙保忠。兼欲招降李繼遷,以賜姓名趙保吉,
及授銀州觀察使爲誘。李繼遷不受,與李繼捧附遼。995 年,李繼遷引遼兵攻
宋府州(今陝西府谷),又襲清遠軍(今甘肅環縣),還向西北重鎮靈州(今寧夏
靈武)發動攻勢。宋朝出兵五路討伐,被繼遷戰敗。997 年,宋真宗立,李繼遷
遣使求和,宋授夏州刺史、定難軍節度、夏銀綏宥静等州觀察處置押蕃落等使。
1002 年李繼遷攻佔靈州,改名西平府。次年,率軍西征,佔領西涼府。因受詐
降的吐蕃族大首領潘羅支突襲,負傷而死。子李德明嗣立,追尊爲皇帝。

　　⑥熙、蘭:即熙州和蘭州。熙州:古州名。治所在今甘肅臨洮。宋熙寧五
年(1072)七月,神宗命王韶率數萬衆進入河湟;八月佔領其地,改爲鎮洮軍。
十月,復改爲熙州,并於其地置熙河路經略、安撫使,治理新開拓之邊地。蘭
州:中國古政區名。本金城郡。隋開皇元年(581)改置。治所在子城縣(今甘
肅榆中縣東南甘草店一帶)。北宋嘉祐八年(1063)屬西夏。元豐四年(1081)
宋軍收復,屬秦鳳路。蘭州境內廣築城堡關塞,是北宋與西夏,金與西夏相互
爭奪的邊防要地。

　　⑦都堂:元豐改制復建尚書省都堂,爲三省聚議之所,以代北宋前期之政
事堂。

　　⑧陪戎校尉:武散官名。唐采歷朝以來校尉舊名,置陪戎校尉,并置副尉。
北宋前期列入武散官二十九階之第二十九階。從九品下。武臣廕補官千牛備
身,授陪戎副尉以上武散官階。

　　⑨請受:官俸,薪餉。包括料錢(官員月俸錢)與衣賜(春、冬兩季)、月糧
(禄粟)三項。宋范仲淹《奏陝西主帥帶押蕃落使》:"内只蕃官一千餘人,各自
請受。"

　　⑩牙校:低級武官。宋洪邁《容齋續筆·銀青階》:"國朝踵襲近代因循之
弊,牙校有銀青光禄大夫階,卒長開國而有食邑。"

其　二

　　臣於二十七日上劄子言鬼章事,必已付三省①。今晚密院人
吏來呈文字云:候第二番阿里骨使人來,令見鬼章。臣以謂終是

令見鬼章,何候後番? 兼第二番使回,又須更四五個月。若前番使回云不見鬼章,必是疑訝。兼聞阿里骨第二番使人七月十日到闕,欲且令第一番使候第二番人來令起發,因而同見鬼章爲便。取進止。

臣以謂議者不欲令見鬼章,今又令候第二番使人來令見之。終是令見,又何須如此疑難? 若諸臣必有的切議論②,利害分明,臣安敢不從?

【編年】

元祐三年(1088)平章軍國重事日作。原本題下注云:"元祐三年。"

【箋注】

①三省:中書省、門下省、尚書省總名。宋前期,三省無實權,政歸中書門下(政事堂)。元豐新制,中書門下分權歸三省,中書省承旨、造令,門下省審議、覆奏,尚書省頒降、施行。

②的切:確當,貼切。宋司馬光《龐相國〈清風集略〉後序》:"至於用事精當,偶對的切,雖古人能者殆無以過。"

奏知州通判理任

臣伏睹熙寧敕并元豐四年條貫,内地知州、通判、知縣并以三年爲一任,此正合《舜典》三載考績之義,甚爲稽古之美法。蓋親民之官久於其任,則民安其政。故漢唐以來,郡太守或有善政,則增秩賜金,留以久任。

近睹元祐元年四月敕旨,知州、通判并以三十個月爲一任。臣以謂三年爲一任,不惟稽古之美法〔一〕,乃先朝之定命,施於官政,極以爲便。此必是吏部以在部守待知州、通判待闕之官甚多①,少得近闕差注②,遂欲促其年限。殊不知雖時下差注得一番待闕之官,即替回者却多,待闕者却衆,徒有更張,并不濟事,又非三載考績之義。臣欲乞且遵用三年一任之法。取進止。

　　若通判以三十個月爲一任，即五年成兩任，便升入知州，則知州之闕轉多。

【編年】

　　元祐三年（1088）平章軍國重事日作。原本題下注云："元祐三年。"

【校勘】

　　〔一〕惟：原作"爲"，據文意徑改。

【箋注】

　　①待闕：等待補缺任命。宋王安石《司封員外郎秘閣校理丁君墓志銘》："君以治平三年，待闕於常州，於是再遷尚書司封員外郎。"

　　②差注：吏部對地方官吏的選派任命。注，注官，即按資敘授官。《宋史·選舉志四》："又詔州縣久無正官者，聽在選人申部，審度牓闕差注。"

文彦博集卷三〇

奏議

奏黄河事

臣竊見朝廷指揮都水監,令於黄河沙堤第四鋪開分水口,分水入孫村口故道[一],以紓北流決溢墊溺之患①。水官以開第四鋪口,恐水勢東流太猛,下流舊堤久廢,未甚完固,且於第三鋪開口漸減水勢,入孫村口故道[二]。今開第三鋪口,所減黄河水勢,東行已甚湍急。乞速降指揮下大名府并恩州,督責上下官吏,且夕分頭赴河上照管横堤、順水堤、金新堤及二股河下面恩州地分堤防,并須完固,勿令小有疏虞②。取進止。

【編年】

元祐四年(1089)九月任平章軍國重事日作。原本題下注云:“熙寧四年。”誤。當爲元祐四年間事。回河東流之議起於元豐八年,開減水河之議起於元祐元年。元祐四年冀州南宫等五埽危急,復議開修減水河。則文彦博之此奏也當在元祐四年。元祐五年二月,詔開修減水河。

【校勘】

[一]“故道”上原衍“入”字,據下文徑删。

〔二〕道：原闕，據四庫本及文意補。

【箋注】

①墊溺：淹入水中。唐白居易《自蜀江至洞庭湖口有感而作》："千年不擁潰，萬姓無墊溺。"

②疏虞：疏忽，失誤。宋范仲淹《再奏辯滕宗諒張亢》："至於處置邊事，亦無疏虞。"

【附載】

《宋史·河渠志二》："（元豐）八年三月，哲宗即位，宣仁聖烈皇后垂簾。河流雖北，而孫村低下，夏、秋霖雨，漲水往往東出。小吳之決既未塞，十月，又決大名之小張口，河北諸郡皆被水災。知澶州王令圖建議浚迎陽埽舊河，又於孫村金堤置約，復故道。本路轉運使范子奇仍請於大吳北岸修進鋸牙，擗約河勢。於是回河東流之議起。

……

（元祐元）十一月丙子，（張問）言：'臣至滑州決口相視，迎陽埽至大、小吳，水勢低下，舊河淤仰，故道難復。請於南樂大名埽開直河并簽河，分引水勢入孫村口，以解北京向下水患。'令圖亦以爲然，於是減水河之議復起。……

……

（元祐四）七月己巳朔，冀州南宮等五埽危急，詔撥提舉修河司物料百萬與之。甲午，都水監言：'河爲中國患久矣，自小吳決後，氾濫未著河槽，前後遣官相度非一，終未有定論。以爲北流無患，則前二年河決南宮下埽，去三年決上埽，今四年決宗城中埽，豈謂北流可保無虞？以爲大河臥東，則南宮、宗城皆在西岸；以爲卧西，則冀州信都、恩州清河、武邑或決，皆在東岸。要是大河千里，未見歸納經久之計，所以昨相度第三、第四鋪分決漲水，少紓目前之急。繼又宗城決溢，向下包蓄不定，雖欲不爲東流之計，不可得也。河勢未可全奪，故爲二股之策。今相視新開第一口，水勢湍猛，發洩不及，已不候工畢，更撥沙河堤第二口泄減漲水，因而二股分行，以紓下流之患。雖未保冬夏常流，已見有可爲之勢。必欲經久，遂作二股，仍較今所修利害孰爲輕重，有司具析保明以聞。'

……

（元祐四年八月）乙丑，李偉言：‘已開撥北京南沙河直堤第三鋪，放水入孫村口故道通行。’又言：‘大河已分流，即更不須開淘。因昨來一決之後，東流自是順快，渲刷漸成港道。見今已爲二股，約奪大河三分以來，若得夫二萬，於九月興工，至十月寒凍時可畢。因引導河勢，豈止爲二股通行而已，亦將遂爲回奪大河之計。今來既因擗捸東流，修全鋸牙，當迤邐增進一埽，而取一埽之利，比至來年春、夏之交，遂可全復故道。朝廷今日當極力必閉北流，乃爲上策。若不明詔有司，即令回河，深恐上下遷延，議終不決，觀望之間，遂失機會。乞復置修河司。’從之。

……

五年二月己亥，詔開修減水河。”

奏賜儒行中庸篇并七條事

太宗淳化三年二月，詔以新印《儒行》、《中庸》篇賜中書、密院、兩制、三館、御史中丞、尚書丞郎、給、諫等人各一軸[①]。注：先是，御試進士日，以《儒行》篇爲論題，帝意欲激勸士人敦修儒行，故特命雕印。至是，首賜新及第舉人孫何等，次及宰輔、近臣、臺閣臣僚并銓司選人[②]。聖旨諭令依此修身爲治，仍各於聽事所展掛，終身遵奉之。

真宗太中祥符二年十一月，帝作《文武七條》。其《文臣七條》：一曰清心，謂平心待物，不爲喜怒愛憎之所遷，則庶事自正；二曰奉公，謂公直潔己，則民自畏服；三曰修德，謂以德化人，不必專尚威猛；四曰責實，謂專求實效，勿競虛譽；五曰勤察，謂勤察民情，勿使賦役不平，刑罰不中；六曰勸課，謂勸諭下民，勤於孝弟之行、農桑之務；七曰革弊，謂求民疾苦而釐革之。以賜京朝官任轉運使、提點刑獄、知州府軍監、通判、知縣者。《武臣七條》：一曰修身，謂修飭其身，士卒有所法則；二曰守職，謂不越其職，侵撓州縣民政；三曰公平，謂均撫士卒，無有偏；四曰訓習，謂教訓士卒，勤習武藝；五曰簡閱，謂閱觀士卒，識其勤惰勇怯；六曰存恤，謂安撫士卒，甘苦皆同，常使齊心，無令失所；七曰威嚴，謂制馭士卒，無使犯禁。以賜節度使以下至刺史，及諸司使以下任部署、鈐轄、知州軍縣、監押、駐泊、巡撫者③。又以《禮記·儒行》篇賜親民釐務文臣，其幕職州縣官、監務使臣，仍并賜敕戒勵。令崇文院刻板摹印，送閤門分給之④。

初，帝謂輔臣曰〔一〕："群臣上殿者，朕各以所職戒之。漢制，刺史以六條問事⑤，魏有七十二條〔二〕，晋有五條⑥，武臣有諸葛亮《七戒》。朕作著辭思，以勗勵諸臣⑦。又先朝嘗賜近臣《儒行》篇，可并以賜之。"八年，利州路轉運使臧奎請令諸道州府軍監縣以所賜《七條》刻石或書於公署之廳壁。從之。

臣伏睹先朝賜臣僚《儒行》、《中庸》篇及《文武臣七條》，所以激勵士大夫修飭行檢⑧，及中外臣僚謹奉官箴。其出外任者，朝辭日各賜一本，仍令閤門丁寧宣諭。凡在臣下，靡不恭授而奉行。慶曆中，先朝以久罷賜《七條》、《儒行》、《中庸》篇，嘗降詔書申明。然而後來臣僚久不受賜，無所警策，至有士行不完，進取無恥，官守失職，苟簡無功。臣欲乞舉行此法，依例於朝辭日，閤門給賜及宣諭誡勵之。臣愚以爲敦獎士類⑨，鎮静風俗，激勸官吏，治守忠廉，斯乃爲治之大本，循致太平之道。故敢竭此區區，仰干宸聽，庶裨聖政，伏乞付外施行。取進止。

臣昔任河東路轉運使，每巡按部下州縣，守令廳事屏風并無書寫《七條》，雖間有刻石者，亦無幾。又文字細暗，難以朝夕披閱，用爲訓誡。

【編年】

元祐四年（1089）九月任平章軍國重事日作。《長編》卷四三三，元祐四年九月乙未條："太師文彥博言：'先朝賜臣僚《儒行》、《中庸》篇及《文武臣七條》，欲乞舉行此法，依例於朝辭日給賜及宣諭誡勵。'詔《文武七條》令檢舉行下逐路監司,遍牒遵守,其《儒行》、《中庸》篇候將來科場給賜。"《宋朝諸臣奏議》卷七五題爲《上哲宗乞復賜臣僚儒行中庸篇及文武七條》。

【校勘】

〔一〕輔:四庫本作"宰"。

〔二〕七十二:原作"五"。三國魏明帝令劉劭作都官考課之法七十二條。

【箋注】

①兩制:宋中書舍人與學士院翰林學士的總稱。中書舍人爲外制,掌正式詔敕;翰林爲内制,掌臨時的特殊文告。總稱兩制,都是與聞機務、接近君主之重要職任。三館:宋昭文館、史館、集賢院爲三館,後三館合一,并在崇文院中。尚書丞郎:職官總名。尚書省左、右丞與六部侍郎、二十四司郎中、員外郎總名。給:給事中。職事官名。職在省讀奏案,駁正違失。宋制,門下省審録黄、畫黄時,需由給事中簽"讀",并經中書省中書舍人簽"行",方能付尚書省施行;而在録黄、畫黄上書"讀"、書"行",則稱"書黄";若給事中、中書舍人拒絕書黄,不能付尚書省施行。諫:諫議大夫。門下省左諫議大夫、中書省右諫大夫之通稱。爲諫官領袖。《文獻通考·職官四·諫議大夫》:"(元豐)正名,左、右諫議大夫爲諫垣之長,專言職焉。左隸門下,右隸中書。"

②宰輔:對宰相、三公、執政等輔政大臣的泛稱。《後漢書·李固傳》:"時太后比遭不逆,委任宰輔,固所匡正,每輒從用。"近臣:即侍從。宋代稱大學士至待制爲侍從官,因常在君主左右備顧問,故名。臺閣:尚書。東漢以尚書輔佐皇帝,直接處理政務,三公之權漸輕。尚書臺在宫廷之内,故稱。臺閣往往與公府對舉。《後漢書·仲長統傳》:"光武皇帝……政不任下,雖置三公,事歸臺閣。"選人:文臣京朝官以外的低檔寄禄官階。宋代文臣由京朝官與選人(幕職州縣官)兩部分組成。選人之制始于唐。意謂候選之官。州府軍監長吏之下的僚佐由選人充。包括幕職官、諸曹官、監當官。幕職官,有留守推、判官,節度、觀察推、判官,節度掌書記,觀察支使,防禦、團練、軍事判官、推官,軍、監判官;如由京官充判官,則稱"簽判"。幕職官佐協理郡政、總理諸案文書。諸曹官,諸州(軍、監)有録事參軍、司理參軍、司法參軍、司户參軍,諸府爲司録參軍、户曹參軍、法曹參軍、士曹參軍、倉曹參軍等。分掌户籍、賦税、倉庫出納、議法斷刑等事。監當官,州府軍監理財的差遣,監臨諸場、院、庫、務、局

等稅收、庫藏、雜作、專賣等事務。監當官也有武臣三班使臣差充，或京朝官責降充者。縣長吏由選人充者稱縣令，京朝官或武臣幕官充者，稱知縣事。選人遷轉階官自成序列。北宋前期選人四階七等爲：（一）兩使職官。（1）三京府判官、留守判官、節察判官；（2）節度掌書記、觀察支使、防禦判官、團練判官；（3）京府留守推官，節度、觀察推官，軍事判官。（二）初等職官。（4）防禦、團練推官，軍事推官，軍、監判官。（三）令録。（5）縣令、録事參軍；（6）試銜知縣、知録事參軍。（四）判司簿尉。（7）三京軍巡判官，司理、司户、司法、户曹、法曹參軍，縣主簿、縣尉。元豐改制，未及改選人階官名。直至徽宗朝崇寧二年九月二十五日，始改選人七階官名爲：承直郎、儒林郎、文林郎、從事郎、通仕郎、登仕郎、將仕郎。

③部署：亦稱"總管"、"都部署"。路稱馬步軍都部署，州稱兵馬都部署。掌總治本路或州軍旅屯戍、訾防、守禦之政令。凡留屯駐地，以守禦爲任，則冠以"駐泊"二字。州郡兵官將校差遣分六等：總管、副總管、路分鈐轄、州鈐轄、路分兵馬都監、州兵馬都監。按格法，依所立戰功、有履歷人等第除授。鈐轄：分路分兵馬鈐轄和州兵馬鈐轄。與總管司共議軍事，參總本路不係將屯駐、駐泊、就糧禁軍軍政。如無總管司處，則總轄本路州郡守兵事。監押：諸州、軍、監、縣、鎮、寨皆設監押。資品高則稱都監。文臣京官知縣、知監、知鎮兼任，則爲監押，如朝官則爲兵馬都監。掌本部轄處屯駐、兵甲、訓練、差役之事。巡撫：臨時差遣官名。全稱巡撫使。采訪民間利病、官吏能否；聽軍民陳訴冤屈，如監司有區斷不當，即審訊究實。杖以下罪，有權決遣；徒刑以上，飛驛聞奏朝廷；所到之處，繫囚得親自録問，催促有司論決。

④閤門：指東、西上閤門使、副使，掌領本司事及承旨禀命。

⑤刺史以六條問事：漢代關於刺史職責的規定。漢武帝於元封五年（前106），把全國劃分爲十三部（州），每部（州）派刺史一人，於每年秋天巡行郡國，按"六條問事"的職權，監督郡國。詳見《文集》卷四《天平相公遠寄佳章謹依韻和呈》注④。

⑥晋有五條：晋武帝時杜預制定五條課郡縣法，其内容：一正身，二勤百姓，三撫孤寡，四敦本息末，五去人事。

⑦勖勵：勉勵。《南史·梁紀上》："齊明每稱帝清儉，勖勵朝臣。"

⑧行檢：品行。《三國志·魏書·曹仁傳》：“仁少時，不修行檢。”

⑨士類：文人、士大夫的總稱。《後漢書·宦者傳·孫程》：“臣生自草茅，長於宮掖，既無知人之明，又未嘗交知士類。”

進故事十門

臣伏以皇帝陛下聰明文思，向學求治，間日御邇英，接儒臣，講經義，順考古道，聖德日新。臣得陪侍講筵，實深慶倖。今輒率愚瞽之見，於先朝所纂《册府元龜》中帝王門類內節録十門，分爲十卷上進，以備乙夜之觀①。庶幾塵露之微②，粗裨聖德。臣不任區區之誠。

【編年】

元祐四年（1089）八月平章軍國重事日作。原本題下注云：“元祐四年八月。”

【箋注】

①乙夜：二更時，約爲夜間十時左右。宋范成大《峨眉山行紀》：“乙夜燈出。”

②塵露：塵埃和露水，比喻微末不足道。《文選·曹植〈求自試表〉》：“冀以塵露之微，補益山海。”李善注引謝承《後漢書》：“楊喬曰：‘猶塵附泰山，露集滄海，雖無補益，款誠至情，猶不敢嘿嘿也。’”

奏勤恤民隱事

臣於四月二十九日至西京，見本京進奏官申狀録報皇帝、太皇太后詔書。以歷時災旱〔一〕，宿麥幾盡①，秋稼未立，上軫聖念，引咎歸己，特減常膳。有以見聖心焦勞，得禹湯罪己應天之義〔二〕。然臣尚在都下，每見西來使命，詢其雨澤稼穡次第，多云近已得雨，苗稼滋茂。臣既出京到洛，見緣路民田宿麥秋稼，悉如聖詔所及。深慮向去小民艱食，即聚爲寇盜。伏望嚴敕監司覺察，守令勤恤民隱②，勿致煩擾。及督責巡檢、縣尉屏除賊盜③，令境內清肅，人戶安居。救荒之政，各在究心，諸事預防，庶無後患。

【編年】

元祐五年（1090）五月休致居洛陽日作。原本題下注云：“元祐五年五月。”

【校勘】

〔一〕時：原作“日”，據《歷代名臣奏議》卷二四五改。較勝。

〔二〕禹：原作“堯”，誤。禹湯罪己：夏禹、商湯在位時，天下有水旱之災，禹、湯敢於承擔責任，譴責自己的過失。《左傳·莊公十一年》：“禹湯罪己，其興也勃焉；桀紂罪人，其亡也忽焉。”

【箋注】

①宿麥：即冬麥。《漢書·武帝紀》：“（元狩三年）遣謁者勸有水災郡種宿麥。”顏師古注：“秋冬種之，經歲乃熟，故云宿麥。”

②守令：太守、縣令，皆爲親民之官。此指知州、知縣。

③巡檢：軍職名。駐泊巡檢，往來巡邏捉賊，或稱駐泊捉賊使臣。縣尉：掌部轄弓手、兵士巡警，捕盜解送縣獄，維持一縣治安。《會要·職官》五之四八：“縣尉職在巡警及其獲盜解縣。”

奏久旱乞不追擾事

臣聞化國之日舒以長①，蓋不奪農時，不妨民力，故曰：力有餘而歲收有望。臣竊以自春以來，時雨愆尢②，人情惶惶，謂必艱食③。至今月八日，大雨滂霈④，庶民鼓舞，急於田事，老幼就功，力穡有秋，正在今日。臣慮州縣親民之官，不知農事之急，以小小詞訟⑤，勾追證逮⑥，禁繫淹延，至於隨司門留亦有拘繫，頗妨農作。臣欲乞下諸路久旱郡縣,當此農事急切之時,民間小可詞訟爭鬥⑦,一切且罷追擾。除事干人命及劫賊急切公事,即依常施行。

【編年】

元祐五年(1090)五月休致居洛陽日作。原本題下注云:"元祐五年五月。"

【箋注】

①化國之日舒以長:語出《後漢書·王符傳》:"化國之日舒以長,故其民閒暇而有餘力。"化國:謂教化施行之國。

②愆亢:久旱。《舊唐書·懿宗紀》:"而油雲未興,秋稼闕望,因兹愆亢,軫於誠懷。"

③艱食:糧食匱乏。唐李商隱《賽荔浦縣城隍神文》:"嗟我疲民,每虞艱食,寒耕熱耨,始望於秋成。"

④滂霈:雨大貌。《藝文類聚》卷二引晉潘尼《苦雨賦》:"始蒙瀎而徐墜,終滂霈而難禁。"

⑤詞訟:訴訟。《淮南子·時則訓》:"(立秋之日)命有司脩法制,繕囹圄,禁姦塞邪,審決獄,平詞訟。"

⑥證逮:謂逮捕與案情有關連的人。《史記·五宗世家》:"請逮勃所與姦諸證左。"

⑦小可:尋常。《水滸傳》第二十九回:"這是武松平生的真才實學,非同小可。"

奏西邊事

臣近得趙卨書云①:"金城疆界未定②,止緣新壘侵佔稍多,虜情未易棄捨,至今遷延。若非朝廷堅守大信,終始羈縻,必恐再開邊隙,民力豈易堪邪?"臣又見卨之奏草云:"宥州累牒稱,蘭州等處將自來無人守把城寨,設計暗差人騎守把,却稱是元豐年修築。

乃是昏賴之詞，驗此南界邊官不欲夏國與朝廷通好。況延州是自來有事計會之所，今又一向就利自黨，此等事情，何處分雪③？若又一向固拒，全不聽采，夏國亦慮難盡臣子之節。今來賊意已窮，兼稱無處分雪，必恐作過。此隙一開，邊吏邀功之人，乘間盜利，冒昧朝廷恩。彼誠自甘其心，生靈何所負耶？臣重惜朝廷頓累年恩信，一旦爭尺寸之利，而失安邊之大計。"臣詳趙禼之奏甚切，亦恐邊吏爭小利以邀功賞，爲國生事。

臣伏睹二聖臨御以來④，威撫夷狄，皆得其心，邊境不聳⑤，中夏安寧。今來夏國有此赴訴，趙禼又有奏陳，臣雖未知其詳，伏望令三省熟計而審處之。若事未明白，未能便定可否聞〔一〕，且令趙禼徐報之。如唐郭元振之答吐番論欽陵之請⑥，無直塞其來意，且爲計以緩之，使其惡意不得頓萌，亦禦戎之中策也。臣又料此賊計，見朝廷以其恭順，不疑其心，自去冬今春，以邊儲有限，直罷西邊戍兵數萬，即謂邊備已解，恐乘此作過，臣以爲不得不過慮也。謹具奏聞。

【編年】

元祐六年（1090）八月休致居洛陽日作。原本題下注云："元祐六年八月。"

【校勘】

〔一〕"定"前原有"夾"，據季校本刪。四庫本作"決定"。

【箋注】

①趙禼（xiè）：字公才（1027—1091），邛州依政（今四川新津）人。舉進士，爲汾州司法參軍。郭逵宣撫陝西，辟掌機宜文字。指斥种諤擅納西夏綏州降人數萬。熙寧中，遷提點陝西刑獄。加直龍圖閣、知延州。遣裨將曲珍等擊敗西夏兵四萬；括公私閑田，募騎兵萬七千。後因事降知桂州，又黜知相州。官至太中大夫。卒，贈右光禄大夫。

②金城：郡名。《宋史·地理志》："蘭州，下，金城郡，軍事。元豐四年

收復。”

③分雪：辯白。《朱子語類》卷一二七：“又作道理分雪天祚之事，遂啓其輕侮之心。”

④二聖：指宋哲宗趙煦和太皇太后高氏。宋哲宗年幼，政事由宣仁太后高氏“臨朝稱制”。

⑤聳：驚動，緊張。

⑥郭元振（656—713）：唐朝將領。名震，魏州貴鄉（今河北大名）人。十八歲舉進士，上書言事，爲武則天召見。時唐與吐蕃和議，授右武衛鎧曹，數次出使吐蕃。堅持不放棄安西四鎮地，獻制論欽陵策。和議成，擢涼州都督。論欽陵：吐蕃大相。松贊干布大相禄東贊之子。《資治通鑑·唐紀》卷二一：“吐蕃將論欽陵請罷安西四鎮戍兵，并求分十姓突厥之地。元振曰：‘四鎮、十姓與吐蕃種類本殊，今請罷唐兵，豈非有兼併之志乎？’欽陵曰：‘吐蕃苟貪土地，欲爲邊患，則東侵甘、涼，豈肯規利萬里之外邪！’乃遣使者隨元振入請之。朝廷疑未決，元振上疏，以爲：‘欽陵求罷兵割地，此乃利害之機，誠不可輕舉措也。今若直拒其善意，則爲邊患必深。四鎮之利遠，甘、涼之害近，不可不深圖也。宜以計緩之，使其和望未絕則善矣。彼四鎮、十姓，吐蕃之所甚欲也，而青海、吐谷渾，亦國家之要地也，今報之宜曰：“四鎮、十姓之地，本無用於中國，所以遣兵戍之，欲以鎮撫西域，分吐蕃之勢，使不得併力東侵也。今若果無東侵之志，當歸我吐谷渾諸部及青海故地，則五俟斤部亦當以歸吐蕃。”如此則足以塞欽陵之口，而亦未與之絕也。若欽陵小有乖違，則曲在彼矣。且四鎮、十姓款附日久，今未察其情之向背，事之利害，遙割而棄之，恐傷諸國之心，非所以禦四夷也。’”

文彦博集卷三一

進尚書孝經解

臣伏以皇帝陛下間日御邇英閣，令講官講《尚書》，又閣之南壁張《孝經圖》，出入觀覽。有以見陛下祖述堯舜，憲章文武[①]，以至德要道，孝治天下。臣今輒於《尚書》諸篇中節録十篇，及《孝經》諸章中節録六章進上，以備禁中清閒之暇，研究義味。或時令講官節録疏義進入，上資聖德稽古求治之意。

臣伏讀《尚書序》云："孔子生於周末，睹史籍之煩文，懼覽之者不一，遂乃討論墳典，斷自唐虞以下，訖於周。舉其宏綱，撮其機要，典、謨、訓、誥之文[②]，凡百篇。所以恢宏至道，示人主以軌範也。帝王之制，坦然明白。以其上古之書，謂之《尚書》。"然則後代聖帝明王，莫不祖述，寶爲大訓。恭以皇帝陛下聰明文思，稽考古道，日御邇英，延訪經義，方命講官講解《尚書》，孜孜不倦，所以聖德日新，比隆堯舜。臣以叨侍經筵，輒於《尚書》三十二篇，采其切於資益聖治、宜於重複温故者，凡十篇録進。篇別有後序，所以發明本篇之大旨，所冀便於乙夜之觀。

【編年】

元祐二年（1087）平章軍國重事日作。《歷代名臣奏議》卷七：“宋哲宗元祐二年。”

堯　典

堯之聖德，蕩蕩難名③，而此篇極簡要，亦仲尼舉宏綱、撮機要之理。如篇之所載者：“克明俊德，以親九族④”；“平章百姓⑤”；“協和萬邦⑥”；分命羲和，典掌四時⑦；使民務農，利用厚生⑧；“允釐百工，庶績咸熙⑨”。斯皆後世聖帝明王所宜祖述而模範之，臨文而三復之，故摘其目以敘之。

【箋注】

①“祖述”二句：語出《中庸·祖述章》。孔子遠宗并稱頌唐堯、虞舜，效法并讚揚周文王、武王的制度。朱熹《集注》：“祖述者，遠宗其道。憲章者，近守其法。”文武：周文王、周武王。

②典：記述古代帝王政治法令的公文。謨：記述君臣謀議國事的一種文體。訓：古代君王發佈訓示、教導臣民的文書。誥：訓誡勉勵的文告。

③蕩蕩難名：廣大得令人難以稱説。蕩蕩：廣大的樣子。

④“克明”二句：言堯之爲君也，能尊明俊德之士，使之助己施化。以此賢臣之化，先令親其九族之親。孔傳：“能明俊德之士任用之，以睦高祖玄孫之親。”九族：上自高祖，下至玄孫，凡九族。

⑤平章百姓：定姓別族。百姓，百官。百官以功受姓。《書·堯典》：“九族既睦，平章百姓。”九族蒙化已親睦矣，又使之和協顯明於百官之族姓。

⑥協和萬邦：《書·堯典》：“百姓昭明，協和萬邦。”百姓蒙化皆有禮儀，昭然而明顯矣，又使之合會調和天下之萬國。邦：古代諸侯封國之稱。

⑦“分命”二句：堯派羲仲、羲叔、和仲、和叔分駐東、南、西、北四地，觀星象，定季節，制作曆法。《書·堯典》：“乃命羲和，欽若昊天，曆象日月星辰，敬授人時。分命羲仲，宅嵎夷，曰暘谷。寅賓出日，平秩東作。日中，星鳥，以殷仲春。厥民析，鳥獸孳尾。申命羲叔，宅南交。平秩南訛，敬致。日永，星火，

以正仲夏。厥民因,鳥獸希革。分命和仲,宅西,曰昧谷。寅餞納日,平秩西成。宵中,星虛,以殷仲秋。厥民夷,鳥獸毛毨。申命和叔,宅朔方,曰幽都。平在朔易。日短,星昴,以正仲冬。帝曰:'咨!汝羲暨和。期三百有六旬有六日,以閏月定四時,成歲。'"

⑧利用厚生:做到物盡其用,使民衆富裕。利用:物盡其用。厚生:使民衆富裕。《書·大禹謨》:"正德,利用,厚生,惟和。"認爲治理國家要正德以率下,利用以阜財,厚生以養民,三者和洽,就是善政。

⑨"允釐"二句:確實治理百工,各種事功都興盛起來。允:確實。釐:治理。百工:百官。專指主管營建製造等事的官。庶績:各種事功。熙:興盛,興起。

舜　典

虞舜之德,重華協帝[①],故列於二《典》。後世作者,雖三王之盛,不可及已。篇之所載,命禹作司空[②],而下至於四岳十二牧[③],官得其人,庶績咸治。流放共工、驩兜,竄三苗,殛鯀四兇人[④],而天下咸服。故曰"舜有大功二十",兹所以重華協帝。

【箋注】

①重華協帝:《書·舜典》:"曰重華,協於帝。"孔穎達疏:"此舜能繼堯,重其文德之光華,用此德合於帝堯,與堯俱聖明也。"一説舜目重瞳子,故曰重華。

②禹作司空:禹曾被舜任命爲司空,領命平水土。《書·舜典》:"帝曰:'俞,咨禹,汝平水土,惟時懋哉。'"

③四岳:傳説爲堯舜時的四方部落首領。堯爲部落聯盟領袖時,四岳推舉舜爲繼承人。舜繼位後,他們又推舉禹助舜。十二牧:傳説中舜時十二州的長官。《書·舜典》:"咨十有二牧。曰:食哉惟時,柔遠能邇,惇德允元,而難任人,蠻夷率服。"

④四兇:相傳爲堯舜時代四個惡名昭彰的部族首領。《書·舜典》:"流共工於幽洲(州),放驩兜於崇山,竄三苗于三危,殛鯀於羽山。"

大禹謨

禹、稷、皋陶共事舜帝，君臣同寅①，咸有一德②。故矢厥謨③，成厥功。曰俞曰都④，乃君唱臣和之美。其謨則有："后克艱厥后，臣克艱厥臣⑤。""罔遊於逸，罔淫于樂。任賢勿貳，去邪勿疑⑥。""罔咈百姓，以從己欲⑦。"斯皆上下交儆，以成聖功。舜、禹之所以爲聖帝明王以此。

【箋注】

①寅：敬。謂同敬合恭而和善。

②咸有一德：言君臣皆有純一之德。今本《孔傳古文尚書·咸有一德》係後人僞作，係於《太甲》之後，是伊尹告老還歸之前對帝太甲的訓詞。《孔傳》："言君臣皆有純一之德，以戒太甲。"

③矢厥謨：孔穎達疏："皋陶爲帝舜陳其謀。"矢：陳述；陳獻。謨：計謀，謀略。

④曰俞曰都：比喻君臣同心同德，融洽無間。都（dū），是讚美的語氣；俞，是同意的語氣。

⑤"后克"二句：謂君能重難其爲君之事，臣能重難其爲臣之職。后：指君主。

⑥"罔遊"以下四句：無遊縱於逸豫，無過耽於戲樂。任用賢人勿有二心，逐去邪佞勿有疑惑。罔：不要。逸：安逸，放蕩。淫：過分。

⑦"罔咈"二句：不要違背百姓的意願以從己心之欲。咈（fú）：違背，違逆。

皋　陶

皋陶曰："允迪厥德，謨明弼諧①。"禹曰："俞！如何？"皋陶曰："都！慎厥身修，思永②。"禹拜昌言曰："俞！"皋陶曰："在知人，在安民③。""知人則哲，能官人；安民則惠，黎民懷之④。"臣以舜禹之時，君臣謨議之協恭，後王所宜爲法。

【箋注】

　　①"允迪"二句：爲人君者當信實蹈行其德，謀略美善，輔助和諧。迪：行，遵循。弼諧：輔助和諧。孔穎達疏："聰明者自是己性，又當受納人言，使多所聞見，以博大此聰明，以輔弼和諧其政。"

　　②"慎厥"二句：慎修其身，思爲長久之道。

　　③"在知人"二句：人君行此道者，在於知人善惡，擇善而信任之；在於能安下民，爲政以安定之也。

　　④"知人"以下四句：能識別人的賢愚善惡的人就是聰明的人，能以官任人；能使百姓安居就是惠政，衆民皆歸之。

益　稷

　　此篇所載禹戒舜曰："慎乃在位。"帝曰："俞！然禹言，受其戒。"禹曰："安汝止，惟幾惟康①。"帝曰："吁，臣哉鄰哉！鄰哉臣哉②！"禹曰："俞！"帝庸作歌曰："元首明哉，股肱良哉，庶事康哉③！"又歌曰："元首叢脞哉，股肱惰哉，萬事惰哉④！"帝拜曰："俞！"臣謂斯言可爲深戒。

【箋注】

　　①"安汝止"二句：安定汝心好惡所止，念慮事之微細，以保安其身。

　　②"臣哉"二句：言君臣當相親近，共與成政道也。

　　③"元首"以下三句：君主英明，大臣賢良，則事皆得安寧。

　　④"元首"以下三句：君主細碎無大略，則臣懈惰，萬事墮廢，其功不成。言政之得失由君。叢脞：細碎。

伊　訓

　　篇云："嗚呼！先王肇修人紀，從諫弗咈，先民時若①。居上克明，爲下克忠。""惟上帝不常，作善降之百祥，作不善降之百殃②。"臣以尹之斯言愛其君，忠於國，可謂至矣。有臣如此，時君固當尊禮其人，信受其訓。

【箋注】

①"先王"以下三句：商湯始修人之綱紀，從諫不違背，商湯世之民安居樂業。人紀：人之綱紀，指立身處世之道。

②"惟上帝"以下三句：上天不固定親疏，爲善的，賜給他很多的福；爲惡的，降給他很多的災。意即天之禍福，惟善惡所在，不常在一家。

洪　範

天地之大法，其類有九①，而敬用五事，曰貌、言、視、聽、思②，兹乃人君尤當慎思之。蓋人君言動，則左右史書之爲法③，不可不慎也。故臣以此篇五事爲重。

【箋注】

①"天地"二句：語本《周書·洪範》："鯀則殛死，禹乃嗣興，天乃錫禹'洪範'九疇，彝倫攸敘。初一曰五行，次二曰敬用五事，次三曰農用八政，次四曰協用五紀，次五曰建用皇極，次六曰乂用三德，次七曰明用稽疑，次八曰念用庶徵，次九曰向用五福，威用六極。"

②"敬用"二句：語本《周書·洪範》："五事：一曰貌，二曰言，三曰視，四曰聽，五曰思。貌曰恭，言曰從，視曰明，聽曰聰，思曰睿。恭作肅，從作乂，明作哲，聰作謀，睿作聖。"

③"人君"二句：《漢書·藝文志》："古之王者，世有史官。君舉必書，所以慎言行，昭法式也。左史記言，右史記事，事爲《春秋》，言爲《尚書》。"

無　逸

此篇周公以戒成王。曰："君子所其無逸。先知稼穡之艱難①。""文王不敢盤于遊田，以庶邦惟正之供②。""自今嗣王，其無淫于觀、于逸、于遊、于田③。"故成王服其訓戒，乃爲令王。至唐開元中，作《無逸圖》置於禁中，出入省覽，以爲龜鑑。臣亦嘗録此篇爲圖以進，以助聖覽。伏望曲留睿意。

【箋注】

①"君子"二句：君子之人，所在其無逸豫。君子必先知農人稼穡之艱難。

②"文王"二句：文王專心於政，不敢逸樂於遊戲畋獵，以己爲衆國所取法，惟當正身行己以供待之。盤：迴旋；遊樂。

③"自今"二句：自今以後嗣位之王，則其無得過於遊覽，過於逸豫，過於遊蕩，過於畋獵。

立　政

周公告於成王曰："王左右常伯、常任、準人①。""自今立政，其勿以憸人，其惟吉士②。"蓋有天下國家所切者，任人得賢則治，非賢則亂。

【箋注】

①常伯：君主左右的大臣。常任：君主左右執掌政務的大臣。準人：古代獄官，掌管司法刑獄的官。

②"自今"以下三句：從今已往立其善政，勿用邪僻之人，惟任用正直之人。憸（xiān）人：邪僻之人；奸佞之人。吉士：猶言正人。《漢書·元帝紀》："是故壬人在位，而吉士雍蔽。"

周　官

王曰："若昔大猷，制治于未亂，保邦于未危①。""唐虞稽古，建官惟百②。""夏商官倍，亦克用乂。明王立政，不惟其官，惟其人③。"又戒庶官："欽乃攸司，慎乃出令④！""以公滅私，民其允懷⑤。""推賢讓能，庶官乃和，不和，政厖。舉能其官，惟爾之能；稱非其人，惟爾不任⑥。"成王稽古建官，爲治之本，後之帝王，所宜詳慎。

【箋注】

①"若昔"以下三句：強調治國的深慮遠謀。孔穎達疏："治謂政教。邦謂

國家。治有失則亂，家不安則危。恐其亂則預爲之制，慮其危則謀之使安。制其治於未亂之前，安其國於未危之前。"大猷：謂治國大道。

②"唐虞"二句：唐堯虞舜考行古道，設置官職數止一百。

③"夏商"以下四句：夏禹商湯立官倍多於唐虞，雖不及唐虞之清簡，亦能用以爲治。明王立其政教，不是要增多官員數量，而在於求賢以處之。

④"欽乃"二句：敬汝所主之職事，慎汝所出之號令。

⑤"以公"二句：爲政以公心而去掉個人的私欲，百姓們就會信賴和歸附他。

⑥"推賢"以下八句：意謂官員能够相互推讓賢能，讓賢能之人在位，百官之間就能和諧。官員之間不能和諧，國家政治就陷入混亂。執政者推舉的人能够勝任擔當的官職，這是你有識別賢才的能力。所推舉的人不勝其職，這是你沒有識別賢才的能力。推：推薦，保舉。賢：有德才的人。讓：謙讓。讓位給有本領的人。厖：通"龙"。雜，亂。舉：指被推舉之人。能：勝任。

奏孝經圖事

臣以官忝師保①，得侍邇英。伏睹閣中有仁祖命學士蔡襄所書《孝經》圖②，張於南壁，以便觀覽。有以見仁祖孝德在躬，推廣以及天下。恭以皇帝陛下天資聖德，行在《孝經》，嘗聞令講官備録經義進於禁中。臣伏望陛下日省而時思之。

【編年】

元祐二年（1087）平章軍國重事日作。

【箋注】

①師保：師與保的合稱。古代教輔嗣王及貴族子弟的官員。《禮記·文王世子》曰："師也者，教之以事，而喻諸德者也；保也者，慎其身以輔翼之，而歸諸道者也。"

②蔡襄（1012—1067）：字君謨，興化仙遊（今福建仙遊）人。天聖八年進士，歷任知諫院、福州路轉運使、龍圖閣直學士知開封府。卒，贈吏部侍郎，諡

忠惠。蔡襄擅長書法，學虞世南與顔眞卿。歐陽修推其爲獨步當世，筆有師法。是宋四家（蘇、黄、米、蔡）之一。

又進尚書二典義劄子

臣伏睹《尚書序》曰："仲尼討論墳典，斷自唐虞以下，訖于周。"所以《堯》、《舜》二典爲《書》之首篇，垂世立教，示人主以軌範。帝王之制，坦然明白，可舉而行。《堯》、《舜》二典并云："曰若稽古，帝堯、帝舜。"以謂二帝并能順考古道而行之。乃知人主之聖，必由稽古。

恭惟皇帝陛下日御經筵，集講官説《尚書》，蓋聰明文思，稽考古道，垂意於安。天下之安，天下幸甚！臣以衰殘，忝位保傅[1]，得侍經閣，爲幸已深。又不自揆，輒於二《典》之中，采掇事義數條，兼以訓傳。或理有切近治體，亦以愚短之議附之，庶幾粗有所補。夫以齊之霸國，而孟軻陳堯舜之道於齊王之前，欲勉進之[2]。今臣遭堯舜之時，陳堯舜之道，固其宜矣。臣愚不勝區區之誠，謹録以上進。

【編年】

元祐二年（1087）平章軍國重事日作。

堯　典

《堯典》曰："乃命羲和，欽若昊天，敬授人時。"羲氏、和氏，世掌四時之官。臣某曰：王者尊居億兆之上，所敬而畏者，惟天爲大，故欽順之。乃命官分職，恭授民時。分命羲仲，宅嵎夷，曰暘谷，平秩東作。宅，居也。東表之地，稱嵎夷。暘，明也。日出於谷而天下明，故曰暘谷。羲仲，居東方之官，平均次序，東作之事以務也。申命羲叔，宅南交，申，重也。言夏與春交治，南方之官所居。平秩南訛，敬致。訛，化。平秩南方化育之事，

敬行其教。**分命和仲,宅西,曰昧谷,平秩西成。**昧,冥也。日入於谷而
天下冥,故曰昧谷。居治西方之官,掌秋之政,萬物收成,故平序之,以助成物。
申命和叔,宅朔方,平在朔易。在,察也。北稱朔,易謂歲改易於北方。
平均在察其政,以順天常。

　　臣某曰:帝堯上以敬順天命,下以恭授人時,使此羲和氏之四
人,各居其方,以布四時之令。春序其農疇興作之功,夏致其生物
化育之事,秋秩其百穀收成之宜,冬察其一歲豐儉之實。吏久於
職,官修其方,民變時雍③,庶績咸治。帝乃命舜歷試諸難。

【箋注】

　　①保傅:古代輔弼天子和諸侯子弟之官。《大戴禮記·保傅》:“保,保其
身體;傅,傅其德義。”

　　②“夫以”以下三句:語本《史記·孟子列傳》:“孟軻,騶人也。受業子思
之門人。道既通,遊事齊宣王,宣王不能用。……天下方務於合從連橫,以攻
伐爲賢,而孟軻乃述唐、虞、三代之德,是以所如者不合。”

　　③時雍:猶和熙。《書·堯典》:“百姓昭明,協和萬邦,黎民於變時雍。”

舜　典

　　《舜典》曰:“欽哉欽哉,惟刑之恤哉!”舜陳典刑之義勸天下,使敬
之敬之。**流共工於幽州,**象恭滔天,足以惑世,故流放之。**放驩兜於崇
山,**党於共工,罪惡同。**竄三苗于三危,**三苗,國名,爲諸侯,號饕餮,貪也。
殛鯀於羽山。方命圮族,績用不成。殛、竄、放、流,皆誅也。**四罪而天下
咸服。**

　　舜曰:“咨! 四岳,有能奮庸熙帝之載,奮,起。庸,功。載,事也。
訪於群臣,有能發其庸功,廣堯之事者。**使宅百揆,亮采惠疇?**”亮,信〔一〕。
惠,順也。求其人使居百揆,信立其功,順其事者誰乎? **僉曰:“伯禹作司
空。**”僉,皆也。**帝曰:“俞,咨! 禹,汝平水土,惟時懋哉!**”俞,然也。
帝曰:“棄! 黎民阻饑,汝后稷,播時百穀。”衆人之難在於飢,汝后稷

播是百穀以濟之。帝曰："契！百姓不親，五品不遜。五品，謂五常。
遜，順也。汝作司徒，敬敷五教，在寬。布五常之教。"帝曰："皋陶！
蠻夷猾夏，寇賊奸宄。猾，亂也。夏，華夏也。攻劫曰寇，殺人曰賊，在外
曰奸，在内曰宄。汝作士，五刑有服。"士，理官也。五刑，墨、劓、剕、宫、大
辟。服，從也。言得輕重之中正。帝曰："疇若予工？"僉曰："垂哉！"帝
曰："俞，咨！垂，汝共工。"帝曰："疇若予上下草木鳥獸？"僉曰：
"益哉！"帝曰："俞，咨！益，汝作朕虞。虞，掌山澤之官。"帝曰：
"咨！四岳，有能典朕三禮？"僉曰："伯夷。"三禮，天、地、人之禮也。
帝曰："俞，咨！伯〔二〕，汝作秩宗。主郊廟之官。"帝曰："夔，命汝典
樂，教胄子。胄，長也。謂元子以下至卿大夫子弟，以歌詩蹈之舞之〔三〕，教
長國子中、和、祇、庸、孝、友〔四〕。帝曰："龍，朕聖讒説殄行，震驚朕師。
聖，疾。殄，絶。震，動也。言我疾讒説絶君子之行，驚動我衆。汝作納言，
夙夜出納朕命〔五〕，惟允！"納言，喉舌之官。聽下言納於上，受上言宣於
下，必以信。帝曰："咨！汝二十有二人，禹、契、益、伯夷、夔、龍六人，并
四岳十二牧，凡二十二人。欽哉！惟時亮天功。"各敬其職，惟是乃能信立
天下之功。三載考績，三考黜陟幽明，三年有成，可以考功，九載則能否
幽明有别，黜退其幽者，升進其明者。庶績咸熙。考績發明，衆功皆廣。

　　臣某曰：舜既紹堯，熙帝之載①，以謂治天下者必先任人〔六〕。
人有善惡，必須審知。故曰："在知人，在安民。"故曰："知人則
哲。""安民則惠，黎民懷之。"苟不知人，則賢愚善惡，混淆不分。
蓋善惡不可并用，惡人道長，則善人道消，當須屏去奸惡，可以登
用善良。故其始也，先去四兇，而天下服。然後諮詢岳牧，而用
禹、稷、皋、夔而下二十有二人，天下大治。又命龍作納言，戒敕之
曰："朕聖讒説殄行，震驚朕師。汝作納言，夙夜出納朕命，惟
允。"讒邪之人，專在譖毀善良，舜深疾之。納言，喉舌之官，出納
王命，必在忠信，故舜受命而切戒之。隋唐以來，納言之名不改，

隸門下省。至於本朝,頗循唐制,以侍中爲門下省官長,侍郎爲貳,并爲執政官,所選益重,必協僉論。又曰:"三載考績,三考黜陟幽明。"古之任官,必在於久,久則有功,可以考其績效。故先朝之法,省、寺、監官,并以三年爲一任,循古之美法也,義當遵守。如其籍才,不次任用,則難拘常制。臣學術荒淺,不足以發明,但以狂言聖擇②,冀有少補。

【校勘】

〔一〕信:原作"采",據《尚書正義》改。

〔二〕俞,咨!伯:原脱,據《書·舜典》補。季校本作"咨!伯"

〔三〕詩:原脱,據四庫本及《尚書正義》補。

〔四〕友:原脱,據《尚書正義》補。

〔五〕夙夜:原脱,據《書·舜典》補。

〔六〕謂:原作"請",據季校本、四庫本改。

【箋注】

①熙帝之載:發揚光大帝王功業。《書·舜典》:"舜曰:'咨!四岳,有能奮庸熙帝之載。'"

②狂言聖擇:狂人之言,聖人采擇。楚人接輿,佯狂不仕,人稱楚狂。《論語·微子》:"楚狂接輿歌而過孔子曰:'鳳兮鳳兮,何德之衰!往者不可諫,來者猶可追。已而已而,今之從政者殆而!'孔子下,欲與之言,趨而辟之,不得與之言。"以鳳比孔子。

文彦博集卷三二

陳乞

乞罷男機宜①

臣男宣德郎、守太子右贊善大夫、管勾永興軍一路安撫使司機宜文字恭祖②，昨以臣被詔赴闕，將帶隨行，結絕本司文字。今并已了畢，欲乞依例隨本使罷任，朝見歸班。取進止。

臣男恭祖慶曆中自鳳翔府僉判罷任赴闕③。臣方在政府，首尾五年，并不令就差遣。今來忝升朝籍，須逐日赴朝參，與百官同幕次，恐涉謗議，只欲令於審官院依例就一合入遠闕，庶免逐日與趨朝官相接④，合具奏知。

【編年】

治平二年（1065）自判河南府移判永興軍日作。管勾機宜文字多由主帥差親屬充。《會要‧職官》四一之一一五：“諸路帥司，向緣軍興，事涉機密，許辟親屬充書寫機宜文字。”《長編》卷三六七，元祐元年二月戊子：“逐司（包括安撫司）各留管勾機宜文字、勾當公事各一員，其係奏差到親戚管勾書寫機宜文字。”

【箋注】

①機宜：即管勾機宜文字。差遣名。經撫司屬官，掌本司機密文字保管、收發、奏報。管勾機宜文字多由主帥差親屬充。

②宣德郎、守太子右贊善大夫、管勾永興軍一路安撫使司機宜文字恭祖：恭祖是文彦博長子。宣德郎：文散官階，正七品。守太子右贊善大夫：守，官卑職高爲守。此官指文散官宣德郎（正七品），職指職事官（又稱本官階）太子右贊善大夫（正五品）。管勾永興軍一路安撫使司機宜文字：是文恭祖的實任職事，即其差遣。

③僉判：僉書判官的省稱。以京朝官任判官稱僉書。

④趨朝官：指常參官。宋稱常參官爲朝官，未常參爲京官。宋初，文臣自太子中允、贊善大夫，太子中舍、洗馬以上，武臣自內殿崇班以上爲朝官；元豐改制後，文臣通直郎、武臣修武郎以上爲朝官。

乞差使臣^{〔一〕①}

臣隨行合差指使三員^②，臣昨丁母憂，已發遣使臣兩員歸班。今却差侍禁葛宗望、殿直吕世良充隨行指使^③，所有逐人各係合入親民差使，欲乞各理爲親民差使。取進止。

其葛宗望、吕世良并係充短使^{〔二〕}，合入親民差遣人數。乞依例各支與大添支、請受^④。

【編年】

治平二年（1065）丁母憂服除復判河南日作。文彦博治平二年丁母憂服除，復判河南府。四月，除侍中判永興軍。七月除樞密使。

【校勘】

〔一〕差：原作“羌”，據季校本改。文中“羌”皆誤作“差”，徑改，不另出校。

〔二〕充：原作“免”，據季校本、四庫本改。

【箋注】

①使臣：大使臣、小使臣通稱。《雲麓漫鈔》卷四：“使臣之義，始於藩

鎮。……三班借職,三班奉職,左、右侍禁,左、右班殿直,東、西頭供奉官,有司號爲小使臣,内殿崇班、内殿承制爲大使臣。”

②指使:全稱經略安撫使司準備指使。差遣名。經撫司屬官。供臨時指派職事。由供奉官(從義郎,從八品)至三班借差(進義校尉,無品)小使臣差充。

③侍禁:左、右侍禁通稱。武階名。屬三班小使臣階列,右侍禁位次於左侍禁、在左右班殿直之上。敘遷轉左侍禁。殿直:左、右班殿直通稱。武階名。屬三班小使臣階列。右班殿直位次於左班殿直、在三班奉職之上。敘遷轉左班殿直。

④大添支:即添支錢。北宋前期,差遣有添支錢。請受:官俸;薪餉。宋范仲淹《奏陝西主帥帶押蕃落使》:“内只蕃官一千餘人,各自請受。”宋代俸禄名目繁多,大體可分爲二類:一請受,二添給。則除去料錢、衣賜、禄粟之外,其餘添支錢、職錢、貼職錢、廚料、雪寒錢……等,均列入添給類。

乞張熙恩澤

臣昨丁母憂,河南府差教練使張熙管勾墳塋葬事[①],首尾二年有餘,幹事得力。欲望朝廷量賜恩澤,於本人牙職上遷補一資[②]。取進止。

【編年】

治平二年(1065)丁母憂服除復判河南府日作。

【箋注】

①教練使:衙職名。掌教練諸軍府兵馬。朱彧《萍洲可談》:“(宋)州郡承唐衰藩鎮之弊,頗或僭擬,衙宅有子城使、軍中使、教練使等號。”

②牙職:即衙職。官署中低級官吏的統稱。衙職係衙前中資格較優者,全稱爲“衙前職員”。宋趙彦衛《雲麓漫鈔》卷一二:“國朝州郡役人之制:衙前入役曰鄉户,曰押、録,曰長名,職次曰客司,曰通行官;優者曰衙職。”

乞郭宣恩澤

　　臣有隨行教練使郭宣,隨臣勾當近二十年,有行止得力①。今者因臣忝恩移鎮,欲望朝廷改補一三司大將名目②,且在臣處驅使。取進止。

【編年】

　　約在治平二年(1065)自判河南府赴日移判永興軍日作。

【箋注】

　　①有行止:謂品行端正。宋元習語。

　　②三司大將:銜職名,隸三司。《會要·職官》五之四〇:“元係職員即爲大將。”職員包括:都知兵馬使、左右都押衙、都教練使、左右教練使、守闕教練使、押衙。衙司,北宋前期三司所屬機構。掌三司軍將、大將等無品武官名籍,差除押送綱運等差遣。

乞門客張度恩澤

　　臣有門客教授張度,累舉進士,南省下第①。先於皇祐五年,以臣奏薦,蒙恩授試將作監主簿,不理選限②。自後本人又曾鎖應省下③,今來兼係先朝皇祐二年明堂已前到省舉人④,合該免解⑤。欲望聖慈念其久歷科場,家貧親老,未沾寸祿,乞補一三班差使名目⑥,量與減年轉補借職⑦。取進止。

【箋注】

　　①南省下第:進士考試不中。南省:特指隸屬尚書省的禮部。清厲荃《事物異名錄·宮室·官廨》:“《事文類聚》:禮部稱‘南省’,又曰‘禮闈’,又曰‘容臺’,又曰‘春臺’。”此指禮部試。亦稱禮闈。在京舉行之會試。下第:也叫“落第”。科舉時代進士考試不中。

②選限：宋朝銓選之制，選人各有選限，自一選至九選不等，選限滿，始許赴銓試。如有勞績，減其選限數，稱爲減選。

③鎖應省下：即參加尚書省禮部的鎖廳試。現任官員非科舉出身者可應舉，考試時鎖其官廳，別設場屋進行，故名。應試合格賜進士及第。

④舉人：被地方推舉赴京都應科舉考試者。唐白居易《早送舉人入試》："凤駕送舉人，東方猶未明。"

⑤免解：即免於發解試。發解試是宋代科舉三級試之初階試。解試合格，由所在州府或國子監將合格進士的文卷、諸科舉人墨義卷與帖由隨解牒上送禮部，稱之"發解"、"解送"。

⑥三班差使：無品武階名。位在三班借差之上。

⑦借職：即三班借職。武階名。屬三班小使臣階列。爲宋前期入品武階最低一階。其敘遷，轉三班奉職。

請假劄子

臣昨暫請服藥假兩日，伏聞特降中使就臣私第傳宣撫問。臣已於今月二十六日早赴樞密院管勾本職公事訖，謹具奏聞〔一〕。

已具狀附傳宣中使奏謝去訖。

【編年】

治平二年（1065）至熙寧六年（1073）任樞密使日作。

【校勘】

〔一〕聞：下原衍"謹奏"。據文意删。

陳乞堂弟大同西京差遣

臣先准敕，於西京立家廟四室。臣多在闕下守官①，或外守方面，則西京常有子弟兩三人在彼守官，以奉家廟四仲祭祀②。

今以臣諸子并丁母憂,解官持服③,并無子弟在西京守官奉祀。今月臣親堂弟朝請郎大同④,近因相州僉判得替⑤,欲望聖慈乞差充西京一合入差遣,所貴家廟歲時得人奉祀。取進止。

【箋注】

①闕下:宮闕之下。謂帝王所居之處。借指京城。唐賈島《寄毗陵徹公》詩之二:"別離從闕下,道路向山陰。"

②四仲:農曆四季中每季的第二個月的合稱。即仲春(二月)、仲夏(五月)、仲秋(八月)、仲冬(十一月)。《史記·封禪書》:"五月嘗駒,及四仲之月祠。"

③持服:居喪守孝。《魏書·石文德傳》:"縣令黃宣,在任喪亡。宣單貧無期親,文德祖父苗以家財殯葬,持服三年。"

④朝請郎:文散官名。北宋前期爲文散官二十九階之第十八階。正七品上。

⑤得替:即年滿得替(代還),也稱"滿替"。文臣選人、武臣吏部銓選人,以三年爲任滿,稱"年滿"。年滿即得替,待除授新差遣或某職事後即再赴任。宋周密《癸辛雜識·續集下》:"(陳諤)嘗爲越學正,滿替,往婺之廉司取解由,歸途偶憩山家。"

奏程珦葬事①

臣竊聞太中大夫致仕程珦身亡。珦素履清介②,守分安貧,久歷外任,皆有聲稱。身沒之後,家事索然③。只有一子程頤,素蘊學行④,見推士林⑤,向爲邇英講官,因緣經義,開陳治體,上資聖政。今其父之亡,窘於襄事⑥。伏望聖慈特賜矜憫[一],優與賻恤⑦,以周其急⑧。伏候進止。

【編年】

元祐五年(1090)任平章軍國重事日作。程珦卒於元祐五年。《長編》卷四三七,元祐五年正月條録此奏,文字略有不同:"大中大夫致仕程珦身亡,一子頤素蘊學行,嘗爲邇英講官。今其父亡,窘於襄事,伏望特賜矜憫,優其賻恤。”

【校勘】

〔一〕憫:四庫本作“憐”。

【箋注】

①程珦(1006—1090):字伯温,洛陽(今屬河南)人。歷知鳳、磁、漢三州事。熙寧法行,抗議未便,不久致仕。二子程顥、程頤。《宋史》卷四二七《程顥傳》有附傳。

②素履:比喻質樸無華、清白自守的處世態度。語出《易·履》:“初九:素履往,無咎。象曰:素履之往,獨行願也。”高亨注:“素,白色無文彩。履,鞋也。‘素履往’比喻人以樸素坦白之態度行事,此自無咎。”清介:清正耿直。清俞樾《春在堂隨筆》卷七:“(王琦)清介絶俗,竟以饑寒死。”三國魏劉劭《人物志·體別》:“清介廉潔,節在儉固,失在拘扃。”

③索然:離散貌;零落貌。《晋書·羊祜傳》:“至劉禪降服,諸營堡者索然俱散。”

④學行:指學問品行。《北史·崔鑒傳》:“父綽,少孤,學行修明。”

⑤士林:指文人士大夫階層。漢陳琳《爲袁紹檄豫州》:“自是士林憤痛,民怨彌重,一夫奮臂,舉州同聲。”

⑥襄事:婚喪祭祀之事。

⑦賻恤:撫恤助喪。亦指撫恤助喪的財物。賻(fù):送給喪家的布帛、錢財等。《左傳·隱公三年》:“武氏子來求賻,王未葬也。”

⑧周其急:周濟困急。《後漢書·王丹傳》:“(丹)家累千金,隱居養志,好施周急。”

奏孫男扶掖

臣有長孫男右通直郎永世①,自來每遇臣入殿扶掖。近蒙恩除權發遣提舉三門白波輦運公事②。奉聖旨,令候扶掖了日朝辭。今來本任缺官日久，春運是時，及已差官管押牌印到京多日③。臣近有以次孫承事郎康世④，自西京來迎接臣到京，欲乞令康世暫權扶掖，替永世交割管勾赴任。取進止。

【編年】

元祐四年（1089）十一月至元祐五年（1090）二月任平章軍國重事日作。文中云"臣有長孫男右通直郎永世"，按通直郎於北宋哲宗元祐四年十一月分左、右，紹聖二年四月罷分。元祐五年二月，文彥博再致仕。

【箋注】

①右通直郎：寄禄官名。北宋神宗元豐三年九月，由太子中允、贊善大夫、中舍、洗馬階改。爲文臣京朝官寄禄官三十階之第二十五階。正八品。自此階以上爲升朝官。

②權發遣提舉三門白波輦運公事：權發遣，宋朝除授差遣的一項規定。資序低而任重，低兩等資序爲權發遣。三門白波提舉輦運司，掌黃河三門至汴河水運，漕運陝西糧穀以供京城。以發運判官領其事，又置都大提舉輦運公事一人，同提舉輦運公事二人。

③牌印：權杖和印信。《資治通鑒·唐僖宗中和四年》："將佐已下從行者三百餘人，并牌印皆没不返。"胡三省注："古者授官賜印綬，常佩之於身，至解官則解綬。至唐始置職印，任其職者，傳而用之。其印盛之以匣，當官者實之卧内，別爲一牌，使吏掌之，以謹出入，印出而牌入，牌出則印入，故謂之牌印。"

④承事郎：寄禄官名。文臣京朝官寄禄官三十階之第二十八階。正九品。爲狀元及第及宰相之廕子之官。

奏富相公薨乞與免納馬價錢①

臣勘會武寧軍節度使、行尚書左僕射、同中書門下平章事鄭國公富某，於今年閏六月二十二日因患身薨。所有前後未納馬價錢，見蒙省符催理，今來住罷請受，無可克納。謹具劄子奏聞，伏望聖慈下有司依例特賜除放。謹奏。

【編年】

　　元豐六年（1083）十一月判河南府日作。原本題下注云：“元豐六年十一月。”

【箋注】

　　①富相公：指富弼。以曾任宰相，故稱相公。

文彦博集卷三三

乞罷重任

其 一

臣伏蒙聖慈以臣上表乞解重任,求領近郡,特降宸翰①,封還臣章,諭令勿再上者。君父之命,理當必從;臣子之志,亦有所守。臣蒙被厚恩,忝塵近位②,豈欲輕去軒墀③,自取疏外?誠以年事衰晚,精力減耗,不能則止,須合自陳。若覥然尸祿④,必當瘝官⑤。祈解樞衡⑥,願假符守⑦,庶寬職責,稍息疲癃⑧。惟陛下天地父母,哀而憐之,必賜開可。無任。

【編年】

熙寧二年(1069)任樞密使日作。原本題下注云:"熙寧二年。"

【箋注】

①宸翰:帝王手書。

②忝塵:又作"塵忝"。玷辱職位。用於自謙。南朝梁任昉《到大司馬記室箋》:"惟此魚目,唐突璵璠;顧己循涯,實知塵忝。"

③軒墀:代指君王。語出南朝宋鮑照《代東武吟》:"棄席思君幄,疲馬戀

君軒。"軒,指軒車。

④靦然尸禄:不知羞恥地空受俸禄而不盡職。靦(tiǎn)然:不以爲羞的樣子。尸禄:空受俸禄而不盡職。

⑤瘝(guān)官:曠廢職守;不稱職。宋司馬光《上太皇太后謝轉正議大夫表》:"伏念臣自陪機政,無補聖猷,雖夙夜以自强,惟事功之匪立,每流年之是惜,加衰疾之所嬰,敢以瘝官,復當懋賞,是以歷陳故實,備述悃誠。"

⑥樞衡:中央行政機關的職權。亦指宰輔之位。唐張九齡《酬宋使君見贈之作》:"時來不自意,宿昔謬樞衡。翊聖負明主,妨賢愧友生。"

⑦符守:郡守。《文選·謝瞻〈於安城答靈運〉》:"幸會果代耕,符守江南曲。"李善注:"《漢書》曰:初與郡守爲竹使符。"此指出任知州。

⑧疲癃(lóng):曲腰高背之疾。泛指年老多病或年老多病之人。《後漢書·殤帝紀》:"諸官府、郡國、王侯家奴姓劉及疲癃羸老,皆上其名。"

其　二

　　臣以非才,久塵重任,衰老疲薾①,力不勝任。惟極至誠,上干宸造②,必祈矜憫,俯賜俞從。雖更多言,無易此懇,豈敢喋喋,徒煩聖聽?切見知河陽陳述古到任已久,臣雖愚短,願假符守,猶冀勉駑,粗寬西顧。臣無任。

【編年】

　　熙寧二年(1069)後任樞密使日作。是年以陳升之爲相,文彥博遂生退意,一再上章乞出外任職。

【箋注】

　　①薾:疲困的樣子。南朝宋謝靈運《過始寧墅》:"淄磷謝清曠,疲薾慚貞堅。"

　　②宸造:對皇帝的敬稱。唐羅隱《讒書·代韋徵君遜宮疏》:"豈知宸造過聽,好爵下授,所謂飾猱狖以冠帶,饗爰居以酒食者也。"

其　三

　　臣伏蒙聖慈,以臣上表乞守外郡,特賜批答不允,仍令斷來章,及差中使傳宣撫諭。即時已附狀先具奏謝。伏念臣於今早得對嚴宸,且陳至懇,必期天造俯從人欲①。豈謂犬馬微志,未能回蓋高之鑒,伏地循省②,但極兢惶。臣被遇三朝,豈敢輒圖安逸,實以衰朽,難當繁務。庶得許從外補,稍遂休養。異時或委繁使,豈惜捐軀論報?又以今兹表裏寧謐,愚臣方敢陳請。伏望聖仁憐察,必賜俞從。臣無任。

　　原本題下注云:“并手詔一封同封回。”

【編年】

　　熙寧二年(1069)後任樞密使日作。

【箋注】

　　①天造:指皇帝。《新唐書·李嶠傳》:“今文武六十以上,而天造含容,皆矜恤之。”

　　②循省:省察。唐韓愈《潮州謝孔大夫狀》:“欲致辭爲讓,則乖伏屬之禮;承命苟貪,又非循省之道。”

其　四

　　臣累上章表,馨竭至誠,未蒙天慈矜察。雖欲再三披露,無易前懇,固不敢重複煩言,仰瀆聖慈。然屢爲詔旨,伏積兢惶,亦不敢輒自歸司,敗涉於沽激①。今當待罪私門,恭候朝命。萬一天慈矜恕,俯狥愚懇,許從外補,稍貸疲駑②,則老臣蒙更生再造之恩,不勝大幸。謹具奏聞,伏候進止。

【編年】

　　熙寧二年(1069)後任樞密使日作。

【箋注】

　　①沽激:謂矯情求譽。《舊唐書·鄭餘慶傳》:“餘慶砥名礪行,不失儒者之道,清儉率素,終始不渝……雖行己可學,而往往近於沽激,故當時議者不全德許之。”

②疲駑:衰老的劣等馬。常用以自謙,言愚鈍無能。《漢書·石奮傳》:
"臣幸得待罪丞相,疲駑無以輔治。"

其　五

臣伏蒙聖恩,特降中使封還臣今日所上劄子,及傳宣撫諭,便令供職者。螻蟻微誠,不能感動天意,又以屢違詔旨,退伏私居,以待嚴譴。雖至仁寬貸,而未俞勤請,區區所懷,隕越無措①。臣愚尚冀天慈垂憫②,必從所欲,假以外補,稍寬疲繭。情迫於中,言無倫次。臣不任惶恐,俟命之至。謹具奏聞,伏候進止。

【編年】

熙寧二年(1069)後任樞密使日作。是年以陳升之爲相,文彥博遂生退意,一再上章乞出外任職。

【箋注】

①隕越:惶恐。宋秦觀《御書手詔記》:"明年,先臣下世,臣等銜奉遺訓,夙夜殞越。"

②天慈:對皇帝或皇太后的諛稱。

其　六

臣伏蒙聖慈封還臣所奏劄子①,以臣陳乞外補,未賜俞從。仰味聖言,伏增感懼。切以犬馬之微,猶知戀主,況臣奉事左右〔一〕,行將五年。至仁涵容,厚禮優假,豈當輕去軒輊,自取疏外?直以衰老疲劣,勉强不前,覆餗是虞②,履冰加慄③。然每欲陳請,必深愧畏,內惟悃愊④,終冀矜從。伏惟陛下天地大恩,日月委照,俯從所欲,俾守外藩,勉其寸長,尚可圖報。臣無任。

【編年】

熙寧四年(1071)任樞密使日作。原本題下注云:"熙寧四年。"

【校勘】

〔一〕左：原作“尤”，形近而訛，據文意徑改。

【箋注】

①聖慈：舊時對皇帝或皇太后的諛稱。《後漢書·孔融傳》：“臣愚以爲諸在沖齔，聖慈哀悼，禮同成人，加以號諡者，宜稱上恩，祭祀禮畢，而後絶之。”

②覆餗：鼎中食物傾出外面，比喻不勝其任而敗其事。《三國志·魏書·何夔傳》注引孫盛曰：“得其人則論道之任隆，非其才則覆餗之患至。”

③履冰：比喻戒慎恐懼之至。《詩·小雅·小旻》：“戰戰兢兢，如臨深淵，如履薄冰。”

④悃愊（kǔnbì）：至誠。《後漢書·章帝紀》：“安静之吏，悃愊無華，日計不足，月計有餘。”

其　七

臣内訟非才①，久塵大任，已瀝誠懇，仰叩高明。祈解樞機之近司，并還將相之兩綬②，得以散秩假守便州③，必冀聖慈俯從人欲。重念臣齒髮衰殘，精力減耗，不能則止，自知甚明，當退一也。久妨賢路，無補聖政，當退二也。賦性孤拙，與時多違，當退三也。所當退者三，而晏然尸位，陛下聖明，以臣爲何如人？ 天下清議，以臣爲不知止。臣雖愚蠢，粗有肺肝，夙夜以思，不遑啓處④。恭惟天地至慈，不使一物失所，伏望亟發俞旨，俯遂勤請。臣無任。

【編年】

熙寧五年（1072）任樞密使日作。原本題下注云：“熙寧五年。”

【箋注】

①内訟：自責。《論語·公冶長》：“吾未見能見其過而内自訟者也。”

②綬：古代官員繫印紐的絲帶。借指官爵。

③散秩：閑散而無一定職守的官位。唐白居易《昨日復今辰》：“散秩優遊老，閑居净潔貧。”假守：古時稱權宜派遣而非正式任命的地方官。《史記·南

越列傳》:"因稍以法誅秦所置長吏,以其黨爲假守。"

　　④啓處:指安居。《左傳·襄公八年》:"敝邑之衆,夫婦男女,不遑啓處,以相救也。"

其　八

　　臣聞慈父不能愛無益之子,仁君不能畜無用之臣。如臣不才,可謂無用。臣自叨樞筦①,首尾八年,訖無猷爲,上贊述作。官忝空徒②,任居論道,而無一論可裨聖政;職兼常伯③,責在納言④,而無一言可回天聽。加之衰朽,浸以耗昏⑤,尸禄若斯,腼顔至甚⑥。是敢力傾懇悃⑦,薦拜封章,祈解樞機之近司,并還將相之劇任,得以散秩假守便州。庶逭人言⑧,免妨賢路。伏望陛下憐其舊物,貸以寬恩,未責曠官⑨,亟從所欲。臣無任。

【編年】

　　熙寧五年(1072)任樞密使日作。按:文中有"臣自叨樞筦,首尾八年"之語,文彦博治平二年(1065)拜樞密使。

【箋注】

　　①樞筦:指樞密院。宋王明清《揮麈後録·餘話》卷一:"熙寧中,蔡敏肅挺以樞密直學士帥平涼。初冬置酒郡齋,偶成《喜遷鶯》:'霜天秋曉,正紫塞故壘,黃雲蓑草。漢馬嘶風,邊鴻叫月,隴上鐵衣寒早。劍歌騎曲悲壯,盡道君恩難報。塞垣樂,盡雙鞬錦帶,山西年少。談笑。刁鬥靜。烽火一把,常送平安耗。聖主憂邊,威靈遐布,驕虜且寬天討。歲華向晚愁思,誰念玉關人老。太平也,且歡娱,莫惜金樽頻倒!'詞成,閒步後園,以示其子朦,朦置之袖中,偶遺墜,爲應門老卒得……遂徹於宸聽。裕陵即索紙批出云:'玉關人老,朕甚念之! 樞筦有闕,留以待汝。'以賜敏肅。未幾,遂拜樞密副使。"

　　②空徒:司空和司徒的合稱。司空、司徒和太尉并爲三公,分掌宰相職能。

　　③常伯:指帝王左右的近臣,周朝指三公。《書·立政》:"王左右常伯、常任、準人、綴衣、虎賁。"孔穎達疏:"王之親近左右,常所長事,謂三公也。"

　　④納言:《書·舜典》:"命汝作納言,夙夜出納朕命,惟允。"孔傳:"納言,

喉舌之官,聽下言納於上,受上言宣於下,必以信。”

⑤耗(mào)昏:昏亂不明。耗:通“眊”。晋葛洪《抱朴子·道意》:“寬衰老羸悴,起止咳噎,目瞑耳聾,齒墮髮白,漸又昏耗,或忘其子孫,與凡人無異也。”

⑥腆(tiǎn)顏:厚顏。南朝梁沈約《奏彈王源》:“明目腆顏,曾無愧畏。”

⑦懇悃(kǔn):懇切忠誠。唐韓愈《論佛骨表》:“無任感激懇悃之至。”

⑧遁:逃避。《書·太甲》:“天作孽,猶可違;自作孽,不可遁。”

⑨曠官:居官而曠其職守。唐韓愈《爭臣論》:“冒進之患生,曠官之刺興。”

其　九

臣伏蒙聖慈,以臣乞解重任,未賜俞可,特降中使封還臣所上劄子,并傳宣撫諭,已具奏謝。切念臣年齒衰殘,難任樞務,累年以來,頻乞出補閑郡。聖慈全度,終未允從。今以西事向寧,及密院忝除副使,臣方敢再申前請。必望聖慈俯從所欲①。臣無任。

【編年】

熙寧五年(1072)任樞密使日作。按:文中云:“今以西事向寧,及密院忝除副使。”熙寧五年二月,蔡挺拜樞密副使,則此時樞密院有吳充、蔡挺二樞副。《長編》卷二三〇,熙寧五年二月丙寅條:“知渭州、龍圖閣直學士、右諫議大夫蔡挺爲樞密副使。”則此奏劄當作於熙寧五年。

【箋注】

①俯從:聽從;依從。《野獲編·捐俸助工》:“主上亦欣然俯從。”

一　〇

臣以累具奏封,乞解重任,私居俟命,未奉俞旨,薦被聖聽。臣自前日入見,陟降俯伏,及歸私第,左膝轉加腫痛。欲望聖慈,許臣在假五七日將息,稍得平愈,即當入見。伏候進止。

【編年】

熙寧五年（1072）任樞密使日作。

一　一

臣以衰老不才，久玷樞筦，比年以來，奏章數十上，祈解重任，乞從外補。聖恩存録，未賜允俞。蓋犬馬微誠，不能上動天聽。日勉一日，於兹八年。精神内竭，筋力外耗。今以邊事寧息，力伸前請，必冀聖慈俯遂人欲。臣復内訟，才拙望輕，精明不能洞幾微①，重厚不能鎮浮薄②。於國之謀，固多疏闊③；爲臣之義，自當退黜。伏望聖慈憫憐舊物，尚假寬矜，終賜保全，早從所欲。臣不任。

【編年】

熙寧五年（1072）任樞密使日作。按：文中有“久玷樞筦……於兹八年”之語。文彦博治平二年（1065）年拜樞密使。《長編》卷二〇五：“（治平二）七月庚辰，淮南節度使兼侍中文彦博爲樞密使。”故次於此年。

【箋注】

①幾微：謂事物發展的細微前兆。語出《易·繫辭下》：“幾者動之微，吉之先見者也。”《漢書·蕭望之傳》：“願陛下選明經術，温故知新，通於幾微謀慮之士。”

②浮薄：輕浮，輕薄。《周書·蘇綽傳》：“化於敦樸者則質直，化於澆僞者則浮薄。”

③疏闊：不周密。《漢書·賈誼傳》：“天下初定，制度疏闊，諸侯王僭擬，地過古制。”

一　二

臣累乞外郡，直以衰老無補，勉强所難，惟望聖慈矜貸，許其均勞。累蒙敦諭，令赴朝供職。雖出對天光①，口陳誠懇，陛下必加存眷②,未容解去。臣子之情,仰荷宸意,難以喋喋固辭,須至不避嚴誅。有違聖旨,俯伏私居,必期得請。臣無任。

臣辭窮意切,伏望聖慈早賜矜可。

【編年】

熙寧五年(1072)任樞密使日作。

【箋注】

①天光:美稱皇帝。

②存眷:關切眷念。南朝梁王筠《與東陽盛法師書》:"司馬參軍仰述存眷,曲垂訪憶。"

一　三

臣皇恐。臣之至誠危懇,備瀝於累章,而天聽蓋高,未賜俞允,仍俾亟復其位。未即奉詔,伏深惶懼,嚴誅重譴,所不敢逃。然臣所恃者聖仁如天,必加矜察,是以不避再三之瀆,猶敢控陳。伏望憫臣久勞,精力耗竭,許從外補,以保衰年。臣無任。

【編年】

熙寧五年(1072)任樞密使日作。

一　四

臣累具奏章乞外補,未蒙俞可,及連遣中使撫諭,亟令供職。愚誠懇切,久不奉詔,以是自訟,俯伏待罪,然猶仰恃聖慈必從所請。臣無任。

【編年】

熙寧五年(1072)任樞密使日作。

一　五

臣伏蒙聖慈特降中使,封還臣乞外補并待罪劄子,及傳宣撫

諭,已别具狀奏謝。切念臣止緣衰老無堪,久妨賢路,連章累奏,
馨竭懇誠,必望聖慈,特賜矜允,仍乞於冬至節假前早賜處分。臣
無任。

【編年】

　　熙寧五年(1072)任樞密使日作。文中有"仍乞於冬至節假前早賜處分"
之語。冬至一般爲十二月二十一至十二月二十三。文彦博熙寧六年罷樞相,
則此劄子當作於熙寧五年冬至前。

一　六

　　臣上章乞守外郡,私居俟命,於兹累旬。今冬節假開[①],伏望
聖慈矜允,早賜處分。

【編年】

　　熙寧五年(1072)任樞密使日作。按:文中有"今冬節假開",故此劄子當
作於熙寧五年冬至假後。

【箋注】

　　①假開:假期之後。《新五代史·雜傳·王峻》:"峻論請不已,語漸不遜。
日亭午,太祖未食,峻爭不已,是時寒食假,太祖曰:'俟假開,當爲卿行。'峻
乃退。"

一　七

　　昨晚蒙降中使撫諭,及封還臣所上劄子。至夜即聞鎖學士
院[①],必謂已降指揮,遂臣所請,今即知是降德音於河隴[②]。臣今
不避譴責,私居待罪,須至再有陳請,伏望聖慈矜允。

【編年】

　　熙寧五年(1072)任樞密使日作。

【箋注】

　　①鎖學士院：指宋代學士院起草重要詔書時，鎖閉院門，斷絶往來，以防洩密。《宋史·職官志二》：“凡拜宰相及事重者，晚漏上，天子御内東門小殿，宣召面諭，給筆劄書所得旨。禀奏歸院，内侍鎖院門，禁止出入。夜漏盡，具詞進入；遲明，白麻出，閤門使引授中書，中書授舍人宣讀。其餘除授并御劄，但用寶封，遣内侍送學士院鎖門而已。至於赦書、德音，則中書遣吏持送本院，内侍鎖院如除授焉。”

　　②降德音於河隴：謂王韶招降吐蕃青唐（今青海西寧）部族首領俞龍珂，俞龍珂率衆十二萬口歸附。熙寧五年，以俞龍珂助宋守邊功，授西頭供奉官，賜姓包名順。河隴：指河西及隴右地區。吐蕃佔領區。

一　八

　　臣以齒髮衰殘，精力減耗，數年以來，累乞解罷重任，出守近郡。聖慈念舊，未忍遐棄，愚衷雖切，天意未從。去冬，伏蒙聖恩，矜其疲薾，許至今年同天節後聽從外補①。德音親被，睿旨丁寧，復云不須上表，即便踐言②。臣今更不敢別上章表，仰瀆天聽。伏望聖慈特申前命，録臣向時累奏，許解重任，假守近郡。臣無任。

【編年】

　　熙寧六年（1073）任樞密使日作。按：文中有“許至今年同天節後聽從外補”之語。文彦博熙寧六年四月二十六日罷。《長編》卷二四四：“（熙寧六年）四月己亥，樞密使、劍南西川節度使、守司空兼侍中文彦博罷，授守司徒兼侍中、河南節度使、判河陽，從所乞也。”此劄子當作於熙寧六年同天節，即四月十日前。

【箋注】

　　①同天節：宋神宗趙頊的壽誕節慶。《宋史·神宗紀一》：“（熙寧元年二月）庚寅，以四月十日爲同天節。”

　　②踐言：履行自己所説的話。《禮記·曲禮上》：“修身踐言，謂之善行。”

一 九

臣伏蒙聖恩,特降中使賜臣詔書,以臣乞解重任,外補近郡,未賜俞允,尋具狀奏謝。伏念臣年齒衰殘,精力減耗,内省尸素①,日虞曠敗。數年以來,懇求外補,庶免妨賢。而聖度含容,未即遐棄。緣去冬懇請,蒙聖慈憫勞,俟至今年同天節後聽解重任,許從外補,且云不須上表,便可舉行。臣方敢再瀆天聰,必期得請。臣竊謂天子固無戲言,王者必信出令,伏望聖慈憫臣衰疲,允臣勤請。臣無任。

【編年】

熙寧六年(1073)任樞密使日作。按:文中有"俟至今年同天節後聽解重任,許從外補"之語。

【箋注】

①尸素:尸位素餐的省語。比喻居位食禄而不盡職,常用作謙詞。唐王維《遊悟真寺》:"薄宦漸尸素,終身擬尚玄。"

二 〇

臣以去冬親被德音,許至今年同天節後聽解重柄,出補近郡,仍云不許更上章表,便可舉行定命。臣所以祇具劄子自陳,必謂便降俞旨①,今乃申遣中使,特賜答詔,加以敦諭,亟令復位。即乖誠願,深積兢惶。須至別具表章,再瀆宸聽,庶期矜察允從。仍乞只據臣今所上一表,早賜處分。臣無任。

【編年】

熙寧六年(1073)任樞密使日作。按:文中有"許至今年同天節後聽解重柄,出補近郡"之語。

【箋注】

①俞旨:表示同意的聖旨。

二 一

臣丹誠至懇,已罄竭於累奏,更無可陳述。惟仰告天慈,憫其衰老〔一〕,許其外補。聖言可復,人欲是從。臣無任。

【編年】

熙寧六年(1073)任樞密使日作。

【校勘】

〔一〕憫:四庫本作“憐”。

二 二

臣昨日隨表上手劄子,再瀆天慈。蓋臣之丹誠至懇,已窮極布露,更無可陳。惟仰告聖慈天地父母,哀而憐之,俯察危衷,許從外補。臣無任。

【編年】

熙寧六年(1073)任樞密使日作。

二 三

被俞音①,今兹邊事既寧,老臣必期得請。祈天俟命,願賜哀憐。臣不任。

【編年】

熙寧六年(1073)任樞密使日作。

【箋注】

①俞音:用爲稱對方允諾的敬詞。宋蘇軾《求婚啓》:“中郎墳典之付,豈在他人;太真姑舅之婚,復見今日。仰緣凤契,祗聽俞音。”

文彦博集卷三四

乞致仕劄子

其　一

臣以年齒衰耄^①，數年之間，累上章奏，乞致官政。聖慈存念舊物，未賜俞允。今春以來，尤加昏耗^②。伏望矜其疲薾，聽還印綬，俾歸田里，以保餘年。臣無任。

今年二月中，蒙聖恩差入内供奉官馮景賜臣詔書^③，不允所乞，及不令更上文字。臣尋附馮景口陳誠懇，俟過同天節獻祝聖壽，以表臣子之誠，即當更上奏章乞致政。不審馮景曾敢奏否？

【編年】

熙寧六年（1073）任樞密使日作。文中有“俟過同天節獻祝聖壽”之語。詳見《文集》卷三三《乞罷重任劄子·其十八》。

【箋注】

①衰耄：衰老。《資治通鑒·陳宣帝太建十二年》：“迥末年衰耄，及起兵，以小御正崔達拏爲長史。”

②昏耗（mào）：昏亂；迷糊。耗，通“眊”。晋葛洪《抱朴子·道意》：“寬衰

老羸悴,起止咳噫,目瞑耳聾,齒墮髮白,漸又昏耗,或忘其子孫,與凡人無異也。"

③入内供奉官:宦官名。從八品。隸入内内侍省。入内内侍省宦者分爲六等。《宋史·職官志》六《入内内侍省》:"都都知、都知、副都知、押班、内東頭供奉官、内西頭供奉官。"

其　二

臣累乞致仕,未蒙允從。披露懇誠,罄竭辭語,惟望聖慈矜允,聽還印綬①,許歸田間②。臣無任。

【編年】

元豐三年(1080)判大名府日作。

【箋注】

①印綬:印信和繫印信的絲帶。借指官爵。唐韋應物《餌黄精》:"終期脱印綬,亦與天壤存。"

②田間:猶田間,鄉間。唐白居易《詔賜百寮出城觀稼》:"清晨承詔命,豐歲閲田間。"

其　三

臣於五月二十四日再上章及具手劄子陳乞致仕。臣至中夏以來,頻傷炎暑,時若腹疾。伏望聖慈憫其羸老,聽還印綬①,許歸田間②。天地大恩,於臣至幸。臣無任。

【編年】

元豐三年(1080)判大名府日作。

其　四

臣累乞致仕,未被俞旨。既緣迫切之誠,難避再三之瀆。今輒繼陳章奏,數冒天聽。兼臣自夏以來,暑氣所侵,腹疾日作,雖欲勉强，實難支持。伏望聖慈俯詳累奏，早賜矜從，聽歸田里。臣無任。

【編年】

元豐三年（1080）判大名府日作。

其　五

臣以未遂致仕之請，乞納使相印綬①，求領宫觀②。伏望聖慈憫臣衰老，早賜指揮。所冀三伏已前赴洛，免冒盛暑，以保疲羸。臣無任。

【編年】

元豐三年（1080）判大名府日作。文彦博元豐三年九月改判河南府。《會要·職官》五六之四：“神宗元豐三年九月二十七日，河東節度使、檢校太師、守司徒兼侍中、判大名府、潞國公文彦博，落兼侍中，除守太尉、開府儀同三司，依前河東節度使、判河南府、景靈宫使、護國軍節度使、檢校太師。”

【箋注】

①使相：宋初凡節度使、樞密使、親王、留守、檢校官兼中書令、侍中、同中書門下平章事，爲使相。元豐改制，易爲開府儀同三司帶節度使爲使相。

②領宫觀：即任宫觀官。宫觀官即祠禄官。真宗時始置。食其禄而不任事，爲逸老優賢之職。神宗時爲安置對變法持異議者，始定宫觀差遣不限員數，以三十月爲一任。本身無官品，須視其所帶寄禄官而定。

【附載】

清王士禛《池北偶談》卷三《談故三·宋祠禄》：“宋士大夫多領宫觀，食其祠禄。予嘗以問葉讀學訒庵（方藹）。葉云：‘宋置宫觀者，罷官者領之，俾食其禄，亦宋朝忠厚之一端也。’予考之不然。神宗熙寧二年，王安石爲參知政事，創制置三司條例司，始行青苗、均輸等法；出吕誨、范純仁、錢公輔、鄭獬等於外，罷富韓公弼平章事，是年始增置宫觀官。丘文莊公《世史正綱》云：‘王安石行新法，而欲去異議者，彼皆先朝舊臣，素有聞望，一旦去之無名，乃爲祠禄處之。’不知所爲宮觀者所業何道，爲之使者所治何事，而一時士大夫甘心受其豢養，何耶？此蓋安石增置之法，非祖宗故事，然終宋之世不改，亦不典甚矣。”

其　六

臣犬馬之年七十有五，久當致政，而章數十上，未被俞旨。迫於激切之誠，須至再三之瀆。臣今乞還使相印綬，求領宮觀職名。所冀殘年稍遂休息，況有成例，伏望矜從。臣無任。

【編年】

元豐三年（1080）判大名府日作。按：文中有“臣犬馬之年七十有五”句。

其　七

臣累上表章，陳乞致仕，伏蒙聖慈屢降詔旨，曲加敦諭，未賜俞從。乃俾斷章，不令復請。臣今祗服丁寧之訓，勉從夙夜之勞，即欲繼上封章，實恐頻致煩瀆。然臣桑榆景晚，犬馬力殫，未遂掛冠①，深虞覆餗。仰祈宸造，俯察愚衷，俾諧休退而歸，庶全終始之節。臣無任。

【編年】

元豐三年（1080）判大名府日作。

【箋注】

①掛冠：指辭官。典出《後漢書·逢萌傳》。逢萌學經於長安，不滿王莽所爲，即解冠掛於東都城門而歸隱。

其　八

臣累乞致仕，未蒙俞可。念臣桑榆景晚①，犬馬力殫，德薄位高，任隆責重，非惟忝據已久，實亦勉强難任。不避嚴誅，仰干宸造。伏望聖慈憫臣羸老，聽還印綬，許歸田廬。臣今不敢以重複繁詞別具章表,深恐頻繁聖覽,止於直布危懇,手陳至意。所冀易聞天聽,早遂俞音。臣無任。

【編年】

元豐三年(1080)判大名府日作。

【箋注】

①桑榆景晚:日落時光照桑榆樹端,因以指日暮。比喻晚年;垂老之年。《文選·曹植〈贈白馬王彪〉》:"年在桑榆間,影響不能追。"

其　九

臣伏蒙聖慈以臣累上奏章,陳乞休退,特差中使傳宣撫諭,矜臣羸老,察臣懇誠,申以季秋之期,當可露章之請①。此蓋陛下仁深化育②,道廣生成③,必以當盛夏炎燠之時④,非老者行役之際,俾及秋杪⑤,使遂首途⑥。上戴鴻恩,感極以泣。臣已附表奏謝,別具劄子布區區犬馬之誠。臣無任。

【編年】

元豐三年(1080)五月判大名府日作。按:《長編》卷三〇八:"(元豐三年)九月癸亥,召河東節度使守司徒兼侍中判大名府文彥博陪祠。先是,彥博乞罷使相,領宮觀。手詔諭令過明堂聽旨,於是召之仍遣內侍迎賜茶藥(手詔諭彥博據御集乃五月十三日)。"

【箋注】

①露章:泛指上奏章。唐元稹《唐南陽郡王贈某官碑文銘》:"憲宗皇帝不得已下誅詔。不浹日,露章自潤曰:'十月十二日,錡就擒,從亂者無遺餘。'"

②化育:化生和養育。《中庸》:"能盡物之性,則可以贊天地之化育。"

③生成:養育。《晉書·應詹傳》:"(韋泓)既受詹生成之惠,詹卒,遂製朋友之服,哭止宿草。"

④炎燠(yù):暑熱。唐白居易《曲江早秋三年作》:"方喜銷炎燠,復嗟時節換。"

⑤杪(miǎo):年、季、月的末尾。唐柳宗元《四門助教廳壁記》:"其有通經力學者,必於歲之杪,升於禮部,聽簡試焉。"

⑥首途:出發,上路。唐杜甫《敬寄族弟唐十八使君》:"登陸將首途,筆剳枉所申。"

一〇

臣伏蒙聖慈特遣中使賜詔書丁寧撫諭,以臣頻年上章,累求致仕,前後敦諭,已極重複,都不體諒者。臣仰被宸旨,俯積兢惶,深味聖言,復增感涕。緣臣年衰位重,已極滿盈①,福過災生,日虞顛覆。是以頻有干瀆②,懇祈退閑。今蒙恩旨,令臣少爲逡巡③,且停來奏,俟將來郊祀禮成,當有處分。重言如天,炳若星日。臣之所請休致,今則有期,更不敢繼上奏章,喋喋煩瀆。甫過嚴禋④,恭俟俞旨。臣無任。

【編年】

元豐三年(1080)五月判大名府日作。

【箋注】

①滿盈:謂月盈自虧,水滿自溢,盛極必衰的自然規律。語出《易·豐》:"日中則昃,月盈則食。"

②干瀆:冒犯褻瀆。唐韓愈《上宰相書》:"干黷尊嚴,伏地待罪。"

③逡巡:遷延。《晋書·劉頌傳》:"昔魏武帝分離天下,使人役居户,各在一方;既事勢所須,且意有曲爲,權假一時,以赴所務,非正典也。然逡巡至今,積年未改。"

④嚴禋:莊重地祭祀。唐李紓《登歌奠幣》:"尊祖奉宗,嚴禋大帝。"

劉御藥回附口奏

聖旨以某頻上章求致仕,前後敦諭,已極重複,都不體諒者。

始初聞命，深積兢惶，然深味聖旨，復增感涕。蓋某年衰位重，深懼滿盈之災，遂致頻有干冒。今蒙聖旨，令某少爲逡巡，且停來奏，俟過郊禮，當有處分。則某所請休致，今遂有期，更不敢繼上章煩瀆。才過郊禮，恭候俞旨。

【編年】

元豐三年（1080）九月判大名府奉詔陪祠日作。

乞致仕隨表劄子

其　一

臣元豐中犬馬之年七十八，先帝憫其疲老，許以退休。伏自皇帝陛下、太皇太后陛下臨政，起臣於林下，追赴闕庭，仍俾平章重事。昏耄非才①，固辭不獲。今已三年有餘，力所不支，深慚尸素，頻年請退，竟未許從。臣今年事比元豐中又益老耄，加之多病，伏望聖慈許從懇迫之誠〔一〕，遂其退歸之志。

【編年】

元祐四年（1089）平章軍國重事任上作。文中有“今已三年有餘”，文彦博元祐元年五月復出，拜平章軍國重事。

【校勘】

〔一〕“許從”上原有“意”字，當爲衍字，逕刪。

【箋注】

①昏耄（mào）：衰老；老邁。《吳越春秋·夫差傳》：“今大夫昏耄而不自安，生變起詐，怨惡而出。”

其　二

臣以年過耄耋，已具表并劄子懇祈休退，茲者必望聖慈矜從。

臣以羸瘠①,自京至洛六驛,難以乘坐簷子遠行②。切欲及此洛汴未凍間,乘舟至洛,稍得安穩,伏望俞旨,便可促裝。臣無任懇切祈天俟命之至。

【編年】

元祐四年(1089)平章軍國重事任上作。

【箋注】

①羸瘠:瘦弱。《荀子·正論》:"庶人則凍餧羸瘠於下。"

②簷(dàn)子:肩輿之類供乘坐的工具。《新唐書·輿服志》:"疾病許乘簷。"

其 三

臣近上章并累上劄子懇乞,伏蒙聖恩頻賜詔書敦諭,未亮至誠,緣臣年將九十,固難任職。但爵齒之高,謂可表率多士①,而又德薄望輕,不能鎮重風俗。以此自度,乃知素飡②,豈宜久處!然臣之至懇,切在乞身而歸,得遂正丘之志③,其幸甚矣!伏望聖慈憫憐其誠,早賜俞旨。

【編年】

元祐四年(1089)平章軍國重事任上作。

【箋注】

①多士:衆多之士。指百官。《書·多士》孔穎達疏:"士者,在官之總號,故言士也。"

②素飡:謂無功受禄,不勞而食。《詩·魏風·伐檀》:"彼君子兮,不素飡兮。"

③正丘之志:即回歸故土之志。傳説狐將死時,必先擺正頭的方向,使頭朝着其穴所在的故丘,以表示不忘本,叫做"正丘首"。《禮記·檀弓上》:"古之人有言曰:'狐死正丘首,仁也。'"

其　四

　　臣近累上表章劄子請休致,已竭精誠,惟望聖慈矜憫,早賜俞從,令臣得於洛汴未凍已前,乘舟而歸,使疲老免陸行之勞。臣本欲入對軒陛^①,口陳至懇,又以腹臟未寧,未敢趨朝。俟得請,勉力入謝。臣無任。

【編年】

　　元祐四年(1089)平章軍國重事任上作。

【箋注】

　　①軒陛:宮殿的前沿和臺階。借指宮殿或皇帝。唐張九齡《酬王履震遊園見貽》:"逶迤戀軒陛,蕭散反丘樊。"

其　五

　　蒙降批答不允,仍斷來章。臣以詞情懇切,累上奏章,誠知煩瀆之過。然臣衰疲,不能任事,惟望聖慈深賜軫憐,必從其請,遂其退閑。臣無任。

【編年】

　　元祐元年(1086)至元祐五年(1090)平章軍國重事任上作。

其　六

　　臣懇迫之誠,已具累章,上瀆宸聽。念臣爵禄年齒皆極盈滿,以致災患,嬰疾未平^①。伏望聖慈特垂哀察。仍乞不候批答臣所上累表,便賜俞旨,早得去位,庶免疾顛,以全衰朽。臣不勝激切俟命之至。取進止。

【編年】

　　元祐二年(1087)二月平章軍國重事任上作。原本題下注云:"元祐元年二月。”誤,當爲元祐二年二月。按:文彥博元祐元年五月始復出,不可能當年二月就求致仕。《長編》卷三七七,元祐元年五月丁巳朔條:“河東節度使、守太師、開府儀同三司、太原尹致仕、潞國公文彥博除太師、平章軍國重事。”彥博首祈致仕在平章軍國重事任上滿一年後。《東都事略》本傳:“期年,乃求去。”

【箋注】

①嬰疾:纏綿疾病;患病。《後漢書·李膺傳》:“道近路夷,當即聘問,無狀嬰疾,闕於所仰。”

其　七

臣歷觀前代輔相之臣,勳德重望爲時倚賴者,及其老或病,乞身以退。時君憫勞矜老,多遂其請,所以全人臣進退之禮,敦君父始終之恩。如唐之房、杜、姚、宋、裴度輩,可謂賢相,時之倚重。而宋璟、裴度以老疾求退,皆遂其請,且云成人君養老之恩〔一〕。臣以非才,不敢比於前賢,徒以遭逢聖世,忝竊過分,又其年過耄耋,必望聖慈矜憫,許其退歸。臣無任。

【編年】

元祐二年(1087)平章軍國重事任上作。

【校勘】

〔一〕云:四庫本作“謂”。

其　八

臣自去年秋冬及今年夏秋,以年老疲薾,累上章乞退,未蒙允許。乞候興隆節後,必望矜從。今已經聖節,上壽禮成,伏望聖慈察臣懇誠,許臣乞骸歸老。臣不敢別具表章,慮頻瀆天聽,伏乞早賜矜允。臣無任。

【編年】

元祐二年(1087)平章軍國重事任上作。原本題下注云:“元祐二年。”

其　九

臣以衰老，不任職事，不避頻煩聖聽，今早已入劄子，乞退歸丘園。臣之情誠極於迫切，緣桑榆之景垂盡，鐘漏之期不永①，安能任重致遠！惟望聖慈憫其疲憊，乞與骸骨，使遂首丘之望。臣於私第，日俟俞音。臣無任。

【編年】

元祐二年（1087）九月平章軍國重事日作。宋蘇軾《賜太師文彥博上第一表乞致仕不允批答》一元祐二年九月八日：“夫樂丘園而厭軒冕，亦古人之一節，而非聖賢之高致。”

【箋注】

①鐘漏之期：喻殘年，暮年。宋范仲淹《老人星賦》：“想天上之宵徵，寧悲鍾漏。”

②首丘之望：傳説狐狸死時頭向着巢穴所在的山。後指懷戀故鄉。《楚辭·九章·哀郢》：“鳥飛反故鄉兮，狐死必首丘。”

一　〇

臣以衰殘，久爾尸素，累貢誠懇，乞歸林泉。私居俟命，未被俞音。諸司以奉旨不接臣文字，須至乞對，口陳至誠，必望聖慈浚發德音，亟從所請。臣無任。

【編年】

元祐二年（1087）九月平章軍國重事日作。

【附載】

蘇軾《賜太師文彥博上第一表乞致仕不允批答·其一》（元祐二年九月八日）：“夫樂丘園而厭軒冕，亦古人之一節，而非聖賢之高致；尊耆老以重朝廷，蓋天下之大計，而非沖人之私欲。與其使朕屈公議以從卿，曷若卿少貶其私意以徇天下乎？”

蘇軾《賜太師文彥博上第一表乞致仕不允批答·其二》（元祐二年九月八日）：“而吾之所以必留者三：卿以英傑之資，開物成務，世不可闕，一也；弼亮四朝，更涉變故，謀無遺策，二也；名冠天下，進退之間，爲國休戚，三也。”

一　一

臣以衰老，連年懇求休退，近上劄子乞歸，蒙聖恩賜詔，未獲俞從。愚誠迫切，啓處不遑。念臣新年八十三歲，桑榆晚景，固無幾何，勉强疲癃，誠難支久。臣切以唐之裴度，一代宗工，中外具瞻，年未七十，曾平章重事，尚止留京師裁及百日，遂得請而退。如臣之虛薄，忝冒聖恩，至優極厚。伏望太皇太后陛下、皇帝陛下察臣愚懇〔一〕，許賜退歸。臣無任。

【編年】

元祐二年（1087）十二月平章軍國重事日作。原本題下注云：“元祐二年。”

【校勘】

〔一〕愚：原作“危”，據季校本、四庫本改。

一　二

臣伏蒙聖恩，賜詔敦諭，以禦戎之策未有定議①，京東、西、河朔薦饑②，切在圖議。臣切以太皇太后陛下臨御以來，德澤沾洽，人心歡泰。廟堂哲輔，皆陛下高選，訏謀獻納③，萬務畢舉。而老臣昏拙，厠於其間，一無裨補，但勉强疲駑，焉能支久？伏望太皇太后陛下天地父母，哀而憐之，乞與殘骸，俾從休退。旦暮之人，豈復望丘園之樂④？臣無任。

【編年】

元祐二年（1087）十二月平章軍國重事日作。

【箋注】

①禦戎之策:此指禦西夏之策。

②薦饑:連年災荒。《左傳·僖公十三年》:“晋薦饑。”孔穎達疏引李巡曰:“連歲不熟曰薦。”

③訏謀:指謀劃朝政大事。《舊唐書·職官志三》:“(王府官屬)諮議參軍一人,友一人……諮議訏謀左右,友陪侍規諷。”

④丘園:指隱居的地方。漢蔡邕《處士圈叔則銘》:“潔耿介於丘園,慕七人之遺風。”

一　三

臣載瀝愚誠〔一〕,上干宸聽〔二〕。伏念臣自熙寧、元豐間,累乞休致,前後凡八九年,蒙先帝哀憐,許以謝事,退歸林下。曾未三歲,伏遇皇帝陛下、太皇太后臨御之始,起自田里,已逾八十,累蒙詔旨甚嚴,敦迫上道,俾之平章重事,弗獲固辭。迨今四年,尸素已甚。奚自被命而來,繼乞退歸,前後章數十上,未蒙矜允。而臣年益篤老,智力皆殫,念終無補報萬一。加之連年多病,昏耄弗支,近者兩上封章①,七具劄子②,再乞致仕。天聽未回,仍不許收接文字,區區愚衷,無以自達。僶俛逾月〔三〕,復遇興龍誕節③,幸遂稱觴④,常諧得謝之期。懇迫之情,輸竭已盡,臣今更不敢別具表章上瀆。而況陛下眷留老臣,前後恩禮已極,亦不敢更煩詔諭。伏望聖慈哀憫,亟降俞音,許遂退休。激切之誠,旦夕俟命。

今年過明堂大禮,累陳乞休退,未蒙矜可。尋奏乞候過興龍節上壽,伏望聖慈矜憫疲癃,早令休退。

【編年】

元祐四年(1089)十二月十八日平章軍國重事日作。原本題下注云:“元祐四年十二月十八日。”

【校勘】

〔一〕載：原作“戴”，形近而訛，據季校本、四庫本改。載：頻率副詞。表示動作行爲兩次或多次重複，可譯爲“兩次”、“又”、“一再”等。瀝：披露；表露。《南齊書·何昌寓傳》：“昌寓非敢慕慷慨之士……瀝腸紓憤，仰希神昭。”愚：原作“危”，據季校本、四庫本改。

〔二〕宸：原作“震”，形近而訛，據季校本、四庫本改。

〔三〕僶俛：季校本、四庫本作“黽勉”。義皆可通。皆爲努力之意。

【箋注】

①封章：言機密事之章奏皆用皂囊重封以進，故名封章。亦稱封事。漢揚雄《趙充國頌》：“營平守節，屢奏封章。”

②劄子：奏議文體的一種。始於宋代。宋歐陽修《歸田録》：“唐人奏事，非表非狀者，謂之榜子，亦謂之録子，今謂之劄子。中書樞密院事，不降宣敕者，亦用劄子，與兩府自相往來亦然。”

③興龍誕節：宋哲宗生日。宋哲宗壽節十二月八日爲興龍節。哲宗本十二月七日生，因避僖祖趙朓生日（十二月七日）忌，故後一日名哲宗聖節。

④稱觴：即稱觴上壽。舉杯飲酒，表示祝壽。《陳書·侯安都傳》：“明日，安都坐於御坐，賓客居群臣位，稱觴上壽。”

一　四

臣昨過明堂大禮，陳乞休致，未蒙矜可。尋乞候過興龍節上壽，今已具劄子奏上，伏望聖慈，必賜允從。

【編年】

元祐四年（1089）十二月十八日平章軍國重事日作。原本題下注云：“十二月十八日。”

一　五

臣已具劄子奏乞解罷重任，復致官政，具述四年之間，章數十上，誠懇殫竭，年過耄耋，力難勉强。兼蒙聖恩眷留，前後禮意備至,更不敢別具表章,只乞亟降俞旨。臣昨日入對,面告聖慈,激切之誠,控陳已盡,義無可留。必望哀憐老臣,曲垂矜允,聽遂乞身之請,俾全終始之恩。臣見今居家,日夕俟命,伏乞早賜處分。臣無任[一]。

【編年】

元祐四年(1089)十二月十九日平章軍國重事日作。原本題下注云:“十二月十九日。”

【校勘】

〔一〕臣無任:原脱,據季校本、四庫本補。

一六

臣近以年齒昏耄,久尸重任,力不能强,義無可留。已累具劄子,再伸前請,乞遂休退。亦嘗面叩聖慈,具陳懇款,仰祈哀惻,必賜矜從。伏望速降俞旨,不敢更煩詔諭。臣無任。

臣累曾面奏,以羸老難以陸行,欲於正月乘船歸洛。今去歲止是旬日,伏望早賜降旨處分。

【編年】

元祐四年(1089)十二月二十日平章軍國重事日作。原本題下注云:“十二月二十日。”

一七

臣以累具劄子陳乞致仕,日夕俟命,至今未蒙俞旨。念臣誠懇迫切,前後所陳,固已備極,不避煩瀆聖聽,期於得請乃已。伏望皇帝、太皇太后陛下天地父母,哀而憐之,亟發德音,特垂矜允。臣無任。

【編年】

元祐四年(1089)十二月廿一日平章軍國重事日作。季校本題下注云：
"十二月廿一日。"

一 八

臣已四具劄子陳乞致仕，誠懇罄竭，得請是期。臣見今家居
俟命，日夕以覬。仰惟聖慈，必諒哀懇，伏乞早賜俞旨。臣無任。

【編年】

元祐四年(1089)十二月二十二日平章軍國重事日作。原本題下注云：
"十二月二十二日。"

一 九

臣近者累具懇誠，再申前請，乞解重任，復遂退休。并嘗入
對，仰叩聖慈，罄陳悃愊。伏蒙皇帝、太皇太后察其至誠，憫其篤
老，特降詔書，俯垂矜允。仰荷終始保全之賜，實逾天地父母之
恩。奉承諭言，不勝感涕。臣前具奏聞，俟至後月汴、洛水善，乘
舟西歸。今已恭依詔旨少留，至二月上旬啓行，欲望聖慈速賜降
制處分。臣今家居，日夕俟命下入謝，以敘感恩荷戴之誠。

臣授命之後，告謝正謝禮畢，尚當數次入對，方敢朝辭，以盡
犬馬戀主之誠。兼正月假日甚多，比謝辭禮畢，已及春和，伏望旦
夕先降制命。

【編年】

元祐四年(1089)十二月二十三日平章軍國重事日作。原本題下注云：
"十二月二十三日。"《長編》卷四三六，哲宗元祐四年十二月戊午條："是日詔
文彥博累乞致仕，候中春施行。"

二 〇

臣以羸老，累乞退休，伏蒙聖慈哀憐，特降詔書，許至春和，當

從所請。今已春和，日候降制，伏望聖慈早賜處分。臣無任。

【編年】

元祐五年（1090）二月五日平章軍國重事日作。原本題下注云：“二月初五日。”

二　一

臣累乞休退，已蒙聖慈矜許，居家俟命，今已累旬，伏望聖慈早降處分。況氣候暄和，舟行便於羸老。臣無任。

乞早賜付外施行。

【編年】

元祐五年（1090）二月十三日平章軍國重事日作。原本題下注云：“二月十三日。”

【附載】

“乞早賜付外施行”之後原有附記云：“此劄子不降出。十五日降麻，除兩鎮致仕，仍加食邑、實封。”

文彥博集卷三五

辭免

辭免充禮儀使^①

　　右，某蒙差人送到牒一道，爲迎奉太祖皇帝御容、孝明皇后聖容^②，赴開先殿奉安^③，奉敕差某充禮儀使。伏緣某將及都門，未經入覲，況未授新命，即預相儀，實恐非便。已具劄子奏，乞改命大臣充使。所有元敕一道，謹具送納中書。

【編年】

　　至和二年（1055）任昭文相日作。原本題下注云：“至和二年。”

【箋注】

　　①禮儀使：唐宋皆置，掌五禮。凡國有大禮，皆任命大臣掌其事，稱之爲禮儀使。《舊唐書·禮儀志一》，“開元十年，詔國子司業韋紹爲禮儀使，專掌五禮。”《新唐書·百官一·禮部郎中》：“五禮之儀：一曰吉禮，二曰賓禮，三曰軍禮，四曰嘉禮，五曰凶禮。”

　　②孝明皇后：宋太祖趙匡胤皇后。邠州新平（今陝西彬縣）人。彰德軍節度使王饒之第三女。後周顯德五年（958），娶以爲繼室。對上恭勤不懈，待下頗仁慈謙和，受封琅琊郡夫人。建隆元年（960），趙匡胤稱帝，建立宋朝，八月，

册爲皇后。善彈箏鼓琴。常穿寬衣，陪趙匡胤進食。晨起誦佛經，事奉太祖生母杜太后唯謹，頗得歡心。乾德元年（963）十二月死，終年二十二歲。

③開先殿：宋太祖的神御殿，在太平興國寺。安放皇帝皇后遺像的宮殿叫神御殿。即爲古代的原廟，是在正廟之外，别立一廟，安放遺像，以奉祖宗衣冠之遊。

辭免公使錢①

臣今早進呈宗室公使錢文字，蒙顧問體例，臣因便奏陳樞密使帶節度使不當例受公使錢。去歲曾奏乞請罷，當時雖未蒙俞旨②，然臣必不可請受③。臣近移鎮永興軍，又准宣接續支賜公使錢，今檢到去年八月奏劄子一宗文字，謹具進呈。伏望聖慈許從請罷，非惟遂臣素志，亦冀粗革前弊，稍有後法。取進止。

【編年】

治平四年（1067）樞密使任上作。原本題下注云：“治平四年。”

【箋注】

①公使錢：宋代官府用於宴請和饋送過往官員的費用。宋范仲淹《奏將先減省諸州公用錢却令依舊》：“切以國家逐處置公使錢者，蓋爲士大夫出入，及使命往還，有行役之勞，故令郡國饋以酒食，或加宴勞，蓋養賢之禮，不可廢也。”

②俞旨：表示同意的聖旨。宋司馬光《辭樞密副使第三劄子》：“臣前者兩次曾辭免樞密副使，未奉俞旨。”

③請受：領受；享受。唐韓愈《論變鹽法事宜狀》：“及至院監請受，又須待其輪次，不用門户，皆被停留。”

答詔劄子

其　一

右，臣伏睹今月三日詔書，宰臣陳升之位在臣之下者①。朝有著定,國之彝儀②,苟容僭逾③,是紊綱紀。況臣之屢薄,安可克當④,願寢異恩,庶安孤跡。兼考先朝故事,止因曹利用而行⑤,臣本書生,粗知禮節,事出姑息,決不敢從。伏望聖慈特賜俞可。

【編年】

熙寧二年(1069)十月樞密使任上作。所附《中書劄子》注有日期。

【箋注】

①陳升之(1011—1079):宋建州建陽人,初名旭,避神宗諱,以字行,改字暘叔。仁宗景祐元年進士。歷知封州、漢陽軍,入爲監察御史、右司諫。任言官五年,所上數十百事。擢天章閣待制、河北都轉運使,知瀛州、真定府。神宗熙寧二年,同制置三司條例司,助王安石行新政。數月,拜同中書門下平章事、集賢殿大學士。既爲相,遂請免條例司,并時與王安石小異。因善附會以取富貴,時人稱爲"筌相"。卒諡成肅。

②彝儀:常禮。《金史·樂志下》:"臨軒發冊,備舉彝儀。"

③僭逾:即僭越。僭冒名位超越本分。《北史·魏清河王懌傳》:"天尊地卑,君臣道別,宜杜漸防萌,無相僭越。"

④克當:擔待;承擔。宋時習語。

⑤曹利用(971—1029):宋趙州寧晉(今屬河北)人,字用之。宋真宗景德初,契丹南下,從真宗親征澶州,奉命使契丹,許以歲幣,成澶淵之盟。大中祥符七年(1014),拜樞密副使,進知樞密院事。天禧三年(1019),改樞密使,次年,加同平章事。仁宗即位,又加左僕射兼侍中。在位既久,頗恃功肆威,結怨甚多。後坐從子犯法,罷知隨州。又因私貸景靈宮錢,謫房州安置,途中被護送內侍逼死。

【附載】

《中書劄子》(熙寧二年十月):"准今月三日詔。中書門下二府者,政事之出也,維是一二股肱之臣,日謨於廟堂之上,皆朕所尊禮之。顧其職豈有重輕哉?伏睹《仁宗實錄》,天聖時,二府之相猶以其職高下定位,則知往者不若今制之拘也。今文彦博蓋朝之宗臣,朕方倚以疆陲之事,雖用陳升之爲宰相,其令升之仍位彦博下,以稱朕遇賢之意。故茲詔示,想宜知悉,已降詔書如前。"

其　二

臣昨日奏乞班位在陳升之下，及追寢十月三日詔命，未奉指揮。緣今日百官起居，中書、密院別班入殿，即無妨礙。自來日後赴常朝，中書、密院同班入殿，若未得請，即難以入班，臣須至家居俟命。伏望聖慈俯從愚懇，早降俞旨。取進止。

今日進呈文字畢，欲再懇請，又已日旰，不敢留身。

【編年】

熙寧二年（1069）十月五日樞密使任上作。

【附載】

《御批》（熙寧二年十月五日）：“卿兩朝舊德，顧命元勳，位右升之，禮體甚順，其勿過爲謙抑，久鬱朕待卿之志。兼已降詔旨，來日不可不入視事也。”

其　三

右，伏蒙聖慈特賜手詔，以臣累奏乞位在升之下，及追寢十月三日詔命，未被俞音[①]。亟頒宸翰，誤獎臣以勳德，令勿過爲謙抑[②]。臣以謂忝備近司[③]，當守法度，朝班之制，不可僭逾。蓋聖慈曲有襃優，在愚臣固非謙抑。況兹禮例之起，自於利用之初，臣實畏之，豈可當也，必冀曲軫天慈[④]，俯從人欲。詔旨令來日不可不入視事，臣今日即未敢隨班入殿，已依稟入本院視事，聽候俞旨。

【編年】

熙寧二年（1069）十月六日樞密使任上作。原本題下注云：“十月六日。”

【箋注】

①俞音：帝王表示允可的詔令。宋趙抃《次韻許遵少卿見寄》：“君恩早賜俞音下，即擁菟裘故里還。”

②謙抑：猶謙遜。唐沈傳師《次潭州酬唐侍御姚員外遊道林岳麓寺題示》："含香珥筆皆眷舊,謙抑自忘臺省尊。"

③忝備近司：即任近臣。文彦博時任樞密使,掌國之武柄。

④曲軫：猶曲垂。敬詞。用於稱君上的頒賜。猶言俯賜;俯降。宋歐陽修《外任第三表》："伏望皇帝陛下曲軫睿慈,俯哀愚款。"

【附載】

《手詔》："省所奏'伏睹詔書,宰臣陳升之位在臣之下者,願寢異恩,庶安孤跡'。事具悉。卿翼亮三朝,周旋二府,國之耆雋,望實素隆。升之任用尚新,甫登宰席,原其雅意,必欲推先。是用斟酌禮文,裁其宜稱,發於朕志,奚取常規? 蓋以褒異老成,豈與利用爲比? 卿謙恭久著,於此何嫌? 往安乃居,毋逆朕命,所乞宜不允。付某。"

其　四

臣累具奏,乞追寢十月三日詔命,及乞依儀制立班在宰臣陳升之下,至今未蒙俞旨。臣欲伺候陳升之正謝畢①,再具陳乞。又檢詳儀制,使相在親王之下,宰臣在親王之上,將來合班,尤所不便。伏望聖慈詳臣累奏,班在升之下,正朝廷素定之儀,安愚臣所守之分。區區之誠,必期從可。候敕旨。

【編年】

熙寧二年(1069)十月十六日樞密使任上作。

【箋注】

①正謝：謂正式上朝謝恩。宋張淏《云谷雜記·史浩》："丞相今日正謝,今賜酒果爲太夫人之慶,可與丞相同領此意。"

【附載】

《手詔》(熙寧二年十月十六日)："省所劄子奏'臣累具奏,乞追寢十月三日詔命,及乞依儀制,立班在宰臣陳升之下'。事具悉。卿往事仁朝,再爲上宰,予嘉舊德,進服邇聯,而固執謙撝,屢形論請。謂宗祖之故,雖嘗以宮使而等差，而朝廷之儀亦已下詔書而著定。懇懇辭避，至於再三。勉從所請，不忘嘉歎。所乞宜允。付某。"

《中書劄子》（十月十九日）："准今月十九日詔書，中書門下。朕爲國朝之制，雖兵民分於二府，然其委用者皆所謂執政之臣。豈獨相樞密者以爲使相耶？朕嘗惑之。故丙申之詔，令文彦博頒陳升之上，所以尊老成而均政體也。今彦博數言於宰臣之例，非可同於親王之班，有未便。執謙慮損，情有莫回，予思罔然，雖拒勿得。其令中書門下如所請施行，故兹詔示，想宜知悉。已降詔書如前。"

乞免移判永興軍

臣近蒙特降中使，賜臣移判永興軍敕牒①。仍傳宣旨，以關中久旱，慮人心不安，令臣往彼安撫一道。臣内省衰拙，何以克當？臣以謂朝廷嚴戒邊臣，不得貪功輕舉，致有引惹，若邊鄙別無事宜，人情自然安帖。以至方田、助役、團結保甲②，皆非目下交切之務，且令權住。及罷提舉常平之官，一切委之提轉③，務從寬簡，以絶搔撓。則關輔之民④，不止安帖，亦可小康。如此，即吳中復自可安撫關中，不須愚臣誤有委付，伏望聖明詳察。取進止。

【編年】

熙寧六年（1073）七月罷樞密使，除判河陽日作。原本題下注云："熙寧六年七月。"

【箋注】

①敕牒：唐時政事堂在門下省，除授百官的文稿，必須經中書令宣侍郎奉舍人行進入畫敕字，然後由政事堂出牒公佈，故稱"敕牒"。此指授官的文書。《資治通鑑·後唐明宗天成元年》："舊制，吏部給告身，先責其人輸朱膠綾軸錢。喪亂以來，貧者但受敕牒，多不取告身。"

②方田、助役、團結保甲：方田：即方田法，亦稱方田均税法。北宋清丈土

地、均等財賦的法令。熙寧五年(1072)推行。規定每年九月後,縣官派人丈量土地,根據肥瘠分五等,制定地籍,按等定税。各縣以原來税額爲準,按土地等級平均分攤。助役:即助役錢。即宋朝實行免役法時,向原不應役户徵收補助雇役經費的錢,稱爲助役錢。募役法廢除原來按户等輪流充當州縣差役的辦法,改由州縣官府自行出錢雇人應役。雇員所需經費,由民户按户分攤。原來不用負擔差役的女户、寺觀,也要繳納半數的役錢,稱爲"助役錢"。團結保甲:即保甲法。王安石新法之一。把鄉村民户重新編制起來,以十户爲一保,選主户有幹力者一人爲保長;五十户爲一大保,設大保長;五百户爲一都保,設都保正和副保正。凡一户兩丁以上的選一人充當保丁。農閒練兵,戰時編入軍隊作戰。平時,每一大保夜輪五人警盜。保内實行連坐法。

③提轉:提刑司、轉運使司連稱。路轉運使、轉運使司,均略稱"轉";提點刑獄公事、提刑司,均略稱"提"。其連稱即爲"提轉"。

④關輔:指關中及三輔地區。今陝西關中地區。《文選·鮑照〈昇天行〉》:"家世宅關輔,勝帶宜王城。"李善注:"關,關中也。《漢書》曰:'右扶風、左馮翊、京兆尹,是爲三輔。'"

再乞免移判永興軍

右,臣近瀝懇誠,乞免移判永興軍事,伏蒙聖慈特賜詔書敦諭,不允所乞。伏念臣以齒髮衰遲,久當重務,聖慈矜憫,方許均勞,假以近藩,實寬衰拙。今才赴任三城①,尋便就移京兆②,況關輔之重,誠非衰老可當。伏望聖慈,必賜矜察,慎選才德,付以分陝③,聽臣却赴河陽之任。臣無任。

【編年】

熙寧六年(1073)七月罷樞密使,除判河陽日作。

【箋注】

①三城:指河陽。孟州,望。河陽三城節度。

②京兆:即京兆府。指永興軍。京兆郡,永興軍節度。

③分陝:此指知永興軍。相傳周初周公旦、召公奭分陝而治,周公治陝以東,召公治陝以西。後謂官員出任地方官爲"分陝"。《三國志·魏書·高堂隆傳》:"今既無衛侯、康叔之監,分陝所任,又非旦奭。"

辭免兩鎭第一劄子^{①〔一〕}

臣得進奏官報,二十六日降麻制^②,除臣兩鎭節度使,聞命若驚,不遑啓處^{〔二〕}。臣以愚薄,遭逢聖明,禄厚位高,日虞危溢。陛下曲念舊物,恩禮過隆,苟義有未安,則禮當固避。切以本朝以來,名器至愼^③,兩鎭之重,親王方授;雙鉞之貴^④,庶官不除。臣豈敢貪天之功^⑤,越本朝之制,靦顔不顧,冒寵以居?匪惟於臣難勝,實乃爲國惜法。伏望聖慈特寢殊恩,以全舊典,令臣安分,庶免責言。臣無任。

兩鎭之重非庶官所授,頃年韓琦罷相,曾授兩鎭,亦不敢當。伏望聖慈矜察,即賜寢罷。

【編年】

元豐三年(1080)閏九月自判大名府移判河南府日作。季校本題下注云:"元豐三年閏九月。"《長編》卷三〇八,神宗元豐三年九月丙戌條:"河東節度使、檢校太師、守司徒兼侍中、判大名府、潞國公文彦博守太尉、開府儀同三司,依前河東節度使、判河南府、景靈宮使、護國軍節度使、檢校太師。"

【校勘】

〔一〕辭:原脱,據季校本補。

〔二〕遑:原作"皇",據季校本、四庫本改。

【箋注】

①兩鎭:指文彦博以河東節度使、護國軍節度使致仕。鎭:指方鎭。此指鎭守一方的軍事區域和軍事長官,即節度使。

②麻制:翰林學士所草之内制。唐宋委任或免除宰執大臣的詔命。因寫

在白麻紙上,故稱。宋趙彦衛《云麓漫鈔》卷五:"至唐置翰林學士,以文章侍從,而本朝因之。翰林學士司麻制、批答等,爲内制。中書舍人六員,分房行詞,爲外制。"

　　③名器:名號與車服儀制。用以别尊卑貴賤的等級。語出《左傳·成公二年》:"唯器與名,不可以假人,君之所司也。"

　　④雙鉞:此指授予兩鎮。鉞:指節鉞。符節和斧鉞。古代授予將帥,作爲加重權力的標志。《三國志·魏書·武帝紀》:"天子假太祖節鉞,録書事。"

　　⑤貪天之功:指把上天的功績,説成是自己的力量。語出《左傳·僖公二十四年》:"竊人之財,猶謂之盜,況貪天之功,以爲己力乎!"

辭免兩鎮第二劄子

　　臣近睹進奏官報,制除臣兩鎮節度使。臣即已具表并劄子,以臣之愚薄,及於理必不可冒授,乞賜寢罷,未蒙俞可。臣伏念上荷聖恩,過有優獎,臣今不敢全違恩旨,乞祇授所加食邑、實封①,即於老臣得安愚分。臣無任激切俟命之至。

　　臣於前奏已具陳述兩鎮之重非臣庶可授,況韓琦已不敢當,今臣决不可受。伏望聖慈矜察,仍乞貼麻處分。

【編年】

　　元豐三年(1080)閏九月十一日自判大名府移判河南府日作。《辭免兩鎮第三劄子》云:"臣於今月十一日再具劄子,布露誠懇"之句。

【箋注】

　　①食邑:加封名號。賜予宗室和高級官員的榮譽性加銜。食邑係封爵之産物。實封:指"食實封"。食邑爲虚封,然食實封,則每實封一户,隨月俸給二十五文。食邑至萬户,則進爵國公。

辭免兩鎮第三劄子

　　臣於今月十一日再具劄子布露誠懇,以兩鎮之命至優至重,愚臣決不敢當，蓋恐自臣遂成體例。臣亦上體聖意，不敢全違恩旨，祇乞授食邑實封，兼鎮乞從寢罷，伏望聖慈俯從所請。臣無任。

【編年】

元豐三年（1080）閏九月自判大名府移判河南府日作。

文彦博集卷三六

辭免

免節使請受曆頭[①]〔一〕

　　臣昨於去年十二月二十七日奉制命,依舊開府儀同三司、河東節度使、守太師致仕[②]。近准西京留府准尚書户部符,依元豐《禄令》出給到節使請料錢曆頭[③]。伏念臣遭逢朝廷,久更重任,禄賜優厚,叨竊固久。本遂致仕,尚以節使優賜,實難克當。欲望聖慈特賜指揮,止用舊令,以本官請受支給[④],庶安愚分。取進止。

【編年】

　　元豐七年(1084)致仕居洛陽日作。原本題下注云:"元豐七年。"

【校勘】

　　〔一〕曆頭:四庫本"曆頭"下有"劄子"二字。

【箋注】

　　①節使:此指使相。開府儀同三司帶節度使,稱使相。俸禄優厚。節度使,四百千。春、冬各小綾十匹,春羅一匹,絹十匹,冬絹二十匹,綿五十兩。曆

頭：此指卷曆，又稱曆子。宋代官員支取俸金的憑證。宋制，料糧院掌發俸祿。發給官員料錢録，上面注明各官授官日期及俸祿數額。月給廩禄，都須將券曆送糧料院批勘，諸倉庫案驗而後發放。

②開府儀同三司：寄禄官名。北宋元豐三年九月由使相改名。爲文臣京朝官寄禄官三十階之首階。從一品。河東節度使：未賜軍額的節鎮使名。河東路太原府，沿唐制爲節鎮，未賜軍額。太師：漢代以後，歷代往往以太師爲最高榮典，授予大臣，以示尊寵。

③料錢：俸料之一種。爲文武、内外官基本俸禄，所謂月支俸錢。

④本官：此指寄禄官，即開府儀同三司。請受：俸料名稱，包括料錢（官員月俸錢）與衣賜（春、冬兩季）、月糧（禄粟）三項。

繳納文榜①〔一〕

臣昨准河南府給到致仕請俸曆頭一道，却開坐見任使相則例，并給到一月請受俸錢榜一紙。臣必謂所司錯誤〔二〕，不敢請領，亦曾審問所司，堅稱新條當然。臣即時遂具奏陳，以謂休致老臣②，不敢冒請厚禄，乞依舊制致仕官請受。自後本府被省符勘會，往復遷延，亦已半年。今准河南府別給到依舊制致仕請受曆一道，已令勾當人請領，其前來出給到文榜，却令繳納訖。謹具奏聞。

【編年】

元豐七年（1084）致仕居洛陽日作。

【校勘】

〔一〕文榜：原作“文旁”，據四庫本及文意改。四庫本“文榜”後有“劄子”二字。

〔二〕錯：四庫本作“差”。

①文榜：此指請受俸錢的卷曆。

②休致：致仕；退休。宋王禹偁《高閑》：“更待吾家婚嫁了，解龜休致未全遲。”

辭免男恩命

其　一

臣近蒙聖慈除臣男貽慶司封員外郎①，男居中充宗正寺主簿②。仰荷聖恩，不勝感戴。緣臣男貽慶自省郎乞白波輦運③，到任方及半年。男居中係臣陳乞西京勾院④，皆以便於私計。兼輦運司職事，自可往來西京，時得省覲。所有上件告命⑤，不敢祗受⑥，已具奏乞寢罷。未奉俞旨，謹再録奏聞，伏乞早降指揮。取進止。

臣男勾當西京勾院居中，以臣亡父某此月二十三日私忌，每歲就寺齋祭，兼所給假滿，今已先次令發回本任。臣於西京有居宅、家廟，歲時須要人照管，貽慶等因官兼遂私便，才候臣一向平復，并令回本任。

【編年】

元祐元年（1086）八月太師、平章軍國重事日作。原本題下注云：“元祐元年八月。”

【箋注】

①貽慶：文彦博次子。司封員外郎：全稱應爲尚書省吏部司封司員外郎。職事官名。從六品。掌封爵、贈官、宗室諸親及命婦奏廕、承襲等事。

②居中：文彦博第五子。宗正寺主簿：掌勾稽本寺簿書，并通管本寺雜務。從八品。

③省郎：尚書省郎官（包括郎中、員外郎）的簡稱。文貽慶時任奉議郎、都官員外郎。都官員外郎，全稱尚書省刑部都官司員外郎。正七品。《會要·職官》六一之一五：“（元豐）八年四月二十七，詔供備庫副使兼閤門通事舍人文貽慶爲奉議郎、都官員外郎。”

④勾院：三司子司名。鹽鐵勾院、度支勾院、户部勾院三勾院合稱。

⑤告命：也叫“告”、“告身”、“官告”。授官的憑證。

⑥祗受：恭敬地接受。祗：恭敬。

其　二

臣近准尚書省劄子：奉聖旨，以臣乞免臣男貽慶與理轉運判官資序①，及男居中授宗正寺主簿，不許辭免。尋再具劄子陳奏，以貽慶近蒙聖恩，賜金紫章服②，今又特升資序。恩命稠迭，固不可當。及授居中宗正寺主簿，於臣私計不便，并乞寢罷。今再准尚書省劄子：奉聖旨，依前降指揮，不許辭免。伏緣居中見任西京勾院，臣先以恩例陳乞。切念臣家廟在彼，今來若得居中守任彼中，就便主辦歲時享祀，誠爲私幸。兼臣即目見有兒孫四人守官在京，於老臣左右不缺奉養。其貽慶理任資序，於義固不敢當；所授居中宗正主簿，於臣私計實爲未便。伏望聖慈察臣懇切，許遂私志。干冒天威，不任戰越之至。取進止。

【編年】

元祐元年（1086）九月平章軍國重事日作。《長編》卷三八七，哲宗元祐元年九月庚午條：“太師文彦博言：‘乞罷臣男貽慶與理轉運判官資序，居中免差宗正寺簿。’詔居中依所乞仍舊西京勾院，貽慶不許辭免。”

【箋注】

①理轉運判官資序：未曾親歷轉運判官職任，而理爲轉運判官資序。資序：除授某種差遣、職務所必須具備的資格（或稱資次、資地）。差遣有高下之等，緊要、閑慢之别，親民、釐務之分，正員與添差之異；同是外任差遣，又有路

分、州軍的遠近、小大之不同。與此相應,對資序提出了不同的要求。《長編》卷三九六戊辰:"凡遇有闕,先差有舉主者,如資任未及,即差權知;其次方差資序合入人。"理資序:實際上不具備某資序,而朝廷或有司通過比較,認可某官理爲某資序。如在京師任職的胥吏可理爲知州資序,在外任職的知州可理爲在京師的三司判官資序等。轉運判官:即轉運司判官。差遣名。總管轉運司庶務,兼督察屬吏。

②賜金紫章服:即賜服紫,佩以金魚袋。宋初承唐制,三品以上服紫,五品以上服緋,七品以上服綠,九品以上服青。元豐元年,去青不用,階官至四品以上服紫,六品以上服緋,九品以上服綠。凡服紫者,必飾以金魚袋;服緋者,必飾以銀魚袋。資品不及四品,如許章服服紫,則帶"賜"字。《會要·禮》四七之七:"(元祐元年(1086)閏二月)三十日,河東節度使、守太師、開府儀同三司致仕潞國公文彦博進對,命其子承議郎、權發遣提舉三門白波輦運貽慶扶掖上殿,賜貽慶金紫章服。"承議郎:寄禄官名。爲文臣京朝官三十階之第二十三階。從七品。文貽慶時爲從七品,特賜服紫。

其　三

臣近准御批臣所奏劄子,爲乞免臣男貽慶、居中所授司封員外郎及宗正寺主簿,已依所乞。今却准尚書都省劄子:奉聖旨,臣男貽慶與理轉運判官資序,居中不許辭免。切緣貽慶本令隨侍臣至闕下,入殿日給,伏蒙聖恩賜金紫章服。無功賜服,義不可當,累辭不從,黽勉祗受。今既許免郎官,却歸本任,又更蒙特升資序。到任未久,升陟無名,必致人言,愈不敢當,乞賜寢罷。所有居中先乞西京勾院,本爲便於家廟歲時主辦享祀,今若授宗正主簿,即於家私甚爲失所。今日假滿,已令發歸本任,伏望天慈,下從人欲。臣不任。

臣位居師保,任處台司[1],當以廉退表率周行[2],豈敢冒竊過恩,以致人言。伏望聖慈矜察,所有貽慶、居中所授恩命,必不敢當。

【編年】

元祐元年(1086)九月平章軍國重事日奏。

【箋注】

①台司:三公位。《後漢書·袁紹傳》:"累世台司,賓客所歸。"

②周行(háng):周之列位,即周朝官員的行列。後泛指朝官。語出《詩·小雅·鹿鳴》:"人之好我,示我周行。"

其　四

臣近再具劄子,陳免臣男貽慶與理轉運判官資序、男居中授宗正寺主簿,蒙封還臣所上劄子。准御寶批:居中以降指揮罷宗正寺主簿,依舊西京勾院;所有貽慶依前降指揮,不許辭免。今來居中遂免宗正主簿,上感聖恩,特賜從欲。所有貽慶以近蒙恩賜金紫章服,今又特升資序,實以恩命稠重,於義固不敢受,苟或冒竊,必速人言。是以不避斧鉞之誅,再三干冒天聽,伏望聖慈察臣懇切,特許寢罷,此乃聖恩保全老臣晚節。取進止。

【編年】

元祐元年(1086)平章軍國重事日奏。

其　五

臣近累具劄子,陳免臣男貽慶與理轉運判官資序。及今月二十八日簾前面罄懇誠,決不敢當,今尚未蒙俞可,伏望天慈早降指揮寢罷。無任虔切之至。

若臣男到官日久,自有勞效,朝廷法當酬賞,即不敢辭。

【編年】

元祐元年(1086)九月平章軍國重事日作。

免明堂禮畢賜物

其　一

臣據本家指使報,准諸司糧料院告示①:以臣近遇明堂禮畢②,依宰臣例支賜銀、絹、衣帶、鞍馬。切緣臣久病家居,不獲陪祠赴宿衛,所有上件支賜,義難虛受〔一〕,伏望聖慈特賜指揮寢罷。取進止。

【編年】

元祐元年(1086)九月平章軍國重事日作。原本題下注云:"元祐元年九月。"

【校勘】

〔一〕受:原作"授",據文意徑改。

【箋注】

①諸司糧料院:官司名。掌在京諸司文官俸祿券曆(領取俸祿份額憑證)的發放及由指定倉庫經審驗無誤後支付(《會要·職官》五之六五《糧料院》)。

②明堂禮:即明堂大饗禮。宋代於秋九月在大慶殿祭祀天地諸神,稱爲明堂大饗。《長編》卷一六九,皇祐二年(1050)九月辛亥,"大饗天地於明堂,以太祖太宗真宗配從,祀如圜丘。"

其　二

臣近具劄子,陳免明堂禮畢依宰臣例支賜銀、絹、衣帶、鞍馬。准尚書省劄子:奉聖旨,不許辭免。臣昨以久疾家居,既不獲陪祠宿衛,復叨恩賜,實難虛受,於義決不敢當。伏望聖慈特賜指揮寢罷,庶安愚分。取進止。

【編年】

元祐元年（1086）九月平章軍國重事日作。

其　三

臣近以明堂禮畢，蒙恩依宰臣例支賜，累具劄子陳免。及今月二十八日簾前面陳誠懇，今尚未蒙俞可。於義決難虛受，伏望聖慈早降指揮寢罷。無任虔切之至。

【編年】

元祐元年（1086）九月平章軍國重事日作。

其　四

臣近累具劄子及簾前面陳誠懇，辭免明堂禮畢依宰臣例支賜。累奉聖旨，依已降指揮，不許辭免。臣今不敢屢違恩旨，若全受即傷廉，半給即有例。臣久以使相守藩在外，雖不陪祠宿衛，亦蒙依宰臣例給賜一半。臣已令管請受給使人[①]，只依任使相比宰臣例請受一半，餘乞回納左藏庫[②]。伏望聖慈聽可。取進止。

【編年】

元祐元年（1086）九月平章軍國重事日作。

【箋注】

①請受：俸料名稱，包括料錢（官員月俸錢）與衣賜（春、冬兩季）、月糧（禄粟）三項。《文獻通考·職官》一九《禄秩》：“諸稱請受者，謂衣、糧、料錢。”

②左藏庫：宋代中央最大的財庫。以其在皇城之左，故名。收納各地所輸財賦，以供官吏、軍兵俸給及賞賜等費用。轄於太府寺。

其　五

臣近蒙聖恩，以臣男貽慶升理轉判官資序，及明堂大享，臣在病假不獲陪祠宿衛，依例錫賜。臣累具懇辭，終未蒙開可[①]。臣忝公輔②，自當稍知廉恥，以表率縉紳。今若不顧義理，貪冒恩賞，寧免人言之責，必貽福過之災。所有臣男升資，懇祈寢罷，并臣經大禮支賜，只乞依例給半。臣不憚再三之瀆，祇祈天監察其誠懇，必賜矜從。臣無任。

　　臣以前件恩賜決知非宜，必望聖慈從其所請，乃所以保全老臣晚節。

【編年】

　　元祐元年（1086）十一月平章軍國重事日奏。《長編》卷三九一，哲宗元祐元年十一月戊辰條：“太師文彥博言：‘乞請罷男貽慶升理運判資序，及明堂大禮以在病假，不獲陪祠宿衛，其錫賜乞依例半給。’并從之。”

【箋注】

　　①開可：即許可。宋歐陽修《謝致仕表》：“自陳悃愊，屢至瀆煩，既久歷於歲時，始曲蒙於開可。”

　　②公輔：三公和四輔。公輔連稱代指輔佐帝王的重臣。三公一般指太師、太傅、太保。四輔：三代傳說夏王左右有四輔臣，即前疑、後丞、左輔、右弼。

免賜銀合

　　臣昨日奏劄子辭免御封所賜銀合，今蒙批降聖旨，不許辭免。臣伏思忝冒，實難當授，容臣俟簾對日，口陳所以不可虛授之理。伏望聖慈察其誠懇，必賜追寢。謹奏。

【編年】

　　元祐三年（1088）九月平章軍國重事日作。原本題下注云：“元祐三年九月。”

免差入內都知管勾葬事〔一〕

臣以妻王氏身亡，伏蒙聖恩特差勾當御藥院老宗元傳宣宣問①，仍傳聖旨，已差入內都知管勾葬事。恩眷隆厚，必不敢當，伏望聖慈特賜寢罷。取進止。

【編年】

元祐四年（1089）正月平章軍國重事日作。原本題下注云："元祐四年正月。"

【校勘】

〔一〕入：原作"人"，文中有"已差入內都知管勾葬事"句，據文意改。入內都知：（宋）入內內侍省都知簡稱，僅次入內內侍省都都知，正六品宦官。掌禁中供奉之事。《宋史·職官志》六《入內內侍省》："入內內侍省有都都知、都知、副都知、押班。"

【箋注】

①勾當御藥院老：即御藥院勾當官。差遣名。以入內內侍省內侍擔任，掌按驗方書，修合藥劑，以待進御及供奉禁中之用。《會要·職官》一九之一四："御藥院勾當官四人，以入內內侍充，掌制藥以進御，又供禁中之用，凡藥嘗而後進。"

免致仕奏薦恩澤

其　一

臣伏蒙聖恩，以致仕依條與五人恩澤外，更特與一名官。伏念臣向者蒙聖慈過聽，起於休退，俾忝國論，無補毫分，昏耗疲癃，累章特請，復還故棲。天幸已甚，更蒙推恩，固難克當。臣有堂侄曾孫常，去年明堂大禮後，曾奏乞恩澤，以雖是本族同居之親，爲服紀已絕①，尋別奏常之親叔安雅，得假承務郎②。授命數月，未曾出官而身亡。臣念其本房孤遺，并未有得官者，今衹乞特授常一近下名目外，其餘恩澤決不敢當。蓋臣前時致仕，已得恩澤，於義固不可再授恩澤，伏望聖慈從其誠請。取進止。

【編年】

元祐五年（1090）五月自平章軍國重事復致仕日作。原本題下注云："元祐五年五月。"

【箋注】

①服紀：即服制。以喪服規定親屬關係親疏遠近的制度。古代喪服制度，按與死者關係的遠近，分爲斬衰、齊衰、大功、小功、緦麻五服。

②假：官制用語。代理、兼攝之意。承務郎：寄禄官名。爲文臣京朝官寄禄官三十階之第三十階，即末階。從九品。自承務郎以上至宣德郎（宣教郎）爲京官。

其　二

臣伏蒙聖恩，以臣致仕依條與五人恩澤外，更特與一名官。臣即劄子奏陳，以臣前曾致仕已得依例恩澤，今來於義不當再授，更不敢陳乞。止有堂侄曾孫常一名，去年明堂大禮，曾用例奏乞。以服紀已絶，尋別奏常之親叔安雅，得假承務郎。不幸才受命數月，身亡。臣念其本房孤遺，并無食禄者，只乞特授常一近下名目外，其餘恩澤決不敢當[一]，伏蒙聖慈不許辭免。伏念臣寵禄過分，私門蒙恩已多，無補朝廷，久自愧負，豈可更兹僥倖？義實未安，必難克當。伏望聖慈特賜允臣所請。取進止。

【編年】

元祐五年（1090）五月自平章軍國重事復致仕日作。

【校勘】

〔一〕其：原脱，據文意補。

謝賜銀

臣伏蒙聖恩特賜銀五千兩，即具劄子辭免，不敢克當[一]。尋奉御批不許辭免,又蒙特降中旨宣諭不允。臣不敢再三上瀆聖聽,已祗受訖。臣無任。

【編年】

元祐五年(1090)四月自平章軍國重事復致仕日作。原本題下注云:"元祐五年四月。"

【校勘】

〔一〕克當:原作"當克",據四庫本改。克當:能承當;敢當。唐司空圖《答孫郃書》:"所貺累幅,質厚責於我,是足下勤於吾道,必欲起而振之也,何以克當?"

再辭致仕恩澤

臣近准尚書省劄子:奉聖旨,文某致仕,依條與五人恩澤外,特與一名官。尋兩具奏陳,臣前後蒙恩澤已多,不敢克當。臣有同居堂侄曾孫常一名,昨遇明堂大禮,奏乞推恩,爲服已盡,礙新條不行,別具陳乞常親叔安雅,授假承務郎。被恩之後不數月,未經參選,身亡。臣以常見今孤遺,房下并無食禄者,止乞授常一近下名目外,餘乞寢罷。今再准尚書省劄子:奉聖旨,文常特與假承務郎,餘依前降指揮者。臣無任感恩荷戴之至。所有臣今來致仕依條合得五人恩澤,累具辭免,難以祗受,更不敢陳乞上件恩澤。謹具奏聞。

【編年】

元祐五年(1090)自平章軍國重事復致仕日作。

文彥博集卷三七

辭免

免賜公使錢劄子

其　一

臣准尚書省劄子:三省同奉聖旨,文某特依前任宰相例支破添賜公使錢①〔一〕,仍令河南府管勾支用者。恭惟聖恩眷念老臣,極爲優異,荷戴之深,如負山岳。然自來前宰相知判州府,則有犒設軍兵②,延待賓客,以其本任不足,故有添賜之名。今臣以疲老,蒙聖恩從請,得遂休致,閒居西洛,則無延客犒軍之理,若授添賜,極是無名,臣必不敢祇受。伏望聖慈許從寢罷。

【編年】

元祐五年(1090)六月自平章軍國重事復致仕日作。原本題下注云:"元祐五年六月。"

【校勘】

〔一〕例:原脱。按《其二》有"特依前任宰相例支破添賜公使錢"之語。

據補。

【箋注】

①支破：支付；撥給。宋岳飛《奏招楊欽狀》：“水寨首領楊欽將帶到本寨徒衆老小約一萬餘人……臣已優加存撫，及即時支破錢糧養贍。”

②犒設：猶犒享，慰勞。《續資治通鑒·宋仁宗慶曆六年》：“本路蠻寇未息，而官軍久戍，請歲給公使錢一千貫以犒設將校。”

其　二

臣近蒙聖恩，特依前任宰相例支破添賜公使錢。臣以致仕，退居里閭，受賜無名，乞行寢罷。今准尚書省劄子，奉聖旨不許辭免者。然臣伏蒙聖慈矜憫羸老，得遂退閑，優賜無名，不可冒受，必賜俞允。

【編年】

元祐五年（1090）六月自平章軍國重事復致仕日作。

【附載】

《河南府申狀》：“西京留府右都廳准元祐五年六月四日尚書省劄子，文某劄子奏：‘近蒙聖恩，特依前任宰相例支破添賜公使錢。臣以致仕，退居里閭，受賜無名，乞行寢罷。今准尚書省劄子，奉聖旨不許辭免者。然臣伏蒙聖慈矜憫羸老，得遂退閑，優賜無名，不可冒受，伏望聖慈必賜俞允。謹奏。’六月四日三省同奉聖旨，令河南府將所賜公使錢附本府公使庫收管，應緣文某合用公使錢，依例支用。右劄河南府者。右本府已帖公使庫照會去訖。”

其　三

臣伏蒙聖恩，依前宰相例支破添賜公使錢。恭惟聖慈垂軫老臣，至爲優異，然臣以受之無名，又無前例，即所賜自臣爲始，更啓後人之例，殊不自安，累奏乞行寢罷。今又准河南府公文：奉聖旨，令河南府將所賜文某公使錢附本府公使庫收管，應緣文某合用公使錢依例支用者。臣既遂休致，即無合用公使錢〔一〕，授受之間，誠爲不便。況臣閒居逸老，翛然自適①，乃聖恩所賜餘年，恩禮至厚。又菽水不欲累於公私②，創開此例，致後人攀援。伏望聖恩必賜寢罷。

【編年】

元祐五年（1090）六月自平章軍國重事復致仕日作。

【校勘】

〔一〕錢：原脱，據上下文補。

【箋注】

①翛（xiāo）然：無拘無束貌；超脱貌。《莊子·大宗師》：“翛然而往，翛然而來而已矣。”前蜀韋莊《贈峨嵋李處士》：“如今世亂獨翛然，天外鴻飛招不得。”

②菽（shū）水：豆和水，指最平凡的食品。一般指晚輩對長輩的供養。

進獎諭詔劄子

臣向以侍中充樞密使，到院後，每歲依例支公使錢三分之一，歲合支錢三千三百餘貫。臣謂雖有舊例，既無犒設，所用終是無名，竟不敢請，累章還納。蒙先帝從允，賜詔獎諭，今具録進呈。

【編年】

元祐五年（1090）自平章軍國重事復致仕日作。

【附載】

《許免公使錢詔》（元祐五年）：“據某省中書准樞密院劄子奏：卿因進呈宗室公使錢文字，嘗言樞密使帶節使不當例受公使錢，今檢去年八月臣所奏劄子上進，伏望許從寢罷事。朕日則萬幾，晨訪近輔，而卿因録先朝之奏草載，辭舊府之公錢。乃謂在外則有犒軍之常，在内則無享賓僚之事，顧敢受於私意，願悉還於縣官。朕惟德盛者必約諸身，計遠者必體於國，故曾子輕楚人之富，何慊義之所在；汾陽佐藩市之求，衆謂忠之尤至。勉從嘉舉，重集襃懷，所請已從，故兹詔示，想宜知悉。"

《允詔》："敕省所劄子奏，辭免依前宰相例支破添賜公使錢，事具悉。卿舊德元老，弼亮四世，勤勞帝室，厥功茂焉。朕諮謀始初，復起自洛，雍容大政，亦粵四年。倦倦告歸，誠請莫奪，朝廷推尊禮之意，有司賦公養之錢，而屢剡忱辭，重開後比，惟授受之恤，有廉高之風。翛然燕居，願無塵累，静言審計，義不忍違。惇史善猷，勿殊内外，永綏眉壽，朕有賴焉。所請宜允。"

答詔劄子

臣伏蒙聖慈依臣所奏辭免支錫公使錢者。厚賜無名，固當避免，大君有命，得遂允從。仍降詔音，過加天獎，捧承至重，榮幸兼深。臣無任。

【編年】

元祐五年（1090）自平章軍國重事復致仕日作。

辭免男恩命

其　一

臣據西京進奏官李平狀申，臣男貽慶除兵部郎中[①]，臣男及除集賢殿修撰[②]。聞命之初，不遑啓處。緣臣男各以解官持母服，將欲服滿，遽蒙朝廷特此優異除授，退量忝竊，實難克當[一]。俟四月從吉[③]，各令赴闕，躬自陳免。謹先具奏聞。

【編年】

元祐五年（1090）自平章軍國重事復致仕日作。《東都事略·文彦博傳》："彦博致仕，及甫以集賢殿修撰、知河陽。"

【校勘】

〔一〕克當：原作“當克”，據四庫本及文意改。

【箋注】

①兵部郎中：全稱應爲尚書省兵部兵部司郎中。從六品。掌管武官的階品和差遣。

②集賢殿修撰：職名。三館秘閣高下次序爲：昭文館、史館、集賢院、秘閣。館閣官次序爲：昭文館大學士、監修國史、集賢院（殿）大學士。館職高下次序爲：集賢院學士、集賢殿修撰、史館修撰，直昭文館、直史館、直集賢院、直秘閣。

③從吉：居喪畢，脱去喪服，穿上吉服。《晉書·孟陋傳》：“喪母，毁瘠殆於滅性……親族迭謂之曰：‘……若使毁性，無嗣，更爲不孝也。’陋感此言，然後從吉。”

其　二

臣於三月三十日伏睹進奏官李平狀申，蒙朝恩，特授臣男及集賢殿修撰。臣以恩出望外，難以克當，即時具劄子奏免，至今未蒙從允。今月十一日，蒙朝廷降到誥命，必不敢承受。兼臣男及亦自具狀陳免，所有告身已送河南府收掌①。伏望聖慈早賜從允。伏候進止。

【編年】

元祐五年（1090）自平章軍國重事復致仕日作。

【箋注】

①告身：古代授官的憑證。《北齊書·傅伏傳》：“周克并州，遣韋孝寬與其子世寬來招伏……授上大將軍、武鄉郡開國公，即給告身。”

其　三

右，某近蒙聖恩，特授臣男某集賢殿修撰，尋具劄子陳免，伏

蒙特賜詔書不允者。臣竊以恩命過恭，懼不敢當，累具懇辭，未蒙
矜允。恭承詔諭，益重戰兢，伏望聖慈俯從愚誠，特賜寢罷。兼臣
男及亦再具狀陳免次。

【編年】

　　元祐五年（1090）自平章軍國重事復致仕日作。

其　四

　　臣近累具陳免聖恩除授臣男及集賢殿修撰恩命事，伏蒙再賜
詔書不允者。切念臣向者起自退休，再叨重任，充位累歲，訖無少
補。幸縈聖度^①，再遂謝歸。慚負厚恩，自知無以塞責。至於所
得奏薦恩例，皆不敢當，即蒙矜許。今乃以臣謝事，無爵可加，而
使臣男及敘進職名，復此忝冒^②，實難祗受。兼臣男已累具辭免，
伏望聖慈深察至誠，早賜寢罷。取進止。

【編年】

　　元祐五年（1090）自平章軍國重事復致仕日作。

【箋注】

　　①縈：蒙受。《春秋傳服氏注九》：“王室之不懷，縈伯舅是賴。”
　　②忝冒：猶言濫竽充數。唐白居易《初授拾遺獻書》：“但言忝冒，未吐
衷誠。”

其　五

　　臣男及持母服初除，得遂西臺閑局^①，以便養親，極爲優幸。
更蒙進職，事出無名，必不敢當。伏望聖慈追寢進職之命，必期
得請。

【編年】

　　元祐五年（1090）自平章軍國重事復致仕日作。

【箋注】

①西臺閑局：西京御史臺閑職。即權管勾西京留守司御史臺。《長編》卷四六八，元祐六年十一月壬寅條："左朝奉郎、直龍圖閣、權管勾西京留司御史台文及爲集賢殿修撰、知河陽。"

其　六

臣近累具狀陳免臣男及加集賢殿修撰恩命，三奉詔書，不許辭免。屢煩訓諭，恐懼不遑，然義有未安，不可輒已。緣臣去歲獲解重任，再遂退休，自以居位無補，不敢更當自得恩例，臣嘗懇辭〔一〕，皆獲俞允。今者臣男及敘遷撰職，復以臣致政無爵可加爲名，實非臣之素願，所以不避冒瀆再三，必祈寢罷。伏望聖慈察臣懇款，特賜矜從。

【編年】

元祐五年（1090）自平章軍國重事復致仕日作。

【校勘】

〔一〕臣：原闕，據四庫本補。

其　七

臣男及所進職名，決不敢祗受。俟臣男服除之後，任以繁難，年歲之間，稍有績效〔一〕，朝廷過推恩典，謂之疇庸①，猶可恭授，今即不然。伏望聖慈特寢前命，俾安愚分，庶息人言。臣無任瞻天命惶懼之至。

【編年】

元祐五年（1090）自平章軍國重事復致仕日作。

【校勘】

〔一〕績：原作"積"，據文意改。又下文有"所有加職之命，不緣績效"之句。

【箋注】

①疇庸:酬報功勞。疇,通"酬"。酬報。庸,功。《三國志·魏書·李通傳》:"(通)不幸早薨,子基雖已襲爵,未足疇其庸勳。"

其　八

臣伏睹告命,除臣男及集賢殿修撰知河陽者。聖恩深厚,感戴不勝。切緣臣男已蒙假守藩郡,私計便安,極爲僥倖,不敢辭避。所有加職之命,不緣績效,忝冒過優,實難祗受。他日若因繁難任使,稍著勞效,焉敢固辭?伏望聖慈特許寢罷。取進止。

臣男及已有奏狀辭免所加書殿之職,伏望聖慈從允。

【編年】

元祐五年(1090)十一月自平章軍國重事復致仕日作。原本題下注云:"元祐五年十一月。"

其　九

臣以衰老,致政居洛,有子孫五人,蒙朝廷優假,并得西京差遣,令便侍養。臣以謂尸禄者過多,遂乞臣第七男及便近州郡,俾之宣勞,以報厚禄。今蒙聖慈差知河陽,并再除集賢殿修撰。得郡既便,加職難當,尋奏乞辭免所加職名。屢瀆聖慈,未賜俞允。臣以爲因自乞郡,仍加職名,在於私誠,實難克當[一]。伏望聖慈鑒其懇切,許罷職名。臣無任惶恐俟命之至。

【編年】

元祐五年(1090)自平章軍國重事復致仕日作。

【校勘】

〔一〕克當:原作"當克",據文意徑改。

一　〇

右,臣近具劄子奏免臣男及所加集賢殿修撰職名,伏奉詔書不允者。老臣無狀，久忝厚恩，愚子何知，繼叨寵命。既難虛受，須至固辭，伏蒙聖恩特降詔旨，曲加敦諭，未賜俞從。仰戴聖慈，不任感荷，惶恐之至。謹具奏謝。

臣男所加職名已別具劄子，奏乞許賜寢罷。

【編年】

元祐五年（1090）自平章軍國重事復致仕日作。

一一

右，臣以父子遭逢朝廷擢用，寵逾涯分①，理合再辭。伏蒙薦降詔書，未從所欲。仰荷聖眷，俯激愚衷。臣無任惶悚之至。

【編年】

元祐五年（1090）自平章軍國重事復致仕日作。

【箋注】

①涯分（fèn）：限度；本分。《隋書·董純傳》：“先帝察臣小心，寵踰涯分，陛下重加收采，位至將軍。”

一二

臣向以休致居洛，子孫五人并除洛中差遣。臣以尸禄者過多，不遑啓處，遂乞第七男及補郡自試，尋蒙恩差知河陽，并再除集賢殿修撰。得郡已便，加職難當，尋再乞辭免職名，迭蒙賜詔不允。在臣子之分，尤不遑安，伏望聖慈許罷職名。必若年歲之間，治郡稍有成績，或委繁難驅使，朝廷因而推恩，敢不祗受！臣無任懇切之至。取進止。

【編年】

元祐五年（1090）自平章軍國重事復致仕日作。

奏狀　一

右,臣伏准今月三日蒙賜詔書,以熙河蘭岷路奏①,據温溪心差蕃部青宜賒囉阿角四以蕃書詣范育②,欲以騮驪馬一匹送與卿事。已敕邊吏答賜所直,其馬今以賜卿。臣勘會舊例,邊帥在任,蕃酋或有獻馬,并以官物優答其直,其馬納官。臣今蒙聖恩,以馬賜臣,實恐有異故常,特啓新例。臣決不可受,伏望聖慈特賜寢罷已行之命。謹具奏聞。

【編年】

元祐六年(1091)七月致仕居洛陽日作。《賜馬詔書》注云:"元祐六年七月。"

【箋注】

①熙河蘭岷路:陝西路以永興、鄜延、環慶、秦鳳、涇原、熙河分六路。熙河路,包括熙州、河州、洮州、岷州、通遠軍五州。元豐五年,得蘭州,熙河路加"蘭會"二字。元祐改熙河蘭會路爲熙河蘭岷路。

②温溪心:宋代邈川(今青海樂都)吐蕃首領。初,與西夏通好,欲借夏人力量報唃廝囉殺父之仇。宋熙寧九年(1076),派人入宋,請求歸附,因曾依附夏國,遭拒。元豐七年十月,復修書遣使至蘭州宋邊官李憲處,再次請求歸附。元祐元年(1086),向宋貢犏牛,獲回賜。二年三月,拒從阿里骨、鬼章攻洮、河二州,且與大首領心牟欽氈遣使向宋密報機事。以功被宋授瓜州團練使。元祐六年(1091)十月,因慕宋臣文彥博之名,贈文氏名馬。七年八月,爲阿里骨所逼,與子共赴青唐,被拘。九年(1094),宋派人至青唐,與阿里骨協商赦其父子之罪,阿里骨不應。

【附載】

《賜馬詔書》(元祐六年七月):"敕某省熙河蘭瑉路奏,據温溪心差蕃部青宜賒囉阿角四以蕃書詣范育,欲以騮驪馬一匹送與卿事。惟我宗臣,名震夷落，狼心鳩舌，知獻厥誠。朕以張復拒羌之獻，不如旅獒昭德之致。已敕邊吏答賜所直，其馬今以賜卿，至可領也。故茲詔示，想宜知悉。”

奏狀　二

臣以西蕃溫溪心送馬一匹與臣，蒙朝廷支賜馬價與溪心，及蒙降詔賜馬與臣，令熙河經略司報知溪心。臣以事異故常，不敢受賜，奏乞將馬納官，蒙再降詔書不允。臣今以事小，不敢頻有煩瀆，依詔命祗受。已別具表謝次。

【編年】

元祐六年（1091）七月致仕居洛陽日作。

【附載】

《賜到答詔》：“敕某省所奏，伏蒙詔書，溫溪心欲以馬一匹送與卿，已敕邊吏答賜所直，其馬今以賜卿。臣恐有異故常，特啓新例，伏望特寢已行之命。事具悉。種羌獻誠，屬我大老。雖異康侯，蕃庶晝日三接，以彰裴度勳德，名聞四夷，茲豈故常，奚煩謙避？所請宜不允。”

《熙河蘭岷路經略安撫使司公文》：“准元祐六年七月二日樞密院劄子，熙河蘭岷路經略司奏，據溫溪心差蕃部青宜賒囉阿角四齎到蕃字，稱溫溪心文字，上告熙州經略使范龍圖：東京有個文相公，自家如今獻送騮驪馬一匹，告龍圖好生照管，將馬疾早送與文相公。去下本司看驗得，係騘驖驪，大九歲，已送蕃部司餵養。伏乞朝廷詳酌指揮，候敕旨。三省樞密院同奉聖旨，今范育依例佑價以物，作朝廷指揮。回答仍修寫蕃字送溫溪心，馬以准朝廷指揮差人管押，送與文相公去也。所有馬仍令學士院降詔，賜與文某。今劄付權發遣熙河蘭岷路經略使直龍圖范朝奉，指揮差人押送文太師交割，准此。右，勘會本司近差管勾河州西原堡左班殿直李震，管押拂林國般次赴闕，已帖李震因便管押上件馬一匹，赴致政太師衙送納去訖，伏乞照會收管。”

文彦博集卷三八

舉官

舉李綖

臣昨准例奏乞國子監直講李綖改官僉署許州判官公事①。准中書劄子：奉聖旨，李綖與權忠武軍掌書記②，候一年與改京官者③。臣於李綖，本非素舊，采於眾議，謂有文行，曾應制舉④，久爲學官，輒露奏章乞除幕職，於臣竊知人之美，爲國有育材之漸。今綖自太學講官權授外郡掌記，誠似屈其資望，切慮綖以學職，近例更須二年改官。或聞前例，自學官奏辟，皆得改授合入京官。兼近歲陳執中奏辟鞫真卿充陳州通判⑤，亦以校年限未滿，特授集賢校理⑥。伏望聖慈以綖在太學歲久，文行爲眾所稱，特賜改轉合入京官，僉書許州判官公事。如改轉後，本官犯正入己贓，臣甘同罪。取進止。

【編年】

皇祐二年（1050）任昭文相日作。原本題下注云："皇祐二年。"

【箋注】

①國子監直講:學官名。由通經術、有德行之京官或選人充。掌教授諸經,每二人共講一經。皇祐四年五月後并規定須年滿四十歲以上有老成之器堪爲監生表率人充,選人到監五年改京官。元豐三年正月十七日,改爲太學博士。僉署許州判官公事:差遣名。選派京官擔任宋代各州府判官時稱簽書判官廳公事。負責具體處理官署文案。

②權:差遣術語。文臣資任差一任(或品未及)而任職者,或以他官暫時兼領者,帶“權”字。忠武軍:潁昌府,次府,許昌郡,忠武軍節度。本許州。元豐三年,升爲府。掌書記:全稱“節度掌書記”。選人階名。北宋前期選人四等七階中之第一等第二階。

③京官:即未常參官,不能參預朝謁的京師官員。常參官稱“朝官”,或稱“升朝官”。

④制舉:以制科取士。由皇帝臨時設置并親自主持的選士考試。《新唐書·選舉志上》:“天子又自詔四方德行、才能、文學之士,或高蹈幽隱與其不能自達者,下至軍謀將略、翹關拔山、絶藝奇伎莫不兼取。其爲名目,隨其人主臨時所欲,而列爲定科者,如賢良方正、直言極諫、博通墳典達於教化、軍謀宏遠堪任將率、詳明政術可以理人之類,其名最著。”《宋史·選舉志二》:“制舉無常科,所以待天下之才傑,天子每親策之。”太祖朝制舉有賢良方正能直言極諫、經學優深可爲師法、詳閑吏理達於教化三科。真宗景德二年(1005)置賢良方正能直言極諫、博通墳典達於教化、才識兼茂明於体用、武足安邊、洞明韜略運籌決勝、軍謀宏遠材任邊寄六科。仁宗天聖六年(1028)制十科:賢良方正能直言極諫、博通典墳明於教化、才識兼茂明於体用、詳明吏理可使從政、識洞韜略運籌決勝、軍謀宏遠材任邊寄六科,以待京朝官之被舉及應選者;書判拔萃以待選人之應書者;高蹈丘園、沉淪草澤、茂才異等以待布衣之被舉及應書者。據《長編》卷一〇七,仁宗天聖七年閏二月壬子條。

⑤通判:爲州府副長官,由中央派遣,監察所在州府官員,號稱“監州”。凡州府事務文書,必須知州或知府與通判連署,方能生效。州一人,大州二人。人口不及萬戶者不置,如果知州是武臣,小州亦置。

⑥集賢校理:北宋前期置爲館職,掌整理圖書,供職一至二年後,許帶職補外,并可超遷官階。

舉陳湜

臣奉敕差充永興軍一路都部署、安撫使①。切見太常博士陳湜久在河東、陝西差遣②,深曉邊事軍政,欲乞差本官管勾永興軍一路都部署安撫使司機宜文字③,只理本官合入差遣資序④〔一〕。右,取進止。

【編年】

皇祐五年(1053)移判永興軍兼秦鳳路兵馬事日作。《長編》卷一七五,皇祐五年八月戊申條:“觀文殿大學士、吏部尚書、新知秦州文彥博爲忠武軍節度使、判永興軍兼秦鳳路兵馬事。”文中有:臣奉敕差充永興軍一路都部署、安撫使。”故繫於此。

【校勘】

〔一〕合:原作“令”,據四庫本改。

【箋注】

①永興軍一路都部署、安撫使:全稱爲秦鳳路經略安撫使兼馬步軍都部署。常由知州府兼任。慶曆元年十月十八日,罷陝西都部署、經略安撫沿邊招討使,沿邊四路分置招討使,此爲其中之一,統兵二萬七千餘,初以文臣樞密直學士(正三品)充。

②太常博士:文階名。轉後行員外郎;特旨轉左、右司諫,殿中侍御史。

③管勾永興軍一路都部署安撫使司機宜文字:帥司幕僚官,掌本司文書草擬、收發等公事。多由宗室、外戚、地方簪纓豪門子弟之賢者差充。《會要·職官》四一之一一五:“諸路帥司,向緣軍興,事涉機密,許辟親屬充書寫機宜文字。”

④理資序:實際上不具備某資序,而朝廷或有司通過比較,認可某官理爲某資序。如在京師任職的胥吏可理爲知州資序,在外任職的知州可理爲在京

師的三司判官資序等。《長編》卷三五九，元豐八年八月戊寅條：“詔今後親王府翊善、侍讀、侍講……第二任知州，理提刑資序。”差遣資序：《文集》卷二九《奏除改舊制》：“吏部選人，兩任親民，有舉主，升通判。通判兩任滿，有舉主，升知州軍。自此已上敘升，今謂之常調。知州軍有績效，或有舉薦，名實相副者，特擢升轉運使、副、判官或提點刑獄省府推、判官，今謂之出常調。轉運使有路分輕重遠近之差：河北、陝西、河東三路爲重路，歲滿多任三司副使，或任江淮都大發運使；發運使任滿，亦充三司副使；成都路次三路，任滿亦有充三司副使或江淮發運使；京東、西、淮南又其次；江南東、西、荆湖南、北、兩浙路又次之；二廣、福建、梓、利、夔路爲遠小。已上三等路分轉運使、副任滿，或就移近上次等路分，或歸任省府判官，漸次擢充三路重任，以至三司副使。提點刑獄則不拘路分輕重，除授轉運使、副、省府判官，或逐急籍才，差知大藩鎮者，其歸亦多任三司副使，或直除修撰、待制者。三司副使歲滿，即除待制。有本官是前行郎中、少卿或除諫議大夫者，有資淺而除集賢修撰，充都轉運使，後亦除待制。三院御史，舊制多是兩任通判已上舉充，歲滿多差充省府判官或諸路轉運副使。累遷至三路，歲滿充三司副使，又歲滿除待制、御史。或言事稱職，公論所推，即非次拔擢，係自特恩。正言、司諫自來遷擢無定制，或兼帶館職，文行著聞；或議論識體，方正敢言，朝廷所知，臨時不次擢用，本無常法。三館職事本育才待用之地，例當在館久任，其間資地人品素高者，除修起居注（即今起居舍人）；遇知制誥有闕，即試補。”

舉馮詻任允孚

臣奉敕差充永興軍路都部署兼置制秦鳳路軍馬司公事。緣秦鳳日近頻有蕃界事宜，須藉經諳本處事體才幹官吏逐急差使。一，臣切見屯田郎中馮詻[①]，曾任秦鳳路都監及通判秦州[②]，首尾六年，并准朝廷指揮令管勾蕃部公事，深諳秦州東西路蕃情邊事，本官見合入知州差遣。臣欲乞差充秦鳳路置制勾當公事[③]，兼不妨本官待闕差遣[④]，亦無僥倖，只候沿邊置制稍有倫序，却令發付本任。一，臣切見太常博士任允孚，自慶曆三年差管勾秦鳳路經略司機宜文字及通判秦州，至去年方替，在彼十年，深諳事體。臣今欲乞差本官管勾秦鳳路置制司機宜文字。右，取進止。

【編年】

皇祐五年（1053）移判永興軍兼秦鳳路兵馬事日作。文中有："臣奉敕差充永興軍路都部署兼置制秦鳳路軍馬司公事。"

【箋注】

①屯田郎中：尚書省工部屯田司郎中省稱。文階名。屬後行員外郎。從五品上。

②秦鳳路都監：全稱秦鳳路兵馬都監。差遣名。參總本路不係將屯駐、駐泊、就糧禁軍屯戍邊防、訓練政令。

③秦鳳路置制勾當公事：勾當公事爲帥司屬官。此指秦鳳路經略安撫使兼馬步軍都部署屬官。

④待闕：經吏部銓選擬注某官或某差遣後，須等待該闕現填人出闕，方能赴任，在此期間，稱待闕。

舉邵叔元

臣切見三班奉職李昌來臣處公參①，云奉宣差權秦州伏羌寨監押②。切緣伏羌是秦州西路最大城寨，控三都谷、文嬴開兩路，自來屯兵之處，及體當西路事宜全藉得力寨主監押，兼向來多近上或帶職班行充寨主③。今來寨主是殿直謝育④，又差李昌權監押，恐不能彈壓蕃漢公事。臣勘會秦州三陽寨監押〔一〕、殿直邵叔元，在秦州差遣十餘年，深諳彼處蕃情邊事，兼有心力，欲乞就差邵叔元充伏羌寨監押。勘會東路治坊寨監押已及二年，却乞差李昌權治坊監押。取進止。

【編年】

　　皇祐五年（1053）至至和二年（1055）判永興軍兼秦鳳路兵馬事日作。文中所言爲秦州兵馬事，故繫於此。

【校勘】

　　〔一〕監押：原作“押監”。

【箋注】

　　①三班奉職：武階名。屬三班小使臣階列。北宋太宗淳化二年正月十四日，改殿前承旨爲三班奉職。屬三班院使臣。位在三班借職之上，左、右班殿直之下。其敘遷，由三班奉職轉右班殿直

　　②伏羌寨監押：寨兵馬監押，軍職名。宋在沿邊諸寨置兵馬監押。如仁宗朝對西夏用兵時，涇原路諸寨有寨主，并置兵馬監押二員。

　　③班行：武官俗稱。與文資相對。《清波雜志》卷二：“元豐前，樞密院奏薦子弟皆補班行。”

　　④殿直：武階名。左右班殿直通稱。屬三班小使臣階列。右班殿直位次於左班殿直、在三班奉職之上。敘遷轉左班殿直。

舉曹弼

　　臣切見秦州隴城寨監押、侍禁曹弼好人材①，有膽勇方略，在秦州差遣首尾十年，深諳邊情，今欲滿替②。勘會秦州寧遠寨在西路極邊，兼寨主尹寶臣自到任三年有餘，欲乞就差曹弼充寧遠寨主③。取進止。

【編年】

　　皇祐五年（1053）至至和二年（1055）判永興軍兼秦鳳路兵馬事日作。文中所言爲秦州兵馬事，故繫於此。

【箋注】

　　①秦州隴城寨監押：差遣名。侍禁：左、右侍禁通稱。武階名。屬三班小

使臣階列,右侍禁位次於左侍禁,在左右班殿直之上。敘遷轉左侍禁。

②滿替:即任滿得替。差遣、職事官除授單位以任計,滿任即須赴闕(或候命)重新注授新的差遣或職事。任期多以三年爲滿任(成任),也有二年、三十個月、四年等。

③寨主:差遣名。多置於要衝或邊境新建寨。

舉張度

臣切見自來節度使赴任①,例奏薦得門客一名。今有太學進士張度②,孤寒有文行,曾經省試下第,在臣門館多年。況近制奏薦門客,更不理選出官③,張度欲乞特賜一試銜名目④。取進止。

【編年】

皇祐五年(1053)判永興軍兼秦鳳路兵馬事日作。《文集》卷三二《乞門客張度恩澤》:"先於皇祐五年,以臣奏薦,蒙恩授試將作監主簿,不理選限。"

【箋注】

①節度使:文彦博時爲忠武軍節度使。《長編》卷一七五,皇祐五年八月戊申條:"觀文殿大學士、吏部尚書、新知秦州文彦博爲忠武軍節度使、判永興軍兼秦鳳路兵馬事。"

②太學:宋代最高學府。宋初八十年間,最高學府是國子學,太學還只是其屬下廣文、太學、律學三館中。慶曆四年(1044),太學從三館中分出,獨立建校,一躍而成爲最高學府。進士:舉子名。凡業進士科考試的舉人,無論是應發解試(州試)、省試(禮部試)及殿試,通稱進士。

③不理選出官:不理選限接受差遣。選限:指對未出官人與未命官人候參銓選注官的期限(包括選數)的限制。如選人替官日須依選限候選。出官:宋選人等初次接受差遣之稱。選人和廳補得官人年滿二十五(後改爲二十歲),經銓試或呈試合格,方許赴吏部注授差遣。如銓試不中,年滿四十;呈試不中,年滿三十,亦許出官。

④試銜：即“試秩”。無職事，但有表示資格、階秩之義。進士及第、諸科同出身、試方略人、門廊、特薦、貢奉人經試等無官人解褐，授以試大理評事、校書郎、正字、寺監主簿、助教、齋郎。北宋前期，非正命官稱“試官”、“試秩”、“試銜”，須守選。屬未釋褐之預備官。《長編》卷六〇，景德二年六月丁丑朔：“詔應進士、諸科同出身試將作監主簿者，并令守選。”《通典·職官》一：“試者，未爲正命，凡正官，皆稱行、守。”神宗元豐改制後，凡寄禄官品低於職事官二品者，職事官帶“試”字。《宋會要·職官》五六之七：“元豐四年十月二十七日，詔自今除授職事官，并以寄禄官品高下爲法，……下二品者爲試。”

舉孟辦〔一〕

臣切見提舉北京金新堤、職方員外郎孟辦①，文學中第，廉幹在公，恬於進趨，確然有守。加以素負才武，頗懷忠義，曾有臣僚知其所能，舉換右職②。伏望聖慈許召赴闕，量其人材，特賜擢用。

【編年】

熙寧七年（1074）至元豐三年（1080）判大名府日作。

【箋注】

①提舉北京金新堤：差遣名。職方員外郎：全稱應爲尚書省兵部職方司員外郎。文階名。從六品上。

②右職：指武職。《宋史·神宗紀一》：“詔：‘自今文臣換右職者，須實有謀勇，曾著績効，即得取旨。’”

舉楊宗禮

臣切見右驥驥副使楊宗禮①，頃自廣南知州安撫都監〔一〕，因言馬政，先朝特召爲群牧都監〔二〕。到任已及三年，備見勤幹，兼創擘畫右天廄坊②,充蕘生馬監,漸有倫叙。欲乞留宗禮再任,藉其經度,庶有成效。取進止。

【編年】

治平二年(1065)至熙寧六年(1073)任樞密使日作。

【校勘】

〔一〕都:原作“却”。按安撫都監:差遣名。北宋真宗朝路安撫司官額之一,次於安撫使、副使,由武臣諸司副使以上充。

〔一〕群:原作“郡”。按群牧都監:差遣名。以諸司使以上武臣充任。與判官輪流下諸州巡按馬坊都監,點檢新蕘生國馬并監察烙印記號於群馬左胯上。

【箋注】

①右騏驥副使:武階名。同七品。位次於左騏驥副使。北宋前期諸司副使,有東班、西班之分。西班諸司副使,構成了武臣遷轉官階序列,共二十一副使,分爲五等:其一,皇城副使;其二,宮苑副使、左騏驥副使,右騏驥副使、內藏庫副使等。

②右天廄坊:宋朝養國馬機構。

舉錢長卿等

臣等奉聖旨選舉官兩員與王存、顧臨編修《經武要略》,删定諸房例册,及今本院都副承旨提舉①。臣等切見著作佐郎錢長卿、大理寺丞劉奉世②,各有學術,勤於編綴,欲乞差充本院編修《經武要略》、删定諸房例册官。取進止。

【編年】

治平二年(1065)至熙寧六年(1073)任樞密使日作。

【箋注】

①本院都副承旨:樞密院都承旨、樞密院副都承旨連稱。《宋史·職官

志》:"都承旨、副都承旨,掌承宣旨命,通領院務。若便殿侍立,閲試禁衛兵校,則隨事敷奏,承所得旨以授有司;蕃國入見亦如之。檢察主事以下功過及遷補之事。"

　　②著作佐郎:秘書省著作佐郎省稱。文階名。從六品上。有出身轉秘書丞,狀元及第人由大理評事轉著作郎。無出身轉左贊善大夫。大理寺丞:文階名。從六品上。有出身轉殿中丞,無出身轉太子中舍。劉奉世:字仲馮,臨江新喻(今江西新餘)人,劉敞子。熙寧進士。神宗朝,歷集賢校理,直史館、國史院編修官。哲宗元祐七年(1092),拜樞密直學士,簽書院事,章惇當國,乞免去。紹聖元年(1094),以端明殿學士知成德軍,改定州。逾年,知成都府。言官劾其元祐中"合劉摯傾害大臣,附呂大防、蘇轍",再貶隰州團練副使、郴州安置。徽宗立,復職。崇寧初再奪職,責居沂州、兗州。政和三年(1113),復職。奉世優於吏治,精於漢史,與父敞、叔攽齊名,世稱"三劉"。

舉李端卿等

　　臣切見權河北監牧使周華近丁憂去職①。本路馬政方有倫理,切要素知牧事之官相繼整齊。切見群牧判官李端卿累經本司任使②,詳知坊監利害,兼資序已深,乞差充河北監牧使。兼睹都官員外郎、都水監丞張佇處事精敏③,乞差權監牧判官。如逐官向去職事曠敗,臣甘妄舉之坐。取進止。

　　近知李端卿以家貧累重,累乞外任,都水監内外丞額外員數甚多,必可減那此一員。

【編年】

　　治平二年(1065)至熙寧六年(1073)任樞密使日作。

【箋注】

　　①權河北監牧使:文臣資任差一任(或品未及)而任職者,帶"權"字。河北監牧使:分領河北諸馬監厩牧之政。

　　②群牧判官:差遣名。全稱爲群牧制置司判官。負責與群牧都監每年輪

流檢查外地養馬坊與養馬監,點印蕃息的國馬。

③都官員外郎、都水監丞張佇:張佇之本官爲都官員外郎,差遣爲都水
監丞。

舉劉庠①

臣切見龍圖閣直學士、知太原府劉庠,向爲諫官,屢陳讜
議②,累經外任,咸有美稱。今領太原一道,緝治兵防③,拊綏夷
夏,紀綱振舉,人情悦服。臣雖遥領河東,與庠義均聯事,知其善
狀,理合薦論。伏望聖慈特與不次升擢,仍令再任,所貴方面得
人,朝廷增重。取進止。

【編年】

熙寧六年(1073)六月判河陽日作。原本題下注云:“熙寧六年六月。”

【箋注】

①劉庠:字希道,彭城(今江蘇徐州)人,歷任監察御史裏行、殿中侍御史、
河東轉運使、河北都轉運使、知開封府。知太原府,徙秦州。《宋史》卷三二二
有傳。

②讜議:公正的議論。《晋書·羊祜傳》:“勢利之術,無所關與,其嘉謀讜
議,皆焚其草,故世莫聞。”

③緝治:謂整治。宋蘇軾《論擒獲鬼章稱賀太速劄子》:“朝廷方欲緝治邊
防,整肅驕慢。”

舉范純仁

臣切見工部郎中、直集賢院、知和州范純仁①,名臣之後,能
世其家,忠義不回,流輩推服②。伏望聖慈召還禁近③,以備訪問,
必有正議,仰裨聖政。取進止。

【編年】

熙寧六年（1073）六月判河陽日作。原本題下注云：“年月同上。”

【箋注】

①工部郎中、直集賢院、知和州范純仁：工部郎中是范純仁的本官，直集賢院是其所帶職名，知和州是其差遣。范純仁（1027—1101）：字堯夫，江蘇吳縣（今江蘇蘇州）人，范仲淹之子。進士及第。元豐中提舉西京留司御史臺，復知河中。哲宗立，直龍圖閣、知慶州。召爲天章閣待制兼侍講，除給事中。元祐三年，拜尚書右僕射兼中書侍郎。反對以車蓋亭詩而重貶蔡確。元祐更化時期，不因私交深厚而附和司馬光的“元祐更化”，反對司馬光全盤否定王安石變法的一切措施，主張差役法可行；因國用不足，建議復青苗法。元祐四年，以觀文殿學士知潁昌府。元祐五年，加大學士、知太原府。後徙河南府，再徙潁昌。召還，復拜右僕射。落職知隨州。明年，又貶武安軍節度副使，永州安置。卒，年七十五。謚忠宣。御書碑額曰“世濟忠直之碑”。《宋史》卷三一四有傳。

②流輩：猶儕輩。謂同輩或同一流的人。《北史·賀若敦傳》：“顧其流輩，皆爲大將軍，敦獨未得。”

③禁近：居禁中而接近帝王的官職，多指文學侍從。《新唐書·獨孤鬱傳》：“以疾辭禁近，徙秘書少監。”

舉王大方

臣切見供備庫副使、安肅軍駐泊都監王大方①，勳臣之後，敏於從事，累經繁使，悉有美稱。臣今保舉堪充升擢任使。

【編年】

熙寧六年（1073）六月判河陽日作。原本題下注云：“年月同上。”

【箋注】

①供備庫副使：武階名。武臣敘遷之階。北宋前期爲西班諸司副使階之一，從七品，位次於禮賓副使。安肅軍：北宋景德元年（1004）改靜戎軍置。治安肅縣（今河北徐水）。屬河北西路。駐泊都監：駐泊兵馬都監省稱，駐泊都監

與在城都監相對而言。凡管領諸州軍駐泊禁軍(有別於屯駐、就糧禁軍)之兵馬鈐轄,冠以"駐泊"二字。王大方,不詳何人。

舉徐保伸[一]

臣切見供備庫副使徐保伸,累更邊任,熟曉兵政,廉良謹厚,不憚勤劇,見任江南東路駐泊兵馬都監,將欲任滿。伏望聖慈就差充河陽兵馬鈐轄①,替王臨滿闕。

【編年】

熙寧六年(1073)六月判河陽日作。原本題下注云:"年月同上。"

【校勘】

〔一〕伸:四庫本作"申"。下同。

【箋注】

①河陽兵馬鈐轄:差遣名。兵馬鈐轄在州者,稱州兵馬鈐轄,州郡兵官將校差遣分六等:總管、副總管、路分鈐轄、州鈐轄、路分兵馬都監、州兵馬都監。按格法,依所立戰功、有履歷人等第除授。

舉呂公懋

臣切見都官員外郎呂公懋,秉心堅正,莅事精敏,勤職安分,眾謂滯淹。伏望聖慈特賜不次升擢任使。

【編年】

熙寧六年(1073)六月判河陽日作。原本題下注云:"年月同上。"

舉蘇液

臣切見著作佐郎蘇液,才資雋敏①,性質剛果。昨在樞府供職,尋以臺章去官②,衆謂非辜,事亦尋白。伏望聖慈特賜升擢任使。

【編年】

熙寧六年(1073)六月判河陽日作。原本題下注云:"年月同上。"

【箋注】

①雋敏:俊秀敏快。宋歐陽修《六一詩話》:"時有安鴻漸者,文詞雋敏,尤好嘲詠。"

②臺章:御史彈劾之章。

舉張利一①

臣切見皇城使、達州刺史、衛州鈐轄張利一②,久更邊任,深曉事機,求之輩流,不可多得。昨在雄州,以不約束屬吏,致引惹生事,原情實非己事。然而料度虜情,應答邊機,皆有倫理,故北人頗憚而愛之。今降爲散官,内遷閒職,北虜頗得其計,邊人深惜其去。伏望聖慈體察,早賜牽復知邊要州軍。取進止。

【編年】

熙寧六年(1073)六月判河陽日作。原本題下注云:"熙寧六年六月。"

【箋注】

①張利一:字和叔,張耆次子。以廕補供奉官、光州都監。歷知冀、莫、廣信、雄、代、鄭諸州軍,遷嘉州團練使。招徠北人,發廩賑濟,頗得民心。官終雄州團練使。

②皇城使、達州刺史、衛州鈐轄張利一:張利一實任職事是衛州鈐轄。皇城使:武階名。同六品。屬諸司正使階列。北宋前期諸司正使有東班、西班之分,西班構成了武臣遷轉官階序列,共二十一使,分爲五等:其一,皇城使;其二,宮苑使、左騏驥使、右騏驥使、内藏庫使、左藏庫使等。達州刺史:遥郡階官。被視爲美職。節度觀察留後、觀察使、防禦使、團練使、刺史五階兼領諸司

使、副及橫行使、副等官階者,爲遥郡官。武官分爲正任官(自節度使至刺史)、遥郡官(自遥郡節度觀察留后至遥郡刺史)、橫行官(自内客省使至西上閤門副使)。衛州鈴轄:軍職名。兵馬鈴轄在州者,稱州兵馬鈴轄。

舉李師錫

臣切見河陽通判李師錫,才資樸茂,處事幹勤,前爲陝西轉運判官,深曉鹽馬之法。切聞以議論寡合,托以慢公,非時差替。近又以前任按察之誤,與轉運使一例降官。原情頗輕,降奪差重。伏望聖慈體察,早賜牽復。取進止。

【編年】

熙寧七年(1074)五月判河陽任上作。原本題下注云:“熙寧七年五月。”

舉蘇轍①

臣念伏蒙聖慈從欲,均逸便藩,當求時才,助宣邦教。切見權留守推官蘇轍②,博通經術,深知治體,見任陳州州學教授,今已歲滿。欲望聖慈就差充河陽州學教授。如臣所舉不如狀,及犯正入己贓,甘當同罪。取進止。

兼河陽累有前例奏差學官,近向經奏留教授陳安民再任,自後奏充國學直講,本州見今缺官。

【編年】

熙寧六年(1073)六月判河陽日作。原本題下注云:“熙寧六年六月。”

【箋注】

①蘇轍(1039—1112):北宋時眉山(今屬四川)人。字子由,號潁濱遺老。爲北宋著名文學家,又有“小蘇”之稱。仁宗嘉祐年間進士。神宗時,王安石行新法,軾、轍力言不便。累官尚書右丞門下侍郎。後以事忤元豐諸臣,累貶徙

許州（今河南許昌）。徽宗時，復官大中大夫，致仕。卒謚文定。

②權留守推官：文臣資任差一任（或品未及）而任職者，帶“權”字。留守推官：四京（東京、西京、南京、北京）留守司推官。掌推勘刑獄訴訟。

舉高惟幾

　　臣切見益州路提點刑獄高惟幾，材幹明敏，長於治繁。臣頃任河東都轉運使，惟幾通判麟州，用兵之際，供億百端，悉能應辦。昨任益州路轉運判官日，適值歲饑，臣在益州，首先勸誘人户發粟賑濟，遂請高惟幾出巡外郡，勸誘人户出粟，一如益州之法。甚濟飢民，績狀可獎。其高惟幾伏乞朝廷特賜升擢任使，以勸勞吏。如經擢用後本官犯正入己贓，臣甘同罪。取進止。

【編年】

　　慶曆六年（1046）知益州日作。原本題下注云：“慶曆六年”。

文彦博集卷三九

舉官

舉楊文舉

臣切見利州路提點刑獄楊文舉,廉勤幹敏,前年利州路大饑,臣累牒本官體量救濟,備見用心集事①,以致流民不致重困。伏乞朝廷特賜旌獎,升陟任使。如經擢用後犯正入己贓,臣甘同罪。取進止。

【編年】

慶曆六年(1046)知益州日作。文中有“前年利州路大饑”。

【箋注】

①集事:成事。《左傳·成公二年》:“此車一人殿之,可以集事。”

舉田瑜①

臣切見益州路轉運使田瑜,才識通敏,自到本路,歲月未久,而辦集財賦,更張弊原,皆有倫理。今臣保舉堪充升陟任使。如經擢用後犯正入己贓，臣甘同罪。取進止。

【編年】

慶曆六年（1046）知益州日作。

【箋注】

①田瑜：字資忠，河南壽安（今河南宜陽）人。舉進士，歷袁、郢、合三州軍事推官，知蒙、江二州，提點廣南西路刑獄。慶曆中，爲荆湖北路轉運使，率部擊敗環州蠻，徙兩浙轉運按察使，加直史館、益州路轉運使。遷諫議大夫、權三司户部副使。皇祐中，儂智高攻邕，上奏論用兵禦敵十事。平智高，又獻南方山川險要及防守之策，授廣南東路體量安撫使。以龍圖閣直學士、知青州。官至知潭州。

舉李九言

臣切見太常博士李九言，九經登第①，學術精深，施行爲政，動有規法。前任益州通判，益州適值歉歲②，與臣協力賑濟飢民，備見績效，今已得替到闕。切緣益州通判得替舊例，皆得升陟差使。近因臣僚爭授益州通判，遂停舊例，止得循資③。而九言之職勞未録，首爲新制所限。伏乞朝廷體察，特賜升陟任使，或悉其學術，任以檢討之職。如經擢用後犯正入己贓，或舉不如狀，臣甘連坐。取進止。

【編年】

慶曆八年（1048）至皇祐三年（1051）任宰相日作。

【箋注】

①九經登第：即九經科登第。北宋制科有九經、五經、開元禮、三史、三傳、三禮、學究、明法等制科。其地位次於進士科。《新唐書·選舉志上》：“凡《禮記》、《春秋左氏傳》爲大經，《詩》、《周禮》、《儀禮》爲中經，《易》、《書》、《春秋公羊傳》、《穀梁傳》爲小經。”共九經。

②歉歲：荒年。《宋史·黃廉傳》："久饑初稔，累給併償，是使民遇豐年而思歉歲也。"

③循資：按資序逐級晉升。宋司馬光《乞優老上殿劄子》："願陛下慎選德望材器爲衆所服，知治體，曉兵略者以代之，不可以不擇其人之可否，使循資累敘而爲之也。"

舉張揆等①

准敕節文，令臣限一月內舉官三員，於通判內舉成資以上一員充知州者②。

臣切見秘書郎、通判永興軍張揆，文學政事輩流所推③，兼兩任陝西通判，并有聲稱。臣今保舉堪充知州。張揆不是見任中書、樞密院及臣之親戚，兼歷任中并無贓濫及私罪情理重者。如經朝廷擢用後，若贓汙不理，苛刻害民，臣甘當同罪。謹具狀奏聞。

臣切見太子中允、知汾州平遥縣陳湜，文行純懿④，政事詳敏。臣今保舉堪充通判。其湜不是見任中書、樞密院及臣之親戚，歷任中并無贓濫及私罪情理重者⑤。如經擢用後〔一〕，若贓汙不理，苛刻害民，臣甘當同罪。謹具狀奏聞。

臣切見秀州軍事判官鄧申，稟性公直，蒞官幹廉⑥。臣保舉堪充京官知縣。其鄧申不是見任中書、樞密院及臣之親戚，歷任中并無贓濫及私罪情重者。如經擢用後，若贓汙不理，苛刻害民，臣甘當同罪。謹具奏聞。

【校勘】

〔一〕用：原脱。按下文有"如經擢用後"之語。

【箋注】

①張揆（shàn）：字文裕（996—1074）。詳見《文集》卷五《依韻和答文裕群

牧侍郎張》注①。

②成資：文臣京朝官、武臣堂除（中書與樞密院除授）差遣，以二年得替（代還），稱“成資”；即理資序時，作滿一任計。但與“任滿”不能完全等同。

③輩流：流輩，同輩。宋曾鞏《亳州謝到任表》：“臣性姿固塞，人品眇微。獨於輩流，素嗜文學。”

④純懿：高尚完美。《文選・張衡〈東京賦〉》：“今捨純懿而論爽德，以《春秋》所諱而爲美談。”

⑤贓濫：謂貪贓枉法。宋包拯《不用贓吏》：“此輩既犯贓濫，只可放令逐便，不可復以官爵。”

⑥蒞官：上任就職。《禮記・曲禮上》：“蒞官行法。”

舉蓋平等

臣近准敕保舉通判永興軍張揆充知州。今准中書劄子，爲張揆今任永興軍通判，當知州，兼以奉聖旨候得替與試，令臣依敕別舉官聞奏者。

臣切見國子博士、通判并州蓋平，久於從政，素有能聲。臣保舉堪充知州。其蓋平不是見任中書、樞密院及臣之親戚，兼歷任中并無贓濫及私罪情理重者。如經朝廷擢用後，若贓汙不理，苛刻害民，臣甘當同罪。謹具奏聞。

臣切見屯田員外郎、通判廣州張譚，累更任使，素有聲稱。臣今保舉堪充知州。其張譚不是見任中書、樞密院及臣之親戚，兼歷任中并無贓濫及私罪情理重者。如經朝廷擢用後，若贓汙不理，苛刻害民，臣甘當同罪。謹具奏聞。

舉張宗益①

臣切見湖北轉運判官、都官員外郎張宗益，學識精深，議論宏博,莅官爲政,所至有聲。臣今保舉堪充臺閣清近之職②。所舉不如狀,臣甘謬妄之坐。

【編年】

治平二年(1065)任樞密使日作。原本題下注云:“治平二年。”

【箋注】

①張宗益:字仲損,歷任湖北轉運判官、都官員外郎,熙寧元年出使賀遼主生辰及正旦,歷知相州。

②臺閣:尚書省。清近:謂居官清貴,接近皇帝。宋歐陽修《辭侍讀學士劄子》:“臣伏見侍讀之職,最爲清近,自祖宗以來,尤所慎選。”

舉趙士宏

臣切見駕部員外郎、知永州趙士宏,識慮詳明,敏於從政,試以繁劇,必能幹濟。臣今保舉堪充升陟繁難任使。如所舉不如今狀,臣甘謬妄之坐。

【編年】

治平二年(1065)任樞密使日作。同卷《舉劉航等》作於治平二年四月,文中有:“比部員外郎趙士宏,并才術優長,臨事精敏,臣今保舉各堪充升擢繁難任使。”此兩奏應相隔不久。故次於此年。

舉姚復

臣切見大理寺丞姚復,學政精勤,臨事幹敏,士檢端愨①,爲衆所知。臣兩奏充掌機宜文字,備見其能。伏望聖慈特賜召試出身。如經擢用後所舉不如狀,甘謬妄之坐。

【編年】

治平二年(1065)任樞密使日作。原本題下注云:“治平二年十月。”

【箋注】

　　①士檢端愨：操守端正篤實。士檢：指士大夫的操守。端愨（què）：端正篤實。《荀子·修身》："端愨誠信，拘守而詳。"

舉楊遂

　　臣切見絳州團練使楊遂①，出於行陣，累有戰功。歷軍、厢主②，落權涇原州總管及沿邊都巡檢使③，頗有績效，兼年齒方壯。臣今保舉堪充管軍及邊上重難任使。如蒙朝廷擢用後，不如所舉，臣甘連坐。

【編年】

　　治平二年（1065）任樞密使日作。原本題下注云："治平二年。"據改。

【箋注】

　　①絳州團練使：正任武階名。宋制，除團練使必曰"某州團練使"，團練州、軍事州均可注授。

　　②軍主：禁軍職名。爲御前忠佐六資之別稱。《宋史·兵志》一《禁軍·建隆以來之制》："御前忠佐軍頭司：馬步軍都軍頭、副都軍頭，馬軍都軍頭、副都軍頭、步軍都軍頭、副都軍頭。"厢主：北宋駐守京城的禁軍四厢都指揮使的別稱。《事物紀源》卷六《撫字長民》第三一《都厢》："四厢都指揮使……時謂之厢主。"宋禁軍上四軍（捧日、天武、龍衛、神衛）各分左、右厢。宋王應麟《玉海》卷一三九《宋朝四厢軍》："殿前司有捧日、天武左右四厢，馬軍司有龍衛左、右厢，步軍司有神衛左、右厢，各有都指揮使，每軍各有都指揮使一員、都虞候副之。"

　　③沿邊都巡檢使：軍職名。宋朝置於諸州及沿邊諸寨，路當險要處亦或置。掌巡邏邊界重鎮、關隘要地。

舉張掞①

　　臣切見龍圖閣直學士張掞，議論堅正，器識周通，先朝侍讀學士揆之弟，學問優博，有兄之風。臣今保舉堪充經筵之職②。如所舉不如狀，臣甘謬妄之坐。取進止。

【編年】

治平二年（1065）四月判河南府任上作。按：原本題下注云：“治平二年四月。”《宋史·文彥博傳》：“（治平二年）彥博既服闋，復以故官判河南。”宋歐陽修《又回文相公服除遷侍中移判永興書》注：“治平二年四月。”《長編》卷二〇五：“（治平二年）七月庚辰，淮南節度使兼侍中文彥博爲樞密使。初，彥博自河南入見，上謂曰：‘朕在此位，公之力也。’彥博對曰：‘陛下登儲纂極，乃先帝聖意，與皇太后協贊之功，臣何與焉！’上曰：‘備聞始議，公於朕蓋有恩者。’彥博遜避不敢當，上曰：‘暫煩西行，即召還矣。’彥博行未至永興，亟有是命，又遣中使促之，至永興纔數日也。”

【箋注】

①張揆：即張文裕。詳見《文集》卷五《依韻和答文裕群牧侍郎張》注①。

②經筵之職：即任經筵講官。宋始有經筵之稱。每年春二月至端午，秋八月至冬至逢單日由講官輪流入侍講讀。

舉劉航等[一]①

臣切見屯田郎中、白波都大提舉輦運劉航，駕部員外郎、提舉在京倉草場李希逸，知永州、比部員外郎趙士宏，并才術優長，臨事精敏。臣今保舉各堪充升擢繁難任使。如所舉不如狀，甘當同罪。取進止。

【編年】

治平二年（1065）四月判河南府任上作。原本題下注云：“年月同。”當謂同上篇注云：“治平二年四月。”

【校勘】

〔一〕等：原脱，文中所舉非劉航一人，故據文意補"等"。

【箋注】

①劉航：字仲通，時任屯田郎中、白波都大提舉輦運。後任河南監牧使、司封郎中，熙寧六年冬十月辛卯至熙寧七年五月癸卯權河北西路轉運使。以其議反對新法故，熙寧七年五月癸卯提舉崇福宮。

舉魏沂

臣去年夏奉制判永興軍，奏辟河南府伊闕縣主簿魏沂，就若充京兆府學教授，未到任間，臣被召赴闕。沂已經流內銓投狀①，情願更不赴任，在銓祇候注官②。勘會沂自嘉祐八年登進士第，初任河南府伊闕縣主簿方十個月，以臣奏舉罷官，不成考第③，近知改注真定府戶曹參軍④，猶待遠闕⑤。伏緣本人久預太學生員，衆所推其學業。臣今保舉，伏乞朝廷改注沂西京或南京國子教授差遣，免致久罷官守，妨廢資考⑥，足以推廣學業，訓勵生員。

【編年】

治平三年（1066）任樞密使日作。原本題下注云："治平二年。"誤，當作於治平三年（1066）文彥博任樞密使日。文彥博判永興軍在治平二年，制書見歐陽修《又回文相公服除遷侍中移判永興軍》。題下注云："治平二年四月。"又，《長編》卷二〇五，治平二年七月庚辰條："淮南節度使兼侍中文彥博爲樞密使。初，彥博自河南入見……上曰：'暫煩西行，即召還矣。'彥博行未至永興，亟有是命。"又，文中云"臣去年夏奉制判永興軍"，故此奏當作於治平三年。

【箋注】

①流內銓：掌文官自初仕至幕職州縣官的銓選注擬和差遣、磨勘功過等事。流內銓歸隸吏部，其全稱當冠以"吏部"銜。

②注官：銓敍官職。宋司馬光《答薛虢州謝石月屏書》：“先輩注官甚便，想加慰喜，未期接侍，倍希珍厚。”

③不成考第：宋代之考，形式上一年一考，魏沂任伊闕縣主簿方十個月，故曰不成考第。考第：考核評定的等第。《舊唐書·職官志二》：“凡應考之官家，具録當年功過行能，本司及本州長官對衆讀，議其優劣，定爲九等考第，各於所司準額校定，然後送省。”

④真定府户曹參軍：選人階官。北宋前期由幕職州縣官構成選人四等七資，也稱七階。真定府：次府，常山郡，唐成德軍節度。本鎮州。屬河北西路。

⑤遠闕：較遠地方之闕。與近闕相對。靠近京師的員闕，爲仕人競相干求之闕，優於遠闕。

⑥資考：資序和考績。唐白居易《大官乏人策》：“校正欠資考者，不署幾官。”

舉任逸

臣切見都官員外郎、通判鄧州任逸，賦性明敏，臨事精詳，臣今保舉本官堪充升陟繁難任使。如擢用後犯正入己贓，及不如舉狀，臣甘當同罪。伏候進止。

【編年】

熙寧四年（1071）正月任樞密使日作。原本題下注云：“熙寧四年正月。”

舉賈青

其　一

臣勘會本路安撫司所管棣州素號劇郡，兼有第十六將官在彼駐紮〔一〕。近聞知州、虞部郎中張昌期奏乞宫觀差遣。今切見通判大名府、庫部員外郎賈青，久歷事任，才用周敏，伏乞朝廷就移青知棣州,所貴繁劇得人。如朝廷擢任後不如舉狀,及犯入己贓,臣甘同罪。取進止。

【編年】

　　熙寧七年(1074)至元豐三年判大名府日作。

【校勘】

　　〔一〕駐紮:原作"駐劄"。據文意逕改。

其　二

　　臣近奏舉通判大名府、庫部員外郎賈青知棣州,今聞朝廷已別差下人。臣勘會博州知州王休復到任已及二年以上,緣本州係居黄河地分,合係舉官去處,兼所管就糧儲軍不少,全藉得人。臣切見賈青久歷事任,才用周敏,伏乞朝廷就差賈青知博州。候王休復任滿日交割勾當[①],所貴繁劇得人。如蒙朝廷擢任後不如舉狀,及犯入己贓,臣甘同罪。取進止。

【編年】

　　熙寧七年(1074)至元豐三年(1080)判大名府日作。

【箋注】

　　①勾當:負責的工作。

舉范祖禹[①]

　　臣切見奉議郎、編修《資治通鑑》范祖禹,文行操守,爲衆所推,臣曾論薦堪文館任用。臣以謂古之用人,必因其器能,如祖禹之才,實堪文館任用。伏乞檢臣前奏,特賜任使。取進止。

【編年】

　　元豐七年(1084)二年致仕居河南府日作。原本題下注云:"元豐七年二月。”

【箋注】

①范祖禹(1040—1098):字淳甫,又字夢得,成都華陽(今四川成都)人。叔范鎮。仁宗嘉祐八年進士,出任資州龍水縣知縣。熙寧三年(1070)從司馬光在洛陽編修《資治通鑒》達十五年之久。分任唐史及部分五代史。書成,司馬光薦其爲秘書省正字,累官至禮部侍郎、諫議大夫、翰林學士。哲宗親政後,他反對“紹述”新法,力言章惇不可爲相。哲宗不聽,以龍圖閣學士知陝州(今河南三門峽)。

舉富紹庭①

臣切以故相富弼直道逢辰②,昌言致主③,始終一節,華夷具瞻。向與王安石同在中書,議論趣向不合,義難共事,乃請出藩,遂不待年,亟求致政。閒居十稔④,不幸亡歿。今聞配享神宗廟廷,公論極爲允愜⑤。今弼之子惟紹庭一名,監中岳廟⑥,伏望聖慈以今來配享,特推恩禮於弼之子孫,更賜優加録用。取進止。

【編年】

元祐元年(1086)七月十三日平章軍國重事任上作。原本題下注云:“元祐元年七月十三日。”

【箋注】

①富紹庭(1034—1101):字德先,富弼子。歷宗正丞、提舉三門白波輦運、通判絳州。建中靖國初,擢祠部員外郎,旋出知宿州,卒。

②逢辰:謂遇到好時機。唐顧升《瘞琴賦》:“生不逢辰兮,人物棄捐;音徽不遠兮,南山之巔。”

③昌言:善言。《書·大禹謨》:“禹拜昌言,曰:‘俞。’”孔傳:“昌,當也。以益言爲當,故拜受而然之。”

④稔(rěn):年。古代穀一熟爲一稔,故也稱年爲稔。《左傳·僖公二年》:“不可以五稔。”

　　⑤允愜:妥帖;適當。宋司馬光《辭左僕射第三劄子》:"酌寬猛之政,處小大之事,必和平允愜,曲盡其宜。"

　　⑥監中岳廟:祠禄官名。北宋神宗熙寧三年五月,增置外州府宫觀差遣,五岳廟(東、南、西、北、中岳廟)監官亦列爲祠禄官。監岳廟或留一員掌廟事,餘皆不赴任,任便居住,請祠禄而已。

舉孔文仲等^①

　　臣切見朝廷近置館閣職名,修復祖宗育材養士之法,詔許大臣各舉所知三人以充其選。仍立法以秘書省官任校書郎二年,正字四年,并除校理。伏見禮部員外郎孔文仲,早應制舉,學行純正。兵部員外郎葉祖洽^②,熙寧初進士選首,殆今一十七年,學術優深,衆謂淹滯。比部員外郎錢長卿,詞藝精敏,問學該通,先帝嘗令撰高麗書本稱旨,遂蒙獎拔。三人皆曾任秘書省校書郎,偶於未復館職以前就遷省郎,不該新制。緣逐人各在先朝已經采擢,備秘府文學之任,宜在今日之選。新條試職之人,京官已上并除校理。今來逐人已係省郎,欲乞詳逐官資地比附,各除充館閣近上職名。取進止。

　　勘會復館職新制以前,曾任秘書郎者止有此三人,今後即無人援例。

【編年】

　　元祐元年(1086)十一月十七日平章軍國重事任上作。原本題下注云:"元祐元年十一月十七日。"

【箋注】

　　①孔文仲(1033—1088):宋臨江新淦人,字經父。性狷直,寡言笑。少刻苦問學,號博洽。仁宗嘉祐六年進士。調餘杭尉,恬介自守,不事請謁。神宗熙寧初,范鎮以制舉薦,對策力論王安石理財訓兵之法爲非,罷歸故官。通判

保德軍,陳征西夏三不便。哲宗元祐初,擢左諫議大夫,又論青苗免役諸法之害。改中書舍人。三年同知貢舉,尋以勞卒。與弟孔武仲、孔平仲以文聲起江西,時號三孔。有《清江三孔集》。

②葉祖洽:字敦禮,邵武(今屬福建)人。神宗熙寧三年進士第一。元祐初。歷職方、兵部員外郎,禮部郎中。紹聖中,入爲左司郎中、起居郎、中書舍人、給事中。爲人狠愎,喜諛附,嘗密言王珪於册立時有異論,珪遂追貶。坐薦王回知濟州,徙洪州,以牟利黷貨聞。與曾布友善,人目爲"小訓狐"。布罷,降集賢殿修撰、提舉沖佑觀。後以徽猷閣直學士、知亳州。政和末卒。

文彦博集卷四〇

舉官

舉胡宗炎^①

臣向於元豐七年内,曾奏舉朝散郎、將作監丞胡宗炎^②,名臣之後,詞學登科^③,乞朝廷特賜升擢,至今未蒙收采。本人今已年滿得替,向在本監,累經朝廷大功役,均節材料,宣力甚多,備見勞能。伏望聖慈特除充省府官任使。取進止。

【編年】

元祐元年(1086)十一月十七日平章軍國重事任上作。《長編》卷三九一,元祐元年十一月丙子:"新知大宗正丞事胡宗炎爲將作少監,從文彦博薦也。"

【箋注】

①胡宗炎:宋常州晋陵人,字彦聖。胡宿子。由將作監主簿鎖廳登第。哲宗崩,遼使來吊,宗炎以鴻臚少卿迎境上。使者不易服,宗炎以禮折之,須其聽命乃相見。還,升鴻臚卿。後以直龍圖閣知潁昌府,徙知密州。善爲詩,藻思清婉。

②朝散郎:寄禄官名。北宋神宗元豐三年九月,由中行員外郎、起居舍人階改。爲文臣京朝官寄禄官三十階之第二十一階。"三朝郎"之一。正七品。

將作監丞：將作監屬官。協助監與少監處理監務。

②詞學登科：即詞科登第。詞科，唐明昌元年（1190）置，已第進士及六品以下職官，由外官推薦，方能入考。通試四題，試詔、誥、章、表、露布、檄書，皆用四六體；誡、諭、頌、箴、銘、序、記，則或依古今體，或參用四六體。中選者分二等遷擢，上等遷兩官。次等遷一官。宋承之。歷稱詞學兼茂科、博學宏詞科。宋哲宗紹聖二年（1095）復置宏詞科，與前此之意已不相同。主要選拔學問淵博，文辭清麗，能草擬朝廷公文（駢體）的人才。詔誥、表章、箴銘、賦頌、赦敕、檄書、露布、誡諭。宋周密《齊東野語·真西山》：“於是與之延譽於朝，而繼中詞科，遂爲世儒宗焉。”

舉温俊乂

　　臣切見朝請郎、前監左藏庫温俊乂[①]，廉勤公幹[②]，昨監國帑[③]，不避衆怨，舉行積弊。但以孤立，人鮮知之。伏望聖慈令三省檢其履歷，特賜升擢任使。

【編年】

　　元祐二年（1087）十月平章軍國重事任上作。原本題下注云：“元祐二年十月。”四庫本作“十一月”。

【箋注】

　　①朝請郎：寄禄官名。北宋神宗元豐三年九月，由前行員外郎、侍御史階改名。爲文臣京朝官三十階之第二十階。“三朝郎”之一。正七品。

　　②公幹：公正幹練。唐元積《中書省議舉縣令狀》：“右吏部以停年課資之格，取宰邑字人之官，公幹强白者，拘以考淺，疾廢耄瞶者，得在選中，倒置是非，無甚於此。”

　　③國帑：即國庫。帑（tǎng）：收藏錢財的庫房。《漢書·匈奴傳》：“上由是難之，以問公卿，亦以爲虛費府帑。”

舉宋匪躬①

臣切見承議郎宋匪躬②,名臣之後,能世其家,博學多聞,習知典故。伏望聖慈令三省詳其家世并所履歷,特除秘書省校書或檢討之任。

【編年】

元祐二年(1087)平章軍國重事任上作。宋匪躬元祐二年十二月授秘書省正字,以文彥博薦。

【箋注】

①宋匪躬:宋敏求子。字履中。元祐七年正月庚午,爲秘閣校理。八年十二月甲辰,秘書省置局,爲檢討官。紹聖間卒。

②承議郎:寄禄官名。北宋神宗元豐三年九月,由左、右正言、太常博士、國子博士階改。爲文臣京朝官三十階之第二十三階。從七品。

舉王欽臣①

其　一

臣勘會太僕寺近准朝旨通領外監牧司,依舊郡牧司職事。本寺少卿高遵惠近日丁憂②,只有少卿李周一員差往諸路③,相度見闕長貳管勾寺事。切見工部郎中王欽臣,曾任郡牧判官并提舉陝西買馬,又充駕部郎中,練習馬政,欲乞差充太僕少卿,填高遵惠闕。緣本人曾任陝西轉運副使,兩任省郎,資序已深,兼其人素有文學,仍乞除一館閣職名充上件職事官④,庶目下便有正官修復馬政。取進止。

【編年】

元祐元年（1086）九月二日平章軍國重事任上作。原本題下注云：“元祐元年九月二日。”

【箋注】

①王欽臣：宋應天府宋城人，字仲至。王洙子。以廕入官，文彦博薦試學士院，賜進士及第。歷陝西轉運副使。元祐初，爲工部員外郎。奉使高麗，還，進太僕少卿。遷秘書少監，改集賢殿修撰、知和州。徙饒州，斥提舉太平觀。徽宗立，復待制、知成德軍。

②高遵惠：字子育，高遵裕從弟。以廕爲供奉官。熙寧中，試經義中選，改大理評事。元祐初，上奏稱先帝法度不可輕議。擢太僕少卿，出知河中府。歷工部侍郎、集賢殿修撰知鄆州、知成德軍等。以龍圖閣學士知慶州，卒。贈樞密直學士。

③李周：字純之，馮翊（今陝西大荔）人。第進士，調長安尉，轉洪洞、云安令，在云安，免鹽井之稅百萬。通判施州，改判西京國子監。哲宗立，召爲職方郎中。歷秘書少監、陝西轉運使、太常少卿、知陝州、集賢殿修撰等。

④館閣職名：北宋前期，官員帶三館、秘閣職名而不供職者及外官帶龍圖、天章、寶文閣職名，稱爲貼職。三館是宋昭文館、集賢院、史館的總稱。神宗元豐改制，三館、秘閣并歸秘書省，其職名皆罷，以觀文殿、資政殿、端明殿、樞密、龍圖閣、天章閣、寶文閣等職名爲貼職。觀文殿學士唯宰相罷任始除，資政殿大學士以上職非有勳績及曾任執政者不除，在京臺省寺監等職事官補外任始視其資格除職。學士、待制職，給、諫以上補外則除之；直龍圖閣，省郎、寺監長貳補外或領監司帥臣則除之。哲宗元祐元年（1086），復置集賢殿修撰、直龍圖閣、直集賢院、直秘閣、集賢校理、秘閣校理，爲低級貼職，內外官皆許帶。五年，復置集賢院學士在集賢殿修撰之上。分爲四等，即集賢院學士；集賢殿修撰；直龍圖閣、直集賢院、直秘閣；集賢校理、秘閣校理。

其　二

臣近以太僕寺缺官總領內外監牧事，奏乞差官填闕，值累日明堂大禮，齋祠中未奉聖旨。今來本寺即目缺官治事，欲乞檢會臣前奏,早賜處分。取進止。

所有初二日奏劄子,恐齋祠中未經聖覽,今更別繳進呈。

【編年】

元祐元年(1086)九月七日平章軍國重事任上作。原本題下注云:"九月七日。"

舉楚建中等

臣昨在西京,蒙聖恩差勾當内東門梁惟簡齎賜臣手詔,曲有諮詢,臣勉竭愚慮上對。仍詢及臣之所知賢才,亟當論薦,用副揀求,臣當時粗舉三人應詔。以久在外藩,後來新進少所知識,容臣博訪,續具奏陳。臣今早延和殿進對,蒙聖旨更有薦論,令進入文字來。今有續具在外臣僚,皆是已試有效,可以因其所能而任之,伏乞聖明更賜采察。

一、正議大夫、天章閣待制致仕楚建中①,雖年逾七十,精力强明,累任重路轉運使及三司判官、副使,環慶、真定路經略安撫使,在京主判劇司,皆有風績。

一、中散大夫、直龍圖閣、知滄州李之純②,累任轉運使,忠厚淳正,頗有時譽。

一、河北提點刑獄唐義問③,中正有守,恬於進趨,頗有學識,善議論,通時務。

一、知秦州、直龍圖范育④〔一〕,曾爲言事官,頗有學識,議論不屈。

一、河北轉運判官杜純⑤,中正有守〔二〕,累以公事黜降,衆謂理直,終不自明,縉紳多稱之。

一、知懷州、朝散郎黄景⑥,學行敦篤,有古儒士之風,可備勸講之職。

右謹具奏聞。謹奏。

【編年】

元祐元年（1086）六月平章軍國重事任上作。《文集》本卷《再舉黃景劄子》：“臣於去年六月中曾入劄子，應詔續舉官六員，今聞多已施行。”又《長編》卷三九四，哲宗元祐二年春正月辛未條：“朝散郎黃景爲職方員外郎。初，文彦博薦楚建中、李之純、唐義問、范育、杜純及景凡六人。景時知懷州，純等皆擢用，彦博復以景爲言，故有是命。”

【校勘】

〔一〕直龍圖：原作“龍直圖”，據季校本、四庫本乙正。

〔二〕中：四庫本作“堅”。

【箋注】

①正議大夫：寄禄官名。北宋元豐三年九月，由六部侍郎階改名。爲文臣京朝官三十階之第八階。從三品。

②中散大夫：寄禄官名。北宋神宗元豐三年九月由光禄卿、衛尉卿、少府監階改。爲文臣京朝官三十階之第十四階。從五品。哲宗元祐元年六月十四日，定文臣非侍從官磨勘至中散大夫階止。李之純：字端伯，滄州無棣（今屬山東）人。第進士。熙寧中，授度支判官、江西轉運副使，除太僕卿。元祐初，加直龍圖閣、知滄州。改集賢殿修撰、河北都轉運使，旋以寶文閣直學士知成都府，遷御史中丞。紹聖中，劉拯劾其阿附蘇轍，出知單州。

③唐義問：宋江陵人，字士宣，一字君益。唐介子。神宗熙寧中以辟召爲司農管勾文字、管當公事。從曾孝寬使河東，還奏利害以聞，擢湖南轉運判官。因事免歸。哲宗元祐中起知齊州，以文彦博薦加集賢修撰，帥荆南，轉湖北轉運使，討降楊晟秀。官終知穎昌府。

④范育：宋邠州三水人，字巽之。范祥子。第進士。爲涇陽令。以養親謁歸，從張載學。薦授崇文校書、監察御史裏行，奏請以誠意正心治天下，薦張載等數人。神宗時，西夏入環慶，詔育行邊，還言邊事，皆從之。坐劾李定親喪匿服，罷御史，出知韓城縣，詔往鄜延議劃地界。哲宗元祐初，遷光禄卿，官終户部侍郎。

⑤杜純：字孝錫。濮州鄄城（今屬山東）人。少時即有操行，因廕庇授任爲泉州司法參軍，爲官清廉。熙寧元年，上書言政，得王安石器重，向朝庭推薦，授任審刑詳議官。元祐元年因范純仁等多人推薦，升任河北轉運判官。在職甚有才幹，召爲刑部員外郎、侍御史。因其不由科第仕官遭詆，改任右司郎中，不久出爲相州知府，陝西轉運使。還京師後，任鴻臚、光禄卿，權兵部侍郎。

⑥朝散郎：寄禄官名。北宋神宗元豐三年九月，由中行員外郎、起居舍人階改。爲文臣京朝官寄禄官三十階之第二十一階。“三朝郎”之一。正七品。

又舉黄景劄子〔一〕

臣於去年六月中曾入劄子，應詔續舉官六員，今聞多已施行。内一員前知懷州黄景未見施行，問得中書，言未見文字。切慮遺墜不達，輒敢録元劄子進呈。其黄景伏望聖慈采察，特賜擢用。取進止。

今早已曾面奏，奉聖旨，令别進劄子。

【編年】

元祐二年（1087）平章軍國重事任上作。《長編》卷三九四，哲宗元祐二年春正月辛未條：“朝散郎黄景爲職方員外郎。初，文彦博薦楚建中、李之純、唐義問、范育、杜純及景凡六人。景時知懷州，純等皆擢用，彦博復以景爲言，故有是命。”

【校勘】

〔一〕又：四庫本作“再”。

舉杜訢等

臣伏以近者獎恬退之士，抑躁競之風①。竊見衛尉少卿杜訴,賢相之後,能世其家,久歷省府之任,素有老成之稱。太僕少卿李周,恬靜有守,當官不撓,向爲監司,以直道被黜,久安閒職。宣德郎楊國寳②,安貧守道,恬於仕途〔一〕,器識深遠,才力有餘,雖近除太常博士,未盡其才。試太學博士吕大臨③〔二〕,强學篤行,有古儒之風,杜門十年,以講學自樂,經術通明,聞譽夙著,雖蒙召置太學,以親嫌未極其用。已上四人伏乞特賜擢任。取進止。

【編年】

元祐二年(1087)二月平章軍國重事任上作。原本題下注云:“元祐二年二月。”

【校勘】

〔一〕途:四庫本作“進”。

〔二〕大:原作“太”。吕大臨:字與叔,藍田(今屬陝西)人,吕大防弟。初學於張載,受業於二程,與楊時、遊酢、謝良佐稱程門四大弟子。通《六經》,尤邃於《禮》。元祐中,爲太學博士,遷秘書省正字。

【箋注】

①躁競:急於進取而爭競。三國魏嵇康《養生論》:“今以躁競之心,涉希静之塗。”

②宣德郎:寄禄官名。北宋元豐三年九月,由秘書省著作佐郎、大理寺丞階改。爲文臣京朝官三十階中第二十六階。從八品。宣德郎以下至承務郎爲京官。楊國寳:宋鄭州管城人,字應之。邵雍門人。篤信好學,爲人挺勁不屈。官至學士。

舉唐義問

臣切聞就差河東轉運副使唐義問知荆南。緣荆南帶湖北一路都兵鈐兼統押,近界蠻夷,地望重於湖南,又聞廣西蠻人潛結荆湖兩路蠻酋作過,極要彈壓。今來唐義問只以近下散官知荆南,慮事體不重。兼近有謝麟自知邠州移知潭州，帶直秘閣；葉均以秘書少監知荆南，帶直龍圖閣，從來體例甚多。伏乞朝廷特與檢會諸例，令唐義問兼帶館閣職名知荆南，所貴夷夏稱呼，有所增重方面事體。取進止。

【編年】

元祐二年（1087）五月平章軍國重事任上作。原本題下注云：“元祐二年五月。”

【附載】

《邵氏聞見録》卷一〇：“元豐間，文潞公以太尉留守西京，未交印，先就第廟坐見監司、府官。唐參政介之子義問爲轉運判官，退謂其客尹焕曰：‘先公爲臺官，嘗言潞公，今豈挾以爲恨耶？某當避之。’焕曰：‘潞公所爲必有理，姑聽之。’明日，公交府事，以次見監司、府官如常儀。或以問公，公曰：‘吾未視府事，三公見庶僚也。既交印，河南知府見監司矣。’義問聞之，復謂焕曰：‘微君殆有失於潞公也。’一日，潞公謂義問曰：‘仁宗朝先參政爲臺諫，以言某謫官，某亦罷相判許州。未幾，某復召還相位，某上言唐某所言切中臣罪，召臣未召唐某，臣不敢行。仁宗用某言起參政通判潭州，尋至大用。與某同執政，相知爲深。’義問聞潞公之言，至感泣。自此，出入公門下。後潞公爲平章重事，薦義問以集賢殿修撰、帥荆南。嗚呼！公之德度絶人蓋如此。”①

舉張守約①

臣切見東上閤門使、鄜延路馬步軍副總管張守約〔一〕，累經陝西任使，熟知邊事，深曉兵政。但以忠勤孤直，進身不苟，今雖年過七十，精力甚强，而官止橫行使額。欲望朝廷察其人材履歷，特賜擢充正任，以獎久勞。

___

① （宋）邵伯温：《邵氏聞見録》，北京：中華書局 1983 年版，第 103 頁。

【編年】

元祐三年（1088）五月平章軍國重事任上作。原本題下注云："元祐三年五月。"

【校勘】

〔一〕東：原作"束"，據季校本、四庫本改。按東上閤門使，横行武階名。

【箋注】

①張守約：宋濮州（今山東鄄城）人，字希參。以廕入官。歐陽修薦其知邊事，擢知融州。爲定州路駐泊都監，徙秦鳳，禦西夏有功。累遷環慶都鈐轄、知邠州，徙涇原、鄜延、秦鳳副總管，領康州刺史，夏人畏其名。後知涇州。歷典七州，皆有惠政。以龍神衛四廂都指揮使召還，道卒。

舉邢佐臣

臣切見左藏庫副使、定州路鈐轄邢佐臣，累經河北、河東任使，深曉邊事，熟諳軍政，頗以忠義自任，不苟求進。今年過七十，精力强明，尚淹諸司副使。伏望朝廷察其履歷人材，擢充正使，兼帶遥郡，以獎忠義。

【編年】

元祐元年（1086）至元祐五年（1090）平章軍國重事日作。

舉包綬①

臣切見故樞密副使包拯，身備忠孝，秉節清勁，直道立朝，中外嚴憚。先帝以其德望之重，擢爲輔臣，未盡其才，不久薨謝，舉朝痛惜之。今其子綬見任宣義郎、僉書濠州判官②，能世其家，恬静自守，不苟求進，士人稱之。臣伏見近獎用劉敦夫、吕由誠，皆以其父吕誨、劉庠之故。如包拯之後，惟綬一身，孤立不倚，臣以謂宜蒙獎擢，以旌名臣之後。取進止。

【編年】

　　元祐三年（1088）十月二十七日平章軍國重事任上作。原本題下注云：
"元祐三年十月二十七日。"

【箋注】

　　①包綬（1057—1104）：字君航，包拯之次子。文彦博之小女嫁與包綬爲繼
室。包拯六十三歲去世時，其長子包繶已死多年，包綬方五歲，後由寡嫂崔氏
撫養長大。授將仕郎、守太常寺太祝。服除，加承奉郎，後轉大理評事。後承
事郎、濠州團練判官，人稱廉潔。以覃恩轉宣議郎，賜緋魚袋，授少府監丞。遷
國子監丞。轉宣德郎、將作監丞。通直郎、少府監丞。後通判汝州，轉奉議郎，
加武騎尉。後監進奏院，轉朝奉郎，加去騎尉，復出通判潭州。崇寧四年十一
月七日卒。

　　②宣義郎：寄禄官名，從八品，北宋神宗元豐三年由光禄、衛尉寺丞、將作
監丞階改。

【附載】

　　《宋故蓬萊縣君文氏墓志銘》："蓬萊縣君文氏，世爲河東汾州人，河東節
度使守太師潞國公諱彦博之季女，今朝奉郎包公名綬之夫人也。天聖初，夫人
王父、贈太師尚書令兼中書令諱□，與朝奉公王父、贈太保諱令儀，同官閣中，
時潞國公與皇舅樞密副使孝肅公諱拯，方業進士，相友甚厚。未幾，同登天聖
五年甲科。逮嘉祐間，繼以才猷，直至參知政事。而包氏、文氏，仕契亦再世
矣。嘗願相與姻締，故以夫人歸焉。夫人幼淑敏，事親以孝聞。既歸朝奉公，
雖不及□□舅姑，而□□□□□。朝奉公先娶直龍圖閣張公諱田之女，生子
□，夫人鞠養成，視之與己子不異。待親族和而有禮，蓄妾媵正而有仁，喜於周
急，於財無所吝，薄於自奉，於物無所玩。以奉祭祀則勤，以相君子則宜。由是
閨門雍肅，而上下順從。初，潞國公以將相之才，佐命天子，而孝肅公又以嘉言
直道，顯名天下，皆爲當時榮耀。夫人雖兼而有之，曾不以是自居，未嘗有矜大
色也。賦性寡欲，尤□□□□□常不茹葷，以清静自將，行之終生不少懈。以
朝奉公封蓬萊縣君，崇寧元年正月庚申卒於京師。享年三十□。子男四人：松

年、耆年、彭年、景年,皆習進士。女二人:長適國學生□□,先夫人而卒;次尚幼。以崇寧二年十二月庚申,卜葬於廬州合肥縣公城鄉東城。銘曰:

舅姑早逝,孝不克施。以正承家,閨門是宜。鞠養幼稚,賢哉母職。逮於詵詵,德其均壹。稟性之良,宜壽而昌。命期不長,□□□傷。"①

舉張云卿①

臣切見蔡州真陽縣尉張云卿,素有學行,清介自守,安貧守道,未嘗苟求。應進士舉,晚沾一命,士人惜之。兼云卿通經博古,欲望特除一西京學官,必能表師諸生,亦可敦勸薄俗〔一〕。取進止。

【編年】

元祐八年(1093)致仕居洛日作。《中州名典》:張云卿字伯紀……元祐八年薦爲學官。

【校勘】

〔一〕勸:原脱,據四庫本補。

【箋注】

①張云卿:河南洛陽人,字伯紀。哲宗元祐八年薦任學官。父以謫官死於和州,遂奉母歸洛,貧甚,爲國子監説書以養母。及母喪,徒步至和州迎父柩歸葬。學問該洽,淹貫經傳。文彦博判河南時,經史注疏或有遺忘,必以質之。

舉尹復湊

臣切見同五經出身尹復湊①,素有鄉行②,頗深儒學,累有公卿薦論,及蒙朝廷旌賁③。前歲科場,本州又以經明行修,薦其二

---

① 張國華:《包拯身前身後事·附錄一》,北京:中國經濟出版社2002年版,第326—327頁。

人於朝廷。去年復湊殿試爲第一名,其弟復性充第二名,今又聞本路監司奏復湊乞充宣聖廟教授闕。考其行實,極稱其任,伏望聖慈特賜依奏差充,庶使闡揚鄒魯之素風④,欽承周孔之聖教。取進止。

【編年】

元祐四年(1089)四月平章軍國重事任上作。原本題下注云:"元祐四年。"《長編》卷四二五,哲宗元祐四年四月丙寅條:"詔密州至聖文宣王廟置教授一員,以五經出身尹復湊充用。轉運司及太師文彥博薦也。"

【箋注】

①同五經出身:參加制科五經科考試,獲同出身。北宋制科北宋制科有九經、五經、開元禮、三史、三傳、三禮、學究、明法科。其地位次於進士科。經禮部試、殿試合格,即獲本科及第、出身或同出身。神宗時罷,命諸科舉人改應進士科。

②鄉行:在家鄉的德行。宋葉夢得《石林燕語》卷一〇:"陳密學襄、鄭祭酒穆與陳烈、周希孟皆福州人,以鄉行稱,閩人謂之'四先生'。"

③旌賁:褒美。《續資治通鑑·宋仁宗景祐元年》:"準既贈中書令,億宜蒙旌賁。"

④鄒魯:鄒國、魯國的并稱。鄒,孟子故鄉;魯,孔子故鄉。借指文化昌盛之地,禮義之邦。《莊子·天地》:"其在《詩》、《書》、《禮》、《樂》者,鄒魯之士,縉紳先生,多能明之。"唐楊炯《益州新都縣學碑》:"國成陶唐,家成鄒魯。"

集外佚詩、佚詞

　　《全宋詩》第六册,卷二七三至二七八收録了文彦博的詩,以明嘉靖五年(1526)平陽王溱刻本爲底本,參校傅校本(傅增湘據文瑞樓鈔本校并跋的明刻本)、季校本(季錫疇和瞿熙邦先後據文瑞樓鈔本校正的明刻本)、四庫本等。集外輯得佚詩八首,但其中二首不是文彦博的作品;吴宗海、葉石健《全宋詩訂補》考辨《宿獨樂園詰朝將歸》是司馬光的作品;張如安《〈全宋詩〉訂補稿》考辨《汶陽館》是文天祥的作品。故實爲六首。申利《〈全宋詩·文彦博詩〉輯補》對文彦博詩歌進行了輯佚補正,輯録《全宋詩》失收佚詩三十五首又二句,刊正四處訛誤。但其中二十一首詩實爲文彦博采選,而非其所作。其中一首和一句不是詩。故當爲十三首又一句。吴宗海、葉石健等《全宋詩訂補》輯補佚詩一首。申利集外又輯得佚詩三首。當前輯録的文彦博集外佚詩總計二十三首又一句。

《全宋詩·文彦博詩》已輯得集外佚詩

榮昌縣[一]

昌元建邑幾經春,百里封疆秀氣勻[二]。鴨子池邊登第客,老鴉山下著棋人。

宋王象之《輿地紀勝》卷一四七《潼川府路·昌州》；

清厲鶚《宋詩紀事》卷一二；

清吳元嘉抄，吳允嘉校《宋人小集·文潞公詩鈔》；

宋陳思《兩宋名賢小集》卷七

【校勘】

〔一〕榮昌縣：《宋人小集》及《兩宋名賢小集》題爲《榮昌縣》。《宋人小集》此詩後有注：“老鴉山有李戡、李戭故宅，二李善棋。（《潛確類書》）”（案：《潛確類書》，明陳仁錫輯）又注：“《全蜀藝文志》題作《贈譙秘丞詩》，第二句作‘百里封疆秀氣勻’。詩下有注：‘譙南薰，昌元人，居鴨子池。登皇祐五年進士第，後以秘書丞知閬州。同時，國朝詔求天下善奕棋者，蜀帥以李戡、李戭應詔，虜望風知畏，不敢措手。故文潞公贈詩云云。’”《全宋詩》題作《贈李戡》。輯自王象之《輿地紀勝》卷一四七《潼川府路·昌州》。《宋詩紀事》卷一二《贈李戡》詩後注：“《方輿勝覽》：昌元縣南有老鴉山，有李戡、李戭兄弟善棋。會虜索棋戰於國朝，詔求天下善奕者。蜀帥以戡應詔，虜望風知畏，不敢措手。譙南薰，昌元人，登皇祐五年進士第。文潞公詩云云。”案：從《宋詩紀事》之詩題及注知此詩爲文彦博贈李戡之作，而從《全蜀藝文志》之詩題及注知文彦博此詩爲贈知閬州譙南薰之作。而比較兩注中之文，很明顯《全蜀藝文志》詩後之注對事情的來龍去脈交待得最爲清楚：譙南薰時知閬州，以李戡、李戭應詔而屈虜。以閬州之遠，文彦博不可能爲詩以寄之；且詩中既涉譙南薰，又涉李戡兄弟，不明確所贈何人；此詩可能爲文彦博對事而作，而非贈人之作。《贈李戡》、《贈譙秘丞詩》和《榮昌縣》三題相較，以《榮昌縣》爲勝。《宋史·地理志》：“昌元郡，上，軍事……縣三：大足，上；昌元，上，咸平四年移治羅市；永川，上。《明一統志》卷六九：“榮昌縣：在（重慶）府城西三百一十里，本資州內江縣地，唐置昌元縣，爲昌州治，後州徙治大足，宋因之。”

〔二〕氣勻：一作“色新”。宋王象之《輿地紀勝》卷一四七《潼川府路·昌州》及《全蜀藝文志》之《贈譙秘丞詩》中皆作“氣勻”。《兩宋名賢小集》卷七《榮昌縣》，《宋人小集》之《榮昌縣》，《宋詩紀事》卷一二《贈李戡》中皆作“色新”。而《全宋詩》詩後注云：“《宋詩紀事》卷一二據《方輿勝覽》作‘新’。”脫去“色”字。

依漾園池上即事

莫問竹風來不來，竹間已自絕塵埃。貪看池上能言鴨[1]，小立橋邊稱意苔[2]。

《永樂大典》卷一〇五六

【箋注】

①能言鴨：唐陸龜蒙《甫里先生文集》附録《楊文公談苑》：“唐陸龜蒙善爲賦，絕妙。……相傳龜蒙多智數，狡獪，居笠澤。有内養自長安使杭州，舟出捨下，小童奴以小舟驅群鴨出，内養彈其一綠頭雄鴨，折頭。龜蒙遽舍出，大呼云：‘此綠鴨有異，善人言，適將獻狀本州，貢天子，今持此死鴨以詣官自言耳。’内養少長宮禁，不知外事，信然，甚驚駭，厚以金帛遺之，龜蒙乃止。因徐問龜蒙曰：‘此鴨何言？’龜蒙曰：‘常自呼其名。’巧捷多類此。”後因用爲巧捷多智的典故。

②稱意苔：語出唐杜牧《過勤政樓》：“惟有紫苔偏稱意，年年因雨上全鋪。”

詩一首

楚澤荃蘅盡化蓬，自須高謝脱池籠。從知鳩鳥真無賴，猶使瑶臺關有娀[1]。

同上書卷五七六九

【箋注】

①“從知”二句：語出屈原《離騷》：“望瑶臺之偃蹇兮，見有娀之佚女。吾令鳩鳥爲媒兮，鳩告余以不好。”有娀（sōng）：古代氏族名。相傳有娀氏女簡狄，是帝嚳次妃，吞燕卵而生契，此爲商祖。《詩·商頌·長發》：“有娀方將，帝立子生商。”

題睢陽五老圖①

　　輔政何時退省閑,清平告老謝冠簪②。兩朝耆宿真英武③,一代謀謨實柱桓④。太史尚占星有烈⑤,小民猶念德無寒。誰知我輩登樞要⑥,嚴貌冰威衹肅看。

宋陳思《兩宋名賢小集》卷七;

清陳邦彥《御定歷代題畫詩類》卷四一;

《式古堂書畫彙考》卷四五

【編年】

　　慶曆八年(1048)因平貝州王則起義擢拜集賢相後作。

【箋注】

　　①睢陽五老:指北宋杜衍、王渙、畢世長、馮平、朱貫五位致仕居睢陽的大臣。嘉靖《歸德志》卷一《遺跡》:"歸德府有五老堂,在舊城內,應天書院東。宋太子少師杜衍與禮部侍郎王渙、司農卿畢世長、兵部郎中朱貫、駕部郎中馮平,俱年八十餘致仕,居鄉里,用唐白樂天香山九老故事,作五老堂,賦詩唱酬,時人形於繪像。"按:杜衍致仕時年方七十,八十餘致仕説誤。杜衍,詳見《文集》卷三《某伏蒙宮師相公杜寄示新居詩齋沐捧讀不勝銘歎某謹成拙詩一章上紀盛德粗伸謝意》注①。

　　②"輔政"二句:言杜衍太平之世告老辭官。杜衍慶曆七年以太子少師致仕。謝:辭却,辭職。《禮記·曲禮上》:"大夫七十而致事,若不得謝,則必賜之几杖。"冠簪:使冠固定於髮髻上的簪子。喻仕宦。

　　③"兩朝"句:謂杜衍是歷真宗、仁宗兩朝的老臣。耆宿:亦作"耆夙"。年高有德者之稱。《後漢書·樊儵傳》:"耆宿大賢,多見廢棄。"

　　④"一代"句:謂杜衍乃國之柱石,爲皇帝出謀畫策。柱:柱石,擔當國家重任的人。謂其如柱支梁,如石承柱。《漢書·霍光傳》:"(田)延年曰:'將軍爲國柱石,審此人不可,何不建白太后,更選賢而立之。'"

　　⑤烈:指烈光;光耀。《晉書·后妃傳上·左貴嬪》:"惟岳降神,顯茲禎

祥。篤生英媛,休有烈光。”

⑥登樞要:文彦博慶曆八年(1048)拜相,進入政權中樞。《後漢書·韋彪傳》:“天下樞要,在於書。”

【附載】

范仲淹《題睢陽五老圖》:“聖君錫詔享榮閑,高壽龜朋老脱冠。道似皋陶垂德惠,政如傅説起圭桓,惟宜宴樂凌風烈,最勝安居越歲寒。景行願從優學致,懇誠膚服拜瞻看。”

富弼《題睢陽五老圖》:“休官致政老年閑,廟堂嘗享著袍冠。調和鼎鼐施霖雨,燮理陰陽佐武桓。念國不忘先世烈,歸鄉豈念舊廬寒。我輩若從親炙授,儀容如在使人看。”

韓琦《題睢陽五老圖》:“治道剛明老始閑,禮儀曾著一朝冠。勸農省歲知民瘼,退冠安邦建夏桓。法駕六龍親善御,吟遊五老薄時寒。清名邁古今人慕,稷契餘風後學看。”

雙　泉

長劍并彈霜氣豪①,白虹半折秋雲高。濯纓洗耳更何處②,世人回看輕鴻毛③。

清肖應植修,沈樗莊等纂乾隆《濟源縣志》卷一六;

清施誠修乾隆《河南府志》卷一〇一;

《宋詩紀事》卷一二

【編年】

熙寧六年(1073)判河陽日作。

【箋注】

①長劍并彈:喻雙泉并行。彈劍:猶彈鋏,用馮諼彈鋏之典。唐李白《玉真公主別館苦雨贈衛尉張卿》之一:“彈劍謝公子,無魚良可哀。”霜氣:刺骨的寒氣。三國魏劉楨《贈五官中郎將》:“涼風吹沙礫,霜氣何皚皚。”

②濯纓:洗滌冠纓。比喻超脱塵俗,操守高潔。語出《孟子·離婁上》:

"滄浪之水清兮,可以濯我纓。"《文選·曹植〈王仲宣誄〉》:"振冠南岳,濯纓清川。潛處蓬室,不干勢權。"洗耳:比喻不願聽,不願問世事。晋皇甫謐《高士傳》上《許由》:"堯讓天下於許由……由於是遁耕於中岳潁水之陽,箕山之下,終身無經天下色。堯又召爲九州長,由不欲聞之,洗耳於潁水濱。"

③鴻毛:鴻的羽毛。比喻極輕之物。《戰國策·楚策四》:"今夫横人嚵口利機,上干主心,下牟百姓,公舉而私取利,是以國權輕於鴻毛,而積禍重於丘山。"

淏　水〔一〕①

潺湲北山水②,繚繞南城皋。晴灘錦石亂,擊觸春湍高〔二〕③。誰謂淏梁大④,不能容舫舠⑤。臨流自縮手,揭厲應徒勞⑥。

《宋詩紀事》卷一二;

民國宋立梧《孟縣志》卷二;

《兩宋名賢小集》卷七;

肖應植修,沈榪莊等纂乾隆《濟源縣志》卷二

【編年】

熙寧六年(1073)判河陽日作。

【校勘】

〔一〕淏水:乾隆《濟源縣志》卷二題作"題淏水";《兩宋名賢小集》卷七題作"淏泉"。

〔二〕高:乾隆《濟源縣志》卷二作"豪"。

【箋注】

①淏(jú)水:即今發源於山西,流經濟源、孟州、温縣入黄河的蟒河。《水經注》:出原山勳掌谷,俗謂之白澗水。《宋詩紀事》卷一二此詩題下有注曰:"在孟縣西北,《春秋》'會于淏梁'即此。"

②潺湲:水流的樣子。

③"晴灘"二句:以"錦石亂"、"春湍高"暗喻當時朝廷政治環境的險惡。晴灘:晴天的河灘。錦石:華美的石頭。

④溴梁：溴水的大堤。在今河南省濟源市北。《爾雅·釋地》："梁莫大於溴梁。"郭璞注："溴,水名；梁,堤也。"《春秋》襄公十六年(前 557)："三月,公會晋侯、宋公、衛侯、鄭伯、曹伯、莒子、邾子、薛伯、杞柏、小邾子于溴梁。"

⑤舫舠(fǎngdāo)：合併一起的兩隻刀形小船。舫：小船。舠：小船,形如刀。南朝梁吳均《贈王桂陽別三首》："行衣侵曉露,征舠犯夜湍。"

⑥"臨流"二句：謂既不能容於朝廷,則知難而止,離開是非之地,徒然地一再努力,也是徒勞。揭厲：深淺。《論衡·須頌》："故夫廣大,從横難數；極深,揭厲難測。"

《全宋詩·文彥博詩》失收集外佚詩

初知榆次縣題新衙鼓上〔一〕

置向譙樓一任撾①,撾多撾少不知他②。如今幸有黄紬被③,努出頭來放早衙④。

同治《榆次縣志》卷一四；

宋江少虞《宋朝事實類苑》卷六七《談諧戲謔》引《倦遊録》；

清厲鶚《宋詩紀事》卷一二

【編年】

天聖九年(1031)知榆次縣日作。同治《榆次縣志》卷一二藝文上《思鳳亭詩序》："天聖庚午歲(即天聖八年)九月七日,彥博受命署榆次。越明年春正月四日始到官。"

【校勘】

〔一〕初知榆次縣題新衙鼓上：《宋詩紀事》卷一二、《古今事文類聚·續集》卷二三詩題皆作《題榆次縣鼓樓》,《古今事文類聚·外集》卷一四題作《紬被放衙》。

【箋注】

①譙(qiáo)樓：城門上的瞭望樓,俗稱鼓樓。《三國志·吳書·孫權傳》：

"詔諸郡縣治城郭,起譙樓,穿塹發渠,以備盜賊。"

　②撾(zhuā):敲打,擊。《論衡·齊世》:"郡將撾殺非辜。"

　③黄紬被:世傳太祖皇帝謂一縣令曰:"切勿於黄紬被裏放衙。"紬(chóu):粗綢。《急就篇》二章顔師古注:"抽引粗繭緒,紡而織之曰紬。"

　④早衙:舊時官府早晚坐衙治事,早上卯時的一次稱"早衙"。唐白居易《舒員外遊香山寺》詩:"白頭老尹府中坐,早衙才退暮衙催。"

思鳳亭①

荀令彈琴地②,吁嗟集鳳兮。想同桑雉擾③,應并棘鸞棲④。承乏今無敢⑤,思賢古若稽。我來求舊址,即署改親題。不獨懷希驥⑥,聊將警割雞⑦。一窺循吏表⑧,芳躅愧攀躋⑨。

俞右銓、陶良駿修,王平格等纂同治《榆次縣志》卷一四

【編年】

明道二年(1033)知榆次縣日作。同治《榆次縣志》卷一二引《思鳳亭詩序》:"蓋夙夜而在公,迄三時矣……亦既成室,必也命名,可書者有三,而"思鳳"是其一也。……明道二年五月四日。"

【箋注】

①思鳳亭:鸞鳳集於境是以德化人,政清民安的象徵。文彥博以"思鳳"名此亭,表明文彥博也想像荀藐一樣,推行仁政,以德爲政,使鳳再次集於榆次。

②荀令:《太平御覽》卷二六八《荀氏家傳》:"荀藐除太原榆次令。爲政以德,人懷之。時有鳳凰集其境内,晉武帝下詔褒美。泰始三年卒。吏人如喪親戚,爲之樹碑。其序曰:'仰之如日月,敬之如神明,愛之如父母,樂之如時雨。'"

③桑雉:《後漢書·魯恭傳》:漢魯恭(字仲康)爲中牟令,行德政。上司遣使察訪,恭與來使行至田間,坐桑下小憩,有雉停身旁。旁有兒童。使曰:"兒何不捕之?"兒曰:"雉方將雛。"使矍然而起,盛讚魯恭"化及鳥獸",使"豎子有仁心"。"久留,徒擾賢者耳。"後因以"桑雉"爲施行仁政,普及教化的典實。唐羅隱《寄前户部陸郎中》:"出馴桑雉入朝簪,蕭灑清名映士林。"

④棘鸞：《後漢書·仇覽傳》："仇覽字季智，一名香，陳留考城人也。……時考城令河内王渙，政尚嚴猛，聞覽以德化人，署爲主簿。謂覽曰：'主簿聞陳元之過，不罪而化之，得無少鷹鸇之志邪？'覽曰：'以爲鷹鸇，不若鸞鳳。'渙謝遣曰：'枳棘非鸞鳳所棲，百里豈大賢之路？今日太學曳長裾，飛名譽，皆主簿後耳。以一月奉爲資，勉卒景行。'"

⑤承乏：承繼空缺的職位。多用作任官的謙詞。《左傳·成公二年》："敢告不敏，攝官承乏。"杜預注："言欲以己不敏，攝承空乏。"

⑥希驥：謂仰慕才俊。《後漢書·趙壹傳》："君學成師範，縉紳歸慕，仰高希驥，歷年滋多。"李賢注：《法言》曰：'希驥之馬，亦驥之乘；希顏之士，亦顏之徒。'希，慕也。"南朝梁沈約《郊居賦》："無希驥之秀質，乏如珪之令望。"

⑦割雞：子游爲武城宰，提倡禮樂，孔子笑曰"割雞焉用牛刀"。後因以"割雞"指縣令之職。唐吴筠《酬葉縣劉明府避地廬山言懷詒鄭録事昆季苟尊師兼見贈之》："從此罷飛鳧，投簪辭割雞。"以上二句文彦博表達自己對苟藐的仰慕之情，欲以之爲榜樣，時時警策自己行仁政。

⑧循吏：守法循理的官吏。《史記·太史公自序》："奉法循理之吏，不伐功矜能，百姓無稱，亦無過行。"唐張説《奉和賜崔日知》："明主徵循吏，何年不鳳凰？"

⑨芳躅：指前賢的蹤跡。

送時郎中

一從辭畫省①，洊歲守坤維②。久浹於藩任③，常分乃睿思④。六條遵漢寄⑤，千里奉堯咨⑥。按部壺漿擁⑦，行春茜旆隨⑧。握蘭班已峻⑨，拔薤化方施⑩。吏服蒲鞭恥⑪，童懷竹馬期⑫。不藏金似粟⑬，傾降雨如絲。每見求民瘼⑭，寧聞拾路遺⑮。責躬還掩閣⑯，察吏更褰帷⑰。好續循良傳⑱，宜刊德政碑⑲。奸邪隨草靡，權黠望風移⑳。渤海繩皆治㉑，葵丘成及期㉒。佩牛登富庶㉓，負虎變淳熙㉔。雲路徵賢日㉕，星郎拱極時㉖。將升嚴助室㉗，暫輟阮咸麈㉘。挽鄧舟停水㉙,思何詠載岐㉚。魚城初解印㉛,鳳闕即移墀㉜。曲樹青雲路㉝,離筵白紵詞㉞。瑇簪縈別恨㉟,金酒折芳枝㊱。從此三巴俗㊲,多吟蔽芾詩㊳。

宋陳思《兩宋名賢小集》卷七

【編年】

　　真宗天禧四年(1020)隨父遊宦閬川(今四川閬中)日作。蘇軾《題文潞公詩》書此詩并記曰:"今觀其幼時詩,精審研密,句句皆有所考,蓋其積之也久矣。"

【箋注】

　　①畫省:尚書省之雅稱。漢代尚書省以胡粉塗壁,紫素界之,畫古烈士像,故稱。又作"粉省"、"粉署"。唐岑參《暮秋會嚴京兆後廳竹齋》:"盛德中朝貴,清風畫省寒。"

　　②涗(jiàn)歲:隔一年。《文選・王融〈永明九年策秀才文〉之四》:"下貧無兼辰之業,中産闕涗歲之貨。"張銑注:"涗歲,謂再歲也。"坤維:西南方。《易・坤》有"西南得朋"之語,故以坤指西南。《文選・張協〈雜詩〉之二》:"大火流坤維,白日馳西陸。"李善注引《淮南子》曰:"坤維在西南。"又曰:"斗指西南維爲立秋。"

　　③"久浹"句:言時郎中長期在州郡爲官,施惠地方。浹:沾潤。謂施予恩惠。南朝宋顏延之《應詔觀北湖田收》:"温渥浹輿隸,和惠屬後筵。"藩任:外藩之任也。古稱有封地之諸侯爲藩國。此指地方州郡長官。《晋書・禮志》上:"哀帝以外藩援立。"

　　④常分:本分。睿思:聖明的思慮。南朝宋顏延之《車駕幸京口侍遊蒜山作》:"睿思纏故里,巡駕匝舊坰。"

　　⑤"六條"句:漢制,刺史班行六條詔書,以考察郡縣官吏也。

　　⑥堯咨:《書・堯典》:"咨十有二牧。"

　　⑦"按部"句:《孟子・梁惠王》下:"簞食壺漿,以迎王師。"指受到百姓歡迎。按部:巡察所部郡縣。南朝梁陸倕《石闕銘》:"革車近次,師營商牧,華夷士女,冠蓋相望,扶老攜幼,一旦雲集,壺漿塞野,簞食盈途。"

　　⑧行春:謂地方官吏春日出巡。《後漢書・鄭弘傳》:"弘少爲鄉嗇夫,太

守第五倫行春,見而深奇之,召署督郵,與孝廉。"李賢注:"太守常以春行所主縣,勸人農桑,振救乏絶。"茜斾:絳紅色的旗幟。

⑨握蘭:應劭《漢官儀》卷上:"(尚書郎)握蘭含香,趨走丹墀奏事。"後多以"握蘭"代指尚書省郎官。唐楊炯《常州刺史伯父東平楊公墓志銘》:"入踐郎官,含香握蘭。"

⑩"拔薤"句:《後漢書·龐參傳》:"拜參爲漢陽太守。郡人任棠者,有奇節,隱居教授。參到,先候之。棠不與言,但以薤一大本,水一盂,置户屏前,自抱孫兒伏於户下。……參思其微意,良久曰:'棠是欲曉太守也。水者,欲吾清也。拔大本薤者,欲吾擊强宗也。抱兒當户,欲吾開門恤孤也。'"薤(xiè),草本植物,地下有圓錐形鱗莖,葉叢生,花紫色。

⑪"吏服"句:《後漢書·劉寬傳》:"吏人有過,但用蒲鞭罰之,示辱而已,終不加苦。"蒲鞭:以蒲草爲鞭。常用以表示刑罰寬仁。

⑫"童懷"句:《後漢書·郭伋傳》:"始至行部,到西河美稷,有童兒數百,各騎竹馬,於道次迎拜。"竹馬,指兒童遊戲時當馬騎的竹竿。

⑬"不藏"句:語出《後漢書·張奂傳》:"張奂字然明,敦煌淵泉人也。……永壽元年,遷安定屬國都尉。初到職,而南匈奴左薁鞬台耆、且渠伯德等七千餘人寇美稷,東羌復舉種應之,而奂壁唯有二百許人,聞即勒兵而出。軍吏以爲力不敵,叩頭争止之。奂不聽,遂進屯長城,收集兵士,遣將王衛招誘東羌,因據龜兹,使南匈奴不得交通東羌。諸豪遂相率與奂和親,共擊薁鞬等,連戰破之。伯德惶恐,將其衆降,郡界以寧。羌豪帥感奂恩德,上馬二十匹,先零酋長又遺金鐻八枚,奂并受之,而召主簿於諸羌前,以酒酹地曰:'使馬如羊,不以入厩;使金如粟,不以入懷。'悉以金馬還之。羌性貪而貴吏清,前有八都尉率好財貨,爲所患苦,及奂正身潔己,威化大行。"

⑭民瘼:民衆的疾苦。《詩·大雅·皇矣》:"監觀四方,求民之莫。"馬瑞辰通釋:"《漢書》、《潛夫論》及《文選》注,并引作'求民之瘼'。"

⑮"寧聞"句:《孔子家語·相魯》:"長幼異食,强弱異任,男女别途,路無拾遺。"

⑯責躬:責己。《後漢書·郭太傳》:"蘧瑗、顏回尚不能無過,況其餘乎?慎勿恚恨,責躬而已。"

⑰"察吏"句:《後漢書·賈琮傳》:"琮爲冀州刺史。舊典,傳車驂駕,垂赤帷裳,迎於州界。及琮之部,升車言曰:'刺史當遠視廣聽,糾察美惡,何有反垂帷裳以自掩塞乎?'乃命御者褰之。"褰帷:撩起帷幔。指官吏廉潔,接近百姓。

⑱"好續"句:謂可以將時郎中寫進《循吏傳》。循良:奉公守法的官吏。《北史·孫搴等傳論》:"房謨忠勤之操,始終若一。恭懿循良之風,可謂世有人矣。"

⑲"宜刊"句:語出《南史·蕭恭傳》:"尋除寧蠻校尉、雍州刺史,便道之鎮。簡文少與恭遊,特被賞狎,至是手令勖以政事。恭至州,政績有聲,百姓請於城南立碑頌德,詔許焉,名爲'德政碑'。"

⑳"權黜"句:《後漢書·李膺傳》:"守令畏威明,多望風棄官。"望風:聽到風聲;見到動靜、氣勢。

㉑"渤海"句:《漢書·龔遂傳》:"宣帝即位,久之,渤海左右郡歲饑,盜賊并起,二千石不能禽制。上選能治者,丞相御史舉遂可用,上以爲渤海太守。時遂年七十餘,召見,形貌短小,宣帝望見,不副所聞,心內輕焉,謂遂曰:'渤海廢亂,朕甚憂之。君欲何以息其盜賊,以稱朕意?'遂對曰:'海瀕遐遠,不沾聖化,其民困於飢寒而吏不恤,故使陛下赤子盜弄陛下之兵於潢池中耳。今欲使臣勝之邪,將安之也?'上聞遂對,甚說,答曰:'選用賢良,固欲安之也。'遂曰:'臣聞治亂民猶治亂繩,不可急也;唯緩之,然後可治。臣願丞相御史且無拘臣以文法,得一切便宜從事。'上許焉,加賜黄金,贈遣乘傳。至渤海界,郡聞新太守至,發兵以迎,遂皆遣還,移書屬縣悉罷逐捕盜賊吏。諸持鉏鉤田器者皆爲良民,吏無得問,持兵者乃爲盜賊。遂單車獨行至府,郡中翕然,盜賊亦皆罷。渤海又多劫略相隨,聞遂教令,即時解散,棄其兵弩而持鉤鉏。盜賊於是悉平,民安土樂業。"唐杜荀鶴《寄温州朱書并呈軍倅崔太傅》:"教化静師龔渤海,篇章高體謝宣城。"

㉒"葵丘"句:指時郎中任期已滿。《左傳·莊公八年》:"齊侯使連稱、管至父戍葵丘。瓜時而往,曰:'及瓜而代。'"杜預注:"連稱、管至父,皆齊大夫。戍,守也。葵丘,齊地,臨淄縣西有地名葵丘。"

㉓"佩牛"句:指鼓勵農桑,勸老百姓將佩戴的刀劍換成牛,從事耕作,從而使吏民都富實。《漢書·龔遂傳》:"民有帶持刀劍者,使賣劍買牛,賣刀買犢,曰:'何爲帶牛佩犢!'春夏不得不趨田畝,秋冬課收斂,益蓄困實菱芡。勞來循

行,郡中皆有畜積,吏民皆富實。獄訟止息。”

㉔“負虎”句:指推行仁政,使政清民淳。《後漢書·劉昆傳》:“先是,崤、黽驛道多虎災,行旅不通。昆爲政三年,仁化大行,虎皆負子度河。帝聞而異之。”變淳熙者,淳美熙洽,即“仁化大行”之世也。唐李商隱《韓碑》:“嗚呼聖皇及聖相,相與烜赫流淳熙。”

㉕雲路徵賢:謂天子以高位徵召賢人。雲路指仕途高位。《晋書·皇甫謐傳》:“沖靈翼於雲路,浴天池以濯鱗。”南朝宋鮑照《侍郎滿辭閣》:“臣所居職限滿,今便收跡,金閨雲路,從兹自遠。”

㉖星郎拱極:謂尚書郎趨至朝堂,拜見天子。星郎,尚書郎。《後漢書·明帝紀》:“郎官上應列宿,出宰百里,苟非其人,則民受殃。”唐張籍《早朝寄白舍人嚴郎中》:“鳳闕星郎離去遠,閣門開日入還齊。”

㉗“將升”句:指用爲朝中大夫,與論國事。《漢書·嚴助傳》:“嚴助,會稽吳人……郡舉賢良,對策百餘人,武帝善助對,繇是獨擢助爲中大夫。……其尤親幸者,東方朔、枚皋、嚴助、吾丘壽王、司馬相如。相如常稱疾避事。朔、皋不根持論,上頗俳優畜之。唯助與壽王見任用,而助最先進。”

㉘“暫輟”句:爲時郎中將離開夔州知州之任,入朝爲官。《文選·顏延之〈五君詠·阮始平〉》:“仲容青雲器,實禀生民秀。達音何用深,識微在金奏。郭弈已心醉,山公非虛覯。屢薦不入官,一麾乃出守。”李善注:“袁宏《竹林名士傳》曰:阮咸字仲容,籍之兄子也。與籍俱爲竹林之遊,官止始平太守。麾,指麾也。言爲勛所指麾也。傅暢《諸公贊》曰:勛性自矜,因事左遷咸爲始平太守。”

㉙“挽鄧”句:言夔州百姓不捨時郎中離去。《晋書·鄧攸傳》:“鄧攸字伯道,平陽襄陵人也。……時吳郡闕守,人多欲之,帝以授攸。攸載米之郡,俸祿無所受,唯飲吳水而已。時郡中大饑,攸表振貸,未報,乃輒開倉救之。……在郡刑政清明,百姓歡悦,爲中興良守。後稱疾去職。郡常有送迎錢數百萬,攸去郡,不受一錢。百姓數千人留牽攸船,不得進,攸乃小停,夜中發去。吳人歌之曰:‘紞如打五鼓,雞鳴天欲曙。鄧侯挽不留,謝令推不去。’”

㉚“思何”句:不確何典。

㉛魚城:夔州之俗稱。在今重慶奉節。《通典·州郡》五:“夔州,春秋時爲魚國,後屬楚。”解印:謂知州任滿卸任也。

㉜鳳闕:漢宮闕名。借指朝廷。《史記·孝武本紀》:"其東則鳳闕,高二十餘丈。"即移堲:就行走於丹墀。《太平御覽》卷九八三:"蔡質《漢官儀》曰:'尚書郎懷香握蘭,趨走丹墀。'"

㉝青雲:喻高官顯爵。《史記·范雎蔡澤列傳》:"須賈頓首言死罪,曰:'賈不意君能自致於青雲之上。'"漢揚雄《解嘲》:"當途者升青雲,失路者委溝渠。"

㉞《白紵詞》:樂府吳舞曲名。梁武帝《白紵舞詞》:"朱絃玉柱羅象筵,飛管促節舞少年,短歌留目未肯前,含笑一轉私自憐。"唐李白《贈丹陽橫山周處士》:"時枉《白紵詞》,放歌丹陽湖。"

㉟璂(dài)簪:即玳瑁簪。璂同"玳"。指幕僚。《史記·春申君列傳》:"趙使欲誇楚,爲璂瑁簪,刀劍室以珠玉飾之,請命春申君客。春申君客三千餘人,其上客皆躡珠履以見趙使,趙使大慚。"

㊱金酒:美酒也。折芳枝:謂折取柳枝以送別。《三輔黃圖·橋》:"霸橋在長安東,跨水作橋。漢人送客至此橋,折柳贈別。"

㊲三巴:古時巴郡、巴東、巴西的合稱。即今四川嘉陵江和綦江流域以東地區。《資治通鑑·晋安帝元興三年》:"桓希爲梁州刺史,分命主將戍三巴以備之。"胡三省注:"三巴,巴郡、巴東、巴西也。杜佑曰:渝州,古巴國,謂之三巴。以閬、白二水東南流,曲折三回,如'巴'字也。"泛指蜀地。

㊳蔽芾詩:稱美地方長官有善政。《詩·召南·甘棠》:"蔽芾(fèi)甘棠,勿翦勿伐,召伯所茇(bá)。"毛傳:"蔽芾,小貌。"鄭箋:"國人見召伯止舍棠下,決男女之訟,今雖身去,尚敬其樹,言蔽芾然之小甘棠,勿得翦去,勿得伐擊,由此樹召伯所嘗舍於其下故也。"

【附載】

蘇軾《題文潞公詩》書此詩并記曰:"軾嘗得聞潞公之語矣,其雄才遠度,固非小子所能窺測,至於學問之富,自漢以來,出入馳騁,略無遺者,下逮曲技小數,靡不究悉,雖篤學專門之師,莫能與之較,然世不以此稱公,豈勳德所掩覆故耶? 今觀其幼時詩,精審研密,句句皆有所考,蓋其積之也久矣。元豐二年二月二十九日書。"①

盤　谷①

巉岩太行高②,其下有幽谷。環繞兩峰間,盤曲廓山腹③。甘泉注肥疇④,茂草映修木。勢阻絶喧嘩,岩深易潛伏。昔人有李願⑤,築地一區獨。白鳥依蘆塘,菰花映茅屋⑥。心怡適所安,憂大反忘欲。掉頭不肯應,謂我此樂足。友人韓昌黎⑦,文章驚世俗。長言麗辰星⑧,落落燦珠玉。好事買名石,鐫文寄崖澳⑨。已經三十年,磨滅僅可讀。我來不復見,命吏廣追逐。訪知石氏處,猶畏長官督。不愛石上字,秋風一砧覆⑩。易之以千金,復使置岩麓。從此生光輝,萬古從瞻矚。

《兩宋名賢小集》卷七

【編年】

熙寧六年(1073)四月至熙寧七年(1074)四月判河陽任上作。

【箋注】

①盤谷:地名,在河南濟源縣北,太行山南麓,唐時隱士李願隱居於此。

②巉(chán)岩:險峻的山岩。唐李白《金陵歌送別范宣》:"石頭巉岩如虎踞,淩波欲過滄江去。"

③盤曲:曲折環繞。南朝宋謝靈運《撰征賦》:"林叢薄,路逶迤,石參差,山盤曲。"

④肥疇:肥沃的田地。陶淵明《歸去來兮辭》:"農人告余以春及,將有事於西疇。"

⑤李願:唐代隱士,號盤谷子,隱居於盤谷。

⑥菰:多年生草本植物,生長在池沼裹,地下莖白色,地上莖直立,開紫紅色小花。嫩莖的基部經某種菌寄生後,膨大,即平時食用的茭白。果實狹圓柱

①　《蘇軾文集》卷六八,孔凡禮點校,北京:中華書局2004年版,第5册,第2129頁。

形,名“菰米”;一稱“雕胡米”,可以作飯。

⑦韓昌黎:即韓愈,字退之,唐代著名詩人、散文家。是李願的朋友,作《送李願歸盤谷序》。

⑧辰星:房星。《楚辭·遠遊》:“奇傅説之托辰星兮,羨韓衆之得一。”《史記·天官書》:“辰星之色:春,青黄;夏,赤白;秋,青白,而歲熟;冬,黄而不明。”

⑨澳(yù):水邊彎曲的地方。《禮記·大學》:“《詩》云‘瞻彼淇澳,菉竹猗猗。’”

⑩“秋風”句:唐李白《子夜吳歌》:“長安一片月,萬户擣衣聲。秋風吹不盡,總是玉關情。”砧(zhēn):擣衣石。漢班婕妤《擣素賦》:“於是投香杵,扣玫砧,擇鸞響,争鳳音。”

【附載】

韓愈《送李願歸盤谷序》:“太行之陽有盤谷。盤谷之間,泉甘而土肥,草木叢茂,居民鮮少。或曰:謂其環兩山之間,故曰盤。或曰:是谷也,宅幽而勢阻,隱者之所盤旋。友人李願居之。

願之言曰:人之稱大丈夫者,我知之矣!利澤施於人,名聲昭於時。坐於廟朝,進退百官,而佐天子出令。其在外,則樹旗旄,羅弓矢,武夫前呵,從者塞途。供給之人,各執其物,夾道而疾馳。喜有賞,怒有刑。才畯滿前,道古今而譽盛德,入耳而不煩。曲眉豐頰,清聲而便體,秀外而惠中。飄輕裾,翳長袖,粉白黛緑者,列屋而閒居,妒寵而負恃,争妍而取憐。大丈夫之遇知於天子,用力於當世者之所爲也。吾非惡此而逃之,是有命焉,不可幸而致也。

窮居而野處,升高而望遠。坐茂樹以終日,濯清泉以自潔。采於山,美可茹;釣於水,鮮可食。起居無時,惟適之安。與其有譽於前,孰若無毀於其後;與其有樂於身,孰若無憂於其心。車服不維,刀鋸不加,理亂不知,黜陟不聞。大丈夫不遇於時者之所爲也,我則行之。

伺候於公卿之門,奔走於形勢之途。足將進而趑趄,口將言而囁嚅。處污穢而不羞,觸刑辟而誅戮。徼倖於萬一,老死而後止者,其於爲人,賢不肖何如也?

昌黎韓愈聞其言而壯之。與之酒而爲之歌曰:

盤之中,維子之宫。盤之土,維子之稼。盤之泉,可濯可沿。盤之阻,誰争子所? 窈而深,廓其有容;繚而曲,如往而復。嗟盤之樂兮,樂且無央。虎豹遠跡兮,蛟龍遁藏。鬼神守護兮,呵禁不祥。飲且食兮壽而康,無不足兮奚所望。膏吾車兮秣吾馬,從子於盤兮,終吾生以徜徉。"①

珍珠泉①

三環疊湧汎珠流,群水相從落濟溝②。一派山光傾翠巘③,暮春逐景最堪酬。

《兩宋名賢小集》卷七

【編年】

熙寧六年(1073)四月至熙寧七年(1074)四月判河陽任上作。

【箋注】

①珍珠泉:位於河南濟源西北濟水發源地的濟瀆廟。這裏萬泉鼎沸,遍地湧金,狀如珍珠浮地,絡繹不絶,聯貫而出。唐李頎:"濟水出王屋,其源來不窮。伏泉數眼沸,平地流清通。"

②濟溝:即濟水。源出河南濟源縣王屋山,東流入山東,與黄河并行入海。後下遊爲黄河所奪。北魏酈道元《水經注·濟水》:"濟水出河東垣縣東王屋山。"

③巘(yǎn):山峰。晉張協《七命》:"於是登絶巘,溯長風。"

靈都宫①

再到靈都訪舊遊,青山依舊白雲秋。燒丹帝子名猶在②,憩鶴仙人跡尚留。萬軸玄科瑶笈重③,滿庭涼露木樨稠④。千年物

① 《韓愈文集彙校箋注》卷九,劉真倫、岳珍校注,北京:中華書局2010年版,第3册,第1030—1032頁。

外棲真地⑤,肯許風煙占一丘。

《兩宋名賢小集》卷七

【編年】

　　熙寧六年(1073)四月至熙寧七年(1074)四月判河陽任上作。

【箋注】

　　①靈都宮:又稱靈都觀、奉仙觀,唐代道觀,位於河南濟源城西北四十五公里處王屋山脈玉陽山中。《明一統志》卷二八:"靈都宮,在濟源縣西三十里尚書谷,唐玉真公主升仙處。天寶間建,元至元間重修,有碑,後有憩鶴台。"

　　②燒丹帝子:指唐代的玉真公主,唐睿宗之女,唐玄宗的妹妹。睿宗景云二年(711)入道,時二十歲,睿宗爲其在長安(今陝西西安)建玉真觀。玄宗又在洛陽爲其建安國觀。還在王屋山的分支玉陽山建靈都觀。

　　③玄科:道教的規章。唐皮日休《太湖詩·曉次神景宮》:"清齋洞前院,敢負玄科約。"瑤笈(jí):玉制的笈,亦作笈的美稱。笈,盛器,常用以放置書籍、衣巾、藥物等。《太平御覽》卷七一引應劭《風俗通》:"笈,學士所以負書箱,如冠籍箱也。"

　　④木樨(xī):桂樹。《字彙·木部》:"樨,木名。桂花,俗名木樨花。"

　　⑤物外:世外。謂超脱於塵世之外。漢張衡《歸田賦》:"苟縱心於物外,安知榮辱之所如!"棲真:道家謂存養真性,返其本元。《晋書·葛洪傳論》:"遊德棲真,超然事外。"

拔劍泉①

　　拔劍隆平近北堨②,一溪獨湧勝群涓。仍思昔日天工巧,演出淮源灌玉川③。

《兩宋名賢小集》卷七

【編年】

　　熙寧六年(1073)四月至熙寧七年(1074)四月判河陽任上作。詩所寫景在河陽(今河南濟源),故可能作於熙寧六年至熙寧七年文彦博判河陽期間。

【箋注】

①拔劍泉：在濟瀆池東北，世傳仙人王喬拔劍於此，故名。

②壖（ruán）：空地。《史記·河渠書》：“五千頃故盡河壖棄地。”

③演：水長流。《文選·木華〈海賦〉》：“東演析木。”李善注：“《説文》曰：‘演，長流也。’”

平陽洞①

平陽石洞本天然，上有幽林下有泉。野客棲遲堪養道②，蓬萊無處不成仙③。

《兩宋名賢小集》卷七；

雍正《河南通志》卷七四

【編年】

熙寧六年（1073）四月至熙寧七年（1074）四月判河陽任上作。

【箋注】

①平陽洞：位於河南濟源西玉陽山中，靈都宮北，爲唐代玉真公主居處，是唐宋以來道家名山洞府之一。天寶元年，唐玄宗題額“平陽洞府”。

②棲遲：遊玩休憩。《詩·陳風·衡門》：“衡門之下，可以棲遲。”《後漢書·張衡傳》：“淹棲遲以恣欲兮，耀靈忽其西藏。”

③蓬萊：蓬萊山。古代傳説中的神山名。亦常泛指仙境。《史記·封禪書》：“自威、宣、燕昭使人入海求蓬萊、方丈、瀛洲。此三神山者，其傳在勃海中。”

裴休洞①

講著終年户不開，庭無人跡少塵埃。山寒月射千峰翠，正見白雲歸洞來。

乾隆《濟源縣志》卷一六

【編年】

熙寧六年(1073)四月至熙寧七年(1074)四月判河陽任上作。

【箋注】

①裴休洞:唐相裴休讀書處。裴休字公美,河内濟源人。父肅,肅生三子:儔、休、俅,皆登進士第。休志操堅正,童齔時兄弟同學於濟源別墅,休經年不出墅門,晝講經籍,夜課詩賦。《舊唐書》卷一七七有傳。

月　泉

繁花低蔭泉聲潺,綠竹瑶池映碧瀾。蒼木翠松遮宿鶴,一輪秋月落林間。

乾隆《濟源縣志》卷一六

【編年】

熙寧六年(1073)四月至熙寧七年(1074)四月判河陽任上作。

再遊枋口①

石壁張谽谺〔一〕,沁水吐其側。平沙綠水旋,千里不渾色。木秀如鐘山,魚肥似春麥。不見持竿人,鳴蛙長湁湁②。

乾隆《濟源縣志》卷一六

【編年】

熙寧六年(1073)四月至熙寧七年(1074)四月判河陽任上作。

【校勘】

〔一〕谽谺:原作"谽牙"。按谽谺(hān xiā):山谷空而大的樣子。《史記·司馬相如列傳》:"谽谺豁閜。"

【箋注】

①枋口:又名沁口。沁水遏北秦以枋木爲門,故名。晋司馬孚壘石爲之。

在濟源境內。有景謂"沁口秋風"。《文集》卷六有一首《枋口作》,與此詩當爲先後遊枋口所作。

②濊濊(huò):水波相擊聲。此指蛙鳴聲。

枇杷詩

有果産西裔①,作花淩早寒。樹繁碧玉葉,柯迭黄金丸。上都不可寄②,咀味獨長歎。

曹學佺《蜀中廣記》卷六一

【編年】

仁宗慶曆五年(1045)至慶曆七年(1047)知益州日作。由《枇杷詩》出處《蜀中廣記》知以上詩當作於文彦博知益州日。

【箋注】

①西裔:西部邊遠的地方。漢王粲《迷迭香賦》:"揚豐馨於西裔兮,布和種於中州。"

②上都:古代對京都的通稱。《文選·班固〈西都賦〉》:"寔用西遷,作我上都。"張銑注:"上都,西京也。"

題　詩①

修篁含雨餘②,小枝淩風起。掃破碧玲瓏③,高堂淨如洗。

張井《澄鑒堂石刻》

【編年】

元祐元年(1086)秋九月廿四日平章軍國重事日作。原詩後題云:"元祐元年秋九月廿四日介休文彦博題。"

【箋注】

①此題詩來自張井《澄鑒堂石刻》。"澄鑒堂"是清代河南總督張井收藏

字畫的堂齋之名。張井在道光年間收到宋代大家文同和蘇軾所畫的兩幅巨幅風竹,上面有宋、元、明、清四朝包括文彦博在内共七十四位名人的題跋。後來張井便讓無錫金石名家錢泳雙鉤刻石。因爲畫太大,無法刻,於是把名人題跋分别刻在四十二方石上,題名爲"澄鑒堂石刻"。分蘇軾部分和文同部分。

②修篁含雨餘:謂修竹青翠欲滴之貌。

③玲瓏:明徹貌。南朝宋鮑照《中興歌》之四:"白日照前窗,玲瓏綺羅中。"

彦博代簡上君貺宣獻①

勿愛大名名,遂忘西洛樂②。銅駝本自佳③,金鳳亦不惡④。二月三月春融融,千花萬花紅灼灼⑤。公乎早歸來,莫負花前約。同賞狀元紅,更對劉師閣⑥〔一〕。花雖舊房,其豔維新。

清厲鶚《宋詩紀事》卷一二;

《説郛》卷七五;

《古今事文類聚》卷四五;

清胡聘之《山右石刻叢編》卷一四《耆英圖并詩石刻》;

《石渠寶笈》卷三五

【編年】

元豐五年(1082)文彦博判河南府日作。

【校勘】

〔一〕更對:清胡聘之《山右石刻叢編》卷一四《耆英圖并詩石刻》、《石渠寶笈》卷三五作"更對"。一作"對酒"。《説郛》卷七五、《古今事文類聚》卷四五同《宋詩紀事》卷一二均作"對酒"。一作"更看"。文彦博《故開府太師王公挽詞》其四有:"前歲公圖歸洛中,待君同賞狀元紅。"詩後自注云:"同賞狀元紅,更看劉師閣。"三者相較,"更對"爲勝。理由有二:其一,上下二句相對爲文,"同賞"對"更對",句正相協;若爲"對酒",則句不協;若爲"更看",意顯直白,在意蘊上不若"更對"。其二,《山右石刻叢編》和《石渠寶笈》,一爲石刻,一爲清廷内府所藏歷代書畫藏品的著録文獻,從資料可信度來説勝於文本。

【箋注】

①君貺宣獻:指王拱辰,字君貺,時宣獻南院使、檢校太尉、判大名府兼北京留守。王拱辰(1012—1085),開封咸平人。年十九,舉進士第一。元豐五年,文彥博在洛陽發起洛陽耆英會,與會者有富弼、席汝言、司馬光等計十二人,時判大名府王拱辰來書要求入會,文彥博爲詩以答,邀其入會。《邵氏聞見録》卷一〇:"元豐五年,文潞公以太尉留守西都,時富韓公以司徒致仕,潞公慕唐白樂天九老會,乃集洛中公卿大夫年德高者爲耆英會。……時宣徽使王拱辰留守北京,貽書潞公,願預其會,年七十一。"

②大名:指北宋的北京大名府。時王拱辰判大名府。西洛:陪都洛陽是北宋之西京,故稱西洛。時文彥博判河南府。

③銅駝:《藝文類聚》卷九四引《洛中記》:"有銅駝二枚,在宮之南四會道,頭高九尺,頭似羊,頸身似馬,有肉鞍,兩個相對。"後以銅駝代指洛陽。

④金鳳:即銅雀,此指銅雀臺,以代大名府。銅雀臺故址在今河北臨漳縣西南。曹操於建安十五年冬築建。臺高十丈,殿宇百餘間。後趙建武帝石虎,築五層樓於臺上,并置銅雀於樓頂,高五米,舒翼若飛。與金虎、冰井合稱三臺,在大名府轄境内。

⑤灼灼:鮮明貌。《詩·周南·桃夭》:"桃之夭夭,灼灼其華。"唐楊衡《寄贈田倉曹灣》:"芳蘭媚庭除,灼灼紅英舒。"

⑥狀元紅、劉師閣:均爲牡丹品名。

明堂樂章

誠　安

維聖享帝,維孝嚴親。肇圖世室,躬展精禋。鏞鼓既設,籩豆既陳。至誠攸感,保格上神。

　　　　　　　　《宋史·樂志八·樂章二》之《皇祐親享明堂六首》

【編年】

皇祐二年(1050)五月二十四日任昭文相日作。《會要·禮》二四之一三：
"(皇祐二)五月二十四日……中書樞密院臣僚分撰明堂樂章。文彦博撰：降
神，《誠安》；送神，《誠安》；青帝，《精安》。"

【附載】

《皇祐親享明堂六首》依次爲：降神，《誠安》；奠玉幣，《鎮安》；酌獻，《慶
安》；三聖配位奠幣，《信安》；酌獻，《孝安》；送神，《誠安》。

誠　安

我將我享，辟公顯助。獻終豆徹，禮成樂具。飾駕上遊，升煙
高鶩。神保聿歸，介兹景祚。

《宋史·樂志八·樂章二》之《皇祐親享明堂六首》

【編年】

皇祐二年(1050)五月二十四日任昭文相日作。

登江郎山讀祝東山行樂祠記有感①

偽周獻媚貌如蓮②，高士山中醉欲眠③。天籟無窮鐘鼓洞④，
清流不竭虎跑泉⑤。寸心遺世真千古，一息如公可百年。鄭谷夤
緣猶在否⑥？祝君行樂到今傳。

清同治《江山縣志》

【箋注】

①江郎山：在浙江省江山縣江郎鄉境内。又名須郎山。傳説古時候三個
姓江的兄弟登上山頂變成爲三大巨石，所以叫江郎山。舊有祝東山行樂祠。
祝東山(634—729)，名其岱，號台峰，世居江山城西梅泉。唐初的宿儒、隱士。
生於唐太宗貞觀八年(634)，卒於玄宗開元十七年(729)，享年96歲。以子克
明貴，贈銀青光禄大夫。薦爲内翰檢討，辭不就，隱跡於江郎山，設館講學。以

“精通經史,文章涣然”爲兩浙諸生所欽重。

②“僞周”句:僞周代指武則天。唐中宗即位,武則天臨朝稱制。後廢唐睿宗,武則天自稱聖神皇帝,改國號爲周。貌如蓮謂武則天當政時寵臣張昌宗。據《新唐書·張行成傳》:武后時,太平公主薦其弟昌宗,得侍。昌宗又薦張易之,即召見,兄弟皆幸,出入禁中,傅朱粉。衣紈錦,盛飾自喜。昌宗官顯,貴震天下。“諸武兄弟及宗族客等争造門,伺望顏色,親執轡箠,號易之爲‘五郎’,昌宗‘六郎’。”又據《新唐書·楊再思傳》:“昌宗以姿貌幸,再思每曰:‘人言六郎似蓮華,非也;正謂蓮華似六郎耳。’”

③高士:指祝東山。朝庭曾授其銀青光禄大夫。後因不滿武則天政權而辭官,隱居江郎山。

④鐘鼓洞:江郎山景點。康熙《江山縣志》稱:“以梃叩之,上應如鼓,下應如鐘,故名。”

⑤虎跑泉:江郎山景點。

⑥鄭谷:西漢隱士鄭子真,耕居於谷口,時稱“鄭谷”。修道静默,世服其清高,成帝時大將軍王鳳聘之,不應,隱居谷口,揚雄稱其德曰:“谷口鄭子真,耕於岩石之下,名振京師。”成帝時,元舅大將軍王鳳以禮相聘,他則不詘而終。事見晉皇甫謐《高士傳》。夤緣:盤桓,留連。杜甫《宇文晁崔彧重泛鄭監前湖》:“不但習池歸酩酊,君看鄭谷去夤緣。”

佚詩一句

壺中别有境①,天下更無奇。

　　　　　　　　　　　　　《圖書編》卷六二《關陝山川·龍門山》

【編年】

皇祐五年(1053)至至和二年(1055)知永興軍日作。龍門山屬關陝之山。

【箋注】

①壺中别有境:《雲笈七籤·二十八治》:“施存,魯人,夫子弟子。學大丹之道,三百年,十煉不成,唯得變化之術。後遇張申,爲台云治官,常懸一壺,如

五升器大,變化爲天地,中有日月,如世間,夜宿其內,自號'壺天',人謂曰'壺公'。"晋葛洪《神仙傳·壺公》:"壺公者,不知其姓名也。……時汝南有費長房者,爲市掾,忽見公從遠方來,入市賣藥,人莫識之。賣藥口不二價,治病皆愈,語買人曰,服此藥心吐某物,某日當愈,事無不效。其錢日收數萬,便施與市中貧乏飢凍者,唯留三五十。常懸一空壺於屋上,日入之後,公跳入壺中,人莫能見,唯長房樓上見之,知非常人也。……公語房曰:'見我跳入壺中時,卿便可效我跳,自當得入。'長房依言,果不覺已入。入後不復是壺,唯見仙宮世界,樓觀重門閣道,公左右侍者數十人。公語房曰:'我仙人也,昔處天曹,以公事不勤見責,因謫人間耳。卿可教,故得見我。'"

【附載】

明章潢《圖書編》卷六二《龍門山》:"去軍城五里官道之傍,懸壁環合,上透碧虛,中敞大洞,下漱清泉,宛然天造。水簾懸夏,冰柱凝冬,真異境也。文潞公詩:'壺中別有境,天下更無奇。'"

郊祀歌二首

高　安

在國南方,時維就陽[①]。以祈帝祉[②],式教民康。豆籩鼎俎[③],金石絲簧[④]。禮行樂奏,皇祚無疆[⑤]。

【箋注】

①就陽:接近十月。陽:農曆十月的別稱。《詩·小雅·杕杜》:"日月陽止。"漢鄭箋:"十月爲陽……婦人思望其君子,陽月之時已憂傷矣。"

②祉:福。《易·泰》:"帝乙歸妹,以祉元吉。"《詩·小雅·巧言》:"君子如祉,亂庶遄已。"

③豆籩鼎俎:各種祭器。豆:祭器名,狀如燈。籩:古代祭祀時盛果實、乾肉等的竹器。鼎:古代炊器,又爲盛熟牲之器。多用青銅或陶土製成。圓鼎兩耳三足,方鼎兩耳四足。盛行於商周。多用爲宗廟的禮器。俎:古代祭祀時盛

牛羊等祭品的器具。《禮記·曾子問》:"曾子問曰:'大夫之祭,鼎俎既陳,籩豆既設,不得成禮,廢者幾?'"

④金石絲簧:各種樂器。金石,指鐘磬一類樂器。《國語·楚語上》:"而以金石匏竹之昌大、囂庶爲樂。"韋昭注:"金,鐘也;石,磬也。"絲:八音之一,指琴、瑟、琵琶等絃樂器。《周禮·春官·大師》:"皆播之以八音,金、石、土、革、絲、木、匏、竹。"鄭玄注:"絲:琴瑟也。"簧:樂器裏有彈性的薄片,用竹箬或銅片製成,作爲發聲的振動體。亦指内有簧片的樂器。《詩·小雅·鹿鳴》:"吹笙鼓簧,承筐是將。"《楚辭·九歎》:"願假簧以舒憂兮,志紆鬱其難釋。"

⑤祚:福;福運。《國語·周語下》:"若能類善物,以混厚民人者,必有章譽蕃育之祚。"

【附注】

自此篇起,以下21首聲詩原輯自清吳元嘉抄,吳允嘉校《宋人小集》中的《文潞公詩鈔》二卷,詩下注:"顧氏積書岩選《御選》上收。"《御選》即清康熙四十八年張豫章等奉敕編《御選宋金元明四朝詩》之《御選宋詩》。事實上這二十一首詩不是文彦博所作,而是文彦博采選已有之樂章。此二十一首詩均載於《宋史·樂志》,文字均以《宋史·樂志》爲準。

此《郊祀歌二首》不是文彦博所作,而當是文彦博采選。《宋史·樂志七·樂章一》之《建隆郊祀八曲》。建隆是宋太祖年號。《建隆郊祀八曲》依次爲:降神,《高安》;皇帝升降,《隆安》;奠玉幣,《嘉安》;奉俎,《豐安》;酌獻,《禧安》;飲福,《禧安》;亞獻、終獻,《正安》;送神,《高安》。

禧　安

潔兹五齋①,酌彼六尊②。致誠斯至③,率禮彌敦④。以介景福⑤,永隆後昆⑥。重熙累洽⑦,帝道攸尊。

【箋注】

①五齋:古代用作祭品的五種動物。即牛、羊、豕、犬、雞。

②六尊:六種注酒器。《周禮·春官·小宗伯》:"辨六尊之名物,以待祭祀賓客。"鄭玄注引鄭司農曰:"六尊,獻尊、象尊、壺尊、著尊、大尊、山尊。"

③斯:皆,盡。《書·金縢》:"周公居東二年,則罪人斯得。"

④率:行。《左傳·哀公十六年》:"周仁之謂信,率義之謂勇。"杜預注:"率,行也。"敦:尊崇,恭敬。

⑤介:讀爲匃(丐),意爲祈求。見清林義光《詩通解》。景福:洪福;大福。《詩·周頌·潛》:"以享以祀,以介景福。"三國魏曹植《精微篇》:"聖皇長壽考,景福常來儀。"

⑥後昆:後代;後嗣。

⑦重熙累洽:謂前後功績相繼,累世升平。《文選·班固〈東都賦〉》:"至於永平之際,重熙而累洽。"張銑注:"熙,光明也;洽,合也;言光武既明,而明帝繼之,故曰重熙累洽也。"

朝會樂章八首

隆　安

天臨有赫①,上法乾元②。鏗鏘六樂③,儼恪千官。皇儀允肅,玉座居尊④。文明在御,禮備誠存。

【箋注】

①赫:威嚴明察。《詩·大雅·皇矣》:"皇矣上帝,臨下有赫。"

②乾元:《易·乾》:"大哉乾元,萬物資始,乃統天。"孔穎達疏:"乾是卦名,元是乾德之首。"後以"乾元"形容天子之大德。

③六樂:指隆安曲。宋代行大典,在帝王出入時所奏樂曲名。後罷隆安曲,改乾安曲。

④玉座:帝王的御座。亦以代稱帝王。唐杜甫《解悶》詩之九:"炎方每續朱櫻獻,玉座應悲白露團。"

【附注】

以上朝會樂章當不是文彥博所作,而是文彥博所采選。此《朝會樂章》八首載於《宋史·樂志一三·樂章七》之《建隆乾德朝會樂章二十八首》:依次爲:皇帝升坐,《隆安》;公卿入門,《正安》;上壽,《禧安》;皇帝舉酒,第一盞用《白龜》;第二盞,《甘露》;第三盞,《紫芝》;第四盞,《嘉禾》;第五盞,《玉兔》;群臣舉酒,《正安》;群臣第一盞畢,作《玄德升聞》;第二盞畢,《天下大定》;上壽,《和安》;皇帝初舉酒,《用祥麟》;再舉酒,《丹鳳》;三舉酒,《河清》;四舉酒,《白龜》;五舉酒,《瑞麥》;群臣初舉酒畢,作《化成天下》;再舉酒畢,《威加海内》。

正　安

堯天協紀①,舜日揚光。淑慎爾止②,率由舊章。佩環濟濟,金石鏘鏘。威儀炳焕③,至德昭彰。

【箋注】

①協紀:調和使遵法制。

②淑慎:使和善謹慎。《詩·邶風·燕燕》:"終溫且惠,淑慎爾德。"《東觀漢記·梁冀傳》:"大將軍夫人,躬先率禮,淑慎其身。"此句謂要行止謹慎。

③炳焕:鮮明華麗。《文選·張衡〈東京賦〉》:"龍雀蟠蜿,天馬半漢,瑰異譎詭,燦爛炳焕。"

禧　安

乾健爲君,坤柔曰臣。惟其臣子,克奉君親。永御皇極①,以綏兆民②。稱觴獻壽,山岳嶙峋。

【箋注】

①皇極:皇位。晋干寶《晋紀總論》:"至於世祖,遂享皇極。"

②以綏兆民:以安億萬百姓。

白　龜

聖德昭宣,白龜出焉。載白其色,或遊於川。名符在洛,瑞應巢蓮①。登歌丹陛②,紀異靈篇。

【箋注】

①瑞應：古代以爲帝王修，時世清平，天就降祥瑞以應之，謂之瑞應。《西京雜記》卷三：“瑞者，寶也，信也。天以寶爲信，應人之德，故曰瑞應。”

②丹陛：宮殿的臺階。借指宮殿。《隋書·薛道衡傳》：“趨事紫宸，驅馳丹陛。”

甘　露

天德冥應，仁澤載濡。其甘如醴，其凝若珠。雲表潛結，顥英允敷①。降於竹柏，永昭瑞圖②。

【箋注】

①顥英允敷：此句意爲甘露附於竹柏之上，象白色的花開放。顥，白色。敷，開放。

②瑞圖：舊指上天所賜、表示受命的圖藉。漢班固《東都賦》：“啓靈篇兮披瑞圖，獲白雉兮效素烏。”

紫　芝

煌煌茂英①，不根而生。蒲耳奪色，銅池著名。晨敷表異，三秀分榮。書於瑞典②，光我文明。

【箋注】

①煌煌：明亮輝耀貌；光彩奪目貌。《詩·陳風·東門之楊》：“昏以爲期，明星煌煌。”

②瑞典：瑞應的經典圖書。《文選·顔延之〈赭白馬賦〉》：“并榮光於瑞典，登郊歌乎司律。”

嘉　禾

嘉彼合穎①，致貢升平。異標南畝，瑞應西成。德至於地，皇祇效靈②。和同之象③，焕發祥經。

【箋注】

①穎：稻穗。合穎：言一禾二穗也。

②皇祇：指皇地祇。對地神的尊稱。宋曾鞏《本朝政要策・郊配》：“冬至祀昊天，夏至祀皇地祇。”

③和同：指春秋時代兩個互爲對應的常用語。和謂可否相濟，相輔相成；同謂單一不二，無所差異。和能生物，同無所成。《國語・鄭語》：“夫和實生物，同則不繼。以他平他謂之和，故能豐長而物歸之；若以同裨同，盡乃棄矣：故先王……務和同也。”韋昭注：“和謂可否相濟，同謂同欲。”

玉　兔

盛德好生，網開三面①。明示標奇，昌辰乃見。育質雪園，淪精月殿②。著於樂章，色含江練③。

【箋注】

①網開三面：《史記・殷本紀》：“湯出，見野張網四面，祝曰：‘自天下四方，皆入吾網。’湯曰：‘嘻，盡之矣！’乃去其三面，祝曰：‘欲左，左；欲右，右。不用命，乃入吾網。’諸侯聞之，曰：‘湯德至矣，及禽獸。’”後因以喻法令寬大，恩澤遍施。

②月精：稱白兔。傳説月中有白兔，故稱。唐權德輿《中書門下賀河陽獲白兔表》：“惟此瑞獸，是稱月精。”

③江練：語出“澄江静如練”。練：白，素色。

親耕藉田樂歌七首①

乾　安

勤勞稼穡，必躬必親。爲藉千畝，以教導民。帝出乎震②，時維上春③。天顏咫尺，望之如雲。

【箋注】

　　①藉田:古代天子、諸侯徵用民力耕種的田。每逢春耕前,天子、諸侯躬耕藉田,以示對農業的重視。《漢書·文帝紀》:"夫農,天下之本也,其開藉田,朕親率耕,以給宗廟粢盛。"大次:帝王祭祀、諸侯朝覲時臨時休息的大逢帳。《周禮·天官·掌次》:"朝日祀五帝則張大次、小次,設重帟重案……諸侯朝覲會同則張大次、小次。"鄭玄注:"次,謂幄也。大幄,初往所止居也。

　　②震:東方。《易·説卦》:"萬物出乎震。震,東方也。"南朝梁沈約《梁明堂登歌·青帝》:"帝居在震,龍德司春。"

　　③上春:農曆三月。

【附注】

　　以上親耕藉田樂歌不是文彦博所作,而是文彦博所采選。載於《宋史·樂志一二·樂章六》之《親耕藉田七首》。依次爲:皇帝出大次,《乾安》;《親耕》;《升壇》;《公卿耕藉》;《群官耕藉》;《降壇》;《歸大次》。

親　耕

　　元辰既擇,禮備樂成。洪縻在手①,祇飾專精。三推一墢②,端冕朱紘③。靡辭染屨,以示黎甿。

【箋注】

　　①縻:牛韁繩。潘岳《藉田賦》:"坻場染屨,洪縻在手。"

　　②三推:古代帝王親耕之禮。天子於每年正月親臨藉田,扶耒耜往還三度,以示勸農,稱三推。後歷代皆有親耕三推儀式,成爲例行公事。

　　③朱紘:古代天子冠冕上的紅色繫帶。《周禮·夏官·司馬》:"弁師掌王之五冕……皆五采玉十有二,玉笄朱紘。"鄭玄注:"朱紘,以朱組爲紘也。"

升　壇

　　方壇屹立,陛級而登。玉色下照①,臨觀耦耕②。萬目咸覩,如日之升。成規成矩,百禄是膺③。

【箋注】

①玉色：尊稱帝王容顏。宋邵博《聞見後録》卷一："日色甚熾，埃霧漲天，帝玉色不怡。"

②耦耕：二人并耕。泛指耕作。唐柳宗元《首春逢耕者》："綴景未及郊，穡人先耦耕。"

③膺：承受；接受。《書·畢命》："予小子永膺多福。"

公卿耕藉

群公顯相，奉事齊莊^①。率時農夫，舉耜載揚。播厥百穀，以佑我皇。多黍多稌^②，丕應農祥。

【箋注】

①齊莊：嚴肅誠敬。唐柳宗元《南岳雲峰和尚塔銘》："行峻潔兮貌齊莊，氣混溟兮德洋洋。"

②稌(tú)：稻。《詩·周頌·豐年》："豐年多黍多稌。"

③丕應：很好地應和。《書·皋陶謨》："其弼直，惟動丕應。"孫星衍疏："天下大應之。"

群官耕藉

畟畟良耜^①，我畝既臧。土膏其動，春日載揚。執事有恪^②，於此中邦。農夫之慶，棲畝餘糧^③。

【箋注】

①畟畟(cè)：耜刃鋒利的樣子。《詩·周頌·良耜》："畟畟良耜，俶載南畝。"耜(sì)：古代的一種農具，安在耒的下端，形狀如鍬，用於翻土。《孟子·滕文公文上》："陳良之徒陳相，與其弟辛，負耒耜而自宋之滕。"

②恪：恭敬；恭謹。《詩·商頌·那》："溫恭朝夕，執事有恪。"

③棲：囤放；囤積。唐柳宗元《舜廟祈晴文》："粢盛不害，餘糧可棲。"

降　壇

肇新帝藉，率我農人。三推終畝，祗事咸均^①。陟降孔時^②，粢然有文。受天之祐,多稼如雲。

【箋注】

①祇(zhī)事:恭敬事奉;敬於其事。《南史·到仲舉傳》:"帝又嘗因飲夜宿仲舉帳中,忽有神光五采照於室內,由是祇事益恭。"

②孔時:適時;及時。唐韓愈《歐陽生哀辭》:"友朋親視兮藥物甚良,飲食孔時兮所欲無妨。"

歸大次

教民稼穡,不令而行。進退有度,琚瑀鏘鳴①。言還熅緯②,禮則告成。帝命率育,明德惟馨③。

【箋注】

①琚瑀:珠玉或玉石所製的佩飾。《詩·鄭風·有女同車》"佩玉瓊琚"毛傳:"佩有琚瑀,所以納間。"《大戴禮記·保傅》:"上車以和鸞爲節,下車以佩玉爲度,上有雙衡,下有雙璜,沖牙玭珠,以納其間,琚瑀以雜之。"

②熅(yún):暗黃色。

③明德:光明之德;美德。《逸周書·本典》:"今朕不知明德所則,政教所行,字民之道,禮樂所生,非不念而知,故問伯父。"

祭文宣王廟樂歌四首

凝 安

大哉至聖①,文教之宗②!紀綱王化,丕變民風。常祀有秩,備物有容。神之格思③,是仰是崇。

【箋注】

①至聖:指孔子。《史記·孔子世家》太史公曰:"孔子布衣,傳十餘世,學者宗之。自天子王侯,中國言六藝者,折中於夫子,可謂至聖矣!"

②文教:指禮樂法度;文章教化。《書·禹貢》:"三百里揆文教。"孔傳:
"揆,度也,度王者文教而行之。"

③格思:至,到。《詩·大雅·抑》:"神之格思,不可度思,矧可射思。"毛
傳:"格,至也。"

【附注】

以上祭文宣王廟樂歌不是文彦博所作,而是文彦博所采選。此《祭文宣王
廟樂歌》四首載於《宋史·樂志一二·樂章六》之《景祐祭文宣王廟六首》。依
次爲:迎神,《凝安》;初獻升降,《同安》;奠幣,《明安》;酌獻,《成安》;飲福,
《綏安》;送神,《凝安》。

同　安

右文興化,憲古師今。明祀有典,吉日惟丁。豐犧在俎①,雅
奏來庭。周旋陟降,福祉是膺。

【箋注】

①俎:禮器。祭祀宴享時也用來擺放各種犧牲的肉食。

明　安

一王垂法①,千古作程。有儀可仰,無德而名。齋以滌志,幣
以達誠②。禮容合度,黍稷非馨③。

【箋注】

①垂法:垂示法則。《史記·秦本紀》:"且先王崩,尚猶遺德垂法,況奪之
善人良臣百姓所哀者乎?"

②幣:繒帛。古代常用作祭祀或饋贈的禮品。《書·召誥》:"我非敢勤,
惟恭奉幣,用供王能祈天永命。"

③黍稷非馨:意謂神靈所注重的是祭祀人的美德,而不僅是黍稷之類祭
品。語出《書·君陳》:"黍稷非馨,明德惟馨。"黍稷:兩種穀物名。古人祭祀
常用之物。馨:遠聞的香氣。

成　安

　　自天生聖，垂範百王。恪恭明祀，陟降上庠^①。酌彼醇旨，薦此令芳。三獻成禮^②，率由舊章。

【箋注】

　　①上庠：古代的大學。《禮記·王制》：“有虞氏養國老於上庠，養庶老於下庠。”

　　②三獻：古代祭祀時獻酒三次，即初獻爵、亞獻爵、終獻爵，合稱“三獻”。《儀禮·聘禮》：“薦脯醢，三獻。”

佚詞一句

　　遂請後，願頻醉、石樓溪口。

《文集》卷七《次韻留守相公同遊龍門》詩後注

【編年】

　　元豐七年（1084）致仕居洛陽日作。

集外佚文

《全宋文》第十五至十六册,卷六四一至六五九輯録了文彦博的文,共十九卷。以明刻本爲底本,參校四庫本、季校本,集外輯得佚文五十篇又一句。完全吸收了王智勇《〈文潞公文集〉初探》的輯佚成果。但存在將几篇文章合爲一篇之失,實當爲五十五篇又三句(其中一句爲申利輯得佚文中之一句)。申利集外輯得佚文四篇又四句,當前輯得文彦博集外佚文總計五十九篇又六句。其中奏議二十九篇,啓、简、帖計二十三篇,記五篇,牒一篇,墓志銘一篇,跋一篇。

《全宋文·文彦博文》已輯得集外佚文

乞重懲王元康得輿奏

昨西賊圍豐州及寧遠寨,其并、代州都部署、通判、團練使王元[1],麟、府州鈐轄、東染院使、昭州刺史康得輿[2],只在府州閉壘自守,并無出兵救援之意,以致八月七日寧遠寨破,十九日豐州破。二十一日西賊引退已遠,麟州路通。二十三日,元等乃牒府州索隨軍十日糧草,計人糧馬料九千石,草五萬六千束,以二十六日出軍。臣尋急令保德、火山、岢嵐軍人戶各備脚乘於府州，請搬上件隨軍。其王元，康得興只於府州城外五七里下寨作食所搬糧草。經三日，復將所部兵馬入城，亦不先告人戶令知。其人戶等見軍馬入城，謂是西賊將至，皆倉皇奔竄入城，棄所搬糧草脚乘并在野寨，明日方令人戶搬所餘糧草於倉場回納。竊緣人戶請搬糧草、雇脚乘，所費至重。臣取得人戶雇脚乘契貼，每搬隨軍草一束、糧一斗，不以遠近日數計錢一貫文。如此費耗，若一兩次，何以任之？若或出軍擊賊，遠救城寨，須要糧草先行，雖有重費，不可辭勞。其如賊退已遠，麟州道路已通，方領軍馬出城，又不前去追襲，却只在府州城外五七里紮寨，令人戶運糧，元輩何以自安？方今西事未平，捍邊全藉良將，若王元、康得興駑下之才，如此舉動，必致敗事。伏乞朝廷明行重典，以戒懦夫，別擇武臣，付以邊事。

《涑水記聞》卷一二

【編年】

康定二年（1041）任河東轉運副使日作。原本題下注云：“康定二年。”

【箋注】

①并、代州都部署、通判、團練使王元：并、代州部署爲王元之實任差遣，當爲遥郡官。團練使：正任武階名。通判：疑誤。宋制通判以文臣充。此當爲一諸司使、副及橫行使、副之官。宋制，節度觀察留後、觀察使、防禦使、團練使、刺史五階兼領諸司使、副及橫行使、副等官階者，爲遥郡官。遥郡五階被視爲美職。

②麟、府州鈐轄、東染院使、昭州刺史康得興：麟、府州鈐轄是康得興之實任差遣，爲遥郡官。東染院使是武階名，屬諸司正使階列。昭州刺史：宋除刺史，必帶軍事州名。凡授於某州刺史，該刺史止爲武階銜。

馮誥復文資故官奏

本州西路蕃部李宮等八族寇永寧、來遠寨，都監齊再升爲賊追襲,墜崖而死。其後數入寇鈔,而諧能於來遠寨北八里野勻口築堡以扼其要衝。賊計窮,於是入獻甲器,原納質内附及以再升之喪來還。諧初以太子中允换崇儀副使①,尋責授禮賓副使②,今不願預賞,止願復文資故官。

《長編》卷一四一

【編年】

　　慶曆三年(1043)知秦州日作。原本題下注云:"慶曆三年。"

【箋注】

　　①太子中允:文階名。轉太常丞。特旨轉秘書郎、著作郎、宗正丞。崇儀副使:武階名。北宋前期爲諸司副使階之一。

　　②禮賓副使:武階名。北宋前期爲諸司副使階之一。

益彭邛蜀漢州馬軍易爲步軍奏

　　益、彭、邛、蜀、漢五州,非用馬之地,而逐州共屯馬軍,凡二千餘人,請皆易以步軍。

《會要·兵》五之三

【編年】

　　慶曆五年(1045)樞密直學士、户部郎中、知益州日作。原本題下注云:"慶曆五年六月。"《長編》卷一五八記此事在慶曆六年六月辛未事。

薦龍昌期劄子①

　　右,臣職忝樞近②,寄之藩服,間求遺逸,思補休和③,期於上聞,不敢自默。臣竊見本州將仕郎、試國子四門助教龍昌期④,氣正行介,學純慮深。究古今治忽之原,窮聖賢變通之旨。旁貫百氏⑤,闡發微言⑥。别注六經,頗有新義,高出諸儒之疏解,洞見聖人之指歸⑦。□□注《周易》、《書》、《毛詩》、《孝經》、《道德經》，并撰《禮論》、《八卦圖》等書，凡六十餘卷，今資政殿大學士范雍舊嘗與之通進⑧。寶元中，本路安撫使韓琦、知益州張逸、轉運使明鎬，并曾奏舉，遂授初命。而昌期疏於聲利，樂於丘園。試經誨人，取重鄉閭⑨；著書傳道，動成簡編。年逾七十之齡，家無斗升之禄。觀其所守，益勵初心。臣伏見故國子監丞、江寧府學説書張元用，并兖州説書楊光輔，并自布衣，薦爲京秩⑩。今昌期生於遐僻，學有本元，惜其暮年，止於散試。臣欲望聖慈依張元用等例，改昌期一京官，充本州州學講説。以激頹俗，以勸遠方，使野無滯才之嗟，朝有養賢之詠。干冒宸扆，臣無任惶悚激切屏營之至。謹具狀奏聞，伏候敕旨。

《金石苑》；

民國《華陽縣志》卷三一

【編年】

慶曆五年（1045）知益州日作。原本題下注云："慶曆五年。"

【箋注】

①龍昌期（971—1059），字起之，號竹軒，世稱武陵先生，或稱君平先生，陵州（今四川仁壽）人。大中祥符間注《易》、《詩》、《書》、《論語》、《孝經》、《陰符》、《道德》篇。韓魏公使蜀，奏授試國子四門助教。慶曆中，文潞公奏授守校書郎、府學講説。除主要闡釋儒家經義外，兼及道、佛和諸子之學，思想不受羈縛，深通儒、道、佛三家之説，兼貫陰陽、兵、名、雜家。公開提出"三教圓通"的主張，不免排斥先儒，輕議《六經》，甚至詆毀周公，遭受統治者的不滿和抨擊。嘉祐中，詔取其書。昌期年已八十餘歲，至京師，賜絹百疋等。歐陽修上奏，稱其異端害道，不當推獎，奪所賜物罷歸，卒。雍正《四川通志》卷九上有傳。

②職忝樞近：文彦博時職爲樞密直學士。

③休和：安定，和睦。《左傳·襄公九年》："若能休和，遠人將至。"

④將仕郎：選人階名。選人即未出職之吏人。試國子四門助教：學官名。國子監置博士（國子、太學、四門、書算），助教（國子、太學、四門、書算）。北宋慶曆三年（1043），以國子監僅收七品以上官員子弟爲學生，故依唐制創辦四門

學,招收八品以下官員和平民子弟入學。次年,太學立,四門學即廢。

⑤百氏:猶言諸子百家。漢蔡邕《筆賦》:"傳六經而綴百氏兮,建皇極而序彝倫。"

⑥微言:含義深遠精微的言辭。

⑦指歸:主旨,意向。

⑧通進:此謂將龍昌期之進奏獻於通進司。通進司:《宋史·職官志一》:"通進司:隸給事中,掌受三省、樞密院、六曹、寺監百司奏牘,文武進臣表疏及章奏房所領天下章奏案牘,具事目進呈,而頒佈於中外。"

⑨鄉閈(hàn):鄉里。閈:指里門。《説文·門部》:"閈,門也。"

⑩京秩:宋京官別稱。宋稱常參官爲升朝官或朝官,未常參官爲京官。京官官階自諸寺監主簿至秘書郎。

牙盤食奏①

近臣睹上言以太廟時享②,牙盤食品③,宜盡精美,一如常膳器皿之物,亦取常所進御,於理爲便。臣切以清廟昭德,著於前訓,牙盤上食,本非舊儀。始因唐天寶五載,實明皇之季年,緣秦漢陵寢之制,有朔望上食之儀④,遂詔太廟時享,兼供牙盤常食,於牲牢籩俎之間⑤,雜燕私膳羞之品,率情變禮,褻味瀆神。而當時禮官,不能執守典法,遂即因循行之。貞元以來,達禮之士,頻議寢罷,然亦憚於改革。伏自國朝以來,奉宗廟之重,修祭祀之禮,率遵典故,備極精虔。牙盤上食,亦循唐制。行之已久,罷之固難。臣近以差攝祠官,祭享太廟,於點膳之日,親閲牙盤食器,并皆精潔,塗金銀鑲,朱裏漆器,列於籩簋之次⑥,實得奢儉之中。至於食味品數,皆有舊規,謂宜謹守故常,不可增改。但申敕所司,每遇上食,務盡精潔,其食器稍有損故,隨即申請飾換,一切如故儀,更不擅議增改。取進止。

《太常因革禮》卷一三

【編年】

皇祐元年（1049）任昭文相日作。原本題下注云：“皇祐元年。”

【箋注】

①牙盤食：唐代宮廷食饌。因以九枚牙盤盛食而得名。唐玄宗時，改太廟祭祀所用籩、豆、簠、簋爲諸帝生前所用常膳。宋承之。祭祖宗時先上御膳。

②時享：古代宗廟祭禮制度。指依四時而祭。《春秋繁露·四祭篇》：“古者歲四祭。四祭者，因時之生熟，而祭其祖先父母也。春曰祠，夏曰礿，秋曰嘗，冬曰烝。”

③牙盤：盛祭品所用之盤。因以象牙爲飾，故名。後泛指精美之盤。

④朔望：農曆每月的初一和十五。

⑤牲牢：係養以供祭祀用牲畜，泛指供祭祀用之牲畜。籩：古代祭祀時盛果實、乾肉等的竹器。俎：古代祭祀時盛牛羊等祭品的器具。

⑥簠簋（fǔguǐ）：祭祀宴享時盛黍稷等穀物的兩種器皿。泛指祭器。《禮記·樂記》：“簠簋俎豆，制度文章，禮之器也。”

論冬至祀圜丘奏①

臣等檢討舊典，昊天上帝，一歲四祭，皆於南郊，以公卿攝事，惟至日圜丘率三歲一親祀。開寶中，藝祖幸西京②，以四月庚子有事南郊，行大雩之禮③。淳化四年、至道二年，太宗皆以正月上辛，躬行祈谷之祝④，悉如圜丘之禮。惟季秋大饗，缺而未舉。真宗祥符初，以元符昭錫⑤，議行此禮，用伸恭謝。屬東人倏來，即有事於岱宗⑥，既而祀汾脽、曲里⑦〔一〕，聯講巨儀，故亦未遑於合宮之事⑧。將上承祖宗之意，遺以待陛下乎！向者臣等始聞德音，卒遽不能上對，及閱見舊典《禮經》，乃知上聖有作，博究古今，非諸臣之淺，所能仰望清光，不勝大慶。

《會要·禮》二四之一至二四之二；

《續通典》卷四八

【編年】

皇祐二年(1050)任昭文相(即首相)日作。原本題下注云:"皇祐二年二月。"

【校勘】

〔一〕脽:原作"睢"。按汾脽,即汾陰脽。漢武帝祭祀地神的地方。漢武帝時曾於此得寶鼎。《漢書·禮樂志》:"汾脽出鼎,皇祐元始。"

【箋注】

①圜丘:古代帝王祭天的圓形高壇。《周禮·春官·大司樂》:"冬日至,於地上之圜丘奏之。"

②藝祖:歷代太祖之通稱。此指宋太祖。《書·舜典》:"歸,格于藝祖,用特。"

③大雩:祈求降雨的祭祀。《漢書·五行志》:"其夏旱雩祀,謂之大雩。"

④祈穀:祭祀穀神、祈禱豐收。《禮記·月令》:"(孟春之月)天子乃以元日,祈穀於上帝"。

⑤元符昭錫:指宋真宗大中祥符元年,天書見之事。

⑥有事於岱宗:宋真宗大中祥符元年,十月辛卯,車駕發京師,泰山封禪。

⑦祀汾脽:宋真宗大中祥符元年,十一月,祀汾陰后土祠。曲里:即曲仁里。老子故鄉。在今河南鹿邑縣一帶。春秋時地屬楚縣。《史記·老子韓非列傳》:"老子者,楚苦縣厲鄉曲仁里人也。"

⑧合宮:黃帝之明堂。此代指明堂。

親獻之禮奏

以詔書所定親獻之禮,若周於五天帝①、神州地祇〔一〕,比圜丘之位,恐陟降爲勞也,請命官分獻之。

《會要·禮》二四之七

【編年】

皇祐二年(1050)任昭文相日作。原本題下注云:"皇祐二年四月十日。"

【校勘】

〔一〕衹：原作“祇”。地祇（qí），即地神。衹（zhī），敬也。

【箋注】

①五天帝：中國古代神話中的五位天帝。即中央天帝黄帝、東方天帝太皞、南方天帝炎帝、西方天帝少昊、北方天帝顓頊。

進大饗明堂記表①

禁中論述，方伉曲臺之編②；聖世典容，寧後江都之集③？

《玉海》卷九六

【編年】

皇祐三年（1051）任昭文相日作。原本題下注云：“皇祐三年二月。”

【箋注】

①大饗明堂：明堂是古代帝王布政、朝諸侯之宫，亦是路寢（正寢）。分五室。隋唐祀明堂，設昊天上帝、五方帝位，以祖宗配位，而五人帝、五官神從祀。禮神燔燎皆用四圭有邸。宋代祀明堂，昊天上帝、五方帝并由皇帝親獻。朝廟用牛一，羊七，豕七。昊天上帝、配帝，牛各一，羊豕各二；五方、五人帝，共牛五，豕五，羊五；五官從祀共羊、豕十。祭之早晨，皇帝服通天冠、絳紗袍，至大次，改祭服行事，如郊廟之禮。

②伉（kàng）：對等；匹敵。曲臺之編：未央宫中有曲臺殿。建於漢文帝之前。此殿爲漢儒講授禮教學問與校書著記之所。《漢書·孟卿傳》載，漢成帝時，後蒼在此曲台殿“説《禮》數萬言，號曰《後氏曲臺記》”。

③江都之集：隋潘徽奉晋王楊廣命與諸儒撰《江都集禮》。《隋書·潘徽傳》：“總括油素，躬披緗縹，芟蕪刈楚，振領提綱，去其繁雜，撮其指要，勒成一家，名曰《江都集禮》。”江都，今江蘇省揚州市。

薦張瓖王安石韓維狀①

臣等每因進對，嘗聞德音，以搢紳之間多務奔競②，匪裁抑之,則無以厚風俗。若恬退守道者,稍加旌擢,則奔競躁求者庶幾知耻。伏見工部郎中、直史館張瓌,十餘年不磨勘,朝廷獎其退靜,嘗特遷兩浙轉運使。代還③,差知潁州,亦未嘗以資序自言。殿中丞王安石,進士第四人及第。舊制,一任還,進所業,求試館職。安石凡數任,并無所陳。朝廷特令召試,亦辭以家貧親老。且館閣之職,士人所欲,而安石恬然自守,未易多得。大理評事韓維,嘗預南省高薦④,自後五六歲不出仕宦,好古嗜學,安於退靜。并乞特賜甄擢。

《長編》卷一七〇,皇祐三年五月庚午條;

《皇宋通鑑長編紀事本末》卷五九;

《名賢氏族言行類稿》卷一二

【編年】

皇祐三年(1051)任昭文相日作。原本題下注云:“皇祐三年五月庚午。”

【箋注】

①張瓌(1004—1073):宋滁州全椒人,字唐公。張洎孫。仁宗天聖二年進士。除秘閣校理。歷兩浙轉運使,知潁州、揚州,即拜淮南轉運使。入修起居注、知制誥。因草故相劉沆贈官制用貶詞,出知黃州。英宗時進左諫議大夫、翰林侍讀學士,復坐事出知濠州,歷數州。王安石(1021—1086):宋撫州臨川(今屬江西)人,字介甫,晚號半山。慶曆二年(1042)進士。仁宗嘉祐三年(1058)上萬言書,主張變法。神宗即位,召爲翰林學士。熙寧二年(1069)參知政事,領三司條例使,實行新法,興農田、水利、青苗、均輸、保甲、免役、市易、保馬、方田諸法。熙寧三年十二月,拜相。熙寧七年(1074),觀文殿大學士、知江寧府(今江蘇南京)。熙寧八年二月復相,進《三經新義》;熙寧九年罷相,退居江寧半山園。神宗死,太皇太后高氏臨朝聽政,司馬光入相,盡罷新法。晚年退居江寧,閉門不言政,以元豐中封荆國公,世稱荆公。韓維(1017—1098):宋開封雍丘人,字持國。韓億子。韓絳弟。以父輔政,不試進士,父歿,閉門不仕。以薦入官。英宗朝,遷同修起居注,進知制誥。神宗即位,除龍圖閣直學士,直言敢諫。歷知汝州、開封府、許州。熙寧七年,召爲翰林學士承旨,力言

新法之弊。以兄入相，出知河陽。哲宗元祐初，參與詳定更革役法，然以爲王安石《三經新義》可與先儒之説并行。拜門下侍郎、知應天府，久之，以太子少傅致仕。紹聖中，坐元祐黨，安置均州。有《南陽集》。

②奔競：指爲名利而奔走競争。《南史·顏延之傳》："外示寡求，内懷奔競，干禄祈遷，不知極已。"

③代還：任滿還闕，另候新任。"代"，爲新官取代；"還"，還朝。《石林燕語》卷七："吴龍圖中復，性謹約，詳於吏治，自潭州通判代還。孫文懿公爲中丞，聞其名，初不之識，即薦爲監察御史裏行。"

④高薦：謂考試中第，名列前茅。《剪燈餘話·賈云華還魂記》："遂偕二兄往就試，鷺鷺失利，惟鵬領高薦而歸。"

乞營創私廟奏

伏睹禮官詳定家廟制度，平章事以上許立四廟。臣欲乞於河南府營創私廟，伏乞降敕指揮。

《會要·禮》一二之一至一二之二；

《文獻通考》卷一〇四；

《續通典》卷五二

【編年】

嘉祐三年（1058）判河南府兼西京留守日作。原本題下注云："嘉祐三年七月二十五日。"

乞刑用中典奏①

臣聞刑平國用中典。自唐末至周，五代離亂②，刑用重典，以救一時。故法律之外，輕罪或加至於重，徒流或加至於死。權宜行之，以定國亂可也，然非律之本意，不可以爲平世常法。國家承平百年，當用中典，然因循用法，猶有重於舊律者。若僞造官文書印，律止於流二千里，今斷從絞。又其甚者，因近者臣僚一時起請，凡偽造印記，再犯皆不至死者，亦從絞刑，既云罪不至死，而復坐絞刑。是不應死而死，用刑之失中也。若以其累犯，責其不悛③，即持仗强盜④，贓滿五匹者死，若止四匹，雖五七犯，不至於絞。況持仗强盜，本法重於造印，今之用法，甚異律文。恭惟陛下仁覆萬邦，惟刑是恤，方詔法官講議刑典。欲乞檢詳自五代以來至於本朝，見用刑名重於舊律，如偽造印之比者，以敕律參詳，裁定其當，所冀聖朝協用中典。

《會要·刑法》一之八；

《長編》卷二一七；

《文獻通考》卷一六七；

《宋史》卷二〇一《刑法志》三；

《續通典》卷一〇九

【編年】

熙寧三年（1070）任樞密使兼群牧制置使日作。原本題下注云：“熙寧三年十一月二十一日。”

【箋注】

①刑用中典：指治理安定的國家宜用中等刑罰，不應過輕，也不應過重。《周禮·秋官·大司寇》：“大司寇之職，掌建邦之典，以佐王，刑邦國，詰四方。一曰刑新國，用輕典；二曰刑平國，用中典；三曰刑亂國，用重典。”

②離亂：變亂。一般指戰亂。《晉書·刑法志》：“是時承離亂之後，法網弛縱，罪名既輕，無以懲肅。”

③不悛（quān）：不悔改。《左傳·哀公二十七年》：“知伯不悛，趙襄子由是惎知伯，遂喪之。”

④持仗：手執武器。《唐律疏議·賊盜·强盜》：“其持仗者，雖不得財，流三千里。”

差麟府軍馬司元定得力將官領兵會种諤奏①

欲令公弼如諤所請，速差麟、府軍馬司元定得力將官，領兵會諤。仍多募鄉導②，遠設斥堠③，無致墮賊奸計。

《長編》卷二一八

【編年】

熙寧三年（1070）任樞密使兼群牧制置使日作。原本題下注云：“熙寧三年十二月。”

【箋注】

①种諤：北宋洛陽（今屬河南）人，字子正。种世衡子。以父任入官。知青澗城，以計脅降西夏將嵬名山，又於懷遠大敗西夏軍。爲鄜延鈐轄，徙副總管，議攻西夏，任鄜延經略安撫副使，節制諸將。攻米脂城，於無定川大敗西夏援軍八萬，米脂守敵降。又上策進築橫山城。與徐禧等定議築永樂城不合，被奏留守延州。永樂受圍，諤觀望不救，遭貶。諤善馭士卒，臨敵出奇，戰必勝，然性殘忍，喜功好鬥。

②鄉導：引路的鄉人。《孫子兵法·軍爭篇》：“不用鄉導者，不能得地利。”

③斥堠：用以瞭望敵情的土堡。亦稱古代軍中偵察兵。

乞罷周革兼職奏〔一〕

群牧之官，近制不許兼領他職。今河北監牧使、都官郎中周革兼本路提點刑獄，詳讞一路刑名，加之按察事務繁委，必妨馬政。非制也，乞罷兼領之命。

《長編》卷二二四；

《會要·職官》二三之一五

【編年】

熙寧四年(1071)任樞密使兼群牧制置使日作。原本題下注云:“熙寧四年六月一日。”

【校勘】

〔一〕周革:《長編》作“周華”。按《臨川集》卷五一、《郎溪集》卷三均有周革除官制,“華”字疑誤。

懷衛州飢民爲盜有倡首姓名乃追捕奏

懷、衛州闕食,飢民聚而爲盜,初無結集党與,臨時倡率,即又潰散。既無主名,追捕止撓平民,不安田種。欲的有倡首姓名、情理深重者,乃追捕。

《長編》卷二五四

【編年】

熙寧七年(1074)判大名府日作。原本題下注云:“熙寧七年六月。”

乞追奪范濟口改作石堰被賞官吏奏

昨以范濟口分減御河水勢,歲有勞費,故改作石堰,欲經久堅完。而用工累年,數月輒壞,其被賞官吏,望賜追奪。

《長編》卷二六四

【編年】

熙寧八年(1075)判大名府日作。原本題下注云:“熙寧八年五月。”誤,當爲“熙寧八年閏四月丁卯”。《長編》卷二六四,熙寧八年閏四月丁卯條。

乞蠲被水民户租税奏

大河衍溢,壞民田,多者六十村,户至萬七千;少者九村,户至四千六百。乞蠲被水民户租税。

《長編》卷二六八；

《宋史》卷九二《河渠志》二五六

【編年】

熙寧八年(1075)判大名府日作。原本題下注云："熙寧八年九月。"

乞賞王友黎節奏

盜入博州博平鎮酒稅務,取兵仗棄井中,驅監官出城。役兵王友、黎節入井收兵仗,率衆追捕,乞加賞。

《長編》卷二六九

【編年】

熙寧八年(1075)判大名府日作。原本題下注云："熙寧八年十月。"

編録九軍庫經奏

編録九軍庫經等,其在京椿管應副名件及見造闕數,乞下軍器監照會。

《長編》卷二九三

【編年】

元豐元年(1078)判大名府日作。原本題下注云："元豐元年十月。"

乞特録耿琬子奏

據國子博士、管勾外都水監丞耿琬妻安氏狀,琬赴決口提舉兵夫,至修閉畢工,於靈平埽冒暑而死,蒙賜絹二百匹。乞免所賜,特推恩子敏。案耿琬實以勤事而死,伏望特録其子。

《長編》卷二九五

【編年】

　　元豐元年(1078)河判大名府日作。原本題下注云:"元豐元年十二月。"

乞令李成詣闕呈試換前班奏

　　騎捷副指揮使李成,往年破貝州,功第一,兼武藝精熟,乞令詣闕呈試換一前班。

《長編》卷二九六

【編年】

　　元豐二年(1079)判大名府日作。原本題下注云:"元豐二年正月。"

乞功德院寶勝禪院每年特撥放童行一人奏①

　　仁宗皇帝賜臣御書,以卷軸甚大,私家難以寶藏,遂送功德院寶勝禪院安置。因建閣奉安,愈爲精嚴。每年乞特賜撥放童行一名。

《長編》卷三四一;
《會要·崇儒》六之一〇

【編年】

　　元豐六年(1083)致仕居洛陽日作。原本題下注云:"元豐六年十二月二十九日。"

【箋注】

　　①功德院:爲亡人作功德所建的寺院。童行:舊指出家入寺觀尚未取得度牒的少年。《宋史·食貨志上六》:"遺棄小兒,雇人乳養,仍聽宮觀寺院,養爲童行。"

致仕乞親陛辭奏

臣前辭闕下之日，嘗奏得致仕後，當親辭天陛。臣今得請，欲赴闕廷。

《長編》卷三四二；

《會要·儀制》九之一七

【編年】

元豐七年（1084）致仕居洛陽日作。原本題下注云：“元豐七年正月四日。”

家廟祭祀用酒事奏

先准勅立家廟，歲入祭用酒，以臣隨行公使酒供辦。今臣致仕，不欲沽酒以祭，乞於河南府公使庫逐祭寄造酒十石。

《長編》卷三四三；

《會要·禮》一二之二；

《文獻通考》卷一〇四

【編年】

元豐七年（1084）致仕居洛陽日作。原本題下注云：“元豐七年二月十七日。”

乞仍舉行太皇太后尊號册禮奏[①]

伏奉詔旨，以時雨愆期，太皇太后陛下憂閔元元[②]，側身修道，躬自貶薄，以奉天戒，權停受册之禮。誠心上徹，昭眷隨答，協氣來臻[③]，時雨溥霑。內自畿甸[④]，外及州郡，二麥既登，秋稼有望。陛下勤民克己如此，上天降鑒應誠若彼，臣等不勝欣幸。竊惟尊號册禮，一朝大典，正名定位，義不可後。譬如萬物之於乾坤,人子之於父母,豈可須臾而不稱哉!而乃稽留盛禮,不使時上,仰無以稱穹昊之眷顧,俯無以徇億兆之愛戴。臣等不勝大願,謹請太史局選定八月四日舉行儀範,崇上徽號。

《會要·禮》四九之二一;

《長編》卷四〇一

【編年】

元祐二年(1087)平章軍國重事日作。原本題下注云:"元祐二年五月。"

【箋注】

①太皇太后:指英宗宣仁聖烈皇后高氏,亳州蒙城人。仁宗曹后之甥,少與英宗同育禁中。神宗即位,尊爲皇太后。哲宗即位,尊爲太皇太后,垂簾聽政。尊號:自唐代起又在帝、后稱號之上再加以尊崇的號。如唐武后加尊號爲聖母神皇帝,中宗爲應天神龍皇帝,玄宗爲開元聖文神武皇帝。

②元元:百姓;庶民。《戰國策·秦策一》:"制海内,子元元,臣諸侯,非兵不可!"

③協氣:和氣。《文選·司馬相如〈封禪文〉》:"協氣橫流,武節猋逝。"

④畿甸:指京城地區。《周書·蕭詧傳》:"昔方千而畿甸,今七里而盤縈。"

<h2 style="text-align:center">終喪乞舉樂奏</h2>

仰惟至性,已達終喪,祥琴何有於嫌①,人事於是乎盡。遵歷代之成憲,采一時之耆言②。申敕有司,發揚雅奏,天下幸甚。

《會要·禮》三五之一四

【編年】

元祐二年(1087)平章軍國重事日作。原本題下注云:"元祐二年六月一日。"

【箋注】

①祥琴:古代喪祭禮,謂親喪大祥祭日爲節哀而彈奏素琴。語出《禮記·

檀弓上》：“孔子既祥，五日彈琴而不成聲，十日而成笙歌。”又《喪服四制》：“祥之日，鼓素琴，告民有終也。”鄭玄注：“鼓素琴，始存樂也。三年不爲樂，樂必崩。”

②瞽言：不明事理的言論。謙詞。唐元稹《賀聖體平復御紫宸殿受朝賀表》：“非臣臆度，敢進瞽言。”

乞以儉德付史册奏

北使見於紫宸殿，宴垂拱殿，左右内侍執用白紙及柿油蕉葉扇，率不直十餘錢。此止士庶便於日用，今萬乘臨軒操用①，有以見堯舜儉德之美。三省宰執及北使侍宴席，皆得瞻仰，以爲漢文帝之服弋綈②，前史書爲盛美，方之於今，固有慚德，乞付史册。

《長編》卷四○三

【編年】

元祐二年（1087）平章軍國重事日作。原本題下注云：“元祐二年七月。”

【箋注】

①臨軒：古時皇帝不坐正殿而在殿前平臺上接見臣屬。唐王維《少年行》：“天子臨軒賜侯印，將軍佩出明光宫。”

②弋綈：《漢書·文帝紀贊》：“身衣弋綈，所幸慎夫人，衣不曳地，帷帳無文繡，以示敦樸，爲天下先。”顔師古注：“弋，黑色也。綈，厚繒。”

乞罷瓊林苑賜餞奏

蒙聖恩，候臣出門日，於瓊林苑賜餞送御筵。緣前日孫固薨，昔臣與固在三省供職，義均休戚，乞罷。

《長編》卷四四一；
《會要·禮》四五之一四

【編年】

　　元祐五年(1090)致仕居河南府日作。原本題下注云："元祐五年二月。"
《長編》記爲元祐五年二月癸卯事。

郿王葬禮事奏①

　　適見報狀,已差趙待制禼②、張都知茂則郿王葬禮使③,□送
都廳,凡干葬禮事節,速牒護葬使司〔一〕,并牒管勾〔二〕,所貴早見
集〔三〕,仍看詳牒語周備,如法修寫。

《三劄卷》;
《辛丑消夏記》卷一

【編年】

　　元豐四年(1081)判河南府日作。

【校勘】

　　〔一〕速:原作"連",據《三劄卷》改。護:原脱,據右補。

　　〔二〕勾:原作"句",據右改。

　　〔三〕所:原闕,據右補。

【箋注】

　　①郿王:當是宋太祖匡胤弟廷美之子德鈞(封郿國公)的一位襲封進位的
後裔。時文彦博判河南府,將郿王兇信赴告朝廷,得到"報狀",此帖應是文彦
博照會護葬使司的牒件。《全宋文》卷六五六原題作《浚河牒》。誤,因爲其實
際包括三個劄子。文彦博書法作品《三劄卷》(北京故宮物院藏),第一劄寫郿
王葬禮事。第二劄只一句:"預差定將來監開浚漕河官。"第三劄是准都提舉汴
河堤岸牒。

　　②趙待制禼:字公才(1027—1091),邛州依政(今四川邛崍)人。北宋名
將,其以待制之職在朝廷供職的時間,在元豐四年三月至是年十一月間,則其
被差爲郿王葬禮使的時間當在此時。

　　③張都知茂則:字平甫,著名內侍。都知:宋朝內侍官。入內內侍者設都

都知、都知、副都知、押班等，内侍省設左班和右班都知、副都知、押班等。

【附載】

　　文彥博《三劄卷》，行書。卷後有宋米友仁、向水，清代榮郡王、永瑆、綿億跋，北京故宮博物院藏。此劄似意不在書，時有塗改，當是件草稿。刊於《故宮博物院所藏書法選集》二，《辛丑消夏録》、《三虞堂書畫目》均予著録。清榮郡王跋此帖謂其爲"一時振筆揮灑，無意求工者。而一種渾樸之氣溢於楮墨間。第三幅點竄數字，絶類顔魯公《争座位》也。"所評極是。

定將帖　一句

　　預差定將來監開浚漕河官。

《三劄卷》；

《辛丑消夏記》卷一

【編年】

　　熙寧八年（1075）判大名府日作。

准都提舉汴河堤岸牒

　　爲洛口水小，有妨行運，請權閉分洛堰口，權住放水入城。留府即時已閉斷分洛堰入城水口，比欲更將午橋入城伊水閉斷。又爲正值磨焦踏麨①，年計事大，遂將入城伊水一支沿岸分水小口子依例封閉〔一〕，專用伊水一支動磨磨焦〔二〕。其水只自磨下且流過，便却自東羅門出城合洛，并不滲耗却水勢。尚慮寅夜未得雨澤②，伊水減小，又妨動磨磨焦。却改將焦麥配與可磨磨〔三〕，轉致不便〔四〕，常有妨踏麨。今勘會除睦仁官磨上下有私磨四盤，今來隻因睦仁官磨帶得使水，比西二河諸磨一例停住〔五〕，乃是優幸。今擘畫將合磨焦麥量事分配與四盤水磨，都廳相度配定分數磨焦③,所貴早得了當,却令衆户使水户依舊使水。

《三劄卷》;

《辛丑消夏記》卷一

【編年】

元豐五年(1082)六月判河南府日作。

【校勘】

〔一〕"沿岸"前原有"以",據《三劄卷》删。依例:原脱,據右補。

〔二〕"一支"原作"一脈支",據右改。

〔三〕改:原作"致",據右改。可磨:原脱,據右補。

〔四〕"轉"前原有"行",據右删。

〔五〕二:原脱,據右補。住:原作"住使",據右改。

【箋注】

①麪(miàn):同"麵"。

②寅夜:黃夜,深夜。宋蘇軾《乞詩賦經義各以分數取人將來只許詩賦兼經狀》:"天下學者寅夜競習詩賦,舉業率皆成就。"

③都廳:宋朝諸路州、府、軍、監之長的辦公場所。

與夏公帖 一①

忝位防賢,懇求外補。天慈從欲,俾守西都。叨幸益深,啓處增愧。豈期存念,遠辱慶函,銘荷之深,敷陳奚既。兼承鎮撫多暇,鈞履和寧,尤用欣慰。未涯披對②,彌極瞻依〔一〕。惟冀保修,行須大任。傾繫之初,臨紙坐馳③。

《聖宋五百家播芳大全文粹》卷五三

【編年】

嘉祐三年(1058)至嘉祐四年(1059)判河南府日作。文中有"天慈從欲,俾守西都"之句。

【校勘】

〔一〕瞻:原作"詹"。按瞻依:意爲仰望、傾慕之情不勝依依。《詩·小雅·小弁》:"靡瞻匪父,靡依匪母。"

【箋注】

①夏公:不詳何人。

②披對:開誠相對。指會晤。宋范仲淹《與韓魏公書》:"披對未期,惟日引領,伏冀倍加自重,以副天下之望。"

③坐馳:指凝神端坐,而遊於六虛,四應如馳。《莊子·人間世》:"瞻彼闋者,虛室生白,吉祥止止。夫且不止,是之謂坐馳。"

與夏公帖　二

朝廷倚重舊德重望,以長城方面之寄。詔下之日,中外相慶。未遑修問,先辱貽書,感愧無量。承將及都下,入覲非晚。想即黼座,遂膺寵榮。尚遠披晤,伏冀崇養。

《聖宋五百家播芳大全文粹》卷五三

與韓公帖　一①

暌闋台儀②,日深翹想。才薄任重,鮮暇寄誠。向審被命中宸,剖符外鎮③,承涓剛日④,已諧視事。屢欲修慶幅⑤,以伸區區之意,因循多故,久之未皇。敢恃高明,有以垂亮。比辰,伏惟偃藩之暇,鈞履康勝。炎歊方熾⑥,正遠話言,敢冀保調,行歸柄用⑦。懇悃之素⑧,良積下懷〔一〕。

《文潞公集鈔·韓公九貼》

【校勘】

〔一〕"久之未皇"至"良積下懷":《全宋文》原錄自宋刻本《聖宋五百家播

芳大全文粹》卷五三,題下注云:"四庫本《聖宋五百家播芳大全文粹》卷六四作'乃草率勒此伸謝,諸留面究。但繼日猥冗,未由上謁。累辱簡誨,荷德良厚。秋氣頓爽,起居佳裕。詰朝之會,傾俟臨既,幸無見拒。謹手啓居。其瞻向之心,且夕以之也。介至,得手教,承履尚清勝,慰抃良深。所須舟如嚴旨遣去,睦婺書亦聞命矣。京醞一壺納上,希檢到,勿訝輕浼。匆匆奉啓,不謹'。"注中之文《文潞公集鈔·韓公九貼》又分作兩貼,語言上略有不同,《文潞公集鈔》爲是。如此,當共爲三貼。

【箋注】

①韓公:當指韓絳、韓縝或富弼(富弼爵韓國公)。由文中的"詰朝之會"、"來晨,欲奉邀車騎就祥符寺早膳。傾佇屈顧也"、"且夕稍暇,即躬造門宇"、"屬以賤事所嬰,不獲躬詣江涘敘別"等語,知二人當在同一地。元豐六年(1083),文彥博自判河南府致仕居洛。韓絳繼文彥博判河南府,二人同在洛陽,多有交遊。元豐八年,韓絳移判大名府,文彥博有詩相送。元祐五年(1090)文彥博自平章軍國重事復致仕居洛,時判河南府韓縝迎歸,亦多所交遊。元祐六年十一月,韓縝移判太原府。富弼則熙寧五年(1072)致仕後即居於洛陽。

②暌(kuí)闋:分離;分別。唐陳子昂《別冀侍御崔司業序》:"暌闋良會,我心愁然。"

③剖符:知州別稱。漢之郡守以虎符爲信徵,開符分左、右兩半,右留京師,左授郡守。《後漢書·傅燮傳》:"王國使故酒泉太守黃衍説燮曰:'天下非復漢有,府君寧有意爲吾屬師乎?'燮案劍叱衍曰:'若剖符之臣,反爲賊説邪!'"

④剛日:猶單日。古以"十干"記日。甲、丙、戊、庚、壬五日居奇位,屬陽剛,故稱。《禮記·曲禮上》:"外事以剛日,內事以柔日。"

⑤修幅:即修書;寫作。

⑥歊(xiāo):熾熱。宋王安石《題南康晏使君望雲亭》:"飄然一去掃遺陰,便覺歊煩恨千里。"

⑦柄用:任用;授權。《漢書·谷永傳》:"永知鳳(王鳳)方見柄用,陰欲自托。"

⑧懇悃(kǔn)：懇切忠誠。唐韓愈《論佛骨表》："上天鑒臨,臣不怨悔,無不感激懇悃之至。"

與韓公帖　二

繼日猥冗①,未由上謁。累辱簡誨,荷德良厚。秋氣頓爽,起居佳裕。詰朝之會②,傾俟臨賜,幸無見拒。謹具手啓,以代面叩。

《文潞公集鈔·韓公九貼》

【箋注】

①猥冗：煩瑣；蕪雜。宋歐陽修《太傅相公索聚星堂詩謹成》："已恨語言多猥冗,況因杯杓正淋漓。"

②詰朝：即詰旦。平明,清晨。《左傳·僖公二十八年》："戒爾車乘,敬爾君事,詰朝將見。"

與韓公帖　三

累日人事紛紛,無少暇,遂疏問起居。其瞻向之心,旦夕以之也。介至,得手教,承履尚清勝,慰抃良深①。所須舟如旨遣去,睦婺上聞。命送京醴一壺納上,勿訝輕浼②。

《文潞公集鈔·韓公九貼》

【箋注】

①抃(biàn)：高興；喜歡。唐薛逢《元日樓前觀仗》："欲識普恩無遠近,萬方歡忭一聲雷。"

②浼(měi)：玷污；污染。《孟子·公孫丑上》："推惡惡之心,思與鄉人立,其冠不正,望望然去之,若將浼焉。"

與韓公帖 四

河水未清，疆場多事①，朝廷慎柬，實賴長城②。歲月之間，諒煩經畫。夷夏畏愛，即期端密。雅歌緩帶③，沛然餘間。復歸廟朝，康福天下。兹所望於公也。非佞④！非佞！

《聖宋五百家播芳大全文粹》卷五三

【箋注】

①疆場（yì）：邊界；邊境。《左傳·桓公十七年》：“疆場之事，慎守其一，而備其不虞。”

②長城：喻指可資倚重的人。《宋書·檀道濟傳》：“道濟見收，脱幘投地曰：‘乃復壞汝萬里之長城。’”

③雅歌：《後漢書·祭遵傳》：“遵爲將軍，取士皆用儒術，對酒設樂，必雅歌投壺。”李賢注：“雅歌謂歌《雅詩》也。”指武將之儒雅行爲。緩帶：寬束衣帶。形容悠閑自在，從容不迫。《穀梁傳·文公十八年》：“侄娣者，不孤子之意也。一人有子，三人緩帶。”

④佞：有口才，能言善辯。《書·吕刑》：“非佞折獄，惟良折獄。”引申爲花言巧語討好，諂諛。

與韓公帖 五

昨日辱手筆，未遑裁謝①。人來，又沐教況，無任感愧之至。經宿，伏喜起居佳裕。來晨〔一〕，欲奉邀車騎就祥符寺早膳。傾佇屈顧也。寵惠《聶先生傳》，不勝感著。

《聖宋五百家播芳大全文粹》卷六四（四庫本）

【校勘】

〔一〕晨：原作“人”，據《宋人小集》本及文意改。

【箋注】

①裁謝:作書致謝。宋蘇軾《答程全父推官》之五:"江君先輩辱書,深欲裁謝。連寫數書,倦甚,且爲多謝不敏也。"

與韓公帖　六

信宿①,伏想起居均適。睦、歙書三通,謹令納上。介亭之會,卜日咨聞次〔一〕,傾渴②! 傾渴。

《宋人小集·文潞公集鈔》;

《聖宋五百家播芳大全文粹》卷六四(四庫本)

【校勘】

〔一〕聞:《宋人小集》本"聞"後無"次"。

【箋注】

①信宿:連宿兩夜。《詩·豳風·九罭》:"公歸不復,於女信宿。"

②傾渴:猶渴念。宋范仲淹《與朱氏書》:"三哥秀才,自別傾渴,雅況何如?"

與韓公帖　七〔一〕

近日繼有使客雲集,良苦於將迎也。職此久不果往見,長者瞻企之素〔二〕,可勝道哉! 雨寒,起居佳否? 適有客見遺糟蟹,輒復分獻〔三〕,以佐案杯,望賜檢納。旦夕稍暇①,即躬造門宇次〔四〕。

《宋人小集·文潞公集鈔》;

《聖宋五百家播芳大全文粹》卷六四(四庫本)

【校勘】

〔一〕此帖與《與韓公帖》其八、其九,《全宋文》原錄自四庫本《聖宋五百家播芳大全文粹》卷六四,共爲一帖;《宋人小集·文潞公集鈔·韓公九帖》中則分爲三帖,《文潞公集鈔》爲是。

〔二〕者:原脱,據《宋人小集》本補。

〔三〕復:原作"敢",據右改。

〔四〕次:《宋人小集》無。

【箋注】

①旦夕:指時間短。古詩《爲焦仲卿妻作》:"蒲葦一時紉,便作旦夕間。"

與韓公帖　八

早來改朔①,不果候謁②〔一〕。人至,特沐手誨。竊喜起居清勝,卑體瘠瘍,所苦如昨,曲煩憂恤,至感至感〔二〕!所惠藥不往服食次,忙冗,草草上。

《宋人小集·文潞公集鈔》;

《聖宋五百家播芳大全文粹》卷六四(四庫本)

【校勘】

〔一〕謁:原作"竭",據《宋人小集》本改。

〔二〕至感至感:《宋人小集》作"至感"。

【箋注】

①改朔:變換朔日。指經過一個月。朔,農曆初一。晋葛洪《抱樸子·極言》:"若令服食終日,則肉飛骨騰;導引改朔,則羽翮參差,則世閑無不通道之民也。"

②候謁:等候謁見。

與韓公帖　九

日以賤事羈束,無緣一往。少奉長者餘論,可量悒悒耳〔一〕。雨寒,伏喜起居佳裕,稍暇,當卜候謁入次。臨紙不盡所懷,明哲亮之而已。

《宋人小集·文潞公集鈔》；

《聖宋五百家播芳大全文粹》卷六四（四庫本）

【校勘】

〔一〕悒悒:《宋人小集》本作"邑眊"。

與韓公帖　一〇

連日冗迫,遂疏上謁。前辱簡誨,不獲裁謝,當蒙情恕之也。雨寒,體中佳否？收得貂鼠褥一領,輒敢馳獻,以將下誠,望賜檢納〔一〕。

《宋人小集·文潞公集鈔》；

《聖宋五百家播芳大全文粹》卷六四（四庫本）

【校勘】

〔一〕原本文後有"容易"二字,據《宋人小集》本删。

與韓公帖　一一

早來辱示手教〔一〕,伏承齋舸出次外閘。乍遠風度,豈勝依依？屬以賤事所嬰,不獲躬詣江涘敘別,可量悒悒耳。春寒,途中千萬珍重。

《宋人小集·文潞公集鈔》；

《聖宋五百家播芳大全文粹》卷六四（四庫本）

【校勘】

〔一〕示:《宋人小集》本作"賜"。

與韓公帖　一二

兩日前湖上幸獲款奉,自爾以冗迫,更疏占對,豈勝瞻向之素。伏蒙教況,仍賜佳什[一],感仰不已[二]。比聞玉體小有違豫[三],應諧藥喜矣。未遑再造舟次,姑勒此少布謝萬一[四]。秋暑,惟冀寬中自愛。

《宋人小集·文潞公集鈔》;

《聖宋五百家播芳大全文粹》卷六四(四庫本)

【校勘】

〔一〕仍賜佳什:原作"仍示佳付",據《宋人小集》本改。

〔二〕"已"後原有"已也",據右刪。

〔三〕比:原作"如",據右改。

〔四〕少:《宋人小集》本無。

與韓公帖　一句①

君實作事②,今人所不可及,須求之古人。

《宋朝事實類苑》卷一四

【箋注】

①韓公:指韓琦。

②君實:司馬光,字君實。

與王副樞帖①

遠承惠書,深諒勤厚,感刻! 感刻! 履道園宅,春物甚盛,東床居之,頗遂安逸。光化想已赴官[一],披見未期,切希以時自厚。

《宋人小集·文潞公集鈔》；

《聖宋五百家播芳大全文粹》卷六四（四庫本）

【編年】

　　皇祐三年（1051）至至和三年（1056）間作。王堯臣皇祐三年十月，拜樞密副使，至和三年以户部侍郎參知政事。

【校勘】

　　〔一〕赴官：原脱，據《宋人小集》本補。

【箋注】

　　王副樞：指王堯臣。王堯臣（1001—1056），字伯庸，應天府虞城（今河南虞城縣）人。天聖五年舉進士第一。仁宗朝曾任右司諫、翰林學士、三司使、户部郎中、知制誥、翰林學士承旨兼端明殿學士。堯臣爲承旨，不遷官，意宰相賈昌朝所抑。及文彥博爲相，因其歲滿，遂優遷之。皇祐三年（1051）十月，拜樞密副使，至和三年（1056）以户部侍郎參知政事。帝欲以爲樞密使，而當制學士胡宿固抑之，乃進吏部侍郎。卒，贈尚書左僕射，謚文安。元豐三年，子同老進遺稿論父功，帝以訪文彥博，具奏本末，遂加贈太師、中書令，改謚文忠。《宋史》卷二九二有傳。

與李龍圖帖^①

　　某啓：孫女子奉侍高門，舉家慶幸。然以幼稚，未嫻禮則^②，冀垂慈芘^③。李郎以去試有期，欲且留京宅肄習^④。兼聞已得訓旨許之，幸甚！餘必李郎書中具道，茲不云云。

《聖宋五百家播芳大全文粹》卷六四（四庫本）

【編年】

　　熙寧八年（1075）判大名府日作。李師中熙寧七年時其職尚爲天章閣待制。《長編》卷二五〇，熙寧七年二月己巳朔：“右司郎中、知齊州李師中爲天章閣待制、知瀛州，既而王安石論師中詐冒不可用，即罷之。”熙寧八年任龍圖閣直學士、給事中，且卒於是年。《長編》卷二六三："熙寧八年閏四月，龍圖閣直學士、給事中李師中卒。"故此帖當作於熙寧八年左右。

【箋注】

①李龍圖：指李師中。詳見卷六《詩答鄆州分司李待制許中春寵訪》注①。

②嫻：熟習。《戰國策·燕策二》："閑于兵甲，習于戰攻。"

③芘（bì）：通"庇"。蔭庇。《莊子·人間世》："結駟千乘，隱將芘其所藾。"

④肄（yì）：練習；學習。《漢書·禮樂志》："天子下大樂官，常存肄之。"

內翰帖①

彥博啓：先此郵中得報，內翰奄棄盛年。久忝知契，聞訃摧咽，況乎天性，何可勝處！切須自勉。老年如何當此！生於前年罹此痛，猶賴素曾留意於無生法，故粗能自遣。幸聽愚者之言。彥博。

《宋人法書》第一册；
《三希堂法帖》第八册

【編年】

治平四年（1067）十月任樞密使日作。

【箋注】

①內翰：指沈遘，曾任翰林學士。沈遘（1028—1067），字文通，杭州錢塘人，卒年始四十。其父沈扶，時爲尚書金部員外郎，文氏此帖即寫給沈扶的信，以弔唁沈遘。

祠部帖

彥博頓首祠部同年：近累得來翰〔一〕，深荷勤意。審□美轉，伏惟歡會未涯。披對春中，萬萬愛重。彥博頓首。静萬已至，且令模書[二]，必應過夏。

《珊瑚木難》卷三；

《鐵網珊瑚》卷三；

《六藝之一録》卷三九四

【校勘】

〔一〕來：《六藝之一録》作"良"。

〔二〕模：原作"權"，據《鐵網珊瑚》改。

與安撫資政啓

中旨以定武地重，大帥不可久虚，故有促行之命。必體上意，亟治北轅也。然以不獲瞻奉，弟極依依。今專令愚息詣北郊，持此手拙，上問鈞履。初冬溥寒，涉道加愛。彥博啓安撫資政。

《三希堂續法帖》第三册

使至帖

彥博啓：使至，□書意勤，感刻感刻！兼悉動静康適，尤慰。比日諸務并牽，修夜未克如儀，必亮之。初寒，希保愛。彥博啓。

《三希堂續法帖》第三册

治裝帖

彥博啓知郡承制：久别，漸企良深。專介至，辱書，感激感激！末由瞻對，酷暑，萬萬保愛。治裝西行，匆匆修報，不悉。

彦博啓。

《寶真齋法書贊》卷一○

跋魏文貞公墨蹟①

此玄成公貞觀間墨蹟也。公以忠直顯，并不以書法名，而觀此卷，其樸茂之氣，撲人眉宇。如陳公所謂"生前由直道，歿後振芳塵"。豈知公之芳塵尚振於楮墨間，孰謂可以大節掩其末藝耶！文彦博謹跋。

光緒《石鐘山志》卷四

【箋注】

①魏文貞公：指魏徵。魏徵（580—643），字玄成，謚文貞，唐館陶（今屬河北）人。隋末參加瓦崗起義軍。李密敗，降唐。太宗繼位，任諫議大夫、秘書監、侍中、宰相等職，後封鄭國公。曾提出"兼聽則明，偏信則暗"等二百餘項建議，其言論見於《貞觀政要》。

思鳳亭記

楊盈川所居廨舍①，好治亭榭，其榜額皆制美名，大爲遠近所笑。夫考室命者衆矣，或即其地號而著，或因其事實而稱，揭而書之，斯用無愧。苟異於是，則徒豐其額，美其名，必爲有識者之撫掌。天聖庚午歲九月七日，彦博受命宰榆次，越明年春正月四日始到官。邑之生齒受地而附籍者五萬二千户，喬居而末業者不與焉。河東之邑，斯最爲大，嘖言控訴②，庭無虛日。敏政者莅之猶憚弗及，顧予菲劣，豈敢逸豫？蓋夙夜而在公者迄三時矣，未窺園囿。歲聿云暮③，適西成告豐，而邑中之園亭得以觀覽。縣令表位之南，舊有小園，頹廢已甚，乃繁垣薙草〔一〕，惟塗墍茨④，無變本

而增華,但踵故而加飾。亦既成室,必也命名,可書者有三,而
"思鳳"是其一也。詢於父老之口,質以往圖之載,皆曰苟浪嘗宰
是邑〔二〕,治有善跡,鳳集其境,後人思之,乃用名鄉。今縣南有苟
政鄉焉。愚謂賢宰之跡,未可遽泯,因匾是亭曰"思鳳"〔三〕,所謂
即地號而著,因事實而稱者,斯得之矣。自是,居是亭者,誠能修
苟公之政,致祥禽之集,則後之人思之,亦如今之思苟公者矣。詩
曰:苟令彈琴地〔四〕,吁嗟集鳳兮。想同桑雉擾,應并棘鸞棲。承
乏今無敢,思賢古若稽。我來求舊址,即署改親題。不獨懷希驥,
聊將警割雞。一窺循吏表,芳躅愧攀躋。明道二年五月四日〔五〕。

《宋人小集·文潞公集鈔》;

同治《榆次縣志》卷一二《藝文》;

《古今圖書集成·職方典》卷三〇四;

乾隆《山西通志》卷四六、卷二一二;

光緒《山西通志》卷九九

【編年】

仁宗明道二年(1033)知并州榆次縣日作。原本題下注云:"明道二年五
月四日。"

【校勘】

〔一〕縈:原作"榮",據同治《榆次縣志》改。

〔二〕浪:右作"藐"。皆可。苟浪:又名苟藐。西晉人,字公然。官榆次
令,爲政以德。晉武帝下詔褒美。《古今事文類聚·外集》卷一四引《苟氏家
傳》:"苟藐字公然,除太原榆次令,爲政以德而民懷之,時有鳳凰集其境。晉武
帝下詔褒美云:'就之如日月,敬之如神明,愛之如父母,樂之如時雨。'"

〔三〕匾:原作"扁",據文意改。

〔四〕彈:原作"吟",據同治《榆次縣志》改。

〔五〕明道二年五月四日:原作"明道元年二月四日",據右改。

【箋注】

①楊盈川：即楊炯。楊炯（650—692?），陝西華陰人。十一歲舉神童。後應舉授校書郎（唐秘尚書省官員，主管典籍的整理工作）。高宗永隆二年（681），皇太子已釋奠，求豪俊，充崇文館學士，因諷刺朝士的矯飾作風，遭人忌嫉。武后時貶爲梓州司法參軍，任期滿，改爲婺州盈川令。

②嘖（zé）言：即嘖有煩言。形容有許多人在議論中，責備抱怨。語出《左傳·定公四年》：“會同難，嘖有煩言，莫之治也。”

③歲聿云暮：即“歲聿其莫”。謂一年將盡。語出《詩·唐風·蟋蟀》：“蟋蟀在堂，歲聿其莫。”

④塗墍茨：用泥塗飾茅草屋頂。引申指屋頂。《書·梓材》：“若作室家，既勤垣墉，惟其塗墍茨。”

節義坊碑記

天地有正氣，而人得之則爲節爲義，節義之於人重矣哉！登山采薇，義聲千古①；明燭達旦，節垂萬祀。大丈夫且或難之，況責之女子乎？邵君彥榮，龍邱人也，以孝行著於鄉，鄉之人敬羨之，父母兄弟無間言。翰林李公迪薦於朝，徵授青州郡判。青之學士大夫延及齊民，皆篤於行誼，號稱易治。時元昊叛，環慶告急，奉敕禦寇，設險練兵，以固藩屏。既而虜衆倡狂，我師受困，而偵者訛傳官軍潰而主帥亡矣。邵妻胡氏方少艾②，痛夫之亡，慨慕三良③，欲以身殉。而權貴子窺其姿，欲強娶之，遂觸刃而殞。邵聞之，棄職絕客，結廬於九峰之原，終身不娶焉。夫人之所恃以斡旋萬變者，氣而已。此氣一定，可以殞霜貫日，吐虹霓而沖霄漢，豈以安富尊榮而存，豈以困抑挫摧而亡哉！邵之義不更娶，胡之節不辱身，一門雙美，蓋得天地之正氣，而浩然獨存者也。有司高其行，摭其實以聞。聖天子知節義與國家相有無，下旌恤之典，立坊褒贈，以焜耀其後④。夫豈私一士女哉？蓋欲勉人以所難，而風人以仗節蹈義之事也。彼世有適分鴛侶而輕裾滿前,有方瞻修壠而慮身無托者,墮情義而不忌,負鬼神而不顧,其爲人之賢不肖何如哉! 廬陵歐陽永叔嘉其事,乞文於余,余惟邵君舉於孝,終於禦虜,而完節義於夫婦之間,四美具矣。爲之序,令與峴山之跡同志不朽云。葬地名節義,益不朽矣。

民國《湯溪縣志》卷一七,民國十五年稿本;

乾隆《浙江通志》卷二三九,四庫本

【編年】

　　康定元年(1040)任殿中侍御史日作。元昊叛,環慶告急事在此年,宋軍有三川口之敗。

【箋注】

　　①"登山"二句:伯夷商末孤竹君之長子。名允、字公信。孤竹君欲立少子叔齊,伯夷逃之。後叔齊讓位,不受而皆奔周。及周武王將攻商,乃叩馬而諫。武王不聽,遂滅商。伯夷與叔齊恥之,義不食周粟,隱於首陽山,采薇而食。并作歌哀歎"以暴及暴"之衰世,遂餓死於首陽山。歷代高其風節。

　　②少艾:年輕美麗。宋莊季裕《雞肋編》卷上:"有茶肆婦人少艾,鮮衣靚妝,銀釵簪花。"

　　③三良:指奄息、仲行、鍼虎三賢臣。秦穆公死,奄息、仲行、鍼虎同時殉葬。故《詩·秦風·黃鳥序》云"《黃鳥》,哀三良也,國人刺穆公以人從死,而作是詩也"。

　　④焜(kūn)耀:明亮耀眼。唐儲光羲《貽王侍御出臺椽丹陽》:"餘輝方焜耀,可以歡邑聚。"

【附載】

　　乾隆《浙江通志》卷二三九:宋邵彦榮夫婦墓,《湯溪縣志》載在縣之節義村。

　　文彦博《節義坊碑記》:"彦榮龍邱人,以孝行著於鄉,徵授青州郡判。時元昊叛,環慶告急,奉敕禦寇。偵者訛傳軍潰而主帥亡。邵妻胡氏方少艾,權貴子欲强娶之,觸刃而隕。邵聞之,棄職結廬九峰之原,終身不娶。有司摭實以聞,天子旌恤之,立坊褒贈。廬陵歐陽永叔嘉其事,乞碑文於余,余惟邵君舉於孝,完節義於夫婦之間,爲之序,令與峴山之跡同志不朽云。"

永福寺藏經記

彦博蒙祖禰之餘慶[①],被過庭之嚴訓[②],遭遇聖時,早登科級,驟叨進用,□□藩輔逾四十年。慶曆中,忝爰立□恩,得立家廟四世於西京,又高曾祖墳在汾州靈石、介休二縣,父母墳在西京伊闕縣,皆在有奉墳僧院,各得賜額,曰:"永福"、"教忠積慶",得撥放童行。澤及大臣之家。至優至厚,以至子孫,敢不克荷内。介休空王西院、西京資聖院,乃因舊院,已各有藏經,惟永福、教忠院近特捨俸賜金帛,各置經一大藏,付逐院收掌。逐時看轉,以克資薦。本院主首、知事僧精嚴護持,不得少有損失。

嘉慶《介休縣志》卷一二《藝文》;

雍正《山西通志》卷一六八

【編年】

治平四年(1067)任樞密使日作。按:文彦博天聖五年(1027)中進士,文中云"藩輔逾四十年",則家廟建於1067,即治平四年以後,時任樞密使。

【箋注】

①祖禰(nǐ):先祖和先父。亦泛指祖先。漢蔡邕《鼎銘》:"乃及忠文,克慎明德,以服享祖禰之遺風,悉心臣事,用媚天子。"

②過庭之訓:指父親的教誨。《論語·季氏》:"嘗獨立,鯉趨而過庭。曰:'學詩乎?'對曰:'未也。''不學詩,無以言。'鯉退而學詩。他日,又獨立,鯉趨而過庭。曰:'學禮乎?'對曰:'未也。''不學禮,無以立。'鯉退而學禮。"

御賜詩記

元豐三年季秋,皇帝行大饗之禮於明堂。臣方守魏,被召侍祠。大禮慶成,後四日,特蒙制恩,進位太尉,保釐洛郊。臣犬馬之年,七十有五,前此累年,章十數上,以求致仕。聖慈俯憐舊物,曲念老臣,皆未之許。今復優進公位,俾守別都,自顧衰殘,非敢克當①〔一〕。俯伏辭避,至於再三,訖不獲命。乃以閏月二十三日陛辭,翌日出都,仍賜宴於瓊林苑,悉以二府大臣押伴。既又臨遣中使,內出寶器,俾醑天醴,以極魚藻之樂②。及賜御詩,以寵其行。臣伏思蒙厚恩,荷殊渥,自近世逮本朝以來,未有其比。則有弼臣惇奉詔作序,事義詳矣。臣雖窮極語言,不能盡意,惟知負戴天地生成之德,感極而繼之以泣。恭惟陛下聰明睿智,煥乎有文,帝庸作歌③,光紹前典。伏自臨御以來,十有四載,而英韶之韻,雲漢之章,百執願聞,萬物思睹者久矣,曾未之得。夫何老臣首蒙天賜,至榮至幸,超絕等倫。始至都門〔二〕,則已布傳於宮省;尋抵洛宅,又得誇示於吏民〔三〕。是用圖金刻石,以永其傳,將與日月齊明〔四〕,天地同久。復使臣之子子孫孫相繼率勵,保之守之,上克永世〔五〕,至於老臣爲不朽矣。元豐四年正月三日,河東節度、管內觀察處置等使、守太尉、開府儀同三司、行太原尹、判河南府事、西京留守司公事兼畿內勸農使、上柱國、潞國公、食邑二萬三千六百戶、食實封一萬一百戶臣文彥博謹記④。

《宋人小集‧文潞公集鈔》;

同治《榆次縣志》卷一二《藝文》;

《六藝之一錄》卷九六;

顧炎武《求古錄》;

乾隆《汾州府志》卷二七;

乾隆《山西通志》卷二○二;

《汾陽縣金石類編》卷四

【編年】

元豐四年正月三日,時文彥博判河南府。

【校勘】

〔一〕克當:原作“當克”,據同治《榆次縣志》本改。

〔二〕至:原作“在”,據《宋人小集》改。

〔三〕誇:原作“診”,據右改。

〔四〕日月齊明:原作“夫日月并期”,據右改。

〔五〕上:原作“亦”,據右改。

【箋注】

①克當:能承當;敢當。唐司空圖《答孫郃書》:“所貺累幅,質厚責於我,是足下勤於吾道,必欲起而振之也,何以克當?”

②魚藻之樂:謂天下太平,君臣同樂。魚藻是《詩·小雅》篇名。漢鄭玄《毛詩傳箋》:“藻,水草也。魚之依水草,猶人之依明王也。明王之時,魚何所處乎? 處於藻。既得其性,則肥充其首頒然。”

③帝庸作歌:謂神宗作詩。《書·益稷》:“帝庸作歌曰:‘勅天之命,惟時惟幾。’”

④河東節度、管内觀察處置等使、守太尉、開府儀同三司、行太原尹、判河南府事、西京留守司公事兼畿内勸農使、上柱國、潞國公、食邑二萬三千六百户、食實封一萬一百户臣文彦博:文彦博的本官階(即職事官)爲太尉,正一品,寄禄官爲開府儀同三司,從一品。宋制,以寄禄官官品低於職事官一品者帶守。故云守太尉。太尉:文階名。宋前期爲正一品。元豐三年九月新訂《元豐寄禄格》,未被納入新格階列之中。太尉原位在“三師”之下,然自唐以來,以上公(太尉)爲重,其遷轉之序,司徒不得遷太尉,而遷太保、太傅,由太傅方許遷太尉、太尉遷太師,位僅次於太師。開府儀同三司:寄禄官名。北宋元豐三年九月由使相改名。爲文臣京朝官寄禄官二十五階之首階。從一品。開府儀同三司帶節度使稱使相。行太原尹:據《宋史·職官八·合班之制》,開封、河南、太原尹三尹并列。開封尹爲從三品,則太原尹當也爲從三品。神宗元豐改制後,寄禄官高於職事官則稱行。判:宋代差遣某官職事,如寄禄官品高於職事官一品以上,稱“判”,同品則稱“知”。西京留守司公事兼畿内勸農使:爲判府所兼之職事。西京留守司公事,官名。掌行宫宫鑰及京城守衛、修葺、彈壓公事。其實爲閑司,主要備皇帝行幸及點綴而已。畿内勸農使,掌京城的户賦、農

田公事。上柱國:勳級名。北宋勳級之第十二轉,最高一等。正二品。潞國公:爵位名。從一品。北宋十二等爵之第四等。食邑二萬三千六百户、食實封一萬一百户:食邑爲虛封,食邑至萬户,則進爵國公,官到宰相則封國公。然食實封,則每實封一户,隨月俸給二十五文。文彥博食實封一萬一百户,按一户可得二十五文計,則隨月俸給二萬七千五百文(二十七貫又五百文)之收入。

文彥博私記

丁騭爲諫官,人訟其前在常州借鄉里人錢事,朝廷遽罷騭諫官,責守處州。兩起大獄於淮、浙,推治竟無實狀,騭猶不牽復。

《長編》卷四一五

【編年】

哲宗元祐五年(1090)任平章軍國重事日作。

《全宋文·文彥博文》失收集外佚文

文彥博私記[①]

其　一

初,先帝既下褒顯之詔,有云"乃知援立之功,厥有攸在,嘉祐之詔,但宣之耳"。又宰相王珪贈彥博詩,有"功業迥高嘉祐末"之句,實敘上語。韓氏子孫故吏始大切齒。後忠彥自高陽入爲給事中[②],數進見,陳其父勳,又言其初不知有至和之議,殆同老輩造爲之耳。據同老奏狀,敘琦之言,則前議固已知之。帝常謂丙吉、霍光之事[③],前後兩不相掩,而堯臣手跡在前,不容有僞。忠彥訴不已,先帝察其意,大望不過自欲求進,非爲父勳之不明也，遂自給事中超拜禮部尚書。王珪以謂遷之太峻，前無此例，蔡確獨左右之。帝曰："此特以其父故，不可爲例也。"故訓辭專以父勳爲言，方且覬大用矣。明年，先帝登遐④。

而元祐初，劉摯、王岩叟皆在言路⑤，皆琦之門人、故吏。琦治平中，薦摯館職，又忠彦常舉摯自代；岩叟久從琦，辟在幕府，父子皆出琦門。忠彦與其子治又使岩叟與摯累疏申琦定策之勳，力詆同老之妄，乞付史官備書其事，屈公論以報私恩，結朋黨以欺聖聽，其跡如此。未幾，忠彦遷職，出帥定武，内懷怏怏。將行，復上書自列。歲餘召還，止緣勳閥⑥，以致大用。

御史賈易復承望忠彦風旨，附會摯與岩叟之論，更唱迭和，以是爲非，詆欺先帝之聖詔，蔽惑二聖之聰明。蓋韓氏門人孫賁，賁黃州人，字公素。喻風旨於易，并録忠彦、摯、岩叟之疏，與之使言，仍同草疏，故易所敘與忠彦之奏一一符同。韓琦書疏、詔諭獨藏琦家，又王同老、文彦博奏狀等盡在史院，并至和議論，迨今三十餘年，他人無得知之，而易何從而盡得之？乃賁録於韓氏而與之耳。此宰執而下，中外士人所共知也，特以朋黨方盛，莫敢言者。易疏言六不可信，摯與岩叟之論大抵以同老所進詔草爲不實，文彦博附會同老，以掩琦之功烈也。至易疏出外，忠彦遂自陳稱謝於簾前；又摯奏請檢出元祐摯與岩叟二疏，盡付《實録》，令書其事。相爲表裏，欺罔之跡如此。易言："久在江湖間，熟聞其事，每懷忠憤，今始得言之。"且易前爲諫官歲餘，既詳知之，自可言矣，豈可直至再爲御史，忠彦執政，方遂論列？則朋附之跡自明。言"在江湖間聞其事"者，乃欲避孫賁陰受風旨之跡。又言："今忠彦方執政，而臣論其父勳，涉於附會之謗，孰若文彦博爵位極人臣之貴乎？使琦勳烈得明，雖死無所恨，何嫌疑之足避？"易爲此言，巧欲蓋其附會，而奸狀愈明。其無所忌憚，罔上如此！且琦之勳烈，英祖、神宗褒大顯著，炳然共明，未嘗掩蔽，固無待易等言之。則獨出於附會執政,非爲琦發也。若使韓氏子孫零落不振,朝廷不録其勳,則易爲之言可矣,今韓氏果如何哉？爲琦門人、故吏者,當以義報知已;爲子孫者,當簾先父之美,可交利冒進,誣詆宗廟,上欺二聖,而自謂論報舊恩,發揚先德乎？使琦有知,當愧地下。故先帝嘗謂:“如此恐非韓琦之意也。”易又引蔡確自稱社稷之臣,盜定策之名,以謂其竊跡有自而來,蓋由彦博等竊琦之勳,故其流及此。易之此論,尤爲可駭,則是彦博之罪大於確矣。且彦博未嘗自言此事以爲已功也,先帝亦未嘗掩琦之勳,嘗曰:“正如丙吉、霍光各不相掩,至和、嘉祐之事,前後相成,無相奪也。”蓋先帝不獨賞彦博等能建議定策之爲難,而特以有功不言之爲難,故聖意具載於詩、詔中,以爲稀世之高行也。易乃引確之事以爲罪首,其説尤爲險怪,蓋欲巧發以中上意,而入其奸言耳。緣中丞梁燾,琦舉館職;諫議大夫劉安世父子,皆琦與忠彦幕客,合爲一黨,牢不可破,上下相應,邪説得行,無敢辯者。賁既通道,而岩叟出力助之。又方御史闕員,論者謂易爲此,冀得其處。疏方出,盛傳易旦夕必有除命,不意江東部吏、知饒州鄱陽縣梅昌宗之子談以易在江東挾私怨,捃拾其父罪[7],方煆煉猶未竟,談詣登聞訴其父冤[8],且條上易奸私醜穢之狀十餘事,乞辯正,其跡甚明。奏既付外,而所附執政者出死力以左右之,格談奏不下,卒平其事,言路無一人請治之者。其交結奸罔如此。

緣忠彦既由舊勳,内挾中宮之援,外有間附之衆,去年六月,元祐四年六月七日,遂致大用。七月,其弟復尚公主。未幾,諫官范祖禹、吴安詩等言:“祖宗故事,戚里、宗室不許執政,今忠彦弟既尚主,宜如故事。此本朝至公之大法也。恐自此啓例壞法,則宰執得以交通宮掖,非朝廷之福。”聖意方許候進財畢,而安世、岩叟輩出力庇之。至九月,明堂畢,范、吴等再欲論列,而忠彦陰與摯先是移罷此二人諫職。其奸私如此。既而忠彥終以親嫌故事不自安，故又使賁等交通言者，稱揚父勳，爲己之地，以固權位，易所以亟有此舉。且言路乃二聖耳目之官，而遂爲執政鷹犬之用，顯爲大臣論列，然則御史之設專爲是乎？

　　彥博方任師傅，易指爲罔上冒賞之人，朝廷既不白其是非，又付之史官，以爲可信。彥博前日不言，今日不辯，誠無所愧，然而朋黨之論，上詆祖宗之聖德，以制詔爲不實，謂先朝爲過舉，恐非聖時所宜有也，又非所以彰二聖之聰明，示天下以孝治。兹事甚大，誠係國體。唐李德裕貶制曰：“恭惟《元和實録》，不刊之書，擅敢改張，罔有畏忌，奪他人之懿跡，爲私門之令猷。”正如今日之事，豈可使一代信史，肆自改易，使傳疑於後世，兩朝聖作，擅加詆議，侮滅爲不足憑，以徇朋蔽之私，而爲交利之地乎？況自古聖賢，不以立君爲功，蓋天命所在，非由人力，故介推有“貪天之功，以爲己力”之論。仁宗盛年無子，養英宗於禁中，親付大器。大臣遭際此事，奉行而已，何名爲定策乎？雖使英廟未爲儲嗣，而值仁宗上仙，中外屬望之久，慈聖之意已定，則知神器固有歸矣⑨，恐不假琦之力也。

《長編》卷四三七

其 二

　　自古唯霍禹云“縣官非我家將軍不得立此”⑩，楊復恭自稱定策國老⑪，謂昭宗爲門生天子。皆鞅鞅不道之言，卒被夷滅。

晁公武《郡齋讀書志》；
《文獻通考》卷一九九

【編年】

　　元祐五年(1090)文彥博任平章軍國重事日作。文中云“去年六月，元祐四年六月七日”，故次於此。

【箋注】

①文彦博私記：晁公武《昭德先生郡齋讀書志》載《文潞公私記》一帙，其解題曰：“右皇朝文彦博所撰。元豐初，王堯臣之子同老以其父至和中所撰立英宗爲皇子詔草上之，且曰時宰相文彦博、富弼知狀。神宗以問彦博，彦博具以實對。至元祐中，賈易爲言官，因爲韓忠彦争辯其事。彦博乃著此。”

②忠彦：指韓宗彦，字師樸，相州（今河南安陽）人，韓琦子。元祐四年，擢尚書左丞。紹聖中，歷知真定府、大名府。徽宗即位，元符三年，以吏部尚書召拜門下侍郎。進左僕射兼門下侍郎，封儀國公。受曾布排擠，罷知大名府。以宣奉大夫致仕。卒，年七十二。

③丙吉、霍光之事：《漢書·丙吉傳》：“丙吉字少卿，魯國人也。治律令，爲魯獄史。積功勞，稍遷至廷尉右監。坐法失官，歸爲州從事。武帝末，巫蠱事起，吉以故廷尉監徵，詔治巫蠱郡邸獄。時宣帝生數月，以皇曾孫坐衛太子事，係吉見而憐之。又心知太子無事實，重哀曾孫無辜，吉擇謹厚女徒，令保養曾孫，置閑燥處。後元二年，武帝疾，往來長楊、五柞宮，望氣者言長安獄中有天子氣，於是上遣使者分條中都官詔獄繫者，亡輕重一切皆殺之。内謁者郭穰夜到郡邸獄，吉閉門拒使者不納，曰：‘皇曾孫在。他人無辜死者猶不可，況親曾孫乎！’相守至天明不得入，穰還以聞，因劾奏吉。武帝亦悟。因赦天下。曾孫病，幾不全者數焉，吉數敕保養乳母加致醫藥，視遇甚有恩惠，以私財物給其衣食。”《漢書·霍光傳》：（霍光）字子孟，票騎將軍去病弟也。……上以光爲大司馬大將軍……受遺詔輔少主。明日，武帝崩，太子襲尊號，是爲孝昭皇帝。帝年八歲，政事一決於光。先是，後元年，侍中僕射莽何羅與弟重合侯通謀爲逆，時光與金日磾、上官桀等共誅之，功未録。武帝病，遺詔封賞，光爲陸侯。……光坐庭中，會丞相以下議定所立。近親唯有衛太子孫號皇曾孫在民間，咸稱述焉。遂接曾孫入未央宮見皇太后，封爲陽武侯。已而光奉上皇帝璽綬，謁於高廟，是爲孝宣皇帝。”

④登遐：謂昇天而去。諱稱人死。此特指帝王之死。《墨子·節葬下》：“秦之西有儀渠之國者，其親戚死，聚柴薪而焚之，燻上，謂之登遐。”唐柳宗元《唐故秘書少監陳公行狀》：“德宗登遐，公病痼，輿曳就位，備哀敬之節。”

⑤劉摯(1030—1097)：字莘老，永静東光(今屬河北)人，十歲而孤，移家東平(今屬山東)。登宋仁宗嘉祐四年(1059)甲科。授南宮令。以薦召試，補館閣校勘。王安石一見器異之，擢檢正中書禮房。月餘，爲監察御史裏行。不附王安石，上疏極論新法之弊，遂謫監衡州(今屬湖南)鹽倉。久之，簽書南京(今河南商丘)判官。元豐中，起知滑州。哲宗即位，召爲吏部郎中，擢侍御史。元祐元年(1086)，拜御史中丞，除尚書右丞，連進左丞、中書侍郎，遷門下侍郎。元祐六年(1091)，拜尚書右僕射。後以觀文殿學士、知鄆州。七年，徙大名，再徙青州。哲宗親政後，貶知黄州，再貶分司南京、蘄州居住。紹聖四年，貶鼎州團練副使、新州(今廣東新興)安置，卒於新州。紹興初，謚忠肅。他仕途坎坷，一生與黨争糾纏不清，曾先後被看作舊黨、朔黨及元祐党人的代表乃至領袖人物。王巖叟(1042—1092)：字彥霖，大名清平(今河北大名)人。嘉祐五年(1060)進士第一。嘉祐六年舉明經科第一，歷欒城主簿、涇州推官。知定州安喜縣，有政績。哲宗立，爲監察御史，遷左司諫兼權給事中，遷侍御史，進吏部侍郎、天章閣待制、樞密都承旨。元祐六年(1091)拜樞密直學士、簽書樞密院事。七年，以端明殿學士、知鄭州，徙河陽。卒，贈左正議大夫。

⑥勳閥：即"勳伐"。稱功績。《史記·高祖功臣侯者年表序》："太史公曰：'古者人臣功有五品：以德立宗廟定社稷曰勳；以言曰勞；用力曰功；明其等曰伐，積日曰閥。'"

⑦捃(jùn)拾：收集。《後漢書·范冉傳》："遂推鹿車，載妻子，捃拾自資。"

⑧登聞："登聞鼓院"的省稱。晋以來有登聞鼓之設，宋景德四年置登聞鼓院，隸司諫、司言，掌受文武及士民章奏表疏，凡言朝政得失、公私利害、軍期機密、陳乞恩賞、理雪冤濫，及奇方異術、改换文資、改正過名無例通進者，都先進登聞鼓院投狀進聞。若鼓院不予受理，則可往登聞檢院投進。

⑨神器：代表國家政權的實物，如玉璽、寶鼎之類。借指帝位。《文選·左思〈魏都賦〉》："劉宗委馭，巽其神器。"呂延濟注："神器，帝位。"

⑩霍禹：西漢時漢朝大臣。爲霍光子，光卒，嗣博陸侯。任侍中、中郎將、漢宣帝時拜右將軍、大司馬。霍氏尊盛日久，子弟驕横不法。後爲寄宿霍第宅之張章上書告發，因謀反罪被誅殺。

⑪楊復恭：唐朝閩人，字子恪。本姓林。宦官楊玄翼養子，楊復光從兄。略涉學術，監諸鎮兵。因參與鎮壓龐勳，自河陽監軍入爲宣徽使，擢樞密使。忤田令孜，下遷飛龍使。黃巢入長安，僖宗出居興元，復爲樞密使，代令孜爲左神策軍中尉，封魏國公。僖宗崩，定册立昭宗，加金吾大將軍，遂操縱朝政。大順二年，詔復恭致仕，居商山別宫。或告其父子謀亂，神策軍使李守節率衞兵攻之，遂走興元，北奔太原。爲華州韓建兵所獲，執送京師，斬首於市。

【附載】

《長編》編者李燾以爲《私記》非文彦博所作，而是文彦博之子孫或門生故吏爲之。

《長編》卷四三七，元祐五年正月庚寅條："《私記》不知誰作，稱'去年六月，忠彦遂致大用'，則作此時，蓋五年彦博罷平章軍國重事後也。語多激訐，必不出彦博之手，蓋其子孫或門生故吏輩爲之耳。"

又《長編》卷三〇〇載："元豐二年十月，慈聖光獻皇后上仙，既殯久之，上親至慶壽宫，閲視后遺物，得一奩，緘封甚密，舉之頗重，左右取以進，上命啓封，凡發緘數重，復以牛革縵罩甚固，破之出其函。既啓鑰，得奏書一通，上取讀之，乃英宗不豫時宰臣韓琦奏請於皇太后，乞尊立帝爲太上皇之疏也。上覽之，意極不懌，始知琦當日之謀，賴后明聖，不從其請，緘秘其書，以詔後人。《文潞公私記》有此事，其信否不可知。"

與程頤復簡①

先生斯文已任，道尊海宇，著書立言，名重天下，從遊之徒，歸門甚盛。龍門久蕪，雖然茸幽，豈能容之？吾伊闕南鳴皋鎮，小莊一址，糧地十頃，謹奉構堂，以爲著書講道之所。不惟啓後學之聖跡，亦當代斯文之美事。無爲賜價，惟簡是憑。

程鷹等《二程故里志》

【編年】

元豐五年（1082）文彦博判河南府日作。

【箋注】

①程頤（1033—1107）：字正叔。學者稱伊川先生。河南洛陽人。與其兄程顥同學於北宋哲學家周敦頤。王安石當政時，與其兄一起反對變法，講學於洛陽，故其學又稱洛學。司馬光當政時，歷官國子監教授，崇正殿説書。後因反對司馬光削職被貶。徽宗即位，赦免。

【附載】

元豐五年（1082），時居洛陽的道學家程頤作《上文潞公求龍門庵地小簡》向判河南府文彦博求龍門庵地建避暑著書之所："頤竊見勝善上方舊址，從來荒廢，爲無用之地。野人率易，敢有干聞，欲得葺幽居於其上，爲避暑著書之所。唐王龜創書堂於西谷，松齋之名，傳之至今。頤雖不才，亦能爲龍門山添勝跡於後代，爲門下之美事。可否，俟命。"

文彦博欣然復簡，慨然賜自己位於伊闕縣鳴皋鎮的一處莊園及糧地十頃與程頤，程頤於此創建了著名的"伊皋書院"。文彦博的復簡，現在見於河南嵩縣程村二程祠内的宋碑上，刻碑年代是"宋紹興丙子正月"，即1156 年。

孔叔詹墓志銘并序①

元豐二年八月二十八日，光禄卿致仕孔公卒於孟州子之官舍，其孤扶護神柩以歸衛州之共城縣②。越明年春，以公與余有布衣之舊③，狀公行實④，託爲志銘，義不可辭，即以其狀并余所聞所見，□以而直書之，無愧詞也。

公諱叔詹，字元卿。其姓系世禄，灼光經史，兹用不書。閒以從官，捨魯居陳留，又遷□。及公累官河朔，樂衛鄜土風山水之勝⑤，遂居之。曾祖遇、祖光遠，偕隱行志，垂裕後昆⑥；父載，治春秋□□氏尤粹，屈於春官⑦，俯就武爵，終右侍禁⑧，以公之貴，累贈光禄少卿⑨;母高氏,追封仙遊縣太君⑩。公少而强於學,長而敏於行,及隨鄉賦⑪,卓然有聲。天聖八年春,擢進士第,授相州法掾⑫,秩滿調延州膚施尉⑬,諸公交薦,改大理丞⑭,知大名府大名縣⑮。時吕文靖公以舊□鎮魏⑯,愛公文敏,又以嘗官於延,方是時,党項屢擾邊,詢西事於公,悉以戎寇之情狀,山川之險易,指陳利害語甚詳。文靖適被旨,舉陝西經略判官⑰,以公塞詔,而公以遷奉祖禰之喪⑱,日月有期,懇免而不行。是舉也,一時之高選,大用之階,人所願也,公以葬親而辭,士之美行,孰美於斯!

公平生所履,從可知已。例入遠官,以巨公言狀,就移知單州單父縣⑲,遷殿中丞通判淄州⑳,逾月改保州。歸朝除太常博士、通判真定府㉑,未行,改恩州。保塞、甘陵㉒,皆以兵寇之後,慎擇守倅,式遏而拊輯之㉓,然守皆武將,而貳車之選特精㉔。公以才優,故數應選,二郡咸寧,公力居多。遷屯田員外郎㉕,朝廷念勞,特旨就除知齊州,改都官㉖。逾年,以疾求閑郡,得金州㉗,疾平還朝。由明堂汎恩,改職方、知嘉州㉘。時儂蠻繹騷㉙,其陬近蜀,蜀人輕怯,謂:"蠻利蜀饒,垂涎久矣,必大入爲患。"惘然相驚㉚,刺部者檄諸郡爲備㉛。公以爲非,徒自擾耳,持檄不下。既而無是,獨嘉民恬然,蜀人稱之。還朝。累遷屯田、都官郎中,監在京裁造院㉜。英宗即位,遷職方㉝,繼遷太常少卿、知深州㉞。裁造歲滿,例當增秩。公耻自言,賞亦弗及,久□就,賜金紫服、知懷州㉟,未行。今上登極,改光禄卿㊱,將赴所治,會有近臣,求懷而得之,乃移領漣水軍㊲。

□□夏,上章告老。是秋,得請致仕於家。山陽舊塢在蘇門百泉之下㊳,水竹之美,甲於淇澳。公退居十年,日與賓客觴詠其間,無所不適。文集十卷,尤工於詩,傳誦衆口,爲時所稱。性簡易,寡喜怒。奉身以儉,治家有法,天倫終鮮,友愛至篤,弟亡,育其孤，過於己子。挂冠之初，得官一子，捨其榮孫，而與孤姪。洛有先疇舊宅㊴，悉推與之。告終之年，八十有三。識者相與言曰："年逾八十，可謂壽矣；官至三品，可謂達矣；立朝爲名卿，治郡爲循吏，斯可矣。"然未始徊翔要近，發紓素藴，斯則用不究其才，位未充其量耳。

公始娶夫人温氏，早卒；繼室李氏，仁壽縣君㊵，亦先公卒。有子三人，長宗堯，舉進士；次宗舜，太廟齋郎㊶，皆早卒；季即，孟州觀察支使㊷。五女，長適進士吳休復；次適進士韓婡；次適進士李公緯；次適右侍禁張遵甫；季適真定府司録參軍鄭塤㊸。逮公之殁，惟塤與婡之妻在。二孫：曰耆年，衛州司理參軍㊹；曰唐年，未仕。公累階至朝散大夫，勳上輕車都尉，爵仙源縣子、食邑六百户。

天聖中，余始識公於都下，以文學道義相切磨，蒙益既久，相得甚歡，莫逆於心，今逾四紀。熙寧六年，余得解樞柄，出守三城㊺，公迓余於洛中，明年易守大名㊻，公送我於淇上，大詫所居㊼，林泉之美，欲余枉駕。時方甚暑，乃不克從。嘗自竊計期於逾年，致政歸洛。於其時當赴雞黍之約㊽，事與願違，淹留五稔。及聞公訃，悔咎無及。今以元豐三年六月五日，葬公於共城縣重門鄉金張里之原，二夫人祔焉。負礎納銘，尚克可意，方之挂劍㊾，不猶愈乎。銘曰：

闕里之胄，聯華踵秀，輝耀史册，如日之晝，公之挺生，寔大其後，位則正卿，年則上壽㊿，放志林泉，遺榮印授，未始不進，既樂且久，蘇門之陽，淇園之藪，其泉維深，厥土維厚，公葬於斯，無窮不朽。

臺灣中研院史語所傅斯年圖書館藏
《北宋光禄卿致仕孔叔詹墓志并蓋》拓片①

---

① 未見拓片，拓片現藏臺灣傅斯年圖書館。是文據臺灣王智瑋 1992 年 5 月 31 日在宋代史料研讀會所作的報告原文。http://www.baidu.com/link? url＝bbc1db30fc293c5e471ef23de092fddc99bb97cc685ceda57e8bd8dfaa934821214fbde12ed6a19b7fb63a846fe5de130dac4a46ea739aeaed14faed00

【編年】

宋神宗元豐三年(1080)春判大名府日作。詳見文前之序。

【箋注】

①原本題目曰:宋故朝散大夫守光禄卿致仕上輕車都尉仙源縣開國子食邑六百户賜紫金魚袋孔公墓志銘并序。朝散大夫:文散官名。北宋前期屬文散官二十九階之第十三階。從五品下。文散官之職能是用以標志官品,籍此決定官員之章服。宋承唐制,三品以上服紫、五品以上服緋、七品以上服绿,九品以上服青。元豐元年,去青不用,階官至四品以上服紫,六品以上服緋,九品以上服绿。凡服紫者,必飾以金魚袋;服緋者,必飾以銀魚袋。光禄卿:文階名。北宋前期京朝官本官階,從三品。文散官階低於本官階,故帶“守”字。上輕車都尉:勳級名。爲北宋勳官十二轉之第八轉。正四品。仙源縣開國子:爵位名。正五品。北宋十二等爵之第十一等。宋沿唐制,開國子繫以縣名。侍從官以上、食邑五百户以上封開國子。食邑六百户:加封名號。食邑係封爵之産物。漢武帝以後,諸侯食所封境内民户之租税,此爲後世加封食邑之濫觴。三國魏黄初三年,爵號自關内侯以下“皆不食租”,此則食邑虚封之始。宋時是一種僅與進爵等有聯繫的虚銜。食邑加至一千五百户以上,如加實封,則稱“食實封”若干户。賜紫金魚袋:四品以上服紫。資品不及四品,如許章服服紫,則帶“賜”字。孔叔詹是朝散大夫,從五品下,當服緋。特許改服色,服紫、佩金魚袋,故稱賜紫金魚袋。

②衛州共城縣:望,汲郡,防禦。屬河北西路。縣四:汲縣、獲嘉、共城、黎陽。治汲縣。共城縣:治所即今河南輝縣市。

③布衣之舊:謂貧賤之交。《史記·廉頗藺相如列傳》:“臣以爲布衣之交尚不相欺,況大國乎?”

④行實:猶行跡。黄滔《華嚴寺開山始祖碑銘》:“十一年,其徒從紹疏師行實於闕,升其院爲華嚴寺。”

⑤衛鄘:今河南淇縣。周武王滅商後,分其京師朝歌(即今河南淇縣)之地爲三國,即邶、鄘、衛,使管叔監於鄘。《左傳·襄公二十九年》:“爲之歌《邶》、《鄘》、《衛》。”

⑥垂裕後昆:意爲給後世子孫留下豐富的(功業或精神)財富。語出《尚

書·仲虺之誥》：“王懋昭大德，建中於民，以義制事，以禮制心，垂裕後昆。”孔安國傳：“欲王自勉，明大德，立大中之道於民；率義奉禮，垂優足之道示後世。”

⑦春官：雅稱禮部。古代常以春夏秋冬四時或金木水火土五行名官。宗伯爲春官，掌管典禮，所以後世稱禮部爲春官。

⑧右侍禁：武階名。正九品。屬三班小使臣階列，位次於左侍禁、在左右班殿直之上。敘遷轉左侍禁。宋代以東、西頭供奉官，左、右班殿直，左、右侍禁，三班奉職、三班借職爲小使臣。

⑨光禄少卿：文階名。北宋前期京朝官本官階。四品。

⑩仙遊縣太君：宋時五品官員母親的封號。唐制：四品官妻爲郡君，五品爲縣君，其母邑號皆加太字。稱爲郡太君、縣太君。宋沿唐制。

⑪鄉賦：科場稱謂。猶“鄉貢”。宋時地方州、府每三年考試本地士子，由判官任進士科考官，録事參軍任諸科考官，按解額録取合格者，鄉試及格者即可參加省試。

⑫法掾：司法參軍事的別稱。掾，漢制以曹官爲掾，如屋之椽，有所負荷而已。故宋代州曹官或稱掾。北宋時作選人階官，屬判司簿尉之等、第七階，掌議法斷刑。從八品。

⑬延州膚施尉：延州膚施縣尉。《宋會要·職官》五之四八：“縣尉職在巡警及其獲盜解縣。”膚施縣，中。熙寧五年，省豐林縣爲鎮、金明縣爲砦併入焉。有金明、龍安二砦、安塞一堡。屬永興軍路。

⑭大理丞：文階名。無職事，爲文臣遷轉官階。從六品上。有出身轉殿中丞，無出身轉太子中舍。

⑮知大名府大名縣：差遣名。孔叔詹的實任職事。

⑯呂文靖公以舊□鎮魏：呂文靖公：即呂夷簡（979—1044）。字坦夫，壽州（治今安徽鳳台）人。咸平進士。宋真宗時屢次奏事，請廢農具之稅，暫緩南方伐木運京之役。後以刑部郎中權知開封府。仁宗初年，劉太后臨朝，任參知政事，天聖六年（1028年）拜相。仁宗親政後，仍任宰相。西夏用兵，契丹遣使索關南十縣地，都由他籌畫應付。然增加歲幣，增募軍隊，使支出大增。范仲淹建議興革，被他排斥，爲時人所不滿。慶曆三年（1043年）授司徒。因被劾爲相二十年，專事姑息，大壞綱紀，遂辭官。請老，以太尉致仕。死，贈太師、中書

令，諡文靖。鎮魏：即判大名府。大名府屬古魏地。

⑰陝西經略判官：差遣名，幕職官名。陝西經略使屬官，佐治經略司事。

⑱祖禰：先祖先父。泛指祖宗。《桓公·十有四年傳》：以爲人之所盡事其祖禰，不若以己所自親者也。禰：已死之父在宗廟中立主之稱。《公羊傳·隱西元年》何休注：“生稱父，死稱考，入廟稱禰。”

⑲單州：上，碭郡，團練州。屬京東路。

⑳殿中丞：文階名。京朝官本官階。有出身轉太常博士，無出身轉國子博士。

㉑太常博士：文階名。京朝官本官階。轉後行員外郎。特旨轉左、右司諫，殿中侍御史。

㉒保塞：即保州，下，軍事。本莫州清苑縣。建隆初，置保塞軍。甘陵：古縣名。本秦厝縣，屬鉅鹿郡。漢屬清河郡。東漢安帝以孝德皇后葬於厝縣，陵名甘陵，縣亦改名甘陵，爲清河國治所。治所在甘陵縣（今山東臨清市東北）。

㉓式遏：遏制；制止。《三國志·魏書·高貴鄉公髦傳》：“臣等備位，不能匡救禍亂，式遏姦逆，奉令震悚，肝心悼慄。”拊輯：撫慰輯安。宋程大昌《考古編·夫子一》：“不施敬養，而老者自爾安；不立要約，而朋友自爾信；無所拊輯，而血氣方剛者自爾歸慕。”

㉔貳車：通判別稱。

㉕屯田員外郎：全稱應爲尚書省工部屯田司員外郎。文階名。宋前期無職事，爲文臣京朝官敘祿官階，屬後行員外郎，從六品上。

㉖都官：即都官員外郎。全稱應爲尚書省刑部都官司員外郎。文階名。從六品上。

㉗金州：上，安康郡，昭化軍節度。屬京西南路。

㉘職方：即職方員外郎。全稱應爲尚書省兵部司職方司員外郎。文階名。從六品上。嘉州：後升爲嘉定府，上，犍爲郡，軍事。

㉙儂蠻：指儂智高。儂智高是廣源州壯族首領，交（今越南）人。其父儂全福，使知廣源州（越南廣淵）首長。仁宗（趙禎）皇祐中邕州反，建國號曰“大南國”，僭號曰“仁惠皇帝”，攻陷沿江九州，嶺外騷動，仁宗使狄青討之，青夜奪昆侖關，出歸仁鋪，大敗之於邕州，智高縱火燒城而遁，走南詔死。繹騷：騷動；擾動。《詩·大雅·常武》：“徐方繹騷，震驚徐方。”馬瑞辰通釋：“《說文》：

‘繹，絲也。’即抽字，抽絲則有動義，引伸爲擾動之稱，與騷之訓擾同義。繹騷連言，猶震驚并舉也。”

㉚恟：恐懼；驚駭。《玉篇·心部》：“恟，恐也。”唐韓愈張籍等《會合聯句》：“京遊步方振，謫夢意猶恟。”

㉛刺部：刺史別稱。漢時地方行政區域州的最高行政長官。爲宋時知州（府、軍、監）的別稱。

㉜裁造院：別名“裁造務”。監當局名。隸少府監。掌製作服飾。《宋史·職官志》：“裁造院掌裁製服飾。”

㉝職方：即職方郎中。尚書省兵部職方司郎中省稱。文階名。從五品上。

㉞太常少卿：文階名。北宋前期京朝官本官階。轉光禄卿。正四品上。深州：望，饒陽郡，防禦。屬河北西路。

㉟賜金紫服：即賜紫服，佩金魚袋。資品不及四品，如許章服服紫，則帶“賜”字。懷州：雄，河内郡，防禦。河北西路。

㊱光禄卿：文階名。北宋前期京朝官本官階。光禄卿轉秘書監。從三品。

㊲漣水軍：《宋史·地理志》：“安東州，本漣水軍。太平興國三年，以泗州漣水縣置軍。熙寧五年，廢爲縣，隸楚州。”屬淮南東路。

㊳山陽：漢縣名，故址在今河南修武縣西北。三國魏時嵇康等“竹林七賢”在此相遊。李白《獻從叔當塗宰陽冰》有“山陽五百年，綠竹忽再榮”。代稱故友所居之處。北周庾信《思舊銘》：“山陽相送，惟餘故人。”蘇門百泉：位於今輝縣市西北的蘇門山南麓。因泉眼衆多，故名。

㊴先疇：先輩，祖輩。疇，通“儔”。班固《西都賦》：“士食舊德之名氏，農服先疇之畎畝。”

㊵縣君：宋代封左右庶子、少卿監、諸行郎中、國子司業、三京少尹、赤縣令、太子少詹事、左右諭德、諸衛將軍、刺史、下都護、下都督、太子家令、太子率更令、太子僕等官之妻。

㊶太廟齋郎：非品廕補官。爲最低等，次於太廟室長。

㊷觀察支使：選人階名。北宋前期選人四等七階中之第一等。

㊸真定府司録參軍：府曹官名。北宋府曹官有司録參軍，户曹、法曹、士曹參軍等。

㊹衞州司理參軍：州曹官名。北宋州曹官有録事參軍，司户、司理、司法參軍等。

㊺守三城：判河陽。《長編》卷二四四，熙寧六年四月己亥條："樞密使、劍南西川節度使、守司空兼侍中文彥博罷，授守司徒兼侍中、河南節度使、判河陽。"

㊻守大名：判大名府。《長編》卷二五二，熙寧七年夏四月丙戌條："河東節度使、守司徒兼侍中、判河陽文彥博判大名府。"

㊼詫：誇耀。司馬相如《子虚賦》："子虚過詫烏有先生。"

㊽雞黍之約：借指朋友間的信約。典出《後漢書·范式傳》："范式字巨卿，山陽金鄉人也，一名汜。少遊太學，爲諸生，與汝南張劭爲友。劭字元伯。二人并告歸鄉里。式謂元伯曰：'後二年當還，將過拜尊親，見孺子焉。'乃共剋期日。後期方至，元伯具以白母，請設饌以候之。母曰：'二年之别，千里結言，爾何相信之審邪？'對曰：'巨卿信士，必不乖違。'母曰：'若然，當爲爾醸酒。'至其日，巨卿果到，升堂拜飲，盡歡而别。"宋蘇軾《送沈逵赴廣南》詩："君歸赴我雞黍約，買田築室從今始。"

㊾掛劍：表現對亡友的憑吊。劉禹錫《西川李尚書知愚》："無復雙金報，空餘掛劍悲。"典出漢劉向《新序·節士》："延陵季子將西聘晋，帶寶劍，以過徐君。徐君觀劍不言而色欲之，延陵季子爲有上國之使，未獻也，然其心許之矣。致使於晋故，反則徐君死於楚，於是脱劍致之嗣君。從者止之曰：'此吴國之寶也，非所以贈也。'延陵季子曰：'吾非贈之也。先日吾來，徐君觀吾劍不言而其色欲之，吾爲有上國之使，未獻也，雖然，吾心許之矣。今死而不進，是欺心也。愛劍僞心，廉者不爲也。'遂脱劍致之嗣君。嗣君曰：'先君無命，孤不敢受劍。'於是季子以劍帶徐君墓樹而去。徐人嘉而歌之曰：'延陵季子兮不忘故，脱千金之劍兮帶丘墓。'"

㊿上壽：孔叔詹壽八十三歲。文中云："告終之年，八十有三。"又序中云："元豐二年八月二十八日，光禄卿致仕孔公卒於孟州子之官舍"，知孔叔詹的生於宋太宗至道二年（996），卒於宋神宗元豐二年（1079）八月二十八日。

【附載】

撰者：河東節度使、開府儀同三司、守司徒、檢校太師兼侍中、行太原尹、判

大名府兼北京留守司事、充大名府路安撫使兼充大名府路駐泊馬步軍都總管、上柱國、潞國公文彥博

書者：朝奉郎、守太常少卿、知相州軍州事兼管内勸農使、上護軍、賜紫金魚袋劉沁

篆蓋者：中散大夫、右諫議大夫、充天章閣待制、真定府路安撫使兼馬步軍都總管、知成德軍府事兼管内勸農使、上柱國、賜紫金魚袋楚建中

左藏帖

左藏至①，親人至。得書知安，甚慰。知非久，上京別求差遣，不知所求如何？事理可否？恐枉去，略示其所圖何如。冬初加重！彥博咨②。

【編年】

元祐三年（1088）平章軍國重事日作。左藏當指文彥博孫婿李慎由，時監左藏庫。《長編》卷四一三，哲宗元祐三年八月辛丑記事："右正言劉安世言：'臣伏見太師文彥博之子及爲光禄少卿……孫婿李慎由堂差監左藏庫。或用恩例陳乞，而此兩處皆非陳乞之所當得也。'"

【箋注】

①左藏：國庫之一，監當局名。爲宋代中央最大的財庫。宋初隸左藏庫使，後隸三司，元豐後隸太府寺、户部。此指監左藏庫：差遣名。領左藏庫事。由曾任親民官之文臣京朝官充。

②咨：商議，詢問。三國蜀·諸葛亮《出師表》："事無大小，悉以咨之。"

河亭歲月榜

臨城堞，瞰澮溪，遠挹山光，林木森布，翼之勝概，此亭爲最。

《山西通志》卷五七

【編年】

天聖六年（1028）知絳州翼城縣日作。

【附載】

《山西通志》卷五七：“宋潞公軒記碑即河亭。宣和中，縣令李元儒記潞公治，國爵名軒，以曆推之，天聖六年戊辰，越政和七年丁酉，凡九十年矣。閱歲雖多，其跡尚完，謹勒於石以傳不朽。”

與文同書　一句①

與可襟韻灑落，如晴雲秋月，塵埃不到。

《宋史》卷四四三《文苑傳五·文同傳》

【編年】

仁宗慶曆五年（1045）至慶曆七年（1047）三月知益州日作。

【箋注】

①文同（1018—1079），字與可，號笑笑先生，人稱“石室先生”。蓋其祖先出自西漢文翁。文翁爲蜀郡守時，首創郡學，名“石室”，故稱之。梓州永泰（今四川鹽亭東）人。皇祐元年（1049）舉進士，至和二年（1055），爲靜難軍（邠州）節度判官。嘉祐四年（1059），召試館職，判尚書職方兼編校史館書籍。嘉祐六年，通判邛州，改漢州通判。遷太常博士、集賢校理、知陵州，徙洋州。元豐元年（1078）以尚書司封員外郎、充秘閣校理、知湖州，死於赴任途中，人稱“文湖州”。工詩文，詩風質樸。善篆、隸、行草、飛白，尤擅畫竹，學者甚衆，有“湖州竹派”之稱。曾號錦江道人，又自號丹淵客，人稱丹淵先生。有《丹淵集》四十卷行於世。

書　一句

先生風雲際會，君臣合心，武文功大，重若丘山，猶爲人愛於千古之下。

楷書拓片　一句

日月大光,萬象皆昌①。太平天下,降福無疆。

藏介休市博物館

【編年】

元豐二年(1079)正月判大名府日作。文後注云:"元豐二年春正月望日。"

【箋注】

①萬象:宇宙間一切事物或景象。南朝宋謝靈運《從遊京口北固應詔》:"皇心美陽澤,萬象咸光昭。"

附《全宋文·文泊文》輯佚

奏般鹽條件①

白家場去河中府五七里,三門集津垛鹽務去陝府四十五里,乞委兩處同判。依例充季點納下鹽貨,及乞許三門發運使判官提舉點檢每年上供鹽。欲乞鈐轄支裝堪好明白,鹽席分明,定樣兩平,交裝上船,無令欺壓秤勢,及戒約押綱人員鈐束梢兵愛護,不得信縱偷盜、拌和。到京於都監院交納後,有少欠、拌和、不堪鹽數,即申解赴省勘罪,依格條等第斷遣。沿路偷賣鹽貨,其買人多鄉村兇惡之輩,販賣取利,地分巡檢、村耆人等隱庇不言。欲乞下本司檢坐元降,告促偷盜官物支賞條貫,遍牒沿路州軍出榜曉示。許人首告,勘逐不虛,依元條支賞外,如五十斤已上告人,二稅外,免戶下一年差徭。百斤已上免二年差徭。犯人如赦後再犯,兇惡不可留在彼者,斷訖,配五百里外牢城。所犯重自依重法。經歷地分巡檢、村耆人等知情，并依法嚴斷。綱副知情，自依本路；若不知情，亦乞依糧綱偷盜斛斗例，於本犯人名下減三等定斷。其在京鹽院所納船般鹽貨，并須公平受納，不得欺壓秤勢。支絕縱有出剩，不爲勞績，但一界別無少欠，即依元條施行。監官三司申奏，下三班審官院磨勘施行。鹽綱如納正數足，外收到水路鹽出剩，不以席數，并盡數正收入官申著。檢會天聖元年敕，只於在京支給賞錢，其鹽院監專不得隱落故意不收，如稍違犯，并行勘斷。

《會要·食貨》四六之一二至四六之一三

【編年】

天聖七年（1029）十月文洎任三門白波發運使日作。

【箋注】

①般鹽：運輸鹽。般，通“搬”。宋代鹽運有官般法，官府設轉般倉於適中地，轉鹽就商，或待官賣。《文獻通考·徵榷十四》：“閩廣之鹽，自祖宗以來，漕司官般官賣，以給司存。”

【附注】

文洎（文彥博之父）作品今僅存奏議兩篇，均作於他任三門白波發運使期間。其中《全宋文》已錄文洎《乞點檢沿河埽岸物料》。另有一篇作於天聖七年十月的奏議《奏般鹽條件》，《全宋文》失收。

《文彦博集》版本源流考述

文彦博（1006—1097），字寬夫，號伊叟，汾州介休（今屬山西）人。以進士高等入仕，歷仕仁宗、英宗、神宗、哲宗四朝，是北宋的一代名相。工書善文，有文集四十卷傳世①。歷代文人對文彦博詩文有較高的評價，宋葉夢得説：“其文章不事雕飾而議論通達，卓然經濟之言。”②文彦博是西崑派後期代表作家，清王士禛稱其詩：“婉麗濃嫵，絶似西崑。”③其賦被譽爲宋賦之正則④。今天我們重讀《文彦博集》，仍然有重要的歷史、文學價值。

一

數十年來，已陸續出版了一批收録有文彦博文集影印本的叢書：影印文淵閣《四庫全書》本《潞公文集》見臺灣商務印書館1976年版《四庫全書珍本》第245—246册、臺灣商務印書館1986年版文淵閣《四庫全書》第1100册、上海古籍出版社1987年版縮

---

① 《文彦博集》亦云《文潞公文集》、《潞公文集》、《潞公集》、《文潞公集》。
② 《潞公文集·提要》，四庫全書本，第1100册，第574頁。
③ （清）王士禛：《居易録》卷一二，四庫全書本，第869册，第447頁。
④ （清）李調元：《賦話》卷五《新話》，《叢書集成初編》本，商務印書館，1936年，第2622册，第37頁。

印臺灣商務印書館的文淵閣《四庫全書》。1986 年山西省古籍整理出版規劃小組影印《山右叢書初編》第 13 册,臺北新文豐出版公司 1989 年出版的《叢書集成續編》第 125 册和上海書店出版社1994 年出版的《叢書集成續編》第 101 册都收録了影印山右叢書本《文潞公文集》。2004 年,北京綫裝書局出版的《宋集珍本叢刊》,第 5 册收録傅增湘校勘並跋的明刻本《文潞公文集》。

　　文彦博詩文的整理之作有:北京大學出版社 1991 年出版的《全宋詩》第 6 册,卷二七三至二七八收録了文彦博的詩,以明刻本(明嘉靖五年平陽王溱刻本)爲底本,參校傅校本(傅增湘據文瑞樓鈔本校並跋的明刻本)、季校本(季錫疇和瞿熙邦先後據文瑞樓鈔本校正的明刻本)、四庫本等。侯小寶《文潞公詩校注》也對文彦博詩作了系統校勘,以明刻本爲底本,參校傅校本、季校本和山右叢書本。但已有校勘成果存在有當校而未校或雖校而未考證的問題。如《全宋詩》卷二七四《予移守青社,同年宋學士代予守壁(四庫本作"璧")田……》:"羨君熊軾去,奪我鴨坡遊。"詩題中"壁"當爲"璧",四庫本正確。侯小寶雖校而未考證。道光《許州志》卷一二《古跡·許田》:"《詩·魯頌》:'居常與許,復周公之宇。'朱子注:'許,許田,魯朝宿之邑。'孔穎達曰:'諸侯有大德,受采於京師,爲將朝而宿焉,謂之朝宿之邑。'魯以周公之故,成王賜之許田。春秋之時,魯不朝周邑,無所用。而許田近於鄭國,鄭有祊田,地勢之便,而與鄭易之。桓公元年,鄭伯以璧假許田,則魯之有許見於經傳也。"由是知詩題中之"璧田"即爲許田,代稱許州。詩中"鴨坡"當爲"鴨陂"。以上兩本均未校出。《石林詩話》云:'許州西湖與子城密相緣附,而城下可策杖往來,不涉城市。云是曲環作鎮時,取土築城,因以其地導潩水瀦之。'……宋程顥詩云:'潩水橋邊鴨子陂,樓臺只在郡城西。'"鴨陂即許昌西湖。

　　1994 年，巴蜀書社出版《全宋文》前 50 册，第 15—16 册（卷六四一至六五九）收録了文彦博的文，共十九卷，王智勇整理，以明刻本爲底本，參校四庫本、季校本，集外輯得佚文五十三篇，完全吸收了王智勇《〈文潞公文集〉初探》的輯佚成果。2006 年，上海辭書出版社和安徽教育出版社聯合出齊了全 360 册《全宋文》。《全宋文》卷秩浩繁，實爲宋代文史研究之淵藪。但也由於工程浩大，錯訛、遺漏難免，出現不少原本不誤而《全宋文》本誤的情況。選取兩篇文章來看《全宋文·文彦博集》與其底本明刻本的差異。如《全宋文》卷六四一《金苔賦並序》（見明刻本《文潞公文集》卷一）："聚之如卵。""卵"，明刻本原作"卯"；"曷聘輝光"句，"聘"，明刻本原作"騁"；"悦目兮媚官"句，"官"，明刻本原作"宦"，與他本皆異。再如《全宋文》卷六五九《德號繼明頌並序》（見明刻本《文潞公文集》卷二）："鍾八九之遐武"句，"鍾"，明刻本原作"踵"；"遠邇安肅"句，明刻本原作"遠安邇肅"，與其他各本均異。再如《全宋文》卷六五六《浚河牒》，源自文彦博書法作品《三札卷》，實際包含三帖。《全宋文》以《浚河牒》爲題，將其誤爲一篇文章。《全宋文》卷六五七《與韓公帖》一，此帖文後注中之文，清吳元嘉抄，吳允嘉校《宋人小集》收録的《文潞公集鈔》（現藏國家圖書館），又分作兩帖，語言上略有不同，《文潞公集鈔》爲是。《全宋文》卷六五七《與韓公帖》五，此帖《文潞公集鈔》中分爲三帖，《文潞公集鈔》爲是。

　　2008 年，山西人民出版社出版了郝繼文標點的山右叢書本《文潞公文集》，題名爲《文潞公集》。對山右叢書本《文潞公文集》的版本質量，王智勇先生評爲："《山右叢書初編》所收《文潞公文集》是以明王溱刻本作底本排印，但它不但對底本未加校勘，承襲了王溱刻本的差訛，且在排印時錯上加錯，錯訛脱缺字滿篇皆是，特別是錯簡脱簡更加嚴重，以至難以卒讀。由於此本在各大圖書館較王澤刻本、四庫本更易借閱，故對學者的貽害亦不小。"①是本底本選擇不精，幾無校勘，文字繁簡混雜，標點可商榷之處不少。

　　綜上，文彥博作品集《文彥博集》還有較大的完善空間，有審慎、系統整理的必要。因此，有必要對其版本源流作一詳細考察，以便在諸多存世版本中擇善而從。已有的研究《文彥博集》版本的成果中，拙作《〈文潞公集〉版本考辨》認爲四庫本在各版本中最好。筆者考證了《文彥博集》的版本源流，並隨機選取兩章對各版本作了文本比較②。但限於當時學力及資料所限，並未梳理清楚《文彥博集》的版本流變情況，一些重要問題如四庫底本究爲何本，日本、中國臺灣收藏的存世版本有哪些及對其版本流變的影響等問題未解決。侯小寶《〈文潞公集〉版本考略》考查了《文潞公集》刊行過程中可考的版本系統及存世的主要版本③，未涉版本流變。因此，有必要在全面收集、分析材料的基礎上，對《文彥博集》的版本流變作進一步的梳理。

二

（一）宋代版本

　　文彥博作品集的最早記載見宋尤袤《遂初堂書目》，未注明卷數。最早有卷數記載的即四十一卷本《文潞公集》。宋陳振孫《直齋書錄解題》卷一七："《文潞公集》四十卷，補遺一卷。"④

---

① 　王智勇：《〈文潞公文集〉初探》，《古籍整理研究學刊》1993 年第 2 期，第 6—9 頁。
② 　申利：《〈文潞公集〉版本考辨》，《圖書館理論與實踐》2010 年第 6 期，第 47—50 頁。
③ 　侯小寶、李寅生：《〈文潞公集〉版本考略》，《晋陽學刊》2006 年第 5 期，第 45—47 頁。
④ 　（宋）陳振孫：《直齋書錄解題》，中華書局編輯部：《宋元明清書目題跋叢刊·宋代卷》，中華書局 2006 年版，第 1 册，第 759 頁。

又有三十卷本《文彥博集》。宋陳思《兩宋名賢小集》卷七
《文潞公集》：“其少子維申搜輯詩文遺稿成三十卷。”①明刻本
《文潞公文集》附石林葉夢得《序略》：“其少子維申稍討求追輯，
猶得二百八十六篇，以類編次，爲《略集》二十卷，而屬某爲序。”②
較爲合理的推測是文彥博集的成書過程歷時較長，先是《略集》
二十卷；所收詩文益多，則爲三十卷本，且曾行於世；終而爲四十
一卷本。《宋史·藝文志》卷一六一載：“《文彥博集》三十卷，又
《顯忠集》二卷。”③清曹庭棟編《宋百家詩存》卷六《文潞公集》
云：“其少子維申搜輯詩文遺稿成三十卷，尚書葉少蘊弁序。”④清
汪森《裘杼樓目》有明刊三十二卷本⑤，此本當即三十卷本，加《顯
忠集》二卷。

（二）元、明版本

明代書目對文彥博文集的記載，大多僅載册數及卷數。《文
淵閣書目》卷九、《秘閣書目》、《内閣藏書目録》皆云十册；《趙定
宇書目》、《脈望館書目》皆云四册；《笠澤堂書目》則云十六册。
四十一卷本明時尚有存世版本。明焦竑《國史經籍志》載：“《文
彥博集》四十卷，又遺編一卷。”⑥而存世較多者已是四十卷本。
《萬卷堂書目》、《世善堂藏書目録》、《澹生堂書目》、《徐氏家藏
書目》卷六所載皆爲四十卷本⑦。

---

① （宋）陳思：《兩宋名賢小集》卷七，四庫全書本，第 1362 册，第 411 頁。
② （宋）葉夢得：《序略》，文彥博著，（明）吕枏校：《文潞公文集》，明嘉靖五年（1526）平陽王溱
刻本。
③ 《宋史》卷一六一《藝文志》，北京：中華書局 1977 年版，第 5368 頁。
④ （清）曹庭棟：《宋百家詩存》卷六，四庫全書本，第 1477 册，第 129 頁。
⑤ 邵懿辰著，邵章續録：《增訂四庫簡明目録標注》，上海古籍出版社 1959 年版，第 694 頁。
⑥ （明）焦竑：《國史經籍志》，卷五，中華書局編輯部：《宋元明清書目題跋叢刊·明代卷》，
中華書局 2006 年版，第 5 册，第 895 頁。
⑦ 分別見《宋元明清書目題跋叢刊·明代卷》，第 4 册，第 605 頁；第 5 册，第 35、261、411 頁。

　　明刻《文潞公文集》，版式 10 行 20 字，白口，小字雙行同，四周單邊。由時平陽守王溱（子濟）刻，平陽府解州判官吕柟校正並作序。所依的底本是李瀚（字叔淵）家抄本，潛江人初杲（字啓昭）時爲山西巡鹽御史，命王溱（字子濟）刊木以行。明刻本中吕柟所作《序》介紹了明刻本的刊刻情況：

　　　　潞國忠烈公文寬夫集凡四十卷，蓋其少子維申討求追輯以成秩，而葉尚書少薀所爲序行者也。然今板本不傳久矣。沁水李司徒公叔淵家有鈔本，字多差訛。他日，巡按山西潛江初公啓昭命柟校刊《司馬文正公集》，李公曰：“文公集亦不可以莫之傳也。”乃以其本付解州，柟得而校正其十七八焉，初公遂命平陽守王公子濟刊木以行。①

　　明刻本是《文潞公集》最早的刻本，但存世明刻本的册數頗不一致。中國國家圖書館所藏明刻本有 4 册、6 册、8 册者。中國臺灣“國家圖書館”所藏爲 12 册，有朱筆點校。鈐有五枚藏書印：“臧氏文蔚”和“熺如之印”爲明代浙江長興人臧熺如（字文蔚）之印；“蔣香生氏秦漢十印齋考藏記”是清蔣鳳藻（字香生）之印；“吳興劉氏嘉業堂藏書記”、“吳興劉氏嘉業堂藏”是近代劉承幹之印，其藏書樓名嘉業堂。知此書先後歷經以上三人之手。臺灣傅斯年圖書館收藏有明刻本《文潞公文集》，8 册。鈐有 11 枚印記：“池北書庫”、“士禎藏書”是清王士禎（1634—1711）的藏書印；“玉棟信印”、“讀易樓秘笈印”是玉棟的藏書印，玉棟是乾隆庚寅（1770）舉人；“蕭元吉”、“臣元吉印”、“謙谷”是清蕭元吉的藏書印，蕭元吉是嘉慶（1796—1820）時舉人；“群碧樓”是清末民初鄧邦述的藏書印，光緒二十四年（1898）進士；“深柳讀書”和

---

① 　（宋）文彦博：《文潞公文集·序》，（明）吕柟校，明嘉靖五年（1526）平陽王溱刻本。

"嘉靖刻本"是陶湘(1870—1940)的藏書印。知此書先後被以上五人收藏。上海圖書館所藏明刻本爲 8 册,卷一八至二八配清抄本。日本所藏皆爲明刻本:東京大學東洋文化研究所所藏明刻本爲 10 册,日本静嘉堂文庫藏本爲 8 册,尊經閣文庫有兩部,一爲 8 册,一爲 6 册①。

(三)清代及近代版本

清代書目所載多爲明刻本或傳抄明刻本。《佰宋樓藏書志》卷七五、《玉函山房藏書簿録》卷二〇、《善本書室藏書志》卷二七等所載皆爲明刻四十卷本。《愛日精廬藏書志》卷三〇、《藝風藏書記》卷六所載爲傳鈔明刻本。四十一卷本《文潞公集》清時尚有存世傳本。清錢謙益《絳雲樓書目》卷三載:"《文潞公集》四十卷,又補遺一卷。"②清康熙年間張豫章等奉敕編撰的《御選宋詩》之《姓名爵里一》文彦博條載:"有《潞公集》四十卷,補遺一卷。"③惜於絳雲樓一場大火,此後書目著作中再不見四十一卷本之蹤跡。

文瑞樓鈔本。清金星軺編《文瑞樓藏書目録》卷六:"《潞公集》四十卷。"④版式 11 行 24 字,左右雙邊,烏絲欄,注文小字雙行,字數與正文同,白口,單黑魚尾,版心下方記"文瑞樓",8 册,現收藏於臺灣"國家圖書館"。鈐"翰林院印",有四庫館臣校籤。筆者通過中國臺灣"國家圖書館"數位多源資源查詢系統⑤,找到了中國臺灣"國家圖書館"古籍影像系統中的文瑞樓鈔本首頁的

---

① 嚴紹璗:《日藏漢籍善本書録》,中華書局 2007 年版,第 3 册,第 1499 頁。
② (清)錢謙益:《絳雲樓書目》卷三,陳景雲注,《海王邨古籍書目題跋叢刊》,中國書店 2008 年版,第 1 册,第 41 頁。
③ (清)張豫章,等:《御選宋詩》,四庫全書本,第 1437 册,第 11 頁。
④ (清)金星軺:《文瑞樓藏書目録》卷六,《叢書集成初編》本,第 38 册,第 52 頁。
⑤ http://issr.ncl.edu.tw/ncloaiFront/index.jsp

書影。書影上方有四庫館臣的籤條，上校曰"黎庶濟於壽域濟當改躋"①。四庫底本一般有如下特點：首頁加蓋滿漢文"翰林院印"大方印；書内有校籤（即纂修官、總裁官、分校官在書内貼的籤條，是四庫館臣校閱底本的重要標志）等②。明刻本之題目均爲《文潞公文集》，而文瑞樓鈔本之題目則爲《潞公集》，《四庫全書總目》中所云之兩淮鹽政采進本題目也爲《潞公集》。綜上，四庫底本兩淮鹽政采進本就是文瑞樓鈔本無疑③。

　　四庫本。以文瑞樓鈔本爲底本，參校明刻本等。四庫本版式固定，8 行 21 字，白口，四周雙邊。

　　清及近代以明刻本爲底本，以文瑞樓鈔本爲校本的校勘本主要有以下三種：

　　一是清季錫疇和瞿熙邦校本（簡稱季校本）。季錫疇和瞿熙邦先後據文瑞樓鈔本校正同一本明刻本《文潞公文集》，是本版式 10 行 20 字，白口，四周單邊，8 册，現藏國家圖書館。季錫疇晚年館虞山瞿氏鐵琴銅劍樓，對館中所藏善本書悉心考證。是本卷末有季錫疇（字菘昀）跋語："咸豐己未仲冬之月十四日，以錢塘胡心耘茂才攜來文瑞樓藏書抄本，參校一過。是正甚多，舊本當出自宋刻也。菘昀居士記。"④卷末又有瞿熙邦（字鳳起）跋語："癸酉春日，用文瑞樓本校讀一過。凡有異字悉注上方，所以别於舊校也。熙邦記。"瞿熙邦是鐵琴銅劍樓第五代主人。清瞿鏞（約 1800—1864）的藏書目《鐵琴銅劍樓藏書目録》所載《文潞公

---

① 文瑞樓鈔本首頁書影，http://rarebook.ncl.edu.tw/rbook/hypage.cgi？HYPAGE＝search/search_res.hpg&dttd_id＝1&sysid＝10078#，2012 年 4 月 11 日。

② 張升：《〈四庫全書〉的底本與稿本》，《圖書情報工作》2008 年第 11 期，第 143—144 頁。

③ 四庫底本的問題曾存在争議：《四庫全書總目提要》卷一五三載："《潞公集》四十卷，兩淮鹽政采進本。"《宋人别集敍録》第 155 頁稱"《四庫總目》著録兩淮鹽政采進本，即嘉靖本"。《宋集珍本叢刊·文潞公文集提要》："今核傳氏據文瑞樓鈔本校嘉靖本所改字句，可推知《四庫全書》所據兩淮鹽政采進本或即文瑞樓鈔本，或《四庫》本與文瑞樓鈔本同源。"

④ （宋）文彥博：《文潞公文集》，季錫疇、瞿熙邦校，明嘉靖五年（1526）平陽王溱刻本。

文集》書目解題云："前有石林葉氏序略及嘉靖五年高陵吕柟序，其本多訛脱。仁和胡心耘珽以文瑞樓鈔本攜以檢核之，是正甚多。……其餘改訛補墨丁處不可勝數，蓋猶出自宋刻也。"① 則知《鐵琴銅劍樓藏書目録》所載之本即今之季校本。此本卷首鈐有清代藏書家季振宜（號滄葦）的藏書印："御史之章"、"季振宜滄葦"朱印，季爲順治四年（1647）進士。知此書曾爲季振宜收藏，後歸瞿氏鐵琴銅劍樓。

　　二是江文煒及徐紹乾校傳抄明刻本（簡稱江校本），現藏臺灣"國家圖書館"。版式 10 行 20 字，注文小字雙行，2 册。清江文煒及近人徐紹乾各手校並跋。鈐有"鐵琴銅劍樓"印，知此本也是瞿氏鐵琴銅劍樓的藏本。瞿氏世代有抄書傳統，除有明刻本《文潞公文集》外，當還有抄本。又傳校本《文潞公文集》卷末傳增湘手跋云："瞿氏藏書抄本乃從嘉靖刻照録，而徐君紹乾用文瑞樓寫本校正之。"知傳增湘所云之"瞿氏藏書抄本"，即現藏臺灣"國家圖書館"之江校本。

　　三是傳增湘校明刻本（簡稱傳校本），現藏國家圖書館。版式 10 行 20 字，白口，四周雙邊，4 册。卷末有傳增湘手跋："是集刊本無早於嘉靖者，然訛謬盈幅，苦不可讀。鈔本源出較古，凡刊本誤書正可正完其七八。"②

　　山東大學圖書館藏有繆荃孫云輪閣傳鈔明刻本，12 行 24 字。繆荃孫《藝風藏書記》云："《文潞公集》四十卷，傳鈔明嘉靖刻本，明刻訛字太多，荃孫撰《校勘記》一卷。"③

　　民國二十六年（1937），（民國）山西省文獻委員會刊印的鉛印本《山右叢書初編》，第 76—79 册收録了《文潞公文集》（簡稱

---

①　《宋元明清書目題跋叢刊·清代卷》，第 10 册，第 304 頁。

②　文彦博：《文潞公文集》，傳增湘校，明嘉靖五年（1526）平陽王溱刻本。

③　《宋元明清書目題跋叢刊·清代卷》，第 14 册，第 219 頁。

山右叢書本）。據郭象升所著《山右叢書初編書目提要》載："潞公事蹟具史傳，是集爲吕涇野巡按山西時所刊刻，行世甚稀，故極珍貴。"知山右叢書本是依明刻本排印。按："吕涇野"當爲"初啓昭"之誤。

綜上，《文彦博集》版本源流圖如下：

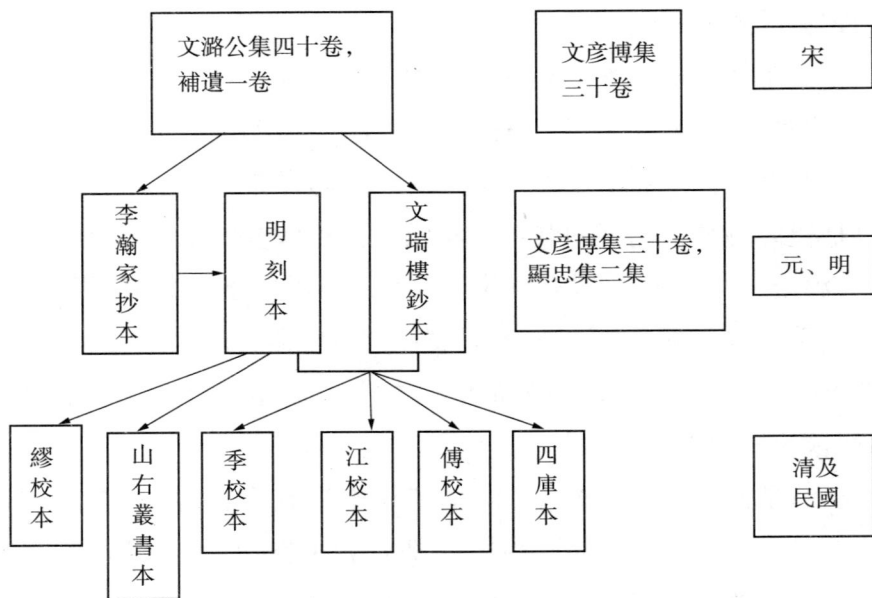

三

四庫本《潞公文集》以文瑞樓鈔本爲底本，以明刻本爲參校本。文瑞樓鈔本是孤本，得之不易。明刻本是存世最早的刻本，然訛謬盈篇。傅校本、季校本、江校本均是據文瑞樓鈔本校勘的明刻本，版本較佳。山右叢書本據明刻本排印，而又增脱訛，是存世版本較差者。

四庫本以文瑞樓鈔本爲底本，四庫館臣又做了校勘，刊正了一些訛誤之處,是存世版本中較佳者。劉琳、吳洪澤《古籍整理學》一書認爲:"文彥博的《文潞公集》,四庫本也遠勝於明嘉靖本,更勝於民國年間的山西叢書本。"①王智勇在《〈文潞公文集〉初探》中云:"現僅存的四十卷本的《文潞公文集》中,當以四庫全書本爲最好。"如四庫本中很多常識性或明顯的錯誤,四庫館臣在抄寫時當是直接據文意及常識予以改正。如:四庫本《潞公文集》卷六《某伏睹運使金部運判秘丞運句贊善贈長老元師詩一首……》:"菩屋容光惠日臨。""惠",他本(指明刻本、傅校本、季校本,下同)皆作"慧";《潞公文集》卷九《春秋何以見仲尼之志論》:"觀其褒貶則仲尼之志見矣。""貶",他本皆無;同上卷《堯湯水旱何以不爲民患論》:"蓋法度失於下,則災變見乎上。""乎",他本皆作"於"。一般來說,上句用"於",則下句最好不再用,以免重複;同上文"聚斂之法太重","太",他本皆作"大"。《潞公文集》卷一四《奏爲修開先殿乞循制度事》:"是以克儉。""克儉",明刻本作"克險",傅校本、季校本作"尚險",他本皆誤;同上卷《奏乞主帥便行軍令後奏》:"今而多輕之。""今",他本皆作"令";《潞公文集》卷二八《進漢唐故事》其四:"是故天子后服。""后",他本皆無;同上卷其九"掩渭而畋","畋",明刻本作"畝",傅校本、季校本作"略",他本皆誤。四庫本又收錄有他本未收之句篇。如《潞公文集》卷三《彭門賢守器之度支趙鼎記余生日過形善祝……》:"陋軀賁華衮,微名得虛譽。"此句他本皆無。《潞公文集》卷八《尚書令魏國忠獻韓公挽詞三首》題目中"三"字他本皆作"二",四庫本比他本多一首詩。

但四庫本也有以下缺陷:由於是手抄本,四庫抄本多有筆誤處,如多抄:《潞公文集》卷九《仲尼學文武之道論》:"文之所加者深,則武之所服者大;德之所服者大,德之所施者博,則威之所制者廣。"很明顯"德之所服者大"是衍文,明刻本無此句;又如漏抄:同上文"可以勝殘去殺矣","矣",四庫本無,明刻本有。四庫本又有衆所共知的故意篡改之處。如對少數民族的稱呼:《潞公文集》卷一《聖駕幸大學賦並序》:"南取島夷之譏,北貽强敵之耻。""强敵",明刻本作"索虜"。同上卷《金苔賦並序》:"萬户蒿榛,千門荆棘,金苔亦陷於敵人。""敵人",明刻本作"羯胡"。《潞公文集》卷九《春秋何以見仲尼之志論》:"四裔交争,戎夏共貫。""裔",明刻本作"夷";"中外",明刻本作"戎夏"。

綜上而述,傅校本和季校本既保存了最早刻本明刻本的原貌,又吸收了文瑞樓鈔本的優長,而四庫本雖以文瑞樓鈔本爲底本,且四庫館臣改正了一些訛誤,但又存在擅改和筆誤之處,故而校勘《文彦博集》以傅校本或季校本爲底本爲宜。

四

校勘《文彦博集》還要兼采歷代收録有文彦博詩、賦、文的總集。包括:《兩宋名賢小集》、《石倉歷代詩選》、《宋人小集》、《宋百家詩存》、《御選宋詩》、《宋詩紀事》、《永樂大典》;《歷代賦彙》;《宋朝諸臣奏議》、《歷代名臣奏議》;《聖宋五百家播芳大全文粹》;《國朝二百家名賢文粹》等。

就詩歌而言,筆者收集到收録有文彦博詩歌的總集共七種,根據其參校價值,兹分述如下:

1. 所收詩有四十卷本失收詩的總集

宋陳思編、元陳世隆補《兩宋名賢小集》卷七《文潞公詩集》一卷;清厲鶚編《宋詩紀事》卷一二《文潞公詩》一卷;清張豫章奉敕編《御選宋詩》卷四、一〇、二五、三五、四六、五七、六〇、六一、六四收録有文彦博的詩。以上三書所收詩都有四十卷本諸本失收的詩,《全宋詩》及拙作《〈全宋詩·文彦博詩〉輯補》中已有論及,此不贅述。上列四部詩歌總集既別有淵源,應予以參校。

《宋人小集》五種十卷中有《文潞公詩鈔》二卷,清吳元嘉抄,清吳允嘉校,11 行 22 字,無格,現藏國家圖書館。《宋人小集·文潞公詩鈔》詩下注:"顧氏積書巖選御選上收。"源自《御選宋詩》,不必再參校。

2. 所收詩與四十卷本一致的詩歌總集

清曹庭棟編《宋百家詩存》二十卷,清乾隆六年曹氏二六書堂刻本。11 行 21 字,白口,左右雙邊,現藏國家圖書館。《宋百家詩存·文潞公集》一卷,輯有文彦博詩 88 首,所收詩與四十卷本系統一致,但文字上又有不同。如《潞公文集》卷三《玩月吟寄友人》其三:"且收丹筆攜詩筆,來就花間把一杯。""收",宋百家詩存本作"投"。相較,"投"更顯灑脱之態。《潞公文集》卷五《中書宿齋偶作二首》其二:"歌眠聽宮漏,蘭焰照青衾。""歌",宋百家詩存本作"欹"。"欹眠","欹"通"倚"。斜倚,斜靠。唐韓愈《祭河南張員外文》:"枕臂欹眠,加余以股。"《潞公文集》卷七《贈國信畢少卿》:"朔風不度龍沙遠,只向雲中講信回。""講",宋百家詩存本作"候"。"雲中候信"用"馮唐持節"之典。指稱更令明赦。《史記·張釋之馮唐列傳》:"漢文帝時,魏尚爲雲中太守。有一次,匈奴入侵,魏尚率軍出擊取得勝利。後因報功時戰報比實際多了六個首級,主事文官繩之以法,認爲是虛報有罪,漢文帝便把他削職下獄。馮唐認爲魏尚戰功卓著,不但未曾受賞,反而因小過失而行苛罰,便面陳漢文帝,文帝采納了他的意見,"是日令馮唐持節赦魏尚,復以爲雲中守,而拜唐爲車騎都尉,主中尉及郡國車士"。綜上,宋百家詩存本有參校價值。

明曹學佺《石倉歷代詩選》卷一二九《文彦博詩》一卷(簡稱

石倉本）①。四庫本《潞公文集》卷七《耆年會詩》，題目中“年”，石倉本、明刻本作“老”；同上卷《次韻留守相公同遊龍門》：“谷口風回墜葉紛。”“墜”，石倉本、明刻本作“墮”；同上詩“秋花爭發錦桃文”，“桃”，石倉本、明刻本作“挑”。故石倉本當源自明刻，參校價值不大。

就文、賦而言，筆者收集到收録有文彥博文、賦的總集共五種，根據其參校價值，兹分述如下：

南宋趙汝愚編纂的《宋朝諸臣奏議》收録文彥博奏議 18 篇，北京大學中國中古史研究中心以現存最早印本，即美國國會圖書館所藏孤本——宋刻元印本爲底本進行校點，上海古籍出版社 1999 年排印出版，參校價值極高。

明黄淮、楊士奇等奉敕編纂的《歷代名臣奏議》成書於明成祖永樂十四年（1416），比現存的最早刻本明嘉靖五年（1526）平陽王溱刻本早 110 餘年，收録文彥博奏議 46 篇。其參校價值不言而喻。臺灣學生書局 1964 年影印刊行。

《新刊國朝二百家名賢文粹》，北京圖書館出版社 2006 年據宋慶元三年（1197）書隱齋刻本影印，源自宋刻，應予參校。

《宋人小集》中有《文潞公集鈔》二卷，現藏國家圖書館。宋魏齊賢、葉棻輯《聖宋明賢五百家播芳大全文粹》②。以上二書所收文有四十卷本諸本失收之文，别有淵源，應予參校。

清陳元龍編纂的《歷代賦彙》成書於康熙四十五年（1706），比明刻本晚出近二百年。文彥博存賦 19 篇，《歷代賦彙》收録 16 篇。任取三篇賦《孝者善繼人之志賦》、《土牛賦》、《多文爲富賦》進行校勘，前兩篇文字完全一致，《多文爲富賦》有一處不同：

①　（清）曹學佺：《石倉歷代詩選》卷一二九《宋詩六》，四庫全書本，第 1389 册，第 33—37 頁。
②　國家圖書館《宋人文集》數據庫收録清抄本，傅增湘校補並跋。

“實異於不義而富”句，“實異”《歷代賦彙》作“豈並”，意皆可通。故可不以之爲他校文獻。

　　收録有文彦博奏議的史書如《宋會要輯稿》、《續資治通鑒長編》，文彦博存世書法作品，金石拓本，文彦博家鄉及任職之地的地方志，類書如《永樂大典》等，都有較高的校勘價值，均應作爲他校文獻。

文彦博作品編年目録

説明:文在前,詩在後;對不能斷以年限而可以斷以時段者,則以時段編年,時段信息置於該時段之起始時間之後。

宋真宗天禧四年(1020 年庚申)　十五歲　隨父遊宦閬川(今四川閬中)

《送龍昌期先生歸蜀序》(卷一一)

《送時郎中》(佚詩)

宋仁宗天聖元年(1023 年癸亥)　十八歲　隨父遊宦南京(今河南商丘)

《送張大丞赴闕序》(卷一一)

《德號繼明頌並序》(卷一)

宋仁宗天聖三年(1025 年乙丑)　二十歲

《聖駕幸太學賦並序》(卷一)

宋仁宗天聖四年(1026 年丙寅)　二十一歲　鄉試得解,赴汴京(今河南開封)備試

宋仁宗天聖五年(1027 年丁卯)　二十二歲　在汴京(今河南開封)參加省試,中王堯臣榜進士甲等　授大理評事、知翼城縣(今屬山西)

《省試諸侯春入貢賦》(卷一,春)

《省試青圭禮東方賦》(卷一,春)

《溫卷啓》一(卷一〇)

《溫卷啓》二(卷一〇)

《上知南京晏侍郎啓》(卷一〇)

《詔開禮闈偶作呈諸友》(卷三)

《省試蒲車試》(卷三)

《天聖五年春省試獻羔開冰》(卷三)

天聖五年(1027)前西崑体詩作

《御溝》、《荷花》、《讀漢史》二首、《西晉》、《玉階樹》、《無題》、《贈市隱者》、《山中隱者》、《偶作示同志》、《夜思》、《華月》、《閑齋偶作》、《詠箏》、《對雪》、《旭日》、《秋望》、《詠苔》、《詠柳》、《玉梁》、《幽蘭》、《寄友人包兼濟拯》、《公子》、《寓懷》、《時興》、《暑中言事》、《初曙》、《和人留題華清宮溫泉》、《秋風吟》、《閱史有感》、《元日作》、《春日偶作》、《梅花》、《元巳阻雨》、《和友人春日即事》(以上卷三)

天聖五年(1027)前后十年間西崑体詩作

《酬金華山人春日見寄之什》、《和友人春日即事》、《郡齋春日書懷》、《綠綺》、《蘅皋》、《深院》、《春曉》、《芳草》、《公子》、《井上桐》、《柳絮》、《宮詞》二首、《登江樓》、《春遊》、《夜宴》、《從軍行》、《俠少行》、《桃花》、《早夏言懷》、《秋夕偶懷》、《秋夕偶作》、《秋夜聞笛》、《古寺清秋日》五首、《玩月吟寄友人》三首、《遊仙詠》、《送胡秀才歸絳臺》、《贈孫莊秀才》、《送郭屯田牧涪陵》、《和張嶢秀才勉弟之什》、《送昌黎先生歸秦亭》、《送友人》、《登通山閣有懷寄呈同人》、《送劉推官歸冶源棲真館》(以上卷三)

宋仁宗天聖六年(1028年戊辰)　二十三歲　知翼城縣

《河亭歲月榜》(佚文)

宋仁宗天聖八年（1030 年庚午）　二十五歲　知翼城縣

《絳州翼城縣新修至聖文宣王廟碑記》（卷一二）

遷殿中丞、知榆次縣（今屬山西）

宋仁宗天聖九年（1031 年辛未）　二十六歲　知榆次縣

《初知榆次縣題新衙鼓上》（佚詩，正月）

《重陽前兩日登樓望月》（卷三，九月七日）

宋仁宗明道二年（1033 年癸酉）　二十八歲　知榆次縣

《思鳳亭詩序》（佚文，五月四日）

《贈尚書祠部員外郎文府君墓志銘》（卷一二）

《思鳳亭詩》（佚詩，五月四日）

遷太常博士、通判兖州（今屬山東）

宋仁宗景祐四年（1037 年丁丑）　三十二歲　遷監察御史。
轉殿中侍御史。在京師汴京（今河南開封）

《贈清河先生序》（卷一一）

九月，丁父憂

宋仁宗寶元三年（二月改元）康定元年（1040 年庚辰）　三
十五歲　服除，復任殿中侍御史。在京師汴京（今河南開封）

《謝陳龍圖諫議惠渚宮集啓》（卷一〇）

《奏爲修開先殿乞循制度事》（卷一四）

《乞令審官院選差沿邊州郡知縣》（卷一四）

《奏乞主帥便行軍令後奏》（卷一四）

《節義坊碑記》（佚文）

夏，遷吏部員外郎、史館修撰、河東路轉運副使（治所在并
州，後改太原府，今山西太原）

《長平懷古》（卷三）

《送福州通判陳鑄殿丞》（卷三）

《某天聖四年叨充鄉賦明道二年夏假副車於本郡今年夏忝

外計於本道實嗣世職八月行部率遵故常鄉老歡迎邀留累日追惟疇曩因成拙詩二章題於行署》(卷四)

宋仁宗康定二年(十一月改元)慶曆元年(1041 年辛巳)三十六歲　河東路轉運副使

《乞河東依陝西例點强壯》(卷一四)

《乞重懲王元康得興奏》(佚文)

宋仁宗慶曆二年(1042 年壬午)　三十七歲　六月二十四日,遷天章閣待制、吏部員外郎、河東路都轉運使(治所在并州,後改太原府,今山西太原)

十一月十二日,改龍圖閣直學士、吏部員外郎、秦鳳路都部署、經略安撫招討使兼知秦州(今甘肅天水)

《知秦州謝兩府啓》(卷一〇)

宋仁宗慶曆三年(1043 年癸未)　三十八歲　知秦州

《馮誥復文資故官奏》(佚文)

宋仁宗慶曆四年(1044 年甲申)　三十九歲　知秦州

《答奏》(卷一四)

十二月十七日,樞密直學士、户部郎中、知益州(今四川成都)

宋仁宗慶曆五年(1045 年乙酉)　四十歲　赴益州途中

《題籌筆驛》(卷三)

《題韓溪詩》四章(卷三)

慶曆五年(1045)至慶曆七年(1047)三月益州任上

《益彭邛蜀漢州馬軍易爲步軍奏》(佚文,六月)

《薦龍昌期劄子》(佚文)

《與文同書一句》(佚文)

《送益利路承受梁供奉回京》(卷四)

《送果州李推官赴闕》(卷三)

《枇杷詩》(佚詩)

宋仁宗慶曆六年(1046 年丙戌)　四十一歲　知益州

《乞復昭化縣驛程》(卷一四)

《乞選差川峽州郡知州》(卷一四)

《請諸州供錢撥充交子務》(卷一四)

《乞罷將校舉留》(卷一四)

《舉高惟幾》(卷三八)

《舉楊文舉》(卷三九)

《舉田瑜》(卷三九)

宋仁宗慶曆七年(1047 年丁亥)　四十二歲　三月二十一日,拜右諫議大夫、樞密副使。在京師汴京(今河南開封)

三月二十三日,改參知政事。在京師汴京(今河南開封)

《乞封示兩制等議泛使事文字》(卷一四)

《乞差嘉眉益利屯兵救應淯井監更不差秦州兵》(卷一五)

《乞下田況選擇官兵使臣總兵赴瀘州仍令稟梓州路官指蹤事》(卷一五)

《乞早罷兵招安夷人》(卷一五)

《乞親平貝州》一(卷一五)

《乞親平貝州》二(卷一五)

《舉李九言》(卷三九)

《某伏蒙宮師相公杜寄示新居詩齋沐捧讀不勝銘歎某謹成拙詩一章上紀盛德粗伸謝意》(卷三)

宋仁宗慶曆八年(1048 年戊子)　四十三歲　正月八日,任河北宣撫使,往貝州(今河北清河)平王則之亂

《徵納貝州宣敕》(卷一五)

閏正月九日,以平貝州,拜禮部侍郎、同平章事、集賢殿大學士。在京師汴京(今河南開封)

《乞繼上奏封細陳事理》(卷一五)

《乞知縣縣令不得閒慢公事差出》（卷一六）

《宫保相公杜以某於貝之役與有勞焉及聞非才忝爱立之命貽詩加獎有晋公親討衛國專謀之句稱述太過擬議非倫輒成拙惡一章以達謝意》（卷四）

《題睢陽五老圖》（佚詩）

宋仁宗皇祐元年（1049 年己丑）　四十四歲　集賢相

《進無爲而治論》（卷九）

《答御劄手詔》（卷一六）

八月二日，加吏部侍郎、昭文館大學士、監修國史

《牙盤食奏》（佚文）

宋仁宗皇祐二年（1050 年庚寅）　四十五歲　昭文相　十月二日，加禮部尚書

《舉李綖》（卷三八）

《論冬至祀圜丘奏》（佚文，二月）

《親獻之禮奏》（佚文，四月）

降神《誠安》（佚詩，五月二十四日）

送神《誠安》（佚詩，五月二十四日）

宋仁宗皇祐三年（1051 年辛卯）　四十六歲　昭文相

《進大饗明堂記表》（佚文，二月）

《薦張瓌王安石韓維狀》（佚文，五月）

十月二十二日，以唐介彈劾，罷爲吏部尚書、觀文殿大學士、判許州（今河南許昌）

《與王副樞帖》（佚文）

《題裴晋公畫像贊並序》（卷一三）

《題高平公范文正親書〈伯夷頌〉卷後》（卷四）

宋仁宗皇祐四年（1052 年壬辰）　四十七歲　判許州

《春日湖上偶作二首》（卷四，春）

《謝太傅相公杜以近詩三十首寄示》（卷四）

《湖上獨酌》（卷四）

《雨中湖上緋桃盛開舟子維纜於樹因書二十八言》（卷四）

《得告赴洛展省松楸往還遇宿于陽翟程密學新第因成四十言寄高陽》（卷四）

《提刑司封垂訪郡齋會於湖上道舊爲樂兼覘雅章輒成四十言以答來惠》（卷四）

九月，徙爲吏部尚書、觀文殿大學士、判青州（今屬山東）

《予移守青社同年宋學士代予守璧田會有來詩因成四十言爲答》（卷四）

《答南都致政太傅相公》（卷四）

《偶題看山樓新畫山水》（卷四）

宋仁宗皇祐五年（1053 年癸巳）　四十八歲　判青州

閏七月四日，徙爲觀文殿大學士、吏部尚書、判秦州（實未赴）

八月十二日，徙爲檢校太尉、特進、充忠武軍節度使、判永興軍（今陝西西安）兼秦鳳路兵馬事

《舉陳湜》（卷三八）

《舉馮誥任允孚》（卷三八）

《舉邵叔元》（卷三八）

《舉曹弼》（卷三八）

《舉張度》（卷三八）

《乞令團結秦鳳涇原番部》（卷一七）

《乞指揮諸路帥開報事宜》（卷一七）

《乞令邊帥練兵約束諸將》（卷一七）

《奏西界事》（卷一七）

《乞差譯語官》（卷一七）

皇祐五年（1053）八月至至和二年（1055）六月判永興軍日

《寄太原韓太尉》(卷四)

《和梅公儀待制詩二首》(卷四)

《公儀天章書示暫往藍田兼閱山水以答來貺》(卷四)

《和公儀天章雪中遊藍田山悟真寺》(卷四)

《雨後遊華嚴川馬上作》(卷四)

《題中山郎中華嚴川墅》(卷四)

《謝公儀待制惠黃石枕》(卷四)

《和公儀隱廳書事》(卷四)

《月夕挈新釀並文石酒樽就公儀南湖雅飲》(卷四)

《次韻和公儀月夕遊南湖》(卷四)

《和公儀詠蒲葵扇》(卷四)

《和登飛橋觀遊艦》(卷四)

《和公儀重到隱廳偶書絕句》(卷四)

《和公儀湖上烹蒙頂新茶作》(卷四)

《與公儀會飲南湖作》(卷四)

《和公儀遊太華》(卷四)

《見山樓小飲偶作》(卷四)

《寄致政太師相公杜四首》(卷四)

《近以蜀物寄獻復以雅章爲報輒課蕪音仰酬來貺》(卷四)

《天平相公遠寄佳章謹依韻和呈》(卷四)

《次韻答平涼龍圖王諫議素》(卷四)

《答王龍圖遊山見寄》(卷四)

《佚詩一句》(佚詩)

宋仁宗至和二年(1055年乙未)　五十歲　判永興軍

《奏陝西鐵錢事》(卷一七)

六月十一日,拜吏部尚書、平章事、昭文館大學士兼譯經潤文
使

《辭免充禮儀使》（卷三五）

《奏里正衙前事》（卷一七）

《奏陝西衙前押木栿綱事》（卷一七）

《奏永興軍衙前理欠陪備》（卷一七）

《奏王安論親事官張貴事》（卷一七）

《觀文殿學士尚書左丞謚文莊高公神道碑》（卷一二）

宋仁宗至和三年（九月改元）嘉祐元年（1056 年丙申）　五十一歲　昭文相　十二月十二日,加監修國史

宋仁宗嘉祐二年（1057 年丁酉）　五十二歲　昭文相

《寄青州田龍圖瑜》（卷四）

宋仁宗嘉祐三年（1058 年戊戌）　五十三歲　六月七日授檢校太師、同平章事、充河陽三城節度使、判河南府（今河南洛陽）兼西京留守

歸河南府途中

《題紀太尉廟》（卷四）

《過滎陽玉像院》（卷四）

《過汜水關》（卷四）

判河南府任上

《乞營創私廟奏》（佚文,七月二十五日）

《致仕乞親陛辭奏》（佚文,正月四日）

嘉祐三年（1058）六月至嘉祐五年（1060）二月於河南府任上

《慈照大師真贊》（卷一三）

《與夏公帖》（佚文）

《遊紫雲洞》（卷三）

《雷簡夫自辰溪還除國子博士鹽鐵判官以書見謝並寄杜鵑鳥一隻偶成二章答之》（卷四）

《送中舍蒲君致政西歸》（卷四）

《某伏蒙昭文相公富以某方忝瀍洛之寄因有嵩少之行惠賜遊山器一副質輕而制雅外華而中堅匪惟便於齎持實爲林下之珍玩也輒成拙詩一章報謝》（卷四）

《答青州相公二首》（卷四）

《梅公儀見寄華亭鶴一隻》（卷四）

《遊平泉作》（卷四）

《又讀平泉花木記》三首（卷四）

《遊盧溪》（卷五）

《寒食日早發赴積慶莊拜掃過龍門馬上作》（卷五）

《秋日登闕塞》（卷五）

《遊潛溪》（卷五）

《登廣化閣》（卷五）

宋仁宗嘉祐五年（1060 年庚子）二月十五日　五十五歲　同中書門下平章事、潞國公、行陝州大都督府長史、充保平軍節度使、判大名府（今河北大名）兼北京留守司事、充大名府路安撫使

嘉祐五年（1060）赴大名府途中

《過潁陽山墅作》（卷五，三月十六日）

《遊金星觀》（卷五，四月）

《宿少林寺》（卷五，四月一日）

《遊嶽寺》（卷五，四月）

《題龍潭寺》（卷五）

嘉祐五年（1060）二月至嘉祐七年（1062）判大名府日

《大名府舍創作茅齋因題八句呈太師相公宋太保相公龐公》（卷五）

《留守端明尚書王君貺遠示贈闍梨漸師詩依韻和呈》（卷五）

《伏蒙僕射侍中賈寄示遊漢上弊園歸至湖上詩一章研味欽服不能自已輒成拙句仰答來貺》（卷三）

《僕射侍中賈榮過瀍上小園兼題嘉句謹成五十六言仰謝賁飾》（卷五）

宋仁宗嘉祐七年（1062 年壬寅）　五十七歲　尚書左僕射、成德軍節度使、判太原府

《詩寄龍門寶應寺證大師》（卷五）

《太原府統平殿朝拜》（卷四）

《答龐相》（卷七）

宋仁宗嘉祐八年（1063 年癸卯）　五十八歲　同中書門下平章事、保平軍節度使、判河南府

丁母憂

嘉祐八年（1063）至治平二年（1065）七月判河南府日

《小園池上偶作》（卷五）

宋英宗治平二年（1065 年乙巳）　六十歲　服闋，復同中書門下平章事、行真定尹、潞國公、充成德軍節度、判河南府

《乞差使臣》（卷三二）

《乞張熙恩澤》（卷三二）

《乞郭宣恩澤》（卷三二）

四月，淮南節度使兼侍中、判永興軍（今陝西西安）

《舉張掞》（卷三九）

《舉劉航等》（卷三九）

《舉張宗益》（卷三九）

《舉趙士宏》（卷三九）

《舉楊遂》（卷三九）

《乞令諸路擇機宜官》（卷一八）

《乞罷男機宜》（卷三二）

七月二十二日，開府儀同三司、劍南西川節度使、守司空兼侍中、行成都尹、潞國公、樞密使兼群牧制置使

《舉姚復》（卷三九）

治平二年（1065）至熙寧六年（1073）任樞密使日

《請假劄子》（卷三二）

《舉楊宗禮》（卷三八）

《舉錢長卿等》（卷三八）

《舉李端卿等》（卷三八）

《晝寢夢歸洛宅》（卷五）

《九月十日西園會范内翰李紫微已下諸公惠雅章謹成拙詩仰答厚意》（卷五）

宋英宗治平三年（1066 年丙午）　六十一歲　樞密使

《舉魏沂》（卷三九）

《故相國元獻宋公挽詞》三首（卷八）

宋英宗治平四年（1067 年丁未）　六十二歲　樞密使

《條奏薛向利害》（卷一八）

《奏乞劉忩早過界》（卷一八）

《乞戒勵諸路將帥》（卷一九）

《辭免公使錢》（卷三五）

《内翰帖》（佚文，十月）

《永福寺藏經記》（佚文）

《英宗皇帝挽詞》三首（卷八，正月）

九月二十七，遷司空

宋神宗（趙頊）熙寧元年（1068 年戊申）　六十三歲　樞密使

《奏令陝西沿邊牒送降到番部於宥州》（卷一八）

《論夏國册命》（卷一八）

《奏減廣南東西路戍兵》（卷一八）

《奏雄州邊事》（卷一八）

《論修復延州北金明寨》（卷一八）

《供取索英宗遺事》（卷一九）

《外計蘇度支示古銅器形制甚雅輒書五十六字還之》（卷四）

宋神宗熙寧二年（1069 年己酉）　六十四歲　樞密使

《乞禁止漢人與西人私相交易》（卷一九）

《答詔劄子》一至四（卷三五）

《乞罷重任劄子》一至五（卷三三）

《中書宿齋偶作二首》（卷五，正月）

《太廟宿齋作》（卷五，九月）

《寄題龍門臨伊堂兼呈奉先寺興公》（卷五）

《汝州端明仲儀寄示竹亭詩二十章披玩歎賞不能自已輒成四十言仰答來惠》（卷五）

宋神宗熙寧三年（1070 年庚戌）　六十五歲　樞密使

《言青苗錢》（卷二〇）

《乞刑用中典奏》（佚文，十一月二十一日）

《差麟府軍馬司元定得力將官領兵會种諤奏》（佚文，十二月）

熙寧三年（1070）至熙寧六年（1073）任樞密使日

《依韻和答文裕群牧侍郎張》（卷五）

《和致政侍郎張文裕二府詩》（卷五）

《端明尚書仲儀内翰侍郎景仁龍圖侍郎文裕垂訪弊居會於西園兼蒙賦詩賁飾輒成四十字奉呈》（卷五）

《和副樞吳諫議上元夜從駕至集禧觀》（卷五）

《和副樞吳諫議寄題廣化寺東軒》（卷五）

宋神宗熙寧四年（1071 年辛亥）　六十六歲　樞密使

《奏陝西保毅軍利害》（卷一九）

《奏西夏誓詔事》二篇（卷一九）

《乞別定益利鈐轄司畫一條貫》（卷一九）

《論用人》（卷一九）

《言修中太一宮》（卷二〇）

《奏降羌事》（卷二〇）

《論本朝兵政》（卷二〇）

《乞罷周革兼職奏》（佚文，六月一日）

《舉任逸》（卷三九）

《乞罷重任劄子》六（卷三三）

宋神宗熙寧五年（1072 年壬子）　六十七歲　樞密使

《乞罷重任劄子》七至一七（卷三三）

《論台官言西府事》七篇（卷二一）

《奏西府記事》（卷二一）

《論監牧事》（卷二一）

《言洮河》（卷二〇）

《伏睹致政太傅侍中曾魯公答樞密諫議吳留題齋閣詩依韻和呈》二首（卷五）

《雪中樞密蔡諫議借示范寬雪景圖》（卷五）

宋神宗熙寧六年（1073 年癸丑）　六十八歲　樞密使

《言市易一》（卷二〇）

《言市易二》（卷二〇）

《論保馬》（卷二二）

《赴河陽陛辭日面奏》（卷二二）

《乞令諸路帥臣與副總管同議邊事》（卷二二）

《乞罷重任劄子》一八至二三（卷三三）

《乞致仕劄子》一（卷三四）

《和副樞蔡諫議植山芋》（卷五）

《竊知今日於家園種山芋輒成拙詩奉呈副樞諫議》（卷五）

《和副樞蔡諫議贈副樞吳諫議謝惠新宅雜花之什》（卷五）

《新釀酴醾酒送吳蔡二副樞》（卷五）

《和副樞蔡諫議孟夏旦日右府書事》（卷五）

《故尚書懿敏王公挽詞》二首（卷八）

《故宣徽惠穆公挽詞》二首（卷八，三月）

四月二十六，守司徒兼侍中、河南節度使、判河陽（今河南孟州）

赴河陽途中

《過魯太師廟作》（卷五）

《再到積慶墳莊即事偶成》二首（卷五）

《東溪泛舟》（卷五）

《遊楚諫議園宅呈留守宣徽留守端明王君貺司馬君實》（卷五）

河陽任上

《舉劉庠》（卷三八）

《舉范純仁》（卷三八）

《舉王大方》（卷三八）

《舉徐保伸》（卷三八）

《舉呂公懋》（卷三八）

《舉蘇液》（卷三八）

《舉張利一》（卷三八）

《舉蘇轍》（卷三八）

《乞免夫役一》（卷二二）

《乞免夫役二》（卷二二）

《乞免移判永興軍》（卷三五）

《再乞免移判永興軍》（卷三五）

《去春蒙西都致政李少師柬之惠詩五首，追敍舊遊因而招隱。某尚羈樞務，請退未諧，深味來章，未知所答。遷延宿留，遂涉歲時。今蒙聖慈俯從人欲，聽解重柄，均逸便藩，仰西河之上游，瞻仁宅之實邇。即當胥會，彌積欣怡，輒成小詩三章，代書見意，且答去春之賜》三首（卷五）

《遊史館張大卿致政李少卿史館傅兵部濟上郊園》（卷五）

《謁濟祠作》（卷五）

《平崧閣右崧亭作》（卷五）

《遊碧漣堂偶作寄致政司空相公富聊布所懷》（卷五）

《詩寄相州韓魏公侍中》（卷五）

《詩寄西都致政司空相公富》（卷五）

《詩寄答致政司空相公富》（卷五）

《司空相公特貺雅章俯光陋跡依韻和呈以答厚意》（卷六）

《知郡傅學士將赴彭門蒙貺佳什次韻奉答》（卷五）

《致政仲損張工部詢及孟醞之味因寄數器副以小詩》（卷五）

《西都留守宣徽王祈謝嵩祠往還弊莊因成雅章爲貺謹次嚴韻》二首（卷六）

《前朔，憲孔嗣宗太傅過孟云：近於洛下結窮九老會，凡職事稍重生事稍豐者不得與焉。其宴集之式率稱其名，其事誠可嘉尚，其語多資嘔噱。因作小詩以紀之，亦以見河南士人有名教之樂，簡貪薄之風。輒錄呈留守宣徽，聊資解頤》（卷六）

《招劉伯壽秘監》（卷三）

《題史館兵部傅君草堂》（卷三）

《過燕川渡》（卷三，十二月）

《枋口作》（卷六，十二月十四日）

《化成寺作》（卷六）

《過燕川渡》（卷六）

《盤谷作》二首（卷六）

《自濟源回及中道得通守郎中詩跂羨山水之遊以不得陪從
爲恨因以詩答之》(卷六)

《雙泉》(佚詩)

《渂水》(佚詩)

《珍珠泉》(佚詩)

《靈都宮》(佚詩)

《拔劍泉》(佚詩)

《平陽洞》(佚詩)

《裴休洞》(佚詩)

《月泉》(佚詩)

《再遊枋口》(佚詩)

《初泛舟新池觀子弟輩作詩因爲此示之》(卷六)

《送秘書劉監歸嵩陽隱居》二首(卷五)

宋神宗熙寧七年(1074 年甲寅)　六十九歲　判河陽(今河南孟州)

《謝留守王宣徽寄花》(卷六)

《再和》(卷六)

《詩謝留守王宣徽遠惠牡丹》(卷六)

《將赴大名奉寄西都留守王宣徽》(卷六)

《春旱既甚禱祈未應小園即事》(卷六)

四月十九日,河東節度使、守司徒兼侍中、判大名府

《舉李師錫》(卷三八)

《乞罷河北預雇車牛》(卷二二)

《乞免人户折變蠶鹽錢》(卷二二)

《乞體探西北遣使相過事》(卷二二)

《乞嚴誡河北安撫司探報事宜》(卷二二)

《懷衛州飢民爲盜有倡首姓名乃追捕奏》(佚文,六月)

《寄相州侍中韓魏公》（卷六）

《題韓晋公村田歌舞圖後》（卷六）

《題輞川圖後》（卷六）

《提舉劉司封訪別將赴滏陽輒成五十六言》（卷六）

熙寧七年（1074）至元豐三年（1080）判大名府

《舉孟辦》（卷三八）

《舉任逸》（卷三九）

《即事偶書》（卷六）

《昨夜飲散未眠偶成拙頌録呈武功寺丞若猶未棄無惜開示》（卷六）

《再答》（卷六）

《機宜職方見示三月十八日遊船場見許公亭詩追惟文靖公之舊跡輒成四十言以繼善聲》（卷六）

《問石楠》（卷六）

《問栝》（卷六）

《寄致政太傅侍中曾魯公》（卷三）

《憶東溪》（卷七）

《某以端居多暇懷洛城詩伏蒙運使兵部俯垂屬和拙詩伸謝》（卷七）

《運使兵部以某馳想林泉拙詩言志薦承屬和曲有褒嘉今復致謝》（卷七）

《運使兵部見采拙詩四沐繼和唱者已竭而答者無窮内省小巫敢當大敵既難收合餘燼願爲城下之盟》（卷七）

《偶書答岐守吳卿幾復》（卷七）

《頌送天鉢長老若沖》（卷七）

《元師遷化其徒得舍利供於天鉢因作四十言讚歎既而得殿省蘇承詩又增十字》（卷七）

宋神宗熙寧八年（1075年乙卯）　七十歲　判大名府

《論修樓櫓事》（卷二二）

《答神宗咨訪詔奏》（卷二二）

《藥準序》（卷一一）

《節要本草圖序》（卷一一）

《乞追奪范濟口改作石堰被賞官吏奏》（佚文，閏四月丁卯）

《乞蠲被水民戶租税奏》（佚文，九月）

《乞賞王友黎節奏》（佚文，十月）

《定將帖》（佚文）

《與李龍圖帖》（佚文）

《詩答鄆州分司李待制許中春寵訪師中》（卷六，正月）

《偶成小詩贈提舉劉司封》（卷六）

《家園醅釀自京寄至奉送提舉劉司封》（卷六）

《提舉劉司封監牧張職方詠醅釀詩皆以微文形於善謔輒成累句奉呈聊用解紛》二首（卷六）

《尚書令魏國忠獻韓公挽詞》三首（卷八，六月）

《招仲通司封府園避暑》（卷六，夏）

《金宿樓望月呈仲通司封》二首（卷六，八月）

《詩贈提舉寶侍郎舜卿》（卷六）

《依韻謝運使陳虞部生日惠雙鶴靈壽杖》四首（卷六）

宋神宗熙寧九年（1076年丙辰）　七十一歲　判大名府

《題宋宣獻書帖後》（卷一三）

《言運河》二章（卷二三）

《不保明浚河》三章（卷二三）

《舟中別後中夕無寐偶成四十言奉寄中輝大卿史聊致黯然之懷》（卷六）

《寄題密州超然臺》（卷三）

《謝假新舟》(卷六)

《寒食遊壓沙寺雨中席上偶作》(卷六)

《某伏睹運使金部運判秘丞運句贊善贈長老元師詩一首舉唱三觀圓成叵測精微但深讚歎輒不自揆願繼善聲素昧宗乘頗慚蕪陋》(卷六)

《運判秘丞黄以某自大水後久無宴集聲酒之樂貽書問念繼以佳章輒依來韻和呈》(卷六)

《謝運使陳金部生日惠繡壽仙香爐合依韻和二絕句》(卷六)

《熙寧丙辰十一月二十八日安正堂喜雪》(卷六)

《雪霽金宿樓閑望偶作》(卷六)

宋神宗熙寧十年(1077 年丁巳) 七十二歲 判大名府

《奏黄河水勢》(卷二三)

《再奏運河利害》(卷二三)

《奏黄河曹村決溢利害乞擇水官》(卷二四)

《奏定奪所勾人吏事》(卷二四)

《龍圖給事使還過魏少留仙斾道舊爲樂因及北史魏收之語作爲雅章輒敢繼聲聊資一噱》(卷六)

《嘉祐中余尹河南,與少師李公明、龍圖董巨源、集賢王伯初同遊龍門。漁者得鱖魚數十尾以助杯柈,飲興皆歡。日月云邁,幾二十年,感舊念遊,作〈憶鱖詩〉,乃思鱸之比也》二首(卷七)

宋神宗元豐元年(1078 年戊午) 七十三歲 判大名府

《謝奏陳浚河等事不當特放罪表》(卷一〇)

《編録九軍庫經奏》(佚文,十月)

《乞特録耿琬子奏》(佚文,十二月)

《中書令魯國宣靖魯公挽詞》四首(卷八,閏二月)

宋神宗元豐二年(1079 年己未) 七十四歲 判大名府

《楷書拓片一句》(佚詩,正月)

《乞令李成詣闕呈試換前班奏》（佚文，正月）

《孔叔詹墓志銘并序》（佚文，春）

《慈聖皇太后挽詞》三首（卷八，冬）

《濮安懿王夫人挽詞》二首（卷八，十一月）

宋神宗元豐三年（1080 年庚申）　七十五歲　判大名府

《乞致仕劄子》二至一〇（卷三四）

《劉御藥回附口奏》（卷三四）

九月二十七，除守太尉、開府儀同三司、潞國公、河東節度使、景靈宮使、護國軍節度使、判河南府

《辭免兩鎮第一劄子》（卷三五）

《辭免兩鎮第二劄子》（卷三五）

《辭免兩鎮第三劄子》（卷三五）

《乞恤刑》（卷二四）

《論赦事》（卷二四）

《進史論》（卷二四）

《對聖問》（卷二四）

《五老會詩》（卷七，九月）

《贈國信畢少卿》（卷七）

《題龍門奉先寺興禪師房》（卷七，十月）

元豐三年（1080）至元豐六年（1083）判河南府

《家園花開與陳大師飲茶同賞呈劉伯壽楚正叔張昌言》（卷七）

《子山朝奉倅汝陰過洛訪別求詩》（卷七）

宋神宗元豐四年（1081 年辛酉）　七十六歲　判河南府

《御賜詩記》（佚文，正月三日）

《論西事》三篇（卷二五）

《奏西京災傷事》（卷二五）

《郾王葬禮事奏》（佚文）

《清明後同秦帥端明會飲於李氏園池偶作》（卷七）

宋神宗元豐五年（1082 年壬戌）　七十七歲　判河南府

《謝賜答詔》（卷二五）

《准都提舉汴河堤岸牒》（佚文，六月）

《與程頤復簡》（佚文）

《耆老會詩》（卷七）

《彥博代簡上君貺宣獻》（佚詩）

《賢大師以諸巨公畫像見示傳神寫照曲盡其妙兼丐拙詩輒成一首奉呈》（卷七）

《彭門賢守器之度支趙鼎記餘生日過形善祝並惠黃石茶甌懷素千字文一軸輒成拙詩仰答來意》（卷三）

《再酬富公一絕》（卷七）

《次韻秦帥經略呂通議過洛少留》（卷七）

《近以洛花寄獻齋閣蒙賜詩五絕褒借輒成五篇以答來貺》（卷七）

宋神宗元豐六年（1083 年癸亥）　七十八歲　判河南府

《奏西京漕河事》（卷二五）

《奏富相公薨乞與免納馬價錢》（卷三二）

《太尉韓國文忠富公哀詞》五首（卷八，閏六月）

《聞見有真率會呈提舉端明司馬》（卷七）

《提舉端明寵示三月三十日雨中書懷包含廣博義味精深詞高韻險宜其寡和輒次元韻》（卷七）

《奉陪伯溫中散程伯康朝議司馬君從大夫席於所居小園作同甲會》（卷七）

十一月十三日，守太師、河東節度使、開府儀同三司、太原尹致仕。居洛陽

《乞功德院寶勝禪院每年特撥放童行一人奏》（佚文，十二月二十九日）

元豐六年（1083）至元祐元年（1086）致仕居洛陽日

《和致政張徽大夫見貽之什》（卷六）

《送順師赴積慶院寂照庵結厦偶成二頌》（卷六）

《送彌陀實師訪積慶西堂順老》（卷六）

《頌寄實師順師》（卷六）

宋神宗元豐七年（1084 年甲子）　七十九歲　致仕居洛陽

《致仕乞親陛辭奏》（佚文，正月四日）

《家廟祭祀用酒事奏》（佚文，二月十七日）

《舉范祖禹》（卷三九）

赴汴京陛辭

《清明日玉津園賜宴即席》（卷七）

《西歸日瓊林苑賜宴即席》（卷七）

《臣伏蒙聖恩今月二日就瓊林苑特遣中使寵賜御詩仰味聖言恭披宸翰曲推恩禮過獎愚臣感愧之深負荷弗克輒課愚陋恭和聖制》（卷七）

歸洛陽途中

《路上舟中作》（卷六，春）

《行及白馬寺捧留守相公康國韓公手翰且云名園例惜好花以俟同賞因城小詩》（卷六，春）

致仕居洛陽

《免節使請受曆頭》（卷三六）

《繳納文榜》（卷三六）

《臣得請致政赴闕謝恩修覲禮成回歸西洛感恩戀聖情激於中謹成五言十二韻詩一首齋沐繕寫上進》（卷七）

《留守相公康國寵召同賞花歡飲兼示雅章次韻》（卷六）

《留守相公寵示東田燕集詩依韻和呈韓康公》（卷七）

《端午日招諸公於弊園爲角黍之會獨堯夫不至因成小詩奉呈用資一笑》（卷七）

《留守相公寵賜雅章召赴東樓真率之會次韻和呈》（卷七）

《次韻留守相公同遊龍門》（卷七）

《留守相公和提舉端明作三壽公字韻詩輒繼前韻》（卷七）

《次韻留守相公洛中金橘》（卷七）

《余前此二紀保釐西郊，與判臺李少師及洛社諸君遊龍門，飲伊上。有漁者獻鱖魚十數尾，因作羹膾，坐客有思鱸之興。余後守魏，累請休致，久而未遂，曾爲〈憶鱖詩〉寄洛下諸賢。今年秋，累與諸君飲於東田池上葦間，膾魚炊香稻以佐酒，浩然有江湖之趣。因作是詩，並録〈憶鱖詩〉如左》（卷七）

《次韻留守相公以羅門新渠並成喜而成詠》（卷七）

《次韻留守相公佳雪應時》（卷七）

《佚詞一句》（佚詞）

宋神宗元豐八年（1085 年乙丑）　八十歲　致仕居洛陽

《知府學士堯夫遠寄雅章曲念衰老謹依高韻和呈粗伸感佩之意》（卷七）

《神宗皇帝挽詞》三首（卷八，三月）

《王太師挽詞》二首（卷八，五月）

《故太師開府王公挽詞》四章（卷八）

《送留守相公康國韓公歸闕》（卷七）

《次韻留守相公韓康國和運使度支陳詩》（卷七）

《送子駿朝議歸闕》（卷三）

《東溪奉送景仁内翰歸東都三首》（卷七）

《北都留守相公韓以某頃守魏都粗修齋舍特加標榜仍示雅章謹依高韻》（卷七）

三月二十六日，賜司徒

宋哲宗元祐元年（1086 年丙寅）　八十一歲　致仕居洛陽

《繳進元豐答詔》（卷二六）

《答奏》二篇（卷二七）

四月十五日，以司馬光力薦，除太師、平章軍國重事

《謝男貽慶換授文資及章服表》（卷一〇）

《上殿謝劄子》（卷二六）

《辭免男恩命》一至五（卷三六）

《免明堂禮畢賜物》一至五（卷三六）

《論西邊事》（卷二六）

《論役法》三篇（卷二六）

《論監牧》二篇（卷二七）

《論取士》（卷二七）

《奏尚書省六曹行遣迂滯事》（卷二七）

《舉楚建中等》（卷四〇，六月）

《舉富紹庭》（卷三九）

《舉孔文仲等》（卷三九）

《舉胡宗炎》（卷四〇）

《舉王欽臣》二章（卷四〇，九月）

《蒙惠咸陽水梨極佳快陶隱居謂梨爲快果太原鳳棲梨少許納上非報也欲校其味耳》（卷七，秋）

《承答詩披覽嘆服無已今復和呈資一噱而已》（卷七，秋）

《承惠梨栗前詩止及梨今並及之荒詞喧黷又增戰栗》（卷七，秋）

《承惠鱖白魚蛤蜊仍以佳章見示並深珍感輒依來韻奉和且申致謝之意》二首（卷七，秋）

《司馬溫公挽詞》四首（卷八，九月）

《題詩》（佚詩）

宋哲宗元祐二年（1087 年丁卯）　八十二歲　平章軍國重事

《乞兵部廂軍密院置籍》（卷二九）

《奏吏部三類法》（卷二七）

《奏乞立制度使》（卷二八）

《奏户部事》（卷二九）

《奏除改舊制》（卷二九）

《乞仍舉行太皇太后尊號册禮奏》（佚文，五月）

《終喪乞舉樂奏》（佚文，六月一日）

《乞以儉德付史册奏》（佚文，七月）

《奏夏國事》（卷二九）

《奏吏户刑部官久任》（卷二九）

《奏中外官久任》（卷二九）

《奏監司舉官事》（卷二九）

《進無逸圖》（卷二九）

《進漢唐故事》（卷二八）

《進尚書孝經解》（卷三一）

《奏孝經圖事》（卷三一）

《又進尚書二典義劄子》（卷三一）

《乞致仕隨表劄子》六至一二（卷三四）

《舉温俊乂》（卷四〇）

《舉宋匪躬》（卷四〇）

《又舉黄景劄子》（卷四〇，正月）

《舉杜欣等》（卷四〇，二月）

《舉唐義問》（卷四〇，五月）

宋哲宗元祐三年（1088 年戊辰）　八十三歲　平章軍國重事

《奏疏決刑獄》（卷二九）

《舉張守約》（卷四〇,五月）

《奏鬼章事》（卷二九）

《奏知州通判理任》（卷二九）

《舉包綬》（卷四〇,十月二十七日）

《左藏帖》（佚文）

《免賜銀合》（卷三六）

《贈太傅康國韓公絳挽詞》三首（卷八,三月）

宋哲宗元祐四年（1089 年己巳）　八十四歲　平章軍國重事

《免差人內都知管勾葬事》（卷三六）

《奏坊監草地令百姓出租》（卷二九）

《奏黃河事》（卷三〇）

《奏賜儒行中庸篇并七條事》（卷三〇）

《進故事十門》（卷三〇）

《奏孫男扶掖》（卷三二）

《舉尹復湊》（卷四〇,四月）

《乞致仕隨表劄子》一至四（卷三四）

《乞致仕隨表劄子》一三至一九（卷三四）

宋哲宗元祐五年（1090 年庚午）　八十五歲　平章軍國重事

《文彦博私記》（佚文）

《奏程珦葬事》（卷三二）

《乞致仕隨表劄子》二〇（卷三四）

《乞致仕隨表劄子》二一（卷三四）

元祐元年（1086）至元祐五年（1090）二月平章軍國重事任上

《乞致仕隨表劄子》五（卷三四）

《舉邢佐臣》（卷四〇）

二月十五日,太師、開府儀同三司、河中興元尹、護國軍、山南西道節度使致仕

《乞罷瓊林苑賜餞奏》（佚文，二月）

宋哲宗元祐五年（1090 年庚午）　八十五歲　致仕歸洛陽

《謝賜銀》（卷三六）

《免致仕奏薦恩澤》二篇（卷三六）

《再辭致仕恩澤》（卷三六）

《免賜公使錢劄子》三篇（卷三七）

《進獎諭詔劄子》（卷三七）

《答詔劄子》（卷三七）

《辭免男恩命》十二篇（卷三七）

《奏勤恤民隱事》（卷三〇）

《奏久旱乞不追擾事》（卷三〇）

《文彥博私記》（佚文）

《某再獲謝事歸老洛師留守相公玉汝寵惠台什過形獎予謹達來貺》（卷七）

《留守相公寵示喜雨雅章曲有推借謹抒鄙意上答》（卷七，五月）

《留守相公玉汝迭惠雅章過形獎借弟以老乏才思難以繼聲輒以二十八言爲謝》（卷七）

《余於洛城建春門内循城得池數百畝，其池乃唐之藥園。因學徐勉作東田，引水一支灌其中，歲月漸久，景物已老。喬木修竹森然四合，菱蓮蒲芰，于沼于沚。結茅構宇，務實去華，野意山情，頗以自適，故作是詩》（卷七）

《遊東田八韻》（卷七）

《與之珍朝議慕容伯才秋日東田觀魚擲餅水中魚食者衆》三首（卷七）

《遊花市示之珍》（卷七）

《前日蒙留守相公玉汝延飲於中和新堂仍別設甗鼫欲令贏

老暫憩翌日小娃已傳其説輒成小詩》(卷七)

《留守相公玉汝於中和堂之西偏別設氈幄以待老夫中憩嘗以拙詩爲謝尋蒙答貺仍改題所憩爲醉眠庵不任感戴輒依高韻和呈》(卷七)

《留守相公玉汝寵示嘉篇有棠陰舊遊之句過奬難當輒敢和呈》(卷七)

《再和留守相公玉汝惠雅章》(卷七)

《再和留守相公繼示雅章》(卷七)

《次韻留守相公玉汝以某赴東莊特賜佳篇》(卷七)

《題伊叟庵二首》(卷七)

《楚正議建中挽詩》三章(卷八,九月)

宋哲宗元祐六年(1091 年辛未)　八十六歲　致仕居洛陽

《奏西邊事》(卷三〇)

《奏狀》二篇(卷三七)

《經略大觀文相公堯夫寄示東田別後一篇謹次元韻》(卷七)

《賀經略太尉相公玉汝移鎮太原》四首(卷七,十一月)

《中書侍郎傅公挽詞》三首(卷八,十一月)

宋哲宗元祐七年(1092 年壬申)　八十七歲　赴河陽(今河南孟州)省子(文及甫)

《堯夫惠篳》(卷七)

《河陽寄留守相公堯夫》(卷七)

《次韻留守相公堯夫促令歸洛》(卷七)

《謝留守相公堯夫惠書及詩意愛勤重》二首(卷七)

《題河陽太師堂二首》(卷七)

《次韻致政中散荀龍寵惠雅章》(卷七)

《致政中散荀龍連惠三篇俯光衰老輒亦依韻和呈再鼓羸師其氣已竭止希一覽而棄之可也》(卷七)

宋哲宗元祐八年（1093 年癸酉）　八十八歲　致仕居洛陽

《舉張云卿》（卷四○）

《宣仁聖烈皇太后挽詞》二首（卷八，九月）

宋哲宗紹聖元年（1094 年甲戌）　八十九歲　致仕居洛陽

《偶書扇面》（卷七）

宋哲宗紹聖四年（1097 年丁丑）　九十二歲　卒

後　記

　　《文彦博集校注》終於到了最後收尾的時候。回顧此書的完成過程,最想説的一句話就是:感謝!

　　感謝導師曹之先生,尊重我的選擇,完全站在我的角度考慮,同意我繼續文彦博的相關研究,即便偏離了他的科研體系。站在版本學專家的角度指導我重新修改《〈文彦博集〉版本源流考》,督促我儘快完成《文彦博集校注》的收尾工作,並多方嘗試,爲此書争取出版面世的機會。感謝師兄李明傑,在申報國家社科基金後期資助項目時,不僅詳細指導我申報流程,應注意的細節,還將他的申請書給我參考。感謝院長陳傳夫先生、我的碩士導師李之亮老師、巴蜀書社的何鋭老師、武漢大學文學院的王兆鵬老師和羅積勇老師給予我的學術指導和鼓勵。

　　感謝唐宋文學學科的領路人傅璇琮先生,素昧平生,在看了我的樣稿之後没有棄置一旁,而是青眼相加,推薦給了中華書局。傅先生熱心提攜後進之風範,曾有耳聞,而今是真的體會到了。傅先生實爲此書能出版的貴人,他的推薦使此書有了面世的機會。感謝中華書局的編輯張玉亮先生。能在几份書稿中選擇我的書稿,並支持我申報國家社科基金後期資助項目。由於我的大意,發給傅先生的郵件上的筆迹很淺,致使聯繫電話看不清楚。

張老師高度負責,頗費周折地從巴蜀書社何銳老師處找到我的電話。那年暑假,當突然接到張老師電話時,感覺是喜從天降,一種獨自地摸索、堅持中,突然得到肯定、得到認同的感覺。在這種鼓勵、認同的支撐下,一鼓作氣,在博一的暑假完成了全書。張老師又站在一個嚴謹的出版人的角度,指出書稿應該沉澱一段時間,此言若夏日清泉,讓浮躁的心一下沉靜了下來。

在此書完成的過程中,家人、親友給了我莫大的支持。爲了完成對文彦博集的校勘,兩年的寒假跑到北京,利用國家圖書館的明刻本、傅校本、季校本等完成了校勘工作。那兩年,愛人還在部隊没轉業。寒假,婆婆就帶着兒子先回老家,等我從北京回來,再把兒子送回鄭州。去年暑假,因爲要將此書收尾,時間很緊張。在家也不做飯,等愛人下班後再做,愛人没有怨言,支持我隨心去做自己想做的事。

從事文史研究,總有一种百無一用是書生的感覺。但從事文史研究又是一种幸運,去做了就會戀戀難捨,就會沉迷其中,成爲心中的一個精神家園。很理解曹之老師能用一年多的時間每天雷打不動地坐在武大圖書館,將《四庫全書》看了一遍。很理解李之亮老師在東北師範大學求學期間,爲了查資料,拜托圖書館的老師晚上下班後把他反鎖到書庫,晚上打着手電筒記錄資料,困了就在桌上趴會兒。很理解徐正英老師上課時對我們説的没有節假日,没有星期天,晚上十二點前睡就算過節的做學問狀態。很理解孔繁禮先生放棄極好的工作機會,固守於惡劣的物質條件中,只爲能沉下心來去做他癡迷的三蘇研究。老一輩學人的風範和境界讓人感佩!

而今,《文彦博集校注》終於完成,也算是功德圓滿,了結了一份心願。以後,全力投入完成《文彦博研究》,争取儘快將曹老師戲稱爲十年磨一劍的文彦博相關研究順利做完,解脱掉這份持續了十年的牽挂。